काल कथा

(उपन्यास)

(खंड दो)

वाणी प्रकाशन

नयी दिल्ली-110002

फोन : 3273167, 3275710 • फैक्स : 3275710

e-mail : vani_prakashan@yahoo.com

vani_prakashan@mantraonline.com

काल कथा

(खंड दो)

कामतानाथ

ISBN 81-7055-579-5

वाणी प्रकाशन
21 ए, दरियागंज, नयी दिल्ली-110002
द्वारा प्रकाशित

प्रथम संस्करण : 1998

मूल्य : 850.00 (दो खंडों में)

शब्द-संयोजक
ओम लेज़र प्रिंटर्स

शुभम ऑफसेट, दिल्ली-110032
द्वारा मुद्रित

KALL KATHA (Part-II)
by Kamtanath

शशि, रश्मि, आलोक, इरा और
चारु के लिए।

क्रम

खण्ड एक

चन्दनपुर—2

एक

तेजशंकर के गाँव से लौटने के कुछ ही दिनों बाद हरिया एक दिन एक बड़ी विचित्र खबर लाया। उसने दुर्जन खेड़ा के लोगों को बताया कि गाँधीजी गाँव-गाँव दौरा कर रहे हैं। जल्द ही किसी दिन इस गाँव भी आएँगे। "परसों अकुवाबाद मां सुपारी आई है कि पंचमी वाले दिन हुआं गाँधीजी अइहैं। सतनरायन की कथा होई। सब जने का आरती मां एक-एक पइसा चढ़ावैक है।" उसने कहा।

"बइलाए हौ का तुम?" किसी ने कहा, "गाँधीजी का अंग्रेजन ते लड़ै तै फुरसतौ मिली जो उइ गाँव-गाँव दउरा करिहैं।"

"तो हम का झूठ कहि रहे हन? चंदनपुर के बदलू मनिहार का लरिका रहमनुआ गा रहै अपनी ससुरारी। तऊन हुऐं ते सुनिके आवा है ऊ। काल्ह हमका मियाँगंज की बजार मां मिला रहै। वहै बतावत रहा।"

"अरे तो तुमहू का तो अपन अक्किल लगावैक चही कि नाहीं? भला बताओ गाँधीजी चरखा कात-कात अंग्रेजन का बिलाइत भेजै मां लाग हैं कि हुआं गाँव-गाँव सतनरायन की कथा करावत फिरत हैं। पंडिताई करै लाग का उइ?" किसी और ने कहा।

"अरे ई चरखा वाले गाँधी न आयं," हरिया हँसा, "उइ तो कहूँ बइठ चरखा कततै होइहैं। ई दूसर गाँधी आयें. हमार पंचन के गाँधी।"

"हमार पंचन के गाँधी?" लोग चौंके।

"हमार पंचन के गाँधी का कउनौ अलग आयें का?" किसी और ने कहा। "उइ को आयें भाई?"

"हमरे पंचन के बिरादरी आयें उइ। 'मदारी' नाव है उनका। मदारी पासी।"

"ई कऊन गाँधी पइरदा ह्वइगे? पासिउ कहूँ गाँधी ह्वै सकत हैं?"

"अब जब अइहैं तब देख लिहो। नाईं तो पंचमी वाले दिन अकुवाबादै चले जाओ। अऊर भाई पासी काहे नाईं गाँधी ह्वै सकत? काहे भुलई काका झूठ कहि रहे हन का हम? गाँधी बनै के बरे का खोपड़ी मां सींघ होयक चही का?"

"अब हम का जानी। कउनौ पढ़े लिखे हन का हम। वइसे बात तो साँचे जानो कि

जो दुसरेन का उद्धार करैं वहै गाँधी भा। पासी होय कि चमार।"

लोगों को फिर भी विश्वास नहीं हुआ। वे यही समझते रहे कि हरिया गप हाँक रहा है। लेकिन तभी आठ-दस दिनों बाद यहाँ भी सुपारी आ गई कि अमुक दिन इस गाँव में मदारी पासी का आगमन होगा। गाँव के बबुरहा ऊसर में इस गाँव के तथा आसपास के और सभी गाँवों के नीची जाति के लोगों चमार, पासी, काछी, नाई, धोबी, डोम, बेहना, कहार, मनिहार तथा सभी गरीब किसानों और मजूरों का 'एका-सम्मेलन' होगा तथा शाम को सतनारायन की कथा होगी। सब लोग कथा की आरती, रामायण तथा कुरान पर चढ़ाने के लिए घर से एक-एक पैसा लेकर आएँ।

अब तक गाँव में यह बात भी फैल चुकी थी कि मदारी पासी गरीबों का गाँधी है। वह गाँवों के गरीब किसानों, जन मजूरों और नीची जाति वालों का संगठन बनाना चाहता है ताकि जमींदार और हाकिम उनका शोषण न कर सकें।

"सही बात," किसी ने कहा, "अगर सब जने एक ह्वै जाएं तो फिर की की मजाल आए जो बेगार लइले कोहू ते कि जब जी चाहे खोपरी तूर डारैं कि औरतन की इज्जत आबरू पर हाथ डार दे।"

"हमार पंचन की तो यहै लड़ाई आये। अंग्रेज ससुर कऊन हियाँ गाँव मां बइठ हैं। हमरे ऊपर तो ठकुरै बाम्हन राज कै रहे हैं। यई तो जुलुम ढाए हैं हमरे ऊपर।" हरिया ने कहा।

टिकुली, जब से तेजशंकर उसे चरखा दे गया था, रोज सवेरे थोड़ी देर सूत कातती थी। पिछले एक-दो महीनों में खासा सूत कात कर उसने जमा कर रखा था। कभी-कभी वह लक्ष्मी के घर रज्जो से मिलने भी चली जाती और उनके घर का छोटा-मोटा काम, अनाज कूटना-फटकारना, चक्की पीसना, घर की सफाई करना तथा गोबर लीपना आदि कर देती। इसके बदले में या फिर वैसे ही वह रज्जो से सूत कातने के लिए रुई ले आती। सूत तो उसने खासा तैयार कर लिया था लेकिन जब तक उससे कपड़ा न बुना जाए, सूत एक तरह से बेकार था। तेजशंकर ने उसे बताया था कि शहरों में कांग्रेस ने जगह-जगह ऐसे केंद्र खोल रखे हैं जहाँ चरखे पर कते सूत के बदले कपड़ा या फिर पैसे मिलते हैं। इसी लिए वह अक्सर ही रज्जो से तेजशंकर के बारे में पूछा करती थी। रज्जो ने उससे वायदा कर रखा था कि अबकी बार जब लक्ष्मी लखनऊ जाएँगे तो वह उनसे पता करवा लेगी कि सूत कहाँ जमा किया जाता है और न होगा तो लक्ष्मी के हाथ वह तेजशंकर के पास कता हुआ सूत भिजवाकर कपड़ा मँगवा देगी। टिकुली को पूरा विश्वास था कि गाँधीजी का बताया हुआ रास्ता ही ठीक है। उसी रास्ते एक दिन सुराज आएगा और सारे ऊँची जाति वाले लोग अपने-आप ठीक हो जाएँगे। इसीलिए मदारी पासी वाली यह बात उसकी समझ में नहीं आई।

"अंग्रेज हियाँ तो नाई बइठ हैं, यू तो ठीक आये," उसने कहा, "मुदा ई सब ठाकुर बाम्हन कि ऊँची जाति वाले उनही के बलबूते पर तो अत्याचार कइ रहे हैं। या

उलिस-पुलिस की की आए ? अंग्रेजनै की तो आए।"

तेजशंकर के जाने के बाद से, बल्कि जब वह यहाँ था तब भी, गाँव की स्थिति में कोई विशेष परिवर्तन नहीं हुआ था। जमींदारों और साहूकारों की ज्यादतियाँ बदस्तूर जारी थीं। गरीब किसानों के खेतों की अधिकांश पैदावार जमींदार के यहाँ बटाई के रूप में या कि साहूकार के यहाँ सूद के बदले में चली जाती थी। ऊँची जाति के लोगों के यहाँ नीची जाति वालों से बेगार भी यथावत ली जा रही थी। तेजशंकर के गाँव में आने के बाद से यह जरूर हुआ था कि इस बेगार और लूट के खिलाफ नीची जाति के युवकों के मन में थोड़ा-बहुत रोष अवश्य जागने लगा था।

"तुम घर मां बइठ के अपन चरखा कातौ भउजी।" हरिया ने टिकुली से कहा, "हम पंचै तो जरूर एका करब।"

"हाँ, जाए मां तो कउनो हर्ज है नाई," किसी बड़े बुजुर्ग ने कहा। "बड़े सुजान कहिगे हैं, सुनौ सबकी, करौ अपने मन की।"

टिकुली चुप रही।

तभी जिस दिन गाँव में मदारी पासी का आगमन होना था, उसी के एक दिन पहले दुर्जन खेड़ा में दो-तीन व्यक्ति आए और सभी लोगों को एक पोटली छुआ कर कसम दिलाई कि दूसरे दिन सब 'एका सम्मेलन' में अवश्य आएँ। अधिकांश लोगों ने पोटली पर हाथ रखकर कसम खा ली। एक-दो लोगों को जिज्ञासा हुई कि आखिर इस पोटली में है क्या तो उन लोगों ने पोटली खोलकर उन्हें दिखा दी। उसमें ज्वार की एक रोटी और कच्चे माँस का एक टुकड़ा था।

"ई का भइया का मतबल भा ?" किसी ने उनसे पूछा तो उनमें से एक व्यक्ति ने उत्तर दिया, "ई का यू मतलब आए कि हमार पंचन की या लड़ाई रोटी की या यू समझ लेव कि पेट की लड़ाई आए। अऊर मांस का यू मतलब आए कि ई लड़ाई मां अपने सरीर का मांस तक देय का पड़ सकत है।"

"मेहनत हमार, धरती की छाती पर हल चलाई हम, फसल काटी हम औ फल खाएँ सेठ-साहूकार, कि ठाकुर-जमींदार, सो यू अब न चली। जान भले चली जाए मुदा अपन हक अब हम लइके रहब।" उस के दूसरे साथी ने कहा।

हरिया जैसे कुछ युवकों की यह बात सुनकर भुजाएँ फड़क उठीं। "तो का भइया कांता बल्लम लइ के आई का हम सब जने ?" उसने पूछा।

"नहीं कांता बल्लम अबै न लाओ। जब उइ की जरूरत परी तब वहौ कीन जाई।"

"औ लाठी ?"

"लाठी तो सब जने लइके चलतेहे हौ।"

दूसरे दिन सुबह से ही मैदान में भीड़ लगने लगी। जो लोग एक दिन पहले आए थे तथा

रात वहीं दुर्जन खेड़ा में रह गए थे, उन्होंने मैदान में एक स्थान को साफ करके उस पर गोबर लीप दिया तथा उससे थोड़ा हटकर जमीन के एक और हिस्से पर सतनारायण की कथा के लिए भी एक स्थान पर गोबर का लेप कर दिया। केले के कुछ पत्ते भी जमा कर लिए गए। कथा के और सामान के लिए उन लोगों ने मना कर दिया। उनके अनुसार, उस सब का प्रबंध 'नेताजी', जिससे उनका तात्पर्य मदारी पासी से था, खुद कर लेंगे। "साथ मां पंडित आई वहै सब परबंध कइ के चलत है।"

आसपास के अन्य गाँवों से भी लोगों का आना शुरू हो गया। पुरुष, स्त्री, बच्चे सभी। दोपहर तक कोई साठ-सत्तर लोगों की भीड़ लग गई। दूर के गाँवों से आने वाले लोग अपने साथ चना-चबेना बाँध कर चले थे। खासा मेला जैसा वातावरण हो गया।

आखिर कोई चार बजे मदारी पासी का आगमन हुआ। भरा हुआ गठीला शरीर, गोल चेहरा, पक्का साँवला रंग, घनी काली गुलमुच्छें, सिर के बालों पर मशीन चली हुई, कुर्ता और धोती, कमर में अँगोछे का फेंटा तथा पैर में चमरौधा जूता। हाथ में लंबा-सा बल्लम तथा कमर के फेंटे में तलवार। साथ में लगभग इसी वेशभूषा में चार अंगरक्षक। उनके पीछे एक झोले में सत्यनारायण की कथा का सामान और एक गुटका रामायण तथा दूसरे में पीतल के एक पात्र में गंगाजल लिए हुए एक पंडित तथा हरे रंग के कपड़े के एक बस्ते में कुरान लपेटे हुए एक मौलवी। उनके अतिरिक्त सिर पर उल्टी चारपाई रखे उस पर एक गठरी में खाने-पीने का कुछ सामान, गुड़, सत्तू आदि, हुक्का, तंबाकू, लोटा-डोर, चारपाई पर बिछाने के लिए एक कथरी और चादर तथा मदारी के दो-एक वस्त्र लिए हुए दो और लोग।

दूर से ही इन लोगों को आते देखकर सारी भीड़ उठकर खड़ी हो गई और 'भारत माता की जय' तथा 'मदारी बाबा की जय' के नारे लगाने लगी।

वे लोग वहाँ पहुँचे तो चारपाई का सारा सामान उतारकर एक ओर रख दिया गया तथा चारपाई गोबर से लीपे हुए स्थान पर डालकर उस पर मैली-सी एक चादर बिछा दी गई। मदारी ने हाथ जोड़कर सब लोगों का अभिवादन स्वीकार किया। तब अपना बल्लम चारपाई की पाटी से टिकाकर चारपाई पर बैठ गया। उसके चारों अंगरक्षक बहुत ही सतर्कता से चारपाई के चारों कोनों पर खड़े हो गए।

मदारी ने हाथ के इशारे से सबको बैठने को कहा, तब स्वयं खड़ा होकर बोला, 'भाइयों, राम जोहार।'

लोग दोबारा खड़े होकर 'मदारी बाबा की जय' के नारे लगाने लगे।

मदारी ने हाथ के इशारे से सबको चुप कराया और उन्हें दोबारा बैठने को कहा। तब आगे बोलना शुरू किया। 'भाइयो, आपको हमारे लिए बड़ी देर तक परतीच्छा करनी पड़ी, जिसके लिए हम आप सभी जनों से छिमा माँगते हैं। अब और अधिक देर न हो इस मारे सबसे पहले सतनरायन की कथा होयगी। पंडितजी आप अपना काम शुरू करो। कथा समाप्त होने के बाद हम आप लोगों से दो-चार बात करेंगे। ज्यादा बात नहीं

करनी है। पंडितजी चलो आप। कथा के लिए कौन-सा स्थान है ?"

लोगों ने उस ओर इशारा किया जहाँ गोबर लीपा हुआ था। मदारी के साथ आए हुए लोगों में से किसी के पास लकड़ी की एक छोटी-सी चौकी थी। जल का प्रबंध लोगों ने पहले से कर रखा था। पंडितजी ने तुरंत चौकी धोकर उस स्थान पर जमा दी तथा उसके चारो पायों में केले के पत्ते बाँधकर, सारे पत्तों के ऊपर के सिरों को आपस में बाँध दिया। थैले में से सालिगराम की बटिया निकालकर गंगाजल से स्नान कराया, तब उसे चौकी पर रख दिया। साथ में एक जटा नारियल, कुछ बताशे आदि भी चौकी पर रख दिए। मिट्टी का एक कलश पृथ्वी पर रखकर उस पर एक दिए के नीचे आम के कुछ पत्ते रख दिए गए तथा आटे से चौक आदि पूर दी गई। पंडितजी घड़ियाल एक आदमी को टिका कर कथा की किताब निकाल कर बाँचने लगे। जैसे ही एक अध्याय समाप्त होता, पंडितजी शंख बजाने लगते, घड़ियाल वाला व्यक्ति घड़ियाल बजाने लगता और सब लोग हाथ जोड़कर माथा नवा देते।

जल्दी-जल्दी पंडितजी ने आध-पौन घंटे के अंदर कथा समाप्त कर दी। कथा समाप्त होते ही मदारी के साथ आए हुए कुछ लोग कंधे पर लटके थैलों से बताशे निकालकर बाँटने लगे। वहाँ उपस्थित सभी लोगों ने हाथ जोड़कर प्रसाद ग्रहण किया। कुछ लोगों ने उसे वहीं खा लिया, कुछ ने उसे धोती या अँगोछे में बाँध लिया।

कथा समाप्त होने के पश्चात् पंडितजी ने अपना सामान अपने थैले में वापस रख लिया तथा आरती वाली थाली मंच के निकट रखकर बैठ गए।

"अब सब लोग आरती लें और बारी-बारी से कलावा बँधवाने के लिए आते जाएँ और कम से कम एक पैसा आरती की थाली में अवस डालें। जो भाई ज्यादा डालना चाहें वह ज्यादा भी डाल सकते हैं और जिनके पास पैसा न हो वह भी आरती लेने में सरमायें नहीं। जल्दी करो भाई जिससे कि सभा की कार्रवाई शुरू हो सके।" मदारी पासी ने सबको संबोधित करते हुए कहा।

लोग फिर भी झिझक रहे थे।

"चलो भाई, तुम चलो पहले।" मदारी पासी ने हरिया से कहा जो चारपाई के बिल्कुल सामने बैठा मदारी पासी और उनके अंगरक्षकों को निहार रहा था। हरिया ने आगे बढ़कर टेंट से पैसा निकालकर थाली में डाला और आरती के ऊपर हाथ फिरा कर माथे में लगा लिया। वह जाने को हुआ तो पंडितजी ने उसका हाथ पकड़कर उसकी कलाई पर राखी बाँध दी।

इसके बाद तो लोगों की लाइन लग गई। औरतें, मर्द, बच्चे सभी बारी-बारी से आरती लेकर कलावा बँधवाने लगे। टिकुली भी उनमें शामिल थी। स्वयं आरती लेकर उसने अपने बच्चे के माथे पर भी आरती का हाथ छुआ दिया तथा उसके हाथ में भी राखी बँधवा दी।

काफी देर तक यह सिलसिला चलता रहा। राखी बाँधने में खासा समय लग रहा

था। अतः बीस-पच्चीस लोगों को राखी बाँधने के बाद पंडितजी ने राखी हाथ की कलाई में बाँधना बंद करके केवल कलावा का धागा आरती लेने वाले लोगों को पकड़ाना शुरू कर दिया। इससे समय की कुछ बचत हुई। फिर भी इस सारी प्रक्रिया में काफी समय लग गया और ढलते सूर्य के साथ मनुष्यों और वृक्षों के साये लंबे होने शुरू हो गए।

"कोई जाएगा नहीं।" मदारी ने खड़े होकर कहा। "हमारे पास मसाल का परबंध है और हमारे साथी सब लोगों को मसाल लेकर उनके गाँव तक पहुँचा आएँगे। बस थोड़ी देर और लगनी है।"

कोई भी व्यक्ति जाने की जल्दी में नहीं था। केवल जिन महिलाओं की गोद में बच्चे थे, वे चिंतित हो रही थीं लेकिन मदारी की यह बात सुनकर वह भी चुप हो गईं।

इसके बाद मदारी ने अपना भाषण शुरू किया, "भाइयों और बहनों," उसने कहा, "एक बात हम पहले साफ कर दें। हम गाँधीजी के आदमी नहीं हैं। वैसे उनसे हमारा कोई बैर नहीं है। हम भी चाहते हैं कि अंग्रेज इस मुलुक से चले जाएँ। मगर हमारी समस्या दूसरी है। अंग्रेज जाएँगे तो अच्छा ही होगा लेकिन हमको तो हमारे हिंदुस्तानी भाई ही चूसे हैं। खेत हम जोतें और फसल ले जाएँ सेठ-साहूकार और जमींदार। बेगार भरें, सो अलग। उस पर हमारी बहू-बेटियों की कोई इज्जत नहीं। इस सबकी एक ही वजह है कि हम एक नहीं हैं। इसी लिए हम गाँव-गाँव घूम कर 'एका सम्मेलन' कर रहे हैं। हमको सपथ लेनी है।" सहसा मदारी की आवाज काफी सख्त हो गई, "कि हम आज से बेगार नहीं भरेंगे। अगर हमारे एक भाई का खेत साहूकार कि जमींदार छीनता है तो दूसरा भाई उसे बटाई पर नहीं लेगा। न ही लीलामी में बोली बोलेगा। महाजन और साहूकार को मुनासिब सूद से ज्यादा पैसा नहीं देंगे। सूद के बदले अनाज तो देंगे ही नहीं। अनाज देकर सूद का पैसा नहीं भरेंगे। काहे से, कि अनाज दिन-ब-दिन महँगा हो रहा है और सूद के बदले में साहूकार हमसे कम पैसों में ज्यादा अनाज ले लेता है। साथ ही हमारी बहू-बेटियों पर किसी ने बुरी नजर डाली तो हम उसकी आँख निकाल लेंगे।"

मदारी का भाषण सुनकर हरिया जैसे युवकों की भुजाएँ फड़कने लगीं और लाठी पर उनकी पकड़ और मजबूत हो गई। "बहुत जगह जमींदार लोग," मदारी ने आगे कहा, "अपनी रिआया से साल के साल हथियावन कि मोटरावन भी लेते हैं सो अब से हथियावन कि मोटरावन हम नहीं देंगे। हाथी, मोटर खरीदना हो तो अपने पैसों से खरीदें। और अगर जोर-जबरदस्ती करें तो उनका बैकाट कर दो। धोबी कपड़ा धोना बंद कर दें, नाई बाल बनाना बंद कर दें। इसी तरह माली, कहार, सब उनका काम बंद कर दें। कुछ ही दिनों में सब का दिमाग अपने आप ठीक हो जाएगा।"

नवयुवकों की भुजाएँ फिर फड़क उठीं। तभी किसी ने नारा दिया, "मदारी बाबा की।"

सभी ने जोर से आवाज लगाई, "जय।"

लेकिन मदारी ने उन्हें हाथ के इशारे से चुप करा दिया। "तो भाइयो, आप सब

जने हाथ उठाकर बताओ कि सब लोग इन बातों के लिए तैयार हो कि नहीं।"

"तैयार हैं।" लगभग सभी लोगों ने अपने हाथ उठा दिए।

"लेकिन," मदारी ने आगे कहा, "एक बात समझ लो। यह काम इतना आसान नहीं है। यह हमारे हक की, पेट की, कि रोटी की लड़ाई है और इसमें हमारी जान भी जा सकती है। इसी लिए हमने गाँव-गाँव रोटी और कच्चे माँस का टुकड़ा भिजवाया था कि सब जने उसे छूकर कसम खा लो और बात समझ लो कि इस लड़ाई में अपना माँस कि खून भी देना पड़ सकता है। तो एक बार फिर सब लोग हाथ उठाएँ कि हमारी बात पर राजी हैं कि नहीं।"

"राजी हैं।" सबने फिर हाथ उठा दिया।

"ठीक है। हमको सब जनों पर बिस्वास है मगर ई धरम की लड़ाई है इसलिए खाली हाथ उठाने से काम नहीं चलेगा। हियां मंच पर एक तरफ रामायन और एक तरफ कुरान रखी है। पंडितजी कहाँ है रामायन?"

"यह धरी है।" पंडितजी ने लाल गोट लगे पीले कपड़े में बंधी गुटका रामायण थैले से निकालकर मंच पर रख दी।

"औ कुरान सरीफ, मौलवीजी?"

"यह रही।" मौलवीजी ने भी हरे कपड़े में बँधी हुई कुरान शरीफ लकड़ी की रेहल पर मंच के दूसरी ओर रख दी।

"हाँ तो भाई, ई धरम की लड़ाई है। हमारे हिंदू भाई रामायन को छूकर और मुसलमान भाई कुरान सरीफ को छूकर कसम खाएँ कि आज से सब हिंदू-मुसलमान, गरीब-किसान और नीची जात के लोग एक हो कर रहेंगे। काहे से कि धर्म चाहे जितने हों दुनिया में, जात दो ही हैं। एक गरीब जात और दूसरी अमीर जात। सो अब से सब गरीब लोग किसान-मजूर एक होकर रहेंगे और मिलकर बड़ी जात के लोगों के जुलुम का सामना करेंगे।"

अँधेरा घिरने लगा था। अतः मदारी के साथ आए लोगों ने अपनी मशालें, जिन्हें वे अपने साथ लाए थे, जला लीं और मंच के निकट आकर खड़े हो गए।

"तो भाइयों आते जाइये। और हाँ, किसी के भी दिमाग में अगर जरा-सा भी सुबहा कि संका होय तो उसके आने की जरूरत नहीं है। और हाँ, आपको रामायन कि कुरान छूकर सिर्फ इतना कहना है कि आज से हम सब एक हैं और हमेशा एक रहेंगे।"

इस बार भी हरिया ही सबसे पहले बढ़कर आगे आया तथा रामायण पर हाथ रखकर जोर से बोला, "आज से हम सब जने एक हन औ हमेसा एक रहब।" उसके पीछे और लोग भी आने लगे। मुसलमानों ने कुरान पर हाथ रखकर कसम खाई।

कुछ लोग कुरान और रामायण पहचानने में गड़बड़ाए तो पंडित और मौलवी ने उनकी भूल सुधार दी। दो एक लोगों ने दोनों ही ग्रंथों पर हाथ रखकर शपथ ली।

"अरे, अरे यू का?" किसी ने उन्हें टोका लेकिन मदारी ने उसकी बात काट दी

"इसमें कोई हरज नहीं," उसने कहा, "हमारे लिए सभी ग्रंथ पवित्र हैं। बल्कि हमें तो सभी धर्मों का आदर करना चाहिए।"

"औरतन का भी सपथ लेक है का ?" भीड़ में किसी ने पूछा।

"हाँ, काहे नाई। औरत-मर्द सब बरोबर हैं।" मदारी ने उत्तर दिया।

औरतें फिर भी आगे आने में हिचक रही थीं। तभी अपने मर्दों, संबंधियों द्वारा धकियाए जाने पर दो-चार औरतें शरमाते हुए आगे बढ़ीं और रामायण हाथ से छूकर तुरंत पीछे हट गईं। उनकी देखा-देखी और स्त्रियों ने भी आगे बढ़कर रामायण को छू लिया।

"अरे सपथ तो कहौ।" किसी ने टोका।

"मन मां कहि लीन है।"

"ठीक है। ठीक है।" मदारी ने कहा।

टिकुली फिर भी अपने बच्चे को गोद में लिए बैठी रही। हरिया ने उससे बहुत कहा लेकिन वह अपने स्थान से नहीं उठी।

काफी देर तक यह सिलसिला चलता रहा। तब सभा विसर्जित हुई। मदारी के साथ आए लोगों में से कुछ लोग अलग-अलग दिशा में, मशालें साथ लेकर, सभा में आए लोगों को उनके गाँवों तक पहुँचाने चले गए। मदारी और उसके साथी अपना चना-चबेना अपने साथ लाये थे। सभी लोगों के जाने के बाद उन्होंने उसी से अपना पेट भरा तथा वहीं मैदान में जमीन पर बैठकर हुक्का पीने लगे। गरमी का मौसम शुरू हो चुका था लेकिन रातें अभी भी सुहानी थीं। दूर क्षितिज पर बबूल के पेड़ों के पीछे हल्का पीला चाँद झलकने लगा था।

दो

मदारी पासी की सभा की खबर आसपास के गाँवों में फैलते देर नहीं लगी। गाँव के कुछ जमींदारों ने अपने कारिंदों अथवा जन-मजूरों को तो सभा में भेजा ही इस उद्देश्य से था कि वहाँ की पूरी खबर ले जाकर वह अपने मालिकों को दें। इससे पहले दूसरे गाँवों में भी जहाँ मदारी ने सम्मेलन किये थे, वहाँ की खबरें भी उड़ती-उड़ती लोगों तक पहुँची थीं और जैसाकि प्रायः इस तरह की खबरों के साथ होता है, यह खबरें भी काफी विकृत रूप में लोगों के पास पहुँचीं। जैसे मदारी के पास पूरी एक फौज है, जो पूरी तरह आधुनिक असलहों, बंदूकों और तमंचों से लैस है। इसके अलावा उसके कहने पर नीची जाति के लोग और हथियार, कांता, बल्लम आदि बनाने में लगे हुए हैं और वह दिन दूर नहीं जब सब किसान-मजूर तथा नीची जाति वाले लोग एक होकर ऊँची जाति वाले लोगों, साहूकारों और जमींदारों पर हमला बोल देंगे। इन खबरों से सारे गाँवों में सनसनी फैल गई।

तेजशंकर के गाँव में आगमन और उसके द्वारा की जानेवाली सभाओं को लोगों ने इतनी गंभीरता से नहीं लिया था, बल्कि उच्च कुल के अधिकांश धनी लोगों, जमींदारों और साहूकारों के लिए तो उसकी सभाएँ एक प्रकार के मनोरंजन का साधन थीं। वह लोगों से केवल यही तो कहता था कि घर में बैठकर चरखा कातो, मादक वस्तुओं का सेवन मत करो, छुआछूत मिटाओ, हिंदू-मुस्लिम एकता को बनाए रखो आदि आदि। इससे गाँव की अर्थनीति अथवा वहाँ के सामाजिक संबंधों पर किसी प्रकार की कोई आँच आने का भय नहीं था। हाँ, छुआछूत मिटाने वाली बात जरूर कुछ लोगों को अखरी थी लेकिन उस पर भी लोगों ने कोई खास ध्यान नहीं दिया था। जिनको अपना दीन-धरम बिगाड़ना हो बिगाड़ें, उनको क्या। यही नहीं, तेजशंकर के गाँव में रहते और उसकी सभाओं के होते हुए भी गरीब किसानों का शोषण उसी प्रकार चल रहा था। उसी प्रकार खेतों की बेदखली हो रही थी। फसल कटने पर उसका एक बड़ा भाग खलियान से साहूकार या जमींदार के घर उसी प्रकार पहुँच रहा था जैसे दशकों, बल्कि शताब्दियों से चला आ रहा था। तेजशंकर के सामने दो एक बार इस तरह के प्रश्न उठे भी कि आखिर इस शोषण के विरुद्ध गरीब तबके के लोगों को किस तरह प्रतिवाद करना चाहिए, गाँधीजी ने इस बारे में क्या कहा है ? किंतु यह प्रश्न मात्र प्रश्न के स्तर तक ही रह गए थे। तेजशंकर के पास इन प्रश्नों का माकूल जवाब था भी नहीं। गाँधीजी ने, उसकी जानकारी में, अपने लेखों आदि में कभी इन प्रश्नों को उठाया भी नहीं था। अपनी बुद्धि से वह इन सब समस्याओं का निदान केवल यह कह कर करता था कि सबसे पहला सवाल देश की आजादी का है। एक बार अंग्रेज यहाँ से चले जाएँ तो बाकी समस्याएँ अपने आप हल हो जाएँगीं।

लेकिन अब मदारी पासी जो कर रहा था वह तो बहुत ही खतरनाक था। वह तो एक प्रकार से सभी ऊँची जाति वालों, जमीदारों और तअल्लुकेदारों के खिलाफ खुली बगावत थी। इसे भला कैसे बर्दाश्त किया जा सकता था !

ठाकुर चंपा सिंह, बच्चल सिंह, बड़कऊ सिंह आदि के बीच अक्सर ही इस विषय पर बातें होतीं। मुंशीजी से भी दो-एक बार राय-मशविरा हुआ और हालाँकि दुर्जन खेड़ा के लोगों में ऊँची जाति के इन लोगों, यानी 'मालिकों' (जैसाकि वे उन्हें कहा करते थे) के प्रति उनके व्यवहार में कोई परिवर्तन नहीं आया था, पहले की ही तरह यदि वह अपने दरवाजे या फिर कहीं और बैठे होते और कोई ऊँची जाति वाला व्यक्ति उधर से निकल जाता तो वे अपने स्थान पर उठकर खड़े हो जाते और हाथ जोड़कर 'पालागन' करते या राह चलते किसी के मिलने पर रास्ते से बगल हो जाते ताकि उनका साया तक उन पर ना पड़ने पाए, जमींदारों के कारिंदों द्वारा बुलाए जाने पर बेगार के लिए तुरंत हाजिर होते, फिर भी जाने क्यों ऊँची जाति के लोगों को मदारी पासी के इस सम्मेलन के बाद, ऐसा लगने लगा था कि सबके सब बहुत सरकश होते जा रहे हैं। हरिया जैसे कुछ नवयुवकों पर यह बात किसी हद तक लागू भी होती थी लेकिन बस इसी सीमा तक कि वे कभी-कभार

आपस में बैठकर बातों-बातों में ही अपने गुस्से को हवा में उड़ा देते या फिर मदारी की सभा में खाई हुई कसम को याद करके कह उठते कि अबकी अगर कउनो सार हमरी बिटिया, बहिनी पर बुरी निगा डारिस तो सारे के हाथ पांव तूर डारब चाहे फांसिन काहे न ह्वै जाय। मगर यह सब मात्र बातें ही थीं।

इसके बावजूद ऊँची जाति के लोगों में कुछ भय और उससे कहीं अधिक गुस्सा व्याप्त था। तभी एक दिन मुंशीजी की चौपाल में बच्चल सिंह, चंपा सिंह आदि बैठे थे कि किसी ने कहा, "ससुरन का सब खेल खतम करौ। लइ के लाठी मार सारेन का फोर देव औ जो कुछ तीन पाँच करें तो दुइ चार लहासै गिरा देव हुऐं। सब सरकसी भूल जाएँ सार। सारा एका सारेन के चुतरन मां घुस जाई।"

लगभग सभी इस विचार के थे। लेकिन मुंशीजी ने उन्हें आगाह किया। "देखो भाई, जमाना ससुर बदल रहा है। हियां तो कुछ नाई, सहरन मां कांग्रेस का बड़ा दबदबा है। गाँधीजी के नाम ते बड़े बड़े हाकिम हुक्कामन की फूँक सरकत है। सो हमरे बिचार ते कानून हाथे मां लेब ठीक नाई है।"

"तो का फिर ई सारेन का खोपड़ी पर बइठावा जाए?"

"खोपड़ी पर न बइठाओ। एक काम करो सब जने। एक दरखास्त लिख के कलट्टर के हियां भेज देव। वइसेव एत्ती बड़ी वारदात ह्वैगै गाँव मां कि ऊ सार, का नाव है ऊका?....मदारी पासी, तऊन बल्लम तलवार लइके सबका कसम खवाय गा हियां कि खून कतल करौ, तो हाकिमन का खबर तो देय का चहिबै करी, काहे ते कि बाद मां यू न कहैं कि इत्तला काहे नाई दीन गै।"

"औ जो यहू के बाद ऊ सार कुछ किहिन?"

"अरे तो हम तो अपन फर्ज निभाय देई। फिर ऊके बाद कउनो वारदात होई तो कहै का रही कि हम पहिलेहे इत्तला कइ दीन रहै। अब जब उइ सब हमरे ऊपर असलहा लइके चढ़ि आए तो अपनी हिफाजत के बरे हमहू का हथियार उठावैक परा। अपनी हिफाजत के बरे तो ताजीरेते हिन्द मां सात खून तक माफ हैं।"

"या मै लाला वाली बुद्धी।" चंपा सिंह ने कहा।

"तो फिर देर काहे की, लिख डारो ना मुंसीजी।"

"काल्है लेव।" मुंशीजी ने कहा और बच्चल सिंह के हाथ से फर्शी की निगाली लेकर मुँह से लगा ली।

"अरे काल्ह काहे? अबहीं काहे नाई। ऊ का कहत हैं 'काल्ह करन्ते आज कर, आज करन्ते अब। छिन मां परलै होयगी बहुरि करेगा कब।' सो नेक काम मां देर काहे की।" बच्चल सिंह ने कहा। और लोगों ने भी इसकी ताईद की। "हाँ लाला अब ई का तुम लिखिन डारौ।"

"चलो ऊ मां का है, अबहिनै लिखे देइत हैं।" मुंशीजी ने कहा और फत्ते को आवाज देने लगे।

फत्ते मवेशियों को बाँधने के लिए लगे छप्पर के नीचे बैठा गंडासे से करबी काट रहा था।

"हाँ मालिक।" उसने कहा।

"सुन। हियां आ।"

फत्ते ने गँडासा वहीं छोड़ा और हाथ झाड़ता हुआ आकर खड़ा हो गया।

"सुन", मुंशीजी ने कहा, "हुआं कमरा मां बीच वाली अलमारी मां ऊपर के खाना मां हमार बस्ता बँधा धरा है औ वही के बगल मां बुदक्का धरा होई, तऊन जाके उठा ला।"

फत्ते चलने लगा तो मुंशीजी ने उसे रोका, "अरे पूरी बात तो सुन। ऊँट अस गरदन उठायेक चल दिहिस। बैल ससुर।"

फत्ते रुक गया।

मुंशीजी ने फर्शी की निगाली बच्चल सिंह को वापस कर दी तथा जनेऊ में बँधी हुई कुंजी खोलकर फत्ते को देते हुए कहा, "ई कुंजी तो लेत जा। औ सुन हुऐं कोने मां लिखै वाली हमार चौकी धरी है वहौ लिहे आए।"

फत्ते ने कुंजी ले ली। परंतु अपनी जगह से हिला नहीं। उसे लगा शायद मुंशीजी अभी कुछ और आदेश दें।

"अब काहे ठाढ़ है। जा ना।"

फत्ते तुरंत जाकर सारा सामान ले आया।

मुंशीजी ने चौकी तखत पर जमाई, बस्ता खोलकर उससे बादामी रंग का एक कागज निकाला, उसका हाशिया मोड़ा और खसरा खतौनी जैसे किसी रजिस्टर पर फैलाकर कलम दवात में डुबोकर कुछ सोचने लगे। सोचते-सोचते उन्होंने हाथ फर्शी की निगाली की तरफ बढ़ाया तो बच्चल सिंह ने निगाली उन्हें पकड़ा दी। मुंशीजी ने कलम दवात में डुबोए-डुबोए ही दो-चार गहरे कश मारे, तब बिना बच्चल सिंह की ओर देखे निगाली उनको वापस कर दी और उर्दू में कागज पर लिखना शुरू किया। काफी देर तक वह पालथी मारे डेस्क पर कागज फैलाए लिखते रहे। कभी सहसा लिखते-लिखते रुक जाते और गंभीर मुद्रा में कुछ सोचने लगते। तब फिर लिखने लगते। बाकी लोग गंभीरतापूर्वक खामोश बैठे उन्हें ऐसा करते देखते रहे।

पूरी दरख्वास्त लिख चुकने के बाद मुंशीजी ने बस्ते से रेत की डिबिया निकाली और उसे कागज के ऊपर झुकाकर तर्जनी से दो-चार हलकी थपकियाँ देकर कुछ रेत कागज पर गिरा दी। तब उसे पूरे कागज पर फैलाकर, ताकि जहाँ भी रोशनाई अभी गीली हो वह उसे सोख ले, उसे डिबिया में वापस डालकर उसका ढक्कन बंद करते हुए बोले, "लेव लिखि गै।"

"अरे तो सुना तो देव मुंसीजी।" किसी ने कहा।

"लेव! सुनइबे ना तो लिखे फिर काहे हन!" मुंशीजी ने कहा और एक हाथ में

कागज लिए, दूसरे से बच्चल सिंह के हाथ से निगाली ले ली जिसे वह काफी देर से बिना मुँह में लगाए वैसे ही लिए बैठे थे।

"अच्छा तो सुनो।" मुंशीजी ने कहा, "खिदमत में जनाबे आली डिप्टी कलेक्टर, जिला उन्नाव।" इतना पढ़कर वह एक क्षण रुके। तब निगाली मुँह में लगाकर एक गहरा कश खींचकर सहसा इधर-उधर देखते हुए जोर से बोले, "कहाँ जायेके मरिगो सार यू ?"

"को ? डिप्टी कलट्टर ?" चंपा सिंह, जो चुपचाप दोहरा काटने में लगे थे, चौंककर बोले।

"अरे नाहीं फत्ते का कहि रहे हन।" और उन्होंने जोर से आवाज दी, "फत्ते।"

"मालिक।" अंदर कहीं से आवाज आई।

"अरे कहाँ ते बोल रहा है ?" हियाँ आ न।"

फत्ते आकर चुपचाप खड़ा हो गया। "कहाँ मर जात है तुइ जाके ? जा, नई चिलम भरवा ला। और सुन हुआं अपनी काकी ते जाके कहे कि लखनऊ ते जऊन तमाखू मँगवाए रहन हम तऊन दें। जा। अच्छा तो सुनौ।" और मुंशीजी ने दोबारा पढ़ना शुरू किया।

"खिदमत में जनाबे आली डिप्टी कलेक्टर, उन्नाव।

"बाद सद आदाब और तसलीमात के हुजूर की खिदमते आलिया में गुलामों की गुजारिश है कि अभी गुजिश्ता दिनों गाँव मुंदरजाज़ैल में एक बहुत ही सरकश और नामी डाकू और बागी ने, जिसका नाम मदारी पासी, वल्द और सुकूनत नामालूम बताई जाती है, आसपास के तमाम गाँवों की नीची जात के लोगों को लेकर एक सभा पुरवा दुर्जन खेड़ा में आकर की और उन्हें सल्तनते बरतानिया और लाट साहब की सरकार के खिलाफ भड़काया कि न तो वह सरकारी लगान अदा करें, न ही सरकारी हुक्मों की तामील करें बल्कि सरकारी हाकिमों और उनके अमलों पर हमला करके उन्हें लूटें। साथ ही ऊँची जात के अमनपसंद बाशिंदों के घरों में डाके डालें और लूटपाट करें। इस सिलसिले में यह भी वाजेह हो कि मजकूरेबाला डाकू और बागी अपने साथ डाकुओं की एक पूरी फौज लेकर चलता है जो जदीद असलहों, मिसाल के तौर पर, बंदूकों और पिस्तौलों से लैस रहती है। इसके अलावा भालों, बल्लमों, नेजों, कांतों, कुल्हाड़ियों, तलवारों, खंजरों और कटारों वगैरह की तो कोई गिनती ही नहीं रहती। उस दिन भी मौजा मजकूरेबाला में जब यह सभा की गई जिसे वे बागी और सरकश लोग 'एका-सम्मेलन' के नाम से पुकारते हैं, तब भी सबके सब इन तमाम असलहों से लैस थे।

"ऐसा बताया जाता है कि उस सम्मेलन या सभा में आसपास के तमाम गाँवों और मौजों के जो बाशिंदे वहाँ मौजूद थे, उन्हें उनके दीनों-मजहब के नाम पर भड़का कर कसमें खिलवाई गईं कि एक-एक आदमी कम-से-कम पाँच ऊँची जात के लोगों का कत्ल करके उनका सिर उस सरकश और बागी मदारी पासी, वल्द और सुकूनत नामालूम, के कदमों में पेश करे। यह भी सुना जाता है कि उस दिन से आसपास के सभी मौजों में रात-दिन ऐसे

हरबों और असलहों का बनाना जारी है और वह वक्त अन-करीब है जब सब सरकश और बागी लोग अमनपसंद व सरकार की फरमाबरदार रिआया पर अचानक हमला बोल दें। जिस दिन यह एका-सम्मेलन मौजा मजकूरे-बाला में तकमील हुआ, उस दिन भी इन सब सरकश और बागी लोगों ने एक हाथ में नंगी तलवारें और दूसरे हाथ में जलती मशालें लेकर सरकार के खिलाफ नारे लगाते हुए जुलूस निकाला और ब-आवाजे बुलंद एलान किया कि अगर आज से किसी भी 'माँ के लाल' ने उनसे लगान वसूली की बात की या किसी भी तरह से उनके रास्ते में आया तो उसका सर कलम कर दिया जाएगा। यही नहीं, उसके पूरे कुनबे व खानदान को नेस्तोनाबूद करके, उसका घर लूटकर उसमें आग लगा दी जाएगी। अगर उस वक्त सरकार की फरमाबरदार और अमनपसंद रिआया ने अपने-अपने घरों में घुसकर अंदर से अपने दरवाजे बंद करके अपनी हिफाजत न की होती तो जाहिर है उन्हें अपनी जिंदगी से हाथ धोना पड़ता।" यहाँ ठाकुर चंपा सिंह और बच्चल सिंह ने जो अभी तक चुपचाप अपना सिर झुकाए बैठे सुन रहे थे, चौंककर मुंशीजी की ओर देखा और सहसा कुछ कहने को हुए लेकिन मुंशीजी को बदस्तूर कागज में आँखें गड़ाए पढ़ते देखकर चुप रह गए। "तब से नीच जात के यह सरकश लोग," —मुंशीजी ने आगे पढ़ते हुए कहा, "बराबर रात में तलवारें, बल्लम और काँते वगैरह लेकर गाँवों में गश्त लगाते रहते हैं और शुरफा का जीना मुहाल किए हुए हैं। इसलिए हुजूर की खिदमते आलिया में दस्तबस्ता गुजारिश है कि सरकार की तरफ से हमारी जानो-माल की हिफाजत का माकूल इंतजाम किया जाए।"

इस बार बच्चल सिंह से नहीं रहा गया। "अरे ई सब का लिख दिहो लाला। ई सारेन की का हिम्मत जो हमते चूं चपड़ करैं। मार जूतन सारेन की चाँद न गंजी कइ देबे।"

"अरे चाँद गंजी तो कउनौ नउऔ कइ सकत है।" चंपा सिंह ने कहा, "जिंदा न गड़वाय देब सारेन का।"

मुंशीजी हँसे। "अरे पहले सुन लेव तब कुछ कहेव।"

"सुन तो रहे हन एत्ती देर से।"

"अरे तो अब जरै सा तो रहिगा है। वहौ सुन लेव पहिले।" इतना कह कर मुंशीजी ने आगे पढ़ना शुरू किया। "हाँ, तो कहाँ पढ़ि रहे रहन हम?" मुंशीजी को छूटा हुआ सिरा खोजने में एक क्षण लगा, तब उसे ढूँढते हुए बोले, "हाँ तो हुजूर की खिदमते आलिया में दस्तबस्ता गुजारिश है कि सरकार की तरफ से हमारी जानो-माल की हिफाजत का माकूल इंतजाम किया जाए। इसके अलावा हुजूर जो भी और मुनासिब कार्रवाई इस सिलसिले में जरूरी समझें वह भी जल्द-अज-जल्द करने की मेहरबानी फरमाएँ जिसके लिए हम आपके गुलाम और सरकारे बरतानिया की अमनपसंद रिआया सरकारे आली के ताजिंदगी मश्कूर रहेंगे।....हाँ अब बोलो, का कहत हौ।" मुंशीजी ने दरख्वास्त एक ओर रखते हुए कहा। तब तक फत्ते नई चिलम भर लाया था और उसे फर्शी में लगा चुका था।

मुंशीजी ने निगाली हाथ में लेकर दो-चार लंबे कश मारे और निगाली हथेली से पोंछते हुए बच्चल सिंह की तरफ बढ़ा दी। "हाँ अब बताओ भाई ?" उन्होंने दोबारा कहा।

"अऊर सब तो ठीक है," बच्चल सिंह ने कहा, "मुदा ई ते यू लागत है कि हम पंचै इन ते बहुत डेराय गे हन औ जो सरकार मदद न करी तो ई सार हमका मरिहैं। सो लाला यू तो तुमहू जानत हौ कि इनकी सारेन की सात पुस्तै हमार एक बार तो उखार न पइहें औ नाई तौ जउने दिन कहौ वही दिन सारेन का मारत मारत····।"

"बार न बनायो अबकी।" मुंशीजी ने मज़ाक किया।

"हंसौ न लाला। बात हम सही कहि रहे हन।"

"हम कब कहि रहे हन झूठ कहि रहे हौ। मुदा या तो दरखास्त आए। औ नाई तो कहौ सच्ची-सच्ची लिख देई कि जो कउनौ सार टेढ़ मेढ़ भा तो ऊकी लहास गिरा दीन जाई।"

"हाँ लिख देव।" बच्चल सिंह ने तैश में कहा।

मुंशीजी फिर हँसे। "लिखे तो हम देइत हैं। मुदा जमानत का इंतजाम कइ लिहो फिर। काहे ते कि सरकार जब यू देखी कि ठाकुर साहब खून खराबा पर उतारू हैं तो तुरतै कार्रवाई करी।"

बच्चल सिंह मुंशीजी का मुँह देखने लगे।

"अरे भाई यू तो दरखास्त लिखैक तरीका आए।" मुंशीजी ने आगे कहा, "कचहरी जात हौ मुकदमा करै तो का हुआँ सब साँचे साँच बोलत हौ ? बात अस लिखौ ज़ी मां अपने ऊपर न आवै कुछ। ई दरखास्त तो कचहरी मां दीन जाई, कउनौ गाँव मां डुग्गी तो पीटी न जाई कि सबके समुहे मूँछ नीच ह्वै जाई।"

"बात तो लाला ठीक कहत हैं।" चंपा सिंह ने कुछ सोचते हुए कहा। बच्चल सिंह ने भी सहमति में अपना सिर हिलाया।

"तो लेव करौ ई मां दसखत।" मुंशीजी ने कहा।

"कहाँ करी ?" बच्चल सिंह ने मुंशीजी के हाथ से कलम लेते हुए पूछा।

"हियां।" मुंशीजी ने कागज पर उँगली रखकर उन्हें बताया तो बच्चल सिंह ने उनके बताए हुए स्थान पर किसी तरह हिंदी में अपने दस्तखत बना दिए। वह ज्यादा पढ़े-लिखे नहीं थे। बस अपने हस्ताक्षर बना लेते थे। चंपा सिंह बिल्कुल जाहिल थे। उन्होंने बाएँ हाथ की मुट्ठी बाँधकर अँगूठा मुंशीजी की ओर बढ़ा दिया। मुंशीजी ने कलम को दावात में डुबोकर, उनके अँगूठे में रगड़कर, उसमें रोशनाई लगाई तब उनका हाथ पकड़कर उपयुक्त स्थान पर छाप लगाकर नीचे ब्रैकेट में लिख दिया, "निशानी अँगूठा ठाकुर चंपा सिंह।"

"तुम न करिहौ दसखत ई मां।" मुंशीजी कागज तह करने लगे तो बच्चल सिंह ने उनसे पूछा।

"हमार दसखत न कराओ वहै ठीक है," मुंशीजी ने कहा। "काहे ते कि कहौ

कलट्टर हमही ते पूछे लागै कि सच्ची बात का आए तो ऐसी दसा मां तुम यू जान लेव कि जो हमरौ दसखत ई मां भे तो हमरी बात का कउनौ असर पड़ै ते रहा।"

"जस तुम ठीक समझौ।"

"हाँ," मुंशीजी ने कुछ सोचते हुए कहा, "दुइ चार जनेन के दसखत अऊर ई माँ ह्वै जायेक चही। औ न होय तो गाजीखेड़ा के खाँ साहेब, अचल सिंह और कुर्ब जवार के अऊर गाँवन के जमींदारन के दसखत भी ह्वै जाएँ तो बढ़िया है।"

"तो ई कागद लिहे लिहे को फिरी अब। कउनौ बरात का न्योता तो आए न कि जालिम का कटोरा मां चाउर भर के सबके हियां पठै दीन जाए।"

मुंशीजी एक क्षण खामोश रहे, तब बोले, "हमही का देखक परी अब। गाजीखेड़ा के खां साहब तो तहसील मां कहौ मिलिन जाएँ। औ जहाँ तक दुसरे जनेन की बात आए सो काल्ह मियाँगंज की बाजार होई। तुम पंचे कोऊ जाओ तो हुआं कइउ जने मिलि जइहैं।"

"लाला अब तुम ही सब समझौ।" चंपा सिंह ने कहा।

"ठीक है।" मुंशी ने कहा और दरख्वास्त तह करके बस्ते में बंद कर दी।

दो-चार दिन में कुछ और लोगों के दस्तखत उसमें हो गए तो मुंशीजी ने दरख्वास्त सदर तहसील में डिप्टी कलेक्टर के पेशकार के हवाले कर दी।

तीन

मदारी पासी के एका आंदोलन संबंधी सी. आई. डी. की जो रिपोर्ट सरकार के पास पहुँची थी, उसे लेकर सरकार काफी चिंतित थी। उच्च अधिकारियों को इसमें बोल्शेविक क्रांति की बू आने लगी थी। अतः प्रांत के होम मेम्बर के यहाँ से एक विशेष आदेश सारे जिलों के कलेक्टरों के यहाँ पहुँचा था और उनसे 'एका' सम्मेलनों के सिलसिले में यदि उनके यहाँ यह सम्मेलन हुए थे तो, विस्तृत गोपनीय रिपोर्ट माँगी गई थी। इन सभी रिपोर्टों के आधार पर सरकार ने यह फैसला किया था कि मदारी पासी काफी खतरनाक किस्म का आदमी है, अतः उसे तुरंत गिरफ्तार कर लिया जाए तथा जिन-जिन स्थानों पर जिन लोगों ने भी 'एका' सम्मेलनों में भाग लिया है उन्हें भी हिरासत में ले लिया जाए तथा सरकार के खिलाफ बगावत करने के जुर्म में उनके ऊपर मुकदमे चलाए जाएँ।

इसी दौरान चंदनपुर के निवासियों की दरख्वास्त जिले के अधिकारियों के पास पहुँची तो डिप्टी कलेक्टर ने पुलिस के वरिष्ठ अधिकारियों को बुलाकर विशेष आदेश इस गाँव के लिए दिए, कि जो भी लोग वहाँ एका सम्मेलन में शामिल हुए हों, उन्हें तुरंत गिरफ्तार कर लिया जाए। ऊपर के स्तर से नीचे के स्तर तक पहुँचते-पहुँचते आदेश और सख्त हो गया और अंततः एक दिन एक दारोगा कुछ सिपाहियों के साथ चंदनपुर पहुँच

गया। सबसे पहले दारोगा स्वयं अपने घोड़े पर पहुँचा। गाँव पहुँचकर उसने जेब से दरख्वास्त निकालकर उस पर हस्ताक्षरकर्ताओं के नाम पढ़े और सबसे ऊपर बच्चल सिंह का नाम पढ़कर वह सीधे उन्हीं के दरवाजे पहुँचा।

बच्चल सिंह सिंह के दरवाजे पहुँचकर दारोगा ने अपना घोड़ा रोक दिया। बच्चल सिंह बाहर अपनी चौपाल में छप्पर के नीचे बैठे हुक्का पी रहे थे। दारोगा को देखते ही वह हुक्का वहीं छोड़कर बाहर आकर हाथ जोड़कर खड़े हो गए।

"आप ही का नाम बच्चल सिंह है?" दारोगा ने कहा।

"जी खादिम को ही बच्चल सिंह कहते हैं।"

"मदारी पासी और उसके साथियों के खिलाफ दरख्वास्त आपने ही दी है?"

"शिकायत तो सभी की है। एक दसखत मेरा भी है।"

दारोगा घोड़े से उतर पड़ा। बच्चल सिंह ने तुरंत अंदर से कुर्सी मँगवाई और अपने नौकर मेड़ई को आवाज देकर दरोगा के लिए शरबत-पानी लाने को कहा।

दारोगा काफी लंबा सफर तय करके आ रहा था। वह आराम से कुर्सी पर पसर गया।

शरबत आदि पीने के बाद उसने अपनी जेब से दरख्वास्त निकाली और बोला, "इसमें जितने लोगों के दस्तखत हैं सब इसी गाँव के हैं?"

"जी हाँ, करीब-करीब सब इसी गाँव के हैं।"

"बुलवा सकते हैं उनको यहाँ।"

"क्यों नहीं हुजूर।"

"बुलवाइए फिर।"

"जरा एक बार आप नाम पढ़ दें।"

दारोगा ने नाम पढ़ने शुरू किए, "बच्चल सिंह तो आप ही हैं।"

"जी सरकार।"

दारोगा ने उनके जवाब पर बिना कोई गौर किए आगे पढ़ना शुरू किया, "चंपा सिंह, बड़कऊ सिंह, अब्दुल गनी, अचल सिंह···।"

"अब्दुल गनी और अचल सिंह तो हुजूर गाजी खेड़ा के साकिन हैं।"

"यह कहाँ हैं।"

"यहाँ से कोई कोस डेढ़ कोस होगा।"

"ठीक है। और लोगों को बुलवाइए।"

बच्चल सिंह ने तुरंत मेड़ई को सबको बुला लाने का आदेश दिया, "मुंसिहूजी के घर मां देख लिहे। लाला होंय तो लाला नाई तो लछमी का बुलाए लाए।" उन्होंने कहा।

मेड़ई तुरंत लाठी लेकर चल दिया।

"यह दुर्जन खेड़ा कहाँ है?" दारोगा ने आगे पूछा। "गाँव के दक्खिन··· ?

"नहीं हुजूर। यह क्या रहा उत्तर को। गाँव से मिला समझिए। कोई आध पौन

कोस होगा यहाँ से।"

"कितनी आबादी होगी वहाँ?"

"आबादी?" बच्चल सिंह सोचने लगे।

"घर कितने होंगे?"

"यही कोई दस-बारह समझिए सरकार।"

तब तक उनका छोटा बेटा, दुबरी चाँदी की तश्तरी में पान ले आया था। बच्चल सिंह ने तश्तरी लड़के के हाथ से लेकर दारोगा की ओर बढ़ा दी।

दारोगा ने पान की गिलोरी मुँह में दबाते हुए आगे पूछा, "बहुत सरकश लोग हैं क्या वहाँ?"

"आजकल तो हुजूर जानते ही हैं। कांग्रेस और गाँधी के बल पर इन नीची जात वालों के दिमाग ढूँढे कहाँ मिलते हैं।"

"शिकायत आपको कांग्रेस से है कि मदारी पासी से?"

"हुजूर अब शिकायत तो इनकी सरकसी से है।" बच्चल सिंह से उत्तर दिया और मन-ही-मन अंदाज लगाने लगे कि दारोगा हिंदू है कि मुसलमान।

"हूँ।" दारोगा ने कहा, "असलहे भी हैं उनके पास?"

"उस दिन तो थे हुजूर।"

"किस दिन?"

"जिस दिन सभा हुई है इनकी।"

"बंदूके वगैरह भी।"

"सुनते तो हुजूर यही है।"

"बैठ जाइए।"

बच्चल सिंह वहीं चौपाल में पड़ी चारपाई पर बैठ गए। "फर्शी बनवाएँ हुजूर के लिए, पिएँगे?" उन्होंने पूछा। वह उसकी जाति या धर्म के बारे में किसी निर्णय पर नहीं पहुँच पाए थे फिर भी उन्होंने फर्शी के लिए पूछ लिया था। सोचा, मुसलमान होगा तो निगाली फेंक देंगे। दूसरी आ जाएगी।

"नहीं, नहीं।" दारोगा ने कहा, "ड्यूटी पर हूँ मैं।" तक एक क्षण बाद बोला, "घोड़े के लिए रातिब का कुछ इंतजाम करा दीजिए।"

"हाँ, हाँ," बच्चल सिंह ने दुबरी से कहा तो उसने दारोगा के घोड़े की लगाम पकड़कर उसे अपने घोड़े के थान पर लाकर बाँध दिया और घर से रातिब लाकर उसकी नाँद में डाल दिया। बच्चलसिंह का अपना घोड़ा उनका बड़ा लड़का भोंपू लेकर कहीं गया हुआ था।

"आप गये थे वहाँ?" दारोगा ने अगला प्रश्न किया।

"कहाँ हुजूर?"

"वहीं, मदारी पासी की सभा में।"

"मैं क्यों जाने लगा भला? उसमें तो सिर्फ नीच जात वाले लोग जाते हैं।"

"हूँ।....तो आपको सभा की खबर कैसे लगी?"

"किसको खबर नहीं है हुजूर। सभा के बाद पूरे गाँव में मशाल लेकर जुलूस निकला था। हम लोग अपने घरों में घुसकर दरवाजे न बंद कर लें तो यह समझिए कि जान बचाना मुश्किल थीं।" बच्चल सिंह को दरख्वास्त में लिखी यह बात सहसा याद हो आई।

दारोगा एक क्षण चुप रहा। तब बोला, "कुल कितने लोग थे?"

"रहे होंगे यही कोई सौ डेढ़ सौ।"

"आप तो कह रहे थे कुल दस-बारह घर हैं वहाँ—क्या नाम है उस मौजे का—हाँ, दुर्जन खेड़ा।" दारोगा ने दरख्वास्त देखते हुए कहा।

"आसपास के गाँवों के लोग भी तो थे हुजूर।"

तभी बच्चल सिंह ने सामने गलियारे में एक बैलगाड़ी को इधर आते देखा और उन्हें समझते देर नहीं लगी कि उसमें पुलिस के सिपाही बैठे हैं। वह गौर से उधर देखने लगे।

"इस गाँव में कितनी बंदूके हैं? आपके पास लाइसेंस है?"

"जी सरकार।"

"और कितनी बंदूकें हैं?"

"दो-एक और होंगी।"

"किसके किसके पास हैं?"

"चंपा सिंह, मुंशीजी।"

"यह मुंशीजी कौन हैं?"

"कानूनगो हैं इस इलाके के।"

"दरख्वास्त उन्होंने ही लिखी है?"

"जी हुजूर।"

तब तक बैलगाड़ी उनके दरवाजे आकर रुक गई। उसमें चार-पाँच सिपाही बैठे थे। दो-एक के पास बंदूकें भी थीं।

यह किस जहमत में फँस गए, बच्चल सिंह ने पुलिसवालों की ओर देखते हुए मन-ही-मन सोचा। पूरा अमला चला आ रहा है। इन सालों को खिलाने-पिलाने में ही पुनस्तर ढीला हो जाएगा।

"आ गए तुम लोग? कोई दिक्कत तो नहीं हुई।" दारोगा ने पुलिसवालों से पूछा।

"दिक्कत काहे की।" दारोगा के मुँहलगे सिपाही रामसिंह ने कहा और बैलगाड़ी से उतरकर अपनी वर्दी ठीक करने लगा। बच्चल सिंह लपककर अंदर से दो चारपाई और निकाल लाए और इन लोगों के लिए भी शरबत बनाने का आदेश दे दिया।

मेड़ई तब तक लौट आया था। चंपा सिंह उसके साथ थे। बड़कऊ सिंह भी थोड़ी

दूर पर पीछे-पीछे आते दिखाई दिए। मुंशीजी तहसील गए हुए थे। लक्ष्मी घर पर थे। उन्होंने कहलवाया था कि वह तुरंत आ रहे हैं।

इतनी देर में बच्चल सिंह के दरवाजे बच्चों की खासी भीड़ जमा हो गई थी। दूर खड़े इन खाकी वर्दीवालों को कोई कौतुक समझकर वह उन्हें घूर रहे थे।

एक बच्चा दो-तीन और बच्चों को समझा रहा था, "यू जऊन करिहाँउँ मां बाँधे है, तमंचा आए यू। ई मां एक दायं गोली भर दीन जात है औ जइसेन तुम घोड़ा दबायो," उसने दाहिने हाथ की मुट्ठी बाँधकर तर्जनी तान ली और दूसरे बच्चों की ओर घुमाते हुए बोला, "कि गोली निकरै लाग। ठाँयँ, ठाँयँ, ठाँयँ।"

दरोगा ने उस बच्चे को ऐसा करते हुए देख लिया। "भगाओ इन सालों को।" उसने एक सिपाही से कहा तो वह लाठी लेकर उनकी ओर लपका। उसे देखते ही सारे बच्चे सहम कर भाग खड़े हुए। लेकिन थोड़ी ही दूर जाकर वे रुक गए।

उसी बच्चे ने जो तमंचा चलाने की तरकीब और बच्चों को बता रहा था, बोला, "आज ई बच्चल सिंह चोदऊ पकर लीन जइहैं। यही मारे यू दरोगा औ पुलिस आई है।"

"काहे पकर लीन जइहैं ?" दूसरे बच्चों ने पूछा।

"हमार बप्पा कहत रहैं," एक और बच्चे ने इधर-उधर देखकर फुसफुसाते हुए कहा, "कि ई डाका डरवावत हैं।"

"हट, डाका नाइ तो सब डरवावत हैं।"

"फिर काहे पकर लीन जइहैं ?"

जिस बच्चे ने यह सूचना दी थी कि बच्चल सिंह पकड़ लिए जाएँगे, उसने वैसे ही अंदाजन यह बात कह दी थी। अब उसे लगा कि इसका कोई कारण भी होना चाहिए। वह बराबर इस बारे में सोच रहा था।

तभी किसी बच्चे ने कहा, "ललुवै ते पूछौ, यहै बताई कि काहे पकर लीन जइहैं।" तो उसने भेदभरे भाव से कहा, "गाँधी बाबा का गरियावत रहैं ई। यही मारे पकर जइहैं।"

इस बीच नये आए सिपाहियों को भी शरबत का सेवन करा दिया गया था। पान दोहरे की तश्तरी भी घूम चुकी थी। गाड़ीवान को भी, जिसे पुलिसवाले किसी गाँव से पकड़ लाए थे, शरबत पिला दिया गया था।

"हजूर हमका छुट्टी मिल जात।" गाड़ी वाले ने हाथ जोड़कर कहा तो एक पुलिस वाले ने उसे डाँटा, "चुप्पे खड़ा रह अपनी जगह।"

"कहाँ से ला रहे हो इसे ?" दरोगा ने पूछा।

"अच्छेपुर का है शायद। क्यों बे कौन गाँव है ?"

"अच्छेपुर सरकार।"

"ठीक है इसको जाने दो। यहाँ से दूसरी गाड़ी का इंतजाम हो जाएगा। क्यों ठाकुर साहब ?"

"हाँ, हाँ। बिल्कुल हो जाएगा।"

गाड़ीवाला बैल जुए में नहने लगा।

"अरे थोड़ी देर बैलन का सुस्ताए ले दे न।" बच्चल सिंह ने कहा। तब मेड़ई से बोले, कुछ खली भूसा लाके दे इनका।"

मगर गाड़ी वाले ने मना कर दिया। बैलों को गाड़ी में नह चुका तो गाड़ी मोड़कर उसने दारोगा और पुलिसवालों को हाथ जोड़कर नमस्कार किया, तब गाड़ी पर बैठकर गाड़ी धीरे-धीरे आगे बढ़ाने लगा। थोड़ी ही दूर आगे गया होगा कि उसने गाड़ी को दौड़ाना शुरू कर दिया मानो डर रहा हो कि कहीं दोबारा न बेगार में पकड़ लिया जाए।

तब तक लक्ष्मी भी आ गए थे। बच्चल सिंह, चंपा सिंह और बड़कऊ सिंह का परिचय दारोगा को दे चुके थे। लक्ष्मी के आने पर उन्होंने उनका परिचय भी दारोगा से कराया तो दारोगा ने नए सिरे से तफतीश शुरू की और लगभग वही सवाल जो अब तक बच्चल सिंह से कर चुका था, इन लोगों से भी किए। इन लोगों ने भी उसके प्रश्नों के लगभग वही उत्तर दिए।

पहले तो दारोगा ने यह सोचा कि पुलिसवालों को दुर्जन खेड़ा भेजकर सबको बुलवा ले। लेकिन फिर यह सोचकर कि उन लोगों के घरों की तलाशी भी लेनी पड़ सकती है, बल्कि एक तरह से लेना जरूरी है, उसने यह निर्णय लिया कि पूरा अमला उधर ही चले।

"आप लोग भी अपनी बंदूकें ले लीजिए।" दारोगा ने वहाँ जमा अन्य लोगों से कहा।

"इसकी क्या जरूरत है। हुजूर के पास तो पिस्तौल है ही और फिर इन लोगों के पास बंदूकें भी हैं," बड़कऊ सिंह ने पुलिसवालों के लिए कहा।

"चलिए फिर चला जाए।" दारोगा उठकर खड़ा हो गया।

"एक बात हुजूर बता दें।" बच्चल सिंह चलते-चलते रुक गए।

"बोलिए ?"

"खाना कच्चा खाएँगे कि पक्का ?"

दारोगा कुछ सोचता-सा लगा। "जिसमें सहूलियत हो," उसने कहा। तब एक क्षण रुककर बोला, "आज बाजार नहीं है यहाँ कहीं करीब में ?"

"हुकुम करें सरकार। गाँव की बाजार तो बुध को लगती है लेकिन सब इंतजाम हो जाएगा।"

"क्यों भई रामसिंह क्या खयाल है ?" दारोगा ने रामसिंह की ओर देखकर पूछा जो हथेली पर तंबाकू मल रहा था।

"अरे एक-आध जानवर तो गाँव में किसी-न-किसी के यहाँ मिल ही जाएगा। क्यों ठाकुर साहब, बकरी-बकरा नहीं पले हैं यहाँ किसी के यहाँ।"

"यहाँ तो मुश्किल है लेकिन जहाँ चल रहे हैं वहाँ हो सकता है हों।"

"फिर क्या फिकर है ?" रामसिंह ने तंबाकू होंठ में दबाते हुए इत्मीनान से कहा।

तब बच्चल सिंह का हाथ पकड़कर एक ओर थोड़ा हटकर बहुत धीमी आवाज में बोला, "और पीने-वीने का कुछ प्रबंध ?"

"वह भी हो जाएगा।" बच्चल सिंह ने लक्ष्मी की ओर देखते हुए उत्तर दिया।

लक्ष्मी ने रामसिंह की बात सुन ली थी। लेकिन वह खामोश रहे।

रामसिंह ने, जो अभी भी बच्चल सिंह की बाँह पकड़े हुए था, आगे कहा, "और खाना पक्का ही बनवाइएगा ठाकुर साहब।" वह लगभग फुसफुसाते हुए बोला, "दारोगाजी मुसलमान हैं।"

"सब धरम नास कइ दिहिस सार।" बच्चल सिंह ने मन-ही-मन कहा। प्रत्यक्ष केवल इतना बोले, "अच्छा किहो जो बता दिहो।"

इस ओर से आश्वस्त होकर रामसिंह दारोगा के निकट आकर उससे बोला, "चलिए हुजूर, पहले काम निपटा दिया जाए।"

"हाँ चलो।" दारोगा ने कहा।

"मुझको आप इजाजत दें तो मैं चलूँ। मेरे घर में तबियत कुछ अलील है।" लक्ष्मी ने कहा।

दारोगा ने लक्ष्मी की ओर घूरकर देखा।

"मेरे दस्तखत भी इसमें नहीं हैं।" लक्ष्मी ने दरोगा की जेब में रखी दरख्वास्त की ओर इशारा करते हुए कहा।

"आपका मतलब इस दरख्वास्त में सब गलत लिखा है ?"

"यह तो मैंने नहीं कहा। मैंने आपसे अर्ज किया न कि घर में तबियत खराब है।"

तभी बच्चलसिंह बीच में बोल पड़े, "इन्हें जाने दीजिए हुजूर।" और बिना दारोगा की किसी प्रतिक्रिया की प्रतीक्षा किए लक्ष्मी का हाथ पकड़कर एक ओर ले जाते हुए बोले, "एक आध बोतल तो धरी होई घर मां कि नाहीं ?"

"को जाने।" लक्ष्मी ने उत्तर दिया। "जायेक देखित हैं।"

"न होय तो भइया कहूं ते इंतजाम कइ लिहो। काहे ते कि लागत है यू सार उइके बिना खाना न खाई।"

"अरे ई के भरे का तो होइबै करी। नाई तो फिर कहूं ते इंतजाम कीन जाई। दुर्जन खेड़ा तो जाइन रहे हौ। हुआँ कोहू न कोहू के घर मां मिलिन जाई। सबै सार तो खीचँत हैं।"

"यहौ ठीक है।" बच्चल सिंह ने कहा, "मुदा तुम देख लिहो औ जइसेन लाला आवैं वइसेहे उनका भेज दिहो। वई संभरिहैं आये के सब। हमरे बस की बात न आए।"

लक्ष्मी चुप रहे।

"हमरे बिचार ते दुइ एक घंटा मां तो लाला का आ जायेक चही ?" बच्चल सिंह ने आगे कहा।

"अब हम का बताई। बजारै वजारै न कहूँ चले जाएँ कि कहौ कहूँ दउरा पर निकर

जाएँ।"

"अच्छा तुम जाओ।"

लक्ष्मी चले गए। और लोग दुर्जन खेड़ा की ओर चल दिए।

तब तक पूरे गाँव में यह खबर फैल गई थी कि गाँव में पुलिस की कुमुक आई है। पता नहीं क्या होनेवाला है। औरतें अपने दरवाजे से लगकर होंठों ही होंठों में 'हे भगवान, की पर या गाज गिरी आज' बुदबुदाते हुए डरी, सहमी-सी पुलिसवालों को जाते देखती रहीं। मर्द भी आड़ में हो गए कि कौन फजीहत में पड़े। पता नहीं किसको साले पकड़ लें कि खामख्वाह गवाही में ही धर लें।

हाँ, बच्चे जो पुलिसवालों के डाँटने-डपटने से दूर हट गए थे, जरूर दोबारा एकत्र होकर कुछ फासला बनाकर पुलिसवालों और गाँव के ठाकुरों की इस टोली के पीछे-पीछे चल रहे थे।

तभी किसी बच्चे ने अपने और साथियों कहा, "अच्छा, गाँधी बाबा की जय बोली जाय भला?"

तेजशंकर जब यहाँ था तो अक्सर ही बच्चे उसके साथ साथ 'भारत माता की जय', 'महात्मा गाँधी की जय' बोलते चलते थे। उसके गाँव से जाने के बाद भी अक्सर ही वह खेल-खेल में ही यह नारे लगाने लगते।

"बोल न," किसी दूसरे बच्चे ने कहा।

"बोली?"

"हाँ बोल।"

"बोली?"

"का बोली बोली कै रहा है, बोलत काहे नाई।"

"बोल महात्मा गाँधी की," उस बच्चे ने जोर से आवाज दी।

"जय।" शेष सब बच्चों ने मिलकर उतनी ही जोर से उत्तर दिया।

दारोगा सबसे आगे चल रहा था। उसके तथा बच्चों के बीच काफी फासला था। लेकिन नारा इतनी जोर से लगाया गया था कि वह चौंक पड़ा और पीछे मुड़कर देखने लगा।

"मार सालों को।" उसने पुलिसवालों को आदेश दिया।

पुलिसवाले बच्चों के पीछे दौड़े। बच्चे एकदम सहम गए और जिसको जिधर जगह मिली, भागा। मगर एक बच्चा पकड़ में आ गया। जिस पुलिसवाले ने उसे पकड़ा था, उसने उसे पकड़ते ही एक भरपूर झापड़ उसके गाल पर जड़ दिया। बच्चा जोर-जोर से रोने लगा।

पुलिसवाला उसे पकड़कर दारोगा के सामने ले आया।

"क्यों बे गाँधी तोर बाप लागैं का?" दरोगा ने उसे डाँटा।

"हम न आन।" बच्चे ने कहा।

"का न आन ?"

"हम नारा नाई लगावा।"

"फिर किसने लगाया ?"

"ललुवा आए।"

बच्चल सिंह ने बच्चे को पहचान लिया। वह चंदिका कहार का बेटा था जो उनके यहाँ पानी आदि भरने का काम करता था।

"अरे जाने भी दीजिए हुजूर।" उन्होंने कहा और एक करारी चपत बच्चे की गुद्दी पर लगाते हुए बोले, "भाग साले। अब देखाई न दिहे अइसी नाई तो दारोगा साहब हथकड़ी डार के साथै लिहे जइहें।"

बच्चे ने गुद्दी पर हाथ रखा और सरपट वहाँ से भागा।

"बताइए, जरा-जरा से लौण्डे····एक झापड़ में मूत मारेंगे और चले हैं गाँधीजी की जय बोलने।" दारोगा ने कहा।

"इन्हीं सब बातों से तो सरकसी बढ़ रही है। शरीफ आदमियों का गाँव में रहना मोहाल हो रहा है।" चंपा सिंह ने कहा।

तब तक दुर्जन खेड़ा की बस्ती सामने कुछ दूर पर दिखाई देने लगी थी।

"दुर्जन खेड़ा यही है हुजूर। वो दिखाई दे रहा है।"

दारोगा चलते-चलते रुक गया। "सुनो।" उसने साथ आए पुलिसवालों को संबोधित किया, "तुम दो लोग इधर से जाओ," उसने दाहिनी ओर इशारा किया, "और तुम दो लोग इधर बाईं तरफ से। भागने न पाए कोई। और रामसिंह तुम हमारे साथ रहो।"

"हम लोग यहीं रुकें क्या ?" बच्चल सिंह ने पूछा।

"नहीं, आप लोग हमारे साथ चलिए। शिनाख्त कौन करेगा ?"

बच्चल सिंह मन-ही-मन पछता रहे थे कि बेकार की जहमत मोल ले ली। अब चंपा सिंह भी पछताने लगे कि खामख्वाह मुंशीजी के कहने में आकर यह दरख्वास्त भिजवा दी, नहीं तो यों ही डाँट-डपटकर सब सालों को सीधा कर लिया जाता। अब तो उन्हें यह भी लगने लाा कि किसी बात में कोई परिवर्तन आया ही कहाँ था! किसी भी सूद चमार में इतना साहस था ही कहाँ कि किसी जमींदार कि साहूकार की बात टाल जाए। आँख मिलाकर बात करने की बात तो दूर रही।

चार

पुलिस का अमला गाँव के जमींदारों के साथ दुर्जन खेड़ा पहुँचा तो देखा सभी लोग अपने घरों से बाहर निकलकर जैसे उनकी प्रतीक्षा में ही खड़े हों। वास्तव में पुलिसवालों

के पीछे जो बच्चे चल रहे थे उनमें से एक-दो यहाँ के भी थे। पुलिसवालों द्वारा दौड़ाए जाने पर जान बचाकर भागते हुए वे सीधे यहाँ पहुँचे थे और हाँफते-हाँफते यहाँ के लोगों को यह सूचना दी थी कि "चंदनपुर मां पुलिस का बड़ा फऊज पाटा आवा है, बच्चल सिंह पकर लीन गे हैं। दरोगा उनका लिहे अइसी ही आये रहा है।"

पहले तो किसी ने बच्चों की बात पर विश्वास नहीं किया लेकिन जब लोगों ने कुछ आदमियों को इधर आते देखा और उनमें से कुछ के सिरों पर लाल पगड़ी भी चमकी तो सब अपनी-अपनी झोंपड़ियों से बाहर निकल आए और अचरज से उधर देखने लगे। तभी दाईं तथा बायीं ओर से भी दो दो पुलिसवाले आते दिखाई दिए। इस तरह तीन ओर से पुलिसवालों को आता देख लोगों के कौतूहल की भावना भय और तब आतंक में बदलने लगी।

तभी थोड़ा और निकट आने पर दारोगा, जो नया और अनुभवहीन होने के कारण यह समझ नहीं पा रहा था कि उन लोगों से क्या बरताव करे, चिल्ला कर बोला, "खबरदार कोई अपनी जगह से न हिले।" और इतना कहते ही उसने पिस्तौल कमर से निकालकर हाथ में ले ली। गाँव के कुत्ते पुलिसवालों को देखकर जोर-जोर से भूँकने लगे। पता नहीं दारोगा ने क्या समझा, उसने तेजी से आगे बढ़कर पिस्तौल से हवा में फायर कर दिया और दोबारा चिल्ला कर बोला, "अगर कोई अपनी जगह से हिला तो गोली मार दूँगा।"

लोग और सहम गए और भय से पुलिसवालों की ओर देखने लगे। दो-एक के तो इतनी जोर से पाँव काँपने लगे कि उनके लिए खड़े रह पाना असंभव हो गया और वह अपने स्थान पर ही उकड़ूँ होकर बैठ गए।

"यू सार तो लागत है, अच्छा खासा बवंडर करी," बच्चल सिंह ने मन-ही-मन कहा। किंतु प्रत्यक्ष चुपचाप दारोगा के पीछे थोड़ी दूरी पर रुककर खड़े हो गए।

दारोगा वहाँ खड़े लोगों के समीप पहुँचकर रुक गया और अपने स्थान पर खड़े-खड़े पुलिसवालों को आदेश देते हुए बोला, "घेर लो सालों को चारों तरफ से।" तब वहाँ खड़ी भीड़ को, जिसमें बच्चे और महिलाएँ भी थीं, देखकर यह अनुमान लगाने लगा कि यह लोग कितने सरकश हैं और किस सीमा तक जा सकते हैं तथा उसका अगला कदम क्या होना चाहिए।

"राम सिंह, देखो और कोई अंदर है। जो भी घरों के अंदर हों सब सालों को बाहर निकालो।" उसने आगे कहा।

दो-एक बूढ़े, बीमार तथा अपाहिज किस्म के लोग अंदर थे। पुलिसवाले उन्हें भी जबरन घसीटकर बाहर ले आए। उनमें एक टिकुली के ससुर, खूंटी का बाप, तो इतना बूढ़ा और कमजोर था कि फर्श पर बैठ भी नहीं सकता था। पुलिसवालों ने उसे बाहर घसीटकर वहाँ जमीन पर डाल दिया। उसके हाथ-पाँव अकड़े हुए थे। मुँह, जो बिल्कुल पोपला था, खुला हुआ था और जबरदस्ती भी बंद नहीं किया जा सकता था। हाँ, उसकी

आँखें जरूर काफी चैतन्य थीं जैसे उसकी सारी जिजीविषा उन्हीं में समाहित हो। उसने जमीन पर पड़े-पड़े ही आँखें घुमाकर अपने चारों ओर देखा तब अपनी दृष्टि दारोगा के चेहरे पर जमाते हुए अपने दोनों हाथ, जो बुरी तरह से काँप रहे थे, किसी तरह हवा में ऊपर उठाकर, जोड़ दिए।

उसके नेत्रों में जाने कैसी सम्मोहन शक्ति थी कि दारोगा सहसा अंदर-ही-अंदर बेचैनी-सी अनुभव करने लगा। "इसे क्यों उठा लाए यहाँ। इसको वापस ले जाओ।" उसने कहा।

दो पुलिसवालों ने उसे सिर और पैर से पकड़ा और जिस तरह उसे यहाँ लाए थे, उसी तरह उठाकर घर के अंदर रख आए।

शेष बचे लोगों की ओर दारोगा ने एक बार फिर घूरकर देखा। तब दहाड़कर बोला, "बहुत सरकशी सवार है। चमड़ी उतार ली जाएगी बदन से।"

किसी ने कोई उत्तर नहीं दिया।

"क्या करोगे? क्यों? लगान नहीं दोगे। खेत नहीं जोतोगे। बेगार नहीं भरोगे। सरकार के खिलाफ बगावत करोगे।" तब एक क्षण रुककर बोला, "सरकार के खिलाफ बगावत का अंजाम मालूम है?"

इस बार भी किसी ने कोई उत्तर नहीं दिया।

तभी दारोगा ने आगे बढ़कर हरिया के, जो ठीक दारोगा के सामने सीना ताने खड़ा था, जोर का एक झापड़ रसीद किया। "क्यों बे, बोलता क्यों नहीं।"

हरिया के गाल पर उँगलियों के निशान उभर आए। उसकी बगल में टिकुली अपने बच्चे को गोद में लिए खड़ी थी। सहसा उसका बच्चा जोर-जोर से रोने लगा। दारोगा ने उसकी ओर घूरकर देखा। टिकुली ने बच्चे को चुप कराने का कोई प्रयास नहीं किया।

तभी दारोगा को खयाल आया कि उसे इन लोगों के घरों की तलाशी भी लेनी चाहिए।

"तलाशी लो सब घरों की!" उसने एक कांस्टेबुल से कहा।

सभी पुलिसवाले अलग-अलग घरों के अंदर घुस गए। थोड़ी ही देर में दो-तीन कुल्हाड़ी, आठ दस लाठियाँ, चार-छः फसल काटने वाले हँसिए तथा लग्घी में बँधे हुए दो एक छोटे हँसिए लाकर उन लोगों ने वहीं जमीन पर ढेर कर दिए।

एक कांस्टेबुल टिकुली के घर से उसका चरखा भी, जो तेजशंकर उसे दे गया था, निकाल लाया। "हुजूर यह भी है यहाँ।" उसने इस तरह कहा जैसे कत्ल के किसी केस में हत्या में प्रयुक्त हथियार उसके हाथ लग गया हो।

टिकुली ने उसे देखते ही अपने बच्चे को सहसा जमीन पर छोड़ दिया और लपककर उस कांस्टेबुल के पास पहुंचते हुए बोली, "ई, का धरा रहै देव हुएं, यू गाँधी बाबा केर आए।"

"इसको इधर पकड़कर लाओ रामसिंह।" दरोगा ने रामसिंह से कहा।

लेकिन रामसिंह को टिकुली को पकड़ने की जरूरत नहीं पड़ी। वह स्वयं आकर दारोगा के सामने खड़ी हो गई।

"यह कहाँ से लाई तू?" दरोगा ने पूछा।

"ई हमका बाबू दिहिन हैं।"

"कौन बाबू?" दारोगा ने एक बार टिकुली, तब बच्चल सिंह की ओर मुड़कर देखा।

"एक लड़का, आया था यहाँ गाँव में कांग्रेस का परचार करने। वही दे गया होगा।"

"तो यह मामला भी है यहाँ।" दारोगा ने कहा। उसे इस बात की पूरी जानकारी थी कि सरकार ने कांग्रेसियों की धर-पकड़ शुरू कर दी है। वह मन-ही-मन सोचने लगा कि आखिर इस चरखे का वह क्या करे? क्या उसे बतौर प्रमाण अपने कब्जे में लेकर कोर्ट में दाखिल कर दे? या फिर तोड़ताड़ कर फेंक दे? एक क्षण वह असमंजस में रहा, तब उसने तय किया कि उसे नष्ट कर देना ही उचित होगा। उसके पास जो शिकायत थी, जिसकी तफ्तीश करने को उससे कहा गया था, उसमें चरखे का कोई जिक्र नहीं था। अतः चरखे को बतौर सबूत जब्त करने में खामखाह का झमेला था। साथ ही उसे ज्यों का त्यों छोड़ देना भी ठीक नहीं था। कहीं बाद में कुछ और पड़ताल हुई और यह चरखा उस समय बरामद हो गया तो उससे पूछा जा सकता है कि उसने अपनी रपट में इसका जिक्र क्यों नहीं किया। अपने स्थान पर खड़े-खड़े उसने अपना सिर हिलाया, जैसे वह सारी बात समझ गया हो। तब बोला, "लाना तो यह चरखा यहाँ।"

इससे पहले कि कांस्टेबुल आगे बढ़ता टिकुली तड़पकर झपटी और चरखा उसके हाथ से लेकर घर के अंदर भागी।

"इस साली की यह मजाल! पकड़ो इसको रामसिंह।" दारोगा का कहना था कि दो-तीन कांस्टेबुल झपटकर भागे और टिकुली को घसीटकर बाहर ले आए। एक कांस्टेबुल चरखा भी बाहर उठा लाया। तभी एक और कांस्टेबुल टिकुली के घर के अंदर से उसके द्वारा चरखे पर काते गए सूते की ढेर सारी लच्छियाँ अपने दोनों हाथों में लेकर निकलता हुआ दिखाई दिया।

"यह देखिए हुजूर।" उस कांस्टेबुल ने सूत की लच्छियों को दोनों हाथों से ऊपर उठाकर धीरे-धीरे नीचे गिराते हुए कहा, "यह भी है यहाँ। खाली चरखा ही नहीं है। चरखे का इस्तेमाल भी हुआ है। महीनों से सूत-कताई चल रही है।"

"हूँ।" दरोगा ने जमीन पर बिखरे हुए सूत पर इस तरह निगाह डाली जैसे वह सूत न होकर जमीन से खोदकर निकाली गई मक्तूल की सड़ी हुई लाश हो।

"हूँ।" उसने दुबारा हुँकारी भरी। इस बार कुछ ज्यादा ही जोर से। मानो अब सारी बातें उसकी समझ में आ गई हों, "देखो, और क्या है अंदर।" उसने कहा।

सिपाही फिर टिकुली के घर में घुस गए और इस बार एक गठरी में बँधा हुआ थोड़ा सूत और रुई और निकाल लाए।

"इसी पर डाल दो।" दारोगा ने बिखरे हुए सूत के ढेर की ओर इशारा किया। "और यह चरखा भी रख दो उसी पर।"

पुलिसवालों ने वैसा ही किया।

"रामसिंह माचिस निकाल कर इसमें आग लगा दो।....साली रंडी।"

दारोगा का इतना कहना हुआ कि टिकुली, जिसे दो कांस्टेबुल उसके दोनों हाथों से पकड़े खड़े थे, सहसा उनकी पकड़ से छिटककर अलग हो गई और चरखे की ओर लपकी।

"मार साली को। तोड़ दे हाथ-पाँव सब।" दारोगा ने कहा तो पुलिस के सिपाही उसे बंदूक के कुंदों तथा लाठियों आदि से मारने लगे। टिकुली जो सूत के ढेर के ऊपर गिर पड़ी थी, मार खाती रही लेकिन चरखा उसने अपने हाथ से नहीं छोड़ा।

टिकुली का पति मंगलू उसे चुपचाप मार खाते देखता रहा लेकिन उसके देवर हरिया से नहीं रहा गया।

"काहे मारत हौ सरकार ई का?" उसने अपने गुस्से को जब्त करते हुए कहा।

"मार इस साले को भी।" दारोगा भड़क उठा।

सिपाहियों ने टिकुली को छोड़ दिया और हरिया को मारने लगे। हरिया दोनों हाथ सिर पर रखकर बैठ गया। सिपाहियों ने उसे मारते-मारते लहूलुहान कर दिया।

टिकुली का शरीर भी जगह-जगह से फूट गया था। उसके जख्मों से खून बह रहा था लेकिन वह अब भी चरखे को अपने सीने से लगाए बैठी थी। दारोगा ने यह देखा तो आगे बढ़कर उसके सीने पर जोर से एक लात मारी जिससे टिकुली अपने स्थान पर गिर पड़ी और चरखा उसके हाथ से छूट गया। दारोगा, जो अब तक काफी गुस्से में आ चुका था, अपना गुस्सा चरखे पर ही उतारने लगा और उसे पैरों से कुचलकर उसके अंजर-पंजर अलग कर दिए। टिकुली मर्माहत होकर जमीन पर बेहोश पड़ी थी। हरिया भी बुरी तरह जख्मी होकर जमीन पर लुढ़क गया था।

दारोगा ने टूटे हुए चरखे को पैर से ही सूत के ढेर के ऊपर कर दिया और ढेर में आग लगा दी।

"साले, हरामी की औलाद।" दारोगा बदहवास-सा गाली बके जा रहा था।

इस बीच खूंटी का बाप, जिसे पुलिसवाले घर से बाहर निकालने के बाद दोबारा अंदर डाल आए थे, पता नहीं कैसे जमीन पर ही सरकता हुआ बाहर आ गया था और दारोगा का ध्यान आकर्षित करने के लिए अपने दाहिने हाथ से जमीन पर थापें जैसी लगा रहा था।

दारोगा की निगाह उसकी ओर गई तो इस बार फिर उसने किसी तरह अपने दोनों हाथ, जितना ऊपर उठ सकते थे उठाकर जोड़ दिए और अपना मुँह फैलाए हुए कातर किंतु

भयावह दिखनेवाले नेत्रों से दारोगा को देखने लगा।

"रामसिंह, चलो सालों के हथकड़ी लगाओ सबके।" दारोगा ने कहा।

पुलिसवालों ने बढ़कर सबके हाथों में हथकड़ियाँ डाल दीं। कुल मिलाकर ग्यारह लोग थे। खूंटी के बाप, स्त्रियों और बच्चों को छोड़ दिया गया था।

हथकड़ियाँ इतनी थी नहीं। फिर भी किसी तरह एक-एक हथकड़ी में दो-दो लोगों के एक-एक हाथ बाँधकर पुलिसवाले चल दिए। वहाँ जमीन पर पड़ी ढेर सारी कुल्हाड़ियाँ, हँसिए आदि भी उन्होंने उठा लिए।

टिकुली अभी भी अपनी जगह बेहोश पड़ी थी और उसका बच्चा, जो इस सारे समय रोता रहा था, अब भी रोए जा रहा था।

खूंटी का बूढ़ा बाप देर तक हवा में हाथ जोड़े पुलिसवालों को उन लोगों को हथकड़ी डालकर ले जाते देखता रहा। तब किसी तरह अपने हाथों को, जो जंग खाई हुई मशीन के पुर्जों की तरह हवा में ही जाम हो गए थे, अपने सीने तक लाकर अपने खुले हुए नेत्रों से आकाश की ओर निहारा और एक लंबी साँस लेकर नेत्र बंद कर लिए।

पाँच

दुर्जन खेड़ा के लोगों को हिरासत में लेकर पुलिस का अमला चंदनपुर के करीब पहुँचा तो रामसिंह को बकरे का खयाल आया। "काहे ठाकुर साहब, जानवर तो हुआं कहूं दिखा नाई।" उसने बच्चल सिंह से कहा।

"अब कौन जाने साला, पहले पालते तो थे। या फिर हो सकता है, हम लोगों को आता देखकर इधर-उधर हँका दिया हो।"

"और वह चीज?"

"क्या?" बच्चल सिंह समझते हुए भोले बने रहे।

"दारू।"

"अब वह तो यही साले सब खींचते हैं। तुम लोग अंदर घुसे थे तो कहीं दिखाई नहीं दी?"

"अब उस वक्त यह सब ध्यान में कहाँ था।"

तभी बदलू मनिहार के दरवाजे से वह लोग निकले तो उसके चबूतरे पर बँधे खस्सी पर रामसिंह की निगाह पड़ गई।

"यह किसका घर है?" उसने बच्चल सिंह से पूछा।

"बदलू का आए जानौ।" चंपा सिंह ने कहा।

"कौन बदलू?"

"मनिहार है।"

रामसिंह, जो थोड़ा आगे-आगे चल रहा था, तुरंत दारोगा के पास जाकर उसके कान में कुछ फुसफुसाया।

"हाँ, यह भी तो था साला।" दरोगा ने झूठ-मूठ जेब से कोई कागज निकालकर देखा।

बदलू अंदर छप्पर के नीचे मचिया पर बैठा अपनी भट्ठी सुलगाए लाख की चूड़ियाँ गढ़ रहा था। बाहर शोरगुल सुनकर वह उठने को हुआ कि दो कांस्टेबुल अंदर जाकर उसको हाथ से घसीटकर बाहर खींच लाए।

बदलू की आयु लगभग सत्तर साल रही होगी। दुबला शरीर, लंबी सन-सफेद दाढ़ी और माथे पर नमाज पढ़ते समय सिर जमीन पर रगड़ने से पड़ा हुआ काला निशान।

"यही है हुजूर।" रामसिंह ने उसे बाहर लाते हुए कहा।

"का खता भै हमसे ठाकुर साहब?" बदलू ने पुलिसवालों के बजाय बच्चल सिंह से पूछा।

बच्चल सिंह ने कोई उत्तर नहीं दिया।

"यहाँ लाओ साले को। अभी हम खता बताते हैं।" दारोगा ने कहा तो रामसिंह ने बदलू की खींचकर उसके सामने कर दिया।

"आपै बतावें सरकार।" बदलू ने कहा।

दारोगा ने उसके गाल पर जोर का एक झापड़ मारते हुए कहा, "यह खता हुई। समझा कि अभी और समझाएँ?"

"या तो कउनौ खता नाई भै सरकार," बदलू ने कहा।

"खस्सी खोल लो साले का।" रामसिंह ने एक अन्य पुलिसवाले से कहा।

"हुजूर, खता नाई बताए हमार?" मार खाने के बावजूद बदलू अपनी बात पर अड़ा रहा।

"जेल में चक्की पीसेगा तब खता पता चलेगी। साले कुड्डुम की औलाद।" दारोगा ने एक झापड़ उसे और दिया।

तब तक बदलू का बेटा रहमान, जो पास ही कहीं बंसवाड़ी में बाँस काट रहा था, हाथ में हँसिया लिए हुए वहाँ आ गया।

"का भवा अब्बा?" उसने घबराकर अपने पिता से पूछा।

"इसको भी पकड़ो साले को। पहले हँसिया छीनो साले का।"

दो-तीन पुलिसवाले तुरंत उस पर झपटे और उसे दोनों हाथों से पकड़ लिया। हँसिया छीनने में उन्हें कोई कठिनाई नहीं हुई क्योंकि उसकी ओर से किसी प्रकार का कोई प्रतिरोध था ही नहीं।

तभी बदलू ने फिर कहा, "हुजूर पकड़ सबका लेव मुदा बंदे की खता तो बता देव।"

"कितनी बार बताएँ साले। 'एका' करने नहीं गया था तू ?"

"कैसा एका ? हम समझे नाई हुजूर।"

दारोगा को पूरा विश्वास था कि यह बुड्ढा कहाँ गया होगा। उसका उद्देश्य तो केवल खस्सी हड़पने का था, जिसे अब तक एक पुलिसवाला उसके स्थान से खोलकर उसकी रस्सी अपने हाथ में मजबूती से पकड़े था। खस्सी अजनबी लोगों को देखकर बराबर अपनी गरदन हिलाए जा रहा था जिससे उसके गले में पड़े पीतल के घुँघरू टुनटुना रहे थे।

"अबे मदारी पासी की सभा में नहीं गया था तू ?"

दारोगा के आश्चर्य की सीमा न रही जब बदलू ने उत्तर में कहा, "गये तो रहे हुजूर मुदा हुवाँ जाना का कउनौ जुरूम हो गवा ?"

"जुर्म नहीं हुआ ?" सरकार के खिलाफ बगावत भड़काई गई थी वहाँ।" दारोगा ने कहा।

"अईस तो कउनो बात हुआं नाई भई हुजूर। ई जरूर कहा मदारी ने कि जुलुम के खिलाफ सब जने एक हो। सो सरकार ई मां तो कउनौ बगावत भई नाई। औ फिर हम बूढ़ मनई हम का बगावत करबे। हम तो वइसेहे देखै की गरज से चले गे रहन।"

"अरे छोड़िए हुजूर इसको। बूढ़ा आदमी है कहाँ इसको ले जाएँगे।" रामसिंह ने कहा।

"ठीक है इसको छोड़ दो। इसके लौंडे को ले चलो।"

"मगर हजूर यू तो हुआं गवा भी नाई।" बदलू ने कहा।

"चलो, अच्छा खस्सी ले चलो साले का।"

जो कांस्टेबुल खस्सी को पकड़े था, उसने उसके पिछले पुट्ठे पर हाथ मारते हुए कहा, "चल, बेटा चल।"

खस्सी चला तो उसके गले में बँधे घुंघरू फिर घनघना उठे।

बदलू फिर दारोगा के सामने आ गया, "हुजूर हमका लिहे चलो आप। मगर ई बिना मुँह के जानवर का रिहा कइ देव। ई अल्लाह की अमानत आए। ई का बकरीद की कुरबानी के बरे पाला है।"

"अबे हटता है सामने से कि दूँ एक झापड़ खींच के।" दारोगा ने कहा और बदलू को इतने जोर का धक्का दिया कि वह जमीन पर गिर पड़ा। उसके घर की औरतें, जो दरवाजे की आड़ में खड़ी सब देख रही थीं, सहसा 'या अल्लाह' करती हुई दौड़ीं। तभी रहमान ने उसे उठाते हुए कहा, "जाए दो अब्बा। अल्लाह सब देख रहा है। आखिरी हिसाब तो कयामत के दिन होई।"

बदलू ने दुआ की मुद्रा में दोनों हाथ ऊपर उठा दिए।

छः

मुंशीजी को तहसील में ही पता चला गया था कि दारोगा बदरुद्दीन चंदनपुर में दुर्जनखेड़ा के लोगों को पकड़ने गया है। उन्हें यह भी पता चल गया था कि नई-नई तैनाती, वह भी सीधी दारोगा के पद पर, होने के बावजूद बदरुद्दीन बहुत ही बदतमीज और सिरफिरा अधिकारी है। इसी लिए वह उस दिन देर तक तहसील में बने रहे और शाम देर से ही घर लौटे। उन्हें उम्मीद थी कि इस बीच पुलिसवालों को जो भी कार्रवाई करनी होगी, वह करके गाँव से जा चुके होंगे। लेकिन जब वह शाम ढले घर पहुँचे तो उन्हें पता चला कि दारोगा अभी भी गाँव में मौजूद है और बच्चल सिंह का नौकर मेड़ई उन्हें तीन-चार बार बुलाने आ चुका है। बच्चल सिंह का यह संदेश उनके घर पर उनकी प्रतीक्षा कर रहा था कि जैसे ही वह आएँ, सीधे उनके यहाँ आ जाएँ। वहीं आकर पानी-वानी पिएँ।

फत्ते ने उन्हें यह सूचना दी तो वह थोड़ा चिंतित हुए कि आखिर यह दारोगा साला अभी तक रुका क्यों है। फत्ते से ही उन्हें यह जानकारी भी मिली कि पुलिसवालों ने दुर्जन खेड़ा में बहुत अत्याचार किया, लोगों को मारा-पीटा और तमाम लोगों को पकड़कर ले गए। बदलू मनिहार को भी पकड़े लिए जा रहे थे लेकिन किसी तरह उसने अपना खस्सी देकर जान छुड़ाई। गाँव में पुलिस द्वारा बदलू का बकरा ले जाने के बारे में यही खबर फैली थी कि बदलू ने पकड़े जाने से बचने के लिए स्वयं बकरा पुलिसवालों को दे दिया। "अबै बच्चल सिंह की चउपाल मां बईठ है," फत्ते ने कहा, "कहौ दुइ चार जने का अबै अऊर पकरै। बच्चल सिंह कहवाइन है कि कहि दिहो कि अवतै चले आवैं। कपड़ा लत्ता बाद मां बदलैं।"

मुंशीजी ने फत्ते की बात सुनी। तब जूते उतारकर, हाथ-पाँव धोने लगे। फत्ते घोड़े की जीन खोलने लगा।

इतनी देर में बच्चल सिंह स्वयं मुंशीजी के यहाँ पहुँच गए।

"अरे भाई लाला चलौ ऊका ससुरे दारोगा का संभारौ चलै। सबेरे ते परेसान किहे है सार।"

"का भा का?" मुंशीजी ने पूछा और मुँह में पानी भरकर जमीन पर कुल्ला करने लगे।

"अरे भा का। सार उधम मचाए है। दुर्जन खेड़ा मां खूंटी की बहुरिया का मार-मारकर भुरकुस निकार दिहिस। ऊका चरखा-वरखा सब जलाय डारिस औ ऊका देवर है न, हरिया, तऊन वहू की खोपड़ी फोर डारिस। बदलू का दुइ तीन रहपटा मारिस। ऊ का खस्सी खोल लावा।"

"खस्सी काहे लै आवा?"

"काहे लै आवा? ऊका हलाल कइके खाइउगा सार। अऊर काहे लै आवा।"

"अकेले पूर बकरा हजम कइगा?"

"अकेले काहे। साथ मां पाँच-छः सिपाहिव तो हैं।"

मुंशीजी अब तक हाथ-पाँव धो चुके थे और अँगोछे से शरीर पोंछ रहे थे।

"तो अब हुआं तुमरे हियाँ बईठ का कइ रहा है ?"

"कइ का रहा है। खाय पी के सार भंइसा अस परा सोय रहा है।"

"पकरिस बकरिस नाई कोहू का ?'

"पकरिस ? अरे यू पूछौ कोम बचा है पकरै ते।"

"तो हैं कहां उइ सब जने।"

"हुएं बइठाए हैं सबका हथकड़ी डारे।"

"जाई कब गाँव ते ?"

"अब को जानै। तुमही चलिके बात करौ न।"

तब तक लक्ष्मी भी वहाँ आ गए। "बच्चल सिंह के हियां ते उनका जन आवा रहै तुमका····" वह बोले, लेकिन तभी उन्होंने बच्चल सिंह को स्वयं वहाँ खड़े देख लिया। "लेव ठाकुर साहब तो खुदै हियां ठाढ़ हैं।"

"साम का कुछ परबंध भवा ?" बच्चल सिंह ने लक्ष्मी से पूछा।

"अब कहाँ ते परबंध करी। एक बोतल हमरे लगे धरी रहै तऊन हम भेजवाय दीन रहै।"

"वहै पिए तो परा है। मुदा साम का तो फिर सार मांगी।"

"तो अब कहाँ ते लाई हम। बप्पा के पास कहूं धरी होय तो ई जानैं।"

"का ? दारू ? अरे कहूँ न कहूँ ते तो इंतजाम ह्वै ही जाई। मुदा यू सार कब तक कयाम करी हियाँ ?"

"अब हम का जानी। तुम ही चलौ तो समझौ बूझौ चलिके।"

"ठीक है चलौ हम आइत है।"

"आइत नाई, साथै चलौ।"

"नाई, साथ चलब ठीक नाई है। बात समझा करौ। साथ चले ते ऊ सार समझी कउनौ साजिस किहे हन हम सब जने।"

"अच्छा तो हम चलित हैं। मुदा तुम देर न लगायेव।" बच्चल सिंह चले गए।

उनके जाने के थोड़ी ही देर बाद मुंशीजी भी चल दिए। वह वहाँ पहुँचे तो दारोगा उठ चुका था। मेड़ई एक लोटे में पानी लिए चौपाल में ही उसका हाथ-मुँह धुलवा रहा था। बच्चल सिंह तखत पर बैठे मुंशीजी की प्रतीक्षा कर रहे थे। उन्हें देखते ही वह तखत से उतरकर खड़े हो गए। दुर्जन खेड़ा से पकड़कर लाए गए लोग एक ओर छप्पर के नीचे उकडूँ बैठे थे। उनके हाथों में हथकड़ियाँ अभी भी पड़ी हुई थीं। पुलिस के सिपाही उन्हीं लोगों के इर्द-गिर्द बैठे दोहरा बना-खा रहे थे।

मुंशीजी ने चौपाल में कदम रखा तो बच्चल सिंह ने "आओ भाई लाला।" कहकर उनका स्वागत किया।

दारोगा ने हाथ-मुँह धोते-धोते ही एक निगाह मुंशीजी पर डाली। मुंशीजी ने इस बीच कपड़े बदल लिए थे। सिर पर साफा बाँधे थे। शरीर पर बुर्राक धोती और कुर्ता, पाँव में पंप शू और जुर्राबें।

मुंशीजी ने दारोगा को कनखियों से अपनी ओर देखते देख लिया था लेकिन उन्होंने उस ओर कोई तवज्जो नहीं दी और सीधे आकर तखत पर, जिस पर बच्चल सिंह ने एक नया कालीन बिछा रखा था, बैठ गए।

दारोगा हाथ-मुँह धो-पोंछकर इस तरफ मुड़ा तो बच्चल सिंह ने उससे मुंशीजी का परिचय कराया। "आप इस इलाके के कानूनगो हैं। मुंशी रामप्रसाद। और आप इलाके के दारोगा हैं। दुर्जन खेड़ावाली जऊन दर्खास्त दीन गै रहै वही सिलसिले मां तफतीश करै आए हैं।"

मुंशीजी ने केवल अपना सिर हिलाया। न अपनी जगह से उठे न सलाम-दुआ ही की।

आखिर दारोगा को ही कहना पड़ा, "आदाबर्ज है।"

"आदाबर्ज। तशरीफ रखिए।" मुंशीजी ने कहा। तब जैसे कुछ सोचते हुए बोले, "मुझसे तो डिप्टी साहब कह रहे थे कि सवेरे ही आपकी रवानगी हो गई है।"

"कौन डिप्टी साहब ?" दारोगा ने पूछा।

"डिप्टी कलक्टर। आज दौरा था न उनका तहसील में। उसी में तो मुझे देर हो गई।" अंतिम दो वाक्य उन्होंने दारोगा से न कहकर, बच्चल सिंह से कहे।

डिप्टी कलक्टर का आज तहसील में दौरा था, यह बात सही थी। लेकिन वह मुश्किल से वहाँ दस मिनट रुका होगा और मुंशीजी से बात करना तो दूर, आँख उठाकर भी उसने उनकी ओर नहीं देखा था। लेकिन दारोगा पर इसका वांछित प्रभाव पड़ा।

"आ तो मैं सुबह ही गया था। कुछ देर हो गई जरूर।" उसने कहा।

"तो तफतीश वगैरह कर ली सब आपने ?"

"जी। और जितने भी सरकश लोग पकड़ में आए उन्हें हिरासत में भी ले लिया है।" उसने हथकड़ी डालकर वहाँ बिठाए गए लोगों की ओर देखते हुए कहा।

मुंशीजी ने उड़ती हुई एक निगाह उधर डाली। "अरे इन लोगों को आप बेकार पकड़ लाए। यह सब तो बस ताड़ी-वाड़ी पीकर गुल-गपाड़ा करने वाले लोग हैं। इन्हें तंबीह करके छोड़िए। इनको कहाँ ले जाएँगे अपने साथ।"

दारोगा ने दरख्वास्त अपनी जेब से निकालते हुए कहा, "यह दरख्वास्त तो मुझे पता चला है आपने ही लिखी है।"

मुंशीजी ने दरख्वास्त उसके हाथ से लेकर एक निगाह उस पर डालकर उसे फिर वापस कर दी। "दरख्वास्त तो मैंने ही लिखी है लेकिन इसमें कोई नामजद रिपोर्ट तो किसी के बारे में है नहीं और ऐसा जानबूझ कर किया गया है। डिप्टी साहब से मेरी जो बात हुई थी उससे तो मुझे यही अंदाज लगा था कि असली मुजरिम तो मदारी पासी है।

वही गाँव-गाँव जाकर लोगों को भड़काता है। हाँ, अब अगर उसके कहने से दो-चार लोग और सरकशी पर उतर आएँ तो भले उन्हें भी हिरासत में ले लिया जाए। मगर यह सब तो सबूत और गवाहियों पर मुनहसिर करता है।

दारोगा मुंशीजी का मुँह देखने लगा। "लेकिन मुझे तो जो हुक्म मिला है उसके हिसाब से किसी को बख्शना नहीं है। जिसने-जिसने 'एका' किया है, सबको हिरासत में लेना है।"

"सरकारी हुक्म तो ऐसा होता ही है।" मुंशीजी ने लापरवाही दिखाते हुए कहा और छप्पर के नीचे बंधे बैठे लोगों को देखने लगे। लगभग सभी को वह पहचानते थे। उन्हें यह देखकर कुछ इत्मीनान हुआ कि उनमें औरतें और बच्चे नहीं हैं। मन-ही-मन वह सोचने लगे कि पता नहीं कितने दिनों के लिए सब नाप दिए जाएँ। इन्हीं की बदौलत गाँव की बड़ी जातियों का काम चलता था। किसी को छप्पर छानी डलवाना हो, खेत जुतवाना-बुआना हो या फिर फसल काटने, मड़वाने, ओसाने आदि का काम हो, सभी में इनकी मदद की जरूरत पड़ती थी। हरहा-गोरू चराने, बाग-बगीचों की तकवाही करने का काम भी इन्हीं से लिया जाता था। तभी मुंशीजी ने गौर किया कि खूंटी के घर के सभी पुरुष पकड़ लिए गए थे। उसके दोनों बेटे हरिया और मंगलू और खूंटी खुद। और जैसाकि बच्चल सिंह ने बताया था, और फत्ते ने भी पुष्टि की थी, टिकुली को काफी मारा-पीटा गया था, यहाँ तक कि शायद ही वह बचे और फिर खूंटी का बूढ़ा बाप भी था घर में जिसका कोई भरोसा नहीं था कि आज है, कल न रहे। ऐसा हुआ तो कौन उसकी लाश-वाश ठिकाने लगाएगा, मुंशीजी ने मन-ही-मन सोचा। तब हँसते हुए दारोगा से बोले, "आप तो करीब-करीब सभी को पकड़ लाए। इनको ले कैसे जाएँगे। अब तो काफी वक्त भी हो गया है।"

"क्या बताएँ, ठाकुर साहब ने इतना कसकर खिला दिया कि गफलत में आँख लग गई। अभी-अभी तो नींद खुली है। दिन में निकलने की सोच रहा था लेकिन ठाकुर साहब माने नहीं। आज बाजार भी नहीं थी लेकिन कहीं से बकरे-वकरे का इंतजाम भी कर दिया इन्होंने। उसी में कुछ ज्यादा खा गया।"

"तो अब जाएँगे कैसे?"

"अब इस वक्त क्या जाना होगा। सुबह जाएँगे। ठाकुर साहब ने कहा है बैलगाड़ी वगैरह का इंतजाम वह करवा देंगे।"

"सो तो खैर हो जाएगा।" मुंशीजी ने कहा। तब बच्चल सिंह की ओर मुड़ गए, "तो ठाकुर फिर ई बखत खाए पियक का परबंध है? बोतल-वोतल का इंतजाम है कि कीन जाए?"

"कहाँ। सबेरेहे बड़ी मुसकिल से इंतजाम भा है।"

"मेड़ई कहाँ गा?" मुंशीजी ने पूछा।

"हुकुम मालिक।" मेड़ई, जो वहीं खड़ा था, आगे बढ़कर बोला।

"सुन, हमरे घरै चला जा जरा। फत्ते ते कह दिहे कि अपनी काकी ते कहि के सराब की बोतल निकरवा के तुइ का दइ दें।"

मेड़ई जाने लगा तो मुंशीजी ने उसे रोकते हुए आगे कहा, "पूरी बात तो सुन। फत्ते ते कहे कि अंग्रेजी वाली बोतल दे।"

मेड़ई चला गया।

मुंशीजी चलते वक्त इस बारे में जमना देवी को कह आए थे कि वह किसी को भेजें तो वह उसको बोतल दे दें। ऐसे मौकों के लिए एक-आध बोतल वह सुरक्षित रखते थे। दारोगा ने अंग्रेजी शराब की बात सुनी तो अपनी जगह थोड़ा और पसर गया। "अभी कुछ जल्दी है। थोड़ा वक्त और निकल जाने देते।" उसने पेट पर हाथ फिराते हुए कहा।

"हाँ, हाँ। जब मर्जी आए तब शुरू कीजिएगा।" मुंशीजी ने कहा और अपनी जगह से उठकर टहलते-टहलते दुर्जन खेड़ा से बंदी बनाकर लाए गए लोगों की ओर बढ़ गए। वहाँ बैठे सभी लोगों ने कातर दृष्टि से मुंशीजी की ओर देखते हुए हाथ जोड़ दिए। केवल हरिया निगाह नीची किए पैर के अँगूठे से जमीन कुरेदता रहा।

मुंशीजी वहाँ से लौट आए।" एक दरख्वास्त मैं आपसे करूँगा। इनमें से एक आदमी को आप छोड़ दें। यह जो बैठा है न," उन्होंने खूंटी की ओर इशारा करते हुए दरोगा से कहा, "इसके दोनों बेटों को भी आपने पकड़ लिया है मगर इसके घर में इसका बाप अभी जिंदा है। काफी उमर है उसकी। नब्बे साल से कम न होगा बल्कि कहो सौ पार कर गया हो। सो कहीं मर-मरा गया तो बड़ी फजीहत होगी। कौन उसकी लाश ठिकाने लगाएगा? दूसरी जात का कोई आदमी तो उसे छुएगा भी नहीं। और फिर यह भी बूढ़ा हो चला है।" उन्होंने खूंटी के लिए कहा, "यह अकेले क्या करेगा? सो इसको बराए मेहरबानी आप छोड़ दें। अरे तुम अबै हिए ठाढ़ हौ, गयो नाई।" मुंशीजी ने मेड़ई को तखत के पास खड़े देखकर उससे पूछा।

"लइव आयेन हम।" मेड़ई ने उत्तर दिया।

"लै आयो? तो है कहाँ?"

"हमरे लगे।"

"तुमरे लगे तो हमका कहूँ देखाई नाई पर रही। देखी तो हम।"

मेड़ई ने धोती के फेंटे में खुँसी हुई बोतल बाहर निकालकर हवा में ऊपर उठा दी।

दारोगा ने अपने स्थान पर बैठे-बैठे ही कनखियों से उस ओर देखा। ठेके की संतरेवाली रंगीन बोतल थी जिसे मुंशीजी कभी उन्नाव से लाए थे और एक प्रकार से उसके बारे में पूरी तरह भूले हुए थे। उन्होंने जो बोतल मँगाई थी वह लखनऊ से मँगाई गई ह्विस्की की बोतल थी। क्या इसी से काम चलाया जाए? मुंशीजी ने एक क्षण सोचा परंतु दूसरे ही क्षण उन्होंने इरादा बदल दिया। "या कऊन बोतल लै आयो? अंग्रेजी वाली बोतल कहा रहै हम तुमते। जाओ ई का धरि आओ औ हुआं लछमी कि फत्ते ते कहेव कि जऊन बोतल हम लखलऊ ते मँगाए रहेन, तहसीलदार साहब के बरे वा बोतल

दें।" उन्होंने कहा। तब कुछ सोचकर बोले, "सुनो या बोतल धर देव हियां। औ वहौ बोतल लै आयो।"

मेड़ई ने बोतल मुंशीजी को पकड़ा दी और दूसरी बोतल लेने चला गया।

"तो आप किसी को छोड़ने की बात कर रहे थे।" दारोगा ने मुंशीजी से कहा।

"हाँ। यह बैठा है न जो कनपटी पर हाथ रखे। खूंटी नाम है उसका। उसका बाप बहुत सिन-रसीदा है। मर-मरा गया कहीं तो बड़ी जहमत होगी।"

"ठीक है। आप कहते हैं तो छोड़ देते हैं इसे। रामसिंह, इस साले की हथकड़ी खोल दो और बोलो यहाँ आए मेरे पास।"

रामसिंह ने खूंटी की हथकड़ी खोल दी। खूंटी चुपचाप आकर दारोगा के सामने खड़ा हो गया।

"कानूनगो साहब के कहने पर तुझको छोड़ रहे हैं। मगर साफ सुन ले साले कि अगर दुबारा एका-फेका के चक्कर में पड़ा और मुझको खबर लगी तो एक भी हड्डी-पसली साबुत न मिलेगी। जा भाग।"

खूंटी फिर भी हाथ जोड़े खड़ा रहा।

"जा, घर जा।" मुंशीजी ने उससे कहा तो वह धीमे-धीमे कदम रखता हुआ चौपाल से बाहर हो गया।

मेड़ई तब तक दूसरी बोतल लेकर आ गया था। ठाकुर साहब ने कुल्हड़ मँगवाकर वहीं तखत पर रख दिए। उनके घर में फूल और चाँदी के गिलास थे लेकिन दारोगा के मुसलमान होने के कारण उन्होंने उन्हें नहीं निकाला था।

मुंशीजी ने कुल्हड़ देखे तो बच्चल सिंह से बोले, "बिलैती सराब की या बेइज्जती न करौ ठाकुर। ई का कुल्हड़न मा पी जाई?"

"सीसा के गिलास तो हमरे हियां है नाई भाई।"

"अरे तो ऊ मां का है। हम मँगवाये लेइत हैं अपने घर ते।" और उन्होंने मेड़ई का भेजकर अपने यहाँ से शीशे के गिलास भी मँगवा लिए। उनके घर में मुसलमान हाकिमों के लिए शीशे के गिलास अलग रखे रहते थे, जो ऐसे ही अवसरों पर काम आते थे। गिलास आ गए तो मुंशीजी ने बोतल की डाट उमेठकर उसकी सील तोड़ दी। तब शराब गिलासों में उड़ेलकर उन्होंने एक गिलास दरोगा की ओर तथा दूसरा बच्चल सिंह की ओर बढ़ा दिया। बच्चल सिंह ने दिन में शराब नहीं पी थी। इस वक्त भी उन्होंने मना करना चाहा लेकिन फिर मुंशीजी के कहने से मान गए।

दिन का बचा हुआ गोश्त भी रखा था। बच्चल सिंह ने उसे गरम करवा कर कुछ बोटियाँ पत्तल पर मँगवा कर वहीं तखत पर रख दीं।

"अरे भाई या कालीन तो हटा देतिव।" मुंशीजी ने कहा, "खामख्वाह खराब होई।"

"हाँ, इसको हटाइए।" दारोगा ने भी कहा और उठकर खड़ा हो गया। मुंशीजी और बच्चल सिंह भी नीचे उतरकर खड़े हो गए। मेड़ई ने कालीन लपेटकर हटा दी तो वे

लोग फिर उस पर बैठ गए।

मुंशीजी ने जान बूझकर सिपाहियों को शराब के लिए नहीं पूछा था हालाँकि उन्होंने संतरे वाली बोतल इसी इरादे से रुकवा ली थी कि अगर उन लोगों को भी पिलानी पड़ी तो उन्हें वही दे दी जाएगी।

"न हो तो इन लोगन का खाना खवा देव।" मुंशीजी ने बच्चल सिंह से पुलिसवालों के लिए कहा। "खामख्वाह काहे भूखे बईठ रहै ई पंचै।"

"हाँ। तुम लोग खाओ।" दारोगा ने कहा। अंग्रेजी शराब उसे कुछ जल्दी ही चढ़ने लगी थी। तभी रामसिंह की ओर देखकर वह बोला, "इसको थोड़ी दे दीजिए। यह साला बड़ा लती है।"

"हाँ, क्यों नहीं।" मुंशीजी ने मेड़ई से एक कुल्हड़ मँगाकर उसमें ह्विस्की वाली बोतल से ही शराब उँडेल कर मेड़ई को ही देते हुए कहा, "लो इनको भी दे दो भाई।"

दारोगा को अच्छी-खासी चढ़ गई। यहाँ तक कि उससे ठीक से खाना भी नहीं खाया गया और वह वहीं तखत पर लेटकर सो गया। सोने से पहले उसने रामसिंह को ताकीदकी कि बारी-बारी से सब सिपाही पहरा दें। कोई मुलजिम भागने न पाए और बंदूकों की भी हिफाजत करें। खुद अपना रिवाल्वर खोलकर उसने अपने बिस्तर पर ही तकिए के नीचे रख लिया।

दरोगा के लेट जाने के बाद मुंशीजी भी उठकर खड़े हो गए। चलते-चलते उन्होंने बच्चल सिंह से दुर्जन खेड़ा के लोगों के बारे में पूछा, "ई पंचै कुछ खाइन-वाइन कि भूखेन बईठ हैं सबेरे ते?"

"अबहीं चना गुड़ कुछ देवाय देइत हैं।" बच्चल सिंह ने कहा।

मुंशीजी अपने घर लौट आए।

सुबह बच्चल सिंह ने बैलगाड़ियों का प्रबंध करवाया और दारोगा सबको लेकर स्वयं अपने घोड़े पर बैठकर चल दिया।

चलने से पहले रामसिंह बच्चल सिंह को एक ओर ले जाकर बोला, "दारोगा साहब पहली बार आपके दरवाजे आए हैं। कुछ नेग नजराना तो मिलैक चही।"

बच्चल सिंह असमंजस में पड़ गए। तभी कुछ सोचकर वह अंदर गए और पाँच रुपए लाकर रामसिंह के हाथ में रख दिए।

रामसिंह ने पाँच रुपए देखे तो मुँह बनाते हुए बोला, "यह तो बहुत कम है ठाकुर साहब। पाँच सिपाही भी तो हैं।"

बच्चल सिंह ने मन-ही-मन उसे ढेर सारी गालियाँ दीं। परंतु प्रत्यक्ष दोबारा अंदर जाकर पाँच रुपए और ले आए और उसे देते हुए बोले, "लो, एक-एक तुम लोग ले लेना।"

रामसिंह अनुभवी सिपाही था। उसे लगा अब और माल निकाल पाना असंभव

है। उसे ही भागे भूत की लँगोटी समझकर उसने वर्दी की जेब में डाल लिया और दारोगा के पास आकर बोला, "चलिए हुजूर।"

"कुछ मिला ?" दारोगा ने पूछा।

"बड़ी मुश्किल से दस दिए।" उसने कहा।

सात

दुर्जन खेड़ा से पुलिस के हटते ही सबसे पहली सक्रियता गाँव के कुत्तों में देखी गई, जो पुलिसवालों के वहाँ पहुँचने पर दारोगा द्वारा हवा में फायर किए जाते ही दुम दबाकर इधर-उधर भाग गए थे। पुलिसवालों के वहाँ के जाते ही वे पता नहीं कहाँ से निकलकर आ गए और जिस ओर पुलिसवाले गए थे उधर मुँह करके भूंकने लगे। दो-चार ढीठ किस्म के कुत्तों ने थोड़ा फासला बनाकर कुछ दूर तक पुलिसवालों का पीछा भी किया। इस बीच गाँव की औरतें, अपने स्थान पर खामोश खड़ीं, पुलिसवालों को गाँव के मर्दों को पकड़कर ले जाते देखती रहीं। तब पुलिसवालों के दूर होते ही उनकी सिसकियाँ शुरू हो गईं। और जैसे-जैसे यह दूरी बढ़ती गई, उनके सिसकने की आवाज भी उसी अनुपात में जोर पकड़ती गई। यहाँ तक कि जैसे ही पुलिसवाले उनकी आँखों से ओझल हुए उन्होंने दहाड़ मारकर रोना शुरू कर दिया। इस बीच कबीर, टिकुली का बच्चा, जमीन पर बेहोश पड़ी अपनी माँ के पास बैठा बराबररोये जा रहा था लेकिन अब जब उसने वहाँ खड़ी औरतों को रोते देखा तो सहसा चुप होकर उनकी ओर देखने लगा।

तभी औरतों का ध्यान टिकुली की ओर गया जो अभी तक बेहोश पड़ी थी। "हाय दइया, ई तो जानो मरि गै का ?" एक औरत ने उसकी ओर घूरते हुए कहा।

और औरतें भी रोना बंद करके टिकुली के निकट आकर उसे हिला-डुला कर देखने लगीं और उसका उस पर कोई असर होते न देख बरतन में पानी लाकर उसके मुँह पर छींटे मारने लगीं। मुँह पर पानी के छींटे पड़ने से टिकुली ने आँखें खोल दीं लेकिन वह सहसा समझ नहीं पाई कि वह है कहाँ। तभी स्थिति का आभास होते ही उसने इधर-उधर देखा। उसका चरखा और सूत का ढेर जलकर लगभग राख हो चुके थे। हाँ, चरखे के कुछ अस्थि-पंजर अभी बचे हुए थे जो आग में पड़े-पड़े सुलग रहे थे। सूत की कुछ लच्छियाँ भी अभी पूरी तरह से जली नहीं थीं। टिकुली ने पुलिसवालों को वहाँ न देखकर अनुमान लगाया कि वे सब जा चुके हैं। उसने उठने का प्रयत्न किया परंतु उसके शरीर में असह्य पीड़ा हो रही थी। उसका सिर एक जगह से फट गया था, शरीर पर भी अनेक स्थानों पर चोटें थीं जिनसे खून रिस रहा था। कहीं-कहीं खून के थक्के से जम गए थे। प्रयत्न करके वह किसी तरह उठकर बैठी और देर तक राख के उस ढेर को निहारती रही। एक औरत घर से हल्दी पीसकर ले आई और उसके जख्मों पर थोपने लगी। तभी

बाएँ हाथ में एक स्थान पर उस स्त्री का हाथ लगते ही टिकुली जोर से चीख उठी।

"का भा? देखी, देखी का भा का?" उस स्त्री ने टिकुली का बाजू पकड़ते हुए कहा।

टिकुली दर्द से बेतरह कराह रही थी। "अरे हाथ सूध करौ तनिक तो देखी तो।" उस औरत ने दो बारा कहा।

"कइसे सूध करी चाची। सूध होय तब तो सूध करी।" टिकुली ने दर्द से कराहते हुए कहा।

"हमका तो लागत है जानो हाथे की हड्डी टूटि गै है का? गुलुम अस सूजा है हियां। अंगुरी चलाओ हाथे की।"

टिकुली ने उँगलियाँ चलाने का प्रयत्न किया लेकिन वे ठीक से चली नहीं।

"मुठ्ठी बाँधौ अच्छा।"

टिकुली से मुट्ठी भी बाँधते नहीं बनी।

"हे भगवान! भगत तो पकरि गे। को ठीक करी अब ई का?" उसी औरत ने कहा जो टिकुली से मुट्ठी बाँधने को कह रही थी।

गंगू चमार, जिसे सब लोग 'भगत' कहते थे, दुर्जन खेड़ा में ही रहता था। टूटी हड्डी बिठाने में उसे कमाल हासिल था। यहाँ तक कि ऊँची जाति वाले लोग भी उससे हड्डी बिठवाने आते थे। और लोगों के साथ पुलिस उसे भी पकड़ ले गई थी।

तभी गंगू की पत्नी, जो वहाँ जमा औरतों की भीड़ में शामिल थी, आगे आकर बोली, "हटो, हटो, हमका देखै देव तनिक।"

और स्त्रियों ने उसे आगे आने के लिए स्थान दे दिया तो उसने टिकुली का हाथ सँभालकर पकड़ते हुए इधर-उधर हिला-डुलाकर देखा। तब कोहनी के थोड़ा नीचे, जहाँ हाथ काफी सूज गया था, टटोलकर देखने लगी। टिकुली सहसा टीस मारकर कराह उठी।

"कोऊ जनी कहूँ ते बाँस की दुइ खपच्ची लै आओ।" गंगू की पत्नी ने टिकुली का हाथ पकड़े-पकड़े ही कहा।

खपच्चियाँ आ गईं तो गंगू की पत्नी ने, जैसा कि उसने अपने पति को अक्सर करते देखा था, एक स्त्री टिकुली का बाजू मजबूती से पकड़ने को कहकर दूसरे से उसका हाथ पकड़कर खींचने को कहा। टिकुली दर्द के मारे चीखने लगी। उसके चीखने की परवाह किए बिना गँगू की पत्नी ने उसकी कोहनी के नीचे जहाँ की हड्डी टूटने की आशंका थी, दोनों ओर से बाँस की खपच्चियाँ जमाकर बिठा दीं तथा उसे एक पुराने कपड़े से मजबूती से बाँध दिया। तब उसके गले में एक पट्टी डालकर उसका हाथ मोड़कर उसमें लटका दिया।

"कोऊ बचा कि सब पकरिगे?" टिकुली को कुछ राहत मिली तो उसने वहाँ जमा औरतों से पूछा। तब अपने ददिया ससुर, खूंटी के पिता, को आँखें बंद किए दरवाजे पर

पड़ा देख कर बोली, "इनका काहे छाँड़िगे। इनहू का लिहे जातीं।"

"इनका लइ जाय के अपन जान जहमत माँ डरतीं, " किस और औरत ने कहा, "कोढ़ फूटै इनके, किरवा परै मुँह माँ, माता खाय जाएँ, बंस नास ह्वे जाए सबका।" वह देर तक पुलिस वालों को कोसती रही।

टिकुली ने उठने की कोशिश की लेकिन उससे उठा नहीं गया। "इनका कोऊ दुई जनी मिलि के घर माँ कइ देतिव चाची नाई तो हियाँ घामे मां परे परे झुराए जहिऐं संझा तक।" उसने वहाँ जमा औरतों से कहा तो दो औरतें आगे बढ़कर उस बूढ़े को उठाने लगीं। बूढ़े ने आँख खोलकर इधर-उधर देखा। तब उन औरतों की ओर देखते हुए हाथ के इशारे से मक्खी जैसा उड़ाते हुए पूछा कि पुलिसवाले गए या नहीं।

"गे सब।" एक औरत ने उसे समझाते हुए कहा, "कोहू का छांड़िन नाई। सबका पकर लइगे।"

बूढ़े ने दोनों हाथ जोड़कर माथे से लगा लिए जैसे ईश्वर को धन्यवाद दे रहा हो।

टिकुली देर तक अपने स्थान पर बैठी शून्य में निहारती रही। और औरतों ने भी अब तक रोना बंद कर दिया था और आपस में बातें कर रही थीं कि आखिर पुलिस के इस अत्याचार का कारण क्या है? क्यों वे उनके आदमियों को पकड़कर ले गए? उन्हें कब छोड़ा जाएगा? कहीं जेल तो नहीं हो जाएगी और यदि जेल होगी तो कितने दिनों की? ठाकुर बच्चल सिंह और पंचम सिंह ही पुलिस को लाए थे कि पुलिस अपने आप आयी थी? लेकिन इन सबमें सबसे अहम मुद्दा यह था कि आखिर उनकी खता क्या थी जिसके लिए उन्हें पुलिस का कौपभाजक बनना पड़ा?

लगभग यही प्रश्न टिकुली के मन को भी मथ रहे थे। अपनी जगह बैठी वह उस स्थान को निहार रही थी जहाँ उसका अधजला चरखा और सूत, जो लगभग राख हो चुका था, पड़ा था। उसे इस बात का कुछ आभास था कि यह सब यहाँ के लोगों के मदारी पासी के द्वारा आयोजित 'एका-सम्मेलन' में शामिल होने के कारण ही हुआ। नीची जाति के लोग ऊँची जाति के लोगों की बेगार नहीं भरेंगे, सूद के बदले अनाज नहीं देंगे, किसी की बेदखली होगी तो कोई दूसरा व्यक्ति उस खेत को नहीं जोतेगा या और ऐसी ही अन्य बातें न मालिक लोग बर्दाश्त करेंगे और न ही सरकार, यह वह भली-भाँति जानती थी। लेकिन चरखा तो गाँधीजी ने चलाने को कहा है। वह स्वयं चलाते हैं। कितने और बड़े बाबू लोग भी चलाते हैं। और फिर इससे किसी का कोई नुकसान तो होता नहीं, तब फिर पुलिसवालों ने उसके चरखे और सूत को क्यों जला दिया, यह वह समझ नहीं पा रही थी। पुलिसवालों ने उसे बेतरह मारा था। उसका पोर-पोर दुख रहा था, इसकी भी उसे चिंता नहीं थी। चिंता सिर्फ इस बात की थी कि चरखा अब कहाँ से आएगा। उसने तेजशंकर से वादा किया था कि वह चरखे को अपनी जान से भी ज्यादा सँभाल कर रखेगी। रोज सुबह-शाम और नहीं तो एक समय तो अवश्य ही सूत कातेगी। और वही चरखा अब उसकी आँखों के सामने राख की परतों के ढेर के नीचे दबी आग में पड़ा

सुलग रहा था। उसके कुछ अवशेष ही बचे थे। बाकी जलकर राख हो चुका था। टिकुली किसी तरह अपने स्थान से उठी और चरखे की बची हुई लकड़ियों को आग के ढेर से निकालकर मिट्टी में रगड़कर बुझाने लगी। जो भी आठ-दस लकड़ियाँ उसके हाथ लगीं उन्हें सँभालकर उसने एक कपड़े में बाँधकर दीवाल में बने ताक में रख दिया और दोबारा अपने स्थान पर बैठकर उस दिशा में निहारने लगी जिधर पुलिसवाले यहाँ के लोगों को पकड़कर ले गए थे।

कबीर, जो और औरतों को रोता देखकर चुप हो गया था, अभी भी अपने स्थान पर खड़ा चुपचाप अपनी माँ को निहार रहा था। धीरे-धीरे वह उसकी ओर बढ़ आया और अपना नन्हा हाथ उसके कंधे पर रख दिया। टिकुली ने उसे खींचकर अपनी गोद में बिठा लिया और उसका सिर अपने आँचल में छिपाकर अपना स्तन उसके मुँह में दे दिया। अन्य औरतें भी एक-एक कर वहाँ से चली गईं।

टिकुली काफी देर तक ऐसे ही बैठी रही। तब बच्चे को वहीं जमीन पर छोड़कर उठकर झोंपड़ी के अंदर गई। एक मटकी में थोड़ा सांवां पड़ा था। एक हाथ से ही काम करते हुए, चूल्हा जलाकर उसने अंदाज से चार लोगों के दो जून खाने भर का सांवां मिट्टी की हाँडी में चूल्हे पर चढ़ा दिया। दो-चार आलू पड़े थे। उन्हें भी उसने किसी तरह काटकर उसी में डाल दिया। इतना सांवां उसने इस खयाल से चढ़ाया था कि यदि शाम तक मंगलू, हरिया और खूंटी आ गए तो उनके खाने के लिए भी पूरा पड़ जाए।थोड़ी देर में सांवां पक गया तो उसने उसका थोड़ा-सा भात अपने ददिया ससुर यानी खूंटी के पिता को दे दिया।बूढ़ा किसी तरह उठकर बैता और धीरे-धीरे खाने लगा। खाकर वह फिर अपने स्थान पर लेट गया। थोड़ा भात टिकुली ने स्वयं खाया और थोड़ा बच्चे को खिला दिया। बचा हुआ भात हाँडी में ही रहने दिया तथा हाँडी ढककर एक कोने में रख दी। पीड़ा और थकान के कारण वह जमीन पर लेट गई। कबीर को भी उसने अपने पास लिटा लिया।

जाने यह लोग कब लौटकर आएँगे, वह लेटे-लेटे नए सिरे से सोचने लगी। पता नहीं कहीं जेल हो गई तो भगवान जाने कब छूटें। मदारी बाबा की सभा में तो कितने ही जने आए थे। आसपास के गाँवों के लोग भी थे। तब सिर्फ इन्हीं लोगों को क्यों पकड़ा गया? सभा में जाना इतना बड़ा जुर्म तो हो नहीं सकता। कहीं कुछ और गड़बड़ तो नहीं हुई? कहीं चोरी-डाका तो नहीं पड़ा? लेकिन ऐसा कुछ होता तो सुनने में आता।

तभी उसे तेजशंकर की याद हो आई। बाबू यहाँ होते तो जरूर उसकी सहायता करते। उनके सामने कहो पुलिसवालों को इन लोगों को पकड़ने की हिम्मत भी न पड़ती। और गाँधी बाबा को कहीं पता चल जाए तब तो कहो अरोगा, दारोगा सब खुद पकड़ लिए जाएँ। लेकिन गाँधी बाबा को कौन खबर देगा? उसे सहसा रज्जो का ख्याल हो आया। क्यों न वह रज्जो से कहकर तेजशंकर को चिट्ठी लिखवा दे कि वह गाँधी बाबा को पूरी बात की जानकारी दे दे जिससे यह सब लोग जल्दी-से-जल्दी छोड़ दिए जाएँ

और पुलिसवालों के खिलाफ भी उचित कार्रवाई की जाए।

इस निर्णय से उसे कुछ राहत मिली। उसने तय किया कि अगर रात तक यह लोग लौटकर नहीं आए तो वह सुबह तड़के ही चंदनपुर जाकर रज्जो से बात करेगी। शरीर में बेइंतहा पीड़ा और थकान के बावजूद, या शायद इसी कारण, उसे नींद आ गई। कोई दो घंटे तक वह सोती रही। तभी कबीर के रोने से उसकी आँख खुली तो शाम ढल चुकी थी। उसने कबीर को गोद में उठाकर उसका मुँह धुलाया और दिन का बचा हुआ भात निकालकर उसे खिलाने लगी। पूरे गाँव में सन्नाटा था। औरतें और बच्चे अपनी-अपनी झोंपड़ियों के बाहर खामोश बैठे थे। वैसे भी शायद ही किसी के यहाँ दिया जलता हो आज वह भी नहीं जला था। मौसम में काफी गरमी थी। केवल पेड़ों की फुनगियाँ थोड़ा-बहुत हिल रही थीं।

टिकुली ने बचे हुए भात से थोड़ा निकालकर अपने ददिया ससुर को भी खिला दिया और स्वयं कबीर के साथ घर के सामने जमीन पर बैठ गई। अँधेरा धरती पर उतरने लगा था। वह कबीर को थपकियाँ देकर सुलाने का प्रयत्न करने लगी। कबीर थोड़ी देर में सो गया तो उसने भी भोजन किया। हाँडी में अब भी काफी भात बचा था। उसे अफसोस हुआ कि बिला वजह इतना भात बना डाला। सुबह तक यह जरूर खराब हो जाएगा। फिर भी उसने उसे ढक कर रख दिया और दोबारा घर के बाहर आ गई। दो-एक औरतें उससे उसका हाल पूछने आ गईं। थोड़ी देर उसके द्वार पर बैठकर वे एक दूसरे का दुख बाँटती रहीं। तब वापस चली गईं। टिकुली अकेली रह गई तो उसे चोट की पीड़ा का अहसास और गहरा हो गया। दिन में थोड़ी देर सो लेने और गरमी के कारण उसे नींद भी नहीं आ रही थी। आज दूज थी। पतले हँसिए के आकार का चाँद न जाने कब का निकलकर आसमान में खो चुका था। तारे अवश्य आसमान में टिमटिमा रहे थे लेकिन उनसे केवल उजाले का आभास होता था उजाला नहीं। पास ही कहीं किसी कुत्ते के रोने की आवाज आ रही थी।

सहसा टिकुली ने देखा सामने कोई मानव आकृति उसके घर की ओर बढ़ती चली आ रही है। आनेवाले के पैर ठीक से जमीन पर नहीं पड़ रहे थे। वह बार-बार गिरने को हो रहा था। तभी उसके कुछ और निकट आने पर टिकुली ने सुना, वह कुछ बड़बड़ा भी रहा था।

"गटई न काटा इनकी हम तो हमरौ नाव नाई है। इनकी महतारी की.... । इनकी बिटिया की.... ।" आवाज सुनते ही टिकुली ने अपने ससुर को पहचान लिया।

बच्चलसिंह के यहाँ मुंशीजी द्वारा छुड़वा दिए जाने के बाद वह कहीं से ताड़ी पीकर आ रहा था। ताड़ी का नशा चढ़ते ही वह पुलिसवालों की माँ-बहन करने लगा था और जैसे-जैसे अपने घर के निकट पहुँच रहा था, वैसे-वैसे उसकी आवाज तेज होती जा रही थी।

"इनकी महतारी बिटियन का भेड़हा लइ जाएँ....चाहे मोका डामुल हो जाए, चाहे

फाँसी लाग जाए, इनकी गटई न काटा हम तो अपने बाप ते पैदा नाई हन हम···।" सहसा वह गिरते-गिरते बचा।

टिकुली को समझते देर नहीं लगी कि वह ताड़ी पिए हुए है। मगर वह यह नहीं समझ पा रही थी कि वह अकेले कैसे छूटकर आ गया। और सब लोग कहाँ गए?

तभी उसकी गरज भरी दहाड़ सुनकर और घरों की औरतें भी उठकर बैठ गईं और टिकुली की घर की ओर भागीं।

"का भा चाचा? कहाँ गे सब जने?"

"छूटि गे सब जने का?" औरतें खूंटी से, जो अब तक किसी तरह लश्टम-पश्टम अपने घर के दरवाजे तक पहुँच चुका था, पूछने लगीं।

खूंटी ने एक क्षण उनकी ओर देखा तब फिर जोर से दहाड़ा, "डामुल हो जाए मोका चाहे फाँसी लग जाए···।" उसके शरीर में काफी धूल लगी हुई थी। स्पष्ट था कि वह कहीं गिरा भी है।

"गटई काटि लिहो मुदा यू तो बताओ अऊर सब जने कहाँ गे। छूटि गे कि नाहीं?" किसी औरत ने उससे पूछा।

"को छूटि गा?" खूंटी उलटा सवाल करने लगा।

"गाँव के सब मनई अऊर को?"

खूंटी ने एक उड़ती हुई निगाह सबके ऊपर डाली। तब टिकुली की ओर देखते हुए बोला, "यही के मारे सब भा है। यही रंडी पतुरिया के मारे। गांधी बाबा की औलाद आए न या। चरखा चलाई! अऊर चला चरखा। चला चरखा। ई की महतारी का···"

टिकुली ने उसकी ओर घूरकर देखा तो वह सहसा खामोश हो गया। और औरतें भी एक क्षण खामोश खड़ी रहीं। तब दोबारा उससे पूछने लगीं।

"सब जने छुटाएगे चाचा कि···"

"सबका फाँसी ह्वै जाई। डामुल ह्वै जाई।"

"काहे डामुल काहे ह्वै जाई?" एक किंचित् वृद्ध महिला ने उसे टोका।

"डकैती डारिन है सब जने। ई दरोगा की मूछन मां आगी न लगावा हम तो अपने बाप ते नाई पैदा हन।" वह अपनी छाती ठोकने लगा। "पूर थाना फूँक डारब। खून पी जाब सब सारेन का।"

"ताड़ी अऊर पी लेव पहिले, तब खून पियेव।" टिकुली ने बिगड़ते हुए कहा, "बड़ी बहादुरी देखा रहे हैं एत्ती बेरिया। जब ऊ दहिजार का पूत हमका मारत रहै तब साँप सूँघि गा रहै का तुमका?"

टिकुली की लताड़ सुनकर वह एक क्षण के लिए खामोश हो गया। तब फिर दहाड़ने लगा, "चाहे डामुल हो जाए मोका, चाहे फाँसी लाग जाए, इनकी गटई न काटा हम तो असिल बाप ते नाई पैदा हन।" तीसरी या चौथी बार वह यह वाक्य दोहरा रहा था।

"थुडू है अइसे मनई पर। दुइ दुइ जवान बेटवा पुलिस पकर लइगै औ ई ताड़ी

पिए मस्तियाए रहे हैं।" किसी औरत ने कहा।

"तड़िही तो बोल रही है। ई कहाँ बोल रहे हैं।"

"गटई न काटा हम इनकी तो असिल बाप ते नाई पैदा हन हम। चाहे डामुल हो जाए मोका...."

आखिर टिकुली से नहीं रहा गया। आगे बढ़कर उसने एक हाथ से ही उसकी बाँह पकड़ी और घसीटते हुए झोंपड़ी के अंदर ढकेल दिया। खूंटी की धोती की लांग खुल गई थी, वह उसी में उलझकर गिर पड़ा।

"हियें परे परे अब गटई काटौ तुम सबकी।" टिकुली ने कहा और लौटकर झोंपड़ी के दरवाजे पर बैठ गई।

"पूछि तो लेव कि अऊर सब जने कहाँ गे।"

"का पूछ लेई चाची? देख तो रही हौ तुम। होस मां है एत्ती बेरिया ई? सबेरे होस मां अइहैं तो पूछिबे।"

सभी औरतें कुछ देर वहाँ और रुकीं तब अपने अपने घरों को लौट गईं। टिकुली भी थोड़ी देर वैसे ही बैठी रही। तब जमीन पर कथरी बिछाकर उस पर लेट गई।

"चाहे डामुल ह्वै जाए मोका, चाहे फाँसी...." खूंटी झोंपड़ी में पड़े-पड़े बड़बड़ा रहा था। लेकिन अब उसकी आवाज़ काफी धीमी थी।

"डामुलै ह्वै जातै तुमका तो चैन तो मिलते हमका।" टिकुली ने लेटे-लेटे कहा और कबीर को, जो शोरगुल सुनकर जाग गया था, थपकी देने लगी।

आठ

टिकुली सुबह तड़के ही उठ गई। उसने झोंपड़ी के अंदर झाँक कर देखा। खूंटी जमीन पर पड़ा खर्राटे ले रहा था। भात वाली हाँडी उसकी बगल में लुढ़की पड़ी थी। वह बिल्कुल खाली थी। जमीन पर जरूर इधर-उधर कुछ भात बिखरा पड़ा था जिसे दो-तीन कौवे जल्दी-जल्दी चोंच में भरकर खा रहे थे। दरवाजे पर आहट होते ही वे टिकुली के सिर के ऊपर से बाहर उड़ गए। स्पष्ट था कि खूंटी ने रात में भूख लगने पर उठकर भात खाया था और दोबारा सो गया था। उसकी धोती की लाँग भी ठीक तरह लगी हुई थी। टिकुली के मन में आया कि वह उसे जगाकर उससे सारी बात पूछे मगर फिर कुछ सोचकर तालाब पर नहाने चली गई। वहाँ से लौटकर आई तब भी खूंटी उसी प्रकार पड़ा खर्राटे ले रहा था। अब तक उसके द्वार पर औरतों का जमघट लगना शुरू हो गया था।

"कबीर के बाबा। ओ कबीर के बाबा।" उसने अपने ससुर को आवाज दी तो वह आँखें मलता हुआ उठकर बैठ गया। अपने सामने टिकुली और दो-चार और औरतों को खड़ा देखकर उसे रात की बातें याद आने लगीं और शर्म के मारे गरदन नीची किए वह

अपने स्थान पर बैठा रहा।

"अऊर सब जने कहाँ गे?" किसी औरत ने पूछा।

"को जानै।" उसने गरदन झुकाए-झुकाए ही उत्तर दिया।

"तुम कइसे छूटि गेव?"

"हमका लाला छोड़ाए दिहिन।"

"कऊन लाला?"

"चंदनपुर वाले। पटवारी लाला।" मुंशीजी के कानूनगो हो जाने के बावजूद लोग उन्हें अभी भी 'पटवारी लाला' के नाम से ही पुकारते थे।

"अऊर सब जने का नाई छोड़ाइन?"

"दरोगा छाँड़ै तब तो। हम ही का बड़ी मुस्किल ते छांड़िस है।"

"पुलिसवाले हैं कि गे?"

"को जानै। रात मां तो गे नाई रहे। बदलू मनिहार का खस्सी खोल लइगे रहैं। वही की तरकारी बनाए के खाए के दिन-भर भंइसन की तना सोए हैं, ठाकुर की चउपाल मां।"

"तुमका कब छांड़िन?"

"पहर रात निकरै जानो।"

"तो रात मां हुऐं रहे सब पुलिसवाले?"

"हुआं न रहे ह्वइहें तो कहाँ गे ह्वइहें?"

"जइहैं कब?"

"को जानै।"

"सबका साथै लइ जइहैं।"

"साथै न लइ जइहैं तो का छांड़ देहें? छांडैक होत तो रातै मां छांड़ देतीं।"

"कहाँ लइ जइहैं?"

"अब हम का जानी। हसनगंज थाना लइ जाएँ कहौ।"

सभी औरतें चुप हो गईं। उनकी समझ में नहीं आ रहा था कि वे करें क्या? तभी किसी ने राय दी कि ठाकुरों के यहाँ ही चला जाए। उन लोगों से ही विनती की जाए कि वे जमानत वगैरह का प्रबंध करके छुड़वा दें।

"उनका छोड़ावैक होत तो पकरौती काहे?" किसी अन्य ने कहा।

"चुपाए के बइठौ। दुइ चार दिनन मां सब आए जइहैं।" खूंटी ने अपनी राय व्यक्त की।

"अईस कुछ बात भै रहै का?"

"नाई भै रहै तो का भा। कउनौ जुरूम किहिन हैं का। सरकार अइ सेहे डेढ़ लाख की हवेली मां बइठाए के खाना न खवाई।"

सभी औरतें एक-एक कर वहाँ से चली गईं तो टिकुली ने खूंटी से कहा, "हियैं

रहेव घर मां। बुढ़ऊ का टट्टी-पिसाब कराए दिहो औ कबिरवा जागै तो ऊ का थोड़ी देर बहिलाए लिहो। हम अबहीं आइत हैं।"

"काहे, कहाँ जाय रही हौ तुम?"

"सरगै। तुमते तो कुछ करत बनी न। बस ताड़ी पी के गटई काटौ सबकी।" टिकुली ने कहा और चंदनपुर की ओर चल दी।

उसकी देह में अब भी पीड़ा हो रही थी। शरीर में जहाँ-जहाँ पुलिसवालों ने बंदूक के कुंदों से मारा था, वहाँ नीले-नीले निशान पड़ गए थे। हाथ खपच्ची की सहायता से बँधा होने के बावजूद जरा-सा भी इधर-उधर हिलता तो लगता जैसे प्राण ही निकल जाएँगे। इसके बावजूद टिकुली अपनी पीड़ा को छिपाने का भरसक प्रयत्न करती हुई चलती रही।

चंदनपुर निकट आया तो टिकुली ने खपच्ची बँधे हुए अपने हाथ को अपनी धोती के आँचल में छिपा लिया और अपनी पीड़ा को अंदर-ही-अंदर दबाते हुए चेहरे पर कुछ और निश्चिंतता ले आई। गाँव की दो-एक औरतों ने उसे पहचान कर पूछना चाहा कि कल क्या हुआ था। पुलिसवाले किसको-किसको पकड़कर ले गए? बात क्या थी? उसे अधिक चोट तो नहीं आई? आदि। टिकुली बिना रुके, सभी को संक्षिप्त-सा उत्तर देकर आगे बढ़ गई।

लक्ष्मी के दरवाजे बंद नहीं थे। फिर भी चबूतरे पर चढ़कर उसने साँकल खटखटाई और रज्जो को आवाज देती हुई बोली, "दीदी"।

"को आए? अंदर आय जाओ।" रज्जो ने कहा तो टिकुली अंदर चली गई।

रज्जो नहा-धोकर सूर्य देवता को पानी चढ़ा रही थी। टिकुली को देखकर उसने लोटे में बचा हुआ पानी जल्दी से जमीन पर उँडेल दिया, एक बार सूर्य की ओर देखकर हाथ ऊपर उठाकर जोड़े, तब जमीन पर जहाँ पानी गिरा था, हाथ लगाकर माथे से छुआया और टिकुली से बोली, "आओ टिकुली आओ। हम तो खुदै तुमका बुलवइया रहन। भा का काल्ह, बताओ।"

टिकुली रोने लगी तो रज्जो निकट आकर उसके शरीर के घाव देखने लगी। तभी उसका हाथ अकस्मात टिकुली के टूटे वाले हाथ से छू गया तो टिकुली ने टीस भरकर अपने दूसरे हाथ से टूटे वाले हाथ की बाँह दबा ली।

"तुम तो बहुत चोटाय गई हो जानो। यू का? हड्डी टूटिगै है का हाथे की? ई पुलिस वालेन का हैजा होय, मइया खा जाएँ इनका।" रज्जो देर तक पुलिस वालों को श्राप देती रही। तब टिकुली के शरीर पर कई जगह नीले निशान देखकर बोली, "दइया रे दइया, तुमार तो सब देही लील परिगै है। बइठौ हम अबहीं काढ़ा बनाए के लाइत है।"

"रहै देव दीदी। हम पंचन का तो छुटपन ते मार खाए की टेव है।" टिकुली ने कहा। रज्जो फिर भी न मानी। अंदर कमरे में जाकर वह सोंठ, हल्दी आदि निकाल लाई और उसे सिल पर कूट कर गुड़ मिलाकर चूल्हे पर चढ़ा दिया।

"यू सब भा काहे?" रज्जो काढ़ा चढ़ाकर वापस आई तो उसने टिकुली से पूछा।

"को जानै ? मदारी पासी की सभा मां सब जने गे रहैं वही मारे जानो सब भा है।" टिकुली ने कहा। तब एक क्षण रुककर बोली, "भइया जऊन चरखा दई गे रहैं हमका तउनौ सब तूरि के जला डारिन पुलिसवाले। जेत्ता सूत काते रहन वहौ जलाय दिहिन।"

"मरेन का अऊर कउनो काम नाई है का? एत्ते चोरी डाका परत है तऊन उनका पकरैं जाये के।" रज्जो देर तक बड़बड़ाती रही।

"भइया कब अइहैं?" रज्जो चुप हुई तो टिकुली ने पूछा।

"का बताई।" रज्जो ने कहा, "आज काल्ह तो जेहेल मां हैं।"

"जेहेल मां हैं! काहे? का भा?" टिकुली को जैसे विश्वास नहीं हुआ।

"हुआं सहर मां सब कांग्रेस वाले पकरे जा रहे हैं। वही मां वऊ पकिर गे कि जानो खुदै जानबूझ के जेहेल चलेगे।"

टिकुली ने एक ठंडी आह भरी। "हम सोचने रहै कि भइया का चिट्ठी भेजवाए देबे तो उइ गाँधी बाबा ते कहिके सब जने का छोड़वाये देहें।" उसने कहा।

"अब को जानै जेहेल मां चिट्ठी पत्री जात है कि नाई जात।"

"लाला नाई हैं घर मां।"

"कहूँ गे हैं। अब हीं अवतै ह्वइहैं। आए जाएँ तो उनते पूछी।" रज्जी ने कहा और उठकर काढ़ा देखने चली गई। काढ़ा बन गया तो वह उसे लकड़ी की एक कटैली में छानकर ले आई। "लेव ई का पी लेव" उसने कठैली टिकुली के सामने जमीन पर रखते हुए कहा, "ई ते अंदरूनी चोट सब ठीक ह्वै जाई। औ दर्दो खींच लेई यू।"

टिकुली खामोश बैठी कठैली से उठती भाप को निहारती रही। तेजशंकर के जेल में होने की खबर से वह काफी निराश हो गई थी।

"गरमै गरम पी लेव तो फायदा करी।" रज्जो ने कहा।

टिकुली ने कठैली हाथ में उठा ली।

"गाँधी बाबा का पता तो होई लाला के लगे?" टिकुली ने काढ़ा पीने के बीच रुक कर पूछा।

"उनका पता तो सबै का मालूम होई।" रज्जो ने कहा।

"भइया के पास चिट्ठी न पहुँचै तो लाला ते कहिके गाँधी बाबै का चिट्ठी भेजवाय देतिव। उनका हियाँ का हाल पता लागी तो उइ जरूर लाट ते कहि के दरोगा का सजा देवइ हैं।"

तभी लक्ष्मी ने खखारते हुए घर में प्रवेश किया। उन्हें देखते ही टिकुली उठकर खड़ी हो गई।

"टिकुली आय का"? लक्ष्मी ने उसे पहचानते हुए पूछा।

"हाँ," रज्जो ने कहा, "एत्ता मारिस है दरोगा ई का कि सारी देह लील परिगै है। एक हाथे की हड्डिउ टूटिगै है।"

लक्ष्मी अपने स्थान पर खड़े-खड़े टिकुली को निहारते रहे।

"पुलिसवाले ई का चरखौ तूरि के जलाय दिहिन।" रज्जो ने आगे कहा। तब एक क्षण रुककर बोली, "या आई रहै कि तेजशंकर का खबर कई दीन जातै तो उइ कुछ करतीं तऊन हम ई का बतावा कि भइया तो जेहेल मां हैं।"

"हाँ," लक्ष्मी ने कहा।

"तो हुआं चिट्ठी-पत्री नाई जाय सकत है का?"

"चलिन जाई तो जेहेल के अंदर ते ऊका करी?"

रज्जो खामोश हो गई। लक्ष्मी आँगन में पड़ी चारपाई पर बैठ गए।

"गाँधी बाबा का पता तो तुम का मालूम होई।" रज्जो ने कुछ क्षण बाद कहा, "टिकुली कह रही है उनही का चिट्ठी डार देतिव कि उइ लाटसाहब ते कहि के सबका छोड़वाय दें।"

"गाँधीजी तो जेहेल मां हैं।" लक्ष्मी ने कहा।

टिकुली सहसा चौंक पड़ी। "गाँधीजी जेहेल मां हैं। उनका को जेहेल मां बंद किहिस।"

"सरकार। अऊर को बंद करी।"

टिकुली के ऊपर गाज जैसी गिरी। किंकर्तव्यविमूढ़-सी वह लक्ष्मी की ओर देखती रही। तब सहसा उठकर खड़ी हो गई। "जाइत है।" उसने कहा।

लक्ष्मी के घर से बाहर निकली तो दर्द के मारे उससे ठीक से चला भी नहीं जा रहा था। किसी-किसी खेत में किंचित् जल्दी बोई गई गेहूँ की फसल पककर तैयार खड़ी थी। दूर तक फैली हरियाली के बीच सुनहली फसल वाले खेत अलग दिखाई दे रहे थे। खेतों की मेड़ से होती हुई टिकुली ने किसी तरह गाँव की सीमा पार की। तब थक कर महुए के एक वृक्ष के नीचे बैठ गई। हवा के झोंको से उसे झपकी-सी आने लगी। पेड़ के तने से पीठ लगाकर बैठे-बैठे ही वह सो गई। पता नहीं कब तक वह सोती रहती कि तभी सतभाइयों के एक झुंड के शोर से वह जाग पड़ी और उठकर धीरे-धीरे अपने घर की ओर चल दी।

नौ

विवाह के कोई एक महीने बाद वाहिद गाँव जाकर शम्मो को भी अपने साथ ले आया। ललमुन ने भी शम्मो के साथ लखनऊ जाने की जिद की लेकिन नुसरत ने मना कर दिया। आखिर शम्मो अकेले ही वाहिद के साथ आई। हाँ, स्टेशन तक उन लोगों को विदा करने के लिए घर के लगभग सभी लोग आए। गाड़ी आने पर शम्मो उसमें बैठी तो ललमुन रोने लगी और देर तक रोती रही। गाड़ी चल दी तब भी ललमुन प्लेटफार्म पर खड़ी रो रही थी। शम्मो की आँखों में भी आँसू थे। वह खिड़की के पास बैठी, प्लेटफार्म

पर जमा उसे विदा करने आए लोगों को सिर बाहर निकालकर तब तक देखती रही जब तक गाड़ी प्लेटफार्म छोड़ कर निकल नहीं गई।

लखनऊ स्टेशन से वाहिद ने इक्का किया और शम्मो के साथ उस पर बैठकर अपने क्वार्टर आ गया। कासिम क्वार्टर पर उन लोगों की प्रतीक्षा कर रहा था। चादर से ढका हुआ इक्का दरवाजे पहुँचा तो कासिम वरांडे में पड़ी चारपाई से उठकर तुरंत वहाँ पहुँच गया और इक्के के चारों ओर लिपटी चादर खोलकर शम्मो को नीचे उतरने में मदद करने लगा। "संभर के बिटिया। अइसी, हियां पाँव धरौ, यू जऊन द्याखौ पावदान लाग है हियां, ई पर पाँव धरौ। हाँ, अइसे....अब उतरि आओ नीचे।"

शम्मो नीचे उतर आई तो कासिम ने इक्के पर रखा हुआ उसका संदूक तथा गठरियों में बँधा हुआ अन्य सामान उतारा। सामान उतारकर उसने घर में रखा। तब चादर ओढ़े अपने स्थान पर खड़ी शम्मो से बोला, "अरे बिटिया, हियां काहे ठाढ़ी हौ। चलौ अंदर चलौ। औ तुहू चलौ न मियां। आओ बिटिया आओ।"

घर के अंदर आते ही शम्मो ने चादर उतारकर चारपाई पर रख दी और घूम-घूमकर सारे घर को देखने लगी। कासिम इस बीच उन लोगों के लिए शरबत बनाने लगा था। "अरे कासिम चच्चा तू तो हियां पूरी गिरस्ती जमा दिए हौ।" शम्मो ने कासिम को शरबत बनाते हुए देखा, तो बोली।

"गिरिस्ती का बिटिया हम तो बस चौकीदारी कै रहे रहन तोहरे घर की। अब तू आ गई हौ तो गिरस्ती जमी। लेव सरबत पियो।" कासिम ने शरबत का गिलास उसकी ओर बढ़ाते हुए कहा।

शरबत पीकर शम्मो ने नए सिरे से क्वार्टर का मुआयना शुरू किया। कासिम उसके साथ-साथ चलकर बताता जा रहा था। "ई द्याखो बिटिया, यू कमरा आए। यू एक अऊर कमरा आए, औ एक कमरा तो तू बाहर देखै आई हौ जहाँ संदूक धरी है तोहार। यू गुसलखाना आए। औ या रसोइया आए।"

शम्मो को और सब तो ठीक लगा लेकिन आँगन उसे कहीं दिखाई नहीं दिया। "ई कइसा घर है मुआ। आँगन तो कहूँ हई नाई।" उसने कासिम से कहा।

वाहिद हँसने लगा। तब उसका हाथ पकड़कर बाहर लान में ले आया। "ई आँगन नहीं तो अऊर का है?" उसने कहा।

"लाहौल भेजो अइसे आँगन पे। हियाँ बे-परदा होके बइठूँगी का मैं?" शम्मो ने कहा।

वाहिद उसका हाथ पकड़े-पकड़े ही क्वार्टर के पीछे की तरफ खाली पड़ी जगह में ले आया। "बेपर्दगी करना हो तो हियाँ बैठके कर लेना, "उसने कहा, "हियाँ कोई न देखी"

"देखी कइसे नाई?" शम्मो ने क्वार्टर की मुश्किल से चार साढ़े-चार फुट ऊँची बाउंड्री की ओर देखते हुए कहा, "हियाँ से तो आदमी दीवार फाँद के अंदरौ आ सकत

है।"

"तो का हुआ? तू का का हमरे अलावा भी कोई के साथ बेपर्दगी करना है। सो हम हियाँ काहे करबा? घर के अंदर करबा।" वाहिद ने उसका हाथ पकड़कर अपनी ओर खींचते हुए कहा।

शम्मो का चेहरा कानों तक लाल हो उठा। उसने चौंककर इधर-उधर देखा। "कासिम चच्चा कहाँ हैं?"

"होइहैं कहूँ।" वाहिद शम्मो का हाथ पकड़े-पकड़े उसे कमरे में ले आया।

शम्मो खामोश रही।

वाहिद कमरे से बाहर निकला तो कासिम बाहर वरांडे में बैठा बीड़ी पी रहा था। तभी, अपने बाल ठीक करते हुए, शम्मो भी वहाँ आ गई। उसकी बाँह पर ढेरों इमाम जामिन बँधे थे। दरवाजे के पास खड़ी-खड़ी वह उन्हें खोलने लगी।

"अब तुम आए गई हौ बिटिया तो घर, घर की तना लागी। नाई तो भूतन का डेरा रहै। मियाँ तो दिनभर जेहेल मां बईठ रहत रहैं औ हम ससुर हियां अकेले परे-परे दीवारन ते बतियावा करित रहै।"

"अब तो कासिम चच्चा तुम घरौ जेहेल समझो।" वाहिद ने शम्मो की ओर देखकर मुस्कराते हुए कहा।

"सो काहे मियाँ?"

"यह जेलराइन आ गई हैं न अब।"

कासिम हँसा। "सो तो ठीकै कह रहे हो मियाँ। अब तोहरी हुकूमत न चली घर मां। हमरी बिटिया का राज होई अब।"

शम्मो मुस्करा दी।

"खाय का का इंतजाम कीन जाए बिटिया?" कासिम ने शम्मो से पूछा। "अब तक तो तुम औ मियाँ दूनो जने भुखाए गे होइहौ।"

"तू फिकर न करो चच्चा।" शम्मो ने कहा। "चलत बखत अम्मी ढेर पूरी बनाए के बाँध दिए रहीं। तूका भूख लगी होय तो हम निकार देइ।"

"न, न।" कासिम ने अपने पेट पर हाथ फिराते हुए कहा, "हम तो मासाल्ला सबेरेहे अपने बरे रोटी औ सालन बना लिए रहे।"

शम्मो नहाने चली गई। वाहिद कपड़े उतारकर चारपाई पर लेट कर आराम करने लगा।

तभी कासिम ने कमरे में आकर वाहिद से पूछा। "रात के बरे मुर्गा का इंतजाम कीन जाए कि गोस का?"

"काहे, मुर्गा गोश्त का क्या होगा? वैसे ही कुछ बन जाएगा।" वाहिद ने कहा।

"ई भला कइसे हो सकत है। पहली बार तो बिटिया घर आई हैं। मुर्गा कि गोस तो बनैक चहिबै करी।"

"बिटिया कि बहू?" वाहिद ने मजाक किया।

"अब मियाँ जो तुम कहौ सो हम कही। वइसे हमरे बरे तो पहिलेव बिटिया रहीं औ अबहूँ बिटियै हैं।"

"तो फिर बिटियै से पूछ लियो। अब्बे नहा के आवत होई।"

शम्मो नहाकर आई तो वाहिद नहाने चला गया। शम्मो वहीं कमरे में कंघी से अपने बाल झाड़ रही थी कि कासिम ने बाहर वरांडे से ही पूछा, "बिटिया, साम का मुर्गा खइ हौ कि गोस?"

"हम का बताई चच्चा। अपने दूल्हा मियाँ से पूछ लेव वही बतइहैं।" शम्मो ने बालों से पानी झटकते हुए उत्तर दिया।

"ये भली रही। मियां कहत हैं तू से पूछ लेई ओ तू कहती हौ कि ऊ बतइहैं। हम तो बीच मां मारे गए।"

शम्मो हँसने लगी। "तो जो तुमरे जी मां आवै सो करो।" उसने कहा।

"ई बात भई।" कासिम ने कहा और मन-ही-मन सोचने लगा कि पुत्तन के यहाँ मुर्गा मिल गया तो ठीक, नहीं तो बाजार जाकर गोश्त ले आएगा।

"अच्छा चच्चा, जेहेल कहाँ है हियाँ?" शम्मो बाल झटक चुकी तो उन्हें पीछे उलटते हुए बोली।

"वाह बिटिया! यहौ खूब रही। ई समुहे जेहेल न आए तो अऊर का आए?"

शम्मो दरवाजे के करीब आकर बाहर झाँकने लगी। दाहिनी ओर दूर तक फैली हुई ऊँची-सी दीवार थी जिसके बीच बीच गाँव में उसकी हवेली की तरह बड़ा-सा ऊँचा फाटक लगा था।

"ई तो दीवाल है चच्चा।" उसने कहा।

"यही देवार के पीछे तो कोठरिया बनी हैं। वही मां सब कैदी रहत हैं। हथकड़ी बेड़ी पड़ी हैं सबके।"

"तुम देखे हो?"

"अब अंदर तो हम गैन नाई बिटिया। हाँ, बाहर आवत जात जरूर देखन है।"

"अच्छा कौन लोग बंद हैं भला?"

"एक ते एक चोर, डाकू, कत्ली, सबै बंद हैं। मुदा आज काल्ह तो सब सुराजी भरे परे हैं।"

"सुराजी को?"

"कांग्रेसी। गाँधी बाबा केर चेला।" कासिम ने कहा। तब मुट्ठी बाँधकर हाथ हवा में उठाकर बोला, "बंदे मातरम्।" "भारत माता की जय।" अइसेन चिल्लात आवत हैं ओ चिल्लातै चिल्लात बड़के फाटक के भीतर चले जात हैं। औ फिर दिन मां कि रात मां जबै जिउ मां आवत है फिर चिल्लाए लागत हैं। अफसरन के नथुनन मां जिउ किहे हैं।"

तभी वाहिद वहाँ आ गया। "का समझा रहे हो कासिम चच्चा?" उसने पूछा।

"यहै जेहेल का हाल बताए रहे हन बिटिया का। अब्बे नई नई आई है न। कहौ रात मां नारा सुनि के डेराइन जाएँ। यही मारे हम कहा कि पहिलेहेन ते बताय देई।"

"खाली बताय से काम न चली।" वाहिद ने कहा, "कल इनका लै जाके सब कैदिन से मिला लाओ।"

"तू तो मजाक करै लागेव मियां।" कासिम ने कहा। तब एक क्षण रुककर बोला, "अच्छा, अब तुम पंचै आराम करौ। हम जाए रहे हन पुत्तन के हियां मुर्गा देखै। ओ जो ऊके हियां मुर्गा न मिला तो उधरे से हम गोस ले चले जाब।"

वाहिद दरवाजे पर खड़ा-खड़ा कासिम को जाते देखता रहा। तब दरवाजा अंदर से बंद करके उसने दोबारा शम्मो को पकड़ लिया।

शम्मो का चेहरा फिर लाल हो उठा। "अब खुदा के वास्ते····अब्बै गुसल किए हैं औ····"

वाहिद की मजबूत बाँहों में उसका जिस्म अपने-आप ढीला पड़ने लगा।

दस

दूसरे दिन सुबह वाहिद अपनी ड्यूटी पर चला गया तो शम्मो घर को ठीक करने में जुट गई। बाँस में झाड़ू बाँधकर उसने सबसे पहले छतों और दीवालों के कोने में लगे मकड़ी के जाले साफ किए। तब सारा घर धोया, पोंछा। उसके बाद सारा सामान अपने ढंग से सजाने लगी। कासिम ने उसे समझाया, "बिटिया तू बेकारै हलकान ह्वै रही हो। मियां ते कहिके हम दुइ कैदी बुलाए लाइत है जेहेल ते। तऊन उइ आए के अब्बे सब साफ कइ देहें। नाई तो तू हटौ हम साफ किहे देइत हैं।" लेकिन शम्मो न तो कैदियों को बुलाने के लिए राजी हुई और न ही कासिम को हाथ लगाने दिया। कैदियों से तो उसे विशेषकर डर लगने लगा था। सुबह दो कैदी बाकायदा बेड़ियाँ पहने हुए पानी भरने आए थे। उन्हें देखकर ही वह डर गई थी। वाहिद घर में न होता तो कहो गश खाकर गिर ही पड़ी होती। उनकी शक्लें ही कुछ ऐसी थीं। वाहिद ने उसे बताया था कि दोनों कत्ल के मुल्ज़िम हैं और काफी दिनों से जेल में लंबी सजाएँ काट रहे हैं। साथ ही वाहिद ने उसे आश्वस्त किया था कि दोनों बहुत ही नेक कैदी हैं। इसी लिए अच्छे व्यवहार के कारण उन्हें हल्का काम दिया जाता है तथा वर्ष में कुछ दिनों की नियमित छूट भी उनकी कैद की मियाद में दी जाती है। इसके बावजूद जब तक वे घर में रहे, शम्मो की जान सूखती रही। उसने वाहिद से कहा कि वह खुद पानी भर लिया करेगी, इन लोगों को बुलाने की जरूरत नहीं है। वाहिद हँसने लगा। "धीरे-धीरे आदी हो जाओगी।" उसने कहा।

और वास्तव में दो-चार दिनों में ही शम्मो उन कैदियों की भयानक लगने वाली शक्लों की आदी हो गई। वाहिद घर में नहीं होता तब भी, उनसे अकेले काम करवाती

रहती। उन्हीं की मदद से उसने क्वार्टर के सामने और पीछे की सारी जमीन साफ करवाई, खुदवा-गुड़वा कर उसमें खाद डलवाई और सब्जी उगाने लगी। कभी-कभी वह उन कैदियों को खाने को भी कुछ दे देती और देर तक उनके घर-गाँव आदि के बारे में बातें करती रहती।

जेल के अहाते में रहनेवाले अन्य अधिकारियों के यहाँ भी वह बारी-बारी से हो आई। सभी महिलाओं ने उसे आग्रहपूर्वक आमंत्रित किया। जेलर, मुनव्वर आलम, की पत्नी तो उससे इस तरह घुलमिल गईं जैसे वह उनकी कोई निकट संबंधी हो। आयु में वह उससे काफी बड़ी थीं। दो-बेटियों की शादी कर चुकी थीं। बेटा एक ही था, जमील, जिसे शम्मो अपने निकाह के अवसर पर देख चुकी थी। उससे छोटी एक बेटी और थी रुखसाना, जो अभी मुश्किल से छः-सात वर्ष की थी। डिप्टी जेलर एक ठाकुर थे। गोवर्धन सिंह। लंबा-चौड़ा डीलडौल। घनी काली मूँछें। रोबीला चेहरा। कैदियों के बीच वह बहुत ही जालिम अफसर के रूप में मशहूर थे। हाथ में एक मोटा-सा रूल लेकर चलते और जिस कैदी पर ताव खा जाते उसके ऊपर वह रूल चला देते। कैदी जी मसोस कर रह जाता। मन-ही-मन उन्हें गालियाँ देता और कोसता। उनके कोई संतान नहीं थी। संभवतः यही उनके स्वाभाव की कड़ाई का कारण था। उनकी पत्नी की धारणा थी कि निरीह कैदियों के प्रति उनके पति के इस सख्त व्यवहार की वजह से ही ईश्वर ने उन्हें संतान का मुँह नहीं दिखाया। वह भरसक अपने पति को समझाने का प्रयत्न करती लेकिन ठाकुर गोवर्धन सिंह उन लोगों में से नहीं थे जो पत्नी की बात पर ध्यान दें। उनकी पत्नी प्रायः पूजा-पाठ में लगी रहतीं। संभवतः अपने पति के पापों का प्रायश्चित्त करने के उद्देश्य से या फिर जो भी हो।लेकिन अपनी धार्मिक प्रवृत्ति के बावजूद वह कंपाउंड में सबके यहाँ आती-जातीं। हाँ, मुसलमानों के यहाँ कुछ खाती-पीती नहीं थी वह। लेकिन अपने घर में उनकी खातिर करने से नहीं चूकती थीं। इसके लिए उनके घर में अलग बरतन थे जिन्हें इस्तेमाल होने के बाद धो-पोंछकर अलग रख दिया जाता। उन्होंने भी शम्मो को अपने घर बुलाया, बल्कि उन्होंने तो चलते समय उसके कोंछा भी डाला। शम्मो ने लाख कहा कि उसके यहाँ यह रस्म नहीं होती लेकिन व्रह नहीं मानीं। "न होगी तुम्हारे यहाँ रीति, हमारे यहाँ तो है। बहू पहली बार घर आए तो बिना कोंछे के कैसे वापस जाएगी।" उन्होंने कहा और जबरदस्ती उसके कोंछे में चावल, गुड़ और एक रुपया डाल दिया। हाँ, सिंदूर जरूर उन्होंने उसके नहीं लगाया क्योंकि इतना वह जानती थीं कि सिंदूर लगाने का रिवाज मुसलमानों के यहाँ नहीं होता। इसके अलावा कंपाउंड में रहनेवाला तीसरा अधिकारी सक्सेना था जो जेल का डाक्टर या मेडिकल आफिसर था। वह अभी कम ही उमर का था। वाहिद की तरह उसकी भी यह पहली पोस्टिंग थी। उसकी पत्नी पुष्पा लगभग शम्मो की ही आयु की थी। वह तो एक तरह से उस पर फिदा ही हो गई। उसने उसे गले से चिपटा लिया। उसका बुर्का पहनकर देर तक खुद को शीशे में देखती रही। शम्मो का घाघरा-कुर्ता भी उसे बहुत पसंद आया। एक दिन तो

उसने गजब ही कर दिया। शम्मो के घर से उसका कुर्ता-घाघरा माँग लाई और जब उसके पति का जेल से लौटने का समय हुआ तो उसे पहनकर सिर पर दुपट्टा डालकर बैठ गई। सक्सेना आया तो दरवाजा खोलकर किवाड़ की आड़ में हो गई। तब दुपट्टा माथे पर खींचकर अपने पति के कंधे पर हाथ रख दिया। सक्सेना ने मुड़कर देखा तो सहसा चौंक पड़ा। वह समझा शम्मो है क्योंकि शम्मो की इन कपड़ों में एक झलक वह वाहिद के घर पर देख चुका था। उसने तुरंत अपना मुँह दूसरी तरफ फेर लिया।तभी पुष्पा ने अपने दोनों हाथ उसके गले में डाल दिए तो वह बिल्कुल ही घबरा गया। पुष्पा को हँसी आ गई तो उसकी समझ में बात आई, नहीं तो उसकी हालत ही खराब थी। मर्द जब अपनी-अपनी ड्यूटियों पर जेल में अंदर चले जाते तो अक्सर ही पुष्पा शम्मो के यहाँ या फिर शम्मो पुष्पा के यहाँ आ जाती। जल्दी ही दोनों में प्रगाढ़ मित्रता हो गयी।

मुनव्वर साहब की बेगम को ताश खेलने का चस्का था। कंपाउंड में रहनेवाली सभी महिलाओं को वह ताश खेलना सिखा चुकी थीं। शम्मो आई तो उसको भी उन्होंने सिखा दिया। दोपहर को अक्सर ही उनके घर पर चौकड़ी जमा होती और बड़े मनोयोग से ताश खेले जाते।

एक दिन वाहिद मुनव्वर साहब की फिटन पर शम्मो को तहफ्फुज के यहाँ भी ले गया। तहफ्फुज की कोठी देखकर शम्मो दंग रह गई। वैसे छुटपन में एक बार जब उसके नाना इमदाद अली यहाँ रहते थे तो वह यहाँ आई थी। लेकिन उस वक्त की कोई याद उसके दिमाग में नहीं थी। अतः एक तरह से वह सब कुछ पहली बार ही देख रही थी। बड़ा-सा खूबसूरत बंगला, सामने वसीह लान, पोर्च में खड़ी मोटर गाड़ी, बगल में पीछे की ओर खड़ी फिटन, उसके निकट बंधा हुआ अरबी घोड़ा, लॉन में दौड़ लगाते हुए खूबसूरत सफेद झबरीले कुत्ते, यह सब देखकर शम्मो को अपने मामूजान पर गर्व का अनुभव तो हुआ ही, साथ ही मन में कहीं यह आकांक्षा भी जागृत हो उठी कि इंशाल्लाह किसी दिन उसके पति के पास भी ऐसा ही बँगला होगा तथा अपनी फिटन होगी जिस पर बैठकर वह जहाँ चाहे, घूमेगी।

छुट्टी वाले एक दिन मुनव्वर साहब की फिटन पर ही वाहिद उसे भूलभुलैया, छोटा इमामबाड़ा, रूमी गेट वगैरह भी दिखाने ले गया। चिड़ियाघर देखने जाने का तो एक दिन औरतों-औरतों का ही प्रोग्राम बना। हाँ, कासिम जरूर साथ गया क्योंकि एक तो किसी-न-किसी मर्द का साथ होना जरूरी था और दूसरे कासिम से किसी का कोई परदा भी नहीं था। काफी देर तक सब वहाँ घूमती रहीं, यहाँ तक कि मुनव्वर साहब की बेगम और ठाकुर गोवर्धन सिंह की पत्नी थककर एक स्थान पर बैठ गईं। शम्मो और पुष्पा का मन नहीं भरा, अतः वे घूम-घूमकर तरह-तरह के जानवरों और पक्षियों को देखती रहीं। कासिम के लिए यह बहुत बड़ी समस्या थी क्योंकि मुनव्वर साहब ने, और वाहिद ने भी, उससे कहा था कि वह उन लोगों को अकेला न छोड़े। मगर जो स्थिति यहाँ उत्पन्न हो गई थी उसमें उसे किन्हीं दो को अकेला छोड़ना ही था। अंततः उसने तय किया कि वह

पुष्पा और शम्मो के साथ रहेगा। जहाँ भी वे जातीं वह भी उनके पीछे-पीछे घिसटता जाता। साथ ही शम्मो की खुशामद भी करता जाता, "ए बिटिया अब बस करो। हमरा कहा मान लेव। कोई औरे दिन आ जायेव। ठाकुर साहब की औ जेलर साहब की बेगम हुआं अकेले बइठी हैं। मियां का कि जेलर साहब का पता लागी तो कहौ हमार चमड़िन उधेड़ डारैं।" इसके बावजूद शम्मो और पुष्पा आजादी से घूमती रहीं। आखिर जब सब लौटकर आईं तो मुनव्वर साहब परेशान से कंपाउंड में टहल रहे थे और वाहिद से मश्वरा कर रहे थे कि क्या उन्हें जाकर देखना चाहिए कि इन लोगों को लौटने में इतनी देर क्यों लग गई।

इस तरह लखनऊ शम्मो को भा गया। कुछ ही दिनों में उसने वहाँ की ज़बान, तौर-तरीके आदि सीख लिए और अपनी गृहस्थी जमाने में जुट गई।

ग्यारह

कोई छः महीने लखनऊ रहने के बाद ईद के मौके पर शम्मो गाँव लौट आई। इस अवसर पर वह लखनऊ से ललमुन, सिराज, सुरैया, शौकत तथा घर के सभी नौकरों के लिए कपड़े, मतीन की पत्नी और अपनी माँ नुसरत तथा अपनी सास यानी अब्दुल गनी की पत्नी के लिए साड़ियाँ और काँच की चूड़ियाँ ले गई। बच्चों के लिए लखनऊ की मश रेवड़ियाँ भी खरीद कर उसने अपने बक्से में बंद कर लीं। वाहिद को जेल से छुट्टी नहीं मिल सकी, अतः उसे अकेले ही कासिम के साथ लौटना पड़ा। कासिम अकेले किसी कीमत पर जाने के लिए तैयार नहीं था। तभी संयोग से सक्सेना की पत्नी पुष्पा के पिता का कानपुर से पत्र आ गया कि वह उसे लेने आ रहे हैं। इसी गाड़ी से शम्मो को भी जाना था। वाहिद ने कासिम को समझा-बुझाकर उन लोगों के साथ जाने के लिए राजी कर लिया। अब्दुल गनी को उसने खत लिख दिया कि छुट्टी न मिल पाने की वजह से ईद पर उसका गाँव आ पाना मुमकिन नहीं हो पा रहा है। शम्मो को वह कासिम के साथ फलाँ दिन, फलाँ गाड़ी से भेज रहा है। स्टेशन पर सवारी भेजकर वह उसके गाँव जाने का इंतजाम कर दें। साथ ही उसने कासिम को भी ताकीद कर दी कि अगर किसी वजह से कोई स्टेशन पर न भी मिले तो वह घबड़ाए नहीं। किराए की गाड़ी लेकर गांव चला जाए।

"टेसन ते गाजीखेड़ा तक जाए की फिकिर तुम न करो मियां," कासिम ने कहा, "ऊका बंदोबस्त तो हम कइ लेबा। मुदा अकेले रेलगाड़ी मां बइठैक न कहौ।"

"अरे भाई अकेले बैठने को कौन कह रहा है।" वाहिद ने समझाया, "शम्मो साथ रहेगी, डॉक्टर सक्सेना की बीवी रहेगी। सक्सेना के ससुर रहेंगे। वह तुमको स्टेशन पर

उतार देंगे।"

आखिर कासिम को राजी होना पड़ा लेकिन लखनऊ स्टेशन से गाड़ी छूटते ही उसकी रूह फना होने लगी। "बिटिया देखे रहेव," उसने शम्मो से कहना शुरू किया, "अईस न होय कि अपन टेसन ससुर निकरिन जाए औ हम पंचै यही डब्बा मां धरे रहि जाई। हम पहिचनतौ नाई हन ठीक ते। न ही पढ़े लिखे हन कि टेसन का नावै पढ़ि के जान लेई।"

"अरे तो क्या हुआ कासिम चच्चा," पुष्पा ने कहा, "तुम लोग भी हमारे साथ कानपुर चले चलना। पहले कभी गए हो?"

"नाव सुना है।" कासिम ने कहा।

"तो अबकी चलके देख भी लो, बल्कि वहीं रह जाना तुम। किसी मील में नौकरी दिला देंगे तुमको। शादी भी करवा देंगे तुम्हारी। मौज में वहीं रहना।"

"अल्लाह का नाव लेव बिटिया। ई उमिर मां सादी करबा अब! सारी जिनगी तो खां साहब के हियां गुजर गै। एत्ते बड़े रहे ह्वइबे जब आए रहेन", उसने सीट पर बैठे-बैठे हाथ नीचे करते हुए कहा। "तऊन ऊ दिन औ आज का दिन। का मजाल कि कउनो गुस्ताखी भई हो आज तक। न हमका कब्बौ कउनो सिकायत भै। पेट भर खायेन औ मऊज ते सोयेन। ई बिटिया तो एत्ती बड़ी रहैं जब गाजीखेड़ा आई रहैं। गोदी मां लिहे लिहे हम टहरावा करित रहै। औ वाहिद मियां तो हमरे समुहे पैदा भे हैं। गोदी लेई हम तो न चुपायं। कंधे पर बइठार के घुमाई तबहीं चुपायं। बचपन मां बड़े खेलाड़ी रहे। बिरवा पर चढ़ि जाएँ तो उतरै का नावै न लें। न जाने केत्ती तो चिरैया मार डारिन ह्वइहैं।"

"बंदूक से?"

"बंदूक ते नाई बिटिया, गुलेल ते। साँपे के बिल मां हाथ डार के केंचुल निकार लें। मौली साहब के हियां पढ़ै जाएँ तो हुआँ ते भागि आवैं। खाँ साहब हमका साथै साथ भेजैं तऊन हम हुआं बाहर ठाढ़ रही दिन-भर कि मियाँ भागै न पावैं। ती पर तू यू जान जान लेव कि कबो कबो अईस तनतनाए के भागैं कि पकर मां न आवैं। बड़ी मुसकिल ते गरेर के हम कउनिव तना पकरि पाई तो मौली साहब के समुहे फिर हाजिर करी लाए के। तऊन कबो कबो तो रोवै लागै।" पता नहीं कब तक उसकी इन बातों का सिलसिला चलता रहता कि किसी स्टेशन पर गाड़ी रुकते ही वह शम्मो का बक्सा उठाने लगा, "देखो बिटिया अपन टेसन आए गा जानौ।"

"बैठे रहो मियाँ, फिकर न करो। हम बता देंगे। लो, तब तक एक सिगरेट पियो।" पुष्पा के पिता ने अपने सिगरेट के पैकेट से एक सिगरेट निकालकर उसे देते हुए कहा।

"तुम पियो लाला। हमरे तना बीड़ी है।" कासिम ने कहा और अपने सलूके की जेब से बीड़ी निकालकर सुलगा ली।

आखिर थोड़ी देर बाद उसके गाँव का स्टेशन आ ही गया। सिकंदर प्लेटफार्म पर सिराज और ललमुन का हाथ पकड़े खड़ा था। मतीन भी था साथ में। कासिम ने

खिड़की से देख लिया और उन्हें देखते ही हड़बड़ाने लगा। "उठो, उठो, बिटिया, अपन टेसन आए गा। सिकंदर ठाढ़ है हुआँ। लेव ऊ तो बहुत पीछे निकर गे। अरे रुक ससुरी कहाँ भागी जाये रही है।" उसने आगे बढ़ती जा रही रेल को डाँट लगाई। गाड़ी एक झटके के साथ रुक गई।

बक्सा काफी भारी था। पुष्पा के पिता ने कासिम को सहायता देकर उसे नीचे उतरवाया। शम्मो पहले ही नीचे उतर चुकी थी। कासिम, सामान के साथ, नीचे उतर आया तो उसकी जान में जान आई। "जाओ अब अपने ठेकाने जाओ। काहे ठाढ़ी हौ अब?" उसने रेल से कहा। तभी गाड़ी ने सीटी दी और धीरे-धीरे आगे सरकने लगी।

शम्मो ने अपना बुर्का, जो वह हाथ में लिए हुए थी, पहन लिया। ललमुन ने उसे देख लिया और सिकंदर के हाथ से अपना हाथ छुड़ाकर उसकी तरफ भागी। सिकंदर उसे दौड़ने को मना करने लगा। "अरे रुक जा बिटिया गाड़ी निकर जाए दे।" ललमुन फिर भी नहीं रुकी तो वह भी सिराज का हाथ पकड़े-पकड़े प्लेटफार्म पर दौड़ने लगा। मतीन भी पीछे पीछे भागा।

स्टेशन के बाहर बैलगाड़ी खड़ी थी। सारा सामान उस पर रखकर सभी लोग बैठ गए तो सिकंदर ने बैलों के पुट्ठे पर हाथ रखकर उन्हें चलने का इशारा किया। गाड़ी लीक पर आगे बढ़ चली।

घर पहुँचकर शम्मो सबसे मिली-भेंटी। तब बक्से से रेवड़ियाँ निकालकर सब बच्चों को बाँटने लगी। इसके बाद वह अपने नाना इमदाद अली से मिलने ऊपर चली गई। उसे उनके उठने का वक्त मालूम था। फिर भी उसने फजलू से पता लगवा लिया था। अभी थोड़ी देर पहले ही फजलू ने उन्हें उठाकर कुर्सी पर बिठाया था। "शम्मो बिटिया आई हैं लखनऊ ते।" उसने इमदाद अली से कहा। तो इमदाद अली ने आँख उठाकर दरवाजे की ओर देखा।

"सलामालेकुम नाना।" शम्मो ने उन्हें सलाम किया।

"वालेकुमस्सलाम। कब आईं तुम?"

"अभी थोड़ी देर हुई।"

"वाहिद नहीं आया?"

"जी नहीं।"

"क्यों?"

"उन्हें जेल से छुट्टी नहीं मिली।"

"और क्या हालचाल हैं लखनऊ के? कुछ घूमीं-फिरीं वहाँ?"

"जी।"

"कहाँ-कहाँ गयी? बैठ जाओ।"

शम्मो कुर्सी पर बैठ गयी। "इमामबाड़ा, भूलभुलैया, गड़बड़झाला सभी जगह गए।" उसने कहा।

“चिड़ियाघर बना है, सुना। वह नहीं देखा?”

“देखा था। एक दिन तहफ्फुज मामू के यहाँ भी गई थी।”

“कैसा है तहफ्फुज?”

“ठीक हैं। आपको सलाम भिजवाया है।” तहफ्फुज ने ऐसा कुछ नहीं कहा था, फिर भी शम्मो ने अपनी तरफ से यह बात जोड़ दी।

“क्यों, सलाम क्यों भिजवाया है? खुद आकर नहीं देख सकता?” इमदाद अली ने कहा। तब एक क्षण खामोश रहकर आँखें मूँद लीं।

“जा रही हूँ नाना, अच्छा। सलामालेकुम।”

“जाओ, खुश रहो।” इमदाद अली ने आँखें बंद किए-किए ही कहा।

शम्मो नीचे उतर आई तो सुरैया, मतीन की बीबी, ललमुन आदि उसे घेरकर बैठ गईं और लखनऊ के हालचाल पूछने लगीं।

बारह

बाहर चौपाल में चबूतरे पर कासिम घर के नौकरों को जमा किए अपनी लनतरानी उड़ा रहा था। “ए भइया का बतावें तुमका। सहर तो ससुर लखलव्वे आए। एक ते एक मोटर, टमटम, बग्घी, फिटन, ताँगा, एक्का, एक के पीछे एक दउड़त चले जा रहे हैं। जइसे अपने हियाँ बरातन मां कि मेला ठेला मां बैलगाड़ी दउड़ती हैं, वइसेन समझौ। औ इमरतै? एक ते एक लाजवाब। महल जानौ तुम।”

“अऊर का देखेव हुआं?”

“यू पूछौ कि का नाई दीख। इमामबाड़ा, भूलभुलैया, ओ एक अऊर महल अस है हुएं इमामबाड़ा के लगे। नाव भुला रहे हन हम। बड़ा भारी फाटक, महराबदार। पाछे ते रस्ता है। जीना लाग है। तऊन हुआं ते ऊपर चढ़ि जाओ तुम। सात मंजिले हैं। धुर ऊपर जायेकै नीचे झाँकौ तो मनई चींटी अस देखात है। मुदा रूह काँपै लागी तुमार।”

“काहे, रूह काहे कांपै लागी?”

“लेव! रूह न काँपी तो का होई!एत्ते ऊँचे ते नीचे झंकिहौ तो डेरइहौ न? यू जान लेव कि नीचे गिरि जाओ तुम तो हड्डिन का सुरमा बन जाई। हाँ, नाव याद आयेगा। ‘रूमी दरवाजा’ बाजत है ऊ औ कोऊ-कोऊ मच्छी भवनौ कहत है।”

“अऊर का देखेव कासिम भइया?”

“एक अऊर महल है। जमीन के नीचे। वहू मां सात मंजिलै हैं। तऊन चार मंजिले पानी मां बूड़ी हैं।‘बावली’ कहत हैं ऊका। हुआं के राजा जऊन रहे नवाब, तऊन उनकी औरतै सब वही मां नहाय जाती रहैं। औ भूल-भुलैया तो अस बनी है कि कोऊ ऊ मां जाए के आज तक जिंदा नाई लऊट।”

"तुम गे रहौ भला?"

"अब इनकी सुनो। अरे गे होतिन तो हियां बईठ होतिन। वही मां पड़े कहूं सड़ि रहे होतिन।"

"औ यू इमामबाड़ा का बताएव तुम, का आए?"

"ई मां सिया लोग अपन ताजिया धरत हैं। दुइ इमामबाड़ा हैं। एक छोट औ एक बड़ा। औ जऊन्न छोट वाला है तउने मां इमाम हुसैन का घोड़ा धरा है।"

"ई इमाम हुसैन को आयं?"

"इमाम हुसैन का नाई जानत? कईस मुसलमान हभे? इमाम हुसैन आयं अपने मोहम्मद साहब के नाती। कर्बला मां सहीद भे रहैं जऊन।"

"तो उनका घोड़ा अबै तक जिंदा हैं?"

"बउराए गे हौ का तुम? बताओ कब मोहम्मद साहब भे रहैं औ कब कर्बला भा रहै। तऊन अबै तक घोड़ा जिंदा बईठ रही?"

"तुमही तो कहत हो हुआं बंधा है।"

"बंधा नाई, धरा है। पत्थर केर बना है। बिल्कुल असिल लागत है। जइसे जिंदा ठाढ़ होय तुमरे समुहे। 'दुल दुल' नाव है ऊका। वहै तो जब इमाम हुसैन कर्बला मां जख्मी ह्वै के गिर परे रहैं तो उनका अपने मुँह मां दबाए के भाग रहै।"

"अच्छा। अऊर का देखेव हुआं?"

"हाँ, एक चीज तो बतावैक भुलिही गेन हम। चिड़ियाघर है हुआं। तऊन हम तुम पंचन का का बताई। एक ते एक बिलैती जनावर औ चिरैया है हुआं। एत्ते एत्ते बड़े सुआ" उसने गजभर हाथ फैलाते हुए कहा, "दुइ तो ऊमां फक्क सफेद। दूध अस। कि जान लेव बगुला नाईं खाली टोंट लाल। वही ते फल खाए रहे हैं। औ मूड़े पर मुरैला की तना कलगी लाग। औ मुरैलौ सफेद.... ।"

"जिंदा?"

"जिंदा नाई तो का मुर्दा। मुर्दा सुआ भला फल कइसे खाई?"

"साँची कह रहे हौ?"

"कसम कुरान पाक की। औ सफेदै नाई हर रंग के सुआ है हुआं। नीले, लाल सब्ज। औ एक चिरैया तो एत्ती बड़ी कि हमरे तुमरे लात मार दे तो गिरिन परी हम पंचै। 'सितुर मुर्ग' बोलत है ऊका। औ सेर भालू तो अनगिनती।"

"सब जंजीरन मां बंधे होइहैं।"

"जंजीरन मां को बाँधी? जो बाँधै जाई ऊका फाड़ न खइहैं। सब छुट्टा घूमा करत हैं। बस बड़े बड़े जंगला लाग हैं। वही के भीतर मऊज मां टहर रहे हैं। औ एक जनावर तो अस कि तुम जान लेव कि दुइ चार भंइसन की खाल जइसे चउपर्त के ऊके ऊपर औढ़ाई होय। बड़ा केर मुँह औ नाके पर बड़ी केर सींघ। मार दे तुम का तो हुआं गिरौ जायेके जहाँ घोड़ा बँधा है।"

"अंग्रेज बिलैत ते पकरि के लाए होइहैं ?"

"नाहीं। हियां गाड़ीखेड़ा ते फकरि के लइगे हैं। तुमहू अस बात करत हौ कि का कही हम।"

"साँची कह रहै हौ ?"

"कुरान पाक की कसम तो खाय चुके हन हम। अबहूँ अकीन नाई आए रहा होय तो शम्मो बिटिया ते पूछ लेव। वऊ देखि आई हैं।"

"अरे भाई दुनिया मां अल्ला मियाँ के बनाए एक ते एक अजूबा परे हैं। रिसाओ न, तुम आगे बताओ।"

"अब कहाँ तक बताई। हाँ, एक जनावर अईस कि ऊके पेटे मां जेब लाग है।"

"का लाग है ?"

"जेब। जइसे तुमरी गंजी मां लाग है जी मां तुम तमाखू धरे हौ।" कासिम ने उसकी जेब पकड़कर हिलाते हुए कहा, "औ जानत हो ऊमां का धरत है ऊ ?"

"घास फूस धरत होई अपने खाय के बरे।"

"अरे नाहीं। घास-फूस नाई। अपन बच्चा धरत है ऊमां। औ बच्चा का जेबे मां धरे धरे उलरा करत है। आगे के पांव कि हाथ, जान लेव, बहुत छोट और पाछे के बहुत भारी। उनही के बल उलर उलर के चलत है। जब मऊज आई बच्चा का जेबे ते निकार के बाहर धइ दिहिस। तऊन बच्चा अपन अइसी वइसी टहर रहा है। औ जहाँ तनकौ खतरा भा बच्चा दौरि के जेबे के भीतर ह्वे रहा।"

"कपड़ा की जेब लाग होई।"

"कपड़ा की नाई।" कासिम हँसने लगा। "पेटे की खाल मां जेब बनी है। आदमी की बनाई नाई, अल्ला मियां की बनाई।"

"नाव का है ?"

"कीका ?"

"वही जनावर का ?"

कासिम सोचने लगा। लेकिन नाम उसको याद नहीं आया। "नाव तो हम भुलाय गेन। बिटिया का कहौ याद होय।"

कासिम की बातें शायद कभी समाप्त नहीं होतीं। लेकिन तभी अब्दुल गनी ने उसे आवाज दी तो वह उठकर अंदर चला गया।

तेरह

दूसरे दिन चाँद दिखाई दे गया। सभी लोग छत पर चढ़े चाँद निकलने की प्रतीक्षा कर रहे थे। हर साल की तरह इस बार भी इमदाद अली ने फजलू की मदद से अपनी कुर्सी भी

बाहर छत पर निकलवा ली थी और चाँद होने का इंतजार कर रहे थे। तभी हँसिया के आकार का पतला-सा पीला चाँद आसमान पर उभरा तो बच्चे खुशी से 'चाँद हो गया,' 'चाँद हो गया' चिल्लाने लगे और बड़े बुजुर्गों को सलाम करके ईदी माँगने लगे।

सबसे पहले सभी ने इमदाद अली को सलाम किया। इमदाद अली सभी का सलाम कुबूल करने के साथ सबको एक-एक रुपया ईदी देते जाते। फजलू उनकी बगल में रुपए लिए खड़ा था। जैसे ही इमदाद अली अपनी हथेली उधर बढ़ाते वह उस पर एक रुपया रख देता और इमदाद अली सलाम करने वाले को रुपया दे देते। घरवालों के बाद नौकरों का सिलसिला शुरू हुआ। इमदाद अली ने उन्हें भी एक-एक रुपया ईदी दी। अब्दुल गनी, मतीन, मतीन की माँ और उसकी बीवी तथा नुसरत आदि ने भी बच्चों और नौकरों को इकन्नी-दुअन्नी सलाम कराई दी। इसी के साथ बड़े बुजुर्ग भी एक-दूसरे को मुबारकबाद देने और गले मिलने लगे।

सिराज, ललमुन, शौकत, सुरैया आदि ने शम्मो से भी ईदी माँगी तो वह सबको अपने साथ लिवा लाई। सिराज को भेजकर सभी नौकरों को भी वहीं बुलवा लिया और अपना बक्सा खोलकर उनके लिए लाए कपड़े निकालकर उन्हें देने लगी। नौकरों के लिए उसने मिल की धोतियाँ और चिकन के सिले-सिलाए कुर्ते खरीदे थे। बारी-बारी से वह नौकरों को उनका नाम लेकर बुलाती जाती और उनके कपड़े उनके हाथों पर रखती जाती।

"ई लेव दिलावर चच्चा तोहार आए। औ फजलू काका कहाँ हैं?"

"हियां हैं बिटिया।"

"ई लेव तोहार। औ सिकंदर चाचा?"

"आये गेन बिटिया।"

"ई लेव तू चाचा।"

नौकरों ने उसे ढेर सारी दुआएँ दीं जिनमें उसके जल्द ही माँ बनने की दुआ सर्वोपरि थी और खुश-खुश अपने कपड़े लेकर खाँ साहब यानी अब्दुल गनी को दिखाने चले गए। तब उसने शौकत, सिराज, सुरैया और ललमुन को उनके कपड़े दिए। कपड़े हाथों में आते ही वे भी बड़े बुजुर्गों को दिखाने के लिए भागे। इसके बाद उसने मतीन की पत्नी, अपनी सास यानी मतीन की माँ और नुसरत के लिए लाई गई साड़ियाँ और चूड़ियाँ निकालीं और खुद उन्हें देने चली गई। उन लोगों ने भी उसकी बलाएँ लीं और ढेर सारी दुआएँ दीं।

ललमुन ने उन लोगों की चूड़ियाँ देखीं तो उसका मुँह उतर गया। "ए आपा, ई अपन कपड़ा धर लेव। हमका न चही।" उसने कहा।

"काहे, का हो गवा?" शम्मो ने पूछा।

"हम कह दिए न हम का न चही। अल्ला बहुत दिए है हमका।"

"अरे बोल न का भवा?"

आखिर बड़ी मुश्किल से ललमुन ने कहा, "हमरे बरे चूड़ी काहे नाई लाई तू?"

"तो ई बात है।" शम्मो ने उसे अपने सीने से लगाते हुए कहा, "ई बता तू कि तोरी नाप कहाँ रही हमरे पास? अम्मी, भौजी औ बड़ी अम्मी की चूड़ी तो हमरी नाप की ही होत है। यही मारे उनके बरे ले लिया। तोरे लिए लेते तो छोट कि बड़ी न हो जात।"

"तो हम कुछ कह रहे हैं। हम तो यही कहे कि ई कपड़ा हमका न चही। ई तू अपने पास धइ लेव।"

"अरे ललमुन अब गुस्सा थूक भी दे।" शम्मो ने उसे दुबारा सीने से चिपटाते हुए कहा।

"अबकी तोका साथे ले जाबे तो तू खुद हुआं देख के अपनी पसंद की ले लिहौ।"

ललमुन ने उसे घूरकर देखा। "अच्छा कसम खाओ तू।" उसने कहा।

"तोहार कसम।"

ललमुन को फिर भी यकीन नहीं हुआ। "औ जो अम्मी मना कइ दिए तो?"

"अम्मी काहे मना करेंगी। औ ऊ मना भी करिहैं तबहूं हम तू का ले चलब।"

"अच्छा तो अम्मी से कहला देव तू।"

शम्मो उसका हाथ पकड़े-पकड़े नुसरत के पास ले आई। "अम्मी," उसने कहा, "अबकी ललमुन का भी तू हमरे साथ भेज दिहो।"

"ठीक है। ले जाओ ई का भी," नुसरत ने कहा, "हुएँ कहूं निका कइ दियो ई का। हमका भी छुट्टी मिलै।"

"हट।" ललमुन ने कहा। "मुदा अबकी हम जाबे जरूर।"

"चली जाओ न। हमरी जान न खाओ मगर।" नुसरत ने कहा और अगली सुबह यानी ईद वाले दिन के लिए सिवइयाँ और दूसरे पकवान बनाने की तैयारी करने लगी।

चौदह

कोई एक महीना शम्मो गाजीखेड़ा रही। तब वाहिद उसे लेने आ गया। कुल तीन दिन की छुट्टी उसे मिली थी, अतः उसके आते ही शम्मो लौटने की तैयारी करने लगी। शम्मो के साथ ही ललमुन भी अपनी तैयारी में लग गई। शम्मो ने लाख कहा कि वह उसके कपड़े भी अपने बक्से में रख लेगी लेकिन ललमुन जिद करके अपने लिए अलग बक्सा लेकर ही मानी।

वाहिद के आने के दूसरे दिन वह अपने कपड़े आदि सहेजकर अपने बक्से में रख रही थी कि वाहिद ने उसे चिढ़ाने की गरज से शम्मो से पूछा, "ललमुन भी साथ चल रही है क्या?"

ललमुन अपने कपड़े सहेजते-सहेजते रुक गई। उसने घूरकर वाहिद की ओर देखा

तब बोली, "तू से का मतलब दूल्हा भाई? हम तोहरे साथ नाई जा रहे हैं। हम अपनी बाजी के साथ जा रहे हैं।"

"यह मतलब नहीं।" वाहिद ने गंभीर बनते हुए कहा, "असल में बात यह है कि वहाँ शहर का मामला है। सो वहाँ यहाँ की बोली तो चलती नहीं। ऐसी बोली बोलनेवालों को लोग गँवार समझते हैं वहाँ। बदनामी होती है उससे।"

"बहुत बनो न दूल्हा भाई। हम आपसे अच्छी उर्दू बोल सकते हैं। ई जान लीजिए।" ललमुन ने कहा।

नुसरत भी वहीं खड़ी थी। उसने ललमुन को डाँटा, "ई तना बात की जात है दूल्हा भाई से। बदतमीज कहूं की।"

ललमुन ने नुसरत की ओर घूरकर देखा। तब अपने कपड़े बक्से से निकालकर बाहर फेंकने लगी। "ठीक है। न जाबे हम।" और वह रोती हुई वहाँ से भाग गई।

शम्मो भी वहीं खड़ी थी। वह ललमुन के पीछे-पीछे जाकर उसे समझाने लगी। "ए ललमुन, का हो गवा तोका। इत्ता भी नाई समझती तू कि दूल्हा भाई तोसे मजाक कर रहे हैं।"

"हम कह दिया न कि हम का नाई जाना कहूँ।"

"अरे सुन तो," शम्मो ने उसके आँसू पोंछते हुए कहा, "जरा-जरा सी बात पर गुस्सा थोड़े किया जात है। चल तू अपन कपड़ा रख चलके बक्सा मां। हम दूल्हा भाई का डाँटित हैं अब्बे।"

तब तक वाहिद भी वहाँ आ गया। "अरे सच्ची मां हम मजाक कर रहे थे तोसे।" उसने कहा, "तू खुद से न जातिउ तो हम तोका जबरदस्ती करके लै जाते। हुआं लखनऊ में जमील से वादा करके आए हैं हम। ऊ बेचारा तूका देखै का तड़प रहा है औ तू हियां....।"

"ए दूल्हा भाई, हम कह दिया न हम का मजाक पसंद नाई है। ई तरह की बात हमसे न किया करौ। अब हम बच्चा नाई हैं। बड़े हो गए हैं।" ललमुन ने बिगड़ते हुए कहा।

"वही तो। हमको तो घर में घुसतेइ लगा रहा कि ललमुन है ई कि कऊन है। इत्ती बड़ी लड़की तो अऊर कोई घर मां रही नाई।"

"और एक बात और सुन लीजिए दूल्हा भाई। ई ललमुन-वलमुन न कहा कीजिए हमको। हमरा सही नाम लिया कीजिए।"

"सही नाम?" वाहिद ने आश्चर्य से कहा, तब शम्मो और नुसरत की ओर देखते हुए बोला, "का नाम भी बदल गवा का ई का?"

"हमका नाई मालूम, यही से पूछो।" नुसरत ने कहा।

"सही नाम भाई का है तोहार?" वाहिद ने कहा।

"तू नहीं जानत हो जइसे।"

"अल्लाह कसम हमको नाई मालूम।"

"सही नाम हमार है 'नजमा'।"

"ई कब से हो गवा?"

"काहे नजमुन्निसा नाम हमार है कि नाई?"

"सो तो है। लेकिन नजमा?"

"नजमुन से ही तो सब जने बिगाड़ के ललमुन बना दिए रहे कि छोटी है तो ललमुनिया हो गई।"

"यह तो सरासर जास्ती रही। ई में तो कोई सक सुबहा हई नाई।"

"वही तो छोटे रहे तो ललमुनिया रहे। थोड़ा बड़े हो गए तो सब जने ललमुन बना दिए। अब हमका ई सब पसंद नाई है।"

"सो तो ठीक है। मगर भाई नजमुन्निसा से नजमुन तो हुआ। ई नजमा कइसे बन गवा?"

"जइसे ललमुनिया से ललमुन हुआ रहा वइसेई नजमुन से नजमा हो गवा। बाकी हमारी मर्जी।"

"अ····च् ····छा। मगर भाई····"

"अगर-मगर का। खुदी तो अभी कहत रहे कि हुआं लखलऊ मां ई बोली न चली। तो फिर ई देहाती नाव कइसे चली?"

"हाँऽऽ। यह ठीक है। अब हम समझ गए। लखलऊ का नाम नजमा औ हियां का नाम ललमुन····कि नजमुन?"

"हियां हुआं दूनो जगह का नाम नजमा। आज से नजमा हो गए हम।"

नुसरत को ललमुन की इन बातों पर हँसी आ गई। मुँह में आँचल दबाकर वह वहाँ से हट गई कि ललमुन कहीं फिर न बिगड़ जाये।

ललमुन बिना वाहिद की बात पर गौर किए, अपने बिखरे हुए सामान के पास आकर दोबारा उसे सहेजने लगी। एक-एक कपड़ा बहुत ही कायदे से तह करके उसने अपने बक्से में रखा। तब अपनी कंघी, चोटी, छोटा-सा एक आईना (जो वह मतीन की बीवी से माँगकर लाई थी) आदि भी सँभाल कर उसी में रख दिया। सामान रखते हुए बीच में रुक-रुककर गाल पर उँगली रखकर वह सोचने लगती कि कहीं कुछ भूल तो नहीं रही है। नुसरत उसी के पास खड़ी-खड़ी उसे ऐसा करते देख रही थी और मन-ही-मन सोच रही थी कि इतना कायदा-करीना इस छँटाक भर की लौंडिया को कहाँ से आ गया।

पंद्रह

ललमुन (जो अब 'ललमुन' कहे जाने पर चिढ़ने लगी थी और 'नजमा' कहलाना पसंद

करती थी। शम्मो, वाहिद और कासिम के साथ लखनऊ आने के लिए रेलगाड़ी पर बैठी तो भी पूरी तरह गंभीर बनी रही। हालाँकि वह अपनी याद में पहली बार रेल का सफर कर रही थी और खिड़की के पास बैठी थी तथापि जिस तरह बच्चे पहली बार—और पहली ही बार क्यों बच्चे तो हर बार ही ऐसा करते हैं—ट्रेन में सफर करते समय उत्साह और जिज्ञासा से खिड़की के बाहर सिर निकालकर पीछे भागते हुए खेतों, वृक्षों, पोखरों, मवेशियों आदि की ओर देखते हैं, उस तरह न देखकर वह अपने स्थान पर गंभीर बनी बैठी रही। उसकी दृष्टि खिड़की के बाहर जरूर थी लेकिन उसकी आँखों में नए और सुखद अनुभवों से गुजरते हुए जो चमक नेत्रों में आ जाती है वह बिल्कुल नहीं थी। ऐसा नहीं कि उसका हृदय पूरी तरह संवेदनहीन था बल्कि इसके विपरीत वह उमंग और उत्साह से भरी हुई थी। लेकिन इसी के साथ वह अपनी भावनाओं को कुशलतापूर्वक अपने हृदय में दबाए रखने में पूरी तरह सफल थी। दो-एक बार जरूर उसकी आँखों में चमक-सी आई और वह देर तक बाहर के परिदृश्य को निहारती रही। एक बार तब जब छोटे-छोटे पक्षियों का एक झुंड रेलगाड़ी के साथ-साथ दूर तक उड़ता रहा और अंत में गाड़ी की तेज रफ्तार से हारकर पीछे रह गया, दूसरी बार जब आम के एक बाग में उसने एक मोर को अपनी पूंछ वृत्ताकार फैलाए नाचते हुए देखा और तीसरी बार जब उसने सारसों के एक जोड़े को एक खेत में ठुमक-ठुमक कर एक दूसरे से चोंच लड़ाकर अठखेलियाँ करते हुए देखा। अन्यथा अधिकांश समय वह अपने स्थान पर पूरी तरह गंभीर बनी बैठी रही।

लखनऊ पहुँचकर वाहिद ने स्टेशन के बाहर आकर ताँगा किया। ताँगेवाले ने जनानी सवारी साथ देखकर पीछे की सीट पर चादर का परदा कर दिया। शम्मो और ललमुन पीछे परदे में बैठीं, जबकि वाहिद कासिम के साथ आगे की सीट पर बैठा। थोड़ी ही देर में ताँगा जेल कंपाउंड में पहुँच गया। कासिम की मदद से वाहिद ने सामान उतरवाया और ताँगे वाले को किराया देकर विदा किया। इस बीच शम्मो ने बुर्के के नीचे ओढ़नी के आँचल में बँधी चाभी से क्वार्टर का ताला खोला और ललमुन को साथ लिए घर के अंदर आ गई। ललमुन भी बुर्का डाले हुए थी। शम्मो की देखादेखी उसने भी बुर्का उतारकर दीवाल में लगी खूंटी पर टाँग दिया और चुपचाप पलँग पर बैठ गई।

"ए ललमुन तू का हो का गवा है?" आखिर शम्मो ने उससे कहा।

"कुछ तो नहीं। होना क्या है मुझको।" ललमुन ने शुद्ध उर्दू में उत्तर दिया।

"कतरनी जैसी तोरी जबान को ताला काहे लग गवा? एत्ती चुप काहे है?"

"तो क्या बक-बक करें?"

शम्मो चुप हो गई। तभी वाहिद अंदर आ गया। "अरे लल····नजमा को तुमने घर नहीं दिखाया?" उसने शम्मो से कहा। तब ललमुन से बोला, "जाओ पूरा घर देखके आके बताओ कैसा लगा।"

"देख लेंगे। कौन जल्दी है?" ललमुन ने उत्तर दिया।

"हमको तो लगता है कोई साया-वाया पड़ गया इस पर।" शम्मो ने कहा, "बिल्कुल बदल गई। गाँव वाली ललमुन ही न हो जैसे।"

"ललमुन नहीं। 'नजमा' कहो 'नजमा'।" वाहिद ने कहा। तब बोला, "हम जानते हैं किसका साया पड़ा है। घबराओ नहीं अभी मुलाकात कराते हैं तुम्हारी।"

"ए दूल्हा भाई, हम कह दिए न हमको मजाक पसंद नाई है।" ललमुन ने गंभीरतापूर्वक कहा।

वाहिद चुप हो गया। वह भी ललमुन के स्वभाव में आए इस बदलाव से कम चकित नहीं था।

तभी मुनव्वर साहब की बेगम, जिन्होंने अपने दरवाजे से इन लोगों को ताँगे से उतरते देख लिया था और अपनी इस जिज्ञासा को कि शम्मो के साथ दूसरी औरत कौन आई है, दबा नहीं पा रही थीं, अपनी बेटी रुखसाना को साथ लिए लिए वहाँ आ गई। ललमुन को उन्होंने देखा तो देखती ही रह गईं। शम्मो कम खूबसूरत नहीं थी बल्कि विवाह के बाद तो उसका हुस्न और भी निखर आया था। लेकिन ललमुन शम्मो से भी कहीं ज्यादा खूबसूरत थी। गोल चाँद-सा चेहरा, बड़ी-बड़ी खूबसूरत आँखें, सुतवाँ नाक, पतले-पतले गुलाब की पँखुड़ियों जैसे होंठ, कमर के नीचे तक पहुँचते हुए घने काले बाल, रंग ऐसा कि छूते डर लगे कि कहीं मैली न हो जाए। आयु में वह शम्मो से पाँच-छः वर्ष छोटी थी लेकिन कद उससे भी थोड़ा निकलता हुआ।

"यह मेरी बहन है। ल····नजमा।" शम्मो ने मुनव्वर साहब की बेगम को उसे घूरते हुए देखकर कहा।

"सलामालेकुम।" ललमुन ने पतली-पतली लंबी उँगलियों वाला मेंहँदी रचा अपना हाथ माथे तक ले जाते हुए कहा।

"जीती रहो बेटा।" मुनव्वर साहब की बेगम ने उसे दुआ दी। तब एक क्षण रुक कर बोलीं, "माशाल्लाह बहुत जहीन बच्ची लगती है।"

ललमुन को "बच्ची" कहे जाने पर बुरा लगा। लेकिन वह खामोश रही।

"बैठिए न," शम्मो ने उनसे कहा तो मुनव्वर साहब की बेगम कमरे में पड़ी कुर्सी पर धम्म से बैठ गई और अपनी बेटी रुखसाना को, जो उनके करीब ही खड़ी थी अपने पास खींचकर अपने एक हाथ के घेरे में ले लिया।

वाहिद मुनव्वर साहब की बेगम के अंदर आते ही बाहर चला गया था। शम्मो उनके मना करने के बावजूद अंदर उनके लिए नाश्ते का इंतजाम करने चली गई। ललमुन, जो मुनव्वर साहब की बेगम के आने पर उठकर खड़ी हो गई थी, अभी भी अपनी जगह खड़ी थी। अतः किसी और को न पाकर मुनव्वर साहब की बेगम उसी से मुखातिब हुई।

"बैठ जाओ बेटा। खड़ी क्यों हो?" उन्होंने उससे कहा। तब उसके दोबारा पलँग पर वैठ जाने पर बोलीं, "वहाँ गाँव में क्या करती थीं? पढती थीं?"

"गाँव में स्कूल ही नहीं है।" ललमुन ने उत्तर दिया।" छोटी थी तो एक मौली साहब के यहाँ पढ़ने जाती थी। तभी थोड़ा-बहुत पढ़ा था। उर्दू पढ़ लेती हूँ। कुरान की आयतें भी याद हैं।"

कुरान की आयतों वाली बात ललमुन ने सही कही थी। लेकिन उर्दू पढ़ लेती है वह, यह बात सही नहीं थी। हाँ, उर्दू के अक्षर वह जरूर पहचानती थी और हिज्जे करके थोड़ा-बहुत पहले दर्जे की किताब भी पढ़ सकती थी। लेकिन इसे पढ़ना नहीं कहा जा सकता था।

"मुसलमान कौम इसीलिए तो पिछड़ी हुई है।" मुनव्वर साहब की बेगम ने आगे कहा, "पढ़ाई-लिखाई पर, और वह भी औरतों की पढ़ाई पर, कोई ध्यान ही नहीं देता। भला हो सर सय्यद अहमद का, जिनकी वजह से लोगों का ध्यान उधर जाने लगा है। मैं खुद शादी से पहले अलिफ के नाम पर लट्ठा थी। लेकिन शादी के बाद जमील के अब्बा से जिद करके मैंने पढ़ा...."

ललमुन को उनकी बातों में कोई खास दिलचस्पी नहीं थी। वह बराबर यह सोच रही थी कि आखिर यह मोहतरमा हैं कौन जो इस बेतकल्लुफी से उससे बातें कर रही हैं। तभी जमील का नाम लेने पर वह समझ गई कि यह उसकी माँ हैं और वह कुछ ज्यादा ही गौर से उनकी बातें सुनने लगीं।

मुनव्वर साहब की बेगम अपनी रौ में बोलती जा रही थीं, "लेकिन शादी के बाद फिर पढ़ाई होती कहाँ है। जहाँ एक आध बच्चा हुआ, सब टाँय-टाँय फिस्स। हाँ, इतना जरूर हो गया कि साफ-साफ तहरीर हो कि छपी हुई किताब हो तो बराबर पढ़ लूँगी। लेकिन अपनी औलाद को मैंने जरूर पढ़ाया। मेरी दोनों बड़ी बेटियाँ मिडिल पास हैं। रुखसाना तो अभी, "उन्होने उसके सिर पर हाथ फिराते हुए कहा, "सात साल की भी नहीं हुई लेकिन उसे भी एक मौलवी साहब पढ़ाने आते हैं। खुदा जाने कसाईबाड़े में कि कहाँ रहते हैं। उनका बेटा किसी जुर्म में जेल में बंद था। उसी सिलसिले में जेलर साहब से मिलने आते थे। कहने लगे, 'और किसी लायक तो हूँ नहीं। हाँ, आपके बेटे-बेटियों को उर्दू पढ़ा दिया करूँगा।' जेलर साहब मना करते रहे लेकिन वह फिर भी आने लगे। मुझे बेचारों पर तरस आ गया तो मैंने जमील के अब्बा से कहकर दो रुपए महीना बँधवा दिया। बेचारे सिनरसीदा आदमी हैं, इतनी दूर आते हैं, कुछ तो मिलना ही चाहिए उन्हें। उन्होंने ही सर सय्यद अहमद वाली बात जमील के अब्बा को बताई थी। मैं घर के अंदर से सुन रही थी। फिर मैंने जमील के अब्बा से पूछा तो उन्होंने पूरी बात बताई कि मुसलमानों के बहुत बड़े रहनुमा हैं सैय्यद साहब। अलीगढ़ में कोई बहुत बड़ा स्कूल खोला है उन्होंने। उसी में पढ़ाते हैं। लड़कियाँ भी बुर्का पहन कर जाती हैं। लड़कों के बराबर बैठकर पढ़ती हैं। रुखसाना बड़ी हो जाए," उन्होंने दोबारा उसके सिर पर हाथ फेरा, "तो इसे भी मैं वहीं भेजूँगी पढ़ने। लखनऊ में तो मरा लड़कियों का कोई स्कूल भी नहीं है कायदे का। एक कई तालीमगाहे-निसवां है। लेकिन यहाँ से बहुत दूर है।"

तभी शम्मो नाश्ता लेकर आ गई। वह उनके बातूनी मिजाज से भली भाँति परिचित थी और घर के अंदर से ही उनकी बातें सुन रही थी।

"लल····नजमा को औरतों की पढ़ाई के बारे में बता रही थीं?" उसने नाश्ते की प्लेट मुनव्वर साहब की बेगम के सामने रखते हुए कहा।

"हाँ, यही कह रही थी कि मुसलमान कौम इसी लिए पिछड़ी हुई है····।"

शम्मो उनकी यह बात कितनी ही बार सुन चुकी थी। "कहाँ पिछड़ी हुई है?" उसने कहा, "जमील के अब्बा जेलर हैं। वाहिद मियां नायब जेलर हैं। हमारे नाना तो डिप्टी कलेक्टर थे। मामू भी बहुत बड़े वकील हैं।"

"किस वजह से हैं? पढ़े-लिखे हैं, तभी न! लेकिन मुसलमानों में कितने लोग पढ़े-लिखे हैं? उँगलियों पे गिन लो तुम।" उन्होंने रकाबी में रखा हुआ हलवा मुँह में डालकर चुभलाते हुए कहा। तब एक क्षण रुककर बोलीं, "मैं तो जमील को जहाँ तक वह पढ़ेगा, पढ़ाऊँगी और उसकी शादी भी किसी पढ़ी-लिखी लड़की से करूँगी। लो बेटा तुम भी लो न।" उन्होंने ललमुन की ओर हलवे की प्लेट बढ़ाते हुए कहा।

"आप खाइए।" ललमुन ने कहा।

मुनव्वर साहब की बेगम फिर भी प्लेट उसकी ओर किए रहीं तो उसने थोड़ा-सा हलवा उससे निकालकर पहले रुखसाना को खिलाया तब बचा हुआ अपने मुँह में रख लिया।

"लो रुखसाना, तुम तो शरमा रही हो।" शम्मो ने कहा। तब मुनव्वर साहब की बेगम से बोली, "मेरी मानिए तो विलायत भेज दीजिए आप जमील को। मेरे मामू की तरह बैरिस्टर बनके आएगा।"

"अल्लाह का नाम लो। विलायत तो मैं किसी कीमत पर न भेजूँ।"

"सो क्यों चची?"

"वहाँ से कोई मरी मेम ले आया तो मैं क्या करूँगी? एक ही तो बेटा है मेरे।"

"मेम को बहू बनाकर घर में रखिएगा। अपनी खिदमत करवाइएगा। पाँव दबवाइएगा। सिर में तेल डलवाइएगा।" शम्मो ने हँसते हुए कहा।

"तुमने कहा और मैंने माना।" उन्होंने प्लेट फिर ललमुन की तरफ बढ़ा दी और हाथ उधर किए-किए ही बोलीं, "ये मेमें बड़ी जादूगरनी होती हैं। मेरे रिश्ते के एक भाई हैं। विलायत गए थे। वहीं शादी कर ली किसी मेम से। अब खुदा जाने मेम है कि मेहतरानी। पिछले साल कुछ दिनों के लिए आए थे। बस कहने को थोड़ी देर के लिए अपने वालदैन से मिलने गए। बाकी किसी होटल में टिके थे। जिसको मिलना होता था होटल जाता था उनसे मिलने।"

"आप भी गई थीं?"

"मैं क्यों जाने लगी? और रिश्तेदार गए थे। वही बता रहे थे कि फर्राटे से सिगरेट पीती थी और खुदा जाने अंग्रेजी में क्या गिटगिट-गिटपिट बोलती थी।" नाश्ता

खत्म करके उन्होंने गिलास से पानी पिया और दो चम्मच पानी उँगलियों पर डालकर, वहीं हाथ धोकर, दुपट्टे के आँचल में पोंछ लिया।

"कुछ भी कहिए देखने में तो खूबसूरत लगती हैं अंग्रेजिनें।" शम्मो ने कहा।

"क्या खाक खूबसूरत लगती हैं! बंदरियों जैसा तो मुँह होता है। मेरी तो आज तक समझ में नहीं आया कि इन कमबख्तों में यहाँ के मर्द देखते क्या हैं। हिंदुस्तानी औरतें क्या कम खूबसूरत होती हैं। मेरी नजमा," उन्होंने रुखसाना को अपनी गिरफ्त से अलग करके ललमुन को अपनी बाँह के घेरे में लेते हुए कहा, "किसी मेम से कम है। नजर न लगे, माशाल्लाह छूने से मैली होगी। अपने सुपिरिंटेंडेन की लड़की है न वह। क्या नाम है उसका····सूसन। अपनी नजमा के पाँव की धोबन भी न होगी वह।"

"अब यह न कहिए चच्ची," शम्मो ने कहा, "अच्छी-खासी खूबसूरत लगती है वह। बिल्कुल सुर्ख रखी है।"

"सुर्ख तो होगी ही। आखिर को अंग्रेज है। लेकिन अपनी नजमा के सामने कुछ नहीं है।" उन्होंने ललमुन को अपनी बाँह के घेरे में कुछ ज्यादा ही कसकर उसके बालों पर हाथ फिराते हुए कहा। तब उसकी ओर मुखातिब होकर बोलीं, "कितने दिनों रहोगी यहाँ बेटी?"

"कह नहीं सकती। अम्मी जब बुलवा लें।" ललमुन ने शम्मो की ओर देखते हुए कहा।

"चार छः महीने तो रहेगी ही अभी।" शम्मो ने बात पूरी की।

"चलती हूँ अच्छा अब।" मुनव्वर साहब की बेगम ने उठते हुए कहा। "कल आना किसी वक्त और इसको भी साथ लाना।" उन्होंने ललमुन के लिए कहा।

कासिम बाहर वरांडे में बैठा बीड़ी पी रहा था। मुनव्वर साहब की बेगम को निकलते देखकर वह उठकर खड़ा हो गया। "सलामालेकुम।" उसने कहा।

"सलाम" मुनव्वर साहब की बेगम ने बुर्के के अंदर से ही उत्तर दिया और रुखसाना का हाथ पकड़े हुए अपने बँगले की तरफ बढ़ गईं।

सोलह

दूसरे दिन शम्मो नजमा को (ललमुन को अब इसी नाम से संबोधित करना उचित होगा) कंपाउंड की सभी औरतों से मिला लाई। नजमा को भी डाक्टर सक्सेना की पत्नी पुष्पा ही सबसे ज्यादा पसंद आई। उसे यह भी आश्चर्य हुआ कि पुष्पा ने भी उससे पढ़ाई की ही बात की। साथ ही उसने नजमा से यह भी कहा कि जब तक वह यहाँ है, रोज दिन में किसी भी वक्त आकर उससे पढ़ लिया करे। वैसे वह आठवें तक ही पढ़ी थी लेकिन अपने को इंट्रेंस पास बताया करती थी। 'लेकिन भाई मुझे उर्दू तो आती नहीं," उसने

नजमा से कहा, "हाँ, हिंदी और अंग्रेजी मैं तुमको पढ़ा दिया करूँगी।"

"उर्दू मैं दूल्हा भाई से पढ़ लिया करूँगी।" नजमा ने उत्तर दिया।

सक्सेना के यहाँ से शम्मो नजमा के साथ मुनव्वर साहब के यहाँ आ गई। फाटक से होकर दोनों अंदर आईं तो नजमा उनके वरांडे में दीवाल से लगी रखी साइकिल देखकर अचंभे में पड़ गई। उसकी समझ में नहीं आया कि आखिर यह क्या बला है जिसमें आड़े-तिरछे डंडों में गोल-गोल दो पतले से पहिए जुड़े हैं जिनमें पतली-पतली ढेर सारी तीलियाँ फँसी हैं। वरांडे में एक क्षण ठिठक कर, वह दीवाल से लगी खड़ी इस मशीन को देखने लगी। लेकिन तभी शम्मो अपना बुर्का उतारते हुए मुनव्वर साहब के कमरे में घुसी तो वह भी उसके पीछे कमरे में चली गई।

कमरे में पड़ी मेज के सामने लगी कुर्सी पर जमील, सफेद कुर्ता पाजामा पहने, बैठा पढ़ रहा था। "सलामालेकुम भाभी।" उसने शम्मो को देखते हुए कहा। तभी शम्मो के पीछे आती नजमा को देखकर वह कुछ अचकचा-सा गया और मन-ही-मन अनुमान लगाने लगा कि यह पहचानी हुई-सी सूरत किसकी है। नजमा भी जमील को देखकर घबरा गई हालाँकि उसे जमील को पहचानने में कोई मुश्किल नहीं हुई। जमील को भी अचानक याद हो आया कि यह तो वही लड़की है जो उसे वाहिद की शादी पर गाँव में मिली थी लेकिन वह यह ठीक से याद नहीं कर पा रहा था कि वह वाहिद की बहन है या शम्मो की। तभी मुनव्वर साहब की बेगम ने कमरे में प्रवेश किया। "आओ भाई शम्मो आओ। कहाँ से आ रही हो?" उन्होंने कहा और बिना शम्मो के जवाब की प्रतीक्षा किए बोलीं, "चलो अंदर कमरे में बैठते हैं। यहाँ जमील की पढ़ाई में खलल होगा।"

जमील, जो कुछ शरमाया-सा नजमा की ओर देख रहा था, सहसा चौंककर बोला, "आप लोग यहीं बैठिए अम्मी। मैं खेलने जा रहा हूँ।" और वह उठकर अंदर वाले कमरे में चला गया।

मुनव्वर साहब की बेगम शम्मो और नजमा को कमरे में पड़ी कुर्सियों पर बिठाकर खुद भी एक कुर्सी पर बैठ गईं। "हाँ, तुमने बताया नहीं घर से आ रही हो या कहीं और से।" उन्होंने शम्मो से दोबारा पूछा। असलियत में उन्होंने उसे अपने क्वार्टर से निकलकर सक्सेना के क्वार्टर की तरफ जाते देख लिया था और उसी की पुष्टि करना चाहती थीं।"

"डाक्टराइन के यहाँ गई थी। वहीं से आ रही हूँ।" शम्मो ने जवाब दिया।

"अरे तो उसको भी लेती आतीं।" मुनव्वर साहब की बेगम ने कहा, "तीन तो हम लोग हैं ही। वह भी आ जाती तो ताश जमती। क्यों बेटा, तुमको ताश खेलना आता है न?" उन्होंने नजमा से पूछा।

नजमा मेज पर रखी ढेर सारी किताबें देखकर मन-ही-मन सोच रही थी कि या अल्लाह इनमें कितना इल्म भरा होगा और कैसे यह किसी की खोपड़ी में घुसता होगा। साथ ही वह वरांडे में खड़ी साइकिल के बारे में भी सोच रही थी कि आखिर यह कौन-सी मशीन है और यहाँ क्यों रखी है। वह मुनव्वर साहब की बेगम के प्रश्न से चौंक पड़ी।

"मुझसे कुछ पूछा आपने ?" उसने कहा।

"हाँ, ताश खेलना आता है तुमको ?"

"हमारे यहाँ औरतें तो खेलती नहीं। हाँ, मर्द लोग कभी-कभी खेलते हैं।" उसने कहा।

"यह लो इसकी सुनो। इसमें औरत-मर्द की क्या बात है? खेल-खेल है चाहे औरत खेले, चाहे मर्द।"

नजमा के दिल में आया कि वह उनसे पूछे कि क्या हर खेल जो मर्द खेलते हैं वह भी खेल सकती हैं। कबड्डी खेल सकती हैं वह? बिनवट चला सकती हैं? कुश्ती लड़ सकती हैं? मुनव्वर साहब की बेगम का डीलडौल देखकर उसे लगा कोई ताज्जुब नहीं यह वह भी कर लें। और दिल-ही-दिल में वह सोचने लगी कि यदि वह जाँघिया और गंजी पहनकर कबड्डी खेलें तो कैसी लगेंगी। उनके मोटे, थुलथुल शरीर को जाँघिया-गंजी में कल्पना करते ही उसे हँसी आने लगी जो उसके लाख प्रयत्न करने के बावजूद एक हल्की मुस्कान के रूप में उसके होंठों पर आ ही गई।

नजमा के इन खयालों से बेखबर मुनव्वर साहब की बेगम बोलती रहीं, "आज ही सिखा देती हूँ। शम्मो को भी नहीं आता था। उसे भी मैंने ही सिखाया है। एक दिन तो हम दोनों ने मिलकर डाक्टराइन और ठकुराइन पर गिनकर सात कोट किए थे। पीसते-पीसते कचूमर निकल गई दोनों की। मैंने कहा, बिना कोट उतारे जाने नहीं दूँगी। मगर फिर मुझे तरस आ गया। मैंने कहा ठीक है आज...."

तभी जमील अंदर वाले कमरे से लाल-पीली दुरंगी हाफ शर्ट, सफेद हाफ पैंट, रंगीन मोजे और कनवैस के सफेद जूते पहने, हाथ में स्टिक लिए हुए निकला और वरांडे में आकर एक झटके से साइकिल मोड़कर नीचे उतार कर बायाँ पैर बाएँ पैडिल पर रख दाहिना पैर हवा में लहराते हुए दूसरी ओर ले जाकर गद्दी पर बैठा और एक हाथ में स्टिक थामे दूसरे से एक तरफ का हैंडिल पकड़े पाँव से पैडिल घुमाता हुआ बँगले से बाहर हो गया। 'या अल्लाह, यह क्या करतब दिखा रहा है,' नजमा ने मन-ही-मन सोचा। 'यह मशीन तो जैसे घोड़ा बन गई हो। कुछ आदू-जादू है क्या इसमें।' उसकी इच्छा हुई कि वह बाहर वरांडे में निकलकर देखे कि मशीन अभी भी जमीन पर है या नहीं। कहीं जमील को लेकर आसमान पर तो नहीं उड़ गई। लेकिन जब उसने जमील की अम्मी और शम्मो को सहज भाव से अपनी-अपनी जगह बैठे देखा तो उसने भी अपनी जिज्ञासा अपने मन में ही दबा ली और चुपचाप अपनी कुर्सी पर बैठी रही।

मुनव्वर साहब की बेगम अंदर से ताश की गड्डी उठा लाई थीं। नजमा को अपनी बगल में बिठाते हुए वह ताश के पत्तों को मेज पर फैलाकर उसे समझाने लगीं, "यह देखो यह जो लाल पान की तरह बना है इसे 'पान' कहते हैं और यह जो बरफी की तरह बना है, इसे 'ईंट' कहते हैं। इसी तरह यह जो काला फूल बना है इसे 'चिड़ी' कहते हैं या फिर 'फूल' भी बोल देते हैं। और यह जो, काला पान बना है जिसमें नीचे डंडी भी लगी है इसे

'हुकुम' कहते हैं। और न तुमको 'हुकुम' याद रहे तो 'काला पान' बोल दो। समझ गईं न?" इतना कहकर उन्होंने तस्वीर वाले ताश निकाल लिए और उन्हें दिखाकर उसे समझाने लगीं। "अच्छा अब देखो, यह है बादशाह, यह है बेगम और यह है गुलाम। और यह जो बड़ा-सा बीच में 'पान', 'ईंट', 'चिड़ी' कि 'हुकुम' बना है एक, इसे इक्का कहते हैं। यही सबसे बड़ा पत्ता होता है। यह किसी पत्ते से नहीं कटता। सिर्फ तुरुप से कटेगा, फिर चाहे तुरुप की दुक्की ही क्यों न हो।"

नजमा की समझ में कुछ भी नहीं आया। वह अब भी यही सोच रही थी कि जमील अभी भी जमीन पर होगा या आसमान में। "मेरी समझ में कुछ नहीं आता," उसने कहा, "आप लोग खेलिए, मैं देखूँगी।"

"अरे इसमें समझना क्या है। यह देखो मर्दानी शक्ल है न इसकी। हाथ में तलवार लिए है। सिर पर ताज है। यह, मैंने तुमको बताया न, बादशाह कहलाता है।"

"आप खेलिए चच्ची।" नजमा ने बहुत ही आजिजी से कहा। "मैं देखूँगी। धीरे-धीरे समझ में आ जाएगा।"

"ठीक है।" आखिर मुनव्वर साहब की बेगम को हार माननी पड़ी।" तुम न ही सीखो वही ठीक। अभी तुम्हारी पढ़ने की उमर है। रोज शाम को तुम यहाँ आ जाया करना। मैं जमील के अब्बा से कह दूँगी। वह मौलवी साहब को बोल देंगे। तुमको भी वह पढ़ा दिया करेंगे। बूढ़े आदमी हैं। उनसे क्या परदा?"

नजमा ने कोई उत्तर नहीं दिया।

"डाक्टराइन भी अब तक नहीं आई।" मुनव्वर साहब की बेगम ने जैसे अपने आप कहा। तब शम्मो से पूछा, "तुम गई थीं तो क्या कर रही थी?"

"कर क्या रही थी। मजे से बैठी थी। मुझसे तो कह रही थी कि अभी आती हूँ।"

"यह सुलेमान भी जाने कहाँ मर गया जाके। नहीं तो उसी को भेजती। जाकर बुला लाता।"

"कहीं भेजा है क्या सुलेमान को आपने?"

"भेजा क्या, रुखसाना बैंगनी खाने के लिए जिद कर रही थी। वही मैंने कहा जाकर दिला ला उसको। मटर भी लाने को कहा था एक पत्ता। वही गया है रुखसाना के साथ, फिटन लेके। एक घंटा हो गया। खुदा जाने कहाँ मर रहा है।"

तभी पुष्पा ने डिप्टी जेलर गोवर्धन सिंह की पत्नी के साथ कमरे में प्रवेश किया।

"लो शैतान का नाम लो और शैतान हाजिर। आओ बैठो, कहाँ थीं अब तक? शम्मो से मिलीं? यह इनकी छोटी बहन है, नजमा। देखने में खूब प्यारी लगती है न?" मुनव्वर साहब की पत्नी ने कहा।

नजमा कुछ झेंप गई। "सलामालेकुम।" उसने गोवर्धन सिंह की पत्नी से कहा।

"अरे भाई यह ठकुराइन है। यह 'सलामालेकुम' क्या जानें। इनको 'आदाब' कि 'नमस्ते' बोलो।"

"क्यों, मैं क्या विलायत से आई हूँ जो सलामालेकुम नहीं जानूँगी।" गोवर्धन सिंह की पत्नी ने उत्तर दिया।

"जानोगी क्यों नहीं? मेरा यह मतलब थोड़े है। मैंने तो रिवाज वाली बात कही। तुम तो अपने आपस की हो, तुम तो बुरा नहीं मानोगी। लेकिन और लोग भी तो हैं दुनिया में। यहाँ शहर के रस्मो-रिवाज सीखेगी नहीं यह तो काम कैसे चलेगा। क्यों बेटी?" मुनव्वर साहब की बेगम ने कहा। तब बोली, "खैर छोड़ो। यह लो, ताश बाँटो।" और उन्होंने गड्डी गोवर्धन सिंह की पत्नी की तरफ बढ़ा दी।

"मैं क्यों बाँटूँ? गुलाम पीस करो न।"

"तो मैं क्या कुछ और कह रही हूँ? गुलाम पीस करने को ही तो कह रही हूँ।" उन्होंने अपना हाथ खींच लिया और गड्डी में दो-एक फेंटे लगाकर बोलीं, "लो अच्छा काटो। तुम इधर सामने आओ शम्मो। मैं भाई अपनी पुरानी गुइयाँ ही लूँगी।"

गुलाम शम्मो के हिस्से आया। "लो, बेचारी इतने दिनों बाद आई और आते ही पीसना पड़ गया। लाओ तुम्हारे बदले मै पीस देती हूँ।" मुनव्वर साहब की बेगम ने कहा।

"अरे नहीं चच्ची, मैं पीस लूँगी।" शम्मो ताश समेटकर फेंटने लगी।

तभी रुखसाना चाट का पत्ता हाथ में लिए अंदर घुसी तो मुनव्वर साहब की बेगम ने गड्डी शम्मो के हाथ से ले ली। "भई पहले चाट खा ली जाए, तब पत्ते बँटें।" उन्होंने कहा।

तब तक सुलेमान ने दरवाजे पर आकर आवाज दी। "ये भी ले लीजिए बेगम साहिबा।"

"अरे इतनी क्यों ले आया? मैंने एक पत्ता कहा था।"

"फिर आप दोबारा भेजतीं।" सुलेमान जानता था कि अभी सारी सहेलियाँ जमा होंगी और वह उसे दोबारा चाट लेने भेजेंगी।

"तेरी इसी अक्ल की तो मैं दाद देती हूँ।" मुनव्वर साहब की बेगम ने कहा और उसके हाथ से चाट के दोने लेकर अंदर चली गईं। तब चीनी मिट्टी की प्लेटों में सजाकर सारी चाट मेज पर लाकर रख दी। "लो भाई खाओ। आओ तुम भी लो नजमा।" उन्होंने कहा।

"मैं नहीं खाऊँगी चच्ची। आप खाइए।" नजमा ने कहा।

"यह लो, यह लड़की तो अभी से शरमाने लगी।" मुनव्वर साहब की बेगम ने कहा तो नजमा ने थोड़ी-सी मटर उठाकर पहले रुखसाना को खिलाई तब अपने मुँह में डाल कर खाने लगी।

रुखसाना ने ठाकुर साहब की पत्नी को छोड़कर सभी को बुरी तरह चाट पर टूटते देखा तो वह घबराई कि कहीं ऐसा न हो कि चाट खत्म हो जाए और उसके हिस्से में कुछ आए ही नहीं। "ए अम्मी," उसने अपनी माँ से कहा, "हमको अलग पिर्च में दो। हम और नजमा बाजी खाएँगे, नहीं तो तुम लोग सब खत्म कर दोगी।"

उसकी इस बात पर सभी हँसने लगीं। "अच्छा लो भाई, तुम्हारा हिस्सा मैं अलग किए देती हूँ।" मुनव्वर साहब की बेगम ने कहा और थोड़ी चाट एक प्लेट में रखकर उसकी ओर बढ़ा दी।

"बस?" रुखसाना ने प्रतिवाद किया।

"अच्छा थोड़ी और ले ले। कड़वी नहीं लगती तुझको? अरे तुम तो लो नजमा। अच्छा लो, नजमा का हिस्सा भी मैं इसी में रखे देती हूँ। अब जाओ तुम यहाँ से। नजमा बाजी को भी ले जाओ। इन्हें अपनी गुड़िया दिखाओ जाके।"

प्लेट हाथ में लिए-लिए रुखसाना नजमा के साथ अंदर वाले कमरे में चली गई। बाहर चाट खत्म होते ही पत्ते बँटने लगे।

अंदर रुखसाना ने भी चाट खत्म की। तब नजमा से बोली, "अच्छा बाजी, एक बात कहें आपसे?"

"हाँ, हाँ कहो।"

"आप मुझे बहुत अच्छी लगती हैं।"

नजमा ने उसका मुँह चूम लिया। "गुड़िया नहीं दिखाई तुमने मुझे।"

रुखसाना अपनी गुड़िया ले आई। "अच्छी है न?"

"हाँ। बहुत अच्छी है।"

"लेकिन इसके पास कपड़े नहीं हैं अच्छे। अम्मी से कहती हूँ मगर वह बना के देतीं ही नहीं। बस दिन-भर ताश खेला करेंगी।"

"कपड़े मैं बना दूँगी।"

"लहँगा-ओढ़नी न?"

"हाँ।"

"मगर दो बनाइएगा।"

"दो क्यों?"

"एक जोड़ मैले हो जाएँगे तो उन्हें धुलने देना पड़ेगा न।"

"हाँ, यह बात तो है। मैं तीन जोड़े बना दूँगी।"

"तीन क्यों?"

"एक जोड़ा धुलने जाएगा। एक पहने रहेगी। एक धुला रखा रहेगा। कहीं निकाह-शादी में जाएगी तब पहनेगी।"

"हाँ, ठीक है। तीन बनाइएगा।"

"अच्छा तुम मौलवी साहब से पढ़ती हो न?"

"जी।"

"तुम्हारी किताबें कहाँ हैं? देखें।"

रुखसाना अपनी किताबें उठा लाई। नजमा उन्हें उलट-पुलट कर देखने लगी। अंग्रेजी की प्राइमर भी थी उसमें। उर्दू की किताब तो हिज्जे लगाकर नजमा ने पढ़ ली।

लेकिन अंग्रेजी की किताब देखकर वह अचंभे में पड़ गई। "यह काहे की किताब है ?" उसने रुखसाना से पूछा।

"अंग्रेजी की।"

"अच्छा पढ़के सुनाओ जरा।"

रुखसाना ने किताब उसके हाथ से ले ली, और टाँय-टाँय पढ़ने लगी। "ए से ऐपिल, ऐपिल माने सेब। बी से ब्वाय, ब्वाय माने लड़का। सी से कैट, कैट माने बिल्ली····।"

नजमा ने दिल ही दिल में निश्चय किया कि जो भी हो, वह भी पढ़ेगी। पुष्पा ने उसे पढ़ाने को कहा ही है। नहीं तो अपने दूल्हा भाई से पढ़ेगी।

बाहर किसी बात पर झगड़ा होने लगा था। "ए तुम्हारे पास पान का पत्ता है तो तुरूप कैसे लगाया तुमने मेरे इक्के पर ?"

"नहीं है न। हमने कह दिया।"

"पान की तिक्की नहीं है तुम्हारे पास ? दिखाओ अच्छा।"

"लो देखो।"

"इधर लाओ। तिक्की कहाँ गई ? अभी मैंने देखी थी।"

"वह तो पिछली चाली में चल दी थी मैंने। बने हाथ कहाँ हैं ? यह देखो इसमें है यह। अब यकीन आ गया। और पाँच हाथ हमारे बन चुके हैं। बाकी दो हाथ रहे यह। तुरूप का बादशाह और तुरूप की बेगम। इक्का पहलेइ निकल चुका है। लो फिर से पीसो।"

ताश दुबारा फेंटे जाने लगे।

सत्रह

करीब दो ढाई घंटे बाद शम्मो नजमा के साथ मुनव्वर साहब के घर से निकली तो नजमा ने उससे सवाल किया, "ई जो जेलर साहब के हियां बाहर मशीन धरी रही जी पर बईठ के जमील गवा है, ई का बला है बाजी ?"

"कौन-सी मशीन ?"

"वही, जी मां पहिया लगे हैं गोल-गोल। बाहर ओसारे मां धरी रही।"

"अरे ऊ ? ऊ साइकिल आए। बिना रातिब पानी के मशीन वाला घोड़ा समझो। जहां चाहो बईठ के चले जाओ। वही पे बईठ के तौ ऊ अपने स्कूल जात है।"

"तो ई जमीन पे चलत है कि हवा में ?"

शम्मो हँसने लगी। "का पर लगे हैं ऊ में जो हवा में चलेगी। जमीन पे दौड़ती है। लड़कियाँ भी चलाती हैं।"

"लड़कियाँ।" नजमा को आश्चर्य हुआ, "हाय अल्ला, हम तो ऊ पे बईठ के बेहोस होके गिरी जायं।"

"सामने सड़क पर अंग्रेज सुपरिंटेंडेन का बँगला है जो, उनकी लड़की चलाती है। 'सूसन' नाम है उसका। तुम्हारे बराबर होगी। पहले जब अपने बँगले में चलाना सीखती थी तो लोग सड़क पर खड़े होके देखते थे उसको। तभी उसके अब्बा ने हुआं पुलिस का पहरा लगा दिया कि कोई देखने न पाए। अब तो मोटर चलाना सीख रही है, बल्कि चलाने भी लगी है। सबेरे अपने अब्बा को जेल के फाटक पर छोड़ने आती है। तब हियां से अकेले चला के जाती है। सड़क पर पुलिस के आदमी खड़े रहते हैं। सब इक्का-ताँगा रोक देते हैं कि जब वो मोटर लेके निकले तो सड़क साफ रहे बिल्कुल। कल देखना सबेरे, कैसे मजे में बैठ के चलाती है। बित्ता भर की है अभी⋯।"

"तुम तो कह रही थीं हमारे बराबर है।"

"अरे तो तुम⋯हाँ, तुम्हारे ही बराबर है।"

तभी जमील साइकिल पर लौटा और उन लोगों की बगल से निकला तो नजमा आश्चर्य से उसे देखने लगी। "आदाब भाभी।" शम्मो को सलाम करता हुआ वह अपने घर की तरफ निकल गया। घर के सामने पहुँचकर उसने साइकिल में ब्रेक लगाया और उसी तरह पैर हवा में लहराते हुए नीचे उतरकर एक हाथ से उसका हैंडिल पकड़े-पकड़े फाटक के अंदर चला गया।

नजमा अचरज से उसे आँखें फाड़े देखती रही।

उसी शाम वाहिद जेल से लौटा तो नजमा ने उससे कहा, "ए दूल्हा भाई, एक काम कर देंगे मेरा?"

"लो, यह भी पूछने की बात है! आज तक कोई ऐसा मर्द हुआ है इस दुनिया जहान में जो अपनी साली, खासतौर से छोटी साली की, कोई बात टाल सके? हुक्म कीजिए।"

"आप फिर मजाक करने लगे।"

"तौबा कीजिए। कैसा मजाक! आप जो काम कहेंगी, बंदा हाजिर है।"

"अच्छा तो पहले यह रुपया पकड़िए।"

"पकड़ लिया।"

"अब सुनिए।"

"सुनाइए।"

"कल मुझे उर्दू की, हिंदी की और अंग्रेजी की पहले दर्जे की किताब ला दीजिए। हाँ, उर्दू की पहले दर्जे की नहीं, दूसरे दर्जे की।"

शम्मो भी तब तक वहाँ आ गई थी। "अरे सुनो," वाहिद ने शम्मो से कहा, "देखो तो ज़रा, इसको क्या हो गया।"

"क्या हो गया?"

"मुझसे कह रही है उर्दू की," वाहिद ने दाहिने हाथ से बाएँ हाथ की सबसे छोटी उँगली मोड़कर हथेली पर दबा दी, "हिंदी की," उसने दूसरी उँगली मोड़ी, "और अंग्रेजी की," इस बार उसने कुछ ज्यादा ही गंभीर आवाज में कहा और तीसरी उँगली भी मोड़ दी, "किताबें कल लाकर इसको दूँ····तुम कह रही थीं कि इसके ऊपर किसी जिन-परेत का साया पड़ गया है। उस वक्त मुझे यकीन नहीं हुआ था। लेकिन अब हो गया, बिल्कुल यकीन हो गया।"

"ए दूल्हा भाई, आपने क्या वायदा किया था?"

"यही कि आपका हुक्म बजा लाऊँगा।"

"यह नहीं। याद कीजिए, गाँव में।"

"गाँव में? मुझे बिल्कुल याद नहीं आ रहा।"

"यह नहीं कहा था आपने कि अबसे मजाक नहीं करेंगे?"

"हाँ, याद आया।" वाहिद ने कहा, हालाँकि उसे बिल्कुल भी याद नहीं था कि कब उसने इस तरह की बात कही थी, "गलती हो गई। बंदे की खता बख्शी जाए।"

"बाजी, इनसे कहो न कि किताबें ला दें।"

"ला दीजिए न। पढ़ने का शौक है इसको तो इसमें कौन-सी बुरी बात है?"

"पढ़ाएगा कौन?" वाहिद ने पूछा।

"पुष्पा बाजी पढ़ा देंगी। उन्होंने वायदा किया है।" नजमा ने कहा।

"यह कौन-सी बाजी पैदा हो गई?"

"सक्सेना डॉक्टर है न, उसकी बीवी।" शम्मो ने बताया।

"उर्दू भी जानती है वह?"

"उर्दू मैं अपने-आप पढ़ूँगी। नहीं तो आप पढ़ाएँगे मुझे।" नजमा ने कहा।

"ठीक है। किताबें हम ला देंगे," वाहिद ने कहा, "लेकिन एक शर्त है साली साहिबा।"

"क्या?"

"यह रुपया आप अपने पास रख लीजिए। इसकी जरूरत नहीं है।"

शम्मो वहाँ से जाते-जाते रुक गई। "यह रुपया क्या इसने दिया है?" उसने पूछा।

"जी हुजूर।"

"ई का है ललमुन? अब तू इत्ती बड़ी हो गई हो कि हमरे घर मां रहके हमरेहे ऊपर रुपया का रोब झड़िहो? ई रुपया लेके चुप्पे अपने बक्सा मां धरो जाके नाई तो एक रहपटा देबा अब्बै तुमका तऊन सब भुलाए जइहौ।" शम्मो ने डाँटा। गुस्से में वह अपनी गाँव वाली भाषा पर उतर आई।

नजमा ने चुपचाप रुपया ले लिया। "मगर तू 'ललमुन' काहे कह्यो हमका?"

"ललमुन कब कहा?"

"अब्बै 'ललमुन' बोली रह्यो ?"

"अरे तो निकर गवा होई मुँह से। नवा नाम जबान पर चढ़त चढ़त बखत लागी न कुछ।"

अठारह

अगले ही दिन वाहिद ने सारी किताबें, दो-एक कापियाँ, एक पेंसिल और रबड़ लाकर नजमा को दे दीं और नजमा बाकायदा रोज दोपहर में, किताबें कापी और पेंसिल अपनी बगल में दबाए, ऊपर से बुर्का ओढ़े, सक्सेना की पत्नी के पास पढ़ने जाने लगी और सक्सेना की पत्नी पुष्पा उसे पूरी गंभीरता से पढ़ाने लगी। जैसा कि अक्सर, अपनी विद्वता दिखाने का अवसर पाकर, कम पढ़े-लिखे लोगों के साथ होता है, पुष्पा का यही प्रयत्न रहता कि जितनी जल्दी हो सके, वह पूरी किताब घोटकर नजमा को पिला दे। पहले ही दिन उसने उसे अंग्रेजी वर्णमाला की पूरी किताब, 'ए से ऐपिल, ऐपिल माने सेब' से लेकर 'जेड से जेबरा, जेबरा माने जेबरा' तक पढ़ा डाली। जेबरा की तस्वीर किताब में देखकर नजमा को आश्चर्य हुआ। "यह तो घोड़ा कि गधा है लेकिन इसके जिस्म पर यह लकीरें किसने बनाई हैं ?" उसने पूछा।

"बनाई किसी ने नहीं। यह होता ही ऐसा है। चिड़िया घर में है यहाँ। और भी तरह-तरह के जानवर हैं। किसी दिन चलना तो देखना।" पुष्पा ने कहा और पुनः उसे पढ़ाने में जुट गई।

अंग्रेजी वर्णमाला पढ़ाने के बाद उसने नजमा से अंग्रेजी में सवाल-जवाब करने शुरू कर दिए। पुस्तक में 'ए' अक्षर के नीचे छपी सेब की तस्वीर पर उँगली रखते हुए उसने नजमा से पूछा, "ह्वाट इज दिस ?"

नजमा की कुछ समझ में नहीं आया। उसने भी कहा, "ह्वाट इज दिस।"

"ऐसे नहीं, पुष्पा ने उसे समझाया, 'ह्वाट इज दिस माने, यह क्या है ?' मैं तुमसे कहूँगी 'ह्वाट इज दिस ?' तो तुम कहोगी 'दिस इज एपिल।' समझीं ? अच्छा बताओ व्हाट इज दिस ?"

नजमा उसका मुँह ताकने लगी।

"बोलो न।"

"क्या बोलें ?"

"बोलो, दिस इज ऐपिल।"

"दिस इज ऐपिल।" नजमा ने कहा।

"हाँ। ऐसे। अच्छा अब बताओ, 'ह्वाट इज दिस ?' पुष्पा ने लड़के की तस्वीर पर उँगली रखी।

"दिस इज''''दिस इज''''।"

"हाँ, बताओ न। क्या बताया था तुमको? 'बी' से क्या होता है?"

नजमा खामोश रही।

" 'बी' से ब्वाय। दिस इज ब्वाय। समझीं? अब बताओ, 'ह्वाट इज दिस?'

"दिस इज'''ब्वाय।"

"हाँ। अब समझ गई तुम। अच्छा अब आगे बताओ। "ह्वाट इज दिस?" पुष्पा ने बिल्ली की तस्वीर पर उँगली रखी।

"दिस इज बिल्ली।" नजमा फटाक से बोल पड़ी।

पुष्पा हँसने लगी। "बिल्ली नहीं 'कैट' बोलो, 'कैट'," उसने कहा।

नजमा भी हँसने लगी। "थोड़ा-थोड़ा पढ़ाइए बाजी," उसने कहा, "एकदम से याद नहीं होगा।"

पुष्पा को अपनी भूल का एहसास हुआ। उसने 'ए' से लेकर 'एफ' तक के अक्षरों को ही बार-बार उससे दुहरवाया और पूरी तरह उसे याद करवा दिया। तब कापी पर उन्हीं अक्षरों को उसे लिखने को दिया। इसी तरह हिंदी में उसने 'अ' से लेकर 'अः' तक के अक्षर उसे याद कराए और उन्हें भी कापी में लिखने को दिया।

इस प्रकार पुष्पा की सहायता से नजमा दिल लगाकर पढ़ने लगी। उर्दू की किताब उसने अपने आप पढ़नी शुरू की क्योंकि उर्दू उसने गाँव के मदरसे में मौलवी साहब से कुछ दिनों पढ़ी थी। जहाँ कहीं उसे कोई दिक्कत होती वह वाहिद से पूछ लेती।

दस-पंद्रह दिन में ही वाहिद उसकी प्रगति देखकर दंग रह गया। इतने समय में ही उसने अंग्रेजी तथा हिंदी दोनों भाषाओं की वर्णमाला की पुस्तकें समाप्त कर दीं। यही नहीं वह शरीर के विभिन्न अंगों के अंग्रेजी नाम भी वह सीख गई। वाहिद ने उसे दोनों भाषाओं की प्राइमरें भी लाकर दे दीं। उसने उन्हें भी डेढ़-दो महीनों में समाप्त कर दिया। अब वह इस तरह के प्रश्नों का जैसे 'ह्वाट इज योर नेम?', 'ह्वेयर डू यू लिव?' आदि का अंग्रेजी में उत्तर देना भी सीख गई। वाहिद प्रारंभ में अक्सर उसकी परीक्षा लेने की गरज से और बाद में कुछ कुछ उसको चिढ़ाने के उद्देश्य से उससे अंग्रेजी के नए-नए शब्द पूछने लगता। जैसे नजमा आँख, नाक, कान, होंठ आदि के लिए अंग्रेजी शब्द बता देती तो वह उससे 'पलकों' या 'आँख की पुतली' के लिए प्रयोग में आनेवाले अंग्रेजी शब्द पूछ बैठता और जब वह न बता पाती और उससे पूछती तो वह कहता, "मैं क्यों बताऊँ, अपनी पुष्पा बाजी से जाकर पूछो न।" दूसरे दिन नजमा पुष्पा से कोई कठिन शब्द पूछकर आती (जो प्रायः वह अपने पति से पूछकर उसे बताती) और वाहिद से उसके मायने पूछने लगती। अक्सर ही वाहिद चकरा जाता। नजमा कहती, "अब बताइए दूल्हा भाई, मुझसे तो आप कहते हैं, 'अपनी पुष्पा बाजी से जाकर पूछो,' अब आप किससे पूछकर बताएँगे। आपका उस्ताद कौन है?"

"हार गया भाई मैं," वाहिद कहता। "अब मुझे तो यहाँ कोई उस्ताद नजर नहीं

आता। अपनी पुष्पा बाजी से कहो मुझे भी अपनी शागिर्दी में ले लें या फिर मजबूर होकर तुम्हारी शागिर्दी ही कुबूल करनी पड़ेगी मुझे।"

"मैं शागिर्द बनाना मंजूर करूँगी तभी तो।"

"खुशामद कर लूँगा।"

"नाक रगड़नी पड़ेगी।"

"रगड़ लूँगा।"

"जाइए, अच्छा माफ किया।" और वह वाहिद को सीखकर आए हुए शब्द के मायने बता देती।

यह खेल अक्सर ही चलता रहता। अंततः वाहिद बाजार से एक डिक्शनरी खरीद लाया और दोनों उससे नए-नए शब्द ढूँढकर एक-दूसरे की परीक्षा लेने लगे। यही नहीं, वाहिद अक्सर नजमा से अंग्रेजी में बोलता और नजमा भरसक अंग्रेजी में ही जवाब देती। जैसे वाहिद कहता, "ह्वाट आर यू डूइंग, सिस्टर-इन-ला ?" नजमा उतर देती, "आइ एम रीडिंग दूल्हा भाई।" या वाहिद कहता, "नजमा, प्लीज़ गिव मी ए ग्लास आफ वाटर।" और नजमा उत्तर देती, "आई एम बिजी दूल्हा भाई। टेक इट योरसेल्फ।"

"यह तुम लोग क्या गिट-पिट गिट-पिट करते रहते हो?" शम्मो वाहिद से पूछती।

"गिट-पिट नहीं," वाहिद कहता, "तुम्हारी यह ललमुनिया एक दिन बड़े-बड़ों के कान काटेगी।"

"ए दूल्हा भाई क्या नाम लिया आपने मेरा?" नजमा बिगड़ती।

"कुछ नहीं, गलती हो गई।"

"हाँ, समझ लीजिएगा।"

उन्नीस

इस बार शम्मो बकरीद पर दो-चार दिनों के लिए गाँव जाने के अलावा लगभग एक वर्ष तक लखनऊ रही। इस बीच मतीन, मतीन की बीवी, सुरैया, सिराज, अब्दुल गनी और उनकी बीवी तथा स्वयं नुसरत एक-एक, दो-दो कर लखनऊ घूम गए। नुसरत लखनऊ आई तो उसने नजमा से गाँव वापस चलने के लिए कहा लेकिन नजमा ने मना कर दिया। नजमा से ज्यादा शम्मो ने इस बात पर जोर दिया कि नजमा लखनऊ में ही रहे। शम्मो के चार-पाँच महीने का गर्भ था और यद्यपि खाना पकाने से लेकर झाड़ू-बुहारू तक का सारा काम कासिम करता था तथापि नजमा के साथ रहने से शम्मो को काफी सहूलियत थी। नुसरत मान गई। लेकिन दो-तीन महीने बाद जब शम्मो के प्रसव के दिन निकट आए तो नुसरत ने और उससे अधिक अब्दुल गनी ने इस बात पर जोर दिया कि शम्मो का पहला

बच्चा गाँव में ही हो। शम्मो को कोई फर्क नहीं पड़ना था। लेकिन वाहिद घबराया हुआ था।

डाक्टर सक्सेना ने उसे बताया था कि गाँवों में बल्कि शहरों तक में दाइयों की लापरवाही से कितने ही केस बिगड़ जाते हैं। यहाँ तक कि जच्चा-बच्चा दोनों को ही जान से हाथ धोड़ा पड़ता है। अतः इस मामले में बहुत सतर्कता बरतनी चाहिए। इसी लिए वाहिद चाहता था कि उसका बच्चा लखनऊ में ही हो। यहाँ 'क्वीन मेरी' और 'डफरिन' जैसे अस्पताल थे, लेडी डाक्टर थीं, जो कैसा-भी केस सँभाल सकती थीं। लेकिन अब्दुल गनी अपनी बात पर अड़े रहे। "जैसे गांव में बच्चे पैदा ही नहीं होते! तुम सब पैदा हुए थे तो कौन लेडी डाक्टर आई थी? एक से एक तजुर्बेकार दाइयाँ हैं गाँव में। लेडी डाक्टर साली उनके सामने क्या है। कुछ नहीं जी, बहू का पहला बच्चा गाँव में होगा।" उन्होंने शुद्ध खड़ी बोली में कहा।

कुछ दूसरे शब्दों में नुसरत ने भी यही बात कही। "नौशा मियाँ," उसने कहा, "पहला बच्चा लड़की के मायके में ही होना चाहिए। यही दुनिया की रस्म है।"

अब्दुल गनी ने यहाँ तक कहा, "औ खुदा न खास्ता, जो अइसी जरूरत पड़िन गई, बल्कि अगर तुमरी यही ख्वाहिश है तो हम ससुर पहिलेहेन से दुइ चार लेडी डाक्टर लेके गाँव मां बइठा देबा। पइसाई तो लेंगी। सो कित्ता लेंगी? सौ? हजार? दुइ हजार? अच्छे मर्द हो तुम," वह फिर खड़ी बोली पर उतर आए, "बच्चा तुम्हारी बीबी के होना है और जान तुम्हारी निकल रही है। हम लोगों के जमाने में क्या मजाल जो मर्द इस मामले में जरा भी दखल दें। कुछ नहीं जी," उन्होंने अपना वाक्य फिर दुहराया, "बहू का पहला बच्चा गाँव में ही होगा।"

वाहिद को मानना पड़ा। अतः कोई एक सवा वर्ष लखनऊ रहने के बाद शम्मो गाजीखेड़ा वापस आ गई। नजमा भी उसके साथ लौट गई।

गाँव पहुँचकर भी नजमा—गाँव में लोग उसे फिर ललमुन कहने लगे थे—अपनी किताबों में खोई रहती। लेकिन यहाँ उसकी मदद करनेवाला कोई नहीं था। उर्दू की तो कोई बात नहीं थी। मतीन भी उर्दू मिडिल तक पढ़ा था। अब्दुलगनी तो खैर उर्दू जानते ही थे। नुसरत भी उर्दू पढ़ लिख लेती थी। अतः उर्दू के मामले में वह इन लोगों को घेरघार कर पूछ लेती। वैसे अब तक वह उर्दू बाकायदा पढ़ने लगी थी। हाँ, कभी कोई मुश्किल लफ्ज आ जाता तो वह उनसे पूछ लेती। हिंदी भी वह पढ़ने लगी थी। उसमें भी उसे कोई विशेष परेशानी नहीं थी। वैसे भी वह हिंदी की ओर ज्यादा ध्यान नहीं देती थी। वह तो उसे मजबूरी में पढ़नी पड़ रही थी क्योंकि पुष्पा को उर्दू आती नहीं थी। समस्या अंग्रेजी की थी।

तभी एक दिन वह अचानक अपने नाना इमदाद अली के पास पहुँच गई। यह वक्त उनके विश्राम का था। दोपहर का भोजन करने के बाद वह अपने बिस्तर पर लेटे हुए थे। इस समय किसी को भी उनसे मिलने की इजाजत नहीं थी। सुबह का उनका

मिलने का वक्त निकल चुका था। शाम वक्त अभी हुआ नहीं था। लेकिन नजमा यह सब जानते हुए भी धड़धड़ाती हुई उनके कमरे में घुस गई। फजलू, जो उनके कमरे के बाहर सहन में कुछ कर रहा था, "अरे बिटिया कहाँ जाए रही हो ?" कहता रह गया तब तक नजमा कमरे के अंदर जाकर इमदाद अली के सामने खड़ी हो गई। "सलामालेकुम नाना," उसने कहा।

इमदाद अली जो आँखें बंद किए बिस्तर पर खामोश लेटे थे सहसा चौंक पड़े। "क्या है ?" उन्होंने कहा, "यहाँ क्यों आई हो ?"

तब तक फजलू भी वहाँ आ गया। "हम मना करत रहे मगर बिटिया मानी नाईं। बिना हमसे पूछे चली आईं।"

"हम आपको एक खबर देने आए हैं नाना," नजमा ने फजलू की बात पर गौर किए बिना इमदाद अली से कहा।

"क्या खबर है ?" इमदाद अली ने बहुत ही रुखाई से कहा।

"हमने पढ़ना शुरू कर दिया है।" नजमा ने कहा।

इमदाद अली पर इसका कोई असर नहीं हुआ।

तभी नजमा ने आगे जोड़ा, "अंग्रेजी।"

"क्या कहा, क्या पढ़ती हो ?" इस बार इमदाद अली कुछ चौंके।

"अंग्रेजी। इंग्लिश।"

"यह कहाँ पढ़ना शुरू किया ?"

"शम्मो बाजी के साथ लखनऊ गई थी न। वहीं जेल के एक डाक्टर हैं। उनकी बीवी से पढ़ती थी। किताब लाकर दिखाऊँ आपको ?"

"हाँ, जरूर।"

नजमा भागकर अपनी किताब उठा लाई। दूसरे दर्जे की अंग्रेजी की किताब थी। इमदाद अली ने किताब ले ली। बिस्तर पर लेटे-लेटे ही उन्होंने किसी तरह उसे वैसी ही किसी स्थान पर खोलकर नजमा को देते हुए कहा, "अच्छा, पढ़कर सुनाओ। देखे पढ़ लेती हो या नहीं।"

नजमा किताब उनके हाथ से लेकर पढ़ने लगी। उच्चारण की दो एक भूलों को छोड़कर वह लगभग पूरा पृष्ठ पढ़ गई।

"यह तो कमाल हो गया भाई।" इमदाद अली ने कहा, "तुम तो खासा पढ़ लेने लगी हो।"

"अच्छा नाना, आप हमसे अंग्रेजी में कोई सवाल कीजिए।" नजमा ने कहा।

इमदाद अली एक क्षण सोचते रहे। तब बोले, "आल राइट, ह्वाट इज योर नेम ?"

"माई नेम इज," नजमा एक क्षणांश के लिए रुकी, तब बोली, "ललमुन।"

"गुड। ह्वेयर डू यू लिव ?"

"आई लिव इन विलेज गाजीखेड़ा डिस्ट्रिक्ट उन्नाव।"

"भाई तुमने तो गजब कर दिया। मुझे नहीं मालूम था तुम इतनी ज़हीन हो।" इमदाद अली खामोश हो गए जिसका मतलब था कि नजमा अब वहाँ से जाए। लेकिन नजमा वहीं खड़ी रही।

"एक बात कहें नाना?" उसने कहा।

"कहो।"

"आप मुझे थोड़ी देर पढ़ा दिया करेंगे? यहाँ किसी को अंग्रेजी आती नहीं।"

"क्यों नहीं।" इमदाद अली ने कहा, "तुम रोज आ जाया करो। लेकिन इस वक्त नहीं। यह मेरा सोने का वक्त है। शाम को, जब मैं सोकर उठ जाऊं। फजलू से कह देता हूँ मैं। वह तुमको इत्तला कर दिया करेगा।"

नजमा खुश हो गई।

तभी इमदाद अली ने आगे कहा, "थोड़ा और पढ़ लो। फिर तुम मुझे अखबार पढ़कर सुनाया करना।"

नजमा की खुशी की इंतहा न रही। वह भी कभी अपने नाना की तरह अखबार पढ़ सकेगी, यह सोचकर ही उसे रोमांच-सा होने लगा। "एक बात और बताएँ नाना?" उसने कहा।

"बोलो?"

"मैंने अपना नाम अब 'नजमा' रख लिया है। नजमुन्निसां से नजमा ही तो बनता है। खामखाह लोग मुझे ललमुन कहते थे।"

"ठीक किया तुमने। माशाल्लाह अब तुम बड़ी हो गई हो। 'ललमुन' तो बच्चों का नाम है। 'नजमा' ठीक है। तुमको मालूम नहीं होगा, तुम्हारा नजमुन्निसां नाम मैंने ही रखा था।"

"तो आप सब लोगों से कह दीजिएगा, वह मुझे अब 'नजमा' ही कहा करें। 'ललमुन' कहके न बुलाया करें। मेरे कहने का उन पर असर नहीं होता है।"

"ठीक है तुम बताना मुझको। जो तुम्हें 'ललमुन' कहेगा मैं उसकी तंबीह करूँगा।"

नजमा अपने नाना के कमरे से नीचे उतरी तो घर के सभी लोग कान ऊपर लगाए सीढ़ियों की ओर देख रहे थे। उन्हें पता चल गया था कि नजमा बिना किसी को कुछ बताए, फजलू के मना करने के बावजूद इमदाद अली के कमरे में घुस गई है। "अल्लाह खैर करे। ई लड़की को हो का गवा है? अब्बू अब पता नहीं का करें। बड़ें-बड़ों की तो हिम्मत नाई पड़त उनके पास जाए की····जब उनके मिलै का वक्त मुकर्रर है तो ई हुआं काहे मरै गई है।" नुसरत सीढ़ियों के पास खड़ी बड़बड़ा रही थी। तभी उसने नजमा को ऊपर से उतरते देखा तो उसे बाँह से पकड़कर खींचते हुए बोली, "तू हुआँ काहे गई रही? जब अब्बू ई वक्त कोऊ से नाई मिलत हैं तो तोरा का दिमाग चल गवा रहै? बोलत काहे नाई, काहे मरै गई रही हुआं?"

नजमा ने अपनी बाँह छुड़ाते हुए कहा, "हम तुमरे अब्बू से मिलै नाई गए रहे। अपने नाना के पास गये रहे।"

"ई लेव। मोर अब्बू और तोर नाना अलग अलग आदमी हैं।"

"हाँ, अलग आदमी हैं।"

नुसरत एक क्षण चुप रही। तब बोली, "मगर हम पूछित है तू गई काहे रही?"

"हमार मर्जी। अऊर हम अब रोज जाबा। नाना हमका अंग्रेजी पढ़इहैं। समझीं।"

"अरे तू तो कमाल कइ दिहे ललमुन। नाना सच्ची मां तोका पढ़इहैं?" शम्मो ने, जो वहीं खड़ी थी, कहा।

"मैं का झूठ बोल रही हूँ! औ एक बात अऊर सुन लो सब जने। आज से जो कोऊ मोका 'ललमुन' कहिस तो नाना ऊकी खबर लेहें।"

"ललमुन न कहब तो का तोका 'बाजी' कि 'खाला' कहब।" नुसरत ने कहा, "ई 'अजमा', 'नजमा' जो नाम धरैक होय अपने मियाँ के हियां जाके धरेव। बड़ी आई है हुआं से अंग्रेजीदां बनके।"

"अच्छा। कह लेव जो कहना होय आज। कल से हम देखबा।"

दूसरे दिन इमदाद अली ने वाकई नुसरत को नजमा के सामने ही, जब वह शाम को उनसे पढ़ने गई, बुलवाया और कहा, "देखो नुसरत, मैंने ही इसका नाम नजमुन्निसां रखा था। यह 'अलमुन' 'ललमुन' तुम लोगों ने बिगाड़ा है। आज से कोई भी इसे 'ललमुन' नहीं कहेगा। या तो पूरा नाम लेगा 'नजमुन्निसां' या फिर मुख्तसर में 'नजमा', समझीं?"

"जी।" नुसरत ने कहा मन-ही-मन सोचने लगी कि इस जरा-सी लौंडिया ने अब्बू पर क्या जादू कर दिया जो वह इसकी हर बात मानने लगे हैं।

यह जादू और कुछ नहीं था सिवाए नजमा की पढ़ने की लगन के, जिससे इमदाद अली प्रभावित थे। उन्होंने उसे नियमपूर्वक रोज पढ़ाना शुरू कर दिया। यही नहीं, वह उसे दुनिया भर की बातें भी बताते। जैसे यह जमीन गोल है और अपनी धुरी पर घूमने के साथ सूरज के चारों तरफ घूमते हुए तीन सौ पैंसठ दिनों में एक चक्कर पूरा करती है। जमीन से सूरज की दूरी या नजदीकी की वजह से ही मौसम बदलते हैं। दुनिया में कुल एक-तिहाई खुश्की है, बाकी पानी है। बड़े-बड़े समुद्र हैं। ऐसी जगहें भी हैं, जहाँ छः महीने के दिन और छः महीने की रातें होती हैं। हिंदुस्तान का इतिहास भी उन्होंने उसे बताया कि शुरू में जो कौम यहाँ रहती थी वह 'द्रविड़' कहलाती थी। बाद में आर्य लोग यहाँ आए। वह भी यहीं बस गए। उनके बाद कितने ही और लोग आए मगर लूटपाट करके चले गए। बारहवीं सदी में मुसलमान भी आए। शुरू में वह भी सिर्फ लूटपाट की गरज से आए थे। मगर बाद में वह भी यहाँ बस गए। अपनी हुकूमत कायम की। अकबर, जहाँगीर, शाहजहाँ वगैरह के बारे में भी उन्होंने उसे बताया। तब उन्होंने उसे अंग्रेजों के बारे में बताया कि किस तरह वह यहाँ तिजारत करने आए और हिंदुस्तानियों

की आपसी फूट का फायदा उठाकर हुक्मराँ बन बैठे। कांग्रेस के इतिहास और हाल में गाँधीजी के असहयोग आंदोलन के बारे में भी उन्होंने उसे बताया।

नजमा बड़े गौर से उनकी बातें सुनती और अपने दिमाग में बिठाने की कोशिश करती। अब्दुल गनी से कहकर उन्होंने उसके लिए इतिहास, भूगोल आदि की किताबें भी मँगवा दीं और उन्हें भी बाकायदा पढ़ाने लगे। अंग्रेजी तो पढ़ाते ही थे। कुछ ही दिनों में नजमा बड़े-बड़े ट्रांसलेशन करने लगी। जब वह यहाँ आई थी दूसरे दर्जे की किताबें लेकर आई थी। अब वह तीसरे दर्जे की किताब खतम करके, चौथे की शुरू कर रही थी। हिसाब भी इमदाद अली ने उसे पढ़ाना शुरू किया। हालाँकि हिसाब उसे सबसे कठिन लगता, फिर भी, वह मन लगाकर पढ़ती रही और जल्दी ही वह जोड़, घटाना, जरब, तकसीम तो सीख ही गई, छोटे-मोटे इबारती सवाल भी करने लगी।

"इंशा अल्लाह, दो-एक साल में तुम इस लायक हो जाओगी कि मिडिल पास कर लो।" इमदाद अली ने एक दिन उससे कहा।

नजमा की खुशी का ठिकाना न रहा।

बीस

सारे सुराजियों के एक बैठक में इकट्ठा होते ही पालीवालजी ने एक बार फिर नेता की कमान सँभाल ली। अब वह नियमित रूप से शाम को क्लास लेने लगे। क्लास में आने पर किसी पर भी कोई बंदिश नहीं थी। फिर भी काफी संख्या में लोग क्लास में उपस्थित होते। पालीवालजी बहुत अच्छे वक्ता थे। वह एक विद्यालय में भारतीय दर्शनशास्त्र के प्रवक्ता थे। गीता की उन्हें अधिकृत जानकारी थी। वही उनका प्रिय विषय था। प्रायः वह गीता का कोई श्लोक ले लेते और अपने भाषण में उसकी विस्तृत व्याख्या करते। हेमंत भी उनकी क्लास में उपस्थित रहता और कभी-कभी अपने टेढ़े-मेढ़े प्रश्नों से उन्हें परेशान कर देता।

जैसे, एक दिन उसने उनसे प्रश्न किया कि जब कुरुक्षेत्र में श्रीकृष्ण ने स्वयं अर्जुन से युद्ध करने के लिए, भले ही निष्काम भाव से ही, कहा और उसे समझाया कि धर्म युद्ध में वह अपने सगे-संबंधियों की हत्या करने में भी न हिचके तो यह तो एक प्रकार से हिंसा की शिक्षा दी उन्होंने अर्जुन को, जबकि गाँधीजी हमसे किसी भी कीमत पर हिंसा नहीं करने को कहते हैं । तो क्या गाँधीजी के विचार गीता के विचारों के विरुद्ध हैं?

पालीवालजी ने उत्तर दिया, "कृष्ण की पूरी बात पर विचार करो। उन्होंने यह भी कहा कि मनुष्य न किसी को मारता है, न जन्म देता है। आत्मा अजर और अमर है...."

"तो क्या अंग्रेजों के आत्मा नहीं होती?"

"होती है।"

"तब हम उनको मारेंगे तो उनकी आत्मा भी नहीं मरेगी।"

पालीवाल जी खीझ उठे, "तुम्हारे तो रक्त में ही हिंसा के बीज हैं। तुमको मालूम है अपने प्रति हिंसा भी एक प्रकार की हिंसा है।"

"मालूम है।"

"फिर तुमने अपनी उँगली काटकर अपने प्रति हिंसा की या नहीं?"

"की। मगर एक बात पूछूँ?"

"हाँ, पूछो।"

"हमारे शरीर को भोजन की आवश्यकता होती है। होती है न? तो फिर उसे भोजन न देना भी तो हिंसा है।"

"और आवश्यकता से अधिक देना भी।"

"मैं बिल्कुल भी भोजन न देने की बात कर रहा हूँ।"

"हाँ, एक प्रकार से देखें तो हिंसा ही है यह।"

"फिर गाँधीजी उपवास क्यों रखते हैं?"

पालीवालजी फिर खीझ उठे। "तुम क्लास चलने दोगे या नहीं? तुम्हें जो प्रश्न करने हों बाद में करना।" उन्होंने कहा।

पालीवालजी के अलावा एक दूसरा क्लास भी चलता जिसे एक मिगलानीजी चलाते थे। वे इतिहास के व्याख्याता थे। सज्जन और हेमंत कभी-कभी उनके क्लास में भी चले जाते। उनके व्याख्यानों का विषय प्रायः यूरोप और अमरीका का इतिहास होता, फ्रांसीसी क्रांति, नेपोलियन, इटली, गैरीबाल्डी और मैज्जनी तथा अमरीकी स्वतंत्रता के इतिहास के बारे में वह बहुत ही विस्तार और रोचक ढंग से बताते। हेमंत को मिगलानीजी के क्लास में अधिक आनंद आने लगा और धीरे-धीरे पालीवालजी के क्लास में जाना बंद करके वह उनके क्लास में जाने लगा।

कुछ लोग ऐसे भी थे जिनको किसी भी क्लास से कुछ लेना-देना नहीं था। वे लोग बैरक के कंपाउंड में खुली जगह में कबड्डी खेलते या फिर कुश्ती लड़ते। प्रायः बाहर से मिलने आनेवाले लोग पुस्तकें आदि दे जाते जिन्हें खाली समय में लोग पढ़ते रहते। लेकिन वही पुस्तकें पढ़ने की आज्ञा थी जिन्हें मिगलानीजी या पालीवालजी जैसे लोग पहले देखकर पास कर देते। सस्ती किस्म की चालू पुस्तकें पढ़ने की मनाही थी। इसी प्रकार ताश, चौपड़ आदि खेलने पर भी प्रतिबंध था। एक बार कुछ लोग कहीं से ताश की एक गड्डी ले आए लेकिन पालीवालजी ने यह पता लगते ही उसे तुरंत फड़वाकर फिंकवा दिया। अखबार भी चोरी-छिपे अंदर आते रहते। पालीवालजी तथा मिगलानीजी इन अखबारों को पढ़कर और लोगों को सुनाते रहते।

तभी चौरी चौरा की घटना के बाद गाँधीजी द्वारा आंदोलन वापस ले लिए जाने से सुराजी बैरकों में मुर्दनी-सी छा गई। नेताओं के चेहरे उतर गए। उनके लाख प्रयत्न करने के बावजूद जेल में बंद युवा कैदियों को भी इसका सुराग लग ही गया। वे आक्रोश से

भर उठे। हेमंत तो गुस्से से आगबबूला हो गया। वह सीधे पालीवालजी के पास गया।

"क्या यह सही है कि गाँधीजी ने आंदोलन वापस ले लिया है?" उसने उनसे प्रश्न किया।

"हाँ।"

"आपने हम लोगों को बताया क्यों नहीं?"

"हमें पता ही कहाँ था।"

"आपको कब पता चला? हेमंत ने पालीवालजी की आँखों में आँखें डालकर उन्हें घूरते हुए पूछा।

"तीन-चार दिन हुए।"

"तो इतने दिन तो आप छिपाए रहे।"

पालीवालजी ने कोई उत्तर नहीं दिया।

"आपने क्या समझा, हमें यह जानने का अधिकार नहीं है?"

"है। लेकिन हम सोच रहे थे कि पता नहीं तुम लोगों पर इसका क्या प्रभाव पड़े?"

"यह सोचनेवाले आप कौन होते हैं? और फिर इसी लिए सोच रहे थे न आप कि हम आयु में आपसे छोटे हैं। अगर ऐसा था तो आपको शुरू से ही हम लोगों को इस आंदोलन में नहीं डालना चाहिए था। हम भी कांग्रेस के सदस्य हैं और उसी के नेताओं के कहने के कारण ही हमने वे सब काम किए जिनकी वजह से हम यहाँ बंद हैं।"

पालीवालजी खामोश रहे।

"और गाँधीजी को यह अधिकार किसने दिया कि जब वह कहें तब आंदोलन शुरू और जब कहें तब बंद?"

"गाँधीजी ने स्वयं नहीं किया। काँग्रेस वर्किंग कमेटी ने किया है।"

"वर्किंग कमेटी है कहाँ? सब लोग तो जेल में हैं।"

"मुझे और अधिक जानकारी नहीं है।"

हेमंत पालीवालजी से बात कर रहा था तो कितने ही और लोग भी वहाँ जमा हो गए थे। हेमंत वहाँ से हटा तो और लोग भी उसके पीछे एक-एक कर हट गए। हेमंत चुपचाप आकर अपने चबूतरे पर बैठ गया।

उसी दिन से हेमंत के व्यवहार में बुनियादी परिवर्तन नजर आने लगा। अब न तो वह किसी से अधिक बात करता, न ही किसी से खामख्वाह उलझता। चुपचाप अपने चबूतरे पर बैठा कोई पुस्तक पढ़ता रहता। अधिक-से-अधिक सज्जन से कुछ बात करके मन की भड़ास निकाल लेता। "सबका माथा घूम गया है," वह कहता, "गाँधीजी का भी। बताओ इस बात की क्या गारंटी है कि तुम्हारे आंदोलन में दो-चार सरकारी पिट्ठू या फिर वैसे ही गलत आदमी शामिल नहीं हों जाएँगे और हिंसा नहीं भड़का देंगे? सो तुम्हारा खेल तो समाप्त····पुलिस जुलूस पर गोली चलाएगी तो क्या जुलूस पुलिसवालों को फूल

माला पहनाएगा?"

वास्तव में हेमंत और सज्जन जैसे युवा कैदियों के लिए जेल अभी तक जेल न होकर एक प्रकार का पिकनिक स्थल या सैरगाह जैसा था। वे हर समय हर चीज में आनंद लेते। नंबरदार की आवाज, जेलर की चाल, गर्द भरी रोटी, पानी जैसी दाल और सब्जी, यहाँ तक कि वहाँ के नियम, कायदे-कानून सभी का वे मखौल बनाते रहते। बैरक की दीवालें और छत, जँगले की सलाखें, सब उनके हँसी-मजाक के विषय थे। लेकिन जबसे आंदोलन वापस हुआ था, उन्हें ऐसा लगने लगा था जैसे वे वास्तव में कैदी हों और किसी संगीन जुर्म की सजा भुगत रहे हों। उन्हें अपने ऊपर शर्म-सी आने लगी थी। एक अजीब प्रकार का अपराध बोध उनके मन में समाने लगा था।

बहरहाल, हेमंत और सज्जन को बहुत दिनों इस स्थिति का सामना नहीं करना पड़ा। जल्दी ही उनके तीन महीने पूरे हो गए और उनकी रिहाई का दिन आ गया। सज्जन के सामने अब समस्या यह थी कि वह जाए कहाँ। बीच में दो-एक बार गुरुकुल के शास्त्रीजी उससे मिलने आ चुके थे। उसके वहाँ रहने पर संभवतः उन्हें कोई आपत्ति नहीं होनी थी लेकिन सज्जन स्वयं वहाँ जाने से बचना चाह रहा था। यदि आंदोलन चलता रहता तो कोई बात नहीं थी। मगर अब जब गाँधीजी ने आंदोलन वापस ले लिया था तो वह वहाँ अपने सहपाठियों से क्या कहेगा? वे लोग उसका मजाक नहीं बनाएँगे क्या? वह इसी ऊहापोह में था कि हेमंत ने उससे पूछा, "रिहाई के बाद तुम कहाँ जाओगे?"

"कुछ निर्णय नहीं कर पा रहा हूँ।" सज्जन ने उत्तर दिया।

"मेरे साथ चलो न। बाबा प्रसन्न होंगे। मेरा कमरा बिल्कुल अलग है। उसी में दोनों लोग रहेंगे।"

"ठीक है।" सज्जन ने कहा, "यही करेंगे।"

इक्कीस

जिस दिन उनकी रिहाई हुई, बैरक के और लोग उन्हें जेल के फाटक तक छोड़ने आए। हेमंत बहुत ही प्यार से सब लोगों से मिला। पालीवालजी से उसने क्षमा भी माँगी। सहसा उसे लगा कि पालीवालजी और उसकी स्थिति में कोई विशेष अंतर नहीं है। अंतर है तो केवल इस बात का कि पालीवालजी उससे आयु में बड़े हैं और शायद इसी लिए अधिक जिम्मेदार भी अन्यथा आंदोलन की वापसी संबंधी समाचार उससे छिपाने में उनका क्या अभिप्राय हो सकता था? क्या वे भी अंदर से उतने ही दुखी नहीं होंगे जितना कि वह स्वयं? वह तो अभी लड़का है, धूल झाड़कर दूसरे रास्ते लग जाएगा। लेकिन पालीवालजी तो परिवार वाले आदमी हैं। भरी-पूरी नौकरी छोड़कर वह आंदोलन

में शामिल हुए हैं। अब वह कहाँ जाएँगे ?

पालीवालजी से विदा लेते हुए हेमंत की आँखों में सहसा आँसू आ गए। भावातिरेक से उसने झुककर उनके पैर छू लिए और बोला, "हमसे जो भूल हुई हो उसके लिए हमें क्षमा कीजिएग्स।"

पालीवालजी भी भावुक हो उठे। उन्होंने उसे कंधे से पकड़कर उठाया और सीने से लगा लिया।

सज्जन ने भी हेमंत की देखादेखी पालीवाल जी के पैर छुए। पालीवालजी ने उसे भी गले से लगाया और आशीर्वाद दिया।

तभी किसी ने नारा लगाया, "महात्मा गाँधी की।"

"जय।"

जेलर अपने कमरे में बैठा था। वह तुरंत निकलकर बाहर आ गया।" स्टाप दिस नानसेंस।" उसने डपटकर कहा।

पालीवालजी ने तुरंत हाथ के इशारे से सबको खामोश कराया।

"यह क्या तमाशा है ?" जेलर ने आगे कहा, "रिहाई वाले कैदी किधर हैं ?"

असिस्टेंट जेलर ने उन्हें अलग किया।

"अभी विदाई नहीं हुई आप लोगों की ?" जेलर रिहाई वाले कैदियों को छोड़ने आए कैदियों की ओर मुड़कर बोला। तब वार्डर को आदेश दिया, "इन्हें अंदर ले जाओ।"

पालीवालजी तथा अन्य कैदी जो रिहाई वाले कैदियों को विदा करने आए थे वार्डर के साथ अंदर चल दिए। चलते-चलते उन लोगों ने हवा में हाथ हिलाकर हेमंत, सज्जन तथा अन्य लोगों को विदा दी।

"किसी का कोई सामान तो यहाँ जमा नहीं है ?" असिस्टेंट जेलर ने पूछा।

"नहीं।"

"ठीक है।" असिस्टेंट जेलर ने कहा और फाटक पर खड़े पुलिस गार्ड को फाटक खोलने का आदेश दिया।

हेमंत के पिता तथा अन्य लोगों के सगे-संबंधी उन्हें लेने आए थे और जेल के फाटक से कुछ दूर खड़े थे। तभी सज्जन ने देखा उन लोगों के बीच ललई पंडित भी खड़े थे। सज्जन इस साक्षात्कार के लिए तैयार नहीं था। उसे इस बात का भी भय था कि कहीं ऐसा न हो कि उसके पिता वहीं सब लोगों के सामने उस पर बिगड़ने लगें। लेकिन इससे पहले कि सज्जन कुछ निर्णय कर सके कि उसे क्या करना चाहिए, ललई पंडित ने आगे बढ़कर उसे सीने से लगा लिया और कंधे पर पड़े अँगोछे से अपने नेत्र पोंछने लगे।

"हमार कहा सुना माफ किहो बच्चा। हमते बड़ी भूल भै। अब हम कान पकरित है जो कबौ तुमते कुछू कहीं। तुम हमार अकेल लरिका आओ तुम्हरेहे पिंडदान किहे हमका सरग मिली। हमार काया तरी। अब घरै चलौ औ सब खेती बारी संभारौ चलै।"

उन्होंने सज्जन से कहा।

तब तक हेमंत और उसके पिता भी उधर आ गए। सज्जन ने सबका परिचय करवाया।

ललई पंडित हेमंत के पिता के हाथ जोड़ने लगे।" बाबू तुमही समझाओ ई का। हमते रिसाय के चला आवा है यू। अकेल लरिका आये हमार। ई ते कहौ अब हमरे साथै चलै। नाई तो हमार जिनगी अकारथ है।"

सज्जन पिता के व्यवहार में इस अप्रत्याशित परिवर्तन को देखकर हतप्रभ था। वह कभी हेमंत की तरफ देखता, कभी अपनी पिता की ओर और कभी जेल के उस बड़े फाटक की और जिससे निकलकर वह अभी-अभी आया था। उसे लगा कि किसी तरह वह वापस अपनी बैरक में पहुँच जाए तो इस लिजलिजी स्थिति से उसे छुटकारा मिले।

तभी हेमंत ने उससे कहा, "जाओ, घर चले जाओ तुम। बाबा तुम्हारे बाबा ही हैं आखिर। कभी कुछ कह दिया तो क्या हुआ। और फिर न मन लगे तो वापस आ जाना यहाँ। हमारा पता तो है न?"

"हाँ।" सज्जन ने कहा।

हेमंत के पिता ने ललई पंडित से कहा कि वह उनके घर चलकर थोड़ी देर विश्राम कर लें। कुछ नाश्ता पानी कर लें, तब जाएँ। हेमंत ने भी जोर दिया। लेकिन ललई पंडित ने यह कहकर कि उन्हें गाड़ी पकड़नी है, मना कर दिया। अतः हेमंत अपने पिता के साथ शहर आ गया और सज्जन ललई पंडित के साथ स्टेशन की ओर।

ललई पंडित के व्यवहार में यह परिवर्तन उनकी मजबूरी थी। अभी भी वह मन-ही-मन सज्जन के प्रति गुस्से की आग में जल रहे थे। किंतु उन्होंने देख लिया था कि गुस्से से कोई काम बननेवाला नहीं है, अतः उन्होंने अपना रवैया बदल दिया था और सज्जन के प्रति गुस्सा दर्शाने के बजाय उसकी कोमल भावनाओं को कुरेद रहे थे।

सहसा उन्होंने देखा कि सज्जन के सिर से चोटी गायब है। सभी बाल बराबर कटे हुए हैं।

"ई चोटिया तुम्हार कहाँ गे?" उन्होंने पूछा।

"जैहेल मां अइसेन बार काटे जात हैं। चोटिया राखैक आडर नाई है हुआँ।" सज्जन ने उत्तर दिया।

"आडर नाई है?"

"हाँ। मनाही है चोटिया राखैक।"

वास्तव में ऐसा था नहीं। सज्जन झूठ कह रहा था। जेल में बाल काटने के लिए नाई आता जरूर था लेकिन जो व्यक्ति जितनी लंबी चोटी रखना चाहे उसे उतनी लंबी चोटी रखने की अनुमति थी और नाई बाल काटते समय सभी से पूछ लेता था कि उसे कितनी लंबी चोटी रखनी है। वैसे पहले से जो चोटी जिसके होती थी उसे तो वह निर्विवाद रूप से छोड़ ही देता था। हाँ, मुसलमान कैदियों के संदर्भ में यह प्रश्न नहीं

उठता था और एक बार यह जान लेने के बाद कि कैदी मुसलमान है, नाई उससे इस तरह का सवाल करता भी नहीं था।

सो हुआ यह था कि सज्जन से पहले नाई ने हेमंत के बाल तराशे थे और उसके शरीर पर जनेऊ देखकर, लंबी-सी शिखा उसके छोड़ दी थी। हेमंत जब बाल कटाकर उठने लगा तो उसने सिर पर हाथ फिराया और शिखा हाथ में पकड़कर ऊपर उठाते हुए बोला, "यह क्या? जहाज का मस्तूल छोड़ दिया है क्या? इसे बराबर करो।"

"वाह जजमान! गुड़ खाओ औ गुलगुला से परहेज। जनेऊ पहने हौ औ चोटी न रखिहौ।" नाई ने कहा।

हेमंत ने उसी समय जनेऊ निकालकर फेंक दिया, "लो, अब तो बराबर करोगे चोटी।"

"जैसी आपकी मर्जी।" नाई ने कहा और बाएँ हाथ से शिखा ऊपर उठाकर दाहिने हाथ में कैंची लेकर उसे और बालों के बराबर कर दिया।

इसी के बाद सज्जन का नंबर आया तो नाई ने उससे पहले ही पूछ लिया, "ई चोटी रही जजमान कि नाहीं।"

"नाहीं।" सज्जन ने कहा।

अतः नाई ने उसकी चोटी भी बराबर कर दी।

जो भी हो, ललई पंडित को सज्जन के सिर पर शिखा न देखकर मन-ही-मन बड़ा क्षोभ हुआ। "कहूं ससुर सुराजिन के चक्कर मां पड़िके मुसलमान कि क्रिस्तान न ह्वे जाये। अपन धरम तो भुलाइन बईठ है।" उन्होंने मन-ही-मन सोचा।

तभी दूसरे दिन वह लखनऊ स्टेशन पर गाँव के लिए गाड़ी पकड़ने पहुँचे तो प्लेटफार्म पर टहलते हुए एक हज्जाम को बुलाकर उन्होंने कहा, "ई का खोपड़ी घोट देव भइया।"

"की की खोपड़ी?" सज्जन चौंका।

"तुमार, अऊर की की?"

"काहे?"

"ई तना गाँवै जइहौ तो बड़ी बदनामी होई बच्चा। मूड़ घोटाय के बीच मां तनिक बार छांड़ि दिहो। कहि दीन जाई हुआं गुरुकल मां यही तना की चुटिया राखैक चलन है।"

"नाहीं, हम खोपड़ी न घोटाउब।" सज्जन ने कहा।

"वइसेन गरमी आय रही है बच्चा। कहा मान लेव। पुरिखन की नाक न कटाओ।" तभी एक क्षण रुककर वह बोले, "अच्छा घोटाव न। मसीन चलवाए लेव। एत्ती बात हमार मान लेव।" ललई पंडित ने उसकी दाढ़ी में हाथ लगाते हुए कहा। वैसे उनकी इच्छा तो यह हो रही थी कि पनही उतारकर उसके सिर पर बीस मारें और एक गिनें लेकिन मजबूरी में वह उसकी दाढ़ी में देर तक हाथ लगाए रहे।

आखिर सज्जन मान गया। हज्जाम ने उसे वहीं फर्श पर बिठाकर उसके गले में मैला-सा एक कपड़ा लपेटा और थैले से मशीन निकालकर उसके सिर पर चलाने लगा। "खच खच खचाक" की आवाज के साथ बाल नीचे गिरने लगे। ललई पंडित के कहने के मुताबिक हज्जाम ने सज्जन की चाँद के बीचोबीच बालों का एक गोल गुच्छा छोड़ दिया।

"चलो, कुछ तो इज्जत बची," ललई पंडित ने मन-ही-मन कहा।

बाईस

गाँव के स्टेशन पर पहुँचकर उन्होंने सज्जन को समझाया कि वह जेलवाली बात किसी से न कहे। उन्होंने गाँव में यह प्रचारित कर रखा है कि वह गुरुकुल में संस्कृत पढ़ रहा है।

"मुदा शास्त्रीजी की चिट्ठी? ऊके बारे में कोहू का मालूम नाई है का?"

"ऊ के बारे मां हम कहि दीन है कि कउनौ दुसमन अइसेहेन झूठमूठ लिख दिहिस रहै। हम खुद जाये के अपनी आँखिन ते देख के आये हन कि हुआं गुरुकुल मां पढ़ि रहा है।"

सज्जन चुप रहा।

ललई पंडित ने पास के गाँव में जाकर किराए की बैलगाड़ी का प्रबंध किया और सज्जन के साथ उस पर बैठकर अपने गाँव की ओर चल दिए। जंगल-ऊसर पार करती हुई बैलगाड़ी गाँव के निकट पहुँची तो सज्जन के नथुनों में गाँव की परिचित गंध समाने लगी। खेतों में चने के पौधे लहलहा रहे थे। कतिपय खेतों में अरहर और सरसों के पौधे हवा के साथ झूम रहे थे। दूर तक फैली हुई फसल के ऊपर से हवा का झोंका गुजरता तो ऐसा लगता जैसे समुद्र में लहरे उठ रही हों। आम के वृक्षों में बौर झूल रहा था। कहीं कुछ दूर पर कोल्हू लगा था जिसमें गन्ना पेरा जा रहा था। बड़ी-सी भट्ठी में गन्ने का रस उबल रहा था। गुड़ की सोंधी-सोंधी महक हवा में तिर रही थी।

ललई पंडित बैलगाड़ी वाले को रास्ता बताते हुए गाड़ी अपने दरवाजे ले आए। गाड़ी रुकवाकर वह गाड़ी से उतर पड़े। घर के दरवाजे बंद नहीं थे। ललई पंडित ने बाहर से ही अपनी बहन को आवाज दी, "अरे दिदिया, ओ दिदिया तनिक आए के देखौ को आवा है।"

सज्जन की बुआ ने दरवाजे पर आकर झाँका। तब सज्जन को देखकर दरवाजे के बाहर आ गईं। सज्जन गाड़ी से उतर चुका था। उसने आगे बढ़कर उनके पैर छुए तो उन्होंने उसे अपने सीने से लगा लिया। "आओ मोर बचुआ, मोर लाल। तुमरे बिना तो घर बिरान ह्वैगा रहै।" वह देर तक उसकी पीठ पर हाथ फिराती रहीं। तभी सज्जन ने देखा दरवाजे पर कोई और स्त्री भी खड़ी है। सिर पर आँचल डाले उसका एक कोना वह

बाईं ओर होंठों के बीच दबाए थी जिससे उसका आधा चेहरा ही नजर आ रहा था। उसकी सुडौल बाँहें और माँसल शरीर दूर से ही उसके वस्त्रों के नीचे से झलक रहे थे। कौन हो सकता है ? सज्जन ने मन ही मन सोचा, मगर किसी नतीजे पर नहीं पहुँच सका।

सामान उन लोगों के साथ कुछ था नहीं। बस एक थैला और लोटा डोर थी जिसे ललई पंडित ने उतार लिया था। गाड़ीवान अब तक बैलों को गाड़ी से अलग कर चुका था। दोनों बैल बैलगाड़ी के दोनों ओर खड़े होकर वहीं गलियारे में पेशाब कर रहे थे।

"तनिक पानी ला देव मालिक एक डोल मां। बैल पियासे हैं। इनका पानी पियाए देई। औ थोड़ा गुड़ चना कुछ हमहू का देव। पानी वानी पी के चली हमहू। उजेरिया पाख है। दुई तीन घड़ी दिन अबहीं बाकी है। रात लगे अपने गाँवै पहुँच जाब।"

"जा एक डोल मां पानी ला दे बच्चा, बैलन के बरे। औ दिदिया तुम तनिक हमरे पंचन के बरे सरबत बनाए देव। यहौ पी लेई।" ललई पंडित ने गाड़ीवान के लिए कहा।

सज्जन अंदर पानी लेने गया तो द्वार पर खड़ी स्त्री ने थोड़ा हटकर उसे रास्ता दे दिया। जाते-जाते सज्जन ने देखा, उसकी माँग में सिंदूर और पाँव में बिछुए हैं तथा उसका रंग खासा गोरा है।

सज्जन ने डोल में पानी लाकर गाड़ीवान को दे दिया। वह बराबर यही सोच रहा था कि आखिर देखने में इतनी सुंदर और सुडौल शरीर वाली यह स्त्री कौन है ? अपनी रिश्तेदारी में वह सभी स्त्रियों को जानता था। उनमें से वह थी नहीं।

उसकी बुआ तब तक लोटे में शरबत बना लाई थीं। गाड़ीवान, सज्जन और ललई पंडित सबने छककर शरबत पिया। मगर गाड़ीवान महज शरबत से संतुष्ट नहीं हुआ।

"भेली दुइ भेली गुड़ देव मालिक। रस्ता मां पियास लागी तो खाए के पानी तो पी लेबे। औ बैलन के बरे कुछ खली भूसा देव।"

इस बार ललई पंडित खुद अंदर गए। जाते-जाते उन्होंने द्वार पर खड़ी स्त्री से कहा, "हियाँ दुआरे ठाढ़ी का कै रही हौ। अंदर ओसारे मां जायके बइठौ न।"

तभी सज्जन ने अपनी बुआ से पूछा, "ई मेहरिया को आय घर मां ?

"दउआ बताइन नाई तुमका ?"

"ना।"

"ई तुमरी महतारी आएँ।"

"महतारी ?"

"हाँ, तुमार दउआ बिहाय के लाए हैं।"

सज्जन ने सुना तो उसे अपने कानों पर विश्वास नहीं हुआ। कहीं कुछ गलत तो नहीं सुन गया वह ? तभी ललई पंडित घर से हाथ में एक भेली गुड़ और एक छोटी डलिया में चने की भूसी लेकर लौटे जिसे गाड़ीवाले को देकर उन्होंने उसे विदा किया।

इस बार सज्जन ने अपने पिता से ही पूछा, "घर मां अऊर को आए ?"

"जाओ पहिले पाँव छुई आओ ऊ के तब बताई।"

असमंजस की-सी स्थिति में सज्जन घर के अंदर घुसा। वह महिला दालान में छप्पर के नीचे दीवाल से लगी उसी प्रकार आँचल का कोना होंठों के बीच दबाए खड़ी थी। सज्जन एक क्षण वहीं ठिठका रहा तब आगे बढ़कर महावर लगे उसके छोटे-छोटे गोरे पैर जिनमें चाँदी के बिछुए चमक रहे थे, छू लिए।

आशीर्वाद के क्या वचन उसने कहे, यह तो सज्जन ठीक से नहीं सुन पाया लेकिन पैर छूकर वह उठने को हुआ तो उसका आँचल होठों के बीच से छूट चुका था और उसने देखा कि उसकी बाई आँख नहीं थी। शायद इसी लिए चेहरे का उतना हिस्सा वह घूँघट में छिपाए हुए थी।

यह क्या? नहीं, नहीं ऐसा नहीं हो सकता। सज्जन को लगा जैसे उसके पाँव पर से काला नाग निकल गया हो। उसका सारा शरीर झनझना उठा। उलटे कदम वह घर से बाहर निकल आया।

"आओ हियां बइठो।" ललई पंडित ने चारपाई पर एक ओर खिसकते हुए उससे कहा।

किंकर्तव्यविमूढ़-सा सज्जन पिता की ओर देखता रहा। ललई पंडित ने हाथ पकड़ कर उसे चारपाई पर बिठा लिया।

"सुनो, अब हम तू का पूरी बात बताइत है।" उन्होंने कहा। तब एक क्षण कुछ सोचते हुए से बोले, "तुम तो रिसाय के हियां ते चले गेव। हम बहुत ढूना तुमका मुदा तुम कहूं मिलेव नाई। ममानेव गेन हम तुमरे, औ बुऔ के हुआं लखलव्वौ गेन, मुदा तुमार कउनौ पता ठेकान लाग नाई। तबहीं ई के भाई फलदान लइके आएगे तुमार। हम उनका बतावा कि तुम घर मां हौ नाई। रिसाय के चले गे हौ। कउनौ पता ठेकान है नाई तुमार तऊन तुम अपन फलदान वापस लइ जाओ। उइ कहै लाग कि अईस तो हमरे घर परिवार मां कबो भा नाई। ई ते तो अच्छा है कि हम हियैं कऊनेव ताल कि कुआँ मां बुड़ाए जाई औ नाई तो घर जायेके अपनी बहिनी का मारिके कउनौ ताल कुआँ मां डार देई। हम कहा, हमार तो मजबूरी आए अब तुम जऊन कहौ तऊन हम करी।" ललई पंडित ने होंठ में दबी तंबाकू में रिस आया थूक एक ओर थूका। तब आगे बोले, "तो उइ कहै लाग कि कउनौ अऊर लरिका बताओ हमका, हम अपन बहिन वही ते बिहाय देई। हम उनका बतावा कि ई गाँव मां तो कउनौ अऊर बम्हनन का घर है नाई जो हम तुमका बताय देई एक हम ही रंडुआ हन हियां तऊन तुमार जिउ आवै तो हमही ते बिहाय देव। अब हम का जानी कि उइ राजी ह्वै जइहैं। दुइ चार मिनट उइ सोचिन बिचारिन तब कहै लाग तुमही जीजा बइठौ बेदी पर अब।....तो यू भा तुम जान लेव।"

सज्जन को लगा जैसे उसका सारा शरीर भीषण आग की लपटों में जल रहा हो। वह चारपाई से उठकर खड़ा हो गया। गाँव के पश्चिमी क्षितिज का रंग लाल होने लगा था। बसेरे वाले पक्षी आकाश में पंक्तिबद्ध उड़ते हुए अपने गंतव्य की ओर जा रहे थे।

"काहे, कहाँ जाए रहे हौ?" ललई पंडित ने सज्जन से पूछा।

"अबहीं आइत हैं।" सज्जन ने बिना अपने पिता की ओर देखे उत्तर दिया।

ललई पंडित चुप हो गए। सज्जन गलियारे की ओर बढ़ गया। तभी अंदर से आवाज आई, "कहौ खाना खायेक जाएँ। सबेरे के भूखे पियासे ह्वइहैं।"

ललई पंडित ने सज्जन को आवाज दी, "सुनौ, तुम्हार महतारी कहि रही हैं नहा धोय के खाना खाये लेव तब जाओ।"

सज्जन ने गलियारे से ही मुड़कर देखा। उसकी नई माँ दरवाजे पर खड़े उसी की ओर देख रही थी। बिना कोई उत्तर दिए वह आगे बढ़ गया।

उसके मस्तिष्क ने जैसे सहसा काम करना ही बंद कर दिया हो। उसके नेत्र खुले थे लेकिन वह देख कुछ नहीं रहा था। तरह-तरह की आवाजें उसके कानों में जा रही थीं लेकिन वह सुन कुछ नहीं रहा था। यहाँ तक कि उसे अपने हाथ, पाँव, बल्कि पूरा शरीर ही बेजान-सा लगने लगा। फिर भी वह चलता रहा। कहाँ जा रहा है, उसे स्वयं मालूम नहीं था। तभी उसने पाया वह दुर्गाजी वाले तालाब के पास पहुँच गया है। निढाल-सा वह तालाब की सीढ़ियों पर बैठ गया। क्षितिज के पार डूबते सूर्य का गोला अब आग की तरह लाल हो उठा था। तालाब के स्थिर जल में पड़ता उसका प्रतिबिंब ऐसा आभास दे रहा था जैसे एक सूर्य जल में भी डूब रहा हो। वह कभी सोच भी नहीं सकता था कि जिससे उसका विवाह होने जा रहा था अब उसे जीवन-भर उसको 'माँ' कहकर बुलाना होगा। उसका गोरा, सुडौल शरीर, होंठ में दबे हुए आँचल से आधा छिपा आधा खुला चेहरा, हाथ की मांसल कलाइयों में लाख की लाल-लाल सुंदर चूड़ियाँ तथा महावर लगे हुए नन्हें गोरे पैर बार-बार उसके नेत्रों के सामने साकार हो उठते। यह क्या किया उसके पिता ने? एक अपार घृणा उनके प्रति उसने अपने हृदय में अनुभव की।

क्यों? क्यों किया उन्होंने ऐसा? और किया ही था तो उसको बुलाकर यहाँ क्यों लाए? उसे जरा-सा भी आभास होता तो वह किसी भी कीमत पर यहाँ न आता।

सहसा ताड़ के पेड़ पर बैठा एक बड़ा-सा जँगली उल्लू अपने स्थान से उड़ा और तालाब के किनारे घूम रही एक फुदकी को झपटकर अपने पंजों में दबाकर हवा में चक्कर काटता हुआ दोबारा अपने स्थान पर आ बैठा और अपनी नुकीली चोंच से उसके पंख नोचकर उसे चीथ-चीथकर खा गया। सज्जन अपने स्थान पर बैठा उसे ऐसा करते देखता रहा। एक ढेला तेजी से उसके पीछे से आकर जल की सतह पर छिछली काटता हुआ दूर निकलकर तालाब में डूब गया। सज्जन ने पीछे मुड़कर देखा। जगदीश खड़ा था।

"अरे सज्जन तुम? हम कही को आय। कबै आयो?" जगदीश ने आगे बढ़ते हुए कहा।

"आजै तो आयेन हैं।" सज्जन उठकर खड़ा हो गया।

"अरे, तो आए के हियां लावा मां लहरै गिन रहे हौ का? न कोऊ ते मिले न भेंटे। हियां आए के बईठ गेव।"

"तुम कहाँ ते आए रहे हौ?" सज्जन ने उसकी बात का सीधा उत्तर न देते हुए

कहा।

"अपन बागै गे रहन। बिरवन के चौगिर्दा गोड़ाई करावा है, वहै पानी लगावैक रहा। तउनै द्याखे गे रहन।"

"बऊर तो आँसों अच्छा आवा है।"

"हाँ, आँधी पानी ते बचै तो जानौ।" जगदीश ने कहा, तब रुककर बोला, "सुना तुम हुआं बनारस मां रहेव। कोऊ कहत रहै सुराजी ह्वेगे हौ, जेहेल मां बंद हौ।"

"हाँऽऽ।" सज्जन ने कोई साफ उत्तर नहीं दिया।

जगदीश ने सुना भी नहीं। अपनी ही रौ में बोलता चला गया "औ कोऊ कहत रहै कि हुआं कउनेव स्कूल मां संस्कीरत पढ़त हौ।"

"हाँऽऽ।" सज्जन ने इस बार भी वही उत्तर दोहरा दिया।

दोनों गाँव की ओर लौटने लगे थे। तभी सामने से भोंपू और डिप्टी आते दिखाई दिए। "हम तो तुमरेहे हियां ते आए रहेन है।" भोंपू ने जगदीश से कहा। तब सज्जन को पहचानते हुए बोला, "अले लेव यू द्याखौ को आय।"

"अरे सज्जन।" डिप्टी ने भी उसे पहचान लिया।

"औ ई भइया चोटी कऊन नमूना की बनाए हौ?" भोंपू ने कहा, "अईस जान परत है जइसे ममाखिन का छत्ता धरा होये बीचो-बीच चंदउआ मां। औ हाँ, अपनी अम्मा ते मिलेव कि नाई? कोऊ कहत रहै कि तुमार दउआ तुमका यही मारे घर ते निकार दिहिन जी मां खुद बिहाय लावैं उइ बिटेवा का। कानी जरूर है, मुदा सुना है कि है बड़ी सुघड़।"

"अब चुप करिहौ कि नाहीं। खामैखाह बक-बक किहे जाए रहे हौ।" जगदीश ने उसे डाँटा और सबको लेकर अपने घर आकर बाहर चबूतरे पर बैठ गया। डिप्टी ने टेंट से तंबाकू की डिबिया निकाली और बनाकर सबको दी। सबने एक-एक चुटकी लेकर होंठ में दबा ली। जगदीश के पहले से ही चुटकी दबी थी। उसने पहले वाली तंबाकू निकालकर फेंक दी और नई वाली उसकी जगह भर ली।

सज्जन से नए सिरे से हालचाल पूछे जाने लगे।

"देर तक वह बनारस के अपने प्रवास तथा जेल में बिताए गए दिनों के बारे में बताता रहा। केवल एक बात वह छिपा गया कि वह बेकसूर पकड़ा गया था। उसने बताया कि कांग्रेस दफ्तर से उसे पर्चे बाँटने को मिले थे। उन्हें बाँटते समय ही पुलिस ने उसे पकड़ लिया।

"अच्छा तो हुआं जेहेल मां चक्किड पीसे ह्वइहौ?" डिप्टी ने पूछा।

सज्जन हँसा, "कईस चक्की? हम पंचन का चक्की पक्की ते का लेक?"

"काहे?"

"हम पंचै राजनीतिक बंदी रहे। पोलिटिकल प्रिजनर।"

"यू का होत है भाई?"

"सुराजी कैदिन का यहै कहा जात है। बड़े-बड़े जेलर, सुपरिंटेंडेन सब डेरात है सुराजिन ते।"

"मुदा हम तो सुना है कि हुआं जेहेलन मां कांग्रेसिन के चूतर काटे जा रहे हैं।" भोंपू ने कहा।

"हियां गाँव मां रहिके तो तुम यू सब सुनिबै करिहौ," सज्जन हँसा, "हुआं होतिउ तो देखतिउ कईस थर थर काँपत हैं सब कांग्रेसिन के समुहे।"

"अच्छा अऊर को बंद रहै तुमरे साथे हुआं ?" डिप्टी ने पूछा।

"हमरे साथे ? बड़े बड़े वकील, बालिस्टर, मास्टर, आचार (आचार्य), डाक्टर, वैद्य, यू पूछौ कि को नाई रहा। एक ते एक जोग मनई रहे।जेलर सुपारिंटेंडेन ते अस अंग्रेजी मां बातें करै कि जेलर सुपरिंटेंडेन का पसीना आवै लागै।"

सज्जन को पूरी तरह ध्यान था कि उसके पिता ने उससे गाँव में किसी से भी यह बातें बताने को मना किया था। इसके बावजूद वह जानबूझकर, बल्कि और बढ़ा-चढ़ाकर अपने मित्रों को सारी बातें बता रहा था। उसकी बातें सुनकर उसके मित्र हतप्रभ थे। भोंपू जो शुरू में उसके पिता के विवाह वाली बात को लेकर मजाक कर रहा था, अब बिल्कुल खामोश था और सम्मानपूर्वक उसकी बातें सुन रहा था।

गुरुकुल और जेल के अपने अनुभवों के अलावा सज्जन ने उन लोगों को बनारस के घाटों और बाबा विश्वनाथ के मंदिर आदि के बारे में भी बताया। "पूर अस्सी घाट हैं हुआं। सब एक दुसरे ते लागै लाग बने हैं। पत्थरन के बड़े बड़े चऊतरा। उनके ऊपर एक ते एक आलीसान मकान औ महल औ नीचे गंगाजी तक जाए के बरे पक्की सिढ़िया। सबेरे औ संझा का हनाय वालेन की भीर देख लेव तुम। एक ते एक बड़ मनई नंगे पांव चले आ रहे हैं। जवान, बूढ़, पुरनिया, सब जने। औ संझा का जेत्ते खन आरती होत है ओत्ते खन तो तुम यू जान लेव कि जइसे धरती पर सरग उतरि आवा होय। दिया जलाय जलाय पत्तन के दोनन मां धरि के गंगा जी मां बहाय जात हैं। तऊन टिम-टिम टिम-टिम करत बहत चले जा रहे हैं। जइसे अकास मां तारा होयं। हुऐं दसासुमेर घाट पर बाबा बिसनाथ का मंदिर है। सब ते ज्यादा भीर हुऐं होत है। दुनिया भर ते मनई आवत है हुआं दर्सन के बरे। औ केत्ते जने तो बरसन ते हुऐं परे कासी भोग रहे हैं। औ न जाने केत्ते मरि खपि गे। हुऐं ते थोरी दूर पर मनकणिका घाट हैं। चउबीसौ घंटा लहासै जलती हैं हुआं।"

"चौबीसौ घंटा ?"

"हां।"

"रातिउ मां ?"

"हाँ, रातिउ मां। यू जान लेव कि जी का हुआं जलाय दीन गा, सधे बैकुण्ठै गा ऊ। औ वही के दुसरी लंग थोरी दूर पर हरिस्चंद घाट है जहाँ हरिस्चंद अपनी रानी ते अपने लरिका की लहास जलावै के बरे टक्स मांगिन रहै।"

"यू का आए?"

"कथा आए यू अऊर का आए? हरिस्चंद का नाव नाई सुने हौ तुम? सूर टटै चंद्र टरै औ ऊ का कहत हैं, सब कुछ टरै मुदा टरै न हरिस्चंद कै बात वाले हरिस्चंद।"

डिप्टी, भोंपू और जगदीश का मुँह खुला का खुला रह गया कि कितना कुछ ज्ञान लेकर यह लौटा है।

तेईस

सज्जन जानबूझकर, जगदीश के दरवाजे बैठा, देर तक बातें करता रहा। वास्तव में वह उस समय घर पहुँचना चाहता था जब सब लोग खा-पीकर सो चुके हों ताकि वह चुपचाप अपने बिस्तर पर लेटकर सो रहे। किसी से कोई बात न करनी पड़े। इसी लिए जब वह जगदीश के घर से उठा तो थोड़ा और समय बिताने के उद्देश्य से सीधा रास्ता न पकड़कर पूरे गाँव का चक्कर लगाते हुए अपने घर पहुँचा। दूर से ही उसने देखा, घर के बाहर वाले ताक में कडुवे तेल का दिया जल रहा था। दरवाजे बंद नहीं थे। आपस में इस प्रकार भिड़े थे कि बीच में एक पतली झिरी साफ दिख रही थी। सज्जन ने आगे बढ़कर दरवाजे में धक्का दिया और घर के अंदर आ गया। आँगन में बाएँ हाथ कोठरी के सामने वाली दालान में पड़ी चारपाई पर उसकी नई माँ लेटी थी। उसे देखते ही वह उठकर बैठ गई।

"बड़ी देर कई दिहो। जल्दी ते नहाय डारौ। तब तक हम रोटी सेंकित हैं, तऊन गरम गरम खाय लेव।" उसने अपने आँचल से अपने चेहरे का बायाँ हिस्सा ढकते हुए कहा। ऐसा करना उसकी आदत-सी बन गई थी।

"नहाऊँगा नहीं मैं और खाऊँगा भी नहीं।" सज्जन ने कहा।

"काहे? नहइहौ खइहौ काहे न?"

"अभी बाहर गया था तो तालाब में नहा लिया था," सज्जन ने झूठ बोला, "और खाऊँगा इसलिए नहीं क्योंकि भूख नहीं है।"

"खाए बइठिहौ तो भूख अपने आप लागि आई।" उसने कहा।

"दउआ कहाँ है?"

"उइ कबका खाए पी के पहुड़े हैं। दुआरे ते आए हौ तो छप्पर के तरे देख्यो नाई तुम उनका? अब तक तो सोवै लाग ह्वइहैं।"

"औ बुआ?"

"वऊ खा पी चुकीं।"

"हैं कहाँ?"

"पिछवारे वाली दलान माँ पहुड़ी हैं। वऊ सोय गई ह्वइहैं।"

"आप क्यों जाग रही हैं?"

"तुमका खाना परसैक बरै। हमहू सो जाइत तो तुमका खाना को परसत?"

"आपने खा लिया?"

"अबै कहाँ। तुम खाय लेव तो हमहू खाई।"

सज्जन कुएँ की जगत के पास बनी घड़ौंची पर रखे डोल से पानी लेकर हाथ-मुँह धोने लगा। हाथ-मुँह धो चुका तो वह इधर-उधर देखने लगा कि कहीं अँगोछा हो तो उसमें हाथ पोंछ ले।

"का चही?"

"अँगोछा नहीं है?"

उसने इधर-उधर देखा। अँगोछा कहीं दिखाई नहीं दिया तो उसने सज्जन के करीब आकर अपना आँचल उसकी ओर बढ़ा दिया। "लेव ई मां पोंछ लेव," उसने कहा। युवा नारी देह की गंध सज्जन के नथनों में समा गई। उसने चुपचाप उसके आँचल में हाथ पोंछ लिए और चौके से लगी हुई दालान में पड़े पीढ़े पर बैठ गया।

आयु में उससे दो-तीन वर्ष छोटी उसकी उस तथाकथित माँ ने चूल्हे में सुलग रही आग में दो-एक लकड़ियाँ डालीं और फुकनी से फूँक मारकर चूल्हा जलाने लगी।

"जो रखा हो, वही दे दीजिए। चूल्हा जलाने की क्या जरूरत है?" सज्जन ने कहा।

"एत्ती देर भैं है तो तनिक देर अऊर सबुर करौ। अबहीं गरम गरम रोटी सेंके देइत हैं। पहिले ते बनाए के धर देइत तो जुड़ाए न जातीं।"

सज्जन चुप रहा।

लकड़ियों ने लपट पकड़ ली तो उसने पहले से पकी हुई दाल चूल्हे पर गरम होने के लिए चढ़ा दी और परात में आटा निकालकर पानी मिलाकर उसने उसे गीला किया तब हाथों की उँगलियों को मोड़कर उनके बल गीले आटे को गूँधने लगी। ऐसा करते हुए उसका सारा शरीर आगे-पीछे हिल रहा था। सज्जन उसे गौर से इस प्रकार आटा गूँधते देखने लगा।

"अच्छा एक बात पूछी, बुरा तो न मनिहौ?" उसने आटा गूँधते-गूँधते मुँह पर सरक आई बालों की एक लट को आटा लगे हुए हाथ की कलाई से पीछे उलटते हुए सज्जन से पूछा।

"नहीं, नहीं, पूछिए।" सज्जन ने इस तरह चौंककर कहा जैसे वह चोरी करता पकड़ा गया हो।

"ई चुटिया तुम की तना की राखे हौ?"

"वहाँ गुरुकुल में इसी तरह की चोटी रखने का नियम है।" सज्जन ने उत्तर दिया।

"तो ई मां गिठा कइसे दीन जात है?"

"इसमें गाँठ नहीं दी जाती।"

"अईस कऊन गुरुकुल आए? हमरी बुआ की नंद का लरिका कउनेव गुरुकुल मां पढ़त है तऊन ऊ तो डेढ़ बित्ता की चुटिया राखे है।"

"अलग-अलग गुरुकुलों में अलग-अलग नियम हैं।"

"अच्छा एक बात अऊर पूछी?"

"हाँ, हाँ पूछिए।"

"ई सहराती भाषा तुम कहाँ सीखे हौ, गुरुकुल मां? हमतो सुना है संस्कीरत पढ़ाई जात है हुआं औ तुम पढ़िके लउटे हौ फारसी।" आटा अब तक गुँध चुका था। उसने उसकी लोई बनाते हुए कहा।

सज्जन झेंप गया। वास्तव में उसने इस बात पर गौर ही नहीं किया था कि वह अभी तक उससे खड़ी बोल बोल रहा था। "अरे नहीं, या फारसी थोड़े आए।" उसने कहा, "आरसी फारसी हम का जानी। हुआं सहर मां सब जने यही तना बोलत हैं तऊन हमहू बोलै लागेन।"

"तो सहरै मां बोलेव ई तना। हियां गाँव मां ई तना बोलिहौ तो सब जने हंसिहैं।" उसने दाल की बटलोई चूल्हे से हटा दी और उस पर तवा रखकर रोटी सेंकने लगी।

"आप तो नहीं हँसी।"

इस बार वह बड़े मुक्त भाव से हँसी। "हम सोचा पहिले तुमका टोक देई न मनिहौ तो हंसबे फिर।"

उसकी हँसी संक्रामक थी। सज्जन भी बेसाख्ता हँसने लगा। "अच्छा खाना लाओ। अब तो सच्ची मां भुखाए गेन।" उसने कहा।

"यहै तो हम कहित रहै।" उसने थाली में खाना परोसते हुए कहा। दाल, चावल, और सूखी सब्जी एक ही थाली में परोसकर उसने रोटियों में घी लगाकर उन्हें बीच से मोड़कर चावल के ऊपर रख दिया तथा दाल में भी घी डालकर थाली सज्जन की ओर सरका दी। साथ ही चूल्हे के पास पड़े कंडे से एक टुकड़ा तोड़कर उसकी ओर बढ़ा दिया। सज्जन ने कंडे का टुकड़ा थाली के नीचे लगाकर उसे दाल की ओर झुका दिया ताकि दाल चावल, सब्जी आदि में न मिलने पाए।

एक लंबे अरसे बाद वह इस तरह बैठकर भोजन कर रहा था। भोजन स्वादिष्ट तो था ही, खिलाने वाले के स्नेह भरे आग्रह से उसका स्वाद कुछ और बढ़ गया था।

खाते-खाते सज्जन उसकी ओर आँख उठाकर देख लेता। एक आँख न होने के बावजूद उसका चेहरा अब उसे अच्छा लगने लगा था। चूल्हे में जलती आग की लपट उसके गोरे चेहरे को एक विचित्र आभा प्रदान कर रही थी। गरमी के कारण चेहरे पर उभर आई पसीने की कुछ बूँदें, जिनकी परवाह किए बिना वह रोटी सेंकने में पूरी तनमयता से लगी थी, उसके मुख को और आकर्षक बना रही थीं।

"अच्छा एक बात अऊर पूछी भला?" उसने सज्जन की थाली में रोटी डालते हुए कहा।

"पूछो।" सज्जन ने कहा।

"रहै देव अच्छा।"

"नहीं, नहीं, पूछिए न।"

"खाना खाए लेव तुम। बाद मां पूछि लेबे फिर।"

सज्जन ने हाथ रोक दिया। "नहीं पूछिएगा तो खाना नहीं खाऊँगा मैं।"

"अरे, अरे खाना खा लेव। रिसाओ न।"

"मैंने कह दिया न, आप बात नहीं पूछेंगी तो मैं नहीं खाऊँगा।"

"फिर सहराती भाषा बोलै लागेव तुम।"

"गलती ह्वैगै। मुदा तुम जऊन पुछती रहौ तऊन न पुछिहौ तो खाना न खइबै हम, यू तुम जाने लेव।"

"अईस कउनिव बात न आए।"

"चाहे जऊन बात होय। अब तो तुमका पुछहैक परी।"

वह एक क्षण चुप रही। तब बोली, "तुम घर ते रिसाय के काहे चले गेव रहै?"

सज्जन सहसा खामोश हो गया। उसने कोई उत्तर नहीं दिया।

"का ई मारे कि हमरे एक आँखी नाई है?" उसने फिर अपना आँचल ठीक किया।

"न, न। अईस कउनौ बात नाई रहै। औ जो हम जानित कि हमरे जायेके पाछे यू होई तो हम कबो न जाइत।" सज्जन एक क्षण खामोश रहा। तब उसने आगे कहा, "औ यहौ जान लेव कि जो हियां आवै ते पहिले पूरी बात हम का मालूम ह्वै जातै तो लौटिव के न आइत हम।"

"तुमरे मन की बात हम जान रहे हन।" उसने रोटी उसकी ओर बढ़ाते हुए कहा।

"नाई, नाई, अब ना लेबे। बस, ह्वइगा।"

लेकिन तब तक वह रोटी थाली में डाल चुकी थी।

"ई तो बड़ा मुस्किल किहो तुम। अब तो पेटे मां तनिकौ जगह नाई है।"

"अच्छा परी रहै देव हम खा लेबे।"

"या रोटी खइहौ, हमार जूठ?"

"तो का भा? तुम घर के मनई न आओ?"

सज्जन चुप रहा। यह रोटी वास्तव में उसके लिए ज्यादा थी। परंतु फिर कुछ सोचकर वह उसे भी खा गया।

"अच्छा एक बात हमहू पूछी तुमते?" रोटी समाप्त कर दाल-चावल सानते हुए सज्जन ने पूछा।

"पूछौ काहे न। सौ बातै पूछौ।"

"तुम्हार नाव का है?"

"लेव हमार नाव तुम अबै तक जनते नाई?"

"न।"

"हमार नाव है सरला देबी। मुदा घर मां हमका सब जने 'सिल्लो' कहत हैं।"

"हमहू तुम का 'सिल्लो' कहा करी? बुरा तो न मनिहौ?"

"हक तो तुमरै कहैक रहा। मुदा जी के भाग मां जो लिखा होय····" उसने अपनी बात पूरी नहीं की।

सज्जन खामोश हो गया। वह समझ नहीं सका कि भाग्यवाली बात सिल्लो ने अपने लिए कही या उसके लिए। तभी थोड़ी देर बाद उसने कहा, "तुम कह रही रहौ कि हमरे मन की बात तुम जनती हौ।"

"काहे? जनबै न हम। पूर मुरखै समझे हो का तुम हम का?"

सज्जन ने उसकी ओर गौर से देखा। उसका मन हुआ कि वह उससे पूछे कि आखिर वह क्या जानती है लेकिन उसका साहस नहीं हुआ। उसका चेहरा बिल्कुल निश्छल, अबोध-सा लगा उसे।

"चाउर अऊर देई तनिक?"

"न, न।" सज्जन ने अंतिम कौर मुँह में डालते हुए कहा। एक क्षण वह उसे मुँह में चुभलाता रहा तब पानी पीकर उठकर खड़ा हो गया। सिल्लो भी खड़ी हो गई और लोटे में पानी लेकर उसके हाथ धुलाने लगी। सज्जन हाथ धो चुका तो सिल्लो ने फिर हाथ पोंछने के लिए आँचल उसकी ओर बढ़ा दिया। एक बार फिर उसके शरीर की गंध सज्जन के नथनों में समा गई। हाथ पोंछ कर इस बार उसने उसके आँचल से अपना मुँह भी पोंछा। ऐसा करते हुए सहसा उसकी दृ्टि उसके स्वस्थ सुडौल वक्षों पर चली गई। एक क्षण के लिए उसका मन डोल गया। उसकी इच्छा हुई कि वह सिल्लो को खींचकर अपने सीने से लगा ले, लेकिन वह अपना संयम बनाए रहा और चुपचाप मुँह पोंछ कर उसका आँचल छोड़ दिया।

तभी सिल्लो ने उससे कहा, "अब तुम पहुड़ौ जायेके। थकि गे ह्वइहौ। तुमार खटिया हम हियैं ओसारे मां डार दीन हैं।" और वह आगे बढ़कर उसका बिस्तर ठीक करने लगी। "औ अबकी न भागेव। नाई तो कहौ रसरी लायेके तुमका बाँध देई।"

सज्जन हँसने लगा। सिल्लो भी हँसने लगी।

"तुम कहाँ पहुड़िहौ?" सज्जन ने उससे पूछा।

"हमका का! कहूँ पर रहिबे। तुम सोओ। थके माँदे ह्वइहौ दिन भरे के। हमका तो अबै चउका बरतन करैक परा है।"

सज्जन बिस्तर पर लेट गया लेकिन नींद उसे बिल्कुल नहीं आ रही थी। इस जरा-सी देर में ही सिल्लो ने उसका मन मोह लिया था। पहली बार उसे गाँव से जाने पर पछतावा हुआ। काश वह न गया होता····इससे बड़ी भी कोई विडंबना हो सकती है क्या कि जो उसकी पत्नी होनेवाली थी, आज उसकी माँ हैं। हे भगवान! यह किस पाप की सजा दे रहे हो मुझे? इतनी कड़ी परीक्षा तो देवताओं ने ऋषियों-मुनियों की भी नहीं ली

होगी, मैं तो एक साधारण मनुष्य हूँ। यह अग्नि-परीक्षा मेरे बस की नहीं है प्रभो, उसने मन-ही-मन कहा और बिस्तर पर लेटे-लेटे ही सिल्लो को काम करते देखता रहा।

सिल्लो ने पहले अपने लिए भोजन परोसा, तब खाना समाप्त कर शेष बचे भोजन को कटोरों आदि में परोसकर रसोई में बने आले में ढककर रख दिया। तत्पश्चात् सारे बरतन उठाकर माँजने के लिए कुएँ की जगत के पास बनी नाली के निकट लाकर रखे और चौके को झाड़-बुहार कर गोबर से लीपने लगी। चौका लीपने के बाद वह बरतन माँजने में जुट गई। चूल्हे की राख से एक-एक बरतन अच्छी तरह मल-मलकर चमकाने के बाद कलसे के पानी से दो-तीन बार धोकर उसने उन्हें रसोई में उपयुक्त स्थान पर सजा कर रख दिया। तब हाथ-मुँह धोकर, आँचल से पोंछकर रसोई से लगी दालान में ही अपने लिए कथरी बिछाने लगी। कथरी बिछाकर उसने एक बार सज्जन की ओर मुड़कर देखा। सज्जन की चारपाई छप्पर के नीचे किंचित अँधेरे में थी। अतः बिना उसके निकट गए यह जान पाना कठिन था कि वह सो रहा है अथवा जाग रहा है। वैसे सज्जन सो नहीं रहा था। सोने का बहाना बनाए, अपने बिस्तर पर खामोश लेटा, वह बराबर सिल्लो को काम करते देख रहा था। जाने क्यों उसे ऐसा लग रहा ता कि सारा काम निपटाने के पश्चात् सिल्लो अवश्य उसके पास आएगी। धड़कते हृदय से साँस रोके वह इसकी प्रतीक्षा कर रहा था। जमीन पर कथरी बिछाते हुए सिल्लो को अपनी और देखता पाकर उसके हृदय की धड़कन और तेज हो गई। सिल्लो ऐसे ही खड़ी रही। तब चौके के पास रखी दीवट पर जल रहे दीए को हवा में हाथ हिलाकर बुझाने लगी। सज्जन को लगा, दीया बुझाकर वह निश्चय ही उसके पास आएगी। उसकी धड़कन इतनी तेज हो गई कि उसे लगा कि उसका हृदय उछलकर उसकी हलक में आ जाएगा। वह एकटक सिल्लो को निहारता रहा, परंतु सिल्लो ने मुड़कर भी उसकी ओर नहीं देखा। दीया बुझाकर वह चुपचाप जमीन पर बिछी कथरी पर जाकर लेट गई।

सज्जन को लगा उससे भूल हो गई। उसे सोने का बहाना नहीं करना चाहिए था। संभवतः उसे सोता समझकर ही सिल्लो उसके पास नहीं आई। तब ? बिस्तर पर लेटे-लेटे ही खखार कर उसने जैसे अपने जागते होने का एहसास कराया उसे।

सिल्लो वास्तव में उठकर बैठ गई। "सोयो नाई का अबै ? हम जाना सोए गे हौ।" उसने कहा।

"नींदै नाई आई।" सज्जन ने उत्तर दिया।

सिल्लो उठकर खड़ी हो गई। "अच्छा तो सोयो न अबै। दूध पी लैव। कामे के मारे हम तुम का देय का भुलिहे गेन।" उसने कहा और रसोई से फूल का गिलास उठाकर पास ही रखी दुदहंड़ी से दूध निकालने लगी। दूध निकालकर उसने गुड़ मींजकर उसमें मिलाया और एक कटोरे में उलट-पलटकर गिलास लाकर सज्जन को पकड़ा दिया।

"अपने घर का आए ?" सज्जन ने गिलास लेते हुए पूछा।

"अले लेव। अपने घर का न आए तो का माँगे जाँचे का आए।"

"मुदा तब तो गइया के तरे दूध रहा नाई।"

"जुग बीति गा तबते। गइया का बियाये महिना भर ते ज्यादा ह्वइगा। औ भँइसिया नाई देखेव तुम?"

"भँइसिया कहाँ ते आए गै?"

"भँइसिया आई है हमरे मइके ते।" सिल्लो ने कहा, "दुआरे तो बँधी है। तुमार होस ठेकाने होय तब तो देखाई दे। तीन महीना की गाभिन है। बियाई तो दस सेर ते कम दूध न देई।"

सज्जन का मन हुआ कि वह सिल्लो का हाथ पकड़कर उसे अपनी बगल में बिठा ले परंतु साहस ने उसका साथ नहीं दिया। जमीन पर पैर लटकाए चारपाई पर बैठा वह चुपचाप दूध पीता रहा।

दूध पी चुका तो सिल्लो ने गिलास उसके हाथ से ले लिया। "चुपाय के पहड़ौ अब। दूध पी लिहे हौ, नींद आ जाई।" उसने कहा और गिलास ले जाकर घड़ौंची के निकट रख दिया। सज्जन बिस्तर पर लेट गया। तभी सिल्लो एक लोटे में पानी लेकर दोबारा आई और लोटा उसकी चारपाई के नीचे रखकर कटोरे से उसे ढकते हुए बोली, "पानी धरा है हियां। रात मां पियास लागै तो पी लिहौ।"

एस बार फिर सज्जन के मन में आया कि वह सिल्लो का हाथ पकड़ ले। मगर इस बार भी उसका साहस जवाब दे गया।

सिल्लो अपने बिस्तर पर वापस चली गई।

चौबीस

सज्जन अपनी चारपाई पर खामोश लेटा था लेकिन नींद उसकी आँखों से कोसों दूर थी। उसे लग रहा था कि वह हर बार चूक गया। पहली बार जब सिल्लो ने अपना आँचल उसे हाथ पोंछने के लिए दिया, दूसरी बार जब वह दूध लेकर आई और तीसरी बार जब पानी का लोटा रखने आई। उसे निश्चय ही उसकी कमर में हाथ डालकर अपने बिस्तर पर खींच लेना चाहिए था। अब तो उसे यह भी लगने लगा कि सिल्लो ने उसे अपना आँचल हाथ पोंछने के लिए दिया ही इसी लिए था। दूध और दोबारा पानी का लोटा भी इसी लिए लेकर आई थी। उसने कहा नहीं था कि वह उसके मन की बात जानती है। आखिर वह स्त्री है। इससे अधिक और इशारा वह कर भी क्या सकती है? उसका हाथ पकड़कर तो खीचेंगी नहीं और न ही स्वयं आकर उसकी बगल में लेट जाएगी। अवश्य ही उसके मन में भी इसी तरह आग लगी होगी जिस तरह उसके मन में लगी हुई है। वह भी तो जानती है कि अगर नियति यह खेल न खेलती तो वह ही उसका पति होता। उसने जब उससे पूछा था कि क्या वह उसे 'सिल्लो' कहकर बुला सकता है तो क्या कहा था

उसने? यही तो कि हक तो उसी का बनता था नाम लेने का लेकिन अब जब भाग्य ने ही धोखा दे दिया तो क्या किया जा सकता है? लड़कियाँ वैसे भी मन से जिसे एक बार पति स्वीकार कर लेती हैं, जीवन भर उस व्यक्ति के लिए वही स्थान उनके मन में बना रहता है। उसने सिल्लो की ओर गौर से देखा। वैसे भी वह उस ओर ही करवट लेकर लेटा था और बराबर उसे घूर रहा ता। उसे लगा कि वह भी अभी सोई नहीं है। जरूर वह किसी-न-किसी बहाने उठकर दोबारा उसके पास आएगी।

काफी देर तक वह इस प्रतीक्षा में लेटा रहा। सिल्लो अब चित लेट गई थी। साँस के साथ उसका वक्षस्थल ऊपर-नीचे हो रहा था। सज्जन अपनी दृष्टि बराबर उस पर जमाए था। क्या उसे स्वयं उठकर उसके पास जाना चाहिए? या फिर कुछ ऐसा इशारा करना चाहिए जिससे वह जान जाए कि वह अभी सोया नहीं है?

सज्जन सहसा उठकर चारपाई पर बैठ गया। दो-एक मिनट वह ऐसे ही बैठा रहा। तब चारपाई के नीचे रखे लोटे को उठाकर पानी पिया और दोबारा उसे अपने स्थान पर रखते हुए जिस कटोरे से वह ढका हुआ था उसे कुछ जोर से ही उस पर बंद किया। खासी आवाज हुई ऐसा करने से। उसने सिल्लो की ओर देखा। उसे लगा जैसे वह कुछ हिली हो। लेकिन यह उसका भ्रम मात्र था। वह उसी प्रकार अपने स्थान पर लेटी थी। दुविथा की स्थिति में सज्जन और थोड़ी देर चारपाई पर पैर लटकाए बैठा रहा। तब फिर लेट गया। ठीक है, कल देखा जाएगा। कल भी अगर उसने उसे अपना आँचल हाथ पोंछने के लिए दिया या आज की तरह रात में दूध देने आई तो वह निश्चय ही उसे पकड़कर अपनी ओर खींच लेगा।

यह निर्णय लेकर वह सोने का उपक्रम करने लगा लेकिन काफी देर तक आँखें बंद किए लेटे रहने के बावजूद उसे नींद नहीं आई। रह-रहकर उसे लगता जैसे सिल्लो की चूड़ियाँ बजी हों। एक बार तो उसे लगा कि वह उसके सिरहाने खड़ी है। उसने तुरंत आँखें खोलकर देखा। वहाँ कोई नहीं था। सिल्लो यथावत् अपने स्थान पर लेटी थी। हाँ, इस बीच उसने दूसरी ओर करवट ले ली थी। अब उसकी पीठ और नितंब सज्जन की ओर थे। सज्जन को अपना सारा शरीर जलता हुआ-सा महसूस हुआ। उसकी उत्कट इच्छा हुई कि वह उठकर जाए और उसके नितंबों पर हाथ रख दे। एक बार तो वह उठा भी। लेकिन उसका साहस नहीं हुआ। उसने दोबारा लोटे से पानी पिया। इस बार तो उसने बाकायदा कटोरे से लोटे को बजा दिया। तभी सिल्लो ने करवट ली। सज्जन को लगा कि शायद उसने जमीन से थोड़ा उठकर उसकी ओर देखा भी। लेकिन ऐसा कुछ नहीं था।

सज्जन फिर अपने बिस्तर पर लेट गया। क्या सारी रात ऐसे ही कटेगी? क्यों आ गया वह यहाँ? लेकिन उसे पता ही कहाँ था। दउआ इतना बड़ा धोखा करेंगे उसके साथ इसकी उसे उम्मीद नहीं थी। बुढ़ापे में उन्हें इस तरह विवाह रचाते शर्म भी नहीं आई। कौन जाने उनकी मजबूरी ही रही हो। या फिर···कहीं ऐसा तो नहीं कि वह सिल्लो को

उसी के लिए ब्याह कर लाए हों। अन्यथा दोनों को अंदर छोड़कर स्वयं क्यों बाहर पड़े रहते? लोग कहते हैं, जवानी अंधी होती है। क्या उन्हें यह मालूम नहीं होगा?

पता नहीं कितनी देर तक सज्जन इस तरह के विचारों में डूबता-उतराता अपने बिस्तर पर पड़ा रहा। रात को शायद इसीलिए पाप की जननी कहा गया है। वही विचार जो दिन के प्रकाश में मनुष्य के दिमाग से कोसों दूर रहते हैं और जिन्हें सोचकर ही मस्तिष्क आत्म-ग्लानि से भर उठता है, रात के अँधेरे में कितने सहज और स्वाभाविक लगने लगते हैं! तभी एक कौआ काँव-काँव करता हुआ आँगन के ऊपर से उड़ गया। अरे, भोर हो गई क्या? सज्जन ने चौंककर आकाश की ओर देखा। नहीं, अभी भोर होने में देर है। इतनी जल्दी कैसे भोर हो जाएगी? कौआ वैसे ही कहीं से आ गया होगा। हो सकता है किसी साँप-वाँप ने उसे डरा दिया हो। लेकिन अगर अभी सवेरा नहीं हुआ है तो निश्चय ही थोड़ी देर बाद हो जाएगा। और वह मूर्खों की भाँति इसी तरह बिस्तर पर पड़े-पड़े बिना किसी निर्णय पर पहुँचे आँखों-आँखों में ही रात काट देगा। अनिर्णय की यह स्थिति उसे बहुत ही असहज लगी। कुछ न कुछ निर्णय तो उसे लेना ही चाहिए। इधर या उधर। ठीक है, उसने तय किया, वह सौ तक गिनती गिनेगा और अगर इस बीच कौआ दोबारा बोला तो वह निश्चय ही स्वयं उठकर सिल्लो के पास चला जाएगा। और वह मन-ही-मन गिनती गिनने लगा। एक, दो, तीन, चार···इस तरह वह साठ तक गिन गया लेकिन कौआ नहीं बोला। गिनती गिनने की उसकी रफ्तार अपने आप धीमी हो गई। धीमी रफ्तार के बावजूद वह नब्बे तक पहुँच गया लेकिन कौआ फिर भी नहीं बोला। अब वह एक एक गिनती के बाद खासा अंतराल देने लगा। मगर यह तो सरासर बेईमानी है, उसने अपने आप कहा। सारी गिनती सामान्य रफ्तार से गिननी चाहिए। लेकिन ऐसी कोई शर्त तो मैंने रखी नहीं थी। क्यों झूठ बोलते हो? इस तरह अपने आपको धोखा देने से क्या फायदा? खैर···चलो एक मौका और ले लो। लेकिन इस बार कोई बेईमानी नहीं होनी चाहिए। और वह दोबारा गिनती गिनने लगा। इस बार वह अड़तीस पर ही था कि कौआ बोलने लगा। कहीं बहुत पास से बोल रहा था वह। शायद उसकी अटारी पर ही बैठा था।

सज्जन उठकर बैठ गया। कुछ देर वैसे ही चारपाई की पाटी पर बैठे-बैठे सिल्लो को देखता रहा जो उसकी ओर पीठ किए गहरी नींद सो रही थी। तब दबे पाँव जाकर उसके पैरों के पास खड़ा हो गया। सोते हुए सिल्लो का चेहरा उसे और भी सुंदर लगा। उसका आँचल उसके वक्ष से हट गया था जिससे उसके शरीर की पूरी माँसलता उसके वस्त्रों में झलक रही थी। कलाइयों में लाख की लाल चूड़ियाँ, पैरों में चाँदी के बिछुए तथा कमर में चाँदी की करधनी। सज्जन अपने स्थान पर खड़े-खड़े उसे निहारता रहा। उसका हृदय इतनी जोरों से धड़क रहा था कि उसकी धड़कन उसे साफ सुनाई दे रही थी। उसने खड़े-खड़े इधर-उधर देखा तब झुककर उसके नितंबों पर हाथ रखने को हुआ लेकिन सहसा बीच में ही रुक गया। पता नहीं बाहर का दरवाजा बंद है या नहीं? कहीं

ऐसा न हो कि दउआ अंदर आ जाएँ। बिना कोई आहट किए उसने जाकर बाहर के दरवाजे की साँकल टटोली। साँकल बंद थी। वहाँ से लौटकर वह फिर सिल्लो के पास आकर खड़ा हो गया। काफी देर वह ऐसे ही खड़ा रहा। लेकिन साहस ने इस बार भी उसका साथ नहीं दिया। वह चुपचाप अपनी चारपाई पर लौट आया। ठीक ही किया जो लौट आया, उसने सोचा। पहल सिल्लो की तरफ से ही होनी चाहिए। अगर वह वास्तव में ऐसा चाहती है तो कल भी वह उसे ऐसा अवसर देगी। रहना तो अब दोनों को इसी घर में है।

उसने आकाश की ओर देखा। एक घड़ी रात अभी शेष होगी, उसने सोचा और एक बार फिर सोने का प्रयत्न करने लगा। लेकिन वह सो नहीं सका। पता नहीं, कल ऐसा अवसर आए या न आए। आज तो निश्चय ही उसके देर से लौटने के कारण उसने दउआ से कहा होगा तुम सो जाओ मैं जागती रहूँगी। वैसे भी चौका-बरतन तो करना ही था उसे। दउआ ने भी सोचा होगा इतने दिनों बाद गाँव लौटा है वह। गाँववालों से, अपने संगी-साथियों से मिलेगा। देर होना स्वाभाविक है। पहले ही दिन उसे ठंडा भोजन मिले, उचित नहीं होगा। लेकिन रोज-रोज तो कोई उसकी प्रतीक्षा करेगा नहीं। न ही रोज वह और सिल्लो इस तरह अकेले घर में लेट पाएँगे। निश्चय ही सिल्लो उसके दउआ के साथ अलग लेटेगी। उसे बाहर कमरे या फिर चौपाल में सोना होगा। और दिन में ऐसा अवसर आने से रहा। बुआ एक क्षण के लिए भी घर से निकलती नहीं हैं। वह निरा मूर्ख है। एक स्त्री इससे ज्यादा और क्या इशारा कर सकती है कि अपना आँचल उसे दे दे? लो, इसमें हाथ पोंछ लो।

इस बार वह पक्का इरादा बनाकर उठ बैठा। उसने सोचा वह जाकर उसकी बगल में लेट जाएगा और लेटे-लेटे करवट लेकर अपना हाथ उसके ऊपर रख देगा। दबे कदमों से जाकर वह उसकी बगल में खड़ा हो गया। कथरी इतनी चौड़ी नहीं थी कि उस पर दो लोग लेट सकें। एक क्षण वह ऐसे ही खड़ा रहा। तब झुककर अपना हाथ उसके नितंबों पर रख दिया।

सिल्लो हड़बड़ाकर उठ बैठी। "को आए?" उसने चौंककर पूछा।

सज्जन सहसा घबड़ा गया। "मूड़ बहुत पिराय रहा है।" उसने कहा, "तनिक तेल देव तो ठोंकी। अईस लागत है जइसे कपार फाटि जाई।"

सिल्लो उठकर खड़ी हो गई। "न बखत ते अइहौ, न बखत ते खइहौ, न बखत ते सोइहौ तो मूड़ तुमार न पिराई तो का हमार पिराई?" उसने कहा, "चलो अपनी खटिया पर बइठौ चलिके हम आइत हैं तेल लइके।"

सज्जन अपनी चारपाई पर लौट आया। उसका दिल धौकनी की तरह धड़क रहा था। सारा शरीर बुरी तरह पसीना-पसीना हो रहा था।

थोड़ी ही देर में सिल्लो एक कटोरी में तेल लेकर आ गई। "पहुड़ जाओ।" उसने कहा तो सज्जन चुपचाप चारपाई पर लेट गया। सिल्लो ने कटोरी से तेल उँडेल कर

अपनी हथेलियों में चुपड़ा और उसके सिर में मालिश करने लगी। वह जमीन पर उकड़ूँ बैठी हुई थी। लेकिन इस तरह बैठने में उसे काफी कष्ट हो रहा था। "रहौ, ई तना न बनी।" उसने कहा और उठकर उसके सिरहाने चारपाई पर बैठ गई।

सज्जन की इच्छा हुई कि करवट लेकर वह अपना सिर उसकी गोद में रख दे। "रात भर तनिकौ देर झपकी नाई लाग।" उसने सिल्लो से कहा।

"काहे, सोयो काहे नाई ?"

"बस···तुमरे बारे मां सोचित रहेन।"

"अब सोच के का करिहौ ? सोचतिउ तो पहिले सोचतिउ।"

"काहे अबै का भा ?" सज्जन ने कहा और अपना हाथ उसकी कमर में डाल दिया।

सिल्लो एकदम से छिटक कर अलग हो गई। "बउराए गे हौ का तुम," उसने बिगड़ते हुए कहा। "यैह सब करैक रहै तो घर ते काहे भागे रहौ ? खबरदार जो कबो दोबारा अईस काम किहौ। हमरे तुमरे बीच अब का नाता है हम का बताबैक परी का ? कि तुमरे दउआ ते कही उइ बतावै आएँ तुमका ?"

सज्जन को लगा जैसे उसके ऊपर घड़ों पानी पड़ गया हो। अपना सिर अपनी हथेली पर रखकर वह चुपचाप चारपाई की पाटी पर बैठ गया।

"आज जऊन भा तऊन भा। हम तुमका छिमा कीन।" सिल्लो ने कहा, "आगे ते कबो अईस बात न होय। यहू ते बड़ा पाप भला कउनौ ह्वै सकत है !"

सज्जन जमीन पर नेत्र गड़ाए बैठा रहा। तभी एक और कौआ 'काँय', 'काँय' करता हुआ घर के आँगन के पार उड़ गया।

"जाओ भोर ह्वइगा। दिसा मैदान ह्वै के नहा डारौ। जिउ ठीक ह्वै जाई।" सिल्लो ने कहा। "हमहू जायके गइया भंइसिया का चारा सानी लगा देई।" और वह डोल में रस्सी बाँधकर कुएँ से पानी भरने लगी। पानी खींचकर उसने रस्सी डोल से खोल दी और पानी से भरा डोल तथा दूध दुहने वाली बटलोई लेकर जानवरों को सानी लगाने चली गई।

सज्जन का साहस नहीं हुआ कि वह उसकी ओर आँख उठाकर देख सके।

बाहर चौपाल में एक ओर छप्पर डालकर जानवरों के बाँधने के लिए स्थान बना दिया गया था। उसी में गाय, उसका बछड़ा और भैंस बाँधी जाती थी। सिल्लो ने वहाँ आकर जानवरों के नीचे से गोबर आदि हटाया। तब चूनी-भूसी मिलाकर गाय और भैंस के लिए सानी लगाई और बछड़े को खोल कर डोल के पानी से बटलोई धोने लगी। बछड़ा माँ के थनों से लगकर दूध पीने लगा।

सहसा बड़े जोर से, 'धड़ाम' की आवाज सुनकर सिल्लो घर के अंदर भागी। सज्जन अपनी चारपाई पर नहीं था। सिल्लो ने एक क्षण इधर-उधर देखा तब कुएँ में आवाज होती सुनकर उसने उसमें झाँककर देखा और जोर-जोर से चिल्लाने लगी।

"दउरौ, सब जने दउरौ। बचाओ, बचाओ। गजब ह्वइगा। बचाओ।"

ललई पंडित बाहर सो रहे थे। सिल्लो की आवाज सुनकर वह दौड़े हुए घर के अंदर आए।

"का ह्वइगा?" उन्होंने पूछा।

"भइया कुआँ मां गिरिगे।"

सज्जन कुएँ में डूब उतरा रहा था। कभी वह जल की सतह के नीचे हो जाता, कभी फिर ऊपर आ जाता।

ललई पंडित ने लपककर कुएँ की जगत पर पड़ी रस्सी कुएँ में लटकाते हुए कहा, "ई का पकर ले बच्चा।"

तब तक सिल्लो ने बाहर जाकर चिल्लाना शुरू कर दिया। "दउरौ सब जने दउरौ। बचाओ। बचाओ। भइया कुआं मां गिरि गे, बचाओ।"

उसकी आवाज सुनकर अड़ोस-पड़ोस के लोग भी आ गए। इस बीच सज्जन ने ललई पंडित द्वारा लटकाई रस्सी पकड़ ली थी और किसी तरह सीने के ऊपर का भाग जल के ऊपर रखने में सफल हो गया था। तभी और लोगों ने आकर किसी अन्य के घर से और रस्सी मँगा कर उसमें फंदा लगाकर कुएँ में लटका दिया और सज्जन को उसे अपनी कमर में बाँध लेने को कहा। तब दो-तीन लोगों ने खींचकर उसे किसी तरह बाहर निकाला।

सज्जन को कई जगह चोट आई थी। सिर तथा शरीर में कई स्थानों से रक्त बह रहा था। कनपटी के थोड़ा ऊपर सिर में बड़ा-सा गुलुम उभर आया था। फेफड़ों में कुछ पानी भी चला गया था जिसे, उसे पेट के बल, लिटाकर पीठ दबाकर लोगों ने बाहर निकाला।

तुरंत हल्दी-चूना पीसकर उसके जख्मों पर लगाया गया। बिपत साह के यहाँ से फिटकरी मँगाकर दूध में मिलाकर पिलाई गई। सज्जन कुछ संयत हुआ तो ललई पंडित ने पूछा, "कइसे गिर परेव ई मां?"

"पाँव रपट गा रहै।" सज्जन ने उत्तर दिया।

पच्चीस

सुबह होते-होते सज्जन के कुएँ में गिरने की खबर पूरे गाँव में फैल गई। दिशा-मैदान, खेत-खलिहान आते-जाते लोग एक-दूसरे से रामजोहार के बाद इस जानकारी का आदान-प्रदान करने लगे।

"अरे कुछ सुनेव काका? सज्जनवा तऊन कुआं मां गिरि परा।"

"सज्जनवा को?"

"अरे, वहै ललई पंडित का लरिका।"

"ऊ तो गाँव ते भाग गा रहै न?"

"हाँ, अबहीं काल्है तो लऊ्ट है।"

"औ लऊ्टते कुआँ मां फाट परा?"

"फाट काहे परा, गिरि परा।"

"गिरि कइसे परी? अऊर कोऊ नाई गिरि परा।"

"अब राम जानैं।"

"अरे कहौ ललई पंडित खुदै ढकेल दिहिन होय।"

"उइ काहे ढकेल देहें?"

"अऊर का करिहैं? जब जायेक ऊ की मेहिरिया बिहाय लाए तो ऊ का घर मां बइठार के अब का करिहैं?"

लोग इसी तरह की बातें करते ललई पंडित के घर, प्रत्यक्ष रूप से सहानुभूति जताने परंतु प्रछन्न रूप से वास्तविकता का पता लगाने या फिर मन-ही-मन आनंद लेने के उद्देश्य से, आने लगे। सुबह से ही लोगों का ताँता लगा हुआ था। ललई पंडित चौपाल में छप्पर के नीचे बैठे लोगों की जिज्ञासा शांत करने में लगे थे। साथ ही लोगों को आश्वस्त कर रहे थे कि रामजी की कृपा से बेटा बाल-बाल बच गया। सिर में एक जगह गुलुम पड़ गया है, शरीर में दो-एक जगह से थोड़ा खून निकला है, बस। "मिनसारे हाथ-मुँह धोवै के बरे कुआँ ते पानी भरै जाए रहा रहै कि पाँव रपटिगा, तऊन मूड़े के बल वही मां गिरा जाए के। ऊ तो कहौ ऊ की महतारी जागै गे रहै। वहै चिल्लाई तो सब जने दौरि के ऊ का निकारिन।"

सज्जन भी वहीं पास में पड़ी चारपाई पर लेटा, आँखें बंद किए, सबकी बातें सुन रहा था। लोग उसके निकट आकर उसके घावों को देखते, उससे बात करने का प्रयत्न करते परंतु सज्जन ने केवल 'हाँ' 'हूँ' के अतिरिक्त मुँह नहीं खोला। उसके मित्र जगदीश, डिप्टी और भोंपू भी उसे देखने आए लेकिन उन लोगों से भी उसने कोई बात नहीं की।

काफी देर तक यह सिलसिला चलता रहा। यहाँ तक कि ललई पंडित पूरी गाथा दोहराते-दोहराते आजिज आ गए और सज्जन को वहीं छोड़कर घर के अंदर जाकर लेट रहे। सज्जन चारपाई पर खामोश पड़ा रहा। उसका मन आत्मग्लानि से भरा हुआ था। किसी भी प्रकार के प्रायश्चित्त से उसे मुक्ति नहीं मिल सकती थी। केवल एक ही रास्ता था—मृत्यु। परंतु उसने भी उसे धोखा दे दिया था। वह कुएँ से जिंदा निकल आया था। पाप भावना से उसकी आत्मा बुरी तरह आहत थी। जीवन में आगे वह क्या करेगा, कहाँ रहेगा, कैसे रहेगा, उसे कुछ सुझाई नहीं दे रहा था। रात-भर वह एक पल भी नहीं सोया था और अभी भी उसे नींद नहीं आ रही थी। उस पर बीच-बीच में सहानुभूति जतानेवाले लोग उसका ध्यान भंग कर रहे थे अन्यथा शायद वह कुछ देर के लिए सो ही जाता। सिल्लो के सामने पड़ने के भय से, पिता के कहने के बावजूद, वह घर के अंदर भी नहीं

गया था। आखिर किस मुँह से वह उसके सामने पड़ेगा? शास्त्रों में सबसे बड़ा पाप गो-हत्या बताया गया है लेकिन उससे भी मनुष्य को मुक्ति मिल सकती है। एक मास तक भीख माँगकर गुजारा करते हुए हत्याहरन नहाकर मनुष्य को उस पाप से छुटकारा पाने का प्रावधान है। लेकिन उसने जो पाप किया है, वह तो अकल्पनीय है। उसका कोई प्रायश्चित नहीं हो सकता। मृत्यु उस पाप की सजा हो सकती है, प्रायश्चित नहीं। प्रायश्चित तो उसे कहते हैं जिसके बाद मनुष्य पाप भावना से मुक्त होकर, पुनः जीवन का भोग करने लगता है। नहीं, उसके पाप का कोई प्रायश्चित नहीं। इस जीवन का अंत ही उसका प्रायश्चित, दंड सबकुछ है। हे ईश्वर! यह धरती फट क्यों नहीं जाती। हे माँ, क्या तुम्हारे गर्भ में भी मुझ जैसे पापी के लिए स्थान नहीं है? काश वह यहाँ न आया होता। बनारस में ही रह गया होता। हेमंत के साथ। आजन्म कारावास हो गया होता उसे तो भी ठीक था। अपनी खाट पर पड़ा-पड़ा वह दिन भर इन्हीं विचारों में डूबता-उतराता रहा। भोजन के लिए भी उसने मना कर दिया। ललई पंडित ने बहुत कहा, "नहाय-धोय के कुछ खाए ले बच्चा, जिउ नीक ह्वइ जाई। पेटे मां कुछ जाई तो सरीर मां सकती आई। ई तना कब तक परे रहियौ।"

"खाये पियैक कुछ जिउ नाई है हमार. हमका तुम चुप्पे पहुड़े रहै देव, बस।" सज्जन ने मना कर दिया।

किंतु शाम को उसे उठना पड़ा। वैसे उसका मन नहीं हो रहा था लेकिन पिता के बार-बार कहने से उसे मानना पड़ा। शायद वह न भी उठता। लेकिन उसे भय हुआ कि कहीं इस तरह पड़े रहने से उसके दउआ को कुछ संदेह न होने लगे। अतः उनके बार-बार कहने से वह उठकर नहाने चला गया।

कुएँ के पास ही डोल में पानी भरा रखा था। पास ही अलगनी पर अँगोछा टँगा था। सज्जन ने नहाकर अँगोछे से शरीर पोंछा, तब पिता के साथ, रसोई के सामने दालान में, जहाँ उसने कल भोजन किया था, पीढ़े पर बैठ गया।

सिल्लो ने थालियों में भोजन परोसा। गरम-गरम रोटियाँ सेंककर उनमें घी लगा कर, दुपर्त कर उन्हें थाली में रखा और थालियाँ उनकी ओर सरका दीं। सज्जन का साहस नहीं हुआ कि वह सिल्लो की ओर आँख उठाकर देखे। केवल लाख की चूड़ियों से भरी उसकी माँसल कलाई ही वह देख सका। सिल्लो ने थाली जमीन पर रख दी तो सज्जन ने उसे अपनी ओर सरका लिया। पिता और पुत्र ने अग्राशन निकाला तब भोजन प्रारंभ किया। सज्जन सारे समय दृष्टि भूमि पर जमाए भोजन करता रहा। एक बार भी उसने सिल्लो की ओर नेत्र उठाकर नहीं देखा। पिता के साथ ही भोजन समाप्त कर, वह उठ गया और चौपाल में आकर पुनः उसी खाट पर लेट गया।

अँधेरा घिरने लगा था।

"पहुड़िहौ कहाँ तुम?" ललई पंडित ने आकर उससे पूछा।

"हिएं परे रहब।" उसने उत्तर दिया।

"तो कुछ बिछाए तो लेतिउ।"

"बिछाएक का करब ?"

ललई पंडित फिर भी अंदर से कथरी ले आए। सज्जन ने उठकर कथरी उनके हाथ से ले ली और उसे बिछाकर दोबारा लेट गया। थोड़ी देर बाद ललई पंडित एक लोटे में पानी भी रख गए। "अऊर कुछ तो न चही ?" उन्होंने पूछा।

"नाहीं।"

ललई पंडित चले गए। लेकिन थोड़ी ही देर में वह दोबारा दूध का गिलास लेकर आ गए।

"लेव दूध पी लेव। तुमार महतारी दिहिन हैं।" उन्होंने कहा।

सज्जन ने चाहा कि वह मना कर दे। लेकिन फिर कुछ सोचकर चुपचाप गिलास उनके हाथ से लेकर पी गया।

"जिउ अब कईस है ?"

"नीक है।"

"पिरात विरात होय कहूँ तो हरदी चून अऊर लगा लेव।"

"नाहीं।"

"तो हम जाइत हैं। चुप्पे आँखी बंद कइके सो जाओ।"

"अच्छा।"

ललई पंडित चले गए। दरवाजे अंदर से बंद करके उन्होंने साँकल चढ़ा दी।

मानव मन की संश्लिष्टताओं के बारे में क्या कहा जाए! वही सिल्लो, जिसने सज्जन को कल इस बुरी तरह झिड़क दिया था कि वह अपने प्राण तक देने को तैयार हो गया था, आज रात कोई ढाई बजे अपने बिस्तर से उठी, बिना कोई आवाज किए बाहर के दरवाजे की साँकल खोली और चुपचाप सज्जन के सिरहाने आकर खड़ी हो गई। मानसिक ऊहापोह से जूझते हुए अभी-अभी ही सज्जन की आँख लगी थी। सिल्लो एक क्षण खामोश खड़ी रही तब बहुत-आहिस्ता से उसने उसके सिर को, जहाँ खासा बड़ा गुलुम उभर आया था, छुआ। सज्जन जाग पड़ा। सिल्लो को अपने सिरहाने खड़ा देखकर वह उठने को हुआ तो सिल्लो ने उसे रोक दिया। "पहुड़े रहौ।" उसने कहा और स्वयं भी उसके बिस्तर पर बैठ गई।

"बहुत चौटाए गेव न तुम।" उसने एक क्षण बाद कहा और हाथ से टटोलकर उसके शरीर के घावों का अनुमान लगाने लगी।

सज्जन खामोश लेटा रहा। सिल्लो ने ही आगे कहा, "अइसौ कोऊ करत है! बताओ जो कहूँ कुछ ह्वै जातै तुमका तो हमरौ जियब तो भारू ह्वै जातै कि नाहीं ?"

सज्जन फिर भी खामोश रहा। "एत्ता बड़ा परासचित करैक तैयार ह्वै गेव तुम तऊन हम तुमते हार मान लीन।" सिल्लो ने कहा। तब उसके सिर पर हाथ फिराते हुए बोली,

"तुमार जऊन इच्छा होय तऊन पूर कइ लेव। कुछू न कहब अब हम।"

सज्जन कुछ कहता इससे पूर्व ही उसे बाहर के किवाड़ खुलने की आहट सुनाई दी। वह उधर मुड़कर देखे, तब तक ललई पंडित उसकी खाट के निकट आ चुके थे। सिल्लो चारपाई से उतरकर नीचे खड़ी हो गई।

"गोड़ कहाँ है तोहार महारानी। लाओ छुइ लेई हम। हमरे सब पुरिखन का तार दिहो आज तुम।" ललई पंडित ने अंदर-ही-अंदर गुस्से से उबलते हुए कहा।

सिल्लो बिना कुछ बोले चुपचाप घर के अंदर चली गई।

सज्जन हतप्रभ था। उसे क्या करना चाहिए, उसकी समझ से बाहर था। वह चारपाई से उठता-उठता, इससे पहले ही ललई पंडित भी सिल्लो के पीछे-पीछे घर के अंदर चले गए। अंदर पहुँचकर उन्होंने अपनी लाठी उठाई और सिल्लो को इस तरह पीटना शुरू किया जैसे नागपंचमी पर लड़के गुड़िया पीटते हैं। सिल्लो अपने दोनों हाथ अपने सिर पर रख कर उकड़ूँ बैठ गई और चुपचाप बिना मुँह से एक शब्द भी निकाले, लाठियाँ खाती रही। उसके शरीर से जगह-जगह से रक्त बहने लगा लेकिन उसके मुँह से एक शब्द भी नहीं निकला।

सज्जन दबे पाँव अंदर वाले दरवाजे तक गया और गुस्से में पिता को सिल्लो को गंदी-गंदी गालियाँ बकते तथा लाठी से पीटते हुए सुना परंतु उसका साहस पिता के सामने जाने का नहीं हुआ। एक क्षण वह दरवाजे के पास खड़ा रहा। तब वहाँ से लौटकर खाट के नीचे रखे अपने जूते पहने और चुपचाप चौपाल से बाहर आ गया।

ललई पंडित शायद सिल्लो को पीट-पीटकर उसकी जान ही ले लेते लेकिन तभी उनकी बहन जाग गईं और आकर उनके सामने खड़ी हो गईं।

"यू का कै रहे हौ?" उन्होंने ललई पंडित से कहा तो उनका हाथ सहसा रुक गया। एक क्षण वह ऐसे ही खड़े रहे। तब लाठी एक ओर फेंक कर धोती के आँचल से मुँह पोंछते हुए, गाली बकते-बकते उनके मुँह से फिचकुर निकलने लगा था, अपनी खाट पर जाकर पड़ रहे।

"भा का? कुछ बताओ तो।" उनकी बहन उनसे बार-बार पूछती रहीं लेकिन उन्होंने कोई उत्तर नहीं दिया। सिल्लो से भी उनकी बहन ने बहुत पूछा लेकिन उसने भी जबान नहीं खोली। उसी तरह सिर घुटनों में दिए बैठी रही। आखिर हारकर वह भी वहाँ से चली गईं।

ललई पंडित थोड़ी ही देर अंदर कोठरी में रुके। तब बाहर चौपाल में आ गए। आँगन से निकलते हुए उन्होंने फिर एक मोटी-सी गाली सिल्लो को दी और चलते-चलते उसके ऊपर थूक दिया। सिल्लो हिली तक नहीं, उसी प्रकार घुटनों के बीच सिर दबाए यथावत अपने स्थान पर बैठी रही।

चौपाल में आकर ललई पंडित ने इधर-उधर देखा। सज्जन की खाट खाली थी। उन्होंने एक लात उसकी पाटी पर मारी और चौपाल में ही इधर-उधर टहलने लगे। थोड़ी

देर टहलने के बाद वह चबूतरे पर पैर लटका कर बैठ गए और बैठे-बैठे आकाश को रंग बदलते देखते रहे जो गहरे स्लेटी से हलका स्लेटी, तब कुछ नीला और अंततः पूर्व की ओर लाल होने लगा। तभी पक्षियों की चहचहाहट शुरू हो गई। ललई पंडित अपने स्थान से उठे और दिशा-मैदान के लिए तालाब की ओर निकल गए।

कोई एक घंटे बाद वह वहाँ से लौटकर आए तो गाय अपने स्थान पर बंधी जोर-जोर रँभा रही थी। उसका बछड़ा उसके थनों तक पहुँचने के लिए अपनी गरदन खींचे डाल रहा था और अपनी कोशिशों में असफल होकर चिल्ला रहा था।

"कहाँ मरि गइऊ? या गइया दुही जाई कि न दुही जाई?" कहते हुए ललई पंडित घर में घुसे लेकिन वहाँ कोई था नहीं । न सिल्लो, न उनकी बहन। उन्होंने सोचा कि दोनों नित्य-कर्म के लिए बाहर गई होंगी। अतः उन्होंने स्वयं दूधवाली पतीली उठाई और उसे लेकर गाय के पास आकर बछड़े को खोल दिया। बछड़ा खुलते ही माँ के थनों से जा लगा।

तभी उन्होंने अपनी बहन को अकेले ही हाथ में लोटा लिए लौटते देखा तो उनका माथा ठनका। उन्हें विश्वास हो गया कि सिल्लो सज्जन के साथ भाग गई। सज्जन के कुएँ में फाँद पड़ने से लोगों को संदेह होने ही लगा होगा। अब नाक कटने में कोई कसर नहीं रह गई, उन्होंने मन-ही-मन सोचा।

तब तक उनकी बहन चौपाल में पहुँच चुकी थीं। "ऊ कहाँ गै?" ललई पंडित ने उनसे पूछा।

"को कहाँ गै?"

"अरे घर मां हमरे अऊर को।"

"काहे हिऐं घर मां होई। हमरे साथे तो गै नाई रहै।"

ललई पंडित की शंका और दृढ़ हो गई। उन्होंने पतीली वहीं रख दी और दोबारा घर में आकर कमरे कोठरी में देखने लगे। तब निढाल होकर बाहर आकर चारपाई पर बैठ गए। बछड़ा अब भी माँ के थनों में लगा था। ललई पंडित के शरीर में जैसे जान ही नहीं रह गई थी। वह चारपाई पर बैठे-बैठे बछड़े को अपने अगले दोनों पैर घुटनों पर टिकाए माँ के थनों में मुँह मारते देखते रहे।

तभी अचानक वह उठकर खड़े हो गए और घर के अंदर आकर कुएँ में झाँकने लगे।

उसमें सिल्लो की लाश उतरा रही थी।

ललई पंडित अपना सिर पकड़कर बैठ गए।

□□

खण्ड दो

बिखरे शीराज़े

एक

नदी में बाढ़ आती है तो उसका शांत बहने वाला जल सहसा विकराल रूप धारण कर लेता है। अपने किनारों को तोड़कर वह खेतों, बागों, सड़कों, बस्तियों आदि में फैल जाता है और मनुष्यों के जीवन में तहलका मचा देता है। गाँधीजी के असहयोग आंदोलन ने देश के शांत जीवन में कुछ ऐसी ही उथल-पुथल मचा दी। पीढ़ियों से लोगों के दिलों में दृढ़ता से अपनी नींव जमाए, अंग्रेजों की दासता का बाँध सहसा, भरभरा कर टूट गया। हजारों-लाखों की संख्या में विद्यार्थियों ने स्कूल-कॉलेज छोड़ दिए, वकीलों ने अपनी प्रैक्टिस बंद कर दी, सरकारी कर्मचारियों ने अपने पदों से त्यागपत्र दे दिया। जन-प्रतिनिधियों ने काउंसिलों, सामान्य निकायों आदि का बहिष्कार कर दिया। असहयोग का नारा देश के दूर-दराज हिस्सों तक में गूँज उठा। पुरुष, महिलाएँ, युवा, वृद्ध सभी सड़कों पर निकल आए। विदेशी वस्त्रों की होलियाँ जलाई जाने लगीं। कवियों और शायरों ने चरखे और खादी के महत्व पर कविताएँ और नज़्में लिखीं। पुलिस की लाल पगड़ी और खाकी वर्दी का भय लोगों के हृदय से जाता रहा। जेल जाना, तीर्थ यात्रा करने जैसा हो गया।

सरकार के हाथों के तोते उड़ गए। उसके दिमाग में 1857 की गदर की यादें ताज़ा हो आईं। अंग्रेज अधिकारियों का अपने भारतीय मातहतों पर से भरोसा उठ गया। वे हर समय अपने पास भरी हुई पिस्तौलें रखने लगे। कतिपय नगरों में अंग्रेज महिलाओं और बच्चों की सुरक्षा के लिए गोपनीय प्रबंध कर लिए गए। फौज को सतर्क कर दिया गया।

आंदोलन का प्रभाव इतना व्यापक और आकस्मिक था कि सरकार कई महीनों तक कोई भी प्रभावी कदम उठा सकने में असमर्थ रही और अंततः एक वर्ष बाद, जब उसने उसे कुचलने के उद्देश्य से सख्तियाँ करनी शुरू कीं, तो इतनी देर हो चुकी थी कि लाखों की संख्या में लोगों को जेल में बंद किए जाने के बावजूद जनता के जोश में कमी नहीं आई।

लेकिन जिस तरह बाढ़ समाप्त होने के बाद नदी अपने किनारों पर दूर-दूर तक सड़ते हुए गंदे पानी और दलदल का साम्राज्य छोड़कर, फिर मंथर गति से बहने लगती है

उसी प्रकार गाँधी जी द्वारा, चौरी-चौरा की घटना के पश्चात्, आंदोलन सहसा वापस लिए जाने के फलस्वरूप जैसे-जैसे जन-जीवन की लय और गति पुनः सामान्य होने लगी, कांग्रेस का नेतृत्व विभ्रम की दलदल में फँसता चला गया। विभ्रम की इस स्थिति को गंभीर मतभेदों का रूप धारण करने में अधिक समय नहीं लगा और कुछ दिनों के अंदर ही पूरी कांग्रेस एक प्रकार से दो धड़ों में विभाजित हो गई। एक, जिसके नेता सी. राजगोपालाचार्य, डॉ. राजेंद्र प्रसाद , वल्लभ भाई पटेल आदि थे, किसी न किसी रूप में असहयोग की अलख जगाए रखना चाहता था। काउँसिलों, कचहरियों, स्कूलों आदि का बहिष्कार बरकरार रखते हुए वह कांग्रेस की शक्ति को रचनात्मक कार्यों, जैसे अस्पृश्यता दूर करने, खादी और चरखे का प्रचार करने तथा हिंदू-मुस्लिम एकता को सुदढ़ बनाने का हामी था। दूसरा, जिसके नेता पंडित मोतीलाल नेहरू और देशबंधु सी. आर. दास थे, राजनैतिक संघर्ष को संवैधानिक तरीके से चलाने का पक्षधर था और इसके लिए जरूरी समझता था कि आने वाले चुनावों में भाग लेकर अधिक-से-अधिक संख्या में काउंसिलों में प्रवेश करके, उन पर कब्जा किया जाए तथा सरकार को अपनी मनमानी करने से रोका जाए। जहाँ तक गाँधीजी के रचनात्मक कार्यों का प्रश्न था, उससे उन लोगों का कोई मतभेद नहीं था। इस प्रकार सबसे विवादास्पद मुद्दा काउंसिल प्रवेश का था जिसे लेकर ध्रुवीकरण जैसी स्थिति थी। बहस कांग्रेस के अधिकारिक मंचों तक ही सीमित नहीं रही। उसने खुले विवाद का रूप ले लिया। अंततः किसी प्रकार की कटुता को बढ़ावा देने से बचने के लिए इस मुद्दे पर निर्णय दिसंबर १९२२ के अंत में गया में होने वाले कांग्रेस के अगले अधिवेशन तक के लिए टाल दिया गया।

सी. आर. दास गया कांग्रेस के अध्यक्ष थे। काउंसिल प्रवेश का पक्ष लेते हुए उन्होंने अपने अध्यक्षीय भाषण में कहा कि यह ध्वंस और निर्माण की उसी प्रक्रिया की एक कड़ी है जिसे हमने अब तक अहिंसात्मक असहयोग के अंतर्गत अपनाया है। हमने सरकारी कचहरियों का बहिष्कार कर, पंचायतों को प्रश्रय दिया क्योंकि हम सरकारी कचहरियों की संपूर्ण व्यवस्था को, जो न्याय के नाम पर एक मखौल है, ध्वस्त करना चाहते थे। हमने सरकारी स्कूलों और विद्यालयों का बहिष्कार कर, राष्ट्रीय विद्यालयों की स्थापना की क्योंकि सरकारी विद्यालयों का एक मात्र ध्येय अंग्रेजों के प्रति हमारी मानसिक दासता को बरकरार रखना है। हमने विदेशी वस्त्रों की होली जलाकर खादी को अपनाया क्योंकि विदेशी वस्त्र हमारी आर्थिक दासता की जकड़ को और मजबूत बनाते हैं। काउंसिल प्रवेश इसी कड़ी में अगला कदम है। हम वर्तमान काउंसिलों के स्वरूप को बदलकर उन्हें स्वराज का वाहक बनाना चाहते हैं और यदि इसमें सफल नहीं होते तो उन्हें पूरी तरह ध्वस्त करना अपना कर्तव्य समझते हैं। यह कहना कि काउंसिलों में प्रवेश करना सरकार से सहयोग करना है, सरासर गलत है। बल्कि यह तो अपनी लड़ाई को शत्रु के गढ़ के भीतर ले जाना है। शेर को उसकी माँद में घुस कर परास्त करना है। जब आक्रमणकारी

सेनाएँ शत्रु की धरती पर कदम रखती हैं तो वह उससे सहयोग करने नहीं जातीं। उनका उद्देश्य दुश्मन को पूरी तरह परास्त करना होता है।

दास द्वारा अपने अध्यक्षीय भाषण में काउंसिल प्रवेश की इस वकालत के बावजूद जब खुले अधिवेशन में इस मुद्दे पर प्रस्ताव पेश हुआ तो समर्थन और विरोध में लंबी-लंबी बहसों के बाद प्रस्ताव भारी बहुमत से परास्त हो गया। परंतु इस प्रश्न पर यह अंतिम पटाक्षेप नहीं था। देशबंधु कलकत्ता से चलते समय कांग्रेस के अध्यक्ष पद से अपना त्यागपत्र साथ लेकर चले थे जबकि पंडित मोतीलाल नेहरू एक नई पार्टी का संविधान अपने साथ लाए थे और पिछले तीन दिनों से उसे अंतिम रूप देने में लगे हुए थे। जिस दिन कांग्रेस अधिवेशन समाप्त हुआ उसी दिन शाम को मोतीलाल नेहरू ने अपने समर्थकों की एक सभा अपने मित्र और मुवक्किल राजा टिकरी की कोठी पर, जहाँ वह ठहरे हुए थे, बुलाई और पत्रकारों की भारी भीड़ के समक्ष इस नई पार्टी, जिसका नाम 'कांग्रेस-खिलाफत-स्वराज पार्टी' रखा गया परंतु जो संक्षेप में 'स्वराज पार्टी' के नाम से जानी गई, के गठन की घोषणा कर दी। पंडित मोतीलाल नेहरू उसके सचिव और सी. आर. दास अध्यक्ष चुने गए।

इस संबंध में एक महत्वपूर्ण बात यह थी कि स्वराज पार्टी के प्रणेताओं ने उसे पूर्ण रूप से कांग्रेस से अलग न करके उसके एक घटक के रूप में ही प्रचारित किया। कांग्रेस के लिए भी मोतीलाल नेहरू और सी. आर. दास जैसे दिग्गज नेताओं और उनके समर्थकों को कांग्रेस से निष्कासित करना आसान नहीं था। अतः दूसरे घटक द्वारा स्वराज पार्टी की कड़ी भर्त्सना और विरोध के बावजूद दोनों में समझौता कराने के प्रयत्न बराबर जारी रहे। इसके लिए दिल्ली में मौलाना आजाद की अध्यक्षता में कांग्रेस का एक विशेष अधिवेशन बुलाया गया जिसमें स्वराज पार्टी के साथ-साथ अन्य कांग्रेसियों को भी यह छूट दे दी गई कि यदि उनका अंतःकरण उन्हें इस बात की अनुमति देता है तो वे काउंसिलों के चुनावों में भाग ले सकते हैं।

इस बीच खिलाफत का मसला तुर्की द्वारा 1922 के नवंबर में स्वयं हल कर लिया गया था। तुर्की के युवा क्रांतिकारी नेता मुस्तफा कमाल पाशा ने अंग्रेजों द्वारा स्थापित वहाँ की कठपुतली सरकार का तख्ता पलटकर देश के शासन की बागडोर संभाली तो वहाँ के सुल्तान ने, जो दुनिया भर के मुसलमानों का खलीफा था, देश छोड़कर चोरी से एक ब्रिटिश पोत पर भागकर माल्टा में शरण ले ली और उसके स्थान पर नाम-मात्र के लिए एक अन्य सुल्तान की नियुक्ति कर दी गई। कुछ दिनों बाद जब नए सुल्तान ने भी अपने हाथ-पाँव फैलाने शुरु किए तो कमाल पाशा ने उसे पदच्युत कर, खलीफा का पद ही समाप्त कर दिया। अतः खिलाफत संबंधी प्रश्न स्वतः इस देश की राजनीति से इतर हो गया। खिलाफत कमेटियों का अस्तित्व, हालाँकि, फिर भी बना रहा लेकिन उनके करने के लिए अब विशेष कुछ रह नहीं गया। इस प्रकार खिलाफत आंदोलन में खासी तादाद में

जो उलेमा और मजहबी नेता राजनीति में आ गए थे, वे खाली हो गए। इनमें से कितने ही, खासतौर से निचले स्तर पर, ऐसे थे जिनका न तो राजनीति से, और न ही इस देश के भविष्य से कुछ खास लेना-देना था। केवल अवसर का लाभ उठाकर नेता बन गए थे। अपने प्रभाव को बनाए रखने के लिए उन्होंने सांप्रदायिक राजनीति करनी शुरू कर दी। हिंदू सांप्रदायिकता भी पीछे नहीं रही। बनारस में पंडित मदन मोहन मालवीय की अध्यक्षता में हिंदुओं की एक कांफ्रेंस बुलाकर हिंदू महासभा को, जिसकी स्थापना कुछ ही वर्ष पूर्व हुई थी, पुनर्जीवित करने का प्रयत्न किया जाने लगा। इसी के साथ आर्य समाज तथा हिंदू महासभा ने धर्म परिवर्तन कर, हिंदू से मुसलमान बने लोगों को पुनः हिंदू धर्म में लाने के उद्देश्य से 'शुद्धि' और 'संगठन' नामक आंदोलन प्रारंभ किए। जवाब में मुसलमानों ने 'तबलीग़' और 'तंज़ीम' नामक तहरीकें शुरु कीं। परिणाम वही हुआ, जो होना था। असहयोग आंदोलन के दौरान हिंदू-मुस्लिम एकता का जो आदर्श रूप देखने को मिला था, वह बिखर गया और देश के विभिन्न नगरों में सांप्रदायिक दंगे शुरु हो गए। विवाद के मुख्य मुद्दे थे : बकरीद के अवसर पर मुसलमानों द्वारा गाय की कुर्बानी और नमाज के समय मस्जिदों के सामने या आस-पास हिंदुओं द्वारा संगीत अथवा शंख-घड़ियाल आदि बजाने संबंधी घटनाएँ।

स्थितियाँ पूरी तरह अंग्रेज सरकार के अनुकूल थीं। देश की प्रमुख राजनीतिक पार्टी कांग्रेस आपसी मतभेद का शिकार होकर सरकार को किसी भी प्रकार की चुनौती देने में असमर्थ थी। उस पर सांप्रदायिक तनाव ने रही-सही कसर भी पूरी कर दी। जवाहर लाल नेहरू और अली भाइयों को छोड़कर कांग्रेस के अधिकांश नेता गया अधिवेशन से पहले ही छोड़े जा चुके थे। सरकार ने शेष नेताओं और उन्हीं के साथ अन्य स्वराजी बंदियों को भी, जिनके विरुद्ध हिंसा के आरोप थे उन्हें छोड़कर, रिहा करने का निर्णय ले लिया।

दो

वाहिद ने तेजशंकर को अपने कमरे में बुलवाकर बताया कि उसकी रिहाई के आदेश आ गए हैं, वह जेल से मिला सारा सामान तसला, कटोरा, कंबल, चटाई तथा उसका जो भी अपना निजी समान हो उसे लेकर यहाँ आ जाए, तब तक वह उसकी रिहाई के कागज तैयार करवा रहा है तो तेजशंकर को उस पर विश्वास नहीं हुआ। उसने वाहिद से कहा कि निश्चय ही कहीं कुछ भूल हुई हैं क्योंकि अभी उसकी सजा लगभग छः महीने बाकी हैं।

वाहिद मुस्कराया। 'कहीं कोई भूल नहीं हुई हैं " उसने कहा, "और लोग भी छोड़े जा रहे हैं। तुम देर मत करो। अपना सामान लेकर आ जाओ, नहीं तो यदि पाँच बज गए

तो मामला कल तक के लिए टल जाएगा।"

तेजशंकर की कुछ समझ में नहीं आया कि आखिर ऐसा क्यों हो रहा है। फिर भी वह अपनी बैरक जाकर अपना सारा सामान लेकर वाहिद के पास आ गया। वाहिद ने एक नंबरदार को बुलाकर उसे सारा सामान देकर स्टोर पहुँचाने का आदेश दिया, तब जरूरी कागजों पर तेजशंकर से हस्ताक्षर कराकर उसे गेट तक छोड़ने चला आया।

"कैसे जाओगे ? कुछ रुपए पैसे हैं तुम्हारे पास ?" उसने तेजशंकर से पूछा, "न हों तो मुझसे ले लो।"

"नहीं, नहीं। मेरे पास हैं।" तेजशंकर ने अपने कुर्ते की जेब टटोलते हुए उत्तर दिया।

"आराम से चले जाओगे न ? बाहर सड़क पर इक्का मिल जाएगा।"

"जी हाँ। कोई दिक्कत नहीं होगी।" तेजशंकर ने कहा। तब एक क्षण रुककर बोला, "आपकी वजह से बहुत आराम से वक्त कट गया। बहुत-बहुत शुक्रिया।"

"अरे, नहीं इसमें शुक्रिया की क्या बात है । मैंने किया ही क्या ?" वाहिद ने उत्तर दिया। मुख्य गेट पर तैनात सिपाही अब तक बड़े फाटक में लगे छोटे फाटक का ताला खोल चुका था। वाहिद तेजशंकर को लिए हुए बाहर आ गया। "अच्छा भाई, खुदा हाफिज।" उसने कहा, "रतन से मेरी बंदगी कहना।"

"जरूर।" तेजशंकर ने उत्तर दिया, "आदाबअर्ज।"

"खुदा हाफिज।"

तेजशंकर जेल से बाहर आया तो उसे लगा जैसे पिछले एक वर्ष में वह खुले वातावरण में चलना-फिरना ही भूल गया हो। वास्तव में, मानसिक रूप से वह इस रिहाई के लिए तैयार नहीं था। इसके बजाए यदि उससे कहा जाता कि उसकी सज़ा और बढ़ा दी गई है तो शायद उसे अधिक प्रसन्नता होती। जब तक आंदोलन चल रहा था, वह उत्साह से भरा हुआ था। आंदोलन वापस होने के बाद वह कुछ निराश जरूर होने लगा था लेकिन इसके बावजूद उसे विश्वास था कि निकट भविष्य में कोई न कोई रास्ता निकलेगा और भले ही किसी परिवर्तित रूप में हो, आंदोलन पुनः प्रारंभ होगा। आखिर इतने बड़े पैमाने पर लोगों ने जो यातनाएँ झेली थीं, जेल गए थे, इसका कुछ न कुछ परिणाम तो निकलना ही चाहिए था। लेकिन जब उसने देखा—समाचारपत्रों द्वारा या फिर वैसे ही चोरी-छिपे जेल में खबरें आती ही रहती थीं—कि रिहा होते ही कांग्रेस के बड़े-बड़े नेता काउंसिल प्रवेश के प्रश्न पर आपस में झगड़ने लगे, बयानबाजी होने लगी और अंततः गया में कांग्रेस पूरी तरह लंबवत् विभाजित हो गई तो वह अंदर ही अंदर खिन्न हो उठा। इस सबका यही हासिल निकलना था तो इस देशव्यापी आंदोलन से क्या लाभ हुआ, उसने सोचा।

व्यक्तिगत तौर पर भी वह दुखी था। उसका मन अपने बहनोई चौथे साहब के प्रति एक प्रकार के अपराधबोध से भरा था। अपने माता-पिता की तो उसे स्मृति भी नहीं

थी। जब से उसने होश संभाला था अपने सिर पर उन्हीं का साया पाया था। खुद की संतान को भी लोग शायद ही इतना प्यार देते हों जितना उसे उनसे मिला था। ऐसा नहीं कि बचपन में उससे कभी कोई भूल हुई ही न हो या उसने कभी कोई बेजा जिद न की हो लेकिन उसे डाँटने-झिड़कने या उस पर हाथ उठाने की बात तो दूर, उलटे उन्होंने हमेशा उसकी हर जिद पूरी की थी। घर के खर्च में भले ही कटौती करनी पड़ी हो उसकी पढ़ाई के खर्च में उन्होंने कभी कोई कंजूसी नहीं की थी। बदले में उसने उन्हें क्या दिया? केवल बदनामी ही तो मिली उन्हें उसके कारण। उसी की वजह से उनके यहाँ पुलिस का छापा पड़ा। उन्हें थाना, कचहरी, जेल तक भागना पड़ा। मुहल्ले में क्या इज्जत रह गई होगी उनकी? वैसे भी कभी सिर उठाकर वह नहीं चले। इस घटना के बाद तो उनका सिर और नीचा हो गया होगा। किस मुँह से अब वह उनके सामने जाएगा? देश को कुछ हो गया होता तो शान से सिर ऊँचा करके उनके सामने जाता और वह भी उसे देखकर गर्व से भर उठते। लेकिन अब? इन्हीं विचारों में डूबता-उतराता, भारी कदमों से शहर की ओर बढ़ता तेजशंकर यह निर्णय़ नहीं कर पा रहा था कि इस समय वह कहाँ जाए? अपने बहनोई की बात तो दूर, अन्य परिचित लोगों के सामने पड़ने में भी उसे हिचकिचाहट हो रही थी। जनवरी का महीना निकल चुका था। दिन फिर लंबे होने शुरू हो गए थे। लगभग एक घड़ी उजाला अभी शेष था। तभी उसके दिमाग में आया कि क्यों न वह सबसे पहले शहर कांग्रेस के दफ्तर जाकर वहाँ लोगों से मिले। वैसे भी वह बाजाब्ता कांग्रेस का सदस्य था। अपनी रिहाई की सूचना उसे उन्हें देनी ही चाहिए। लेकिन यह सोचकर कि शहर में उसे जानने वाला कोई व्यक्ति न मिल जाए उसने तय किया कि चारबाग तक वह पैदल ही जाएगा। तब तक अँधेरा घिर आएगा। अतः वह पैदल ही चलता रहा और वास्तव में चारबाग पहुँचते-पहुँचते अँधेरा घिरने लगा। वहाँ से उसने अमीनाबाद के लिए इक्का ले लिया। एक रुपए के आसपास की रेजगारी उसकी जेब में थी। लगभग एक वर्ष बाद वह इन सड़कों से गुजर रहा था। दुकानों की बत्तियाँ जलनी शुरू हो गई थीं। सड़कों के किनारे लगी म्युनिस्पल्टी की लालटेनें भी जल चुकी थीं। वह मन ही मन ईश्वर से प्रार्थना करने लगाः 'हे भगवान ! कोई जान-पहचान वाला व्यक्ति न मिले।'

लगभग सात बजे वह कांग्रेस के दफ्तर पहुँचा तो वहाँ ताला लगा हुआ था। उसे आश्चर्य हुआ। इतना समय तो नहीं हुआ अभी, उसने मन-ही-मन सोचा। यह तो वह समय है जब अधिक से अधिक लोगों के यहाँ मिलने की संभावना रहती है। कहीं कोई अप्रिय घटना तो नहीं घट गई? किसी की मृत्यु···· ? लेकिन ऐसा होता तो बाहर दरवाजे पर नोटिस लगा होता। विवश होकर वह वहाँ से लौट पड़ा। घर जाने का मन उसका अभी भी नहीं हो रहा था, अतः टहलता हुआ वह अमीनुद्दौला पार्क में आकर एक बेंच पर बैठ गया।

ठंड अब तक काफी बढ़ गई थी। पार्क लगभग सुनसान था। हाँ, पार्क के चारों

ओर सड़कों पर लोगों की आवाजाही अभी भी लगी हुई थी। कतिपय दुकानों पर बिजली के बल्ब टिमटिमा रहे थे। सड़क पर दौड़ते इक्के ताँगों के घोड़ों की टापें तथा उनके गले में पड़ी घंटियों का संगीत हवा में तिर रहा था। लेकिन इस सबसे बेखबर, यहाँ तक कि सर्दी का प्रभाव भी उसे अधिक महसूस नहीं हो रहा था, तेजशंकर अपने विचारों में खोया, बेंच पर खामोश बैठा था। यही वह पार्क था जहाँ आज से लगभग डेढ़ वर्ष पूर्व गाँधीजी का भाषण हुआ था। कितनी भीड़ थी उस दिन यहाँ! पच्चीस-तीस हजार से अधिक लोग रहे होंगे। क्या उत्साह था उन दिनों! गाँधीजी के उस भाषण के बाद ही तो वह बबउनू बाबा के साथ रतन के गाँव, चंदनपुर गया था। उसे गाँव में अपने प्रवास के वे दिन याद आने लगे। एक-एक घटना उसकी आँखों के सामने चलचित्र के समान उभरने लगी। टिकुली और उसका बेटा कबीर। हरिया और मंगलू। गाँव में उसके द्वारा की गई सभाएँ। विशेषकर तहफ्फुज की अमन सभा के जवाब में की गई उसकी अंतिम सभा। 'बोल गई माई लार्ड कुकड़ू कूँ।' सज्जन। कहाँ होगा भला वह? लौटकर घर आया या नहीं, इस बारे में उसे कोई सूचना नहीं थी। हाँ, दुर्जन खेड़ा में पुलिस अत्याचार के बारे में उसे अवश्य पता था। लक्ष्मी, एक बार लखनऊ आने पर, उससे जेल में मिलने आए थे। उन्होंने ही उसे बताया था कि किस प्रकार पुलिस ने टिकुली का चरखा छीनकर आग में जला दिया था जिसे बचाने के लिए वह भरसक पुलिस वालों से लड़ी थी और पुलिस वालों ने मार-मार कर उसके हाथ की हड्डी तोड़ दी थी। उसके देवर हरिया को भी उन्होंने बुरी तरह मारा था तथा दुर्जन खेड़ा के सभी मर्दों को पकड़ ले गए थे। तीन-तीन महीने की सजा सब को हुई थी। और रज्जो, उसकी दीदी? कितना स्नेह मिला था उससे उसे। और बबउनू बाबा? कितने प्यार से वह उसे 'बचुआ' कहकर बुलाते थे। कितना अपनत्व था उनके इस संबोधन में। अगर आज वह जीवित होते तो जेल से उसके छूटने पर सबसे अधिक प्रसन्नता उन्हें ही होती। उसके लिए अपने प्राण तक दे दिए उन्होंने। कितना कष्ट हुआ होगा उन्हें 'वन्दे मातरम्।' 'भारत माता की जय।' पुलिस द्वारा उसे पकड़कर ले जाते समय किस प्रकार नारा लगाते वह ताँगे के पीछे-पीछे दौड़े थे। 'बचुआ।' तेजशंकर सहसा चौंक पड़ा। उसे लगा जैसे बाबा उसकी बेंच के पीछे खड़े उसे बुला रहे हों। उसने मुड़कर देखा। कोई नहीं था वहाँ।

हवा में ठंडक और बढ़ गई थी। दुकानों की बत्तियाँ एक-एक कर बुझने लगी थीं। सड़क पर दौड़ते इक्के ताँगों के घोड़ों की टापों की आवाजें भी विरल होने लगी थीं। तेजशंकर बेंच से उठकर खड़ा हो गया। फाटक से निकल कर वह सड़क पर आया और उदास मन से अपने घर की ओर चल दिया।

तीन

एक-दो दिनों में ही तेजशंकर की रिहाई की खबर पूरे मुहल्ले में फैल गई। लोग उससे मिलने आने लगे। बड़े और रतन ने उसे अपने घर खाने पर भी आमंत्रित किया। रतन के दरवाजे उसकी भेंट बंगाली बाबू , बिशुन बाबू, स्वामी दयाल, नन्हे बाबू, मैकू सेठ आदि से भी हुई। वे लोग उससे कांग्रेस के भावी कार्यक्रम के बारे में पूछने लगे। तेजशंकर के पास इस बारे में आधिकारिक जानकारी नहीं थी, अतः उसने गोलमोल-सा उत्तर दिया। "अभी क्या कह सकते हैं", उसने कहा, "गाँधीजी जेल से छूटेंगे, तभी कुछ फैसला होगा।"

"लेकिन गाँधीजी को तो छः साल कि कितने साल की सजा हुई है।" स्वामी दयाल ने कहा।

"हाँ।" तेजशंकर इसके अलावा कुछ कह सकने की स्थिति में नहीं था।

"सुना, वहाँ गया में कांग्रेसियों में आपस में बड़ी जूतम-पैजार हुई?" नन्हे बाबू ने जिज्ञासा व्यक्त की।

"नहीं, ऐसा तो कुछ नहीं हुआ। हाँ, यह जरूर हुआ कि काफी जमकर बहस हुई। काउंसिल एंट्री के प्रश्न पर काफी मतभेद थे आपस में।"

"यह सुराज पार्टी क्या काउंसिल एंट्री को लेकर ही बनी है?"

"हाँ, खास मुद्दा तो यही है।"

"तो, मोतीलाल नेहरू क्या फिर से वकालत शुरू कर देंगे?" स्वामी दयाल ने पूछा।

तेजशंकर के पास इस प्रश्न का कोई उत्तर नहीं था। "क्या कह सकते हैं," उसने कहा, "वैसे ऐसा कोई बयान तो उनका अखबारों में कहीं आया नहीं।"

"बयान क्या देंगे?" नन्हे बाबू ने कहा, "थूककर चाटने से पहले कोई बयान देता है कि वही देंगे कि देखो भाई हम अपना थूका खुद चाटने जा रहे हैं।"

नन्हें बाबू की इस बात से वहाँ एक क्षण के लिए खामोशी छा गई। सभी को उनकी बात बुरी लगी।

"थूक कर चाटने की इसमें क्या बात है?" अंततः बिशुन बाबू ने प्रतिवाद किया। "कोई किसी की गुलामी लिखाए है क्या? जब मर्जी आएगी वकालत करेंगे, जब मर्जी आएगी छोड़ देंगे।"

"ढिंढोरा क्यों पीटा था फिर कि भाई लोगों, सुनो हम आज से कचहरी नहीं जाएँगे। देखो, अपना चोगा उतारकर तुम्हारे सामने जलाए दे रहे हैं।"

"चोगा भाई कौन इतनी बड़ी चीज है?" स्वामी दयाल ने कहा। "दर्जी के यहाँ तक ही तो जाना है। नया सिल जाएगा।"

"चोगा ही क्यों नया सिल जाएगा," नन्हे बाबू ने कटाक्ष किया, "विलायती कपड़े

भी नए सिल जाएँगे। दारू की बोतलें भी नई आ जाएँगी। मोटर, बग्घी, नौकर-चाकर भी नए आ जाएँगे। मैं कहता हूँ, यही सब करना था तो यह प्रचार क्यों किया कि चरखा कातो, खद्दर पहनो स्कूल-कॉलेज न जाओ, वकालत छोड़ दो, नौकरी से इस्तीफा दे दो।"

तेजशंकर को लगा बहस काफी कटु होती जा रही है। अतः उसने बात को सहज बनाने के उद्देश्य से कहा, "देखिए, ऐसा है कि न तो स्वराज पार्टी ने और न ही कांग्रेस ने कोई ऐसा प्रस्ताव पारित किया है कि सरकारी स्कूलों या कोर्ट-कचहरियों का बायकॉट समाप्त कर दिया जाए और न ही यह कि खादी की जगह फिर विलायती कपड़े पहनने शुरू कर दिए जाएँ। हाँ, अगर कोई अपने आप करता है तो उस पर कोई बंदिश न अब है, न ही पहले थी। पहले भी ऐसा नहीं था कि कचहरियों में पूरी तरह काम बंद हो गया हो, या फिर सरकारी स्कूलों कि सरकारी दफ्तरों में ताले पड़ गए हों। खद्दर भी सभी लोगों ने पहनना शुरू कर दिया हो, ऐसा भी नहीं था।"

"तो फिर यह सुराज पार्टी क्यों बनी है?" नन्हे बाबू ने प्रश्न किया।

"कुछ लोगों का ऐसा सोचना है कि बदली हुई परिस्थितियों में हमें अपने संघर्ष का स्वरूप बदलना होगा। अभी तक जो लड़ाई हम सड़कों पर लड़ रहे थे, वह अब काउंसिलों में लड़ेंगे। इसीलिए काउंसिल एंट्री का मसला उनके लिए महत्वपूर्ण है।" स्वराज पार्टी का समर्थक न होते हुए भी तेजशंकर ने पाया कि वह उसके समर्थन में बोल रहा है।

नन्हे बाबू आगे कुछ कहते इससे पहले ही मैकू सेठ, जो अब तक मुँह फैलाए सबकी बातें सुन रहे थे और बारी-बारी, हर बोलने वाले की तरफ गर्दन मोड़कर भावशून्य दृष्टि से देख रहे थे, सहसा बीच में बोल पड़े, "यू बताओ भइया तुम हमका कि ई ससुर कौंसिल ट्री अए का जी के पाछे तुम पंचै एत्ती देर ते झगड़ रहे हौ।"

"काउंसिल एंट्री यह है सेठ," बिशुन बाबू ने कहा, "कि हर तीसरे साल जो इलेक्शन होता है...."

"यू इलेक्सनका आये?"

"अब बताओ! तुमको तो अलिफ बे से बताना पड़ेगा।"

"तो रहै देव ससुर हम का करबे जान के। अईस नाई है कि ई के जाने बिना हमार खाना न पची।"

"नहीं भाई, जानोगे क्यों नहीं," नन्हे बाबू ने कहा, "जब इत्ते बड़े-बड़े विद्वान यहाँ मौजूद हैं...."

"और सबसे बड़े विद्वान हैं यह नन्हे बाबू। सो इन्हीं से पूछ लो, यही तुमको बताएँगे।" बिशुन बाबू ने कहा।

"हम क्यों बताएँगे? पूछा तो आपसे है इन्होंने।" नन्हे बाबू ने कहा।

"लेकिन विद्वान तो आप ही एक हैं यहाँ।"

"हम विद्वान क्यों हैं?"

"तो विद्वान वाली बात कही क्यों आपने ?"

"आपके लिए नहीं कहा मैंने। मैंने तो भइया के लिए कहा।" नन्हे बाबू ने तेजशंकर की तरफ इशारा किया। वास्तव में व्यंग्य उन्होंने बिशुन बाबू पर ही क्या था लेकिन उनका रुख देखकर वह पलट गए।

"कोई विद्वान नहीं हैं यहाँ। सिर्फ हम हैं विद्वान। सो हम बताते हैं तुमको।" स्वामी दयाल ने झगड़ा निपटाने की गरज से कहा, "सुनो, लाट गवर्नर का नाम सुने हो तुम ?" उन्होंने मैकू सेठ से पूछा।

"सुना काहे नाई।"

"को है लाट गवर्नर हियाँ ?"

"हम ससुर का जानी को है। कउनौ अंग्रेज होई।"

"हाँ अंग्रेज़ै आए। बटलर नाम है उसका। तो पुराने ज़माने में जैसे राजा वजीर कि मंत्री हुआ करते थे सो उसी तरह गवर्नर को उसके काम में राय-मश्विरा देने के लिए खास लोग होते हैं।"

"अंग्रेजै होते होइ हैं।"

"अंग्रेज भी होत हैं और हिंदुस्तानी भी। एक तरह की पंचायत समझो तुम। इसी को दूसरे लफ्ज़ों में काउंसिल कहते हैं और उसमें जो मंत्री कि और मेंबर होते हैं, उनका हर तीसरे साल चुनाव होता है। वोट पड़ते हैं।"

"जइसे म्युनिस्पल्टी का चुनाव होत है ?"

"हाँ, हाँ। अब तुम समझ गए।"

"तो ई मां झगड़ा का है ?"

"झगड़ा यह है," बिशुन बाबू फिर बोलने लगे, "कि गाँधी बाबा कहते हैं चुनाव न लड़ो और मोतीलाल कहते हैं चुनाव लड़ो।"

"तो झगड़ा मोतीलाल औ गाँधीजी का आए।"

"हाँ।"

"औ हम ससुर समझेन कि तुमार पंचन का कुउनौ झगड़ा आए कि कोहू की कौंसिल हेराय गै है कि कोऊ चोराए लिहिस ऊका।"

सभी लोग हँसने लगे।

बंगाली बाबू, जो काफी गहरी अफीम छाने हुए थे, सहसा अपनी पिनक से चौंक पड़े। "क्या हुआ ?" उन्होंने पूछा।

"मात हो गई।" बिशुन बाबू ने कहा।

"तो दूसरी बाजी लगाओ।"

"अमा रतन।" स्वामी दयाल रतन को आवाज देने लगे।

जसोदा रसोई में बड़े तल रही थी। बबुआ बार-बार उसी के पास रसोई में घुस रहा था। तेल के छींटे उस पर न पड़ें, इसलिए रतन उसे लिए छत पर ट्हला रहा था।

"क्या है ?" उसने स्वामी दयाल की आवाज के उत्तर में वहीं से चिल्ला कर पूछा।

"है क्या, नीचे आओ। शतरंज नहीं होगी आज ?"

"बिसात मोहरे सब दे तो आए हैं हम।" रतन ने चिल्ला कर कहा।

"किसको दे आए हो ?" स्वामी दयाल ने भी चिल्ला कर पूछा।

बिशुन बाबू को सहसा ध्यान आया कि बिसात और मोहरे वह अपनी जाँघ के नीचे दबाए बैठे हैं। "यह क्या रखे हैं।" उन्होंने मोहरों की थैली और बिसात अपनी जाँघ के नीचे से निकालते हुए कहा।

"यही का कहत है काँख मां लरिका औ गाँव गोहार।" मैकू सेठ ने कहा। "बताओ जो पहिल ते इनका निकार दिहे होतिव तो कौंसिल ट्री के पाछे काहे ऐत्ती झाँव-झाँव होत।"

"अरे भाई तुमको बताया न कि झगड़ा हम लोगों का नहीं मोतीलाल और गाँधीजी का है।" बिशुन बाबू ने बिसात खोलकर मोहरे उस पर उलटते हुए कह।

"अरे तो बिसात बिछै देव तुमहू पंचन मां झगड़ा होय लागी।"

"अच्छा बैठो तुम। आज तुमको भी हम शतरंज सिखा ही दें। तब तुम्हारी समझ में आएगा कि यह खेल है कि झगड़ा।"

"इनका शतरंज सिखा देहो तो इनका तीतुर को चराई ?" बिशुन बाबू के साथ-साथ स्वामी दयाल भी मोहरे सजाने लगे।

मैकू सेठ वास्तव में तीतर पाले थे। इस समय भी वह मैदान से तीतर चरा कर लौटे थे। दो खानों वाला उनका बड़ा-सा पिंजरा जिसमें दो बढ़िया तंदुरुस्त तीतर बंद थे, रतन के चबूतरे पर रखा था।

"हमका वइसेव नाई सीखैक। देखहौ वाला तो कोऊ चही।" मैकू सेठ ने कहा।

किसी ने उनकी बात पर गौर नहीं किया। मोहरे बिछ चुके थे और बिशुन बाबू पालथी मारकर अपना स्थान ग्रहण कर चुके थे। "कौन आ रहा है मैदान में ?" उन्होंने ललकारा।

स्वामी दयाल उनके सामने आसन जमाने ही वाले थे कि बंगाली बाबू ने इशारे से उन्हें हटा दिया और स्वयं उनके स्थान पर बैठ गए।

तभी बच्चन ने आकर तेजशंकर से कहा, "चच्चू तुमका बुलाए रहे हैं।"

तेजशंकर बच्चन के साथ ऊपर चला गया।

चार

जहाँ भी तेजशंकर जाता, लोग उससे इसी तरह के प्रश्न करते। वास्तव में स्वराज पार्टी को लेकर लोगों में अनेक भ्रांतियाँ व्याप्त थीं। साधारण जन के बीच तो यही प्रचलित था

कि मोतीलाल नेहरू की गाँधीजी से अनबन हो गई है मगर उनका बेटा जवाहर लाल गाँधीजी के साथ है, या फिर मोतीलाल सरकार से मिल गए हैं। सी. आर. दास भी उनको मदद दे रहे हैं। इसीलिए सरकार ने इन सबको रिहा कर दिया है। गाँधीजी अपनी जिद पर अड़े हैं। अतः सरकार उनको अभी बंद किए हुए है। जेल में भी गाँधीजी रोज चरखा चलाते हैं। सूत कात-कात कर जेल भरे दे रहे हैं। जिस बैरक में भी बंद किए जाते हैं महीने भर में वहाँ सूत ही सूत हो जाता है। अधिकांश जनता, जो पढ़ी-लिखी नहीं थी, उसके बीच इसी तरह की बातें प्रचलित थीं। स्कूलों, कॉलेजों, कचहरियों तथा सरकारी नौकरियों के बहिष्कार के प्रश्न पर भी लोगों के बीच भ्रांतियाँ बनी हुई थीं। यद्यपि कांग्रेस ने इन बहिष्कारों को वापस नहीं लिया था तथापि आंदोलन समाप्त होने से लोग यही समझ रहे थे कि बहिष्कार भी समाप्त हो चुका है। कितने ही वकीलों ने, जिन्होंने कांग्रेस की नीतियों में आस्था कम, सामाजिक दबाव के कारण अधिक, आंदोलन के दौरान कचहरी जाना बंद कर दिया था, दोबारा प्रैक्टिस शुरू कर दी थी। अधिकांश विद्यार्थी भी फिर से स्कूल जाने लगे थे। इस प्रकार सब कुछ पहले जैसा सामान्य दिखने लगा था। सरकार अथवा शासन की साख पुनः स्थापित हो गई थी। चंद लोग ही ऐसे थे जो अभी भी स्वराज के सपने पाले थे और यह स्वीकार करने को तैयार नहीं थे कि आंदोलन समाप्त हो गया है। उनका दृढ़ मत था कि गाँधीजी जेल से छूटेंगे तो निश्चय ही कुछ न कुछ करेंगे। जो भी हो, अंग्रेज अब अधिक दिन इस देश में राज नहीं कर सकते।

तेजशंकर के सामने भी यह प्रश्न था कि वह अब क्या करे। क्या दोबारा पढ़ाई शुरू कर दे ? या कांग्रेस के काम में लगा रहे ? जेल से छूटने के बाद दो-चार बार वह कांग्रेस दफ्तर हो आया था। वहाँ का हाल यह था कि दफ्तर खुलने का कोई समय ही नहीं था। कभी-कभी तो दो-दो, तीन-तीन दिनों तक दफ्तर खुलता ही नहीं । और जब खुलता तो मुश्किल से एक दो घंटों के लिए। मेज कुर्सियों, फाइलों तथा अन्य सामान पर धूल जमी रहती। पिछले दिनों पुलिस के छापे के दौरान वहाँ का सारा सामान अस्तव्यस्त हो गया था। अलमारियों के ताले तोड़कर पुलिस वालों ने उसमें रखे कागज, फाइलें, झंडे आदि बेरहमी से निकालकर फर्श पर फेंक दिए थे। कुछ रजिस्टर, सर्कुलर, सदस्यता फार्म तथा रसीद बुकें वह अपने साथ ले गए थे। बाकी सामान वैसे ही फर्श पर बिखरा हुआ था। किसी ने भी उसे उठाकर करीने से लगाने का प्रयत्न नहीं किया था। बस, समेटकर एक कोने में कर दिया था, जहाँ वह आज भी वैसे ही पड़े धूल खा रहा था। एक दूसरे कोने में आठ-दस चरखे एक-दूसरे के ऊपर इस तरह ढेर थे जैसे वह चरखों के बजाए ईंधन की लकड़ी का ढेर हो।

उसी कोने में गाँधीजी की एक तस्वीर भी, जिसका फ्रेम टूट गया था, लापरवाही से पड़ी थी। तिलक की एक तस्वीर जरूर दीवाल पर लगी थी लेकिन उसका शीशा भी चटक गया था। वास्तव में यह सब कांग्रेस के राष्ट्रीय नेतृत्व में आए विभाजन का

परिणाम था जिसने प्रांत तथा जिला कमेटियों को भी बुरी तरह प्रभावित किया था। प्रांतीय कांग्रेस के वर्तमान अध्यक्ष मौलाना हसरत मोहानी, जो अभी भी जेल में थे, काउंसिल एंट्री वाली नीति के सख्त खिलाफ थे जबकि प्रांतीय कमेटी के कई अन्य पदाधिकारी मोतीलाल नेहरू के साथ थे। दोनों गुटों के लोग एक-दूसरे से कतराते और आमने सामने पड़ने से बचते रहते। तेजशंकर यह सब देखकर अंदर-ही-अंदर बहुत दुखी था। स्वराज पार्टी अथवा उनके विरोधियों में से किसी के पास भी कोई ठोस कार्यक्रम नहीं था जिसे लेकर जनता तक जाया जा सके। तब? क्या उसे दोबारा पढ़ाई शुरू कर देनी चाहिए? यह प्रश्न बार-बार उसके मस्तिष्क में उभरकर आ जाता। किंतु तेजशंकर किसी भी निर्णय पर पहुँचने में असमर्थ था। अंततः उसने तय किया कि एक दिन वैसे ही यूनिवर्सिटी जाकर देखेगा, वहाँ के हाल-चाल लेगा, तभी इस बारे में अंतिम निर्णय लेगा।

यूनीवर्सिटी जाने का फैसला करने के बाद भी तेजशंकर दो-तीन दिन तक इस बात को लेकर ऊहापोह की स्थिति में रहा कि वह क्या वस्त्र पहनकर वहाँ जाए? जब वह वहाँ पढ़ रहा था तो प्रायः कमीज-पैंट या फिर कमीज-पाजामा या धोती पहनकर जाया करता था। किंतु वे सब कपड़े पहनना उसने, जबसे वह कांग्रेस का सदस्य बना था, विशेषकर नागपुर कांग्रेस से लौटने के बाद से, छोड़ दिया था। अब वह केवल खद्दर का कुर्ता, धोती या पाजामा और जाड़े के मौसम में कुर्ते के ऊपर सदरी पहनता था। सर्दी अधिक हुई तो ऊपर से ऊनी चादर या लोई डाल लेता। इसके अलावा जब भी वह घर से बाहर निकलता तो सिर पर खद्दर की सफेद टोपी लगा लेता, जिसे अब सभी लोग गाँधी टोपी कहने लगे थे। मुहल्ले तथा नाते-रिश्तेदारी में लोग उसे इन वस्त्रों में देखने के आदी हो गए थे। उसे भी उन लोगों के बीच यह वस्त्र पहनकर जाने में किस प्रकार की कोई हिचक नहीं होती थी। हिचक उसे कहीं भी जाने में महसूस नहीं होती थी लेकिन जबसे वह जेल से बाहर आया था उसने देखा था कि खादी के प्रति लोगों के मन में सम्मान की जो भावना पहले थी, अब नहीं रह गई थी बल्कि कुछ लोग जो प्रारंभ से ही आंदोलन के खिलाफ थे लेकिन आंदोलन की व्यापकता और सफलता देखकर चुप थे, अब आंदोलन वापस होने के बाद, खादी के वस्त्रों का मजाक उड़ाने लगे थे। पुलिस और अधिकारी-वर्ग के लोगों की तो किसी को भी खादी के वस्त्र पहने देखकर भृकुटी तनने लगी थी। शायद इसी कारण बाज कांग्रेसियों तक ने खद्दर का पूरी तरह त्याग नहीं तो कम-से-कम उसका प्रयोग कम अवश्य कर दिया था और केवल कांग्रेस की सभाओं आदि में ही उसे पहन कर जाते थे अन्यथा शादी-विवाह जैसे सामाजिक अवसरों पर पहले वाले वस्त्र ही पहनने लगे थे, जिन्हें गाँधीजी के कहने के बावजूद उन्होंने फेंका अथवा जलाया नहीं था बल्कि संदूकों में सहेज कर रख दिया था। इन्हीं कारणों से तेजशंकर निश्चय नहीं कर पा रहा था कि उसका खद्दर के वस्त्र पहनकर यूनीवर्सिटी जाना उचित होगा अथवा नहीं? कहीं ऐसा न हो कि उसे इन वस्त्रों में देखकर अन्य विद्यार्थी उसका मखौल बनाने लगें।

लेकिन जब उसने एक बार खादी को अपना लिया है, उसने अपने आप तर्क किया, तो क्या महज इसलिए कि लोग उसका मजाक बनाएँगे, उसे उसको त्याग देना चाहिए? स्वदेशी के अंगीकार की कांग्रेस अथवा गाँधीजी की नीति तो स्थाई नीति है। महज इसलिए कि किन्हीं कारणों से आंदोलन वापस ले लिया गया है इस नीति से विमुख हो जाना तो एक तरह से स्वयं के, और साथ ही कांग्रेस के प्रति बेईमानी होगी। नहीं, वह सिद्धांतों से समझौता नहीं करेगा, उसने निर्णय लिया और अगले ही दिन खद्दर का सफेद कुर्ता, धोती, सदरी और खद्दर की ही गाँधी टोपी पहनकर यूनीवर्सिटी के लिए निकल पड़ा।

अपने परिचितों में उसे वहाँ मिलने वाला पहला व्यक्ति मुरारी था। उसने जैसे ही मंकी ब्रिज पार करके कैनिंग कॉलेज के प्रांगण में प्रवेश किया, मुरारी दो-चार सहपाठियों के साथ सामने से चला आ रहा था। वह पास के एक गाँव के जमींदार का लड़का था और तेजशंकर के ही मुहल्ले की एक गली में एक कमरा किराए पर लेकर रह रहा था। तेजशंकर और उसके दो विषय, इतिहास और राजानीति शास्त्र, एक-दूसरे से मेल खाते थे। इसीलिए दोनों में मित्रता नहीं, तो मेलजोल तो था ही। लेकिन कांग्रेस की नीतियों को लेकर मुरारी तेजशंकर से सहमत नही था। दो-एक बार दोनों में इस बात पर खासी बहस भी हुई थी और जब तेजशंकर पूरी ईमानदारी से आंदोलन में कूद पड़ा तो मुरारी उससे मिलने से कतराने लगा। यही नहीं, जब विदेशी वस्त्रों की होली जलाने से पहले तेजशंकर ने मुहल्ले में पंद्रह-बीस दिनों तक प्रभात फेरी निकाली तो प्रभात फेरी वालों का शोर सुनते ही मुरारी अपने कमरे के खिड़का-दरवाजे बंद कर लेता। बी. ए. करने के पश्चात् आजकल वह एल. एल. बी. प्रथम वर्ष में पढ़ रहा था।

तेजशंकर के मुरारी को देखने के साथ ही मुरारी ने भी उसे देख लिया और अपने मित्रों को हाथ से पीछे ढकेलते हुए खुद भी सड़क से किनारे हट गया। तेजशंकर उसके निकट पहुँचा तो किंचित नाटकीय अंदाज में थोड़ा और पीछे हटकर दोनों हाथ जोड़ते हुए कुछ झुककर उसने तेजशंकर को नमस्कार किया और बोला, "सर, आप? अकेले ही?"

तेजशंकर ने आश्चर्य से उसकी ओर देखा।

"ओहो, तेजशंकरजी हैं। मैं समझा जवाहर लाल आ रहे हैं।" उसने कटाक्ष किया।

तेजशंकर खामोश रहा।

"आपका परिचय कराएँ," मुरारी ने ही आगे कहा। अपने साथियों का परिचय देते हुए तेजशंकर की ओर इशारा करता हुआ बोला, "आप तेजशंकर जी हैं। कांग्रेस के बहुत बड़े नेता..."

"अच्छा, अच्छा," मुरारी का एक साथी बीच में ही बोल पड़ा," जवाहर लालजी के बाद आप ही का नंबर है?"

"अब यह तो मैं नहीं कह सकता। हाँ, जवाहर लाल के साथ जेल जरूर काटकर

आ रहे हैं यह। मेरे ही मुहल्ले में रहते हैं बल्कि मैं इनके मुहल्ले में रहता हूँ।"

"अरे हाँ, मुझे याद आया," मुरारी के साथ के एक अन्य लड़के ने कहा, "इनके बारे में पढ़ा था मैंने। तिलक महाराज के साथ मांडले जेल में भी रहे हैं न आप ?"

"जी, हाँ।" तेजशंकर ने खीझकर कहा और आगे बढ़ गया। अपने पीछे उसने जोर का ठहाका सुना या शायद उसे ऐसा भ्रम हुआ।

उसके अन्य परिचित जो उसे मिले, उनमें से भी अधिकांश ने उसका मजाक ही उड़ाया। किसी ने उसे 'नेहरू' तो किसी ने 'गाँधीजी' कहकर संबोधित किया। तरह-तरह के कटाक्ष उस पर किए गए। किसी ने कहा कि उसके चरण पड़ने से यूनिवर्सिटी की यह धरती धन्य हो गई।

"अभी मजाक उड़ा लो," किसी और ने कहा, "जब देश आजाद हो जाएगा और इनका स्टैचू यहाँ लगेगा तब पता चलेगा।"

"और अगर वाइस चांसलर होकर आ गए यह तब तो तुम्हारी खैर नहीं। पास करके निकल भी जाओगे तो भी डिग्री वापस छिनवा ली जाएगी।"

"अरे भाई, हम तो इनके चरणों की धूल भी नहीं हैं। इन्होंने देशसेवा का व्रत लिया है। गाँधीजी और जवाहर लाल के बराबर समझो इनको।"

"अरे नहीं, इनकी बेइज्जती न करो। गांधी और जवाहर लाल इनके सामने क्या हैं ! वह तो बैरिस्ट्री पास करके इस क्षेत्र में आए हैं। इन्होंने तो बी. ए. से ही पढ़ाई छोड़ दी।"

केवल दो-एक पुराने मित्र ही उसे ऐसे मिले जिन्होंने उसे गंभीरता से लिया। लेकिन उन्होंने भी इस बात पर खेद प्रकट किया कि बेचारे के दो-तीन वर्ष व्यर्थ में नष्ट हो गए। "खैर चलो, देर आयद दुरुस्त आयद," उन्होंने कहा, "नए सिरे से सही। चार-पाँच महीने बाद नया सेशन शुरू होगा। फिर से एडमीशन ले लो। वैसे कोशिश करके देख लो, हो सकता है बी. ए. फाइनल की परीक्षा वैसे ही देने को मिल जाए। प्रीवियस तुमने कर ही लिया था। फाइनल में भी दिसंबर कि जनवरी तक क्लास अटेंड किए थे और नहीं तो, यह तो हो ही सकता है अभी भी एडमीशन मिल जाए।"

लेकिन तेजशंकर को अब इन बातों में कोई रुचि नहीं रह गई थी। वह मन-ही-मन निर्णय ले चुका था कि अब वह कैनिंग कॉलेज में तो किसी भी कीमत पर नहीं पढ़ेगा। पुराने परिचितों के इस व्यंग्यपूर्ण व्यवहार के अलावा उसके सारे साथी उससे दो वर्ष आगे निकल गए थे, अतः उसे नितांत नए लोगों के साथ बैठना पड़ेगा जो उसे मंजूर नहीं था।

तेजशंकर यूनीवर्सिटी से लौट रहा था तो मुरारी उसे फिर मिल गया। इस बार वह अकेला ही था।

"माफ करना," उसने कहा, "बुरा तो नहीं माना तुमने मेरे मजाक का।"

"नहीं, इसमें बुरा मानने की क्या बात है !" तेजशंकर ने उत्तर दिया। "ऐसी बातों का मैं आदी हो चुका हूँ।"

"और, क्या इरादा है ? फिर से पढ़ाई शुरू करोगे या परमानेंट सत्याग्रही हो गए हो ?"

"सत्याग्रही भी पढ़ते-लिखते है," तेजशंकर ने उत्तर दिया, "वैसे जीवन की सारी पढ़ाई यूनीवर्सिटी में ही नहीं होती।"

"मेरा यह मतलब नहीं था।" मुरारी खामोश हो गया। तब एक क्षण बाद बोला, "घर ही चल रहे हो न ?"

"नहीं। मुझे कहीं और जाना है।" तेजशंकर का इरादा घर लौटने का ही था लेकिन वह झूठ बोल गया।

पाँच

इसी के दो-तीन दिनों बाद तेजशंकर के बहनोई, चौथे साहब ने भी उससे बात की। शाम के समय वह उसके कमरे में आए और मेज पर रखा हुआ अखबार उठाकर पढ़ने लगे। अखबार पढ़ते-पढ़ते ही उन्होंने उससे पूछा, "आगे क्या इरादा है ? कुछ सोचा ?"

"किस बारे में ?"

"भविष्य के बारे में।"

तेजशंकर खामोश रहा तो उन्होंने ही आगे कहा, "मेरा मतलब पढ़ाई से है। अब तो आंदोलन वगैरह सब समाप्त हो गया।" उनकी दृष्टि अभी भी अखबार पर ही थी।

"कैनिंग कॉलेज में तो नहीं पढ़ूँगा।"

चौथे साहब दो एक क्षण खामोश रहे, तब बोले, "किसी और शहर में जाकर पढ़ना चाहो...." उन्होंने अपनी बात अधूरी ही छोड़ दी।

तेजशंकर के लिए अपने बहनोई से यह संवाद अप्रत्याशित नहीं था। वह जानता था कि निश्चय ही वह एक न एक दिन उससे इस बारे में बात करेंगे और उसके कैनिंग कॉलेज में पढ़ने से मना करने पर शायद इस शहर से बाहर, इलाहाबाद अथवा बनारस जैसे नगरों में, जाकर पढ़ने का सुझाव भी रखें। वह यह भी जानता था कि उनकी जितनी आय है उसमें उसे बाहर रखकर पढ़ाने का खर्च बर्दाश्त करना उनके लिए असंभव नहीं तो निश्चय ही बहुत ही मुश्किल है।

"नहीं।" उसने कहा।

"फिर क्या करोगे ?"

"शायद कांग्रेस दफ्तर में कुछ काम मिल जाए।"

"मेरा यह मतलब नहीं था।" चौथे साहब उठकर खड़े हो गए।

तेजशंकर पूर्ववत् तखत पर बैठा रहा। उसे लगा कि कांग्रेस दफ्तर में काम मिलने की बात कहकर उसने अपने बहनोई के मन को निश्चय ही ठेस पहुँचाई है। वह जानता

था कि उनकी चिंता उसके भविष्य को लेकर है, उस पर होने वाले खर्च को लेकर नहीं। लेकिन तेजशंकर विवश था। जाने या अनजाने जो रास्ता उसने चुन लिया था, उससे लौटना उसके लिए अब संभव नहीं था। किसी कमजोर क्षण में उसने विश्वविद्यालय जाकर वहाँ का जायजा लेने का निर्णय लिया था। यह अच्छा ही हुआ कि उसके साथ मित्रों ने इस तरह का व्यवहार किया कि उसका मन खट्टा हो गया वरना शायद वह अपने सिद्धांतों से गिर गया होता। कांग्रेस की कचहरियों, सरकारी स्कूलों आदि के बहिष्कार की नीति अभी भी बरकरार थी। ऐसी स्थिति में यदि वह दोबारा कैनिंग कॉलेज में पढ़ने लगता तो औरों की बात अलग, अपनी दृष्टि में तो वह निश्चय ही गिर जाता। हाँ, कांग्रेस अथवा अन्य संस्थाओं द्वारा स्थापित राष्ट्रीय विद्यालयों में प्रवेश लेना उसके लिए वर्जित नहीं था। इस दृष्टि से काशी विद्यापीठ उसके लिए बहुत उपयुक्त था। यदि वह जरा-सी भी इच्छा वहाँ जाकर पढ़ने की व्यक्त कर देता तो चौथे साहब निश्चय ही उसे वहाँ भेज देते, भले ही, बल्कि निश्चय ही ऐसा करने में उन्हें अकल्पनीय आर्थिक कष्टों का सामना करना पड़ता। इसीलिए उसने बाहर जाने के लिए मना कर दिया था।

कांग्रेस दफ्तर में काम मिलने की बात उसके मुँह से बिना सोचे-विचारे ही निकल गई थी। लेकिन अब जितना ही वह इस पर विचार करता उसे लगता कि यदि ऐसा हो जाए तो बहुत अच्छा हो। इसके पीछे उसका आर्थिक दृष्टिकोण नहीं था। उसका उद्देश्य केवल अपने को व्यस्त रखने तथा संस्था के निकट रहकर देश की वर्तमान राजनीति के सीधे संपर्क में रहने का था। इसी उद्देश्य से एक दिन उसने नगर कांग्रेस अध्यक्ष सक्सेनाजी के सामने यह प्रस्ताव रखा तो वह सहर्ष इसके लिए राजी हो गए। तेजशंकर उनके साथ जेल में उन्हीं की बैरक में था और वह उसके गंभीर स्वभाव तथा सुसंस्कृत व्यवहार से काफी प्रभावित थे। "मैं तो स्वयं काफी दिनों से एक होल-टाइमर की तलाश में था," उन्होंने कहा, "लेकिन तुम्हारी योग्यता को देखते हुए वर्तमान स्थिति में तुम्हारे लिए उपयुक्त पारिश्रमिक की व्यवस्था कर पाना शायद संभव न हो सके।"

"आप मुझे लज्जित कर रहे हैं।" तेजशंकर ने उत्तर में कहा।

"मैंने इसलिए कहा क्योंकि मुझे विश्वास था कि तुम बुरा नहीं मानोगे। और यदि तुम्हें बुरा लगा हो तो मैं उसके लिए क्षमा चाहता हूँ। यह रही कुंजी।" उन्होंने जेब से चाभी निकालकर तेजशंकर को दे दी।

दूसरे दिन से ही तेजशंकर नियमित रूप से सुबह दस बजे कांग्रेस दफ्तर पहुँचने लगा। एक-दो दिनों में ही उसने वहाँ की काया पलट दी। पूरा फर्श झाड़ू लगाकर पानी से धोया। दीवालों और छतों में लगे मकड़ी के जालों को साफ किया। मेज, कुर्सियों को भीगे कपड़े से रगड़-रगड़ कर चमकाया। पुलिस द्वारा ले जाने से बच रहे तमाम कागजों, पत्रों, परिपत्रों आदि को तिथियों के अनुसार फाइलों में लगाकर अलमारी में सजा दिया। नया सदस्यता रजिस्टर (पुराना पुलिस उठा ले गई थी) बनाया। पुराने अखबारों को भी, जो इधर-उधर फर्श पर फैले पड़े थे, तिथियों के अनुसार बंडल बनाकर यथास्थान रख

दिया। पिछले एक सप्ताह के अखबार मोड़ कर मेज पर सजा दिए। कलमदान धोकर साफ किया। दवात जो महीनों से सूखी पड़ी थी, धोकर उसमें रोशनाई की नई टिक्की घोलकर उसे कलमदान में बने खाने में लगा दिया। नया सोख्ता लाकर मेज पर सजाया। कलमों की निबें, जो जंग खाकर बेकार हो गई थीं, बदल दीं। जमीन पर लावारिस पड़े चरखों को पोंछकर कमरे की एक दीवाल से सटाकर पंक्तिबद्ध लगा दिया। गांधीजी की तस्वीर को नए सिरे से फ्रेम करवाकर तथा तिलक की तस्वीर का शीशा बदलवाकर उन्हें दीवाल पर यथास्थान लगा दिया तथा एक नया कलेंडर भी बाजार से लाकर दीवाल पर टाँग दिया।

नगर कांग्रेस अध्यक्ष सक्सेनाजी उसका यह कार्य देखकर बहुत प्रसन्न हुए।उन्होंने कमेटी से पास करवा कर उसके लिए पाँच रुपए मासिक का पारिश्रमिक बँधवा दिया। तेजशंकर इसके लिए राजी नहीं हो रहा था लेकिन फिर सक्सेनाजी के कहने से मान गया। खाने-पहनने की उसे कोई चिंता नहीं थी। ऊपरी खर्च के लिए इतनी रकम उसके लिए पर्याप्त थी। सुबह दस बजे से लेकर शाम सात-आठ बजे तक वह वहाँ बना रहता। कोई नहीं होता तो वहीं बैठकर अखबार (हिंदी, उर्दू तथा अंग्रेजी तीनों भाषाओं के अखबार वहाँ आते थे) पढ़ा करता। 'यंग इंडिया' की फाइलें देखा करता या फिर राष्ट्रीय अथवा प्रांतीय कांग्रेस के पुराने सर्कुलर, जो पुलिस द्वारा ले जाने से बच गए थे, उलटता-पुलटता रहता। नहीं तो वैसे ही कोई किताब पढ़ता रहता।

छः

रात के अंधेरे में ही खेत-खलिहान मँझाता सज्जन बागों की ओर निकल आया। आम, महुआ, जामुन और उनके बीच बिखरे शीशम, आँवला, नीम आदि वृक्षों के झुरमुटों के बीच बने टेढ़े-मेढ़े गलियारे पर, जिनपर बैलगाड़ियों के चलने से उनके पहियों के गहरे निशान बन गए थे, वह आगे बढ़ता रहा। कुएँ में गिरते समय उसके घुटने में चोट आ गई थी, अतः उसे चलने में कुछ कठिनाई हो रही थी। दर्द का हलका एहसास भी उसे था। इसके बावजूद वह समान गति से चलता रहा। ढलती रात के गहन अँधेरे में वृक्षों के झुरमुटों तथा गलियारे के दोनों ओर उगे पतावर के झाड़ों से झींगुरों का स्वर सुनाई दे रहा था। तभी पतावरों के बीच थोड़ी-थोड़ी दूर पर सुनसान प्रहरी से खड़े ताड़ के एक वृक्ष पर बैठे किसी उल्लू की निस्तब्धता को चीरती हुई 'चिख, चिख, चिख, किटू, किटू, किटू' की कर्कश आवाज सुनाई दी। सज्जन सहसा भयभीत हो उठा। उसने नेत्र उठाकर आकाश की ओर देखा। दो-तीन घड़ी रात अभी बाकी थी। दिन के उजाले में इन्हीं मैदानों और गलियारों में, आज से कितने ही वर्षों पहले, वह घंटों खेला करता था। बागों में कैरियाँ ढूँढा करता था। महुआ और जामुन बीना करता था परंतु इस समय रात के

अँधेरे में उसे हर वृक्ष पर एक प्रेतात्मा बैठी नजर आ रही थी। पृथ्वी पर बड़े-बड़े अजगर लोटते दिखाई दे रहे थे। चुडैलें नृत्य करती लग रही थीं। उसका साहस टूटने लगा। पहली बार उसे एहसास हुआ कि उसके हाथ में लाठी भी नहीं है। उसे लौट जाना चाहिए क्या ? लेकिन लौट कर वह जायेगा कहाँ ? एक-एक कदम जो वह आगे रख रहा था उसी के साथ उसके पीछे का रास्ता सदा के लिए बन्द होता जा रहा था। किस मुँह से अब वह गाँव लौट कर जायेगा? क्या दउआ ने सिल्लो को जान से ही मार डाला होगा? नहीं, ऐसा नहीं हो सकता। बुआ घर में हैं। वह अवश्य बीच में आ गयी होंगी। परन्तु उसको इन बातों से अब क्या लेना-देना ? उसके लिए तो जिन्दगी की हर राह अब बन्द है। उसके जीने का भी कोई अर्थ नहीं है। शीघ्रातिशीघ्र मृत्यु का वरण करना ही उसकी नियति है। वही उसकी मुक्ति का मार्ग है। तब उसे किसी का क्या भय ! भूत अथवा प्रेत, साँप या अजगर उसके प्राण ही तो लेंगे। ऐसा करके तो वे उसके ऊपर उपकार ही करेंगे। इन विचारों से उसे कुछ बल मिला और वह किसी सीमा तक भयमुक्त होकर पुनः आगे बढ़ने लगा।

इसी के साथ उसके मन में प्रश्न उभरा कि आखिर वह जा कहाँ रहा है। वास्तव में वह बिना सोचे-विचारे ही घर से निकल पड़ा था और सामने फैले हुए मार्ग पर आगे बढ़ गया था। तभी उसे एहसास हुआ कि वह स्टेशन के रास्ते पर चल रहा है। ठीक है, यही उचित होगा। वह गाँव से जितनी दूर चला जाए उतना ही ठीक होगा। किसी विशेष गन्तव्य या स्थान का कोई अर्थ अब उसके लिए नहीं रह गया था, अतः स्टेशन जाकर जो पहली गाड़ी उसे मिलेगी उसी पर वह सवार हो जाएगा। लेकिन टिकट? टिकट लेने के लिए उसके पास पैसे कहाँ हैं? और टिकट लेने के लिए ही क्यों, किसी भी काम के लिए पैसे उसके पास नहीं हैं। एक धेला, एक पाई भी नहीं। तब, क्या वह गाँव लौटकर जगदीश या डिप्टी से कुछ पैसों का प्रबंध करे जाकर? नहीं, गाँव तो अब वह किसी कीमत पर नहीं जाएगा। ईश्वर ने उसे दो हाथ दिए हैं यही काफी हैं। रही टिकट की बात, सो न लेगा वह टिकट। सरकार क्या करेगी? अधिक से अधिक उसे जेल ही तो भेजेगी। उससे चक्की पिसवाएगी। मूँज बटवाएगी। उसे बनारस जेल में बिताए गए दिन याद आने लगे। कितना अच्छा होता कि वह वहीं बना हुआ आजीवन कारावास काट रहा होता।

आज सप्तमी थी। चंद्रमा आकाश में कब का विलीन हो चुका था। रात ढलने के साथ तारों की चमक भी फीकी पड़ने लगी। तभी थोड़ी देर बाद पूर्वी आकाश के क्षितिज पर लाली उभरने लगी और इसी के साथ वातावरण में पक्षियों का कलरव भी उभरने लगा। जीवन में पहली बार सज्जन इस निर्जन जंगल में उषाकाल का यह दृश्य देख रहा था। पूर्वी क्षितिज पर प्रकाश के उभरते ही वृक्षों के सिलहूट अपने रंग बदलने लगे और उसके देखते-देखते आकाश में सिर उठाए खड़े काले, विशालकाय दानव हरे-भरे वृक्षों में बदल गए। 'कीक, कीक, कीक, टियां, टियां, टियां' करते हुए असंख्य तोते वृक्षों से

निकलकर आकाश में उड़ने लगे। सतभाइयों के झुँड शोर करते हुए इधर-उधर फुदकने लगे। बड़ा-सा एक मोर तीन-चार मोरनियों को अपने साथ लिए उसके सामने से गुजर गया। तभी थोड़ी दूर पर खड़ी अपने बच्चे को दूध पिलाती एक हिरनी उसे देखते ही कुलाचें भरती हुई भागी। माँ के पीछे उसका बच्चा भी हवा में उछलता-कूदता भागा। अरे यह क्या? यह पूरा झुंड का झुंड कहाँ से आ गया? इसी के साथ वृक्ष पर बैठी एक लंगूरनी ने अपने बच्चे को सीने से चिपका कर जोर की एक किलकारी मारी और बच्चे को सीने में चिपकाए-चिपकाए ही उस वृक्ष से दूसरे वृक्ष पर कूद गई।

अपने स्थान पर रुककर सज्जन ने पीछे मुड़कर देखा। उसके गाँव का नाम-निशान भी उसे कहीं दिखाई नहीं दिया। बाग भी काफी पीछे छूट गए थे। चारों ओर बेतरतीब उगे हुए वृक्षों का जंगल था। मनुष्य न होकर यदि वह भी एक पक्षी या हिरन जैसा कोई प्राणी होता तो कितने आराम से इस जंगल में विचर रहा होता। परंतु उसके भाग्य में तो कुछ और ही लिखा है? क्या? कौन जानता है। शायद इसीलिए इसे प्रारब्ध कहा गया है यानी जिसका प्रारंभ तो ज्ञात हो किंतु अंत कोई भी न जान सके।

सहसा उसे बेहद थकान लगने लगी। पिछली दो रात वह एक क्षण भी नहीं सोया था। उस पर पिछले दो दिनों के घटनाक्रम ने उसके मस्तिष्क को एक कमजोर वृक्ष के समान जड़ से झकझोर दिया था। मृत्यु ने उसे बहुत निकट से छुआ था। दोनों ही प्रकार की मृत्युओं ने—भौतिक तथा आत्मिक। भौतिक मृत्यु से तो वह उबर आया था। लेकिन आत्मिक मृत्यु से? क्या वह कभी उबर पाएगा?

उसे लगा कि उससे अब और नहीं चला जाएगा। उसका पूरा शरीर पीड़ा से ग्रस्त था। सिर तो जैसे फटने को आ रहा था। अपने दोनों हाथ अपनी कनपटियों पर रखकर वह एक छतनार वृक्ष के नीचे बैठ गया। सूर्य का लाल गोला क्षितिज के ऊपर उठ आया था और चारों ओर अपना प्रकाश बिखेर रहा था। धरती से बाहर उभरी हुई वृक्ष की जड़ पर अपना सिर रखकर सज्जन जमीन पर लेट गया। उसके नेत्र अपने आप बंद हो गए तथा मस्तिष्क में चक्की चलने जैसी घुर्र-घुर्र की आवाज उभरने लगी। प्रातः की ठंडी हवा के झोंके उसके शरीर को सहलाने लगे और उसकी चेतना धीरे-धीरे लुप्त होने लगी।

लगभग सात-आठ घंटे सज्जन बिना हिले-डुले पूरी तरह अचेत पड़ा रहा। तभी एक भयानक दुस्वप्न से गुजरते हुए वह सहसा उठकर बैठ गया। उसने देखा वह अपने घर में अपनी चारपाई पर लेटा है। सिल्लो उसकी चारपाई पर बैठी उसके पैर दबा रही है। उसकी कमर में हाथ डालकर वह उसे अपनी निकट खींचकर अपनी बगल में लिटा लेता है। सिल्लो उसके शरीर से चिपट जाती है। तभी सहसा सिल्लो का चेहरा भय से विकृत हो उठता है। सज्जन देखता है, एक बड़ा-सा अजगर छत की धन्नी से लटक रहा है। वह अजगर को भगाना चाहता है लेकिन अजगर अपनी लंबी-सी जीभ लपलपाता हुआ उसके बिस्तर पर गिर पड़ता है और सिल्लो के शरीर के गिर्द लिपट जाता है। सज्जन अजगर को पकड़कर उसके शरीर से अलग करने का प्रयत्न करता है लेकिन वह

सफल नहीं हो पाता। तभी अजगर सहसा सिल्लो को छोड़कर उसके शरीर को अपनी गिरफ्त में लेने लगता है और अपना मुँह फैलाकर अपने नुकीले विषदंतो से उसे डसने को ही होता है कि सज्जन उसकी गरदन पकड़कर अपने दोनों हाथों से उसे दबाने लगता है। सज्जन के हाथों के दबाव के कारण अजगर का मुँह फैलने लगता है, उसकी जीभ बाहर निकल आती है और उसके मुँह से रक्त टपकने लगता है। लेकिन अजगर मरता फिर भी नहीं और जिसे सज्जन रक्त समझ रहा होता है, वह रक्त न होकर विष होता है जो उसके जिस-जिस अंग पर गिरता है वह अंग गलने लगता है। सज्जन का सारा शरीर पसीने से लथपथ हो गया। इधर-उधर दृष्टि दौड़ा कर उसने स्थिति का जायजा लिया। वह कहाँ है, कैसे यहाँ पहुँचा, यह समझने में उसे कुछ समय लगा।

लगभग दो बजे थे। धूप वृक्ष की डालों से छनकर उसके ऊपर पड़ रही थी। इतनी देर सो लेने से उसे कुछ आराम अवश्य मिला था किंतु शरीर में पीड़ा अभी भी थी। घुटने के जख्म पर रक्त सूखने से पपड़ी जम गई थी जिससे उस स्थान पर त्वचा में तनाव था। उसका गला बुरी तरह सूख रहा था और उसे जोर की प्यास लगी थी। वह किसी तरह उठकर खड़ा हुआ और सोचने लगा कि पानी उसे कहाँ मिल सकता है। अपने पीछे जो बाग वह छोड़ आया था उनमें इक्का-दुक्का कुएँ थे किंतु एक तो उसके पास लोटा डोर कुछ नहीं था और दूसरे, वह काफी आगे निकल आया था, अतः पीछे लौटना बहुत अक्लमंदी की बात नहीं थी। तब? वह सोचने लगा आगे पानी कहाँ हो सकता है। सबसे निकट गोला नारी ही पड़ेगी। उसका पानी कुछ गंदा अवश्य होता है लेकिन आवश्यकता पड़ने पर प्रायः लोग उसे पी लेते थे। वह अनुमान लगाने लगा कि गोला नारी वहाँ से कितनी दूर होगी। अधिक से अधिक दो कोस, उसने सोचा और किसी तरह पैर घसीटते हुए आगे बढ़ने लगा।

एक डेढ़ घंटा वह इसी तरह चलता रहा लेकिन गोलानारी उसे नहीं मिली। कोई ताल, तलैया, गड्ढा, पोखर तक कहीं दिखाई नहीं दिया। प्यास से वह बेदम हो रहा था। साथ ही भूख भी उसे सताने लगी थी और शायद भूख के ही कारण सिर में फिर से दर्द उभर आया था। उसने इधर-उधर देखा। बड़े-बड़े वृक्ष भी अब पीछे छूट गए थे। चारों ओर बंजर धरती, बीच में ढाक और बबूल के छोटे-छोटे पेड़। कोई ऐसा वृक्ष भी नहीं था जिसकी पत्तियाँ चबाकर ही वह अपनी हलक तर कर लेता। स्टेशन का भी कहीं कोई ओर छोर दिखाई नहीं दे रहा था। पानी की तलाश में वह लीक से भटक भी गया था। हे भगवान ! क्या बिना अन्न-जल के इस ऊसर में प्राण देने होंगे? पानी कहाँ है पानी? क्या बबूल की पत्तियाँ तोड़ कर ही चबाए वह? या ढाक के पत्ते? कहीं ऐसा न हो कि थककर वह यहीं कहीं गिर पड़े। नहीं, इस तरह की मृत्यु वह नहीं चाहता। तब? सिवाए चलने के और क्या उपाय है? लेकिन अब उससे चला भी नहीं जा रहा था। घुटने में दर्द बेइंतहा बढ़ गया था। साथ ही पाँवों के तलवों में जलन भी होने लगी थी। नहीं, चलना अब उसके लिए संभव नहीं है। और वह बबूल के एक वृक्ष के नीचे बैठकर विश्राम करने

लगा। जूते उतारकर उसने अलग रख दिए। पाँवों के तलवों में खासा पसीना आ गया था। हवा लगने से उनमें ठंडक पहुँची तो उसे कुछ राहत मिली। परंतु उससे अधिक देर बैठा नहीं गया। जूतों को सिर के नीचे रखकर वह वहीं बबूल की छाँह में लेट गया। यह दूसरी बार था जब वह पैदल अपने गाँव से स्टेशन जा रहा था। लेकिन पिछली बार तो वह पाँच छः घंटों में स्टेशन पहुँच गया था जबकि इस बार वह अभी आधी दूर भी नहीं पहुँचा था। उसने बहुत बड़ी भूल की। उसे रास्ते में सोना नहीं चाहिए था। लेकिन वह विवश था। दो रातों का जगा था। तो क्या हुआ? स्टेशन पहुँचकर वहाँ सो लेता। लेकिन वह अपने आप कहाँ सोया था। उसे तो जैसे किसी ने पकड़कर जमीन पर लिटा दिया हो और…वह तुरंत उठकर बैठ गया। कहीं ऐसा न हो कि वह दोबारा सो जाए और इसी ऊसर में उसे रात काटनी पड़े।

वह उठकर खड़ा हो गया। तभी उसकी निगाह घुटने के पास उसकी धोती पर चली गई जो रक्त से भीगी हुई थी। उसने धोती हटाकर देखा। जख्म पर जमी पपड़ी उखड़ गई थी और वहाँ से गाढ़ा लाल रक्त बह रहा था। बाएँ पैर के अँगूठे के नीचे बड़ा-सा फफोला भी पड़ गया था। फिर भी उसने किसी तरह जूते पहने स्टेशन की दिशा का अनुमान लगाया और धीरे-धीरे उस ओर बढ़ने लगा। उसकी भूख-प्यास सब गायब हो गई थी। उसकी सबसे बड़ी चिंता स्टेशन जानेवाले रास्ते की लीक ढूँढने की थी जिसे वह पानी की तलाश में छोड़ चुका था। परंतु एक घंटे तक बराबर चलने के बावजूद लीक उसे नहीं मिली। तभी उसने देखा पक्षी अपने नीड़ों को लौट रहे हैं। सूर्य का गोला धीरे-धीरे लाल और आकार में बड़ा होकर पश्चिमी क्षितिज को छूने लगा है। सज्जन पूरी तरह निराश हो चला फिर भी उसने प्रयत्न नहीं छोड़ा। उसे मालूम था कि स्टेशन उसके गाँव से उत्तर की ओर है। अतः उसने डूबते सूर्य से उत्तर दिशा का अनुमान लगाया और तेजी से उधर बढ़ने लगा।

सात

दिशा का अनुमान लगाने में सज्जन ने अनजाने ही एक भयंकर भूल कर दी। स्टेशन निश्चय ही उसके गाँव से उत्तर की ओर था। लेकिन जिस स्थान पर खड़े होकर उसने दिशा का अनुमान लगाया वह उसका गाँव नहीं था और स्टेशन वहाँ से उत्तर के बजाए पूर्वोत्तर दिशा में में था। अपनी इस भूल से बेखबर सज्जन आगे बढ़ता रहा। उजाला धीरे-धीरे कम होने लगा। इक्का-दुक्का भूला भटका ही कोई पक्षी अब आकाश में दिख रहा था अन्यथा अधिकांश पक्षी अपने बसेरों को लौट चुके थे। सूर्य भी अब वृक्षों की आड़ में आ गया था जिनके ऊपर लाली का एक हल्का आभास मात्र रह गया था। अँधेरा चारों ओर घिरने लगा था।

सज्जन बेतरह घबड़ा उठा। उसे फिर इस बात पर अफसोस होने लगा कि खामख्वाह वह रास्ते में सो गया। एक बार स्टेशन पहुँच जाता फिर चाहे पूरा एक दिन और रात वहाँ प्लेटफार्म पर सोता रहता। अब उसे कोई नहीं बचा सकता। उसकी मृत्यु निश्चित है। उसका शरीर इसी जंगल में पड़ा पड़ा सड़ेगा। चील, गिद्ध और कौवे उसका माँस नोच-नोच कर खाएँगे। या फिर सियार उसके शरीर की दुर्गति करेंगे। सियारों का ख्याल आते ही उसे भेड़ियों का भय भी सताने लगा। निश्चय ही भेड़िए भी इस जंगल में अवश्य होंगे। उसे भेड़ियों द्वारा अपने तथा निकट के अन्य गाँवों से बच्चों को उठा ले जाने की घटनाएँ भी याद आने लगीं। ठीक है, उस जैसे पापी को इसी तरह की मृत्यु मिलनी चाहिए। कम से कम सियार, भेड़िए, चील, कौवे और गिद्ध तो उसके माँस से अपना पेट भर लेंगे। मरने के पश्चात् ही सही, इतनी पुण्य तो उसके हिस्से में आएगी। यह सब सोचता, अपने मन को दिलासा देता, साथ ही चारों ओर घिरते अँधेरे से भयभीत होता सज्जन जिस दिशा में उसका मुँह था उसी ओर भागा चला जा रहा था।

धीरे-धीरे एक-एक कर आकाश में सितारे टिमटिमाने लगे और उसके देखते-देखते पूरा आकाश सितारों से भर गया। अष्टमी का हल्का पीला अर्धगोलाकार चंद्रमा भी आकाश में उभर आया और उसका मद्धिम प्रकाश पृथ्वी पर बिखरने लगा। सज्जन ने जूते उतारकर हाथ में ले लिए, एक क्षण आकाश की ओर निहारा, तब और तेज गति से भागने लगा। तभी, मुश्किल से वह पंद्रह-बीस मिनट भागा होगा कि थोड़ी दूर पर उसे अजगर की तरह बल खाती हुई धरती के एक सिरे से दूसरे सिरे तक फैली गोलानारी दिखाई दे गई। सज्जन ने मन-ही-मन ईश्वर के प्रति कृतज्ञता व्यक्त की और गोलानारी के पास पहुँचकर उसके जल में पैर लटका कर बैठ गया। कुछ देर वह ऐसे ही बैठा रहा, तब हाथ-मुँह धोकर दोनों हाथों से पानी को फाड़ कर चुल्लू से जल पिया। जल पीने के पश्चात उसने नाला पार किया और दूसरे तट पर आकर सोचने लगा कि उसे क्या करना चाहिए। गोला नारी मिलने का अर्थ था कि स्टेशन तक का आधा रास्ता उसने तय कर लिया है, उसने मन-ही-मन सोचा लेकिन क्या शेष रास्ता रात के अँधेरे में तय करना उचित होगा। अष्टमी का चंद्रमा निश्चय ही दो-चार घड़ी पश्चात् आकाश में विलीन हो जाएगा। रह जाएगा केवल तारों का प्रकाश, जिसमें पंद्रह-बीस हाथ से अधिक दूर कुछ भी दिखाई नहीं देगा। फिर सबसे बड़ी बात, उसे अभी तक अपनी परिचित लीक भी नहीं मिली थी और वह वैसे ही अनुमान से बंजर धरती पर चल रहा था। एक तरकीब हो सकती है, उसने सोचा। यदि वह गोलानारी के किनारे-किनारे चलता जाए तो निश्चय ही उसे परिचित लीक मिल जाएगी। वह अपने स्थान पर खड़े-खड़े अनुमान लगाने लगा कि उसे नाले के किनारे किस दिशा में आगे बढ़ना चाहिए। लेकिन इससे पहले कि वह किसी निर्णय पर पहुँच पाता, उसे लगभग सौ गज की दूरी पर अगिया बैताल दिखाई दे गया। आग की बड़ी-सी लपट एक स्थान पर उठकर सहसा बुझ जाती, तब दूसरे ही क्षण उस स्थान से कोई डेढ़-दो गज की दूरी पर उसी तरह फिर प्रकट होती और तुरंत बुझकर

अगले डेढ़-दो गज बाद फिर दिखाई दे जाती। इस तरह जलती-बुझती आग की यह ज्वाला सज्जन के देखते-देखते एक ओर से दूसरी ओर जाकर अँधकार में विलीन हो गई।

सज्जन ने आज तक अगिया बैताल के बारे में केवल सुना भर था, देखा नहीं था। निश्चय ही आग की यह ज्वाला किसी भयंकर विशाल शरीर वाले दानव के मुँह से निकल रही होंगी, उसने सोचा और उसका पूरा शरीर भय की पराकाष्ठा से काँप उठा। जूते उसके हाथ से जमीन पर गिर पड़े और मन-ही-मन हनुमान-चालीसा का पाठ करता वह जिस ओर अगिया बैताल गया था उसकी विपरीत दिशा में भागने लगा। थोड़ी ही देर वह भागा होगा कि पृथ्वी पर विचित्र-सी कोई वस्तु देखकर वह ठिठक कर खड़ा हो गया। गाय, भैंस या फिर ऐसे ही किसी पशु का कंकाल था। सज्जन को लगा कि निश्चय ही अगिया बैताल ने ही इसे मारा होगा और उसका पूरा माँस खाकर कंकाल यहीं छोड़कर किसी उपयुक्त स्थान पर विश्राम करने जा रहा होगा। वह पहले से भी अधिक भयभीत हो उठा और सारी भूख, प्यास, शारीरिक पीड़ा भूलकर पहले से दुगुने वेग से भागने लगा। उसके सामने अब एक ही लक्ष्य था—प्रेतात्माओं की इस बस्ती से जैसे भी संभव हो, बाहर निकलना। दर्द या थकान जैसी किसी बात का एहसास उसके मस्तिष्क को छू भी नहीं रहा था। बस जिधर उसके पाँव ले जा रहे थे उधर ही वह भाग रहा था। न लीक, न रास्ता। केवल वृक्षों और झाड़ियों को बचाता वह पागलों की तरह नंगे पाँव भागा चला जा रहा था। भागते-भागते कभी गिरने को होता कभी वास्तव में गिर पड़ता फिर उठता, फिर भागता। कभी दो-चार क्षण रुककर हाँफने लगता तब फिर भागने लगता। सारी रात वह इसी तरह भागता रहा। तभी भोर की ठंडी हवा और पूर्वी आकाश पर उभरती लाली से उसे इस बात का अनुमान हुआ कि वह सारी रात भागता रहा है और इसी एहसास के साथ बेहोश होकर वह जमीन पर गिर पड़ा।

कोई आठ-दस घंटे वह पूरी तरह बेहोश पड़ा रहा। अंततः उसे होश आना शुरू हुआ तो धीरे-धीरे नेत्र खोलकर उसने अपने चारों ओर देखा और बड़ी कठिनाई से प्रयत्न करके किसी तरह अपने स्थान पर उठ कर बैठ गया। खड़ा उससे फिर भी नहीं हुआ गया। उसके पैर बुरी तरह सूज गए थे। पाँवों के तलुओं में फफोले पड़कर फूट गए थे जिनसे गंदा मटमैला पानी बह रहा था। घुटने के जख्म से खासा खून बहा था जो उसकी धोती में लगा था तथा धोती का कुछ भाग जख्म से चिपक गया था। सज्जन को अपनी स्थिति का आभास होने में काफी समय लगा और जब उसने चारों ओर दृष्टि दौड़ाकर देखा कि अभी भी वह जंगल-बयाबान में ही है तो उसकी आत्मा नए सिरे से काँप उठी। स्टेशन तो उसके मस्तिष्क से कब का निकल चुका था। वह केवल यह चाहता था कि किसी तरह वह ऐसी किसी जगह पहुँच जाए, जहाँ मनुष्यों का वास हो। तभी उसे आकाश में एक ओर ढेर सारा धुआँ उठता दिखाई दिया। रेलगाड़ी होगी, उसने मन-ही-मन सोचा और उठने का प्रयत्न करने लगा। बड़ी मुश्किल से वह उठकर खड़ा हो

पाया लेकिन धुएँ के अलावा उसे रेलगाड़ी का कोई और चिन्ह कहीं दिखाई नहीं दिया। मन-मन भर के अपने पाँव जमीन पर घसीटता हुआ किसी तरह वह जिस ओर धुआँ दिखाई दे रहा था। उस ओर बढ़ने लगा। सहसा हवा काफी ठंडी लगने लगी। हे ईश्वर, यंह सब क्या हो रहा है उसके मन-ही-मन सोचा। तभी थोड़ी ही दूर वह और चला होगा कि उसने देखा सामने एक विशाल नदी बह रही है। धुआँ नदी के उस पार कहीं से उठ रहा था। उसे बनारस की गंगा का ध्यान हो आया। कहीं वह वास्तव में बनारस तो नहीं पहुँच गया? लेकिन बनारस तो उसके गाँव से बहुत दूर है। इससे क्या होता है? रात भर तो वह चला है! बल्कि दौड़ा है। और रात भर ही क्यों। एक दिन और डेढ़ रात। और फिर उसने सुन रखा था कि अगिया बैताल मनुष्य को उसकी राह भटका कर कहीं का कहीं पहुँचा देता है। निश्चय ही यह बनारस है, उसने मन-ही-मन कहा और ईश्वर को धन्यवाद दिया। किसी तरह नदी के किनारे पहुँचकर उसने पानी पिया और वहीं रेती पर बैठकर सुस्ताने लगा।

थोड़ी ही दूर पर रेती में बनी क्यारियों में बड़े-बड़े सीताफल लगे देखकर उसने अनुमान लगाया कि आसपास कोई गाँव अवश्य होगा। अपने स्थान से उठकर वह क्यारियों के पास इधर-उधर देखने लगा परंतु उसे कोई दिखाई नहीं दिया। तभी उसने गौर किया कि जिन्हें वह सीताफल समझ रहा था वह सीताफल न होकर तरबूज थे। उसने फिर इधर-उधर निगाह दौड़ाई और किसी को आसपास न पाकर एक तरबूज तोड़कर वहीं जमीन पर पटककर उसे फोड़ लिया और उसी खेत की बगल में बैठकर खाने लगा। तरबूज पूरी तरह पका नहीं था लेकिन भूख में उसे वह भी स्वादिष्ट लगा। तरबूज खाकर उसका छिलका एक ओर फेंकने को हुआ तो बगल में किसी व्यक्ति की लंबी छाया देखकर वह चौंक पड़ा। पीछे मुड़कर देखा तो एक व्यक्ति धोती पहने नंगे बदन, नंगे सिर और नंगे पाँव जमीन पर लाठी टिकाए उससे दो कदम पीछे खड़ा उसे निहार रहा था।

सज्जन कुछ कहता इससे पहले ही वह व्यक्ति बोल पड़ा, "को आओ तुम? कहाँ ते आए रहे हौ?"

"अपने गाँव ते। टेसन जाइत रहै तऊन रस्ता भुलाए के हियाँ आए गेन।"

"नाव का है गाँव का?"

"निहाली खेड़ा।"

"जिला कऊन लागत है?"

"उन्नाव।"

वह व्यक्ति एक क्षण रूका। तब बोला, "कऊन जात आओ?"

"बाम्हन।" सज्जन ने उत्तर दिया।

वह व्यक्ति खामोश हो गया तो सज्जन ने कहा, "भुखाय गे रहन तऊन एक तरबूज तुमरे खेते ते तूर के खाय लीन हैं।"

"एक अऊर खाए लेव," उस व्यक्ति ने कहा, "मुदा एत्ता चोटाए कइसे गेव? पूर

धोती तुमार खून ते तर है।"

"का बताई दादा। रात भर अगिया बैताल दऊराइस है ऊसर मां।"

"अगिया बैताल?" उस व्यक्ति के स्वर में अविश्वास जैसा भाव था।

"हाँ।" सज्जन ने कहा। तब पूछा, "ई गंगा जी आएँ न?"

"हाँ।"

"तो यू बनारस आए का?"

"बनारस हियाँ कहाँ ते आएगा? कंपू आए यू। धुआँ देखाई दइ रहा है ऊ? हुऐं की मील केर धुआँ आए।"

सज्जन एक क्षण चुप रहा। तब बोला, "उई लंग कइसे जावा जात है?"

"काहे? उइ लंग जाए मां का है। पैरब जानत हो तो पैरिके निकर जाओ नाई तो वइसी चले जाओ सूधे। पक्का पुल बना है। आध पऊन कोस होई। ऊ देखाई दै रहा है।"

सज्जन ने मुड़कर देखा। नदी के जल के ऊपर खंभों पर टिका इस तट से उस तट तक पुल का धुँधला-सा विस्तार दिखाई दे रहा था। तभी पुल की ओर से एक नाव भी उसे आती हुई दिखाई दी। एक अकेला आदमी उसे खे रहा था।

"औ नाई जो कऊनौ नाव वाला बइठाय ले तो नाव ते निकर जाओ।" उस व्यक्ति ने अपनी बात पूरी की।

सज्जन ने कोई उत्तर नहीं दिया। अपने स्थान पर बैठा वह सामने नदी के पार आकाश की पृष्ठभूमि में किसी दानव की तरह सिर उठाए खड़ी चिमनियों से धुआँ निकलता देखता रहा। वह इतना थक गया था। कि न तो उसका कहीं जाने का मन हो रहा था और न ही उसमें इतनी शक्ति बची थी कि कहीं आ जा सके।

संभवतः उस व्यक्ति ने सज्जन की मनःस्थिति भाँप ली। नाव कुछ निकट आई तो वह नाव चलाने वाले को पहचान कर उसे आवाज देने लगा, 'ए सनीचरा, ऐसी आ तनिक। सवारी लेत जा एक।"

नाव वाले ने उसकी बात सुनकर नाव बीच धारा से तट की ओर मोड़ दी।

"रहै देव दादा," सज्जन ने अपने पास खड़े व्यक्ति से कहा, "हमरे तीर पइसा नाई है एको। जऊन रहे तऊन रस्ता मां कहूँ गिरिगे।" उसने झूठ बोला।

तब तक नाव वाला काफी निकट आ चुका था। "कहाँ की सवारी आए?" उसने पूछा।

"सवारी का, गरीब बाम्हन आएँ बेचारे। पइसा-वइसा कहूँ गिरिगे हैं, बतावत हैं। चोटाइउ गे हैं बहुत। उइ पार जवइयाँ हैं तऊन मन होय तो छांड़ देव अपनी नाव ते।"

नाव वाले ने सज्जन की ओर देखा। तब बोला, "आओ बइठ जाओ।"

सज्जन किसी तरह उठकर खड़ा हुआ और तट पर खड़े व्यक्ति की सहायता लेकर नाव पर सवार हो गया।

"कहाँ जइहौ महराज?" नाव वाले ने नाव मुख्य धारा में लाते हुए पूछा।

"कहूँ छांड़ देव।" सज्जन ने उत्तर दिया।

"कहूं छांड़ देई! अरे भाई, जायेक कहाँ है तुमका?"

"कहूँ चले जाब।" सज्जन ने निर्विकार भाव से कहा।

नाव वाले ने सज्जन को संदिग्ध दृष्टि से देखा। "पहिली दांय आए हौ का हियाँ?" उसने पूछा।

"हाँ।"

नाव वाला कुछ देर चुप रहा। तब बोला, "कउनौ नातेदारी मां आए हौ का?"

"नाहीं।"

"फिर?"

"नौकरी करै।"

"कहाँ करिहौ नौकरी?"

"जहाँ मिल जाए।"

तब तक दूसरी ओर का तट आ गया था। "सरसैया घाट आए यू।" नाव वाले ने कहा, "सीढ़ी चढ़िके ऊपर चले जाओ। सहर मिल जाई।"

सज्जन नाव से उतरने लगा तो गिरते-गिरते बचा। किसी तरह वह दो-चार सीढ़ियाँ चढ़ा तब वहीं बैठ गया। इक्का-दुक्का लोग नदी में नहा रहे थे। सीढ़ियों के ऊपर पक्की समतल भूमि पर पंडों के तखत पड़े थे जिनके ऊपर बड़ी-बड़ी छतरियाँ लगी थीं।

आठ

शुरू में कई दिनों तक सज्जन सरसैया घाट की सीढ़ियों पर ही पड़ा रहा। उसके शरीर में इतनी शक्ति नहीं थी कि वह कहीं आ जा सके। पाँवों के तलवों में फफोले फूटने से जख्म हो गए थे। पाँवों में सूजन भी थी। चलना तो दूर, खड़ा भी वह मुश्किल से हो पाता था। किसी तरह प्रयत्न करके अधिक से अधिक घाट के ऊपरी भाग तक आ जाता और दिन में कोई उपयुक्त स्थान देखकर साए में पड़ा रहता। गंगा स्नान करने आने वाले लोग (प्रातः काल तो नियमित स्नान करने वालों की भीड़ लगी रहती) उसे भिखारी समझकर कुछ खाने को दे देते या उसकी हालत देखकर एक-आध, धेला पाई उसके सामने फेंक देते। पहले दिन तो सज्जन को भीख में मिला भोजन खाने में काफी हिचकिचाहट हुई किंतु किसी विकल्प के अभाव में दूसरे दिन से वह स्वयं ही सुबह-शाम घाट पर बैठे भिखारियों की पंक्ति में जा बैठता।

अंततः आठ-दस दिनों बाद चलने-फिरने लायक हुआ तो वह घाट छोड़कर ऊपर सड़क की ओर निकल आया। थोड़ी दूर ही वह चला होगा की सड़क पर चल रही ट्राम देखकर चकित रह गया। सड़क पर बिछी लोहे की संकरी पटरियों पर टन-टन कर घंटी

बजाती, इधर से उधर आती-जाती छोटे-छोटे दो डिब्बों वाली यह रेलगाड़ी उसे अजीब-सी लगी। काफी देर अपने स्थान पर खड़ा वह उसे देखता रहा। तब यह पता लगने पर कि मात्र एक पैसे में वह उसे स्टेशन पहुँचा देगी वह और लोगों की देखा-देखी लपककर उसमें चढ़ गया। भीख में मिले दो ढाई आने उसके पास थे।

उसके सवार होते ही घंटी बजाती हुई ट्राम अपनी पटरियों पर आगे बढ़ गई। सड़क के दोनों ओर दुमंजिले मकानों के बीच यदा-कदा सजी हुई दुकानें और बीच में मुसाफिरों से भरी, भागती हुई ट्राम—सज्जन को रोमांच-सा होने लगा। कभी वह सड़क की इस ओर देखता, कभी उस ओर, दुकानों पर लगे साइनबोर्ड पढ़ने का प्रयत्न करता या फिर वैसे ही ट्राम की खिड़की से सड़क के किनारे पैदल चलने वाले लोगों का जायजा लेता। जहाँ भी ट्राम रुकती कुछ लोग उससे उतर जाते, नए चढ़ आते। अंततः स्टेशन आ गया तो और लोगों के साथ सज्जन भी ट्राम से उतर पड़ा।

थोड़ी ही दूर पर स्टेशन की बिल्डिंग थी। सज्जन उस ओर बढ़ने को हुआ कि एक तांगा उसकी बगल में आकर रुका। उस पर बैठे व्यक्ति ने सज्जन को आवाज देकर बुलाया और उससे सामान लेकर चलने को कहा। छोटा-सा संदूक और बिस्तरबंद था। सज्जन अपने स्थान पर ठिठका-सा खड़ा रहा तो ताँगे वाले ने उससे कहा, "देख क्या रहा है? उठाता क्यों नहीं? मजूरी नहीं करनी है?" सज्जन ने आगे बढ़कर सामान ताँगे से उतारा और जैसा कि उसने बनारस और लखनऊ स्टेशनों पर देखा था, बिस्तरबंद संदूक पर रखकर उसे उठाने लगा। ताँगे वाले ने उसकी सहायता कर दी। खाली सिर पर ही किसी तरह संदूक को टिकाए वह उस व्यक्ति के साथ स्टेशन के अंदर आ गया और जहाँ उस व्यक्ति ने बताया वहाँ सामान उतारकर खड़ा हो गया।

स्टेशन पर कोई खास भीड़ नहीं थी। लेकिन बनारस की तुलना में यहाँ का स्टेशन काफी बड़ा था। लंबे-लंबे प्लेटफार्म जिन पर दो-एक वृक्ष लगे थे तथा जगह-जगह लोहे की बेंचें पड़ी थीं। सामान प्लेटफार्म पर उतरवाकर वह व्यक्ति पास में पड़ी बेंच पर बैठकर सिगरेट पीने लगा। सज्जन उसी के पास खड़ा होकर प्लेटफार्म पर आते-जाते लोगों को देखने लगा। थोड़ी देर में गाड़ी आई तो उस व्यक्ति ने सज्जन से अपना सामान उठवाकर अपने डिब्बे में रखवाया और जेब से दो पैसे निकालकर उसे दे दिए। सज्जन ने पैसे अपने धोती के फेंटे में, जहाँ घाट पर भीख में मिले कुछ पैसे पहले से ही बँधे थे, बाँध लिए। तभी वहाँ उतरने वाली एक सवारी ने सज्जन को बुला लिया और वह उसका सामान सिर पर उठाकर स्टेशन के बाहर आ गया। इस बार फिर उसे दो पैसे मिले। इतनी जल्दी वह एक आना कमा लेगा यह उसने सोचा भी नहीं था।

सज्जन ने स्टेशन को ही अपना अड्डा बना लिया और वहीं कुलीगीरी करने लगा। बाजार से उसने एक अंगोछा खरीद लिया जिसे कंधे पर डाले रहता और सामान उठाते समय उसका मुरेठा बनाकर सिर पर रख लेता। कभी-कभी जब उसका मन होता वह शहर घूमने भी निकल जाता। ट्राम में तो उसने कितनी ही बार सफर किया। एक-दो बार

सरसैया घाट भी निकल गया तथा उस नाव वाले को तलाशने की भी बहुत कोशिश की जिसने उसे पहले दिन इस पार उतारा था तार्कि वह उसे उसका मेहनताना दे सके लेकिन वह नाव वाला उसे दुबारा नहीं मिला।

एक दिन वह एक पुलिस वाले से मार भी खा गया। शाम का समय था ।माल रोड पर पानी का ताजा-ताजा छिड़काव हुआ था। यह समय अंग्रेजों का माल रोड पर घूमने का होता था। वह अपनी मेमों के साथ फिटनों, बग्घियों और मोटरों पर बैठकर निकलते। सड़क पर एक-दूसरे से हँसी-मजाक करते, क्लब जाकर डाँस करते और कभी-कभी तो नशे में धुत होकर अपनी बग्घियों या मोटरों में बैठे-बैठे ही गाने लगते। अतः इस समय हिंदुस्तानियों को माल रोड पर निकलने की सख्त मनाही थी। सज्जन इस बात से बिल्कुल बेखबर था। सरसैया घाट के चौराहे से उसने मालरोड पर छिड़काव होते देखा तो जिज्ञासावश वह उधर बढ़ गया। थोड़ी दूर ही वह गया होगा कि एक घुड़सवार पुलिस ने उसकी पीठ पर सड़ाक से अपना चाबुक जमा दिया। सज्जन ने मुड़कर देखा तो उसने एक चाबुक उसे और दिया जो उसके सीने और मुँह पर लगा। "इधर कैसे आया? वापस लौट।" पुलिस वाले ने उसे डाँटा तो वह उल्टे पाँव वहाँ से भागा। उसी दिन से सज्जन को पता लग गया कि शाम को माल रोड पर जाना हिंदुस्तानियों के लिए वर्जित है। दिन में भी विरले हिंदुस्तानी ही उधर निकलते थे। महिलाएँ तो उधर का मुँह भी नहीं करती थी। सज्जन ने भी उस दिन के बाद से उधर कदम नहीं रखा।

कानपुर में सज्जन को किसी प्रकार का कष्ट नहीं था। दिन भर में वह चार-छः आने आराम से कमा लेता। अन्य कुलियों की तरह पैसों के लिए अब वह सवारियों से उलझने भी लगा था, जिससे उसे एक बार में दो की जगह तीन और कभी-कभी चार पैसे तक मिल जाते। बाजार में जाकर किसी हिंदू होटल में भर पेट भोजन करता, सुबह दही-जलेबी या पूरियों का नाश्ता करता और रात को वहीं स्टेशन के वेटिंग रूम में या फिर प्लेटफार्म पर ही सो रहता। नए जूते भी उसने खरीद लिए थे तथा एक नई धोती और कुर्ता भी ले लिया था।

परेशानी केवल एक थी। उसके गाँव के कितने ही लोग कानपुर की मिलों में काम करते थे। हालाँकि अभी तक कोई परिचित उसे नहीं मिला था लेकिन उनके मिलने की संभावना से इंकार नहीं किया जा सकता था और ऐसी स्थिति में उसके यहाँ होने और स्टेशन पर कुलीगीरी करने की खबर अवश्य ही उसके गाँव, बल्कि उसके घर तक पहुँच सकती थी जो वह किसी कीमत पर नहीं चाहता था। सज्जन इस बात पर कई बार विचार कर चुका था। उसे हेमंत का भी ध्यान आया जिसने जेल से छूटते समय उससे कहा था कि यदि कभी कोई ऐसी बात हो तो वह निःसंकोच उसके पास बनारस वापस लौट आए। लेकिन वहाँ जाने में भी यही बात थी। उसके दउआ को हेमंत के बारे में जानकारी थी और उनके लिए उसे बनारस में खोज निकालना मुश्किल नहीं था। इसके अलावा वहाँ रोजी-रोटी का भी प्रश्न था। गुरुकुल में वह अब पढ़ना नहीं चाहता था और बनारस स्टेशन पर कुलीगीरी करने में कभी न कभी हेमंत से टकरा जाने की संभावना थी और वह

हेमंत की निगाह में इस स्तर तक गिरना नहीं चाहता था। हेमंत ही क्यों, कुलीगीरी करते हुए स्वयं अपनी दृष्टि में भी वह कहीं न कहीं गिर गया था। ब्राह्मण की संतान होते हुए बोझा ढोने में उसे बराबर आत्मग्लानि का अनुभव होता रहता। तब? क्यों न वह यह शहर ही छोड़ दे। कहीं और चला जाए। लेकिन कहाँ? कलकत्ता, बंबई, मद्रास कहीं भी। काफी विचार करने के बाद वह इस नतीजे पर पहुँचा कि कलकत्ता जाना ही ठीक रहेगा। उसने सुन रखा था कि वहाँ मेहनती आदमी के लिए काम की कमी नहीं है। कितने ही लोग तो वहाँ जाकर रातों-रात लखपती हो गए। उसी दिन से वह कलकत्ता जाने के लिए पैसे जोड़ने लगा।

बहुत सोच-विचार कर उसने तय किया कि कम-से-कम उसके पास तीस-चालीस रुपए तो होने ही चाहिए। सुदूर परदेस की बात है, पता नहीं कितने दिन उसे काम की तलाश में भटकना पड़े। रहने के लिए, संभव है किसी धर्मशाला आदि में कोई स्थान मिल जाए। लेकिन पता नहीं, हो सकता है उसका भी कुछ किराया देना पड़े। एक-दो दिन की बात और है, महीने दो महीने तो कोई रखेगा नहीं। जल्दी अनजान आदमी को किराए पर कमरा भी नहीं देगा। चना चबेना भी खाएगा तो भी चार-छः आने रोज तो लग ही जाएँगे। कानपुर की बात और है। कलकत्ता महँगा शहर होगा।

इसी के साथ उसे इस बात का एहसास भी हुआ कि कुलीगीरी के काम में उसे इतने रुपए जमा करने में वर्षों लग जाएँगे। दिन भर में मर खप कर चार छः आने मिलते थे उसमें से बहुत बचाएगा तो एक डेढ़ आना रोज बचा पाएगा। सो महीने में अधिक से अधिक दो-चार रुपए बचेंगे। इससे क्या होगा? अतः वह दूसरी नौकरी तलाशने लगा। दो-एक मिलों के चक्कर भी लगाए उसने लेकिन कहीं कुछ बना नहीं। तभी सौभाग्य से उसे जनरलगंज में बजाजे की दुकान में बारह रुपए मासिक पर नौकरी मिल गई। काम कुछ खास नहीं था। सुबह दुकान खोलकर सफाई करना, दिन में ग्राहकों के आने पर कपड़े के थान या धोती के जोड़े आदि उठाकर मालिक को देना, ग्राहकों के चले जाने के बाद थान लपेटकर यथास्थान रखना, इतवार वाले दिन मालिक के साथ सिर पर कपड़ों का गट्ठर रखकर फेरी पर निकलना तथा मेले-ठेले में मालिक के साथ जाकर वहाँ दुकान लगाना और धरा-उठाई का सारा काम देखना। कुछ दिनों बाद मालिक की कृपा से उसे दुकान के चबूतरे पर सोने की भी आज्ञा मिल गई।

कपड़े की दुकान पर काम करते-करते सज्जन इस जीवन का इतना अभ्यस्त हो गया कि कलकत्ता जाने की बात एक बार उसके दिमाग से निकल ही गई। तभी एक दिन वह दुकान में कपड़े के थान लपेट कर रख रहा था कि उसे बच्चल सिंह उधर से निकलते दिख गए। वह घबरा गया। वह नहीं चाहता था कि उसके गाँव के किसी परिचित को पता चले कि वह दुकान में इस तरह की नौकरी कर रहा है।

उसने उसी दिन अब तक की जोड़ी हुई पूरी रकम गिनी। बीस बाइस रुपए थे। वही रकम लेकर वह अगले दिन कलकत्ता जाने वाली गाड़ी मे बैठ गया।

नौ

यह तो वह ठीक से नहीं जानता था कि कलकत्ता वहाँ से कितनी दूर है लेकिन इतना एहसास उसे था कि वहाँ से लौटकर आ पाना अब शायद उसके भाग्य में न हो। पूरब के बारे में उसने बहुत-सी किंवदंतियाँ सुन रखी थी कि वहाँ जादू-टोना होता है। मूठ और मंत्र चलते हैं औरतें आदमी को भेड़ा बनाकर रख लेती हैं। दिनभर उन्हें भेड़ा बनाए रखती हैं। रात में फिर आदमी बना लेती हैं। उनके चंगुल से निकल पाना मुश्किल ही नहीं, असंभव है। ऐसी एक घटना उसने अपनी किसी रिश्तेदारी में सुनी थी कि एक आदमी भेड़ा बना-बना ही वहाँ से भाग आया लेकिन उसके घर वालों ने उसे पहचाना नहीं और बार-बार उसके घर में घुसने पर लाठियों से पीट-पीट कर उसे मार डाला। मरते ही वह अपने असली रूप में आ गया और उसके घर वाले उसे पहचान कर रोने लगे। उसकी पत्नी ने तो रोते-रोते अपने प्राण ही त्याग दिए। इसी तरह के विचारों में खोया, सज्जन गाड़ी में बैठा चला जा रहा था। कभी वह कल्पना करता कि वहाँ से वह ढेरों रुपए कमा कर गाँव लौटा है। गाँव के उसके साथी-संगी, उसके दउआ और बुआ उसे हाथों-हाथ ले रहे हैं। दउआ तो, जब वह सोने की अशर्फियों से भरी गठरी आँगन में खोलता है, आँखें फाड़कर उसे देखते रह जाते हैं। वह एक बढ़िया क्लारास घोड़ा खरीदता है। उसी पर बैठकर वह कुर्ब जवार में निकलता है तो लोग उसे झुक-झुककर बंदगी करते हैं। तभी उसे सिल्लो की याद सताने लगी। पता नहीं दउआ ने उसके साथ क्या व्यवहार किया हो। कहीं ऐसा तो नहीं कि वह उसे उसके गाँव छोड़ आए हों और विवाहिता होकर भी वह विधवाओं का जीवन व्यतीत कर रही हो। या फिर घर में रखकर ही वह उसे लगातार कष्ट दे रहे हों। रोज मारते-पीटते हों। उसका मन अपने पिता के प्रति घृणा से भर उठा। नहीं, वह गाँव लौटकर नहीं जाएगा। कम-से-कम जब तक उसके दउआ जीवित हैं तब तक तो नहीं ही। वहीं कलकत्ता में मर खप जाएगा लेकिन गाँव जाने का नाम नहीं लेगा।

हावड़ा स्टेशन पर उतर कर सज्जन छोटी-सी पोटली में बँधा अपना सामान लेकर बाहर आया तो वास्तव में अचंभे में पड़ गया। उसके सामने हवा में झूलता हुआ-सा हावड़ा का विशाल पुल खड़ा था जिसके नीचे गंगा अपने पूरे वेग से बह रही थी। ऊपर मोटरें, बग्घियाँ, ट्राम गाड़ियाँ, ठेले और पैदल लोग निकल रहे थे। उसने गौर से देखा पुल के नीचे न कोई खंभा न कोई अन्य आधार। निश्चय ही इस शहर में कोई न कोई जादू है, उसने सोचा। अन्यथा इतना बड़ा पुल हवा में कैसे टिका हुआ है। लोगों की भाषा भी एकदम बदली हुई। सज्जन बनारस जेल में हेमंत को बंगला बोलते सुनता था। लेकिन यहाँ की भाषा तो उसकी समझ में बिल्कुल भी नहीं आ रही थी। काफी देर तक स्टेशन के सामने भौंचक-सा खड़ा वह पुल पर भागती भीड़ को देखता रहा। तब धीरे-धीरे पुल की ओर बढ़ने लगा। सहसा वह एक ट्राम के नीचे आते-आते बचा। "बो का पाठा। दीखचे न की?" ट्राम के चालक ने उसे बंगला में गाली दी और घंटी बजाते

हुए आगे बढ़ गया। तभी एक बग्घी वाले ने भी उसे बंगला में कोई मोटी-सी गाली दी। सज्जन उसके घोड़े से टकराने से बचने के प्रयत्न में एक मोटर के नीचे आते-आते बचा। बहरहाल, किसी तरह मोटरों, बग्घियों, ट्रामों आदि से बचता हुआ वह धीरे-धीरे आगे बढ़ता रहा। नीचे नदी में बड़ी-बड़ी दो-तीन नावें जल की सतह पर तैर रही थीं। इतनी बड़ी नावें भी वह जीवन में पहली बार देख रहा था। किसी-किसी नाव में कपड़े के पाल भी लगे थे जो उसके लिए एक अजूबा था। बौखलों की तरह अपने चारों ओर दृष्टि दौड़ाता, ठेलों और गाड़ियों से बचता वह किसी तरह पुल पार कर गया।

सड़क के दोनों ओर बनी इमारतों को निहारता, मोटरों तथा घोड़ा गाड़ियों से बचता-बचाता सज्जन बड़ा बाजार की ओर निकल आया। तभी एक व्यक्ति को एक लड़के को पीटते तथा शुद्ध हिंदुस्तानी में उसे गालियाँ बकते सुनकर वह रुककर उसे देखने लगा। कोई दुकानदार था। अपने नौकर को उसकी किसी गलती पर पीट रहा था। सज्जन को अपनी ओर घूरता देखकर वह उस पर बिगड़ा "की देखछिस की? एइ खाने कोनो तमासा होच्चे की? जा पाला एखान थेके।"

सज्जन कुछ समझा नहीं। वह खामोश खड़ा उसे घूरता रहा।

"ए, तुझसे ही कह रहा हूँ," इस बार वह हिंदुस्तानी में बोला, "क्या चाहिए तुझको?"

"नौकरी।" सज्जन के मुँह से निकला

दुकानदार ने सज्जन को ऊपर से नीचे तक गौर से देखा "कहाँ से आया है?" उसने पूछा।

"कानपुर से।" सज्जन ने उत्तर दिया।

"कौन जात है?"

"क्षत्री।" सज्जन अकारण ही झूठ बोल गया।

उस व्यक्ति ने सज्जन को दोबारा गौर से देखा। "क्या काम करेगा?"

"कुछ भी।"

"चल, अच्छा, यह पारसल उठा।" उसने टीन की पत्तियों से कसकर बँधे हुए लकड़ी के एक बक्से की ओर इशारा किया।

सज्जन ने झुककर उसे हाथ से हिलाकर अंदाजा। वह खासा वजनी था। "उठा के क्या करना है?" उसने पूछा।

"सिर पर रख के खड़ा हो।"

सज्जन ने अपनी पोटली वहीं दुकान के तख्ते पर रख दी। उसे काफी मेहनत करनी पड़ी। एक बार उसने दुकानदार की ओर मुड़कर देखा कि शायद वह उसे उठाने में उसकी सहायता करे लेकिन वह उसी तरह अपनी गद्दी पर बैठा रहा। सज्जन ने भी हार नहीं मानी और अंततः वह उसे उठाकर सिर पर रखने में सफल हो गया। "कहाँ ले जाना है?" उसने पूछा।

"ऐसे ही खड़ा रह।"

सज्जन पारसल सिर पर रखे खड़ा रहा। कोई दो-तीन मिनट बाद दुकानदार ने कहा, "चल नीचे रख दे····संभाल के।"

वह न भी कहता तो भी सज्जन उसे नीचे उतार देता। इतना भारी बोझ सिर पर रखकर खड़े होने से उसके पाँव काँपने लगे थे। दोनों हाथों से पकड़कर किसी तरह उसने उसे नीचे उतारा। वह लगभग गिरने को हुआ लेकिन फिर संभल गया।

"चार आना रोज मिलेगा। करेगा काम?" लाला ने पूछा।

सज्जन एक क्षण चुप रहा। यात्रा में बचे हुए लगभग दस रुपए उसके पास अभी थे। "आठ आना रोज लूँगा।" उसने कहा।

"चल भाग।" लाला ने उसे दुत्कार दिया। लेकिन सज्जन के वहाँ से आगे बढ़ते ही उसने उसे दुबारा आवाज दी, "सुन, पाँच आना लेगा?"

"नहीं।" सज्जन ने कहा।

"चल अच्छा छः आना दे दूँगा। उससे एक पैसा ज्यादा नहीं।"

कानपुर में कपड़े की दुकान पर जो मजदूरी उसे मिलती थी, उससे यह कुछ कम थी। लेकिन यह सोचकर कि खाली भटकने से यही अच्छा होगा, बाद में कोई और काम खोज लेगा, वह राजी हो गया।

उसी समय से वह दुकान पर काम करने लगा। चाय के थोक व्यापार की दुकान थी। सुबह नौ बजे से रात के नौ बजे तक उसे कड़ी मेहनत करनी पड़ती। स्टेशन से जो पारसल ठेलों पर लदकर आते, उन्हें गोदाम में लगाना होता। बाहर जाने वाले माल के पारसल बनाने होते तथा उन्हें ठेले पर लादकर लाला के साथ स्टेशन पर बिल्टी बनवाने जाना पड़ता।

अपनी कड़ी मेहनत से सज्जन ने दो-चार दिनों में ही लाला का मन जीत लिया और उसकी कृपा से रात में दुकान के बाहर चबूतरे पर सोने की आज्ञा भी उसे मिल गई। इतवार को दुकान बंद रहती। उस दिन सज्जन इधर-उधर घूमने निकल जाता। धीरे-धीरे वह कलकत्ता के सारे रास्ते पहचान गया, अपनी तरफ के कुछ लोगों से उसका परिचय भी हो गया और थोड़ा बहुत वहाँ की बोली भी वह सीख गया। जल्दी ही उसे अपनी दुकान के निकट ही एक मकान के तिमंजिले पर दो रुपए महीने पर एक कोठरी भी किराए पर मिल गई और वह राशन पानी रखने, खाना पकाने आदि के लिए आवश्यक बर्तन और बाँस की एक चारपाई तथा बिस्तर ले आया। इस तरह उसने अपनी छोटी-मोटी गृहस्थी जमा ली और आराम से रहने लगा।

दस

सज्जन को यह कोठरी दिलाने वाला उसी की तरफ का, रायबरेली का एक पान वाला,

मेवालाल था जिसकी बड़ा बाजार में लाला की चाय की थोक दुकान के पास ही पान की दुकान थी, जहाँ से लाला अक्सर ही अपने तथा अपने ग्राहकों के लिए सज्जन से पान मँगवाया करता था। मेवा की अपनी खोली भी उसी बिल्डिंग में सज्जन की खोली की बगल में थी। काफी दिनों से वह वहाँ अपनी पत्नी और बच्चे के साथ रह रहा था। सज्जन वाली कोठरी में अभी तक जो व्यक्ति रह रहा था, उसे मकान-मालिक के अन्य किराएदारों के कहने पर निकाल दिया था क्योंकि वह अक्सर ही रात को शराब पीकर आता तथा देर तक औल-फौल बकता और सारे किराएदारों को परेशान करता रहता। वह खोली खाली होते ही मेवा ने मकान मालिक से कहकर उसे सज्जन को दिलवा दिया। सज्जन से वह काफी प्रभावित था। जब भी सज्जन उसकी दुकान पर पान लेने आता, दोनों में छिटपुट बात होती रहती जिससे मेवा को सज्जन के बारे में इतनी जानकारी मिल गई थी कि वह उसी की तरफ का रहने वाला, अच्छे भले परिवार का लड़का है।

अगल-बगल रहते हुए मेवा और सज्जन के बीच काफी घनिष्ठता हो गई और यद्यपि प्रारंभ में मेवा की पत्नी, कुंती, सज्जन से पर्दा करती रही लेकिन धीरे-धीरे वह भी सज्जन के सामने निकलने लगी और कुछ ही दिनों में दोनों के बीच देवर-भाभी का रिश्ता बन गया क्योंकि मेवा सज्जन से काफी बड़ा था और अपने गाँव की तरफ का होने के नाते उसे अपने छोटे भाई की तरह मानता था। इस प्रकार सज्जन, कुंती को 'भौजी' और कुंती उसे 'लाला' कहकर बुलाने लगी और दोनों के बीच हँसी-मजाक का रिश्ता बन गया।

बड़ा बाजार में सभी दुकानें प्रातः नौ बजे के लगभग खुलने लगतीं। अतः मेवा और सज्जन एक साथ ही डेरे से निकलते और रात को एक साथ ही लौटते। जब कभी लाला की दूकान बंद होने में देर लगती तो मेवा भी अपनी दूकान खोले सज्जन की प्रतीक्षा करता रहता परंतु अधिक दिनों यह सिलसिला नहीं चला। सज्जन को जल्दी ही हावड़ा में एक चटकल में नौकरी मिल गई और उसने लाला की नौकरी छोड़ दी। अब सज्जन सुबह जल्दी ही निकल जाता और शाम को जल्दी ही लौट भी आता। ऐसे में प्रायः जब कुंती अपनी कोठरी में भोजन पकाती होती तो सज्जन सामने आँगन में चारपाई पर बैठा उसके डेढ़-दो वर्ष के बच्चे को खिलाता रहता।

धीरे-धीरे सज्जन का खाना भी मेवा के यहाँ ही बनने लगा। इसके बदले में सज्जन एक उचित रकम प्रतिमाह मेवा को देने लगा। इस के अतिरिक्त अक्सर ही वह अपने पैसों से साग-सब्जी और कभी-कभी बच्चे के लिए मिठाई आदि भी ले आता। अकेले में एक-दूसरे से मिलते रहने से सज्जन और कुंती के बीच खुलापन धीरे-धीरे बढ़ने लगा। कुंती वैसे भी काफी हँसमुख और खुले स्वभाव की थी और यद्यपि आयु में वह सज्जन से दो-चार वर्ष बड़ी थी, देखने में वह उससे छोटी ही लगती थी। सुंदर भी थी वह। उस पर पान खाने के कारण उसके होंठ हरदम लाल बने रहते थे।

अक्सर ही उसकी गोद से बच्चे को लेते या फिर वैसे ही उसकी बगल से निकलते कुंती का शरीर सज्जन के शरीर से छू जाता तो सज्जन को रोमांच-सा होने लगता। परंतु कुंती पर किसी प्रकार की प्रतिक्रिया नहीं होती। वह सहज भाव से अपना काम करती रहती। तभी एक दिन बच्चे को गोद में लिटाए दूध पिलाते हुए उसने सज्जन से पूछा, "अच्छा लाला, एक बात बताओ। अब तक तुम अपन बिहाव काहे नाहीं किहो?"

"कोऊ मिलै नाई।" सज्जन ने उत्तर दिया।

"अईस कइसे ह्वे सकत है।"

"मिलीं तो बहुत मुदा जईस हम चहित रहै वईस नाई मिली।" सज्जन झूठ बोला।

"काहे, कईस चहत रहौ तुम?"

"सच्ची बताई?"

"हाँ, बताओ।"

"बिल्कुल तुमरी तना।"

"हमार बहिन है एक। उइ ते बिहाव करा देई तुमार। बिल्कुल हमरी तना है देखै मां।"

सज्जन ने भेदभरी दृष्टि से उसकी ओर देखा। "तुमरी बहिन का तो हम दीख नाई मुदा तुम जो हमका मिली होतिउ तो हम जरूर बिहाव कइ लेइत तुमते।" उसने कहा।

"मुदा तुम तो लाला छत्री आओ।" कुंती ने हँसकर उसे याद दिलाया।

इन लोगों से भी सज्जन ने यही कहा था कि वह क्षत्री है।

"तो का भा? या तो दिल की बात आए। छत्री बाम्हन ते ई मां का होत है।"

"तो तुमार दिल आएगा है हमरे ऊपर?"

"यहै जान लेव।"

"अइसी बातन का परनाम का होत है यहौ जानत हौ?"

सज्जन को सहसा सिल्लो वाली घटना याद आ गई। "परनाम को देखिस है भला?" प्रत्यक्ष उसने कहा।

अंदर चूल्हे पर चढ़ी दाल में उबाल आ गया था। कुंती ने बच्चे को बिस्तर पर लिटा दिया और अंदर कोठरी में चली गई।

कभी सज्जन अपनी तरफ से भी उससे इसी तरह की कोई बात छेड़ देता। "अच्छा भउजी, एक बात बताओ तुम हमका," एक दिन उसने कहा, "सच्ची, सच्ची।"

"का?"

"तुमरी खातिर तो तुमरे गाँव में बड़े खून कतल मे होइहैं।"

"तुम नाई भेव नाई तो तुमरौ कतल ह्वइ जात।" कुंती ने कहा और खिलखिलाकर हँस पड़ी। सज्जन भी हँसने लगा।

औरतों द्वारा भेड़ा बनाए जाने वाली बात भी सज्जन ने एक दिन उससे पूछी, "अच्छा भउजी, तुम तो हियाँ एत्ते दिनन ते रह रही हौ। तुमहू सुने हौ का कि हियाँ

मेहरिया मनईन का भेड़ा बनाय के अपने तीर बाँधे रहती है।"

"सुने का हन, हम खुदै सीख गे हन कइसे भेड़ा बनावा जात है।" कुंती ने उत्तर दिया।

"कइसे बनावा जात है?"

"मंत्र होत है?"

"कऊन मंत्र?"

"तुमरे समुहे पढ़ि देबे तो तुम भेड़ा न बन जइहौ।"

"पढ़ि देव तुम। हमका मंजूर है।"

"मुदा पहिलै कउनौ मजबूत रसरी का तो परबंध कइ लेई।"

"काहे?"

"भेड़ा बनिके जो कहूँ अंते भाग गेव तुम तो?"

"भेड़ा तो हम अइसेहे बनि गे हन। तुम हमका जब चाहौ तब रसरी ते बांधि लेव।"

"अच्छा तो फिर कउनेव दिन बाँधब।"

दोनों के बीच हँसी-मजाक का यह सिलसिला बराबर चलता रहा परंतु कुंती ने कभी भी उसे शब्दों की सीमा को पार नहीं करने दिया। जिस तरह बिल्ली अपने शिकार से खेलती है, उसी तरह वह सज्जन से खेलती रहती और कभी भी उसे मर्यादा की सीमा लाँघने नहीं देती। सज्जन का भी कभी साहस नहीं हुआ कि वह उस सीमा को पार करे।

चटकल से लौटने के बाद सज्जन प्रायः घर पर ही बना रहता। हाँ कभी-कभी विशेषकर इतवार के दिन वह बाहर घूमने निकल जाता। कभी हावड़ा में गंगा के किनारे तो कभी चौरंगी या फिर वैसे ही निरुद्देश्य कहीं किसी सड़क पर टहलता रहता। कानपुर अथवा बनारस की अपेक्षा यहाँ अधिकांश सड़कों पर शाम से ही बिजली का प्रकाश होने लगता जिससे पूरा शहर ही शाम ढले जगमगाने लगता।

तभी एक शाम वह पार्क स्ट्रीट से गुजर रहा था कि किसी ने पीछे से उसके कंधे पर हाथ रखा, "एइ, तुमी सोज्जन आचे न?"

सज्जन ने मुड़कर देखा। उसके सामने हेमंत खड़ा था। "अरे, हेमंत तुम।" उसने कहा। तब सहसा चौंककर बोला, "यह तुम्हारे शरीर को क्या हो गया? बिल्कुल पीला पड़ गया है जैसे।"

हेमंत हँसा, "वैसे ही। कुछ खास नहीं। पीलिया हो गया था। वही जलवायु बदलने के लिए यहाँ मामा के यहाँ आया हूँ।" और उसने सज्जन को खींचकर गले से लगा लिया।

ग्यारह

"अबै काल्ह कि परों की बात आए। कारखाने मां सब जने बतावत रहैं। ऊ जऊन नाका हिंडोला ते फतेगंज का सड़क जात है तउने पर सबरे-सबेरे दुइ जने माथे पर टीका चंदन लगाए एक गइया का लिहे जात रहे। एक जना तो ऊकी रसरी पकरे आगे ते खींचै औ दूसर पाछे ते डंडा चलावै ऊ पर मुदा गइया तबहूँ आगे न बढ़ै। तबहीं समुहे ते कऊनौ मंदिर के कोऊ पुजारीजी आवत रहैं। उनका देखके दूनो जने ठाढ़ होइगे। पुजारी जी अपन चुप्पे आगे बढ़िगे। तबहीं गइया का किहिस कि पुजारी जी की रामनामी पकर लिहिस। अपने मुँह ते। पुजारी जी रुकिगे। देखिन का कि गइया की आँखिन ते झर-झर आँसू बहि रहे हैं। पुजारी जी का समझै मां देर नाई लाग कि ई दूनो जने कसाई आएं। औ ई के मारे कि कोऊ कुछ कहै न तऊन टीका चंदन लगाए हैं।" चुन्नी लाल रतन के चबूतरे के पास खड़ा कह रहा था और तमाम लोग, रतन, पंडित कृपा शंकर, बिशुन बाबू, स्वामी दयाल, नन्हे बाबू, बंगाली बाबू, मैकू सेठ आदि चबूतरे पर बैठे या गली में खड़े खामोशी से सुन रहे थे।

"फिर का भा ?" मैकू सेठ ने पूछा।

"भा का। पुजारी जी उनते पूछिन कि ई गऊ माता का कहाँ लिहे जा रहे हौ तो उइ कहै लाग हम ई का मोल लीन हैं। घरै लिहे जाइत हैं अपने। वहै नई रस्ता देख के जाए मां आना-कानी कै रही है।

"पुजारी जी गइया के गले में हाथ फेरावै लाग तो वा पुजारी जी के पावन मां मूड़ धरिके हुऐंह सड़क पर बईठ गै और उनके पाँव चाटैं लाग।

"थरै लिहे जा रहे हौ तो लइ जाओ,' पुजारी जी कहिन औ किनारे ठाढ़ ह्वेगे। उइ दूने जने बड़ी कोसिस किहिन मुदा गऊ माता हुआँ बइठ गईं तो बईठ गईं। आखिर डंडा ते हूल हाल के उइ पंचै ऊ का ठाढ़ किहिन और रसरी पकर के फिर खींचै लाग। गऊ माता पुजारी जी का देखैं औ फिर रोवै लागैं।

"बस,' पुजारी जी कहिन, 'बहुत ह्वइगा। तुम हमका मूरख न समझौ। जेत्ते की गइया लाए हो ओत्ते पइसा हमते लेव औ ई का हमका दइ देव।'

"कसाइऊ जानिगे कि बात खुलिगै है। सो उइ अब दूसर पैंतरा बदलिन। पुजारीजी ते बोले, 'अपन रस्ता लेव महराज। हमरे बीच मां न परौ।' औ पहिलेन की तना फिर एक जना रसरी खींचै लाग औ दूसर डंडा चलावै लाग। पुजारीजी बूढ़ जरूर रहे मुदा उइ लपक के कसेवा के हाथ पकर लिहिन। अब दूनो जने मां होय देव। ऊ दुइ जने औ पुजारी जी अकेले।"

चुन्नी लाल रुककर सुस्ताने लगा। और लोग भी खामोश होकर उसके दम लेने की प्रतीक्षा करने लगे। तभी चुन्नी लाल ने आगे कहना शुरू किया, "एत्ते मां हुआँ भीड़ लाग गै। सब जने पूछै लाग कि बात का आए तो ऊ कसाई बोले हम या गइया खरीद के

अपने घरै लिहे जा रहे हन तऊन ई पंडित महराज हमका लै नाई जाए दै रहे। अब भीड़ देखै कि उनहू के टीका चंदन लाग औ यऊ रामनामी ओढ़े, सो कीन का जाए। तबहीं भीड़ मां एक जना पहिचान लिहिस उनका। ऊ कहै लाग, 'अरे यू तो मुन्ना कसाई आए, कसाई-बाड़े का, औ यू दूसर जानौ ई का भाई आए।' ऊका एत्ता कहब भा कि सब जने चिल्लाए लाग, 'मारो सारे का।' "

चुन्नीलाल का इतना कहना हुआ नहीं कि बिशुन बाबू ने अपनी बगल में बैठे स्वामी दयाल की नंगी पीठ पर जोर का एक हाथ दिया।

"यू का भा ?" चुन्नी लाल चौंक पड़ा।

"तुमही तो कहेव मारो सारे का।" बिशुन बाबू ने कहा। लेकिन जब उन्होंने देखा कि किसी ने भी उनके मजाक में रस नहीं लिया और सब पहले के समान गंभीर बने रहे, यहाँ तक कि स्वामी दयाल ने भी किंचित खीझ से उनकी ओर देखा तो उन्होने बात बदल दी। "अरे मसा रहा भाई।" उन्होंने कहा और चुन्नी लाल से बोले, "हाँ, तुम आगे बताओ।"

"एत्ते मां हुआँ पुलिस आए गै," चुन्नी लाल ने कहा, "औ गइया समेत दूनो कसाई औ पुजारी जी का लइ के थाने चली गै। भीड़ौ गै साथे साथ। अब जो यू मामला देखिन पुलिस वाले तो थाने से सूधे सबका लिहे लिहे चले गे कचहरी औ मजिस्ट्रेट के समुहे मुकदमा पेस ह्वइगा। मजिस्ट्रेट कउनौ अंग्रेज रहा। ऊ पुजारी जी की औ कसाई की, दूनो जने की बात सुनिस तब कसाई ते पूछिस, 'टुभ को मैन गऊ का पइसा लेने को माँगटा कि नहीं माँगटा।' कसेवा मना कइ दिहिस। कहै लाग हम गइया पालैक लाए हन, बेचै का नाई लाएन।"

"वह आदमी कहाँ चला गया था जिसने कसाई को पहचाना था ?" नन्हे बाबू ने बीच में टोका।

"अब को जानै भीड़ मां कहाँ चला गा रहै।" चुन्नी लाल ने कहा, "हम तो भाई जऊन बात सुनेन तऊन बता रहेन है।"

"हाँ, हाँ तुम बताओ।" स्वामी दयाल ने कहा।

"सो यू भा लाला कि मजिस्ट्रेट अपन फैसला दइ दिहिस।"

"का फैसला दिहिस ?"

"फैसला ऊ यू दिहिस कि जी की गइया आए ऊ का पूर हक है ऊ पर। चाहे ऊ ऊका पालै चाहे कुरबानी दे।"

मैकू सेठ ने चुन्नी लाल की इस बात पर एक लंबी साँस ली। " यू कऊन फैसला भा ?" उन्होंने कुछ तैश में कहा।

"आगे तो सुनो," चुन्नी लाल ने कहा, तब बोला, "सो मजिस्ट्रेट का फैसला सुनके कसाई बड़े खुस भे औ हुआँ ते जाए लाग। तबै मजिस्ट्रेट आगे कहिस कि कोहू का कउनेव जानवर का मारै पीटै का हक नाई है। औ जो कोऊ अस किहिस तो हम जानवर

के ऊपर अत्याचार करै के जुरुम मां ऊ का छः महीना जेहेल की सजा कइ देबे। एत्ता कहिके मजिस्ट्रेट बोला, 'मैन अब टुमको अपने जानवर को ले जाने माँगटा मगर हम डेखे गा टुम कैसे ले जाएगा।' औ उ अपने कमरा ते निकर के बाहर आएगा जहाँ पुलिस वाला गइया की रसरी पकरे ठाढ़ रहे।"

मेकू सेठ के चेहरे पर तनाव कुछ कम हुआ और अनजाने ही उनके होंठों पर मुस्कान की एक हल्की-सी रेखा उभर आई।

"अब कसाई की आफत आई," चुन्नी लाल ने आगे कहना शुरू किया। "गइया की रसरी तो ऊ पुलिस वाले के हाथे से लइ लिहिस मुदा अब करै का। बड़ी देर तक ऊ गइया की देहीं सोहरावत रहा। मुदा जइसेन ऊ रसरी खींचै औ ऊ का साथी हाथे से गइया के कूल्हे पर धक्का दे कि गइया अपन खुर जमीन मां गड़ा दे। पुलिस, मजिस्ट्रेट, पुजारीजी औ तमाम भीड़ हुआँ ठाढ़े तमासा देखै। बड़ी कोसिस किहिस कसेवा, कहूँ ते घास लावा। ऊ का देखाइस गइया का। तब केला लै आवा कहूँ ते वऊ देखाइस। घास, केला तो सब खाय लिहिन गऊ माता मुदा जाय का नाव न लें। हुऐं ठाढ़े अपन मूड़ी हलावैं, बस।"

मैकू सेठ अब बाकायदा हँसने लगे।

चुन्नी लाल भी हँसने लगा। "सो लाला बड़े जतन किहिस ऊ। मुदा गऊ माता एकौ इंच आगे नाई बढ़ीं। आखिर हार के कसेवा मजिस्ट्रेट से हाथ जोड़ के बिनती करै लाग कि दस रुपया की गइया हम खरीदे रहन तऊन मालिक हम का देवाय देव हम अपने घरैं जाई। पुजारी जी तुरतै राजी ह्वेगे। ऊ कहै लाग हमका आधे घंटा की मोहलत दीन जाए हम रुपया लाए के अबै देइत है। मुदा मजिस्ट्रेट मना कइ दिहिस। ऊ कहै लाग कि अगर यू पहले राजी ह्वेगा होतै तो हम ई का रुपया देवाय देइत। अब ई का रुपया न मिली। मुदा पुजारीजी बिनती करै लाग कि सरकार ई चाहे कसाई होयं औ चाहे कोऊ अऊर रुपया तो ई लगइबै भे हैं। मजिस्ट्रेट बोला, 'ठीक है टुम पैसा डेना माँगटा तो डे सकटा।' पुजारीजी फिर मोहलत वाली बात कहिन। तबै भीड़ मां सब जने चिल्लाए लाग 'पइसा हम देबे, पइसा हम देबे।' पुजारीजी मान गे औ हुएँ जमीन मां अपन रामनामी बिछाए दिहिन। अब आवै देव पइसा ऊमां। कोऊ अठन्नी, तो कोऊ चवन्नी, तो कोऊ रुपया, कोऊ दुइ रुपया। मिनटन मां ऊमां ह्वेगे सौ ते ऊपर! अब पुजारी जी का करैं? ऊ कहै लाग, 'भाई दस रूपया ई मां ते ईका दइ देव औ बाकी सब जने अपन अपन पइसा लइ लेव।' मुदा पइसा कोऊ वापस लेक तैयार नाई भा। आखिर यू फैसला भा कि दस रुपया तो कसाई का दइ दीन जाएँ औ बाकी रुपया ते पुजारीजी अपने मंदिर मां एक गऊसाला बनावैं। सो दस रुपया तो ऊ का दइ दीन गे। औ जइसन ऊ रुपया पाइस, भाग हुआँ ते ऊ। रसरिउ, डंडा अपना छांड़ि गा हुआँ।"

"औ गइया?" मैकू सेठ ने पूछा.।

"गइया तो पुजारी जी की ह्वेगै। सो ऊ हुवाँ ते चले तो सब जने बतावत रहैं कि देखै वाला दिरिस रहा। आगे-आगे पुजारीजी, उनके पाछे गइया, पुजारीजी की रामनामी

ऊ की पीठी पर, औ ऊके पाछे भीड़"

"औ मजिस्ट्रेट ?" नन्हे बाबू ने प्रश्न किया।

"मजिस्ट्रेट भी पीछे-पीछे। आखिर गोबर-ओबर उठाने के लिए एक आदमी चाहिए था कि नहीं।"

इस, बार सब लोग बिशुन बाबू की बात पर जोर से हँसे।

मुन्ना कसाई वाली यह घटना कहाँ तक सच थी और कहाँ तक अफवाह, कोई नहीं कह सकता था। लेकिन इस तरह की अफवाहें सारे शहर में आम थीं और जैसे-जैसे ईद-उल-जुहा यानी बकरीद का त्यौहार पास आ रहा था, अफवाहें और जोर पकड़ती जा रही थीं।

"वह तो कहो मजिस्ट्रेट अंग्रेज था," एक मुद्रा में बैठे-बैठे थककर स्वामी दयाल ने अपना पैर फैलाते हुए कहा, "सो गाय बच गई नहीं तो अगर कटुआ होता साला तो उलटा पुजारीजी को बंद कर देता।"

"और अगर हिंदू होता ?" बिशुन बाबू ने पूछा।

"तो भी यह फैसला तो न होता।" स्वामी दयाल ने कहा, "हिंदुओं में यही तो खास बात है कि अपने ही धरम की बुराई करेंगे और आपस में ही लड़ेंगे।"

"या बात सही कहिन लाला।" पंडित कृपाशंकर ने कमर पर से अपने दोनों हाथ हटाते हुए कहा, "नाई तो हम तो कहित है कि जो सब हिंदू एक ह्वै के सारे मुसलमानी मुहल्लन का घेर ले कि गोल नाए के बारी-बारी से सारे रस्ता जऊन मुसलमानी मुहल्लन मां जात हैं, उन पर चौकसी करैं तो एको गऊ की हत्या न होय पावै।"

"बात तो सही है भाई," नन्हें बाबू ने कहा, "आधे हिंदू भी अगर एक हो जाएँ तो मुसलमानों की खटिया खड़ी कर दें। आखिर मुसलमान हैं ही कितने शहर में !"

"बहुत तो नाई हैं," चुन्नी लाल ने कहा, "मगर एक बात है। उनके हियाँ एत्ता बड़ा बच्चा होत है तबहीं ते जानवर हलाल करै लागत है। चाहें मुर्गा होय चाहे बोकरा। औ खुद नाई हलाल करत है तो हलाल करत देखै लागत है।"

देखे है नाई लागत है। ऊका सिखावा जात है कि गरदन मां चाकू कइसे रेती जात है," कृपाशंकर ने बाईं हथेली पर दाहिने हाथ से चाकू रेतने का प्रदर्शन करते हुए कहा। "औ हिंदुअन मां ? पाँव के नीचे ससुर एक चींटी मर जाए तो कहौ एक जून खाना न खाएँ।"

इस पूरी बहस के दौरान केवल दो लोग शुरू से खामोश थे। एक रतन, जो बराबर सोच रहा था कि उसके गाँव में तो उसके बप्पा और गाजीखेड़ा के गनी चच्चा के बीच प्रगाढ़ दोस्ती है। गनी चच्चा उसकी बारात में भी गए थे और उनके प्रति उसकी ससुराल वालों की जरा-सी बात पर (भात में मुसलमान के मंडप के नीचे आ जाने वाली बात कालांतर से उसे पता चल गई थी) उसके बप्पा पूरी बारात को बीच भात से उठा लाए थे। बकरीद पर गनी चच्चा के यहाँ से हर साल कुरबानी पर उसके यहाँ कम-से-कम दो

सेर गोश्त तो आता ही था। वाहिद और वह एक ही स्कूल में पढ़ने जाते थे। तेजशंकर वाले मामले में वाहिद ने कितनी मदद की थी उसकी और अभी पिछली ईद पर वह अपने दफ्तर के एक मुसलमान के घर पर सिवइंया और बिरयानी खा आया था। हाँ, गाय की कुरबानी तो जरूर गलत बात है। मगर हर मुसलमान तो गाय की कुरबानी देता नहीं और जैसाकि, बकौल तेजशंकर, गाँधीजी ने कहा था कि एक गाय की जान बचाने के पीछे सैंकड़ों बेगुनाह इंसानों की जान लेने का क्या मकसद हो सकता है। दूसरे बंगाली बाबू थे, जो अफीम की पीनक में बराबर यह बात सोच रहे थे कि कलकत्ते में काली जी पर भेंट चढ़ाने के लिए कितने भेड़-बकरों की बलि दे दी जाती है। बल्कि कुछ तो काली के ऐसे उपासक हैं जो हर वर्ष मनुष्य की बलि भी देते हैं। वह सोच ही रहे थे कि इस विषय पर कुछ कहें कि तभी बिशुन बाबू बोल पड़े, "अच्छा भाई, अगर अब सब जने, अपनी-अपनी राय दे चुके हों तो शतरंज बिछाई जाए।"

"हाँ लाओ।" स्वामी दयाल चबूतरे पर जगह बनाते हुए अपने स्थान से थोड़ा खिसक कर पालथी मार कर बैठ गए।

रतन घर के अंदर शतरंज की बिसात और मोहरे लेने चला गया। मैकू सेठ ने चबूतरे पर रखा हुआ अपना तीतर का पिंजरा उठाया और अपनी खटपटी बजाते हुए गली के छोर की ओर बढ़ गए। चुन्नी लाल भी बात करता हुआ उनके साथ चल दिया। कृपाशंकर को रानीगंज की रामलीला में हनुमान का रोल वाला अपना मुकुट यहियागंज में पालिश करने के लिए देना था सो वह भी घर चले गए। हर साल दशहरे से दस-पंद्रह दिन पहले से ही वह अपने मुकुट, गदा आदि में पालिश करवाकर रख लेते थे। इस अवसर पर ज़री की सुनहरी गोट वाला लाल रंग का लंगोट भी वह हर साल सिलवाते थे। आज इतवार था, अतः यह काम वह निबटा लेना चाहते थे। दशहरे में दिन ही कितने रह गए थे। नन्हें बाबू जरूर थोड़ी देर रुके रहे। तब वह भी चले गए।

बारह

बकरीद शांतिपूर्वक गुजर गई। कसाइयों के हाथ से गायों को छुड़ाने की कुछ घटनाएँ, वास्तविक कम और काल्पनिक अधिक, सुनने में अवश्य आईं। दो-एक घटनाएँ ऐसी भी सुनने को मिलीं कि किसी हिन्दू ने किसी कसाई से साँठ-गाँठ करके अपनी बूढ़ी, दूध न देने वाली गाय उसे इस आशय से दे दी कि वह उसे लेकर सड़क पर निकले और हिन्दू भीड़ के हस्तक्षेप पर गो रक्षा समिति द्वारा उसे छुड़ाने में जो पैसे मिलें, उसमें अपना कमीशन काटकर शेष गाय के मालिक को दे दे। इस प्रकार गऊ-हत्या भी नहीं हुई और गाय के मालिक को अपनी बूढ़ी गाय से छुटकारा मिलने के साथ-साथ कुछ रुपए भी

हाथ लग गए।

लेकिन अब दशहरा नजदीक था और वातावरण में तनाव एक बार फिर व्याप्त था जिसका मुख्य कारण यह था कि इस बीच बकरीद के अवसर पर ही गो-हत्या को लेकर देश के कतिपय अन्य भागों में, खासतौर से उत्तर भारत के कुछ शहरों में भयंकर दंगे हो चुके थे और ऐसा सुनने में आ रहा था कि दशहरे पर मुसलमान इसका बदला लेंगे तथा किसी भी कीमत पर मस्जिदों के सामने से दुर्गाजी की मूर्तियाँ या रामलीला की झाँकियाँ निकलने नहीं देंगे। तरह-तरह की अफवाहें सुनने में आ रही थीं जिनमें चाकू-छुरियों में धार रखाने से लेकर अफगानिस्तान से जिहादी जत्थे आने तक की अफवाहें शामिल थीं।

दुर्गा पूजा के पंडाल लखनऊ में सुंदरबाग या माडल हाउस जैसे दो-एक मुहल्लों में ही लगते थे जबकि रामलीला शहर में कितनी ही जगह होती थी तथा झाँकियाँ भी कई रामलीलाओं की निकलती थीं। इनमें ऐशबाग का भरत-मिलाप और रानीगंज की बारात प्रमुख थीं। ऐशबाग के भरत-मिलाप को लेकर कोई समस्या नहीं थीं, जबकि रानीगंज की बारात के मार्ग में मौलवीगंज का मुस्लिम-बहुल बड़ा क्षेत्र पड़ता था जिसमें सड़क के किनारे दो-तीन मस्जिदें भी पड़ती थीं। अतः बारात के रास्ते का इतना हिस्सा काफी संवेदनशील था और किसी भी संभावना से इंकार नहीं किया जा सकता था। रानीगंज रामलीला कमेटी के पदाधिकारियों ने इस संबंध में अधिकारियों से बात की तो उन्होंने सुझाव दिया कि यदि संभव हो तो इस वर्ष बारात निकाली ही न जाए या फिर उसका मार्ग बदल दिया जाए। रामलीला कमेटी में इस पर विचार हुआ तो उसके सभी सदस्यों ने इसका एक स्वर से विरोध किया। पंडित कृपाशंकर भी इस कमेटी के सदस्य थे। उन्होंने यहाँ तक कहा कि वह अकेले पूरी बारात की जिम्मेदारी लेते हैं और नहीं तो कम-से-कम उनके जीते जी उस टमटम को तो कोई हाथ लगा ही नहीं सकता जिस पर राम, लक्ष्मण और सीता की सवारी निकलती थी और जिसके पिछले पावदान पर हनुमान के रूप में गदा लेकर वह स्वयं खड़े होते थे।

वैसे कृपाशंकर कोई बहुत बलिष्ठ व्यक्ति नहीं थे। साधारण कद काठी और किंचित लंबोतरे चेहरे के आदमी थे। लेकिन रामलीला के दौरान उनका जैसे काया-कल्प हो जाता था। कुछ लोगों का कहना था कि उन दिनों उनके शरीर में स्वयं भगवान बजरंग बली की आत्मा प्रविष्ट कर जाती थी। राम-लक्ष्मण को अपने कंधों पर बैठाकर जिस तरह वह रामलीला के मैदान में उछलते-कूदते थे उससे इतना तो निश्चित था ही कि उन दिनों उनके अंदर अतिरिक्त बल का समावेश हो जाता था।

हनुमान के अलावा कृपाशंकर रामलाली में दो रोल और करते थे। एक केवट का और दूसरा परशुराम का। केवट के रूप में वह अपने पूरे शरीर पर कोयले की राख मलकर उसे काला करते, सिर पर चिड़ियों के पंखों वाला एक विचित्र-सा मुकुट लगाते तथा हाथ में घुँघरू जड़ा बल्लम लेते। कपड़े के नाम पर उनके शरीर पर केवल एक लंगोट होता, वह भी काला। जनेऊ तक वह उस दिन अपने कंधे से उतार कर अपनी

कमर में लपेट लेते। इस वेशभूषा में वह पूरे आदिवासी लगते। उस दिन रामलीला के मैदान में उनका प्रवेश भी बहुत नाटकीय होता। अपनी भूमिका आने से पहले से ही चादर ओढ़ कर वह दर्शकों के बीच कहीं छिप कर खड़े हो जाते। तभी बनवास के लिए जाते हुए राम, लक्ष्मण और सीता जब नदी के तट पर पहुँचते और नदी पार करने के उद्देश्य से वहाँ खड़े निषाध-पुत्र से पूछताछ करते तो वह जोर से आवाज लगाता, "बापू रे, ओ बापू रे।" इस पर दर्शकों की भीड़ में छिपे खड़े कृपाशंकर (हर वर्ष अपना यह स्थान वह बदल देते थे) चिल्ला कर पूछते, "का है रे?" उनका बेटा बना लड़का अपनी जगह से ही चिल्लाता, "कउनौ राजकुमार आये हैं। उनके साथ उनके भाई और उनकी मेहरियौ है। नदी पार जायेक कहत हैं।" "आइत है रे।" कृपाशंकर फिर चिल्लाकर कहते, "हुसियार रहे तू। राजकुमार के भेस मां चोरौ डाकू ह्वे सकत हैं।" और इतना कहते हुए अपने शरीर पर पड़ी चादर एक ओर फेंक कर, बल्लम हाथ में लिए, कृपाशंकर छलाँग लगाकर भीड़ से बाहर मैदान में आते तो दर्शक प्रसन्न होकर तालियाँ बजाने लगते। परशुरामी भी वह बड़े गजब की करते थे। उस दिन वह लंबी-सी जटा और दाढ़ी लगाते, मृगछाला और खड़ाऊँ पहनते तथा हाथ में चमचमाता हुआ फरसा लेते। अपने इस रूप में धनुष यज्ञ के समय जनक के दरबार में प्रवेश कर टूटा हुआ शिव का धनुष देखकर वह इतना बवंडर खड़ा करते कि छोटे बच्चे तो उनकी कड़कती हुई आवाज सुनकर ही डर जाते।

उनकी यह भूमिकाएँ एक-दिनी भूमिकाएं थीं, जबकि हुनमान की उनकी भूमिका बराबर कई दिनों तक चलती थी। इसके लिए वह बड़े मनोयोग से मेकअप करते थे। पूरे शरीर पर गेरु का लेप करते, नया सिला हुआ, चमकीली गोट वाला, लाल रंग का लंगोट पहनते तथा अंग्रेजी के 'एस' अक्षर के आकार की लंबी-सी पूँछ लगाते जिसमें लगी हुई रस्सी कमर में इस प्रकार बाँधते कि वह लँगोट के फेंटे में छिप जाए। सिर पर सोने जैसी पालिश वाला पीतल का चमकदार मुकुट लगाते तथा हाथ में चाँदी की पालिश वाली जर्मन-सिल्वर की, देखने में ठोस किंतु अंदर से पोली, गदा लेते। (प्रारंभ में उनकी यह गदा लकड़ी की लाल रंग की होती थी। आकार में काफी छोटी भी थी वह। लेकिन तीन-चार वर्ष पहले जब से उन्होंने चौक की रामलीला के हुनमान के पास जर्मन-सिल्वर की गदा देखी थी, उन्होंने भी वैसी ही गदा खरीद ली थी।) उन दिनों वह अपनी मूछ भी मुड़ा देते तथा अपने किंचित लंबोतरे चेहरे को गोल आकार देने के उद्देश्य से मुँह में दोनों ओर पान की आठ-आठ गिलौरियाँ दबाते जिसे हर दिन रामलीला शुरू होने से लेकर अंत तक दबाए रहते और अपने सारे सँवाद पान दबाए-दबाए ही बोलते जिससे उनकी आवाज, जो वैसे ही काफी भारी थी, और भारी हो जाती। इन दिनों एक काम वह और करते। भांग की अपनी मात्रा डबलकर देते जिससे उनकी आँखें तो लाल दिखने ही लगतीं, उन्हें अपने शरीर में अतिरिक्त शक्ति के संचार का अनुभव भी होने लगता। इसी के बल पर वह राम-लक्ष्मण को अपने कंधे पर बिठाकर रामलीला के मैदान में कूदते-फाँदते थे।

बहरहाल, रामलीला कमेटी के निर्णयानुसार, रानीगंज की रामलीला की बारात अपने पुराने मार्ग से ही निकली। सबसे आगे हाथी, तब घोड़े और बैंड बाजे, उसके पीछे तखतों पर सजी हुई झाँकियाँ और सबसे पीछे खुली टमटम में राम, सीता, लक्ष्मण, भरत और शत्रुघ्न तथा पीछे पावदान पर हाथ में गदा लिए मुँह में दोनों ओर आठ-आठ पान दबाए, हनुमान के वेष में पंडित कृपाशंकर। साथ में हाथ में पीले झंडे लिए हिंदू महासभा के स्वयंसेवक तथा पुलिस के कुछ घुड़सवार।

तभी बारात मौलवीगंज पार कर रही थी कि एक पुरानी चप्पल सहसा हवा में उछली और जिस टमटम पर राम लक्ष्मण आदि बैठे थे उसके चालक के सिर पर आ गिरी। पंडित कृपाशंकर ने चप्पल आते देख ली थी। उन्होंने जिस ओर से चप्पल फेंकी गई थी उस ओर मुड़कर देखा और अपनी गदा हवा में लहराते हुए जोर से दहाड़ा, "जिस साले ने चप्पल फेंकी है अगर असली बाप से पैदा हो तो सामने आए। छिपकर वार न करे।"

बजाए किसी के सामने आने के, एक बड़ा-सा गुम्मा आकर उनके सिर पर लगा जिससे उनका मुकुट जमीन पर गिर पड़ा तथा सिर से रक्त की धार बह निकली। इसी के साथ और ढेले-गुम्मे आने शुरू हो गए। कृपाशंकर अपनी परवाह किए बिना टमटम पर बैठे राम, लक्ष्मण, सीता आदि पर झुक गए ताकि उन्हें चोट न लगने पाए। तभी बम फटने जैसी आवाजें आने लगीं और देखते-देखते भगदड़ मच गई। जिसको जिधर रास्ता मिला, उधर भागा। मेकअप किए हुए लोग झाँकियों के तखतों से फाँद-फाँद कर भागने लगे। महासभा के स्वयंसेवकों तथा कुछ अन्य लोगों ने लपककर राम, सीता आदि बने बच्चों को फटाफट टमटम से उतारा और उन्हें लेकर सुरक्षित स्थान की ओर भागे। पंडित कृपाशंकर काफी देर तक औल-फौल बकते हवा में अपनी गदा हिलाते रहे, तब उन्होंने भी स्थिति की गंभीरता को समझा और जमीन पर पड़ा अपना मुकुट उठाकर अपने घर की ओर भागे। इस भगदड़ में किसी ने उनकी पूँछ पकड़कर खींच ली और वह बिना पूँछ के ही गदा बगल में दबाए भागते रहे। आखिर किसी तरह वह रकाबगंज पहुँचे तो उन्होंने भागना बंद कर दिया। और वैसे ही लंबे-लंबे डग भरते हुए चलने लगे। इस बीच मुँह में दोनों और दबे हुए आठ-आठ पान वह थूक चुके थे जिससे उनका चेहरा अपने स्वाभाविक लंबोतरे आकार में आ गया था। रक्त बहना भी अब तक बंद हो गया था। परंतु अब तक बहे हुए रक्त की जमी हुई धार उनकी कनपटी और सीने पर अभी भी दिखाई दे रही थी यद्यपि शरीर पर गेरू का लेप लगे होने के कारण वह इतनी स्पष्ट नहीं थी।

"क्या हुआ पंडितजी जी?" दो एक लोगों ने उन्हें पहचान कर पूछा।

"दंगा ह्वेगा।" उन्होंने संक्षिप्त-सा उत्तर दिया और तेज कदमों से आगे बढ गए।

यह एक वाक्य लोगों में खलबली पैदा करने के लिए काफी था। देखते-देखते पूरे वातावरण में सनसनी फैल गई।

तेरह

पंडित कृपाशंकर ने जिस समय अपनी गली में प्रवेश किया, रतन के दरवाजे शतरंज की फड़ जमी हुई थी। कृपाशंकर का घर रतन के घर से मिला हुआ था लेकिन गली में घुसने पर वह पहले पड़ता था। कृपाशंकर अपने घर न जाकर सीधे रतन के दरवाजे पहुँचे। "तुम पंचै हियाँ शतरंज खेल रहे हौ औ हुआँ दंगा ह्वेगा।" उन्होंने कहा।

"कहाँ दंगा हो गया?" बिशुन बाबू ने चौंककर पूछा।

"हुआँ मौलवीगंज मां रामलीला की बरात पर मुसलमान सब पथराव कै दिहिन।"

तभी बिशुन बाबू ने उनकी कनपटी और सीने पर सिर से बहकर आए ताजे रक्त की जमी हुई धार देख ली।" अरे तुम तो बहुत चोटायगे हो। बैठो, बैठो।" उन्होंने चबूतरे से उतरते हुए कहा।

"हमका छांड़ौ, हम तो बचि गेन, "कृपाशंकर ने कहा, "अऊर सब जने तो न जाने केत्ता घायल भे होइहैं। हम जानित है कम ते कम सौ डेढ़ सौ आदमी मार डारा गा होई।"

कृपाशंकर उत्तेजना में काफी जोर से बोल रहे थे। उनकी पत्नी ने घर के अंदर से ही उनकी आवाज सुन ली थी और दरवाजे की आड़ में खड़ी उनकी बातें सुन रही थी। उन्हें चोट खाया हुआ सुनकर वह घबरा उठी और तुरंत अपने बेटे गनेश को उन्हें बुलाने भेज दिया।

गनेश ने आकर उनका हाथ पकड़ते हुए कहा, "बप्पा, अम्मा तुमका बोलाय रही हैं।"

"जा, कहि दे आइत हैं अबै। मरे नाई हन हम। तनिक चोट लाग है, बस। हरदा चून पीस के धरैं तब तक।"

गनेश चला गया तो कृपाशंकर ने विस्तार से वहाँ जमा लोगों को बताया कि किस प्रकार पहले चप्पल आई, तब गुम्मा जो उनके सिर पर लगा और फिर उसके बाद तो बम ही फटने लगे। जिसको जिधर समझ में आया भागा। पता नहीं कौन मरा, कौन जिया।

शतरंज फौरन बंद कर दी गई। लोग अपने-अपने घर जूता, चप्पल, कपड़े आदि पहनने चले गए ताकि गली से बाहर निकलकर स्थिति का जायजा ले सकें। पंडित कृपाशंकर भी अपने घर जाकर शरीर में लगा हुआ गेरू छुड़ाने लगे।

फटाफट लोग अपने घरों से तैयार होकर निकल आए। रतन के दरवाजे जो लोग जमा थे, उनके अलावा अन्य लोग भी गली में शोर सुनकर बाहर आ गए और उत्तेजना से भरे जोर-जोर से बातें करते हुए गली पार करके सड़क पर आ गए। सड़क पर लगभग सन्नाटा था। अधिकतर दुकानें बंद हो चुकी थीं। जो खुलीं थीं वे जल्दी-जल्दी बंद हो रही थीं। इक्का-दुक्का लोगों को छोड़कर सड़क पर आवाजाही भी लगभग बंद थी। जो लोग आ जा रहे थे वे भी जैसे किसी हड़बड़ी में हों। इक्के-ताँगों तक का आना-जाना बंद था। तभी एक आदमी रकाबगंज की तरफ से भागता हुआ आता दिखाई दिया। उसके

सिर से खून बह रहा था।

"क्या हुआ भाई ?" किसी ने उससे पूछा।

परंतु वह बिना कोई उत्तर दिए बाएँ हाथ नाले वाले ढाल पर उतर गया और नाला पार करके रस्सीबटान की तरफ भाग गया।

"कटुआ रहा जानो।" किसी ने कहा।

तभी लोगों को यह आशंका होने लगी कि कहीं ऐसा न हो कि नाले पार से, रस्सी-बटान के मुसलमान असलहों से लैस होकर इस तरफ के हिंदुओं पर हमला बोल दें। अतः तुरंत लोगों को आवाजें देकर घरों से बाहर निकाला गया और उनसे कहा गया कि जिसके पास जो भी हथियार हो, लेकर आ जाए। मिनटों में लोग लाठी, डंडा, कांता, बल्लम, कुल्हाड़ी आदि लेकर निकल आए। पंडित कृपाशंकर भी अपना मेकअप उतारकर साधारण कपड़े पहन कर, सिर पर पट्टी बाँधे हुए, लकड़ी की अपनी पुरानी गदा लेकर आ गए।

"यह सब तो ठीक है" भीड़ में से किसी ने कहा, "लेकिन अगर मुसलमान बंदूकें लेकर चढ़ आए तो क्या होगा ? बंदूकों के सामने कांता बल्लम सब धरा रह जाएगा।"

सभी को लगा कि बात सही कही गई है। अतः यह जरूरी समझा गया कि जिसके जिसके पास बंदूक है वह उसे फौरन लेकर आ जाए। लेकिन कोई भी अपनी जगह से नहीं हिला।

तभी बिशुन बाबू ने सबको संबोधित करते हुए कहा, "अरे भाई बताइए न, किसके-किसके पास बंदूक हैं ? और अगर खुद अपने पास न हो तो जिसको जानता हो कि उसके पास है, उसका नाम बताए।"

"इसमें डरने वाली कोई बात नहीं है," किसी अन्य व्यक्ति ने कहा, "कि पुलिस आकर पकड़ ले जाएगी। वैसे भी बंदूक चलाने की जरूरत नहीं पड़ेगी। लेकिन अपने पास होना चाहिए ताकि दुशमन को डराया जा सके।"

"एक हवाई फायर में तो साले पोंक मारेंगे।" किसी ओर ने कहा।

"पोंक तो बाद में मारेंगे," बिशुन बाबू ने कहा, "पहले हवाई फायर करने के लिए बंदूक तो हो अपने पास।"

रतन जानता था कि मंझले और बड़े के पास बंदूकें हैं। मगर वह अभी तक खामोश खड़ा था। आखिर सभी लोगों द्वारा बार-बार जोर दिए जाने पर उसने बिशुन बाबू को एक ओर ले जाकर बताया कि उसकी जानकारी में इन लोगों के पास बंदूकें हैं लेकिन पता नहीं यह लोग उन्हें लेकर आएँ या नहीं।

"तुम जाकर देखो तो।" बिशुन बाबू ने उससे कहा तो रतन उन लोगों को बुलाने चला गया।

तभी किसी ने बताया कि रथखाने वाले वकील साहब के पास भी बंदूक है। रथखाना इस मुहल्ले से लगा हुआ मुहल्ला था। दो आदमी वकील साहब के पास भी

भेज दिए गए।

रतन बड़े के घर पहुँचा तो वह बिस्तर पर लेट चुके थे। दंगे की कोई भी सूचना उन्हें अभी तक नहीं थी। रतन ने उन्हें बताया तो वह तुरंत उठकर बैठ गए और चलने के लिए तैयार हो गए।

"लोगों की राय है कि बंदूक भी अपनी साथ लिए चलो। पता नहीं कैसी जरूरत आ जाए।"

"तुम न कहते तो भी मैं बंदूक ले चलता। दंगे-फसाद का मामला है। अपनी पूरी तैयारी होनी चाहिए। असलहा और होता किसलिए है?" उन्होंने कहा। तब अपनी पत्नी से बोले, "बक्सा ते बंदूक निकार देव जरा हमार। कारतूस की थइलिव निकारे लायो।"

"काहे का भा का?" उनकी पत्नी ने पूछा।

"भा कुछू नाई। हम जऊन कहित हैं तऊन सुनो।"

"हमहू तो कुछ जानी।"

"हिंदू मुसलमानन मां झगड़ा ह्वैगा है।"

"तो तुम का हुआँ फऊजदारी करै जा रहे हौ?"

"फऊजदारी करै नाई जा रहे हन। देखै जा रहे हन।" बड़े ने जूते का तसमा बाँधते हुए कहा।

"तो बंदूक काहे लिहे जा रहे हो।"

"तुमते बहस को करै?" बड़े ने खीझकर कहा। "हम जऊन कहित है तऊन करौ। औ नाई चहती होओ कि हमार मिट्टिन घरै लऊटै तो धरी रहै देव बंदूक बक्सा मां।"

बड़े की पत्नी ने आगे बहस नहीं की। चुपचाप बंदूक और कारतूस की थैली निकालकर उन्हें दे दी।

रतन और बड़े बाहर निकले तो रतन ने उन्हें बताया कि उसे मँझले को भी खबर देने जाना है।

"तुम जाओ," बड़े ने कहा, "हम सीधे चौराहे पहुँचते हैं। सब लोग वहीं हैं न?"

"हाँ।" रतन ने उत्तर दिया और मँझले के घर की तरफ बढ़ गया।

मँझले नियमानुसार अपने जुआड़खाने में थे। उन्हें भी दंगे की कोई खबर नहीं थी। रतन ने उन्हें बताया तो उन्होंने तुरंत जुआ बंद करवा दिया। दो-एक जुआरियों ने, जो काफी हारे हुए थे, कहा भी कि खेल चलता रहे, कौन हम लोग सड़क पर बैठे हैं, लेकिन मँझले तैयार नहीं हुए।

"अभी थोड़ी देर में पुलिस की गश्त लगने लगेगी। कमरे में रोशनी देखकर उन्होंने छापा डाल दिया तो कौन जिम्मेदार होगा? नहीं, जुआ अब नहीं होगा। आप लोग अपने अपने घर जाइए।" उन्होंने कहा।

"बाहर दंगे में हम लोग कैसे जाएँ?" जुआरियों ने प्रतिवाद किया।

"जिसको जाना हो जाए, नहीं तो सब लोग यहीं लेटिए। मगर जुआ अब नहीं

होगा और न ही गैस-बत्ती जलेगी यहाँ।" मँझले ने सख्ती से कहा तो लोगों ने दाँव पर लगे अपने रुपए उठा कर जेब में रख लिए।

काफी लोग तो चले गए। दो-एक लोग, जिनके घरों के रास्ते सुरक्षित नहीं थे, रुक गये। मँझले ने राधे से कहकर उनके लिए तकिए मँगवा दिए। तब रतन के जाने की प्रतीक्षा करने लगे। वह समझे थे कि रतन उनको इसलिए खबर देने आया है कि कहीं वह गफलत में न पड़े रह जाएँ और गश्त के दौरान पुलिस उनके यहाँ छापा मार दे। रतन फिर भी रुका रहा तो उन्होंने उसकी तरफ सवालिया निगाह से देखा।

"सब लोग वहाँ सड़क पर जमा है," रतन ने कहा, "तुमको बुला रहे हैं। बंदूक लाने को भी कहा है।"

"क्यों, मैं कोई शहर कोतवाल हूँ क्या कि वहाँ जाकर दंगा बंद करवा दूँगा? मुझसे क्या मतलब? और बंदूक क्या इसलिए है कि शहर में जहाँ-जहाँ झगड़ा-फसाद हो, वहाँ जाकर गोली चलाऊँ मैं! लाइसेंसी बंदूक तो जब्त होगी ही मुकदमा चलेगा, सो अलग।" मँझले ने जवाब दिया।

"बंदूक चलानी थोड़े हैं," रतन ने कहा, "वह तो लोग इसलिए कह रहे हैं कि अगर रस्सी बटान की तरफ से मुसलमानों ने धावा बोल दिया तो हवाई फायर करके उन्हें डराया जा सके।"

"और अगर वह न डरे तो क्या किया जाएगा? उस हालत में क्या खुद को गोली मार ली जाएगी?"

रतन चुप रहा। "और तुमको भी मैं यह राय दूँगा कि चुपचाप अपने घर में जाकर बैठो। इस झमेले में न पड़ो। दंगा रोकना पुलिस और सरकार का काम है। आम शहरियों का नहीं।" मँझले ने अपनी बात पूरी की।

रतन एक क्षण वैसे ही खड़ा रहा तब वापस चला आया। उसके गली में उतरते ही मँझले ने कमरे का दरवाजा बंद कर लिया।

चौदह

रतन दुबारा सड़क पर पहुँचा तो वहाँ बाकायदा मोर्चाबंदी हो चुकी थी। रथखाने से भी काफी लोग आ गए थे। सभी नाले की ढाल के ऊपर सड़क पर जमा थे। काफी ढेले-गुम्मे भी लोगों ने जमा कर लिए थे। रथखाने के पास सड़क से लगा हुआ कोई मकान बन रहा था। वहाँ ईंटों की भीत लगी थी। मकान मालिक के मना करने के बावजूद वहाँ की लगभग सारी ईंट लोगों ने वहाँ से लाकर सड़कें के इस पार जमा कर ली। अपने अपने हथियार, लाठी, डंडा, कुल्हाड़ी आदि लिए हुए लोग छोटे-छोटे समूहों में उधर-उधर बिखरे खड़े बातें कर रहे थे। बड़े अपनी बंदूक अपने कंधे पर रखे एक ओर

खामोश खड़े थे। रथखाने से भी दो-एक लोग अपनी बंदूकें लेकर आ गए थे। दोनों तरफ से रुक-रुककर नारे लग रहे थे। इस तरफ से 'बोल बजरंग बली की जय' तथा 'लाल लंगोट वाले की जय' और नाले के उस पार से 'नारा-ए-तकबीर अल्लाह-ओ-अकबर।' कुछ देर तक नारा लगाने के बाद लोग थककर विश्राम करने लगते। तब सहसा फिर नारा लगाने लगते।

"क्या हुआ? मँझले कहाँ हैं?" बड़े ने रतन को देखकर पूछा।

"उनकी तबियत ठीक नहीं है। बुखार है।" रतन ने बहाना कर दिया।

इस बीच चारबाग की तरफ से आने वाला कोई ताँगा लोगों ने सड़क पर रोक लिया था और "मारो साले को," "जाने न पाए," आदि का शोर कर रहे थे। खासी भीड़ ताँगे के चारों ओर जमा थी।

बड़े और रतन भी उस ओर बढ़ गए। ताँगे वाला मुसलमान था जबकि अगली सीट पर जो सवारी बैठी थी वह हिंदू लग रही थी। पीछे की सीट पर चादर का परदा बँधा हुआ था जिसे लोगों ने इस संदेह के कारण खोल डाला था कि कहीं उसके अंदर असलहों से लैस मुसलमान न छिपे बैठे हों। सीट पर एक जवान लड़की और घूँघट डाले हुए एक महिला बैठी थी। ताँगे वाला तो घबराया हुआ था ही, उस पर बैठी सवारी और उसके साथ की लड़की और महिला भी कम घबराई हुई नहीं थीं।

ताँगे वाले को लोगों ने नीचे घसीट लिया था और उससे उलटे-सीधे सवाल कर रहे थे। साथ ही "बात न करो, दो हाथ दो साले के पहले," जैसी आवाजें भी आ रही थीं। ताँगे पर सवार व्यक्ति भी नीचे उतर आया था और लोगों को समझाने का प्रयत्न कर रहा था। "देखिए, मेरी बात सुनिए," वह कह रहा था, "मैं अपनी मर्जी से ताँगा लेकर आया हूँ। यह तो कहिए बड़े मियाँ राजी हो गए नहीं तो हिंदू ताँगे वाला तो कोई राजी ही नहीं हो रहा था...." मगर कोई भी उसकी बात सुनने को तैयार नहीं था। सभी अपनी-अपनी उड़ा रहे थे।

तभी बिशुन बाबू भीड़ को चीरकर आगे आ गए। सबसे पहले उन्होंने अपनी कड़कती हुई आवाज में सबको डपटकर चुप कराया। उनके लंबे-चौड़े डील-डौल और रोबदार मूँछों को देखकर लोग चुप भी हो गए। एक-दो लोग जो अभी भी बोले जा रहे थे उनको उन्होंने घूर कर देखा तो वे भी शांत हो गए। तब उन्होंने सवारी से पूछा, "जाना आपको कहाँ है?"

"यहियागंज।" उस व्यक्ति ने जवाब दिया।

"आपको मालूम है शहर में दंगा हो गया है?" बिशुन बाबू ने अगला प्रश्न किया।

"जी हाँ, उड़ती-उड़ती खबर स्टेशन पर सुनी थी।"

"इसके बावजूद आप इस कटुए के ताँगे पर बैठकर चल दिए?" नन्हें बाबू ने कहा।

"मैं तो खुद मना कर रहा था लेकिन बाबूजी के साथ जनानी सवारियाँ थीं। सो आप जिद करने लगे····" ताँगे वाले ने कहा। लेकिन इससे पहले कि उसकी बात पूरी होती सत्रह अठारह वर्ष के एक लड़के ने आगे बढ़कर, "तू चुप रह बे।" कहते हुए उसे जोर का एक झापड़ मार दिया।

बिशुन बाबू ने तुरंत उसका हाथ पकड़ लिया। "तुम से किसने कहा बीच में पड़ने को? बड़ी हिम्मत वाले हो तो जाओ ताँगे पर बैठकर इन लोगों को छोड़ कर आओ।" वह उसे आगे करके स्वयं पीछे हट गए।

लड़का सहम कर खामोश हो गया। "खबरदार, कोई मारपीट नहीं करेगा।" बिशुन बाबू ने आगे कहा। तब सवारी से बोले, "देखिए हमारा फर्ज था आपको आगाह करना। अब आप अपना फैसला खुद कीजिए कि आप इस ताँगे पर बैठकर जाएँगे या नहीं। अगर न जाना चाहें तो दो-एक आदमी हम आपके साथ कर देते हैं। वह आपको किसी महफूज रास्ते से पहुँचा आएँगे।"

"लेकिन मेरे पास सामान है," उसने ताँगे की पिछली सीट के नीचे रखे अपने संदूक और बिस्तर की ओर इशारा किया।

"इसका भी इंतजाम हो जाएगा," बिशुन बाबू ने कहा, "और अगर आप चाहेंगे तो यहाँ ठहरने का भी इंतजाम कर दिया जाएगा। सुबह फिर शहर की जैसी हालत हो वैसा कीजिएगा।"

और लोगों ने भी सवारी को यही राय दी कि यहाँ तक आ गए सो आ गए लेकिन अब आगे एक मुस्लमान के ताँगे पर बैठकर जाना अक्लमंदी नहीं होगी। तभी नन्हें बाबू ने सवारी को एक ओर ले जाकर कहा, "इस साले कटुए की नियत डेफनेटली (अंग्रेजी शब्द का प्रयोग उन्होंने अपनी बात में अतिरिक्त प्रभाव उत्पन्न करने के उद्देश्य से किया) खराब है। तभी यह आपको लाने को राजी हो गया। वरना कोई हिंदू ताँगे वाला क्यों राजी नहीं हुआ? और नियत भी क्यों खराब हुई, मैं आपको बता दूँ? आपके साथ जनानी सवारियाँ जो हैं।" और वह दूसरे लोगों को संबोधित करते हुए बोले, "इन सालों के मजहब में लिखा है कि एक औरत को मुसलमान बना लो तो सात हजों का सवाब मिलेगा।"

"ठीक है। आओ, नीचे उतर आओ।" सवारी ने ताँगे पर बैठी हुई लड़की और महिला से कहा और ताँगे पर रखा अपना सामान नीचे उतार लिया।

"अच्छा तुम तो बढ़ो अब बेटा," नन्हें बाबू ने ताँगेवाले से कहा, "शरीफ आदमियों के बीच में पड़ गए तो बच गए नहीं तो पता चलता आज तुम को।"

"रुक जाइए" सवारी ने कहा, "इन्हें कुछ पैसे दे दें। आखिर यहाँ तक तो यह लाए ही हैं····।"

"अरे छोड़िए भी," नन्हे बाबू ने कहा, "जाता क्यों नहीं बे कि कुछ लेगा?" और उन्होंने सड़क पर पड़ा गुम्मा हाथ में उठा लिया।

ताँगेवाला घोड़े की रास पकड़े हुए पैदल ही आगे बढ़ने लगा। तब दो-चार कदम चलने के बाद वह घोड़े के साथ-साथ दौड़ने लगा और सहसा उचककर ताँगे के बम पर बैठकर घोड़ा दौड़ाने लगा। नन्हें बाबू ने हाथ में लिया हुआ गुम्मा उसकी ओर फेंकते हुए एक मोटी-सी गाली उसे दी। गुम्मा आधी दूर जाकर सड़क पर ही गिर गया।

कुछ लोग इस बात पर अफसोस करने लगे कि ताँगेवाले को वैसे ही बिना मारे चले जाने दिया गया।

"साले के हाथ पैर तो तोड़ ही देने चाहिए थे।" किसी ने कहा।

"न हाथ-पाँव तोड़ते तो साले का ताँगा तो फूँक ही देते।"

"अरे कुछ न करते तो कम से कम पैसे तो साले के छीन ही लेते।"

इतने में नाले के पार से "नारा-ए-तकबीर, अल्लाह-हो अकबर" के नारे लगने लगे तो लोग नाले की ढाल की ओर बढ़ गए और "बोल बजरंग बली की जय" के जवाबी नारे लगाने लगे। रतन, बिशुन बाबू, बड़े और स्वामी दयाल सड़क के इस पार ही खड़े रहे। तभी रेलवे लाइन की तरफ से चुन्नीलाल दौड़ता हुआ आया और इन लोगों के पास आकर बोला, "तुम पंचै हियाँ ठाढ़ हौ औ हुआँ सब जने हुसैनी चाचा का घर फूँके दै रहे हैं। तेजशंकर भइया अकेले मुर्चा लिहे हैं।"

"चलौ, चलौ" बिशुन बाबू ने कहा और वहाँ खड़े लोगों, बड़े, रतन, स्वामी दयाल आदि के साथ चुन्नी लाल के पीछे-पीछे चल दिए।

"और लोगों को भी बुला लें?" रतन ने पूछा।

"अरे नहीं, मारो गोली औरों को। बाबू जुगल बिहारी तो हैं न?"

"हाँ।"

"बस, ठीक है।"

दूर से ही इन लोगों ने चांदनी के हल्के प्रकाश में देखा कोई दस-पंद्रह लोग हुसैनी की कोठरी के सामने खड़े तेजशंकर से उलझ रहे थे जो अपने दोनों हाथ फैलाए हुसैनी की कोठरी का दरवाजा छेके खड़ा था। बिशुन बाबू ने एक निगाह में हा अनुमान लगा लिया कि भीड़ में अधिकांश लोग निहत्थे हैं। केवल दो-चार लोगों के हाथ में लाठी-डंडे जैसी चीज हैं। ज्यादातर लोग इस मुहल्ले के नहीं थे और संभवतः रेलवे लाइन के पार के मुहल्लों से आए थे। लौंडे-लफाड़ी ही अधिक लग रहे थे।

तेजशंकर दरवाजा छेके उन लोगों से कह रहा था, "जब तक मैं यहाँ हूँ, आप लोग दरवाजा नहीं तोड़ सकते। इसके लिए आपको मेरी लाश के ऊपर से गुजरना होगा।"

बिशुन बाबू ने वहाँ पहुँचने से पहले ही बड़े की बंदूक अपने हाथ में ले ली।

"खाली है, ध्यान रखना।" बड़े ने कहा।

"खाली ही चाहिए।" बिशुन बाबू ने कहा और वहाँ पहुँचते ही भीड़ को चीरकर तेजशंकर की बगल में जाकर खड़े हो गए। बंदूक उन्होंने भीड़ के ऊपर तान दी और गरजकर बोले, "खबरदार अगर कोई आगे बढ़ा तो भून के रख दूँगा।"

भीड़ सहम कर पीछे हट गई। "भाई साहब, हम लोग हिंदू हैं।" उनमें से एक ने कहा, "बंदूक आप इन पर तानिए," उसने तेजशंकर की ओर इशारा किया "जो हिंदू होकर एक मुसलमान की तरफदारी कर रहे हैं।"

"आप इसी मुहल्ले के हैं ?" बिशुन बाबू ने उस व्यक्ति से पूछा।

"नहीं।" उसने उत्तर दिया।

"तो फौरन यहाँ से चलते-फिरते नजर आइए," बिशुन बाबू ने कहा "हिंदू-मुसलमान हम आपस में समझ लेंगे। आपसे कोई मतलब नहीं है।"

"चलो भाई, चलो, कांचुओं का मुहल्ला है यह।" उस व्यक्ति ने आपस में किसी से कहा।

"क्या कहा बे ?" चुन्नी लाल ने आगे बढ़कर एक झापड़ उस व्यक्ति के दिया।

"कुछ नहीं, भाई, साहब, हमारी आपस की बात है," किसी दूसरे व्यक्ति ने कहा और जिसे चुन्नी लाल ने मारा था, उस व्यक्ति का हाथ पकड़े-पकड़े आगे बढ़ गया।

"आपस की बात बताएँ बेटा ?" चुन्नी लाल फिर आगे बढ़ने को हुआ लेकिन रतन ने उसे रोक लिया।

दूसरे मुहल्लों के लोग एक-एक कर वहाँ से चले गए तो बिशुन बाबू वगैरह हुसैनी को आवाज देने लगे। "दरवाजा खोलिए चचा। हम लोग हैं, मुहल्ले के आदमी। बाहरी लोग सब गए। तेजशंकर भी हैं यहाँ जिन्होंने विदेशी कपड़ों की होली जलाई थी।"

तेजशंकर ने भी आवाज दी, "चचा, बाहर आ जाइए। अब कोई खतरा नहीं है।"

लेकिन हुसैनी चुपचाप अंदर बैठा रहा। "क्या किया जाए भाई ?" बिशुन बाबू ने कहा, "चचा तो दरवाजा खोल नहीं रहे। और उन सालों का कोई ठीक नहीं, कहो फिर लौटकर कर आ जाएँ।"

"मेरा भी यही ख्याल है।" बड़े ने कहा, "एक बार लौट के आएँगे जरूर साले।"

"तो चलो हम लोग यहीं चचा के हाते में बैठते हैं।" बिशुन बाबू ने कहा और सब लोग मेंहदी की बाड़ पार करके अंदर आ गए। वहाँ सारा सामान बिखरा पड़ा था। दड़बों में बंद मुर्गे-मुर्गियों को उन लोगों ने उड़ा दिया था। झाबे के नीचे बंद बकरी के बच्चों को खोलकर झाबा तोड़ डाला था। अन्य सामान, बरतन आदि भी इधर-उधर बिखरा पड़ा था।

"साले काफी देर से थे क्या यहाँ ?" रतन ने तेजशंकर ने पूछा।

"कह नहीं सकता," तेजशंकर ने उत्तर दिया। "मैं तो खाना खाकर टहलने निकला था। तभी मुझे अचानक हुसैनी चचा का ख्याल आया कि कहीं लोग उन्हें परेशान न कर रहे हों और मैं इधर चला आया। यहाँ आकर देखता क्या हूँ कि लोग चचा का दरवाजा पीटे डाल रहे हैं। तभी मैं दरवाजा छेककर खड़ा हो गया।"

"और तुमको कैसे पता चला ?" बिशुन बाबू ने चुन्नी लाल से पूछा।

"हम तो ससुर लोटा लिहे जा रहे रहन झाड़े," चुन्नी लाल ने हँसते हुए कहा, "सामै ते पेट खराब रहा। दुइ दांय ह्वे आए रहन। यू तिसरी दांय जाए रहे रहन कि हियाँ भीड़

देख के रुकि गेन। देखी का कि तेजशंकर भइया दरवाजा छेके ठाढ़ हैं औ सब जने दरवाजा तूरै पर उतारू है। तऊन हम झाड़ा वाड़ा तो गेन भूल औ तुरतै तुम पंचन के पास पहुँचेन जायेक।"

"तो अब तो झाड़े हो आओ तुम।" बिशुन बाबू ने कहा।

"झाड़ा तो ससुर न जाने कहाँ बिलायगा।" चुन्नी लाल फिर हँसने लगा।

"औ लोटा?" बड़े ने पूछा।

"लेव, लोटा तुम न पूछौ तो हमका ध्यानै न आवे। लोटा हम तुम पंचन का बोलावै जाइत रहै तबै धर दीन रहै भुइयादीन की दुकान के तखता पर। जाए के देखी कहौ कोऊ ससुर उठाई लइगा होय।"

दूसरे दिन सुबह अखबारों में दंगे के बारे में केवल इतनी सूचना थी कि मौलवीगंज से रामलीला की झाँकी निकलते समय कुछ असामाजिक तत्वों ने उस पर पथराव कर दिया जिसके फलस्वरूप कुछ लोगों को चोटें आईं। किसी की भी मृत्यु का कोई समाचार नहीं था। फिर भी, सावधानी की दृष्टि से शहर के अनेक क्षेत्रों में पुलिस की गश्त बढ़ा दी गई थी।

उसी शाम कुछ लोगों ने हुसैनी को सिर पर टीन का एक बक्सा रखे रेल की पटरी के किनारे-किनारे जाते हुए देखा। उसके पीछे-पीछे उसकी बकरी और उसके दो छोटे-छोटे बच्चे भी चल रहे थे।

यह अंतिम बार था जब मुहल्ले में किसी ने हुसैनी को देखा।

पंद्रह

बच्चन ने जिद करके अपनी चाची, यानी रतन की पत्नी, जसोदा से उसकी एक पुरानी किनारीदार साड़ी से कोई दो हाथ कपड़ा फड़वा कर ले लिया। जसोदा लाख पूछती रही, "का करिहौ ई कपड़ा का? बेकार मां खेलिके बहा देहो। अइसे धरी रही तो कउनौ अरजा परजा के देय के कामे आई। अबै एत्ती फाटौ नाई है।" मगर बच्चन नहीं माना। कपड़ा लेकर उसने उसके दोनों ओर की किनारी फाड़कर वहीं डाल दी।

"अब लेव," जसोदा ने कहा, "पहिले बतउतिउ तो किनारी छांड़ि के न फाड़ देइता अब एत्ती किनारिउ बरबाद कइ दिहो।"

लेकिन बच्चन ने उसकी किसी बात पर ध्यान नहीं दिया और शेष बचे कपड़े को वह चौड़ाई में तीन बराबर भागों में फाड़ने लगा।

"हम कहित हैं यू तुम कइ का रहे हौ। काहे के मारे ई सब चिथरा किहे डार रहे हौ?" जसोदा ने फिर टोका।

"झंडा बनइबे।" आखिर बच्चन ने उत्तर दिया।

"अइसे झंडा बनी ?"

"अऊर कइसे बनी।" उसने अपनी जेब से लाल और हरे रंग की दो पुड़िया, जो वह एक धेले में भुंइयादीन की दुकान से लाया था, निकालते हुए कहा।

"अब ई का का होई ?"

"ई ते कपड़ा रंगिबे यू।" बच्चन ने कहा। तब बोला, "एक कटोरा कउनौ देव तुम हमका।"

"कटोरा मां रंग घोरिहौ ?"

"हाँ।"

"कटोरा खराब न ह्वे जाई ?"

"हम मांज देबे।"

"धन्य हौ भइया तुम।" जसोदा ने अंततः हार मान ली और फूल का एक कटोरा लाकर बच्चन को दे दिया।

बच्चन ने पहले हरा रंग घोला और कपड़े की तीन पट्टियों में से एक पट्टी उसमें रंग कर तार पर सूखने के लिए डाल दी। कटोरे में बचा हुआ रंग उसने नाली में फेंककर कटोरे को पानी से एक-दो बार धोया तब उसमें लाल रंग घोलने लगा।

"एत्ती सी चिट रंगै के बरे तुम पूर पुड़िया काहे घोर रहे हौ"। जसोदा ने कहा लेकिन तब तक बच्चन पूरी पुड़िया का रंग कटोरे के पानी में मिला चुका था। बिना जसोदा की बात पर गौर किए ,उसने दूसरी पट्टी इस रंग में डिबो दी। तब उसे भी सूखने के लिए फैला दिया और कटोरे में बचा रंग नाली में फेंककर हाथ धोने लगा। रंग पक्का था। वह यथावत् उसके हाथों में लगा रहा।

"औ या तीसर पट्टी ?" जसोदा ने पूछा।

"या अइसेन रही।"

"यू कउनेव देवी देवतन का झंडा आए का ?"

"देवी देवतन का न आए यू।"

"फिर की का आए ?"

"का करिहौ तुम जान के ?"

"हम का करिबे जानके। हम तो वइसेहेन पूछ लीन।"

बच्चन बिना कोई उत्तर दिए घर के बाहर चला गया। थोड़ी देर बाद वह लौटकर आया तो पट्टियाँ सूखकर तार से गिरकर जमीन पर पड़ी थीं। बच्चन ने उन्हें उठाकर जसोदा को देते हुए कहा, "अब तुम इनका तनिक सी देव।"

"काहे, बिना सिए झंडा न बनी ?"

"न।" बच्चन ने कहा और पट्टियों को जमीन पर फैलाते हुए जसोदा को समझाने लगा, "यू द्याखौ ई तना बनी यू। सबते ऊपर सफेद पट्टी, तब हरी औ तब सबते नीचे

लाल।"

जसोदा अपने बच्चे बबुआ को गोद में लिए दूध पिला रही थी। "धर देव तुम," उसने कहा, "हम बना देबे अबहीं। ई का सोवा देई तनिक।"

"तुम ई का खटिया मां पहुड़ा देव। हम सोवा देबे।"

"औ दूध को पियाई ? वहौ तुम पिया देहो ?"

बच्चन झेंप गया। आज उसका स्कूल बंद था। सुबह से ही वह इसी तीन-पाँच में लगा था। तभी थोड़ी देर बाद बच्चा दूध पीते-पीते सो गया तो जसोदा ने उसे अंदर खाट पर लिटा दिया और सुई डोरा लेकर बच्चन का झंडा सिलने बैठ गई। पहले उसने हरी और लाल पट्टियाँ उठाई और दोनों को एक साथ मिलाकर उनके किनारों को इस तरह अंदर मोड़ दिया कि उनके फुचरे दिखाई न दें। तब वह उन्हें सिलने लगी।

"यू का कै रही हौ चाची तुम ?" बच्चन ने उसे टोका, "सफेद वाली पट्टी सबते ऊपर रही न।"

"तुम चुपाय के बइठो।" जसोदा ने कहा।

"हम कहित है...."

"हमहू तो कुछ कहित हैं।"

"तुम सब खराब कइ डरिहौ।"

"खराब ह्वे जाई तो हम खोलके दोबारा सी देबे।" जसोदा यथावत् पट्टियाँ सिलती रही। बच्चन वहीं खड़ा-खड़ा अपना मुँह बनाते हुए हवा में अपनी मुट्ठियाँ खोलता बंद करता अपनी खीझ व्यक्त करता रहा। तभी हरी लाल पट्टियाँ आपस में सिलने के बाद जसोदा ने उन्हें जमीन पर फैलाकर सफेद पट्टी हाथ में लेते हुए उससे पूछा, "अब बताओ या पट्टी कहाँ लागी। अब बच्चन की समझ में आया कि हरी लाल पट्टियाँ पहले सिलने से कोई अंतर नहीं पड़ा। सफेद पट्टी अभी भी ऊपर की जा सकती थी।

"अब हम जान गेन।" उसने कहा।

"यही मारे तो कहा गा है अक्किल बड़ी कि भँईस।" जसोदा ने कहा तथा तीनों पट्टियाँ आपस में सिलने के बाद उसने उनके किनारे दबा कर तुरुप दिए ताकि किनारे के फुचरे दिखाई न दें। झंडे को बाँस में लगाने के लिए बच्चन ने उसकी चौड़ाई में एक ओर कोई डेढ़-दो इंच का खोल भी सिलवाया। तब झंडे को लेकर वह नीचे कमरे में, जहाँ उसकी कापी किताबें रहती थीं, आ गया और उसे तख्त पर फैलाकर, उसमें चरखे की बड़ी-सी एक आकृति बनाकर, उसे अपनी किताबों के बीच दबाकर रख दिया।

सोलह

बच्चन को अपने साथ लखनऊ लाने के पश्चात् रतन ने उसका नाम गवर्मेंट जुबली

स्कूल में पाँचवें में लिखा दिया था। अब वह नवें में था। तीन-चार दिनों बाद उसके स्कूल में इंस्पेक्टर ऑफ स्कूल्स का दौरा होने वाला था। इंस्पेक्टर कोई अंग्रेज था। स्कूल के हेडमास्टर कर्तार प्रसाद बहुत सख्त आदमी थे। इस मौके पर वह किसी भी प्रकार की कोई कमी नहीं रहने देना चाहते थे। विद्यार्थियों के लिए उन्होंने नोटिस निकाल दी थी कि सभी बच्चे उस दिन ठीक समय से साफ-सुथरे कपड़े पहन कर आएँ तथा उस दिन के टाइम-टेबुल के अनुसार कापी-किताबें साथ लाएँ। जिनका मैथमैटिक्स का क्लास हो, वह अपने साथ ज्योमेट्री बाक्स लाना न भूलें। इसी तरह आर्ट और ड्राइंग क्लास के विद्यार्थी वाटर-कलर तथा पेस्टल-कलर बाक्स जरूर साथ लाएँ। मास्टरों के लिए उनके आदेश थे कि अपने-अपने क्लास के विद्यार्थियों की कापियाँ अप-टू-डेट जाँच लें। बारी-बारी से हर क्लास की कापियाँ मँगाकर वह स्वयं देख रहे थे कि यह काम पूरा हो गया या नहीं। स्कूल की सफाई पर भी उन्होंने विशेष ध्यान दिया था। स्कूल के पूरे कंपाउंड और कक्षाओं में रोज प्रातः झाड़ू तो लगती ही, वह स्वयं राउंड लेकर देखते कि कहीं कोई कूड़ा पड़ा तो नहीं रह गया। बच्चों को कड़े आदेश थे कि स्कूल कंपाउंड के अंदर मूँगफली या केले, संतरे जैसे छिलके वाले फल कतई न लाएँ। यह सब खाना हो तो स्कूल के बाहर ही खाएँ। साथ ही उन्होंने स्कूल के बाहर सामान बेचने वाले खोनचे वालों को भी तंबीह कर दी थी कि वह इस तरह का सामान न बेचें जिससे स्कूल में कूड़ा होने का डर हो। मूँगफली वाले को तो उन्होंने स्कूल के आसपास फटकने पर भी पाबंदी लगा दी थी।

इसके लिए वह रोज इंटरवल में बारी-बारी से एक मास्टर की ड्यूटी गेट पर लगा देते कि वह देखता रहे कि कोई भी लड़का बाहर से किसी तरह का खाने-पीने का सामान लेकर अंदर न आए। ऐसा करने पर जुर्माना और सजा दोनों की व्यवस्था थी। एक बार एक लड़के की जेब में मूँगफली निकल आने पर उन्होंने उसके ऊपर चार आने जुर्माना तो किया ही, साथ ही उसे अपने कान पकड़कर पूरे स्कूल में चक्कर लगवाया ताकि दूसरे बच्चों पर इसका वाँछित प्रभाव पड़ सके। सफाई के साथ-साथ स्कूल की सजावट पर भी उनका ध्यान गया था। इसके लिए उन्होंने स्कूल के लान की घास कटवाकर, उस पर रोलर चलवा दिया था। फूलों के गमलों की सफाई करवाकर उन्हें गेरू से पुतवा दिया था। लान के बीचों-बीच दोनों ओर सिंघाड़ेदार ईंटों के बीच बने रास्ते पर सुर्खी डलवा दी थी तथा रास्तों के किनारे-किनारे चूने की लाइनें खिंचवा दी थीं। कुछ खूबसूरत फूलों के गमले वरांडे में, खासतौर से अपने कमरे के सामने, जहाँ इंस्पेक्टर को आकर बैठना था, रखवा दिए। बच्चों द्वारा बनाए गए चित्रों और नक्शों में से, जिनमें से कई मास्टरों द्वारा बनाए गए भी शामिल थे, उन्होंने स्वयं छाँटकर विभिन्न क्लासों की दीवारों पर लगवा दिए थे। डेस्कों को, खासतौर से उनमें लगी दवातों को साफ करवाकर यह आदेश जारी कर दिए थे कि अब से हर डेस्क की सफाई की जिम्मेदारी उस पर बैठने वाले बच्चे की होगी और जिसकी डेस्क भी गंदी पाई गई, उसे सख्त सजा दी जाएगी। डेस्कों में लगी

दवातों में रोशनाई डालने वाले चपरासी को बुलाकर भी उन्होंने समझा दिया कि अब से इस तरह रोशनाई डाले कि एक बूंद भी बाहर न गिरने पाये और अगर गिरे तो तुरंत कपड़े से पोंछ दे। अपने कमरे की तो उन्होंने नए सिरे से पुताई करवाई थी। अलमारियों में सजे स्कूल की टीम द्वारा जीते गए कपों और ट्राफियों को रगड़-रगड़ कर चमकवाया था। ब्रिटिश सम्राट और सम्राज्ञी का नया चित्र मढ़वा कर ठीक अपनी कुर्सी के ऊपर लगवा दिया था। उसके अतिरिक्त प्राकृतिक दृश्यों वाली दो-एक पेंटिंग्स भी बाजार से मँगवाकर लगवा दी थीं। इंस्पेक्टर को चाय पिलाने के लिए बढ़िया किस्म की क्रॉकरी, टी पॉट तथा कप प्लेटों आदि का प्रबंध पहले से ही था।

यह क्रॉकरी उनके कमरे में काँच के शीशे लगे दरवाजों वाली अलमारी में सजी रखी रहती और ऐसे ही अवसरों पर निकाली जाती। बढ़िया किस्म की चाय का पैकेट का प्रबंध भी वह कर चुके थे और अपने खास चपरासी, से जो उनकी चाय बनाता था, चाय बनवाने और सर्व करने का अभ्यास भी करवा चुके थे। इंस्पेक्टर को गार्ड ऑफ ऑनर देने की बात भी उन्होंने ड्रिल मास्टर पवार के सुझाव पर तय कर दी थी। इसके लिए स्कूल के चुने हुए स्काउट बच्चों की एक टोली पवार की देख-रेख में पिछले दस-बारह दिनों से रिहर्सल कर रही थी। गार्ड ऑफ ऑनर देने वाले बच्चों के लिए खाकी कमीज और निकर, सफेद मोजे और किरमिच के कत्थई जूते तथा गले में बाँधने के लिए लाल रुमाल हेडमास्टर कर्तार प्रसाद ने स्कूल फंड से खरीदे थे। उन्हें पूरी उम्मीद थी कि इंस्पेक्टर उनके स्कूल की जरूर अच्छी रिपोर्ट देगा।

बच्चन ने अपना झंडा इसी अवसर के लिए तैयार किया था। उसका विचार था कि इंस्पेक्टर सुबह स्कूल खुलने से पहले ही आ जाएगा और प्रार्थना समाप्त होने के पश्चात् जैसा कि हेडमास्टर कर्तार प्रसाद कभी-कभार करते थे, विद्यार्थियों और शिक्षकों को संबोधित करेगा। उसकी योजना यह थी कि उस दिन वह स्कूल लगने के समय से कुछ जल्दी आकर कहीं छिप जाएगा। और ठीक उस समय जब प्रार्थना हो रही होगी, वह स्कूल की बिल्डिंग के ऊपर बीचों-बीच लगी लोहे की छड़ में, जो झंडा फहराने के लिए ही वहाँ लगी थी, यह झंडा फहरा देगा। चूँकि प्रार्थना के समय हेडमास्टर तथा शिक्षक बिल्डिंग के ठीक नीचे खड़े होते थे, अतः उनके लिए बच्चन को झंडा लगाते देख पाने का प्रश्न ही नहीं उठता था। हाँ, उनके सामने खड़े विद्यार्थी अवश्य देख सकते थे लेकिन उन्हें आदेश थे कि प्रार्थना के समय वे अपने नेत्र बंद रखें, अतः उनके देखने की संभावना भी कम ही थी। इस प्रकार जब तक कोई समझे-समझे कि क्या हुआ बच्चन झंडा फहरा कर नीचे उतर आएगा। उसकी इच्छा तो यह भी थी कि इस अवसर पर वह 'वंदे-मातरम्' और 'भारत माता की जय' के नारे भी लगाए लेकिन फिर यह सोचकर कि ऐसी स्थिति में उसका पकड़ा जाना निश्चित है, उसने अपना विचार बदल दिया था। वास्तव में वह पकड़े जाने से इतना नहीं घबराता था जितना इस बात से कि कहीं सारी बात उसके चच्चू यानी रतन को न पता चल जाए, जिसके प्रति उसके मन में अपने पिता से भी अधिक

सम्मान था तथा जिससे डरता भी वह बहुत था।

बच्चन की इस योजना के कार्यान्वयन में एक ही अड़चन थी। वह यह कि स्कूल बिल्डिंग की छत पर जाने के लिए जो जीना था उसके दरवाजे में ताला पड़ा रहता था। लेकिन इसी के साथ यह सहूलियत भी थी कि जीने का दरवाजा बहुत ही निर्जन अथवा सुनसान जगह पर था जहाँ बिना किसी खास आवश्यकता के कोई आता-जाता नहीं था। अतः इंस्पेक्टर के आने के तीन-चार दिन पहले से ही बच्चन ने इस ताले पर अपनी जोर-आजमाइश शुरू कर दी। इस काम में उसे अधिक मेहनत नहीं करनी पड़ी क्योंकि ताला बहुत ही मामूली किस्म का था और परकार की सहायता से वह बहुत ही आसानी से खुल गया। ताला खोलकर बच्चन ने उसे दुबारा कुंडे में डालकर इस तरह दबा कर लटका दिया कि दूर से देखने पर यह पता न चले कि ताला खुला हुआ है। इस काम से निश्चिंत होकर वह इंस्पेक्टर के आने के दिन की प्रतीक्षा करने लगा।

बच्चन के पूर्वानुमान में एक गड़बड़ हो गई। इंस्पेक्टर स्कूल खुलने के समय न आकर स्कूल खुलने के कोई एक घंटा बाद आया। हेडमास्टर कर्तार प्रसाद ने प्रार्थना के बाद विद्यार्थियों को संबोधित किया। उन्हें आदेश दिया कि आज सभी लड़के अपनी-अपनी क्लास में जाकर खामोशी से बैठेंगे। कोई भी लड़का बाहर नहीं निकलेगा। यदि इंस्पेक्टर किसी क्लास में जाए तो सभी लड़के बिना कुर्सी मेज खिसकाए या किसी भी तरह की आवाज किए, चुपचाप उठकर खड़े हो जाएँ और तब तक न बैठें जब तक कि इंस्पेक्टर खुद "सिट डाउन" न कहे। और यदि किसी लड़के से इंस्पेक्टर कोई प्रश्न करे तो वह सोच-समझकर, बिना किसी प्रकार घबड़ाए उसका सही-सही उत्तर दे। यह आदेश देकर उन्होंने प्रार्थना सभा विसर्जित कर दी। केवल उन लड़कों को, जिन्हें गार्ड ऑफ ऑनर में भाग लेना था, रोक लिया गया। उनकी ड्रैस उन्हें एक दिन पहले ही दे दी गई थी जिसे पहने हुए सब बड़ी मुस्तैदी से लान में खड़े हो गए। ड्रिल मास्टर पवार ने इन सभी लड़कों को लाठियाँ बँटवाई, तब उन्हें लान के बीचों-बीच, गेट से लेकर हेडमास्टर के कमरे तक बने रास्ते के दोनों ओर, जिस पर कर्तार प्रसाद ने दो दिन पूर्व ताजी ताजी सुर्खी कुटवाई थी और जिस पर चलकर इंस्पेक्टर को उनके कमरे तक पहुँचना था, आमने-सामने पंक्तिबद्ध खड़ा कर दिया और उन्हें आवश्यक आदेश देकर कि किस प्रकार उन्हें इंस्पेक्टर के आते ही 'ऐट ईज' की मुद्रा से 'अटेंशन' की मुद्रा में आकर अपनी लाठियाँ हवा में उठाकर सामने वाले लड़कों की लाठियों से मिला देनी थीं, वह स्कूल के मुख्य गेट पर आकर पहले से वहाँ खड़े, कर्तार प्रसाद की बगल में खड़ा होकर उनसे बात करने लगा। कर्तार प्रसाद का चपरासी भी हरे पत्तों में लिपटी गुलाब के फूलों की माला लिए उनसे थोड़ी दूर पर खड़ा हो गया।

इस स्थिति ने बच्चन को बड़े असमंजस में डाल दिया। फिर भी उसने अपनी तरफ से होशियारी से काम लिया और प्रार्थना सभा से अपने क्लास में न जाकर आधे रास्ते से पलट पड़ा और जीने पर जाकर छिप गया। झंडा वह अपनी कमीज के नीचे

अपनी नेकर में खोंसे था। काफी देर तक वह जीने पर खामोश बैठा रहा। परंतु यहाँ कठिनाई यह थी कि उसे मुख्य गेट की किसी भी गतिविधि का आभास मिल पाना असंभव था। ऐसे में पूरी संभावना इस बात की थी कि इंस्पेक्टर अंदर आकर हेडमास्टर के कमरे में बैठ जाए और वह बेवकूफों की तरह जीने में ही बैठा रह जाए। साथ ही उसे इस बात की भी चिंता हुई कि यदि अधिक देर वह अपनी सीट से लापता रहा तो उसकी ढुँढाई शुरू हो सकती है, नहीं तो यह पूछताछ तो की ही जाएगी कि इतनी देर वह कहाँ था। अतः दूसरा कोई चारा न देख धड़कते हृदय से वह जीना चढ़कर ऊपर आ गया और छत की बाउंड्री से, जो मुश्किल से ढाई फिट ऊँची थी, लगा हुआ, झुके-झुके चलकर झंडा लगाने के स्थान तक पहुँच गया। तब निकर में खुँसा हुआ झंडा निकालकर लोहे की छड़ में फँसा कर उसी प्रकार झुके-झुके वापस चल दिया। हवा खासी तेज थी। छड़ में फँसते ही झंडा शान से लहराने लगा। लगभग इसी समय मुख्य गेट पर खड़े ड्रिल मास्टर पवार ने झंडे को इस तरह लहराते देख लिया। उसके उधर देखने से कर्तार प्रसाद की निगाह भी उधर चली गई और उन्होंने भी झंडे को फहराते देखा। झंडा कांग्रेस का है यह समझते उन्हें देर नहीं लगी। इंस्पेक्टर किसी भी समय पहुँच सकता था। ऐसे में स्कूल बिल्डिंग पर कांग्रेस के झंडे के इस प्रकार शान से लहराने का क्या परिणाम हो सकता था, यह उन्हें पता था। उन्होंने घबराकर पवार की ओर देखा। पवार को भी अब तक स्थिति की गंभीरता का एहसास हो चुका था। कर्तार प्रसाद के किसी आदेश की प्रतीक्षा किए बिना वह खिलाड़ियों जैसी फुर्ती से, जो एक ड्रिल मास्टर ही दिखा सकता था, जीने की ओर भागा और झंडा फहरा कर भरसक तेजी से लौटते हुए बच्चन को जीने पर ही पकड़ लिया। उसका कान पकड़े-पकड़े वह लपकता हुआ झंडे तक गया और फुर्ती से झंडा उतार लिया।

यदि पवार को एक सैकेंड की भी देर हो जाती तो निश्चय ही इंस्पेक्टर ने झंडा स्कूल बिल्डिंग पर फहराते हुए देख लिया होता क्योंकि ठीक उसी समय उसकी मोटरगाड़ी स्कूल के फाटक पर आकर रुकी। हेडमास्टर कर्तार प्रसाद का रक्तचाप अब तक काफी बढ़ चुका था। इंस्पेक्टर की गाड़ी रुकते देख वह और घबरा उठे। फिर भी किसी तरह अपनी घबराहट को छिपाते हुए उन्होंने चपरासी के हाथ से फूलमाला लेकर इंस्पेक्टर को पहनाई और उसे साथ लिए हुए गार्ड ऑफ ऑनर में खड़े स्काउट के बच्चों की उठी हुई लाठियों के नीचे से गुजरते हुए अपने कमरे में आ गए।

लगभग सौ गज का यह फासला तय करना उनके लिए मुहाल हो गया। इंसपेक्टर का स्वागत करने की हड़बड़ी में वह पवार को झंडा उतारते देख नहीं पाए थे और इस भय से कि कहीं इंस्पेक्टर की दृष्टि भी ऊपर न उठ जाए उसके साथ चलते हुए उनका साहस आँख उठाकर ऊपर देखने का नहीं हुआ था। अपने कमरे में पहुँचकर उन्होंने इंस्पेक्टर को अपनी कुर्सी पर बैठने को कहा लेकिन उनकी कुर्सी पर बैठने के बजाए वह सामने वाली कुर्सी पर ही बैठा। कर्तार प्रसाद की दिल की धड़कन अभी भी सामान्य नहीं

हुई थी हालाँकि इंस्पेक्टर के हाव-भाव से उन्हें काफी कुछ विश्वास हो गया कि उसने झंडा देखा नहीं है।

कर्तार प्रसाद के बहुत जोर देने पर इंस्पेक्टर ने उनके साथ एक कप चाय पी तब उन्हें साथ लिए हुए स्कूल के निरीक्षण पर निकल गया। दो-एक कक्षाओं में जाकर उसने विद्यार्थियों से एक-आध प्रश्न किए, दीवालों पर लगे हुए चार्ट देखे, पुस्तकालय में जाकर अलमारियों में सजी पुस्तकों में से दो-चार निकलवा कर देखीं (कर्तार प्रसाद ने उसे बताया कि स्कूल में फुलटाईम लाइब्रेरियन का पद, उनके दो वर्षों से बराबर माँग करने के बावजूद अभी तक स्वीकृत नहीं हुआ है जिसके कारण पुस्तकों की ठीक से देखरेख नहीं हो पा रही है) तब वापस कर्तार प्रसाद के कमरे में आ गया। विजिटर्स बुक माँगकर उसने उस पर हस्ताक्षर किए और कर्तार प्रसाद से हाथ मिलाकर अपनी मोटरगाड़ी में बैठकर वापस चला गया।

इंस्पेक्टर के जाते ही कर्तार प्रसाद का सारा तनाव, जिसे वह प्रयत्न करके अपने भीतर दबाए हुए थे, सहसा उभरकर उनके चेहरे पर आ गया। इंस्पेक्टर को विदाकर लौटते हुए उन्होंने आँख उठाकर बिल्डिंग की छत पर उस जगह को देखा जहाँ अभी थोड़ी देर पहले उन्होंने कांग्रेस के झंडे को हवा में लहराते हुए देखा था। तब गुस्से में भरे हुए अपने कमरे में आकर कुर्सी पर बैठ गए और जेब से रुमाल निकालकर, माथे पर छलक आए पसीने को पोंछने लगे। इतना अनुमान उन्होंने लगा लिया था कि झंडा पवार ने ही उतारा है लेकिन वह गया कहाँ यह वह समझ नहीं पा रहे थे। तभी इंस्पेक्टर के जाते ही वह बच्चन का हाथ पकड़े हुए कर्तार प्रसाद के कमरे में हाजिर हो गया।

"यह कौन है ?" कर्तार प्रसाद ने पवार से पूछा।

"यह वह लड़का है जिसने झंडा लगाया था।" पवार ने उत्तर दिया।

इतना सुनते ही कुर्तार प्रसाद पागलों की तरह अपनी कुर्सी से उठे और बच्चन के ऊपर पिल पड़े। पहले तो उन्होंने अपने हाथों से उसकी मरम्मत की (लातों का प्रयोग भी इसमे शामिल था) तब बरेली से मँगवाया हुआ अपना खास बेंत, जो ऐसे अवसरों के लिए ही था, अपनी अलमारी से निकाला और उससे बच्चन की चमड़ी उधेड़ने लगे। बच्चन बिना 'उफ्' तक किए चुपचाप मार खाता रहा। अंततः कर्तार प्रसाद थककर अपनी कुर्सी पर बैठ गए। चपरासी से मँगवाकर उन्होंने दो गिलास पानी पिया और सोचने लगे कि इस लड़के का अब वह क्या करें। पहले तो उनके दिमाग में आया कि उसे पुलिस में दे दें। लेकिन फिर यह सोचकर कि इसमें उनकी भी इज्जत और इज्जत ही क्यों नौकरी पर भी बट्टा लग सकता है कि उनकी हैडमास्टरी के दौरान सरकारी स्कूल की बिल्डिंग पर कांग्रेसी झंडा लग गया, उन्होंने यह विचार स्थगित कर दिया और उसके बदले किसी अन्य फैसले तक पहुँचने की प्रक्रिया में बच्चन से उसका नाम, पिता तथा अभिभावक का नाम, पता आदि पूछकर स्कूल रिकार्ड से उसका मिलान करने लगे। बच्चन ने सब कुछ सही-सही बता दिया। केवल एक असंगति इसमें थी। अभिभावक में उसने रतन का नाम

बताया था जबकि स्कूल के रिकार्ड में मँझले यानी फतेह बहादुर का नाम लिखा था। स्पष्टीकरण माँगे जाने पर बच्चन ने बताया कि फतेह बहादुर भी उसके चाचा है लेकिन वह रहता रतन के साथ है। इस सवाल-जवाब के बाद कर्तार प्रसाद ने बच्चन को आदेश दिया कि वह अगले दिन फतेह बहादुर को उनसे मिलने भेजे और स्वयं स्कूल में दिखाई न दे। इतना कहकर वह उठकर खड़े हो गए और बोले, "और अगर दिखाई दिए तो सीधे पुलिस के हवाले कर दूँगा।" इसी के साथ उन्होंने बच्चन के गाल पर अंतिम झापड़ दिया। और गर्दन पकड़कर उसे कमरे से बाहर ढकेल दिया।

बच्चन के वहाँ से चले जाने के पश्चात् कर्तार प्रसाद ने पवार से पूछा कि झंडा कहाँ है तो उसने झंडा, जिसे उसने अपनी पतलून की जेब में ठूँस लिया था, निकालकर उन्हें दे दिया। कर्तार प्रसाद ने झंडा उलट-पुलट कर देखा। तब पवार से बोले, "इसे जला देना ठीक होगा।"

"लेकिन सर," पवार ने कहा, "केस में इसकी जरूरत पड़ेगी। पुलिस सबसे पहले इसीकी माँग करेगी।"

"पुलिस केस करना उचित होगा?" कर्तार प्रसाद ने कहा, "हम लोगों की भी बदनामी होगी। पुलिस-कचहरी के बीसों चक्कर लगाने पड़ेंगे सो अलग।"

"आप ठीक कह रहे हैं, सर।" पवार ने तुरंत उनकी हाँ में हाँ मिलाई।

कर्तार प्रसाद ने अपनी अलमारी से माचिस निकाली और झंडे को वहीं फर्श पर जलाकर चपरासी को बुलाकर उसकी राख बाहर फिंकवा दी।

"यह बात हमारे आपके अलावा किसी तीसरे तक नहीं जानी चाहिए।" कर्तार प्रसाद ने पवार से कहा।

"कौन-सी बात, सर? कुछ हुआ ही कहाँ!" पवार ने पर्याप्त चतुराई से उत्तर दिया।

सत्रह

बच्चन घर पहुँचा तो उसके पूरे शरीर पर बेतों के निशान थे। उसने उन्हें छिपाने की बहुत कोशिश की लेकिन जसोदा ने उन्हें देख ही लिया। "यू का भा तुमरे?" उसने बच्चन के शरीर पर हाथ फिराते हुए पूछा, "पूर देही लील परी है। कोऊ मारिस है का तुमका?"

"कुछू नाई भा।" बच्चन ने अपनी चाची का हाथ झिड़क दिया।

"भा कइसे नाई?" जसोदा फिर उसके शरीर पर हाथ फिराने लगी। "अऊर कोहू की देही लील नाई पर जात। बतावत काहे नाई को मारिस है?"

जसोदा उसे हर तरह समझा-बुझाकर, फुसला कर जानने का प्रयत्न किया लेकिन बच्चन ने न तो कुछ कबूला और न ही उसके कहने से शरीर पर हल्दी चूने का लेप ही

लगवाया। आखिर जसोदा हार कर चुप हो गई। लेकिन रतन के दफ्तर से लौटते ही उसने उसे बताया कि बच्चन को किसी ने लाठियों से बहुत मारा है। "पूर देही लील परी है," उसने कहा, "हम बहुत पूछा मुदा ऊ कुछू बताइस नाई।"

"है कहाँ बच्चन?" रतन ने पूछा।

"अबहीं तो नीचे कमरा मां रहा।"

"हुआँ तो नाई है।" रतन नीचे से आया था तो कमरे के दरवाजे की कुंडी लगी थी।

"फिर कहाँ गा?" जसोदा ने आश्चर्य व्यक्त किया।

बच्चन नियमपूर्वक अपने चच्चू के दफ्तर से लौटने के समय घर पर ही रहता था। अतः रतन को भी आश्चर्य हुआ। कुछ नाश्ता पानी करने के पश्चात् कपड़े बदलकर वह बच्चन को ढूँढने निकल पड़ा। पार्क में, चौराहे पर, रेलवे लाइन के किनारे, बड़े, चौथे, मँझले के घर, सब जगह वह उसे ढूँढ आया लेकिन बच्चन नहीं मिला। निराश होकर रतन घर लौट आया। मारपीट की बात को उसने इतनी गंभीरता से नहीं लिया था। हो सकता है लड़को-लड़कों में आपस में मारपीट हुई हो। लेकिन इतनी देर तक उसके गायब होने तथा आस-पास कहीं खोजे से न मिलने से वह चिंतित हो उठा। तभी अँधेरा होने के पश्चात बच्चन ने घर में प्रवेश किया तो रतन ने उसके आते ही प्रश्न किया, "कहाँ गे रहौ?"

"अइसेहे एक लड़िका के घरै चले गे रहन।" बच्चन ने उत्तर दिया।

"अइसी आओ।" रतन ने उसे अपने पास बुलाया और उसकी कमीज उलटकर देखने लगा। जसोदा तब तक लालटेन ले आई थी। उसके प्रकाश में रतन ने देखा, जसोदा ने सच ही बताया था, उसके सारे शरीर पर चोट के नीले-नीले निशान थे।

"यू का भा?" रतन ने पूछा।

बच्चन ने कोई उत्तर नहीं दिया।

"बतावत काहे नाई?"

"हेडमास्टर मारिन हैं।"

"को मारिस है?"

"हेडमास्टर।"

"तुमरे स्कूल के।"

"हाँ।"

"काहे।"

बच्चन ने फिर कोई उत्तर नहीं दिया। जसोदा तब तक हेडमास्टर को कोसने लगी। "किरवा परैं ऊकी देही मां। कोढ़ फूटै पूरे सरीर मां। माता खा जाएँ दहिजार का...."

"चुप रहौ हम कहित हैं।" रतन ने उसे टोका मगर जसोदा ने चुप नहीं किया। "ई

तना मारा जात है कहूँ लरकिन का। ई का बंस नास ह्वै जाए...."

"अच्छा बस। अब आवाज न निकरै मुँह ते।" रतन ने इस बार जसोदा को काफी जोर से डपटा। वह चुप हो गई।

"हाँ, बतावत काहे नाई काहे मारिन है हेडमास्टर?" रतन ने बच्चन से दोबारा पूछा।

"हम झंडा लगा दीन रहै।"

"कईस झंडा?"

"कांग्रेस का झंडा।"

"कांग्रेस का झंडा? ऊ कहाँ ते मिलिगा तुमका?"

"चाची बनाइन रहै।"

"चाची बनाइन रहै.... ?" रतन ने आश्चर्य से जसोदा की ओर देखा।

"हम का जानी कीका झंडा आये। हमका तो ई पट्टी रंग के दिहिन, कहै लाग ई का सी देव, तऊन हम सी दिहेन।" जसोदा ने सफाई दी।

रतन ने जसोदा से कोई बहस नहीं की। वह फिर बच्चन से संबोधित हुआ, "कहाँ लगाए रहौ झंडा?"

"स्कूल की छत पर।"

रतन एक क्षण चुप रहा। जैसा कि तेजशंकर ने उसे बताया था और उसने स्वयं अखबार में पढ़ा था कांग्रेस ने मध्य प्रांत में झंडा आंदोलन चलाया था। लोग चार-छः की संख्या में कांग्रेस का झंडा लेकर सड़कों पर निकलते और पुलिस उनके हाथों से झंडा छीनकर, उन्हें जेलों में बंद कर देती। लेकिन इस बात को घटे काफी अरसा बीत चुका था। वैसे भी जनता के जोश के सामने सरकार ने हार मानकर कांग्रेस वालों के झंडा लेकर निकलने पर से प्रतिबंध हटा लिया था। यहाँ तक कि बाज कांग्रेसी अपने घरों की छतों पर स्थाई तौर पर कांग्रेस का झंडा लगाए थे।

"तो? रतन ने आगे पूछा।

"वही के मारे हेडमास्टर मारिन रहै।" बच्चन ने कहा।

"काहे ते मारिन रहै?"

"बेंत से।" बच्चन ने उत्तर दिया।

रतन एक क्षण चुप रहा। तब जसोदा से बोला, "फिटकरी है घर मां?"

"हाँ। परी तो है जानो।"

"ऊ का आगी मां भून के, दूध मां मिलाए के देव ईका पियक। औ तनिक हरदी चून मिलाए के लगा देव ई के जहाँ जहाँ चोट लाग है।"

जसोदा उठकर फिटकरी भूनने चली गई।

"ऊ मँझिले चच्चू का बोलाइस है।" बच्चन ने आगे कहो।

"को बुलाइस है?"

"हेडमास्टर।"

"काहे खातिर बुलाइस है?"

"हमका नाई मालूम।"

रतन सोचने लगा कि आखिर हेडमास्टर ने मँझले को क्यों बुलाया है। हो सकता है शिकायत करने के लिए बुलाया हो। लेकिन मँझले के बारे में उसे जानकारी मिली कहाँ से? आखिर उसने बच्चन से ही पूछा, "मँझले का ऊ का जानै?"

"उनका नाव हुआँ स्कूल के रजिस्टर मां लिखा है।"

रतन को ध्यान आया कि जब वह बच्चन को लेकर लखनऊ आया था तो इस शहर में नया होने के कारण उसे यहाँ के बारे में अधिक जानकारी नहीं थी। अतः उसके कहने से मँझले ही बच्चन को भरती कराने गए थे। रतन सोचने लगा कि वह अभी जाकर मँझले को सूचना दे या सुबह जाकर उन्हें बताए। तब यह सोचकर कि सुबह उसे दफ्तर जाने की जल्दी रहेगी वह कपड़े पहनकर तैयार होने लगा।

जसोदा फिटकरी भूनकर उसे सिल पर पीस रही थी। "कहाँ जाए रहे हौ?" उसने सिल पर लोढ़ा घिसते हुए पूछा।

"मँझले के हियाँ।" रतन ने उत्तर दिया और जीना उतर गया।

रतन मँझले के घर पहुँचा तो वह बैठे खाना खा रहे थे। "आओ बैठो।" खाना खाते-खाते ही उन्होंने कहा।

रतन पास पड़ी चारपाई पर बैठ गया।

"कैसे आना हुआ?"

"वैसे ही।"

"अभी थोड़ी देर पहले भी तो तुम आए थे।....रोटी देना जरा।" अंतिम वाक्य उन्होंने अपनी पत्नी से कहा।

पहली बार रतन बच्चन को खोजने आया था। मँझले तब तक कचहरी से लौटे नहीं थे। रतन बिना कुछ कहे वैसे ही थोड़ी देर बैठकर चला आया था। मँझले की पत्नी ने ही मँझले को उसके आने की सूचना दी थी। रतन ने मँझले की बात का कोई उत्तर नहीं दिया। मँझले ने भी आगे बात नहीं की। चुपचाप खाना खाते रहे। खाना खाकर उन्होंने हाथ धोए। तब उसी चारपाई पर रतन की बगल में बैठ गए।

"मेरी सिगरेट-माचिस उठा देना जरा," उन्होंने अपनी पत्नी से कहा। तब रतन से बोले, "कोई खास बात?"

"बच्चन ने आज अपने स्कूल में कांग्रेस का झंडा फहरा दिया।" रतन ने कहा।

"कहाँ, जेल में है कि हवालात में?" मँझले ने बिना किसी तरह की उत्तेजना दिखाए प्रश्न किया।

"है तो घर ही पर।"

मँझले की पत्नी तब तक उनकी सिगरेट और माचिस ले आई थीं। मँझले ने पैकेट से एक सिगरेट निकालकर जला ली। तब एक-दो कश लेकर बोले, "यह झंडा वह लाया कहाँ से?"

"यह सब तफतीश तो मैंने की नहीं।" रतन झूठ बोल गया।

"इसमें तफतीश क्या करना," मँझले ने कहा, "उसी लौंडे ने दिया होगा। चौथे के यहाँ रहता है जो। उनका साला। क्या नाम है उसका? हाँ, तेजशंकर। उसी ने सब सिखा-पढ़ा के भेजा होगा। तुम्हारे यहाँ भी तो आता-जाता है।"

तेजशंकर रतन के यहाँ आता जरूर था लेकिन इधर जब से वह कांग्रेस के दफ्तर में होल टाइमर हो गया था, उसका आना काफी कम हो गया था। रतन ने मँझले की बात का कोई उत्तर नहीं दिया।

"फिर?" मँझले ने ही आगे पूछा।

"हैड मास्टर ने तुमको बुलाया है।"

"मुझको बुलाया है?" मँझले ने आश्चर्य प्रकट किया। "मुझे वह क्या जाने?"

"तुम्हारा नाम शायद वहाँ बच्चन के गार्जियन की जगह लिखा है।"

"मेरा नाम लिखा है? हो सकता है।" मँझले को सहसा ध्यान आया कि बच्चन का दाखिला कराने वही गए थे। "लेकिन मुझे बुलाकर वह क्या करेगा?"

"अब यह मुझे क्या मालूम।"

मँझले ने सिगरेट का एक और कश लिया। तब उसके सिरे पर जमा राख को चुटकी बजाकर एक ओर झाड़ते हुए बोले, मैं किसी साले आस्टर-मास्टर के पास नहीं जाऊँगा।"

"मास्टर नहीं हेड-मास्टर," रतन ने उन्हें दुरुस्त किया।

"हेडमास्टर हो या कलेक्टर। तमगा तो साला कोई देगा नहीं। चार बातें ही सुनाएगा।"

रतन खामोश रहा।

"तुम इस लौंडे को ले ही बेकार आए। यहाँ शहर में रहकर यही सब तो सीखेगा।" मँझले ने कहा। तब थोड़ी देर खामोश रहकर बोले, "ठीक है तुम जाओ। मैं देखूँगा।"

रतन उठकर खड़ा हो गया। वह मँझले के स्वभाव से परिचित था। वह किसी भी बात पर, जो उन्हें जँचती नहीं थी, छूटते ही बिगड़ने लगते थे। तब कुछ देर बाद ठंडे दिमाग से सोचकर निर्णय लेते थे।

"चले जरूर जाना।" रतन ने चलते-चलते कहा।

"कह तो दिया, देख लूँगा।" मँझले ने उत्तर दिया।

अठारह

दूसरे दिन सुबह, आठ बजे के लगभग, चूड़ीदार पाजामा, शेरवानी और पंप-शू पहने, सिर पर टोपी लगाए, हाथ में छड़ी लिए, जो उन्होंने रईसों की देखा-देखी हाल में ही लेकर चलना शुरू किया था, मँझले, कर्तार प्रसाद के घर जा पहुँचे। कर्तार प्रसाद उस समय अपने चबूतरे पर आरामकुर्सी पर अधलेटे अखबार पढ़ रहे थे।

"आदाबर्ज !" मँझले ने चबूतरे के नीचे गली के खड़ंजे पर खड़े-खड़े ही कहा।

कर्तार प्रसाद ने आँख के सामने से अखबार हटाकर उनकी ओर देखा। "आदाबर्ज।" उन्होंने भी कहा।

"मेरा नाम फतेह बहादुर है।" मँझले ने आगे कहा।

कर्तार प्रसाद पूरा प्रसंग जोड़ नहीं पाए। फिर भी वह उठकर खड़े हो गए। "आइए," उन्होंने कहा और मँझले को साथ लेकर अंदर बैठक में आ गए। बैठक में एक तखत और दो-चार कुर्सियाँ पड़ी थीं। अलमारी में किताबें सजी हुई थीं। दीवाल पर घड़ी और कलेंडर लगा था। मँझले को कुर्सी पर बिठाकर कर्तार प्रसाद स्वयं तखत पर बैठ गए। "कहिए ?" उन्होंने प्रश्नवाचक दृष्टि से मँझले की ओर देखा।

"कल किसी लड़के ने आपके स्कूल में झंडा लगा दिया था। मैं उसका गार्जियन हूँ।" मँझले ने कहा।

कर्तार प्रसाद का चेहरा सहसा कठोर हो उठा। उनका स्वर भी बदल गया। "घर पर आने के लिए तो मैंने कहा नहीं था," उन्होंने कहा। "लेकिन अब आप आ ही गए हैं तो सुनिए।" और उन्होंने मँझले को पूरी घटना से अवगत कराते हुए, जिसमें उन्होंने इंस्पेक्टर ऑफ स्कूल्स के अंग्रेज होने की बात पर विशेष बल दिया, आगे कहा, "मैंने अभी कोई एक्शन नहीं लिया है। वैसे कायदे से मुझे पुलिस में रिपोर्ट करनी चाहिए, और अभी भी मैंने इस बारे में कोई फैसला नहीं लिया है। रिपोर्ट करने के मायने पुलिस आपके लड़के को पकड़कर ले जाएगी और क्या करेगी, मैं कह नहीं सकता। उसकी जिंदगी तो तबाह होगी ही, आप लोगों पर भी बात आ सकती है। इसीलिए आप लोगों का ख्याल करके मैंने फिलहाल ऐसा नहीं किया है। लेकिन इतनी बात तो है ही कि मैं अब इस लड़के को अपने स्कूल में नहीं रख सकता। आप खुद इसे निकाल लें स्कूल से या फिर मुझे उसको कम-से-कम तीन साल के लिए रस्टीकेट करना पड़ेगा। उस सूरत में तीन साल तक किसी भी स्कूल में उसका दाखिला नहीं होगा।"

अंग्रेज इंस्पेक्टर ऑफ स्कूल्स की बाबत मँझले को पहली बार पता चला। उन्हें स्थिति की गंभीरता का एहसास हुआ। लेकिन वह खामोश रहे।

कर्तार प्रसाद ने ही आगे कहा, "मेरी मानिए तो आप इस लड़के को इस शहर से ही हटा दीजिए। लगता है वह खराब सोहबत में पड़ गया है। यहाँ रहेगा तो बिगड़ता जाएगा। आप कहाँ-कहाँ उसके पीछे लाठी लिए घूमते फिरेंगे। आज स्कूल की बिल्डिंग

पर झंडा फहराया है, कल कहिए किसी दुकान पर धरना देने बैठ जाए, या कौन ठीक इन सुराजियों के चक्कर में पड़कर किसी अंग्रेज पर ढेला-गुम्मा ही चला दे। तब क्या होगा, आप समझ सकते हैं।" वह थोड़ी देर रुके तब फिर बोले, "सो ऐसे लड़के को स्कूल में रखकर मैं नहीं चाहता कि दूसरे लड़कों पर भी उसका असर पड़े। खरबूजे को देखकर खरबूजा रंग बदलता है।"

मँझले की यह धारणा कि इसके पीछे जरूर तेजशंकर का हाथ है और पुष्टि हो गई। खुद तो साला अपनी जिंदगी चौपट किए ही है, औरों को भी गलत रास्ते पर डाल रहा है। बिना कोई हीलहुज्जत किए, उन्होंने कर्तार प्रसाद को धन्यवाद दिया और उठकर खड़े हो गए।

"मैं उसका टी. सी. बनवाकर रख लूँगा।" कर्तार प्रसाद भी खड़े हो गए। "आप आकर उसे ले जाइएगा या फिर किसी को भेजकर मँगवा लीजिएगा। उसकी शक्ल अब मैं अब स्कूल में नहीं देखना चाहता।

"मैंने समझ लिया है।" मँझले ने बैठक से बाहर आते हुए कहा।

"और अगर कहीं वह दिखाई दिया स्कूल में, तो मेरे सामने उसको पुलिस के हवाले करने के अलावा कोई चारा नहीं रहेगा।" कर्तार प्रसाद ने अपनी बात पूरी की।

मँझले ने उनकी ओर मुड़कर देखा। "आदाबर्ज," उन्होंने ने कहा और अपनी छड़ी हिलाते हुए चबूतरे से नीचे, गली में उतर आए।

शाम को मँझले कचहरी से सीधे रतन के यहाँ आए। बच्चन उन्हें नीचे कमरे में ही दिख गया। उसे देखते ही वह गुस्से से जल-भुन गए। लेकिन उससे कोई बात करना अपनी तौहीन समझ उन्होंने उससे केवल इतना पूछा, "रतन कहाँ है ?"

"चच्चू ऊपर हैं।" बच्चन ने उत्तर दिया।

"जाओ, उनसे कहो हम बुला रहे हैं। और वहीं रहना। नीचे आने की जरूरत नहीं है।" इतना कहकर मँझले कुर्सी पर बैठ गए और शेरवानी की जेब से सिगरेट निकालकर पीने लगे।

तभी रतन ने कमरे में प्रवेश किया। "मिले हेडमास्टर ?" उसने पूछा।

"मिले।" मँझले ने कहा, "लेकिन एक बात तुम समझ लो। इस लौंडे को गाँव से लेकर आए हो तो पूरी जिम्मेदारी लो इसकी। मुझसे इससे कोई मतलब नहीं है। मुझको अपनी नौकरी प्यारी है। मैं अब आइंदा से उस चूतिया राग में नहीं पड़ूँगा। एक बार दाखिला कराने चला गया, इसके यह मायने नहीं कि जो भी स्याह-सफेद वह करे उसकी जिम्मेदारी लूँ मैं।"

"कहा क्या हेडमास्टर ने ?" रतन ने पूछा।

"कहा क्या ! वहाँ अंग्रेज इंस्पेक्टर के सामने स्कूल की बिल्डिंग पर झंडा फहराएँगे साहबजादे तो कोई क्या कहेगा ? कि बहुत अच्छा किया, कल फिर करना। अभी पुलिस

में रिपोर्ट होगी तो उसके तो चूतड़ काटे ही जाएँगे, तुम्हारी नौकरी पर भी बात आएगी।"

"कहा क्या हेडमास्टर ने ?"

"अजब आदमी हो तुम ! वही रट लगाए हो कहा क्या, कहा क्या। अरे कहेगा क्या ? मेरा ख्याल करके पुलिस में रपट नहीं लिखाई है अभी तक, यही क्या कम है ? लेकिन अब स्कूल में नहीं रखेगा इसे किसी कीमत पर। तीन साल के लिए रस्टीकेट कर रहा था। मैंने समझा-बुझाकर मनाया तो बड़ी मुश्किल से माना है। लेकिन यह शर्त लगा दी है कि इस शहर में किसी स्कूल में दाखिला न हो इसका। किसी दूसरे शहर में जाकर पढ़े।"

"दूसरे किस शहर में जाएगा ?"

"अब यह भी मैं बताऊँ कि किस शहर में जाए। उसके बाप को लिखो, वही आकर फैसला करें। और नहीं तो चौथे के यहाँ भेज दो उनके साले के पास। वही सबसे माकूल राय देगा।"

रतन खामोश रहा। तब तक बच्चन एक गिलास में पानी और एक कटोरी में सूजी के दो लड्डू लेकर आ गया। "चाची ई लड्डू भेजिन है।" उसने रतन से कहा।

"तुमसे मैंने मना किया था यहाँ आने के लिए।" मँझले ने उठकर उसका कान पकड़ लिया।

रतन ने कटोरी और गिलास उसके हाथ से ले लिया। "चलो जाओ तुम यहाँ से।" उसने कहा तो बच्चन वहाँ से चला गया।

"लो लड्डू खाओ।" रतन ने कटोरी मँझले की ओर बढ़ाते हुए कहा।

मँझले का गुस्सा अभी पूरी तौर से समाप्त नहीं हुआ था। उन्होंने रतन की ओर देखकर कुछ कहना चाहा लेकिन फिर कटोरी से एक लड्डू उठाकर खाने लगे।

"यह भी लो।" मँझले एक लड्डू खा चुके तो रतन ने कटोरी दोबारा उनकी तरफ बढ़ा दी।

"नहीं।" मँझले ने मना कर दिया और तखत पर रखा गिलास उठाकर पानी पीने लगे। पानी पीकर उन्होंने जेब से रुमाल निकालकर मुँह पोंछा। तब रुमाल जेब में वापस रखते हुए बोले, "बच्चन को मना कर देना कि स्कूल की तरफ मुँह भी न करे वह। हेडमास्टर ने अगर कहीं देख लिया तो सीधे पुलिस के हवाले कर देगा। रस्टीकेट तो करेगा ही करेगा। बड़ी मुश्किल से इस शर्त पर राजी हुआ है कि इस शहर के किसी स्कूल में उसका दाखिला न हो।" वह एक क्षण रुके, तब बोले, "और वैसे भी उसका यहाँ रहना अब ठीक नहीं है। यहाँ रहेगा तो बिगड़ता ही जाएगा। इसलिए मेरे ख्याल से तुम लक्ष्मी को चिट्ठी लिखकर बुलवाओ और उनसे बात करो। वह चाहें तो वहाँ मोहान में या फिर उन्नाव में रखकर उसे पढ़ाएँ और नहीं तो फिर कानपुर भेज दें।"

"वहाँ रहेगा कहाँ ?" रतन ने पूछा।

"क्यों ? वहाँ आदमी नहीं रहते ?" मँझले ने एक क्षण रुककर रतन की ओर देखा,

तब बोले, "कोई कमरा कोठरिया किराए पर ले लेगा उसमें रहेगा। नहीं तो हॉस्टल में रहेगा। पढ़ने वाले लड़के कहीं भी रहकर पढ़ लेते हैं। ऐसा छोटा भी नहीं है। चौदह-पंद्रह का तो होने आ ही रहा होगा। और नहीं तो जैसी तुम्हारी मर्जी या फिर जैसा लक्ष्मी कहें। बहरहाल, मैं अब इस चक्कर में नहीं पड़ूँगा।" मँझले उठकर खड़े हो गए।

रतन दरवाजे पर खड़ा उन्हें हाथ में छड़ी लिए हुए गली में जाते देखता रहा। मँझले गली पार कर गए तो उसने अंदर आकर बच्चन के ताबड़-तोड़ दो-तीन झापड़ जड़ दिए। "यही मारे लाए रहन हम तुमका हियाँ कि ई सब लीला करौ तुम। सौ बातै सुनैक परैं हमका सबकी।"

बच्चन ने खामोशी से झापड़ खा लिए। न सिसका, न रोया। बस सिर झुकाए नीचे फर्श पर देखता रहा।

अगले दिन रतन ने लक्ष्मी को पोस्टकार्ड लिख दिया कि खत पाते ही वह चले आएँ। बच्चन की पढ़ाई को लेकर कुछ मसला खड़ा हो गया है। उसी सिलसिले में जरूरी बात करनी है।

उन्नीस

रतन के पत्र लिखने के कोई हफ्ता दस दिन बाद लक्ष्मी लखनऊ आ गए। रतन उस समय दफ्तर गया हुआ था। बच्चन बाहर कमरे में बैठा अपने चच्चू के कपड़े के बस्ते से चोरी से गुल-सनोबर वाली किताब निकालकर पढ़ रहा था। दिन में जब रतन अपने दफ्तर चला जाता और बच्चन के पास कुछ करने को नहीं होता तो प्रायः वह उसके बस्ते में बँधी रखी 'भागवत्', 'रामायण', 'महाभारत', 'अलिफ लैला', 'गुल सनोबर', 'किस्सा हातिमताई' आदि पुस्तकों में से कोई पुस्तक निकालकर पढ़ता रहता और रतन के लौटने से पहले-पहले ही उसे बस्ते में यथास्थान रखकर बस्ता अपनी जगह पर रख देता। अपने दद्दा को आया देख उसने बड़ी होशियारी से किताब तखत पर बिछे बिस्तर के नीचे सरका दी और उठकर उनके पैर छू लिए। लक्ष्मी ने कंधे पर टँगी गठरी, जिसमें खोया, अमरस, आम की सूखी कली आदि थीं, उसे देते हुए कहा, "जाओ ई अपनी चाची का दै आओ औ एक लोटा मां पानी लिहे आयो।"

बच्चन ने गठरी अंदर ले जाकर जसोदा को अपने पिता के आने की सूचना दी और लोटे में पानी लेकर वापस बैठक में आ गया। लक्ष्मी ने बाहर चबूतरे पर आकर हाथ-मुँह धोया, तब कंधे पर पड़े अंगोछे से मुँह पोंछते हुए वापस कमरे में आकर तखत पर बैठ गए।

"पढ़ाई लिखाई तुमार कईस चल रही है?" उन्होंने बच्चन से पूछा।

"ठीक चल रही है।" बच्चन ने उत्तर दिया। झूठ होते हुए भी यह एक प्रकार से

झूठ नहीं था क्योंकि जिस दिन से उसने स्कूल की बिल्डिंग पर झंडा फहराया था, उस दिन से वह स्कूल जरूर नहीं गया था लेकिन घर पर पढ़ता ही रहता था।

"छमाही इम्तहान मां पास रहेव कि फेल?"

"पास रहेन।"

यह भी सच था।

लक्ष्मी ने आगे कोई प्रश्न नहीं किया। रतन के पत्र से उन्होंने जो अनुमान लगाया था कुछ और ही था। वह समझ रहे थे कि रुपये-पैसे की कोई समस्या होगी। हो सकता है बच्चन पढ़ने में कमजोर हो, अतः उसके लिए कोई मास्टर लगाना हो या फिर उसके इम्तहान में पास होने की उम्मीद न हो और उसे पास कराने के लिए मास्टरों को कुछ रुपया आदि देना दिलाना हो। इसी लिए गाँव से चलते समय उन्होंने पच्चीस तीस रुपए अलग से फेंटे में बाँध लिए थे।

तभी जसोदा जीने के दरवाजे की कुंडी खटखटाने लगी।

"जाओ, देखौ चाची बुलाए रही हैं तुमका।" लक्ष्मी ने कहा तो बच्चन अंदर चला गया।

जसोदा लोटे में शरबत लिए खड़ी थी। "हुएँ बईठ गेव जायेक," उसने बच्चन से कहा, "लेव यू सरबत दै आओ दद्दा का अपन औ पूछि आओ कि पूरी खा लेहैं कि रोटी बनाए देई।"

लक्ष्मी पूरा लोटा भर शरबत पी गए। खाने के लिए उन्होंने मना कर दिया। बच्चन ने जाकर जसोदा को बताया तो उसने फिर कहा, "कहि देव जायेक कि दुइ पूरी खाय लें। बनै मां कउनौ परेसानी नाई है।"

लक्ष्मी ने कमरे से सुन लिया। उन्होंने वहीं से चिल्लाकर कहा, "कहि दे हम घर ते खायेक चले रहन। अब एत्ती बेरिया कुछू न खाब। रात का खाबे। औ सुन एक तकिया लिहे आ हमरे बरे।"

जसोदा ने तकिया पर नया गिलाफ चढ़ाकर बच्चन को दे दिया।

"तुमार चच्चू कै बजे आवत है दफतर ते?" बच्चन ने तकिया लाकर अपने पिता को दी तो उन्होंने पूछा।

"साम तक आवत हैं।" बच्चन ने उत्तर दिया। वह सोच रहा था कि दद्दा थोड़ा इधर-उधर हों तो वह तखत पर बिस्तर के नीचे रखी गुल-सनोबर वाली किताब निकालकर अपने चच्चू के बस्ते में बाँधकर यथावत् रख दे लेकिन लक्ष्मी बजाए इधर-उधर होने के, तकिया सिरहाने लगाकर तखत पर लेट गए। बच्चन की समझ में नहीं आया कि वह क्या करे। थोड़ी देर वह वैसे ही खड़ा रहा तब कमरे में पड़ी कुर्सी पर बैठकर अपनी किताब कापी उलटने-पुलटने लगा लेकिन उसका दिमाग बराबर इस तिकड़म में लगा हुआ था कि किस तरह वह किताब बिस्तर के नीचे से निकाले। रतन को आने में अब अधिक देर नहीं लगनी थी। किसी भी समय वह आ सकता था।

तभी लक्ष्मी के खर्राटों की आवाज सुनकर वह कुर्सी से उठ पड़ा और तखत के पास, उनके सिरहाने, आकर खड़ा हो गया। लक्ष्मी बराबर खर्राटे लिए जा रहे थे। बच्चन ने डरते-डरते बिस्तर के कोने के नीचे हाथ बढ़ाया। किताब का एक हिस्सा उसके हाथ में आ भी गया लेकिन उसका दूसरा हिस्सा तकिया के नीचे दबा था। जब तक बच्चन यह तय करे कि वह पुस्तक खींचे या नहीं, लक्ष्मी जाग पड़े। "हियाँ ठाढ़े का कै रहे हौ ?" उन्होंने पूछा।

"ममाखी रहै। वहै उड़ाइत रहै।" बच्चन ने उत्तर दिया।

लक्ष्मी ने आगे कुछ नहीं कहा। वह उठकर गली में पेशाब करने चले गए। उनके हटते ही बच्चन ने फुर्ती से किताब निकालकर वापस बस्ते में रख दी लेकिन किताब को अपने सही स्थान पर लगाने तथा बस्ता बाँधने का समय उसे नहीं मिला। लक्ष्मी तब तक कान से जनेऊ उतारते हुए वापस आ गए। गनीमत यह हुई कि वह फिर तखत पर लेटकर सोने लगे। सुअवसर देख बच्चन ने किताब को बस्ते में अपने स्थान पर रखकर (रतन का किताबों को बस्ते में रखने का एक विशेष क्रम था जिससे बच्चन भली-भाँति परिचित हो चुका था) बस्ता बाँधकर अलमारी के ऊपर वाले खाने में अपने स्थान पर रख दिया और कुर्सी पर बैठकर अपने कोर्स की किताब पढ़ने लगा।

रतन आया तो लक्ष्मी अभी भी सो रहे थे। उनका मुँह दीवाल की तरफ था, अतः रतन जल्दी में उन्हें पहचान नहीं पाया। "यू को आए ?" उसने बच्चन से पूछा।

"दद्दा आएँ।" बच्चन ने उत्तर दिया।

बाकी जानकारी कि वह कितने बजे आए, नाश्ता-पानी कुछ किया या नहीं आदि रतन ने ऊपर जाकर जसोदा से ली। तब थैला लेकर शाम के लिए गोश्त लेने बाजार चल दिया। बबुआ साथ जाने के लिए जिद करने लगा तो जसोदा ने उसे पकड़ लिया। "बच्चन का नीचे ते भेज देव तो ईका पारिख ते खेला लावै जायेक। औ पियाज लहसुनौ लिहे आयो थोरा।" उसने बबुआ को भरसक बहलाते हुए कहा।

रतन ने नीचे आकर बच्चन को ऊपर भेज दिया और थैला लिए हुए गली में आगे बढ़ गया। सबसे पहले उसने रस्सी बटान जाकर एक सेर गोश्त लिया तब रकाबगंज आकर प्याज-लहसुन और कुछ सब्जी आदि खरीदी और वहीं पांडेगंज के ठेके से देशी शराब की एक बोतल लेकर उसे भी उसी थैले में डाल लिया। घर लौटने से पहले वह मँझले के घर चला गया। मँझले उसी समय कचहरी से लौटे थे और जूते उतारने के पश्चात कुर्सी पर बैठे मोजे उतार रहे थे।

"आओ बैठो" उन्होंने बगल में पड़ी कुर्सी की ओर इशारा करते हुए रतन से कहा। तभी उसके हाथ में सब्जी काथैला देखकर पूछा, "कहाँ से आ रहे हो ?"

"बाजार से।" रतन ने उत्तर दिया। तब एक क्षण रुककर बोला, "दद्दा आ गए हैं गाँव से।"

"कौन ? लक्ष्मी ?"

"हाँ।"

मँझले ने आगे कोई बात नहीं की। मोजे उतारकर वह अपने चूड़ीदार पाजामें म उलझे हुए थे। पाजामा एड़ियों पर कस रहा था। उसकी चुन्नटें ढीली करके वह उसे धीरे-धीरे एड़ी के नीचे खिसका रहे थे।

"शाम को आ जाओ तो उनसे बच्चन के स्कूली वाली बात कर ली जाए।" रतन ने कहा।

"क्यों, तुमको बात करने में शर्म आती है क्या?" मँझले पाजामे का एक पायंचा उतार चुके थे और अब दूसरे से जूझ रहे थे।

"शर्म की क्या बात है। मगर तुम आ जाओगे तो ठीक रहेगा। हेडमास्टर से तुम्हारी जो भी बात हुई हो उन्हें बता देना।"

"हेडमास्टर से मेरी जो बात हुई थी मैं तुमको बता तो चुका हूँ।" मँझले ने पाजामे का दूसरा पायंचा भी एड़ी के पार सरका दिया और कमर में लपेटी हुई तहमद को थोड़ा और कसकर उसे झाड़ कर ठीक करने लगे।

"फिर भी तुम आ जाओगे तो ठीक रहेगा," रतन ने कहा, "कलिया बनवा रहे हैं हम। रात में खाना भी वहीं खा लेना।"

"पानी कहाँ है?" मँझले ने चिल्लाकर कहा, "दस दफा मैं समझा चुका हूँ कि मेरे आते ही सबसे पहले एक लोटा पानी मुझे मिलना चाहिए लेकिन...."

"कुर्सी के नीचे यू पानी नाई धरा है तो अऊर का आए।" उनकी बात पूरी हो इससे पहले ही उनकी पत्नी ने आकर कहा।

"मेरे पाँवों में आँखें लगी हैं क्या जो मैं कुर्सी के नीचे देख लूँगा," मँझले ने उत्तर दिया। उन्हें अपनी बात कटते देखना बर्दाश्त नहीं था।

रतन ने उठकर अपनी भाभी के पैर छुए। मँझले के पैर वह केवल होली दीवाली छुता था। लेकिन अपनी भाभी के पैर छूना वह कभी नहीं भूलता था। "बंदगी भउजी" उसने कहा।

"नीक रहौ।" उन्होंने उसे आशीर्वाद दिया।

मँझले इस बीच कुर्सी के नीचे से लोटा लेकर अपना हाथ-मुँह धोने लगे थे। "ठीक है, मैं आ जाऊँगा।" हाथ-मुँह धो चुके तो उन्होंने कहा।

"रात मां दादा के बरे खाना न बनायो," रतन ने चलते-चलते अपनी भाभी से कहा, "दद्दा आए हैं गाँव ते, तऊन कलिया बनवा रहे हन हम उनके बरे। दादौ हुएँ खा लेहें।" उसकी भाभी माँस-मछली नहीं खाती थीं अतः उन्हें उसने आमंत्रित नहीं किया।

रतन घर पहुँचा तो उसके दरवाजे शतरंज की फड़ जम चुकी थी। लक्ष्मी भी अब तक सोकर उठ चुके थे और चबूतरे पर बैठे स्वामी दयाल के घर से आया हुआ हुक्का पी रहे थे। रतन ने उनके पैर छुए तो उन्होंने अपना हाथ हवा में ऊपर उठा दिया।

"चलो, ऊपर चलो न।" रतन ने उनसे कहा।

"चलो आइत हैं," लक्ष्मी ने उत्तर दिया, "हुक्का पी लेई तनिक।"

रतन ऊपर आकर गोश्त धोने लगा। यह काम वह स्वयं करता था। साथ ही वह सोचने लगा कि बच्चन वाली बात वह लक्ष्मी से अभी करे या रात में, मँझले के आ जाने के बाद। और वह इस निर्णय पर पहुँचा कि मँझले के आने के बाद ही बात करना उचित होगा।

बीस

रात में कोई आठ बजे के लगभग मँझले आए। तब तक जसोदा ने रतन से पूछकर एहतियात को तौर पर, बच्चन को खिला-पिलाकर सोने भेज दिया था कि कहीं ऐसा न हो कि लक्ष्मी पूरी बात जानकर गुस्से में उसकी चमड़ी ही उधेड़ डालें। वैसे बच्चन सोया नहीं था मगर पूरी तौर से सोने का नाटक किए लेटा था।

मँझले आ गए तो रतन ने भुना हुआ गोश्त एक थाली में लाकर उनके और लक्ष्मी के सामने रख दिया। तब रेलवे स्टोर से चुराकर लाए गए शीशे के शराब पीने वाले विशेष सुराहीदार गरदन वाले गिलास और देशी शराब की संतरे वाली बोतल भी लाकर सामने रख दी। लक्ष्मी गिलास उठाकर देखने लगे। "यू का आए भाई ?" उन्होंने रतन से पूछा।

"सराब पिऐ वाले गिलास आएँ।" रतन ने उत्तर दिया, "अंग्रेज सब यई गिलासन मां सराब पियत हैं।"

"ई कहाँ ते लायो तुम ?"

"अइसेहे मिलिगे।"

मँझले भी गिलास उठाकर देखने लगे। "यह तो जाम हैं।" उन्होंने कहा। "हमें भी ला देना। मिलते कहाँ हैं ?"

"ला देंगे।" रतन ने कहा और बोतल लक्ष्मी की ओर बढ़ाते हुए बोला, "लेव डारौ गिलासन मां।"

"इतने बढ़िया गिलास और देशी शराब।" मँझले ने कहा, "बच्चन कहाँ है ?"

"सो रहा है शायद। सर में दर्द बता रहा था। वही उसकी चाची ने सर में तेल-वेल ठोंक कर सुला दिया है। क्यों, क्या काम है ?" रतन ने कहा।

"घर में अंग्रेजी की बोतल रखी है। वही मँगा लेते तो ठीक रहता।"

"तो हम जा के ले आते हैं।" रतन ने कहा।

"ठीक है। तुम्हीं ले आओ। और सुनो, अपनी भौजी से कहना कि हमारी कमरे की अलमारी के ऊपर वाले खाने में रखी है सो निकालकर तुम को दे दें।"

रतन चला गया तो मँझले ने लक्ष्मी से पूछा, "बच्चन की बाबत रतन ने तुमको कुछ

बताया ?"

"अबै तो कुछ नाई बताइस," लक्ष्मी ने उत्तर दिया। "हम पूछा तो कहै लाग तुम आ जइहौ तब बात होई। काहे, का भा का ?"

"ताज्जुब है, रतन ने तुमको अभी तक बताया क्यों नहीं। उसने तो बड़ा झमेला खड़ा कर दिया।"

"किसने ?"

"बच्चन ने और किसने।"

"काहे, का किहिस ?"

"वहाँ अपने स्कूल की बिल्डिंग पर कांग्रेस का झंडा फहरा दिया। और यह सब अंग्रेज इंस्पेक्टर के सामने किया उसने।"

"फिर ?" अंग्रेजी शराब की बोतल के आने में देर लगते देख लक्ष्मी ने संतरे वाली बोतल खोलकर उससे अच्छी खासी मात्रा अपने गिलास में उड़ेल ली थी। उसे हाथ में लिए हुए कुछ-कुछ दार्शनिक अंदाज में वह मँझले का मुँह ताकने लगे।

मँझले को लगा अजब गावदी आदमी है यह। इतना भी नहीं समझता कि सरकारी स्कूल पर कांग्रेसी झंडा फहराने का क्या अंजाम होगा। "फिर क्या" उन्होंने कहा, "बड़ी मुश्किल से बचा है, नहीं तो जेल हो जाती।"

लक्ष्मी ने मँझले की बात सुनी, तब बिना कोई प्रतिक्रिया दिखाए, गिलास होंठ से लगाकर एक बार में ही उसे खाली कर दिया और थाली में रखे गोश्त से एक बोटी उठाकर खाने लगे। "हाँ, तो आगे का भा ?" बोटी चबाते हुए उन्होंने मँझले से पूछा।

मँझले अब तक काफी खीझ चुके थे। उन्हें लग रहा था कि इस आदमी से बात करने से अच्छा है कि वह अपना सिर दीवाल में दे मारें। "हेडमास्टर ने कहा है कि वह बच्चन को कम-से-कम तीन साल के लिए स्कूल से निकाल देगा नहीं तो हम खुद उसे स्कूल से हटा लें।" उन्होने अपनी खीझ पर काबू पाते हुए कहा।

लक्ष्मी ने इस बीच दूसरा पेग भी बना लिया था। लेकिन इस बार वह उसे धीरे-धीरे पी रहे थे। एक हल्का घूँट लेकर उन्होंने गिलास जमीन पर रख दिया। "स्कूल ते काहे निकार देई हेडमास्टर ?" उन्होंने बहुत ही सादगी से कहा।

मँझले इस बार बाकायदा ताव खा गए। "तुम से तो बात करना बेकार है।" उन्होंने कहा। "स्कूल से नहीं निकालेगा तो क्या तमगा देगा उसको ? तुम्हारी अक्ल में इतनी-सी बात नहीं आती कि सरकारी स्कूल पर कांग्रेस का झंडा लगाने का मतलब सरकार से बगावत करना हुआ।"

"तेजशंकर ते कउनौ बात नाई भै ? ऊ की का राय है ?" लक्ष्मी ने एक घूँट गले के नीचे और उतारा।

मँझले के लिए स्थिति अब लगभग असहनीय हो गई। वह उठकर खड़े हो गए। लेकिन इससे पहले कि वह वहाँ से जाते, थैले में लिपटी हुई अंग्रेजी शराब की बोतल

हाथ में लिए रतन उनके यहाँ से लौट आया। "क्यों, कहाँ जा रहे हो ?" उसने मँझले से पूछा।

"जा रहे हैं अपने घर," मँझले ने कहा, "तुम बैठकर इनसे बात करो। मेरे बस का इन्हें समझाना नहीं है।"

"क्यों, क्या हुआ ?" रतन ने बारी-बारी से मँझले और लक्ष्मी की ओर देखा।

"मैंने इनको सारी बात बताई तो यह मुझसे कह रहे हैं कि तेजशंकर से राय क्यों नहीं ली।"

लक्ष्मी की आँखें लाल होना शुरू हो गई थीं। उन्होंने मँझले की और घूरकर देखा। जैसे वह काफी नाराज हों। लेकिन वह नाराज बिल्कुल नहीं थे। "अरे भाई हमने तो इसलिए कहा कि तेजशंकर पढ़ा-लिखा समझदार आदमी है। कांग्रेसी है। वह मुनासिब राय ही देगा।" लक्ष्मी भी खड़ी बोली बोलने लगे।

"देखो एक बात समझ लो," मँझले ने खड़े-खड़े ही कहा, "तेजशंकर तुम्हारे लिए और इनके लिए," उन्होंने रतन की ओर इशारा किया, "अफलातून होगा। मेरी निगाह में वह एक निहायत आवारा और नाकारा आदमी है। और मेरा पक्का यकीन है कि बच्चन की इस हरकत के पीछे उसी का हाथ है।"

"यह तो खैर गलत है," रतन ने कहा, "मैंने तेजशंकर और बच्चन दोनों से पूछताछ कर ली है। तेजशंकर का इसमें कोई हाथ नहीं है।"

"यह झंडा फिर वह कहाँ से लाया ?"

"बैठो तो, बताते हैं," रतन ने उन्हें दोबारा बिठाते हुए कहा। मँझले बैठ गए तो रतन ने आगे कहा, "झंडा हमारे घर में बनाया था।"

"तुम्हारे घर में ?"

"हाँ। बच्चन की चाची ने। उसे कुछ मालूम नहीं था। बच्चन ने कपड़ा रंग कर दिया सो उसने बिना कुछ जाने बूझे जैसा बच्चन ने कहा वैसा ही सिल दिया।" रतन एक क्षण रुका तब बोला, "वैसे बना-बनाया झंडा अमीनाबाद में खादी भंडार में मिलता है।"

मँझले का गुस्सा कुछ शांत हुआ। थैले से बोतल निकालकर वह गिलासों में उंड़ेलने लगे और एक-एक गिलास लक्ष्मी और रतन की ओर बढ़ा कर बाकी बचा गिलास खुद उठा लिया।

"अब यू बताओ कि कीन का जाए ?" लक्ष्मी ने अंग्रेजी शराब का एक घूँट लेने के बाद पूछा।

लक्ष्मी का प्रश्न एक प्रकार से रतन और मँझले दोनों को ही संबोधित था। उत्तर लेकिन मँझले ने दिया। "किया क्या जा सकता है," उन्होने कहा, "मैंने तुमको बताया कि अगर बच्चन को उस स्कूल से हटाया न गया तो हेडमास्टर उसे कम-से-कम तीन साल के लिए रस्टीकेट कर देगा। उस सूरत में उसका दाखिला हिंदुस्तान के किसी भी और स्कूल में नहीं होगा। और दूसरी बात, उसकी शर्त यह भी है कि बच्चन को अब लखनऊ के

किसी स्कूल में न भरती कराया जाए और यह मुनासिब भी है। सच्चाई जो भी हो, इतना तो है ही कि उसकी सोहबत बिगड़ चुकी है। और अगर वह यहाँ रहा तो आगे भी बिगड़ता ही जाएगा।"

लक्ष्मी काफी देर खामोश रहे। तब बोले, "रुपया पइसा देयते कुछ काम न चली?"

मँझले हतप्रभ होकर उनकी ओर देखने लगे। "रुपया किसको दोगे?" उन्होंने पूछा।

"अरे ऊ का बताए रहे रहौ तुम। इंस्पेक्टर कि हेडमास्टर, जी का कहौ ऊका दइ दीन जाए।"

"तुमको शराब चढ़ गई है।" मँझले ने कहा। "अंग्रेज इंस्पेक्टर को रिश्वत दोगे? उठा के बंद कर दिए जाओगे।"

"अरे तो, ऊ का का नाव है, हेडमास्टर का दइ दीन जाए।"

मँझले ने इस बार तुरंत कोई उत्तर नहीं दिया। उन्हें लगा कि शायद यह संभव हो सकता है। वह स्वयं रोज कचहरी में रिश्वत लेकर लोगों का काम करते थे। मजिस्ट्रेट तक की रिश्वत लेकर फैसला बदलने की घटनाएँ वह सुन चुके थे। "अब तुम जानो।" उन्होंने खाली हो गए गिलासों को दोबारा भरते हुए कहा।

"हम ससुर का जानी," लक्ष्मी बोले, "न हम स्कूल जानी न हेडमास्टर। न हियाँ के रस्ता गलियार हमका मालूम हैं। हाँ, रुपया जेत्ते कहौ ओत्ते हम दइ देई। पच्चीस-तीस रुपया तो हमरे लगे हैं। औ ज्यादा लागैं जो तो तुम पंचै इंतजाम करौ। हम गावैं जायेक भेजवा देबे।"

"हम तो कहीं जाएँगे नहीं।" मँझले ने साफ मना कर दिया। "तुम रतन के साथ चले जाओ। और स्कूल के बजाए घर पर जाओ उसके। और रुपयों के बजाए एक गिन्नी हो तो ज्यादा ठीक है।" वह एक क्षण खामोश रहे तब बोले, "कौन ठीक साला मान ही जाए।"

"गिन्नी तो मुदा हमरे तीर है नाई।" लक्ष्मी ने कहा।

"घर मां होई," रतन ने बताया। "बबुआ भा है तब माई ऊ के बरहौं मां दिहिन रहै। तऊन धरी होई।"

"तो ठीक है। मुदा तुमहू चलौ न।" उन्होंने मँझले से कहा।

"हमने साफ-साफ तुमको बता दिया कि हम किसी भी कीमत पर नहीं जाएँगे," मँझले ने कहा, "रतन के साथ जाना हो तो जाओ। मकान उसका हम इनको बता देते हैं।" और वह रतन को हेडमास्टर कर्तार प्रसाद के घर का पता समझाने लगे।

"खाना लगवाएँ हम?" रतन ने पता समझ लिया तो मँझले से पूछा।

"हाँ लगवाओ।" मँझले ने कहा और बोतल बंद कर के थैले में रखने लगे। तभी कुछ सोचकर वह रुक गए। "और तो नहीं लेनी है?" उन्होंने लक्ष्मी से पूछा।

"नहीं।" लक्ष्मी ने कहा, किंतु दूसरे ही क्षण गिलास आगे बढ़ाते हुए बोले, "अच्छा लाओ थोड़ी डारिन देव।"

इक्कीस

लक्ष्मी दूसरे दिन सुबह जल्दी ही उठ गए। रतन वैसे ही चार बजे उठ जाता था। छः बजते-बजते वह दफ्तर के लिए निकल जाता था।

"तो ऊ हेडमास्टर के हियाँ कब चला जाई ?" लक्ष्मी ने रतन से पूछा।

"हमरे ख्याल ते साम का चलब ठीक रही," रतन ने कहा, "काहे ते कि सबेरे ऊका स्कूल जायेक जल्दी रही। औ नाई तो कहौ दफ्तर ते छुट्टी लै लई हम आज।"

"नाहीं सामै का चलौ।"

"तो दिन भर तुम का करिहौ ?" रतन ने पूछा। तब खुद ही बोला, "खाए पी के घर ही मां आराम किहो।"

"आराम का करब," लक्ष्मी ने कहा, "चले जाब हुआँ वाहिद ते मिलि अइबे जायेक।

"यहौ ठीक रही। मुदा हुआँ दिन मां पी न लिहो ऊके हियाँ। काहे ते कि हेडमास्टर के हियाँ पी के चलब ठीक नाई है।"

"अरे नाहीं, पी काहे लेबे। औ फिर हियाँ ते खाना-वाना खाए के जाब।"

"पाँच बजे तक लऊट आयो मुदा। नाई तो कहौ कम दफ्तर ते वइसिही आ जाई।"

"का करिहौं। हम आ जाबे।"

रतन नहा-धोकर दफ्तर चला गया। उसी के कुछ देर बाद लक्ष्मी ने भी नहा-धोकर भोजन किया और कुछ देर आराम करने के बाद वाहिद से मिलने जेल चले गए। जेल जाने से पहले उन्होंने बच्चन को अपने पास बुलाकर बात की। बच्चन डर रहा था कि शायद दद्दा उसे पीटें-पाटें। लेकिन लक्ष्मी ने ऐसा कुछ नहीं किया। सहूलियत से वह उससे सारी बातें पूछते रहे। यह उन्हें पहली बार पता चला कि जिस अंग्रेज इंस्पेक्टर के बारे में मँझले बता रहे थे वह पुलिस इंस्पेक्टर न होकर, स्कूलों का मुआइना करने वाला इंस्पेक्टर था।

"अच्छा तुमते कहिस को हुआँ झंडा फहरावैका ?" उन्होंने बच्चन से पूछा।

"कोऊ नाई कहिस।"

"तो फिर तुम काहे झंडा फहराए दिहो ?"

बच्चन के पास इसका कोई जवाब नहीं था। वह चुप रहा।

"कुछ बोलिहौ कि चुप्पे रहियो ?"

"हम अखबार मां पढ़ा रहै कि सब जने अइसी वइसी झंडा फहरावत है तऊन हमहू फहराय दीन।"

"अखबार कहाँ पढ़ेव तुम?"

"सबै जगह तो अखबार आवत है।"

"कहाँ आवत है, हमहू तो जानी।"

"हियाँ कोलिया मां सामने जऊन बिशुन बाबू रहत हैं, शतरंज खेलत हैं जऊन दुआरे बईठ के, उनके हियाँ आवत है। सड़क पर त्रिवेदी जी की घी की दुकान है उनके हियाँ आवत है। हुआँ तो पूर वाचनालय खुला है।"

"यू का आए?"

"तमाम अखबार आवत है जहाँ वही का वाचनालय कहत हैं।"

"अच्छा तो अऊर का पढ़ेव अखबार मां तुम?"

"सबै खबरे निकरती हैं। गाँधीजी के बारे मां, जवाहर लाल के बारे मां। अऊर जऊन दुनिया भरे मां होत है तीके बारे मां।"

"गाँधीजी के बारे मां का छपा है अखबार मां? कहाँ हैं आजकाल्ह उइ?"

"अबै कुछ दिन भे, उनके पेटे का आपरेसन भा रहै पूना मां। वही मारे सरकार उनका जेहेल ते छांड़ दिहिस है।"

"काहे का आप्रेसन भा रहै?"

"अपेंडीसाइटिस का।"

"यू कऊन मर्ज आए?"

"पेटे का मर्ज होत है।"

लक्ष्मी अपने बेटे की इस जागरूकता पर मन-ही-मन प्रसन्न हुए। लेकिन प्रत्यक्ष उन्होंने थोड़ा गुस्सा दर्शाते हुए कहा, "तुमार उमिर अखबार पढ़ै वाली है अबहीं? अपनी किताबै पढ़ौ। औ अखबारौ पढ़ौ तो जानकारी के बरे पढ़ि लेव। यू नाई कि अखबार मां छपै कि कोऊ कोहू के गोली मार दिहिस तो तुमहू मार देव।"

बच्चन खामोश रहा।

"जाओ अच्छा पानी लै आओ पियैक।"

पानी पीकर लक्ष्मी वाहिद से मिलने चले गए। चलते-चलते उन्होंने बच्चन को ताकीद की कि वह घर ही पर रहे, कहीं आए-जाए नहीं।

वाहिद लक्ष्मी से मिलकर बहुत प्रसन्न हुआ। जेल के अंदर अपने कमरे में बिठाकर वह देर तक उनसे गाँव के बारे में बात करता रहा। खाना खाने के लिए भी उसने उन्हें बहुत जोर दिया। "अबहीं कासिम चच्चा ते कहिके मुर्गा मँगाइत हैं। देर न लागी।" उसने कहा। लेकिन लक्ष्मी ने मना कर दिया। "खाना खायेक चलेन है भाई।" उन्होंने पेट पर हाथ फिराते हुए कहा।

"तो शाम का रख लीन जाए। आप औ रतन दूनो जने आ जाओ," वाहिद ने कहा,

"हिएँ सब खाना पीना होई। लऊटै का इंतजाम भी कइ देबे हम, जेलर साहब की फिटन है। वही ते भेजवाय देब।"

लेकिन लक्ष्मी ने हामी नहीं भरी। "देखौ फुरसत मिली तो आ जाब। नाई तो इंतजार न किहो।" उन्होंने कहा।

कोई चार बजे वह जेल से लौट आए। तखत पर लेटकर उन्होंने थोड़ी देर विश्राम किया। तभी रतन दफ्तर से आ गया। कुछ नाश्ता-पानी किया दोनों ने। तब हेडमास्टर कर्तार प्रसाद से मिलने चल दिए। चलने से पहले रतन ने जसोदा से गिन्नी लेकर लक्ष्मी को दे दी। लक्ष्मी ने उसे अपने फेंटें में बाँध लिया। रुपए उन्होंने कुर्ते के नीचे गंजी की जेब में सहेज कर रख लिए। जाने क्या सोचकर लक्ष्मी ने बच्चन को भी साथ ले लिया। रतन ने कहा भी इसे साथ लेकर क्यों चल रहे हो, लेकिन लक्ष्मी उसकी बात टाल गए। "चलै देव न।" उन्होंने कहा।

कर्तार प्रसाद का मकान खोजने में रतन को कोई दिक्कत नहीं हुई। जैसा कि मँझले ने बताया था दरवाजे पर "कर्तार प्रसाद, बी. ए. बी. टी. हेडमास्टर गवर्मेंट जुबली स्कूल, लखनऊ" की नेमप्लेट लगी थी। रतन ने चबूतरे पर चढ़कर कुंडी खटखटाई तो नौकर ने दरवाजा खोला। "किससे मिलना है?" उसने पूछा।

"हेडमास्टर साहब हैं?" रतन ने कहा तो नौकर ने उन लोगों को कमरे में बुलाकर कुर्सियों पर बिठा दिया और स्वयं घर के अंदर चला गया। थोड़ी देर बाद हेडमास्टर कर्तार प्रसाद ने कमरे में प्रवेश किया तो बच्चन ने, जैसा कि लक्ष्मी उसे रास्ते भर समझाते हुए आए थे, आगे बढ़कर उनके पैर छू लिए।

कर्तार प्रसाद ने बच्चन को तुरंत पहचान लिया और पहचानते ही उनके चेहरे पर तनाव उभर आया। "कहिए?" उन्होंने बारी-बारी से रतन और लक्ष्मी की ओर देखते हुए कहा।

"यह आपके स्कूल में पढ़ता है।" लक्ष्मी ने कहा। "मैं इसका वालिद हूँ।"

"इससे पहले जो आए थे⋯क्या नाम है उनका?"

"फतेह बहादुर।" रतन ने कहा।

"वह कौन हैं?"

"वह मेरा छोटा भाई है।" लक्ष्मी ने उत्तर दिया।

"उनको मैंने सारी बात बता दी थी।" कर्तार प्रसाद ने भरसक शांत भाव से कहा।

"जी। मैं इसका वालिद हूँ," लक्ष्मी ने दोबारा कहा और इतना कहकर उन्होंने अपनी टोपी उतारकर कर्तार प्रसाद के पाँव पर रख दी।

कर्तार प्रसाद ने तुरंत अपने पैर समेट लिए। वह कुछ कहने को हुए लेकिन उससे पहले ही लक्ष्मी दोबारा बोल पड़े, "अब जो खता इससे हुई उसे माफ कर दें हुजूर। लड़का है। मैं आपके पैर पड़ता हूँ।" और इसी के साथ उन्होंने टेंट से गिन्नी निकाल कर कर्तार प्रसाद के सामने मेज पर रख दी।

कर्तार प्रसाद एकदम भड़क उठे। "यह क्या? रिश्वत दे रहे हैं मुझे? उठाइए इसे। उठाइए फौरन।"

"अब गुस्सा थूक दें हुजूर। आइंदा से ऐसी गलती नहीं करेगा।" इतना कहते हुए लक्ष्मी अपने स्थान से उठे और बगल में खड़े बच्चन के इतनी जोर का झापड़ मारा कि उसके मुँह से खून आ गया। "क्यों बे अभी करेगा ऐसी हरकत? बोल।" उन्होंने कहा।

बच्चन इसके लिए तैयार नहीं था। कमीज का दामन उठाकर वह चुपचाप अपना मुँह पोंछने लगा।

"देखिए, यह सब नाटक आप लोग बंद कीजिए और इसे उठाकर फौरन जेब में रखिए।" कर्तार प्रसाद ने मेज पर रखी हुई गिन्नी की ओर इशारा करते हुए कहा। "मैंने आपके भाई से साफ बता दिया था, और आप लोग भी सुन लीजिए, इसे ले जाकर किसी और शहर में इसका दाखिला करा दीजिए। नहीं तो अगर मैंने इसे रस्टीकेट कर दिया तो तीन साल तक किसी भी शहर में इसका दाखिला नहीं होगा। यही चाहते हैं आप?"

रतन को लगा कि उसे भी कुछ कहना चाहिए। अतः उसने भी हेडमास्टर के पैरों की ओर हाथ बढ़ाते हुए कहा, "जैसे हमारा लड़का, वैसे आपका। आप जो मुनासिब समझिए करिए। वैसे हम आपको इतमीनान दिला दें कि अब ऐसी हरकत यह नहीं करेगा।"

"देखिए, मैं फिर आपनी बात दोहरा देता हूँ। इसका टी. सी. मैंने बनवाकर रख लिया है। इस शहर में आप किसी दूसरे स्कूल में जाएँगे इसके दाखिले के लिए तो सौ तरह के सवाल उठेंगे। इसीलिए मैंने कहा कि इसे किसी और शहर ले जाइए। वहाँ इसकी सोहबत भी बदल जाएगी। और नहीं तो मैं कल ही इसे रस्टीकेट करके स्कूल में नोटिस लगा देता हूँ, उसके बाद कुछ नहीं हो पाएगा।"

"आपके हाथ जोड़ते हैं हम।"

"फिर वही बेकार की बात।" कर्तार प्रसाद उठकर खड़े हो गए। "मैं अब और बात नहीं करूँगा। यह उठाइए और फौरन यहाँ से निकल जाइए।"

लक्ष्मी ने रतन की ओर देखा। रतन खामोश रहा तो लक्ष्मी ने अपनी बुद्धि के अनुसार गंजी के जेब में पड़े पच्चीस-तीस रुपए के नोट भी निकाल कर मेज पर रख दिए। "अब और हमारे पास नहीं हैं।" उन्होंने कहा।

कर्तार प्रसाद गुस्से से लगभग काँपने लगे। उन्होंने गिन्नी और नोट उठाकर सड़क पर फेंक दिए। "बाहर निकलिए फौरन। या मैं पुलिस को बुलाऊँ?" उन्होंने कहा।

लक्ष्मी और रतन चुपचाप बाहर निकल आए। बच्चन पहले ही निकल चुका था। इन लोगों के बाहर सड़क पर आते ही कर्तार प्रसाद ने अपनी बैठक के दरवाजे बंद कर लिए। रतन ने सड़क पर पड़े हुए नोट उठा लिए। गिन्नी उन्हें दिखाई नहीं दी। तभी बच्चन ने एक ओर इशारा करते हुए कहा, "हियाँ परी है।"

रतन ने गिन्नी भी उठा ली। तीनों लोग चुपचाप घर लौट आए।

बाईस

उस दिन अचानक पार्ट स्ट्रीट पर सज्जन से भेंट होने पर हेमंत बहुत प्रसन्न हुआ। काफी देर तक दोनों मित्र चौरंगी के मैदान में बैठे बातें करते रहे। सज्जन ने हेमंत को बताया कि किस प्रकार उसके पिता ने, जिस लड़की से उसका विवाह होने वाला था, उससे स्वयं विवाह कर लिया था और किस प्रकार वह अपने लोभी और कामी पिता के व्यवहार से क्षुब्ध होकर पुनः घर से भाग आया था और यह निर्णय लेकर आया था कि अब कभी भी अपने गाँव वापस नहीं जाएगा। चटकल में अपनी नौकरी और बड़ा बाजार में अपने डेरे के बारे में भी उसने हेमंत को सूचना दी और हेमंत के कहने पर उसे अपने डेरे पर भी ले गया। मेवा उस समय वहाँ मौजूद था और जिज्ञासावश जितनी देर हेमंत वहाँ रहा, उस बीच एक-दो बार वह सज्जन की खोली के सामने से निकला भी लेकिन सज्जन ने जानबूझकर हेमंत से उसका परिचय नहीं कराया। इसके पीछे एक कारण तो यह था कि वह मेवा से झूठ बोला था कि वह क्षत्री है और उसे भय था कि हेमंत से बातचीत के दौरान कहीं किसी संदर्भ में यह राज खुल न जाए और दूसरा यह कि मेवा की पत्नी कुंती से बोलचाल और हँसी-मजाक के उसके जो संबंध थे उन्हें वह हेमंत पर जाहिर नहीं होने देना चाहता था। हेमंत का सज्जन के डेरे पर आने का आशय केवल उसके रहने के स्थान के बारे में जानकारी प्राप्त करना भर था। थोड़ी देर ही वह वहाँ रुका। तब वहाँ से चला आया।

अपने बारे में हेमंत को जो सूचना सज्जन ने दी थी, वह आंशिक रूप से ही सत्य थी क्योंकि सिल्लो और उसके बीच घटित सारी घटनाएँ वह छिपा गया था। लेकिन हेमंत ने तो सज्जन को कुछ भी सच नहीं बताया था। न तो वह अपने मामा या किसी अन्य संबंधी से मिलने यहाँ आया था और न ही उसे पीलिया रोग हुआ था। उसके कलकत्ता आने तथा उसके शरीर के इस प्रकार पीले पड़ने के पीछे कुछ अन्य ही कारण थे।

वास्तव में बनारस जेल से छूटने के बाद हेमंत क्रांतिकारियों के संपर्क में आ गया था और धीरे-धीरे उसका दृढ़ मत बन गया था कि गाँधीजी द्वारा बताए गए अहिंसा के मार्ग पर चलकर इस देश का भला होने वाला नहीं है। अतः वह भी क्रांतिकारियों के दल में शामिल हो गया था और बनारस के क्रांतिकारी संगठन द्वारा उसे कलकत्ता में आग्नेयास्त्रों की खरीद तथा बम बनाने के प्रशिक्षण के उद्देश्य से भेजा गया था।

कलकत्ता आते समय उसे तीन संपर्क सूत्र दिए गए थे। एक मानिकतल्ला में, दूसरा अलीपुर में और तीसरा कालीघाट में। मानिकतल्ला और अलीपुर जाकर वह निराश हो चुका था। अलीपुर में तो दिया गया पता खोजने में ही वह असफल रहा था जबकि मानिकतल्ला में उसे जो स्थान या मकान बताया गया था वहाँ पहुँचकर संबंधित व्यक्ति के बारे में पूछने पर उसे उत्तर मिला कि ऐसा कोई व्यक्ति यहाँ नहीं रहता।

वास्तव में उसके कलकत्ता पहुँचने के कुछ दिनों पूर्व ही वहाँ एक बहुत ही सनसनीखेज घटना घट चुकी थी। यह घटना थी गोपी मोहन साहा नामक सोलह-सत्रह वर्ष के एक बंगाली युवक द्वारा अंग्रेज पुलिस अधिकारी चार्ल्स टेगार्ट के धोखे में एक अन्य अंग्रेज की हत्या।

अपनी धोती के फेंटे में भरी पिस्तौल छिपाए दुबले-पतले शरीर का यह युवक पिछले कई दिनों से टेगार्ट की तलाश में कलकत्ता की सड़कों पर घूम रहा था। तभी एक दिन प्रातः नौ बजे के लगभग टेगार्ट की शक्ल से मिलती-जुलती शक्ल का अर्नेस्ट डे नामक एक अंग्रेज उसे पार्क स्ट्रीट की एक दुकान की शो-विंडो में सजे सामान को निहारते हुए दिख गया। बिना किसी संकोच के साहा ने उस पर फायर कर दिया। संयोग से निशाना चूक गया। गोली की आवाज से चौंककर अर्नेस्ट डे ने मुड़कर फायर करने वाले की ओर देखा। साहा ने दूसरा फायर किया जो अपने ठीक निशाने पर लगा। डे वहीं फुटपाथ पर गिर पड़ा। किसी प्रकार का कोई संदेह न रहे, अतः साहा ने दो फायर और किए और तब सहज ढंग से मुड़कर वहाँ से चल दिया। लेकिन तुरंत ही उसे एहसास हुआ कि उसका पीछा किया जा रहा है। वह भागा। अन्य लोग पीछे छूट गए किंतु एक टैक्सी ड्राइवर अपनी टैक्सी से उसका पीछा करते हुए उसके काफी निकट आ गया। साहा ने टेक्सी ड्राइवर पर गोली चलाई जो निष्प्रभाव रही। साहा ने दौड़कर कुछ दूर पर खड़ी एक निजी मोटरकार के चालक से लिफ्ट के लिए प्रार्थना की किंतु उसने इंकार कर दिया। अब तक उसका पीछा करने वाली भीड़ काफी निकट आ चुकी थी। साहा की साँस फूलने लगी परंतु वह फिर भी भागता रहा। किसी तरह रिपन स्ट्रीट होता हुआ वह वेलज्ले स्ट्रीट की ट्राम लाइन तक पहुँच गया। वहाँ एक घोड़ा-गाड़ी खड़ी थी। पावदान पर पैर रखकर वह गाड़ी पर सवार हो गया और कोचवान से गाड़ी बढ़ाने की प्रार्थना करने लगा परंतु कोचवान अपने स्थान से टस से मस नहीं हुआ। भीड़ अब तक वहाँ पहुँच चुकी थी। उसने घोड़ागाड़ी पर सवार गोपी मोहन साहा को दबोच लिया।

मुकदमा चला। गोपी मोहन साहा को कोर्ट में पेश किया गया। उसके सिर पर पट्टी बँधी थी जिससे रक्त रिस रहा था। भीड़ ने या फिर पुलिस ने उसके प्रति हिंसात्मक व्यवहार किया था किंतु उसका चेहरा बिल्कुल शांत था। आँखों में अद्भुत चमक। और चेहरे पर पूर्ण विरक्ति की भावना लिए उसने अपने बयान में कहा, "मैं टेगार्ट साहब की तलाश में काफी दिनों से था। मुझे अफसोस है कि मेरे हाथों एक निर्दोष व्यक्ति की हत्या हो गई और टेगार्ट बच गया। मुझे विश्वास है कि यदि इस देश में एक भी युवा देशभक्त बचा है तो वह इस काम को अवश्य पूरा करेगा और वह इस तरह की भूल नहीं करेगा जो मैंने की।" इतना कहकर उसने एक उपहास भरी दृष्टि टेगार्ट पर डाली, जो उस समय कोर्ट में उपस्थित था।

डेढ़ महीने के अंदर फैसला हो गया। साहा को फाँसी की सजा सुना दी गई। सजा सुनकर उसने कहा, "मेर लिए यह बहुत ही शुभ दिन है। मेरी मातृभूमि मुझे बुला

रही है ताकि मैं उसके सीने पर सिर रखकर सदा के लिए सो जाऊँ। मुझे अत्यंत खेद है कि मेरे हाथों एक निर्दोष अंग्रेज की हत्या हुई। मैं अर्नेस्ट डे साहब के परिवार से क्षमा माँगता हूँ।"

फाँसी पर चढ़ने से तुरंत पहले उसके शब्द थेः "ईश्वर करे, मेरे रक्त की एक-एक बूँद इस देश के हर घर में स्वतंत्रता का बीज बनकर प्रस्फुटित हो।"

गोपी मोहन साहा द्वारा चार्ल्स टेगार्ट के धोखे में अर्नेस्ट डे की इस हत्या के फलस्वरूप कलकत्ता और कलकत्ता ही क्यों, पूरे बंगाल में क्रांतिकारियों की धर पकड़ शुरू हो गई। इसीलिए वहाँ के अधिकांश क्रांतिकारी भूमिगत हो गए थे। मानिकतल्ला में रहने वाला क्रांतिकारी भी, जिसका पता हेमंत के पास था, कुछ दिन पहले ही वहाँ से अपना स्थान बदल चुका था। कालीघाट में जो तीसरा संपर्क सूत्र हेमंत के पास था उस व्यक्ति का नाम असित दस्तीदार था। हेमंत वहाँ पहुँचा तो वह पूरी तरह परास्त और बेइंतहा थका हुआ था। सुबह से वह बराबर चल रहा था और अब शाम होने को आ रही थी। पैसे, जो उसे संगठन से मिले थे, बचाने के उद्देश्य से वह अधिकांश रास्ता पैदल ही तय कर रहा था। चलते-चलते सड़क के किनारे किसी दुकान से थोड़ा बहुत टँगने-टाँगने के अतिरिक्त उसने पेट भर भोजन भी नहीं किया था। अतः उसे भूख तो लगी ही थी सिर में बेइंतहा दर्द भी था। परंतु इस सबकी कोई चिंता उसे नहीं थी। उसे फिक्र थी तो केवल इतनी कि यदि इस सूत्र से भी संपर्क न हो पाया तो वह क्या करेगा। अब तो उसे वापसी के लिए कोई गाड़ी भी नहीं मिलेगी। ऐसी स्थिति में वह रात कहाँ काटेगा? उसके पास लगभग साढ़े पाँच सौ रुपए थे जिन्हें वह अपनी धोती के फेंटे में बाँधे था और हर घंटे आध घंटे बाद राह चलते-चलते ही किसी न किसी बहाने हाथ वहाँ ले जाकर टटोल कर देख लेता कि रुपए अपने स्थान पर हैं या नहीं। पता नहीं रात कहाँ काटनी पड़े। नींद में कहीं कोई उसके रुपए निकाल ही न ले। यही सब सोचता वह कालीघाट की उस गली में घुसा, जहाँ का पता उसके पास था, तो सूर्य लगभग डूब चुका था। सही मकान के सामने पहुँचकर उसने साँकल खटखटाई तो छरहरी, लंबी, बड़ी-बड़ी आँखों और सलोने मुख वाली लगभग उसी की आयु की एक लड़की ने द्वार खोला।

"किसे चाहिए?" उसने हेमंत से बंगाली में पूछा।

"असित दस्तीदार यहाँ रहते हैं क्या?" हेमंत ने कहा।

"की काज?"

हेमंत ने जेब से पत्र निकालकर उस लड़की को दे दिया। यद्यपि उसे निर्देश दिया गया था कि वह पत्र केवल उसी व्यक्ति को दे जिसे वह संबोधित है लेकिन हेमंत इतना थक गया था और इस बात से इतना डरा हुआ था कि कहीं यहाँ भी उसे निराश न होना पड़े कि अनजाने ही वह संगठन के इस निर्देश का उल्लंघन कर गया।

"कहाँ से आ रहे हैं?" लड़की ने बिना पत्र खोले ही प्रश्न किया।

"बनारस से।"

"किसने भेजा है ?"

"जोगेश चटर्जी ने।"

तभी एक नवयुवक के अंदर से आकर पत्र उस लड़की के हाथ से ले लिया और उसे खोल कर पढ़ने लगा। पत्र पढ़ने के बाद उसने हेमंत से पूछा, "आपको क्या चाहिए ? किसका पत्र है यह ?"

"जोगेश दा का।"

"मैं किसी जोगेश दा को नहीं जानता।"

हेमंत, जो अब तक काफी आशान्वित हो चला था, सहसा निराश हो उठा। उसकी समझ में नहीं आया कि वह क्या करे। उसका चेहरा लटक गया। तभी उसे सहसा याद आया कि उसने कोड शब्द तो बोला ही नहीं। यह याद आते ही उसने कहा, "कलकत्ता में इंद्रधनुष कब से नहीं निकला ?"

इतना सुनते ही उस युवक ने हेमंत को खींचकर गले से लगा लिया और घर के अंदर ले जाते हुए उस लड़की से बोला, "दीदी, दरवाजा बंद कर लो।"

"यह हमारी दीदी हैं, प्रीतिलता। मुझसे मात्र डेढ़ वर्ष बड़ी।" असित ने हेमंत को लड़की का परिचय दिया। "और यह मेरे बाबा (पिता) हैं। एक वर्ष हुआ, इन्हें लकवा मार गया। चल-फिर नहीं पाते। बोल भी नहीं सकते।"

हेमंत ने कमरे के धुँधले प्रकाश में देखा पचास-पचपन की आयु का एक व्यक्ति दीवाल से लगे हुए तखत पर लेटा था। पूरे शरीर में उसकी आँखें ही सबसे अधिक दीप्तिमान थीं। हेमंत ने हाथ जोड़कर उसे नमस्ते किया किंतु उस व्यक्ति के शरीर में किसी प्रकार की कोई जुंबिश नहीं हुई। तभी असित की माँ भी वहाँ आ गईं। असित ने उनसे भी हेमंत का परिचय कराया तब उनसे बोला, "माँ, यह मेरे मित्र हैं। बनारस से आए हैं। बहुत थक गए होंगे। इन्हें जल्दी से कुछ खाने को दो।"

असित की माँ अंदर चली गईं। असित भी हेमंत को लेकर अंदर आ गया और दालान में पड़े तखत पर बैठ गया। तभी असित की माँ एक प्लेट में ढेर सारे संदेश ले आईं। हेमंत बिना हाथ-मुँह धोए ही संदेश खाने में जुट गया। इस बीच प्रीति पानी ले आई थी। हेमंत ने संदेश खाकर पानी पिया। तब बोला, "थोड़ी देर विश्राम करता हूँ मैं। बहुत थका हूँ। पूरे रास्ते जागता आया हूँ। उस पर सुबह से भाग रहा हूँ।"

"विश्राम नहीं, तुम बाकायदा सो लो।" असित ने कहा। तब अपनी बहन से बोला, "दीदी, इन्हें एक तकिया लाकर दो और जब तक यह न जागें, यहाँ रोशनी न करना और ध्यान रखना कोई शोरगुल न हो यहाँ।"

प्रीति ने अंदर से तकिया लाकर हेमंत को दे दी। तकिया देकर वह वहाँ से जाने लगी तो हेमंत ने उसे रोक लिया और धोती के फेंटे में लिपटे हुए नोट निकालकर उसे देते हुए बोला, "इसमें कुछ रुपए हैं दीदी। इन्हें रख लो नहीं तो मुझे नींद नहीं आएगी। रेल में भी इसी कारण सारे समय मैं सो नहीं पाया।"

प्रीति ने रुपए उसके हाथ से ले लिए। "अब तो तुम खुद ही पूरी तरह लुट गए। अब आराम से सो जाओ।" उसने हँसते हुए कहा।

थोड़ी ही देर में हेमंत खर्राटे लेने लगा। इतनी गहरी नींद वह पिछले कई महीनों से नहीं सोया था। शाम कोई नौ बजे तक वह सोता रहा। तभी अचानक उसकी नींद टूटी तो उसका हाथ अपने आप उसकी धोती के फेंटे पर चला गया और रुपयों की पुड़िया वहाँ न पाकर वह एक झटके में उठकर बैठ गया। दालान में लगभग अँधेरा था। केवल कमरे की खिड़की से छनकर कुछ प्रकाश वहाँ आ रहा था। इसी हल्के प्रकाश में हेमंत ने एक युवती को अपने से थोड़ी दूर कुर्सी पर बैठे मुस्कराते देखा तो वह और भी चकित हो उठा। तभी दो एक क्षण में स्थिति का आभास होने पर वह स्वयं भी मुस्कराने लगा। "बहुत देर सोया क्या मैं?" उसने प्रीतिलता से पूछा।

"नहीं। मुश्किल से तीन घंटे।" प्रीति ने उत्तर दिया। "मेरे कुर्सी खिसकाने से शायद तुम्हारी टूट गई।"

"नहीं ऐसा नहीं," हेमंत ने कहा। "और फिर उठना तो था ही। असित कहाँ है?"

"वह तो कहीं गया है। शायद देर से लौटे।"

असित की माँ एक कप में चाय ले आईं। प्याला हेमंत की ओर बढ़ाते हुए उन्होंने कहा, "चाय पीकर हाथ-मुँह धो लो या फिर स्नान करना हो तो स्नान कर लो। भोजन तैयार है।"

"अभी भूख तो नहीं है।" हेमंत ने कहा।

"नहाओ-धोओगे तो भूख लग आएगी।" माँ ने कहा।

हेमंत चाय पीने लगा। बनारस में वह कभी-कभार ही चाय पीता था। वहाँ चाय का इतना चलन था भी नहीं। फिर भी उसे चाय में काफी आनंद आया।

चाय पीकर उसने स्नान किया। कुएँ का ठंडा पानी था। नहाने में भी उसे मजा आ गया। शरीर की सारी थकान दूर हो गई। थैले से कपड़े निकालकर बदलने के बाद वह भीगे कपड़े छाँटने लगा तो असित की माँ ने उसे मना कर दिया। "इन्हें ऐसे ही पड़ा रहने दो," उन्होंने कहा। "सुबह धुल जाएँगे। तुम भोजन की तैयारी करो।"

"लेकिन भूख तो अभी भी नहीं लगी है। ढेर सारे तो संदेश खाए थे।"

"लो, चार संदेश, ढेर सारे हो गए? इतने संदेश तो तुम्हारे उमर के लड़कों को नाश्ते में भी कम पड़ते हैं।"

हेमंत हँसा। "न माँ, सच भूख नहीं है।" उसने कहा, "कहीं थोड़ा घूमकर आएँ? शायद भूख लग आए।"

"हाँ, क्यों नहीं," असित की माँ ने कहा। तब अपनी बेटी को बुलाकर बोलीं, "इसे कहीं घुमा ला प्रीति। कालीजी के दर्शन करा ला। थोड़ा मन बहल जाएगा इसका। भूख भी लग आएगी।"

हेमंत कंघी आदि करके तैयार हो गया। प्रीति ने भी तब तक साड़ी बदल ली थी।

उसे साथ लेकर वह कालीबाड़ी चल दी। वहाँ आरती-पूजा हो चुकी थी। फिर भी उन लोगों को प्रसाद चखने को मिल गया। वहाँ से निकलकर कुछ देर वे लोग वैसे ही सड़कों पर घूमते रहे। प्रीति हेमंत से उसके घर-परिवार के बारे में पूछती रही। तभी किसी संदर्भ में हेमंत उसे बनारस जेल के अपने अनुभव बताने लगा। प्रीति ने तुरंत मुँह पर उँगली रखकर उसे चुप करा दिया। "यहाँ नहीं," उसने कहा, "घर चलकर सुनेंगे। लोग कहते हैं न दीवारों के भी कान होते हैं। मेरा तो कहना है, हवा के कान दीवारों के कान से भी बड़े होते हैं।"

हेमंत को अपनी भूल का एहसास हुआ। वह तुरंत चुप हो गया। दस बज चुके थे। चारों ओर सन्नाटा था। दोनों चुपचाप घर लौट आए। असित अभी भी नहीं लौटा था। माँ रसोई में खाना लिए बैठी थीं। हेमंत ने असित की प्रतीक्षा करनी चाही लेकिन प्रीति और उसकी माँ, दोनों ने ही उसे समझाया कि वह भोजन कर ले, असित का कोई ठीक नहीं कब लौटे। अतः हेमंत हाथ-पाँव धोकर खाने के लिए बैठ गया। शोरबेदार मछली और भात था। साथ में लूची और बेगुन भाजा। हेमंत को थाली देखते ही भूख-लग आई। माँ ने खिलाया भी खूब प्यार से। वह कुछ ज्यादा ही खा गया।

"लेटोगे कहाँ ? छत पर खुले में, या कमरे में ?" खाना खाकर वह उठा तो प्रीति ने उससे पूछा।

"असित कहाँ लेटता है ?" हेमंत ने प्रश्न किया।

"वह तो छत पर ही सोता है।"

"तब मैं भी छत पर ही सोऊँगा।"

प्रीति उसे जीने से छत पर ले आई। चारपाई पहले से लगी हुई थी। ओढ़ने के लिए चादर थी। बिस्तर के नीचे फर्श पर लोटे में पानी ढका रखा था।

"असित का बिस्तर कहाँ है ?" हेमंत ने पूछा।

"वह आएगा तो उसका बिस्तर भी लग जाएगा।" प्रीति ने कहा। तब बोली, "तुम लेटकर सो जाओ। अभी थकान होगी। मैं तब तक माँ के काम में हाथ बँटाती हूँ। कुछ और आवश्यकता हो तो निःसंकोच बता दो। पानी चारपाई के नीचे रखा है।"

"नहीं, इतना आराम तो जीवन में कभी मिला ही नहीं।" हेमंत हँसा। प्रीति भी हँसते हुए सीढ़ियाँ उतर गई।

हेमंत को जल्दी नींद नहीं आई। बिस्तर पर लेटे-लेटे वह आकाश में खिले तारों को देखने लगा। उसने पुस्तकों में पढ़ा था कि इन्हीं तारों की सहायता से दिशाओं का अनुमान लगाकर पुराने जमाने में लोग लंबी-लंबी समुद्री यात्राएँ करते थे। संभवतः इन्हीं तारों की सहायता से यात्रा करते हुए वास्को-डि-गामा भारत पहुँचा होगा। पता नहीं कौन-सा मनहूस दिन रहा होगा वह जब उसने इस देश की पावन धरती पर अपने कदम रखे होंगे, उसी के बाद तो फिरंगियों का यहाँ आना शुरू हुआ और आज हम इस स्थिति को पहुँच गए। कौन जिम्मेदार है इसके लिए ? और उसे बनारस जेल में मिगलानी जी

द्वारा बताया गया बंगाल का पूरा इतिहास, मीर, कासिम, सिराजुद्दौला आदि की अपनी-अपनी भूमिकाओं के साथ याद हो आया। उसने सोचा कि कल या परसों वह फोर्ट विलियम के भी दर्शन करेगा जो यहाँ अंग्रेजों का पहला गढ़ था।

तभी प्रीति लता दबे पाँव आकर उसकी चारपाई के पास खड़ी हो गई। "अरे," उसने कहा, "मैं तो इस विश्वास से आई थी कि तुम अब तक गहरी नींद में होगे। लेकिन तुम तो पूरी तरह जाग रहे हो। लो, माँ तुम्हें खीर देना भूल गई थीं। इसे खाकर पानी पी लो और अगर वास्तव में नींद न आ रही हो तो अब मुझे बनारस जेल के अपने अनुभव सुनाओ।"

हेमंत उठकर बैठ गया। उसके पेट में जगह बिल्कुल नहीं थी। फिर भी वह खीर खा गया और प्रीति को बनारस जेल के अपने अनुभव सुनाने लगा। प्रीति उसकी चारपाई की बगल में फर्श पर ही उकड़ूं बैठ गई। लगभग बारह बजे तक हेमंत उसे अपने अनुभव सुनाता रहा। तभी प्रीति यह कहकर उठ गई कि अब सो जाओ, नहीं तो कल दिन-भर जम्हाई लेते रहोगे। उसके जाते-जाते हेमंत ने असित के बारे में फिर पूछा कि वह अभी तक आया क्यों नहीं।

"उसका कोई ठीक नहीं है," प्रीति ने उत्तर दिया। "कहो रात भर ही न लौटे। कभी-कभी तो दो-दो, तीन-तीन दिन तक गायब रहता है।"

प्रीति चली गई तो हेमंत दोबारा अपने बिस्तर पर लेट गया।

तेईस

सुबह हेमंत की आँख खुली तो उसने देखा असित उसकी खाट की बगल में फर्श पर चटाई बिछाए लेटा, सो रहा है। हेमंत को अपने ऊपर बहुत ग्लानि हुई कि वह मजे में रात भर चारपाई पर लगे बिस्तर पर लेटा रहा जबकि असित इस तरह फर्श पर पड़ा रहा। एक बार उसकी इच्छा हुई कि वह असित को जगाकर अपने बिस्तर पर लिटा दे—उसे वैसे भी अब नींद नहीं आनी थी—लेकिन इस भय से कि पता नहीं कितने बजे वह लेटा हो, कहीं कच्ची नींद ही न वह उसे जगा दे, उसने ऐसा नहीं किया और चुपचाप अपने बिस्तर पर बैठा रहा।

तभी चारों ओर सुबह की उजास फैलने लगी और देखते-देखते धूप निकल आई। असित के शरीर पर धूप लगी तो वह भी उठकर बैठ गया।

"अरे तुम जाग गए?" उसने हेमंत को बिस्तर पर बैठे देखकर पूछा। "नींद आई रात में ठीक से या नहीं? प्रीति बता रही थी बारह बजे तक तुम जागते रहे।"

"खूब बढ़िया नींद आई।" हेमंत ने उत्तर दिया।

"अभी नींद पूरी न हुई हो तो नीचे कमरे में जाकर सो जाओ।"

"नहीं, नहीं, बहुत सो लिया," हेमंत ने कहा। तब एक क्षण रुककर बोला, "तुम यहाँ जमीन पर क्यों लेट गए। खाट क्यों नहीं डाली ?"

असित हँसा। "अभ्यास कर रहा हूँ। जेल में खाट कहाँ मिलेगी।" उसने कहा।

"तो मुझे क्यों खाट दी ? मेरा तो पहले से ही अभ्यास है।" हेमंत ने कहा।

"इसी लिए तो तुम्हें खाट दी कि इतने दिनों जेल के चबूतरे पर सो चुके हो तो कम-से-कम घर में तो खाट पर सोओ।"

तभी प्रीति चाय लेकर आ गई।

"मगर यह आदत बिगाड़ने वाली बात हो रही है। जेल में चाय नहीं मिलती।" हेमंत हँसा।

प्रीति और असित भी हँसने लगे।

चाय पीकर दोनों ने स्नान आदि किया तब बातें करने बैठ गए। हेमंत के कलकत्ता आने के मन्तव्य के बारे में कुछ इशारा जोगेश चटर्जी के उस पत्र में था जो वह अपने परिचय-स्वरूप साथ लाया था। बाकी बात उसने स्वयं असित को बताई।

"तुम बहुत सही समय पर आए हो।" असित ने कहा, "कल ही एक रिवाल्वर के बारे में पता चला है। बढ़िया छः बोर वाली वेब्ले स्कॉट है। तीन सौ माँग रहा है। हो सकता है कुछ कम कर दे। मेरे विचार से ढाई सौ में सौदा पट सकता है। साथ में पच्चीस-तीस राउंड कारतूस भी देगा। वैसे नया शायद कुछ कम में ही मिल जाए। लेकिन बिना लाइसेंस के मिलना आसान नहीं है। सो मेरे ख्याल से इसे ले लो। दो-चार दिन में और भी खोजेंगे।"

हेमंत बहुत प्रसन्न हुआ। उसे मालूम था कि पाँच सौ में दो रिवाल्वर से अधिक मिलने से रहे। दाम भी उसे ठीक ही लगे। जोगेश दा ने भी यही दाम बताए थे। "ठीक है, इसे हाथ से मत जाने दो।" उसने कहा।

"रात मैं इसी फिराक में गया था," असित ने कहा, "उस आदमी से भेंट नहीं हुई। एक अन्य व्यक्ति से कह आया हूँ। आज तीन बजे हावड़ा में गंगा के किनारे मिलने की बात है। जहाँ पुराना बरगद का पेड़ है, उसी के पास।"

"और बम बनाने के प्रशिक्षण के बारे में ?"

"उसका भी प्रबंध होगा।" असित ने संक्षिप्त-सा उत्तर दिया।

हेमंत चुप हो गया।

दिन में खाना खाने के बाद दोनों हावड़ा के लिए चल दिए। निश्चित स्थान पर पहुँचकर दोनों हुगली के किनारे बैठकर पाल वाली बड़ी-बड़ी नावों को नदी में आते-जाते देखने लगे।

"इसी रास्ते अंग्रेज पहली बार कलकत्ता आए थे ?" हेमंत ने पूछा।

"हो सकता है।" असित इस बाबत बहुत निश्चित नहीं था।

"फोर्ट विलियम कहाँ है ?" थोड़ी देर बाद हेमंत ने दूसरा प्रश्न किया।

"यहीं उस पार, स्ट्रैंड रोड के पास। हिंदुस्तानी लोग उधर कम ही जाते हैं। असित ने उत्तर दिया। तभी एक क्षण बाद वह बोला, "वह उधर इमारतें देख रहे हो, जहाँ वह बड़ी-सी नाव खड़ी है, वह मटिया-बुर्ज है। वहीं अंग्रेजों ने अवध के नवाब वाजिद अली शाह को कैद किया था। उधर ही उनकी मजार है।"

तभी एक स्टीमर समुद्र की ओर से आता हुआ दिखाई दिया जिसकी छत पर एक मेज के गिर्द कुर्सियाँ डाले दो-तीन फिरंगी बैठे थे। एक महिला भी उनमें थीं।

"साला लोग कैसा मौज में जा रहा है। जैसे उनके बाबा का नदी हो।" हेमंत ने कहा।

असित हँसा। "फिलहाल तो उनके बाबा का ही है।" उसने कहा।

तभी वह व्यक्ति आ गया। पिस्तौल उसके पास थैले में था। उसी में एक पोटली में कारतूस भी थे।

"बाहर निकाल कर देखूँ ?" हेमन्त ने असित से पूछा।

असित ने इधर-उधर निगाह दौड़ाई। "देख लो," उसने कहा, "लेकिन देखकर तुरंत अंदर रख दो।"

हेमंत ने रिवाल्वर बाहर निकाला तो उसे रोमांच-सा हो आया। हाथ में लिए हुए वह उसे देखता ही रह गया। तभी असित ने उसे उसके हाथ से लेकर वापस थैले में डाल दिया।

वह व्यक्ति किसी भी कीमत पर तीन सौ से कम करने को तैयार नहीं था। आखिर काफी कहने-सुनने पर पौने तीन सौ पर सौदा तय हुआ। हेमंत ने रुपए गिनकर उसे दे दिए तो वह रिवाल्वर, कारतूस और थैला उन लोगों के पास छोड़कर चला गया।

"इसे चलाकर देखा जाए ?" वह व्यक्ति दूर निकल गया तो हेमंत ने असित से पूछा।

"यहाँ से सीधे जेल जाने का इरादा है ?" उत्तर में असित ने कहा।

हेमंत चुप हो गया। दोनों वहाँ से उठकर घर चले आए।

उसी शाम असित ने हेमंत का परिचय अनुशीलन समाज के कुछ पुराने साथियों तथा कुछ अन्य क्रांतिकारियों से करा दिया। जहाँ इन लोगों की हेमंत से भेंट हुई, वह स्थान टालीगंज में था। मकान के बाहर "सरस्वती संगीत सभा" का बोर्ड लगा था। अंदर हारमोनियम, तबला, सितार जैसे वाद्य रखे थे जिन पर कुछ लोग रियाज कर रहे थे। परंतु वास्तव में वह क्रांतिकारियों के मिलने का अड्डा था। उन लोगों ने हेमंत से बनारस की गतिविधियों की रिपोर्ट ली तथा कलकत्ता की गतिविधियों से उसे अवगत कराया। रात देर तक हेमंत वहाँ बना रहा तब असित के साथ उसके घर लौट आया।

कोई एक सप्ताह बाद उन लोगों ने हेमंत का परिचय एक अन्य क्रांतिकारी, विप्लव रंजन

दास से करा दिया। विप्लव विज्ञान का विद्यार्थी था और बम बनाने का काम जानता था। उसने हेमंत को विज्ञान की कुछ पुस्तकें दीं जिनमें बम में प्रयोग में आने वाले विस्फोटक पदार्थों के बनाने की विधियाँ लिखी थीं। "इन्हें ठीक से पढ़कर समझ लो," विप्लव ने कहा। "बाद में वास्तविक प्रयोग की व्यवस्था भी हो जाएगी।"

विप्लव के साथ ही हेमंत उत्तर पाड़ा में बम का खोल बनाने की फैक्टरी देखने गया। वहाँ भी क्रांतिकारियों का बड़ा अड्डा था। जिस घर में हेमंत को रखा गया, उसी के एक भाग में फैक्टरी थी। वहाँ का पूरा वातावरण हेमंत को बहुत पसंद आया। ग्रामीण अँचल में छोटा-सा खपरैल की छत वाला मकान, चारों ओर नारियल और केले के घने गाछ, बीच में छोटा-सा तालाब, जिसमें बत्तखें पली थीं और जो रोहू और हिलसा मछलियों से भरा हुआ था। इसी मकान के एक हिस्से में एक पुराने ढंग की, धौंकनी से चलने वाली भट्ठी लगी थी, जिसे बारी-बारी से लोग चलाते थे तथा जिसमें पुराने लोहे को पिघलाकर ऊपर से कुछ-कुछ शरीफे जैसे दिखने वाले बम के खोल बनाए जाते थे। खोलों को ढालकर उन्हें ठंडे पानी में सिराकर अलग रख दिया जाता। बम का ढक्कन अलग से बनाया जाता जिसे सेफ्टी पिन जैसी युक्ति से खोल के मुँह पर फँसा दिया जाता। हेमंत ने बम के खोलों को बनते तो देखा ही, साथ ही स्वयं अपने हाथ से धौंकनी चलाकर कुछ खोल ढाले भी। इस काम में उसे इतना मजा आया कि दो-तीन दिनों तक वहाँ रहकर वह खोल ढालता रहा। खोल ढालने के लिए पुराने लोहे का प्रबंध करने में भी क्रांतिकारियों को काफी परिश्रम करना पड़ता। बमों के खोल के अलावा, जिन्हें ढालने के पश्चात् यथाशीघ्र वहाँ से हटाकर अन्य सुरक्षित स्थानों पर पहुँचा दिया जाता, वहाँ हलों में लगने वाले लोहे के फल तथा कृषि के काम में आने वाले अन्य औजार भी ढाले जाते जो पुलिस की निगाह से बचने के लिए एक प्रकार का कवच जैसा था।

दो-तीन दिनों तक वहाँ रहने के पश्चात् हेमंत को दखिनेश्वर के वाचस्पति पाड़ा लेन के एक मकान में, जहाँ बम में भरने वाला विस्फोटक पदार्थ तैयार किया जाता था, भेज दिया गया। यह काम आसान नहीं था। इसमें बहुत ही खतरनाक किस्म के रसायनिक पदार्थों, तेजाब आदि का प्रयोग होता था। जहाँ यह सामग्री तैयार होती थी, प्रत्यक्ष रूप में वह एक वैद्य की दुकान थी। मुख्य सड़क से लगा हुआ काफी बड़ा-सा मकान था जिसके बाहरी कमरे में वैद्य जी बैठते थे। दरवाजे के ठीक ऊपर उनके नाम "कालीपद भट्टाचार्य" तथा वैद्यक संबंधी उनकी योग्यताओं का बखान करता हुआ बड़ा-सा बोर्ड लगा था। नाम और योग्यताओं के ठीक नीचे जो इबारत लिखी थी उसका अर्थ था कि यहाँ हर प्रकार के रोगों, पेट के सभी विकारों, गठिया, संबल बाई, तपेदिक आदि का गारंटी के साथ इलाज होता है। कमरे के अंदर दो बड़ी-बड़ी अलमारियाँ थीं, जिनमें तरह-तरह के लेबुल लगी हुई छोटी बड़ी शीशियाँ सजी थीं। इनमें से अधिकांश में रंगीन पानी भरा था क्योंकि वैद्य कालीपद भट्टाचार्य, जो मध्य आयु के खिचड़ी बालों और खिचड़ी दाढ़ी वाले दुबले-पतले व्यक्ति थे और जिनका असली नाम कुछ और था,

वास्तव में कोई वैद्य न होकर अनुशीलन समाज के पुराने सदस्य थे और आज से कुछ वर्ष पूर्व काले पानी की दस वर्ष की सजा काट चुके थे, जिसमें प्रथम विश्व युद्ध में अंग्रेजों की विजय के उपलक्ष्य में दो-तीन वर्षों की छूट मिल गई थी। अब वह वेष बदलकर वैद्यकी कर रहे थे और आश्चर्य की बात यह थी कि यद्यपि उन्हें हर्र, बहेड़ा, आँवला से अधिक वैद्यक का ज्ञान नहीं था किंतु सुबह-शाम उनके यहाँ रोगियों की भीड़ लगी रहती और उनकी दवा से, जिसमें मुख्यतः इन्हीं तीन चीजों का अलग-अलग रोग के लिए अलग-अलग अनुपात में मिश्रण होता। लोगों को स्वास्थ्य-लाभ भी हो जाता। तो यह तो बाहर का दृश्य था जबकि अंदर मकान के पिछले भाग में बमों में प्रयोग में आने वाली विस्फोटक सामग्री के निर्माण का कारखाना था जो विप्लव की देखरेख में चल रहा था।

हेमंत को यहाँ वैद्यजी के नौकर के रूप में रख दिया गया। इससे पहले महाराष्ट्र से आया हुआ एक अन्य क्रांतिकारी विनायक राव आप्टे इस स्थान पर था। हेमंत के वहाँ पहुँचने के बाद उसे किसी अन्य कार्य में लगा दिया गया। जितनी देर वैद्यजी अपने मरीजों को देखते, उतनी देर हेमंत वैद्यजी के कमरे में फर्श पर बैठे खरल में कुछ कूटता-पीसता रहता और वैद्यजी के कहने पर दवाओं की शीशियाँ आदि अलमारी से निकालकर उन्हें देता रहता। शेष समय वह अंदर कारखाने में काम करता, जहाँ शीशे के बड़-बड़े बर्तनों में तेज़ाब उबलता रहता जिससे पिकरिक ऐसिड बनाया जाता जो बम बनाने के लिए आवश्यक पदार्थ था। इसके लिए भट्ठी पर चढ़े हुए तेज़ाब के घोल को शीशे के एक बड़े से चमचे से चलाते रहना होता। उबलते हुए तेज़ाब से बराबर गहरा पीला धुआँ निकलता रहता जिसके कारण घोल को चलाने वाले व्यक्ति के वस्त्र कुछ ही दिनों में गलकर फट जाते। यही नहीं, उसका सारा शरीर भी धुएँ के प्रभाव से पीला पड़ने लगता।

हेमंत के पास कुल दो जोड़ी कपड़े थे जो इस प्रक्रिया में गलकर बरबाद हो चुके थे और उसे नए वस्त्र खरीदने पड़े थे जिन्हें गलने से बचाने के उद्देश्य से वह प्रायः एक अंडरवियर पहनकर ही काम करता था। परिणामस्वरूप उसका सारा शरीर धीरे-धीरे पीला पड़ने लगा। इसके बावजूद हेमंत पूरी मुस्तैदी से, जो भी काम विप्लव द्वारा उसे दिया जाता, करता रहता। उन्हीं दिनों पार्क स्ट्रीट पर हेमंत की अचानक सज्जन से भेंट हुई तो सज्जन द्वारा पूछे जाने पर अपने शरीर के पीले पड़ने का कारण उसने पीलिया रोग तथा चिकित्सा के लिए कलकत्ता, अपने मामा के यहाँ, आने की बात कही थी।

चौबीस

सज्जन से बात करने के बाद हेमंत ने उसी दिन अपना मन बना लिया था कि जल्दी ही वह उसे भी अपने मार्ग पर ले आएगा और जितनी जल्दी संभव होगा उसे भी क्रांतिकारी

दल का सदस्य बना लेगा। इसी उद्देश्य से वह प्रायः जब भी उसे समय मिलता, सज्जन से मिलता रहता। अधिकतर ऐसा अवसर शाम ढले ही आता क्योंकि दिन में सज्जन चटकल में अपनी नौकरी पर होता और हेमंत भी काली दा के साथ उनकी तथाकथित वैद्यकी की प्रैक्टिस के सिलसिले में व्यस्त रहता। हेमंत का मिलना वैसे तो सज्जन के लिए भी प्रसन्नता की बात थी लेकिन कभी-कभी, खासतौर से जब वह कुंती के साथ अकेला होता और उसके साथ हँसी-ठिठोली में व्यस्त होता, उसका आना उसे अंदर ही अंदर अखर-सा जाता। मगर यह बात उसने कभी भी हेमंत पर जाहिर नहीं होने दी। हेमंत को खुद भी कभी किसी प्रकार का संदेह नहीं हुआ क्योंकि अंततः सज्जन ने हेमंत को यह बता दिया था कि मेवा उसके गाँव के पास का रहने वाला है और उसे छोटे भाई की तरह मानता है। अतः इस रिश्ते से कुंती उसकी भाभी लगती है। हाँ, इतनी सतर्कता सज्जन अवश्य बरतता कि हेमंत के आते ही वह उसके साथ निकलकर सड़क पर आ जाता और देर तक उसके साथ इधर-उधर घूमता रहता। कभी दोनों चौरंगी की ओर निकल जाते या फिर वैसे ही हुगली के निर्जन तट पर जा बैठते। प्रायः ही हेमंत घुमा-फिराकर बात राजनीतिक मुद्दों पर ले आता।

"गाँधी बाबा से तो कुछ होगा नहीं," वह कहता, "सारे देश को नपुंसक बनाकर खुद पेट का आप्रेसन कराकर विश्राम कर रहे हैं। हो गई जो लड़ाई होनी थी। दास बाबू चुनावी राजनीति कर रहे हैं और गाँधी बाबा के भक्त चर्खा चला रहे हैं। मुझे तो पहले से ही संदेह था कि असहयोग से कुछ होने वाला नहीं है। वैसे भी था क्या उसमें? अपने वस्त्रों की होली जलाओ, चर्खा कातो, खादी पहनो और सरकार कहे तो चुपचाप जेल चले जाओ। और फिर दो-चार पुलिस वाले मार दिए गए तो सब टाँय-टाँय फिस्स। हे राम, यह क्या कर दिया! हम तो बोला था हिंसा नहीं होने का, चोपचाप गोली खाने का, "हेमंत गाँधीजी की नकल उतारते हुए कहता। "चलो बहुत हो गया। असहयोग बंद। चोपचाप जेल में कि घर में बैठकर चर्खा कातो।""भला इससे कुछ होने वाला है?" वह फिर गंभीर हो जाता, "इस तरह अंग्रेज यह देश छोड़कर चले जाएँगे क्या?"

सज्जन का राजनीतिक अध्ययन गाँव में तेजशंकर की सभाओं या फिर बनारस जेल में मिगलानी जी अथवा पालीवाल जी के क्लासों में प्राप्त जानकारी तक ही सीमित था। उसे भी, व्यावहारिक जीवन में उसका कोई उपयोग न होने के कारण, वह काफी कुछ भूल चुका था। अतः अधिकतर वह हेमंत की हाँ में हाँ मिला देता। कभी-कभी तो यह भी होता कि हेमंत अपनी बात कर रहा होता और वह सिल्लो या फिर कुंती के बारे में सोचता होता और वैसे ही "हाँ" "हूँ" करता रहता। हेमंत अपनी बातों में इतना तल्लीन होता कि सज्जन की इस अन्यमनस्कता को पकड़ नहीं पाता।

कभी-कभी हेमंत सीधे तो नहीं लेकिन कुछ घुमा-फिराकर सशस्त्र क्रांति की बात करने लगता। "साला हमारे पास एक बंदूक होता," वह कहता, "तो हम तो एक तरफ से चालू हो जाता। जो भी अंग्रेज सड़क पर दिखाई देता साले को वहीं ढेर कर देता।"

"और अगर पकड़ लिए जाते तो ?"

"तो कौन-सा आदमी बार-बार मरता है। एक बार ही तो मरना होता है। और फिर मातृभूमि के लिए मरने से अच्छी और कौन-सी मृत्यु हो सकती है ?"

"सो तो है।" सज्जन कहता।

"तो फिर कल से शुरू हो जाएँ हम लोग ? बस कहीं से एक पिस्तौल कि बंदूक मिल जाए। बस। तुम्हारी जानकारी में है किसी के पास ?"

"हमारे यहाँ ठाकुरों के यहाँ दो-तीन घरों में हैं।"

"मैं कलकत्ता की बात कर रहा हूँ।"

"हमारे चटकल में जो अंग्रेज मैनेजर हैं उसके पास पिस्तौल है और उधर एक गुरखा दरबान है, उसके पास बंदूक है, कहो तो उसे बेहोशी की कोई दवा सुँघाकर बंदूक उठा लाऊँ।"

और दोनों मित्र खिलखिलाकर हँसने लगते।

एक-दो बार हेमंत सज्जन को अपने साथ असित के घर भी ले गया और उन लोगों से उसकी भेंट कराई। असित को तो सज्जन ठीक-ठाक ही लगा लेकिन प्रीति ने अवश्य उसके बारे में संदेह व्यक्त किया। उसने कहा कि जहाँ तक वह समझ पाई है, सज्जन बहुत भरोसे का आदमी नहीं हो सकता। किंतु हेमंत ने उसकी बात काट दी। "मेरे साथ तीन महीने जेल में रहा है। मुझे तो कभी कोई ऐसी बात लगी नहीं बल्कि वह तो जेल से छूटने के बाद भी अपने पिता के साथ घर जाने को तैयार नहीं था। मैंने ही जोर देकर भेजा।" हेमंत ने कहा।

"लेकिन तुम जो बात बता रहे हो कि दोबारा इसने घर इसलिए छोड़ा क्योंकि इसके पिता ने उस लड़की से विवाह कर लिया जिससे इसका विवाह होने वाला था, मुझे घर छोड़ने का पर्याप्त कारण नहीं लगा, विशेषकर जब तुम्हारे अनुसार वह स्वयं उस लड़की से विवाह करने को तैयार नहीं था।"

"क्यों दीदी ? यह तो बहुत बड़ा कारण बन सकता है।"

"तभी जब मनुष्य को अपनी भावनाओं पर नियंत्रण न हो।"

हेमंत फिर भी सहमत नहीं हुआ। "आप तो दीदी बहुत आदर्श वाली बात कर रही हैं।"

"मेरा विचार है दल के लिए आदर्श चरित्र वाले व्यक्तियों की ही जरूरत है। लेकिन मेरे कहने से क्या होता है ? मैं तो तुम्हारे दल की सदस्या हूँ नहीं।" प्रीति ने कहा। असित के दल के सदस्य होने के नाते वह दल की गतिविधियों से बहुत कुछ परिचित थी। कभी-कभी आवश्यकता पड़ने पर दल के लिए संदेशवाहक का काम भी करती थी किंतु बाजाब्ता दल की सदस्य वह नहीं थी।

बात आई-गई हो गई। हेमंत अपने प्रयत्नों में लगा रहा। तभी एक दिन उसने स्वयं के दल से संबंधित होने की बात सज्जन को बता दी। सज्जन को यह जानकर

हल्का-फुल्का रोमांच-सा हो आया। गोपी मोहन साहा की अंत्येष्टि यात्रा में वह भी शामिल था। उसकी आँखों के सामने मानिक तल्ला घाट पर जलती उसकी चिता का दृश्य घूम गया। जहाँ लाखों आदमी जमा था और सभी की आँखों में आँसू थे। पूरा बंगाल ही उस दिन रोया था। वास्तव में मृत्यु हो तो ऐसी, उसने मन-ही-मन सोचा। "मुझे भी अपने दल का सदस्य बना लो।" सहसा उसने कहा।

"मैं ही अभी पूरी तरह सदस्य कहाँ हूँ। केवल उनमें से दो-चार लोगों को जानता भर हूँ बस। और फिर मैं हूँ ही यहाँ कितने दिन। जैसे ही मेरा रोग ठीक हो जाएगा, मैं चला जाऊँगा।" हेमंत बात टाल गया।

"अरे हाँ," सज्जन ने कहा, "मैंने चटकल में दो-एक लोगों से बात की थी। यहाँ दखिनेश्वर में एक वैद्य हैं। बहुत नाम है उनका। तुम उनको दिखाओ। उनकी दवा से बहुतों को लाभ हुआ है।"

"नाम क्या है?" हेमंत ने पूछा।

"नाम, जहाँ तक मुझे ध्यान है, कालीपद भट्टाचार्य है।"

हेमंत बहुत जोर से हँसा और देर तक हँसता रहा।

"क्यों क्या हुआ?" सज्जन ने पूछा।

हेमंत ने किसी तरह अपनी हँसी रोकी। "इसी वैद्य की दवा खाने से तो मेरा यह हाल हुआ है।" उसने कहा। "खैर छोड़ो, मेरी चिंता न करो। मैं जल्दी ही ठीक हो जाऊँगा। और एक बात और बताऊँ, ऐसे मरूँगा भी नहीं मैं। कम-से-कम तीन-चार फिरंगियों को मारकर ही मरूँगा।"

"दो एक को तो मैं भी मार देता। लेकिन क्या बताएँ पिस्तौल, बंदूक है नहीं। कहो तो वैसे ही लाठी से झोर डारें किसी अंग्रेज को।"

"जरूरत पड़ी तो लाठी से भी काम लिया जाएगा।"

पच्चीस

अंततः हेमंत की अनुशंसा पर संगठन के पदाधिकारी सज्जन को दल का सदस्य बनाने पर सहमत हो गए लेकिन इसके लिए उन्होंने सज्जन की परीक्षा लेना आवश्यक समझा। इस संबंध में बनाई गई योजना के अंतर्गत हेमंत ने एक दिन उसे दिन के तीसरे पहर गंगा के किनारे एक निर्जन स्थान पर मिलने को कहा। इसमें कोई अस्वाभाविक बात नहीं थी। जब से हेमंत ने सज्जन को स्वयं के दल से संबंधित होने की बात कही थी, तब से वह उसे अक्सर ही अलग-अलग और कभी-कभी तो बहुत ही ऊबड़-खाबड़ स्थानों पर समय-असमय मिला करता था। वास्तव में यह भी सज्जन की परीक्षा की एक कड़ी थी। बहरहाल, उस दिन जब हेमंत सज्जन से गंगा के किनारे पूर्व निश्चित स्थान पर मिलने

पहुँचा तो काफी घबराया हुआ लग रहा था। निश्चित समय से काफी देर से भी पहुँचा था वह।

"इतनी देर कहाँ लगा दी ?" सज्जन ने पूछा।

"कुछ मत पूछो। बड़ी मुसीबत में फँस गया हूँ।" हेमंत ने उत्तर दिया। तब कोई सौ गज की दूरी पर खड़े एक व्यक्ति की ओर इशारा करते हुए बोला, "उस व्यक्ति को देख रहे हो। यह सी.आई.डी. का आदमी है। बहुत दूर से मेरा पीछा कर रहा है। वैसे तो कोई बात नहीं लेकिन इस थैले में पिस्तौल है।" उसने थैला कुर्ते के नीचे से निकालकर सज्जन की ओर बढ़ा दिया। "अगर इसके साथ उसने मुझे पकड़ लिया तो समझो सब डूब जाएगा। बड़ी मुश्किल से किसी तरह यहाँ तक पहुँचा हूँ।"

सज्जन ने उस व्यक्ति की ओर देखा जो लापरवाही से अपने स्थान पर खड़ा उन लोगों की ओर निहार रहा था। अन्दर ही अन्दर वह काफी घबरा उठा। तभी हेमंत ने आगे कहा, "यह थैला मैं तुम्हारे पास छोड़े जाता हूँ। तुम इसे संभालकर रखे रहना। बाद में मैं तुमसे ले लूँगा।"

"लेकिन····"

"यह इस समय अकेला है," हेमंत ने सज्जन की 'लेकिन' पर ध्यान दिए बिना ही कहा। "जहाँ भी मैं जाऊँगा वहाँ यह मेरा पीछा करेगा।इसलिए मैं तुरन्त यहाँ से निकलता हूँ। मेरे हटते ही यह मेरे पीछे लग जाएगा। तभी तुम थोड़ा सतर्क होकर यहाँ से निकल जाना। तुम्हारे ऊपर कोई शक नहीं करेगा। थैला किसी कीमत पर मत छोड़ना। एक बात का और ध्यान रखना। पिस्तौल में दो गोलियाँ हैं। इसलिए इसके घोड़े पर हाथ मत रखना। घोड़ा जानते हो न ?"

"नहीं।" सज्जन ने कहा।

हेमंत ने अपने शरीर से अपने पीछे खड़े व्यक्ति से आड़ करते हुए जल्दी से पिस्तौल थैले से बाहर निकाला और उसके घोड़े की ओर इशारा करते हुए कहा, "यह घोड़ा है। उँगली से इसे दबाओगे तो गोली चल जाएगी। "अच्छा, मैं चलता हूँ। जितनी जल्दी संभव होगा तुमसे मिलूँगा।" इतना कहकर उसने थैला सज्जन को पकड़ाया और जिस ओर से वह आया था, उससे अलग दूसरी ओर बढ़ गया। सज्जन ने देखा हेमंत के जाते ही वह व्यक्ति भी धीरे-धीरे उसके पीछे चल दिया।

सज्जन अकेला रह गया। तभी उसने देखा, जहाँ हेमंत का पीछा करने वाला व्यक्ति खड़ा था, वहाँ एक दूसरा व्यक्ति आकर खड़ा हो गया था और उसी तरह लापरवाही से खड़ा उसे घूर रहा था। सज्जन के शरीर में कँपकँपी-सी होने लगी। उसे लगा वह गिर पड़ेगा। परंतु किसी तरह वह स्वयं को संभालने में सफल हो गया। हे ईश्वर, यह किस मुसीबत में फँस गया हूँ, उसने मन-ही-मन कहा और सोचने लगा कि आखिर किस तरह इस मुसीबत से छुटकारा मिले।

एक बार तो उसके दिमाग में आया कि क्यों न वह इस थैले को गंगा की तेज

बहती इस धारा में फेंककर मुक्ति पा ले लेकिन दूसरे क्षण उसे हेमंत का विचार आया जो निश्चय ही जल्द से जल्द उससे अपनी धरोहर वापस लेने आएगा। तभी सज्जन ने देखा वह व्यक्ति अब वहाँ नहीं था। उसने जल्दी से थैले को लपेटकर अपने कुर्ते के नीचे धोती के फैंटे में खोंसा और धीरे-धीरे अपने घर की ओर चल दिया। लेकिन जैसे ही वह गंगा के निर्जन तट को पारकर सड़क पर आया वह व्यक्ति उसे फिर दिख गया। थोड़ा फासला रखकर वह उसके पीछे-पीछे चल रहा था। आज निश्चय ही पकड़ जाऊँगा, सज्जन ने मन-ही-मन सोचा। किंतु प्रत्यक्ष वह बिना पीछे देखे चुपचाप सड़क पर चलता रहा। इसी के साथ उसे यह भी भय हुआ कि कहीं पिस्तौल अपने आप ही न चल जाए और वह वहीं सड़क पर ढेर हो जाए। लेकिन थैला निकालकर हाथ में लेना भी खतरे से खाली नहीं था। अतः स्वयं को पूरी तरह भाग्यवश छोड़कर वह चुपचाप अपने डेरे की ओर चलता रहा।

सड़क पर चलने वाले लगभग हर व्यक्ति पर संदेह करता, मन-ही-मन घबराता, सज्जन किसी तरह अपने डेरे तक पहुँचने में सफल हो गया। बिल्डिग में प्रवेश करने से पहले एक बार फिर उसने पीछे मुड़कर देखा। उसका पीछा करने वाला व्यक्ति उसे कहीं दिखाई नहीं दिया। कहीं उसे अकारण ही तो संदेह नहीं हुआ था, उसने मन-ही-मन सोचा लेकिन उसकी घबराहट कम नहीं हुई। बहरहाल, जीना चढ़कर वह ऊपर आ गया।

कुंती खाना बनाने के पश्चात अपनी कोठरी के बाहर पड़ी चारपाई पर बैठी अपने बच्चे से खेल रही थी। सज्जन ने उसकी ओर देखा परंतु बिना उससे कुछ बोले जेब से चाभी निकालकर अपनी खोली की ओर बढ़ गया। अंदर जाते ही उसने दरवाजा भीतर से बंद कर लिया और थैले में रखी पिस्तौल धोती के फेंटे से निकालकर चारपाई के नीचे रखी संदूक का ताला खोलकर उसमें बंद कर दी। तब दरवाजा खोलकर बाहर आ गया। इतनी देर में ही वह पसीने-पसीने हो गया था।

"तनिक पानी देव भउजी," उसने कुंती से कहा, "बड़ी पियास लाग है।"

"पहिले यू बताओ लाला अंदर कऊन चीज चोराए के धरि आए हो।" कुंती ने खाट से उतरते हुए कहा।

"कुछू तो नाई?" सज्जन को लगा कि कहीं कुंती ने दरवाजे की झिरी से उसे पिस्तौल रखते देख तो नहीं लिया।

"कुछू धरे तो जरूर है," कुंती ने घड़े से पानी लाकर लोटा उसकी ओर बढ़ा दिया।

सज्जन पूरा लोटा पानी पी गया। तब एक लोटा पानी लेकर उसने हाथ-मुँह धोया। "कुछू नाई भउजी," उसने कहा, "तुमते चोराए के का धरिबे?"

"हम का जानी का धरिहौ। कुछ गहना-गुरिया लाए के धरे होइहौ कोहू के बरे।"

सज्जन की जान में जान आई कि कुंती ने केवल यहीं तक सोचा। "गहना गुरिया कीके बरे लइबे?" उसने हँसते हुए कहा।

“अब यू हम का जानी। हमरे बरे तो लायो नाई है। हमरे बरे लाए होतिव तो हमका देतिव, चोराए के थोड़े धरतिव।”

तभी मेवा आ गया। सज्जन डरा कहीं कुंती उससे न कहने लगे कि उसने कोई चीज लाकर अपने कमरे में छिपाकर रखी है। लेकिन कुंती ने इस संबंध में कोई बात नहीं की।

सज्जन को अपने बारे में तो भय था ही कि कहीं उसका पीछा करने वाले व्यक्ति ने उसका मकान न देख लिया हो और पुलिस उसके घर की तलाशी लेने आ रही हो, साथ ही उसे इस बात का भी डर था कि कहीं हेमंत न पकड़ लिया गया हो और पुलिस वालों ने उसे पीटकर कबुलवा लिया हो कि पिस्तौल उसने कहाँ रखी है और उसने उसका नाम बता दिया हो। जरा-सी भी आहट पर वह जीने की ओर देखने लगता। मेवा ने उसकी घबराहट भाँप ली। खाना खाते समय दो-एक बार इसी तरह चौंककर सज्जन ने जीने की ओर देखा तो उसने पूछा, “का बात है, बार-बार जीना की लंग का देखि रहे हौ ?”

“कुछू नाई,” सज्जन ने कहा, “ऊ हमार दोस्त है न हेमंत, ऊ आवैक कहिस रहै।”

“अरे तो आवैक होई तो आय जाई। ऊ के बरे काहे परेसान हौ।”

सज्जन ने कोई उत्तर नहीं दिया। चुपचाप खाना खाता रहा।

रात में उसे ठीक से नींद नहीं आई। रह-रहकर उसे यही ख्याल आता कि कहीं पुलिस न आ रही हो। आखिर सुबह के करीब उसकी आँख लगी। तभी मुश्किल से आध-पौन घंटा वह सोया होगा कि जोर का धमाका सुनकर वह उठकर बैठ गया। लगता है पिस्तौल बक्से में रखे-रखे ही चल गई, उसने सोचा और चारपाई के नीचे से बक्सा निकालकर देखने लगा। पिस्तौल, जिस तरह उसने उसे लपेटकर रखा था, वैसे ही रखी थी। उसने खोली के बाहर निकलकर देखा। सब कुछ सामान्य था। तब क्या उसने स्वप्न में धमाका सुना ? हो सकता है वह दोबारा बिस्तर पर लेट गया। थोड़ी देर ही वह लेटा होगा कि किसी ने उसकी साँकल खटखटाई। उसका हृदय जोर-जोर से धड़कने लगा। निश्चय ही पुलिस होगी, उसने सोचा और साँस रोके बिस्तर पर लेटा रहा। साँकल दुबारा खटकी।

“कौन ?” उसने डरते-डरते पूछा।

“मैं हूँ।” आवाज हेमंत की थी।

फिर भी उसने दरवाजे की झिरी से झाँककर देखा कि कहीं पुलिस तो उसके साथ नहीं है। लेकिन तभी उसे ख्याल आया कि यह भी संभव है कि पुलिस वाले स्वयं पीछे हटकर खड़े हों और हेमंत को आगे बढ़कर दरवाजा खुलवाने पर मजबूर किया हो। लेकिन उसके सामने अब चारा क्या था ? उसने उठकर किवाड़ खोल दिए।

हेमंत अंदर आ गया। “कोई परेशानी तो नहीं हुई ?” उसने पूछा।

सज्जन के कानों में उसकी बात नहीं गई। वह जीने की ओर घूरता हुआ पुलिस के

आने की प्रतीक्षा कर रहा था।

"उधर क्या देख रहे हो ?" हेमंत ने पूछा।

"कुछ नहीं। अकेले हो तुम ?"

"अकेले नहीं तो और कौन होगा मेरे साथ ?"

"मैं समझा...." सज्जन कहने जा रहा था, 'मैं समझा पुलिस तो नहीं है ?' लेकिन उसने अपना वाक्य पूरा नहीं किया।

"कोई परेशानी तो नहीं हुई तुम्हें ?" हेमंत ने अपनी बात दोहराई।

"परेशानी काहे की ?" सज्जन ने इस तरह कहा जैसे वह इन परिस्थितियों का आदी हो। तभी एक क्षण रुककर उसने आगे कहा, "शुरू में तो तुम्हारे जाते ही एक आदमी हमारे पीछे भी पड़ गया। लेकिन मैं किसी तरह उसे चकमा देकर निकल आया।"

सुबह हो चुकी थी। आज इतवार था। सज्जन को चटकल जाना नहीं था। "चलो स्टेशन चलकर चाय पीते हैं" हेमंत ने कहा।

"इसे ले लें ?" सज्जन ने पिस्तौल के लिए पूछा।

"रखा रहने दो। लौटकर ले लेंगे।" हेमंत ने कहा और जीने की ओर बढ़ गया।

"मेरा ख्याल है इसे ले लेना ही उचित होगा।" सज्जन को लगा कि उसे यहाँ छोड़ना खतरे से खाली नहीं है।

"अरे नहीं, पड़ा रहने दो।" हेमंत ने कहा तो सज्जन ने न चाहते हुए भी खोली में ताला लगाया और हेमंत के साथ नीचे उतर आया।

छब्बीस

सज्जन समझ रहा था कि क्रांतिकारी दल का सदस्य बनने के लिए उसे अपने खून से कोई शपथपत्र लिखकर उस पर हस्ताक्षर करने होंगे या फिर काली या दुर्गा के मंदिर में जाकर अपनी उँगली काटकर मूर्ति पर खून छिड़कना होगा या वैसे ही किसी बंद कमरे में जलती हुई मोमबत्ती पर हाथ रखकर शपथ लेनी होगी। लेकिन ऐसा कुछ नहीं हुआ। उसे केवल एक फार्म पर हस्ताक्षर करने को कहा गया, वह भी अपने नाम से नहीं, किसी फर्जी नाम से। इसी के साथ उसे दल के संविधान की एक प्रति पढ़ने को दी गई बल्कि उसका हिंदी रूपांतर उसे पढ़कर सुनाया गया क्योंकि मूल प्रति अंग्रेजी में थी और सज्जन अंग्रेजी जानता नहीं था। संविधान में कहा गया था कि दल का अंतिम लक्ष्य देश में संघीय राज्य की स्थापना करना है (इसका अर्थ सज्जन की समझ में ठीक से नहीं आया) जबकि फौरी तौर पर दल का उद्देश्य देश को सशस्त्र क्रांति द्वारा अंग्रेजों की गुलामी से मुक्त कराना था। इसके लिए यदि आवश्यक हुआ तो अंग्रेजों और उनके पिट्ठू भारतीयों की हत्या

करने में भी दल किसी भी प्रकार से पीछे नहीं हटेगा। शस्त्रों को प्राप्त करने के लिए धन एकत्र करने के बारे में कहा गया था कि उसे ऐसे लोगों से, जिनके पास आवश्यकता से अधिक धन है, यदि वे स्वेच्छा से देंगे तो स्वेच्छा से अन्यथा उनके घरों अथवा दुकानों पर डाके डालकर जबरदस्ती प्राप्त किया जाएगा। जहाँ तक संभव होगा, दल अपने हर सदस्य को आग्नेयास्त्र उपलब्ध कराएगा किंतु कोई भी सदस्य साधारणतया दल की अनुमति के बिना शस्त्र प्रयोग में नहीं लाएगा। हर सदस्य को अपनी सदस्यता गोपनीय रखनी होगी, साधारण जनता से भी और अपने सगे-संबंधियों से भी।

दल का सदस्य बनने के बाद सज्जन का परिचय दल के अन्य सदस्यों से भी हुआ, जिनमें वे दो व्यक्ति भी शामिल थे जो संगठन द्वारा उसकी परीक्षा वाले दिन सी. आई. डी. के वेष में उसका तथा हेमंत का पीछा कर रहे थे। परिचय होने पर सज्जन, हेमंत और वे दोनों आपस में मिलकर देर तक उस दिन की घटना पर हँसते रहे। इसी के साथ सज्जन ने दखिनेश्वर वाली बम फैक्टरी भी देखी तथा हेमंत के शरीर के पीले पड़ने का कारण भी उसे पता चला। इन सभी लोगों से मिलकर तथा उनके अतीत के बारे में जानकर—उनमें से कितने ही अपनी क्रांतिकारी गतिविधियों के कारण ब्रिटिश जेलों में यातनाएँ भोग चुके थे, काली दा तो सात-आठ वर्ष काले पानी भी रह आए थे—सज्जन को रोमांच-सा होने लगा। उसे लगा कि उसका जन्म भी किन्हीं विशेष उद्देश्यों की पूर्ति के लिए हुआ है और निश्चय ही उसका नाम भी, गोपी मोहन साहा की तरह, देश के इतिहास में स्वर्ण अक्षरों से लिखा जाएगा।

इसी बीच दखिनेश्वर बम फैक्टरी में हो रहे प्रयोग अपने अंतिम चरण में पहुँच चुके थे और दल ने विप्लव के निरीक्षण में चार सदस्यों का एक दल नियुक्त कर दिया था जिसे किसी निर्जन स्थान पर जाकर इन बमों का परीक्षण करना था। विप्लव के अतिरिक्त इस दल में असित, हेमंत और हेमंत के आग्रह पर सज्जन के नाम शामिल थे। लगातार कई दिनों तक गंगा के तट पर उगे झाड़-झँखाड़ भरे जंगलों का निरीक्षण करने के बाद इन लोगों ने दखिनेश्वर से समुद्र की ओर लगभग चार मील दूर नदी के दाएँ तट पर जंगल का एक घना तथा सुनसान हिस्सा इस काम के लिए चुना। यह निश्चय किया गया कि जिस दिन यह परीक्षण होगा, उस दिन असित प्रातः तड़के ही हुगली के तट पर जाकर एक नाव किराए पर ले लेगा जबकि हेमंत, सज्जन को उसके घर से लेकर बम फैक्टरी जाएगा तथा वहाँ से विप्लव के साथ, बमों को थैलों में सुरक्षित रखकर नदी के तट पर पहुँच जाएगा। जहाँ से चारों ओर लोग नाव द्वारा निश्चित स्थान के लिए रवाना हो जाएँगे। किसी प्रकार का विलंब न हो, इसलिए हेमंत ने असित की सहायता से एक साइकिल का प्रबंध कर लिया था, जिसे लेकर वह सुबह-सुबह सज्जन के घर पहुँच गया और सज्जन को साइकिल के कैरियर पर बिठाकर दखिनेश्वर के लिए चल दिया। असित ने नाव वाले से एक दिन पहले ही बात कर रखी थी और वह भोर होने से पहले ही नदी तट के लिए निकल चुका था। विप्लव को उस रात फैक्टरी में ही सोना था, जहाँ उसे

हेमंत और सज्जन की प्रतीक्षा करनी थी।

तभी हेमंत सज्जन को साइकिल पर बिठाए वहाँ पहुँचा तो दूर से ही फैक्टरी के सामने लोगों की भीड़ के अतिरिक्त, पुलिस की गाड़ी खड़ी देखकर उसका माथा ठनका। लेकिन वापस लौटना अब संभव नहीं था। "कुछ गड़बड़ हैं," उसने बहुत धीमी आवाज में सज्जन से कहा, "तुम चुपचाप बैठे रहना।" और आराम से साइकिल चलाता हुआ वह फैक्टरी से पहले ही दाहिने हाथ एक गली में मुड़ गया। थोड़ा आगे निकल जाने पर उसने साइकिल की रफ्तार और तेज कर दी।

"क्या हुआ ?" सज्जन ने पूछा। अंदर-ही-अंदर वह काफी डर गया था।

"पता नहीं। लगता है पुलिस ने छापा मारा है।" हेमंत ने उत्तर दिया, "चुप करके बैठो।" तेजी से साइकिल चलाता हुआ वह दूसरे रास्ते से गंगा तट की ओर निकल आया।

असित को नाव लेकर जिस स्थान पर पहुँचना था, हेमंत वहाँ पहुँचा तो असित नाव पर बैठा उसकी प्रतीक्षा कर रहा था। नाव वाला नाव में ही बैठा हुक्का पी रहा था।

"विप्लव कहाँ है ?" असित ने पूछा।

"कुछ गड़बड़ लग रहा है। वहाँ पुलिस की रेड हो रही है।" हेमंत ने अंग्रेजी में कहा।

असित ने आगे कोई प्रश्न नहीं किया। वह नाव से उतर आया।

"क्यों बाबू, जाना नहीं है ?" नाव वाले ने पूछा।

"नहीं।" असित ने कहा, "फिर कभी चलेंगे।" और उसे उचित पैसे देकर वे लोग वहाँ से हटकर थोड़ा आड़ में बैठकर अनुमान लगाने लगे कि आखिर पुलिस वहाँ पहुँची कैसे और क्यों ? सबसे बड़ी चिंता यह थी कि कहीं कोई पकड़ा तो नहीं गया। और यदि पकड़ा गया तो कहीं ऐसा बयान तो नहीं दे दिया जिससे और लोग भी फँस जाएँ। हेमंत को एक और चिंता थी, कलकत्ते में खरीदा गया पिस्तौल और कारतूस भी दखिनेश्वर वाले मकान में ही रखे थे। वे हाथ से निकल गए तो अच्छा-खासा नुक्सान हो जाएगा। इसके अलावा, असित ने शंका व्यक्त की कि यह भी संभव है कि वहाँ कुछ कागज, डाक्यूमेंट्स आदि रखे हों जिससे उत्तरपाड़ा की फैक्टरी का पता पुलिस को चल जाए या फिर दल के और लोगों के पते पुलिस के हाथ लग जाएँ। तभी उन्होंने दूर से ही विप्लव को इधर आते हुए, देख लिया। संभवतः उसने भी इन लोगों को देख लिया था और जल्दी-जल्दी कदम बढ़ाते हुए इनके पास ही आ रहा था।

वहाँ पहुँचकर विप्लव ने बताया कि प्रातः लगभग साढ़े चार बजे जब वह फैक्टरी में सो रहा था तभी सहसा बहुत जोर का विस्फोट हुआ। गरमी के कारण वह ऊपर छत पर सो रहा था जबकि विस्फोट नीचे फैक्टरी में हुआ था। हेमंत द्वारा खरीदा गया पिस्तौल जिसमें पूरे छः कारतूस भरे हुए थे, उसके सिरहाने रखा था। वह तुरंत पिस्तौल लेकर नीचे की ओर भागा। जीने पर ही था कि दूसरा और फिर तीसरा विस्फोट हुआ,

जिससे प्रयोगशाला वाले कमरे की खिड़की के शीशे तो टूटे ही, दीवार का एक हिस्सा भी उड़ गया। वह तुरंत वहाँ से भागकर दरवाजा खोलकर बाहर आ गया। पिस्तौल उसने अपने कपड़ों में छिपा ली। बाहर निकला तो इक्का-दुक्का लोग अपने-अपने घरों से निकलकर स्थिति का जायजा ले रहे थे। बिना किसी की ओर ध्यान दिए वह वहाँ से लंबे-लंबे डग भरता हुआ सड़क के मोड़ तक आया, तब दौड़ने लगा। इस तरह जैसे सुबह की ताजी हवा में व्यायाम के लिए निकला हो। वहाँ से जाकर उसने काली दा को सूचना दी। तब देर तक चौराहे पर खड़ा हेमंत और सज्जन के आने की प्रतीक्षा करता रहा। तभी उसने पुलिस की गाड़ी को वहाँ से निकलते देखा तो वह तुरंत वहाँ से चलकर यहाँ आ गया।

"लेकिन विस्फोट हुआ कैसे ?" हेमंत ने पूछा।

"कौन कह सकता है !" विप्लव ने उत्तर दिया, "हो सकता है मसाले में कुछ खराबी रही हो या फिर अधिक गरमी के कारण ऐसा हुआ हो।"

"यह सब छोड़ो।" असित ने कहा, "यह तय करो कि अब किया क्या जाए। यहाँ अधिक देर रुकना खतरे से खाली नहीं होगा।"

"कुछ दिनों के लिए तो हमें भूमिगत होना ही पड़ेगा", "विप्लव ने कहा।

"हेमंत और सज्जन ?"

"इन्हें मेरे विचार से तुरंत कलकत्ता छोड़ देना चाहिए।"

"हाँ, यही ठीक रहेगा।" असित ने अपनी सहमति जतायी।

"ठीक है, तुम लोग तो यहाँ से सीधे स्टेशन निकल जाओ।", विप्लव ने हेमंत से कहा, "जो भी गाड़ी मिले उसे पकड़ लो। जहाँ भी जाती हो, वहाँ से दूसरी गाड़ी लेकर बनारस निकल जाना। कलकत्ता जितनी जल्दी छोड़ दो उतना ही ठीक होगा।"

"सामान ?" सज्जन ने कहा।

"सामान का मोह तो छोड़ना होगा। हाँ, कोई खास सामान हो तो कुंजी हमें दिए जाओ। मौका मिलते ही हम उसे वहाँ से हटा देंगे।" असित ने कहा।

"नहीं····ऐसा तो कोई सामान नहीं।" सज्जन ने कहा। एक दिन पहले ही वह कुंती को होली पर देने के लिए एक साड़ी लाया था लेकिन····क्या हो सकता था अब ? शायद साड़ी के भाग्य में बक्से में पड़े-पड़े सड़ना ही लिखा था, उसने सोचा।

"रिवाल्वर कहाँ रखोगे ?" विप्लव ने रिवाल्वर हेमंत की ओर बढ़ाते हुए पूछा।

"कुछ-न-कुछ तो करना ही होगा," हेमंत ने कहा और रिवाल्वर उससे लेकर धोती के फेंटे में ठीक से लपेटकर कमर में खोंस लिया। साइकिल उसने असित के हवाले की और सज्जन के साथ नाव से नदी पार कर (इस ओर से जाना सुरक्षित नहीं था) दूसरे तट पर आकर पैदल ही स्टेशन की ओर चल दिया।

सौभाग्य से उन्हें स्टेशन पहुँचते ही बनारस के लिए गाड़ी मिल गई। टिकट भर के पैसे हेमंत के पास थे। उनके गाड़ी में बैठते ही गाड़ी चल भी दी। हेमंत ने मन-ही-मन

ईश्वर को धन्यवाद दिया। उसे प्रसन्नता थी कि उसका रिवाल्वर बच गया था। सज्जन दुखी था कि उसकी लगी-लगाई नौकरी छूट रही थी। कुंती से बिछुड़ने का अफसोस भी उसके दिल में था। पता नहीं भाग्य में अब और क्या लिखा है, उसने मन-ही-मन कहा।

सत्ताईस

शम्मो ने एक बहुत ही स्वस्थ और खूबसूरत बच्चे को जन्म दिया। घर में मीरासनें आने लगीं। दिन-रात सोहर गाए जाने लगे। अब्दुल गनी ने इस खुशी में काफी बड़ी दावत दी। मुंशीजी, बच्चल सिंह, बड़कऊ सिंह, चम्पा सिंह, अचल सिंह आदि सभी लोग शामिल हुए। तवाएफ आई। लखनऊ से भाँड़ भी बुलाए गए। गरीबों में खाना तक्सीम किया गया।

इसी के कोई छः महीने बाद अपने बच्चे के जिस्म पर ढेरों गंडे ताबीज बाँधे शम्मो लखनऊ वापस आ गई। नजमा और कासिम भी साथ आए। नजमा को अपने नाना से बिछुड़ते हुए बहुत अफसोस हो रहा था। लेकिन इमदाद अली ने उसे समझाया, “देखो अभी शम्मो का बेटा बहुत छोटा है। तुम्हारे वहाँ रहने से उसे बहुत सहूलियत होगी। तुम बता रही थीं वहाँ जेल के डॉक्टर की बीवी है। उससे कुछ दिनों पढ़ना। यहाँ लौटकर आओगी तो मैं फिर तुम्हें पढ़ाने लगूँगा।” अतः लखनऊ आकर नजमा ने फिर पुष्पा से पढ़ना शुरू कर दिया। लेकिन अब उसे नजमा को पढ़ाने में दिक्कत होने लगी। अक्सर ही पुस्तक में ऐसे शब्द आ जाते जिनके अर्थ उसे मालूम नहीं होते। फिर भी उसने हिम्मत नहीं हारी। वह शब्दकोश साथ लेकर बैठने लगी।

लखनऊ में वाहिद ने अपने बच्चे के जन्म के उपलक्ष्य में नए सिरे से दावत दी। जेल के अन्य अधिकारी, जेलर मुनव्वर आलम, डिप्टी जेलर गोवर्धन सिंह, डॉ. सक्सेना आदि तो उसमें शामिल हुए ही, तहफ्फुज भी आए। वह गाँव नहीं जा सके थे। रतन की तरह वाहिद के जानने वाले शहर के अन्य लोग भी शामिल हुए। रतन बिशुन बाबू को भी जबरदस्ती अपने साथ ले गया। इसके पीछे मुख्य कारण यह था कि बिशुन बाबू साइकिल चलाना जानते थे। उनके ससुर ने अपने बड़े बेटे मक्खन के लिए हाल ही में नई साइकिल खरीदी थी। वक्त जरूरत बिशुन बाबू भी उसे इस्तेमाल कर लेते थे। रतन के कहने से वह उसे साइकिल के कैरियर पर बिठाकर डबल लोड ले चलने को तैयार हो गए थे। इस तरह जाने और लौटने, दोनों में ही रतन को सहूलियत हो गई थी। बिशुन बाबू वैसे भी बड़े बेतकल्लुफ आदमी थे। वाहिद से एक-दो बार मिल चुके थे। उसके यहाँ पहुँचकर उन्होंने बड़े तपाक से उसे बच्चे के जन्म पर मुबारकबाद दी और बोले, “तुमने तो मुझे बुलाया नहीं लेकिन मैं जबरदस्ती चला आया हूँ, अपने भतीजे को आशीर्वाद देने।”

"यह क्या कह रहे हैं आप," वाहिद ने कहा, "मेरे लिए जैसे रतन, वैसे आप। मुझे मालूम नहीं था कि आप मेरे यहाँ खाएँगे भी या नहीं, इसलिए मुझे आपको बुलाने में झिझक हो रही थी।"

"खाऊँगा तो खैर मैं नहीं ही," बिशुन बाबू ने जवाब दिया। "एक बेशर्मी तो यह की ही है कि बिना बुलाए आ गया हूँ और दूसरी बेशर्मी अब यह करूँ कि खाना भी खाऊँ आपके यहाँ। यह नहीं हो सकता।"

"जब एक बेशर्मी हो ही गई," वाहिद ने हँसते हुए कहा, "तो दूसरी बेशर्मी करने में अब काहे की शर्म ?"

"चलो तुम कहते हो तो यह बेशर्मी भी कर लूँगा।" बिशुन बाबू भी हँसने लगे।

वाहिद ने जेल के अंग्रेज सुपरिंटेंडेंट को भी आमंत्रित किया था। वह आया तो नहीं लेकिन उसने बधाई के तौर पर फूलों का एक गुलदस्ता वाहिद के घर भिजवा दिया।

इसी के कुछ दिनों बाद सुपरिंटेंडेंट ने एक दिन वाहिद को अपने कमरे में रोक लिया। वैसे वह जेल रोज आता था लेकिन आध-पौन घंटा रुककर चला जाता था। सिर्फ जिस दिन उसका राउंड होता था, उस दिन वह देर तक रुकता था। उस दिन जेल की खासतौर से सफाई होती थी, कैदियों को आदेश दिए जाते थे कि वह धुले हुए साफ कपड़े पहनें तथा अपना तसला-कटोरा कायदे से माँजकर रखें। सुपरिंटेंडेट के जेल आने से कोई एक घंटा पहले से ही सारे कैदियों को बैरकों के बाहर कंपाउंड में अपने कंबल-चटाई कायदे से तह करके उनके ऊपर तसले कटोरे रखकर लाइन में खड़ा कर दिया जाता। बेड़ी वाले कैदियों के पाँवों में बेड़ियाँ पड़ी रहतीं जिन्हें वे हाथ में पकड़े रहते या उनमें लगे हुक को अपनी जाँघियों में खोंस लेते। सुपरिंटेंडेट के साथ पूरा अमला चलता। आगे-आगे अपनी पूरी ड्रेस पहने, सिर पर हैट लगाए वह स्वयं चलता। उसके ठीक पीछे एक वार्डर, बड़ा-सा रंगीन छत्र लिए उसके सिर पर साया किए रहता जिसका मौसम से कोई संबंध नहीं था। जाड़ा, गरमी, बरसात हर मौसम में यह छत्र उसके सिर पर अवश्य रहता। उसके पीछे डिप्टी जेलर, असिस्टेंट जेलर, डॉक्टर आदि रहता। अपने इस अमले के साथ सारी बैरकों का राउंड लेकर, यदि आवश्यक होता तो चलते-चलते ही अपने अधीनस्थ अधिकारियों को आवश्यक आदेश देकर बिना दोबारा अपने कमरे में गए, वह जेल के फाटक से बाहर निकल जाता। लेकिन उस दिन अपने इस नियम के विरुद्ध जेल का मुआइना करने के पश्चात् वह अपने कमरे में जाकर अपनी कुर्सी पर बैठ गया। अतः सारे अधीनस्थ अधिकारी भी उसके पीछे-पीछे उसके कमरे में जाकर हाथ बाँधकर खड़े हो गए।

"यू कैन गो।" उसने उन लोगों से कहा तो सारे अधिकारी उसे सलाम करके जाने लगे। तभी उसने वाहिद को रोक लिया। "मिस्टर वाहिड यू प्लीज स्टे हियर।" उसने कहा।

वाहिद रुक गया। कुछ डर भी गया वह।

"सिट डाउन।" सुपरिंटेंडेंट ने आगे कहा।

आज तक ऐसा नहीं हुआ था। वाहिद और अधिक डर गया और हाथ बाँधे अपने स्थान पर खड़ा रहा।

"आई से सिट डाउन मैन।" सुपरिंटेंडेंट ने दोबारा कहा तो वाहिद डरते-डरते कुर्सी पर बैठ गया।

सुपरिंटेंडेंट ने मेज पर रखे अपने रूल से खेलते हुए कहा, "व्हू इज नजमा ? उज़ शी स्टे विद यू ?"

वाहिद बहुत ज्यादा घबरा गया।

हुआ यह था कि अभी हाल में एक दिन जब सुपरिंटेंडेंट की बेटी सूसन, जो नजमा की आयु की ही थी, अपने पिता को मोटर से जेल के गेट पर छोड़कर अकेले मोटर चलाकर वापस जा रही थी तो उसने नजमा को अपने दरवाजे पर गुलाबी रंग का खूबसूरत कुर्ता-घाघरा पहने, सलमा-सितारों के बार्डर वाली ओढ़नी सिर पर डाले, खड़े देखकर अपनी मोटर रोक दी थी। मोटर चलाना उसने नया-नया ही सीखा था और अभ्यास के तौर पर रोज सुबह अपने पिता को बिठाकर मोटर चलाते हुए अपने बँगले से जेल तक आती थी और लौटते समय अकेले ही मोटर मोड़कर वाहिद के दरवाजे के सामने से निकलती थी। नजमा अक्सर ही उसे आते देखा करती थी। आज भी वह इसीलिए अपने वरांडे में खड़ी थी। तभी सूसन ने मोटर रोककर उसकी तरफ देखा तो वह घबरा गई। लेकिन वह अपने स्थान पर खड़ी रही। सूसन ने गाड़ी से अपना हाथ बाहर निकाला और नजमा की ओर इशारा करके उसे अपने पास बुलाने लगी। नजमा और ज्यादा घबरा गई। सूसन ने हाथ के इशारे का कोई प्रभाव न देख नजमा को आवाज दी, "हे, यू गर्ल, कम हियर।"

नजमा बुर्का डाले बिना घर से नहीं निकलती थी लेकिन घबराहट में वह वैसे ही सूसन के पास आ गई।

"वाट्स योर नेम ?" सूसन ने उससे अंग्रेजी में पूछा।

नजमा इतना घबरा गई थी कि वह कुछ बोल नहीं पाई।

"टुमारा नाम क्या है ?" सूसन ने इस बार हिंदुस्तानी में पूछा।

"माई नेम इज नजमा···एन ए जे एम ए।" नजमा ने घबराकर कहा।

"सो यू कैन स्पीक इंगलिश।" सूसन ने कहा।

"यस।"

तभी शम्मो अपने बच्चे को गोद में लिए हुए वरांडे में आ गई और नजमा को इस प्रकार सूसन से बात करते हुए देखने लगी।

"योर ड्रैस इज वेरी ब्यूटीफुल।" सूसन ने कहा।

नजमा खामोश रही।

"यू लिव हियर ?" सूसन ने आगे पूछा।

"आई लिव इन विलेज गाजीखेड़ा पोस्ट चंदनपुर डिस्ट्रिक्ट उन्नाव।" नजमा ने

रटा-रटाया वाक्य दोहरा दिया।

"बट नाउ-ए-डेज यू आर लिविंग हियर?"

"यस।" नजमा ने बिना उसके वाक्य का पूरा अर्थ समझे हुए ही कहा।

"यू कम टू माई बंगलो सम डे। आई लिव ओवर देयर।" सूसन ने अपने बंगले की ओर इशारा किया।

"यस।" इस बार भी नजमा ने बिना कुछ समझे हुए ही कहा।

"वी शेल बी फ्रेंडस।" सूसन ने कहा और गाड़ी स्टार्ट करके हाथ हिलाते हुए चली गई।

नजमा पसीने से तरबतर हो गई थी। सूसन के जाते ही वह अपने घर के अंदर भागी।

"क्या कह रही थी?" शम्मो ने उससे पूछा।

"खुदा जाने क्या कह रही थी।" नजमा ने कहा।

वाहिद को यह बात मालूम थी। वह डरा कि कहीं नजमा ने सूसन से कोई बदतमीजी तो नहीं कर दी उस दिन।

"शी इज माई वाइप्स सिस्टर, सर।" घबराहट के मारे वाहिद के दिमाग में 'सिस्टर-इन-ला' शब्द नहीं आया।

"माई डाटर वांट्स टू मीट हर। कैन यू सेंड हर टू मीट माई डाटर।"

"यस सर।" वाहिद ने कहा। वह अब भी घबराया हुआ था।

"वेल, ब्रिंग हर टू माई बंगलो दिस ईवनिंग।" सुपरिंटेंडेंट ने कहा और उठकर खड़ा हो गया।

वाहिद भी खड़ा हो गया।

घर आकर उसने नजमा से सवाल जवाब शुरू कर दिया कि उस दिन उसने कोई बदतमीजी की बात तो सूसन से नहीं कह दी।

"क्यों क्या हुआ?" शम्मो ने पूछा।

"सुपरिंटेंडेंट ने इसको अपने घर बुलाया है।"

शम्मो डरी कि जाने क्या मामला है। नजमा भी कुछ घबरा गई। फिर भी उसने वाहिद को आश्वस्त किया कि अपनी जानकारी में तो ऐसी कोई बात उसने नहीं की।

"उसने क्या कहा था?" वाहिद ने पूछा।

"मेरा नाम पूछा फिर खुदा जाने क्या गिटपिट-गिटपिट कर रही थी।"

"तुमने क्या कहा?"

"मेरी जो समझ में आया मैंने जवाब दे दिया।"

"तुमको घर से बाहर निकलने की जरूरत ही क्या थी?" शम्मो बिगड़ने लगी।

"वह मुझे बुला रही थी।"

"तो तुम चली गाईं। दो लफ्ज अंग्रेजी क्या पढ़ ली, फिरंगियों से बातें करने

लगीं।"

नजमा चुप रही। शम्मो शायद कुछ और कहती लेकिन वाहिद ने उसे मना कर दिया।

शाम को वाहिद नजमा को लेकर सुपरिंटेंडेंट के घर के लिए निकला तो शम्मो दुआ माँगने लगी कि या अल्लाह सब खैरियत से गुजरे। मन-ही-मन उसने नजमा को काफी बुरा-भला भी कहा कि यह लौंडिया यहाँ आकर पता नहीं क्या गुल खिलाएगी। मैंने भी इसे यहाँ लाकर फिजूल ही बला मोल ले ली। सब ठीक-ठाक गुजरा तो मैं कल ही इसे गाँव रवाना करती हूँ।

कासिम को भी सुपरिंटेंडेंट द्वारा वाहिद और नजमा को बुलाए जाने की खबर लग चुकी थी। वह भी बहुत डरा हुआ था तथा मन-ही-मन खुदा से दोनों की सलामती की दुआ माँग रहा था। वाहिद नजमा के साथ तैयार होकर घर से निकलने लगा तो उसने शम्मो से कहा, "ए बिटिया, एक बात मान लेव हमार। मियाँ के इमाम जामिन बाँध देव।"

"तुम भी कासिम चच्चा क्या बेवकूफों वाली बातें कर रहे हो।" वाहिद ने बावजूद अपनी तमाम घबराहट के खीझकर कहा।

"तुम न बंधवाओ मियाँ तो ललमुन बिटिया के बंधवाए देव।" कासिम ने कहा। वह नजमा को अब भी ललमुन ही कहता था।

"मैं नहीं बँधवाऊँगी कुछ।" नजमा ने भी मना कर दिया। उसका दिल साफ था कि उसने किसी तरह की कोई बदतमीजी सूसन से नहीं की है।

"जईस तुम लोगन की मर्जी।" कासिम ने निराश होकर कहा और अपने दोनों हाथ दुआ में ऊपर उठा दिए।

वाहिद नजमा के साथ सुपरिंटेंडेंट के बँगले पर पहुँचा तो वह बँगले के पीछे वाली लान में बनी कोर्ट में अपनी बेटी के साथ बैडमिंटन खेल रहा था। गेट पर खड़ा पुलिस का संतरी वाहिद और नजमा को वहीं रोककर सुपरिंटेंडेंट से आज्ञा लेने चला गया।

"आने डो।" सुपरिंटेंडेंट ने कहा तो पुलिसवाले ने बँगले का फाटक खोल दिया।

वाहिद ने अंदर जाकर सुपरिंटेंडेंट को सलाम किया और जैसा कि उसने नजमा को समझा रखा था, उसने भी बुर्के की नकाब उठाए बिना ही हाथ माथे तक ले जाकर उसका अभिवादन किया। तभी सूसन ने आगे बढ़कर हँसते हुए उसका नकाब उलट दिया। "व्हाई आर यू हाइडिंग योर ब्यूटीफुल फेस?" उसने कहा।

"यू टेक हर टू द ड्राइंग रूम।" सुपरिंटेंडेंट ने अपनी बेटी से कहा तो सूसन उसका हाथ पकड़कर लगभग घसीटते हुए अंदर कमरे में चली गई।

सुपरिंटेंडेंट स्वयं वाहिद के साथ लान में ही गार्डेन चेयर पर बैठ गया और खानसामा को बुलाकर चाय लाने को कहा।

"माई डाटर हैज टेकन अ फैंसी फॉर योर सिस्टर-इन-ला एंड वांट्स टू बी अ फ्रैंड

टू हर।" सुपरिंटेंडेंट ने वाहिद से कहा तो वाहिद की जान में जान आई।

नजमा सूसन के साथ अंदर चली गई। खासा बड़ा-सा ड्राइंग रूम था। दीवारों पर शेर, बारहसिंघे आदि के सिर लगे थे। बड़ी-बड़ी पेंटिंग्स लगी थीं। फर्श पर कालीन बिछे थे। खूबसूरत सोफे पड़े थे। अपने मामू तहफ्फुज अली के बँगले पर बिल्कुल ऐसा ही कमरा नजमा देख चुकी थी। उसने अपना बुर्का उतार दिया और सूसन के कहने से सोफे पर बैठ गई। सूसन उसी तरह हिंदुस्तानी बोलती थी जिस तरह नजमा अंग्रेजी। लेकिन भाषा दोनों के आड़े नहीं आई। आपस में बैठकर देर तक वे इधर-उधर की बातें करती रहीं। सूसन ने नजमा को अगले दिन से रोज शाम को बैडमिंटन खेलने आने को आमंत्रित किया तो नजमा ने कहा कि उसे खेलना नहीं आता।

"डोंट वरी," सूसन ने कहा, "आइ विल टीच यू। हम टुमको सिखाएगा।"

नजमा खुश हो गई। तभी एक बहुत ही खूबसूरत नन्हा-सा कुत्ता आकर नजमा को सूँघने लगा। नजमा डरी तो सूसन ने उसे अपनी गोद में बिठा लिया। तब तक बैरा चाय और बिस्कुट ले आया था। नजमा चाय नहीं पीती थी फिर भी सूसन के आग्रह पर उसने चाय पी और बिस्कुट भी खाया। कोई आध घंटा बैठकर नजमा वहाँ से चलने से पहले अपना बुर्का पहनने लगी तो सूसन उसे गौर से देखने लगी।

"क्या देख रही हो?" नजमा ने पूछा।

"देख रही थी," सूसन ने अंग्रेजी में कहा, "इसको कैसे पहना जाता है। इसकी यह अच्छाई तो जरूर है कि इसको पहनकर चलने पर तुमको कोई पहचान नहीं सकता।"

नजमा उसकी बात ठीक से तो नहीं समझी लेकिन इतना वह जान गई कि वह उसके बुर्के का मजाक बना रही है। वह हँसने लगी।

सूसन उसे बाहर तक पहुँचाने आई तो अपने पिता से अंग्रेजी में बोली, "कल से यह रोज मेरे साथ बैडमिंटन खेलने आया करेगी। अब आप आराम से क्लब जा सकते हैं।"

सूसन अपने माता-पिता की अकेली संतान थी। उसकी माँ की मृत्यु हो चुकी थी। अतः उसके पिता कुछ अकेलापन महसूस करते थे। लेकिन वह सूसन को बेइंतहा चाहते थे और उसकी कोई भी बात टालते नहीं थे। प्रथम विश्वयुद्ध के दौरान वह ब्रिटिश आर्मी में मेजर थे। मृत्यु को काफी निकट से देखा था उन्होंने। ऊपर से कठोर दिखने के बावजूद जीवन के प्रति उनका दृष्टिकोण बहुत ही मानवीय था। यही कारण था कि निजी जीवन में भारतीयों से दूरी बनाए रखने के कायल होते हुए भी अपनी बेटी के कहने से वह नजमा को बुलाने पर राजी हो गए थे।

"मुझे खुशी है तुम्हें एक साथी मिल गया।" उन्होंने कहा।

वाहिद नजमा के साथ घर पहुँचा तो शम्मो अभी भी मन-ही-मन अल्लाह से दुआ माँग रही थी। कासिम तो पीर बाबा की मजार की मन्नत भी मान चुका था। वाहिद और नजमा को खुश-खुश घर में प्रवेश करते देख दोनों की जान में जान आई।

अट्ठाईस

शम्मो जबसे अपने बच्चे को लेकर लखनऊ लौटी थी, उसका मुनव्वर साहब के यहाँ दोपहर में ताश खेलने जाना बहुत कम हो गया था। बच्चे को संभालने से ही उसे फ़ुरसत नहीं मिलती थी। लेकिन जिस शाम जेल के सुपरिंटेंडेंट ने वाहिद और नजमा को अपने घर बुलाया उसके अगले दिन वह अदबदाकर मुनव्वर साहब के घर गई।

बच्चे को गोद में लिए हुए वह वहाँ पहुँची तो उसे छोड़ बाकी सब सहेलियाँ वहाँ मौजूद थीं और 'तीन-दो-पाँच' खेल रही थीं। मुनव्वर साहब की बेगम ने पिछली बाजी में तुरुप बोला था। लेकिन पाँच की जगह कुल दो हाथ ही वह बना पाई थीं। पुष्पा को उनके तीन पत्ते खींचने थे। वह ऊपर वाला पत्ता माँग रही थी जबकि मुनव्वर साहब की बेगम वह पत्ता देने में आनाकानी कर रही थीं। उन्होंने यह सोचकर कि पहला पत्ता पुष्पा कहाँ माँगेगी अपना तुरुप का इक्का सबसे ऊपर लगा रखा था। तभी शम्मो, बच्चे को गोद में लिए हुए, कमरे में दाखिल हुई तो मुनव्वर साहब की बेगम ने उसका स्वागत करते हुए कहा, "आओ भाई आओ शम्मो, तुम तो बिल्कुल ईद का चाँद हो गई हो।"

"क्या बताएँ चच्ची, यह कम्बख्त दम ही नहीं लेने देता।" शम्मो ने कहा और कमरे में पड़ी चारपाई पर बैठ गई।

"अरे बच्चे को क्यों बुरा-भला कहती हो, उसका क्या कुसूर?" मुनव्वर साहब की बेगम ने कहा और हाथ में लिए हुए अपने ताश मेज पर रखकर बच्चे को शम्मो की गोद से लेकर दुलराने लगी। "नजर न लगे मेरे बेटे को, माशाल्लाह चाँद का टुकड़ा है।"

"देखिए आपके कपड़े न खराब कर दे कहीं।" शम्मो ने कहा।

"तो क्या हुआ। मैंने भी बच्चे जने हैं।" उन्होंने गर्व से कहा और बच्चे को गोद में लिए-लिए ही सारे ताश आपस में मिला दिए।

"यह क्या किया आपने?" पुष्पा ने उन्हें टोका।

"अरे अब शम्मो आ गई है। कोट पीस होगी अब। बहुत हो गया मुआ यह तीन-दो-पाँच।" उन्होंने कहा।

बच्चे ने जो पहले से ही सो रहा था कुछ क्षणों के लिए अपनी आँखें खोलीं तब फिर बंद कर लीं। मुनव्वर साहब की बेगम ने बगल में पड़ी चारपाई पर उसके लेटने का प्रबंध किया और "यह तो मेरी पुरानी गुइयाँ है" कहते हुए शम्मो को अपने सामने कुर्सी पर बिठा लिया। तब बाकी पत्ते भी एक में मिलाकर सबको फैंटने लगीं। पत्ते फेंटकर उन्होंने गोवर्धन सिंह की पत्नी से गड्डी कटवाई और गुलाम पीस करने लगीं। इत्तफाक से गुलाम उन्हीं के पास आ गया।

"लो अब खुद पीसो। बड़ी चली थीं गुलाम पीस करने।" गोवर्धन सिंह की पत्नी ने कहा।

"अरे, तो कौन बहुत देर पीसना है? इसी बार पीस उतारती हूँ।" और वह दोबारा

पत्ते फेंटने लगीं।

खेल शुरू हो गया।

शम्मो को पूरा विश्वास था कि सुपरिंटेंडेंट द्वारा वाहिद और नजमा को बुलाए जाने वाली बात जरूर इन लोगों तक पहुँच चुकी होगी। अतः वह काफी देर तक इन लोगों द्वारा इस बारे में बात छेड़ने की प्रतीक्षा करती रही। लेकिन जब किसी ने इस सिलसिले में बात नहीं छेड़ी तो उसे खुद ही पहल करनी पड़ी। "कल तो बड़ा गजब हो गया।" उसने कहा।

"क्यों, क्या हुआ ?" सभी ने लगभग एक साथ पूछा।

"सुपरिंटेंडेंट ने आदमी भेजकर वाहिद और नजमा को बुलवा भेजा," इतना कहकर उन लोगों की प्रतिक्रिया जानने के लिए वह एक क्षण रुकी तब सभी को चुपचाप अपनी ओर घूरते देखकर आगे बोली, "मेरी तो जान ही निकल गई। उसकी वह फिरंगन बेटी है न सूसन, उसने एक दिन अपनी मोटर रोककर नजमा से खुदा जाने अंग्रेजी में क्या बात की थी सो मैं तो डर ही गई कि कहीं कुछ गड़बड़ न हो। नजमा ने कहीं उसे अंग्रेजी में डाँट-डपट न दिया हो जो उसने अपने अब्बा से जाकर शिकायत की हो।"

अब तो सबने अपने पत्ते मेज पर रख दिए और अचरज और उत्सुकता से शम्मो की ओर देखने लगीं।"

"फिर ?"

"फिर क्या हुआ ?"

"तब ?"

"तब क्या, बड़ा अफसर है। ऊपर से अंग्रेज। वाहिद नजमा को लेकर गए। कासिम चच्चा तो इतना डर गए कि मुझसे कहने लगे, "बिटिया के और मियाँ के इमाम जामिन बाँध दो।" शम्मो फिर एक क्षण रुकी तब बोली, "मैंने कहा कौन जंग पर जा रहे हैं ? लेकिन अल्लाह कसम, डर तो मैं भी गई थी।"

"बात क्या थी ?"

"वही तो बता रही हूँ। यह लोग वहाँ पहुँचे तो मामला ही कुछ और था। सुपरिंटेंडेंट ने इन लोगों को बिठाया। वाहिद तो बाहर उसके साथ बैठे। नजमा को उनकी बेटी अपने साथ अंदर ले गई। खूब खातिर की इन लोगों की। चाय, बिस्कुट, मिठाई, फल और न जाने क्या-क्या। सुपरिंटेंडेंट वाहिद से कहने लगा कि तुम्हारी साली तो बहुत जहीन है। बड़ी अच्छी अंग्रेजी बोलती है। मेरी बेटी उससे दोस्ती करना चाहती है। उधर उसकी बेटी नजमा के पीछे पड़ गई कि तुम रोज हमारे यहाँ आया करो। मेरे साथ चिड़िया खेला करो। और न जाने क्या-क्या कहने लगी।"

"यह 'चिड़िया' क्या होती है ? कैसे खेली जाती है ?" गोवर्धन सिंह की बीवी ने पूछा।

"ठीक से तो मैं भी नहीं जानती," शम्मो ने कहा, "नजमा बता रही थी कि कोई

चिड़िया होती है। उसी को दो लोग बीच में जाल बाँधकर इधर से उधर उड़ाते हैं....कोई अंग्रेजी खेल होता है।"

"अरे बैडमिंटन कहो न," पुष्पा ने कहा। "रैकेट से खेला जाता है। एक आदमी चिड़िया को इधर से मारता है एक उधर से।"

"चिड़िया तो बेचारी मर ही जाती होगी।" गोवर्धन सिंह की पत्नी ने कहा।

पुष्पा हँसने लगी। "असली चिड़िया थोड़े होती है" उसने कहा, "नकली चिड़िया होती है। पँख लगे होते हैं, बस। हमारे घर में पहले बहुत खेलते थे।"

"सुपरिंटेंडेंट की बेटी ने तो नजमा से अंग्रेजी में बात की होगी।" मुनव्वर साहब की बेगम ने पूछा।

"लो, चच्ची। अंग्रेजी में न करेगी तो फिर किसमें करेगी! उर्दू, फारसी वह क्या जाने?"

"तो नजमा ने भी अंग्रेजी में बात की?"

"जरूर की होगी। तभी तो दोनों सहेलियाँ हो गई हैं।" शम्मो ने कहा। "मुझे तो डर लग रहा है कि मेरे यहाँ आने-जाने न लगे कहीं।"

"तो क्या हुआ। अच्छा ही है।" पुष्पा ने कहा।

"अच्छे-बुरे की बात नहीं," शम्मो ने कहा "उसकी खातिर मैं कहाँ कर पाऊँगी। केक, बिस्कुट, मक्खन पता नहीं क्या-क्या तो खाते-पीते हैं यह लोग।"

तभी उसका बच्चा जागकर रोने लगा तो उसने उसे गोद में उठा लिया। "बड़ी मुसीबत है मेरी तो।" उसने कहा।

"इसमें मुसीबत क्या? बच्चे तो रोते ही हैं।" मुनव्वर साहब की बेगम ने कहा।

"बच्चे की बात मैं नहीं कर रही चच्ची। नजमा वाली बात कर रही थी। अब बताओ बैठे-बिठाए का खर्च बढ़ गया। नजमा कह रही थी कि वह क्या होता है जिससे चिड़िया खेली जाती है?"

"रैकेट।" पुष्पा ने कहा।

"हाँ वही। कह रही थी वह लाकर दो मुझे। अपने दूल्हा भाई से जिद पकड़े थी। मजबूरन उनको कहना पड़ा कि ला देंगे। डेढ़ -दो रुपए से क्या कम मिलता होगा निगोड़ा।" वह बच्चे को थपकियाँ देकर चुप कराने लगी। बच्चा कुछ खामोश हुआ तो उसने आगे कहा, "नजमा बता रही थी कि उसने उससे वादा किया है कि वह उसे भी मोटर चलाना सिखा देगी।"

इस पर तो सब मुँह फैलाकर आश्चर्य से शम्मो की ओर ताकती रह गईं। तभी मुनव्वर साहब की बेगम ने शम्मो से पूछा, "नजमा उसके यहाँ बुर्का पहनकर गई थी कि बेपर्दा?"

"बेपर्दा जाने दूँगी भला, मैं?" शम्मो ने कहा। "मैंने तो यह भी कह दिया कि चिड़िया खेलने जाओ चाहे चिरौटा, बुर्का पहन के ही जाना पड़ेगा।"

"ठीक किया। खाने-पीने के मामले में भी नजमा को आगाह कर देना।" मुनव्वर साहब की बेगम ने आगे कहा, "हमने सुना है कि क्रिस्तान लोग पता नहीं क्या-क्या खाते हैं ? वह सब भी जो हम लोगों के यहाँ हराम है।"

"सो मैंने साफ कह दिया है कि चाय, बिस्कुट, फल, मिठाई तक तो ठीक, और किसी चीज को हाथ न लगाना।"

"लेकिन वह वहाँ जाएगी कैसे ? अकेले ?"

"आप भी चच्ची क्या बात करती हैं। अकेले कैसे जाने दूँगी मैं ! या तो कासिम चच्चा के साथ जाएगी और नहीं तो वाहिद खुद छोड़ने जाएँगे। और नहीं तो मैं कह दूँगी कि बहुत दोस्ती करनी है तो अपनी मोटर में बिठाकर उसे ले जाओ और उसी पर छोड़ जाओ।"

शम्मो जैसा चाहती थी वैसा ही हुआ। उसका अच्छा-खासा रोब उन लोगों पर जम गया। "अच्छा चच्ची चलूँ अब," उसने कहा। "यह साहबजादे तो चुप होने का नाम ही नहीं ले रहे।" इतना कहकर वह बच्चे को गोद में लिए लिए उठकर खड़ी हो गई। उसके खड़े होते ही और सब भी खड़ी हो गईं।

यह पहली बार था कि उसके उन लोगों से विदा लेने पर सब उठकर खड़ी हो गई थीं अन्यथा इससे पहले वह जाती थीं तो सब अपनी-अपनी जगह बैठी रहती थीं।

उसी रात मुनव्व्रर साहब खा-पीकर अपनी बीवी की बगल में लेटे तो उनकी बेगम ने पहले तो वाहिद और नजमा के सुपरिंटेंडेंट के घर जाने की खबर उन्हें दी और जब उन्होंने कहा कि हाँ, कल उसने वाहिद को रोककर कुछ बात की तो थी, तो उन्होंने आगे कहा, "नजमा है बहुत जहीन लड़की।"

"हूँ।" मुनव्वर साहब ने हुँकारी भरी। खाने से पहले लिए गये ह्विस्की के तीन बड़े पेगों का नशा उनके दिमाग पर नींद का गलबा बनकर तारी होने लगा था।

"देखने-सुनने में भी माशाल्लाह काफी खूबसूरत है।"

"हूँ।" मुनव्वर साहब करवट बदलकर बिस्तर पर कुछ और आराम से हो गए।

"खानदान भी अच्छा है।"

"हूँ।"

"नाना उसके डिप्टी कलेक्टर थे न।"

"हूँ।"

"और मामू बैरिस्टर हैं।"

"हूँ।"

"पढ़-लिख भी गई है। माशाल्लाह अंग्रेजी भी बोलने लगी है⋯सुन रहे हैं न ?"

"हूँ।"

"अपने जमील के लिए कैसी रहेगी ?"

"हूँ।"

"हूँ क्या ? सो रहे हैं कि जाग रहे हैं ?"

"हूँ।"

उनकी बीवी ने खीझ कर उनकी बाँह पकड़कर हिलाई।

"क्या है ?"

"मैं पूछ रही हूँ सो रहे हैं या जाग रहे हैं ?"

"जाग तो रहा हूँ।"

"तो फिर यह 'हूँ' 'हूँ' क्या कर रहे हैं।"

"तुम कुछ कह रही थीं न।"

"क्या कह रही थी मैं ?"

"मुझको क्या मालूम। तुम ही तो कुछ बता रही थीं।"

"मैं कह रही थी नजमा खासी खूबसूरत और जहीन लड़की है। पढ़-लिख भी गई है। खानदान भी अच्छा है।"

"कौन नजमा ?"

"अपने नायब जेलर की साली।"

"हाँ, सो तो है।"

"तो जमील के लिए बात चलाऊँ ?"

"किस सिलसिले में ?"

"उसके निकाह के लिए। और किस सिलसिले में ?"

"जमील के निकाह की बात कर रही हो ?"

"और नहीं तो क्या आपके निकाह की बात कर रही हूँ।"

"दिमाग तो सही है तुम्हारा ?" मुनव्वर साहब बाकायदा होश में आ गए।

"क्यों क्या हो गया मुझको ?"

"अभी पढ़ रहा है वह। एफ. ए. में पहुँचा है। एफ. ए. पास कर लेगा तो बी. ए. करेगा। फिर चाहेगा तो वकालत पढ़ेगा या एम. ए. करेगा।"

"शादी के बाद कर लेगा यह सब।"

"शादी के बाद बच्चे पैदा करेगा कि पढ़ाई करेगा ?"

"क्यों, शादी के बाद पढ़ते नहीं क्या लोग ? और फिर उमर भी हो गई है इस साल माशाल्लाह सत्रह पूरे कर लेगा।"

"दिमाग न खाओ मेरा। चुपचाप लेटकर सोओ और मुझे भी सोने दो।" मुनव्वर साहब ने कहा और दूसरी ओर करवट ले ली।

□□

खण्ड तीन

सरफरोशी की तमन्ना

एक

बनारस उन दिनों उत्तर भारत में सक्रिय क्रांतिकारी दल 'हिंदुस्तान रिपब्लिकन एसोसिएशन' का गढ़ बन चुका था। संगठनात्मक दृष्टि से उसकी स्थिति बंगाल से भी बेहतर थी। उत्तरी भारत के अनेक स्थानों से क्रांतिकारी वहाँ आकर रह रहे थे और पूरी तरह सक्रिय थे। फिलहाल उनका काम संगठन की विचारधारा का प्रचार करने, नए सदस्य बनाने तथा दल के लिए धन जुटाने तक सीमित था। धन एकत्र करने के कार्य को इन लोगों नें 'मनी ऐक्शन' की संज्ञा दे रखी थी। साधारण शब्दों में इसका अर्थ डाका डालना था। इसके लिए दल ने कुछ नियम निश्चित कर रखे थे, जैसे 'मनी ऐक्शन' के दौरान किसी की हत्या तब तक न की जाय, जब तक आत्मरक्षा की दृष्टि से यह अत्यंत आवश्यक न हो जाए; महिलाओं के प्रति किसी भी प्रकार का दुर्व्यवहार न किया जाए, यहाँ तक कि बिला जरूरत उन्हें हाथ तक न लगाया जाए तथा इस प्रकार प्राप्त धन से छोटे से छोटा अंश भी सदस्य के निजी खर्च के लिए न दिया जाए। इन नियमों का दल के हर सदस्य द्वारा बहुत ही कठोरता से पालन होता था।

'मनी ऐक्शन' के दौरान दल को कई प्रकार के अनुभव भी हुए जैसे कभी किसी मुखबिर ने महज किसी से बदला लेने के लिए ही उसके यहाँ डाका डलवा दिया या फिर किसी ऐक्शन में जितने धन की आशा की गई थी, उसका बीसवाँ भाग भी हाथ नहीं लगा। दो-एक जगह लोगों के जाग जाने अथवा सतर्क हो जाने से दल को भाग कर प्राण भी बचाने पड़े।

बनारस पहुँचकर सज्जन और हेमंत भी दल में सक्रिय हो गए। हेमंत तो पहले से ही दल का सदस्य था और इसी नाते उसे बंगाल शस्त्र प्राप्त करने तथा बम बनाना सीखने के लिए भेजा गया था। सज्जन ने कलकत्ता में वहाँ के क्रांतिकारी दल, 'अनुशीलन समाज' की सदस्यता ग्रहण की थी। उस आधार पर उसे भी दल में शामिल कर लिया गया किंतु नयी सदस्यता होने के कारण फिलहाल उसे 'अंडर ऑबजर्वेशन' रखा गया।

तभी मनी ऐक्शन की लगातार तीन-चार असफलताओं के पश्चात् सज्जन ने हेमंत

से अपने गाँव के साहूकार बिपत साह के घर ऐक्शन का सुझाव रखा। उसके अनुसार विपत के घर से कम से कम दस हजार की नकद रकम, सेर डेढ़-सेर सोने के जेवर और दस-पंद्रह सेर चाँदी के जेवरों के हाथ लगने की आशा थी। बिपत निःसंदेह अपने गाँव का ही नहीं, आसपास के गाँवों का बड़ा साहूकार था। पास-पड़ोस के सभी गाँवों की बाजार करता था वह। सूद पर पैसा देना तो उसका पैतृक धंधा था। छोटे-मोटे किसानों के कितने ही खेत उसके पास गिरवी थे। फसल पर लगभग पूरी फसल ही वह खलिहान से उठवा लेता था। गरीब-गुरबा की तो खैर कोई गिनती ही नहीं, कभी-कभी मौका पड़ने पर बड़े-बड़े ठाकुर-जमींदार तक चोरी-चोरी उसके यहाँ जेवर-गहने गिरवी रख आते थे। लेकिन इसके बावजूद उसकी माली हैसियत का किसी को भी सही अनुमान नहीं था। वह हमेशा ही बहुत ही दीन बना रहता और अपने धंधे का रोना रोता रहता। अतः सज्जन ने हेमंत से इस बारे में जो भी बताया था वह मात्र उसका अनुमान था जो सही भी हो सकता था और नहीं भी।

दल के नियमों के अनुसार उसके सारे सदस्य बिखरे हुए अलग-अलग स्थानों पर रहते थे और एक-आध सदस्य को छोड़कर अधिकांश सदस्यों को उनके पते तक मालूम नहीं थे। जब कभी सदस्यों को किसी निश्चित स्थान पर मिलना होता तो इसकी सूचना उन्हें एक-दूसरे के माध्यम से दे दी जाती और जिन-जिन सदस्यों को कहा जाता, वे गंतव्य स्थान पर पहुँच जाते और जो भी बातचीत, विचार-विमर्श करना होता या निर्णय लेने होते उन्हें लेने के बाद सब अलग हो जाते। किसी को भी किसी अन्य से उसके रहने के स्थान के बारे में पूछने की मनाही थी। कभी-कभी सदस्यों के असली नाम भी अन्य सदस्यों को मालूम नहीं होते और वे उन्हें फर्जी नाम से या संख्या से ही जानते थे। इसी प्रकार सदस्यों के कामों का भी बँटवारा था और अलग-अलग कार्यों के लिए, जिन्हें विभाग कहा जाता था, अलग-अलग सदस्यों की जिम्मेदारी थी। 'मनी ऐक्शन' विभाग के इंचार्ज रामप्रसाद बिस्मिल थे। दल के अन्य महत्वपूर्ण सदस्यों में आज़ाद, अशफाक, रोशन सिंह, गोविंद प्रकाश, सचिन बक्शी, राजेंद्र लाहिड़ी, मन्मथनाथ गुप्त आदि थे।

सज्जन का सुझाव हेमंत के द्वारा अन्य सदस्यों के माध्यम से रामप्रसाद के पास पहुँचा दिया गया। कुछ ही दिनों में रामप्रसाद ने सज्जन को बुलाकर उससे इस संबंध में बातचीत की। रामप्रसाद के साथ आज़ाद भी थे। लेकिन बात मुख्यतः रामप्रसाद ने ही की। आजाद केवल बीच-बीच में सज्जन को घूर कर देख लेते। रामप्रसाद ने सज्जन से उसके गाँव का पता, स्टेशन से गाँव की दूरी, वहाँ तक पहुँचने का साधन, मार्ग में पड़ने वाले नदी-नाले, तालाब, वृक्ष, बाग, गाँव में बिपत साह के मकान की स्थिति, बिपत के परिवार के सदस्यों की संख्या, उनकी आयु, गाँव में रहने वाले अन्य लोगों का विवरण, गाँव में लाइसेंसी बंदूकों की संख्या, जिनके पास यह बंदूकें थी उनके बारे में अन्य सूचनाएँ, गाँव से दूसरे गाँवों को जाने वाले रास्ते, बिपत के घर में कमरे-कोठरियों की स्थिति, बिपत द्वारा धन रखने की सम्भावित जगहें तथा स्वयं सज्जन के घर-परिवार के

बारे में इतनी विस्तृत पूछताछ की कि सज्जन को अंदर ही अंदर भय-सा लगने लगा। विशेषकर जब रामप्रसाद ने सज्जन के अपने घर के सदस्यों के बारे में प्रश्न किए तो सिल्लो के बारे में (उसे विश्वास था कि सिल्लो अभी भी जीवित है) बताते समय वह हकलाने-सा लगा और रामप्रसाद की ओर सीधे देखने का उसका साहस नहीं हुआ। आज़ाद इस बीच उसे बराबर घूर रहे थे। उन्होंने उससे केवल एक प्रश्न किया कि उसने बनारस जेल से छूटकर पिता के साथ अपने घर जाने के बाद दुबारा अपना घर क्यों छोड़ा और जब इसके उत्तर में सज्जन ने बताया कि पिता से उसका दोबारा झगड़ा हो गया था तो आजाद ने इसका कारण जानना चाहा। सज्जन सिल्लो वाला सारा प्रकरण, जिसके फलस्वरूप आत्मग्लानि से भर कर वह कुएँ में फाँद पड़ा था, उनसे छिपा गया। उसने केवल इतना कहा कि उसके पिता बहुत ही लोभी और कामी प्रवृत्ति के व्यक्ति हैं, जैसा कि इस बात से ही विदित है कि उन्होंने बुढ़ापे में अपनी बेटी के बराबर उम्र की लड़की से विवाह किया था। इसी कारण उसे अपने पिता से घृणा हो गई और वह घर छोड़कर चला आया। कलकत्ते में दोबारा हेमंत के सम्पर्क में आकर अनुशीलन समाज का सदस्य बना और अब यहाँ बनारस में दल के लिए वह कुछ भी करने को तैयार था। अपने प्राण देने तक।

उन लोगों ने सज्जन से और प्रश्न नहीं किए और सज्जन बिना यह जाने कि उन्होंने बिपत के यहाँ ऐक्शन सम्बंधी क्या निर्णय लिया, वापस चला आया।

वास्तव में सज्जन द्वारा यह सुझाव रखने के पीछे दल के लिए धन उपलब्ध कराना तो एक कारण था ही अतिरिक्त कारण यह था कि उसे पूरी उम्मीद थी कि अपने गाँव की पूरी जानकारी होने के नाते उसे भी ऐक्शन में अवश्य शामिल किया जाएगा, नहीं तो कम से कम, जैसाकि दल का नियम था, ऐक्शन से पहले उस स्थान के बारे में जानकारी प्राप्त करने के लिए चोरी से वहाँ भेजे जाने वाले दल में तो उसे शामिल किया ही जाएगा और इस बहाने उसे अपने गाँव, घर और सम्भवतः सिल्लो के, जिसे वह जीवित समझ रहा था और जिसकी याद उसे बराबर आती रहती थी, हाल-चाल मिल जाएँगे। किंतु जिस तरह रामप्रसाद ने उससे सवाल जवाब किए थे, उससे वह अंदर ही अंदर काफी घबरा गया था।

वहाँ से लौटने के पश्चात् उसने हेमंत को सारी बात बताई तो हेमंत ने कहा कि दल के मुखिया किसी भी ऐक्शन से पहले उससे सम्बंधित सारी जानकारी प्राप्त करने के बाद भी उस पर तुरंत निर्णय न लेकर गम्भीरतापूर्वक विचार करने के बाद ही कोई फैसला करते हैं। अतः इसमें कोई असाधारण बात नहीं है।

सज्जन से बात करने के बाद रामप्रसाद ने हेमंत से भी बात की। इसके पीछे मुख्य कारण यह था कि आजाद को सज्जन की बातों पर पूरा भरोसा नहीं था जबकि राम प्रसाद इस अवसर को खोने नहीं देना चाहते थे। इसीलिए वह सज्जन की बातों की, विशेषकर दल के प्रति उसकी निष्ठा की पुष्टि करना चाहते थे। हेमंत ने अपनी ओर से उन्हें पूरा

विश्वास दिलाया कि सज्जन पर उसे पूरा भरोसा है। किसी भी कीमत पर वह दल के साथ विश्वासघात नहीं करेगा।

अंततः दल ने बिपत साह के यहाँ ऐक्शन का फैसला ले लिया। किंतु जिन लोगों के इसमें भाग लेने का निर्णय लिया गया, सज्जन का नाम उनमें नहीं था। यह स्वाभाविक ही था क्योंकि सज्जन के पहचान लिए जाने से पूरे दल पर खतरा आ सकता था। हाँ, इस बात से सज्जन को जरूर निराशा हुई कि ऐक्शन से पहले गांव में जाकर वहाँ की भौगोलिक स्थिति, बिपत के घर के अंदर दाखिल होने की तरकीब और ऐक्शन के बाद वहाँ से बच निकलने का मार्ग और उपाय के बारे में जानकारी प्राप्त करने के लिए भी उसका सहयोग नहीं लिया गया था। हेमंत को भी इससे अलग ही रखा गया क्योंकि सज्जन के पिता उससे मिल चुके थे और किसी प्रतिकूल स्थिति में उसके भी पहचाने जाने का डर था। फिर भी सज्जन को इस बात की प्रसन्नता थी कि कम से कम उसका सुझाव दल ने स्वीकार कर लिया था जिससे उसे दल में अपनी साख बढ़ने की पूरी उम्मीद थी।

इसी के एक सप्ताह के अंदर दल की ओर से नियुक्त तीन व्यक्ति चंदनपुर जाकर मौके का पूरा मुआइना कर आए और दल के महत्वपूर्ण सदस्यों ने ऐक्शन में शामिल होने वाले सदस्यों के साथ बैठकर योजना को अंतिम रूप दे दिया।

दो

बिपत साह के यहाँ ऐक्शन के लिए दल ने मौनी अमावस्या का दिन निश्चित किया था। इसके पीछे मुख्य कारण यह था कि एक तो अमावस्या होने के कारण यह कृष्ण पक्ष की सब से अंधेरी रात थी, दूसरे, जाड़े के दिन होने की वजह से लोगों के जल्दी ही सो जाने की सम्भावना थी और तीसरे, जो सबसे महत्वपूर्ण कारण था वह यह कि इस पर्व पर आस-पास के गाँवों से काफी बड़ी संख्या में लोग कानपुर गंगा-स्नान के लिए आते थे। अतः गाड़ियों में और स्टेशनों आदि पर खासी भीड़ होती थी जिसकी वजह से दल के सदस्यों के ट्रेन में सफर करने में किसी को संदेह करने की सम्भावना भी कम थी।

फिर भी एहतियात के तौर पर ऐक्शन में भाग लेने वाले सदस्यों को दो-दो की टोलियों में बाँट दिया गया जिनमें से हर टोली में एक-एक सदस्य ऐसा था जो पहले से गाँव जाकर स्थान का निरीक्षण कर आया था। पूर्व-निर्णय के अनुसार तीनों टोलियाँ अलग-अलग मार्ग से होकर ग्यारह बजे के लगभग गाँव के निकट एक बाग में मिलीं। समी ने अपने सिरों पर पगड़ियाँ बाँधी रखी थी जिनके ऊपर ढट्ठे बँधे थे। छः में से तीन लोगों के पास भरी हुई पिस्तौलें थीं।रामप्रसाद के पास दुनाली बंदूक, कमर में कारतूस की पेटी और शेष दो के पास नेपाली खुखरियाँ थीं।

कोई साढ़े ग्यारह बजे के लगभग जब यह लोग गाँव पहुँचे तो पूरे गाँव में सोता

पड़ चुका था। बिपत का घर गाँव के बाहरी छोर पर तीन-चार घरों के बाद था। घर के सामने खुला मैदान था जिसमें गूलर का एक वृक्ष था। इसी के नीचे बिपत अपना ऊँट बाँधता था। उसका रब्बा भी, जिस पर बैठकर वह बाजार करने जाता था, यहीं खड़ा रहता था। मकान के पीछे बंसवाड़ी थी तथा दो एक कनेर के वृक्ष और कुछ झाड़-झँखाड़ उगा हुआ था।

मुख्य समस्या घर में प्रवेश करने की थी। इसके लिए उन लोगों ने घर के दरवाजे पर खड़े रब्बे को खींचकर दीवाल से सटाकर लगा दिया। तब उसके ऊपर एक सदस्य खड़ा हो गया और उसके कंधे पर चढ़कर रामप्रसाद और एक और सदस्य मकान की छत पर पहुँच गए। रामप्रसाद भरी बंदूक लेकर छत पर मुस्तैद हो गए, जबकि दूसरे सदस्य ने छत से आँगन में लगी बाँस की सीढ़ी से नीचे उतर कर बाहर के दरवाजे की साँकल खोल दी। इस बीच आज़ाद भरी पिस्तौल लिए दरवाजे के बाहर खड़े थे तथा शेष सदस्य छप्पर के नीचे इधर-उधर आड़ में थे। दरवाजा खुल जाने के बाद सब लोग अंदर आ गए और दरवाजा अंदर से बंद कर दिया गया। रामप्रसाद ऊपर छत पर पहरे पर खड़े रहे, जबकि और लोगों ने नीचे की मुहिम संभाल ली। बिपत आँगन से लगे ओसारे में लिहाफ ओढ़े लेटा था। परिवार के और लोग अंदर कोठरियों अथवा कमरों में सो रहे थे जिनके दरवाजे आँगन के चारों ओर बने दालान में खुलते थे।

दल के एक सदस्य रोशन सिंह ने बिपत के शरीर से लिहाफ खींच कर नीचे फेंका तो वह "को आय?" "को आय?" चिल्लाता हुआ उठकर बैठ गया।

रोशन सिंह ने उसकी ओर पिस्तौल तानते हुए कहा, "खामोश साले, ज़बान खुली तो गोली मार दूँगा।"

बिपत को समझते देर नहीं लगी कि डाकू उसके यहाँ घुस आए हैं। वह हाथ जोड़ने लगा, "हम गरीब मनई आन सरकार। हमरे कुछू नाई मालिक। नून तेल बेच के अपन पेट पालि रहे हन।'

माउजर पिस्तौल की नली से ही रोशन ने उसे उठने का इशारा करते हुए कहा, "उठ, तिजोरी खोल चल के।"

तभी सहसा घर में आवाजें सुनकर घर के अन्य सदस्य भी जाग गए और अनायास ही कोठरियों से बाहर निकल आए। इनमें बिपत की पत्नी, उसकी दो जवान बेटियाँ, जिनमें से एक का विवाह हो चुका था और जो इन दिनों अपने गोद के बच्चे को लेकर अपने मायके आई हुई थी, तथा बिपत का बारह-तेरह वर्ष का एक बेटा था। दल के सदस्य इस स्थिति के लिए पहले से ही तैयार थे। उन्होंने सबको, जैसे-जैसे वे कोठरियों से निकलते गए, पिस्तौल और खुखरियाँ दिखाकर दालान में एक ओर खामोश बिठा दिया। "खबरदार! अगर किसी के मुँह से साँस भी निकली तो गोली से भून कर रख दूँगा।"

स्थिति का आभास होते उन्हें भी देर नहीं लगी और सब भेड़िए के सामने डरी हुई

बकरी की तरह दालान के एक कोने में बैठ गए। बिपत की पत्नी और उसकी बेटियाँ रोने लगीं तो महावीर ने अपनी खुखरी हवा में लहराते हुए कहा "चोप हरामज़ादी। जरा-सी आवाज निकली नहीं कि आँतें बाहर कर दूँगा।" डर के मारे सब खामोश हो गईं तो उन्हें दल के एक सदस्य राजेंद्र लाहिड़ी के सुपुर्द करके महावीर और आज़ाद टार्च जलाकर घर की तलाशी में लग गए। उन्हें कोठरी में रखे बड़े-बड़े बक्से दिख गए और उन्होंने उनकी छानबीन शुरू कर दी।

इधर रोशन सिंह ने बिपत को पिस्तौल दिखाकर उसे उठाया। तिजोरी की कुंजियाँ उसकी खाट पर उसकी तकिया के नीचे ही थीं। उसे चाभी उठाने को कहकर रोशन और दूसरे सदस्य ने उससे तिजोरी खुलवायी। "निकाल इसमें जो भी है।" रोशन ने बिपत को डाँटा तो बिपत हाथ जोड़ते हुए बोला, "ई माँ मालिक कागद हैं अऊर कुछू नाई है।"

रोशन ने उसे जूते की ठोकर से एक ओर ढकेल दिया और दूसरे सदस्य को उस पर निगाह रखने को कहकर खुद तिजोरी का सामान बाहर निकालने लगा। उसमें वाकई ढेर सारी बहियाँ, बस्ते और कागज आदि थे लेकिन तभी उसे उसमें एक छोटी बकसिया मिल गई जिसमें चाँदी के सिक्के, कुछ मुहरें और जेवर आदि रखे थे।

बकसिया के सारे सामान को उलट कर पोटली में बाँधते हुए रोशन ने पूछा, "और सामान कहाँ है?"

"बस मालिक यहै जिनगी भर की कमाई आए, अऊर कुछू नाई है हमरे लगे।"

"साले, अभी तक तो यह भी नहीं था। बोल कि गोली सीने के पार कर दूँ।"

उधर रामप्रसाद आराम से छत पर खड़े पहरा दे रहे थे। गाँव में दूर-दूर तक सन्नाटा था। तभी अचानक नीचे घर के अंदर गोली चलने की आवाज सुनकर वह चौंक पड़े।

हुआ यह कि बिपत की बड़ी बेटी का बच्चा, जो अभी भी अंदर कोठरी में सो रहा था, अचानक जोर-जोर से रोने लगा। उसके रोने की आवाज़ तेज पर तेज होती चली गई तो लाहिड़ी ने वहाँ जमा औरतों से डपटकर कहा, "किसका बच्चा है? उठा फौरन और चुप करा इसको" इस पर बिपत की बड़ी बेटी अंदर जाकर उसे उठा लाई और गोद में लेकर उसे चुप कराने लगी। लेकिन बच्चा रोता ही जा रहा था। किसी भी कीमत पर चुप होने को नहीं आ रहा था।

"चुप करा इसे नहीं तो अभी मैं इसे कुएँ में डालता हूँ।" लाहिड़ी ने आँगन में बने कुएँ की ओर इशारा करते हुए कहा तो वह बच्चे को मजबूती से अपने सीने से चिपकाकर गिड़गिड़ाते हुए बोली, "बिना दूध पिए न चुपाई यू। भुखान है।"

"तो पिला दूध।" लाहिड़ी ने उसे डपटा।

"दूध कोठरिया मां धरा है।"

"ले के आ उसे। एक मिनट में चुप करा, नहीं तो तेरी आँखों के सामने इसे कुएँ में डाल दूँगा।"

"जा कुसमी उठा ला दूध ई का।" उसने अपनी छोटी बहन के कंधे पर हाथ रखकर लगभग रोते हुए कहा।

कुसमी अपने स्थान से उठी और कोठरी की तरफ मुड़ने को हुई कि तभी पता नहीं उसके दिमाग में क्या आया कि वह एक दम से लाहिड़ी की ओर झपटी और जिस हाथ में वह पिस्तौल लिए खड़ा था, उसे दोनों हाथों से पकड़ लिया।

लाहिड़ी इस स्थिति के लिए बिल्कुल भी तैयार नहीं था। वैसे वह चाहता तो उसे धक्का देकर जमीन पर गिरा देता या फिर उसके मुँह पर मुक्का जमा देता जिससे वह निश्चय ही बेहोश हो जाती। लेकिन दल का सख्त आदेश था कि महिलाओं से किसी भी प्रकार का दुर्व्यवहार नहीं करना है। अतः वह केवल अपना हाथ छुड़ाने की कोशिश करने लगा और इसी छीना-झपटी में पता नहीं कैसे पिस्तौल का घोड़ा दब गया और गोली चल गई जो सीधे छत की धन्नी में जाकर लगी। यह सब मुश्किल से दो-तीन सेकेंड में ही हो गया। किसी को कोई चोट नहीं आई, लेकिन गोली की आवाज़ से सभी लोग चौंक पड़े। घर के बाहर लगे गूलर के वृक्ष पर बैठे कौए रात के अंधेरे में ही अपने बसेरों से उड़कर काँव-काँव करने लगे। वृक्ष के नीचे बंधा ऊँट भी बलबलाता हुआ उठकर खड़ा हो गया, तब खड़े-खड़े ही पगुराने लगा। गाँव के कुत्तों ने भी अनायास ही भूँकना शुरू कर दिया।

"क्या हुआ, गोली कैसे चली?" रामप्रसाद ने आँगन में झाँकते हुए पूछा। रोशन सिंह, आज़ाद आदि भी चौंक कर वहाँ आ गए।

"वैसे ही धोके से चल गई।" लाहिड़ी ने कहा। लड़की डर के मारे बेहोश होकर जमीन पर गिर पड़ी थी।

"मर गई क्या?" आजाद ने पूछा।

"नहीं, डर गई है।" लाहिड़ी ने उत्तर दिया।

"चलो जल्दी करो।" रामप्रसाद ने कहा। "जो भी मिला है लेकर निकल चलो।"

तभी गाँव में शोर होने लगा। "गोली कहाँ चली?" "को आये?" "बड़कऊ तुमरे लंग गोली चली का?" "अरे लाला, गोली कहाँ चली?" आदि आवाज़ें चारों ओर से आने लगीं।

तब तक आज़ाद और महावीर को कुछ जेवर और नगदी और मिल गई थी। वे उसे भी पोटलियों में बाँधने लगे।

रामप्रसाद ने छत से देखा, गाँव में इधर-उधर रोशनी होने लगी थी। कुछ लोग घरों से बाहर भी निकलने लगे।

दल के सदस्य बाहर निकलें-निकलें, तब तक बिपत के पड़ोसी भी बाहर निकल आए।

"का भा साहु? ठीक-ठाक तो है सब?" वे लोग बिपत के घर की साँकल खटखटाने लगे।

आज़ाद अंदर से दरवाजा खोलते-खोलते रुक गए। बिपत को उन्होंने कमरे में बंद कर दिया था। वहाँ से वह आँगन में आ गए। रामप्रसाद छत पर बैठ कर स्थिति का अनुमान लगाने लगे। नीचे और लोगों ने स्त्रियों को भी कोठरी में बंद कर दिया।

"बिपत।" तब तक बच्चल सिंह अपनी बंदूक लेकर आ गए थे। "का भा? बोलत काहे नाई?"

राम प्रसाद ने यह देखा तो आँगन में झाँककर दल के और सदस्यों से कहा, "जल्दी सीढ़ी से ऊपर आ जाओ।"

सब लोग सीढ़ी से ऊपर आ गए। तभी बाहर जमा लोगों ने उन्हें देख लिया।

"छत पर मनई हैं।" किसी ने कहा, "डाकू आयें जानौ।"

बच्चल सिंह ने बंदूक छत की ओर तान दी। तब तक राम प्रसाद के कहने से रोशन सिंह ने सीढ़ी छत पर खींच ली थी।

"और तुम उस्ताद?"

"जैसा कहें वैसा करो।"

छत पर लेटे-लेटे ही रोशन ने सीढ़ी खींचकर मकान की पीछे वाली दीवाल से नीचे लटका दी। तब तक रामप्रसाद ने छत पर बैठे-बैठे ही छप्पर की आड़ से बंदूक की नली बाहर जमा भीड़ की ओर तान दी थी। "खबरदार! कोई आगे बढ़ा तो भून दूँगा यहीं।" उन्होंने चिल्लाकर कहा।

बिपत का ऊँट अभी भी खड़ा पागुर कर रहा था। बच्चल सिंह ने उसकी आड़ ले ली और वहाँ से एक गोली छत की ओर दाग दी। गोली रामप्रसाद की कनपटी की बगल से निकल गई। गोली की आवाज़ होते ही ऊँट फिर भड़क उठा और इधर-उधर भागने की कोशिश करने लगा लेकिन रस्सी से बँधे होने के कारण वह अपने स्थान से मुश्किल से एक-डेढ़ गज भागकर फिर खड़ा हो गया।

तभी लाहिड़ी ने छत पर लेटे-लेटे ही रामप्रसाद से कहा, "उस्ताद जल्दी करो, सब लोग नीचे उतर गए हैं।"

"तुम भी चलो और सीढ़ी पकड़ कर खड़े रहो। मैं अभी आया।"

लाहिड़ी लेटे-लेटे ही पीछे की ओर सरक कर सीढ़ी से नीचे उतर गया और सीढ़ी पकड़कर खड़ा हो गया। बच्चल सिंह फिर ऊँट की आड़ में आ गए थे। तब तक कुछ और लोग भी हाथ में लाठियाँ आदि लिए हुए वहाँ पहुँच गए। इसी के साथ "गाँव मां डाकू आए हैं। सब जने लाठी डंडा लइ के निकरि आओ। भागै न पावै कउनौ सार।" आदि आवाजें आने लगीं

मजबूर होकर रामप्रसाद को गोली चलानी पड़ी। गोली ऊँट के कंधे में लगी।

गोली लगते ही ऊँट बलबलाता हुआ इतनी जोर से भड़का कि उसकी रस्सी टूट गई और वह लड़खड़ा कर वहीं गिर पड़ा। बच्चल सिंह जो उसकी आड़ लिए खड़े थे उसके नीचे दब गए। थोड़ी देर के लिए भीड़ तितर-बितर हो गई। रामप्रसाद मौके का

फायदा उठाते हुए जमीन पर रेंगते हुए छत के पीछे वाले हिस्से की ओर आकर सीढ़ी से नीचे उतर गए। वहाँ लगी बंसवाड़ी तथा अन्य झाड़-झँखाड़ के झुरमुट में एक क्षण रुककर उन्होंने स्थिति का अनुमान लगाया। तब अंधेरे का फायदा उठाकर पीछे की ओर से ही गाँव के बाहर का रास्ता पकड़ लिया। बस्ती से बाहर निकलते ही वे भागने लगे। तभी किसी ने उन्हें देख लिया "उइ ढ्याखौ भागे जा रहे हैं।" उस व्यक्ति ने चिल्ला कर कहा।

लोग बिना जान की परवाह किए हाथ में लाठी लिए उनके पीछे भागे। गनीमत थी कि बच्चल सिंह की टाँग में चोट आ जाने के कारण वह दौड़ नहीं पा रहे थे और दो-चार कदम चलकर वह रुक गए। गोली चलाना भी मुश्किल था क्योंकि अंधेरा गहरा था और गोली डाकुओं का पीछा कर रहे गाँव के लोगों को भी लग सकती थी। दल के सदस्यों और गाँव वालों के बीच मुश्किल से सौ गज का फासला था। राम प्रसाद को लगा यह फासला कभी भी कम हो सकता है क्योंकि पीछा करने वाले कतिपय दुःसाहसी युवक बिना जान की परवाह किए काफी तेज दौड़ रहे थे। राम प्रसाद ने उन्हें डराने के लिए बंदूक में बची दूसरी गोली उनकी ओर दाग दी। गोली किसी को लगी नहीं लेकिन उसका वांछित प्रभाव पड़ा और गाँव वाले सहमकर अपने आप स्थान पर रुक गए।

"लऊटि आओ सब जने। असलहा है उनके पास।" बच्चल सिंह ने चिल्ला कर कहा तो गाँव के लोगों ने डाकुओं का पीछा करना बंद कर दिया और अपने-अपने स्थान पर रुक कर उन्हें चुनौती भरी गालियाँ देते हुए गाँव से बाहर जाते देखते रहे।

अंततः वहाँ से लौटकर सबने बिपत के घर आकर सीढ़ी की सहायता से उसकी छत पर चढ़कर उसे और उसके घर के अन्य सदस्यों को कमरे और कोठरी से बाहर निकाला। बिपत अपना सिर पीट कर चिल्लाने लगा, "हम तो लुटि गैन दादा। बरबाद ह्वइ गेन। सब कुछ चला गा हमार।" उसकी पत्नी और बच्चे तो दहाड़ मार कर रोने लगे।

अब तब सभी लोग जाग गए थे। पूरे गाँव में ही कोहराम मच गया।

इतनी जोखिम और ज़हमत के बावजूद दल को इस ऐक्शन में कोई विशेष सफलता नहीं मिली। सज्जन ने सेरों सोने-चाँदी और कम से कम दस हजार रुपयों के मिलने की बात कही थी लेकिन जो हाथ लगा, उसमें मुश्किल से दस-बारह तोले सोने के जेवर, एक डेढ़ सेर चाँदी के कड़े करधनी, लच्छे और कोई पाँच छः सौ रुपए नकद तथा सात मुहरें थीं।

इसी प्रकार की दो-एक घटनाओं के बाद दल ने 'मनी ऐक्शन' के अपने इस तरीके पर पुनर्विचार करना आरंभ किया। यह तरीका खतरनाक तो था ही, साथ ही रामप्रसाद को इस प्रकार साहसी और निर्दोष गाँव वालों पर गोली चलाने में संकोच भी होने लगा। दो अलग-अलग ऐक्शन में दल द्वारा मजबूरी में गोली चलाए जाने से अब तक दो-तीन

गाँव वालों की मृत्यु भी हो चुकी थी। इसके अतिरिक्त सबसे बड़ी बात यह थी कि इसमें आशातीत सफलता भी कभी नहीं मिली। आज़ाद तथा दल के अन्य सदस्य भी इसी विचार के थे। अतः दल ने अपनी एक बैठक में यह निर्णय लिया कि अब से 'मनी ऐक्शन' के इस तरीके को त्याग दिया जाए। यदि लूटना ही है तो सरकारी खजाना लूटा जाए। अशफाक उल्लाह जरूर इसके खिलाफ था। उसका कहना था कि दल अभी इतना शक्तिशाली नहीं है कि सरकार से सीधा मोर्चा ले सके। सरकारी खजाना या बैंक लूटने में सरकार निश्चय ही हाथ धोकर दल के पीछे पड़ जाएगी। लेकिन जब उसके विरोध के बावजूद दल के अन्य सदस्य अपने विचारों पर अडिग रहे तो उसने भी अपनी बात पर अधिक बल नहीं दिया और सर्वसम्मति से यह फैसला हो गया कि 'मनी ऐक्शन' का यह तरीका त्यागकर सरकारी खजाना लूटने का ही प्रयास किया जाए।

तीन

पिछले दो-तीन दिनों से लगातार रुक-रुककर वर्षा हो रही थी। आज सुबह भी बूँदा-बाँदी हुई थी। अभी भी आकाश पर बादल छाए हुए थे, लेकिन वर्षा रुकी हुई थी। बादलों के पीछे डूबते सूर्य की किरणें बादलों को भेद कर आकाश में इधर-उधर गुलाल जैसा रंग बिखेर रही थीं यद्यपि सूर्य स्वयं कहीं दिखाई नहीं दे रहा था। अंधेरा धीरे-धीरे जमीन पर उतरने लगा था।

आठ डाउन गाड़ी काकोरी स्टेशन से अभी-अभी छूटी थी और लखनऊ की दिशा में आलमनगर की ओर धड़धड़ाती हुई बढ़ रही थी। गाड़ी के दोनों ओर दूर-दूर तक छितरी हुई हरियाली घिरते अंधेरे में कालिमा ग्रहण करने लगी थी। काकोरी स्टेशन से चलते समय अपने डिब्बे के दरवाजे पर खड़े होकर झंडी लहराने के बाद गाड़ी के अंग्रेज गार्ड ने अभी तक स्टेशनों पर जमा की गई रकम की प्रविष्टि अपने रजिस्टर में करके अधूरे छोड़े गए अपने उपन्यास को पुनः उठा लिया था और बीच में लगे बुक मार्क को हटाकर दोबारा पढ़ने में तल्लीन हो चुका था। आज उसकी पत्नी का जन्म-दिन था, अतः वह समय से लखनऊ पहुँच जाना चाहता था। यह बात इंजन के ड्राइवर को भी मालूम थी।

इसीलिए वह गाड़ी कुछ ज्यादा ही तेज चला रहा था। काकोरी से छूटते समय गाड़ी लगभग दस मिनट लेट थी। यह समय वह लखनऊ तक कवर कर लेना चाहता था। इसके बदले में उसे गार्ड से अच्छी बख्शीश मिलने की उम्मीद थी। अपनी पत्नी को इस अवसर पर देने के लिए जो हार गार्ड ने खरीद रखा था, वह उसकी जेब में था और उपन्यास पढ़ते-पढ़ते अनायास ही रह-रह कर उसका हाथ उसकी जेब पर जा रहा था।

उसका इरादा था कि घर पहुँचते ही—उसे उम्मीद थी, कि किसी भी सूरत में वह आठ बजे तक अवश्य पहुँच जाएगा—जैसे ही उसकी पत्नी उसके लिए दरवाजा खोलेगी (घर में नौकर और आया होने के बावजूद जब भी वह ड्यूटी से लौटता था, उसकी पत्नी ही उसके लिए द्वार खोलती थी) वह उसे हार पहना कर जन्मदिन की बधाई देगा और गले लगाकर उसे चूम लेगा।

तभी इंजन ने रुक-रुक कर कराहती हुई-सी दो-तीन सीटियाँ मारीं, जो इस बात का संकेत थीं कि गाड़ी की चेन खींची गई है और इसी के साथ गाड़ी की गति धीमी होने लगी। गार्ड ने गाड़ी पर सवार हिंदुस्तानी मुसाफिरों को अंग्रेजी में भद्दी गाली (टू हेल विद दीज फकिन बास्टर्डस) बकते हुए हाथ में पकड़ी हुई पुस्तक अपनी मेज पर खुले-खुले ही पट रख दी और उठकर अपने डिब्बे का दरवाजा खोलकर बाहर झाँकने लगा। दूर-दूर तक बस्ती का कहीं कोई निशान तक नहीं था। रेल की पटरी के निकट लगे वृक्षों को छोड़कर, जो अब भी कालिमा मिश्रित हरियाली का आवरण ओढ़े हुए थे, शेष पेड़-पौधों के सिलहूट काले पड़ चुके थे। पश्चिमी आकाश पर बादलों को चीरकर बिखरा हुआ सूर्य का गुलाल भी अब तक काफी फीका पड़ चुका था। इधर-उधर हल्के गुलाबी धब्बों को छोड़कर शेष आकाश कालिमा में डूब चुका था। छितराए हुए बादलों के बीच इक्का-दुक्का तारे दिखाई देने लगे थे। गार्ड को आश्चर्य हुआ कि ऐसे स्थान पर, जहाँ दूर-दूर तक कोई बस्ती नहीं है, इस समय किसी के भी गाड़ी की चेन खींचने का क्या अर्थ हो सकता है? कहीं कोई दुर्घटना तो नहीं घट गई? कोई गिर तो नहीं पड़ा? गाड़ी के जिस ओर वह झाँक रहा था, उस ओर ऐसा कोई संकेत न पाकर वह दूसरी ओर का दरवाजा खोल कर झाँकने लगा। इस ओर भी इस तरह के कोई आसार नहीं थे। अगर किसी ने बिला वजह चेन खींची है तो बिना जुर्माना कराए नहीं छोड़ूँगा, उसने मन ही मन निश्चय किया।

गाड़ी धीमी होते-होते एक धचके के साथ रुक गई और कुछ नवयुवक विभिन्न डिब्बों से पटरी के दोनों ओर उतरकर टहलते हुए अलग-अलग टोलियों में विपरीत दिशा में बढ़ने लगे, जैसे यह जानने के लिए उत्सुक हों कि आखिर गाड़ी रुकी क्यों है? कुछ अन्य मुसाफिर अपने डिब्बों में बैठे-बैठे ही खिड़कियों से सिर निकालकर झाँकने लगे।

गार्ड ने अपनी लालटेन उठाई और नीचे उतरने को ही था कि तीन-चार नवयुवकों को अपनी ओर आते देखकर दरवाजे पर ही रुक गया। युवक डिब्बे के निकट आकर डिब्बे का हैंडिल पकड़कर ऊपर चढ़ आए। "क्या मांगटा?" गार्ड ने कहा, लेकिन वह अपना वाक्य पूरा भी न कर पाया था कि उसका चेहरा अचानक फक पड़ गया। युवकों के हाथों में पिस्तौलें थीं।

इसी दौरान दो-तीन युवकों नें इंजन में चढ़कर ड्राइवर और उसके सहायक को भी पिस्तौल दिखाकर अपने काबू में कर लिया। कुछ युवक अभी भी गाड़ी के नीचे पटरी के पास खड़े थे। उनके हाथों में भी पिस्तौलें थीं। उनमें से एक ने जोर से चिल्ला कर कहा,

"खबरदार! कोई गाड़ी से नीचे न उतरे, नहीं तो गोली मार दी जाएगी। हम सरकारी खजाना लूटने आए हैं। मुसाफिरों से हमारा कुछ लेना-देना नहीं है लेकिन अगर कोई नीचे उतरा तो उसे अपनी जान से हाथ धोना पड़ेगा।" और इसी घोषणा के साथ गाड़ी के दोनों ओर "ढिशूंऽऽढिशूंऽऽ" गोली चलने की आवाज आई। दो-चार मुसाफिर, जो गाड़ी से नीचे उतर आए थे, भागकर अपने-अपने डिब्बों में चढ़ गए। इसके बावजूद गाड़ी के बीच में सेकेंड क्लास के एक डिब्बे से एक अंग्रेज, जिसके पास बंदूक थी, नीचे उतरने को हुआ। लेकिन अभी वह डिब्बे से नीचे उतर भी नहीं पाया था कि "ढिशूंऽऽ" की आवाज के साथ एक गोली उसकी जाँघ पर लगी और वह डिब्बे के द्वार पर लगे लोहे के हैंडिल को पकड़ कर झूल गया। किसी तरह अपने जख्मी पैर को घसीटता हुआ वह दोबारा डिब्बे के अंदर आ गया।

इस बीच गार्ड के डिब्बे में चढ़े युवकों ने गार्ड को पिस्तौल दिखाकर उसे फर्श पर लिटा दिया था। एक युवक पिस्तौल लेकर डिब्बे के अंदर ही पहरे पर खड़ा हो गया। शेष दो युवकों ने कैश वाली तिजोरी डिब्बे से उतार कर नीचे जमीन पर रख दी और थैले से छेनी, संडसी और हथौड़ा निकाल लिया। एक युवक ने संडसी की मदद से छेनी तिजोरी के जोड़ पर जमा ली जबकि दूसरा हथौड़े से छेनी पर वार करने लगा। तिजोरी की चद्दर काफी मोटी थी। आठ-दस मिनट तक हथौड़ा चलाने के बावजूद चद्दर ने कटने का नाम नहीं लिया और हथौड़ा चलाने वाला व्यक्ति पसीने-पसीने होकर हाँफने लगा। यह देख एक दूसरा युवक जो काफी बलिष्ठ था और हाथ में पिस्तौल लिए तिजोरी के कटने की प्रतीक्षा कर रहा था, आगे बढ़ आया। अपना पिस्तौल उसने अपने दूसरे साथी को पकड़ाया और जो साथी हथौड़ा चला रहा था उसे हटाकर खुद हथौड़ा चलाने लगा।

सहसा लखनऊ की दिशा से आती किसी गाड़ी के इंजन के प्रकाश का गोला क्षितिज पर दिखाई दिया और देखते-देखते ही और तेज होने लगा। साथ ही, आती हुई गाड़ी की आवाज भी साफ सुनाई देने लगी। सभी युवकों ने एक-दूसरे की ओर मुड़कर देखा। इस घटना की खबर कहीं लखनऊ तो नहीं पहुँच गई? गाड़ी में कौन लोग हो सकते हैं? पुलिस या फिर मिलिटरी? सभी सशंकित हो उठे। तिजोरी काटने वाले युवकों ने भी अपना काम रोक दिया। क्या करना उचित होगा? तिजोरी यहीं छोड़कर भाग जाना चाहिए? पिस्तौलें तो हैं ही, गोलियाँ भी अभी हैं। कुछ देर तो मोर्चा लिया ही जा सकता है।

"अरे यह देहरा होगी। उसी का समय है, आने का।" हथौड़ा चलाने वाले साथी ने सहसा कहा। उसे याद आया कि लखनऊ से देहरादून जाने वाली गाड़ी इसी समय लखनऊ से छूटती है। "सब लोग अपने औजार छिपा लो और आराम से खड़े हो जाओ।" उसने आगे कहा।

मुश्किल से दस-बारह सेकेंड में आने वाली गाड़ी धड़धड़ाती हुई बगल की पटरी

पर निकल गई।

सब लोग फिर अपने अपने काम में लग गए। इस बीच गाड़ी में बैठे मुसाफिरों में से दो-एक ने फिर अपने डिब्बों के दरवाजों पर आकर झाँकना शुरू कर दिया था। एक बार फिर दो-एक गोलियाँ चलीं और लोग दुबारा अपने डिब्बों में घुस गए। अधिकांश मुसाफिरों ने डिब्बों के दरवाजे और खिड़कियाँ बंद कर लीं। छेनी-हथौड़े ने फिर अपना काम करना शुरू कर दिया। कोई पंद्रह-बीस मिनट तक हथौड़ा चलने के बाद तिजोरी की चद्दर ने मुँह फैला दिया। मुश्किल से पाँच मिनट और लगे। तिजोरी में रखी कैश की थैलियों को उन लोगों ने बाहर निकाल कर एक पोटली में बाँधा। तब इंजन और गार्ड के डिब्बे में चढ़े अपने साथियों को बुलाकर, सारे युवक काकोरी की दिशा में चल दिए। दस-पंद्रह गज तक उनकी आकृतियाँ रात के पहले पहर के धुंधलके में चलती हुई दिखाई देती रहीं। तब अंधेरे ने उन्हें अपने गर्भ में लील लिया।

इन युवकों के नाम थे चंद्रशेखर 'आज़ाद,' रामप्रसाद बिस्मिल, अशफाक अल्ला खाँ, राजेंद्र लाहिड़ी, मुरारी लाल, मन्मथनाथ गुप्त, मुकुंदी लाल, कुंदनलाल, सचिन बख्शी और बनवारी लाल।

दूसरे दिन अखबारों के मुख्य पृष्ठ पर बड़ी-बड़ी सुर्खियों में खबर छपी, 'लखनऊ से दस मील की दूरी पर काकोरी और आलमनगर स्टेशनों के बीच आठ डाउन गाड़ी में डकैती। जंजीर खींच कर सरकारी खजाना लूटा गया। एक अंग्रेज और दो भारतीयों की मृत्यु।' इन सुर्खियों के नीचे पूरी घटना का ब्यौरेवार वर्णन था।

इस समाचार में और सब सही था, बस मृत्यु वाली सूचना गलत थी। केवल एक अंग्रेज मुसाफिर के पाँव में गोली लगी थी तथा एक भारतीय यात्री, जो जनाने डिब्बे में बैठी अपनी नवविवाहिता पत्नी को देखने के लिए कि वह सुरक्षित है अथवा नहीं, अपने डिब्बे से नीचे उतर आया था, मारा गया था।

चार

अगले दिन, भोर होने से पहले ही, पुलिस ने घटनास्थल पर जाकर खोज-बीन करनी शुरू कर दी। बारिश की वजह से गीली मिट्टी में बने पैरों के निशान तथा बारिश के पानी से भरे गड्ढों में पड़ी कैश की खाली थैलियों की सहायता से पुलिस को यह अनुमान लगाने में देर नहीं लगी कि लुटेरे थोड़ी दूर तक काकोरी की ओर जाने के बाद वापस लखनऊ की ओर मुड़ गए थे। यह अंदाज़ा लगाने में भी उन्हें दिक्कत नहीं हुई कि उनकी संख्या दस-बारह से कम नहीं थी।

सरकारी हलकों में तो इस समाचार से सनसनी-सी फैल गई। इस प्रकार सरकारी

खजाना लूटने की प्रांत में यह पहली घटना थी। जिस तरह गाड़ी को रोक कर लूटा गया था उससे तथा गार्ड और ड्राइवर द्वारा लुटेरों की आयु और शक्ल-सूरत के बारे में दिए गए बयानों से अधिकारियों को इस बात को समझने में भी देर नहीं लगी कि यह साधारण डाकुओं का काम न होकर, क्रांतिकारियों का काम है। ट्रेन रोकने के पश्चात् युवकों द्वारा की गई यह घोषणा भी कि वह केवल सरकारी खजाना लूटने आए हैं, साधारण मुसाफिरों को उनसे कोई खतरा नहीं है, इसी ओर इंगित करती थी।

सी. आई. डी. विभाग की सरकारी फाइलों में कतिपय क्रांतिकारियों के नाम, पते और उनकी गतिविधियों की काफी कुछ जानकारी पहले से ही दर्ज थी। फिर भी पुलिस ने तुरंत कोई कार्रवाई नहीं की। उसने तथ्यों की ठीक से पड़ताल कर लेना जरूरी समझा। परंतु उसे कोई विशेष सफलता नहीं मिली। डकैती का सुराग बताने वालों के लिए पाँच हजार रुपयों के पुरस्कार की घोषणा का भी कोई परिणाम नहीं निकला। अंततः यह सोच कर कि मामले में बहुत विलंब करना उचित नहीं होगा, पुलिस ने शुबहा की बिना पर ही धर-पकड़ शुरू कर दी। यह धर-पकड़ काफी व्यापक स्तर पर की गई। बनारस, कानपुर, मेरठ आदि शहरों में एक साथ गिरफ्तारियाँ हुई। पकड़े जाने वाले लोगों की संख्या लगभग साठ थी। हेमंत और सज्जन भी इस चपेट में आ गए। ट्रेन डकैती से सीधे संबंधित लोगों में केवल आज़ाद, कुंदनलाल, राजेंद्री लाहिड़ी, अशफाक उल्लाह और सचिन बख्शी फिलहाल गिरफ्तार होने से बच गए।

गिरफ्तारी के बाद सभी क्रांतिकारियों को, जिन-जिन शहरों में वे गिरफ्तार किए गए थे, वहाँ की जेलों में बंद कर दिया गया। लगभग सभी के पैरों में बेड़ियाँ डाल दी गई और उन्हें इस प्रकार तन्हाई बैरकों में बंद किया गया कि लाख चिल्लाने पर भी वे एक-दूसरे से संपर्क न कर सकें। यह छोटी-छोटी, मुश्किल से नौ फुट की वर्गाकार कोठरियाँ थीं जिनमें लोहे के मजबूत जंगलों वाले दरवाजे थे। रोशनी के लिए काफी ऊँचाई पर कोई दो फुट लंबा और एक फुट चौड़ा लोहे की मजबूत सलाखों वाला रोशनदान था। उसी कोठरी में रहना, खाना, सोना, यहाँ तक कि संडास भी उसी के एक कोने में बनी थी।

लगभग एक सप्ताह तक इन लोगों को ऐसे ही छोड़ दिया गया। केवल सुबह-शाम खाना दे दिया जाता और दूसरे तीसरे भंगी आकर संडास की सफाई कर जाता। यह सब उनके मनोबल को तोड़ने के लिए था। तब एक सप्ताह के अंतराल के पश्चात् उनसे अलग-अलग पूछताछ शुरू की गई। एक-एक कर जेलर उन्हें अपने कमरे में बुलाकर बात करता। बात करने का तरीका बहुत ही सहज और स्वाभाविक होता। जेलर उनके नाम, परिवार, गाँव, देस आदि के बारे में बात करता और यह अनुमान लगाने का प्रयत्न करता कि उनमें से कौन टूट कर सरकारी गवाह बन सकता है। इनमें से बहुत-से ऐसे थे जो पहले भी सजा भोग चुके थे। ऐसे लोगों से जेलर कम ही बात करता क्योंकि उसे मालूम था कि यह लोग टूटने वाले नहीं है। अतः उसके प्रयास अधिकतर

ऐसे लोगों पर होते जो अपेक्षाकृत नये थे या फिर जिनकी पारिवारिक स्थितियाँ ऐसी थीं जिनको देखते हुए उनके टूटने की आशा की जा सकती थी।

इस सिलसिले में बनारस जेल में बंद सज्जन से भी वहाँ के जेलर बैकुंठ नाथ ने दो-तीन बार बुलाकर बात की। उसके घर-परिवार के बारे में पूछने के पश्चात् उसने एक दिन सज्जन से कहा, "मुझे पता लगा कि तुम तो बिल्कुल बेकसूर हो। पुलिस ने तुमको बिला वजह पकड़ लिया।" इतना कहकर वह मेज पर रखी फाइलें उलटने लगा। तब बोला, "तुम्हारे साथ तो वही कहावत लागू होती है कि गेहूँ के साथ घुन भी पिस जाता है।"

सज्जन ने कोई उत्तर नहीं दिया।

"सिर फिर गया है इन लोगों का।" जेलर ने आगे कहा, "शरीफ घर के बच्चों को बहका कर उनकी जिंदगी तबाह कर रहे हैं। मुझे तो तुम्हारे ऊपर दया आती है। ब्राह्मण हो न तुम?"

"जी।" सज्जन ने कहा।

"कहाँ फँस गए तुम इन लोगों के चक्कर में? इनका न कोई दीन, न ईमान। दो-एक अंग्रेजों को मार भी दिया इन्होंने तो क्या देश आज़ाद हो जाएगा?" जेलर ने अपनी फाइलों में ही देखते हुए कहा, जैसे वह सज्जन से मुखातिब न होकर, अपने आप से बात कर रहा हो।

सज्जन चुप रहा।

"अब बताओ," इस बार जेलर ने सज्जन की आँखों में आँखें डालते हुए कहा, "तुम्हारे घर-वालों, सगे-संबंधियों को पता चलेगा तो बेचारों का क्या हाल होगा? पिछली बार तो तुम गाँधी जी के सत्याग्रह में जेल गए थे न? तब की बात और थी। गाँधी जी को तो अंग्रेज सरकार भी मानती है। इसीलिए जरा-सा बीमार हुए तो सरकार ने उन्हें छोड़ दिया। लेकिन इस बार..." वह एक क्षण रुका तब बोला, "ताजीराते हिंद में डाके-कत्ल की सजा तो फाँसी है।" और वह फिर अपनी फाइलें देखने लगा।

सज्जन के नेत्रों के सामने सिल्लो और कुंती के चेहरे घूम गए। पूछताछ के इस क्रम में शुरू-शुरू में जेलर द्वारा पूछे जाने पर उसने अपने परिवार के सदस्यों में माँ, बाप और बुआ को बताया था। एक प्रकार से उसने ठीक ही कहा था क्योंकि सिल्लो की मृत्यु के बारे में वह अभी तक अनभिज्ञ था। हाँ, जेलर के यह पूछने पर कि सगी माँ है या सौतेली, वह जरूर झूठ बोल गया था और सिल्लो को अपनी सगी माँ बताया था।

असलियत जेलर को मालूम थी। पुलिस सभी कैदियों के घर तक जाकर उनके बारे में पूरी जानकारी ले आई थी। सज्जन के घर जाकर पुलिस वाले उसके पिता से सिल्लो की आत्महत्या की रिपोर्ट पुलिस में न लिखाने पर डरा-धमका कर अच्छी खासी रकम भी ऐंठ लाये थे।

"मैंने अपनी तरफ से तुम्हारे घर खबर भिजवा दी है। यही मैं कर सकता हूँ।"

उसने फिर सज्जन की ओर देखा, "हो सकता है दो-चार दिनों में तुम्हारे घर वाले तुमसे मिलने आएँ।" इतना कहकर जेलर ने सिगेरट सुलगा ली और एक गहरा कश लेकर बोला, "वैसे तुम मुझे सारी बात सच-सच बता दो तो शायद मैं तुम्हारी कुछ मदद कर सकूँ।"

सज्जन एक क्षण चुप रहा तब बोला, "आप हेमंत से मेरी मुलाकात करवा दीजिए।"

"न बाबा न, तुम तो मेरी भी नौकरी ले लोगे। ऊपर से सख्त आर्डर हैं कि तुम लोगों को एक दूसरे से मिलने न दिया जाए। सुपरिंटेंडेंट अंग्रेज है। उसे यही पता चल गया कि मैंने तुमसे इतनी बात की है तो इसी पर मेरी जवाबतलबी हो सकती है।"

सज्जन रुआँसा हो गया। पिछली बार की जेल और इस बार की जेल में जमीन-आसमान का अंतर था। पिछली बार वह सब लोगों के साथ आराम से एक ही बैरक में था। इस बार उसे भी तन्हाई में बंद किया गया था जहाँ अंधेरे और एकांत के अलावा चौबीस घंटे संडास की बदबू नथनों में घुसी रहती। उसका मनोबल पूरी तरह टूट चुका था। फिर भी उसने किसी तरह अपने आँसू रोक लिए।

जेलर की अनुभवी दृष्टि से उसके मनोभाव छिपे नहीं रह सके। वह उठकर खड़ा हो गया और सज्जन की पीठ पर हाथ रखते हुए बोला, "ठीक है। अब तुम जाओ। तुम्हारे घर से कोई मिलने आएगा तो मैं मुलाकात करवा दूँगा। वैसे मुलाकात की मनाही है।" और वह वार्डर को आवाज देने लगा।

वास्तव में जेलर बहुत ही सख्त और जालिम किस्म का आदमी था। उसकी निर्दयता के किस्से पूरे जेल में मशहूर थे लेकिन सज्जन को जेलर देवता तुल्य लगा। वह चुपचाप वार्डर के साथ अपनी कोठरी की ओर चल दिया और वहाँ पहुँचते ही फूट-फूट के रोने लगा।

इसी के दूसरे दिन जब जेलर बैकुंठनाथ जेल के अंग्रेज सुपरिंटेंडेंट के साथ राउंड पर निकला तो, जैसा कि दोनों ने पहले से तय कर रखा था, सुपरिंटेंडेंट एक क्षण के लिए सज्जन की कोठरी के सामने रुक गया। सज्जन इन दोनों को वहाँ आया देख, अपनी बेड़ी हाथ में पकड़कर खड़ा हो गया।

"हू इज ही?" सुपरिंटेंडेंट ने जेलर से पूछा।

"सर ही इज ऐन अक्यूज्ड इन द ट्रेन डॅकॉइटी केस। बट सर, मेरा खयाल है यह बेगुनाह है।"

"टुम ऐसा कैसे बोलटा?"

"सर यह ब्राह्मण है। अच्छे खानदान का है।"

"कानून को खानडान से मटलब नहीं माँगटा। सबूट मांगटा। एंड ये जरूर कुछ किया होगा। पुलिस ऐसे किसी को पकड़ने नहीं सकटा।"

"सर, और लोगों के चक्कर में फँस गया है।"

"टब इसको सच-सच बोलने माँगटा। सच बोलने से हम इसको माफी डिला देगा।"

इतना कहते हुए सुपरिंटेंडेंट वहाँ से आगे बढ़ गया।

पाँच

सज्जन को सरकारी पक्ष में फोड़ने में जेलर बैकुंठ नाथ को और अधिक मेहनत नहीं करनी पड़ी। दो-तीन दिन बाद उसने उसे दोबारा अपने कमरे में बुलाया और फिर उसी प्रकार अपनी हमदर्दी जाहिर की तो सज्जन जेलर के सामने ही रो पड़ा। बच्चों या महिलाओं की तरह फफक-फफक कर नहीं, लेकिन उसकी आँखों में बाकायदा आँसू आ गए और उसे अपनी आँखों में कुर्ते का दामन लगाना पड़ा। जेलर ने यह देखा तो ऐसा जाहिर करते हुए कि उस ओर उसका ध्यान गया ही नहीं, उठकर कमरे से बाहर आकर वार्डर को आवाज देने लगा जो वहीं पास खड़ा था। कुछ देर वह उससे वैसी ही कोई गैर-जरूरी बात करता रहा ताकि सज्जन को अपने आँसू पोछने का पूरा मौका मिल जाए, तब वापस कमरे में आकर, अपनी कुर्सी पर बैठकर बिला जरूरत मेज पर रखे कागज आदि उलट-पुलट कर देखने लगा। सज्जन इस बीच संयत हो चुका था।

"कल तुम्हारे गाँव, या फिर हो सकता है कहीं और से, कोई तुमसे मिलने आया था।"

सज्जन ने नेत्र उठाकर उसकी ओर देखा।

"मैं था नहीं सो डिप्टी जेलर ने, जैसाकि उसको आर्डर थे, उसे वापस कर दिया।"

"कौन था?" सज्जन ने पूछा।

"पता नहीं। हो सकता है तुम्हारे पिता रहे हों।"

"कोई और भी था साथ में?"

"कोई बता रहा था दो औरतें थीं।"

"क्या उमर रही होगी?"

"अब यह तो मैंने पूछा नहीं। एक तो शायद बूढ़ी-सी थी।"

"मेरी बुआ होंगी।"

"और दूसरी तो अभी लड़की थी।" जेलर सरासर झूठ बोल रहा ता। सज्जन की आयु देखते हुए उसे पूरा विश्वास था कि किसी न किसी लड़की के प्रति उसके मन में कमजोरी अवश्य होगी।

तो क्या दउआ ने सिल्लो को घर से निकाला नहीं, सज्जन ने मन ही मन सोचा। "लड़की भी उन्हीं लोगों के साथ थी?" उसने पूछा।

"कह नहीं सकता। लड़की तो शायद अकेले ही आयी थी। या फिर किसी और

के साथ···"

कहीं कुंती तो नहीं आई? उसका ख्याल आते ही सज्जन का हृदय जोरों से धड़कने लगा।

"बताओ, बेचारे वहाँ उतनी दूर से आए और···कैसे फँस गए तुम इन लोगों के चक्कर में?"

"हम तो बनारस संस्कृत पढ़ने आए थे। वहीं एक दिन पुलिस ने बिला कसूर पकड़ लिया।"

"कुछ बात तो रही होगी।"

"एक पर्चा बाँट रहा था एक लड़का। वही लेके पढ़ रहा था मैं। तभी पुलिस के सिपाहियों ने पकड़ लिया।"

"अच्छा, पुरानी बात बता रहे हो तुम। लेकिन तब तो तुम छूट गए थे। उसके बाद कैसे आ गए इनके चक्कर में?"

"उसके बाद तो हम कलकत्ता चले गए थे।"

"वहाँ क्या करते थे?"

"चटकल में नौकरी करते थे।"

"रहते कहाँ थे?"

"बड़ा बाजार में।"

"तो फिर···बनारस कैसे लौट आए?"

"हेमंत के साथ।"

"अच्छा। वह भी कलकत्ता में था क्या?"

"अपने मामा के यहाँ गया था।"

"तो वहाँ लगी-लगाई नौकरी छोड़कर यहाँ बनारस क्या करने चले आए?"

सज्जन एक क्षण चुप रहा। तब बोला, "हेमंत से हमारी मुलाकात करा दीजिए आप। बस एक बार।"

"क्या कह रहे हो तुम? मैं बता चुका हूँ तुमको। मिलने की सख्त मनाही है। और फिर वह बहुत खतरनाक आदमी है। पुलिस को पूरी तरह पता चल गया है कि वह भी इस डकैती में था।"

"वह बिल्कुल नहीं था।"

"तुमको कैसे मालूम?"

"वह तो हमारे साथ बनारस में था।"

"तो किसी और डकैती में रहा होगा।"

"मेरी जानकारी में तो वह किसी डकैती में नहीं था।"

"तुमको पता है ठीक से?"

सज्जन चुप रहा।

"देखो, मैं फिर कहता हूँ, मुझसे बता दोगे तो फायदे में रहोगे। नहीं तो····इन लोगों का तो कोई ठीक नहीं। फाँसी भी हो जाएगी तो कहो कोई रोने वाला भी न हो घर मे। तुम्हारे माँ-बाप हैं। अभी उमर ही क्या है तुम्हारी? शादी होगी, बच्चे होंगे। और फाँसी से बच भी गए तो काले-पानी से बचना मुश्किल है। काला-पानी जानते हो? डामुल कहते हैं जिसे। कोई आज तक लौट कर नहीं आया वहाँ से।"

"आप चोरी से ही हेमंत से हमारी मुलाकात करा दीजिए। बस थोड़ी देर के लिए। मैं किसी से कहूँगा नहीं।"

"फिर वही ढाक से तीन पात। हेमंत न हुआ, भगवान हो गया तुम्हारा। तुमको मैं बताना नहीं चाहता था। अब सुन लो। वह बाकायदा डकैती में था। उसका कहना है तुम भी थे। तुम्हारे गाँव में डकैती पड़ी थी? क्या नाम है उस बनिया महाजन का। बोलते क्यों नहीं।", इस बार उसने किंचित सख़्ती से कहा।

"बिपत।"

जेलर उसे फिर भी घूरता रहा तो उसने दोबारा कहा, "बिपत साहु।"

"हाँ। बिपत साहु के यहाँ डकैती में तुम नहीं थे?"

पुलिस सज्जन के बारे में पता लगाने चंदनपुर गई थी तो बिपत के यहाँ डाका पड़ने की सूचना भी उसने अपनी फाइल में दर्ज़ कर ली थी। वैसे भी डकैती की रिपोर्ट बाकायदा पुलिस रिकार्ड में थी और जेल में बंद सभी क्रांतिकारियों की फाइलें जेलर बैकुंठनाथ को उपलब्ध थीं।

सज्जन ने जेलर के प्रश्न का कोई उत्तर नहीं दिया तो जेलर को इस बात का विश्वास हो गया कि सज्जन का इस डकैती में कुछ न कुछ हाथ अवश्य था। अतः उसने सज्जन पर मनोवैज्ञानिक दबाव डालने के उद्देश्य से सख़्ती से काम लेना ज्यादा मुनासिब समझा। उसने मेज पर रखा अपना रूल उठाते हुए पूछा, "तुम नहीं थे उस डकैती में?"

सज्जन भयभीत हो उठा। "मैं नहीं था।" उसने कहा।

"कौन था फिर?" जेलर रूल अपने हाथ में लिए हुए सज्जन की ओर बढ़ गया।

"और जने रहे।"

"कौन रहे? नाम बोलो।" जेलर ने रूल मेज पर दे मारा।

"हमको सबका नाम नहीं मालूम।"

"जो मालूम है, बोलो" जेलर ने रूल हवा में ऊपर उठाया।

"रामप्रसाद रहे।"

"और।"

"आज़ाद रहे।"

"और?"

"हेमंत को मालूम है।"

"कलकत्ता में तुम लोगों ने कहाँ-कहाँ डकैती डाली?"

"कहीं नहीं।"

"किन-किन लोगों से मिले वहाँ।"

सज्जन चुप रहा।

जेलर ने बाकायदा रूल से सज्जन की धुनाई शुरू कर दी। थोड़ी ही देर में सज्जन ने बनारस और कलकत्ता के बारे में पूरी जानकारी, जो भी उसे थी, उगल दी।

इसी के अगले दिन जेल में ही मजिस्ट्रेट की उपस्थिति में सज्जन का बयान दर्ज करा लिया गया। उसकी बेड़ियाँ काट दी गई और सरकारी वकील की प्रार्थना पर उसे पुनः एक सप्ताह के लिए पुलिस रिमांड पर ले लिया गया।

छः

बच्चन ने अपने स्कूल में कांग्रेस का झंडा फहराया तो स्कूल का सेशन समाप्त होने में ज्यादा दिन नहीं बचे थे। छमाही में वह अच्छे नंबरों से पास था। अतः अपने मित्रों के सुझाव पर तथा अपने कार्यालय में काम करने वाले कर्तार प्रसाद के एक पड़ोसी के माध्यम से, रतन, कर्तार प्रसाद को इस बात पर राजी करने में सफल हो गया कि वह सेशन पूरा होने में जितने दिन शेष थे, उतने दिनों का डाक्टरी सर्टीफिकेट लेकर बच्चन को अगले यानी दसवें दर्जे में प्रमोट कर दें। इस तरह उनकी यह बात कि बच्चन स्कूल में दिखाई न दे भी रह गई और बच्चन का साल बरबाद होने से भी बच गया।

अगले साल के लिए, सबकी राय से, जिसमें तेजशंकर की राय भी शामिल थी, यही तय पाया गया कि बच्चन का दाखिला कानपुर के किसी स्कूल में करा दिया जाए। वैसे तेजशंकर उसके इलाहाबाद में पढ़ने के पक्ष में था। लेकिन इलाहाबाद को लेकर दो कठिनाइयाँ थीं। एक तो यह कि इलाहाबाद कानपुर की अपेक्षा दूर था और गाँव से वहाँ जाने के लिए सीधी रेल नहीं थी, कानपुर या लखनऊ आकर गाड़ी बदलनी पड़ती थी। दूसरे, इलाहाबाद में बच्चन के रहने की कोई उचित व्यवस्था सम्भव नहीं थी। रिश्ते नातेदारी या फिर महज जान-पहचान का भी कोई ऐसा व्यक्ति वहाँ नहीं था जिसकी संरक्षता में उसे वहाँ रखा जा सके। हॉस्टल में लक्ष्मी उसे इस कच्ची उम्र में रखना नहीं चाहते थे। उन्हें डर था कि हॉस्टल में रह कर उसकी संगत और बिगड़ जाएगी। लखनऊ में तो उसने सिर्फ स्कूल की बिल्डिंग पर झंडा ही फहराया था, वहाँ जाकर न जाने क्या कर डाले? वहाँ तो मोतीलाल नेहरू के रहने की वजह से कांग्रेसी और भी सरकश होंगे। कानपुर में गाँव के कई लोग वहाँ की मिलों में काम करते थे। उनके अलावा लक्ष्मी के रिश्ते के एक साढ़ू (उनकी स्वर्गीय पत्नी शारदा की बुआ के दामाद) तथा फूफा (लक्ष्मी की बुआ के देवर) भी कानपुर में रहते थे। लक्ष्मी जब भी किसी काम से या फिर वैसे ही कार्तिक पूर्णिमा या दिठवानी एकादशी जैसे अवसर पर गंगा स्नान के लिए कानपुर जाते थे तो जरूरत पड़ने पर

इन्हीं में से किसी के यहाँ ठहरते थे। बाँकेलाल, उनके साढू, आयु में लगभग उन्हीं के बराबर थे। वह लाल इमली में काम करते थे और परमट पर अपने पैतृक मकान में रहते थे जबकि उनकी बुआ के देवर, केशव प्रसाद करेंसी में काम करते थे और पटकापुर में रहते थे। लक्ष्मी को पूरा भरोसा था कि यह दोनों ही लोग बच्चन को अपने यहाँ रखने के लिए राजी हो जाएँगे। केवल उसके रहने, पढ़ने-लिखने के लिए थोड़ी जगह की बात थी। बाकी नाज-पानी वह गाँव से पहुँचाने को तैयार थे। बच्चन इतना छोटा भी नहीं था कि बिस्तर बिछाने, कपड़े धोने-छाँटने जैसा अपना काम स्वयं न कर सके और न ही इतना बड़ा कि किसी के कहने में न आए। अतः उसके रहने पर किसी को कोई परेशानी नहीं होनी थी। जहाँ तक बच्चन की अपनी बात थी, सो दोनों जगह अपनी-अपनी सुविधाएँ-असुविधाएँ थीं। बाँके के खुद छोटे-छोटे बच्चे थे जिनकी वजह से वहाँ रहने में बच्चन की पढ़ाई के लिए उपयुक्त वातावरण मिल पाना आसान नहीं था लेकिन इसी के साथ यह बात भी थी कि बच्चों वाला घर होने के कारण बच्चन का मन वहाँ आसानी से लग जाए। दूसरी ओर बाँके की तुलना में केशव काफी प्रबुद्ध व्यक्ति थे। बांके से पढ़े भी वह ज्यादा थे। वह इंट्रेंस पास थे जबकि बांके मुश्किल से चौथे-पाँचवे दर्जे तक पढ़े थे। इस दृष्टि से केशव के यहाँ रहने पर बच्चन को उनसे अपनी पढ़ाई में सहायता भी मिल सकती थी। लेकिन केशव की पत्नी बहुत ही रूखे मिजाज की थी। ज्यादा बोलना, बात करना उनके स्वभाव में नहीं था। केशव निस्संतान थे, जिससे उनके यहाँ रहने पर बच्चन को अपनी पढ़ाई के लिए एकांत अवश्य उपलब्ध था लेकिन उसका मन वहाँ आसानी से लग जाए, इसकी उम्मीद कम थी। घर में किसी और के न होने से इस बात की भी संभावना थी कि घर के छोटे-मोटे, धरा-उठाई वाले काम भी बच्चन को करने पड़ें। बाँके के साथ एक और बात थी। उनकी आर्थिक स्थिति बहुत सुदृढ़ नहीं थी अतः नाज-पानी के प्रलोभन में बच्चन को अपने यहाँ रखने के लिए उनके राजी होने की संभावना अधिक थी जबकि केशव के साथ इस तरह की कोई बात नहीं थी।

हर दृष्टि से इन बातों पर विचार करने के बावजूद लक्ष्मी किसी फैसले पर नहीं पहुँच पाए। अनिर्णय की इस स्थिति में वह बच्चन को लेकर कानपुर पहुँचे तो स्टेशन से परमट के लिए इक्का कर लिया। सोचा, पहले बांके के यहाँ चल कर देखते हैं। अगर वह आसानी से राजी हो गए तो ठीक, नहीं तो फिर केशव से बात करेंगे। रास्ते में मिठाई की एक दुकान पर इक्का रुकवा कर उन्होंने एक सेर मिठाई खेंची में बँधवाई और सीधे बाँके के दरवाजे जाकर रुके।

इतवार का दिन था। बाँके नीचे, बाहर वाले कमरे में, ही थे। उन्होंने लक्ष्मी का स्वागत किया। तब बच्चन को पहचानते हुए बोले, "यह बच्चन है न ?"

"हाँ। पाँव छुओ मौसिया के।" लक्ष्मी ने बच्चन को आदेश दिया।

"जीते रहो।" बाँके ने उसके सिर पर हाथ रख दिया।

तब तक बाँके का दस वर्ष का लड़का संतू वहाँ आ गया और पिता के कहने से

लक्ष्मी के पैर छूने के बाद, मिठाई वाली खैंची को, जिसे लक्ष्मी ने तखत पर रख दिया था, घूरने लगा। लक्ष्मी ने खैंची उसे पकड़ाई तो वह उसे लेकर अंदर भाग गया।

अंदर जाकर उसने अपनी माँ, जग्गो देवी को लक्ष्मी के आने की सूचना दी तो वह भी बाहर कमरे में आ गई। "अबकी बहुत दिनन माँ चक्कर लगाएव जीजा।" उसने लक्ष्मी से कहा।

"फुरसतै कहाँ मिलत है।" लक्ष्मी ने उत्तर दिया।

तभी मूंज की रस्सी में बँधा हुआ बच्चन का बिस्तर और टीन की छोटी-सी संदूक जमीन पर रखी देख कर जग्गो, मन ही मन सोचने लगी कि क्या काफी दिनों के लिए आए हैं यह लोग।

लक्ष्मी ने जग्गो के चेहरे पर आए बदलाव को देखा लेकिन उस पर अधिक ध्यान दिए बिना आगे कहा, "बच्चन का हम हिया स्कूल मां भरती करावैक बरे लाए हन। पहिले सोचा रहै कि हुआं लखलऊ मां राखि के पढ़ाई मुदा हुआं ई का मन लाग नाई।" लक्ष्मी असली बात छिपा गए। बच्चन को भी उन्होंने इस सिलसिले में ताकीद कर दी थी कि उसे भी यहाँ किसी को कुछ बताने की जरूरत नहीं है।

बाँके और उनकी पत्नी जग्गो ने लक्ष्मी की बात सुनी लेकिन दोनो लोग खामोश रहे। बिस्तर और संदूक देख कर जग्गो समझी थी कि ज्यादा से ज्यादा चार छः दिन की बात होगी लेकिन यह तो लम्बा झमेला लग रहा था। संतू के अलावा उसके दो बच्चे, सात वर्ष का एक लड़का बसंतू और सवा डेढ़ वर्ष की एक लड़की, और थे। उन्हें संभालने में ही उसका सारा समय निकल जाता था। बच्चन के यहाँ रहने के मायने उसके खाने-पीने का भी प्रबंध करना पड़ेगा। उसके पति की तनख्वाह भी अधिक नहीं थी। न ही गाँव का कोई सिलसिला था कि वहाँ से नाज-पानी आता हो। वह मन ही मन सोचने लगी कि किस तरह वह लक्ष्मी को बच्चन को अपने घर में रखने के लिए मना करे।

लक्ष्मी उन लोगों के मन की बात भाँप गए। लेकिन उन्होंने सीधे नाज-पानी वाली बात न कहकर कहा, "काल्ह जाये के कउनेव स्कूल मां ई का भरती कराए देबे। हम सुना है सहरन मां स्कूल मां पढ़ै वाले लरिकन के बरे रहैक इंतजाम होत है। औ नाई तो हियां कहूँ आस-पास कउनौ कमरा कि कोठरिया मिल जाए रुपया डेढ़ रुपया केराए माँ तो ऊ मां रहि जाई। नाज की तो भगवान की किरपा ते घर मां कउनौ कमी है नाई, न घी-दूध की। महिना महिना हम दइ जावा करबे।"

उनकी बात का वांछित प्रभाव पड़ा।

जग्गो ने अनाज और घी-दूध वाली बात सुनी तो तपाक से बोल पड़ी, "तुमहू जीजा कईस बात कै रहे हौ। कउनौ परावा घर आए का यू। जइसे अऊर लरिका बच्चा वइसेहे ई। एक मनई का केत्ती जगह चही ? यू कमरा खालिन परा रहत है। यही मां रहि जइहै ई।"

बाँके ने भी पत्नी की हाँ में हाँ मिलाई। "ठीकै तो कहि रही है। जब अपने घर माँ जगह खाली परी है तो केराये वाली बात का आए भाई ? हाँ, अगर गैरियत मानत हो तो

बात अऊर है।"

"नहीं, नहीं। गैरियत की का बात आए। मुद्दा पहिले दाखिला तो ह्वै जाए कहूँ।"लक्ष्मी ने संतोष की साँस ली तब एक क्षण रुककर बोले, "कऊन स्कूल ठीक रही तुमरे खयाल ते?"

"कऊने दर्जा मां भरती करावैक है?"

"इंट्रेंस माँ।"

"अरे भाई इंट्रेंस मां पहुँच गे ई! यू तो बड़ा कमाल किहिन ई।" बांके ने आश्चर्य व्यक्त किया। पिछले कुछ दिनों से वह संतू के लिए, जो तीसरे दर्जे में पढ़ रहा था और काफी कमजोर था पढ़ने में, मास्टर लगाने का मन बना रहे थे। बच्चन यहाँ रहेगा तो संतू की पढ़ाई भी देख लेगा, उन्होंने मन ही मन सोचा।

"बताएव नाई कउने स्कूल मां भरती करावा जाए?" लक्ष्मी ने उन्हें टोका।

"वहै तो सोच रहे हन। "बाँके की विचार तंद्रा टूटी। क्षण दो क्षण वह और खामोश रहे। तब बोले," डी. ए. वी. कालेज ठीक रही। पासौ है हियां ते। मुस्किल ते डेढ़ दुइ फर्लांग होई।"

"ठीक है हुऐं कोसिस कीन जाई। औ न मा हुआं दाखिला तो फिर अऊर कउनो स्कूल बताएव।" लक्ष्मी ने कहा।

तब तक जग्गो ने अंदर जाकर लक्ष्मी द्वारा लाई गई मिठाई में से चार-छः नग एक कटोरी में ला कर उनके पास रखते हुए कहा, "लेव, खाओ जीजा।"

लक्ष्मी ने पानी मँगाकर हाथ-मुँह धोया। तब बर्फी का एक टुकड़ा मुँह में डालकर खाने लगे।

"तुमहू लेव न भइया। सरमाओ न।" जग्गो ने बच्चन से कहा तो उसने भी एक टुकड़ा उठा लिया।

सुबह लक्ष्मी काफी जल्दी उठ गए। हाथ-मुँह धोकर उन्होंने बच्चन को भी जगा दिया। तभी बाँके भी जाग पड़े।

"काहे एत्ते सबेरे काहे उठि गेव?" उन्होंने लक्ष्मी से पूछा।

"सोचित रहै कम्पू आए हन तो गंगौ हनाय लेई,"लक्ष्मी ने उत्तर दिया।

"हाँ, हाँ। काहे नाई।" बाँके ने कहा। "तो कहाँ सरसैया घाट जइहो?"

"अरे हुआँ उत्ती दूर को जाई। हियैं परमट पर हनाय लेबे। गंगा जी तो एकै आएं। चाहे हियां हनाओ चाहे हुआँ।"

"रस्ता मालूम है कि चली हम?"

"रस्ता काहे न मालूम होई। कउनौ पहली दाँय जाए रहे हन! हाँ, तुमका चलैक होय तो चलो। मुदा तुमका मील की देर न ह्वै जाई?"

"आज काल्ह दुइ बजे की ड्यूटी है।"उत्तर जग्गो ने दिया।

"तब फिर का है, चलौ।"

"अरे तुम ह्वे आओ। हम तो रोजै हनाइत है।" बाँके टाल गए।

लक्ष्मी बच्चन को लेकर निकल गए। मुश्किल से दस मिनट उन्हें पहुँचने में लगा। नहा-धोकर उन्होंनें आनंदेश्वर महादेव के दर्शन किए, प्रसाद चढ़ाया, बच्चन के दाखिले के लिए दुआ माँगी, तब प्रसाद का दोना लेकर घर लौट आए।

कोई दस बजे, खाना-वाना खाकर, वह बच्चन के साथ डी. ए. वी. कालेज के लिए निकले। लगभग पूरे रास्ते वह बच्चन को समझाते हुए गए, "जऊन हुआं मास्टर कि हैडमास्टर पूछैं तऊन सब सही सही जवाब दिहो। औ यू न बतावै लागेव कि हुआं कांग्रेस का झंडा फहरावै मां नाव कटा है।"

बच्चन ने कोई उत्तर नहीं दिया।

"सुन रहे हौ कि नाई?"

"सुन रहे हन।" बच्चन ने कहा।

"औ जो उइ पंचै पूछिन कि लखलऊ मां काहे नाई पढ़ि रहे हो, पुराने स्कूल मां, तो का कहियो? याद है न?"

"याद है।"

"बताओ का कहिऔ।"

"कहि देबै हमार चच्चू रहत रहै हुआं। उनही के लगे रहति रहै। तऊन उनका तबादला ह्वैगा है।"

"तो हियां कम्पू मां काहे पढ़ै आए हो?" लक्ष्मी ने हेडमास्टर की तरफ से प्रश्न किया।

"हियां हमार मउसिया रहत है।"

"औ जो ऊ पूछिस कि नवें दर्जा मां सालाना इत्महान काहे नाई दिहो?"

"कहि देबे बीमार परिगे रहन।"

"का ह्वैगा रहै?"

"मियादी बुखार। तीन महीना चला।" दूसरा वाक्य उसने लक्ष्मी द्वारा अगला प्रश्न पूछने से पहले ही जोड़ दिया। लखनऊ से लेकर कानपूर तक, ट्रेन के सफर के दौरान, लक्ष्मी बच्चन को सारे प्रश्नोत्तर तोते की तरह रटाते हुए आए थे। अतः उसे मालूम था कि अगला प्रश्न वह क्या करेंगे।

कालेज पहुँचते-पहुँच लक्ष्मी ने बच्चन से पूरा संवाद तीन-चार बार दोहरवाया। यहाँ तक कि बच्चन ने आजिज आकर कहा, "हमका सब याद है तुम बेकारै पूछि रहे हौ। औ नाई तो तुम जवाब दिहो। तुमहू तो रहिऔ हुआं।"

लक्ष्मी चुप हो गए। तभी थोड़ी देर बाद वह फिर बोले, "मुदा या दिहाती भाषा न बोलेव हुआं।"

बच्चन ने कोई उत्तर नहीं दिया।

वास्तव में लक्ष्मी काफी घबराए हुए थे। लखनऊ में हेडमास्टर कर्तार प्रसाद से साक्षात्कार का अनुभव उन्हें था। वह सोच रहे थे पता नहीं यह हेडमास्टर कैसे स्वभाव का हो। लेकिन उनका भय निर्मूल निकला। दाखिले में किसी तरह की कोई कठिनाई नहीं हुई। एक रुपया दस आने भर कर फीस की रसीद भी कट गई। लौटते समय बच्चन को आगे चलने को कहकर उन्होंने यह इत्मीनान भी कर लिया कि उसने स्कूल से बाँके के घर तक का रास्ता ठीक से समझ लिया है।

उसी शाम बच्चन के साथ चौक जाकर उन्होंने उसकी कापी-किताबें आदि भी खरीद दीं तथा दो रुपए उसे नकद भी दिए। "इनका अपने पासै धरे रहेव औ नाई तो अपनी मउसी के लगे धराए दिहो। जब दुइ चार पइसा की जरूरत लागै तब उनते लइ लिहो।" उन्होंने कहा। उधर से ही बच्चन के साथ वह केशव प्रसाद के यहाँ भी हो आए ताकि वह उनका घर भी देख ले और कभी कोई ऐसी जरूरत पड़े तो उनके यहाँ जा सके।

अगले दिन वह गाँव लौट गए। चलते समय एक-एक दुअन्नी उन्होंने बाँके के तीनों बच्चों को दी तथा पाँच रूपए का एक नोट जग्गो को देते हुए बोले, "ई का धर लेव तब तक। दुई चार दिन मां हम सामान पहुँचा जइबै।"

"अरे जीजा घर की बात आय··· । यू का करत हौ। लरिकन का पइसा दइ तो दिहे हौ।" जग्गो ने नोट ले लिया।

लक्ष्मी बच्चन की ओर मुड़े। "जिउ लगाए के पढ़ेव। औ अपने मउसी मउसिया का कहा मानेव। जईस उइ पंचै कहै वइसेहे किहो। औ यू नाई कि दिन भर, रात भर, घूम रहे हौ। घर ते सूधे स्कूल और स्कूल ते सूधे घर। कहूँ जायेक होय तो मउसी मउसिया ते पूछ के। समझेव?

"हाँ।" बच्चन ने कहा।

सबसे अंत में लक्ष्मी ने बाँके से दुआ-बंदगी की, तब जल्दी ही वापस आने का वायदा करके सड़क पर खड़े इक्के की ओर बढ़ गए।

जैसा कि उन्होंने कहा था, तीन-चार दिन बाद ही वह वापस आ गए। इस बार वह अपने साथ एक बोरी गेहूँ, आधा बोरा चावल, आधा बोरी दाल, थोड़े आम और एक हाँडी घी लेकर आए। इस बार बाँके ने, और उनसे अधिक उनकी पत्नी जग्गो ने, उनकी खातिर भी खूब की। बाँके गोश्त खाते थे लेकिन शराब छूते तक नहीं थे। फिर भी उन्होंने लक्ष्मी के लिए गोश्त तो बनवाया ही, देशी शराब के ठेके से संतरे का एक डेढ़-पौवा भी लाए उनके लिए। खाना खिलाते समय जग्गो ने रज्जो के बारे में उनसे मजाक भी किया। "सुना है जीजा कि दिदिया के मरै के बाद तुम कोहू का लाए के घर माँ राखि लिहे हौ।"

"अब का करी, 'लक्ष्मी ने भी मजाक में ही उत्तर दिया। "तुम तो हियां कम्पू माँ रहती हौ नाई तो कऊन जरूरत रहै हमका।"

"तो हमते कहवाए देतिउ हम चली आइत हुआं।"

"अब चली जाओ न।" बाँके ने कहा।

"अब का चली जाई। अब तो जीजा लई आए हैं उनका। औ फिर उइ अबै नई नई है, हम पुराना परिगेन है।"

"अरे भाई कहावत कही गै है कि पुरान चाउर मां जऊन मजा है तऊन नये मां कहाँ।" लक्ष्मी ने कहा।

"अरे जीजा कहौ चाहे जो तुम। मुदा हम जानित नाई है का? हाँ, एक सिकाइत है तुमते। जीजी का हम का देखाए तो देतिऊ एक दाँय।"

"तो चलौ न सब जने। आमौ हैं अबै। आँसों बाग फरिउ खूब है। खाए आओ चलिके। आब-हवौ बदल जाई।" लक्ष्मी ने कहा।

"ई घर-गिरिस्ती मां कहाँ निकरब ह्वे पावत है। इनका मील ते छुट्टिउ मिलब मुस्किल है।" जग्गो ने कहा। तब बोली, "मुदा तुम जीजा अबकी जब आयो तो जीजी का लिहे जरूर आयो। गंगौ हनाय लेहें। चारै कदम पर तो हैं गंगा जी।"

"देखौ, कोसिस करब।"

"कोसिस नाई, जरूर ते जरूर।"

"कसम खाई का?"

"नाई कसम न खाओ। वादा करौ बस।"

"वादा रहा।"

"अरे कुछ कलियो वलिया देहौ इनका कि बस वादै करइहौ।" बाँके ने टोका।

"नाई, नाई, बस ह्वइगा।"

"अरे नाई जीजा, एक बोटी तो लेव।" जग्गो ने उनके मना करने के बावजूद एक बोटी उनकी थाली में डाल दी।

"रात में लक्ष्मी और बच्चन की चारपाई छत पर अगल-बगल पड़ी तो लक्ष्मी ने उससे आहिस्ता से पूछा, "कउनौ तकलीफ तो नाई है हियां?"

"नाहीं," बच्चन ने कहा।

"औ पढ़ाई लिखाई सब ठीक चलि रही है?"

"हाँ।"

लक्ष्मी एक क्षण चुप रहे। तब धोती का फेंटा थोड़ा ढीला करके एक-दो इँच नीचे खिसका कर दोनों हाथ सीने पर रखे और थोड़ी ही देर में खर्राटे लेने लगे।

सात

बच्चन को उसकी मौसी-मौसिया ने नीचे के कमरे में रहने और वहीं पढ़ने-लिखने का

प्रबंध कर दिया। कमरे में कुछ एक खिड़की थी, जो गली में खुलती थी। दरवाजा अंदर की ओर था जिधर से हवा या रोशनी आने की कोई गुंजाइश नहीं थी। अतः दिन में तो नहीं, लेकिन रात में कमरा खासा गरम रहता। उस पर तेल की कुप्पी का धुआँ कमरे में भर जाता जिससे दम जैसा घुटने लगता। अतः रात में दस-ग्यारह बजे तक पढ़ने के बाद बच्चन अपना बिस्तर, दरी और चादर, बगल में दबा कर छत पर आ जाता, जहाँ और लोग भी सोते थे और जमीन पर ही बिस्तर बिछा कर सो जाता। तभी कोई एक हफ्ते बाद जग्गो ने उसे टोक दिया।

"काहे हियां काहे पहुड़त हौ आएक रोज? हुआं नीचे कमरा मां तखत तो परा है। ऊ पर काहे नाई पहुड़त?" उसने कहा।

"हुआं गरमी लागत है।" बच्चन ने उत्तर दिया।

"तो हियां का बरखा-बयार चल रही है? अबै तक संतुआ हुएँ पहुड़त रहै तऊन ऊका गरमी नाई लागत रहे (यह बात सरासर गलत थी)। तुमका गरमी लागै लाग।" जग्गो एक क्षण रुकी। तब बोली, "दुइ चार दिन पहुड़िहौ तो ठीक लागै लागी। नाई तो एक बेना धर लेव अपने लगे, तऊन डोला लीन करो।"

बच्चन ने एक क्षण बाँके की ओर देखा जो अपने बिस्तर पर खामोश लेटे थे। तब चुपचाप अपना बिस्तर बगल में दबाए-दबाए नीचे उतर आया लेकिन दूसरे ही दिन वह जग्गो के पास जमा अपने रुपयों में से एक रुपया लेकर अपने लिए लालटेन ले आया। जग्गो को पता चला कि वह लालटेन लेने जा रहा है तो उसने उसे किरासन की खाली बोतल भी पकड़ा दी। "लेव यहौ लिहे जाओ। ऊ मां पइसा बची तऊन ऊते ई मां किरासिनौ भरवाय लायो। मालूम है कहाँ मिलत है?"

"हाँ।" बच्चन ने कहा और बोतल लेकर चला गया। छः आने की लालटेन और दो पैसे का एक बोतल किरासिन लाकर शेष साढ़े नौ आने उसने जग्गो को वापस कर दिए।

बच्चन लालटेन अपने लिए लाया था लेकिन अक्सर ही होता यह कि वह पढ़ रहा होता और जग्गो तेल की कुप्पी लेकर आती और उसे तखत पर रखकर लालटेन उठा लेती, "लेव तब तक ई ते पढ़ौ। लालटेन की छत पर जरूरत है तनिक।" वह कहती और लालटेन लेकर चली जाती। यही नहीं, घर की लालटेन का शीशा टूट जाने पर, नया शीशा आने तक जिसमें सात-आठ दिन लग जाना साधारण बात थी, उसकी लालटेन घर में इस्तेमाल होने लगती और उसे तेल की कुप्पी दे दी जाती। एक-आध बार तो बच्चन ने यह भी देखा कि घर की लालटेन का शीशा चटक गया तो दूसरे दिन वह उसकी लालटेन में लगा मिला और उसकी लालटेन का शीशा घर की लालटेन में लग गया।

खाने पीने के मामले में भी बच्चन ने गौर किया कि जब जग्गो घी की हांडी में से घी निकालकर दाल में डालती तो उसके मौसिया, संतू और उसके छोटे भाई बसंतू की

थाली में तो पूरी परी के अलावा भी कुछ घी ऊपर से गिर जाता लेकिन उसकी दाल में घी पड़ते समय आधी परी घी भी हांडी से नहीं निकलता, जबकि घी उसके दद्दा लाकर दे गए थे। यही नहीं, एक बार सब्जी दाल परोसने के बाद जग्गो शायद ही कभी दोबारा उससे उसके लिए पूछती। रोटी के लिए भी बेमन से एक बार "अऊर रोटी तो न लेहो ?" पूछने के बाद उसकी थाली की तरफ देखती भी नहीं जबकि संतू, बसंतू को बार-बार जिद करके एक-आध रोटी अधिक खिला देती। रात की बची बासी दाल, सब्जी , रोटी आदि भी बच्चन के हिस्से में ही आती। इसी तरह स्कूल से लौटने के बाद जहाँ जग्गो अपने बेटे संतू को, यदि वह दाल रोटी खाने को मना कर देता, दूध-भात या फिर रोटी में घी चुपड़कर उसमें शक्कर या नमक लगा कर खाने को देती, वहीं बच्चन के सामने सूखी रोटी और दाल रख देती। घी भी दाल में नहीं डालती।

घर का छोटा-मोटा काम जैसे बाजार से सौदा सुलुफ लाना, आटा पिसाना आदि तो बच्चन के जिम्मे था ही, अक्सर जग्गो अपनी बच्ची को भी बच्चन को टहलाने-घुमाने के लिए दे देती और यदि बच्चन डेढ़ दो-घंटे से पहले वापस आ जाता तो जग्गो बिगड़ने लगती, "काहे, थकि गेव ? तनिक देर बिटिया नाई खेलावत बनत तुम ते ? अब हम तुमरे बरे हियां खाना बनाई कि ई का लइके बइठी ?" और बच्चन उसे गोद में लेकर दोबारा टहलाने निकल जाता।

कभी-कभी बच्ची उसके वस्त्रों को गीला भी कर देती। परंतु ऐसी स्थिति में भी यदि बच्चन उसे लेकर लौट आता तो भी जग्गो बिगड़ने लगती। "धन्य हौ महराज ! अब एत्ती बड़ी बिटिया का तुम का पहिले ते बताई कि टट्टी पिसाब करैक है ऊका। अरे पिसाब कइ दिहिस तो का भा। ऊ की लंगोटी उतार के हाथे मां लइ लेतिव। तनिक देर मां हवा लागत तऊन तुमारौ कपड़ा झुराय जातीं।"बच्चन चुप रह जाता।

इस सबके बावजूद बच्चन मन लगाकर पढ़ता और, जैसाकि लक्ष्मी उसे समझा गए थे, हमेशा अपने मौसी-मौसिया का कहना मानता। जग्गो या बाँके कभी भी किसी काम के लिए उससे कहते तो पढ़ाई छोड़ कर भी वह उठ खड़ा होता। अपने मौसिया के कहने से वह संतू को रोज शाम एक-आध घंटा बिठाकर पढ़ाने भी लगा। लेकिन संतू का मन पढ़ाई में लगता ही नहीं। इस पर यदि कभी वह उसको डाँट देता तो संतू तुरंत जाकर अपनी माँ से उसकी शिकायत करता और जग्गो बच्चन को समझाने लगती। "तनिक समझाय के पढ़ाओ ऊका। तुमरी उमिर का तो है नाई। अबै छोट है। धीरे धीरे समझ़ी। डाँटे फटकारे थोड़े कोऊ पढ़त है।"

रहता तो बच्चन सबसे अलग अपने कमरे में था ही, धीरे-धीरे उसका खाना भी अलग हो गया। अब जग्गो उसके लिए थाली परोस कर संतू के हाथ या फिर स्वयं ही उसे बाहर कमरे में दे आती और कह देती कि और कुछ लेना हो तो आवाज दे के माँग ले। दाल में घी तो लक्ष्मी के हांडी दे जाने के दसवें-बारहवें दिन से ही बंद हो गया था। बच्चन ने इस बारे में कुछ कहा नहीं तो जग्गो स्वयं ही एक दिन उससे बोली, "तुमार दद्दा

जऊन घी दइ गे रहैं तऊन तो खतम ह्वइगा। तुमार मउसिया लाए रहैं बजार ते तऊनौ चुकिगा। सो अबकी तुमार दद्दा आवैं तो उनते कहेव अऊर घी दइ जाएँ।"

इसी के दो-चार दिनों बाद लक्ष्मी कानपुर आए तो बच्चन घर में नहीं था। वह बसंतू को साथ लेकर बच्ची को बाहर टहलाने गया था।

"आओ जीजा आओ।" जग्गो ने उनका स्वागत किया।

लक्ष्मी ने अँगोछे में बँधी मिठाई की खैंची संतू को पकड़ा दी और तखत पर बैठ गए।

"लेव खाओ मिठाई अब," जग्गो ने कहा। तब लक्ष्मी से बोली, "अस परकि गा है मिठाई का यू कि जब देखौ तब तुमका पूछा करत है, मउसिया कब अइहैं, मउसिया कब अइहैं? लेव, आयेगे मउसिया। अब तुम-ही न सब खाय जायो। अंदर धर देव जायेके। अबहीं बच्चन दादा औ बसंतुआ आई तब हम देबे सबका।"

"बाँके नाई देखाइ दइ रहे। कऊन ड्यूटी है आज काल्ह?"

"ड्यूटी सबेरहे वाली है। मुद्दा आज काल्ह ओवरटेम चलि रहा है उनके हियां।"

"यू का आए?"

"यू तो हमहू नाई जानित। बस यू जानित है कि देर ते आवत हैं आज काल्ह। नौ बजे लग अइहैं।"

तभी बच्चन बच्ची को गोद में लिए हुए आ गया। साथ में बसंतू भी था। आज फिर बच्ची ने उसके कपड़े गीले कर दिए थे।

"टहरा लायो भइया। लाओ अब हमका दइ देव।" जग्गो ने बच्ची को उससे लेते हुए कहा। "अस हिली है इनका कि पूछौ न। जहाँ इनका देखिस नाई कि बस दूनौ हाथ फइलाए के लपकै लागत है। औ इनहू का बिना ई का खेलाय चैन नाई परत है। साम का घंटा आध घंटा टहरावैं न ईका तो जानो इनका खाना न हजम होई।" तभी बच्चन के गीले वस्त्र देखकर उसने आगे कहा, "आज फिर जानो तुमार कपड़ा खराब कइ दिहिस। काहे महरानी दादा के कपड़ा खराब करै मां तुमका बड़ा नीक लागत है? जाओ भइया तुम कपड़ा बदल लेव अपन औ ई कपड़ा हुऐं अंगना मां डार दिहो। हम धो देबे।"

बच्चन चुपचाप वहीं खड़ा रहा।

जग्गो ने लक्ष्मी को शरबत पानी पिलाया तब दो-चार मिनट उनके पास बैठने के बाद खाना बनाने चली गई। उसे संदेह था कि कहीं बच्चन अपने पिता से उसकी बुराई न करने लगे, अतः उसने संतू को समझाया कि वह वहीं उन लोगों के पास बैठे। लेकिन संतू मुश्किल से दस-पंद्रह मिनट वहाँ बैठने के बाद बाहर निकल कर गली में खेलने लगा।

लक्ष्मी बच्चन की पढ़ाई-लिखाई के बारे में उससे पूछने लगे। तभी उन्हें लगा कि डेढ़-दो महीने में ही बच्चन खासा दुबला हो गया है।

"कउनौ परेसानी तो नाई है हियां?" उन्होंने इधर-उधर देखते हुए उससे पूछा।

"नाहीं।"बच्चन ने उत्तर दिया।

"खाना वाना खात हौ पेट भरि के ?"

"खाइत है।" बच्चन ने उत्तर दिया। तब एक क्षण बाद बोला, "मउसी कहती रहैं घिउ खतम ह्वेगा है तऊन अऊर लाय दिहो।"

"काहे, दुई तीन सेर घिऊ रहा। पी गेव का तुम सब ?" लक्ष्मी ने आश्चर्य व्यक्त किया।

"हम काहे पी गेन। सब जने तो वही से तो खात है।" बच्चन ने कहा। एक बार उसके मन में आया कि वह यह भी कह दे कि उसे तो नाम-मात्र को ही मिलता है, बाकी तो वही लोग खाते हैं। लेकिन वह चुप रह गया।

"अच्छा, अच्छा।" लक्ष्मी ने बच्चन के बिना कहे ही बात समझ ली। दो-एक क्षण वह चुप रहे तब उन्होंने पूछा, "औ दूध पियत हौ रोज कि नाहीं ?"

"दूध हमका नीक नाई लागत।" बच्चन ने बजाय यह कहने के, कि उसे दूध नहीं दिया जाता, यह बहाना कर दिया।

"काहे दूध कबते तुमका नीक लागब बंद ह्वइगा ?"

बच्चन ने कोई उत्तर नहीं दिया।

उसकी चुप्पी से लक्ष्मी को बात का अनुमान लगाने में देर नहीं लगी। उन्होंने मन ही मन सोचा कि इस बार वह उसके दूध के लिए अलग से पैसे दे जाएँगे। तभी जग्गो वहाँ आ गई तो लक्ष्मी ने आगे बात नहीं की। बच्चन भी अपनी कापी-किताबें ठीक करने लगा। एक-दो दिन, जब तक लक्ष्मी रहे, बच्चन को सब लोगों के साथ ही खाना दिया गया। यही नहीं जग्गो ने बार-बार उससे रोटी, सब्जी आदि लेने की जिद भी की।

"ई सरमात बहुत हैं," उसने खाना परोसते समय लक्ष्मी से कहा। "अपने आप माँग के नाई खात।" तब वह बच्चन से संबोधित हुई, "तुम लरिका आओ घर के। तुमका चही की माँग-जाँच के खाओ। अपन घर समझौ ई का। सरमाए ते काम थोड़े चली।"

बच्चन ने कोई उत्तर नहीं दिया। लक्ष्मी भी चुप रहे।

"औ जीजा, ई चाउर जऊन तुम लाए रहौ पिछली दांय तऊन घर के आएं कि...."

"घर के न आएं तो का बाहर के आएं।" लक्ष्मी ने कहा।

"चाउर बड़े नीक रहे। खूब छितराए के बनत हैं। और खुसबू तो अस बढ़िया कि अगल-बगल दुई तीन घरन तक जात है। हमरे बगल मां एकै पंड़ाइन रहती हैं। तऊन एक दिन हमते पूछै लागीं कि चाउर कहाँ ते मँगाए हौ ई। हम कहि दीन हमार जीजा लाए हैं।"

लक्ष्मी खामोश रहे।

"अब की दांय जब आयो जीजा तो हमका एक बोरा अलग ते ला दिहो। पइसा हम ते लइ लिहो।" जग्गो ने आगे कहा।

"पइसा की कऊन बात आय। अबकी अइबे तो लेत अइबे।" लक्ष्मी ने कहा।

"का बकर बकर कै रही हौ। रोटी लाओ एक।" बाँके ने कहा।

"रुकि जाओ न तनिक। या रोटी हम जीजा के बरे सेंका है। ज्यादा खरी है या।"

"अरे इनका देव न। हम न लेबै अब।"

"काहे जीजा अबै कै रोटी खाए हौ। हम जानित है अबै तो चारौ रोटी नाई भईं।"

रात में बच्चन की चारपाई भी लक्ष्मी की बगल में ही लगी। जग्गो दोनों लोगों के लिए गिलासों में दूध ले आई तो बच्चन ने मना कर दिया। "हम न पीबे।" उसने कहा।

"अरे पी लेव बेटा," जग्गो ने कहा, "रोटिव नाई खाए हौ ठीक ते।"

"पी जा, पी जा।" लक्ष्मी ने भी जोर दिया तो बच्चन ने गिलास ले लिया।

दूसरे दिन लक्ष्मी जाने लगे तो उन्होंने पाँच रुपये निकाल कर जग्गो को देते हुए कहा, "ई ते बच्चन के बरे दूध लगवा दिहो। औ बच्चन कहत रहै कि घिउ खतम ह्वइगा है तऊन वहौ मंगा लिहो सेर दुई सेर। अब की हम अइबे तो घर ते लेत अइबै।"

"अरे जीजा, अब रुपया न देव तुम।"जग्गो ने नोट हाथ में लेते हुए कहा, "घर का लरिका आए। कऊनौ गैर तो आए न। घर मां जऊन बनत है तऊन खातै पियत है। मुदा पढ़ै लिखै वाले लरिकन का अलग ते गिजा तो चहिबै करी।"

"यही मारे तो हम कहेन।"लक्ष्मी ने कहा।

"ठीक है, अलग ते दूध लागि जाई।" जग्गो ने नोट धोती के आँचल में बाँध लिया।

"मुदा इनका तुम जीजा समझाय जाओ कि घर के लरिकन की तना माँग-जाँच के खावा करैं। सरमावा न करै।"

लक्ष्मी ने बच्चन की ओर देखा। तब बिना कुछ कहे घर से बाहर निकल गए।

"अगले दिन से बच्चन को दूध तो मिलने लगा लेकिन उसमें आधा पानी होता। मलाई तो खैर होती ही नहीं, जबकि संतू के गिलास में मलाई ही मलाई होती और वह दूध पीने में सत्तर नखरे करता। "मार मलाई भर दिहे हौ ई मां। हमते नाई पिया जात।" वह कहता।

आठ

आज अष्टमी थी। जग्गो अष्टमी का ब्रत रखती थी। उस दिन वह दिन भर कुछ नहीं खाती थी। केवल शाम को फलाहार करती थी या फिर सिंघाड़े के आटे की पूरियाँ और फलाहारी नमक डालकर बनाई गई आलू अथवा अरवी की सब्जी खाती थी। बाँके का ब्रत से कुछ लेना-देना नहीं था। लेकिन सुविधा के लिए कि बार-बार अलग तरह का भोजन क्यों बनाया जाए, वह भी शाम को यही खा लेते थे। आजकल उनकी शाम की

ड्यूटी थी। अतः जग्गो खाना बनाने में लगी थी कि उनको देर न हो जाए। तभी उसने देखा घर में फलाहारी नमक नहीं है। उसने संतू से कहा कि वह नीचे से बच्चन को बुला लाए ताकि वह नमक ला दे।

संतू जीना उतर कर नीचे गया परंतु उलटे पाँव लौट आया। "बच्चन दादा क़मरा मां नाई हैं," उसने कहा।

"नाई हैं तो कहाँ गे ?" जग्गो ने पूछा।

"हम का जानी कहाँ गे।"

"अच्छा तो तुही लपक के लै आ। औ सुन, फलाहारी नमक लाए।"

"हम जाई ले ?" संतू नखरा करने लगा।

"अरे चला जा न। तोरे बाबू का मील जाएकी देर ह्वे रही है।"

संतू चला गया। थोड़ी ही देर में वह नमक लेकर आया तो नमक की पुड़िया जग्गो को पकड़ाते हुए बोला, "बच्चन दादा हुआं बैद्य जी की दूकान पर बईठ हैं।"

बाँके भी वहीं खड़े थे। उन्होंने सुना तो उनका माथा ठनका। बैद्यजी की दुकान पर बैठा है ! कहीं कुछ रोग-वोग तो नहीं पाल लिया ? और मन ही मन किशोरावस्था में होने वाले अनेक प्रकार के रोगों की कल्पना करके वह चिंतित हो उठे कि कहीं संतू भी उसकी संगत में पड़कर बरबाद न हो जाए। "हुआँ बइठे का कै रहा है ?" उन्होंने पूछा।

"अखबार पढ़ि रहे हैं।" संतू ने उत्तर दिया।

"अखबार पढ़ि रहा है !" बाँके को इस बार पहले से भी अधिक धक्का लगा। "का कहे ? अखबार पढ़ि रहा है। यू कबते करै लाग यू ?" बाँके द्वारा कहा गया वाक्य प्रश्न कम, उनके आश्चर्य की अभिव्यक्ति अधिक था।

"रोजै ज़ात हैं।" संतू ने आकाश में उड़ती हुई पंतग पर दृष्टि जमाए हुए कहा।

बाँके अंदर ही अंदर गुस्से से उबलने लगे। उनके विचार से अखबार पढ़ना लुच्चे, लफंगों, आवारा लोगों का काम था। या फिर सरकार से बगावत करने वाले कांग्रेसियों का, जिन्हें भी वह इन्हीं लोगों की श्रेणी में रखते थे।

"जा बुला ला ऊका।" उन्होंने संतू से कहा।

"हम कहा रहै।" संतू ने उत्तर दिया।

"का कहे रहै ?"

"कहा रहै कि अम्मा बोलाय रही है तुमका।"

"तो, का कहिस ?"

"कहै लाग चलौ हम आइत है।"

बाँके के मन में आया कि वह स्वयं जाकर उसके कान पकड़ कर घसीटते हुए यहाँ लाएँ। लेकिन उन्हें मिल जाने की देर हो रही थी। जग्गो एक थाली में सिंघाड़े के आटे की पूरी, आलू की फलाहारी सब्जी और एक कटोरी में कद्दू की खीर ले आई थी। बाँके हाथ धोकर, खाने बैठ गए। भोजन समाप्त करके वह मिल चले गए। उनके जाने के

समय तक बच्चन लौट कर नहीं आया था।

दूसरे दिन सुबह ही उनकी भेंट उससे हो सकी। "काल्ह साम का तुम कहाँ गे रहौ ?" उन्होंने उससे पूछा।

"अखबार पढ़ै गे रहन।" बच्चन ने उत्तर दिया।

बाँके का गुस्सा उसकी इस ढिठाई पर दुगुना हो गया। एक तो चोरी, उस पर सीनाजोरी ! "कहाँ जात हौ अखबार पढ़ै ?" उन्होंने आगे पूछा।

"बैद्य जी की दूकान पर।" बच्चन ने कहा।

"कबते जाए रहे हौ ?"

"बहुत दिन ह्वेगे।" बच्चन यह तो देख ही रहा था कि उसके मौसिया काफी गुस्से में हैं लेकिन इस गुस्से का कारण वह नहीं समझ पा रहा था।

बाँके की इच्छा हो रही थी कि वह दो झापड़ बच्चन के जड़ दें। लेकिन वह जब्त कर गए और किसी तरह अपने गुस्से को दबाते हुए बोले, "देखो, यहाँ रहना है तो कायदे से रहो। यह अखबार-वखबार पढ़ना मुझको बिल्कुल पसंद नहीं है। शरीफ आदमियों का काम है यह ? हाँ, शोहदों को जरूर मैंने अखबार पढ़ते देखा है। यह भी नहीं कि तुम्हारे पास और कोई काम नहीं है। अपनी किताबें पढ़ो। इम्तहान की तैयारी करो। कब है छमाही इम्तहान तुम्हारा? और नहीं तो हम लक्ष्मी को लिख दें कि तुम्हारा कहीं और इंतजाम करें।"

बच्चन सिर झुकाए खामोश खड़ा रहा तो बाँके का गुस्सा कुछ कम पड़ा। "खैर अब तक जो भा सो भा। अब आइंदा ते हमरे कान मां या बात न परै कि तुम हुआं बइठे अखबार पढ़ि रहे हौ। समझेव ?" गुस्से के अवरोह के साथ वह फिर अपनी भाषा पर उतर आए।

बच्चन ने फिर भी कोई उत्तर नहीं दिया।

"जाओ अच्छा अपने कमरा मां जाओ," बाँके ने कहा और ताक पर रखी हुई। नीम की दातौन उठा कर, दाढ़ों के बीच दबा कर कुचलने लगे।

नौ

दूसरे दिन से बच्चन ने बैद्यजी के यहाँ अखबार पढ़ने जाना बंद कर दिया लेकिन अब वह स्कूल के पुस्तकालय में अखबार पढ़ने लगा। आजकल रोज ही काकोरी ट्रेन डकैती से संबंधित समाचार बड़ी-बड़ी सुर्खियों में छप रहे थे। बच्चन इन खबरों को बहुत ही रुचि लेकर पढ़ता। वैसे भी उसे अखबार पढ़ने का एक तरह से चस्का लग चुका था। लखनऊ में भी वह बराबर अखबार पढ़ा करता था। जिस दिन उसे अखबार पढ़ने को

नहीं मिलता, उस दिन उसे कुछ अजीब-अजीब सा लगने लगता। इतवार या छुट्टी वाले दिन यही होता। लेकिन उसका भी उसने रास्ता निकाल लिया। उस दिन वह किसी लड़के के घर पढ़ने जाने का या फिर स्कूल में एक्स्ट्रा क्लास का बहाना बनाकर मेस्टन रोड स्थित कांग्रेस कार्यालय या फिर बिरहाना रोड पर 'प्रताप' के कार्यालय चला जाता। दोनों ही जगह चबूतरे पर पड़े तखतों पर जनता के पढ़ने के लिए ढेरों अखबार रखे रहते।

बाँके को बच्चन की इन कारगुजारियों की कोई भी जानकारी नहीं थी। अपनी ओर से उन्होंने दो-चार बार, समय असमय, वैद्यजी की दुकान की तरफ जाकर इस बात की पुष्टि कर ली थी कि बच्चन वहाँ नहीं जाता है। तभी एक दिन उन्होंने उसको खादी का सफेद कुर्ता, सदरी और पाजामा पहने, सफेद टोपी लगाए, हाथ में तिरंगा झंडा लिए कांग्रेस के जुलूस में जाते देख लिया। वह किसी काम से जनरलगंज जा रहे थे। रास्ते में जुलूस मिल गया। वास्तव में उन दिनों वहाँ कांग्रेस का अधिवेशन होने जा रहा था जिसकी अध्यक्षता सरोजनी नायडू करने वाली थीं। इस अवसर पर उनके नगर-आगमन पर उन्हें खुली मोटर में बिठा कर यह जुलूस स्टेशन से सभा स्थल की ओर जा रहा था। जुलूस इतना विशाल था कि उसकी वजह से सड़कों पर आवाजाही रुक गयी थी। कितने ही लोग घरों से विशेष कर जुलूस देखने के लिए ही निकले थे। शेष भीड़ उन लोगों की थी, जिन्हें मार्ग अवरुद्ध हो जाने के कारण रुकना पड़ गया था। बांके इन्हीं लोगों में से थे। तभी अचानक उनकी निगाह जुलूस में झंडा लिए चल रहे बच्चन पर पड़ी तो थोड़ी देर के लिए तो उन्हें अपनी आँखों पर विश्वास नहीं हुआ। उन्होंने थोड़ा आगे बढ़ कर दोबारा गौर से देखा। शक-शुबहा की कोई गुंजाइश नहीं थी। बच्चन ही था। भीड़ में खड़े-खड़े ही उनका रक्तचाप बढ़ने लगा। यह लौंडा जरूर मुझे जेल भिजवा कर रहेगा, उन्होंने मन ही मन सोचा। उनकी मिल का मालिक तथा सभी बड़े अधिकारी अंग्रेज थे। यदि उन्हें पता चल गया—और पता चलने में देर क्या लगनी है, सी. आई. डी. वाले तो सारी खबर रखते ही हैं—तो उन्हें निश्चय ही नौकरी से निकाल दिया जाएगा। कहो जेल भी हो जाए। वह मन ही मन अपनी पत्नी, जग्गो को गाली देने लगे, 'ससुरी दुइ बोरा गेहूँ औ चाउर के पाछे हमका जेहेल भेजवाए के रही।' और उन्हें अपने स्वर्गीय पिता का कथन याद हो आया कि जो पुरुष औरतों के कहने पर चलेगा पछताएगा, क्योंकि औरतों की खोपड़ी में दिमाग नहीं होता और जो थोड़ा-बहुत होता भी है वह उनके लम्बे-घने बालों की खेती में खाद के काम आ जाता है या फिर बालों में पड़े जुएँ खून के साथ उसका सारा सत खींच लेते हैं। उनका मन हुआ कि दौड़ कर जुलूस में घुस जाएँ और बच्चन को कान से पकड़कर घसीटते हुए घर लाकर उसकी बोटी-बोटी काट डालें। लेकिन जुलूस में शामिल 'भारत माता की जय,' 'वंदे मातरम्' 'महात्मा गाँधी की जय' के गगनभेदी नारे लगाती विशाल भीड़ देखकर ऐसा करने का उनका साहस नहीं हुआ। गुस्से को जब्त करने के प्रयत्न में वह अंदर ही अंदर और उत्तेजित होते गए और इस प्रक्रिया में वह जिस काम के लिए घर से निकले थे, उसे भूल कर सीधे घर लौट आए।

"देख लेव घर माँ गेहूँ चाउर है कि नाहीं," घर में प्रवेश करते ही उन्होंने अपनी पत्नी से कहा।

"काहे ?" जग्गो ने पूछा।

"न होंय तो लछमी का लिख देई पहुँचाए जाएँ आयेक।"

"अब-हीं महिनौ भर तो नाई भा जब उइ दइ गे रहैं।"

"ओत्ते ते का होई ? साल दुई साल का इंतजाम कइ के धरि लेव। काहे ते कि हमका तो जायेक परी जेहेल। हियां नाज पानी को लाई ?"

"काहे, जेहेल काहे जायेक परी तुम का ? का ह्वइगा ?" जग्गो ने पूछा।

"अबै तो नाई ह्वइगा। मुदा कुछू होय मां कउनौ कसर बाकी नाई रहिगै है।"

"बुझौवल काहे बुझाए रहे हौ ? सूध सूध बात बताओ न, हमहू तो सुनी।"

"उइ जऊन भतीज आएँ तुमार, जिनका तुम नाज पानी के लालच मां अपने तीर राखै हौ, तऊन सड़क पर झंडा लिहे कांग्रेस का जलूस निकार रहे हैं। हम अपनी आँखिन ते देखि के आए रहे हन। तऊन अबिहनै आवत होई पुलिस। हथकड़ी डार के सबके समुहे पकर के लइ जाई हमका, तब बईठ के रोयो तुम।"

"तुम का काहे पकर लइ जाई ?" जग्गो ने पूछा।

"अऊर की का पकर लइ जाई ! तुमका कि तुमरे जीजा का ? ऊ लउंडा रहत है हमरे हियां तो पकरे जइहैं का हमार परोसी ?"

जग्गो रोने लगी। "अब हम का जानित रहै कि यू सब करै लागी यू हियां रहिके।"

"तुम नाई जनती रहौ तो लछमी ते 'हाँ' कहै ते पहिले हमते तो पूछ लेक चही रहै। मुदा तुमका तो जइसेन उइ कहिन कि नाज पानी घर ते आए जाई बस टाँय टाँय बोलै लागिव, "घर ही का तो लरिका आए। हिएँ रहि जाई। कऊन बड़ी जगह चही। एक खटियै भरे की तो जगह चही," बांके ने अपनी पत्नी की नकल उतारते हुए कहा।" अब खटिया भर की जगह हमका मिली हुआं जेहेल मां।"

जग्गो और जोर से सिसकने लगी। "हमार अक्किल मारी गै रहै तो तुमका तो मना करैक चही रहै।"

"हमते राय लइके कहे रहौ तुम ? जब तुम हमते पूछे बिना पहिलेहे राजी ह्वै गईव तो हम बीच मां का बोलित ?" बाँके थोड़ी देर शांत रहे, तब बोले, "तुमरे या अक्किल न आई कि हुआं लखलऊ मां दुइ दुइ भाई उनके रहत हैं तऊन हुआं ई का न राखि के हियां काहे लाए हैं। कउनौ कारन तो होइबै करी ई के पाछे।"

"आवै देव, अबहीं निकार बाहर करित है हम," जग्गो ने आपने आँसू पोंछते हुए कहा। तब संतू से बोली, "जा बाहर की कुंडी लगाए आ। हम उइ का घुसै न देबै घर मां आज। बहरै बाहर बिदा करित है अबहीं। लखलऊ जाय और चाहे अपने गाँवै जाय।"

संतू तुरंत दौड़कर कुंडी बंद कर आया। बांके का गुस्सा कुछ कम हुआ तो वह

कपड़े बदलने लगे। खासी सर्दी पड़ रही थी। जग्गो बरोसी सुलगा लाई तो बाँके चारपाई पर बैठे-बैठे ही पैर सेंकने लगे। साथ ही वह यह सोच रहे थे कि इस आफत से आखिर किस तरह छुटकारा पाया जाए?

जग्गो बराबर बड़बड़ाए जा रही थी। "अइसौ भला कोऊ करत है कि जउनी थरिया मां खाय वही मां छेद करै। अब अस गए बीते नाई हन हम कि मन दुई मन नाज के पाछे बिकाय जाई। उठा लई जांय अपन गेहूँ, चाउर जऊन बचे हैं। उनहीं के लरिका के खाए मां कामे आरा है। कहूँ अऊर रखतीं तो दुइ रुपिया ते कम केरावा न लागत महीना मां। हम का जानित रहै कि यू सब लीला करी। बहरै ते न लउटारा तो हमरौ नाव नाई है।"

जग्गो के इस तरह बड़बड़ाने से बाँके एकाग्रचित्त होकर ठीक से सोच नहीं पा रहे थे। उन्हें जग्गो पर गुस्सा आने लगा। "हम कहित है तुमार दिमाग खराब ह्वइगा है का। बर-बर बर-बर लगाए हौ तब ते। घर ते ई तना निकार देहो तो जाई कहाँ?"

"भारे मां जाए। हमका का करैक?"

"औ जो कहूँ गाड़ी वाड़ी के नीचे कटि मरा कि गंगाजी मां डूब मरा तो?"

"डूब मरै जायेक। हमका तो छुट्टी मिली।"

"तुमका तो छुट्टी न मिली। हमका जरूर मिली। काहे ते कि अबहीं तो खाली जेहेलै होई, तब होई फाँसी।"

"फाँसी काहे होई?"

"फाँसी होई ई मारे कि सब जने कहिहैं कि बाँके उइ का मार के डार दिहिन गंगाजी माँ। नाई एत्ता तो कहिबै करिहैं कि घर ते निकार दिहिन यही मारे जान दइ दिहिस ऊ। और जो कहूँ चिट्ठी पत्री छांड़िगा ऊ कि यई पंचे हमरी खुदकुसी के बरे जिम्मेदार हैं तो यू जान लेव कि तुमहू न बचिहौ फिर। फाँसी नाई तो जेहेल तुमहू का होई।"

जग्गो खामोश हो गई।

"यही मारे हमार बाप कहत रहैं कि औरतन के कहे पर कबो न चलै। इनकी खोपड़ी मां दिमाग की जगह गोबर भरा होत है।"

जग्गो यह बात अपने पति के मुँह से इतनी बार सुन चुकी थी कि अब उस पर इसका कोई असर नहीं होता था। उसने बाँके की बात को अनसुना करते हुए कहा, "तो ई के बाप का बोलाय के बात कइ लेव न। औ नाई तो यही ते कहौ कि अपने गाँवै जायेक उनका बोलाय लावै।"

बाँके को अपनी पत्नी की यह सलाह जँची। परंतु प्रत्यक्ष उन्होंने उसे डाँटते हुए कहा, "जाओ अपन काम करौ जायेक। दिमाग न खाओ हमार। सोचै देव हमका।"

शाम उतरने लगी थी। जग्गो ने रसोई में जाकर चूल्हा सुलगाया! तब चूल्हे पर दाल चढ़ाकर सब्जी काटने लगी।

खाना बन गया और सब लोगों ने खा भी लिया लेकिन बच्चन लौटकर नहीं आया। बाँके को अब दूसरी चिंता सताने लगी। कहीं ऐसा तो नहीं कि पुलिस ने बच्चन को पकड़ लिया हो। अगर ऐसा हुआ तो और कुछ हो न हो पुलिस उनके घर की तलाशी अवश्य लेगी। सारे मुहल्ले वालों के सामने इज्जत उतर जाएगी। असहयोग आंदोलन के अंतिम चरण में वह इस तरह के दो-एक दृश्य देख चुके थे। यह सब सोचकर उन्हें हौल-दिली होने लगी। जग्गो बच्ची को बगल में लिटाए चुपचाप खाट पर लेटी थी। वह खामोश जरूर थी लेकिन बाकायदा जाग रही थी। परंतु बाँके को लगा कि वह सो गई है और वह मन ही मन उस पर बिगड़ने लगे। "अबै तक बर्र-बर्र-बर्र लगाए रही। जमीन आसमान के कुलाबा एक किहे रहै। अब कईस घोड़ा बेच के सो रही है। हरामजादी ससुरी।"

तभी बाहर के दरवाजे की कुंडी खटकी तो जग्गो एक दम से उठकर बैठ गई। "सोय गेव का? आवा है जानौ।" उसने अपने पति से कहा।

"चुप।" बांके ने उसे दबी जबान से डाँटा।

कुंडी दुबारा खटकी। बाँके को लगा जैसे कुंडी खटकाने वाले ने गली में किसी से बात भी की कुछ। उन्हें पूरा विश्वास हो गया कि पुलिस ही है।

"कुर्ता दे हमार," उन्होंने लगभग फुसफुसाते हुए कहा।

"काहे, कुर्ता का करिहौ?" जग्गो ने कहा। "चुप्पे पहुड़ौ न। हम जायेक अंदरै ते भगाए देइत है।"

"हरामजादी, पुलिस आए।" बांके ने उसे डाँटा।

पुलिस का नाम सुनकर जग्गो रुँआसी हो आई।

बाँके एक क्षण चारपाई पर बैठे गली में होने वाली किसी भी आहट की प्रतीक्षा करने लगे। परंतु जब दो-तीन मिनट तक न कुंडी खटकी, न ही कोई और आवाज हुई तो वह तेल की कुप्पी हाथ में लेकर, दबे पाँव नीचे उतर आए। एक क्षण वह चुपचाप दरवाजे के पास खड़े रहे। तब बोले, "को आए?"

"हम आन।" आवाज बच्चन की थी।

बाँके ने दरवाजा खोल दिया। "कहाँ रहेव एत्ती देर?" उन्होंने पूछा।

"अपने दर्जा के एक लड़का के हियां चले गे रहन।" बच्चन ने झूठ बोला। जुलूस वाले कपड़े वह उतार आया था और साधारण कमीज-पाजामा, मिर्जई आदि पहने था।

बाँके उसे घूर कर देखते रहे। "औ हुआं कांग्रेस के जलूस मां को रहै, तुमार भूत?"

बच्चन ने कोई उत्तर नहीं दिया।

"बोलत काहे नाई?"

"जलूस के बाद लड़का के हियां गे रहन।"

"की ते पूछ के गे रहौ जलूस मां?" बाँके ने अगला प्रश्न किया। तभी उन्हें ध्यान

आया कि दरवाजा अभी तक खुला है। उन्होंने कपाट भेड़ कर अंदर से कुंडी लगा ली।

बच्चन तब तक अपने कमरे में आ गया था। पीछे-पीछे बाँके भी कमरे में आ गए। कुप्पी उन्होंने तखत पर रख दी। "जवाब नाई दिहो तुम ?" उन्होंने बच्चन से कहा।

"का ?"

"हम पूछ रहे हन की ते पूछ के जलूस मां गे रहौ ?" बाँके ने एक-एक शब्द को जैसे अलग-अलग उच्चारित करते हुए कहा।

"कोऊ ते नाई।" बच्चन ने उत्तर दिया।

तब तक जग्गो भी नीचे उतर आई थी। "हम कहित है अबहीं घर खाली करौ तुम हमार। अपन इताब-किताब, कपड़ा-लत्ता सब लइके जहाँ जायेक हो तहाँ जाओ। तुमरे पाछे हियां कोऊ जेहेल न काटी।" उसने कहा।

बच्चन खामोश खड़ा जग्गो की बात सुनता रहा।

"बहुत बरदास कीन हम,"इस बार बाँके ने कहा। "मुदा अब पानी गले ते ऊपर ह्वइगा है। हमरे पास न पइसा है न बखत कि तुमरे पाछे पुलिस-थाना करत फिरी। कांग्रेस मां सामिल होयेक माने आज नाई तो काल्ह पुलिस तुमका पकरिबै करी। औ साथे मां हमहू का जेहेल जायेक परी। तुमरे घर मां तो खेती किसानी होत है। सादी बियाह अबै भा नाई तुमार...."

"इनका बिहाव होई ? को इनका अपन बिटिया देई। इनके अस लूमड़ का...."

बांके ने जग्गो को घूर कर देखा तो जग्गो अपनी बात अधूरी ही छोड़ कर खामोश हो गई। बीच में आये इस व्यतिक्रम को नजरंदाज करते हुए बाँके ने अपनी बात जारी रखी, "सो बीवी-बच्चन की कउनौ जिम्मेवारी है नाई तुमरे ऊपर। जऊन मरजी आवै तऊन करौ। मुदा हमते ई उमिर मां जेहल मां चक्की पीसत न बनी। सो भइया, हम तुमार हाथ जोड़ित है।" बाँके ने वास्तव में अपने हाथ जोड़ दिए, "हमरे ऊपर किरपा करौ तुम। हम बहुत भूल कीन जऊन तुमका अपने घर मां राख लीन। मुदा अब जऊन तुमार लच्छन हैं तऊन हमते न सपरी। भर पायेन हम। किरपा कइ के अब तुम अपन कहूँ अऊर इंतजाम करौ।"

बच्चन खामोश खड़ा उनकी बात सुनता रहा। वह समझ नहीं पा रहा था कि इस समय वह जाए तो भी कहाँ जाए। फिर भी उसने अपने कपड़े-लत्ते, किताबें-कापियाँ आदि अपने बक्से में रखनी शुरू कर दीं।

बाँके एक क्षण उसे ऐसा करते देखते रहे। तब बोले, "अब यहौ न करौ कि सारी नाते रिश्तेदारी मां हमार बदनामी कराओ कि आधी रात मां लरिका का घर ते निकार दिहिन। ऐत्ती बैरिया तो रहि जाओ हियैं। मुदा सबेरे अपने गांवै जायेक अपने दद्दा का बोलाय लाओ तऊन उनते बात कइ लेई हम। उइ के बाद जहाँ तुमार मरजी आवै, कि जहाँ तुमारा दद्दा कहैं हुआ चले जायों।"

जग्गो ने उनकी यह बात सुनी तो हाथ से इशारा करने लगी कि इसी वक्त इसको

घर से निकाल दो। लेकिन बांके ने उसका इशारा देखकर भी अनदेखा करते हुए कहा, “जाओ इनका खाना परस देव जायेके।”

“काहे, हुआं कांग्रेस के जलूस मां खाना नाई मिला का इनका?”

बांके ने फिर जग्गो को घूर कर देखा तब बच्चन से बोले, “जाओ खाना खाये लेव जायेक।”

“खाना हम खाये आये हन।” बच्चन ने कहा।

“कहाँ ते खाये आये हौ?”

“वही लड़का के हिया ते जहाँ गे रहन।”

“अच्छा तो पहुड़ौ। औ सबेरे अपने गांवै जायेके अपने दद्दा का बोलाय लाओ। समझेव?” इतना कहकर बाँके कमरे से निकल कर जीना चढ़ने लगे।

उनके जाते ही जग्गो ने मेज पुर रखी मिट्टी के तेल की कुप्पी उठाई और होंठों ही होंठों में कुछ बुदबुदाते हुए उनके पीछे-पीछे वह भी जीना चढ़ गई।

बच्चन कमरे में अकेले रह गया। कुछ देर वह वैसे ही अंधेरे में खड़ा रहा, तब तखत पर लेट कर, लिहाफ अपने ऊपर खींच लिया।

दस

खाने के बारे में बच्चन ने झूठ बोला था। किसी भी लड़के के यहाँ वह गया ही नहीं था, अतः किसी के घर पर उसके खाने का प्रश्न ही नहीं उठता था। हाँ, कांग्रेस के शिविर में अवश्य प्रतिनिधियों के साथ-साथ वालंटियरों के लिए भी भोजन की व्यवस्था थी। लेकिन वहाँ इतनी भीड़ थी और लोग इस प्रकार एक-दूसरे के ऊपर टूटे पड़ रहे थे कि दो-तीन बार प्रयत्न करने के बावजूद बच्चन उस स्थान तक नहीं पहुँच पाया जहाँ खाना बँट रहा था। वास्तव में अधिकांश लोग सेशन चलने के दौरान ही धीरे-धीरे भोजन कक्ष में पहुँचने लगे थे और थोड़ी ही देर में वहाँ इतनी भीड़ हो गई कि प्रबंधकर्ताओं को समय से पहले ही भोजन वितरित करना पड़ा जिसकी वजह से पहले से तैयार करके रखी गई पूरियाँ आदि समाप्त हो चुकी थीं और अब दुबारा बन रही थीं। इसी कारण भीड़ को निपटाने में समय लग रहा था। इस बीच बच्चन सेशन की कार्यवाही देखने में इतना तल्लीन था कि भोजन की ओर उसका ध्यान ही नहीं गया। देश के एक से एक महान नेताओं लाला लाजपत राय, गाँधीजी, मोतीलाल नेहरू, मौलाना मुहम्मद अली, डा. अंसारी, मौलाना अबुल कलाम आजाद, वल्लभ भाई पटेल, जवाहर लाल नेहरू आदि को, जिनके बारे में वह अखबारों में पढ़ता रहता था तथा जिनमें से गाँधीजी को छोड़कर अन्य को वह पहली बार देख रहा था, एक साथ मंच पर देखकर वह मंत्र-मुग्ध था। ‘वंदे मातरम्’ तथा ‘झंडा ऊँचा रहे हमारा,’ जिसे पहली बार कांग्रेस के मंच से गाया जा रहा था, से लेकर

सरोजनी नायडू के अध्यक्षीय भाषण की समाप्ति तक वह अपने जगह से हिला भी नहीं था। सरोजनी नायडू का भाषण अंग्रेजी में था जिसके कारण उसका अधिकांश भाग उसकी समझ में ठीक से नहीं आया था। लेकिन उनके बोलने के ढंग, कोकिलकंठी स्वर और विचारों के प्रवाह को देखकर वह अपने स्थान पर खड़ा रह गया था। तभी सेशन की समाप्ति पर भीड़ का पूरा रेला भोजन कक्ष की ओर बढ़ गया जबकि बच्चन अपने वस्त्र बदलने लगा क्योंकि उसे भय था कि खद्दर के वस्त्रों में उसे देखकर उसके मौसिया निश्चय ही भड़क उठेंगे। इसी में उसे देर हो गई और दो-चार बार प्रयत्न करने के बावजूद जब वह भोजन मिलने के स्थान तक नहीं पहुँच पाया तो उसने निर्णय लिया कि अब यहाँ और अधिक रुकना ठीक नहीं होगा। वैसे ही खासी देर हो चुकी थी। घर पर वह कुछ कह नहीं आया था। और अधिक देर होने से उसका कोई बहाना भी नहीं चलेगा, इन्हीं सब कारणों से बिना खाए ही वह वहाँ से चल दिया। सोचा, घर पर तो उसके हिस्से का भोजन होगा ही। लेकिन यहाँ पहुंचने पर जो व्यवहार उसके साथ हुआ, उसमें खाने का प्रश्न ही नहीं था। सुबह से ही खाली पेट होने के कारण उसकी आँतें कुलबुला रही थीं किंतु सिवा खामोश लेटे रहने के और कोई विकल्प उसके पास नहीं था।

ऐसी स्थिति में उसे देर तक नींद नहीं आई। इसके बावजूद वह सुबह जल्दी ही उठ गया और हाथ-मुँह धोकर गाँव जाने के लिए तैयार हो गया। बाँके भी तब तक जाग चुके थे। उसे कपड़े जूते पहने देखकर उन्होंने पूछा, "तैयार ह्वै गेव ?"

"हाँ।" बच्चन ने उत्तर दिया।

"ठीक है, जाओ। चले जइहौ न ?"

"हाँ," बच्चन ने कहा। दशहरे की छुट्टियों में वह लखनऊ गया था तो उसके गाँव का स्टेशन रास्ते में पड़ा था। गाड़ी वहाँ रुकी भी थी। अतः किसी प्रकार की समस्या उसे नहीं लग रही थी।

बाँके के पैर छूकर बच्चन वापस मुड़ने को हुआ तो उन्होंने उससे कहा, "अपने दद्दा का साथै लइके आयो। कहि दिहो हम बोलावा है।"

बच्चन के पास कुल एक-डेढ़ रुपया था। उसने सोचा था कि वह जग्गो के पास रखे अपने रुपयों में से एक-दो रुपए और माँग लेगा। लेकिन जब जग्गो जागते होने के बावजूद कमरे से बाहर नहीं निकली तो बच्चन ने अपना इरादा बदल दिया और चुपचाप घर से बाहर आकर गली के पार सड़क की ओर बढ़ गया। इतने पैसे उसके गाँव तक जाने के लिए काफी थे।

गली से बाहर निकल कर उसने सबसे पहला काम यह किया कि एक हलवाई की दुकान पर छक कर दूध जलेबी का नाश्ता किया। तब सरसैया घाट वाले चौराहे तक पैदल आकर ट्राम पर बैठ कर स्टेशन आ गया।

उसकी गाड़ी छूटने का समय साढ़े दस का था जबकि अभी आठ भी नहीं बजे

थे। अतः टिकट कटाकर वह प्लेटफार्म पर टहलने लगा। साढ़े नौ के आसपास गाड़ी प्लेटफार्म पर लग गई। लेकिन वह फिर भी आराम से टहलता रहा। आखिर जब गाड़ी चलने को हुई और गार्ड ने सीटी बजा कर हरी झंडी हवा में लहराई तथा इसी के साथ इंजन ने भी सीटी दी तो वह आराम से तीसरे दर्जे के एक डिब्बे में चढ़ गया। भीड़ बिल्कुल नहीं थी। वह खिड़की के पास बैठकर बाहर देखने लगा।

रास्ते के हर स्टेशन पर रुकती हुई पैसिंजर गाड़ी कोई एक बजे उसके गाँव के स्टेशन पहुँची तो वह अपने डिब्बे से नीचे उतर आया। उसे मालूम था कि पास के गाँव में फकीरे साहु के यहाँ टट्टू और बैलगाड़ी दोनों ही किराए पर मिलते हैं। पिछले दिनों दो एक बार अपने दद्दा के साथ आने पर उसने उन्हें फकीरे के यहाँ से बैलगाड़ी किराए पर लेते देखा था। स्टेशन से लगी एक मात्र दुकान से उसने एक आने की बरफी लेकर खाई, तब पास के कुएँ से पानी पीकर सीधे फकीरे के यहाँ पहुँचा।

"लढ़िया केराय पर मिली ?" उसने फकीरे से पूछा।

"कहाँ जायेक है ?"

"चंदनपुर।"

"की के हियां ?"

"लाला राम परसाद के हियां ?"

"को, पटवारी लाला ?"

"हाँ, वई।"

"को आओ तुम उन के ?"

"हमार बाबा आयें उइ।" बच्चन ने उत्तर दिया तो फकीरे कुछ सोचने लगा।

"साथ मां हँकइयौ चही ?"

"हम हाँक लेबे।"

"हाँक तो लेहो। मुदा हमार गाड़ी लउटी कइसे ?"

"हमार जन पहुँचाय जाई।"

"अइसे न बनी लाला। मनई साथे जाई," फकीरे ने कहा। "औ रुपइया एक परिहै। औ जो देर अबेर ह्वै जाई," उसने आकाश की ओर निहारा, "सो होइन जाई, काहे ते कि आज काल्ह दिन होतै केत्ता बड़ा है, तो हमरे मनई का हुआं रहैक जगह देक परी। औ बैलन के बरे खली भूसा जऊन तुमरे हुआं होय तऊन दइ दिहो।"

बच्चन समझ रहा था कि एक रुपया फकीरे बहुत ज्यादा माँग रहा है। लेकिन उसने आपत्ति नहीं की। सोचा, दद्दा वहाँ समझ लेंगे। "जानित है हम। तुमार गाड़ी पहिले लइगे हन हम।"

"तुम लइगे हौ ?" फकीरे ने बच्चन को गौर से देखा।

"हमार दद्दा केत्ती दांय लइगे हैं तुमते। हमहू कइऊ दाय साथे रहेन।"

"की के, लछमी लाला के लरिका आओ का तुम ?"

"हाँ।"

"अरे तब तो घरैक बात आए।" फकीरे ने कहा और अपने बेटे बैजू को आवाज देने लगा।

बैजू आ गया तो उसने उसे पूरी बात बताते हुए कहा, "जाओ चंदनपुर मां पटवारी लाला के हियां छांड़ि आओ इनका।"

बैजू ने गाड़ी मैं पैरा बिछाया, उस पर जाजिम डाली, अपने खाने के लिए एक कपड़े में कुछ गुड़-सत्तू बाँधकर रखा, रात में ओढ़ने-बिछाने के लिए रजाई-कथरी रखी तथा बावजूद इसके कि फकीरे ने बच्चन से बैलों को चारा देने का वादा ले लिया था, बड़ी-सी एक गठरी में भूसा बाँध कर रखा, लोटा डोर लिया, तब बैलों को गाड़ी में नह कर बोला, "आओ लाला बइठो।"

"औ सुनौ रात मां हुऐं रहि जायो लाला के हियां।" फकीरे ने बैजू को चलते-चलते हिदायत दी।

"अच्छा," बैजू ने कहा और ट्-ट्-ट्-ट् करते हुए गाड़ी को लीक पर ले आया।

शाम होते-होते बच्चन अपने घर पहुँचा तो लक्ष्मी उसे देखकर चौंक पड़े। "कहाँ ते आ रहे हौ?" उन्होंने पूछा।

"कम्पू ते।" बच्चन ने उत्तर दिया।

"अकेले?"

"हाँ।"

"काहे, का भा?"

"कुछू नाई भा।"

"फिर काहे अकेले चले आयो?"

"मउसिया तुमका बोलाइन हैं।"

"बोलाइन हैं! तो चिट्ठी लिख देतीं।"

बच्चन चुप रहा।

"यही मारे तुम आये हौ?"

"हाँ, हमते कहै लाग जायेक बोलाय लाओ।"

"अइस कऊन आफत आये गै? कउनिव अईस वईस बात तो नाई भै?" लक्ष्मी ने बच्चन को घूर कर देखा।

बच्चन खामोश रहा।

"टेसन ते हियां तक कइसे आयो तुम? पैदर?"

"नाहीं।"

"तो?"

"लढ़िया ते।"

"लढ़िया कहाँ मिली ?"

"केराय की आये।"

"कहाँ ते लिहो ?"

"अचलगंज ते।"

"की की, फकीरे साहु की आये ?"

"हाँ।"

"केत्ते पइसा लिहिस ?"

"एक रुपिया कहिस है।"

"एक रुपया ! कहाँ है सार ? है कि चला गा ?"

"ऊ खुद नाई आवा है। अपने लरिका का भेजिस है। रात मां हिऐं रही ऊ।"

"कहाँ, बाहर है।"

"हाँ।"

लक्ष्मी उठकर बाहर आ गए। बैजू ने बैलगाड़ी रास्ते से हटा कर किनारे लगा दी थी तथा बैल को जुए से हटा कर उनके गले और पुट्ठों पर हाथ फेर रहा था।

"काहे लूट परी है का ?" लक्ष्मी ने उसे देखते ही कहा। "एक रुपया कबते परै लाग टेसन ते हियां तक का ? एत्ती पनही मारब कि खोपड़ी मां एकौ बार न बची।"

"हम कउनौ बाहर हन का मालिक तुम पंचन ते। जऊन जिउ मां आवै तऊन दई देव। मुदा···।" बैजू कहते-कहते रुक गया।

"मुदा का ?"

"बैलन का कुछ चारा पानी का परबंध कराए देव मालिक औ हमहू का पियास लाग है। तऊन···"

"तो अस बोल न।" लक्ष्मी समझ रहे थे कि फकीरे किराया पेशगी ले चुका है। जब उन्हें पता चला कि रुपया अभी देना है तो उनका गुस्सा कुछ कम हुआ और उन्होंने दूसरे घर से फत्ते को बुला कर बैजू के लिए चना-चबेना और बैलों के लिए चारा-पानी का प्रबंध करने को कहा।

इस बीच जमना देवी को बच्चन के आने की खबर मिल चुकी थी और वह इस घर में आकर बच्चन को कौरियाए खड़ी उसके सिर और पीठ पर हाथ फेरते हुए अपने आप बड़बड़ा रही थीं, "आधौ नाई रहिगा लरिका एत्ते दिनन मां। भारे मां जाये अस पढ़ाई। सरीर मां जानै न रही तो पढ़िके कोऊ का करी ? घर मां काहे की कमी आये जऊन लरिका हुआं परदेस मां डारे हैं। मरभुक्खन के हियां रहिके कोऊ की देहीं मां कुछू लागी। चाहे जेत्ता नाज पानी हुआं ढकेलि आवैं उनही के अपने पेटे मां समाये जाई। पसेरिन घिउ दै आए औ लरिका का यू हाल ! सब हाड़ै हाड़ निकर आये हैं···।"

तभी लक्ष्मी वहाँ आ गए। "अच्छा अब चुपइहौ कि बरबराते रहियो।" उन्होंने जमना देवी से कहा।

"का चुपाई ? मरभुक्खन, कंगलन के हियां लरिका का डारि आये हौ," उन्होंने कहा, "तुम का देखाई नाई दै रहा का हाल ह्वेगा है लरिका का एत्तेहे दिनन मां।"

रज्जो इस बीच बच्चन के लिए हलवा बनाने लगी थी। हलवा बन गया तो एक कटोरी में लाकर उसने बच्चन को देते हुए कहा, "लेव तुम खाओ। इनका पंचन का बतिआए देव। एत्ती दूर ते आये रहे हौ भुखाये गे होइहौ।"

बच्चन वास्तव में भूखा था। उसने हलवा ले लिया और आँगन में पड़ी चारपाई पर बैठकर खाने लगा।

ग्यारह

बच्चन पहले से काफी दुबला हो गया है, यह बात लक्ष्मी की निगाह से भी छिपी नहीं रह सकी। लेकिन इसकी उन्हें विशेष चिंता नहीं थी। स्वास्थ्य ठीक होने में कितनी देर लगती है ? जहाँ चार-छः महीने घर में रहकर घी-दूध खाया, तंदुरुस्ती अपने आप ठीक हो जायेगी। असली चीज तो है पढ़ाई, शिक्षा, जिसके बिना आदमी की कोई मान-मर्यादा इज्जत-आबरू नहीं होती। इसीलिए इस बात का आभास होते हुए भी कि आवश्यकता से अधिक अनाज पहुँचाने के बावजूद बाँके के यहाँ बच्चन को घर जैसी सुख-सुविधा नहीं है, वह उसे वहाँ रखे हुए थे। यह विश्वास भी उन्हें था कि लड़ाई-झगड़े की बात तो दूर, बच्चन अपने मौसी-मौसिया के सामने ठीक से मुँह खोल कर बात भी नहीं करता। होगा। इसीलिए वह समझ नहीं पा रहे थे कि ऐसी कौन-सी आफत आ गई जिसके कारण बाँके ने इतने बड़े लड़के को—वैसे बच्चन सोलह साल का होने को आ रहा था—इतनी दूर अकेले भेज दिया। लेकिन फिलहाल बच्चन को हलवा खाते देख वह बात टाल गए।

रात में खाना-पीना हो चुका तो उन्होंने बच्चन को अपने पास बुलाया और नए सिर से पूछना शुरू किया कि आखिर बात क्या है जिसके लिए बाँके ने उन्हें बुलवाया है। बच्चन पहले तो चुप रहा लेकिन पिता के बार-बार पूछने पर उसके लिए चुप रहना असम्भव हो गया और उसने बताया कि बाँके उससे नाराज है।

"काहे, रिसान काहे हैं तुमते ? का किहो तुम ?" लक्ष्मी ने पूछा।

"अखबार पढ़ैक मारे रिसान है।"

"अखबार पढ़ैक मारे रिसान हैं ! ई मां रिसाय वाली कऊन्न बात आए ?" लक्ष्मी ने कहा, "मुदा अखबार तो हम जानित है उनके हियां आवत नाई।"

"मुहल्ला मां एकै बैद्य जी हैं उनके हियां आवत है। हुएँ पढ़ै जाइत रहै हम।"

"हमरी समझ मां तो बात आवत नाई। मुदा उइ जो तुमका मिनहा किहिन तो अपनी समझ मां तुमरे भलेहे के मारे मिनहा किहिन ह्वइहै। अईस तो नाई कि तुम अपन अढ़ाई पढ़ाई छांड़िके दिन भर अखबारै पढ़त हो।"

"दिन भर काहे पढ़ित है। सबेरे कि संझा का जाइत रहै।"

"अरे तो दुइ चार महीना न पढ़ौ अखबार। केत्ते दिन रहिगे हैं तुमरे इम्तहान मां? दुइए तीन महीना तो बचे ह्वइहैं।"

"बंद तो कइ दीन पढ़ब।"

"फिर का बात है? काहे बोलाइन है हमका?"

बच्चन फिर चुप हो गया।

"अरे बताओ ने साफ-साफ। उनते बात करैक परी न हमका।"

बच्चन चुप रहा तो उन्होंने आगे पूछा, "नाज-वाज तो अऊर न चही उनका? घिऊ है कि खतम ह्वइगा?"

"हम का जानी।"

"तुम का खायेक मिलत है कि नाहीं?"

"जब मन होत है तब डार देती हैं।"

"औ दूध? दूध लाग है तुमार कि नाई?"

"तुम बेकारै मां दूध के पइसा उनका दइ आयो।"

"कोहै?"

"कबो कहती है दूध फाटिगा, कबो बिलरिया जुठार जात है। कबो कहि देती हैं कोहू का पाँव लाग गा तऊन ढरक गा।"

लक्ष्मी एक क्षण चुप रहे। तब बोले, "यही सबके पाछे कुछ भा का?"

"हम तो कबो कुछ कहा नाई।"

"कहेव नाई तो फिर हमका काहे बोलावा गा है? हम का करिबे जायेक हुआं?" लक्ष्मी ने इस बार कुछ कड़े स्वर में कहा।

बच्चन थोड़ी देर खामोश रहा। तब बोला, "अब हम हुआं न रहब।"

"काहे?"

"मउसिया मिनहा किहिन है।"

"का कहिन?"

"कहिन हमरे घर ते निकर जाओ।"

"काहे निकर जाओ?" लक्ष्मी ने इस तरह कहा जैसे वह बच्चन की बजाय बांके से सम्बोधित हों।

बच्चन चुप रहा तो इस बार उन्होंने उसे जोर से डाँटा, "साफ साफ बतावत काहे नाई?"

"हम कांग्रेस के जलूस मां चलेगे रहन।"

"कईस जलूस?"

"हुआं कांग्रेस का सालाना जलसा ह्वै रहा है। गाँधीजी, जवाहिर लाल, मोतीलाल सब जने आये हैं हुआं। उनही का देखै चलेगे रहन।"

"तो ?"

"यही मारे मउसिया बिगड़ै लाग।"

"अऊर कोऊ गा रहै कि तुमही अकेले गे रहौ ?"

"हजारन मनई गा रहै। हमरे स्कूल के तमाम लरिका गे रहैं। मास्टर गे रहैं।"

"बस यहै बात है कि अऊर कउनिव बात है ?"

"यहै बात है।"

इसमें बांके की आपत्ति का क्या मुद्दा हो सकता है, लक्ष्मी ठीक से समझ नहीं सके। लेकिन वह खामोश हो गए। वास्तव में कांग्रेस को लेकर उनके मन में एक अजीब दुविधा वाली स्थिति थी। गाँधी और नेहरू का वह हृदय से सम्मान करते थे। सम्भवतः यह तेजशंकर के गाँव आने और उस दौरान उसे निकट से देखने के कारण था। उस के प्रति भी उनके मन में अपार स्नेह और आदर था। एक प्रकार से वह उनकी दृष्टि में एक आदर्श युवक था। यह भी वह जानते थे कि कांग्रेस मुल्क की आजादी के लिए लड़ रही है। वह देश को अंग्रेजों की गुलामी से छुटकारा दिलाना चाहती है। इस सत्य से भी वह नावाकिफ नहीं थे कि इसके लिए देश की जनता को, खासतौर से उन लोगों को जो कांग्रेस की लड़ाई में शामिल हैं, बड़ी से बड़ी कुरबानियाँ देनी पड़ सकती हैं। जेल जाना पड़ सकता है। पुलिस की लाठियाँ खानी पड़ सकती हैं। जब गाँधीजी जैसे देवता को सरकार जेल में डालने में संकोच नहीं करती तो साधारण मनुष्य की क्या औकात है ? आखिर तेजशंकर जेल काट ही चुका था। इसीलिए लक्ष्मी यह नहीं चाहते थे कि बच्चन अभी से कांग्रेस के चक्कर में पड़े। हाँ, पढ़-लिख कर कुछ बन जाए तब जो चाहे करे।

"हम तुमका एत्ती दांय समझावा," उन्होंने उसे समझाते हुए कहा (हालाँकि उनका स्वर पूरी तरह बिगड़ने वाला था) "कि पहिले अपन पढ़ाई पूर कइ लेव फिर चाहे जो करो। मुदा तुम लउ्ट फिर के बार बार अईस करत हौ कि सबकी जान जहमत मां परै। एक दांय लखलऊ ते नाव कटा है, अब कम्पूहू ते कटावै पर उतारू हौ।"

"सहर के सब बड़े बड़े मनई तो रहे हुआं। केत्ते तो अंग्रेज आए हैं बिदेसन ते। तऊ्न सब रहे (कांग्रेस के वार्षिक अधिवेशन में विदेशी डेलीगेटों के आने की प्रथा पिछले कई वर्षों से चली आ रही थी।) पूरे सहर मां कांग्रेस केर झंडा लाग है। कउनौ मनाही तो है नाई।" बच्चन ने कहा।

लक्ष्मी के पास बच्चन के इन तर्कों का कोई उत्तर नहीं था। इस अभाव की पूर्ति उन्होंने गुस्से और कुतर्क से की। आँखें तरेरते हुए उन्होंने कहा, "बड़े बड़े मनई सब जहर खा लें तो तुमहू खा लेहो ? हम जऊ्न समझा रहे हन तऊ्न नाई समझ मां आ रहा है तुमरे। बहस किहे जा रहे हौ खामखाह की। जाओ अच्छा हियां ते। पहुड़ौ जायेक जहाँ महतारी इंतजाम किहिन होय तुम्हार।"

बच्चन चला गया। लेकिन लक्ष्मी देर तक जागते रहे। उनकी असली चिंता यह थी कि, जैसाकि बच्चन कह रहा था, अगर बाँके ने वाकई उसे अपने घर में रखने से इंकार

कर दिया है तो वह रहेगा कहां ? केशव प्रसाद भी शक करेंगे कि आखिर बाँके के यहाँ इतने दिनों रखने के बाद किस वजह से अब वह उसको यहाँ रखने को कह रहे हैं ? अकेले रहने में खाना पकाने का झंझट था। या फिर घर का कोई आदमी साथ रहे। सो ले देकर रज्जो ही थी जो जा सकती थी लेकिन उसके जाने से उनके अपने लिए दिक्कत हो जाती।

देर तक सोचने के बाद भी जब वह किसी नतीजे पर नहीं पहुँचे तो, जैसा कि लोगों के साथ प्रायः होता है, उन्होंने फिलहाल इस बारे में सोचना स्थगित कर दिया और सोने का उपक्रम करने लगे।

बारह

लक्ष्मी का विचार था कि वह अगले ही दिन फकीरे की गाड़ी से उसके बेटे बैजू और बच्चन के साथ स्टेशन जाकर कानपुर निकल जाएँगे लेकिन जब बच्चन ने उन्हें बताया कि आज कल उसकी बड़े दिनों की छुट्टियाँ चल रह रही हैं तो वह छुट्टियों तक के लिए रुक गए। इन दो-चार दिनों में ही बच्चन ने घर का घी-दूध खाया तो जिस तरह बिना खाद पानी का पौधा खाद पानी पाकर खिल उठता है, उसी तरह उसका चेहरा भी खिल उठा।

अंततः बच्चन की छुट्टियाँ समाप्त होने पर लक्ष्मी उसे लेकर कानपुर के लिए रवाना हो गए। रास्ते में उन्होंने उसे समझाया कि दो-तीन महीने की ही बात रह गई है सो जैसा बाँके कहे, वैसा ही वह करे। "औ सुनौ," उन्होंने आगे कहा, "उनके समुहे हम तुम का डांटब, तऊन तुम चुप्पे रहेव। जबान न चलावै लागेव।" लक्ष्मी का खयाल था कि बाँके अब तक सामान्य हो गए होंगे। बाकी वह बच्चन को उनके सामने डांट-डपट देंगे तो उनका रहा-सहा गुस्सा भी शांत हो जाएगा।

"एक बात तुम जान लेव," बच्चन ने उत्तर दिया, "कि जो अब मउसिया राजी ह्वै जायें तबहूं हम उनके हियां न रहब।"

लक्ष्मी खामोश हो गए। वह बच्चन को किसी विकल्प के अभाव में ही बाँके के यहाँ रहने पर बल दे रहे थे किंतु जब बच्चन ने इतनी दृढ़ता से वहाँ रहने के लिए मना कर दिया तो वह सोच में पड़ गए। "अकेले रहि लेहो ?" उन्होंने पूछा।

"रहि लेबे।"

"औ खाना ?"

"हम अपने हाथे बना लेबे।"

लक्ष्मी कुछ देर सोचते रहे, तब बोले, "पहिले बतउतिव तो बरतन भांडा साथे लिहे आइत। खैर चलौ, दीख जाई।"

स्टेशन पर गाड़ी से उतर कर लक्ष्मी ने, जैसा कि उन्होंने पहले से ही सोच रखा था, बजाय बाँके के घर जाने के केशव प्रसाद के घर के लिए इक्का किया। शाम होने वाली थी। केशव करेंसी से लौट आए थे।

दुआ-बंदगी, खैर-सल्ला तथा नाश्ता-पानी के बाद लक्ष्मी ने केशव से बच्चन के लिए एक कमरा किराए पर खोज देने के लिए कहा तो केशव ने पूछा, "हुआं बाँके के हियां का परेशानी आयगै?"

"हुआं लरिकन बच्चन वाला घर है," लक्ष्मी ने कहा, "तऊन इनकी पढ़ाई ठीक ते ह्वइ नाई पावत हुआं। औ इम्तहान पास आय रहा है। यई दुई-तीन महिना मां जऊन तैयारी ह्वै जाई वहै जानौ।"

"सो तो है," केशव ने कहा, "हम दुई-चार दिनन मां पता लगाइत है फिर।" उनका खयाल था कि अभी तो बच्चन बाँके के यहाँ रह ही रहा है। कोई ऐसी जल्दी नहीं है। जब कमरा मिल जाएगा तब वहाँ छोड़ कर नयी जगह आ जाएगा।

"दुइ-चार दिनन मां नाई। काल्हे तक ह्वै जातै तो हम सब इंतजाम कइ के गाँवै लऊट जाइत। नाई तो खामखा हमका रुकेक परी।" लक्ष्मी ने कहा।

"अच्छा तो हम अबहीं निकरित है। मुहल्ला मां पता करित है। नाई तो दुई एक लाज है हियां उन मां कउनिउ मां इंतजाम ह्वै जाई।"

"लाज का आए?"

"लाज····तुम यू समझौ कि चार छः लड़िका मिलिके कउनौ मकान लइ लेत हैं। एक नौकर राखि लेत हैं खाना बनावै के बरे। जऊन खर्च होत है तऊन बराबर-बराबर बाँट लेत हैं।"

लक्ष्मी कुछ देर सोचते रहे। तब बोले, "अलग कमरा मिल जातै तो ज्यादा ठीक रहै।"

"मिलैक चही। अबहीं देखित है हम।" केशव ने कहा और बाहर निकलने के लिए कपड़े बदलने लगे।

इधर केशव कमरे की तलाश में निकले उधर लक्ष्मी बच्चन को केशव के घर पर छोड़ कर अकेले ही बांके के घर चल दिए। वह वहाँ पहुँचे तो बांके ने बच्चन के जुलूस में शामिल होने वाली बात काफी मिर्च-मसाला लगाकर, बढ़ा-चढ़ा कर उन्हें बताई। उन्होंने यहाँ तक बात गढ़ ली कि बच्चन के जाने के बाद पुलिस उनके घर आकर तलाशी ले रही थी। वह तो किसी तरह उन्होंने कुछ दे-दिला कर पुलिस वालों को रुखसत किया नहीं तो बड़ी फजीहत होती। "औ यहै नाई" उन्होंने आगे कहा, "बात हमरे मीलौ तक पहुँच गै है। सो तुम जनतै हौ अंग्रेजन की मील आए। सब हाकिम अंग्रेजै हैं। तऊन हमका बोलाय के कहै लाग कि अगर अब ते यू लउंडा तुमरे घर पर रहा तो यही मां तुमार भलाई है कि नौकरी ते स्तीफा दइ देव।"

बांके खामोश हुए तो जग्गो बोल पड़ी, "अब एक बात होय तो तुम का बताई

जाय, जीजा। कम बदनामी बच्चन नाई कराईन है हमार। सबेरे साम रोज अखबार पढ़े जात रहैं कउनौ बैद जी के हियां। मोहल्ला भर देखिस है उनका।"

लक्ष्मी ने जग्गो की बात पर ध्यान दिए बिना बाँके से पूछा, "पुलिस आई रहै तो का गिरफ्तारी का वारंट कटा है?"

"अब हम का जानी? हियां आए के पूछत रहे कि कहाँ रहत है।"

"कउनौ बात नाई भै तुमते?"

"बात कइके का मोहल्ला जमा करित! चुप्पे कुछ दइ-देवाय के बिदा कीन।"

"कउने थाना ते आए रहे पुलिस वाले?" लक्ष्मी ने बात की थाह लेनी चाही।

"अब का करिहौ जानके। औ हमहू का ससुर का मालूम। कउनौ तहकीकात तो कीन नाई हम। अब तुम बस यू करौ कि ऊका गाँवै मां राखौ। हियां रही ऊ तो समझ लेव खतरा है ऊ के बरे।"

"हूँ।" लक्ष्मी ने कहा। एक बार उनके मन में आया कि पूछे, कितना रुपया दिया उन्होंने पुलिस वालों को। लेकिन फिर यह सोचकर कि दस-पंद्रह रुपया बता दिया तो खामख्वाह उन्हें देना पड़ेगा, वह बात टाल गए। "बच्चन का सामान कहाँ धरा है?" उन्होंने पूछा।

"काहे अबहीं जइहौ का?"

"हाँ। रात माँ केसव के हियां रहैक कहि आये हन। वइसिही ते गांवै निकर जइबे।"

"या बात तो ठीक नाई है भाई। रात मां हियैं रहौ। खाना वाना खाओ। सबेरे निकर जायो।" बांके ने कहा। तभी जग्गो ने चोरी से उनका हाथ दबाया तो वह चुप हो गए।

"केसव के हियां कहि आये हन तऊन अब हुऐं चले जाब।" लक्ष्मी ने अपनी बात दोहराई।

"तो कइसे जइहौ? एक्का बुलाए लाई का?"

"हियां बोलाय के का करिहौ। सड़क पर मिलिन जाइ।"

तब तक जग्गो ने एक डलवे में दो-तीन सेर गेहूँ और दूसरे में सेर डेढ़ सेर चावल लाकर लक्ष्मी के सामने रख दिए। "एत्ता नाज तुमार बचा है जीजा तऊन अपन लिहे जाओ। दुई चार परी घिऊ होई मुदा ऊ का देई काहे मां? औ नाई तो कहौ हँडिया लै आई।"

लक्ष्मी हँसने लगे। "अरे ई का कहाँ लइ जइबे? कउनेव दिन आनंदेसुर महादेव जायेके फकीरन मां बँटवाये दिहो।" उन्होंने कहा।

जग्गो लक्ष्मी का कटाक्ष समझ गई लेकिन कहती क्या। अच्छा-खासा अनाज और घी उसने रख लिया था।

लक्ष्मी उठकर खड़े हो गए। "सामान ऊका कहाँ, नीचे कमरा मां धरा है?" उन्होंने

पूछा।

"हाँ।" बाँके ने कहा। लक्ष्मी के साथ वह भी उठ पड़े।

बाहर वाले कमरे में तखत के नीचे बच्चन का बक्सा, जिसमें कपड़े और किताबें थीं तथा लिहाफ-गद्दा बँधा रखा था। बाँके ने झुक कर सामान बाहर खींच लिया। "लइ जात बनी की एक्का बोलाय लाई।"

लक्ष्मी ने सामान उठाकर देखा। "चला जाई," उन्होनें कहा। तभी उन्हें ध्यान आया कि बच्चन की एक लालटेन भी थी। "बच्चन बतावत रहै कउनौ लालटेन रही उन्की।" उन्होंने कहा।

"अरे हाँ," जग्गो ने कहा और ऊपर जाकर लालटेन ले आई। "लेव, मुदा ई का लइ कईसे जइहो?"

"अइसेहे लटकाय लेब।"

तभी संतू बोल पड़ा, "अम्मा, या लालटेन तो घर की आये। बच्चन दादा वाली तो ऊपर इलमारी मां धरी है।"

जग्गो ने उसे डाँटा, "तू का कुछ मालूमौ है कि अइसेहे बक-बक किहे जा रहा है।"

लक्ष्मी ने देखा, लालटेन काफी पुरानी और जगह-जगह से जंग खाई हुई थी। "रहै देव।" उन्होंने लालटेन जमीन पर रख दी। "लइ न जात बनी। तेल वेल बहै लागी तो कपड़ौ खराब ह्वइ जइहैं।"

"यही मारे तो कहित रहै," जग्गो ने कहा।

लक्ष्मी ने एक हाथ में बिस्तर और दूसरे में बक्सा लटका लिया और दरवाजे की ओर बढ़ गए। तभी जग्गो फिर बोल पड़ी, "औ जीजा डेढ़ दुइ रुपियौ बचे ह्वइहै बच्चन के तऊन रुकौ हम लिहे आइत है।"

"अरे अब रुपिया छांड़ौ। लरिकन का दइ दिहो नाई तो मंदिर मां परसाद चढ़ाए दिहो।" लक्ष्मी ने चलते-चलते कहा।

"रिसाय के न जाओ जीजा मुदा।"

"नाहीं रिसाय की ई मां का बात है।"

"तो हमरे कहे ते रुक जाओ आज। खाना खायेक जाओ।"

"अब फिर कबो अइबे तब खइबे," लक्ष्मी ने बिना पीछे मुड़े कहा और गली में आगे बढ़ गए।

लक्ष्मी बच्चन का सामान लिए हुए केशव के घर पहुँचे, तो केशव ने उन्हें बताया कि वह रामनारायन बाजार में कमरा देख आए हैं। मकान मालिक डेढ़ रुपया महीना माँग रहा है मगर उम्मीद है, बीस आने पर राजी हो जाएगा।

दूसरे दिन सुबह लक्ष्मी बच्चन को लेकर केशव के साथ कमरा देख आए। कमरा

पहली मंजिल पर गली की तरफ था। पीछे की ओर खुला सहन था जहाँ खाना पकाने की व्यवस्था थी। गली से ही सीधा जीना लगा था। कमरा छोटा जरूर था लेकिन हवा और धूप खूब आती थी। मकान मालिक खुशी-खुशी सवा रुपए पर राजी हो गया। उसी दिन बच्चन के साथ बाजार जाकर लक्ष्मी उसके लिए बाँस की एक चारपाई, खाना पकाने के लिए जरूरी बर्तन, एक लालटेन, मिट्टी का तेल, दस-पंद्रह दिनों के लिए राशन, तेल, घी आदि खरीद लाए और सारा सामान कमरे में कायदे से रखवा दिया। दूसरे दिन सुबह की गाड़ी से वह गाँव लौट गए।

बच्चन मन लगा कर पढ़ने लगा। खाना पकाने में भी उसे कोई खास परेशानी नहीं हुई। दो-चार दिनों में ही वह अभ्यस्त हो गया। दूध भी उसने बाँध लिया। मगर सुबह-सुबह दूध लेने जाने में उसकी पढ़ाई का हर्जा होता था, अतः उसने ग्वाले के यहाँ से दूध लेना बंद कर दिया। इसके बजाय अब वह शाम को हलवाई की दुकान पर गरम-गरम मलाई पड़ा हुआ दूध लेकर पीने लगा। कुछ ही दिनों में लक्ष्मी राशन, घी आदि लेकर दोबारा आए तो बच्चन के हाथ का पका भोजन खा कर तथा उसका स्वास्थ्य देखकर उन्हें संतोष हुआ कि उसे किसी प्रकार का कष्ट नहीं है।

तीन महीने बाद बच्चन के इम्तिहान हुए जिसके बाद वह कमरा खाली करके रतन के पास लखनऊ आ गया। चारपाई उसने मकान मालिक के यहाँ ही पड़े रहने दी। बाकी सामान, बर्तन आदि एक बोरे में भरकर अपने साथ लखनऊ ले आया। इम्तिहान के दौरान पढ़ाई में मेहनत के बावजूद उसका स्वास्थ्य, जब वह बांके के यहाँ रहता था उन दिनों की तुलना में, काफी ठीक था। बीच में कुछ दिनों के लिए वह गाँव भी गया तब वापस रतन के यहाँ आ गया।

जून में उसका परीक्षाफल निकला तो वह प्रथम श्रेणी में पास था। लक्ष्मी, रतन, मुंशीजी आदि सभी को बहुत खुशी हुई। तेजशंकर ने भी बच्चन को बधाई दी। बच्चन ने सबके पैर छुए तो सभी ने उसे आशीर्वाद दिया।

तेरह

दखिनेश्वर बम फैक्टरी में अकस्मात् विस्फोट होने तथा पास-पड़ोस के लोगों द्वारा पुलिस को सूचना दिए जाने के पश्चात् पुलिस वहाँ पहुँची तो उसे कुछ क्रांतिकारी साहित्य, काफी मात्रा में बम बनाने का मसाला, बम के खाली खोल, एक देसी पिस्तौल, लगभग पच्चीस-तीस जीवित कारतूस तथा कालीपद भट्टाचार्य की वैद्य की दुकान में प्रयोग में आने वाली रंगीन पानी से भरी हुई शीशियाँ, खरल, हर्र, बहेड़ा, आँवला के चूर्ण, खट्टी-मीठी निरापद किस्म की गोलियों की कुछ शीशियों आदि के अतिरिक्त और कुछ हाथ नहीं लगा। पुलिस ने बहुत कोशिश की, मकान मालिक को, जो वहाँ न रह कर गंगा

के इस पार टालीगंज में कहीं रहता था, तथा फैक्टरी के अगल-बगल रहने वाले कतिपय व्यक्तियों को कई दिनों तक हिरासत में रख कर पूछताछ करती रही लेकिन किसी भी क्रांतिकारी को पकड़ नहीं पाई। सबके सब रातों-रात न जाने कहाँ बिला गए। तभी सरकारी गवाह बन जाने के बाद सज्जन द्वारा दिए गए बयान से पुलिस को पूरे केस के बारे में अचानक, बिना किसी प्रयत्न के, घर बैठे ही सारी जानकारी इस तरह मिल गई जैसे बरसों से परेशान किसी बहुमूल्य गुप्त खजाने की तलाश में लगे व्यक्ति को सहसा उस तहखाने का नक्शा मिल जाए जहाँ खजाना रखा हो। पुलिस ने रातों-रात अलग-अलग स्थानों पर छापे मारकर असित, विप्लव, कालीपद भट्टाचार्य तथा उनके सभी साथियों को गिरफ्तार कर लिया। टालीगंज स्थिति सरस्वती संगीत सभा में भी छापा पड़ा तथा वहाँ उपस्थित सभी क्रांतिकारियों को भी पकड़ लिया गया। उत्तर पाड़ा में बम के खोल बनाने वाली फैक्टरी भी पकड़ गई।

बम फैक्टरी के सिलसिले में पकड़े गए सभी क्रांतिकारियों के साथ हेमंत पर भी कलकत्ता में मुकदमा कायम किया गया। अतः काकोरी ट्रेन डकैती वाले केस से उसका नाम काटकर—उसमें वह शामिल भी नहीं था—कलकत्ता में उस पर मुकदमा चलाने के उद्देश्य से उसे पुलिस की निगरानी में, बनारस से यहाँ ले आया गया तथा यहाँ पकड़े गए अन्य क्रांतिकारियों के साथ अलीपुर जेल में बंद कर दिया गया। इसी प्रकार सज्जन को भी उस पर मुकदमा चलाने (सरकारी गवाह होने के बावजूद उसे मात्र इकबाली मुजरिम का दर्जा दिया गया था और उस पर भी उसी प्रकार केस चलना था जिस प्रकार अन्य लोगों पर, केवल सरकार से सहयोग करने के नाते उसे सजा में रियायत मिलनी थी) तथा कलकत्ता में पकड़े गए क्रांतिकारियों की शिनाख्त करने के लिए, हेमंत की ही तरह, पुलिस हिरासत में यहाँ ले आया गया।

हाथ में हथकड़ी तथा पाँव में बेड़ी डाले, पुलिस के दो कांस्टेबुलों की निगरानी में रेल के तीसरे दर्जे में सफर करते हुए सज्जन को शर्म का एहसास तो बराबर बना ही हुआ था, साथ ही आत्मग्लानि की भावना भी उसके मन को बराबर मथ रही थी कि उसने जो भी किया ठीक नहीं किया। उसे इस बात का आभास था कि उसे कलकत्ता उन लोगों की शिनाख्त के लिए लाया जा रहा है जिनके बारे में उसने पुलिस को अपने बयान में बताया था लेकिन शिनाख्त कार्रवाई की प्रक्रिया से पूरी तरह अनभिज्ञ होने के कारण वह यह नहीं समझ पा रहा था कि उसे चोरी से उन लोगों को देखकर पहचानने को कहा जाएगा या फिर आमने-सामने खड़े होकर उन्हें पहचानना होगा। यदि कहीं उसे उनके सामने खड़ा किया गया तो किस तरह वह उनसे आँख मिलाकर कहेगा कि हाँ, यही लोग हैं, जो बम बनाने, आग्नेयास्त्र इकट्ठा करने तथा सरकार के खिलाफ षड्यंत्र रचने में संलग्न थे। यह सोचते ही उसके नेत्रों के सामने असित दस्तीदार, विप्लव रंजन दास, काली दा आदि के चेहरे घूम गए और उसका मन गहरी आत्मग्लानि से भर उठा। सबसे अधिक क्षोभ उसे यह सोचकर हो रहा था कि जेलर बैकुंठ नाथ ने उसे पूरी तरह बेवकूफ बना दिया था।

वह समझ रहा था कि सरकार के पक्ष में बयान देने के साथ ही उसे तुरंत छोड़ दिया जाएगा और वह आराम से अपने गाँव, कलकत्ता, या फिर जहाँ भी उसका जी चाहे, चला जायेगा। लेकिन अब उसकी समझ में आ रहा था कि उसे छोड़ने की बात तो दूर, उसके ऊपर भी उसी तरह मुकदमा चलेगा जिस तरह अन्य लोगों पर। केवल उसे सरकारी गवाह होने का लाभ भर मिलेगा। बस।

नियति भी कभी-कभी किस तरह के खेल खेलती है! आज से चार वर्ष पूर्व उसने कभी यह सोचा भी नहीं था कि रिश्ते-नातेदारी की बात छोड़, वह कभी अपने गाँव के बाहर कदम भी रखेगा। लेकिन इन चार वर्षों में क्या कुछ नहीं हुआ उसके साथ। बनारस में गुरुकुल में विद्योपार्जन, हेमंत के साथ जेल, गाँव वापसी, सिल्लो के प्रति आकर्षण, कुएँ में फाँद कर आत्महत्या का प्रयत्न, जंगल की वह भयानक रात, अगिया बैताल, कानपुर, तब कलकत्ता, कुंती (जिससे वह उसकी तमाम चतुराई के बावजूद हृदय से प्रेम करता था), हेमंत से पुनः भेंट, क्रांतिकारी दल की सदस्यता, बनारस वापसी, जेल की काल कोठरी और अब हाथ में हथकड़ी तथा पाँवों में बेड़ियाँ डाले रेल का यह सफर। भविष्य में क्या होना शेष है, कहाँ समाप्त होगी जीवन की यह यात्रा, कौन जानता है?

सारे समय यही सब सोचता, वह ट्रेन के डिब्बे की खिड़की के बाहर भागते वृक्षों, खेतों और मैदानों, पक्षियों और मवेशियों को देखता, छोटे-छोटे स्टेशनों को (जिन्हें छोड़कर डाकगाड़ी पूरी रफ्तार से आगे बढ़ जाती) निहारता, या फिर वैसे ही आँखें बंद किए अपनी सीट पर खामोश बैठा था। हथकड़ी, बेड़ी और साथ में पुलिस होने के कारण डिब्बे में बैठे अन्य लोग और कभी-कभी जब किसी स्टेशन पर गाड़ी कुछ अधिक देर रुकती तो प्लेटफार्म पर खड़े लोग भी, रुक कर उसे आश्चर्य से निहारने लगते। कभी-कभी तो लोग उसकी खिड़की के सामने इतनी भीड़ लगा लेते कि पुलिस वालों को उन्हें डाँटकर भगाना पड़ता। प्रायः यह भी होता कि गाड़ी के किसी स्टेशन पर रुकने पर जल्दी में डिब्बे में घुस आई भीड़ में से कितने ही लोग उसे देखकर तुरंत नीचे उतर कर किसी दूसरे डिब्बे में चढ़ जाते।

अंततः गाड़ी हावड़ा पहुँची तो उस समय शाम ढल चुकी थी और अंधेरा जमीन पर उतरने लगा था। अतः उस दिन उसे जेल ले जाने के बजाय बड़ा बाजार पुलिस स्टेशन की हवालात में रखा गया। पुलिस वालों को ज्ञात था कि वह सरकारी गवाह है और उसके साथ यथासम्भव साधारण कैदियों की तरह व्यवहार करने के बजाय, जो भी सुविधाएँ आसानी से उपलब्ध हों, उसे दी जानी हैं। अतः उन्होंने हवालत में ही उसके लिए बाँस की एक चारपाई की व्यवस्था कर दी, हथकड़ी भी खोल दी (बेड़ियाँ फिर भी पड़ी रहीं क्योंकि उन्हें काटने की व्यवस्था पुलिस थाने में नहीं थी) तथा रात के भोजन का प्रबंध भी कर दिया। इसके बावजूद सज्जन को काफी असुविधा बनी रही। खटमलों और मच्छरों का आतंक तो था ही, हवालात के एक कोने में बनी संडास से बू भी आ रही थी। सज्जन ने कई बार पुलिस वालों से संडास को साफ कराने का अनुरोध किया लेकिन वे

लोग टाल गए। विवश होकर सज्जन ने अपनी चारपाई हवालात के फाटक के निकट खींच ली और जैसे-तैसे उसी पर लेटा रहा।

अपने कलकत्ता-प्रवास के दौरान न जाने कितनी बार वह इस पुलिस थाने के सामने से गुजरा था। वास्तव में यह थाना उसके डेरे और चटकल के, जहाँ वह नौकरी करता था, बीच पड़ता था। अतः यह उसका रोज का ही रास्ता था। उन दिनों उसने कभी कल्पना में भी यह नहीं सोचा था कि इस थाने की हवालात में उसे रात भी गुजारनी पड़ सकती है। उन दिनों के बारे में सोचते हुए उसे कुंती की भी याद आई। पता नहीं वे लोग अभी भी वहाँ रह रहे होंगे अथवा नहीं। उसकी कोठरी में रखे उसके सामान का क्या हुआ होगा? सम्भवतः कुछ दिनों तक मेवा ने उसकी प्रतीक्षा की होगी। तब, हो सकता है, उसने ताला तोड़ दिया हो। और नहीं तो मकान मालिक को किराया न पहुँचने पर उसने अवश्य ही ताला तोड़कर उसका सामान निकाल लिया होगा। क्या पुलिस को भी सूचना दी गई होगी? कौन जाने। कुंती के लिए लाई गई उसकी साड़ी का क्या हुआ होगा? उसने सोचा था कि इस बार होली पर वह कुंती से जी भर कर रंग खेलेगा और रंग खेलने के बाद उसे वही साड़ी उपहार में देगा, लेकिन नियति को यह मंजूर नहीं था। तभी सहसा उसके मन में कुंती को देखने की तीव्र इच्छा जागृत हो उठी और वह सोचने लगा कि क्या उसके अनुरोध करने पर उसके साथ आए पुलिस वाले मेवा को उसके बारे में सूचना देने जाएँगे। ऐसे तो शायद न जाएँ लेकिन धेली-बारह आना देने पर अवश्य चले जाएँगे। मगर उसके पास पैसे हैं कहाँ? फिर भी, कहने में क्या हर्ज है? कौन बहुत दूर है यहाँ से? दस कदम की ही तो बात है। इतना तो है ही कि मेवा को खबर मिल गई तो वह उससे मिलने आएगा अवश्य। लेकिन कुंती? वह भी आएगी क्या उसके साथ? मेवा ने मना न किया तो शायद आ ही जाए। तभी उसे लगा कि कहीं ऐसा न हो कि पुलिस वालों को देखकर मेवा डर जाए और इस बात से बिल्कुल इंकार ही कर दे कि वह उसे जानता भी है। काफी देर तक सोचने के बावजूद वह कोई निर्णय नहीं ले सका। तभी उसे लगने लगा कि अब रात इतनी गुजर चुकी है कि किसी से कुछ कहने से कोई लाभ नहीं होगा।

पूरी रात सज्जन चारपाई पर करवटें बदलता रहा। सुबह कोई नौ बजे पुलिस वालों ने उसे हवालात से निकाल कर हाथ-मुँह धुलवाया। तब हल्का-फुलका नाश्ता करवा कर—खाने और नाश्ते के पैसे उन्हें सरकार से मिले थे—उसे भी अलीपुर सेंट्रल जेल पहुँचा दिया, जहाँ हेमंत तथा कलकत्ता में पकड़े गए अन्य क्रांतिकारी पहले से ही अलग-अलग तन्हाई बैरकों में बंद थे लेकिन, जैसाकि सरकारी आदेश था, उसे उन लोगों के साथ न रखकर उनसे बिल्कुल अलग, पूरी तरह सुरक्षित स्थान पर बने यूरोपियन वार्ड में रखा गया तथा उसे वे सारी सुविधाएँ दी गईं जो अंग्रेज कैदियों को मिलती थीं।

रहने के लिए बड़ी-सी बैरक, चारपाई, मेज, कुर्सी, साफ़-सुथरा बिस्तर, पढ़ने के लिए अखबार, खाना पकाने के लिए नौकर, रोटी, दाल, चावल, सब्जी, जो भी वह खाना

चाहे, उसके अतिरिक्त घी, दूध, फल, मक्खन, मेवा अलग। सज्जन ने जेल के भीतर क्या, बाहर भी कभी इस सुख की कल्पना नहीं की थी। लेकिन उसकी आत्मा एक बार फिर आत्मग्लानि से भर उठी। उसे लगा कि यह सब उसने अपने मित्रों के साथ धोखा बल्कि गद्दारी करके ही अर्जित किया है और जबकि वह स्वयं मुकदमे से बिल्कुल बरी हो जाएगा—जेल की यह व्यवस्था देखने के बाद उसे पुनः ऐसा लगने लगा था—उसके विश्वासघात के कारण हेमंत, विप्लव, असित और काली दा जैसे निर्दोष लोगों को पता नहीं कितनी लम्बी सजाएँ भोगनी पड़ें। लेकिन उसकी यह भावना बहुत ही अस्थाई साबित हुई। जैसे-जैसे वह जेल में मिलने वाली सुविधाओं का आदी होने लगा और कोर्ट द्वारा निश्चित खिनाख्त कार्रवाई का दिन निकट आने लगा, उसके अवचेतन मस्तिष्क ने अपने साथियों के प्रति उसके विश्वासघात को उचित ठहराने के लिए आवश्यक तर्क गढ़ने शुरू कर दिए। उसे लगने लगा कि क्रांति के प्रति उनकी निष्ठा महज एक दिखावा है। वास्तव में वह उनकी अय्याशी को छिपाने के लिए एक आवरण मात्र है। इधर-उधर चोरी-डाके डालकर उस पैसे से वह ऐश करते हैं। पिस्तौल, बंदूक या बम जीवन के प्रति उनके रोमांचकारी दृष्टिकोण का एक अंग मात्र है। अन्यथा इतने दिनों हेमंत कलकत्ता में रहा लेकिन किसी अंग्रेज को मारने की बात तो दूर रही, उनका एक कुत्ता तक उसने या उसके साथियों ने नहीं मारा। उसे तो यह भी लगने लगा कि हेमंत तथा विप्लव आदि के असित की बहन, प्रीतिलता से जरूर कुछ न कुछ गलत संबंध होंगे। किस तरह बिना किसी पर्दे या शर्म-लिहाज के एक-दूसरे से मिलते थे, हँसी-मजाक करते थे, जैसे नैतिकता अथवा सामाजिक मर्यादा नाम की कोई चीज उनके बीच हो ही नहीं। कालीपद को ही लो। यह कौन-सी नैतिकता हुई कि वैद्यकी का कोई भी ज्ञान हुए बिना एक से एक भयंकर रोगों का इलाज कर रहे हैं। लोगों की जान से खिलवाड़ कर रहे हैं। अपने अवचेतन मस्तिष्क द्वारा इन खोखले तर्कों के अविष्कार से उसकी आत्मा को कुछ शांति मिली और उसने अपने आपको शिनाख्त कार्रवाई के दौरान उन सभी को पहचानने के लिए अंदर से दृढ़ बना लिया।

तभी निश्चित दिन जेल में ही एक अंग्रेज मजिस्ट्रेट की उपस्थिति में शिनाख्त कार्रवाई प्रारम्भ हुई। सभी अभियुक्तों को बारी-बारी से एक-एक कर, आठ-दस अन्य, यथासम्भव उन्हीं की आयु और कद काठी वाले, व्यक्तियों के बीच एक पंक्ति में खड़ा करके सज्जन से उन्हें पहचानने को कहा गया। किसी प्रकार की कोई चूक न होने पाए, इसलिए जेलर सज्जन को पंक्तिबद्ध खड़े लोगों के सामने जाने से पहले ही बता देता कि अभियुक्त पंक्ति में किस नंबर पर खड़ा है। सज्जन ने बहुत ही बेशर्मी से सभी को पहचान लिया। केवल हेमंत के सामने जाने पर क्षण भर को वह भौचक्का रह गया। वास्तव में उसे इस बात का थोड़ा भी अनुमान नहीं था कि हेमंत भी इन लोगों में होगा। उसका ख्याल था कि हेमंत अभी भी बनारस जेल में ही होगा। तभी अचानक पंक्ति में अन्य अपरिचित लोगों के बीच हेमंत को खड़े पाकर क्षण भर के लिए तो वह पूरी तरह

संज्ञाहीन हो उठा। उसके हृदय की धड़कन बेइंतहा तेज हो गई और उसका दम जैसा घुटने लगा। लेकिन दूसरे ही क्षण उसने स्वयं को संभाल लिया और हेमंत की छाती पर हाथ रख कर आगे बढ़ गया।

हेमंत को अपने सामने पाकर जितना आश्चर्य सज्जन को हुआ, उससे कहीं अधिक आश्चर्य हेमंत को सज्जन को देखकर हुआ। उसे इस बात का आभास तो था कि उसका कोई साथी अवश्य सरकारी मुखबिर बन गया है लेकिन वह सज्जन हो सकता है, यह कल्पना उसने स्वप्न में भी नहीं की थी। अतः पहली दृष्टि में उसे विश्वास नहीं हुआ कि जो व्यक्ति अभी-अभी उसके सीने पर हाथ रख कर गया है वह सज्जन ही था। कहीं उसकी आँखों को धोखा तो नहीं हुआ? लेकिन किसी प्रकार के धोखे की कोई गुंजाइश नहीं थी।

हेमंत अपनी कोठरी में लौट कर आया तो सज्जन के प्रति गुस्से से उबल रहा था। वह जानता था कि दखिनेश्वर बम फैक्टरी के सिलसिले में पकड़े गए उसके सभी साथियों को—अपने बारे में पहले भी वह खास चिंतित नहीं था और सज्जन को देखने के बाद तो उसकी रही सही चिंता सज्जन के प्रति आए गुस्से में डूब कर जाने कहाँ तिरोहित हो गई थी—फाँसी तो नहीं किंतु लम्बी अवधि के लिए जेल या फिर कालेपानी की सजा अवश्य होगी और इस सबके लिए जिम्मेदार होगा वह। केवल वह। न वह सज्जन को दल में शामिल करने की सिफारिश करता और न आज यह दिन देखना पड़ता। तभी उसके दिमाग में यह बात भी आई कि दखिनेश्वर बम फैक्टरी के अलावा दल की बनारस शाखा द्वारा डाली गई कितनी ही डकैतियाँ और काफी हद तक काकोरी ट्रेन डकैती के बारे में भी सज्जन को जानकारी है।

उसके गाँव की डकैती तो उसी के सुझाव पर डाली गई थी। निश्चय ही उसने पुलिस के सामने सब-कुछ उगल दिया होगा। अतः सम्भव है इन डकैतियों से सम्बद्ध क्रांतिकारियों में से कुछ को फाँसी भी हो जाए क्योंकि इन डकैतियों के दौरान दो-एक हत्याएँ भी हो गई थीं। हे माँ, यह क्या किया सज्जन ने? उसने तो कोई इतना जघन्य अपराध भी नहीं किया था। अतः इन सब मामलों में उसे कोई सजा मिलने का भी प्रश्न नहीं उठता था। सजा मिलती भी तो अधिक से अधिक दो, चार, छः मास। क्या इतने से ही वह डर गया? नहीं, यह किसी डर के कारण किया गया कार्य नहीं हो सकता। निश्चय ही यह विश्वासघात है जिसके पीछे डर अथवा भय जैसी कोई भावना न होकर चरित्रगत् दोष है। उसे प्रीति की बात याद आई कि सज्जन भरोसे का आदमी नहीं लगता। साथ ही उसे यह भी याद आया कि पहली बार भी सज्जन महज संयोगवश ही पकड़ा गया था। अपनी तरफ से उसने कुछ भी नहीं किया था। यदि उसका साथ उसे न मिला होता, या फिर थोड़ी भी यातना उसे झेलनी पड़ती, तो निश्चय ही अन्य लोगों के समान वह भी क्षमा माँग कर चला गया होता। दोबारा भी घर छोड़ने के पीछे मुख्य कारण उसका अपने पिता या परिवार वालों से किसी प्रकार का वैचारिक मतभेद न होकर पिता द्वारा उस लड़की से विवाह करना था जिससे वह स्वयं विवाह करने के लिए मना

कर चुका था। बेहद लिजलिजी-सी बात थी यह। और घर छोड़ने के बाद भी उसने किया क्या? आराम से कलकत्ता आकर चटकल में नौकरी करने लगा और—पहली बार हेमंत को ऐसा लगा—अपने गाँव के पानवाले की सुंदर स्त्री पर आसक्त होकर उसके पड़ोस में रहते हुए आराम से जीवन बिताने लगा। एक बार भी तो अपनी तरफ से उसने दल की गतिविधियों में रुचि नहीं दिखाई। दल का सदस्य बनने के पीछे भी उसकी सहमति अवश्य थी लेकिन आग्रह तो हेमंत का ही था। कितनी बड़ी भूल की थी उसने उसे पहचानने में। उसकी इस भूल का खमियाजा उसे ही नहीं, पूरे दल को भुगतना पड़ेगा। क्या कोई प्रायश्चित हो सकता है इसके लिए? हाँ, हो सकता है, हेमंत ने मन ही मन कहा। अब तक जो होना था, हो चुका। अब वह किसी भी कीमत पर सज्जन को कोर्ट में गवाही नहीं देने देगा।

अलीपुर सेंट्रल जेल की उस एकांत कोठरी में, हथकड़ी और बेड़ी में कैद, हेमंत ने निर्णय लिया कि चाहे जी भी उसे करना पड़े, सज्जन को वह जीवित नहीं छोड़ेगा।

चौदह

पुलिस ने क्रांतिकारियों पर इंडियन आर्म्स ऐक्ट, एक्सप्लोसिव सब्स्टेंसेज ऐक्ट तथा इंडियन पेनल कोड के तहत मुकदमे कायम किए थे। इन मुकदमों की सुनवाई के लिए प्रांतीय सरकार ने हाल में ही पारित बंगाल क्रिमनल लॉ अमेंडमेंट एक्ट (1925) के अंतर्गत एक ट्रिबुनल का गठन कर दिया। ट्रिबुनल ने अविलम्ब सुनवाई प्रारम्भ कर दी।

पेशी वाले दिन जेल से ट्रिबुनल तक सभी अभियुक्तों को पुलिस की गाड़ी पर ले जाया जाता और पुलिस की गाड़ी से ही उन्हें वापस जेल ले आया जाता। सज्जन को भी अन्य अभियुक्तों के साथ हर पेशी पर ट्रिबुनल के सामने पेश होना पड़ता। किंतु जहाँ अन्य अभियुक्तों को पाँवों में बेड़ियाँ डालकर ट्रिबुनल तक ले जाया जाता, सज्जन को हथकड़ी, बेड़ी से मुक्त रखा जाता। इसी के साथ सरकार यह सतर्कता भी बरतती कि सज्जन को दूसरे कैदियों के साथ न ले जाकर, अलग गाड़ी से ले जाया जाता। ट्रिबुनल से जेल वापस आते समय भी यही व्यवस्था रहती। ट्रिबुनल में सुनवाई के दौरान भी सज्जन को अलग कठघरे में रखा जाता, जबकि अन्य कैदियों को एक साथ दूसरे कठघरे में खड़ा किया जाता जो काफी बड़ा था और विशेष रूप से इस अवसर के लिए बनवाया गया था। दोनों ही कठघरों के पास, सुरक्षा की दृष्टि से, पुलिस के सिपाही भी तैनात रहते।

दल के प्रति अपने विश्वासघात को उचित ठहराने की दृष्टि से मन ही मन अनेक उलटे-सीधे तर्क गढ़ लेने के बावजूद सज्जन के मन में कहीं कोई चोर बराबर बना हुआ था कि उसने जो भी किया, ठीक नहीं किया। इस बात का एहसास भी उसे हो गया था

कि यदि वह सरकारी गवाह न बनता और पूरा केस किसी अन्य माध्यम से प्रकाश में आता तो भी उसे कोई बहुत लम्बी सजा नहीं होती। व्यर्थ ही उसने यह सब किया। पता नहीं वह कौन-सा कमजोर क्षण था, जब जेलर बैकुंठ नाथ के बहकावे में आकर उसके सामने सब कुछ कबूल कर लिया। यदि उसके पास समय के चक्र को वापस घुमाने की शक्ति होती तो निश्चय ही वह उसे स्वयं के सरकारी गवाह बनने से पूर्व की स्थिति में ले आता, भले उसे बनारस जेल की उस कालकोठरी में पड़े-पड़े प्राण ही क्यों न देने पड़ते। यूरोपियन वार्ड की सारी सुख-सुविधाएँ भोगते हुए सज्जन हर समय अपने इस मानसिक द्वंद्व में उलझा रहता किंतु प्रत्यक्ष रूप से अपनी कमजोरी को छिपाते हुए वह ऊपर से पूरी तरह निश्िंचत बना अपने कठघरे में बैठा, मुकदमे की कार्यवाही सुनता रहता। यही नही, कभी-कभी बहुत ही बेशर्मी से सामने के कठघरे में खड़े अपने क्रांतिकारी साथियों की ओर भी आँख उठाकर देख लेता। हाँ, हेमंत से आँख मिलाने का उसका साहस नहीं होता और यदि कभी भूले-भटके उससे नेत्र मिल जाते तो तुरंत वह अपने नेत्र नीचे कर लेता या फिर इधर-उधर देखने लगता।

सज्जन को इस प्रकार अपने सामने बेशर्मी से बैठे देखकर हेमंत का खून अंदर ही अंदर खौलता रहता और मन ही मन वह अपने इस संकल्प को, कि किसी भी कीमत पर वह उसे जीवित नहीं छोड़ेगा, दोहराता रहता। लेकिन मौजूदा व्यवस्था को देखते हुए यह काम असम्भव नहीं तो आसान भी नहीं था। लगभग हर सम्भावना पर वह गौर कर चुका था लेकिन सिवा इसके कि कहीं से कोई पिस्तौल मिल जाए और कोई रास्ता उसकी समझ में नहीं आ रहा था। हो सकता है असित, विप्लव, काली दा आदि से बात करने से कोई मार्ग निकल सके लेकिन इन लोगों से बात करने में वह हमेशा कतराता रहता। एक तो उसके मन में यह अपराधबोध बराबर बना हुआ था कि उसी की भूल से आज दल को इस स्थिति का सामना करना पड़ रहा है और दूसरे, उसे भय था कि सज्जन की हत्या के बारे में उनसे बात करने से उन्हें लग सकता है कि वह खामखाह उन्हें एक झूठी तसल्ली देने के उद्देश्य से ही ऐसा कर रहा है। अतः वह अकेले ही, बिना इन लोगों में से किसी को कुछ बताए, यह कार्य करना चाहता था; जब काम पूरा हो जाए तो, हो सकता है, उसके साथी किसी सीमा तक उसे क्षमा कर दें। इसी लिए वह अपनी सारी शक्ति से अकेले ही इस समस्या से जूझ रहा था और इस निर्णय पर पहुँचने के बाद कि बिना एक पिस्तौल प्राप्त किए उसका उद्देश्य पूरा नहीं होगा, अब वह पूरी गंभीरता से इसकी संभावनाओं पर विचार कर रहा था।

जाहिर था कि पिस्तौल बाहर से ही आ सकती थी। जेल में कहीं से उसके प्राप्त होने की कोई सम्भावना नहीं थी। अब प्रश्न था कि बाहर से यह काम कौन कर सकता है। इनमें दो ही प्रकार के लोग हो सकते थे। एक, जेल के कर्मचारी, पुलिस-गार्ड, वार्डर आदि और दूसरे बाहर से उससे अथवा उसके साथ के अन्य अभियुक्तों से मिलने आने वाले लोग। इनमें प्रमुख थे उसके पिता, जो जिस दिन वह कलकत्ता लाया गया था, उसके दूसरे-तीसरे दिन ही यहाँ आ गए थे, अन्य अभियुक्तों के सगे-संबंधी, असित की बहन

प्रीतिलता तथा मुकदमे से संबंधित वचाव पक्ष के वकील आदि। हो सकता है, हालाँकि इसकी सम्भावना बहुत कम थी, कि इनमें से कोई व्यक्ति पिस्तौल लाने के लिए तैयार हो जाये लेकिन पिस्तौल कोई ऐसी चीज तो थी नहीं कि किसी गंतव्य स्थान पर जाकर वहाँ लगे किसी वृक्ष से उसे तोड़ लाया जाये। पिस्तौल प्राप्त करने के लिए पैसों की भी आवश्यकता थी। हाँ, यदि अभी भी बाहर बचे दल के लोग इसमें सहायता करें तो उसे पिस्तौल बिना पैसों के भी प्राप्त हो सकती थी। लेकिन एक तो दल के जो भी सदस्य बाहर थे, सभी इन दिनों भूमिगत थे और दूसरे दल के नियमों के अनुसार इस बारे में आधिकारिक रूप से आयोजित दल की बैठक में ही इस प्रकार का फैसला लिया जा सकता था कि सज्जन की हत्या की जाये अथवा नहीं और यदि की जाये तो यह काम कौन करे। ऐसी स्थिति में यह आवश्यक भी नहीं था कि इस कार्य के लिए दल हेमंत को ही चुने। संभावना इसके विपरीत ही थी क्योंकि उसकी तरह दल किसी भी प्रकार की निजी भावनाओं से निर्देशित होने से रहा। वहाँ पूरी योजना पर बहुत ही ठंडे दिमाग से विचार होगा। सज्जन की हत्या से होने वाले लाभ और हानि पर गंभीरता से मनन किया जाएगा। इस दृष्टिकोण से संभावना यही बनती थी कि दल इस संबंध में नकारात्मक निर्णय ही ले क्योंकि बावजूद तमाम प्रतिकूल स्थितियों के इस केस में किसी भी क्रांतिकारी को फाँसी की सजा होनी तो दूर, कालापानी अथवा आजीवन कारावास की संभावना भी कम ही थी जबकि सज्जन की हत्या के बाद इसकी संभावना कई गुना बढ़ जाती थी। अतः इस बारे में दल से सहायता लेने वाली बात हेमंत ने अपने दिमाग से पूरी तरह निकाल दी। साथ ही वह इस नतीजे पर भी पहुँचा कि जेल के वार्डर आदि भी इसमें सहायक नहीं होंगे। छोटा-मोटा सामान जैसे बीड़ी-सिगरेट, खाद्य सामग्री, पुस्तकें आदि वह भले ला दें—कुछ कागज और पेंसिल का एक टुकड़ा उनमें से एक ने उसे लाकर दिया भी था—पिस्तौल जैसी खतरनाक चीज लाकर वह अपनी नौकरी खतरे में नहीं डालेंगे। अतः हेमंत अब उन लोगों के बारे में जो जेल के बाहर थे और मिलाई वाले दिन उससे अथवा अन्य अभियुक्तों से मिलने आते थे, सोचने लगा। इनमें से जो व्यक्ति उसे सबसे उपयुक्त नजर आ रहा था, वह थी प्रीतिलता।

लेकिन सबसे पहली आवश्यकता थी रुपयों की जिसके लिए वह अपने पिता को छोड़कर किसी अन्य से नहीं कह सकता था। नियमपूर्वक हर मिलाई वाले दिन वह उससे मिलने आते थे। तभी एक दिन उसने उनसे पूछा कि क्या वह मुकदमे के खर्च के लिए कुछ रुपयों का प्रबंध कर देंगे। अच्छा नहीं लगता कि अन्य लोग उसके मुकदमे का भी खर्च वहन करें।

"लेकिन मैंने तो डिफेंस कमेटी को पहले ही दो सौ रुपए दे रखे हैं," उन्होंने कहा।

हेमंत कुछ देर सोचता रहा, तब बोला, "इससे काम नहीं चलेगा। हम लोगों ने आपस में मिलकर एक योजना बनाई है। सरकारी वकील और सुपरिंटेंडेंट पुलिस से बात हो चुकी है। चार-पाँच हजार रुपए लेकर वह मुकदमे के अभियोग पक्ष को कमजोर कर

देंगे। जिससे किसी को भी एक-आध महीने से ज्यादा की सजा नहीं होगी। अतः हम लोगों ने तय किया है कि हर व्यक्ति पाँच-पाँच सौ रुपयों का प्रबंध करे…”

“पाँच सौ !” हेमंत के पिता ने संदेह मिश्रित आश्चर्य से उसकी ओर देखते हुए कहा, “इतने रुपए कहाँ से आएँगे ?”

हेमंत ने मुँह लटका लिया। “ठीक है। तब छोड़िए।”

हेमंत के पिता काफी देर तक खामोश रहे। तब बोले, “मुझे बनारस जाना पड़ेगा। देखता हूँ शायद कहीं से कुछ हो जाए।”

“लेकिन इस बारे में किसी को पता नहीं चलना चाहिए। सब काम बहुत चोरी-छिपे हो रहा है। और लोग जो यहाँ बंद है या जो लोग उनसे मिलने आते हैं, उनसे भी वार्ता करने भी आवश्यकता नहीं है। रुपयों का प्रबंध हो जाने पर उन्हें अपने पास रखे रहिएगा। मैं बाद में बताऊँगा।”

“ठीक है।” हेमंत के पिता ने कहा।

हेमंत को पहले से ही विश्वास था कि बाबा रुपयों का प्रबंध अवश्यक करेंगे। जैसे भी करें। हो सकता है मकान गिरवी रखें या फिर माँ अथवा दादी के बचे हुए जेवर बेंच दें। बहरहाल, जहाँ से भी हो रुपयों का प्रबंध वह करेंगे अवश्य। इसीलिए उसने प्रति के नाम एक पत्र भी पहले से ही तैयार कर लिया था जिसमें उसने लिखा था कि असित की तरह वह भी उसे अपनी बड़ी बहन की ही तरह मानता है और उसे पूरा विश्वास है कि वह भी उसे अपने छोटे भाई की तरह स्नेह करती है। इसलिए वह उसे अपनी एक बहुत ही महत्वपूर्ण योजना में भागीदार बना रहा है, जो उसके सहयोग के बिना पूरी नहीं हो सकती। इसी के बाद उसने उसे अपनी योजना से अवगत कराते हुए एक पिस्तौल का प्रबंध कर देने के लिए प्रार्थना की। उसने लिखा कि जब तक सज्जन से वह इस विश्वासघात का बदला नहीं ले लेता, उसकी आत्मा को शांति नहीं मिलेगी। अतः जैसे भी हो—उसे विश्वास है कि वह ऐसा करने में सक्षम है—वह उसके लिए एक पिस्तौल और चार छः कारतूसों का प्रबंध कर दे तथा इसे पूरी तौर से सभी से, असित से भी, गोपनीय रखे। पिस्तौल के लिए आवश्यक रुपए वह उसे अगली बार दे देगा। पिस्तौल उसे उस तक कैसे पहुँचाना होगा, इसके बारे में वह उसे बाद में बताएगा। पत्र समाप्त करते हुए उसने अंत में लिखा, “मेरी अच्छी दीदी, तुम इस कार्य के लिए हाँ कर दो तो मुझसे अधिक भाग्यशाली व्यक्ति इस दुनिया में नहीं होगा। जैसाकि मैं ऊपर भी कह चुका हूँ यदि मैं इस दुष्ट से विश्वासघात का बदला नहीं ले सका तो मेरी आत्मा मेरी मृत्यु के बाद भी भटकती रहेगी। दल के हित में भी यही उचित है कि ऐसे पापी को सजा अवश्य मिले ताकि भविष्य में किसी को ऐसा करने का साहस न हो। दीदी, यदि तुम्हारे मन में मेरे लिए जरा-सा भी स्नेह है तो इसके लिए इंकार न करना। किस तरह तुम इस कार्य को करोगी, यह तो मैं नहीं जानता लेकिन इतना में जानता हूँ कि तुम इसके लिए पूरी तरह समर्थ हो। इस पत्र का उत्तर तुम्हें मुझे लिख कर देने की आवश्यकता नहीं है। यदि

तुम अगली बार मिलने आने पर हम लोगों के लिए हर बार की तरह संदेश लाने के बजाय रसगुल्ला लेकर आओगी तो उसे मैं तुम्हारी स्वीकृति समझूँगा—तुम्हारा छोटा भाई, हेमंत।"

जिस दिन उसके पिता ने बनारस जाकर रुपयों का प्रबंध करने की बात हेमंत से कही हेमंत ने उसी दिन, बहुत ही होशियारी से यह पत्र, सबकी दृष्टि से बचाकर, जेल से चलते समय, प्रीति को पकड़ा दिया।

अगली मिलाई तक का समय हेमंत से बड़ी मुश्किल से कटा। आखिर जब मिलाई वाला दिन आया और क्रांतिकारियों के संबंधी और उनके साथ प्रीति भी उनसे मिलने आई तो हेमंत उसकी मुख मुद्रा से कुछ भी जान नहीं सका। उसकी निगाह बराबर उस खैंची पर लगी हुई थी जो हरे पत्तों में लिपटी हुई प्रीति के हाथ में थी। हर बार प्रीति खैंची अलग-अलग व्यक्ति को देती थी। हेमंत को उम्मीद थी कि इस बार वह खैंची उसकी ओर बढ़ाएगी। लेकिन उसने खैंची काली दा को दे दी जिन्होंने उसे विप्लव को पकड़ा दिया। हेमंत मन ही मन काफी निराश हो उठा। फिर भी उसकी निगाह खैंची पर ही लगी हुई थी। तभी इससे पहले कि वह खैंची में रखी मिठाई पर दृष्टि डाल पाता, उस पर लिपटा हुआ तागा तोड़ते हुए विप्लव सहसा चिल्ला उठा, "एई आज के तो राशोगुल्ला आचे। आमी दूट खाबो।"

हेमंत ने यह शब्द सुने तो घबराए हुए चेहरे से—सुबह से ही उसके चेहरे पर खिंची तनाव की रेखाओं को शिथिल पड़ने में कुछ समय लगा—प्रीति की ओर देखा। वह उसकी ओर देख कर मुस्करा दी।

इस बीच हेमंत के पिता बनारस जाकर रुपयों का प्रबंध कर लाए थे। उन्होंने हेमंत को बताया तो उसने कागज में लिपटे हुए रुपए उनसे लेकर बहुत ही सफाई से प्रीति को दे दिए। प्रीति ने तुरंत उन्हें अपने वस्त्रों में छिपा लिया।

पंद्रह

असित की वजह से प्रीति क्रांतिकारियों के सभी नए-पुराने अड्डों से परिचित थी। अनेकों बार वह उनके बीच संदेशवाहक का कार्य कर चुकी थी। क्रांतिकारी साहित्य और यहाँ तक कि दो एक बार पिस्तौल और कारतूस भी वह एक स्थान से दूसरे स्थान तक पहुँचा चुकी थी। इस तरह की वह अकेली युवती नहीं थी। क्रांतिकारियों के सगे-संबंधियों में इस तरह की कितनी ही और तरुणियाँ थीं, जो जान हथेली पर रखकर क्रांति के कार्यों में महत्वपूर्ण भूमिकाएँ निभा रही थीं। दल से अपने इन संबंधों के कारण प्रीति को रिवाल्वर

का प्रबंध करने में बहुत समय नहीं लगा। 38 बोर का छः खानों वाला ओसबोर्न रिवाल्वर उसे कुल तीन सौ रुपयों में मिल गया। अब समस्या थी उसे हेमंत तक पहुँचाने की। वेब्ले स्कॉट जैसे अन्य रिवाल्वरों की तुलना में यह रिवाल्वर छोटा ही था और प्रीति के लिए उसे अपने वस्त्रों में छिपा कर जेल तक ले जाने में कोई समस्या नहीं थी। समस्या थी हेमंत के लिए, क्योंकि इसी अलीपुर जेल में आज से कुछ समय पूर्व एक क्रांतिकारी कन्हाई लाल दत्त ने किसी तरह से रिवाल्वर का प्रबंध करके एक मुखबिर को जेल की पहली मंजिल से दौड़ा कर गोलियों से भून दिया था। उस समय इस बात की काफी छानबीन हुई थी कि जेल में रिवाल्वर आया कैसे और यद्यपि जाँच अधिकारी इस बारे में किसी निर्णायक नतीजे पर नहीं पहुँच सका था परंतु तभी से जेल में इस प्रकार के क्रांतिकारियों पर विशेष निगाह रखी जाती थी। इसी कारण सरकारी गवाह बने अभियुक्तों को मुकदमे से संबंधित अन्य अभियुक्तों से बिल्कुल अलग रखा जाता था और किसी भी कीमत पर उनके एक-दूसरे के सम्पर्क में आने पर सख्त पाबंदी थी यहाँ तक कि ऐसे दो अभियुक्तों को बीमार पड़ने पर जेल के अस्पताल में भी एक साथ नहीं रखा जाता था तथा मिलाई से लौटकर बैरक तक जाने से पूर्व उनकी तलाशी होती थी। यह बात प्रीति और हेमंत दोनों को ही मालूम थी।

अंततः दोनों ने मिलकर यह निर्णय लिया कि ट्रिबुनल में पेशी वाले दिन प्रीति रिवाल्वर को मिठाई की खैंची में छिपा कर लाए और दोपहर में भोजनावकाश के दौरान खैंची, ट्रिबुनल के अहाते में बनी पुलिस हवालात में बंद, हेमंत को दे दे। पेशी वाले दिन अभियुक्तों के परिवार वालों द्वारा उनके लिए खाद्य सामग्री लाकर हवालात में उन्हें देना एक साधारण बात थी। वैसे कानूनन इसकी मनाही थी क्योंकि उस दिन अभियुक्तों के लिए भोजन की व्यवस्था करना पुलिस की जिम्मेदारी थी। इसके लिए उन्हें सरकारी खजाने से पैसे मिलते थे। लेकिन प्रायः इस मद में मिले पैसों को बचाने के उद्देश्य से तथा अभियुक्तों के संबंधियों से कुछ बख्शीश पाने की लालच में पुलिस के सिपाही इस बात को अनदेखा कर जाते थे।

यही हुआ। प्रीति ने पेशी वाले दिन कचेहरी में बनी हवालात में, संदेश से भरी हुई खैंची जिसमें नीचे पत्तों से ढकी पूरे छः कारतूसों से भरी पिस्तौल रखी थी, हेमंत को पकड़ा दी। हेमंत सभी साथियों को संदेश बाँटने के पश्चात् शेष बंचे संदेश एक कोने में ले जाकर खाने लगा और खाते-खाते पिस्तौल खैंची से निकाल कर अपनी धोती के फेंटे में खोंस ली। (हवालाती कैदी होने के नाते वह और उसके सभी साथी अभी घर के ही वस्त्र पहनते थे) संदेश खाने के बाद उसने खैंची एक ओर फेंक दी तथा आँख के इशारे से प्रीति को सूचना दे दी कि उसने रिवाल्वर सुरक्षित रख ली है।

हर बार की तरह भोजनावकाश के पश्चात् सभी कैदियों को हवालात से लाकर ट्रिबुनल के कमरे में बने कठघरे में खड़ा कर दिया गया। इसी के थोड़ी देर पश्चात् सज्जन को भी उसके कठघरे में लाकर बिठा दिया गया। जज के आने पर कोर्ट में

उपस्थित सभी लोगों ने रोज की तरह अपने स्थान पर खड़े होकर उसका अभिवादन किया और मुकदमे की सुनवाई पुनः आरम्भ हो गई। पुलिस ने झूठे-सच्चे ढेरों गवाह बना रखे थे। फर्जी दुकानदार, जिनके यहाँ से क्रांतिकारियों पर तेजाब, गंधक आदि खरीदने का आरोप था। इसी तरह एक फर्जी लोहार, जिसका कहना था कि क्रांतिकारी उसे डरा-धमका कर उससे उत्तर पाड़ा वाली फैक्टरी में बमों के खोल बनवाते थे। कालीपद भट्टाचार्य की दुकान में काम करने वाले फर्जी नौकर, जिनका कथन था उन्होंने क्रांतिकारियों को बम के खोलों में बारूद भरते देखा था। इसी प्रकार के कितने ही और फर्जी गवाह थे जिनका कहना था कि उन्होंने क्रांतिकारियों को सरकार के खिलाफ षड्यंत्र की बातें करते सुना था। फर्जी प्रेस वाला, जिसकी स्वीकारोक्ति थी कि उसने क्रांतिकारियों के पैम्फलेट आदि छापे थे। फर्जी टैक्सी वाले, दूध वाले, सब्जी वाले आदि जिनका कहना था कि उन्होंने अलग-अलग स्थानों पर क्रांतिकारियों को संदिग्ध अवस्था में देखा अथवा बातें करते सुना था। पिछली तीन-चार पेशियों से इन फर्जी गवाहों के साक्ष्य हो रहे थे। आज भी यही सिलसिला जारी था।

इसी बीच हेमंत ने कुर्ते के नीचे हाथ ले जाकर पिस्तौल धोती के फेंटे से निकाल कर हाथ में ले ली तथा अन्य अभियुक्तों को पीछे ढकेल कर कठघरे में आगे की ओर आ गया। उसके ठीक सामने सज्जन अपने कठघरे में रखे स्टूल पर बैठा सरकारी गवाहों को वकील के प्रश्नों के उत्तर देते सुन रहा था। हेमंत के कठघरे में कुछ हलचल होते देख सज्जन ने आँख उठाकर उस ओर देखा। उसकी निगाह हेमंत पर पड़ी जो अब तक कठघरे में बिल्कुल उसके सामने आ चुका था। हेमंत से आँख मिलते ही वह दूसरी ओर देखने लगा। ठीक उसी समय 'धांय' की आवाज के साथ कोर्ट का पूरा कमरा गूँज उठा। हेमंत का निशाना चूक गया था। सनसनाती हुई गोली सज्जन की कनपटी को सहलाती हुई सामने दीवाल में जा लगी थी। इसी के साथ सज्जन ने पुनः हेमंत की ओर देखा। क्षणांश के लिए उसके नेत्रों में भय, पश्चाताप तथा क्षमायाचना के मिलेजुले भाव चमके। इससे पहले कि वह बचने का कोई प्रयत्न करता, दूसरी गोली चली जो ठीक उस के माथे में लगी और वह स्टूल से लुढ़क कर जमीन पर गिर पड़ा। गोली लगने के साथ ही उसके प्राण निकल गए लेकिन जमीन पर पड़ा उसका शरीर अभी भी फड़क रहा था। जज अब तक अपनी कुर्सी छोड़ कर मेज के नीचे घुस गया था। हेमंत के कठघरे के पास खड़े सिपाहियों ने उसके हाथ में पिस्तौल देख ली थी। वे उस ओर लपके। तब तक हेमंत सज्जन पर तीसरा फायर भी कर चुका था और इससे पहले कि पुलिस के सिपाही हेमंत को अपने काबू में करें, चौथी गोली उसने स्वयं अपनी कनपटी में मार ली। इसी के साथ उसका निर्जीव शरीर उसके साथियों की बाँहों में झूल गया। ट्रिबुनल में चारों तरफ भगदड़ मच गई। एक मिनट में ही पूरा कमरा लगभग खाली हो गया। केवल एक ओर सज्जन की लाश कठघरे की फर्श पर पड़ी थी जिसके चारों ओर ढेर सारा ताजा खून बिखरा हुआ था। दूसरी ओर हेमंत की लाश उसके साथियों की बाँहों में झूल रही थी।

उनके वस्त्र खून से नहा गए थे। रिवाल्वर हेमन्त के हाथ से जमीन पर गिर पड़ा था जिसे एक पुलिस वाले ने उठा लिया था । कमरे में अब भी चारों ओर धुआँ भरा हुआ था। किंतु अब वहाँ बिल्कुल खामोशी थी। जज अभी भी मेज के नीचे था। तभी पुलिस के एक सिपाही ने आगे बढ़कर उसे मेज के नीचे से निकाला और वह कोर्ट से लगे अपने विश्राम कक्ष में चला गया।

चंद लोग, जो अभी भी कोर्ट के कमरे में मौजूद थे उनमें हेमंत के बूढ़े पिता तथा असित की बहन प्रीतिलता थी। दोनों के चेहरों पर किसी प्रकार के कोई भाव नहीं थे। तभी हेमंत के पिता ने आगे बढ़कर हेमंत के निर्जीव शरीर को अपनी बाँहों में लिए खड़े विप्लव से पूछा, "शेष होय गाचे ?"

विप्लव ने कोई उत्तर देने के बजाय हेमंत की लाश को बहुत ही आहिस्ता-से फर्श पर लिटा दिया।

उसी शाम हजारों लोगों की उपस्थिति में हेमंत के पिता ने कालीघाट के क्योड़ा तल्ला श्मशान घाट पर डूबते सूर्य की लालिमा से रंगे आकाश के नीचे तेज बहती हुगली के तट पर, हेमंत की चिता में आग लगाई तो पहली बार उनके नेत्रों में अश्रु दिखाई दिए। उनकी बगल में खड़ी प्रीति भी फफक-फफक कर रो रही थी। उसे स्वप्न में भी यह अनुमान नहीं था कि सज्जन को गोली मारने के बाद हेमंत स्वयं अपने भी गोली मार लेगा।

सोलह

क्रांतिकारियों के घटनापूर्ण संक्षिप्त इतिहास में सज्जन का सरकारी गवाह बनने का पहला उदाहरण नहीं था। इससे पहले भी इस तरह की कई घटनाएँ घट चुकी थीं। निश्चय ही 'घर का भेदी लंका ढाए' वाली कहावत को चरितार्थ करते हुए इन सरकारी गवाहों ने क्रांतिकारी आंदोलन को काफी नुकसान पहुँचाया। कितने ही क्रांतिकारियों को महज इन मुखबिरों की गवाही के कारण फाँसी के तखते पर झूलना पड़ा। कितने अन्य को कालेपानी की सजा हुई या ब्रिटिश सरकार की दूसरी जेलों में लम्बे अरसे तक यातनाएँ भोगनी पड़ीं। क्रांतिकारी आंदोलन की यह सबसे कमजोर कड़ी थे। इनमें मुख्यतः तीन प्रकार के लोग थे। एक वे जो जेल की कठोर यातनाएँ भोगते हुए किसी कमजोर क्षण में अपना मानसिक संतुलन खोकर अधिकारियों के सामने कुछ स्वीकार कर बैठे और अपनी इस स्वीकारोक्ति के जाल में फँसते चले गए। दूसरे वे जिन्होंने दल की क्रांतिकारी गतिविधियों को एक रोमांचकारी साहसी खेल के रूप में लिया और जिसके परिणामों के बारे में कभी भी गंभीरतापूर्वक सोच-विचार नहीं किया। इस श्रेणी के लोग प्रायः आरामदेह जीवन के आदी थे और खतरे को खेल की सीमा तक ही झेलने के लिए तैयार थे। अतः जेल अथवा पुलिस का सामना होते ही संभावित खतरों से बच निकलने का

मार्फत खोजने लगे। तीसरे वे लोग थे जो दल से सीधे जुड़े न होकर प्रकारांतर से संबद्ध थे। इनमें कुछ ऐसे थे जिन्हें दल की भाषा में 'पोस्ट आफिस' कहा जाता था अर्थात् उनकी मार्फत दल के किसी सदस्य की डाक आती थी। इनमें से एक इंद्रभूषण मित्रा, रामप्रसाद का 'पोस्ट आफिस' था। वह रामप्रसाद के नगर शाहजहाँपुर में एक स्कूल में विद्यार्थी था। उस स्कूल के हेडमास्टर को और विद्यार्थियों की तुलना में उसके पास इतनी अधिक डाक आने के कारण—अधिकांश विद्यार्थियों के पास वर्ष में कहीं एक-आध पत्र आता था—कुछ संदेह हुआ। प्रारंभ में इस संदेह की बिना पर और बाद में आदतन, नियमानुसार वह होशियारी से इंद्रभूषण की डाक खोल कर देखने लगा और तब बिना किसी के कुछ कहे सुने, पता नहीं किस प्रयोजन के तहत उसके पत्रों की एक प्रतिलिपि तैयार करके पुलिस को पहुँचाने लगा। हेडमास्टर की इस हरकत के कारण ही वह विद्यार्थी इस सिलसिले में पकड़ा गया और पकड़े जाते ही सरकारी गवाह बन गया।

पुलिस और जेल अधिकारियों ने गवाहों को फोड़ने में भी कुछ उठा नहीं रखा। स्वयं उन्हें डराने, धमकाने, प्यार से समझाने के अलावा उन्होंने उन पर उनके नाते-रिश्तेदारों, प्रियजनों यहाँ तक कि उनकी माताओं, बहनों और पत्नियों तक से दबाव डलवाया। कमजोर इच्छा शक्ति वाले कुछ लोग इसी कारण टूट गए।

इस प्रकार टूटने वालों में, जहाँ तक काकोरी ट्रेन डकैती का प्रश्न था, सबसे खतरनाक व्यक्ति बनवारी लाल था क्योंकि वह स्वयं इस ऐक्शन में शामिल था और उसे इसके बारे में शुरू से लेकर अंत तक सारी जानकारी थी।

बहरहाल, इन गिरफ्तारियों से, जो शुरू में महज शक के आधार पर की गई थीं, सरकारी गवाह बने इंद्रभूषण तथा बनवारी लाल जैसे लोगों की कृपा से सरकार अपने उद्देश्य में पूरी तरह सफल हो गई। प्रारंभ में पकड़े गए साठ-पैंसठ लोगों में से काफी लोग, जिनके खिलाफ कोई भी प्रमाण नहीं था, प्रारंभिक जाँच-पड़ताल के दौरान ही छोड़ दिए गए। शेष अट्ठाईस लोगों पर सम्राट के खिलाफ विद्रोह करने, डकैती डालने, हत्या करने आदि जैसे अभियोगों के तहत लखनऊ में मुकदमा कायम किया गया और इन सभी क्रांतिकारियों का उनके शहरों से, जहाँ वे बंद थे, लखनऊ जिला जेल में तबादला कर दिया गया। इस बीच राजेंद्र लाहिड़ी को भी कलकत्ता में पकड़ लिया गया और अन्य अभियुक्तों के साथ उसे भी यहाँ ले आया गया। केवल चंद्र शेखर आज़ाद, कुंदन लाल, शचींद्र नाथ बख्शी और अशफाक उल्लाह अभी तक पकड़े नहीं जा सके थे। तभी कुछ दिनों बाद अशफाक अल्लाह और शचींद्र नाथ बख्शी क्रमशः दिल्ली और भागलपुर में पकड़ लिए गए, और चूँकि इस बीच प्रारंभिक मुकदमे की सुनवाई को चलते लगभग छः महीने गुजर चुके थे, अतः इन दोनों के ऊपर अलग से मुकदमा चलाया गया। केवल आज़ाद और कुंदनलाल अंत तक पकड़े नहीं जा सके।

काकोरी रेल डकैती की खबर ने वैसे ही पूरे देश में तहलका मचा दिया था। उस पर क्रांतिकारियों की धर-पकड़ के साथ लोगों को जब यह पता चला कि यह काम

साधारण डकैतों का न होकर क्रांतिकारियों का है, तो यह खबर और भी महत्वपूर्ण हो उठी। देश की जनता, विशेषकर युवावर्ग की दृष्टि में क्रांतिकारियों का सम्मान कई गुना बढ़ गया। संयुक्त प्रांत में तो, जहाँ यह घटना घटी थी, सभी की जबानों पर इसकी चर्चा थी। गणेश शंकर विद्यार्थी के संपादन में निकलने वाले समाचार पत्र 'प्रताप' में क्रांतिकारियों की गिरफ्तारी की खबर मोटे-मोटे अक्षरों में, प्रथम पृष्ठ पर, 'देश के नवरत्न गिरफ्तार' शीर्षक से छपी। अन्य अखबारों ने भी इसे प्रमुख स्थान दिया।

अभियुक्तों की सहायता के लिए रक्षा समिति का गठन किया गया जिसके सदस्यों में मोतीलाल नेहरू और गणेश शंकर विद्यार्थी जैसे गणमान्य लोग शामिल थे। बाबू श्रीप्रकाश और आचार्य नरेंद्र देव भी किसी न किसी रूप में इससे सम्बद्ध थे। सरकारी पक्ष के वकील लखनऊ के मशहूर बैरिस्टर जगत नारायण मुल्ला थे जिनकी सेवाएँ सरकार ने उन्हें काफी लम्बी फीस देकर प्राप्त की थीं। उनके विरुद्ध बचाव पक्ष की ओर से पंडित हरकरन नाथ मिश्रा को खड़ा किया गया तथा उनकी सहायता के लिए गोविंद बल्लभ पंत, मोहन लाल सक्सेना, चौधरी खलीकुज्जमां, आर. सी. हजेला और सी. बी. गुप्ता, जिनकी गिनती उन दिनों जूनियर वकीलों में होती थी, की एक कमेटी बनायी गई। कलकत्ता के मशहूर युवा बैरिस्टर बी. के. चौधरी को भी बचाव पक्ष की ओर से अनुबंधित किया गया। इनमें चौधरी को छोड़कर शेष ने बिना कोई फीस लिए ही अपनी सेवाएँ देना स्वीकार किया।

मुकदमें से संबंधित खर्च के लिए रक्षासमिति द्वारा जनता से सहयोग के लिए अपील की गई। कांग्रेस के प्रांतीय सम्मेलन में भी, तेजशंकर के सुझाव पर, इस मुद्दे पर विचार किया गया और यद्यपि खुले आम कोई प्रस्ताव पारित नहीं किया गया तथापि कांग्रेस के प्रांतीय सचिव द्वारा एक गोपनीय परिपत्र जारी करके कांग्रेस की जिला इकाइयों को यह निर्देश दिया गया कि वह अधिक से अधिक धन मुकदमे के लिए जमा करके लखनऊ इकाई को भेजें। तेजशंकर ने अकेले रतन, बड़े, बिशुन बाबू, चुन्नी लाल, स्वामी दयाल आदि मुहल्ले के तमाम लोगों से चवन्नी, अठन्नी, रुपया, दो रुपया चंदा लेकर लगभग पचास रुपए जमा किए। शहर के अन्य मुहल्लों तथा दूसरे शहरों में भी इसी तरह चंदा जमा हुआ। गणेश शंकर विद्यार्थी द्वारा सम्पादित अखबार 'प्रताप' में भी चंदे की अपील निकली। उसके उत्तर में तो दूरदराज के शहरों तक से लोगों ने मनीआर्डर द्वारा अपना अंशदान भेजा।

शुरू में मुकदमा मजिस्ट्रेट के कोर्ट में चला। मजिस्ट्रेट एक मुसलमान था। नाम था ऐनुद्दीन। खासे कद-काठी वाला खूबसूरत व्यक्ति था वह। बहुत ही करीने से बात करता। कभी भी किसी बात पर विचलित नहीं होता। बल्कि लगभग हर समय ही उसके होंठों पर मुस्कान खेलती रहती।

प्रातः दस बजे तक सभी अभियुक्तों को लखनऊ जिला जेल से पुलिस की

लारियों में भर कर अदालत ले आया जाता। रास्ते भर यह लोग, 'वंदे-मातरम्', 'भारत माता की जय', 'भारतीय प्रजातंत्र की जय' आदि नारे लगाते हुए आते। कभी-कभी लारी में बैठे-बैठे ही 'वंदे-मातरम्' जैसा कोई गीत गाने लगते। कभी पंजाबी गाना 'पगड़ी संभाल जट्टा, पगड़ी संभाल', तो कभी कोई बंगाली गीत शुरू कर देते। रामप्रसाद स्वयं शायर थे और 'बिस्मिल' तखल्लुस से शायरी करते थे। उनका यह गीत उन दिनों बहुत लोकप्रिय हुआ : 'सरफरोशई की तमन्ना अब हमारे दिल में है, देखना है जोर कितना बाजु-ए-कातिल में है।' जेल से आते-जाते यह गीत तो हर दिन ही गाया जाता।

लोग क्रांतिकारियों को इस प्रकार नारा लगाते अथवा गाना गाते पुलिस की गाड़ियों पर कचहरी जाते देखते तो राह चलते रुककर, उन्हें निहारने लगते। कभी-कभी उनके साथ नारे भी लगाने लगते। कितने ही लोग पेशी वाले दिन उन्हें देखने कचहरी आते। कचहरी पहुँचते ही नारे और गीत और तेज हो जाते। ऐन इजलास के दरवाजे तक नारे लगते रहते। मजिस्ट्रेट ऐनुद्दीन अपने चैंबर में बैठा नारों के बंद होने की प्रतीक्षा करता रहता। तब जब सारे अभियुक्त कोर्ट में अपना स्थान ग्रहण कर चुके होते, वह मुस्काराता हुआ अपने चैम्बर से निकलता और आकर अपनी कुर्सी पर बैठ जाता।

सारे अभियुक्त और दोनों पक्ष के वकील पहले से ही इजलास में हाजिर रहते। इसके बावजूद कोर्ट का अर्दली दरवाजे तक जाकर आवाज लगाता, "सरकार बनाम रामप्रसाद वगैरह हाजिर हों।" और मुकदमे की कार्रवाई शुरू हो जाती।

सत्रह

खर्चे की किसी भी प्रकार की परवाह किए बिना सरकारी पक्ष ने दूर-दराज जगहों जैसे पूना, लाहौर, पेशावर आदि शहरों से गवाह बुलाकर उनसे इस बात की तसदीक कराई कि इन क्रांतिकारियों द्वारा लिखे और छपवाए गए पर्चे, जिनमें सरकार के खिलाफ जनता को विद्रोह के लिए भड़काया गया था, देश भर में वितरित किए गए। यह पर्चे केस में बतौर एग्जिबिट फाइल किए गए थे। गवाहों ने उन्हे पहचान कर कहा कि हाँ, यही पर्चे हैं जिन्हें उनके नगर में बाँटा गया था। स्थानीय स्तर पर भी अभियुक्तों में से ही सरकारी गवाह अथवा इकबाली मुजरिम बने लोगों के अलावा कितने ही और गवाह सरकारी पक्ष द्वारा प्रस्तुत किए गए। इनमें से अधिकांश गवाह फर्जी थे। जिस ट्रेन में डकैती पड़ी, उसके अंग्रेज गार्ड, ड्राइवर और हेल्पर के अलावा नगर की एक धर्मशाला के मैनेजर, हालाँकि यह वह धर्मशाला नहीं थी जहाँ क्रांतिकारी ऐक्शन वाले दिन और उसकी पिछली रात ठहरे थे, और वहाँ के एक नौकर को पेश किया गया। मैनेजर ने धर्मशाला का फर्जी रजिस्टर लाकर दिखाया जिनमें इन क्रांतिकारियों के नाम दर्ज थे। एक दूसरे फर्जी गवाह ने पता नहीं किस बिना पर, तसदीक कर दी कि रजिस्टर में बने हस्ताक्षर इन्हीं अभियुक्तों

के हैं। धर्मशाला के नौकर ने अपने बयान में कहा कि अभियुक्तों ने जिस रात ट्रेन में डकैती पड़ी, उस दोपहर उससे शराब की बोतलें मँगवाई और धर्मशाला के उस कमरे में, जिसमें वह ठहरे थे, शराब पी। इस दौरान उसने इन लोगों को डकैती की योजना बनाते हुए सुना। वे आपस में बात कर रहे थे कि चेन खींचकर गाड़ी रोक लेंगे। तब दो-तीन आदमी गार्ड के डिब्बे में और दो-तीन इंजन में चढ़ जाएँगे। बाकी गाड़ी के दोनों तरफ पटरी के किनारे खड़े पहरा देते रहेंगे। उसने उनके पास दो-तीन पिस्तौलें, एक बंदूक, बड़ी-सी एक छेनी और एक काफी बड़ा हथौड़ा भी देखा।

एक अन्य गवाह ने बयान दिया कि वह चौक स्थित कम्पनी बाग में माली का काम करता है। घटना वाली रात उमस और गर्मी के कारण वह पार्क में ही सो रहा था। तभी कुछ लोगों की आवाजें सुनकर रह जाग पड़ा और देखा कि कुछ लोग पार्क में बैठे बातें कर रहे हैं। वह एक पेड़ के पीछे छिप गया और चोरी से उनकी बातें सुनने लगा।

"तुमने उन्हें ठीक से देखा?" सरकारी वकील ने पूछा।

"जी सरकार।"

"कौन थे वह लोग?"

गवाह ने कोर्ट में उपस्थित अभियुक्तों की ओर इशारा कर दिया। इससे पहले शिनाख्त कार्रवाई में भी वह उन्हें पहचान चुका था।

"इन लोगों ने तुम्हें देखा?"

"नहीं सरकार ई लोग हमका नाई देखे। हम पेड़ की आड़ मां रहे।"

"क्या बात कर रहे थे यह लोग?"

"ई लोग हँस हँस के बात कर रहे थे।"

"क्या कह रहे थे?"

"कह रहे थे डरेभर को खूब मुर्गा बनाया।"

"कैसा मुर्गा बनाया?"

वह व्यक्ति टाँगों के बीच से हाथ निकाल कर अपने कान पकड़ने लगा।

"रहने दो, इसकी जरूरत नहीं है। और क्या बात कर रहे थे?"

"कह रहे थे पिस्तौल न होता तो गाड साब कब्जे में न आते।"

"और कुछ देखा तुमने?"

"थैला से रुपया निकाल के वहीं हिस्सा बाँट दिए सब जने।"

"और?"

"उसी थैले से शराब की बोतल निकाल कर पिए।"

"बोतल कहाँ गई?"

"बोतल खाली हो गई तो ई लोग ऊ का फेंक दिए। हम बाद मां उठा लिए।"

"यही बोतल है?" वकील ने पुलिस द्वारा माल खाने में जमा की गई बोतल, जो इस समय मजिस्ट्रेट की मेज पर रखी थी, उठाकर दिखाई।

"हाँ सरकार, यहै बोतल रही।"

"यह ऐसे ही थी या इस पर कोई कागज वगैरह चिपका था?"

"एक कागज चिपका रहा सरकार।"

"उस पर क्या लिखा था?"

"हम पढ़े नाई हैं सरकार। मगर ऊ पर संतरा बने रहे दो।"

"तुमको कैसे मालूम शराब थी बोतल में?"

"हम सूंघे रहे सरकार। मार हीक मारत रही।" उसने अपनी नाक सिकोड़ते हुए कहा।

स्पष्ट था कि इस प्रकार की तमाम गवाहियाँ क्रांतिकारियों का चरित्र-हनन करने तथा जनता की निगाह में उन्हें गिराने के उद्देश्य से ही प्रस्तुत की गई थीं। इसी प्रकार डकैतियों के संबंध में भी पुलिस ने कितने ही फर्जी गवाह पेश किए जिनमें अधनंगे बच्चे तक शामिल थे। इनसे पुलिस ने यह बयान दिलवाया कि डकैती वाले दिन वह मैदान में मवेशी चरा रहा थे। तभी उन्होंने शाम ढले इन लोगों को अमुक गाँव की तरफ जाते देखा। दो-एक ने तो यह भी बयान दिया कि डकैतों ने उनसे जिस व्यक्ति के यहाँ डकैती पड़ी थी उसके घर का पता पूछा और उनके द्वारा यह पूछे जाने पर कि वह कौन हैं उन्होंने स्वयं को उस व्यक्ति का मित्र अथवा रिश्तेदार बताया।

बचाव पक्ष द्वारा जिरह के दौरान यह सारे गवाह लड़खड़ाने लगे। मजिस्ट्रेट एनुद्दीन भी इन गवाहों के बयान और बचाव पक्ष के वकील द्वारा उनसे जिरह के दौरान अपनी कुर्सी पर बैठा हुआ मुस्कराता रहता। इस प्रश्न का किसी भी गवाह के पास कोई जवाब नहीं था कि उसने अभियुक्तों को इस तरह की संदिग्ध स्थितियों में देखकर पुलिस को सूचना क्यों नहीं दी। केवल एक ही रटा-रटाया उत्तर सबने दिया कि हम बहुत डर गए थे, इसीलिए पुलिस के पास जाने का साहस नहीं जुटा पाये।

सारी बहसों, बयानों और जिरहों से लोगों को ऐसा लगने लगा कि मुकदमा मजिस्ट्रेट के इजलास से ही खारिज हो जाएगा। लेकिन मजिस्ट्रेट ऐनुद्दीन शक्ल-सूरत तथा हाव-भाव से जितना सुसंस्कृत और शरीफ दिखाई देता था, अंग्रेज सरकार के प्रति अपनी निष्ठा में उतना ही दृढ़ था। हाँ, दो व्यक्तियों को उसने जरूर रिहा कर दिया क्योंकि सरकारी पक्ष के तमाम प्रयत्नों के बावजूद उनके खिलाफ कोई केस नहीं बन सका। शेष सभी अभियुक्तों को उसने सेशन के सुपुर्द कर दिया।

अठारह

सेशन जज हैमिल्टन 'फाँसी वाला जज' के नाम से कुख्यात था। अपने अब तक के सेवाकाल में वह दर्जनों लोगों को फाँसी के फंदे पर लटकवा चुका था। अतः यह बात

निश्चित थी कि कम से कम तीन-चार लोगों को तो वह निश्चय ही फाँसी की सजा देगा। इनमें रामप्रसाद का नाम सर्वोपरि था। उनके ऊपर अधिकांश डकैतियों में सक्रिय भाग लेने, हत्या तथा सम्राट के खिलाफ विद्रोह करने जैसे अनेक अभियोग थे। अतः रामप्रसाद के लिए तो एक प्रकार से फाँसी की सजा उसी दिन निश्चित हो गई थी जिस दिन मुकदमा सेशन न्यायालय के सुपुर्द किया गया था। और किन लोगों को फाँसी की सजा होगी, इस बारे में अटकलें ही लगाई जा सकती थीं। बहरहाल, सेशन न्यायालय से किसी के भी बरी होने की आशा नहीं के बराबर थी। उन्हें बचाने का अब एक ही तरीका था। जेल से न्यायालय जाते समय या फिर वहाँ से लौटते समय पुलिस की लारी को मार्ग में किसी जगह रोक कर किसी प्रकार उन्हें पुलिस हिरासत से छुड़ा लिया जाए या फिर किसी और तरीके से जेल से भाग निकलने का कोई रास्ता निकल आए।

आज़ाद और कुंदन लाल, जो अभी तक पकड़े नहीं जा सके थे, इन्हीं प्रश्नों से जूझ रहे थे। आज़ाद का विचार था कि जैसे भी हो, जान पर खेलकर भी, कम से कम रामप्रसाद को और यदि सम्भव हो तो उनके साथ अन्य साथियों को भी छुड़ाने का प्रयत्न किया जाना चाहिए। इसी उद्देश्य से चोरी से लखनऊ आकर उन्होंने किसी प्रकार जेल में बंद अपने साथियों से संपर्क स्थापित किया तो उनके बीच खुशी और रोमांच की लहर-सी दौड़ गई। तभी एक दिन जेल से कचहरी जाते समय रामप्रसाद ने हुसैनगंज की भीड़ भरी सड़क़ पर आजाद और कुंदन लाल को कुछ लोगों के बीच खड़े देखा। इसी के कुछ दिनों पश्चात् कुछ अन्य क्रांतिकारियों ने भी कचहरी से लौटते समय पुलिस लारी की खिड़की से किंचित भीड़ भरे इलाके में आजाद की एक झलक देखी। लेकिन इसके बाद न तो आजाद ही कहीं दिखाई दिए और न ही उनका कोई पत्र अथवा संदेश ही किसी अभियुक्त को मिला। इसके पीछे एक ही कारण हो सकता था कि आजाद को उनके लखनऊ आवास के दौरान किसी ने पहचान लिया हो। उनका अटूट नियम था कि जब भी उन्हें इस बात का संदेह हो जाता कि किसी ने उन्हें पहचान लिया है या किसी संदिग्ध व्यक्ति को उनके रहने के स्थान की जानकारी हो गई है तो वह तुरंत अपना स्थान बदलकर कुछ समय के लिए भूमिगत हो जाते थे।

लगभग इसी समय काकोरी कांड के अभियुक्तों को जेल से छुड़ाने की एक अन्य योजना पर एक और व्यक्ति भी काम कर रहा था जिसका नाम था भगत सिंह। उसका जन्म सितंबर 1907 में लायलपुर, पंजाब में हुआ था। उसके जन्म के समय उसके पिता सरदार किशन सिंह और चाचा, सरदार स्वर्ण सिंह, अंग्रेजों की खिलाफत करने के जुर्म में लाहौर केंद्रीय कारागार में बंद थे। एक और चाचा सरदार अजीत सिंह बर्मा की मांडले जेल में सजा काट रहे थे। उसके बाबा सरदार अर्जुन सिंह भी अंग्रेजों के विरोधी थे। इस प्रकार उसके परिवार में अंग्रेजों के विरोध की कम से कम दो पीढ़ी पुरानी परंपरा थी। भगत सिंह पर इसका प्रभाव पड़ना स्वाभाविक ही था। इसी प्रभाव के तहत 1921 के असहयोग आंदोलन के दौरान गाँधी जी के आह्वान पर उसने सरकारी सहायता प्राप्त,

लाहौर के डी. ए. वी. कालेज से अपना नाम कटवाकर लाला लाजपत राय द्वारा स्थापित लाहौर के ही नेशनल स्कूल में लिखा लिया था। इस स्कूल का पूरा वातावरण राष्ट्र प्रेम से ओत-प्रोत था। लाला लाजपत राय तो उसके संस्थापक थे ही, भाई परमानंद जो हाल में ही कालेपानी की सजा काट कर लौटे थे, अक्सर वहाँ विद्यार्थियों को संबोधित करने आते रहते थे। प्रोफेसर जयचंद विद्यालंकार इतिहास के अध्यापक थे। उनका प्रयत्न रहता कि अपने विद्यार्थियों को केवल इतिहास का ज्ञान ही न कराएं बल्कि उनके अंदर राष्ट्रप्रेम की भावना का संचार कर उन्हें सच्चा देश-भक्त बनाएँ।

शिक्षा के अतिरिक्त स्कूल में सांस्कृतिक कार्यक्रमों के अंतर्गत चंद्रगुप्त मौर्य, राणा प्रताप, शिवाजी आदि राष्ट्रीय नायकों के जीवन पर आधारित नाटक होते रहते जिनमें भगत सिंह हमेशा ही प्रमुख भूमिकाएँ निभाता। इसी स्कूल में रहते उसकी भेंट सुखदेव, भगवती चरण, यशपाल आदि से भी हुई जो आगे चलकर उसके क्रांतिकारी जीवन के साथी बने।

भगत सिंह की इन गतिविधियों को देखकर उसके पिता डरे कि उनकी ही तरह कहीं उनके बेटे को भी अपना जीवन अंग्रेज सरकार की जेलों में न काटना पड़े। अतः उन्होंने उसके पाँव में गृहस्थी की बेड़ियाँ डालने का फैसला कर लिया और बिना उससे राय-मशिवरा किए उसका विवाह तय कर दिया। इसके पीछे भगत सिंह की दादी का भी कुछ हाथ था। उनका स्वास्थ्य ठीक नहीं रहता था और वह मरने से पहले अपनी पौत्रवधू का मुँह देख लेना चाहती थीं। लेकिन भगत सिंह इसके लिए कतई तैयार नहीं था। इसलिए जब उसे इसका पता चला तो उसने बहुत ही सम्मानपूर्वक अपने पिता को पत्र लिखा कि वह उनके बताए मार्ग का ही अनुसरण करते हुए अपना जीवन देश-सेवा में लगाना चाहता है और चूँकि विवाह इसमें सबसे बड़ी बाधा होगी, अतः वह घर छोड़कर जा रहा है। संभव हो तो वह उसे अपनी इस अवज्ञा के लिए क्षमा कर दें और उसके जीवन के लक्ष्य की पूर्ति के लिए उसे आशीर्वाद दें। पत्र लिखकर उसने लेटरबाक्स में डाला और लाहौर छोड़कर कानपुर चला आया।

कानपुर में कुछ दिनों तक उसने सड़कों पर अखबार बेचकर निर्वाह किया। तब गणेश शंकर विद्यार्थी के पत्र 'प्रताप' में काम करने लगा। बनारस की तरह कानपुर भी उन दिनों क्रांतिकारियों का अड्डा था। यहीं भगत सिंह की भेंट योगेश चंद्र चटर्जी, अजय घोष, सुरेश चंद्र भट्टाचार्य, विजय कुमार सिंहा आदि से हुई और उनके सम्पर्क में आकर वह भी 'हिंदुस्तान रिपब्लिकन एसोसिएशन' का सदस्य बन गया। कानपुर के अपने इस आवास के दौरान ही वह सत्य भक्त और राधामोहन गोकुल चंद जैसे साम्यवादी विचार धारा वाले लोगों के संपर्क में भी आया और मार्क्सवाद से उसका परिचय हुआ। तभी 'हिंदुस्तान रिपब्लिकन एसोसिएशन' की ओर से प्रतापगढ़ के एक मेले में क्रांतिकारी साहित्य बाँटते हुए वह पुलिस की चपेट में आने से बाल-बाल बचा। ऐसी स्थिति में कानपुर में उसका रहना निरापद न समझ विद्यार्थी जी ने अलीगढ़ के एक गाँव के स्कूल

में हेडमास्टर के पद पर उसकी नियुक्ति करा दी। इस बीच उसके पिता को, जो बराबर अखबारों में उसके घर लौटने के लिए इश्तहार छपवा रहे थे, किसी तरह उसके बारे में पता चला और उन्होंने अपने दो-एक सगे-संबधियों को विद्यार्थी जी के पास यह अनुरोध करने के लिए भेजा कि वह किसी प्रकार उसे समझा-बुझा कर वापस घर भेज दें। किंतु भगत सिंह राजी नहीं हुआ। आखिर जब उसके पिता ने उसे पक्का आश्वासन दिया कि वह उससे विवाह के लिए जोर नहीं देंगे, तभी वह वापस गया।

पंजाब लौटने के कुछ दिनों बाद ही काकोरी ट्रेन-डकैती की सूचना पाकर वह नेशलन स्कूल के अपने मित्र सुखदेव तथा दो एक अन्य साथियों को लेकर काकोरी-कांड के अभियुक्तों को जेल से छुड़ाने के उद्देश्य से कानपुर वापस आ गया। इस बीच पुलिस द्वारा छेड़े गए अभियान में कानपुर के कई क्रांतिकारी पकड़े जा चुके थे। शेष भूमिगत हो गए थे। ऐसी स्थिति में लखनऊ जेल में बंद रामप्रसाद तथा अन्य क्रांतिकारियों से कोई भी संपर्क स्थापित करने में विफल होकर वह पंजाब वापस चला गया। लेकिन कुछ ही दिनों बाद वह दोबारा कानपुर आया। इस बार वह कानपुर में दल के कुछ सदस्यों के बारे में समुचित जानकारी प्राप्त करके तथा दिल्ली में दल से संबंधित एक व्यक्ति द्वारा उन्हें अपने आने की सूचना भिजवा कर ही आया। कानपुर में दल के यह सदस्य थे, शिव वर्मा और जयदेव, जो कानपुर के डी. ए. वी. कालेज के छात्र थे और गंगा के तट पर बने कालेज के हॉस्टल में रह रहे थे।

शिव वर्मा को जो पत्र मिला उसमें केवल इतना लिखा था कि दिल्ली से एक पंजाबी युवक तुमसे मिलने आ रहा है। वह तुम लोगों के काफी निकट है। बाकी परिचय यह तुम लोगों से मिलने पर स्वयं दे देगा। जयदेव का पता भी मैंने उसे दे दिया है।

शिव वर्मा, जो अभी हाल में दल का सदस्य बना था, यह पत्र पाकर चिंतित हो उठा। पता नहीं कौन आदमी है? खामख्वाह कहीं कोई मुसीबत न खड़ी हो जाए। जयदेव से मिलकर उसने उससे बात की और दोनों ने आपस में यह तय किया कि जिससे भी वह पहले मिलेगा, वह दूसरे से उसका परिचय नहीं कराएगा। साथ ही दोनों ने अपने कमरों से हर ऐसी वस्तु, कागज, किताब आदि (जयदेव के कमरे में रखा एक चरखा भी इसमें शामिल था) हटा दी जिससे उनके क्रांतिकारी विचारों के बारे में जरा-सा भी संदेह होता हो। दल के अन्य सदस्यों तथा सहयोगियों को भी जिनमें बच्चन भी शामिल था—कानपुर से प्रथम श्रेणी में इंट्रेंस की परीक्षा पास करने के पश्चात् अब वह डी. ए. वी. कालेज में ही एफ. ए. में पढ़ रहा था और कालेज के हॉस्टल में रहते हुए शिव वर्मा आदि के संपर्क में आकर दल के काफी निकट आ चुका था—उन्होंने आगाह कर दिया कि अगले कुछ दिनों तक वह काफी सतर्क रहें और जहाँ तक संभव हो एक-दूसरे से न मिलें।

तभी एक दिन छरहरे बदन का लंबा-सा एक सिख नौजवान सिर पर ढीली-ढाली पगड़ी बाँधे, ढीला-सा मैला, लंबा कुर्ता और मैली तहमद पहने शिव वर्मा का पता पूछते

हॉस्टल में उसके कमरे में आ धमका। सामान के नाम पर उसके कुर्ते की जेब में मात्र एक अंग्रेजी उपन्यास था। बहुत ही बेतकल्लुफी से कमरे में प्रवेश करते हुए उसने शिव से कहा, "मेरा नाम रंजीत है (उन दिनों दल में उसका यही नाम प्रचलित था।) दिल्ली से आ रहा हूँ। मेरे आने की सूचना तुम्हें मिल गई होगी। हम एक ही रास्ते के मुसाफिर है।" इतना कहकर वह जमीन पर पर लगे बिस्तर पर पसर गया।

शिव, जो उसके आने पर उठकर खड़ा हो गया था, उसकी इस बे-तक़ल्लुफी से अचरज में पड़ गया। अपने स्थान पर खड़ा-खड़ा वह उसे देखता रह गया।

"खड़े क्यों हो ?" रंजीत ने कहा। "बैठ जाओ। मैं थका हूँ इसी लिए लेट गया। कुछ दिन मैं अब यहीं रहूँगा। जयदेव कहाँ है ?"

शिव कमरे में पड़ी कुर्सी पर बैठ गया। वह समझ नहीं पा रहा था कि इस युवक से वह किस तरह पेश आए। उसने तो उसके कमरे में इस तरह अधिकार जमा लिया था जैसे वह उसका अपना कमरा हो। "जयदेव बाहर गया है।" शिव झूठ बोल गया।

"ठीक है। वह आता रहेगा," रंजीत ने कहा। "तब तक विजय और सुरेंद्र को मेरे आने की सूचना दे दो। कह दो रात में इसी कमरे में आकर मुझसे मिल लें। और जो साथी हों, उन्हें भी सूचित कर दो। मैं एक बड़े काम के लिए आया हूँ।"

शिव उसके निश्छल व्यवहार से निरुत्तर हो गया। थोड़ी ही देर में उसकी इस निष्कलुष आत्मीयता ने अपरिचय की सारी दीवारों को तोड़ दिया और अगले ही दिन सारे मित्र एकत्रित होकर रामप्रसाद और उनके साथियों को जेल से छुड़ाने की योजना बनाने लगे।

उन्नीस

सबसे पहली समस्या थी रामप्रसाद से जेल में भेंट करके उनसे योजना के बारे में सहमति प्राप्त करने की। यों तो जेल में सभी अभियुक्तों की अपने संगे-संबंधियों से मिलाई का प्रावधान था लेकिन इसके कुछ नियम थे जो काकोरी कांड के अभियुक्तों पर बहुत ही सख्ती से लागू किए जाते थे। अतः महीने में मिलाई के लिए निश्चित दिन ही उनसे भेंट हो सकती थी। इसके अतिरिक्त मिलाई के समय कोई न कोई जेल अधिकारी वहाँ उपस्थित रहता और यह देखता रहता कि मिलने आने वाला व्यक्ति खाने पीने की कोई चीज अभियुक्तों को न देने पाए, न ही कोई कागज, पत्र आदि उन तक पहुँचा पाए। हाँ, अभियुक्त के वकील के लिए या फिर कांग्रेस के बड़े नेताओं, जैसे गणेश शंकर विद्यार्थी, शिव प्रसाद गुप्त, मोहन लाल सक्सेना या आचार्य नरेंद्र देव आदि के लिए कुछ छूट अवश्य थी लेकिन ऐसे लोगों की सहायता इस कार्य में मिलने का प्रश्न ही नहीं उठता था।

बच्चन को इस बारे में पता चला तो उसने बताया कि लखनऊ जिला जेल का नायब जेलर, वाहिद अली, उसके गाँव का है और उसे पूरी उम्मीद है कि यदि वह किसी व्यक्ति को रामप्रसाद का संबंधी बनाकर अपने साथ ले जाए तो वाहिद रामप्रसाद से उसकी भेंट कराने में अवश्य मदद करेगा। अंततः यही तय पाया गया और बच्चन बिजय को रामप्रसाद का चचाजाद भाई बनाकर अपने साथ लखनऊ ले गया। इसके लिए विजय ने नाई से अपने सिर पर मशीन चलवा कर लंबी-सी चोटी निकाली, उसमें गाँठ लगाई, कुर्ता, धोती और चमरौधा जूता पहना तथा कंधे पर अँगोछा डाला ताकि देखने में पूरा देहाती लगे। विजय को इस रूप में अपने साथ लेकर बच्चन लखनऊ के लिए रवाना हो गया। जानबूझ कर वह इतवार की बजाय सोमवार को गया क्योंकि इतवार को सामान्य मिलाई का दिन होने के कारण रामप्रसाद से एकांत में भेंट हो पाना असंभव था। इसी के साथ वह सीधे जेल न जाकर वाहिद के क्वार्टर पहुँचा और विजय को कानपुर में अपने स्कूल के एक मास्टर के गाँव का रहने वाला तथा रामप्रसाद का चचाजाद भाई बताकर रामप्रसाद से उसकी भेंट कराने की प्रार्थना की और उसी के साथ, बिना रुके, बोला, "पियास बहुत लाग है चचा। एक गिलास पानी पियाए देतिव तो बड़ा नीक होतै।"

वाहिद ने कासिम से कहकर शरबत मँगवाया। तब बोला, "आज तो मुलाकात हो पाना मुश्किल है भाई। मुलाकात तो इतवार को होती है।"

विजय के साथ-साथ बच्चन ने भी अपना मुँह लटका लिया। "इतवार मां तो चचा अबै पाँच दिन हैं।" उसने कहा, "बरेली ते आए हैं ई। एत्ते दिन रहिऐं कहाँ ?" तब एक क्षण रुक कर बोला, "अपने मास्टरजी का हम बड़ा भरोसा दै के आए हन।"

तब तक कासिम दो गिलासों में शरबत ले आया था। बच्चन ने एक गिलास ले लिया। दूसरा गिलास कासिम ने विजय की ओर बढ़ाया तो बच्चन बीच में ही बोल पड़ा, "ई कहाँ पीहैं चचा। ई तो पंडित आएँ। हमरे पंचन के घर तक मां तो पानी पियत नाई। कानपुर ते हियां तक बिना कुछ खाए पिए चले आ रहे हैं।"

वाहिद ने विजय को घूर कर देखा। तब उससे उसके गाँव आदि के बारे में पूछने लगा। विजय इसके लिए पहले से तैयार था। उसने हर प्रश्न का संतोषजनक उत्तर दे दिया।

"तो चचा फिर लऊट जाई का ?" बच्चन ने कहा।

वाहिद सोचने लगा। "चलो देखते हैं।" उसने कहा और दोनों को अपने साथ लेकर जेल आ गया। जेल पहुँच कर वाहिद ने मुनव्वर आलम को विश्वास में लेकर बात की तो उन्होंने भी विजय को गौर से देखा। उन्हें भी किसी प्रकार का कोई संदेह नहीं हुआ।

"तुम जानते हो इसे ?" उन्होंने वाहिद से पूछा।

"इसे तो नहीं जानता," वाहिद ने उत्तर दिया, "दूसरे लड़के को जानता हूँ। हमारे इलाके के कानूनगो का पोता है।"

मुनव्वर आलम ने एक बार विजय और बच्चन को घूर कर देखा। तब बोले, "चाहो तो मिलवा दो दस मिनट के लिए।"

वाहिद ने रामप्रसाद को अपने आफिस में ही बुलवा लिया। जितनी देर विजय उनसे बात करता रहा उतनी देर बच्चन बहुत ही होशियारी से वाहिद को जेल के बारे में उससे उल्टे सीधे प्रश्न करके बातों में उलझाए रहा। जैसे "अच्छा चचा का हियां कैदिन का रोज सुबह साम कोड़ा लगाए जात है?····हम सुना है कि उनका कोल्हू मां जोता जात है।····मूंज ते रस्सी की तना बनत है?····अच्छा यू बताओ चचा कि पेट भर खाना मिलत है खाय का सबका कि नाही?····हमरे स्कूल के एक मास्टर हैं तऊन बतावत रहैं कि जब मोतीलाल नेहरू हियां बंद रहे तो अंग्रेज गवर्नर के घर ते रोज मुर्गा बनिके आवत रहा उनके बरे औ साथ मां बढ़िया बिलैती सराब की बोतल एक।····और कोऊ कहत रहै कि हियां अंग्रेजी पाखाना बनावा गा रहै उनके बरे।"

इस बीच विजय की रामप्रसाद से आवश्यक बात हो गई और रामप्रसाद ने ऐक्शन के लिए अपनी अनुमति दे दी।

इसी के एक आध दिन बाद भगत सिंह बच्चन को— लखनऊ के रास्तों आदि के बारे में उसकी पूर्व जानकारी होने के कारण—साथ लेकर यहाँ आया और जेल से लेकर हजरतगंज स्थित रिंग थिऐटर तक, जहाँ मुकदमे की सुनवाई हो रही थी (सुरक्षा की दृष्टि से सरकार ने मुकदमे की सुनवाई का प्रबंध रोशन दौला कचहरी के बजाय यहाँ किया था) अभियुक्तों को पुलिस की गाड़ी में ले जाने तथा वापस लाने के मार्ग के साथ-साथ मुख्य सड़क से मिलने वाली अन्य सड़कों तथा गालियों का बहुत ही सूक्ष्मता से निरीक्षण किया तथा हर उस स्थान का, जहाँ रास्ते में मोड़ पड़ते थे जिनके कारण वहाँ से गुजरने वाले वाहन स्वतः धीमे पड़ जाते थे, कागज पर नक्शा बनाकर कानपुर आ गया और सभी साथियों से राय-मश्विरा करके योजना को अंतिम रूप देने में जुट गया।

एक बात साफ थी। सभी कैदियों को छुड़ा पाना असम्भव था। अतः यह तय पाया गया कि रामप्रसाद तथा दो एक अन्य कैदियों को ही, जिनके ऊपर लगी दफाएँ अधिक संगीन थीं, छुड़ाने का प्रयत्न किया जाए। रामप्रसाद के अलावा अन्य लोग कौन होंगे, इसका फैसला रामप्रसाद पर ही छोड़ने का निश्चय किया गया। दूसरी समस्या ऐक्शन के लिए आग्नेयास्त्रों को जुटाने की थी। कानपुर में पुलिस के जाल से बचे क्रांतिकारियों के पास मात्र एक टोपीदार पिस्तौल थी जो ऐक्शन के लिए सर्वथा अनुपयुक्त थी। काफी विचार-विमर्श के बाद यह तय पाया गया कि कम से कम चार पिस्तौलों और यदि यह संभव न हो तो दो पिस्तौलों और दो बंदूकों का प्रबंध किया जाए। शिव के अनुसार यह सारे अस्त्र कानपुर में मिल सकते थे। बशर्ते इसके लिए पर्याप्त धन अपने पास हो। इसी के साथ कम से कम एक गाड़ी का भी प्रबंध करना था। वह भी आसानी से मिल सकती थी क्योंकि कानपुर में भाड़े की गाड़ियाँ उपलब्ध थीं। मगर इसके लिए भी धन की आवश्यकता थी और धन किसी के पास था नहीं। धन कहाँ

से जुटाया जाए, इस बारे में किसी के पास कोई माकूल सुझाव भी नहीं था। केवल एक प्रस्ताव यह आया कि बिरहाना रोड स्थित किसी सोने-चाँदी के जेवरों की दुकान पर डाका डाला जाए। मगर इस बात पर आपस में गंभीर मतभेद थे। भगत सिंह भी मानसिक रूप से इसके लिए तैयार नहीं था। उसका कहना था कि कहीं ऐसा न हो कि इस ऐक्शन में ही हम सब उलझकर रह जाएँ और मुख्य ऐक्शन दर-किनार हो जाए। घूम फिर कर उसके मन में बार-बार यह आ रहा था कि क्यों न वह पंजाब या फिर दिल्ली जाकर आवश्यक धन, या फिर जो भी शस्त्र वहाँ उपलब्ध हों उन्हें ले आए।

इसी सोच-विचार में काफी समय निकल गया। तभी मुकदमे की सुनवाई की समाप्ति का समय निकट आते-आते अभियुक्तों की मिलाई पर पूरी रोक लगा दी गई। साथ ही उन्हें जेल से कोर्ट और कोर्ट से जेल लाते, ले जाते समय पुलिस का पहरा और सड़कों पर चौकसी भी बढ़ा दी गई। ऐक्शन की बात तो दूर, रामप्रसाद से भेंट हो पाना भी मुश्किल हो गया। वाहिद ने भी इस बार बच्चन को साफ मना कर दिया।

ऐसी स्थिति में ऐक्शन को स्थगित करने के अलावा कोई विकल्प नहीं रह गया और कुछ दिनों तक व्यर्थ ही प्रतीक्षा करने के पश्चात् विवश होकर भगत सिंह ने पंजाब लौटने का फैसला कर लिया। तभी जिस दिन उसे गाड़ी पकड़नी थी उससे ठीक एक दिन पूर्व विद्यार्थी जी के माध्यम से रामप्रसाद की अपनी हस्तलिपि में लिखी हुई एक गजल विजय को मिली जो उसने लाकर भगत सिंह को दी। गजल बहुत ही मार्मिक थी। रामप्रसाद ने लिखा था,

"मिट गया जब मिटने वाला फिर सलाम आया तो क्या।
दिल की बरबादी के बाद उनका पयाम आया तो क्या।
मिट गई जब सब उमीदें, मिट गए सारे खयाल
उस घड़ी गर नामाबर लेकर पयाम आया तो क्या।
काश अपनी जिंदगी में हम यह मंजर देखते
बर सरे तुरबत कोई महशर-खराम आया तो क्या।
आखिरी शब दीद के काबिल थी 'बिस्मिल' की तड़प
सुबह दम कोई अगर बालाए बाम आया तो क्या।"

विद्यार्थीयों को यह गजल रामप्रसाद ने जेल में मिलने आने पर दी थी। उन्होंने उसे एक साहित्यिक कृति के रूप में ही लिया था। उसके पीछे छिपे अर्थ वह नहीं समझे थे। उसे केवल विजय और उसके साथी ही समझ सकते थे। भगत सिंह का दिल उसे पढ़कर रो पड़ा। लेकिन उसने अपने साथियों के सामने अपना संतुलन बनाए रखा और बिना कुछ बोले चुपचाप वहाँ से चला गया। रात देर तक वह लौट कर नहीं आया तो शिव तथा अन्य साथियों ने उसे खोजना शुरू किया। कोई दो बजे रात वह उन्हें हॉस्टल के पीछे गंगा के निर्जन तट पर बैठा मिला। शायद वह काफी देर तक रोता रहा था। आँखे सूजकर लाल हो रही थीं। शिव ने उसके कंधे पर हाथ रखा तो वह चुपचाप उठकर

उनके साथ चल दिया।

सुबह तक वह फिर सामान्य हो गया। शिव तथा अन्य मित्र उसे स्टेशन तक छोड़ने आये तो वह प्लेटफार्म पर खड़ा देर तक उनसे बातें करता रहा। "हो सकता है कल तुम लोगों को मेरा व्यवहार बहुत असामान्य लगा हो," उसने कहा। "मैं भावुक हो गया था। वास्तव में रामप्रसाद जैसे लोग संगठन को बड़े भाग्य से प्राप्त होते हैं। ब्रिटिश सरकार को चुनौती देने का यह पहला संगठित प्रयास था। और कुछ हो न हो, ऐसे ऐक्शन की पब्लिसिटी वैल्यू का ही बड़ा महत्व है। मुझे ताजिंदगी अफसोस रहेगा कि मैं उन्हें मौत के मुँह से नहीं छुड़ा सका लेकिन इसी के साथ मैं स्वीकार करूँगा कि मुझे भावुक नहीं होना चाहिए था।" गार्ड द्वारा सीटी बजाने और झंडी दिखाने के साथ ही ट्रेन ने भी सीटी दी लेकिन उस ओर ध्यान दिए बिना वह अपनी बात कहता रहा। "क्रांति के मार्ग पर ऐसे उतार-चढ़ाव तो आते ही रहते हैं। यदि हम विषम परिस्थितियों में भावुक हो कर निराश हो जाएँगे तो काम कैसे चलेगा? अभी तो हमें लंबा सफर तय करना है।"

गाड़ी इस बीच रफ्तार पकड़ने लगी थी। उसने प्लेटफार्म पर तेजी से सरकती गाड़ी पर निगाह डाली, तब शिव के कंधे पर हाथ रखते हुए बोला, "अच्छा साथी, फिलहाल तो हमें एक-दूसरे से बिछुड़ना ही होगा लेकिन जल्दी ही हम फिर मिलेंगे।" और दौड़कर तेजी से भागती ट्रेन के डिब्बे का हैंडिल पकड़कर पायदान पर चढ़ गया।

बीस

काकोरी ट्रेन डकैती केस में जिस दिन सेशन में अंतिम बहस होनी थी उस दिन कोर्ट दर्शकों से खचा-खच भरी हुई थी। पुलिस द्वारा बार-बार मना किए जाने के बावजूद लोग भीड़ लगाए रहे। तेजशंकर भी इस भीड़ में शामिल था।

दर्शकों और कोर्ट के कर्मचारियों को छोड़कर सबसे पहले पहुँचने वालों में बचाव पक्ष के वकील सी. बी. गुप्ता थे। हर पेशी पर एक दिन पहले से ही रात भर जाग कर वह अपने वरिष्ठ सहयोगियों के लिए ब्रीफ तैयार करते, सारे कागज और फाइल दुरुस्त करते, जिन पुस्तकों से उद्धरण देने होते उनमें फ्लैग लगाते और सारे कागज, फाइल और पुस्तकें लेकर सबसे पहले कोर्ट पहुँच जाते। आज भी सबसे पहले वही पहुँचे।

रिंग थिएटर के परिसर में उनका इक्का आकर रुका तो वहाँ खड़े लोगों ने आगे बढ़कर इक्के पर रखी मोटी-मोटी पुस्तकें आदि उतरवा कर उन्हें कोर्ट के कमरे तक पहुँचा दिया। वकीलों के लिए पड़ी बैच पर अपने सारे कागज, फाइलें तथा पुस्तकें रख कर गुप्ताजी वहीं बैठकर अपने सहयोगियों के आने की प्रतीक्षा करने लगे। कुछ ही देर में कानूनी सलाहकार समिति के अन्य सदस्य, पंत, हजेला, सक्सेना, खलीकुज्जमां आदि भी पहुँच गए। इसी के थोड़ी देर बाद बैरिस्टर हरकरन नाथ मित्रा की मोटर परिसर में आकर

रुकी। वह अपनी गाड़ी से उतरें-उतरें, तब तक बैरिस्टर जगत नारायण मुल्ला की गाड़ी भी पहुँच गई। उनके साथ उनका बेटा आनंद नारायण मुल्ला भी था, जिसने नई-नई वकालत शुरू की थी और जिसे उसके पिता ने अपने सहायक के रूप में सरकार से तीस रुपए रोज के परिश्रमिक पर नियुक्त करा लिया था। बैरिस्टर मिश्रा ने मुल्ला की गाड़ी देखी तो वहाँ से चलते-चलते एक क्षण के लिए रुक गए। दोनों विधि-वक्ताओं ने हँसकर एक-दूसरे से हाथ मिलाया, तब साथ-साथ कोर्ट के कमरे की ओर बढ़ गए। उनके पीछे-पीछे बैरिस्टर मुल्ला का बेटा आनंद तथा उनका मुंशी भी आ गया। इन दोनों के हाथों में भी मुकदमे की मिसिल के अलावा कानून की मोटी-मोटी किताबें थीं जिनमें ढेरों पर्चियाँ लगी हुई थीं।

सहसा बाहर शोर-गुल शुरू हो गया जो इस बात का संकेत था कि अभियुक्तों को जेल से लाने वाली पुलिस की लारियाँ कोर्ट परिसर में पहुँच चुकी हैं। इसी के साथ 'वंदे मातरम्', 'भारत माता की जय' आदि के नारे सुनाई देने लगे। पेशकार, जो पहले से ही सावधान की मुद्रा में बैठा था, शोर-गुल सुनकर कुछ और सतर्क हो गया तथा जज का अर्दली चिड़ियों के रंगीन पंखों वाली झाड़ू से जज की मेज कुर्सी, जिसे वह पहले ही दो बार झाड़ चुका था, झाड़ने लगा। तभी कोर्ट के दरवाजे तक नारे लगाते हुए, क्रांतिकारियों ने पुलिस की निगरानी में कोर्ट में प्रवेश किया। अपनी बेड़ियां संभालते हुए, जो उनके हर कदम के साथ 'खन' 'खन' कर बज रही थीं, वे अपने निर्धारित स्थान पर आकर खड़े हो गए। इन लोगों के आते ही कोर्ट परिसर में जमा दर्शकों में कानाफूसी शुरू हो गई और उन्हें देखने के लिए लोग अपनी गर्दनें उचकाने लगे। तभी जज हैमिल्टन के अपने चैंबर से निकल कर कोर्ट में प्रवेश करते ही वहाँ उपस्थित सभी लोग अपने-अपने स्थान पर उठकर खड़े हो गए और एक सेकेंड में ही वहाँ खामोशी छा गई। जज के आगे बढ़ते ही उसके अर्दली ने मेज के सामने पड़ी उसकी ऊँची पीठ वाली कुर्सी थोड़ा-सा पीछे सरका कर उसके निकलने के लिए जगह बना दी और जैसे ही वह कुर्सी के आगे पहुँचा, अर्दली ने बहुत ही तत्परता से कुर्सी फिर आगे सरका कर अपने स्थान पर कर दी। हैमिल्टन के कुर्सी पर बैठते ही और लोगों ने भी अपना-अपना स्थान ग्रहण कर लिया।

पेशकार ने मुकदमे की फाइल हैमिल्टन के सामने रखते हुए बहुत ही धीमी आवाज में उससे कुछ कहा, जिस पर उसने अपना सिर मुश्किल से दो-चार सूत नीचे करके अपनी सहमति व्यक्त की। पेशकार ने अपनी बगल में, सीने पर हाथ बाँधे, खड़े अर्दली की ओर देखकर आँखों से इशारा किया। अर्दली ने पूरी गरिमा के साथ दरवाजे तक जाकर एक कदम बाहर रखते हुए आवाज लगाई, "सरकार बनाम रामप्रसाद वगैरह हाजिर हों" और दूसरे ही क्षण वहाँ से लौटकर अपने स्थान पर आकर पूर्ववत् खड़ा हो गया।

बैरिस्टर जगत नारायण मुल्ला ने अपने स्थान से उठकर वकीलों वाला अपना काला लबादा समेटते हुए अपने दोनों हाथ सीने पर बाँध लिए और जज की ओर बढ़कर

अपना सिर नीचे झुकाकर उसका अभिवादन करते हुए कहा, "मी लार्ड, डू आई हैव योर परमीशन ?"

जज ने फिर सूत डेढ़ सूत सिर नीचा करके अपनी अनुमति प्रदान की।

मुल्ला ने अपने बेटे के हाथ से मिसिल लेते हुए उसे खोलकर अपने सामने रख लिया। तब अंग्रेजी में ही बोलना शुरू किया। "आज का यह मुकदमा," उन्होंने कहा, "जिसके अभियोजन का सौभाग्यशाली दायित्व सरकार ने मुझे बख्शा है और जिस पर मुझे ताजिंदगी गर्व रहेगा, एक ऐतिहासिक मुकदमा है जिसमें इन्सानियत से गिरे चंद, मुट्ठी-भर, अपने को क्रांतिकारी कहने वाले लोगों ने ब्रिटिश हुकूमत की, जिसका सूरज कभी अस्त नहीं होता, ताकत और इज्जत को चुनौती दी है। वह दिन, जिस दिन इस मुल्क की सरज़मीं पर ब्रिटिश हुकूमत का झंडा लहराया, इस मुल्क के आज तक के इतिहास में सबसे भाग्यशाली दिन था। यह मुल्क, जो सदियों से जहालत, गरीबी और पिछड़ेपन की गहरी नींद में सो रहा था, अंग्रेजों के यहाँ आगमन और इस जमीन पर उनकी हुकूमत की स्थापना के बाद, अपनी रियाया की बेहतरी के लिए उनकी फिक्र और कोशिशों की वजह से, तरक्की के नए सोपानों पर चढ़ा। मुल्क में शिक्षा का प्रसार हुआ, औद्योगिकरण हुआ, रेल आई, यातायात के नए साधन बने, डाक व्यवस्था स्थापित हुई और सबसे बड़ी बात, एक ऐसी न्याय पद्धति की स्थापना हुई जिसमें, जैसाकि सर्वत्र स्वीकार किया जाता है, शेर और बकरी एक घाट पानी पीते हैं।" इतना कहकर बैरिस्टर मुल्ला ने एक क्षण रुककर, जज हैमिल्टन की ओर देखा लेकिन वह पूरी तरह गंभीर बना बैठा रहा।

मुल्ला ने आगे कहना प्रारंभ किया, "उसी ब्रिटिश सरकार की मेहरबानी से, जिसके सम्राट की, ईश्वर उनकी उम्रदराज करे, रियाया हम सब लोग हैं, आज हम फिर तहजीब और संस्कृति की दुनिया में लौट आये हैं। यही नहीं, उसी सरकार की कृपा से एक सुगठित राजनीतिक प्रणाली भी हमें मिली, सन् 1919 का इंडिया एक्ट, जिसका जीता जागता प्रमाण है। ऐसी उदार और अपनी रियाया के प्रति पूरी तरह जागरूक सरकार के खिलाफ इन चंद लोगों ने," मुल्ला ने अभियुक्तों की ओर मुड़कर एक सरसरी निगाह उनके ऊपर डालते हुए कहना जारी रखा, "बगावत का परचम लहराया। यह अपने को राजनीतिक कैदी कहते हैं। लेकिन इन्होंने किया क्या ? सम्राट की अमन-पसंद रियाया को तंग किया, उनके घरों में डाके डाले, उनकी हत्याएँ कीं, सरकारी खजाना लूटा। यह राजनीतिक कैदी तो क्या, मामूली चोरों-डकैतों से भी बदतर है। कम से कम वह लोग चोरी करते हैं, या डाका डालते हैं तो अपने उन कामों पर राजनीति का मुलम्मा तो नहीं चढ़ाते जबकि इन लोगों के अनुसार, इनका यह काम देश की भलाई के लिए है। गौर कीजिए, मी लार्ड, चोरी, डाका, लूट, हत्या और देश की भलाई ! क्या इनमें कोई साम्य हो सकता है ? यह लोग घृणित और नीच हैं, इनकी राजनीति कुत्सित है, इनके दिमाग कुत्सित हैं, इनकी सोच कुत्सित है, इनका," प्रवाह में बोलते हुए मुल्ला सहसा किसी उपयुक्त शब्द की तलाश में क्षणांश के लिए रुके तब किसी समीचीन शब्द के अभाव में जोड़ा, "सब कुछ कुत्सित है। ऐसे लोगों को, जो हत्याएँ

करते हैं, सरकार के खिलाफ दूसरों को भड़काते हैं, अपने सम्राट के प्रति जिनके दिलों में वफादारी का नामो-निशान तक नहीं, ऐसे लोगों को जीने का कोई अधिकार नहीं। इनके लिए एक ही सजा हो सकती है—मौत।"

अपने इस आशु भाषण के बाद मुल्ला ने एक क्षण रुक कर, जेब से रुमाल निकाल कर, माथे पर उभर आई पसीने की दो-चार बूँदों को पोंछा, तब अपनी फाइल को उलटते हुए उन्होंने कहा, "गवाहों के बयान से साफ जाहिर है कि इनके खिलाफ लगाए गए सभी जुर्म पूरी तरह साबित हो चुके हैं।" इसी के साथ उन्होंने एक-एक अभियुक्त पर लगाई गई ताजीराते हिंद की विभिन्न दफाओं को पढ़कर गवाहों के बयानों का उद्धरण देते हुए यह साबित करने का प्रयत्न किया कि वे सारे जुर्म उन्होंने वास्तव में किए हैं और गवाहों के बयानों से उनकी पुष्टि भी हो चुकी है। बहस के दौरान अपने तर्कों की पुष्टि के लिए उन्होंने कानून की मोटी-मोटी किताबों से अनेकों उद्धरण दिए जिन्हें उनकी जबान से केस संख्या, कोर्ट का नाम आदि निकलते ही उनका बेटा किताब खोल कर उन्हें पकड़ा देता और वह पुस्तक का संबंधित पृष्ठ खोलकर पेशकार के माध्यम से पुस्तक जज की ओर बढ़ा देते। जज हैमिल्टन ने शुरू में दो-एक पुस्तकों को उठाकर देखा। तब उसने उन्हें देखना बंद कर दिया। फिर भी मुल्ला पुस्तकें खोलकर मेज पर रखते जाते, जहाँ वे अंत तक वैसे ही पड़ी रहीं। अपनी बहस के दौरान वह पुलिस अधिकारियों की सराहना करना भी नहीं भूले, जिनके अथक परिश्रम बुद्धिमत्ता एवं कर्तव्य परायणता के कारण ही ऐसे खतरनाक मुलजिमों को पकड़ा जा सका।

अंत में उन्होंने तीन सदस्यों वाली जूरी को संबोधित करते हुए कहा, "गवाहों के बयान से यह तथ्य बिला किसी शको-शुबहा साबित हो चुका है कि सभी अभियुक्तों ने वे सारे जुर्म वास्तव में किए हैं जिनका उनके ऊपर अभियोग है। अतः मैं जूरी के सम्मानीय सदस्यों से अनुरोध करूँगा कि वे इनके खिलाफ एक राय से दोषी होने का अभिनिर्णय दें।"

इतना कहकर उन्होंने बारी-बारी से जूरी तथा जज के सामने सिर झुका कर अपना सम्मान व्यक्त किया और तब रुमाल से, जिसे पहले उन्होंने अपनी जेब में तलाशा लेकिन जो उनके सामने ही उनकी फाइल पर रखा हुआ था, अपने माथे का पसीना पोंछते हुए अपने स्थान पर आकर बैठ गए।

मुल्ला के बैठते ही जज हैमिल्टन ने अपनी कुर्सी के पीछे दीवाल पर लगी घड़ी पर एक दृष्टि डाली और भोजनावकाश के लिए इजलास स्थगित कर के अपने चैम्बर में चला गया। उसके जाते ही कमरे में पुनः शोरगुल शुरू हो गया। मुल्ला की बहस सुनने के लिए आए हुए कितने ही वकीलों ने उन्हें उनकी इस शानदार बहस पर बधाई दी जिसे उन्होंने मुस्कराते हुए, उन लोगों से हाथ मिलाकर, स्वीकार किया।

लगभग तीन घंटे चली मुल्ला की इस बहस के दौरान बचाव पक्ष के सभी वकील गंभीर मुद्रा बनाए अपने स्थान पर बैठे रहे। केवल कभी-कभी मुल्ला द्वारा किसी केस का

उद्धरण देते समय अपने सामने रखी कानून की किसी पुस्तक को उलट कर देखने लगते। हाँ, सी. बी. गुप्ता जरूर सारे समय कागज पर कुछ न कुछ नोट करते रहे।

भोजनावकाश के पश्चात् कोर्ट के दुबारा बैठने पर बचाव पक्ष की ओर से बैरिस्टर हरकरन नाथ मिश्रा ने (कलकत्ता के बैरिस्टर बनर्जी किसी कारण इस अवसर पर उपस्थित नहीं थे) मुल्ला की बहस के जवाब में अपनी बहस शुरू की। उन्होंने भी अंग्रेजी में ही बोलते हुए कहा, "मी लार्ड, जैसा कि अभी मेरे विद्वान मित्र बैरिस्टर मुल्ला ने अपनी बहस आरंभ करते हुए कहा था कि उन्हें इस बात का फख्र है कि सरकार की कृपा से उन्हें इस केस को प्रस्तुत करने का अवसर मिला, मुझे भी इस मुकदमें में इन देशभक्तों," उन्होंने भी मुल्ला की तरह अभियुक्तों की ओर देखते हुए कहा, "के बचाव में तर्क करने का जो अवसर मिला है उसका आजीवन गर्व रहेगा। लेकिन मेरे इस गर्व के कारण और हैं। आज नहीं तो कल, नहीं तो कुछ वर्षों बाद जब यह देश विदेशी गुलामी से आजाद होगा तो इन देशभक्तों," मिश्रा ने इस बार अभियुक्तों की ओर देखने के बजाय तर्जनी से उनकी ओर इशारा किया, "का नाम देश के स्वतंत्रता-संग्राम के इतिहास में स्वर्ण अक्षरों से लिखा जाएगा और तब इतिहास इस बात का खुलासा भी करेगा कि कौन इन देशभक्तों के पक्ष में था और कौन चाँदी के चंद सिक्कों के लालच में इनके खिलाफ।" बैरिस्टर मिश्रा का वाक्य पूरा होते-होते जज हैमिल्टन की पेशानी पर, तटस्थ दिखने के उसके सभी प्रयत्नों के बावजूद, तनाव की रेखाएँ उभर आईं जिसे देखकर बैरिस्टर मिश्रा एक क्षण के लिए अपनी फाइल देखने लगे। तब उन्होंने आगे कहना शुरू किया, "इन लोगों ने जो भी किया, या नहीं किया, जिसकी चर्चा मैं बाद में करूँगा, अपने देश अथवा अपनी मातृभूमि के प्रति पूरी निष्ठा और आस्था से किया है। यदि यह डाकू, हत्यारे, आतताई, सिरफिरे और गुमराह लोग है तो मैज्जिनी, गैरीबाल्डी, डैनब्रिन, डिवलेरा भी डाकू हत्यारे, आतताई, सिरफिरे और गुमराह लोग हैं। लेकिन उनका नाम आज सारा विश्व सम्मान से लेता है। और वह दिन दूर नहीं—इतना निश्चित है कि एक दिन वह समय अवश्य ही आएगा—जब इन लोगों के," बैरिस्टर मिश्रा ने फिर अभियुक्तों की और इशारा किया, "नाम भी आदर और सम्मान से लिए जायेंगें।"

इसके बाद बैरिस्टर मिश्रा ने एक-एक कर सारे अभियुक्तों पर लगाए गए अभियोंगो के सिलसिले में सरकार द्वारा प्रस्तुत की गई गवाहियों की बखिया उधेड़नी शुरू की। गवाहों के बयानों में निहित असंगतियों, खामियों और कमजोरियों की ओर इशारा करते हुए उन्होंने उन्हें भाड़े के टट्टू की संज्ञा दी, जिन्हें उनके अनुसार, पुलिस ने रुपयों के बल पर खरीद कर सिखा-पढ़ा कर प्रस्तुत किया था। अभियुक्तों में से सरकारी गवाह बने लोगों के बारे में उन्होंने कहा कि यह स्वतः स्पष्ट है कि यह लोग सरकार से माफी पाने के उद्देश्य से ही झूठ बोल रहे हैं। बैरिस्टर मुल्ला की ही तरह उन्होंने भी अपनी बहस के दौरान कानून की किताबों से अनेक केसों का हवाला देते हुए पुस्तकों के संबंधित पृष्ठ खोलकर उन्हें मेज पर आगे बढ़ा दिया। प्रारंभ में पेशकार ने उनके हाथों से

पुस्तक लेकर जज के सामने बढ़ाकर रखा लेकिन उसके द्वारा इन पुस्तकों पर कोई ध्यान न देने पर उसने पुस्तकें जज की ओर बढ़ाना बंद कर दिया और मिश्रा के हाथ से उन्हें लेकर अपने सामने ही मेज पर रख देता।

मिश्रा के भाषण के प्रारम्भिक अंश के दौरान हैमिल्टन के माथे पर जो बल पड़े थे वह तुरंत ही मिट गए थे। इसके पश्चात् वह सारी बहस के दौरान जिस निर्विकार भाव से कुर्सी पर बैठा रहा उससे ऐसा लग रहा था जैसे वह वहाँ हो ही नहीं। या फिर उसके सामने खड़ा वकील केस के बारे में बहस न करके, बाजार भाव या फिर ऐसे ही किसी विषय पर बोल रहा हो।

मिश्रा ने भी अपनी बहस समाप्त करते हुए जूरी की ओर देखते हुए कहा, "जूरी के सम्मानीय सदस्यों से मेरा इतना ही कहना है कि यदि वे तटस्थ भाव से दोनों पक्षों की बहसों और उनके द्वारा प्रस्तुत तथ्यों पर विचार करेंगे तो उनका एक ही फैसला होगा—नॉट गिल्टी।"

जूरी से उनकी यह अपील महज एक औपचारिकता थी क्योंकि कोर्ट के प्रावधानों के अनुसार जज जूरी की संस्तुति को मानने के लिए बाध्य नहीं था। बहरहाल, जूरी से की गई इस अपील के पश्चात् बैरिस्टर मिश्रा एक बार फिर जज की ओर मुड़े और बोले, "दैट्स आल, योर आनर।" और तब, बैरिस्टर मुल्ला की ही तरह अपनी गर्दन झुका कर बारी-बारी से जूरी और जज के प्रति अपना सम्मान व्यक्त करते हुए अपनी फाइलें आदि उठाकर अपने स्थान पर आकर बैठ गए और मुल्ला की ही तरह जेब से रुमाल निकाल कर अपना पसीना पोंछने लगे।

जज हैमिल्टन जैसे बैरिस्टर मिश्रा की बहस के समापन की ही प्रतीक्षा कर रहा था। उनके बैठते ही उसने मेज पर रखे कलमदान से कलम उठाकर मुकदमे का फैसला देने के लिए आज से दो सप्ताह पश्चात् की तारीख फाइल पर अंकित करके आज की कार्रवाई स्थगित कर दी। तब कुर्सी से उठकर अपने चैंबर में चला गया।

कोर्ट में फिर शोरगुल होने लगा। वे सारे वकील जिन्होंने भोजनावकाश के दौरान बैरिस्टर मुल्ला को उनकी बहस पर बधाई दी थी, इस समय भी कोर्ट में मौजूद थे। उसी तत्परता और गर्मजोशी से उन्होंने बैरिस्टर मिश्रा को भी बधाई दी और उनसे भी हाथ मिलाया। बैरिस्टर मुल्ला भी अपने स्थान से उठकर मिश्रा के पास तक आए और उनकी पीठ थपथपाकर उनकी सराहना की। मिश्रा भी उठकर खड़े हो गए और उनसे हाथ मिलाते हुए बोले, "आपसे ही सीखा है।"

मुल्ला हल्का-सा मुस्काराए, तब दरवाजे की ओर बढ़ गए।

तेजशंकर, जो कमरे में जमा दर्शकों की भीड़ के बीच खड़ा था, यह नाटक देखकर चकित रह गया। यह दृश्य देखने से पहले वह सोच भी नहीं सकता था कि बैरिस्टर मुल्ला और मिश्रा के बीच भविष्य में कभी दुआ-सलाम भी होगी। उसे समझते देर नहीं लगी कि वकालत भी और पेशों की तरह मात्र एक पेशा है। और कुछ नहीं।

इक्कीस

अपने क्रांतिकारी विचारों, दल के प्रति अपनी निष्ठा तथा देश को अंग्रेजों की दासता से मुक्त कराने के लिए अपने प्राणों की बाजी लगाने वाले रामप्रसाद बिस्मिल आर्यसमाज के कट्टर अनुयायी तथा गहरी धार्मिक प्रवृति के व्यक्ति थे। उनका जीवन बहुत ही संयमित था। प्रातः चार बजे से पहले उठ जाते। नित्य-कर्म से निवृत होकर नहाते-धोते, तब संध्या-हवन करते। 'ऐक्शन' की प्राथमिकताओं अथवा दल की अन्य आवश्यकताओं के कारण उनकी इस दिनचर्या में भले व्यवधान पड़ा हो अन्यथा वह इसका कठोरता से पालन करते थे। जेल में भी उनकी यह दिनचर्या बराबर बनी हुई थी। जाड़ा, गर्मी, बरसात, हर मौसम में वह प्रातः तड़के ही उठ जाते, हाजत-फरागत के बाद नहा-धोकर संध्या करते, तब बैरक के एक कोने में बैठकर हवन करते। इसके लिए उन्होंने बैरक में अपने चबूतरे की बगल में ईंटों की सहायता से एक छोटा-सा हवन कुंड बना रखा था। लकड़ी तथा हवन-सामग्री आदि बाहर से आती जिसके लिए जेल अधिकारियों से उन्हें विशेष आज्ञा प्राप्त थी और बावजूद इस नियम कि कोई भी कैदी अथवा हवालाती अपने पास माचिस नहीं रखेगा, उन्हें अपने पास माचिस रखने की भी अनुमति थी। हवन करने के बाद वह सभी कैदियों, नंबरदारों और वार्डरों को चुटकी-चुटकी भर राख प्रसाद स्वरूप बाँटते। उनकी इस धार्मिक प्रवृत्ति के कारण सारे नंबरदार, वार्डर और अधिकांश पुलिस गार्ड उनसे इतने प्रभावित थे कि उनके हवन की भभूत ले जाकर घर में अपने बच्चों को देते। यही नहीं, यदा-कदा बच्चों के बीमार होने पर, उनसे विशेष आग्रह करके, भभूत तो ले ही जाते, जंत्र आदि भी माँगते रहते। रामप्रसाद वैसे ही कागज के किसी टुकड़े में हवन की राख लपेटकर, होंठों ही होंठों में कोई मंत्र पढ़कर उसमें फूँक मारकर दे देते। ईश्वर की कृपा कहिए या फिर लोगों की अपनी आस्था, जो भी हो, बच्चे अक्सर ठीक भी हो जाते।

एक दिन जब वह अपने हवन कुंड की सफाई कर रहे थे उन्हें उसमें कोई चार इँच लंबी तथा आध इँच चौड़ी लोहे की एक पत्ती पड़ी मिल गई। उन्हें बड़ा आश्चर्य हुआ कि आखिर यह पत्ती कहाँ से आई। हवन-सामग्री में तो निश्चित ही नहीं थी। हो सकता है लकड़ियों में रही हो। लेकिन लकड़ियाँ भी उन्होंने स्वयं अपने हाथ से तोड़ कर कुंड में सजाई थीं। तब ? निश्चय ही इस पत्ती के यहाँ होने के पीछे किसी दैवी शक्ति का हाथ है। और उन्हें लोहे की उस छोटी सी पत्ती में जेल से अपनी मुक्ति का मार्ग साफ दिखाई देने लगा। उन्होंने वह पत्ती उठा ली और चोरी-चोरी फर्श पर घिसकर उसे काफी धारदार बना लिया।

रामप्रसाद जब सुबह उठते तो सभी सोते होते। बैरक के दोनों नंबरदार भी, जिनकी ड्यूटी शाम को बैरक बंद होने से लेकर सुबह छः बजे तक बारी-बारी से सोने जागने की होती, रामप्रसाद के उठते ही सो जाते। इसका मुख्य कारण यह था कि जैसे ही बैरक के बाहर राउंड वाले पुलिस गार्ड के बूटों की आवाज सुनाई देती, रामप्रसाद उन्हें

उठा देते और वह नींद से जागाकर 'ताला, जंगला, लालटेन ठीक'''' की आवाज लगाकर फिर सो जाते। इसमें कभी कोई चूक नहीं हुई थी। अतः नंबरदारों को उन पर पूरा भरोसा था और सुबह उनके उठते ही वह सोने लगते। इस अवसर का लाभ उठाकर रामप्रसाद अपने चबूतरे के पास वाले जंगले की दो सलाखें पत्ती की सहायता से धीरे-धीरे रगड़कर काटने में सफल हो गए। इसमें उन्हें कई दिन लगे लेकिन सलाखें इतनी सफाई से कटीं कि किसी को भी संदेह नहीं हुआ।

तभी सेशन कोर्ट में बहस समाप्त होने के दूसरे या तीसरे दिन रामप्रसाद रोज की अपेक्षा और भी जल्दी उठ गए। राउंड वाला सिपाही अभी-अभी बैरक के सामने से गुजरा था और बैरक के अंदर ड्यूटी पर तैनात नंबरदार 'ताला, जंगला लालटेन ठीक' की आवाज लगा चुका था। रामप्रसाद को जगा हुआ देखकर उसने उनसे पूछा, "उठ गए पंडितजी ?" और उनके 'हाँ' कहने पर आराम से लेट गया। थोड़ी ही देर में दोनों नंबरदार बाकायदा खर्राटे लेने लगे।

रामप्रसाद ने जंगले के पास आकर बाहर झाँककर देखा। चारों ओर घना अंधेरा था। उन्हें केवल थोड़ी-सी शक्ति लगाकर कटी हुई दोनों सलाखों को फैला कर खामोशी से बाहर निकल जाना था। बैरक के बाहर जेल की कोई दस-बारह फुट ऊँची मुख्य दीवार थी। इसे पार करने में कोई कठिनाई नहीं होनी थी। पिछले दो-चार दिनों में उन्होंने दीवाल में एक ऐसा स्थान खोज लिया था, जहाँ का पलस्तर निकला हुआ था और पाँव या हाथ का पंजा टिकाने भर की गुंजाइश उसमें थी। दल द्वारा डाली गई डकैतियों के दौरान इस प्रकार की दीवालों पर वह कितनी ही बार चढ़ चुके थे। उस समय उनके कंधे पर बंदूक भी होती थी, जबकि इस वक्त वह खाली हाथ थे। जंगले के पास खड़े-खड़े उन्होंने एक बार पूरी बैरक पर निगाह डाली। नंबरदारों समेत सभी कैदी गहरी नींद में सो रहे थे।

रामप्रसाद ने जंगले के पास जमीन पर बैठकर टूटी हुई दोनों सलाखों को अपनी मुट्ठियों की मजबूत पकड़ में ले लिया। लेकिन तभी उनके नेत्रों के सामने तमाम वार्डरों, नंबरदारों और पुलिस वालों के चेहरे घूम गए जो उनका हृदय से आदर करते थे और उन्हें देवता-तुल्य मानते थे। उनके हवन की भभूत ले जाकर अपने बच्चों को खिलाते थे। एक-दो तो उनके पाँव तक छूते थे। निश्चय ही उनके भाग जाने से इन सभी को कठोर दंड मिलना था। नौकरी जानी थी सो अलग। इसी के साथ उन्हें अपने अन्य साथी क्रांतिकारियों का भी खयाल आया जो उनकी इस योजना से पूरी तरह अनभिज्ञ थे। पता नहीं वे उनके बारे में क्या सोचें। निश्चय ही उनके जाने के बाद लोगों के पाँवों में बेड़ियाँ, जो अभी केवल कचहरी जाते समय ही पड़ती थीं और वहाँ से लौटने पर काट दी जाती थी, स्थाई रूप से पड़ ही जानी थीं; यह भी संभव था कि उन्हें तन्हाई बैरकों में बंद कर दिया जाए तथा अन्य यातनाएँ दी जाएँ। जेल के बाहर के क्रांतिकारियों द्वारा 'ऐक्शन' में छुड़ाए जाने की बात और थी। भीड़-भरी सड़क पर पुलिस की गाड़ी को रोककर, उस पर गोली चला कर, जान पर खेल कर कैदियों को छुड़ाना पुरुषार्थ का काम

था। पूरे देश, बल्कि विदेशों तक में इस खबर से तहलका मच जाता। सरकार की खिल्ली उड़ती, सो अलग। जबकि इस प्रकार चोरी से भागना तो कायरों का काम हुआ।

"हे ईश्वर यह क्या करने जा रहा था मैं! बड़ा उपकार है तेरा जो समय रहते तूने मुझे चेता दिया," रामप्रसाद ने मन ही मन कहा और वापस अपने चबूतरे पर आकर बैठ गए। थोड़ी देर वह ऐसे ही बैठे रहे। तब सहसा उठकर नंबरदारों के पास आ गए और उन्हें हिलाकर जगाते हुए कठोर स्वर में बोले, "तुम लोगों की सोने के लिए यहाँ ड्यूटी लगाई गई है?"

दोनों नंबरदार हड़बड़ा कर उठ बैठे। "आप तो हैं यहाँ," उनमें से एक ने कहा।

"मैंने क्या तुम लोगों का ठेका ले रखा है?" रामप्रसाद और अधिक बिगड़ उठे।

बैरक में बंद और लोग भी जाग गए और आश्चर्य से रामप्रसाद की ओर देखने लगे।

"आज से मेरे भरोसे मत रहना," रामप्रसाद का स्वर अभी भी काफी कठोर था। "मैंने तुम लोगों का ठेका नहीं लिया है। और कान खोलकर सुन लो, गार्ड आए या जेलर, या सुपरिंटेंडेंट ही क्यों न आ जाए तुम लोग सोते हुए तो मैं तुम लोगों को जगाऊंगा भी नहीं। यह मेरी ड्यूटी नहीं हैं।"

दोनों नंबरदार बिना कुछ बोले वहाँ से हटकर अपने स्थान पर आकर बैठ गए। रामप्रसाद कुछ देर वैसे ही खड़े रहे तब अपने हवन की तैयारी में लग गए।

बाईस

सेशन जज हैमिल्टन ने अपने फैसले के लिए 6 अप्रैल की तारीख निश्चित की थी।

5अप्रैल की रात सारे क्रांतिकारियों ने जेल में खासा जश्न मनाया। जेलर मुनव्वर आलम की कृपा से आज उनके लिए विशेष भोज का प्रबंध किया गया था। सबके एक साथ बैठकर खाना खाने के पश्चात् बैरक में देर तक गाना-बजाना होता रहा। लगभग सभी ने गाना गाया जैसा भी, जिसे आता था। चुटकुलों और लतीफों का दौर भी चला। कथक और भाँगड़ा हुआ। नारे लगाए गए। जैसे कल उन्हें अपनी तकदीर का फैसला सुनने जाने के बजाय, किसी पिकनिक अथवा पर्यटन के लिए जाना हो। कोई दो-ढाई बजे तक बैरक में गुलगपाड़ा होता रहा। आखिर यह सोच कर कि सुबह जल्दी ही उठना होगा—मुनव्वर आलम ने उन्हें बता दिया था कि कल उन्हें अन्य दिनों की अपेक्षा जल्दी ही कोर्ट पहुँचाने का आदेश हुआ है—सब अपने चबूतरों पर जाकर लेट गये।

चबूतरे पर लेटते ही जहाँ वे अकेले हुए उन्हें अपने-अपने घरों, गलियों, खेतों, बागीचों की याद आने लगी, जहाँ उनका बचपन बीता था। सगे-संबंधियों, माँ, पिता, भाई, बहन, पत्नी, बच्चों आदि के चेहरे कल्पना में उभरने लगे। इसी के साथ कुछ तो कल्पना

ही कल्पना में 'कालापानी' जाने वाले जहाज की बंद कोठरियों में हिचकोले खाने लगे, जबकि दो-चार ने फाँसी के तख्ते पर चढ़कर, जल्लाद से हँसी-मजाक करते हुए, फाँसी का फंदा उसके हाथ से लेकर, 'वंदे मातरम्' और 'भारत माता की जय' का नारा लगाते हुए स्वयं ही उसे अपने गले में डाल लिया। इस तरह देर तक वे उनींदे मन की, अतीत की यादों से भरी वायवीय दुनिया में विचरते रहे। तब सो गए।

देर से सोने के बावजूद अगले दिन वे जल्दी ही उठ गए। स्नान-ध्यान करने के बाद लगभग सभी ने इस अवसर के लिए पहले से संभाल कर रखे, धुले और इस्तिरी के अभाव में सोते समय बिस्तर के सिरहाने दबाकर प्रेस किए गए कपड़े पहने। तब रोशन सिंह ने, जो जरा शौकीन तबियत के आदमी थे, आज के लिए बचाकर रखी गई इत्र की छोटी-सी शीशी अपने सामान से निकाल कर थोड़ा-थोड़ा इत्र सबके वस्त्रों में लगा दिया। जैसे किसी बारात में जा रहे हों। मुनव्वर आलम ने सुबह आठ बजे ही उनके लिए नाश्ते का प्रबंध करा दिया था जिसमें गरमा-गरम जलेबियाँ भी शामिल थीं। एक बार फिर (संभवतः अंतिम बार) उन्होंने एक साथ खाया-पिया। केवल राजेंद्र लाहिड़ी, जो जिला जेल के बजाय, केंद्रीय जेल में बंद था, इन लोगों के साथ मौज में शामिल नहीं हो सका। कल रात भी वह इन लोगों के साथ नहीं था। भोजन के बाद उनके पाँवों में बेड़ियाँ डालने के लिए उन्हें जेल के लोहार के पास ले आया गया।

"आज तो बख्श देते," रोशन सिंह ने हँसते हुए वाहिद से कहा, जो कुर्सी डाले वहाँ बैठा इस काम का निरीक्षण कर रहा था।

"आज तो डबल बेड़ियाँ डालने का हुक्म है," वाहिद ने भी हँसते हुए ही उत्तर दिया। वैसे यह सत्य भी था। आज के लिए जेल अधिकारियों को विशेष आदेश थे कि पूरी सतर्कता से काम लिया जाए और किसी भी प्रकार की लापरवाही न बरती जाए। यही कारण था कि वाहिद बहुत मुस्तैदी से इस काम को संपन्न होते देख रहा था। अन्यथा यह काम प्रायः किसी वरिष्ठ वार्डर अथवा पुलिस वाले के जिम्मे रहता था।

नौ बजे के आसपास यह लोग जेल के मुख्य गेट पर पहुँचे तो लाहिड़ी पहले से ही पुलिस वैन में बैठा इन लोगों की प्रतीक्षा कर रहा था। उसके पैरों में भी बेड़ियाँ पड़ी थीं। लेकिन वह इन लोगों की तरह साफ-सुथरे वस्त्र नहीं पहने था। रात उसे भोजन भी रोज के समान ही मिला था। केंद्रीय जेल के अधिकारी इस मामले में कुछ अधिक ही कठोर थे। तभी रोशन सिंह ने वैन में चढ़कर उसके वस्त्रों में भी इत्र लगा दिया।

"एई की आचे?" उसने चौंक कर पूछा।

"एई आचे इत्र। प्रांतेर गवर्नर तुमा के वास्ते विशेष कोरे भेजे चे।" रोशन सिंह ने हँसते हुए अपनी टूटी-फूटी बंगला में उत्तर दिया।

किसी ने कागज में लिपटी हुई जलेबी भी उसके सामने कर दी। "आर ई आचे जलेबी। ब्रिटिश सम्राट तुमी के भेजे चे। लंदन से। डायरेक्ट फ्राम लंदन।"

लाहिड़ी हँस पड़ा और जलेबी लेकर खाने लगा।

तभी ड्राइवर ने गाड़ी स्टार्ट कर दी। "पानी तो पिला दो मेरे यार को।" किसी ने कहा तो पुलिस वाले ने गाड़ी रुकवा दी और नीचे उतर कर एक लोटे में पानी ले आया। लाहिड़ी ने पानी पी लिया तो गाड़ी फिर स्टार्ट हो गई।

गाड़ी चलते ही नारे लगने लगे। पूरे रास्ते भर नारे और गाने चलते रहे। आज कुछ ज्यादा जोर से ही।

आज कोर्ट में भीड़ भी बहुत थी। बहस वाले दिन से भी अधिक। किंतु आज पुलिस की भी पर्याप्त व्यवस्था थी और वकीलों आदि को छोड़कर किसी को भी कोर्ट के कमरे की बात तो दूर, वरांडे तक भी जाने नहीं दिया जा रहा था। अतः भीड़ कोर्ट के बाहर ही जमा थी। क्रांतिकारियों के सगे-संबंधी भी इनमें शामिल थे। रतन ने भी आज आफिस से छुट्टी ले ली थी और तेजशंकर के साथ केस का फैसला सुनने आया था।

क्रांतिकारी गाड़ियों से उतरे तो पुलिस बंदोबस्त के बावजूद भीड़ ने उन्हें घेर लिया और उनके साथ नारे लगाते हुए कोर्ट के दरवाजे तक पहुँच गई। पुलिस ने किसी तरह भीड़ को बाहर रोककर केवल क्रांतिकारियों को कोर्ट में जाने दिया। लेकिन अन्य दिनों की तरह क्रांतिकारियों ने आज कोर्ट के दरवाजे पर नारे बंद नहीं किए बल्कि कोर्ट के अंदर भी देर तक नारे लगाते रहे।

अंततः कुछ देर बाद नारे बंद हुए तो जज हैमिल्टन अपने चैंबर से हाथ में कागजों का एक गट्ठर लिए हुए बाहर निकला। उसके चैंबर से निकलते ही कोर्ट में सन्नाटा छा गया और लोग अपने-अपने स्थान पर उठकर खड़े हो गए। हैमिल्टन ने किसी की ओर कोई ध्यान नहीं दिया। न ही गर्दन हिलाकर लोगों का अभिवादन स्वीकार किया। चुपचाप सधे हुए कदमों से चलकर अपनी कुर्सी पर आकर बैठ गया। तब अपनी दृष्टि कमरे में इधर-उधर दौड़ा कर एक क्षण के लिए उसने अभियुक्तों की ओर देखा और अपने साथ लाए हुए कागजों को उठाकर अपना फैसला पढ़ना शुरू कर दिया।

पूरा फैसला सौ पृष्ठों से भी अधिक में था। अतः उसने केवल उसका सारांश पढ़कर सुनाया। अभियुक्तों पर लगाए गए अभियोगों की चर्चा करते हुए उसने उन्हें बहुत ही खतरनाक मुलजिमों की संज्ञा दी तथा तथ्यों के आधार पर, जिनका विवरण सारांश में नहीं था, अपना यह निष्कर्श सुनाया कि मुलजिमों के खिलाफ सभी जुर्म साबित हो गए हैं। तब सारांश का भी काफी हिस्सा पढ़ा हुआ मानकर सजाएँ सुनानी शुरू कर दी। दो व्यक्तियों को उसने बरी कर दिया था। तीन को फाँसी, सचींद्रनाथ सान्याल को आजन्म कारावास और शेष को तीन वर्षों से लेकर चौदह वर्षों तक जेल की सजा उसने दी थी। फाँसी की सजा पाने वाले लोगों के नाम थे—रामप्रसाद बिस्मिल, रोशन सिंह और राजेंद्र लाहिड़ी। उसके फैसला सुनाते ही कोर्ट के कमरे में मौत जैसा सन्नाटा छा गया।

फैसला सुनाकर हैमिल्टन अपनी कुर्सी से उठकर खड़ा हो गया। क्षण भर के लिए वह ठिठका तब बिना किसी ओर देखे अपने चैंबर में वापस चला गया।

उसके चले जाने के बाद भी एक पल के लिए सन्नाटा छाया रहा। क्रांतिकारी

अपने स्थान पर स्तंभित से खामोश खड़े थे। जिन्हें फाँसी का सजा दी गई थी उनके चेहरों पर एक क्षण के लिए अनिष्ट की छाया-सी दिखाई दी, या शायद दूसरों को ऐसा लगा क्योंकि दूसरे ही क्षण सारे क्रांतिकारी एक-दूसरे से गले मिलने लगे।

तभी किसी ने नारा लगाया, "रामप्रसाद बिस्मिल की।"

"जय।"

"रोशन सिंह की।"

"जय।"

"राजेंद्र लाहिड़ी की।"

"जय।"

"भारत माता की।"

"जय।"

पूरा कमरा इन नारों से गूँज उठा। बाहर जमा भीड़ को भी इन नारों से ज्ञात होते देर नहीं लगी कि किन क्रांतिकारियों को हैमिल्टन ने फाँसी की सजा दी है। सारी भीड़ सिमट कर कोर्ट के दरवाजे पर आ गई और पूरे जोश से नारे लगाने लगी। वहाँ तैनात पुलिस वालों ने दोनों हाथों से अपनी लाठियाँ पकड़कर दरवाजा अवरुद्ध कर लिया।

लेकिन भीड़ पुलिस वालों को धकिया कर कमरे में घुस गई और कुछ लोगों ने क्रांतिकारियों को मालाएँ पहनानी शुरू कर दी। दो-चार लोगों के गले में ही मालाएँ पड़ पाई थीं कि पुलिस ने माला पहनाने वाले व्यक्तियों को ढकेल कर पीछे कर दिया। इस आपा-धापी में मालाएँ वहीं जमीन पर गिर पड़ी। जिन लोगों को मालाएँ पहनाई गई थी उन्होंने उन्हें उतार कर फाँसी की सजा पाए हुए लोगों को पहना दीं।

बड़ी मुश्किल से पुलिस भीड़ को छाँट कर कैदियों को कमरे से निकाल पाई। लोग उनके ऊपर टूट पड़ रहे थे। उन्हें अपने हाथ से छू लेना ही जैसे अपने आप में बड़ी उपलब्धि हो। अंततः पुलिस वालों ने कैदियों की चारों ओर से घेराबंदी कर ली और किसी को भी उनके निकट आने से रोकने लगी। क्रांतिकारियों के सगे-संबंधियों तक को, जिनमें कुछ महिलाएँ भी थीं, उनसे मिलने नहीं दिया गया।

भीड़ ने आगे बढ़कर पुलिस की गाड़ियों को, जिनमें बिठाकर क्रांतिकारियों को जेल से लाया गया था और जिनमें उन्हें वापस जेल जाना था, घेर लिया और जोर-जोर से नारे लगाने लगी।

"रामप्रसाद, रोशन, लाहिड़ी की।"

"जय।"

"वंदे मातरम्।"

"वंदे मातरम्।"

अंग्रेज पुलिस सुपरिंटेंडेंट हार्टन कुछ पल यह दृश्य देखता रहा। तब उसने अपने मातहतों को लाठी चार्ज का आर्डर दे दिया।

आदेश मिलते ही पुलिस की लाठियाँ हवा में लहरा कर लोगों के सिर, पीठ और कंधों पर पड़ने लगीं। रतन भी बाल-बाल बचा। तभी उसने देखा पाँचवें भी लाठी भाँजने वालों में शामिल थे। उनके चेहरे पर आक्रोश की कोई कमी नहीं थी। आँखें लाल होकर बाहर निकली आ रही थीं। लेकिन वह हवा में ही इस तरह लाठी चला रहे थे कि किसी को लगे नहीं, जब कि कुछ पुलिस वाले बहुत ही निर्दयता से भीड़ को पीट रहे थे तथा लोगों को दौड़ा-दौड़ाकर मार रहे थे। रतन ने पाँचवें को इस तरह लाठी भाँजते देखा तो उसे हँसी आ गई।

भीड़ छँटते ही पुलिस वालों ने कैदियों को मोटरों में बिठा दिया लेकिन फाँसी की सजा पाए हुए तीन कैदियों को उनसे अलग कर दिया गया। उन्हें एक अन्य गाड़ी में एक अंग्रेज पुलिस अधिकारी के साथ बिठाया गया। जैसे ही सारे कैदी गाड़ियों में बैठ गए, गाड़ियाँ, जो पहले से ही स्टार्ट थीं, उन्हें लेकर सड़क पर आगे बढ़ गईं। भीड़ में कुछ लोग दूर तक गाड़ियों के पीछे दौड़ते रहे। रतन भी जोश में कुछ दूर तक गाड़ियों के पीछे भागा। तब वापस लौट आया। कोर्ट के परिसर में दूर-दूर तक जूते, चप्पल आदि बिखरे पड़े थे। फूल की मालाएँ और मिठाई की दो एक खैंचियाँ भी पैरों के नीचे कुचली हुई पड़ी थीं। संभवतः यह मिठाई क्रांतिकारियों के संबंधी उन्हें खिलाने के लिए लाए थे। पैरों से कुचली हुई ऐसी ही एक खैंची के पास एक बूढ़ी औरत अपने दोनों हाथों से अपना माथा पीट-पीट कर बुरी तरह रो रही थी। उसकी अध-खुली साड़ी जमीन पर लिथड़ रही थी। एक बूढ़ा व्यक्ति उसकी पीठ पर हाथ रखे उसे सांत्वना देने का प्रयास कर रहा ता।

रतन ने दूर से ही तेजशंकर को एक पेड़ के नीचे खड़ा देख लिया। वह उधर बढ़ गया।

इसी के कुछ दिनों बाद अशफाक उल्ला को भी, जिसके ऊपर सचींद्रनाथ बख्शी के साथ अलग से मुकदमा चलाया गया था, फाँसी की सजा सुना दी गई।

तेईस

रतन और तेजशंकर पैदल ही रिंग थिएटर से लालबाग की ओर चल दिए। हैमिल्टन द्वारा सुनाए गए फैसले से रतन का मन काफी खिन्न था। क्रांतिकारियों के मासूम से दिखने वाले चेहरे रह-रहकर उसके नेत्रों के सामने उभर आते। उनमें से अधिकांश की आयु पच्चीस-तीस से ऊपर नहीं थी। एक बंगाली लड़के की तो अभी ठीक से मसें भी नहीं भीगी थीं। राजेंद्र लाहिड़ी भी मुश्किल से पच्चीस वर्ष का रहा होगा। उसके चेहरे से लग रहा था जैसे फाँसी का क्या अर्थ होता है, उसे मालूम ही न हो। रामप्रसाद और रोशन

सिंह भी अधिक से अधिक तीस के आस-पास रहे होंगे। उनके कसरती बदन, चौड़े कल्ले और मर्दानी मूँछें देखकर लगता जैसे किसी अखाड़े के पहलवान हों। दस-दस, बारह-बारह वर्ष की जेल, कालेपानी और फाँसी की सजाएँ सुनने के बावजूद किसी के चेहरे पर शिकन तक नहीं थी। सब ऐसे चल रहे थे जैसे दंगल में भाग लेने जा रहे हों। यदि देश का पूरा युवा वर्ग इन लोगों की तरह अंग्रेजों के खिलाफ उठ कर खड़ा हो जाए तो क्या अंग्रेज एक दिन भी यहाँ रह पाएँगे ? मन ही मन यह सब सोचता रतन तेजशंकर के साथ सड़क पर चुपचाप चल रहा था। लालबाग में एक-दो इक्के वाले खड़े थे। तेजशंकर ने रतन से पूछा भी कि क्या इक्का कर लिया जाए लेकिन रतन ने मना कर दिया। "अमीनाबाद तक चलते हैं। तब देखा जाएगा।" उसने कहा और दोनों कैसरबाग की तरफ मुड़ गए।

यह बात याद आते ही कि गाँधीजी क्रांतिकारियों के खिलाफ हैं, रतन को काफी आश्चर्य हुआ। अपना ही कोई देशवासी, और वह भी गाँधीजी जैसा व्यक्ति, देश की आजादी के लिए हँसते-हँसते मर मिटने वाले इन नवयुवकों के खिलाफ हो सकता है, यह उसकी कल्पना के बाहर था। "एक बात हम नहीं समझे," उसने चलते-चलते ही तेजशंकर से कहा।

"क्या ?" तेजशंकर ने पूछा।

"गाँधीजी इन लोगों के खिलाफ क्यों हैं ?"

फैसला सुनने के बाद तेजशंकर का मन भी काफी उदास था। इस समय वह इस प्रकार के प्रश्नों से उलझना नहीं चाहता था। फिर भी उसने उत्तर दिया, "गाँधीजी अहिंसा के मानने वाले हैं, जबकि यह लोग हिंसा से काम लेते हैं।"

"सो तो ठीक है। लेकिन मकसद तो दोनों का मुल्क को आजाद कराना ही है।" साफ था कि रतन तेजशंकर के उत्तर से संतुष्ट नहीं था।

"हाँ, सो तो है।" तेजशंकर ने बात टालनी चाही।

"तो फिर इसमें झगड़ा किस बात का है ? गाँधीजी अपने ढंग से काम करें। इन लोगों को अपने ढंग से करने दें।"

"गाँधीजी का सोचना है कि इन लोगों का रास्ता गलत है। इस तरह कुछ लोगों की, मेरा मतलब अंग्रेजों से है, हत्या भले कर दें यह लोग लेकिन अंततः पकड़े जाएँगे। फाँसी पर चढ़ेंगे। देश इससे आजाद होने से रहा बल्कि अहिंसात्मक संघर्ष में भी बाधा ही पड़ेगी।"

"तो गाँधीजी के रास्ते ही देश कहाँ आजाद हो गया ? वह तो कहते थे कि एक साल में सुराज आ जाएगा। आया भला ? सब कुछ तो वैसे का वैसा हो गया। बल्कि मैं तो समझता हूँ पहले से हालात बदतर ही हैं।"

बात भावना के स्तर पर उठी थी लेकिन धीरे-धीरे वह विवाद का रूप लेती जा रही थी। तेजशंकर एक क्षण खामोश रहा तब बोला, "असली बात यह है कि इन लोगों के

तरीकों से होगा यह कि सरकार का दमन बढ़ेगा। साधारण लोग भी उसकी चपेट में आएँगे। इन लोगों के साथ कुछ बेगुनाह भी पकड़े जाएँगे। उनको भी सजाएँ होंगी।"

"सो भाई गाँधीजी के सत्याग्रह में क्या बेगुनाह लोग नहीं पकड़े गए? अब तुम ही साल भल की जेल काटे, क्या जुर्म था तुम्हारा? और बाद में तो फिर यह हो गया था कि जो भी खद्दर का कुर्ता कि टोपी पहने जा रहा है उसके दस डंडे मारो। झूठ कह रहा हूँ मैं?"

"कहाँ जाँएगें बाबूजी?" कैसर बाग चौराहे पर खड़े इक्के वाले ने इन लोगों को पैदल आते देखकर पूछा।

रतन ने तेजशंकर की ओर देखा। "बैठ लिया जाए क्या?"

"जैसी तबियत हो।" तेजशंकर ने उत्तर दिया।

रतन एक क्षण ठिठका। तब पैसे तय कर के दोनों लोग इक्के पर बैठ गए।

"बचना बाबू जी।" इक्के वाले ने चाबुक हवा में घुमाते हुए इक्का नजीराबाद की भीड़ भरी सड़क पर मोड़ दिया।

"तुमने मेरी बात का जवाब नहीं दिया?" इक्का आगे बढ़ा तो रतन ने तेजशंकर से कहा। "बेगुनाह लोग तो गाँधीजी के आंदोलन के दौरान भी पकड़े गए थे।" उसने अपनी बात दोहराई।

तेजशंकर को गाँधीजी और उनकी अहिंसावादी नीति में अटूट विश्वास था। पिछले दिनों गाँधीजी की आत्मकथा के अंश 'सत्य के प्रयोग' शीर्षक से देश के सभी महत्वपूर्ण अखबारों में छपे थे। तेजशंकर ने उन्हें बड़े चाव से पढ़ा था। दक्षिण अफ्रीका में वहाँ बसे भारतीयों के अधिकारों के लिए गाँधीजी के संघर्ष से, जिसमें उन्हें कदम-कदम पर अवमानना और अनादर का सामना करना पड़ा था, वह अत्याधिक प्रभावित था। निश्चय ही यदि उन्होंने अहिंसा की नीति न अपनाई होती तो उन्हें असफलता का मुँह देखना पड़ता। हिंसा की तुलना में अहिंसा में कितनी शक्ति हो सकती है और वह कितनी कारगर हो सकती है, दक्षिण अफ्रीका में गांधीजी का संघर्ष इसका जीता-जागता उदाहण था। लेकिन तेजशंकर रतन को अपनी बात ठीक से समझा नहीं पा रहा था। तभी उसे आज से एक-दो वर्ष पूर्व 'यंग इंडिया' में प्रकाशित गाँधीजी के कुछ लेखों का स्मरण हो आया जिसमें उन्होंने क्रांतिकारियों द्वारा लगाए गए अभियोगों का उत्तर दिया था। उन्होंने लिखा था कि यह संसार सशस्त्र विद्रोहों से थक चुका है। दूसरे देशों के संबंध में लोग कुछ भी कहें, कम से कम भारत खूनी क्रांति के लिए तैयार नहीं है। जनता इसमें सहयोग नहीं करेगी। और कोई भी आंदोलन जिसमें जनता की सक्रिय भागीदारी न हो कभी भी सफल नहीं हो सकता।

"आजादी की लड़ाई के सिलसिले में सबसे अहम् बात है," तेजशंकर ने रतन की बात का जवाब देते हुए कहा, "कि जनता भी उसमें भागीदार हो। गाँधीजी के असहयोग आंदोलन में यह बात थी। उसमें साधारण लोग भी शरीक थे बल्कि वही आंदोलन की रीढ़ थे। मजदूर, किसान, दफ्तर में काम करने वाले बाबू, विद्यार्थी, शिक्षक, वकील सभी

उसमें शामिल थे। यहाँ तक कि औरतों ने भी आगे बढ़कर उसमें हिस्सा लिया। शराब के ठेकों पर धरने दिए। विदेशी कपड़ा बेचने वालों की दूकानों पर पिकेटिंग की।" तेजशंकर एक क्षण रुका तब बोला, "जबकि क्रांतिकारियों के साथ ऐसा नहीं है। क्रांतिकारी जो कर रहे हैं उसमें कुछ लोगों का खून बहेगा, कुछ लोग फाँसी के फंदे पर लटकेंगे, शहीद कहलाएंगे। लेकिन जनता तो उनका साथ देने से रही।"

"यह भीड़ जो आज कोर्ट में लगी थी क्या ऐसे ही लग गई ?····दाएं मोड़ो भइया और आगे कुआँ के पास से बाएँ मोड़ लेना।" रतन का घर करीब आ गया था। अंतिम वाक्य उसने इक्के वाले को दिशा निर्देश देते हुए कहा।

"आप क्या समझते हो जीजा, अगर पुलिस गोली चला देती तो क्या कोई रुकता वहाँ ? जरा-सी लाठी घूमी तो सब भागने लगे। यह तो तमाशा देखने वालों की भीड़ थी। बुरा न मानना जीजा। हम आप भी उसी में शामिल थे।"

रतन को लगा कि तेजशंकर की बातों में कुछ सच्चाई अवश्य है।

"जो भी कहो भाई, मुझे तो बड़ा अफसोस हुआ फैसला सुनकर।" रतन ने कहा।

"सो तो मुझे भी हुआ। लेकिन क्या किया जाये," तेजशंकर ने कहा। "अपने बस में जो था, सो सबने किया।"

रतन का घर आ गया था। तेजशंकर जाने लगा तो रतन ने उसे रोक लिया। तभी बबुआ, जो गली में खेल रहा था रतन को देखकर भागता हुआ आया और उसके पैरों से लिपट गया। रतन ने उसकी पीठ थपथपाई और अपनी उंगली उसे पकड़ा कर उसे भी साथ ले लिया। जसोदा आँगन में बैठी बड़िया चुआ रही थी।

"ई बड़िया छाड़ देव तनिक देर। खायेक बना देव कुछ हमरे पंचन के बरे।" रतन ने पत्नी से कहा।

"हलुवा बनाये देई ?" जसोदा ने पूछा।

"का ससुर, जब देखौ तब हलुवा। बेसन नाई है घर माँ ?"

"है काहे नाई।"

"तो पकौड़ी बना देव। औ पानी पियाओ पहिले।"

जसोदा गिलासों में पानी ले आई। तब पकौड़ियों के लिए प्याज काटने लगी।

वह पकौड़ियों के लिए बेसन फेंट ही रही थी कि पांचवें आ गए। वह अपने पुलिस वाले बूट, पाँव की पट्टियाँ, निकर और पगड़ी उतार आए थे। उसकी जगह चप्पल और धोती पहने थे। कमीज अभी भी पुलिस वाली ही थी। रतन उन्हें देखते ही हँसने लगा और इतना हँसा कि उसके पेट में बल पड़ने लगे।

पांचवें उसकी हँसी का कारण नहीं समझे। उन्होंने इधर-उधर देखा, तब अपने ऊपर निगाह डालते हुए बोले, "काहे भाई इत्ती हँसी क्यों आ रही है ?"

रतन की हँसी रुक ही नहीं रही थी। किसी तरह उसने उस पर काबू पाते हुए कहा, "खूब लाठी भांजवे आज तुम। भला किसी को एको लाठी लगी भी ?"

पांचवें ने भी रतन और तेजशंकर को कोर्ट में देख लिया था। "तुम्हारा मतलब है दो-एक की खोपड़ी तोड़ डालते हम?"

"और सब पुलिस वाले तो यही कर रहे थे।"

"सब चूतिया हो जाएँ तो हम भी हो जाएँ? कोई तमगा देगी क्या सरकार? क्या खता की थी आखिर उन लोगों ने? मुकदमे का फैसला ही सुनने तो आए थे और क्रांतिकारियों के दर्शन करना चाह रहे थे। सो कोई पाप हुआ क्या? और क्या उमर रही होगी उनकी, जिन्हें फाँसी की सजा दी है उस साले जज ने? दो-एक तो अभी लड़के ही लग रहे थे। लानत है ऐसी सरकार पर जो इस उमर के लड़कों कि जवानों को फाँसी की सजा दे। आजादी के लिए ही तो सब लड़ रहे हैं। गाँधीजी भी आजादी के लिए लड़ रहे हैं। सो उनका नहीं कुछ बिगाड़ पाती है सरकार। जरा-सा बीमार पड़े और बिना सजा पूरी किए छोड़ दिया सरकार ने।"

"तुम्हारा मतलब है गाँधीजी को भी फाँसी दे दी जाए?"

"यह मतलब क्यों है हमारा? लेकिन गाँधीजी ने जो किया उसके देखते तो लाख गुना ठीक हैं यह लोग।"

"वह कैसे?"

"वह ऐसे कि गाँधी ने जो किया वह तो हम भूल ही नहीं सकते। जरा-जरा से लौंडे साले लुलहाये रहते थे पुलिसवालों को। घर से निकलना दूभर हो गया था। इन लोगों ने कम से कम ऐसा तो कुछ नहीं किया।"

"लो सुन लो जीजा," तेजशंकर ने रतन से कहा, "अब बताओ कौन-सा तरीका सही है। गाँधीजी ने तो किसी को लाठी-गोली मारी नहीं थी लेकिन यह असर था उनके आंदोलन का।"

"क्या मतलब?" पाँचवें ने तेजशंकर की ओर मुड़ते हुए पूछा।

"कुछ मतलब नहीं।" रतन ने कहा, "यह बताओ तुम इतनी जल्दी कैसे आ गए वहाँ से और यह कैसे पता चला कि हम घर पर हैं।"

"तुम्हारा घर पर होना जरूरी है क्या? हम अपनी भौजी से मिलने नहीं आ सकते?" पाँचवें ने कहा। आयु में वह रतन से काफी बड़े थे लेकिन चूँकि उनकी पत्नी रामकली अपनी पाँच बहनों में सब से छोटी थी अतः उनका दर्जा भी सब से छोटा था और इसी कारण वह जसोदा को अपनी भाभी और जसोदा उन्हें देवर मानती थी। वह केवल बड़े और मंझले से पर्दा करती थी। चौथे के सामने भी निकलती थी।

"आ क्यों नहीं सकते भाई? यह हमने कब कहा?" रतन ने उत्तर दिया।

पाँचवें ने अपनी स्थिति साफ की। "हमने तुमको कचहरी से लौटते देख लिया था," उन्होंने कहा। "और दोबारा फिर देखा तुमको जब तुम और तेजशंकर इक्के पर बैठकर आ रहे थे।"

"सो कहाँ?"

"रकाबगंज में।"

"तो तुम कोर्ट से इतनी जल्दी रकाबगंज भी पहुँच गए।"

"अरे पूछो न, साली जान की जहमत है। तैनाती तो मेरी रकाबगंज में ही है। खाली आज सुबह बंदोबस्त के लिए वहाँ जाना पड़ा। सुबह सात बजे सालों ने बुला लिया था। सो जब सब कैदी जेल चले गए तो पुलिस की गाड़ी से सबको अपने-अपने चौकी थाने वापस भेज दिया गया।"

जसोदा तब तक पकौड़ी ले आई थी। "लो खाओ।" रतन ने कटोरी पांचवें की और बढ़ा दी।

पांचवें ने पकौड़ी उठाकर मुँह में रखी तो उनका मुँह जल गया। दो-एक बार उन्होंने उसे मुँह में इधर से उधर किया मगर पकौड़ी इतनी गरम थी कि उन्होंने मजबूर होकर उसे हथेली पर उगल दिया। "बाप रे बाप, यह तो बहुत गरम है," उन्होंने कहा।

चौबीस

नजमा ने जब जमील को शम्मो के विवाह पर गाजीखेड़ा में देखा था, तब से अब तक उसमें काफी परिवर्तन हो चुका था। उस समय वह गदबदे शरीर, भरे हुए गोल चेहरे, और घुँघराले बाल वाला, साधारण कद का शरमीला-सा लड़का था। तब तक उसका कंठ भी नहीं फूटा था। लेकिन पिछले चार-पाँच वर्षों में उसका कद खासा निकल आया था और वह पहले से कहीं लंबा लगने लगा था। शरीर का गदबदापन छँट गया था। बाल उसके अभी भी घुंघराले थे लेकिन अब वह माँग निकालकर उन्हें कायदे से सेट किए रहता था। चेहरे का भोलापन समाप्त हो गया था। उसका स्थान एक प्रकार के पुरुषोचित सौंदर्य ने ले लिया था जिसमें एक दूसरे तरह का आकर्षण था। उसकी मसें भीगनी शुरू हो गई थीं। चेहरे पर, खासतौर से ठोड़ी पर हल्के सुनहले रोएँ झलकने लगे थे जिन पर वह हर चौथे पाँचवें दिन उस्तरा फिरवाता रहता था। संक्षेप में वह जीवन की उस वय-संधि पर था जब मनुष्य बचपन अथवा लड़कपन की अंतिम सीढ़ी पार करके तरुणाई के सोपान पर कदम रखता है।

पढ़ने में वह बहुत तेज नहीं था। फिर भी औसत से अच्छा था। इंट्रेंस की परीक्षा उसने द्वितीय श्रेणी में पास की थी और अब एफ. ए. में पढ़ रहा था। लेकिन खेल के मैदान का वह बादशाह था। वैसे तो वह हाकी, फुटबाल, वालीबाल सभी खेलता था लेकिन हाकी में उसका कोई जवाब नहीं था। अपने कालेज की टीम का कप्तान था वह और 'सेंटर फारवर्ड' तथा 'राइट आउट' दोनों ही स्थानों पर समान दक्षता से खेल सकता था। उसकी ड्रिब्लिंग देखकर लोग दंग रह जाते थे। ग्राउंड के मध्य भाग बल्कि कभी-कभी तो अपने गोल की 'डी' के पास से गेंद लेकर निकलता और विरोधी टीम के

एक के बाद खिलाड़ी को पछाड़ता हुआ अकेले दम पर गोल कर आता। खेलों में अपनी इस दक्षता के कारण अपने कालेज के लड़कों के बीच वह बहुत ही लोकप्रिय था। लेकिन किसी लड़की के सामने पड़ते ही उसका रक्तचाप बढ़ने लगता। विशेषकर नजमा के सामने आते ही वह बुरी तरह घबरा जाता। उसके चेहरे का रंग बदल जाता। यहाँ तक कि उसकी चाल में भी फर्क पड़ जाता।

नजमा भी अब पहले वाली चुलबुली, बातूनी, तेज और किसी की भी परवाह न करने वाली निडर लड़की नहीं रह गई थी। आज की लम्बे कद और छरहरे बदन वाली बेइंतहा खूबसूरत, किंचित गंभीर और खामोश स्वभाव वाली नजमा को देखकर लगता ही नहीं था कि यह आज से चार पाँच वर्ष पहले वाली वह ललमुन है जिसने जमील को पहली बार वाहिद के विवाह पर देखकर उससे उसका नाम-पता आदि इस तरह पूछा था जैसे वह उसके सामने छोटा-सा बच्चा हो और जिसने चलते समय उसकी जेब में मलमल का खूबसूरत कढ़ा हुआ रुमाल यह कहकर ठूँस दिया था कि यह मेरी यादगार है, इसे संभाल कर रखना।

जमील की तुलना में नजमा में यह परिवर्तन अपेक्षाकृत जल्दी शुरू हो गए थे। इसी कारण जमील उसे लखनऊ में अचानक अपने घर में देखकर पहली निगाह में पहचान नहीं पाया था। तबसे अब तक कई बार ऐसे अवसर आ चुके थे जब अचानक दोनों आमने-सामने पड़ चुके थे। इधर जब से नजमा ने सूसन के साथ बैडमिंटन खेलना शुरू किया था तब से शाम को अक्सर ही जब वह बुर्का डालकर, कासिम के साथ अपने घर से निकल कर सूसन के यहाँ जा रही होती तो जमील अपने कालेज से साइकिल पर लौट रहा होता। हालाँकि नजमा बुर्का डाले रहती, फिर भी जमील के चेहरे का रंग उसे देखते ही बदल जाता और उसकी साइकिल का हैंडिल, क्षणांश के लिए ही सही, उसके नियंत्रण से बाहर होकर डगमगा जाता। बुर्के की नकाब की जाली से झाँकती नजमा की बड़ी-बड़ी आँखों की तेज निगाह से जमील की यह घबराहट छिपी नहीं रहती।

हाथ से बेकाबू होते हुए हैंडिल को संभालते हुए जमील कासिम को सलाम करता, "सलामालेकुम चच्चा।" और कासिम जिसके बाएँ हाथ में नजमा का बैडमिंटन का रैकेट होता (अगर कभी दायें में होता तो जमील को देखते ही वह उसे बायें में ले लेता) अपना दाहिना हाथ उठाकर उसके सलाम का जवाब देता, "वालेकुम सलाम मियाँ। खुश रहौ। कहाँ स्कूल से आए रहे हौ ?"

"हाँ चच्चा।" कहता हुआ जमील अपनी साइकिल पर आगे बढ़ जाता और कासिम नजमा के साथ सुपरिंटेंडेंट के बंगले की ओर। कासिम क्या, कोई भी यह नहीं जान पाता कि नजमा की पेशानी पर भी पसीने की कुछ बूँदें सहसा ही उभर आई हैं और उसका दिल पहले से कहीं तेज धड़कने लगा है।

दो- एकबार जमील के अपने घर पर भी दोनों का अचानक एक-दूसरे से सामना

हो चुका था और जब भी ऐसा हुआ था दोनों के दिलों की धड़कनें तेज हो गई थीं। परिवार के अन्य सदस्यों की उपस्थिति ने ही उन्हें इस स्थिति से उबारा था और अक्सर ही ऐसे अवसरों पर जमील किसी न किसी बहाने उठकर घर से बाहर चला गया था। लेकिन इसके विपरीत, जब वह अकेला होता, विशेषकर जब रात में लैम्प जलाए अपनी मेज पर बैठा पढ़ रहा होता तो प्रायः नजमा की शक्ल उसकी आँखों के सामने घूमने लगती। उसका दिमाग जैसे काम करना ही बंद कर देता और किताब में छिपे वाक्यों को बार-बार पढ़ने पर भी उनका अर्थ उसकी समझ में नहीं आता। कभी-कभी तो वह घंटों इस प्रकार नजमा के खयालों में डूबा बैठा रहता। रात में अपने बिस्तर पर लेटता तो देर तक उसे नींद नहीं आती और आँखें बंद किए-किए नजमा के बारे में सोचता रहता।

मुनव्वर साहब की बेगम ने भी उस दिन अपने पति द्वारा झिड़क दिए जाने के बावजूद हार नहीं मानी थी और जब कब उन्हें नजमा से जमील के विवाह के बारे में टोकती रहती थीं, यहाँ तक कि यह बात सुनते-सुनते मुनव्वर साहब के कान पक गए और एक दिन शाम को उन्होंने जमील को अपने कमरे में बुलवाया। उनके सामने मेज पर विलायती शराब की बोतल रखी थी जिसमें से एक पेग ढालकर वह पी चुके थे और दूसरा उनके गिलास में था। तामचीनी की एक रकाबी में गरमा-गरम शामी कबाब रखे थे। शराब के हर घूँट के बाद वह कबाब का एक छोटा-सा टुकड़ा तोड़ कर मुँह में डाल लेते और आवश्यकता से कुछ अधिक देर तक ही उसे चुभलाते रहते। उनकी बेगम भी उसी कमरे में उनसे थोड़ी दूर पर एक कुर्सी पर बैठी थीं।

जमील कमरे में दाखिल हुआ तो मुनव्वर साहब ने अपने पास पड़ी हुई कुर्सी की ओर इशारा करते हुए उससे कहा, "बैठो।"

जमील बैठ गया तो उन्होंने शराब का एक छोटा-घूँट लिया। मगर इस बार बजाय कबाब टूँगने के, मेज पर रखी कैंची की डिब्बी से एक सिगरेट निकाल कर मुँह में लगाई और माचिस की तीली जलाकर उसे सुलगा कर एक लंबा कश लेने के बाद जमील की ओर देखते हुए बोले, "तुम्हारी पढ़ाई कैसी चल रही है?"

"ठीक चल रही है।" जमील ने उत्तर दिया।

"इस बार तुम्हारा फाइनल होगा न?"

"जी।"

"कौन डिवीजन आएगी?"

"यह तो पर्चे कैसे होते हैं इस पर मुनहसिर करता है।"

"तुम्हारी तैयारी कैसी है?"

"ठीक ही है।"

"स्कीम आ गई इम्तहान की?"

"अभी तो नहीं।"

"प्रीप्रेशन लीव?....हो गयी?"

"अभी नहीं। होने वाली है।"

"कितने घंटे पढ़ते हो रोज?"

"दो-तीन घंटे सुबह और ऐसे ही शाम को।"

मुनव्वर साहब ने शराब का एक और घूँट गले के नीचे उतारा। तब सिगरेट ऐश-ट्रे पर टिका कर कबाब का एक छोटा-सा टुकड़ा तोड़कर मुँह में डालकर चुभलाने लगे।

"देखो," कबाब खा चुके तो उन्होंने आगे कहना शुरू किया, तुम्हारी पढ़ाई से मैं खास मुतमईन नहीं हूँ। इंट्रेंस में तुम्हारी सेकेंड डिवीजन आई। थोड़ी और मेहनत करते तो फर्स्ट आ सकती थी। लेकिन तुम्हें खेलने से फुर्सत नहीं मिलती। यह हाकी-फुटबाल तुम्हारा मुस्तकबिल नहीं बनाएँगे। असली चीज है पढ़ाई। उस पर तुम्हें और ध्यान देना चाहिए।"

जमील खामोश रहा। वह समझ नहीं पा रहा था कि उसके अब्बा उससे आज इस तरह की बात क्यों कर रहे हैं। उसने थोड़ी दूर पर बैठी अपनी अम्मी की ओर देखा लेकिन वह पहले की तरह गंभीर बनी बैठी रहीं।

"खैर।" मुनव्वर साहब गिलास में बची बाकी शराब एक ही घूँट में पी गए। तब खाली गिलास मेज पर रखकर उन्होंने सिगरेट का एक गहरा कश फिर मारा और बोले, "मेरा फर्ज तुम्हें समझाना है। मेरी नसीहतों पर अमल करना तुम्हारा काम है। सो तुम जानो। इतना तुमको मालूम है कि मेरे पास कोई जायदाद या जमींदारी नहीं है। सो करना तुमको नौकरी ही पड़ेगी। और नौकरियाँ दिन ब दिन मुश्किल होती जा रही हैं। मेरा जब नायब जेलर में सेलेक्शन हुआ था तब मैं महज इंट्रेंस पास था। आज बी. ए. पास तक नायब जेलरी के लिए तरस रहे हैं।" इतना कहकर वह अपने गिलास में तीसरा पेग ढालने लगे।

जमील ने फिर अपनी माँ की ओर देखा। उन्हें खामोश पाकर वह मन ही मन अनुमान लगाने लगा कि अब्बा आज कहीं ज्यादा तो नहीं पी गए।

"खैर इसे भी छोड़ो," मुनव्वर साहब ने आगे कहा। "इसके लिए मैंने तुम्हें नहीं बुलाया है। बात यह है कि तुम्हारी अम्मी यह चाहती है कि तुम्हारी शादी कर दी जाए इसके लिए पिछले काफी अरसे से यह मेरा दिमाग खा रही है।"

उनकी इस बात पर उनकी बेगम ने घूर कर उन्हें देखा, लेकिन मुनव्वर साहब बिना उनकी परवाह किए बोलते रहे। "मगर मैं इनकी राय से मुत्तफिक नहीं हूँ। मेरा कहना है, जो मैंने इनको भी समझाया कि पहले तुम अपनी पढ़ाई पूरी कर लो और जहाँ तक तुम पढ़ना चाहोगे, वहाँ तक मैं तुमको पढ़ाऊँगा। विलायत जाना चाहोगे तो वहाँ भी भेज दूँगा हालाँकि तुम्हारी वालिदा इसके भी खिलाफ हैं, लेकिन अगर तुम इसके लिए राजी हो या यूं समझो कि इतनी सलाहियत तुममें है तो इस मामले में मैं इनकी भी एक नहीं सुनूँगा। जो खर्च आएगा वह मैं बर्दाश्त करूँगा। चाहे इसके लिए मुझे जो भी करना पड़े...."

मुनव्वर साहब को नशा चढ़ने लगा था। जमील की पढ़ाई की बात करते-करते असली मुद्दा वह भूल ही गए और दिमाग पर जोर देकर याद करने की कोशिश करने लगे कि असली बात थी क्या ? अपनी याददाश्त ताजा करने के उद्देश्य से उन्होंने गिलास से एक घूँट और पी और कबाब उठाने के लिए हाथ आगे बढ़ाया लेकिन कबाब अब तक समाप्त हो गए थे।

"कबाब खत्म हो गए क्या ?" उन्होंने अपनी बेगम से पूछा। तभी पत्नी की शक्ल देखते ही उन्हें बातों का सिलसिला याद हो आया। उनकी पत्नी तब तक कबाब लाने के लिए उठ चुकी थीं लेकिन उन्होंने मना कर दिया। "रहने दो," उन्होंने कहा। तब जमील की ओर देखते हुए बोले, "हाँ, तो मैं कह रहा था कि तुम्हारी अम्मी चाहती हैं कि जल्दी से जल्दी तुम्हारी शादी कर दी जाए। लेकिन मैं उनकी राय से इत्तफाक नहीं करता। मेरा कहना है कि पहले तुम अपनी पढ़ाई पूरी करके किसी लायक हो जाओ। अपने पैरों पर खड़े हो जाओ। तब तुम्हारी शादी की जाये। शादी के लिए सारी उम्र पड़ी है। लेकिन पढ़ाई एक खास उम्र के बाद नामुमकिन नहीं तो मुश्किल जरूर है। और शादी के बाद तो पढ़ाई होने का सवाल ही नहीं उठता।" वह एक क्षण रुके तब बोले, "सो हम लोगों ने आपस में यह तय किया है कि यह फैसला तुम्हारे ऊपर ही छोड़ दिया जाए। तुमको यह बताना है कि तुम अपनी अम्मी की राय से इत्तफाक रखते हो यानी अभी शादी करना चाहते हो, या जैसा कि मैं कह रहा हूँ, अपनी पढ़ाई, जहाँ तक भी तुम पढ़ना चाहो, बी. ए., एम. ए., एल. एल. बी. वगैरह, पूरी करने के बाद शादी करने के हक में हो।" इतना कहकर उन्होंने नयी सिगरेट सुलगा ली।

जमील की आँखों के सामने नजमा का चेहरा घूम गया। गाँव वाली चुलबुली, तेज, निडर, बातूनी नजमा। बड़ी-बड़ी आँखों, गुलाबी गालों, पतले होंठों और लंबे कद वाली खामोश, गंभीर नजमा। बुर्का डाले हुए कासिम के साथ सुपरिंटेंडेंट के बंगले पर बैडमिंटन खेलने जाती हुई नजमा। उसके अपने घर में गुलाबी कुर्ता, घाघरा पहने, सिर पर सलमा सितारे टंकी ओढ़नी डाले, अचानक उसके सामने पड़ कर उसके दिल की धड़कन तेजकर देने वाली नजमा····जमील ने परेशान होकर अपनी अम्मी की ओर देखा जो उसकी ओर ही देख रही थीं।

"तुम्हारी अम्मी इस वक्त कुछ नहीं बोलेंगी," मुनव्वर साहब ने कहा। "तुमसे बात करने से पहले हम दोनों में यह फैसला हो चुका है कि बात सिर्फ मैं करूँगा। यह बीच में अपना मुँह नहीं खोलेंगी।"

फरवरी का महीना होने के बावजूद जमील की पेशानी पर पसीने की बूँदे झलक आईं।

"हाँ, तो क्या फैसला है तुम्हारा ?" मुनव्वर साहब ने तीसरा पेग भी खाली कर दिया लेकिन जैसा कि उनकी आदत थी कि तीन पेग समाप्त करने के बाद वह अपना गिलास उलट कर रख देते थे, आज उन्होंने ऐसा नहीं किया।

जमील ने फिर अपनी माँ की ओर देखा। लेकिन इस बार मुनव्वर साहब खामोश रहे। उनकी बेगम के माथे पर भी पसीना झलकने लगा था।

"बताया नहीं तुमने ?" मुनव्वर साहब ने जमील से फिर पूछा।

"पढ़ूँगा मैं।" जमील ने उत्तर दिया।

"पढ़ने से तुम्हारा क्या मतलब है ? शादी करोगे ही नहीं ?"

"पहले पढ़ाई पूरी करूँगा तब शादी करूँगा।"

"यह बात हुई। लेकिन कहाँ तक पढ़ोगे ? मेरा मतलब है कम से कम।"

"कम से कम बी. ए. तो करूँगा ही।"

"सुन लिया तुमने," मुनव्वर साहब ने अपनी पत्नी से कहा। "अब मेरा दिमाग मत खाना। मुझे पूरा यकीन था इसका यही फैसला होगा। मेरा खून है इसकी रगों में। जाओ देखो कबाब बचे हों तो ले आओ। जमील के लिए भी ले आना।"

"आपका पीना अभी खत्म नहीं हुआ ?" उनकी बेगम ने निराशा भरे स्वर में कहा।

"अभी पी ही कहाँ है मैंने ? जो पी थी वह सब उतर चुकी है।"

मुनव्वर साहब की बेगम उठकर कबाब लेने चली गईं। जमील भी अपनी अम्मी के कमरे से बाहर जाते ही उठ पड़ा।

"बैठो। कबाब नहीं खाओगे ?" मुनव्वर साहब ने उससे कहा। तब खुद ही बोले, "ठीक है, जाओ वहीं खा लेना। लेकिन सुनो।"

जमील जाते जाते रुक गया।

"अभी जो बात हुई उसे भूल जाना। और यह हाकी-फुटबाल कुछ दिनों के लिए मुल्तवी कर दो। बंद करने के लिए मैं नहीं कह रहा क्योंकि सेहत के लिए खेलना भी जरूरी है। लेकिन पढ़ाई को तरजीह दो। समझे।"

"जी।"

"ठीक है, जाओ।"

जमील अपने अब्बा के कमरे से निकल कर अपने पढ़ने के कमरे में आ गया। किरासिन का लैंप जिसे वह जलता छोड़ गया था, सिर्फ बत्ती धीमी कर दी थी, उसे उसने तेज कर दिया और कुर्सी पर बैठकर पुस्तक के पृष्ठों के बीच रखी पेंसिल निकाल कर जहाँ तक वह पढ़ चुका था उसके आगे पढ़ने लगा। लेकिन उसकी समझ में कुछ भी नहीं आया। देर तक वह ऐसे ही बैठा रहा तब भोजन के लिए उठ गया।

दूसरे दिन अपने अब्बा के जेल जाते ही वह अपनी अम्मी पर बरस पड़ा, "यह आपको क्या सूझी, खामखाह मेरी फजीहत कराने की ?"

"क्यों ? शादी करना फजीहत कराना है ?"

"तो आपको मुझसे बात तो करनी चाहिए थी। मैं भी तो जानूं कौन लड़की है जिसके लिए आप इतनी बेताब है।"

"क्या करोगे जानकर?"

"करूँगा क्यों नहीं। शादी मुझे करनी है या आपको?" वह एक क्षण रुका तब बोला, "अब्बू से बात करने से पहले मुझे लड़की तो दिखा देनी चाहिए थी आपको।"

"क्या करोगे देखकर? जब तुम्हें शादी ही नहीं करनी तो लड़की देखने, जानने से क्या फायदा?"

मुनव्वर साहब ने उन्हें सख्त ताकीद कर दी थी कि किसी भी कीमत पर वह जमील को यह न बताए कि वह नजमा से उसके निकाह की बात सोच रही थीं नहीं तो खामखाह उसका दिमाग बहकेगा और उसकी पढ़ाई में हर्ज होगा।

इसके बावजूद जमील का शक बना रहा और जब भी नजमा उसके सामने पड़ जाती उसका दिल और भी जोरों से धड़कने लगता।

पच्चीस

इसी के कुछ दिनों पश्चात्, जमील की परीक्षाएँ समाप्त हुए अभी दो-चार दिन ही हुए थे कि मुनव्वर साहब का लखनऊ से बरेली स्थानांतरण का आदेश आ गया। मुनव्वर साहब इसके लिए पहले से ही तैयार थे। लखनऊ रहते हुए उन्हें पाँच वर्ष से ऊपर हो रहे थे। उन्हें मालूम था कि साधारणतया तीन वर्षों में ही जेल अधिकारियों के तबादले हो जाया करते हैं। इस बार इतना समय इस कारण लगा कि जैसे ही उनके तबादले का वक्त आया वैसे ही काकोरी ट्रेन डकैती के अभियुक्तों को, लखनऊ में उनका मुकदमा चलने के कारण, प्रांत के अन्य जेलों से स्थानांतरित कर के यहाँ ले आया गया और सरकार ने मुकदमे के दौरान अधिकारियों के तबादले करना उचित नहीं समझा कि कहीं कोई झमेला न खड़ा हो जाए। सुराजियों की तरह, क्रांतिकारियों पर नियंत्रण बनाए रखना आसान नहीं था। आए दिन किसी न किसी माँग को लेकर वह उधम करते ही रहते। जेल से उनके भागने का डर भी सरकार को था। इन्हीं सब बातों को ध्यान में रखते हुए मुकदमे का फैसला होने तक अधिकारियों के तबादले नहीं हुए थे।

बरेली मुनव्वर साहब को पसंद भी था। अपनी नौकरी के प्रारंभिक दौर में वह वहाँ नायब जेलर के पद पर रह चुके थे। वहीं रहते हुए उन्हें एक बार नैनीताल घूमने का अवसर भी मिला था जहाँ साधारणतया एक औसत दर्जे के भारतीय के जाने का सवाल ही नहीं उठता था। हाँ, मुनव्वर साहब की बेगम को जरूर अपने पति के तबादले की इस खबर से काफी मायूसी हुई। लखनऊ उन्हें पसंद आ गया था। वैसे तो और जगहों की तरह यहाँ भी उनकी दुनिया जेल अधिकारियों के क्वार्टरों और उनके परिवार की

महिलाओं और बच्चों तक ही सीमित थी लेकिन यहाँ की चाट, बाजार, खासतौर से अमीनाबाद का गड़बड़झाला, कभी-कभी लगने वाली नुमाइशें और सर्कस और सबसे ज्यादा दोपहर को उनके घर पर जमने वाली ताश की महफिलें उन्हें रास आ गई थीं। लेकिन उनके सामने मजबूरी थी। जहाँ मुनव्वर साहब जाए, उन्हें वहाँ जाना ही था। हाँ, यह अफसोस उन्हें जरूर था कि अगर मुनव्वर साहब मान गए होते तो जमील का नजमा से निकाह हो चुका होता या फिर होने वाला होता। इस बाबत उन्होंने एक-आध बार फिर मुनव्वर साहब से बात करनी चाही लेकिन उनकी तरफ से कोई प्रोत्साहन न पाकर खामोश रह गईं।

मुनव्वर साहब की जमील को लेकर दूसरी ही समस्या थी। वह यह कि जमील की पढ़ाई का अब क्या होगा। दो ही सूरतें उनकी समझ में आ रही थीं। या तो उसे किसी हॉस्टल में रखकर लखनऊ यूनिवर्सिटी में पढ़ाया जाए या फिर अलीगढ़ में। अलीगढ़ में उनके दो-एक रिश्तेदार भी थे। सो वहाँ भी किसी तरह की कोई परेशानी नहीं थी। लेकिन अभी इसमें कम से कम दो महीनों का वक्त था। अतः उन्होंने तय किया कि जमील का एफ. ए. का रिजल्ट निकलने के बाद ही वह इस पर फैसला लेंगे।

इधर उनके तबादले की खबर आते ही उनकी और उनकी बेगम की दावतों का सिलसिला शुरू हो गया। बारी-बारी से जेल कंपाउंड में रहने वाले सभी अधिकारियों के यहाँ उन्हें भोज पर आमंत्रित किया गया। वाहिद ने उनकी दावत के अवसर पर तहफ्फुज को भी बुलाया और बढ़िया स्कॉच ह्विस्की का प्रबंध किया। अपनी आदत के खिलाफ तहफ्फुज उस दिन देर तक वाहिद के यहाँ रुके रहे और मुनव्वर साहब से देश की वर्तमान स्थिति पर बातें करते रहो अंदर मुनव्वर साहब की बेगम नजमा को अपनी बगल में बिठाए शम्मो से गपशप करती रहीं। नजमा बीच में उठने को होती तो वह उसे हाथ पकड़ कर फिर बिठा लेतीं। कभी उसे अपनी बाँह के घेरे में ले कर अपने जिस्म से सटा लेतीं तो कभी वैसे ही उसका हाथ अपने हाथ में पकड़े रहतीं। तभी सहसा उन्होंने शम्मो से कहा "इसे तो भई मैं अपने साथ ले जाऊँगी, शम्मो। क्यों चलेगी न मेरे साथ?" उन्होंने नजमा से पूछा और दोबारा उसे अपने जिस्म से सटा लिया।

नजमा ने कोई जवाब नहीं दिया।

"बरेली भी बहुत अच्छी जगह है। तुम लोग घूमने आना कभी," मुनव्वर साहब की बेगम ने आगे कहा। "जमील के अब्बा ने वहीं से नौकरी शुरू की थी।"

"देखिए, मौका लगा तो जरूर आऊँगी," शम्मो ने उत्तर दिया।

"और इसे भी जरूर लाना।" मुनव्वर साहब की बेगम ने नजमा के लिए कहा और लगभग उसी साँस में आगे प्रश्न किया, "कहीं शादी-ब्याह की बात चली है इसकी अभी या नहीं?"

शम्मो कुछ कहती इससे पहले ही नजमा बोल पड़ी, "मुझे शादी करनी ही नहीं।"

"क्यों भई, शादी क्यों नहीं करनी?" मुनव्वर साहब की बेगम ने पूछा।

"अभी पढ़ूँगी मैं। इंट्रेंस करूँगी पहले।"

"यह तो माशाल्लाह बहुत अच्छी बात कही तुमने। मैं खुद औरतों की पढ़ाई के हक में हूँ।" मुनव्वर साहब की बेगम ने नजमा की पीठ थपथपाते हुए कहा।

तभी अंदर से कासिम की आवाज आई, "तेज पत्ता नाई मिल रहा बिटिया। तनिक देतिव आए के तो मुर्गा मां डार देइत।"

शम्मो उठकर जाने लगी तो नजमा ने कहा, "आप बैठिए बाजी। मैं देखती हूँ।"

और वह उठकर अंदर चली गईं।

मुनव्वर साहब की बेगम ने दिल ही दिल में सोचा कि अगर नजमा की पढ़ने वाली बात सही है तो अच्छा ही है। कम से कम दो तीन साल तो उसे इसमें लगेंगे ही। इस बीच जमील की पढ़ाई भी पूरी हो जाएगी। "नजमा की पढ़ने की ख्वाहिश है तो उसे पढ़ाना जरूर।" उन्होंने शम्मो से कहा। तब बोलीं, "तुम्हारा भी तबादला बरेली हो जाए तो मजा ही आ जाए। हम दोनों गुइयाँ फिर साथ हो जाएँ।"

इस बीच रुखसाना खाना खाकर कब की सो चुकी थी। जमील को भी शम्मो ने बुलवा कर खाने के लिए आग्रह किया था लेकिन उसने मना कर दिया था और बाहर वरांडे में कुर्सी डाले अकेला बैठा इस बात का इंतजार कर रहा था कि उसके अब्बू पीना समाप्त करें तो वह भी सब के साथ ही बैठकर खाए। आखिर कोई ग्यारह बजे इन लोगों ने पीना खत्म किया तो खाना लगाया गया। सुलेमान और कासिम फिर भी रुके रहे। हाँ, तहफ्फुज के साईस को जरूर जल्दी खिला दिया गया ताकि तहफ्फुज को लौटने में और देर न हो।

मुनव्वर साहब की दावतों का यह सिलसिला जेल कंपाउंड के बाहर भी चला। तहफ्फुज ने भी एक दिन उन्हें आमंत्रित किया लेकिन अपने घर में खिलाने के बजाय वह उन्हें रिफा-ए-आम क्लब ले गए, जहाँ खाना पीना दोनों ही हुआ।

आखिर दावतों का यह क्रम चलते-चलते मुनव्वर साहब के जाने का दिन भी आ गया। गाड़ी लखनऊ से शाम को रवाना होती थी। वाहिद तथा जेल के अन्य अधिकारी, डॉ. सक्सेना, गोवर्धन सिंह आदि उन्हें स्टेशन तक विदा करने आए। कासिम भी साथ था। घोड़ा और फिटन समेत अपना सारा सामान वह पहले ही मालगाड़ी से भेज चुके थे। सुलेमान को भी उन्होंने घोड़े के साथ मालगाड़ी से ही भेज दिया था।

कासिम कहीं से फूलों का एक हार ले आया था जिसे वह पत्तों में लपेटे अपने अंगोछे में छिपाए था। गाड़ी ने सीटी दी तो कासिम ने हार निकाल कर मुनव्वर साहब को पहना दिया और फूट-फूट कर रोने लगा। मुनव्वर साहब ने उसे गले से लगा लिया। तब वह अन्य लोगों से भी गले मिले और सभी को बरेली आने का निमंत्रण दिया। तभी गार्ड ने सीटी बजाई तो वह अपने डिब्बे में चढ़ गए।

सलाम दुआ के अलावा कासिम की शायद ही मुनव्वर साहब से कभी कोई बात हुई हो। लेकिन उनके जाने से सबसे ज्यादा दुखी वही लग रहा था। गाड़ी के रफ्तार पकड़ लेने के बाद भी देर तक वह उस ओर देखता रहा। तब अँगौछे से आँखे पोंछते हुए चुपचाप वाहिद के पीछे-पीछे चलने लगा।

छब्बीस

मुनव्वर साहब के बरेली जाने के कुछ ही दिनों बाद वाहिद के स्थानांतरण का आदेश भी आ गया। उसका तबादला लखनऊ से गाजीपुर हुआ। दस दिनों के अंदर ही आदेश का पालन होना था।

वाहिद यह आदेश पाकर काफी उद्विग्न हो उठा। बावजूद इसके कि वह भलीभाँति जानता था कि उसका तबादला भी अब कुछ ही दिनों की बात है—मुनव्वर साहब ने भी बरेली जाते समय उससे ऐसा ही कहा था कि मियाँ तुम भी तैयार रहो। किसी दिन भी फरमान आ सकता है— मानसिक रूप से वह इसके लिए कतई तैयार नहीं था। गाजीपुर उसके गाँव से काफी दूर था। सीधी गाड़ी भी वहाँ नहीं जाती। न ही उसका कोई परिचित ही वहाँ रहता था। इन्हीं कारणों से वह चिंतित था। शम्मो भी काफी परेशान थी। मुनव्वर साहब की बेगम की तरह उसे भी लखनऊ रास आ गया था। लखनऊ छोड़ना पड़ेगा, यह खयाल ही उसके लिए काफी तकलीफदेह था। कासिम ने तो अंतिम फैसला ही दे दिया। "हमार मानौ मियाँ," उसने वाहिद से कहा, "तो ई औकरी नौकरी छांड़ि के गाँवै लऊ्ट चलो। अल्ला के फजल ते एत्ती बड़ी जमींदारी है, बाग बगइचा है, तऊन हुआं आराम ते रहौ चलै। गाजीपुर तो हम सुना है पूरब आए। तो यू तुम जान लेव कि हुआं के मनईन की भासा अलग, रहन-सहन अलग, खान-पान अलग। मनई का ससुर जनावर समझौ उनका। औ हम तो यहौ सुना है कि जादू टोनौ चलत है उइ लंग। तो हमार तो मियाँ राय नाई है कि लड़का बच्चा लइके हुआं जाओ।"

प्रत्यक्ष रूप से वाहिद ने कासिम की बात को मजाक में उड़ा देना चाहा लेकिन अंदर ही अंदर वह काफी परेशान था। लखनऊ की तो कोई बात नहीं, सुबह गाड़ी पकड़ी और शाम तक गाँव में अपने घर हो रहे। यहाँ तो घी, गुड़, गल्ला, सभी कुछ गाँव से आता था और वह भी इतना इफरात कि घर में तो इस्तेमाल होता ही था, बाँटे नहीं चुकता था सो अलग। इतनी दूर यह सब तो नामुमकिन था ही, अगर खुदा न खास्ता, कोई बीमार पड़ गया तो जल्दी कोई पहुँच भी नहीं सकता था।

"मामूँ जान से बात क्यों नहीं करते, दूल्हा भाई?" नजमा ने वाहिद से कहा, "उनके तो सरकार में रसूक हैं। वह चाहें तो आपका तबादला रद्द हो जाए।"

वाहिद भलीभाँति जानता था कि एक बार तबादले का आदेश निकल जाने के बाद

उसके रद्द होने का प्रश्न ही नहीं उठता। ऐसी कोई नजीर उसकी जानकारी में नहीं थी। वास्तविकता भी यही थी कि इस तरह की कोई बात आज तक हुई ही नहीं थी। तबादले के मायने तबादला। जो तारीख आपको दी गयी है उससे पहले आपका सामान यहाँ से लद जाना जरूरी है। फिर भी उसने सोचा कि तहफ्फुज से बात करने में क्या हर्ज है? जब उनके कहने से उसे नौकरी मिल सकती है तो कौन जाने उनके कहने से उसका तबादला भी रुक जाए।

इसी खयाल से वह दूसरे ही दिन तहफ्फुज से मिलने चला गया। लेकिन उनसे मिलकर उसे कोई खास उम्मीद नहीं बँधी। उसकी पूरी बात सुनने के बाद तहफ्फुज ने कहा, "देखो भाई, तबादले से डरोगे तो नौकरी कर चुके। अब रही पास और दूर की बात सो गाजीपुर कोई इतना दूर भी नहीं है। हाँ, गाँव से सीधे गाड़ी जरूर नहीं जाती है। लेकिन नौकरी की गरज से तो लोग कलकत्ता-बंबई तक चले जाते हैं। यह तो अपने सूबे की ही बात है। और यह भी मैं तुमको बता दूँ कि पहले जैसे मेरे रसूक भी अब नहीं रह गए हैं। राजा महमूदाबाद से तो अब्बू के जमाने से तआल्लुकात चले आ रहे थे। लेकिन अब वह है नहीं सरकार में। आजकल नवाब छतारी होम मेंबर लगे हैं फिर भी मैं उन से बात करके देखता हूँ। लेकिन मुझे यह नहीं लगता कि तुम्हारा तबादला रुक जाएगा। और फिर रुकेगा भी तो कितने दिनों के लिए। ज्यादा से ज्यादा चार छः महीनों के लिए या बहुत हुआ तो एक साल के लिए। उसके बाद फिर यही मरहला दरपेश होगा। इसलिए मैं समझता हूँ कि तबादला रुकवाने के बजाय यह कोशिश की जाए कि तुम्हारी पोस्टिंग किसी पास के शहर में, जैसे उन्नाव कि कानपुर, हो जाए तो ज्यादा ठीक होगा। हालाँकि इसकी उम्मीद भी मुझे नहीं है।"

वाहिद का दिल छोटा हो गया। फिर भी उसने कहा, ठीक है यही करा दीजिए। "उन्नाव या कानपुर तो लखनऊ जैसा ही रहेगा।"

"तो ठीक है, तुम दो-चार दिनों में मिलना। या फिर मैं ही आ जाऊँगा।" तहफ्फुज ने कहा और बाहर वरांडे में निकल आए जहाँ पोर्च में साईस उनकी फिटन तैयार किए खड़ा था। साईस को फिटन बाहर ले चलने को कहकर वह वाहिद के साथ पैदल ही टहलते हुए फाटक तक आ गए। वह फिटन पर बैठ गए तो वाहिद उन्हें सलाम करके पैदल ही गोलागंज वाली सड़क पर कैसरबाग की तरफ बढ़ गया। अमीनाबाद से कुछ जरूरी खरीददारी कर उसने वहाँ से इक्का किया और अपने क्वार्टर वापस आ गया।

दो-तीन दिन बाद वाहिद तहफ्फुज के बंगले जाने की बात सोच ही रहा था कि तहफ्फुज स्वयं अपनी गाड़ी से उसके घर पहुँच गए। "देखो भाई, मैंने बहुत कोशिश की," उन्होंने वाहिद को बताया, "लेकिन कानपुर या उन्नाव तुम्हारा तबादला हो पाना मुमकिन नहीं है। कानपुर में जो आदमी इस जगह पर है उसे वहाँ गए अभी चंद महीने ही हुए हैं। लिहाजा उसे वहाँ से हटाया नहीं जा सकता। उन्नाव की बात यह है कि वह लखनऊ के मुकाबले काफी बड़ी जेल है। इसलिए वहाँ काफी सीनियर आदमी की ही

पोस्टिंग होती है।"

वाहिद कुछ कहने जा रहा था लेकिन उन्होंने उसकी ओर गौर किए बिना अपनी बात जारी रखी, "सो मैंने बड़ी मुश्किल से तुम्हारा आर्डर फैजाबाद के लिए करा दिया है। लखनऊ से कोई साठ सत्तर मील होगा। सुबह-शाम गाड़ी आती-जाती है। फिलहाल वहाँ चले जाओ। फिर देखा जाएगा।"

"ठीक है," वाहिद ने कहा। उसे इसकी भी उम्मीद नहीं थी। शम्मो की तरफ देखकर, जो वहीं खड़ी थी, उसने आगे कहा, "मेरी वैसे भी कोई बात नहीं थी। मेरे लिए तो जैसे लखनऊ वैसे ही दूसरा शहर। यह शम्मो ही घबरा रही थी।"

"क्यों, यह क्यों घबरा रही है?" तहफ्फुज ने कहा। "इसके लिए तो और भी कोई फर्क नहीं पड़ता। इसको कौन जेल में हाजरी बजानी है कि बाजार करने जाना है। इसके लिए जैसे यहाँ वैसे वहाँ।"

"अकेली जान होती मैं तो मुझे कौन-सी आफत थी। मेरी जान की जहमत तो यह है।" शम्मो ने अपने बच्चे की ओर इशारा किया जो कमरे के फर्श पर बैठा बिंगी नचा रहा था।

तहफ्फुज हँसने लगे। "अब यह हजरत तो इतना समझते नहीं, नहीं तो यह भी किसी और पर टाल देते।" तहफ्फुज ने कहा। तब झुक कर बच्चे की ठोढ़ी में हाथ लगाते हुए बोले, "क्यों मियाँ कहाँ रहोगे? लखनऊ कि फैजाबाद?"

बच्चे ने नया-नया बोलना सीखा था। "फैदाबाद।" उसने तड़ाक से उत्तर दिया।

"लो फैसला हो गया।" तहफ्फुज ने हँसते हुए कहा। तब कुछ गंभीर होते हुए बोले, "देखो शम्मो, फैजाबाद काफी अच्छी जगह है। लखनऊ से पहले अवध का दारुसल्तनत फैजाबाद ही था। तहजीब-ओ-तमद्दुन वाला शहर है। एक मरतबा जाने की बात है। फिर तो इंसान जहाँ रहने लगता है वही जगह उसे अच्छी लगने लगती है।"

"लखनऊ ही नहीं बने रह सकते दूल्हा भाई?" नजमा ने अपने मामूँ से पूछा।

"लखनऊ बने रहने का क्या मतलब?" तहफ्फुज ने किंचित रूखई से कहा। "तुम्हारे दूल्हा भाई नौकरी कर रहे हैं, तिजारत नहीं। नौकरी के मायने जानती हो क्या होता है? नौकरी के मायने गुलामी। तुम्हें पता है फैजाबाद की इनकी पोस्टिंग के लिए ही मुझे कितने पापड़ बेलने पड़े हैं। कितनी खुशामद करनी पड़ी है। सूबे के गर्वनर से आर्डर हुए हैं यह। तबादला बदलवाना हँसी-खेल नहीं है। रुकवाने की तो बात छोड़ो। मेरा खयाल है यह पहला केस होगा अपनी तरह का।"

नजमा तो चुप हुई ही और लोग भी खामोश हो गए।

बड़ी मुश्किल से तहफ्फुज ने एक कप चाय पी। तब वापस चले गए। उनके जाने के बाद सब लोगों ने समस्या पर नये सिरे से गौर करना शुरू किया। शम्मो, कासिम, नजमा, सभी ने अपनी-अपनी राय जाहिर की। बात साफ थी। या तो वाहिद फैजाबाद जाए या फिर नौकरी से इस्तीफा दे। कासिम जरूर इस्तीफे के पक्ष में था। लेकिन और

लोग इसके पक्ष में नहीं थे। अतः यही फैसला लिया गया कि वाहिद फैजाबाद जाकर ज्वाइन करे। कासिम से वाहिद ने कहा, "अगर तुम नहीं जाना चाहते हो कासिम चच्चा, तो मैं तुमको गाँव छोड़ आता हूँ। वैसे भी अब्बू से मिलने जाना ही है। मैं किसी और को साथ ले लूँगा।"

"अबकी मियाँ या बात कहेव तो कहेव। अब ते जबान पर न लायो। हमका कऊन तकलीफ होयेक है? आगे नाथ न पीछे पगहा। हमार खाक तो अल्ला जी मिट्टी मां मिलैक लिखे होगा वही मां मिली। हम तो तुमार पंचन की बात कै रहे रहन।"

वाहिद खामोश हो गया। चार-पाँच दिन का वक्त अभी उसके पास था। अगले ही दिन वह अपने वालिद को अपने तबादले की सूचना देने गाँव चला गया।

अब्दुल गनी वाहिद के लखनऊ रहने से ही सहमत नहीं थे। मजबूरी में वाहिद की जिद के सामने हार कर उन्होंने स्थितियों से समझौता कर लिया था। अब जब वाहिद ने उन्हें फैजाबाद अपने तबादले की सूचना दी तो उन्हें दिली तकलीफ हुई। उन्होंने वाहिद से कहा, "मैं तो तुम्हारे लखनऊ रहने के ही हक में नहीं था। यहाँ गाँव में इतनी जमीन-जायदाद है। मैं चाहता था तुम यहाँ रहकर उसकी देखभाल करते। लेकिन तुम को पता नहीं उस दो कौड़ी की मुलाजमत से क्या हासिल है कि उसके लिए तुमने घर-खानदान तक तर्क कर दिया।"अब्दुल गनी जब जब अपने बेटों से तकलीफ या गुस्से से बात करते थे सलीस उरदू का प्रयोग करते थे। उन्होंने आगे कहा, "खैर, जहाँ तक लखनऊ की बात थी मैंने तुम्हारी जिद कुबूल कर ली कि चलो कोई खास फासला नहीं है। तुम्हारी ख्वाहिश है तो यही सही। इस बहाने हम लोग भी कभी-कभी शहर घूम-फिर आया करेंगे। लेकिन फैजाबाद? सीधी गाड़ी भी तो कमबख्त वहाँ नहीं जाती। पहले यहाँ से लखनऊ जाओ, वहाँ एक दिन कयाम करो, तब फैजाबाद के लिए गाड़ी पकड़ो। खुदा ने ख्वास्ता यहाँ किसी को कुछ हो गया तो जब तक तुमको खबर मिलेगी यहाँ तुरबत ठिकाने लगकर फातिहा भी पढ़ा जा चुका होगा। मुझे तो किसी भी कीमत पर तुम्हारा वहाँ जाना मंजूर नहीं हैं।"

वाहिद की माँ तो बाकायदा रोने लगीं। "तुमको यह मंजूर है," उन्होंने कहा, "कि हमरी मइयत मां तुमरा कांधा न लगे, तो ठीक है। अल्ला तुमको खुश रखे। बाकी हम कब्बो यू न चहब कि तुम हम लोगन ते एत्ती दूर हो जाओ।"

वाहिद फैसला करने नहीं आया था। फैसला तो वह लखनऊ में ही कर चुका था। यहाँ तो वह मात्र सूचना देने आया था। "हम हुआं तहफ्फुज चचा से मश्विरा किए रहे," उसने अपनी माँ से कहा, "उनहू की यहै राय है कि हम तबादला मंजूर कर लेई। ऊ वादा किए हैं कि साल छः महीना मां वापस लखनऊ और नाई तो कानपुर कि उन्नाव तबादला करा देहें।" वह झूठ बोला।

"मैं तुम्हारे गाँव में सुकूनत अख्तियार करने की बात कर रहा हूँ और तुम कानपुर उन्नाव की उड़ा रहे हो!" अब्दुल गनी ने खीझ कर कहा।

"मैं फैसला कर चुका हूँ।" वाहिद ने अब्दुल गनी से अपनी बातचीत के दौरान पहली बार खड़ी बोली का प्रयोग किया।

"तो यहाँ मुझको और अपनी वालिदा को फैसला सुनाने आये थे? खामखाह जहमत की। एक पोस्टकार्ड डाल दिया होता। देर सबेर पहुँच ही जाता।"

वाहिद ने कोई उत्तर नहीं दिया।

गाँव से लौटकर वह लखनऊ आया तो गाजीपुर की जगह फैजाबाद के उसके तबादले का आदेश आ चुका था। दो-तीन दिन के अंदर ही सारा सामान, जिसे साथ ले जाना संभव नहीं था, रेल से बुक करा कर वह फैजाबाद के लिए रवाना हो गया। जाते ही उसे क्वार्टर मिल गया। उसी शाम वहाँ से लौट कर अगले दिन लखनऊ में अपना क्वार्टर खाली कर वह घर के और लोगों और शेष बचे सामान के साथ फैजाबाद लौट गया।

सत्ताईस

फैजाबाद जेल का सुपरिंटेंडेंट भी एक अंग्रेज था। लेकिन लखनऊ जेल के सुपरिंटेंडेंट मिस्टर ह्वाईट के स्वभाव के विपरीत वह बहुत ही सख्त आदमी था। जेल अधिकारियों से लेकर कैदियों तक सभी पर वह जुल्म ढाए रहता। जेलर एक मुसलमान था, बशीर अहमद जो जेल सुपरिंटेंडेंट का अनुकरण करने में ही अपनी शान समझता था। उसकी बददिमागी के किस्से भी मशहूर थे। हाँ, जेल का डाक्टर जरूर अच्छे स्वभाव का व्यक्ति था। वह बंगाली था और बहुत ही हँसमुख था। हिंदी बहुत सही नहीं बोल पाता था। प्रायः ही लिंग संबंधी गलतियाँ कर जाता जिस पर और लोगों के हँसने पर स्वयं भी उनके साथ हँसने लगता।

वाहिद ने जेल में अपनी ड्यूटी ज्वाइन करने के कुछ ही दिनों के अंदर सबका स्वभाव समझ लिया। सुपरिंटेंडेंट के साथ राउंड के दौरान सारे कैदियों को भी उसने देख लिया। लखनऊ की तुलना में यहाँ कैदी अपेक्षाकृत कम थे। राजनीतिक कैदियों की संख्या तो लगभग नहीं के बराबर थी। हाँ, काकोरी कांड के बंदी, अशफाक उल्ला को जरूर सरकार ने लखनऊ से यहाँ स्थानांतरित कर दिया था और चूँकि उसे भी रामप्रसाद बिस्मिल, रोशन सिंह और राजेंद्र लाहिड़ी की तरह फाँसी की सजा मिली थी, अतः वह यहाँ फाँसी बैरक की एकांत कोठरी में बंद था। लखनऊ में अपने मुकदमे की सुनवाई के सिलसिले में कचहरी जाते समय लगभग हर पेशी पर उसकी वाहिद से मुलाकात होती थी। दोनों एक-दूसरे को अच्छी तरह पहचानते थे। इसी कारण फैजाबाद जेल में अपनी पोस्टिंग के तीसरे या चौथे दिन जब वाहिद जेल सुपरिंटेंडेंट के साथ राउंड पर था तो फाँसी बैरक के कैदियों की लाइन में खड़े अशफाक ने उसे पहचान कर हाथ माथे तक ले

जाते हुए बिना मुँह से कुछ कहे सलाम किया। वाहिद चूँकि सुपरिंटेंडेंट के साथ था अतः उसने भी बिना हाथ उठाए, जो कदाचित वह वैसे भी न उठाता, और बिना कुछ बोले सिर को थोड़ा-सा हिला कर उसके सलाम का जवाब दे दिया। सुपरिंटेंडेंट की अनुभवी दृष्टि से यह छिपा नहीं रह सका। उसने वाहिद से अंग्रेजी में पूछा, "हाऊ डू यू नो हिम ?"

"ही वाज अर्लियर ऐट लखनऊ, सर।" वाहिद ने उत्तर दिया।

"सो ही इज योर ओल्ड अक्वेंटेंस।" सुपरिंटेंडेंट ने बैरक के गेट की ओर मुड़ते हुए कहा।

वाहिद ने कोई उत्तर नहीं दिया।

इसी के कोई पंद्रह-बीस दिनों बात एक शाम दो-चार लोग वाहिद के क्वार्टर पर आए। वाहिद उस दिन जेल से काफी थका हुआ लौटा था। जेलर बशीर अहमद लंबी छुट्टी पर चल रहा था, अतः वाहिद को उसका काम भी देखना पड़ रहा था। उसके बार-बार मना करने के बावजूद जेल में बंद कैदियों के सगे-संबंधी अक्सर ही उससे मिलने उसके क्वार्टर पर आ जाते थे। कभी किसी सहूलियत के लिए दरख्वास्त करने या फिर वैसे ही मौसमी फलों की डाली आदि पहुँचाने। कासिम ने उन लोगों के आने की खबर वाहिद को दी तो उसने कासिम से कहलवा दिया कि कल जेल में आकर मिलें। लेकिन कासिम तुरंत लौट आया।

"क्या बात है ?" वाहिद ने उससे पूछा।

"ऊ कहत हैं जरूरी काम है। बरेली ते मनुव्वर साहब की चिट्ठी लइके आए हैं।"

"मुनव्वर साहब की चिट्ठी ? कहाँ है चिट्ठी ?" वाहिद ने पूछा।

"हम माँगा रहै मुदा हमका नाई दिहिन। कहत है तुमही का देहैं।"

वाहिद उठकर बाहर आ गया। दो किंचित अधेड़ उम्र के व्यक्ति तथा दो कम उम्र के लड़के थे। वाहिद के वहाँ आने पर उन लोगों ने बड़े अदब से उसे सलाम किया। तब उनमें से एक ने, जो उम्र में सबसे बड़ा था, जेब से एक लिफाफा निकाल कर वाहिद को पकड़ा दिया। वाहिद उन्हें अंदर कमरे में ले आया और लिफाफे से पत्र निकाल कर पढ़ने लगा।

पत्र मुनव्वर साहब का ही था। उन्होंने लिखा था, "नामावर फैजाबाद जेल में बंद काकोरी ट्रेन डकैती के फाँसी के सजायाफ्ता कैदी अशफाक उल्ला के भाई और भतीजे हैं। इनके एक रिश्तेदार मेरे काफी करीबी और अजीज दोस्त हैं! तुम्हें मालूम ही होगा कि यह लोग शाहजहाँपुर के एक मुअज्जिज खानदान से हैं और इनका शुमार वहाँ के शुरफा में होता है। अशफ़ाक की बूढ़ी माँ अभी हयात हैं। वह भी मुझसे मिली थीं। जिस खानदान के जवान लड़के को फाँसी की सजा सुना दी गई हो, उस पर क्या गुजर रही होगी इसका अंदाजा तुम लगा सकते हो। यह लोग अशफाक से मुलाकात के ख्वाहिशमंद हैं और इसी गरज से वहाँ आ रहे हैं। तुम इनकी मुलाकात करा दो तो मेहरबानी होगी। वहाँ के सुपरिंटेंडेंट और जेलर के बारे में मैं पहले से ही जानता हूँ।

बाकी इन लोगों ने मुझे बताया है। फाँसी का कैदी हो या किसी और सजा का, उन लोगों के दिलों में रहम नाम की चीज नहीं है। अशफाक का मामला, जैसाकि इन लोगों ने मुझे बताया, प्रीवी काउंसिल में अटका हुआ है। लेकिन वहाँ से किसी रहम या इंसाफ की उम्मीद नहीं है। खुदा न करे, मुमकिन है यह इनकी आखिरी मुलाकात हो। मुझे पूरा भरोसा है कि तुम होशियारी से यह काम करवा दोगे।—फकत, मुनव्वर आलम।"

वाहिद खत पढ़कर सोच में पड़ गया। जेलर तथा सुपरिंटेंडेंट के असाधारण रूप से सख्त होने के कारण कैदियों से मुलाकात के नियमों का यहाँ बहुत ही सख्ती से पालन होता था। वैसे भी फाँसी के कैदियों की मुलाकात कराते समय काफी सतर्क रहना पड़ता था कि कहीं कोई मुलाकाती कैदी को कुछ ऐसी-वैसी चीज खाने को न दे दे जिससे कैदी बीमार पड़ जाए या फिर उसकी मृत्यु ही हो जाए। लेकिन अशफाक के घर वालों से उसे इस तरह का कोई अंदेशा नहीं था। मुनव्वर साहब ने तो लिखा ही था, वाहिद खुद भी जानता था कि अशफाक शाहजहाँपुर के एक संभ्रांत मुसलिम परिवार का लड़का है।

"ठीक है," वाहिद ने कुछ सोचते हुए कहा, "आप लोग कल एक बजे के करीब जेल आ जाइए। लेकिन सीधे मेरे पास आइएगा। किसी और से कुछ भी कहने की जरूरत नहीं है। मैं गेट वाले सिपाही को बोल दूँगा। वह आप लोगों को मेरे कमरे तक पहुँचा देगा।''''मगर रात में आप लोग रहेंगे कहाँ? यहीं इंतजाम करा देता हूँ।" और वह कासिम को आवाज देने लगा।

लेकिन उन लोगों ने मना कर दिया। "स्टेशन के पास एक मुसाफिर-खाने में हम अपना सामान रख आए हैं," उन्होंने कहा, "आप फिक्र न करें। वहाँ किसी तरह की कोई तकलीफ नहीं है। आपका बहुत-बहुत शुक्रिया।"

दूसरे दिन वे लोग, जैसाकि वाहिद ने कहा था, एक बजे जेल पहुँच गए। वाहिद ने उन लोगों को यह वक्त इसलिए दिया था क्योंकि इस वक्त तक सुबह खाने की परेड हो चुकी होती थी और सारी बैरकों में ताले पड़ जाते थे। सुपरिंटेंडेंट वैसे तो रोज जेल आता नहीं था और अगर कभी, राउंड वाले दिन के अलावा, आ भी गया तो इस वक्त तक लौट जाता था। जेलर छुट्टी पर ही था। उसका काम वाहिद खुद देख रहा था। डॉक्टर भी एक बजे से पहले ही लौट जाता था। आफिस के अन्य कर्मचारियों का भी यह भोजनावकाश का समय होता था। अतः इस समय उन लोगों की अशफाक से मुलाकात कराने में उसे कोई आशंका नहीं थी। वे लोग आए तो वाहिद जेलर के कमरे में बैठा उनकी प्रतीक्षा कर रहा था। उनके आने की सूचना पाते ही उसने उन्हें भी कमरे में बुलवा लिया। तब उन्हें वहीं बिठाकर स्वयं एक वार्डर के साथ फाँसी बैरक जाकर अशफाक को अपने साथ ले आया और उसी कमरे में उनकी मुलाकात करा दी। वह स्वयं भी कमरे में बना रहा लेकिन उन लोगों से वह इतनी दूर था कि उनकी बातें सुन सकना उसके लिए संभव नहीं था। पंद्रह बीस मिनट का समय उसने उन्हें दिया था। इसके बावजूद लगभग आध घंटे तक वह अपनी कुर्सी पर खामोश बैठा रहा। तभी वह उठकर खड़ा हुआ तो वे लोग भी

उसका इशारा समझकर खड़े हो गए। वाहिद ने बाहर से आये लोगों को वहीं रुकने को कहा और स्वयं अशफाक के साथ जाकर उसे उसकी बैरक छोड़ आया। तब लौटकर उन लोगों के साथ जेल के फाटक के बाहर आ गया।

अट्ठाईस

उस समय अशफाक की आयु लगभग सत्ताईस वर्ष थी। वह मजबूत काठी तथा लंबे कद का, बलिष्ठ, खूबसूरत एवं आकर्षक चेहरे वाला पठान युवक था। शाहजहाँपुर में राम प्रसाद के सम्पर्क में आकर वह क्रांतिकारी दल में शामिल हुआ था। उसके बड़े भाई रामप्रसाद के सहपाठी थे। शुरू में रामप्रसाद ने उसे बच्चा समझकर कोई प्रोत्साहन नहीं दिया लेकिन अशफाक अपनी धुन का पक्का था और अंततः अपनी लगन और दल के उसूलों के प्रति अपनी निष्ठा के कारण वह रामप्रसाद के काफी निकट आ गया। रामप्रसाद आर्यसमाजी थे और अशफाक मुसलमान। इसके बावजूद दोनों में गहरी मित्रता थी। एक साथ उठना-बैठना तथा एक ही थाली में खाना होता था। दल के कितने ही 'ऐक्शंस' में दोनों ने साथ मिलकर काम किया था और महत्वपूर्ण भूमिकाएँ निभाई थी। दल के और सदस्यों की तुलना में दूरदर्शिता भी अशफाक में अधिक थी। डकैतियों में अपेक्षित सफलता न मिलने पर बनारस में दल की जिस बैठक में सरकारी खजाना लूटने का निर्णय लिया गया था उसमें वह एकमात्र सदस्य था जिसने अपना मत इसके विरोध में व्यक्त किया था। उसका कहना था, जिसे बाद की घटनाओं ने पूरी तरह सिद्ध कर दिया, कि सरकारी खजाना लूटने से सरकार का पूरा तंत्र उनके विरुद्ध सक्रिय हो उठेगा और दल अभी इतना मजबूत नहीं है कि ऐसी स्थिति का सामना कर सके। बहुमत ने उसके इस मत को अस्वीकार कर दिया था। इस तरह व्यक्तिगत तौर पर दल के निर्णय से असहमत होते हुए भी उसने, दल के निर्णय को पूरी निष्ठा से शिरोधार्य किया था। रेल डकैती के दौरान जब दल के और सदस्य लोहे की तिजोरी काटने में पसीने-पीसने हो रहे थे तब अशफाक ने ही उन्हें इस तरह हलाकान होते देख कर अपना माउजर पिस्तौल दूसरे सदस्य को पकड़ा कर हथौड़ा अपने हाथों में लिया था। उसी के हाथों के शक्तिशाली प्रहार से तिजोरी अंततः टूटी थी।

क्रांतिकारियों के उस दल में वह अकेला मुसलमान था। काकोरी ट्रेन डकैती के केस के दौरान मुसलमान पुलिस अधिकारियों, यहाँ तक कि लोअर कोर्ट में मुकदमे की सुनवाई कर रहे मजिस्ट्रेट ऐनुद्दीन ने भी, उसे सरकारी गवाह बनाने की गरज से उसके मुसलमान होने का लाभ उठाना चाहा था। उन्होंने उसे समझाया कि यह सब हिंदुओं का खेल है। इस मुल्क में हिंदुओं की हुकूमत कायम करने के मकसद से ही वह अंग्रेजों के खिलाफ लड़ रहे हैं। मुसलमानों को उनका साथ देना खुदकुशी के रास्ते पर चलना है।

समझदार होकर भी वह उनके चक्कर में कैसे पड़ गया? इस पर अशफाक ने उसे जवाब दिया, "मैं बेहतर जानता हूँ कि वे लोग किसके लिए लड़ रहे हैं और अगर यह सच भी है कि वह हिंदू राज के लिए लड़ रहे हैं तो भी आप इत्मीनान रखिए, हिंदू राज हर मायने में अंग्रेजों के राज से बेहतर होगा। जहाँ तक मेरे मुसलमान होने की बात है उस पर मुझे फख्र है और चूँकि क्रांतिकारियों की इस तहरीक में मैं अकेला मुसलमान हूँ इसलिए मेरे ऊपर जिम्मेदारी और भी बढ़ जाती है। मेरी जरा-सी गलती से पूरी मुसलमान कौम का मुँह काला हो जाएगा।"

सेशन से सजा होने और चीफ कोर्ट से उसके बहाल रहने के बाद फाँसी की सजा पाए हुए क्रांतिकारियों में वह ही अकेला ऐसा व्यक्ति था जो सरकार से मर्सी अपील करने के पक्ष में नहीं था। अपने वकील के लाख समझाने के बावजूद उसने इसके लिए इनकार कर दिया था। अंततः रामप्रसाद के जोर देने पर ही वह राजी हुआ। प्रीवी-काउंसिल के बारे में भी उसका दिमाग बहुत साफ था। वहाँ से किसी प्रकार के इंसाफ की उम्मीद करना, उसके अनुसार अपने को धोखे में डालना था। और हुआ भी यही। प्रीवी-काउंसिल में उन लोगों की अपील इस योग्य भी नहीं समझी गई कि उस पर विचार किया जा सके। गर्वनर, वाइसराय और सम्राट से की गई अपीलें भी खारिज हो गईं।

फाँसी की तिथि निश्चित कर दी गई। अशफाक को इस बात की प्रसन्नता थी कि उसे और रामप्रसाद को एक ही दिन फाँसी लगनी थी। उसे इस बात का भी गर्व था कि उसने अपनी मातृभूमि की आजादी के लिए अपनी जिंदगी कुरबान कर दी थी और उसी के लिए फाँसी पर चढ़ने जा रहा था। एक प्रकार से उसने स्वयं को फाँसी के लिए तैयार कर लिया था। बजाय किसी तरह के कष्ट या नाउम्मीदी के एक विचित्र प्रकार का सौम्य हर वक्त उसके चेहरे पर झलकता रहता जिसके होते जेल के बडे-बड़े अधिकारी तक उससे बात करने में हिचकते थे।

उसे चिंता थी तो केवल इस बात की कि उसकी बूढ़ी माँ उसकी मौत का सदमा कैसे बर्दाश्त कर पाएगी? चार भाइयों में वह सबसे छोटा और अपनी माँ का सबसे दुलारा था। खुद भी वह अपनी माँ को बेइंतहा चाहता था। इसीलिए फाँसी की सजा होने के बाद उसने जिद करके उनका एक फोटो खिंचवाया था जिसे वह हमेशा अपने पास रखता था। इसलाम में फोटो खिंचवाना शरियत के खिलाफ है। आज तो खैर ऐसा नहीं लेकिन उन दिनों उसे बहुत बड़ा गुनाह समझा जाता था। इसके बावजूद अशफाक की माँ अपने बेटे का कहना मानकर फोटो खिंचवाने के लिए राजी हो गई थी। कुरान और माँ का चित्र—फाँसी की कोठरी में यहीं दो चींजे अशफाक की सबसे प्रिय संपत्ति थीं। इसके अलावा तीसरी चीज थी उसकी डायरी जिसमें वह अपने उदगार और अशआर लिखा करता था। रामप्रसाद की तरह वह भी उच्च कोटि का शायर था तथा 'हसरत' एवं 'वारसी' तखल्लुस से शेर कहा करता थाः

आनी थी हमको मौत सो आई वतन से दूर,

अब देखना यह है कि यह मिट्टी कहाँ की है।

बहुत ही जल्द टूटेंगी गुलामी की यह जंजीरें,
किसी दिन देखना आजाद यह हिंदोस्ताँ होगा।
जिंदगी बादे फना तुझको मिलेगी 'हसरत',
तेरा जीना तेरे मरने की बदौलत होगा।

सभी सामाने इशरत थे, मजे से अपनी कटती थी,
वतन के इश्क ने हमको हवा खिलवाई जिंदां की।
यह झगड़े औ बखेड़े मेट कर आपस में मिल जाओ,
यह तफरीकें अबस है तुममें हिंदू औ मुसलमां की।

कुछ आरजू नहीं है, है आरजू तो यह है,
रख दे कोई जरा-सी खाके वतन कफन में।

उनतीस

कुल चार दिन अशफाक को फाँसी लगने में रह गए थे। अपनी कोठरी से वह अब कम ही निकलता। अधिकाशं समय खुदा की इबादत या फिर अपने अजीजों को अपने पत्रों के माध्यम से विदा कहने में व्यस्त रहता।

उसके भाई, भतीजे तथा अन्य रिश्तेदार फैजाबाद आकर उससे मिल चुके थे। उसकी माँ भी, जब वह लखनऊ जेल में था, दो बार आ चुकी थीं। फैजाबाद स्थानांतरित होने के बाद जरूर उसने अपने भाइयों को मना कर दिया था कि वह माँ को यहाँ न लाए। इतना लंबा सफर करना और उसे इस हालत में देखना शायद वह बर्दाश्त न कर पाएँ। इसीलिए फैजाबाद आने के बाद से वह बराबर उन्हें खत लिखता रहता था और समझाता रहता था कि बजाय किसी तरह का ग़म करने के उन्हें इस बात पर फख्र करना चाहिए कि उनका बेटा मुल्क की आजादी के लिए अपनी जान दे रहा है। हर आदमी अपना माँ की कोख से ही जन्म लेता है लेकिन विरले ही ऐसे होते हैं जो जन्म देने वाली अपनी माँ से भी ज्यादा अजीम और पाक मादरे-वतन के लिए हँसते-हँसते अपनी जान पर खेल जाते हैं। उन्हें खुश होना चाहिए कि उनका बेटा उन विरले, गिने-चुने लोगों में से एक है।

अशफाक का बस चलता तो वह रोज अपनी माँ के नाम एक खत लिख कर रवाना करता। लेकिन जेल के नियमों के अंतर्गत उसे इस तरह की छूट नहीं थी। महीने में कुल

दो खत ही वह लिख सकता था। यह दोनों खत वह अपनी माँ के ही नाम लिखता और उन्हीं में अपने और अजीजों और रिश्तेदारों के लिए भी पैग़ाम लिख देता। अक्सर ही उसके खतों को बुरी तरह सेंसर किया जाता और जिस हिस्से पर भी जेल अधिकारी चाहते रोशनाई पोत देते।

वाहिद की कृपा से अपने भाइयों और भतीजों से मिलने के पश्चात् जरूर अशफाक को आशा बँधी थी कि शायद वाहिद इतनी कृपा और करे (उसके भाइयों ने मुनव्वर आलम से मिलकर वाहिद के नाम खत लिखवा कर लाने की बात उसे बता दी थी) कि फाँसी के तखते पर जाने से पहले उसके जजबातों को ज्यों का त्यों उसकी माँ और अन्य संबंधियों तक पहुँचा दे। इसी उम्मीद से वह अपने जजबात कागज पर उतारने में लगा था। कुल मिलाकर उसने तीन खत लिखे। पहला अपनी माँ के नाम, दूसरा कानपुर से निकलने वाले हिंदी समाचार-पत्र 'प्रताप' के संपादक गणेश शंकर विद्यार्थी के नाम और तीसरा काकोरी कांड के एक और अभियुक्त शचींद्र नाथ बख्शी (जिस पर उसके साथ ही मुकदमा चला था और कालापानी की सजा हुई थी) की बहन, नलिनी के नाम।

माँ के नाम अपने खत में उसने लिखा, "दुखियारी और बूढ़ी माँ को फाँसी की कोठरी में अपनी आखिरी साँसें गिनते हुए उसके फरजंद का प्यार भरा सलाम। आप जानती हैं कि दो-चार दिन में ही, हो सकता है यह खत आपको मिलने से पहले ही, आपका यह नामुराद बेटा इस जहाने-फानी से जा चुका हो। आपसे मेरी एक ही दरख्वास्त है कि मेरी मौत पर हरगिज-हरगिज आँसू ने बहाइएगा। आप तो खासी तालीमयाफ्ता हैं और बखूबी जानती हैं कि जो भी इस जहाने-फानी में आया है एक न एक दिन यहाँ से जाएगा। और यह बिना उसके हुक्म के नहीं हो सकता जिसने हम सबको पैदा किया है और जो अपने हर बंदे की, उसके, पैदा होते ही जन्म से लहद तक की पूरी तकदीर नक्श कर देता है। मेरी तकदीर में यही लिखा था कि मुझे फाँसी के तख्ते पर मरना होगा और जब मैं मरूँ तो कोई भी अजीज या अकरबा वहाँ मौजूद न हो और आपकी तकदीर में उसने यह लिखा कि बुढ़ापे में अपने जवान बेटे की मौत देखें। आपकी तरह दुनिया में कितनी ही और माएँ हैं जो अपनी जईफी में जवान औलाद की मौत का दाग अपने सीने में लगाए बैठी हैं। दुनिया का यही उसूल है कि जो भी यहाँ आया है देर-सवेर उसे जाना है। जिंदगी और मौत एक ही सिक्के के दो पहलू हैं। मौत न हो तो जिंदगी बेमानी है, उसी तरह जैसे रात न हो तो दिन का मजा ही जाता रहे। दुनिया एक तरह से एक माजूने मुरक्कब है जिसमें सभी जायके हैं। ऐशो-मसर्रत, ग़मो-अंदोह, आरामो-तकलीफ, गफलतो-बेदारी, मौत व जिंदगी, गरज यह कि हर चीज यहाँ मिलेगी। जिसके हिस्से में जो भी आए, उसे नियामत समझ कर कुबूल करना ही बंदे का फर्ज है।

"मुझे अफसोस है कि अपनी जिंदगी में मैं आपको कोई भी खुशी नहीं दे सका

और अब मेरी मौत आपके लिए ताजिंदगी बायसे-ग़म होगी। लेकिन मैं आपसे फिर कहूँगा कि मेरी जिंदगी पर नहीं तो कम से कम मेरी मौत पर आपको फख्र होना चाहिए। आपका बेटा मामूली मौत नहीं मर रहा है। वह वतन पर शहीद हो रहा है। इससे बढ़कर भी अजीम मौत क्या कोई हो सकती है?

"आपसे यही दरख्वास्त है कि मेरी खताएँ माफ कीजिए और मुझे अपने हुकूक से सुबकदोश करके अपना दूध बख्श दीजिए। अपनी तरफ से मैने आपको खुदा की अमान में दिया। वह आपको नेक बीबी और साबिरा बीबी बनाए। आमीन।

"मेरी भावजों और मेरे भाइयो! तुम आपस में मिल जुलकर रहना और दुखिया व बदकिस्मत माँ की खिदमत में लगी रहना। उन्हें अपनी बकिया जिंदगी सुकून से गुजारने का मौका देना। मेरी तरफ से अपने दिलों में जरा भी मलाल न लाना। खुदा की यही मर्जी थी। मेरे भाइयो, तुमने मुझे मौत के मुँह से बचाने की हत्तुलइमकान कोशिश की लेकिन खुदा को यह मंजूर नहीं था। मैं तुम लोगों को यह बता देना चाहता हूँ कि मैं एक पुरसुकून मौत मर रहा हूँ। मैं नहीं कह सकता कि कौन-सा खयाल मुझे मस्त बनाए हुए हैं। दिल अंदर से फूला चला आता है। कतई खयाल ही नहीं गुजरता कि तीन दिन बाद मुझे फाँसी दे दी जाएगी।

"मेरे घर में आने वाले बच्चो और मौजूदा छोटो, तुम जब बड़े होगे तो मेरी कहानी सुनोगे और मेरी लिखी तहरीर पढ़ोगे। इसे मैं तुम्हारे लिए छोड़े जा रहा हूँ ताकि तुम इसे पढ़ो और मेरी याद ताजा रखो।

"मेरे प्यारे भतीजो, रजी व खलील, तुम्हारा चचा तीन दिन बाद इस दुनिया में नहीं होगा और तुम्हें छोड़कर उस सफर पर निकल जाएगा जिस पर सभी को एक न एक दिन जाना है। खुदा तुम्हारी मदद करे, आला तालीम अता फरमाए और तुम्हें किसी काबिल बनाए।

"किए थे काम हमने भी जो कुछ भी हमसे बन आए,
ये बातें जबकी है आजाद थे और था शबाब अपना।
मगर अब तो जो कुछ भी है उम्मीदें वह तुमसे हैं,
जवां तुम हो, लबे बाम आ चुका है आफताब अपना।

"तुम अपने बड़े बुजुर्गों की राय पर चलना और पढ़ाई में दिल लगाना। बड़े होना तो अपने इस चचा के मुकदमे की कार्यवाही पढ़ना, जो वतन की आजादी के लिए शहीद हो गया। उम्मीद ही नहीं, मुझे पूरा यकीन है कि जब तक तुम मेरी उम्र के होगे तब तक यह मुल्क फिरंगियों की गुलामी से आजाद हो चुका होगा।

"और क्या लिखूँ? बड़ों को मेरा सलाम। छोटों को दुआ। खुदा हाफिज,

"इस जहाने-फानी में और तीन दिनों का मेहमान,

अशफाक उल्ला खाँ वारसी"

गणेश शंकर विद्यार्थी के नाम अपने दूसरे खत में उसने लिखा— "मोहतरम

जनाब गणेश शंकर विद्यार्थी जी, हमारे मुकदमे के दौरान आपने हमारी जो मदद की उसके लिए मैं तहे दिल से मश्कूर हूँ। अब जब मुझे फाँसी पर चढ़ने में तीन दिन और बाकी हैं एक आखिरी गुजारिश आपसे और है। आप जानते हैं मेरी बूढ़ी और दुखियारी माँ अभी जिंदा हैं। उन्हें मालूम है कि अगले सोमवार को मुझे फाँसी लगनी है। लेकिन शाहजहाँपुर से फैजाबाद तक का सफर करना उनके लिए मौत को दावत देना होगा। इसी लिए मैंने अपने भाइयों से कह दिया है कि वह उन्हें यहाँ हरगिज न लाएं। लेकिन में चाहता हूँ कि जिंदा नहीं तो मेरे मरने के बाद ही सही, एक बार मेरा चेहरा वह जरूर देख लें ताकि उन्हें इत्मीनान हो जाए कि मरते वक्त उनके बेटे के चेहरे पर किसी तरह का मलाल नहीं था। मेरी भी यही ख्वाहिश है कि माश मेरे वतन शाहजहाँपुर की मिट्टी में ही दफ्न हो। इसलिए आपसे गुजारिश है कि अगर मुमकिन हो तो वैसे ही या फिर सरकार से जरूरी इजाजत हासिल करके मेरी लाश को शाहजहाँपुर भिजवाने का इंतजाम करा दें। मेरे भाई और हो सकता है, दो-एक और अजीज इस मौके पर फैजाबाद में मौजूद होंगे। वह अपनी सुपुर्दगी में मेरी लाश रेल से या फिर जैसे भी मुमकिन होगा शाहजहाँपुर ले जाएंगे।

"इस खत के साथ मुल्क के नाम अपना एक पैग़ाम भी आपको भेज रहा हूँ। मरते वक्त मुझे किसी तरह का ग़म नहीं है। अफसोस है तो बस इतना कि आज हिंदू-मुस्लिम इत्तहाद का वह ज़ज्बा, जो सन इक्कीस में था, खुदा जाने कहाँ काफूर हो गया। लेकिन मुझे पूरा भरोसा है कि जब तक आप जैसी शख्सियत के लोग जिंदा है मुझे फिक्र करने की जरूरत नहीं है और मैं आराम से फाँसी के तख्ते पर चढ़ सकता हूँ।

"मुल्के के नाम मेरा यह पैग़ाम देखिएगा। अगर यह किसी लायक हो तो इसे अपने अखबार में शाया कर दीजिएगा। या फिर कांग्रेस के अगले इजलास में परचे की शक्ल में छपवा कर बँटवा दीजिएगा।

"खुदा हाफिज,

"आपका

अशफाक उल्ला खाँ वारसी।"

अपना तीसरा खत उसने अपने सहयोगी क्रांतिकारी शचींद्र नाथ बख्शी की बड़ी बहन, नलिनी को लिखा। नलिनी, जिन दिनों शचिन लखनऊ जेल में था उससे तकरीबन हर मुलाकात पर मिलने आती थी। तभी अशफाक से भी उसकी भेंट होती थी। पिछले रक्षाबंधन पर जब वह शचिन से मिलने आई थी तो शचिन के साथ ही अशफाक को भी उसने राखी बाँधी थी। काकोरी कांड में पकड़े जाने से पहले ही अशफाक उसे जानता था और उसे 'दीदी' कहा करता था। नलिनी भी उसे छोटे भाई की तरह स्नेह देती थी। अशफाक के फैजाबाद आने के कुछ दिनों बाद ही वह यहाँ आकर उससे मिली भी थी।

अशफाक ने अपने पत्र में उसे लिखा, "मेरी प्यारी दीदी, तीन दिन बाद मैं उस दुनिया में हूँगा जहाँ दुनियावी मुसीबतें नहीं होंगी और न ही इंसानी जिंदगी को बेहतर

बनाने का कोई संघर्ष। जहाँ न मौत होगी और न मरने का सवाल। मैं मरने जा रहा हूँ लेकिन मुझे ऐसा लगता है कि मैं मरने नहीं, अमर होने जा रहा हूँ।

"जब भी मेरा दोस्त शचिन रिहा हो उसे बताइगा कि मरते वक्त मुझे किसी तरह का अफसोस या मलाल नहीं था। मैं खुशी-खुशी फाँसी पर चढ़ने जा रहा हूँ।

"खुदा आप सबको भी खुश रखे। बाबा (शचिन के पिता) को मेरा प्रणाम् कहिएगा। सभी और बड़ों को भी मेरा नमस्कार और छोटों को प्यार।

"अगर यह खत आपको वक्त से मिल जाए और अगर आपके लिए मुमकिन हो तो सोमवार से पहले आकर आखिरी बार मिल जाइए। पता नहीं क्यों, आपको देखने की बहुत ख्वाहिश हो रही है। पिछली बार रक्षाबंधन पर आपने मेरी कलाई पर जो राखी बाँधी थी वह अभी तक मेरे पास कुरान शरीफ के सफों के बीच, मेरी माँ की तस्वीर के साथ, रखी है। पिछली बार आपको बहुत परेशानी हुई थी लेकिन अब एक नए जेलर आ गए हैं। नाम शायद 'वाहिद अली' है। बहुत ही रहम दिल इंसान है। उनसे मिल लीजिएगा तो वह आपसे मेरी मुलाकात करा देंगे।

"शचिन को मेरे मरने की खबर दीजिएगा और यह जरूर लिखिएगा कि मरते वक्त मेरे होंठों पर 'वंदे मातरम्' का नारा था।

"एक और वादा कीजिए। आप अपने इस छोटे भाई को कभी भूलेंगी नहीं।

"अपनी स्नेहमयी दीदी को उसके बदकिस्मत भाई का आखिरी प्रणाम्।

"अशफाक उल्ला खाँ वारसी।"

तीनों खत लिख लेने के बाद अशफाक ने वाहिद के नाम भी एक खत लिखा। "मुहतरम जनाब जेलर साहब, आपने उस दिन मेरे भाइयों और भतीजों को मुझसे मिलवा कर मेरे ऊपर जो मेहरबानी की उसके लिए मैं तहे-दिल से मश्कूर हूँ। मैं जानता हूँ कि आपने अपनी नौकरी को खतरे में डालकर यह जहमत मोल ली। आप जैसे इंसान इस दुनिया में, और इस मुल्क में तो और भी, कम हैं। यहाँ के सुपरिंटेंडेंट का जो रवैया है वह आपसे छिपा नहीं है। उससे मुझे कोई शिकायत भी नहीं है। आखिर को वह अंग्रेज है और इस मुल्क में फिरंगियों की हुकूमत का साथ देना उसका फर्ज बनता है। मुझे तो शिकायत अपने ही लोगों से है। आपसे पहले जो जेलर बशीर अहमद साहब यहाँ थे उन्हें तो अपने हिंदुस्तानी भाइयों पर जुल्म करने में अंग्रेजों से भी ज्यादा मजा आता था। बहरहाल, उनसे भी क्या शिकायत करना। दुनियावी फरायज के सामने इंसानी फरायज को तरजीह देना हर शख्स की खसलत में नहीं होता।

"मरने से पहले आपसे एक और एहसान का ख्वाहिशमंद हूँ। इस रुक्के के साथ तीन खत आपके पास भेज रहा हूँ। एक खत मेरी माँ के नाम, दूसरा कानपुर से निकलने वाले हिंदी अखबार 'प्रताप' के एडीटर, जनाब गणेश शंकर विद्यार्थी के नाम और तीसरा बनारस में रहने वाली मेरी बड़ी बहन, नलिनी, जिन्हें हिंदू होने के बावजूद मैं सगी बहन से भी ज्यादा इज्जत देता हूँ, उनके नाम। एक मरते हुए इंसान पर रहम खाकर अगर आप

यह खत इन लोगों तक पहुँचा दें तो मेरे ऊपर बहुत बड़ा एहसान होगा। वक्त बहुत कम है। आज 16 दिसंबर है और 19 दिसंबर को अलस्सुबह मुझे फाँसी दे दी जाएगी। मुमकिन हो तो यह खत इन लोगों को मेरे मरने से पहले ही पहुँचवा दें और अगर ऐसी सूरत नहीं बनती तो कम से कम विद्यार्थी जी को यह तार जरूर भिजवा दें कि वह मेरी लाश को मेरे वतन शाहजहाँपुर भिजवाने का इंतजाम करा दें।

"एक बात और। आप जानते हैं कि जबसे मैं फैजाबाद जेल आया हूँ कुरान शरीफ की एक जिल्द मेरे पास है। इसी में मेरी माँ का एक फोटो भी रखा है और जिस बस्ते में यह बंधी है उसी में मेरी भावजों की एक-एक चूड़ी भी है। उसी बस्ते में मेरी एक कापी भी है जिसमें मेरे अशआर लिखे हुए हैं। फाँसी के तख्ते पर जाते वक्त मैं यह बस्ता अपने साथ रखना चाहता हूँ। मेरा खयाल है कि इसमें किसी को कोई एतराज नहीं होना चाहिए।

"आपसे गुजारिश यह है कि मुझे फाँसी दिए जाने के बाद इन चीजों की कतई बेइज्जती न होने पाए और मेरी लाश के साथ इन चीजों को भी मेरे भाइयों के हवाले कर दिया जाए।

"आपका,

अशफाक उल्ला खाँ वारसी।"

इस रुक्के के साथ तीनों खत जिनमें विद्यार्थी जी के खत के साथ देश के नाम उसका संदेश भी नत्थी था, एक साथ लपेट कर अशफाक ने पूरा पुलिंदा अपनी बैरक में तैनात वार्डर को देते हुए कहा कि वह 'जेलर साहब' को पहुँचा दे और किसी भी सूरत में किसी और के हाथ में न दे।

तीस

अशफाक से इस सिलसिले में एक भयंकर भूल हो गई। वाहिद के फैजाबाद में अपना पदभार ग्रहण करने के कुछ दिनों के अंदर ही जेलर बशीर अहमद लंबी छुट्टी पर चला गया था। उसका काम वाहिद देख रहा था। ऐसी स्थिति में सुपरिंटेंडेंट के राउंड के दौरान बशीर अहमद को न देखकर तथा उसकी जगह एक नया चेहरा, वाहिद को देखकर अशफाक यह समझा कि बशीर अहमद का इस जेल से तबादला हो गया है और वाहिद उसकी जगह पर नये जेलर के रूप में आया है। जिस दिन उसके बड़े भाई और भतीजे उससे मिलने आए थे उस दिन भी वाहिद जेलर के कमरे में ही बैठा था और वहीं उन लोगों की मुलाकात कराई थी। इससे अशफाक की इस धारणा की पुष्टि हो गई। इसी गलतफहमी के तहत उसने अपनी बैरक के वार्डर को खतों का पुलिंदा 'जेलर' के पास पहुँचाने को कह दिया था। वार्डर को इस तरह की कोई गलतफहमी नहीं थी। अतः उसने

बहुत ही ईमानदारी से खतों का वह पुलिंदा बशीर अहमद को, जो अब तक छुट्टी से लौट आया था, पहुँचा दिया।

"यह क्या है ?" बशीर अहमद ने पूछा।

"फाँसी बैरक में पाँच नंबर कोठरी वाले कैदी ने आपको देने को कहा है।"

"पाँच नंबर…कौन अशफाक ?"

"जी हुजूर।"

बशीर अहमद ने पैकेट ले लिया और केवल वाहिद के नाम लिखा रुक्का ही नहीं बल्कि और सारे खत भी शुरू से आखिर तक पढ़ गया। तो यह हो रहा है मेरी नामौजूदगी में ! नायब साहब फाँसी के कैदियों की उनके रिश्तेदारों से मुलाकातें करवा रहे हैं। वह भी मालूली कैदियों की नहीं, सरकश बागियों की। बशीर अहमद मन ही मन जलभुन उठा, खास तौर से इसलिए भी कि वाहिद के नाम लिखे रुक्के में एक जगह वाहिद की तारीफ के साथ उसकी अपनी बुराई की गयी थी। वह तुरंत, सारे खत लेकर एक मिनट की भी देर किए बिना, सुपरिंटेंडेंट के बंगले पहुँच गया।

सुपरिंटेंडेंट ने सारे खतों को पढ़वा कर सुना। इतनी उर्दू वह जानता था, अतः उनका मजमून समझने में उसे कोई दिक्कत नहीं हुई। कुछ देर तक वह सोचता रहा। तब बशीर अहमद को आदेश दिया कि वह सारे खतों की नकल उतार कर उनकी ट्रू कापी बना ले और सभी कागजों को पहले ही की तरह पुलिंदा बनाकर किसी दूसरे वार्डर के हाथ वाहिद को भिजवा दे। "मै देखना चाहता हूँ कि यह आदमी करता क्या है। इन खतों को जिन्हें वह संबोधित है उन्हें भिजवाता है या मुझे रिपोर्ट करता है। तभी मैं कोई ऐक्शन लूँगा।" सुपरिंटेंडेंट ने अंग्रेजी में कहा। "और जिस वार्डर के भी हाथ उसे भिजवाइए उसे ताकीद कर दीजिए की वह यही कहे कि यह पुलिंदा उसे अशफाक ने दिया है।" सुपरिंटेंडेंट ने आगे कहा। साथ ही उसने बशीर अहमद को यह भी ताकीद की कि फाँसी बैरक वाले वार्डर को फौरन वहाँ से हटाकर कहीं और पोस्ट कर दिया जाए।

जेलर बशीर अहमद ने ऐसा ही किया। सारे पत्रों की नकल उतार कर उसने अपने भरोसे के एक वार्डर को बुला कर खतों का पुलिंदा उसे देते हुए कहा, "जाओ यह कागज नायब जेलर को दे आओ।…और सुनो वह पूछें किसने दिया है तो कहना फाँसी बैरक के पाँच नंबर कैदी ने ।"

वार्डर जाने लगा तो उसने उसे फिर रोका। "और सुनो, मेरा नाम न लेना।"

वार्डर ने सारे कागज ले जाकर वाहिद को दे दिए। वाहिद ने उन पर अशफाक का नाम देखा तो पूछने की जरूरत ही नहीं समझी कि कागज किसने भिजवाए हैं।

वाहिद ने भी अपने नाम लिखे रुक्के के अलावा सारे खत पढ़े। लेकिन उसके ऊपर दूसरी ही प्रतिक्रिया हुई। एक मरते हुए इंसान की आखिरी ख्वाहिश पूरी करना उसने अपना फर्ज समझा। अशफाक से वह लखनऊ से ही प्रभावित था। काकोरी कांड

के सभी अभियुक्तों में वह सबसे ज्यादा संजीदा और सुसंस्कृत था। उस पर अपनी माँ के नाम लिखे उसके पत्र को पढ़कर तो वह उसकी शख्सियत का और भी कायल हो गया। उसके तीनों खतों को फौरन डाक की द्रुतगामी सेवा से उनके ठिकाने भिजवा दिया। साथ ही विद्यार्थीजी के नाम तार भी कर दिया। विद्यार्थीजी ने तुरंत होम मेंबर से संपर्क किया और लाश को शाहजहाँपुर ले जाने के लिए सरकार से उचित आदेश करवा दिए।

19 दिसंबर को प्रातः पाँच बजे अशफाक को फाँसी दे दी गई। उसके भाई एक दिन पहले ही फैजाबाद आ गए थे। जेल के फाटक पर अशफाक की लाश उनके सुपुर्द कर दी गई। उसका कुरान का बस्ता जिसे वह फाँसी के तख्ते तक अपनी बगल में दबाकर आया था उसके भाइयों को देने में जेल सुपरिंटेंडेंट ने बड़ी हील-हुज्जत की। आखिर वाहिद को बीच में बोलना पड़ा। सुपरिंटेंडेंट शायद यही देखना चाहता था कि वाहिद इस बारे में कुछ कहता है या नहीं। फिर भी उसने बस्ता खुलवा कर देखा। तब और सामान तो उसने अशफाक के भाइयों के हवाले कर दिया लेकिन उसकी कापी जिसमें उसके अशआर लिखे हुए थे तथा अलग-अलग तारीखों में डायरीनुमा कुछ नोट्स थे, उसने इस गरज से अपने पास रख ली कि बिना सेंसर किए उसे नहीं दिया जा सकता।

लाश शाहजहाँपुर ले जाने में भी पुलिस ने काफी अंड़गे लगाए। पुलिस वालों का कहना था कि उनके पास इस तरह के कोई आदेश नहीं हैं। वास्तव में आर्डर क्लेक्टर के पास आया था और किसी भूलवश वहीं पड़ा हुआ था। आखिर किसी तरह क्लेक्टर से संपर्क किया गया और उसने आदेश जारी किए तभी लाश शाहजहाँपुर के लिए रवाना हो सकी।

सब कुछ निपट जाने के बाद उसी दिन शाम को जेल सुपरिंटेंडेंट ने वाहिद को बुलाकर, बशीर अहमद की उपस्थिति में, उससे जवाब-तलब किया। उसके ऊपर आरोप था कि उसने मुलाकात के दिन के अलावा, बिना मिलाई रजिस्टर में प्रविष्टि किए तथा बिना सुपरिंटेंडेंट की अनुमति लिए, अशफाक की उसके भाइयों और भतीजों से मुलाकात कराई तथा चोरी से, बिना सुपरिंटेंडेंट या जेलर को कोई जानकारी दिए, बिना सेंसर कराए, अशफाक के खतों को उनके गंतव्य स्थान तक पहुँचाया।

इससे पहले कि वाहिद कुछ कहे सुपरिंटेंडेंट ने अपनी अलमारी से अशफाक से पत्रों की टू कापी जिस पर उसकी अपनी मुहर और दस्तखत थे, वाहिद के सामने रखते हुए कहा, "एंड बिफोर यू डिनाई द चार्ज आई मे टेल यू दैट आई हैव हियर विद मी टू कापीज़ आफ दोज लेटर्स।"

वाहिद के लिए इनकार करने की गुंजाइश नहीं थी। उसका चेहरा सहसा फक पड़ गया। "सर मैंने इंसानियत के नाते ऐसा किया।" उसने हिंदुस्तानी में ही कहा।

"इंसानियट के नाटे टुम उसको जेल से भी भगाने सकटा था।"

वाहिद ने कोई उत्तर नहीं दिया।

सुपरिंटेंडेंट एक क्षण खामोश रहा तब अंग्रेजी में बोला, "तुम्हारे लिए यही उचित होगा कि तुम अपना त्याग-पत्र दे दो। अभी और इसी वक्त। यही तुम्हारे हक में होगा। अन्यथा मुझे तुम्हें निलंबित करने की काररवाई करनी पड़ेगी।"

"मैं बहुत शर्मिंदा हूँ सर। मुझसे गलती हो गई। मैं माफी चाहता हूँ।" वाहिद ने कहा।

सुपरिंटेंडेंट पर इसका कोई असर नहीं पड़ा। "तुम्हारे पास केवल दो विकल्प हैं," उसने कहा, "या तो निलंबन और इंक्वायरी या त्यागपत्र। जो चाहो चुन लो। हाँ, अगर कुछ वक्त चाहते हो तो वह मैं तुमको दे सकता हूँ। लेकिन उस सूरत में तुम्हें अवकाश पर जाना होगा।"

वाहिद एक क्षण खामोश रहा, तब बोला, "ठीक है सर।"

सुपरिंटेंडेंट ने अपनी मेज की दराज से कागज निकाल कर वाहिद की ओर बढ़ा दिया। "इस पर दरखास्त लिख दो। कितने दिन की छुट्टी काफी होगी?"

"एक हफ्ता?" वाहिद ने कहा।

"ठीक है," सुपरिंटेंडेंट ने कहा, "बट नो एक्स्टेंशन।"

वाहिद ने दरख्वास्त लिख कर सुपरिंटेंडेंट की ओर बढ़ा दी।

इकतीस

अब तक की अपनी नौकरी में वाहिद ने यह पहली फाँसी देखी थी। उसने उसे काफी उद्विग्न कर दिया था। उस पर सुपरिंटेंडेंट से हुई वार्ता उसके लिए अतिरिक्त चिंता का कारण थी। बल्कि चिंता! शब्द उसकी मानसिक स्थिति को व्यक्त करने के लिए नाकाफी था। 'गाज गिरने' वाला जो मुहावरा कहा गया है वैसा ही कुछ उसके साथ घटित हुआ था। दिमाग पर लाख जोर देने के बाद भी वह समझ नहीं पा रहा था कि यह सब हुआ कैसे, अशफाक के पत्र सुपरिंटेंडेंट के पास कैसे पहुँचे? जो भी हो, इससे तो यही अच्छा था कि वह अपने पिता की बात मान लेता और लखनऊ में स्थानांतरण होने के समय ही नौकरी से त्यागपत्र दे कर गाँव चला जाता या फिर लखनऊ में ही कोई और नौकरी तलाश लेता। शायद यही दिन दिखाने के लिए किस्मत उसे यहाँ खींच कर लाई थी। इसीलिए कहा गया है कि मनुष्य के भाग्य में जो लिखा होता है, परिस्थितियाँ वैसी ही बनती चली जाती हैं। यह सात दिन का वक्त भी उसने खामखाह ही लिया। इससे बेहतर था कि वह तुरंत त्यागपत्र लिख देता। कम से कम उसकी आन तो रह जाती। अब वह बात भी नहीं रही। वाहिद अपने क्वार्टर लौट कर आया तो काफी परेशान था। अशफाक को फाँसी लगने की जानकारी घर के लोगों को पहले से ही थी जिसकी वजह से घर में सुबह से ही उदासी का माहौल था। कासिम ने तो सुबह से कुछ खाया भी नहीं

था। जेल से लाश बाहर निकलते वक्त वह उस भीड़ में भी शामिल था जो जेल के बाहर जमा थी। लाश को स्टेशन तक पहुँचाने में उसने जनाजे को कंधा भी दिया था। शम्मो और नजमा भी अंदर ही अंदर दुखी थीं। अतः वाहिद को उदास देखकर इन लोगों ने यही समझा कि अशफाक को फाँसी दिए जाने के कारण ही ऐसा है। लेकिन नजमा भाँप गई। उसे लगा बात सिर्फ इतनी नहीं है। उसने शम्मो से कहा, "आपा, दूल्हा भाई आज बहुत खामोश हैं।"

"सुबह के गए हैं। थक गए होंगे। और फिर आज का दिन भी तो कितना मनहूस था। अशफाक जैसे नेक बख्त बन्दे को फाँसी देकर पता नहीं सरकार को क्या मिल गया।" शम्मो ने जवाब दिया।

"सिर्फ इतनी बात नहीं लगती मुझे। मेरा ख्याल है कुछ और बात भी है।"

"तो जाकर पूछ लो न उनसे।"

"दूल्हा भाई आज इतना खामोश क्यों हैं आप?" नजमा ने वाहिद के पास जाकर पूछा। वाहिद ने कोई जवाब नहीं दिया तो नजमा ने अपनी बात दोहराई। "बताते क्यों नहीं दूल्हा भाई क्या बात है?" उसने कहा।

"यहाँ से चलने की तैयारी करो अब।" वाहिद ने आखिरकार उत्तर दिया।

शम्मो भी तब तक वहाँ आ गई थी। "क्यों क्या हुआ?" उसने पूछा।

"जितने दिन जहाँ का दाना पानी लिखा होता है उतने ही दिन तो आदमी रहेगा वहाँ।"

"पहेलियाँ न बुझाइए दूल्हा भाई," नजमा ने कहा, "साफ-साफ बताइए क्या बात है। यहाँ से भी तबादिला हो गया क्या?"

"तबादला नहीं, नौकरी खत्म!"

"सो क्यों?" शम्मो ने चौंक कर वाहिद की ओर देखा।

"सुपरिंटेंडेंट ने मेरा इस्तीफा माँगा है।"

"वह किसलिए?"

"मेरे ऊपर इल्जाम है कि मैंने बिना उसकी इजाजत के, मिलाई के दिन के अलावा अशफाक की उसके भाइयों से मुलाकात करा दी और उसके खत उसकी माँ और दूसरे अजीजों तक पहुँचाने में मदद की।"

"इसमें कौन सा गुनाह हो गया?"

"सरकार की निगाह में गुनाह ही है। जेल के कानून के खिलाफ है यह।"

"तो अब क्या होगा?"

"या तो मैं अपनी मर्जी से इस्तीफा दे दूँ। और नहीं तो मुअत्तली और जाँच और फिर जो भी सजा सरकार मुनासिब समझे।"

"तहफ्फुज मामू से बात कीजिए न।" शम्मो ने कुछ सोच कर कहा।

"हाँऽऽ। मुल्ला की दौड़ मस्जिद तक।" वाहिद हँसा। "लेकिन मुझे नहीं लगता

वह कुछ करेंगे। तबादले की बात और थी। यह मामला दूसरा है।"

इस बीच कासिम भी वहाँ आ गया था। उसे सारी बात पता चली तो वह अंग्रेज सुपरिंटेंडेंट को गालियाँ देने लगा। वाहिद ने समझाने के बावजूद वह देर तक गालियाँ बकता रहा।

दूसरे दिन सब की राय से वाहिद लखनऊ जाकर तहफ्फुज से मिला। उसका अंदाजा सही निकला। तहफ्फुज पूरी बात सुन कर बोले, "तुम को अशफाक से हमदर्दी दिखाने की क्या जरूरत पड़ी थी? तुम्हें मालूम नहीं यह सब बागी लोग हैं? सरकार इनसे किस कदर नाराज है। मामला और संजीदा मोड़ ले सकता है कि तुम भी इन लोगों के गैंग में शामिल हो। तुम्हारा तबादला गाजीपुर की जगह फैजाबाद कराने में ही मुझे दादा जान तक का हवाला देना पड़ा था कि तीन पुश्तों से हम सरकार के फरमांबरदार हैं। अब मैं किस मुँह से जाकर कहूँ कि मेरा भतीजा इंकलाबी लोगों का हमदर्द और मददगार है, उसके खिलाफ कोई कदम न उठाया जाए।

वाहिद खामोश रहा तो उन्होंने आगे कहा, "अल्लाह शायद जो करता है, ठीक ही करता है। भाईजान तुम्हारी नौकरी के शुरू से ही खिलाफ थे। लखनऊ तक तो गनीमत थी लेकिन तुम्हारा फैजाबाद जाना उन्हें एक आँख गवारा नहीं था। अल्लाह ने उनकी सुन ली। अब तुम खामोशी से इस्तीफा देकर गाँव चले जाओ और भाईजान को जमींदारी के मामलात में मदद करो।"

वाहिद ने उनकी बात का कोई उत्तर नहीं दिया। फैजाबाद से चलते वक्त वह इस बात के लिए तैयार होकर चला था। वह उठकर खड़ा हो गया।

"क्यों, खड़े क्यों हो गए," तहफ्फुज ने कहा, "कहीं जाना है क्या?"

"यहाँ तक आया हूँ तो सोचता हूँ कुछ और लोगों से मिल लूँ।"

"कौन लोग?"

"पुराने मुलाकाती हैं।"

"ठीक है। अगर कोई मदद कर सकता है तो जरूर मिलो।"

"मदद के लिए नहीं, वैसे ही मुलाकात करने की गरज से कह रहा था।"

"तो खाना खाकर जाओ न।" तहफ्फुज ने कहा और अपने खानसामा को आवाज देने लगे।

लेकिन वाहिद ने मना कर दिया। "घर से चलते वक्त पूरियाँ खाकर चला था। भूख नहीं है।" उसने कहा।

"जैसी तुम्हारी मर्जी। लेकिन शाम को तो खाओगे?"

"रुकना कहाँ होगा शाम को," वाहिद ने उत्तर दिया, "आज ही लौट जाना है।"

तहफ्फुज भी उठकर खड़े हो गए। "ठीक है," उन्होंने कहा, "जो भी सूरत बने, मुझे इत्तला करना। वैसे मेरी राय यह है," उन्होंने अपना हाथ वाहिद के कंधे पर रखते हुए आगे कहा, "कि तुम अपनी गलती का एहतराम करते हुए सुपरिंटेंडेंट से माफी माँग लो।

अंग्रेज, जहाँ तक मैं समझ पाया हूँ, काफी दरियादिल किस्म के लोग होते हैं। गलती मान लेने पर बड़े से बड़ा कसूर माफ कर देते हैं।"

वाहिद खामोश रहा। उसने तहफ्फुज को यह बताने की जरूरत नहीं समझी कि पहले अवसर पर ही उसने जेल सुपरिंटेंडेंट से माफी माँग ली थी और उसका कोई नतीजा नहीं निकला था।

लखनऊ पोस्टिंग के दौरान वाहिद की कितने ही लोगों से जान पहचान हो गई थी। गाँधीजी के असहयोग आंदोलन के सिलसिले में उन दिनों शहर की एक से एक बड़ी शख्सियतें लखनऊ जेल में बंद थीं। लगभग सभी से वाहिद की मुलाकात थी। दो चार लोगों ने तो उसे घर पर भी आमंत्रित किया था और वह गया भी था। इन्हीं में से एक चौधरी खलीकुज्जमां भी थे। वह कांग्रेस के बड़े मुकामी लीडर थे। बरसों म्युनिसपल बोर्ड के चेयरमैन रहे थे। सरकार में भी उनकी खासी पैठ थी। वाहिद ने तहफ्फुज से शहर में लोगों से मिलने की बात कही थी तो उसके दिमाग में जिन लोगों का खयाल था चौधरी साहब भी उनमें से एक थे। लेकिन तहफ्फुज के बंगले से निकलने के बाद वह काफी असमंजस में था कि चौधरी साहब से मिलने जाए या न जाए? पता नहीं वह क्या सोचें? काफी देर तक वह किसी फैसले पर नहीं पहुँच सका हलाँकि वह जा उधर ही रहा था जिसका एक मात्र कारण यह था कि उसे अमीनाबाद जाना था और वहाँ का रास्ता चौधरी साहब की कैसरबाग वाली कोठी की तरफ से ही था।

आखिर कैसरबाग पहुँचते-पहुँचते उसने तय किया कि यहाँ तक आया है तो चौधरी साहब से मिले बगैर चले जाना भी तहजीब के खिलाफ होगा। ज्यादा से ज्यादा वह यह करेगा कि अपनी तरफ से उनसे किसी मदद के लिए नहीं कहेगा। अगर वह पूछेंगे तो उन्हें बता देगा। और फिर यह भी तो जरूरी नहीं कि वह इस वक्त मिल ही जाएँ।

इसी मनःस्थिति में वह चौधरी साहब की कोठी में दाखिल हुआ तो वह खाना खाने के बाद आराम कर रहे थे। उन्होंने वाहिद को अपनी आरामगाह में ही बुलवा लिया और उसके हाल-चाल पूछने लगे। वाहिद को बताना पड़ा। चौधरी साहब ने काफी अफसोस जाहिर किया। एक दिन पहले ही उन्होंने लखनऊ स्टेशन पर अशफाक की लाश पर फूल चढ़ाकर अपना खिराजे अकीदत पेश किया था। फैजाबाद के जेल सुपरिंटेंडेंट के बारे में भी उन्होंने सुन रखा था। असहयोग आंदोलन के दौरान उसकी वजह से वहाँ के कांग्रेस कार्यकर्ताओं को, जो उस जेल में बंद थे, काफी परेशानी उठानी पड़ी थी।

"भाई मेरी मानो," उन्होंने वाहिद से कहा, "तो तुम अपना इस्तीफा दे दो। मैं ठहरा (कांग्रेसी)। सो तुम जानते हो कि गाँधी जी ने आज से सात साल पहले ही सरकारी मुलाजमीन को अपनी नौकरी से इस्तीफा देने की बात कही थी। कांग्रेस की इस पालिसी में कोई तब्दीली नहीं आई है। और अगर तुमको नौकरी ही करनी है तो उसका भी

इंतजाम मैं किए देता हूँ। अमीनाबाद स्कूल में अंग्रेजी मास्टर की एक जगह खाली है। तुमको दरख्वास्त भर देना हूँ। बाकी मैं देख लूँगा।" अमीनाबाद स्कूल म्युनिसिपल बोर्ड के अंतर्गत आता था और चौधरी खलीकुज्जमा उसकी मैनजिंग कमेटी में एक अहम दर्जा रखते थे।

वाहिद ने तुरंत कोई जवाब नहीं दिया तो चौधरी साहब ने आगे कहा, "तुम्हें फौरन फैसला लेने की जरूरत नहीं है। अच्छी तरह सोचकर अपना दिमाग बना लो। जगह मैं अभी रोके रहूँगा। तुम एक-आध हफ्ते में मुझे बता देना।"

उसी शाम वाहिद फैजाबाद लौट गया और अगले दो तीन दिनों के अंदर जेल सुपरिंटेंडेंट को अपना इस्तीफा देकर मय साजो-सामान लखनऊ आ गया। चौधरी खलीकुज्जमा से मिलकर उसने अमीनाबाद में अंग्रेजी मास्टर की जगह हासिल कर ली और दो चार दिन तहफ्फुज के यहाँ मेहमान रह कर रकाबगंज के करीब, मुहल्ला अस्तबल चारबाग में एक मकान किराए पर ले लिया। मकान खासा बड़ा था। बीच में बड़ा सा आँगन, दो तरफ दालान और उससे मिले हुए कमरे। रसोई, गुसलखाना वगैरह। आँगने के एक कोने में नीम का खासा बड़ा दरख्त उसी के करीब चौकोर पक्की फर्श पर म्युनिसिपल्टी का पाइप। कासिम ने घूम-घूम कर पूरा मकान देखा। पाइप की टोंटी खोलकर पानी चलाया। तब बोला, "मासा अल्ला यू घर आए औ हुआँ ऊ कबूतरन के अस दरबा।"

"लेकिन यहाँ जेल से कैदी न आएँगे काम करने।" वाहिद ने टोका।

"अरे न आवै ससुर। हियां कामै कऊन है! यू बंबा लागै है सार। जबै कान उमेठौ तबै पानी। कऊन कुआँ ते पानी खींचैक है।" और वह नल चलाकर हाथ मुँह धोने लगा।"

□□

खण्ड चार

रावी तट पर भाँगड़ा

एक

प्रायः देखा गया है कि मनुष्य के जीवन में कभी कोई ऐसी घटना घट जाती है जो उसके जीवन की समूची धारा को ही बदल देती है। कमोबेश यही बात राष्ट्रों के जीवन पर भी लागू होती है। किसी राजनेता की हत्या अथवा अकाल मृत्यु, किसी बड़े युद्ध में हार या जीत, कोई महान राजनीतिक क्रांति, किसी तानाशाह की अमानुषिक बर्बरता इसी प्रकार की कुछ घटनाएँ है।

इस देश के इतिहास में साइमन कमीशन की नियुक्ति भी एक ऐसी ही घटना थी जिसने देश के तत्कालीन राजनीतिक ठहराव के शांत समुद्र में विराट् हलचल पैदा कर दी। 1921 के असहयोग आंदोलन की ही तरह ब्रिटिश सरकार की इस घोषणा ने समूचे देश के जनमानस को झकझोर दिया। एक बार फिर सारा देश ब्रिटिश सरकार की सत्ता को चुनौती देने के लिए तत्पर हो गया।

साइमन कमीशन की नियुक्ति 1919 के भारत अधिनियम में दस साल बाद उसके पुनर्निरीक्षण के प्रावधान से कुछ पहले ही कर दी गई थी। यह ब्रिटेन में उस समय पदासीन कंजर्वेटिव सरकार में भारतीय मामलों के सचिव लार्ड बर्केनहेड की एक कूटनीतिक चाल थी। इससे वह दोहरा फायदा उठाना चाहते थे। एक तो वे लेबर पार्टी को, जिसके अगले चुनाव में भारी बहुमत प्राप्त करने की आशा थी, कमीशन की नियुक्ति का लाभ नहीं लेने देना चाहते थे और दूसरे, उन्हें पूरी उम्मीद थी कि उनके इस कदम से इस देश का जनमत विभाजित हो जाएगा और इस मुद्दे पर कांग्रेस तथा अन्य राजनीतिक पार्टियों के नेतृत्व में फूट पड़ जाएगी। मुस्लिम समुदाय के समर्थन का तो उन्हें पूर्ण विश्वास था ही। देश में पिछले तीन चार वर्षों से चली आ रही साम्प्रदायिक तनाव की स्थिति को देखते हुए उनका ऐसा सोचना अस्वाभाविक भी नहीं था। किंतु उनकी आशाओं के विपरीत परिणाम ठीक इसका उल्टा हुआ।

साइमन कमीशन के सात सदस्यों में से एक का भी भारतीय न होना देश की सभी राजनीतिक पार्टियों को अपमानजनक लगा। सभी की जबान पर यही प्रश्न था कि क्या इस देश की सरकार का स्वरूप निर्धारित करने का इस देश के नागरिकों को बिल्कुल भी अधिकार नहीं है? मोतीलाल नेहरू, मदनमोहन मालवीय और जिन्ना जैसे लोग जिनमें

आपस में कभी मतैक्य नहीं रहा अपने सारे मतभेद भूलकर इस प्रश्न पर एकमत हो गए। परिणामस्वरूप सरकार के तमाम प्रयत्नों के बावजूद केंद्रीय असेम्बली में लाला लाजपत राय का आयोग के बहिष्कार का प्रस्ताव बासठ की तुलना में अड़सठ मतों से पारित हो गया।

दो

जिस दिन कमीशन लंदन से बंबई पहुँचा उस दिन उस के विरोध में पूरे देश में हड़ताल हुई। बंबई में पचास हजार से भी अधिक लोगों का जुलूस निकला। लोग हाथों में काले झंडे लिए 'साइमन गो बैक', 'साइमन वापस जाओ' के नारे लगा रहे थे। शहर का सारा यातायात छिन्न-भिन्न हो गया। पुलिस ने प्रदर्शनकारियों पर लाठी चार्ज किया। दो एक स्थानों पर गोली भी चली। कितने ही लोग घायल हुए।

बंबई से कमीशन दिल्ली पहुँचा तो वहाँ भी उसके सदस्यों का काले झंडे से स्वागत किया गया। 'साइमन गो बैक' के नारे लगे। पूरे शहर में हड़ताल रही। दुकानें बंद करके लोग जुलूस में शामिल हुए। यहाँ भी भीड़ को नियंत्रित करने के लिए पुलिस को लाठी चलानी पड़ी।

वाइसराय लॉर्ड इरविन ने कमीशन के सदस्यों के सम्मान में रात्रि के भोज का आयोजन किया। भोज में केंद्रीय असेंबली के कितने ही भारतीय सदस्यों और नामजद मेंबरों को भी आमांत्रित किया गया। लेकिन एक-दो को छोड़कर कोई भी सदस्य भोज में शामिल नहीं हुआ।

कमीशन के सदस्यों के रहने की व्यवस्था केंद्रीय असेंबली भवन के निकट वेस्टर्न कोर्ट में की गई थी। इसी बिल्डिंग में केंद्रीय असेंबली के कितने ही भारतीय सदस्य भी रह रहे थे। इन लोगों ने कमीशन के सदस्यों का पूर्ण सामाजिक बहिष्कार कर दिया। साधारण शिष्टाचार के नाते भी कोई उनसे मिलने नहीं गया। वेस्टर्न कोर्ट की दीवारों पर लोगों ने 'साइमन गो बैक' के पोस्टर चिपका दिए। यही नहीं, दिन में जब-तब लोग वेस्टर्न कोर्ट के सामने भीड़ लगा कर 'साइमन गो बैक' के नारे लगाने लगते। पुलिस द्वारा भगाने पर भाग जाते लेकिन थोड़ी ही देर में फिर जमा होकर नारे लगाने लगते। अंततः पुलिस ने पूरी बिल्डिंग को अपने घेरे में ले लिया और आध मील की दूरी से ही लोगों के इस तरफ आने पर प्रतिबंध लगा दिया। लोग वहीं भीड़ लगा कर नारे लगाने लगे। स्थिति यहाँ तक पहुँची कि सर जान साइमन को सपने में भी 'साइमन गो बैक' के नारे सुनाई देने लगे।

एक दिन तो वह आधी रात को अपने बिस्तर पर उठकर बैठ गया। उसे लगा जैसे चारों ओर 'साइमन गो बैक' के नारे गूँज रहे हों। उसने अपनी खिड़की से झाँककर

देखा। चारों ओर घुप अँधेरा था। लेकिन आवाजें बराबर आ रही थीं। ऐसा लग रहा था जैसे हजारों आदमियों ने बिल्डिग को, कोई आध मील की दूरी पर, चारों ओर से घेर लिया हो और बिना रुके 'साइमन गो बैक' के नारे लगा रहे हों। काफी देर तक साइमन अपने कमरे की खिड़की के पास खड़ा रहा, तब खीझकर अपने बिस्तर पर वापस आ गया। आवाजें फिर भी आती रहीं। आखिर उससे रहा नहीं गया और उसने पहरे वाले सिपाहियों को बुलाकर पूछा कि इस समय यह नारे कौन लगा रहा है। पुलिस वाला अंग्रेजी नहीं जानता था। वह तुरंत अपने बड़े अधिकारी को बुला लाया। साइमन ने उससे अपना प्रश्न दुहराया तो वह भी कुछ समझ नहीं पाया। 'यहाँ तो कोई नारा नहीं लगा रहा है, सर!' उसने कहा।

साइमन ने उसे अपने कमरे में लाकर खिड़की के पास खड़ा कर दिया। "अब गौर से सुनो", उसने कहा।

पुलिस अधिकारी गौर से सुनने लगा। लेकिन उसे फिर भी कुछ सुनाई नहीं दिया। "सर, यहाँ तो कोई नहीं है।" उसने दोबारा कहा।

"यहाँ नहीं। यहाँ से कुछ दूर, हो सकता है आध मील की दूरी पर।"

पुलिस अधिकारी समझ गया। बिल्डिग के चारों ओर दूर-दूर तक झाड़-झँखाड़, खेत और जंगल थे जिनमें सियार रहा करते थे। जाड़ों में रात के समय वे अक्सर ही चिल्लाते रहते थे। सियारों की यह लगातार "हुआँ, हुआँ, हुक्की हुआँ हुआँ" ही साइमन को "गो बैक, गो बैक" का आभास दे रही थी।

"यह आदमी नहीं है सर, जानवर हैं।" पुलिस अधिकारी ने कहा। सियार के लिए अंग्रेजी शब्द वह जानता था लेकिन जल्दी में वह उसे याद नहीं आया।

"जानवर?" साइमन की समझ में नहीं आया कि पुलिस अधिकारी क्या कह रहा है। क्या इस देश के जानवर भी नारे लगते हैं? "कौन जानवर है यह?" उसने पूछा।

"सर वह....जैकाल।" पुलिस अधिकारी को सहसा सियार के लिए अंग्रेजी शब्द याद हो आया।

साइमन मन ही मन लज्जित हो उठा। "मैं समझा था आदमी हैं," उसने कहा। "लेकिन सियारों को यहाँ नहीं रहने देना चाहिए।"

"भगाने की बहुत कोशिश की गयी सर, लेकिन जाते नहीं हैं।"

साइमन ने उसके चेहरे की ओर देखा कि कहीं वह उस पर व्यंग्य तो नहीं कर रहा है। लेकिन ऐसा नहीं था। "ठीक है, तुम जाओ," उसने पुलिस अधिकारी से कहा।

कोई दो सप्ताह दिल्ली में रहने के बाद कमीशन कलकत्ता पहुँचा तो वहाँ भी उसके विरोध में विशाल प्रदर्शनों का आयोजन किया गया। यहाँ भी पुलिस और जनता के बीच जमकर मुठभेड़ें हुईं। सैकड़ों लोग घायल हुए। इस प्रकार जहाँ-जहाँ कमीशन के चरण पड़े, वहाँ-वहाँ उसके विरोध मे प्रदर्शन और इन प्रदर्शनों को रोकने के लिए पुलिस

द्वारा लाठीचार्ज हुए। कई जगह गोलियाँ भी चलीं। मद्रास में पुलिस की गोली से तीन व्यक्तियों की जानें गईं। कितने ही अन्य घायल हुए।

तीन

लगभग दो महीने भारत में रहने के पश्चात् कमीशन, अपने पहले चरण की यात्रा पूरी करके, मार्च 1928 के अंत में स्वदेश लौट गया। तब कोई छः महीने पश्चात् अपने दूसरे और अंतिम चरण की यात्रा पर अक्तूबर के दूसरे सप्ताह में कमीशन दोबारा भारत आया तो सरकार पहली बार से कहीं ज्यादा सतर्क थी। जिस ट्रेन से कमीशन को यात्रा करनी होती उस पर पुलिस का पहरा रहता। ट्रेन के आगे पाइलट इंजन चलता। बीच में किसी भी स्टेशन पर ट्रेन को बिना रोके निकल जाने दिया जाता। जिस शहर में कमीशन को जाना होता, वहाँ पहले से ही जुलूसों आदि पर प्रतिबंध लगा दिया जाता। रेलवे स्टेशन से कमीशन के गंतव्य स्थान तक सारे मार्ग पर पुलिस का कड़ा पहरा रहता। तीन-चार दिन पहले से रिहर्सल शुरू जाती कि किस प्रकार कमीशन के सदस्यों को उनके स्थान पर सुरक्षित पहुँचाया जाये। इस सबके बावजूद जनता के उत्साह में कमी होने के बजाय बढ़ोतरी ही हुई। जहाँ, जिस शहर में भी कमीशन जाता, लोग हजारों की संख्या में पुलिस के डंडों की परवाह किए बिना स्टेशन पर जमा हो जाते। पुलिस की लाठियाँ चलती रहतीं और लोग उत्साह से काले झंडे लिए 'साइमन गो बैक' के नारे लगाते रहते।

तीस अक्तूबर को कमीशन लाहौर पहुँचा तो गाड़ी आने के घंटों पहले से ही विशाल जन-समूह स्टेशन की बिल्डिंग के सामने जमा था।

लाला लाजपत राय भीड़ में सबसे आगे थे। वह बादामी रंग का बंद गले का कोट और धोती पहने थे। सिर पर सफेद पगड़ी थी। उनके हाथों में भी अन्य लोगों की तरह बाँस की एक डंडी में चिपका कागज का काला झंडा था। उनके इर्द-गिर्द खड़े कुछ युवक छाते से उनके सिर पर साया किए हुए थे।

सड़क के इस पार स्टेशन के सामने पैदल और घुड़सवार पुलिस की टुकड़ियाँ तैनात थीं। वहाँ से थोड़ा हटकर स्टेशन की बिल्डिंग से लगी हुई दो-तीन मोटरें और पुलिस की लारियाँ खड़ी थी। पुलिस वालों में अंग्रेज अधिकारी भी थे जो अपने घोड़ों पर सवार थे। स्टेशन के दाहिनी ओर मुख्य द्वार से कोई बीस गज की दूरी पर एक बहुत ही खूबसूरत सफेद घोड़े पर पुलिस सुपरिंटेंडेंट स्कॉट सवार था। ठीक उसकी बगल में डिप्टी सुपरिंटेंडेंट सांडर्स अपने कत्थई घोड़े पर बैठा था। दोनों की कमर से चमड़े के केस में बंद पिस्तौलें लटक रही थीं। स्काट के हाथों पर चमड़े के ही सफेद दस्ताने थे जिनमें एक से वह घोड़े की रास पकड़े था, जबकि दूसरा हाथ लापरवाही से उसकी जाँघ

पर पड़ा था। सांडर्स के बाएँ हाथ में घोड़े की लगाम थी। दाहिने में वह कोई दो-ढाई फुट लंबा आबनूस की लकड़ी का बैटन लिए था। सांडर्स, अपने घोड़े पर सवार, बराबर लालाजी को घूर रहा था क्योंकि उनके चारों और सबसे अधिक भीड़ थी और 'वंदे मातरम्' तथा 'भारत माता की जय' के नारे भी उसी जगह सबसे ऊँची आवाज में लग रहे थे। गाड़ी आने में अभी कुछ समय था फिर भी बीच-बीच में 'साइमन गो बैक' के नारे भी सुनाई दे रहे थे। लालाजी को देखकर सांडर्स अंदर-ही-अंदर गुस्से से उबल रहा था। उसका यह गुस्सा उससे कहीं अधिक उसका घोड़ा, जो अपने मालिक के हर मनोभाव से भली-भाँति परिचित था, प्रदर्शित कर रहा था और अपने नथुनों को फुला कर बार-बार अपनी टाँगे जमीन पर पटक रहा था।

तभी एक पुलिस अधिकारी ने स्काट के पास आकर उसे सूचना दी कि गाड़ी पिछला स्टेशन छोड़ चुकी है। स्काट ने सहमति में अपना सिर हिलाया। तब सांडर्स की ओर देखते हुए आदेश दिया, "चार्ज।"

"चार्ज।" "चार्ज।" "चार्ज।" आदेश के एक से दूसरे और दूसरे से तीसरे अधिकारी तक पहुँचने में देर नहीं लगी। देखते-देखते पुलिस की टुकड़ियाँ लाठी लेकर भीड़ पर टूट पड़ीं।

'साइमन वापस जाओ,' 'साइमन गो बैक' के नारे लगाती हुई भीड़ तितर-बितर होकर आस-पास ही फिर जमा हो जाती और पहले से भी अधिक जोर से नारे लगाने लगती। सांडर्स ने घोड़े पर बैठे-बैठे देखा, लोग लालाजी के गिर्द घेरा बनाए खड़े जोर जोर से 'साइमन गो बैक' के नारे लगा रहे हैं। उसने घोड़े को एड़ लगाई और क्षणांश में लालाजी के निकट पहुँचकर अपनी बैटन से उनपर प्रहार करने लगा। सबसे पहले लालाजी के सिर पर तना हुआ छाता टूटा, तब उनकी पगड़ी जमीन पर गिर पड़ी और वह किसी तरह अपने आप को बचाने का प्रयत्न करने लगे। छाती और कंधे पर बैटन के दो-तीन प्रहार पड़ते ही लालाजी जमीन पर गिर पड़े। भीड़ के कुछ लोग उनके ऊपर झुक गए और शेष प्रहार उन्होंने अपनी पीठ, कंधे, सिर आदि पर झेल लिए। लालाजी को गिरा हुआ देखकर सांडर्स अपने घोड़े को आगे बढ़ा ले गया।

कुछ ही पलों में भीड़ छँट गई। सड़क पर चारों ओर जूते, चप्पल, टोपियाँ, पगड़ियाँ आदि बिखरी पड़ी थीं। कहीं-कहीं खून के धब्बे भी दिखाई दे रहे थे। कुछ दूर पर एक व्यक्ति अपना सिर पकड़े जमीन पर बैठा था। उसके सिर से रक्त बह रहा था। स्वयंसेवक उस व्यक्ति को तथा अन्य घायलों को पकड़ कर वहाँ से हटा ले गए। लालाजी को भी लोग सुरक्षित स्थान पर ले आए।

गाड़ी के स्टेशन पर आने की आवाज सुनकर तथा आकाश में उठता धुआँ देखकर भीड़ के काफी लोग जो गलियों आदि में बिखर गए थे, एक बार फिर स्टेशन के सामने आकर 'साइमन गो बैक' के नारे लगाने लगे। पुनः लाठीचार्ज का आदेश हुआ और पुनः पुलिस वालों की लाठियाँ हवा में लहराने लगीं।

इस बीच कमीशन के सदस्य पुलिस के घेरे में स्टेशन से बाहर निकले। मोटरें, जो स्टेशन के निकास से थोड़ा हटकर खड़ी थीं, ठीक उसके सामने आ गईं। कमीशन के सदस्य गाड़ियों पर सवार हो गए तो गाड़ियाँ तेजी से अपने गंतव्य स्थान की ओर बढ़ गईं। 'साइमन गो बैक' के नारे अभी भी उनका पीछा कर रहे थे और पुलिस की लाठियाँ हवा में लहरा रही थीं।

लालाजी की आयु बहुत अधिक नहीं थी। वे चौंसठ वर्ष के थे। लेकिन पिछले काफी दिनों से वह हृदय रोग से पीड़ित थे। प्रत्यक्ष रूप में उन्हें इतनी गहरी चोटें नहीं आई थीं लेकिन अंदरूनी चोट के बारे में कोई कुछ नहीं कह सकता था।

घटना के अठारहवें दिन उनका अचानक देहावसान हो गया।

चार

30 नवंबर को साइमन कमीशन को लखनऊ पहुँचना था। इस बीच लाला लाजपतराय की मृत्यु के कारण साइमन कमीशन के प्रति लोगों में आक्रोश पहले से कहीं अधिक बढ़ गया था। लखनऊ में कमीशन के खिलाफ प्रदर्शन की तैयारियाँ पूरे जोर पर थीं। कांग्रेस के स्थानीय अध्यक्ष, बाबू मोहन लाल सक्सेना बहिष्कार समिति के भी अध्यक्ष थे। जवाहर लाल नेहरू बहिष्कार प्रदर्शन का नेतृत्व करने के लिए इलाहाबाद से दो-चार दिन पहले ही आ गए थे। प्रांतीय काउंसिल में कांग्रेस के नेता पंडित गोविंद वल्लभ पंत भी मौजूद थे। चौधरी खलीकुज्जमां और पंडित हरकन नाथ मिश्रा भी बहिष्कार समिति से सक्रिय रूप से संबद्ध थे।

कमीशन के लखनऊ पहुँचने के लगभग एक सप्ताह पहले से ही कांग्रेस ने शहर में जुलूस निकालने आरंभ कर दिए। जुलूस के समय से डेढ़ दो घंटे पूर्व स्वयं-सेवक कांग्रेस दफ्तर के सामने पहुँच जाते, वहाँ से वे काले झंडे और 'साइमन गो बैक' के बैनर हाथों में लेकर 'साइमन वापस जाओ' के नारे लगाते हुए शहर की मुख्य सड़कों पर जुलूस बनाकर निकलते। तेजशंकर भी, जो पिछले कुछ दिनों से शहर, कांग्रेस कमेटी का सदस्य निर्वाचित हो गया था, नियमपूर्वक इन जुलूसों में शामिल रहता।

उन्हीं दिनों यूनीवर्सिटी का कान्वोकेशन भी होने वाला था और अधिकारियों ने मूर्खतावश सर जान साइमन और उसके साथी सदस्यों को कान्वोकेशन में विशेष अतिथि के रूप में आमंत्रित कर लिया था। इससे विद्यार्थियों में रोष और भी बढ़ गया था। जवाहर लाल नेहरू बराबर विद्यार्थियों की सभाएँ संबोधित कर रहे थे और उन्हें कान्वोकेशन बॉयकाट करने तथा कमीशन के खिलाफ प्रदर्शन में भाग लेने के लिए प्रोत्साहित कर रहे थे। इसका वांछित प्रभाव पड़ा था और बड़ी संख्या में विद्यार्थी जुलूसों में भाग ले रहे थे।

लाहौर की घटना से प्रशासन थोड़ा सतर्क था। शुरू में उसने केवल इतना किया कि घुड़सवार पुलिस की टुकड़ी जुलूस के साथ-साथ चलती। लेकिन दो-चार दिनों में ही, स्थिति की गंभीरता को देखते हुए, उसने जुलूस पर मार्ग संबंधी प्रतिबंध लगाने शुरू कर दिए, विशेष कर हजरतगंज से जुलूस निकालने पर पाबंदी लगा दी गई। हजरतगंज और उसके आस-पास अधिकांश आबादी अंग्रेजों की थी। वह उनका व्यवसायिक और मनोरंजन केंद्र था, जहाँ बड़ी-बड़ी दुकानें, क्लब, होटल आदि, जिनमें भारतीयों के जाने की मनाही थी, स्थित थे। अंग्रेज सरकार को यह मंजूर नहीं था कि उस क्षेत्र में निकलने, घूमने-फिरने वाले अंग्रेज पुरुष और महिलाएँ काले भारतीयों को हाथ में काले झंडे लिए 'साइमन गो बैक' के नारे लगाते हुए देखें।

अतः कमीशन के लखनऊ आने के तीन दिन पहले यानी 27 नवंबर को जब मोहनलाल सक्सेना ने अगले दिन जुलूस के हुसैनगंज से हजरतगंज होते हुए नरही जाने की अनुमति माँगी तो जुलूस को बर्लिगंटन होटल से आगे जाने की आज्ञा नहीं मिली। यह आज्ञा भी उन्हें इतनी देर से मिली कि उस दिन इस बारे में और कुछ हो पाना संभव नहीं था। अगले दिन जुलूस के लिए स्वयंसेवक सुबह दस बजे से ही कांग्रेस कार्यालय पर एकत्रित होने लगे। मोहन लाल सक्सेना ने एक बार फिर कोशिश की कि जुलूस पूर्व-निर्धारित मार्ग से निकालने की अनुमति मिल जाए। उन्होंने पुलिस अधिकारियों को लिखा कि चूँकि जुलूस का मार्ग एक दिन पहले ही निर्धारित किया जा चुका है और नरही जाने के लिए हजरतगंज से होकर जाने के अलावा और कोई रास्ता नहीं है, अतः उन्हें इस मार्ग से जुलूस निकालने की अनुमति प्रदान की जाए। साथ ही उन्होंने यह भी आश्वासन दिया कि वह जितनी भी जल्दी संभव होगा उतनी जल्दी जुलूस को हजरतगंज से निकाल ले जाएँगे। प्रशासन ने उनके इस पत्र का कोई उत्तर नहीं दिया। इसके बजाय सिटी मजिस्ट्रेट स्वयं भारी संख्या में पुलिस बल लेकर कांग्रेस दफ्तर पहुँच कर बोला कि शहर में किसी भी तरह का जुलूस निकालने पर तात्कालिक प्रभाव से प्रतिबंध लगा दिया गया है। इसलिए जुलूस अब निकलेगा ही नहीं। मोहन लाल सक्सेना ने उससे कहा कि बार्लिगंटन होटल तक जाने की तो उनके पास प्रशासन की लिखित अनुमति मौजूद है, अतः वह कैसे कह रहा है कि जुलूस निकलेगा ही नहीं। इस पर सिटी मजिस्ट्रेट ने कहा कि वह कोई आज्ञा-वाज्ञा नहीं जानता। जुलूस किसी कीमत पर नहीं निकलेगा, यह उसका आदेश है और वह इस बात को सुनिश्चित करने के लिए ही यहाँ आया है कि उसके आदेश का पालन हो। किसी प्रकार की अप्रिय घटना न हो, इसलिए सक्सेना ने जुलूस स्थागित कर दिया। अगले दिन से वास्तव में जुलूस निकालने पर ही प्रतिबंध लग गया। इस आशय की सूचना समाचार-पत्रों में ती छपी ही, रेडियो पर भी उसे प्रसारित किया गया।

कांग्रेस के लिए यह बहुत बड़ी चुनौती थी, खासतौर से तब जब जवाहर लाल नेहरू और गोविंद बल्लभ पंत जैसे नेता शहर में उपस्थित थे। उसी शाम बहिष्कार

समिति की बैठक बुलाई गई जिसमें यह निर्णय लिया गया कि अगले दिन यानी 29 नवंबर को जुलूस बजाय नरही ले जाने के, नरही से ही प्रारंभ किया जाए और हजरतगंज की मुख्य सड़क से होते हुए कलक्टर के बंगले के सामने से अमीनाबाद लाया जाए। सरकारी आदेशों का उल्लंघन न होने पाए इसके लिए यह युक्ति निकाली गई कि जुलूस में पूरी भीड़ एक साथ न चलकर चार-चार, पाँच-पाँच के समूह में स्वयंसेत्रक थोड़ा-थोड़ा फासला रखकर काले झंडे और बैनर लेकर चलें। जुलूस का नेतृत्व करने का भार जवाहर लाल नेहरू ने स्वयं अपने ऊपर लिया। अन्य लोगों ने उन्हें मना किया किंतु वह अपनी जिद पर अड़े रहे। हाँ, गोविंद बल्लभ पंत को अपने साथ रखने के लिए वह राजी हो गए।

दूसरे दिन सुबह से ही स्वयंसेवक नरही में जमा होने लगे। कांग्रेस के आह्वान पर आज शहर में लाला लाजपतराय दिवस भी मनाया जा रहा था। इसी सिलसिले में पूरे शहर में हड़ताल थी। सारी दुकानें बंद थीं। केवल हजरतंगज का इलाका, जहाँ अधिकांश दुकानें अंग्रेजों की थीं, खुला हुआ था। तभी जवाहर लाल नेहरू के नेतृत्व में स्वयं-सेवकों की पहली टोली हाथों में काले झंडे लिए नरही से हजरतगंज की ओर बढ़ी। उसी के पीछे एक के बाद एक टोलियाँ आने लगीं। इन्हीं में से एक टोली के साथ गोविंद बल्लभ पंत भी थे।

पहली टोली के लोग मुश्किल से सौ डेढ़ सौ गज बढ़े होंगे कि पुलिस घुड़सवारों का एक दल पीछे से आकर उनकी ओर बढ़ने लगा। पक्की सड़क पर घोड़ों की टापों की आवाज सुनकर जवाहर लाल नेहरू और उनके साथ चल रहे स्वयंसेवकों ने पीछे मुड़कर देखा ही था कि घुड़सवार वहाँ पहुँच गए और बिना कोई चेतावनी दिए स्वयंसेवकों पर बैटन से प्रहार करने लेग। किसी का सिर फटा तो किसी के बाँह या कंधे में चोट आई। स्वयंसेवक अपने को बचाने के लिए सड़क के किनारे फुटपाथ पर या वरांडे के अंदर भागे। जवाहर लाल यह दृश्य देखकर सड़क के एक ओर एक-दो कदम ही चले होंगे कि एक घुड़सवार तेजी से अपना घोड़ा दौड़ाता हुआ आ गया । जवाहर लाल अपने स्थान पर रुक गए। यदि उन्होंने तुरंत अपना मुँह फेर न लिया होता तो बैटन निश्चय ही उनके सिर पर लगता। फिलहाल बैटन का प्रहार उनकी पीठ पर पड़ा। दूसरा प्रहार भी उन्होंने अपनी पीठ पर ही झेला। मगर वह अपने स्थान पर खड़े रहे। पुलिस वाले के लिए उनका इस प्रकार, मार से बचने के लिए भागने के बजाय, दृढ़तापूर्वक अपने स्थान पर खड़े रहना बिल्कुल अप्रत्याशित था। उसका हाथ हवा में ही उठा रह गया। तब तक जवाहर लाल को इस प्रकार अपने स्थान पर खड़ा देख और स्वयंसेवक भी, जो वहाँ से भाग गये थे, उनके निकट आ गए। इस बीच गोविंद बल्लभ पंत के नेतृत्व में चल रही स्वयंसेवकों की टोली भी वहाँ पहुँच चुकी थी और नेहरू और पंत के इशारे पर सारे स्वयंसेवक वहीं सड़क पर बैठ गए। सबसे आगे जवाहर लाल थे। उनका चेहरा गुस्से से तमतमा रहा था मगर वह बिना कुछ बोले, अपने दोनों पाँव एक-दूसरे के ऊपर तिरछे रखे,

घुटनों को अपने हाथों के घेरे में लिए सड़क पर खामोश बैठे थे। उन्हीं की बगल में गोविंद बल्लभ पंत भी निर्विकार भाव से पालथी मारे बैठे थे। उनके पीछे दूर तक बैठे हुए स्वयंसेवकों की भीड़ थी जिनके हाथों में काले झंडे लहरा रहे थे तथा सिरों पर लगी सफेद टोपियाँ धूप में चमक रही थीं। आगे वाले दो-एक स्वयंसेवकों के सिर पुलिस के डंडे लगने से फट गए थे जहाँ से रक्त बहकर उनके वस्त्रों पर आ रहा था परंतु वे उसकी परवाह किए बिना चुपचाप अपने स्थान पर बैठे थे। जवाहर लाल और पंत के ठीक सामने कोई चार-छः गज की दूरी पर पुलिस घुड़सवार खड़े थे। केवल घोड़ों के कान और पूँछ हिलने और उनके नथुने फड़कने या फिर स्वयंसेवकों के हाथों के काले झंडों के हवा में लहराने के अलावा पूरा दृश्य जैसे चित्रवत होकर स्थिर हो गया हो। दो मिनट, दस मिनट, आध घंटा, एक घंटा—समय बीतने के साथ-साथ यह खबर आस-पास के इलाके में फैलने लगी और नरही में रहने वाले लोग इस अदभुद दृश्य को देखने के लिए घरों से बाहर निकल आए। दो, चार दस और तब सैकड़ों की संख्या में लोग वहाँ जमा होने लगे। शुरू में पुलिस के भय से लोग थोड़ा दूर-दूर ही रहे। तब निकट आने लगे। कुछ साहसी लोग तो स्वयंसेवकों की भीड़ में शामिल होकर वहीं सड़क पर बैठ गए। इस बीच दो लारियों में भर कर पुलिस के जवान भी आ गए और हाथों में लाठियाँ लेकर स्वयंसेवकों की भीड़ के सामने खड़े हो गए। परंतु इस से कोई अंतर नहीं पड़ा। जनता की भीड़ धीरे-धीरे बढ़ती ही जा रही थी। तभी सिटी मजिस्ट्रेट और पुलिस के बड़े अधिकारी भी वहाँ आ गए। अंततः कांग्रेस के पदाधिकारियों और प्रशासन के प्रतिनिधियों के बीच हुए समझौते के अंतर्गत पुलिस की सुरक्षा में स्वयंसेवकों और जनता का जुलूस अपने पूर्व निर्धारित मार्ग पर हजरतगंज से होता हुआ अमीनाबाद की ओर बढ़ गया। आगे-आगे पुलिस के घुड़सवार दस्ते और पीछे-पीछे हाथों में काले झंडे और 'साइमन गो बैक' के बैनर लिए नारे लगाती हुई भीड़। सबसे जोरदार नारे कलक्टर के बंगले के सामने लगे, जहाँ छोटा-मोटा प्रदर्शन-सा ही हो गया।

पाँच

दूसरे दिन कमीशन को लखनऊ पहुँचना था। सुबह-सुबह अखबारों में पिछले दिन की घटना की खबर पढ़कर लोगों का उत्साह दोगुना-चौगुना हो गया। कितने ही लोगों ने अपने-अपने दफ्तरों से छुट्टी ले ली, दुकानदारों ने दुकानें नहीं खोलीं, और सवेरे-सवेरे ही चारबाग स्टेशन की ओर चल दिए। कांग्रेस दफ्तर के सामने सुबह छः बजे से ही स्वयंसेवकों की भीड़ जमा होनी शुरू हो गई। सबसे पहले पहुँचने वालों में तेजशंकर भी था। मोहन लाल सक्सेना ने उसे स्वयंसेवकों को काले झंडे, बैनर आदि वितरित करने का काम दे रखा था। बहिष्कार समिति ने आज के लिए लगभग ढाई हजार छोटी झंडियाँ

और पचास बड़े-बड़े बैनर, जिन पर अंग्रेजी, हिंदी अथवा उर्दू में 'साइमन गो बैक' 'साइमन वापस आओ' लिखा हुआ था, तैयार करवाए थे। इसके अतिरिक्त कांग्रेस के तिरंगे झंडे भी थे।

तेजशंकर ने सारे झंडे, बैनर आदि बाहर तखत पर निकलवा कर रख लिए और सात बजे के लगभग जब कांग्रेस के स्वयंसेवक, यूनीवर्सिटी तथा अन्य स्कूलों के विद्यार्थी वहाँ पहुँच गए तो उन्हें बाँटने का काम शुरू कर दिया। लोग झंडे और बैनर लेकर सड़क पर आ गये और 'भारत माता की जय', वंदे मातरम्' और 'साइमन गो बैक' के नारे लगाने लगे। जवाहर लाल की पीठ और कंधे में खासी चोट आई थी। इसके बावजूद वह खद्दर का सफेद कुर्ता, धोती और काली सदरी पहने, सिर पर गांधी टोपी लगाए सुबह-सुबह ही कांग्रेस कार्यालय पहुँच गए। गोविंद बल्लभ पंत, चौधरी खलीकुज्जमाँ, हरकरन नाथ मिश्रा आदि भी सवेरे से ही मौजूद थे। जवाहरलाल पर पुलिस द्वारा बैटन प्रहार की खबर पाकर मोतीलाल नेहरू भी इलाहाबाद से रात में ही मोटर से चल कर सुबह पाँच बजे के लभग लखनऊ आ गए थे लेकिन सफर की थकान की वजह से होटल में ही रुके हुए थे।

कल की घटना को देखते हुए प्रशासन ने आज अपनी नीति बदल दी थी। उसने सारा बल चारबाग रेलवे स्टेशन पर केंद्रित कर दिया था। अतः जुलूसों पर किसी प्रकार की कोई रोक-टोक नहीं थी।

कांग्रेस दफ्तर से निकलने वाले मुख्य जुलूस के अलावा शहर के विभिन्न भागों से निकलने वाले छोटे-मोटे जुलूसों की कोई गिनती नहीं थी। बाढ़ के पानी की तरह मनुष्यों का एक सैलाब सुबह से ही हाथों में काले झंडे लिए, 'साइमन गो बैक' के नारे लगाता, शहर की सड़कों और गलियों से होते हुए चारबाग स्टेशन की ओर अग्रसर होने लगा। ऐसा लग रहा था जैसे शहर का हर रास्ता चारबाग जाता हो और किसी अदृश्य चुम्कीय शक्ति से हर व्यक्ति उधर ही खिंचा चला जा रहा हो।

स्टेशन के सामने कोई आध मील लंबे चौड़े मैदान के चारों और पुलिस ही पुलिस थी। पैदल और घुड़सवार पुलिस के दस्तों के अलावा सेना की बख्तरबंद गाड़ियाँ भी खड़ी थीं। पूरा प्रबंध उप पुलिस अधीक्षक जमुना प्रसाद त्रिपाठी के अधीन था जिसे हाल में ही इस पद पर प्रोन्नत किया गया था। उसकी ख्याति बहुत ही निर्दयी किंतु बहुत ही योग्य पुलिस अधिकारी के रूप में थी। अपने घोड़े पर सवार, वह मैदान के चारों और तैनात पुलिस बल का सुबह से तीन-चार बार निरीक्षण कर चुका था। उसका सख्त आदेश था कि किसी भी कीमत पर एक भी प्रदर्शनकारी पुलिस के घेरे को तोड़ने न पाए।

तभी जुलूसों का आना प्रारंभ हो गया और पुलिस बल ने आगे बढ़कर उन्हें मैदान के छोर पर ही रोकना शुरू कर दिया। थोड़ी ही देर में मैदान के चारों और भीड़-ही-भीड़ हो गई। तब तक मुख्य जुलूस भी आ गया जिसमें सबसे आगे जवाहर लाल नेहरू और गोविंद वल्लभ पंत थे। पुलिस के रोकने से वे लोग भी उसके घेरे के बाहर ही रुक गए। अपने घोड़े पर सवार जमुना प्रसाद त्रिपाठी ने दूर से ही उन्हें पहचान लिया। घोड़े पर

बैठे-बैठे ही उसने चारों और दृष्टि दौड़ा कर देखा और तब एकटक उस स्थान की ओर देखने लगा जहाँ जवाहर लाल और गोविंद बल्लभ पंत खड़े थे। अपने ऊँचे कद और भारी भरकम शरीर के कारण पंत पूरी भीड़ में अलग दिखायी दे रहे थे।

गाड़ी आने में अभी समय था लेकिन भीड़ पूरे जोश से नारे लगा रही थी। तभी उत्साह के अतिरेक में आकर-दो तीन युवक हाथ में काले झंडे लिए सहसा पुलिस के घेरे को तोड़कर मैदान में घुस गए और स्टेशन की ओर भागे। स्टेशन के सामने खड़ी पुलिस की सुरक्षा पंक्ति से सात-आठ जवान लाठियाँ लेकर दौड़े और युवकों को बुरी तरह पीटने लगे। विवश होकर वे वापस भीड़ की ओर भागे। लेकिन उनमें से एक जिसके सिर पर पुलिस की लाठी का भरपूर वार पड़ा था, वहीं मैदान में गिर गया। कुछ स्वयंसेवक उसे उठाने के लिए आगे बढ़े ही थे कि जमुना प्रसाद त्रिपाठी के इशारे पर पुलिस ने लाठीचार्ज कर दिया। लोग संभलें, इससे पहले ही त्रिपाठी ने, जो घुड़सवार पुलिस के एक दस्ते के सामने अपने घोड़े पर सवार था, उन्हें अपने पीछे आने का इशारा कर तेजी से अपना घोड़ा दौड़ाते हुए भीड़ के उस भाग की ओर बढ़ने लगा जहाँ जवाहर लाल और गोविंद बल्लभ पंत खड़े थे। भीड़ में सामने खड़े लोगों ने त्रिपाठी और उसके पीछे आठ दस घुड़सवारों के दस्ते को पूरे वेग से अपनी ओर आते देखा लेकिन उस स्थान पर भीड़ इतनी सघन थी कि पीछे हट पाना उनके लिए असम्भव था। तब तक घुड़सवार वहाँ पहुँच गये। अपनी तेज गति के कारण सहसा रुक पाने में असमर्थ घोड़े अपनी अगली टाँगें हवा में उठा कर पिछली टाँगों पर खड़े हो गए। उनके पीछे आने वाले कातिपय घुड़सवार अपने को संभाल न पाने के कारण सामने वाले घुड़सवारों से टकरा गए और उनमें से एक-दो असंतुलित होकर जमीन पर गिर पड़े। त्रिपाठी सबसे आगे था। उसके डंडे का पहला शिकार जवाहर लाल हुए। तभी उनकी बगल में खड़े पंत को, उनके लंबे चौड़े डील-डौल के कारण ज्यादा उपयुक्त शिकार समझकर, वह पूरी ताकत से उनके ऊपर टूट पड़ा और निर्दयता से उनके ऊपर प्रहार करने लगा। पुलिस की इस बर्बरता के सामने भीड़ जैसे तैसे खिसकने लगी। तभी कुछ लोग जवाहर लाल को पीछे घसीट लाए। कुछ अन्य लोग पंत को भी किसी तरह वहाँ से हटा लाए।

एक बार तितर-बितर होने के बाद भीड़, एक-जुट होकर फिर आगे बढ़ी। लेकिन इस बार पहले वाले स्थान से कई सौ गज पीछे ही रुककर नारे लगाने लगी। इस बीच पुलिस साइमन और उसके साथियों को चोरी से मोटर में बिठा कर वहाँ से निकाल ले जाने सफल हो गई।

छः

चारबाग स्टेशन पर साइमन कमीशन को काले झंडे दिखाने वाली भीड़ में रतन भी

शामिल था। वैसे वह घर से इस इरादे से नहीं निकला था। उसका दफ्तर स्टेशन से थोड़ा हटकर उसके पीछे की ओर था, अतः उसका रोज का रास्ता ही यह था। लेकिन आज पुलिस ने उसे अपने दफ्तर से कोई एक फर्लांग पहले ही रोक दिया। उस समय तक जुलूस भी नहीं पहुँचा था। इसके बावजूद पुलिस किसी को भी स्टेशन की तरफ जाने नहीं दे रही थी। इनमें कितने ही ऐसे लोग भी थे जिन्हें स्टेशन जाकर गाड़ी पकड़नी थी। कुछ के साथ उनका परिवार, महिलाएँ और बच्चे भी थे। वे पुलिस वालों से प्रार्थना करने लगे कि उन्हें स्टेशन तक चले जाने दें। कुछ और लोग, जो अकेले थे, अपना सामान, बिस्तर अथवा बक्स लिए इस उम्मीद में खड़े थे कि शायद पुलिस परिवार वाले लोगों को जाने दे तो वे भी उनके साथ निकल जाएँ। लेकिन पुलिस ने किसी को भी जाने नहीं दिया। बल्कि सवारियाँ लाने वाले इक्के ताँगे वालों को लाठी-डंडों से डरा कर वहाँ से भगाने लगी। रतन दूर खड़े होकर यह तमाशा देखने लगा। तभी जुलूसों का आना शुरू हो गया और धीरे-धीरे, पुलिस ने जितने क्षेत्र में घेराबंदी कर रखी थी उसे छोड़ कर, सारा मैदान हाथ में काले झंडे, बैनर अथवा कांग्रेस के तिरंगे झंडे लिए, नारा लगाती भीड़ से भर गया। रतन भीड़ में तेजशंकर को खोजने लगा। लेकिन सिवा इसके कि संयोगवश वह स्वयं ही कहीं दिख जाता, इतनी भीड़ में उसे खोज पाना असंभव था। रतन थोड़ी देर भीड़ से घिरा हुआ अपने स्थान पर खड़ा रहा। तब और लोगों की देखा-देखी जोश में आकर वह भी आगे बढ़कर नारा लगाने लगा।

नारा लगाते उसे आधेक घंटा बीता होगा कि सहसा उसने देखा दो-तीन स्वयं-सेवक हाथों में काले झंडे लिए पुलिस को चमका देकर भीड़ से निकलकर सीधे स्टेशन की बिल्डिग की ओर भागे और उसके देखते-देखते पुलिस ने उन्हें घेर कर बेरहमी से पीटना शुरू कर दिया। इसी के साथ घुड़सवार पुलिस का एक दस्ता, बायें हाथ से घोड़ों की रास पकड़े, दाहिने से तलवार की तरह हवा में लाठियाँ उठाए एक और झपटा और वहाँ जमा लोगों पर डंडे बरसाने लगा। रतन उधर देख ही रहा था। कि उसकी तरफ भी पुलिसवालों ने लाठियाँ चलानी शुरू कर दीं और अन्य लोगों के साथ वह भी जैसे-तैसे पीछे की ओर भागा। भागती हुई भीड़ को पुलिस ने तब तक दौड़ाया जब तक कि लोग गाजीउद्दीन हैदर नहर की ढाल उतर कर नहर का पानी मंझाते हुए दूसरी ओर ढाल पर चढ़ नहीं गए। गनीमत थी कि रतन नहर के पुल की ओर था। अतः नहर में उतरने के बजाय वह भी और लोगों के साथ भागते हुए पुल पार कर, नाका डिंडोला चौराहे की ओर आ गया। दस-पाँच मिनट दम लेकर लोग दोबारा स्टेशन की ओर चल दिए। रतन बुरी तरह हाँफ रहा था। इसके बावजूद वह भी स्टेशन की ओर लौटती हुई भीड़ के साथ हो लिया। पुल पार कर वह मुश्किल से तीस-चालीस कदम बढ़ा होगा कि पुलिस ने दोबारा हमला बोल दिया। इस बार रतन को पुल से भागने का रास्ता नहीं मिला और विवश होकर उसे भी नहर की ढाल उतर कर पानी मंझाते हुए दूसरी ओर आना पड़ा। कमर से नीचे तक उसके सारे कपड़े भीग गए। ऊनी कोट भी खराब हो गया। तभी उसे अपनी

मूर्खता का एहसास हुआ कि बिला वहज चकल्लस में पड़कर अपने कपड़े खराब कर लिए। अभी कुछ उलटा-सीधा हो जाता तो खामखाह लेने के देने पड़ जाते। वह सड़क पर आकर अपनी धोती निचोड़कर तथा जूते उतार कर उससे पानी निकालने लगा। गंदे पानी में घुसने से उसकी तबियत अंदर से कुछ घिना भी गई और वह चुपचाप अपने घर की ओर चल दिया।

सड़कों पर खासी भीड़ थी। लोग घरों से निकलकर सड़क के किनारे खड़े बातें कर रहे थे तथा चारबाग की ओर से आते हुए हर व्यक्ति को रोक कर उससे जानकारी ले रहे थे। इतनी ही देर में तरह-तरह की अफवाहें फैल गई थीं। कोई कह रहा था जवाहरल लाल का सिर फट गया है। उसने स्वयं अपनी आँखों से देखा है। पूरा कुर्ता खून से लथपथ था। पंतजी का बचना तो मुश्किल ही लगता है। पुलिस ने इस तरह उन्हें पीटा है कि शायद ही कोई हड्डी साबुत बची हो। दो-एक लोगों का कहना था कि गोली भी चली है। कम-से-कम सौ लोग तो मरे ही होंगे। दो-एक जगह रतन को भी लोगों ने रोक कर पूछा कि क्या वह चारबाग से आ रहा है और उसके 'हाँ' कहने पर उसे घेर कर उससे तरह तरह के प्रश्न करने लगे। "क्यों भाई साहब, जवाहर लाल को बहुत चोट लगी है क्या ?" "पंतजी का क्या हाल है ?" "आपके खयाल से कितने लोग मरे होंगे ?'' "गोली नहीं चली ? क्या कह रहे हैं आप ! अभी तो दो-तीन लोग इधर से गए हैं उन्होंने बताया सौ डेढ़ सौ आदमी मरा होगा।" "आपने नहीं देखा, यह हो सकता है" "एक जने तो बता रहे थे कि गाजीउद्दीन नहर में न जाने कितनी लाशें उतरा रही हैं।" "हाँ, भगवान तो खैर जानेगा ही।" "भगवान क्या, कल अखबार में आ जाएगा।" "अरे अखबार क्यों, शाम को रेडियो पर सुन लेना।" "रेडियो भइया किसके पास है ! हमारे तो पूरे मुहल्ले में नहीं है। और फिर रेडियो तो सरकारी बात बोलेगा।" "हाँ, हाँ आप जाइए। अब जाने दो न आपको। इनको जो मालूम था बता दिया इन्होंने।"

रतन किसी तरह घर पहुँचा तो जसोदा उसे इतनी जल्दी आया देखकर चौंकी।

"काहे एत्ती जल्दी काहे लउटि आयो ?" उसने पूछा। तब उसके भीगे हुए वस्त्र देखकर बोली, "अरे यू का भा ? भीज कहाँ गेव ?"

रतन, उसके प्रश्नों का उत्तर देने के बजाय अपने कपड़े उतारने लगा। "अंगोछा देव एक हमका औ धोती निकार के धरौ कउनिव।" उसने कहा और डोल से पानी लेकर नहाने लगा। जसोदा ने धोती और अंगोछा निकाल कर अलगनी पर टाँग दिया।

रतन नहा कर कपड़े बदल चुका तो जसोदा ने एक बार फिर अपना प्रश्न दोहराया। "बतावत काहे नाई का भा ! जिउ तो नीक है ?"

"जिउ का का भा है ? बेमार लगिति है का ?"

"तो लऊटि काहे आयो ?"

"तुम तो मूड खाए लगती हौ," रतन ने खीझ कर कहा। "कांग्रेस के जुलूस निकरा रहौ वही मां पुलिस ते मार भै है। गोलिव चली है जानौ। यही मारे सब रस्ता बंद हैं।"

"चोटान ओटान तो नाई कोऊ ?"

"लाठी गोली चली तो चोटइहैं न तो का होई ?"

"तुम तो नाई चोटायेव ?"

"नाहीं।"

"तो भीज कहाँ गेव ?"

"एक जगह पानी भरा रहै। वहै पुलिस लाठी लइके दउराइस तो सब जने पानी मंझाए के भाग। वही मां भीज गेन।"

जसोदा एक क्षण चुप रही। तब बोली, "तेजशंकरौ रहा होई हुआं।"

"जरूर रहा होई मुदा हजारन लाखन की भीड़ मां कोऊ देखाई परत है कहूँ।"

"चोटाय ओटाय न गा होय।"

"अब को जाने।"

जसोदा बजाय अंग्रेजों के, कांग्रेस वालों पर ही बिगड़ने लगी। "ई कांग्रेस वालेन का का होइगा है ? काहे का अंग्रेजन ते बैर लिहे हैं ? सात समुद्दुर पार हियां परे हैं बेचारे अपन मुलुक छांडे तऊन कांग्रेसिन का का लेत हैं ? बताओ भला, लाठी, डंडा, जेहेल, ई मां का धरा है ? चिआए के अपने घर मां बइठैं। मुदा पावन मां तो जानो सनीचर है इनके। अब बताओ कऊन जरूरत परी रहै जलूस निकारै की···· ?"

"अच्छा अब अपन भाषन बंद करौ," रतन बिगड़ा। "जब तुम कुछ जनतिव नाई तो काहे बकर-बकर कै रही हौ ?"

जसोदा चुप हो गई।

रतन थोड़ी देर जाड़े की उतरती धूप में खरहरी चारपाई पर ही लेटा रहा। तब उठकर बस्ते से 'अलिफ लैला' की पुस्तक निकाली और उसकी दूसरी जिल्द से 'किस्सा शाहजादा कमरूल जमां, मैमून परी, और छः सींग वाले, कुबड़े, काने और लंगड़े जिन कसकस का' पढ़ने लगा। लेकिन इसके बावजूद कि किस्सा अपने आप में बहुत ही रोचक था, उससे अधिक देर पढ़ा नहीं गया। रह-रह कर उसके नेत्रों के सामने सुबह वाली घटनाएँ घूम जातीं और वह पढ़ते-पढ़ते रुक जाता। जवाहर लाल के सिर फटने वाली बात कहाँ तक सही है ? पुलिस ने वास्तव में गोली चलाई क्या ? अगर चलाई होगी तो निश्चय ही बड़ी संख्या में लोग मरे होंगे। रतन से रहा नहीं गया। उसने किताब वापस थैले में रख दी और बाहर जाने के लिए कपड़े पहनने लगा।

"काहे, कहाँ जाए रहे हौ ? घर मां बइठौ न।" जसोदा न उसे टोका।

"काहे, घर मां बइठ के का करी ?"

"तुमही तो बताए रहे हौ कि हुआं लाठी गोली चलि रही है, तऊन काहेक जान जोखिम मां डरिहौ जायेक।"

"अरे तो जहाँ चलि रही हैं हुआं चलि रही है कि सारे सहर मां चलि रही हैं।"

"अब हम का जानी कहाँ चलि रही हैं।"

"तो चुपाय के बइठौ न।"

"देख संभर के जायो," जसोदा ने देखा कि रतन रुकने वाला नहीं है तो उसने अपनी ओर से आगाह किया।

रतन उसकी बात का उत्तर दिए बिना घर से बाहर निकल गया।

सात

कुछ पलों के लिए रतन दुविधाजन्य स्थिति में गली के मुहाने पर खड़ा रहा। तब तेजशंकर के घर की ओर बढ़ गया। तेजशंकर का कमरा बंद था जो इस बात का संकेत था कि वह घर में नहीं है। चौथे साहब दफ्तर में होंगे, उस ने सोचा। वह आजकल आलमबाग स्टोर में थे। अतः वह ऐशबाग, मवइआ होकर निकल जाते थे। रतन वहाँ से मुख्य सड़क पर आकर निरुद्देश्य-सा रकाबगंज की ओर बढ़ने लगा। अधिकतर दुकानें बंद थीं। सड़कों पर यातायात भी बहुत कम था। हाँ, कहीं-कहीं, दो-चार के समूहों में खड़े लोग आपस में बातें कर रहे थे लेकिन दो घंटे पहले वाली गहमा-गहमी अब नहीं थी। रकाब गंज चौराहे तक आकर रतन फिर कुछ क्षणों के लिए ठिठका-सा खड़ा रहा। एक बार उसके मन में आया कि रकाबगंज पुलिस चौकी में जाकर पांचवें का पता करे। उनसे पक्की खबर मिलेगी। लेकिन दूसरे ही क्षण उसने इरादा बदल दिया और अमीनाबाद वाली सड़क पर आगे बढ़ गया।

कुछ ही देर में रतन कांग्रेस दफ्तर के सामने खड़ा था। वहाँ अच्छी-खासी भीड़ थी। वैसे अधिकांश लोग चारबाग से सीधे अपने घरों को लौट गए थे। केवल कार्यकर्ता, विशेषकर वे स्वयंसेवक जिनके पास झंडे, बैनर वगैरह थे, यहाँ लौट आए थे। इनकी संख्या भी अच्छी खासी थी। इनमें से दो एक के सिरों पर पट्टियाँ बँधी थीं। यह वे लोग थे जिनके हल्की चोटें आई थीं। गंभीर चोट वाले लोगों को या तो अस्पताल भेज दिया गया था या फिर उनकी मरहम-पट्टी करवा कर उन्हें उनके घर पहुँचा दिया गया था।

रतन वहाँ जमा भीड़ में तेजशंकर को खोजने लगा। तभी किसी ने पीछे से उसके कंधे पर हाथ रखा। "अरे जीजा आप ! आप यहाँ कैसे ?"

रतन ने पीछे मुड़कर देखा। आवाज से ही उसने तेजशंकर को पहचान लिया था। "वैसे ही, तुमको देखने चला आया।" उसने कहा।

"सुबह चारबाग में थे क्या ?" तेजशंकर ने पूछा।

"हाँ। तभी तो फिक्र लगी थी तुम्हारी। दफ्तर जा नहीं पाए। घर लौट कर गए तो तुम्हारी जिया भी तुम्हारे बारे में चिंता करने लगीं।"

"मैं बिल्कुल ठीक हूँ," तेजशंकर ने कहा, "लेकिन पंतजी को और जवाहर लालजी को काफी चोट आई है।"

"कहाँ हैं वे लोग?"

"कह नहीं सकते। स्वयंसेवक चारबाग से ही उन्हें मोटर पर ले गए। जवाहर लाल, हो सकता है, इलाहाबाद लौट गए हों। या फिर कहो मोतीलाल जी के साथ होटल में हों। वह भी आज सुबह आ गए थे न। पंतजी, हो सकता है, अस्पताल में हों। या फिर घर पर ही इलाज हो रहा हो।"

"गोली भी चली थी क्या?"

"नहीं तो। किसने कहा?"

"कुछ लोग रास्ते में बात कर रहे थे।"

तभी एक व्यक्ति ने हाथ में लिए हुए पत्तलों के ढेर से एक पत्तल निकाल कर रतन की ओर बढ़ा दी। रतन ने देखा, पूरियाँ बँट रही थीं। पत्तल वाले के साथ-साथ एक व्यक्ति एक झाबे में पूरियाँ और दूसरा एक टोकरी में सब्जी लिए बाँट रहा था। रतन ने पत्तल लेने से मना कर दिया।

"अरे सुनो भाई," तेजशंकर ने पत्तल वाले को वापस बुला लिया और एक पत्तल रतन को पकड़ाकर दूसरी स्वयं अपने हाथ में ले ली।

रतन कुछ कहे-कहे, तब तक पूरी बाँटने वाला व्यक्ति उसके पत्तल पर चार पूरियाँ रख कर तथा तेजशंकर को भी पूरी देकर आगे बढ़ गया। उसी के साथ सब्जी वाले व्यक्ति ने उनके पत्तलों पर ढेर-सी सब्जी रख दी।

"अरे भाई····मुझे क्यों दे रहे हो। मैं तो खाना खाकर निकला था।" रतन ने तेजशंकर से कहा।

"सुबह का खाना अब तक पच गया, होगा," तेजशंकर ने उत्तर दिया।

"घर नहीं चलना है?"

"खाना खा लें। अभी चलते हैं। मीटिंग का फैसला होना है कि कब होगी, उसी के बाद चल देंगे।"

रतन ने एक बार पूरी खानी शुरू कीं तो सारी पूरियाँ खा गया। उसे लगा, जैसे वह वास्तव में भूखा था।

"और चाहिए?" तेजशंकर ने पूछा।

"नहीं भाई, बस।"

इतने में किसी की आवाज सुनाई दी, "तेजशंकर जी कहाँ है?"

"यहाँ हूँ। क्या है?"

वह व्यक्ति तेजशंकर की ओर बढ़ आया "सक्सेना जी ने कहा है कि मीटिंग कल सवेरे होगी। नौ बजे। यहीं।"

"ठीक है।" तेजशंकर ने पूरी का आखिरी निवाला मुंह में रखा, तब पत्तल लपेट कर एक ओर फेंकने चला गया। रतन भी अब तक खा चुका था। उसने भी अपनी पत्तल, जहाँ और लोग पत्तलें डाल रहे थे, फेंक दी। एक ओर कुल्हड़ों में पानी मिल रहा था।

दोनों ने वहाँ जाकर पानी पिया। तब मुख्य सड़क पर आकर घर की ओर चल दिए।

"सब ठीकठाक निपट तो गया न ?" रतन ने चलते-चलते पूछा।

तेजशंकर हँसने लगा। "क्या निपट गया ?" उसने कहा, तब एक क्षण रुककर बोला "इतनी आसानी से निपटा न समझो जीजा। जब तक स्वराज नहीं मिल जाता तब तक कुछ नहीं निपटेगा।"

"अरे यह जो कमीशन आया है इसकी बात कर रहा था मैं।"

"अभी तो कमीशन शहर में ही है। इसी सिलसिले में तो मीटिंग है कल।"

तभी डाक्टर हुक्कू के दवाखाने के सामने कचहरी की तरफ से बड़े आते हुए दिखाई दे गए। "रुको भाई रुको, हम भी चल रहे हैं।" उन्होंने दूर से ही आवाज दी।

रतन और तेजशंकर रुक गए। बड़े पास आए तो तेजशंकर ने झुककर उनके पाँव छू लिए।

"जीते रहो," बड़े ने कहा। तब उसकी ओर देखकर मुस्कराते हुए बोले, "तुम तो ठीक-ठाक लग रहे हौ। हम तो समझ रहे थे अलस्तर-पलस्तर चढ़ा होगा तुम्हारे।"

"क्यों, पलस्तर क्यों चढ़ेगा ?"

"अरे भाई, वहाँ कचहरी में खबर थी कि कोई कांग्रेसी साबुत बचा ही नहीं है।" बड़े ने कहा। तब गंभीर होकर बोले, "सुना है जवाहर लाल को बहुत चोट आई है।"

"ठीक सुना है आपने," तेजशंकर ने कहा। "मगर उससे भी ज्यादा चोट पंतजी को आई है।"

बड़े अफसोस करने लगे। तब बोले, "खैर, चलो सब ठीक-ठाक निपट तो गया।"

तेजशंकर को फिर हँसी आ गयी। "आप भी वही बात कर रहे हैं जो अभी रतन जीजा कर रहे थे। जब तक अंग्रेज यह देश छोड़कर चले न जाएँ तब तक कुछ निपटा न समझिए।" उसने कहा।

"हाँ भाई, सो तो है ही।" जुगुल बिहारी ने अपनी सहमति व्यक्त की।

कुछ देर खामोशी रही। तभी रतन ने पूछा, "मीटिंग कल काहे की है ?"

"परसों यहाँ के राजा, तअल्लुकेदार वगैरह ब्रिटिश इंडिया एसोसिएशन की तरफ से कमीशन के मेंबरों को कैसरबाग में दावत दे रहे हैं। पुलिस ने अभी से पहरा लगा दिया है। राजा महमूदाबाद की कोठी पर तो हर आने-जाने वाले पर निगाह रखी जा रही है। उस दिन तो मैं समझता हूँ चिड़िया भी पर न मार पाएगी वहाँ। वही हम लोगों को तय करना है कि क्या किया जाए। काले झंडे तो कमीशन को दिखाने ही हैं।"

"हाँ, सुना तो मैंने भी है," बड़े ने कहा। "लोग कह रहे थे कि बड़ी लंबी दावत का इंतजाम है। अंग्रेज हाकिम हुक्काम भी शामिल होंगे सब। कोई कह रहा था गवर्नर भी आएगा। इसीलिए तो पुलिस का इतना पहरा है। सौ डेढ़ सौ से कम भंगी-भिश्ती न लगे होंगे सफाई में। नवाब छतारी का इंतजाम है····मगर," वह एक क्षण रुके तब बोले, "क्या कहा तुमने ? चिड़िया पर नहीं मार सकती। तो क्या आसमान में पहरा बैठा देंगे ?"

"वह तो मैंने मुहावरे की तौर पर कहा। बाकी इंतजाम वहाँ इतना पक्का है कि कोई घुस नहीं सकता वहाँ।"

"तो घुसने की क्या जरूरत है ?"

"घुसेंगे नहीं तो काले झंडे कैसे दिखाएँगे ?"

"काले पीले जो झंडे कहो सो दिखा दिए जाएँ।"

"वह कैसे ?

"वह ऐसे कि बड़ी-बड़ी पतंगों पर 'साइमन गो बैक' लिखकर पतंगें आसमान में उड़ा कर मैदान में उतार दी जाएँ। और काली पतंगें हों तो क्या कहना। काली पतंगें और उनके ऊपर सफेद रंग में 'साइमन गो बैक' की इबारत। नवाब छतारी की मुँछें नीची ने हो जाए तो नाम जुगुल बिहारी नहीं मेरा।"

"अरे जीजा, यह तो आपने कमाल की तरकीब बताई। यह काम आप करा दीजिए, जैसे भी हो।" तेजशंकर ने प्रसन्न होते हुए कहा।

"मगर भाई पहले पतंगें बनवानी पड़ेंगी। उसके लिए वक्त चाहिए। जाड़े के दिन हैं। सात आठ घंटे तो कागज सूखने में लगेंगे।"

"हम अभी एक घंटे में आपको बताते हैं।" तेजशंकर ने कहा और वापस मुड़ने लगा।

"अरे अब घर आ गया है," रतन ने टोका, "पहले घर हो लो।"

"नहीं जीजा, यह काम ज्यादा जरूरी है।" तेजशंकर घर के मोड़ से ही वापस हो गया।

आठ

कोई साढ़े छः बजे शाम तेजशंकर ने बड़े के घर की साँकल खटखटाई तो ऊपर से उनकी आवाज आई, "कौन ?"

"मैं हूँ तेजशंकर।"

"अरे तो कुंडी क्यों खटखटा रहे हो भाई। ऊपर आ जाओ न।" बड़े ने ऊपर से झाँकते हुए कहा।

"चल दो जीजा बस।" तेजशंकर नीचे ही खड़ा रहा।

"कपड़ा-वपड़ा पहनने मैं दो चार मिनट लगेंगे कि नहीं ? तब तक बाहर ही खड़े रहोगे ?"

तेजशंकर जीना चढ़कर ऊपर आ गया। "जल्दी से कपड़ा पहन लो जीजा। टाइम नहीं है। ऐसा न हो कि दुकान बंद हो जाए।"

"अरे बैठो तो भाई। चलते है। कुछ नाश्ता पानी तो कर लो।"

सत्तो ने पिछले दिनों सूजी के गोंद वाले लड्डू बनाए थे। वह दो लड्डू एक कटोरी में ले आई।

"लो लड्डू खाओ।" बड़े ने तेजशंकर से कहा।

"लड्डू खा लेंगे हम, लेकिन आप देर न करो।"

"काहे कहूँ जायेक है का ?" सत्तो ने पूछा।

"अब तुमही समझाओ इनका," बड़े ने अपनी पत्नी से कहा। "हम से कहि रहे हैं कनकौवा खरिदवाए देव चलिके हमका।"

सत्तो ने तेजशंकर की ओर संदिग्ध दृष्टि से देखा। "काहे, तुमहू का कनकौवा लड़ावैक सऊक चर्रावा है का" ?

"अरे नहीं दीदी। दूसरी बात है।"

"दूसरी बात है तो भाई हम नहीं जाएँगे," बड़े खूंटी से उतारा हुआ कुर्ता वापस खूंटी पर टाँगने लगे।

"अरे जीजा अब मजाक न करो। अँधेरा हो रहा है।"

"तो झूठ तो न बोलो भाई। कनकौवा खरीदने नहीं जा रहे हो ?"

"जा रहे हैं।" तेजशंकर ने हारकर कहा।

सत्तो ने फिर आश्चर्य से तेजशंकर की ओर देखा। तब अपने पति से बोली, "कनकौवा वनकौवा खरीदै नाई जायेक है। चुपायेक घर मां बइठो। केत्ते कनकौवा तो धरे ह्वइहैं तुमरे लगे।"

"यहै तो हमहू कहि रहे हन।" बड़े ने कहा और कोट की आस्तीन में हाथ डालते-डालते रुक गए।

"अरे जीजा····।" तेजशंकर व्यग्र होने लगा। "अँधेरा हो चुका है। दुकान बंद हो गई तो मुश्किल होगी।"

"दुकान उकान बंद न होगी। मगर तुम्हारी यह दीदी····इनके आडर के बिना हम कहीं नहीं जा सकते।"

सत्तो समझ गई कि मामला कुछ और है। वह चुप हो गई।

बड़े ने कोट-जूते आदि पहन लिए तो तेजशंकर उन्हें आस्तीन से पकड़ कर जीने की ओर बढ़ गया। "अभी थोड़ी देर में आते हैं दीदी।" उसने सत्तो से कहा।

"जाये कहाँ रहे हौ ?" सत्तो ने इस बार तेजशंकर से ही पूछा।

"पतंग बनवाने का आर्डर देने।" तेजशंकर ने जीना उतरते हुए कहा।

"पतंग···· ?" सत्तो को विश्वास नहीं हुआ।

"हाँ।" तेजशंकर ने कहा और बड़े के साथ जीना उतर कर सड़क पर आ गया।

"दुकान तो नहीं बंद हो जाएगी ?" उसने पुनः आशंका व्यक्त की।

"अरे नहीं भाई। घर है वहीं उसका।" बड़े ने उसे आश्वस्त किया।

दोनों लोग रकाबगंज तक पैदल आए। तब पाटानाला के लिए इक्का कर लिया।

पाटानाला का गफ्फार उर्फ गूंगे नवाब पतंग बनाने का माना हुआ कारीगर था। शहर और शहर के आस-पास जितने भी नामी बदे लड़ाते थे, उनमें उसी की पतंगे इस्तेमाल होती थीं। उसकी बनाई पतंगों की काँप और ठड्ढों में कोई नुक्स निकाल दे तो उसके लिए उसने पचास रुपए का इनाम मुकर्रर कर रखा था। उसकी पतंगों का कागज भी बहुत नफीस होता था। बदे के लिए तो वह खासतौर से घुटाई वाला कागज इस्तेमाल करता था। पतंग बनाना उसका पैतृक पेशा था। लोगों का कहना था कि उसके दादा की बनाई हुई पतंगें नवाब आसफुद्दौला खुद उड़ाया करते थे। नवाब वाजिद अली शाह की खुद अपनी तहरीर में लिखी हुई अपने दस्तखत और मुहर वाली सनद तो उसके यहाँ शीशे के एक फ्रेम में मढ़ी हुई लगी थी। गूँगे नवाब सिर्फ नाम का ही नहीं वास्तव में गूँगा था।

बड़े तेजशंकर को लिए हुए गूँगे नवाब के यहाँ पहुँचे तो वह बाहर वाले कमरे में बैठा लालटेन की रोशनी में पतंग के कागज फर शीशे का घोटा लगा रहा था।

बड़े को देखकर उसने "क्खा क्खा" जैसा एक अजीब-सा स्वर मुँह से निकालते हुए अपना हाथ माथे तक ले जाकर उन्हें सलाम किया। तब कमरे में पड़े स्टूल की ओर इशारा कर के हाथ से जमीन पर थपकी देते हुए फिर वही स्वर मुँह से निकाला "क्खा क्खा" यानी बैठो।

बड़े ने तेजशंकर को स्टूल पर बिठा दिया और स्वयं पास में पड़े तखत पर, जिस पर रंगीन कागज के ताव, बाँस की खपच्चियाँ आदि फैली हुई थीं, अपने लिए थोड़ी-सी जगह बना कर बैठ गए।

गफ्फार ने एक चुभती-सी निगाह तेजशंकर पर डाली। तब हाथ को हवा में लहराते हुए भृकुटी के इशारे से बड़े से पूछा कि उन्हें क्या चाहिए। इस बार भी उसने 'क्खा' 'क्खा' वाला स्वर मुँह से निकाला।

तेजशंकर ने गौर किया कि गफ्फार बात तो हाथ के इशारे से करता था लेकिन जब भी वह कुछ कहता उसके मुँह से यह स्वर अवश्य निकलता था जिसका अलग-अलग संदर्भों में अलग-अलग अर्थ होता था, जैसे 'आदाबर्ज है', 'तशरीफ रखिए' या 'कैसे तकलीफ की?' आदि आदि। तेजशंकर को आश्चर्य हुआ कि किस प्रकार एक ही शब्द, औऱ वह भी शब्द क्या स्वर, हाथ के इशारे बदलने से अपना अर्थ बदल देता था।

बड़े ने गूँगे नवाब को बताया कि उन्हें पतंगें चाहिए।

"क्खा क्खा?" (कितनी?) गूँगे नवाब ने पूछा।

बड़े ने तेजशंकर की ओर देखा। "दो कोड़ी" तेजशंकर ने कहा। बड़े ने उसकी बात दोहरा दी।

"क्खा?" (साइज?)

"पौन तावा।" बड़े ने दीवाल पर टँगे सवा दो फुट लम्बे चौड़े कनकौवें की ओर इशारा किया।

गफ्फार ने जमीन पर पड़ी छड़ी से दीवाल पर टँगी पतंग को छूकर बात की पुष्टि की। तब आगे पूछा, "क्खा ?" (रंग ?)

"काला।"

गफ्फार ने फिर छड़ी से दीवाल पर टंगी एक काली पतंग को छूकर पूछा "क्खा क्खा ?" (यही न ?)

"हाँ", बड़े ने कहा।

"क्खा क्खा ?"(डिजाइन ?)

"वही तो खास बात है," बड़े ने कहा। तब गूँगे नवाब को कागज पर अंग्रेजी में 'साइमन गो बैक' लिखकर समझने लगे कि किस प्रकार काली पृष्ठभूमि में सफेद रंग से यह इबारत लिखी जाएगी।

"क्खा क्खा ?" (मामला क्या है ?) गूँगे नवाब ने पूछा।

"वैसे ही जरूरत है।" बड़े ने कहा।

गूँगे नवाब न बड़े द्वारा कागज पर लिखी गई इबारत गौर से देखी। तब पूछा कागज सीधा किधर से है। बड़े ने बता दिया लेकिन गफ्फार संतुष्ट नहीं हुआ। उसने अलमारी से सफेद कागज का एक ताव निकाला और पतंग की ड्राइंग बनाकर उस पर बड़े द्वारा लिखी गई इबारत देखकर अंग्रेजी के अक्षर बनाने लगा। अक्षर बनाते-बनाते वह रुक गया और हाथ और 'क्खा क्खा' के स्वर वाली अपनी भाषा से बड़े को समझाने लगा कि पूरी इबारत एक लाइन में आ पाना मुश्किल है। अतः क्या वह उसे दो लाइनों में कर दे। 'साइमन' ऊपर और 'गो बैक' नीचे।

अब तक तेजशंकर भी उसकी भाषा समझने लगा था। "हाँ, हाँ।" उसने कहा।

गफ्फार ने कागज में बनी पतंग की ड्राइंग पर संभाल-संभालकर उसी तरह 'साइमन गो बैक' दो लाइनों में लिखकर कागज बड़े की ओर बढ़ा दिया। "क्खा क्खा ?" (ठीक है न ?)

"बिल्कुल ठीक," बड़े ने कहा, "लेकिन कल शाम तक हमें सारी पतंगें चाहिए होंगी।"

"क्खा क्खा क्खा ?" (इतनी जल्दी कैसे मुमकिन है ?)

"अब जैसे भी हो नवाब साहब। बहुत जरूरी मरहला दरपेश है।"

"क्खा क्खा" (ठीक है) गूँगे नवाब ने कहा। तब हँसते हुए बोला, "क्खा क्खा क्खा क्खा" (आप इतने पुराने ग्राहक है, मना तो कर नहीं सकते।)

"लेकिन पैसे तो नवाब साहब आपने बताए नहीं" बड़े ने कहा। "पुराने ग्राहक का जरा खयाल करिएगा।"

गफ्फार थोड़ी देर सोचता रहा। तब दोनों पंजे हवा में फैला कर बड़े की ओर बढ़ा कर हाथ पीछे खींच लिए।

"पाँच ?"

"क्खा क्खा" (नही) गफ्फार ने इनकार में सिर हिलाया और दोबारा उसी तरह इशारा किया। इस बार दो मर्तबा हाथ आगे करने के बीच का अंतराल उसने कुछ बढ़ा दिया।

"दस ?"

"क्खा क्खा" (हाँ।)

"दस तो ज्यादा हैं।" बड़े ने कहा लेकिन तेजशंकर ने उन्हें रोक दिया। "ठीक है।"

उसने कहा "लेकिन कल सारी पतंगें मिल जाएँ।"

"क्खा क्खा" (आप इत्मीनान रखिए।)

बड़े ने तेजशंकर से पाँच रुपए लेकर गूँगे नवाब की ओर बढ़ा दिए। "पेशगी है यह।"

"क्खा क्खा क्खा" (इसकी क्या जरूरत थी।) गफ्फार ने रुपए ले लिए।

बड़े उठ कर खड़े हो गए, "चल रहा हूँ फिर। कल शाम को हाजिर हूँगा।" उन्होंने कहा।

"क्ख क्खा" (ठीक है।) गूँगे नवाब ने कहा तब हाथ उठाकर माथे से लगा लिया। बड़े तेजशंकर के साथ बाहर गली के खड़ंजे पर उतर आए। "चलो तुम्हारा काम हो गया," उन्होंने कहा।

"अभी कहाँ। अभी तो आपको इन्हें कैसरबाग में खाने की मेजों पर उतारने का इंतजाम करना होगा।"

"यह भी जिम्मेदारी हमारी? यानी रास्ता बताओ तो आगे चलो।" बड़े हँसे।

"और क्याय़ वरना तो सब बेकार ही हो जायगा। मोतीलाल कि जवाहर लाल इन्हें उड़ाने आने से रहे।"

"चलो भाई जब इतना किया है तो यह भी करेंगे?"

"कल पतंगे दे तो देगा यह?"

"इसकी फिकर न करो। वादा करेगा तो किसी भी हालत में निभाएगा। यह न हो तो बड़े-बड़े बदे लड़ने में गड़बड़ियाँ हो जाएँ।" बड़े ने कहा और आगे बढ़कर सड़क पर गुजर रहे इक्के को रोकने लगे, "ए बड़े मियाँ, रकाब गंज चलोगे?"

नौ

कैसरबाग के पूरे क्षेत्र को कल रात से ही पुलिस ने घेर रखा था। वैसे इस इलाके में पुलिस की टुकड़ियाँ कई दिनों से तैनात थीं लेकिन आज बारादरी के आसपास के पूरे क्षेत्र के हर प्रवेश मार्ग पर सख्त पहरा था। लगभग सौ भंगी और इतने ही भिश्ती सुबह से बाग की सफाई में लगे थे। कागज का कोई टुकड़ा या पेड़ की सूखी पत्ती तक कहीं

नजर नहीं आ रही थी। फूलों की क्यारियों के बीच बने रास्तों पर अव्वल दर्जे की कुटी हुई सुर्खी बिछाई गई थी। लान में घास काटने वाली मशीन चलाकर रोलर चलाया गया था। एक-एक कंकड़ी बीनकर फेंक दी गई थी। क्यारियों में लगे फूलों के अलावा शहर के बड़े-बड़े रईसों और तअल्लुकेदारों के बंगलों से ठेलों पर लदकर फूलों के गमले लाकर मैदान में सजाए जा रहे थे। लॉन में मेजें लग रही थीं जिन पर खूबसूरत मेजपोश बिछाए जा रहे थे। बाग के चारों तरफ कनातें लगा दी गई थीं ताकि बाहर से कोई ताक-झाँक न कर सके।

ठीक चार बजे सर जान साइमन और शाही कमीशन के अन्य सदस्यों का ब्रिटिश इंडिया एसोसिएशन द्वारा यहाँ नागरिक अभिनंदन तथा उनके सम्मान में गार्डेन पार्टी आयोजित थी। तीन बजे तक सारा इंतजाम पूरा हो चुका था। मेजों पर मेज़पोश बिछा कर उनके ऊपर खूबसूरत गुलदानों में गुलाब गुलदाउदी आदि के फूल सजा दिए गए थे। कम से कम एक गुलदान हर मेज पर सजा हुआ था। नवाब छतारी, जो स्वागत समिति के अध्यक्ष थे, सुबह से दो-तीन बार अपनी मोटर पर आकर सारा इंतजाम देख चुके थे। तभी लगभग साढ़े तीन बजे वह अंतिम रूप से मेहमानों का स्वागत करने के लिए आ गए। उनके साथ नवाब जौनपुर भी था। कुछ ही देर में जगत नारायण मुल्ला भी आ गए। सारा इंतजाम देखकर इन लोगों ने आपस में संतोष व्यक्त किया और मेहमानों की प्रतीक्षा करने लगे।

नगर के सभी अधिकारी, मजिस्ट्रेट, जज, पुलिस अधीक्षक, सिविल सर्जन, यूनिवर्सिटी के वाइस चांसलर, काउंसिल के नामजद सदस्य, मिनिस्टर, नवाब, राजे, महाराजे, तअल्लुकेदारों से लेकर प्रांत के गवर्नर सर माल्कम हेली तक इस आयोजन में आमंत्रित थे। क्रांग्रेस इस अवसर पर किसी प्रकार की कोई गड़बड़ी न करने पाए, इसके लिए पूरे कैसरबाग को तो पुलिस के सुरक्षा घेरे में ले ही लिया गया था, गवर्नर हाउस (जहाँ आयोग के सदस्य ठहरे थे) से लेकर कैसरबाग के सारे मार्ग को भी पुलिस की उपस्थिति से सुरक्षित कर लिया गया था। इसी प्रकार कार्लटन तथा बर्लिंगटन होटलों के पूरे क्षेत्र में भी जहाँ नगर के बाहर के कितने ही राजे-महाराजे आकर ठहरे थे, पुलिस का विशेष बंदोबस्त था और वहाँ से कैसरबाग तक की सड़कों पर पैदल और घुड़सवार पुलिस के दस्ते तैनात कर दिए गए थे। इस पूरे प्रबंध में केवल एक ही बाधा थी। वह यह कि कांग्रेस के वरिष्ठ नेता और प्रांतीय सरकार के भूतपूर्व होम मेंबर राजा महमूदाबाद की कोठी कैसरबाग में ही बारादरी के ठीक पीछे थी और सरकार को इस बात का डर था कि कहीं ऐसा न हो कि काफी बड़ी संख्या में कांग्रेसी उनकी कोठी में छिप जाएँ और जब यहाँ साइमन और उसके साथियों को भोज दिया जा रहा हो तो वहाँ से निकल कर नारे लगाने लगें। अतः कई दिनों पहले से ही उनकी कोठी पर निगरानी रखी जा रही थी और आज तो सुबह से ही उनके यहाँ किसी के भी आने-जाने पर पाबंदी लगा दी गई थी। यही नहीं, उनके टेलीफोन की लाइन भी काट दी गई थी। ऐसी स्थिति में कांग्रेस तो क्या,

सरकार का कोई वफादार नागरिक तक इस पूरे क्षेत्र के आसपास कहीं भी नजर नहीं आ रहा था। केवल गमबूट पहने, सिर पर सोला हैट लगाए, पुलिस के घुड़सवार ही चारों तरफ नजर आ रहे थे। इतनी सख्त और सफल व्यवस्था देखकर नवाब छतारी गर्व से फूले नहीं समा रहे थे।

तभी तीन साढ़े-तीन बजते-बजते टमटमों, बग्घियों, मोटरों आदि का आना शुरू हो गया। प्रवेश द्वार छतर मंजिल की तरफ गोमती के पुल की ओर था। उसी ओर गाड़ियों के पार्किंग की भी व्यवस्था थी। चमचाते वस्त्र और तुर्रेदार पगड़ियाँ लगाए कोचवानों ने अपनी-अपनी टमटमों, फिटनों और बग्घियों को यथास्थान लाकर खड़ा किया तो गाड़ियों के पीछे पायदानों पर खड़े राजसी वेशभूषा में सुसज्जित सेवक फुर्ती से उतर कर गाड़ियों के दरवाजे खोलकर सिर झुका कर खड़े हो गए। कीमती रेशम और कमख्वाब के वस्त्र धारण किए, गले में सच्चे मोतियों की मालाएँ पहने, उँगलियों में हीरों की अँगूठियाँ चमकाते, सिर पर तरह-तरह की सुर्खाब के परों अथवा सफेद कलगियों वाली पगड़ियाँ बाँधे, राजे-महाराजे उतर कर लॉन में सजी कुर्सियों पर अपना-अपना स्थान ग्रहण करने लगे। मोटरों वाले अधिकतर लोग सूट में थे। वे भी अपनी-अपनी गाड़ियों से उतर कर लॉन में पड़ी कुर्सियों की तरफ बढ़ गए। तभी ठीक चार बजे प्रांत के गवर्नर की तथा उसके पीछे-पीछे सर जान साइमन और उसके सहयोगियों की गाड़ियाँ भी पहुँच गईं। नवाब छतारी तथा स्वागत समिति के अन्य सदस्यों ने आगे बढ़कर उनका स्वागत किया तथा अपने साथ लाकर डायस पर यथास्थान बिठा दिया। आयोग के सारे सदस्य एक जैसे सूट पहने थे और क्लेमेंट ऐटली को छोड़ कर, जो 'बो' लगाए थे, शेष सभी ने टाइयाँ बाँध रखी थीं। सर जान साइमन अपने कोट के बटन होल में गुलाब का एक खूबसूरत-सा अधखिला फूल भी लगाए था।

सब लोगों ने अपना-अपना स्थान ग्रहण कर लिया तो पूर्व-निश्चित कार्यक्रम के अनुसार सबसे पहले कमीशन के सदस्यों और प्रांत के गवर्नर को लाल गुलाब की बड़ी-बड़ी मालाएँ पहनाई गईं। तब तालियों की गूँज कम होने के साथ ही नवाब छतारी उठकर खड़े हुए और आयोग के सदस्यों के सम्मान में छपा हुआ स्वागत-पत्र हाथ में लेकर पढ़ने लगे।

इधर यह कार्यक्रम चल रहा था और उधर नजीराबाद में मौलाना रऊफ सिद्दीकी के तिमंजिले मकान की छत पर खड़े बाबू मोहन लाल सक्सेना आँखों में दूरबीन लगाए सारा दृश्य देख रहे थे। उनके साथ चौधरी खलीकुज्जमां तथा उनके मित्र और मकान मालिक सिद्दीकी साहब भी खड़े थे।

जैसे ही नवाब छतारी ने स्वागत-भाषण पढ़ना शुरू किया, मोहन लाल सक्सेना ने हाथ हवा में ऊपर उठा कर इशारा किया। उनके इशारा करते ही चौधरी खलीकुज्जमां छत पर पड़ा हुआ बाँस जिसमें झंडानुमा एक कपड़ा बँधा था, ऊपर उठाकर हवा में लहराने लगे। इसी के साथ कैसरबाग के मैदान के ऊपर ऊँचाई में उड़ते हुए ढेर सारे

गिद्ध सहसा नीचे उतरने लगे। इतने सारे गिद्धों को अचानक आसमान से नीचे उतरते देख वहाँ एकत्रित लोग अचम्भे में पड़ गए। तभी एक गिद्ध हवा में लहरा कर नवाब छतारी के सामने से निकल गया। वह कुछ समझें-समझें, तब तक दूसरे गिद्ध ने उनके हाथ पर तेजी से झपट्टा मारा और शीशे के फ्रेम में मढ़ा हुआ स्वागत-भाषण उनके हाथ से गिर पड़ा। वह संभलें-संभलें, तब एक तीसरा गिद्ध उनके गले में फँसकर झूल गया। उन्होंने घबराकर उसे झटका तो देखा बड़ी-सी काली पतंग थी जिस पर सफेद अक्षरों में अंग्रेजी में 'साइमन गो बैक' लिखा था। लगभग इसी समय डायस पर भी तीन-चार गिद्धों ने आक्रमण किया और उनमें से एक ठीक सर जान साइमन के सामने मेज से टकरा कर वहीं गिर पड़ा। साइमन भी घबरा गया। लेकिन तभी सामने मेज पर पड़ी बड़ी-सी काली पतंग पर 'साइमन गो बैक' लिखा देखकर उसकी घबराहट खीझ में बदल गई और उसका चेहरा गुस्से से तमतमा उठा।

पूरी भीड़ में तहलका-सा मच गया। बड़े-बड़े अफसरों की पत्नियाँ, तअल्लुकेदारों की बेगेंम आदि घबरा कर इधर-उधर भागने लगीं। मुश्किल से दस-पंद्रह मिनटों के अंदर लगभग तीस-चालीस पतंगें हवा में लहरा कर इधर-उधर उलझकर गिर पड़ीं। एक आध तो दो एक लोगों की पगड़ियाँ ले उड़ीं। कुछ अपना निशाना चूक कर किसी वृक्ष में उलझ गईं। दो एक मैदान में रखे गमलों से लिपट गईं।

इस बीच दूरबीन खलीकुज्जमां ने ले ली थी और वह यह दृश्य देखकर हँसते-हँसते लोट-पोट होने लगे। आखिर जब वह अपने को नहीं संभाल पाये तो दूरबीन रऊफ साहब को देकर उन्होंने मुँह में रुमाल लगा लिया। रऊफ साहब ने यह दृश्य देखा तो वह भी बेसाख्ता हँसने लगे।

नवाब छतारी किसी तरह लोगों को खामोश करा कर स्वागत भाषण, जिसके फ्रेम का शीशा टूट चुका था, दोबारा पढ़ने लगे। लेकिन दोबारा उनका यही हाल हुआ। ऐसा लग रहा था जैसे पतंगों के आँखें लग गई हों और वे जानबूझकर उनके ऊपर आक्रमण कर रही हों। आयोग के सदस्यों के सिरों पर भी पतंगें लहराने लगीं और वे लोग अपने सिर पर झटपट्टा मारते किसी पक्षी को उड़ाने जैसा उपक्रम करने लगे। अंततः स्वागत-पत्र पढ़ा हुआ मान लिया गया और लोग उठ कर खड़े गए। नवाब छतारी ने सर जान साइमन से दो शब्द बोलने का अनुरोध किया लेकिन उसने केवल 'धन्यवाद' कहकर और कुछ बोलने से इंकार कर दिया।

चाय, जलपान आदि का सारा मजा भी किरकिरा हो गया। दो एक मेजों पर पतंगों के आक्रमण से स्टैंड में सजी हुई खाद्य सामग्री भी उलट गई।

अंधेरा घिरने लगा था, जब बड़े और उनके दस-पंद्रह साथी कैसरबाग और उसके आस-पास क्षेत्र में अलग-अलग मकानों से खाली हाथ बाहर निकल कर बिना एक-दूसरे से कोई बात किए अपने-अपने घरों की ओर चल दिए। तेजशंकर भी बड़े के साथ था।

चुपचाप सड़क पर चलते हुए वे अमीनाबाद के चौराहे पर आ गए। तब घर के लिए इक्का कर लिया।

दस

खब्त की सीमा तक पतंगबाजी के अपने शौक के कारण घर की ओर से बड़े की हद दर्जे की लापरवाही के बावजूद सत्तो पूरी समर्पिता पत्नी थी। अब तक वह सात बच्चों को जन्म दे चुकी थी जिनमें चार, लाइन से तीन बेटियाँ सुशीला, विमला, और कमला और तब पाँच वर्ष का एक बेटा मदन जीवित थे। इन बच्चों की देखभाल के अलावा वह घर के सारे काम काज निपटाती, सुबह शाम पति को भोजन बना कर देती, उनके वस्त्र धोती तथा नियमपूर्वक सोने से पहले उनके पाँव दबाती। घर में रुपयों पैसों की कोई कमी नहीं थी। बड़े की आधी तिहाई तनख्वाह, जो उसके हाथ में आती, उसके अलावा खेती से भी कुछ आमदनी थी ही। कपड़े-लत्ते तथा तीज-त्योहार, शादी-विवाह आदि अवसरों पर पहनने के लिए पर्याप्त मात्रा में जेवर-गहने भी उसके पास थे। हाँ, इधर अपनी बड़ी बेटी सुशीला के विवाह को लेकर वह जरूर चिंतित रहने लगी थी। सोलह पूरे करके इस वर्ष वह सत्रहवें में पड़ी थी। सत्तो उसके विवाह के लिए अपने पति को बराबर कोंचती रहती थी लेकिन बड़े को अपनी पतंगबाजी के सामने कुछ सुझाई ही नहीं देता था।

अक्सर ही जब सत्तो मोहल्ले में किसी के यहाँ बुलौवे आदि में जाती तो कोई न कोई स्त्री अदबदा कर सुशीला के विवाह की बात छेड़ देती। "कै हो सुशीला की अम्मा, सुशीला का बिहाव कहूँ लाग कि नाई ?"

"अबै कहाँ चाची। अबहीं उइ की उमिरि ही केत्ती है। पंद्रहियाँ लाग है आसो।" सत्तो सुशीला की आयु के बारे में सरिहन झूठ बोल जाती।

मगर औरतें कहाँ मानने वाली! उनके पास तो जैसे सभी की बेटियों की जन्म-कुंडली बनी रखी हो। वे सत्तो के झूठ का खुलासा करने लगतीं। "पंद्रहियाँ काहे लाग होई ? हम जानित है सोरा की पूर ह्वै गै होई सुशीला। हमरी नंद की बिटिया है जऊन, बिटोल, पारसाल बिहाव भा है जी का, उइ ते सुशीला महिना दुइ महिना बड़िन होई। उइ की पैदाइस अगहन की आए औ सुशीला, हम जानित है, कातिक मां पैदा भै है। नाई तो कुँआर मां भै होई।"

"नाहीं चाची। बिटोल सुशीला ते बड़ी है।" सत्तो अपने झूठ पर अड़ी रहती।

"रहै देव सुशीला की अम्मा। हम जानित नाई है का।"

"अब तुम तो न कहौ भउजी। तुमरी सुमन ते तो सुशीला छः महिना छोट है।"

"काहे नाई, दुसरे की बिटिया बड़ही लगती हैं।"

"हम तो नाई कुछू कहा। तुम ही पंचै पूछै लागिव। सुशीला की पढ़ाई सबकी

आँखिन मां अखर रही है तो हम का करी? हम तो कहित है ऊके बाबू ते कि तुरतै बिहाव कइ दें ऊका मुदा उइ कहत हैं पहिले वा मिडिल पास कइ ले तब बिहाव होई।" सत्तो दूसरी चाल चलती।

"हाँ, अब तो सबकी बिटिया कोट कचहरी करै जइहैं। नवा चलन चला है न। बिटिया स्कूलै जाय लागीं। हमरे पंचन के जमाने मां बिटिया दस बारह साल की मै नाई कि घर तै निकरब बंद। अब सब बेपदा ह्वै के अकेलै स्कूले जाती हैं।"

"अकेले बेपरा की कऊन बात आए? ठेला कहार आवत हैं।"

"लाख कहार आवैं, आहीं तो आनै मनई।"

"जी की सामर्थ होई वहै लरिका बिटियन का पढ़ाई और जी की सामर्थ न होई ऊ तो ई तना की बातै करबै करी।"

इस तरह सत्तो अंत तक हार नहीं मानती। लेकिन जब वह लौट कर घर आती तो मन ही मन काफी खीझी होती। शाम को अपने पति को खाना खिलाते समय या फिर रात में उनके पैर दबाते समय वह उन्हें नए सिरे से टोकने लगती। "कहूँ कोहू ते बातचीत करौ। आखिर कब तक बिटिया घर पर बईठ रही। बिहाव ह्वइगा होतै तो तुम जान लेव अब तक एक आध लरिका होतै गोदी मां।"

बड़े अपनी आदत के अनुसार उसकी बात एक कान से सुनकर, दूसरे से निकाल देते। सत्तो बहुत जोर देती तो वह बड़े निर्विकार भाव से कहते, "अरे जहाँ शिष्टा होई तहाँ बिहाव होइबै करी। हमरे तुम्हरे किहे का होई?"

"शिष्टा के कउनौ पाँव लाग हैं जो अपने आप तुमरे घरै चलिके आये जाई।"

बड़े खीझ उठते। "तो लरिका का कहूँ बिरवा मां लागत है जायेक एक तूर लाई कि कहूँ बजार मां बिकात हैं जो मोल लै आई।"

"कोहू ते बात तो करौ।"

"की ते बात करी? हमरे पंचन के बखत मां तो यू काम, तुम जान लेव कि नाऊ-बारी करत रहैं। अब हियां कउने नउवा ते कही जायेक हम?"

"नउवा ते को कहत है कहैक। औरो मनई तो हैं दुनिया मां। नाते रिश्तेदार कि तुमार साथी संगी सब मरिगे हैं का? मुदा तुमका कनकौवा लड़ावै ते फुर्सत मिलै तब तो।"

यही बड़े की कमजोरी थी। वह झुँझला जाते। "ससुरी ठीक ते खानौ नाई खाय देत" वह मन ही मन कहते और जैसे तैसे खाना समाप्त करके हाथ घोकर उठ जाते। या फिर बिस्तर पर लेटे पैर दबवा रहे होते तो दूसरी ओर करवट लेकर खामोश हो जाते। सत्तो भी चुप हो जाती।

तभी अचानक एक घटना ने सत्तो को बहुत विचलित कर दिया। उसके मकान के सामने सेठ दुलीचंद का ठाकुरद्वारा था। किसी जमाने में दुलीचंद के बाबा की वहाँ ल्की लकड़ी की टाल थी। दिन भर वह कुल्हाड़ी लिए लकड़ी चीरता रहता या फिर जमीन में

बड़ी बल्ली में बँधे बड़े से तराजू में, जिसके बाँट वाले पलड़े में हमेशा कोई न कोई भारी बाँट रखा रहता, लकड़ी तोलता रहता। वह तो लकड़ी चीरते-चीरते मर गया। लेकिन उसके बेटे तुलानंद ने व्यापार को काफी बढ़ाया। उसने दो-तीन नौकर रख लिए। स्वयं गद्दी पर बैठा रहता। नौकर लकड़ी चीरते और वही तोलते भी। लकड़ी के अलावा उसने खली, चूनी और भूसे का व्यापार भी कर लिया। दोनों धंधों को मिलाकर उसे खासी आमदनी होने लगी और धीरे-धीरे वह तुलानंद से सेठ तुलानंद हो गया। टाल की जमीन में ही, जो खासी बड़ी थी, उसने एक ठाकुरद्वारे का निर्माण कराया जिसमें सुबह-शाम आरती पूजा के लिए एक पुजारी की नियुक्ति भी कर ली। उसके मरने के बाद दुलीचंद ने व्यापार को और बढ़ाया। लकड़ी की टाल, चूनी भूसी के कारोबार के आलावा उसने एक कोल्हू भी लगवा लिया तथा ठाकुरद्वारे की छत पर आठ-दस कोठरियाँ बनवा दीं जिन्हें उसने किराए पर उठा दिया। व्यापार के अलावा दुलीचंद को इन कोठरियों के किराए से भी खासी आमदनी होने लगी।

दुलीचंद के ठाकुरद्वारे की पहली मंजिल की छत बड़े की दुमंजिली छत से दिखाई देती थी। पहली मंजिल के उनके कमरे की खिड़की, दरवाजे से भी वह नजर आती थी। तभी एक दिन अचानक सत्तो ने गौर किया कि सुशीला जब गीले कपड़े छत पर फैलाने जाती है तो कुछ अधिक देर ही वहाँ बनी रहती है। यही नहीं, अब वह नहाने के पश्चात् गीले बाल सुखाने भी छत पर निकल जाती। या फिर वैसे ही किसी न किसी बहाने सुबह-शाम छत पर चली जाती और वहाँ अपनी छोटी बहनों और भाई के साथ सकड़ी या गुट्टे खेलती रहती। सत्तो के आवाज देने पर ही नीचे उतरती।

सत्तो सुशीला के इस प्रकार बार-बार छत पर जाने पर चौंकी। जल्दी उसकी समझ में नहीं आया कि आखिर यह लड़की जब तब छत पर क्यों बनी रहती है। मगर धीरे-धीरे उसे स्थिति का आभास होने लगा। एक दिन जब सुशीला छत पर अपने बाल सुखाने गई, तो उसने पहली मंजिल के अपने कमरे की खिड़की से देखा कि ठाकुरद्वारे की छत पर बनी कोठरी में रहने वाला लड़का बराबर उसकी छत पर घूरे जा रहा है। सत्तो को लगा जैसे उसने कुछ इशारे भी किए। सत्तो चुपचाप दबे पाँव छत पर गई तो उसने देखा सुशीला ठाकुरद्वारे की छत की ओर मुँह किए कंधी से अपने बाल खींच रही है। सत्तो को छत पर आया देख वह लड़का तुरंत अपनी कोठरी में चला गया। इसी के साथ सुशीला ने पीछे मुड़ कर देखा तो सत्तो उसे हाथ से पकड़कर नीचे खींच लाई।

सत्तो सुशीला पर कुछ बिगड़ी जरूर लेकिन उसे यह नहीं लगा कि इस ताकझाँक में सुशीला का अधिक कुसूर है। फिर भी वह सुशीला के छत पर जाने पर टोकाटाकी करने लगी। "हियां घाम नाई है का आँगन मां जो हुआं सरग मां बार सुखावै जाय रही हौ। तुमार रंग ढंग सब हम देख रहेन है।"

सुशीला चुपचाप वहीं आँगन में खड़े होकर कंघी करने लगती लेकिन इसके बावजूद जब कब माँ की आँख बचाकर छत पर निकल ही जाती। अंततः सत्तो ने छत के

जीने पर ताला लगा दिया। इसी के साथ अब वह बड़े को बेटी के विवाह के लिए और भी कुरेदने लगी लेकिन बड़े पर उसका कोई असर नहीं पड़ा। हाँ, बात टालने की गरज से वह यह जरूर कहने लगे कि दो-चार लोगों से उन्होंने बात की है, जैसे ही कोई उचित प्रस्ताव आएगा, वह लड़का देखने जाएँगे।

परंतु वास्तविकता यह थी कि उन्हें पतंगबाजी से फुर्सत ही नहीं थी। सुबह-शाम का तो उनका यह शगल था ही, इतवार तथा छुट्टियों में वह लगभग दिन भर ही खेत पर बने रहते। कभी-कभी बदा लड़ाने अन्य स्थानों पर भी चले जाते।

इस बीच सत्तो ने गौर किया कि सुशीला अब अकसर ही सामने वाले कमरे की खिड़की या दरवाजे पर खड़ी रहती है। यही नहीं, एक दिन उसने देखा कि उसका बेटा मदन उस लड़के के साथ ठाकुरद्वारे की छत पर खेल रहा है। सत्तो मन ही मन जल-भुन उठी। उसने सोचा कि वह आवाज देकर मदन को वहाँ से बुला ले लेकिन इतनी दूर से आवाज देना उसे उचित नहीं लगा। अतः वह घर में ही उसकी प्रतीक्षा करने लगी। मन ही मन उसने निश्चय किया कि आज वह उसकी हड्डी-पसली तोड़ डालेगी।

तभी थोड़ी देर में मदन उचकता-फाँदता घर में घुसा तो सत्तो ने उसे बाँह से पकड़ कर एक तमाचा उसके गाल पर जड़ दिया, "कहाँ गे रहौ तुम ?" उसने पूछा।

"ठाकुरद्वारा गे रहन।" मदन ने रोते हुए जवाब दिया।

"काहे, हुआं कउनौ लाल जड़े है तऊन देखै गे रहौ।"

"परसाद ले गे रहन।" मदन ने कहा।

"परसाद ठाकुरद्वारा मां बंटत है कि हुआं छत पर ?"

मदन ने कोई उत्तर नहीं दिया।

"बरकत काहे नाई हुआं छत पर का करै गे रहौ ?"

मदन रोने लगा। "खेलै गे रहन।" उसने कहा।

"आज गेव तो गेव। आज के बाद जो हम तुमका हुआं दीख तो हड्डी पसुरी सब तूर डारब तुमार।"

सुशीला इस सारे समय कमरे के दरवाजे पर खड़ी थी। सत्तो बेटे को मार-डाँटकर रसोई की तरफ मुड़ी तो वह मदन को अपने साथ लेकर कमरे में चली गई। सत्तो की निगाह अचानक उधर घूमी तो उसने देखा कि मदन ने जेब से कोई कागज निकाल कर सुशीला को पकड़ा दिया। सुशीला कागज हाथ में लेकर अपने आँचल से उसका मुँह पोंछने लगी।

सत्तो को कुछ शक हुआ। वह तुरंत रसोई से उठकर कमरे में गई और सुशीला का हाथ पकड़ते हुए बोली, "का आए जऊन यू दिहिस है तुमका ?"

"कुछू ने आए।" सुशीला ने कुछ घबराते हुए उत्तर दिया।

"ला अइसी, देखी।"

"कागज आए न।"

"कईस कागज ? ला हमका दे।"

तब तक सुशीला ने कागज को मुट्ठी में मरोड़ डाला था। सत्तो ने उसके हाथ से कागज छीनना चाहा तो पहले तो उसने उसे कमरे के दरवाजे से बाहर सड़क पर फेंकना चाहा लेकिन चूँकि सत्तो उसका हाथ मजबूती से पकड़े हुए थी, अतः इसमें असफल होकर उसने कागज के उस छोटे से गोले को मुँह में डाल लिया।

सत्तो ने उसे ऐसा करते देखा तो हाथ से उसके गाल दबाने लगी लेकिन सुशीला किसी तरह कागज निगल गई। सत्तो से अब नहीं रहा गया। उसने सुशीला के बाल पकड़कर उसे बेतहाशा पीटना शुरू कर दिया। यहाँ तक कि वह उसे पीटते-पीटते थक गई। मगर सुशीला के मुँह से आह तक नहीं निकली। अंततः सत्तो वहीं फर्श पर बैठकर रोने लगी। मदन की कुछ समझ में नहीं आया। मगर वह बहुत डर गया और वहाँ से दूसरे कमरे में भाग गया। दोनों छोटी बेटियाँ, विमला और कमला भी वहाँ से हट गई।

सत्तो देर तक रोती रही और अपनी बेटी और पति दोनों को ही कोसती रही। अंततः वह उठकर खड़ी हुई, अलगनी पर टँगी अपनी चादर उठाकर ओढ़ी, पैरों में चप्पलें डालीं और घर से बाहर जाने लगी।

सुशीला सहसा बहुत भयभीत हो उठी। वह डरी कि माँ कहीं किसी कुआँ-ताल में डूब न मरे जाकर। उसने लपक कर माँ को पकड़ लिया "ए अम्मा तुमका हमार कसम आये जो तुम कहूँ गइऊ। अब ते तुमका कउनिउ सिकाइत न मिली हमते।"

मगर सत्तो ने उसे फर्श पर ढकेल दिया और खिड़की की कारनिस पर रखा ताला उठाकर जीना उतरते हुए घर से बाहर आ गई। बाहर आकर उसने घर के दरवाजे की साँकल चढ़ा कर ताला लगाया और सीधे अपने खेतों की ओर चल दी।

खेत में बनी कोठरी के सामने आकर वह रुक गई। तब इधर-उधर देखकर उसने नौकर को आवाज दी, "भरोसे।"

भरोसे सब्जी की क्यारियों में पानी लगा रहा था। उसने मुड़ कर देखा तो पहचान नहीं पाया। "को आये ?" उसने कहा।

"हियां आओ।" सत्तो अभी भी काफी उत्तेजित थी।

भरोसो उठकर वहाँ आया तो उसने सत्तो को पहचान लिया। "का आए मलकिन ?" उसने पूछा।

"ई ताला की चाभी कहाँ है ?" सत्तो ने कोठरी में लगे ताले की ओर इशारा करते हुए पूछा।

"ई की चाभी तो मालिक अपने जनेऊ मा बाँधे रहत हैं।"

सत्तो एक क्षण चुप रही। तब बोली "कउनौ फड़ुहा-अड़ुहा नाई है हियां ?"

"है काहे नाई।" भरोसे ने कहा।

"लै आ हियां।"

भरोसे की कुछ समझ में नहीं आया। वह चुपचाप अपनी जगह खड़ा रहा।

"हम कहित है फडुहा लै आ न हियां।" इस बार सत्तो ने डाँटकर कहा। भरोसे खेतों में पड़ा हुआ फावड़ा ढूँढकर उठा लाया।

"मार ई का ई ताला मां।"

भरोसे चुपचाप खड़ा रहा। सत्तो क्या कह रही है यह समझ पाने में वह बिल्कुल असमर्थ था।

"हम कहित है यू ताला तूर डार। सुन नाई रहा है?"

"मालिक हमका काट डरिहैं।"

"हम जऊन कहित है तऊन कर।" सत्तो ने फिर डाँटा।

भरोसे विवश हो गया। उसने फावड़े से दो-तीन वार ताले पर किए तो ताले ने बगुले की चोंच की तरह मुँह फैला दिया।

"कुँडी खोल।"

भरोसे ने कुँडी खोल दी।

सत्तो ने कोठरी के अंदर प्रवेश किया और दीवार पर टँगी अथवा अलमारी में रखी सारी पतंगें, डोर की चरखियाँ, गुल्ले आदि उतारकर बाहर ले आई। छप्पर के बाहर खुली जगह में उसने सारी पतंगे नोचनाच कर ढेर कर दीं। तब डोर के सारे गुल्ले और चरखियाँ भी उस पर रख दीं।

"दियासलाई निकार।" सत्तो ने भरोसे से कहा।

एक बार भरोसे के मन में आया कि कह दे कि उसके पास दियासलाई नहीं है। लेकिन सत्तो का यह चंडी रूप देखकर वह इतना भयभीत हो चुका था कि उसने चुपचाप दियासलाई अपनी गंजी की जेब से निकाल कर सत्तो की ओर बढ़ा दी।

सत्तो ने एक सलाई निकाल कर जलाई और पतंगों और चरखियों के उस ढेर में आग लगा दी। कागज को आग पकड़ते देर नहीं लगी। कुछ ही क्षणों में सारी पतंगे, डोर, चरखियाँ आदि जल कर राख हो गईं। सत्तो चुपचाप उन्हें जलते देखती रही तब घर लौट आई।

ग्यारह

बड़े शाम को कचहरी से लौटे तो नियमानुसार सीधे अपने खेतों पर गए। वहाँ पहुँचकर कोठरी में ताला न देखकर वह कुछ चौंके लेकिन फिर सोचा कि हो सकता है वह स्वयं ताला लगाना भूल गए हों। परंतु जब वह दरवाजे की कुंडी खोलकर अंदर घुसे और वहाँ दीवाल पर टँगी पतंगों, चरखियों और डोर के गुल्लों को गायब पाया तो उनके आश्चर्य की सीमा न रही। उनके मन में तरह-तरह के विचार आने लगे। जरूर किसी ने ताला तोड़ कर उनका सामाना चुरा लिया है। या फिर कहो किसी जन-मजूर ने ही सारा सामान

निकाल कर बेच दिया हो। अभी दो-चार दिन पहले ही उन्होंने टिकैतगंज के फारूख कारीगर से नया मांझा सुतवाया था। खासा खर्च आया था उस पर। अचानक उन्हें अपने जन-मजूरों पर गुस्सा आने लगा और वह उन्हें जोर-जोर से आवाज देने लगे "भरोसे, बद्री, राम चंदर···साले सब कहाँ मर गए।"

तभी भरोसे और बद्री खेतों के बीच से निकल कर उनके सामने आ गए। रामचंदर कहीं गया हुआ था।

"कहाँ रहेव सब जने तुम ?"

"खेतन मां पानी लगाए रहे रहन।" बद्री ने उत्तर दिया।

"औ यू राम चंदर कहाँ गा ?"

"अबै तो हियैं रहा। कहूँ बीड़ी तमाखू ले गा होई।"

"दिन मां तुम सब जने कहाँ रहेव ?"

"हिंयै रहेन मालिक।"

"मालिक के बच्चे ! तो हियां चोरी कइसे ह्वैगे ?"

"कहाँ चोरी ह्वेगै ?" बद्री ने पूछा। हालाँकि भरोसे ने उसे सारी बात बता दी थी।

"हमार डोर, चरखी, कनकौवा सब कहाँ गे ?"

बद्री आगे बढ़कर कोठरी में झाँकने लगा।

"बोलत काहे नाई कोऊ ?"

"मलकिन आई रहैं दिन मां।" अंततः भरोसे ने डरते-डरते कहा।

"कऊन मलकिन ?····हमरे घर मां ?"

"हाँ।"

"तो ?"

"वई ताला तूर के सब सामान निकार के जला दिहिन।"

"जला दिहिन ?" बड़े को अपने कानों पर विश्वास नहीं हुआ।

बजाय कुछ कहने के भरोसे चुपचाप निगाह नीची किए राख के ढेर की ओर निहारता रहा।

बड़े ने भी राख के ढेर की ओर देखा। "जलाए काहे दिहिन ?"उन्होंने जैसे अपने आपसे ही कहा।

"हम का जानी, मालिक।" भरोसे ने उत्तर दिया "हम बहुत मिनहा किहन। कहेन मालिक आए के बिगड़िहै। मुदा उइ हमरे ऊपर बक्कै लागीं।"

बड़े छप्पर के नीचे पड़े तखत पर बैठ गए। कुर्ते की जेब से बीड़ी का बंडल और माचिस निकाल कर उन्होंने एक बीड़ी सुलगाई और किसी ध्यानमग्न ऋषि की तरह राख के उस ढेर को निहारने लगे।

ऊपर से वह बहुत ही शांत दिख रहे थे किंतु अंदर ही अंदर वह गुस्से से उबल रहे

थे। सत्तो ने आखिर ऐसा क्यों किया, वह समझ नहीं पा रहे थे। पिछले दो-चार दिनों में कोई ऐसी बात भी नहीं हुई थी बल्कि कल तो उन्होंने पतंग उड़ाई भी नहीं थी। सुबह सीधे दफ्तर गए थे और शाम को पड़ोस में किसी से मिलने चले गए थे। आज सुबह भी सत्तो ने उन्हें रसोई में अपने हाथों खाना परोसा था। उनके कपड़े और जूते लाकर दिए थे। तब दिन भर में ऐसा क्या हो गया? और फिर अगर कोई ऐसी बात थी तो उसे उनकी प्रतीक्षा करनी चाहिए थी, उनसे कहना चाहिए था, न कि यह कि खेतों पर आकर ताला तोड़कर उनका सारा सामान जला दे। कम से कम डेढ़ दर्जन पतंगें तो रही ही होंगी। सद्दी और माँझे की तीन-चार चरखियाँ के अलावा कितने ही गुल्ले थे। उन्हें फिर गुस्सा आने लगा और वह जोर-जोर से बड़बड़ाने लगे, "पतंग उड़ाते हैं तो अपनी कमाई से उड़ाते हैं। उस उल्लू की पट्ठी के जेवर-गहने तो कभी इसके लिए गिरवी रखे नहीं, बल्कि अभी पिछली साल ही साली को नए बुंदे लाकर दिए हैं। फिर ससुरी ने ऐसा क्यों किया?"

देर तक वह इसी तरह बड़बड़ाते रहे। तब सोचने लगे कि अब उन्हें करना क्या चाहिए। घर जाएं या फिर किसी जन-मजूर से कुछ मँगा कर खा पीकर यहीं सो रहें? मगर वह कुछ फैसला नहीं कर पाए और तखत पर बैठे-बैठे अपने गुस्से को काबू करने का प्रयत्न करते रहे। इस प्रक्रिया में उन्होंने बीड़ी का पूरा बंडल फूंक डाला। रात हो गई सो अलग। आखिर उन्होंने तय किया कि घर जाकर चुपचाप बिस्तर पर पड़े रहेंगे। न किसी से बात करेंगे, न ही खाना खाएँगे। और वह उठकर घर की ओर चल दिए।

लेकिन घर आकर उन्होंने जो देखा उससे उनका मन सशंकित हो उठा। घर में पूरी तरह सन्नाटा था। दिया-बत्ती भी नहीं जली थी। सत्तो, जो रोज इस समय रसोई में खटती होती थी, कहीं नजर नहीं आई। चूल्हा ठंडा पड़ा था। बच्चे भी कहीं दिखाई नहीं दिए। तभी वह अपने कमरे की तरफ बढ़े तो सत्तो उन्हें बगल वाले कमरे में अपने बिस्तर पर लेटी दिखाई दी। उसका मुँह दूसरी तरफ था। दफ्तर के कपड़े उतार कर उन्होंने अलगनी पर टँगी अपनी तहमद उतार कर पहनी और दुबारा आँगन में आ गए। तब दूसरे कमरे में झाँक कर देखा। तीनों बेटियाँ दीवाल से सटी जमीन पर बैठी थीं। मदन जमीन पर ही एक कोने में पड़ा-पड़ा सो गया था। बेटियों ने उन्हें देखा लेकिन बोलीं कुछ नहीं।

"काहे आज सब जने कोप-भवन मां काहे पहुड़े है?" उन्होंने सुशीला से पूछा परंतु उसने कोई उत्तर नहीं दिया। एक क्षण वह दरवाजे की चौखट पर हाथ रखे खड़े रहे। तब वापस सत्तो के कमरे में आ गये। "खाना वाना न बनी आज का? पहुड़ी काहे हौ अबै तक? का भा का?" उन्होंने किंचित सख्ती से कहा।

परंतु सत्तो ने भी उनकी बात का कोई उत्तर नहीं दिया।

"हम कहित है बाहिरी ह्वै गई हौ का?"

सत्तो ने फिर भी कोई उत्तर नहीं दिया।

अभी तक तो उन्हें लग रहा था कि कहीं कोई अनहोनी न घट गई हो। लेकिन अब जब उन्होंने सबको भला-चंगा देख लिया तो उन्हें लगा कि सत्तो जरूर मक्कर कर रही है ताकि वह उस पर अपनी पतंगे चरखियाँ आदि जला डालने के लिए बिगड़े नहीं। वह गुस्से से काँपने लगे। आगे बढ़ कर उन्होंने सत्तो को बाँह से पकड़कर जोर से हिलाया। "तुम ही ते पूछ रहे हन हम। का भा का जो सबका साँप सूँघ गा है?"

सत्तो संभवतः रो रही थी। वह उठकर बैठ गई और अपने नेत्र पोंछते हुए बोली, "भा हमार मूड़।"

बड़े एक क्षण अपने स्थान पर खड़े उसे घूरते रहे। तब अपने गुस्से को नियंत्रित करते हुए बोले। "हमरी कनकइया डोर काहे जलाय डारेव?"

"अबहीं तो हम कनइऐ डोर जलावा है। अब हम फूंक डारब पूर घर। औ खुदौ वहीं मां जरि मरब।"

बड़े को लगा जरूर कुछ न कुछ गड़बड़ है। मगर सत्तो जिस तरह से कटाक्ष कर रही थी यह उन्हें अच्छा नहीं लग रहा था। आखिर कोई बात है तो उसे साफ बताना चाहिए। फिर भी उन्होंने अपने गुस्से पर काबू रखते हुए यथासंभव सहज स्वर में कहा, "साफ-साफ बात बताओ, बुझौवल न बुझाओ। हमरिउ तो कुछ समझ मां आवै।"

सत्तो एक क्षण चुप रही तब बोली, "तुमरी समझ मां अबै न आई। जब पानी गरे ते ऊपर निकर जाई तब आई समझ मां। मुँह मां करिखा तो लग ही गै है। अब नाक कटैक बाकी रहि गै है तऊन वहौ कउनेव दिन कटि जाई।"

बड़े को लगा बात जरूर कुछ गंभीर है। वह उसी चारपाई पर बैठ गए।

"गुस्साओ न। पूर बात बताओ हमका पहिले।" उन्होंने सत्तो को समझाते हुए कहा।

"बात कुछू न आए।" सत्तो अपनी बात कहते-कहते रुक गई। वास्तव में वह बड़ी दुविधा में थी कि पूरी बात अपने पति को बताए या नहीं क्योंकि उसे भय था कि कहीं बड़े कुछ उल्टा-सीधा न कर बैठें।

"कूछ न आय तो यू पानी गरे ते ऊपर ह्वै जाई और नाक कटि जाई, यू सब का आए? औ यू सब जने परे काहे हैं? चूल्हा उल्हा न जली आज?"

सत्तो को लगा कि कुछ न कुछ तो उसे बताना ही पड़ेगा। अतः उसने कहा, "चिआय के हमार बात सुनौ," और अपना स्वर धीमा करते हुए बोली, "तुमरी बिटिया के ऊपर बहुत जवानी चढ़ी है। तऊन तुम जेत्ती जल्दी ह्वै सकै उई के हाथ पियर कइ देव। दुहाजू, तिहाजू जो मिलै तीके साथे बिहाए देव। नाई तो कउनेव दिन सारी नाते रिश्तेदारी औ मुहल्ले मां नाक कटी तुम्हार।"

बड़े ने दरवाजे के बाहर झाँक कर देखा कि सुशीला कहीं आस-पास खड़ी तो नहीं है। तब धीमे स्वर में बोले "का भा का ? पूर बात बताओ न।"

"जब कुछ ह्वै जाई तबहीं चेतिहौ का?"

"अरे भाई हमहू तो कुछ सनी।"

"बतावै वाली अईस कउनवि बात नाई आए। मुदा उइ के लच्छन ठीक नाई है।"

बड़े ने आगे बात करना उचित नहीं समझा। सोचा, बाद में पूछ लेंगे।

"ठीक है। बिहाव जेत्ती जल्दी होई ओतती जल्दी कइ देबे। अब तुमका टोकैक न परी।" बड़े ने जैसे अपनी गलती स्वीकार करते हुए कहा। तब एक क्षण चुप रह कर बोले, "अच्छा अब उठौ। चूल्हा ऊल्हा जलाय के खाना बनाअओ जायेक। लड़िका बच्चा सब भुखान ह्वाइहैं।"

सत्तो एक क्षण पति की ओर देखती रही। तब आँखें पोंछती हुई, जो इस सारे समय बराबर डबडबाई हुई थीं, चारपाई से उठ पड़ी और जीने के नीचे पड़ी खाली जगह में रखे चैले उठा कर चूल्हा सुलगाने चली गई।

देर काफी हो चुकी थी, अतः सत्तो ने दाल-चावल आदि न बनाकर केवल पूरी-सब्जी बना ली। बड़े खाना खाने बैठे तो उन्होंने बच्चों को भी आवाज दी। खाना खाने का उनके यहाँ यही नियम था। बड़े और बच्चे सब एक साथ बैठ कर खाते थे। सत्तो सबको खिलाने के बाद खाती थी। उनकी आवाज पर और बच्चे तो आ गए (मदन भी अब तक जाग गया था) लेकिन सुशीला अभी भी कमरे में बनी रही। बड़े ने उसे दोबारा आवाज दी तो वह भी आ गई लेकिन खाना खाने फिर भी नहीं बैठी।

"बईठ न। खाना नाई खायेक है? बड़े ने उससे कहा।

"भूख नाई है।" सुशीला ने उत्तर दिया।

बड़े ने उसकी ओर गौर से देखा। शक्ल से इतनी भोली दिखने वाली लड़की कोई गलत काम भी कर सकती है, इस पर उन्हें सहसा विश्वास नहीं हुआ। क्षण भर उसे देखते रहे तब एक ओर खिसकते हुए जमीन पर थाप जैसी लगाते हुए बोले, "चलो बइठो एक आध कऊर खइहौ तो भूख अपने आपै लाग जाई।"

"सुशील वहाँ से जाने लगी।

"जाये कहाँ रही है?"

"मुँह धो आई।" सुशीला ने उत्तर दिया।

"हाँ, जा धो आ।"

सुशीला जब तक मुँह धोकर नहीं लौटी, बड़े ने भी थाली में हाथ नहीं लगाया। सुशीला लौट कर आई तो उन्होंने उसे अपनी बगल में ही बिठा लिया और बैंगन की शोरबेदार सब्जी में डूबा हुआ पूरी का कौर मुँह में डाल कर चुभलाने लगे।

"अचार खतम ह्वइगा का?" खाते-खाते उन्होंने पूछा।

"है।" सत्तो ने उत्तर दिया और अंदर कमरे में जाकर अचारदानी से आम का किलहा निकालकर उनकी थाली में रख दिया।

"तूहू लेहै?" बड़े ने सुशीला से पूछा।

"नाहीं।" सुशीला ने मना कर दिया।

रात में सोते समय सत्तो नियमानुसार बड़े के पैर दबाने आई तो बड़े ने उससे दोबारा पूरी बात पूछी। सत्तो अभी तक तय नहीं कर पाई थी कि उन्हें पूरी बात बताए या नहीं। इतना विश्वास तो उसे हो गया था कि पूरी बात जान लेने के बाद भी सुशीला को मार-पीटें शायद वह नहीं लेकिन इस बात का उसे अभी भी भय था कि हो सकता है वह उस लड़के के हाथ-पाँव तोड़ डालें या इसी तरह की कोई और फजीहत खड़ी कर दें। अतः उसने फिर टालने की कोशिश की, लेकिन बड़े जोर देते रहे। "आखिर हमहू तो जानी। कउनौ गैर तो न आन हम। लड़की के बाप आन आखिर। हमते छिपावैक कऊन बात आये?" उन्होंने कहा।

सत्तो इस तर्क के सामने विवश हो गई। लेकिन पूरी बात बताने से पहले उसने उन्हें कसम दी, "बात तो बताइत है हम तुमका, मुदा तुमका हमार कसम आए जो तुम कुछ किहो। वइसेन हम आज सुशीला का बहुत मारा है।"

"बात तो सुनी हम पहिले।" बड़े ने कहा।

"नाहीं, पहिले हमार कसम खाओ।"

"अच्छा भाई खायेन कसम।"

सत्तो ने उन्हें पूरी बात बता दी कि किस तरह वह लड़का सुशीला को पिछले कई दिनों से बराबर घूर रहा था और सुशीला भी जब तब किसी न किसी बहाने छत पर या फिर सामने वाले कमरे की खिड़की या दरवाजे पर खड़ी होकर उसकी ओर देखती रहती थी। और आज उस लड़के ने मदन के हाथ सुशीला के नाम एक चिट्ठी भी भेजी।

"का लिखा रहै चिट्ठी मां?" बड़े ने पूछा।

"हम का जानी का लिखा रहै। हम कउनौ पढ़े लिखे हन। हमरे बरे तो करिया अच्छर भँईस बरोबर।"

"है कहाँ चिट्ठी?"

"चिट्ठी कहाँ धरी अब।"

"काहे, का भै?"

"फेंक दीन हम।" चिट्ठी की गोली बनाकर सुशीला मुँह में डाल कर निगल गई, यह बात सत्तो छिपा गई।

बड़े के नेत्रों के सामने ठाकुरद्वारे में रहने वाले उस लड़के का चेहरा घूम गया। जहाँ तक उनकी जानकारी थी, वह पास के किसी गाँव से यहाँ पढ़ने आया था और संभवतः मिडिल या फिर आठवें-नवें दर्जे में किसी स्कूल में पढ़ रहा था। दुबले-पतले शरीर का, मुश्किल से सोलह-सत्रह वर्ष की आयु का निरीह-सा लगने वाला लड़का था वह। दो-एक बार सामने पड़ने पर उसने हाथ उठाकर उन्हें नमस्ते भी की थी। ऐसी हरकत भी वह कर सकता है, बड़े को आसानी से इसका विश्वास नहीं हुआ। कहीं ऐसा

तो नहीं कि सत्तो ने पूरी बात समझने में भूल की हो। कागज मिलता तो पढ़कर पूरी बात पता चलती लेकिन कागज तो, सत्तो जैसा बता रही थी, उसने फेंक दिया था। वह एक क्षण चुप रहे तब परिहास वाली मुद्रा में बोले, "तो ई मां हमार कऊन खता रही जऊन तुम हमार चरखी कनकौवा जलाय डारेव ?"

"तुमरी कनकौवाबजिही के मारे तो यू हाल भा है।"

"सो काहे ?"

"तुम घर मां रहौ तो लरिका बच्चा राह ते बेराह काहे होयं ?"

"नौकरी चाकरी छांड़ि के घर मां बइठी का फिर ?"

"यू हम नाई कहित। मुदा एत्ता करौ तुम कि जब तक बिटिया न बिहाए जाए तब तक कनकौवा डोर का हाथ न लगाओ अब।"

"चलो ठीक है।"

"ठीक नाई। कसम खाओ हमार।"

"कसम खाई ?"

"हाँ।"

"चलौ भाई कसम खायेन।"

"का कसम खायो ?"

"यहै कसम खायेन कि जब तक तुमार बिटिया न बिहाए जाई तब तक कनकौवा डोर का हाथ न लगइबे।"

"हमार बिटिया काहे ? तुमार बिटिया न आये का ?"

"अब को जानै।"

सत्तो ने उनके पैर पर एक धौल जमाई। "अच्छा चुपाय के पहुड़ौ। बइलाओ न।" उसने कहा और उठकर बच्चों के कमरे में जहाँ वह सोती थी, चली गई।

बारह

सत्तो के जाने के बाद भी बड़े काफी देर तक जागते रहे। आज की घटना और इससे पहले भी बेटी के विवाह को लेकर पत्नी की टोका-टाकी के बावजूद उन्हें आज तक कभी लगा ही नहीं था कि बित्ते भर की यह लौंडिया जो आँगन में कोयले या खड़िया की लाइनें खींचकर उसमें टेढ़े-मेढ़े खाने बनाकर अपनी छोटी बहनों या पास पड़ोस की और लड़कियों के साथ कभी एक टाँग तो कभी दोनों टाँगों पर उछलती हुई सकड़ी खेलती रहती है या फिर घुटनों तक टाँगे खोले बैठी हवा में गुट्टे उछालती रहती है, जिसे साड़ी बाँधने तक की तमीज नहीं है और बाँधती भी है तो इस तरह लश्टम-पश्टम चलती है कि अब गिरी तब गिरी, विवाह योग्य हो गई है। आज की घटना को लेकर भी उनके मन में

शंका थी। उन्हें इस बात की संभावना ही अधिक लग रही थी कि हो न हो, सत्तो ने सारी कहानी उन्हें बेटी के विवाह के प्रति गंभीर करने के उद्देश्य से गढ़ ली हो। इसमें तो उन्हें कोई संदेह था ही नहीं कि उसने बात को बढ़ा-चढ़ा कर राई का पर्वत बना दिया होगा।

इसके बावजूद दूसरे दिन से ही उन्होंने अपने सगे-संबंधियों और इष्ट-मित्रों से बातचीत कर अपनी बिरादरी के विवाह योग्य लड़कों के बारे में जानकारी प्राप्त करनी शुरू कर दी। चौथे साहब ने उन्हें गणेशगंज आर्यसमाज मंदिर के पास रहने वाले किसी वयोवृद्ध सज्जन का पता भी दिया जिनके पास कायस्थ परिवारों के विवाह-योग्य लड़कों की सूची, उनके पते तथा कभी-कभी उनकी जन्म-कुंडलियाँ तथा अन्य आवश्यक जानकारियाँ उपलब्ध थीं। बड़े उनसे भी जाकर मिले और लगभग हर चौथे-छठे दिन वह इन लड़कों और अपनी बेटी की जन्म कुंडलियों के मिलान के सिलसिले में पंडित से राय-मश्विरा करने लगे और जहाँ-जहाँ पंडित अच्छा योग बताता, वहाँ-वहाँ जाकर बात भी करने लगे। सुशीला के चेहरे पर माता के छोटे-छोटे दाग थे। इसके अलावा उसमें कोई दोष नहीं था और वह देखने में ठीक-ठाक लगती थी। उमर के साथ-साथ उसके दाग भी हलके पड़ रहे थे। रंग उसका गोरा था। कद भी थोड़ा बहुत निकल आया था। अतः बड़े और सब बातों के साथ यह भी चाहते थे कि लड़का देखने में अच्छा हो। दो एक जगह तो उन्होंने इसी लिए बात आगे नहीं चलाई क्योंकि लड़के का रंग काफी दबा हुआ था या फिर उसके नाक-नक्श इतने ठीक नहीं थे।

सत्तो जब कब इस बारे में अपने पति से जानकी प्राप्त करने का प्रयत्न करती रहती। उसे इस बात की खुशी थी कि बड़े ने पतंगबाजी बिल्कुल छोड़ दी थी जो वास्तव में सत्य नहीं था क्योंकि बीच-बीच में मौका निकाल कर बड़े हर तीसरे-चौथे लड़का देखने जाने का बहाना बनाकर अपने किसी पतंगबाज मित्र के यहाँ या फिर चौक के कंपनी बाग में या गोमती के किनारे टीले वाली मस्जिद के पास अथवा गोमती के उस पार खदरे के मैदान में, जो एक प्रकार से और खेलों के मैदान की तरह पतंगबाजी का मैदान था, दो-चार पेंच लड़ा आते थे। हाँ, चरखी-पतंग आदि वह अब अपने घर अथवा खेतों में बनी कोठरी में न रखकर अपने किसी मित्र के घर पर रखते थे। बहरहाल, सत्तो को उनकी इन कारगुजारियों की कोई खबर नहीं थी और वह अपनी जगह संतुष्ट थी। इस बात की भी वह प्रत्यक्षदर्शी थी कि गाहे-बगाहे पंडितजी बड़े द्वारा विचारने के लिए दी गई कुंडली लेकर स्वयं ही विवाह का योग बताने उनके घर आ जाते या फिर बड़े किसी जन-मज़ूर को भेजकर पंडितजी को बुलवा लेते और पडिंत जी पत्रा लेकर कुंडली विचारने चले आते।

विवाह के सिलसिले में बड़े को दो चार बार बाहर भी जाना पड़ा। सत्तो के पूछने पर वह केवल इतना बताते कि लड़का देखने अमुक जगह जा रहे हैं। कभी-कभी मोटी-मोटी कुछ जानकारी भी वह उसे दे देते अन्यथा इस बारे में सारे निर्णय वह स्वयं ही लेते कि कहाँ जाना है कहाँ नहीं, कौन लड़का पच्चीस गुण मिलने के बावजूद उपयुक्त

नहीं है और कौन कम गुण मिलने के बाद भी ठीक रहेगा। इस संबंध में उनके अनुसार कुछ महत्वपूर्ण बातें थीं। पहली यह कि लड़का देखने-सुनने में ठीक हो और कम से कम इंट्रेंस नहीं तो मिडिल तो पास हो ही, दूसरे घर-परिवार ठीक-ठाक हो और तीसरे लड़के के घर में खाने-पीने की कोई कमी न हो। इस बारे में वह प्रायः अपने पिता की युक्ति उद्धरित करते थे कि विवाह तय करते समय आदमी को चाहिए कि वह 'बर देखे, घर देखे, दीया का तर देखे और मोरी का दर देखे।' दीया के तर से उनका तात्पर्य यह था कि यदि संपन्न परिवार का लड़का है तो उसके यहाँ दीया में तेल इतना भरा रहता होगा कि उसके नीचे हमेशा तेल के दाग बने रहते होंगें। इसी प्रकार मोरी के दर का मतलब था कि यदि खाते-पीते घर का लड़का है तो उसके घर की मोरी हमेशा खाने की जूठन से भरी होगी, जबकि विपन्न घरों की मोरी हमेशा साफ मिलेगी। अतः कुंडली के योग से अधिक वह इन बातों पर ध्यान देते थे।

आखिर कोई दो-चार महीने की दौड़ भाग के बाद उन्होंने सीतापुर जिले के मैगलगंज कस्बे के एक गाँव के लाला जमींदार के लड़के से सुशीला का विवाह तय कर दिया। खासा खाता-पीता परिवार था। लड़के के एक छोटा भाई और तीन बहने थीं। दो बहनों का विवाह हो चुका था। तीसरी अभी बहुत छोटी थी। घर में दो हलों की खेती थी। आम और अमरूद के बाग थे। हाँ, लड़का अधिक पढ़ा नहीं था। मिडिल फेल था। सो घर में इतनी खेती होते हुए नौकरी तो उसे करनी नहीं थी।

वहाँ से लौट कर बड़े ने अपनी पत्नी को यह शुभ-समाचार दिया और लड़के के परिवार के बारे में सारा विवरण बताते हुए यह सूचना दी कि ग्यारह रुपए देकर वह बरीक्षा भी कर आए हैं तो उनकी पत्नी की आँखों में खुशी के अतिरेक से आसूँ छलक आए। वह बड़े के सामने, जो चारपाई पर पैर लटकाए बैठे थे, जमीन पर बैठी थी। आँचल से अपने आँसू पोंछते हुए उसने सबसे पहला काम यह काम किया की बड़े के पाँव छू लिए और बोली, "तुमार कनकौवा डोर जऊन हम जलाए दीन रहै तीकी खातिर हम आज तुमते छिमा माँग रहे हन। हम आज बहुत खुस हन। अब ईसुर नीकै नीक सब काम निपटाय दे यहै पराथना है।" और वह तुरंत मदन को साथ लेकर चौराहे वाले हनुमानजी के मंदिर में प्रसाद चढ़ाने चली गई। तब वहाँ से लौटकर सब के लिए हलवा बनाने लगी।

कमला ने जो हमेशा हर ऐसे मौके पर आस-पास ही बनी रहती थी, और जिसके ऐसा करने के पीछे सुशीला का भी कुछ हाथ था, तुरंत वहाँ से जाकर यह समाचार उसको दिया कि बाबू उसका विवाह तयकर आए हैं, लड़का मिडिल फेल है, घर में खूब खेती होती है, ढेरों बाग-बगीचे हैं। सुशीला ने सुना लेकिन उसने कोई प्रतिक्रिया व्यक्त नहीं की। दूसरे ही दिन से सत्तो और बड़े में विवाह में होने वाले खर्च, बुलाए जाने वाले मेहमान, दहेज में दिए जाने वाले सामान आदि के बारे में देर रात तक बातें होने लगीं। सत्तो ने मन ही मन यह भी निश्चय किया कि अगले सोमवार को वह कुंवारियाँ

खिलाएगी तथा आने वाली अष्टमी को सुहागिलें न्योतेगी।

मगर तभी एक दिन दोपहर में कमला ने माँ के पास आकर कहा, "जिया कहती हैं कि हुआं बिहाव न करिहैं।"

सत्तो चौंक पड़ी। "कहाँ बिहाव न करिहै?" उसने पूछा।

"जहाँ बाबू तय कै आये हैं।"

"काहे?" सत्तो ने कहा और बिना जवाब की प्रतीक्षा किए उठकर दूसरे कमरे में पहुँची, जहाँ सुशीला अपनी चारपाई पर दीवाल की तरफ मुँह किए लेटी थी।

"यू कमला का कह रही है? तू कहवाये है का?" उसने अपनी बेटी से पूछा।

सुशीला ने करवट लेकर मुँह तो माँ की तरफ कर लिया लेकिन उसकी बात का कोई उत्तर नहीं दिया।

"हम पूछित है हुआं बिहाव काहे न करिहै? कुछ बकुरिहै मुँह ते?" सत्तो ने इस बार काफी तेज आवाज में पूछा।

सुशीला ने फिर भी कोई उत्तर नहीं दिया तो सत्तो के मन में बैठा हुआ चोर जाग उठा। उसने सुशीला की चोटी पकड़कर उसका सिर दीवाल में दे मारा और एक भरपूर झापड़ उसके गाल पर लगाते हुए बोली, "आवै दे आज उनका। ऊ लौंडे की हम बोटी-बोटी न कटवाय डारा उनते कहिके तो हमरौ नाव सत्तो नाई है।"

"ई मारे हम थोड़े कहा है।" सुशीला ने अंततः जबान खोली।

"फिर की मारे कहे है?" सत्तो ने गौर से उसके चेहरे को देखते हुए पूछा।

"हम हुआं गाँव न रहिबे।"

"काहे?"

"हमते हुआं हरहा गोरुन केर चारा-सानी औ घर की लीपा-पोती न होई।"

सत्तो बेटी की इस बात पर चुप रह गई। वास्तव में उसने इस दृष्टिकोण से इस संबंध के बारे में सोचा ही नहीं था। उसे लगा सुशीला ठीक ही कह रही है। इतनी उमर तक शहर में रहने के बाद उससे इस तरह के कामों की अपेक्षा करना उचित नहीं होगा। सत्तो स्वयं गाँव की लड़की थी। विवाह से पहले उसने शहर देखा भी नहीं था। लेकिन अब कभी उसे मायके जाना पड़ता तो आठ-दस दिन में ही उसे वहाँ रहना दूभर होने लगता। परंतु अब हो क्या सकता था? अब तो बरीक्षा भी हो चुकी थी।

"बिटिया ई सब शिष्टा की बात आए," सत्तो ने सुशीला का सिर सहलाते हुए कहा। "भगवान की मर्जी मां कोहू का दखल नाई है। तुमार बाबू बरीच्छा दै आये हैं हुआं। अब बात टूटी तो बड़ी बदनामी होई।"

सुशीला सिसक-सिसक कर होने लगी। "अइसेहेन तुमका भारू हन हम तो कउनेव कुआँ ताल मां ढकेल आओ तुम हम का।"

सत्तो ने उसका सिर अपने सीने से सटा लिया। "अच्छा तुम रोओ न। साम का तुमार बाबू अइहैं तो हम उनते बात करबे।" उसने कहा।

उसी रात सत्तो अपने पति के पाँव दबा रही थी तो उन्होंने कहा, "सोचित है अबकी एतवार का उनके हियां चले जाई तो फलदान के तारीख तय के आई। बिहाव तो उइ जाड़े मां करिहैं।"

"सब ठीक-ठाक पता लगाय लिहे हो कि नाहीं?" सत्तो ने पूछा।

"ठीक-ठाक का पता लगावैक है? लड़का हम खुद देख के आयेन है। घर परिवारौ सब जान लीन है।"

"केत्ती खेती बतावत रहौ तुम?"

"केत्ती का, दुइ हल की खेती है। तीस चालीस बिगहा तो होइबै करी।"

"हरहौ गोरू होइहैं?"

"हरहा गोरू नाई हैं तो खेती करै का भूत-परेत आवत हैं?"

"हम गइया भँइसिन के बारे मां पूछ रहे हन।"

"काहे गइया भँइसी तुमका का करैक है?"

"अइसेहेन पूछा।"

"भाई दुई भँइसी औ एक गइया तो हम खुदै दुआरे बंधी देखे रहन। बाकी अऊर होयं तो हम नाई जानित।"

सत्तो चुप हो गई। काफी देर चुप रही वह।

"हम समझने नाई काहे पूछेव यू सब तुम।" बड़े ने सत्तो के इस प्रकार चुप हो जाने पर कहा।

"हम सोचित है," सत्तो ने किंचित चिंता भरे स्वर में कहा, "कि सुशीला ते यू सब सपरी ऊ भला।"

"का सपरी?"

"यहै खेती-किसानी, रहा-गोरू, गोबर-कंडा। जिनगी भर कबो किहिस तो है नाई।"

"अरे तो ऊका कऊन खुद करैक परी। नौकर चाकर, जन-मजूर सब करिहै कि वा करी।"

"नौकर चाकर केत्ता करिहैं। बिना खुद देखे भाले कउनौं काम होत है भला कहूँ।"

"अरे सब सीख जाई।" बड़े ने करवट लेते हुए कहा, जो इस बात का इशारा था कि उन्हें नींद लग रही है, सत्तो उठकर अपने कमरे में बच्चों के पास जाए।

लेकिन सत्तो चारपाई पर बैठी रही। "सीख का जाई! जिनगी तबाह होई बेचारी की।" उसने कहा।

"तो?" बड़े ने फिर पत्नी की ओर मुँह कर लिया।

"हमार मानौ तो कउनौ दूसर लड़िका द्याखौ। हियैं सहर मां कि कउनेव अउरे सहर मां।"

"दिमाग तो नाई खराब होइगा है तुमार? खुदै उइ दिन परसाद चढ़ायेव, हलवा पकवान बनायेव, मारे खुसी के रोवै लागिव और अब बता रही हौ कि दूसर लड़िका देखी जाए हम।" वह एक क्षण रुके तब बोले, "औ हुआँ जऊन बरीच्छा दै आयेन हैं हम, तऊन?"

"तऊन का, ग्यारा रुपइयै तो बुड़ाये जइहैं। अऊर का होई?"

"बदनामी न होई?"

"काहे केर बदनामी? लड़िका वालेन की तरफ ते नाहीं होय तो बदनामी की बात आये। लड़की वाले खुदै न बिहाव करैं तो काहे केर बदनामी! औ मान लेव लड़िका मां कउनौ खोट निकरि आवै तो? तबहूं न मिनहा कीन जाई का? अस होत नाई है का?"

"होत है तो जऊन तुमार मन होय तऊन हमका सोवै देव।" बड़े ने खीझकर कहा।

सत्तो उठकर दूसरे कमरे में चली आई।

बड़े को देर तक नींद नहीं आई। उन्हें रह-रह कर अपनी पत्नी पर गुस्सा आ रहा था। बड़ी मुश्किल से आठ-दस जगह भाग दौड़ करने के पश्चात उन्होंने बेटी के लिए यह वर चुना था और अब सत्तो उसमें यह मीन-मेख निकाल रही थी। "औरतें ससुरी होती ही उल्टी खोपड़ी की हैं। बताओ एत्ती बड़ी जमीन-जादाद औ ऊ का ससुरी का ऊमां गोबर कंडा देखाई दै रहा है। गाँव मां मनई नाई रहत तो का जानवर रहत हैं? हाँ, सर्कस नुमाइस नाई है गाँव मां। तो का ऊ के बिना मनई जिंदा नाई रहत? मुदा ई ससुर जाहिलन का को समझावै। कलमी आम के बाग। पचास साठ बीघा खेती। जाहिल गंवार! लेव परसाद खाय लेव। हलवा खाय लेव। उल्लू की दुम। काल्ह की मिसिल सब निकरी धरी हैं कि निकारैक परिहैं? तनिक ढील और देइत तो कब्बन मिर्जा का कनकौवा मुर्गा की गर्दन नाई लुढ़क जात।' उनके विचारों का तारतम्य गड्ड-मड्ड होने लगा और वह नींद के गहरे समुद्र में डूबते चले गए।

इतवार निकल गया मगर बड़े लड़के वालों के यहाँ नहीं गए। दो-चार बार उन्होंने सत्तो से और मोर्चा लिया। उसे जमीन-जायदाद के महत्व को समझाने का प्रयत्न किया। 'उत्तम खेत मध्यम बान, निकृष्ट चाकरी, भीख निदान, वाली कहावत का हवाला दिया मगर सत्तो एक ही जिद पकड़े रही कि बिटिया की जिनगी बरबाद करैक है तो कइ देव बिहाव हुआं। बिटिया तो घर की गइया आये चाहे जउने खूँटा मां बाँधि आओ। आखिर बड़े ने सत्तो के सामने हथियार डाल दिए और नए सिरे से बेटी के लिए वर की खोज में लग गए। जहाँ पहले बरीक्षा कर आए थे, वहाँ से उन लोगों के दो एक पत्र आए लेकिन बड़े ने उनका कोई उत्तर नहीं दिया। बात अपने आप समाप्त हो गई।

इस बार बड़े ने सुशीला के लिए जो वर चुना वह इंट्रेंस तक पढ़ा था और इलाहाबाद में 'यूनाइटेड इंडिया इंश्योरेंस कंपनी' में क्लर्क था। वहीं किराए का मकान लेकर रह रहा था। पास ही गाँव में थोड़ी खेती थी। लड़के के पिता तथा परिवार के अन्य

लोग गाँव में रहते थे। इस बार बड़े ने थोड़ी सतर्कता बरती और लड़के वालों के यहाँ बात पक्की करने के बावजूद बिना कोई रस्म किए यह कहकर लौट आ कि घर में पंडित से पूछकर दिन, साइत विचरवा कर बरीक्षा के लिए आएँगे। साधारणतया बरीक्षा में ऐसा नहीं होता था, फिर भई लड़के वाले मान गए।

घर लौटकर बड़े ने अपनी पत्नी को सारी बात बताई तो सत्तो पूरी बात सुनने से पहले ही बोल पड़ी, "तुमरी अक्किल का अब हम का कही! बीमैं कंपनी का लरिका तुमका ढूने मिला कि कोहू के हियां सबेरे-सबेरे जाए तो कोऊ मुँहौ न देखै ऊका।"

बड़े इतनी दूर से थके-मांदे लौटे थे। उनकी इच्छा हुई कि एक झापड़ वह सत्तो के रसीद करें मगर तभी सुशीला उनके लिए शरबत लेकर आ गई और वह अपने गुस्से को जब्त कर गए। बेटी के हाथ से शरबत का गिलास लेकर उन्होंने पिया, तब खाली गिलास उसे वापस करते हुए बोले, "जाओ धरि आओ ईका।"

सुशीला चली गई तो वह पत्नी से बोले, "जब तुमका कुछ मालुम नाई है तो बोला न करौ बीच मां।"

"अब हम का जानी," सत्तो ने कहा, "सतगुर आवत हैं (सतगुर प्रसाद बड़े के दूर के रिश्ते से भाई लगते थे तथा फतेहगंज में रहते थे और किसी बीमा कंपनी में एजेंट थे) तऊन्न तुमही पंचै कहत हौ आयेगे जमदूत। सबेरे-सेबेर मुँह देखैक परी तो को जानै कस दिन बीतै।"

"अरे उइ आयें बीमा कंपनी के एजेंट जऊन्न सबका बीमा करत फिरत है कि मनई मरै तो बीवी बच्चन का रुपया मिलै। तो को मुँह देखब पसंद करी उनका? औ यू लरिका जऊन्न है तऊन्न हुआं कंपनी मां बाबू है। घर-घर मारा-मारा नाई फिरत है कि बीमा कराय लेव। मरै पर मेहरिया का रुपइया मिलि हैं। हुआं दफ्तर मां काम करत है। बँधी तंखाह मिलत है महीना मां।"

"अब तुम जानौ।"

"हम न जानब तो को जानी," बड़े ने खीझकर कहा। तब बोले, "औ यू लरिका पहिले वाले ते पढ़ौ ज्यादा है। पैंतीस कि चालीस रुपया तंखाह पावत है। देखहौ सुनै मां ठीक है। गाँव मां कुछ खेती-बारिव है। सहर मां ई ते अच्छा लरिका न मिली।"

सत्तो चुप रही।

"औ एक फायदा अऊर है।" बड़े ने कहा, "जब जिउ आवै तुमार तब अपनी बिटिया के हियाँ जायेक संगमौ हना आयो।"

"अब हम बिटिया दमाद के हियां रहिबे जायेक!"

"अरे न बिटिया दमाद के हियां जायो तो समधी के हियां चली जायो।" बड़े ने मजाक किया।

"काहे नाई। हम हुआं चली जइबे औ तुम अपनी समधिन का लायेक हियां राखि लिहो। गोमती मां बुडक्की लगवायो रोज।" सत्तो ने कहा।

इसी के कुछ दिनों बाद बड़े लड़के के गाँव जाकर बरीक्षा कर आए तथा एक महीने बाद फलदान और अगली नवरात्र में विवाह की तारीख भी तय कर आए। उनके वहाँ से लौटने के साथ ही उनके घर में गाना-बजाना शुरू हो गया। रात देर तक ढोल-मजीरा गमकने लगा।

तेरह

सुशीला के विवाह पर बड़े ने जी खोलकर खर्च किया। इसके लिए उन्हें दो बीघे खेत बेचने पड़े लेकिन किसी बात की कोताही उन्होंने नहीं होने दी। पूरी तीन रातें और दो दिन बारात टिकी। द्वारचार से लेकर भात, बड़हार, कलेवा सभी का बढ़िया प्रबंध किया उन्होंने। बारात आने से एक दिन पहले से बारात जाने के एक दिन बाद तक हलवाई बैठा। खाने में पूरी, कचौड़ी, सूखी और शोरवेदार सब्जी, रायता, चटनी, पापड़ गलका, पाँच मेल की मिठाई, नमकीन में खस्ता, साखें, दालमोठ, कच्ची वाले दिन करायल, कढ़ी, रसाजें, दही बड़ा सभी कुछ बना। बच्चों समेत भात में मान्य को दो-दो तथा अन्य बरातियों को एक-एक रुपया नजर दी गई। कलेवा में लड़के को घड़ी, अँगूठी और साइकिल दी। साइकिल की बात लड़के वालों ने पहले से तय कर ली थी।

विदा होते समय (विवाह और गौना दोनों एक साथ होने की बात पहले से तय थी) सुशीला बारी-बारी से सभी से चिपट-चिपट कर रोई। अपनी माँ को तो वह जैसे छोड़ने को ही तैयार न हो। सत्तो भी दहाड़ें मार-मारकर रोने लगी। जैसे ही कोई सुशीला को अलग करता उसे वह खींचकर फिर चिपटा लेती। आखिर अन्य लोगों ने बीच में पड़कर किसी तरह माँ-बेटी को जबरदस्ती अलग किया। तभी सुशीला बड़े की ओर लपकी और "मोर बाबू, हमका घर ते न निकारौ, मोर बाबू।" कहते हुए बुक्का मारकर उनसे लिपट गई। बड़े की आँखों में भी आँसू आ गए और वह उसकी पीठ पर हाथ रखे देर तक उसे दिलासा देते रहे। इस सारे समय सुशीला का पति, जिसकी धोती का छोर सुशीला के पल्लू से बंधा था, उसके साथ-साथ चल रहा था लेकिन उसकी ओर कोई भी ध्यान नहीं दे रहा था और सुशीला लोगों से चिपट कर मिलने-भेंटने लगती तो वह अपने धोती के छोर को जितना लंबाई तक उसे ढीला कर सकता, ढीला करके एक ओर खामोश खड़ा हो जाता।

घर के अंदर यह दृश्य था। बाहर लड़के का पिता अपने हाथ में मखाने-बताशे की थैली लिए, जिसमें पूरे एक रुपए की पाई, धेले और पैसों वाली छोटी रेजगारी भी मिली थी, अपने दो-एक निकट संबंधियों के साथ खड़ा व्यग्र हो रहा था कि किसी तरह यह चकल्लस निपटे तो लड़के-बहू को लेकर स्टेशन के लिए रवाना हो। बारात रेल से आई

थी, रेल से ही उसे रुख्सत होना था। नाश्ता-पानी करने के बाद अधिकांश बाराती इक्के-ताँगों से स्टेशन जा चुके थे। केवल लड़का, लड़के के पिता और उनके कुछ खास संबंधी ही अभी तक रुके हुए थे। इन लोगों के जाने के लिए भी बड़े के घर से थोड़ी दूर पर ताँगे तैयार खड़े थे। इनमें से एक ताँगे को जिस पर दूल्हा-दुलहन को बैठना था, चादर से ढककर परदा कर दिया गया था। वैसे रस्म अदायगी के लिए पीनस भी थी जिसे बड़े के दरवाजे के ठीक सामने जमीन पर रखे उसके कहार हाथों में बैसाखियाँ लिए खामोश खड़े थे।

लड़के का पिता अपने स्थान पर खड़ा देर तक बड़े के घर के खुले दरवाजों के भीतर मिला-भेंटी का दृश्य देखता रहा। लेकिन जब लड़की के घर से बाहर निकलने में देर पर देर होने लगी तो उसके धैर्य ने उसका साथ छोड़ दिया और बिना औरतों की भीड़ का लिहाज किए, आगे बढ़ कर उसने बड़े के कंधे पर हाथ रखते हुए कहा, "जल्दी कराओ लाला नाई तो गाड़ी छूट जाई।"

बड़े ने उसकी ओर देखा। तब धोती के छोर से अपने आँसू पोंछते हुए, बिना कुछ कहे सिर हिला कर उसे आश्वस्त किया और सुशीला को अपने कंधे से लगाये ही दरवाजे की ओर चल दिए।

तभी विमला और कमला, जो दोनों ओर से सुशीला का लँहगा पकड़े रोते हुए उसके साथ घिसटते चल रही थी लेकिन बड़ों की भीड़ में जिन पर किसी ने अब तक ध्यान नहीं दिया था, सहसा सुशीला के पाँवों से लिपट गईं और जोर-जोर से रोने लगीं। कुछ समय उन लोगों को भी अपने उद्‌गार व्यक्त करने के लिए दे दिया गया तब और लोगों ने उन्हें पकड़कर अलग किया। विमला तो मान गई और सुशीला को छोड़कर अपनी माँ से चिपटकर रोने लगी लेकिन कमला ने एव झटके से अपने को छुड़ाया और दोबारा सुशीला के पाँवों से लिपट कर रोते हुए जोर से चिल्लाई, "तुमका जाए न देबे हम जिया चाहे कुछू ह्वै जाए, नाई तो हमहू तुमरे साथे चलिबे। मोर जिया, जाओ न तुम। बाबू ई का रोक लेव। जाये न देव।"

कुछ समय उसे और दिया गया लेकिन जब वह किसी भी कीमत पर सुशीला को छोड़ने को तैयार नहीं हुई तो लोगों ने उसे पकड़ कर अलग करना चाहा, लेकिन बजाय अलग होने के वह सुशीला की कमर में हाथ डालकर उससे और मजबूती से चिपट गई। तभी किसी औरत ने उसे पकड़ कर खींचा तो पहले तो उसने उसके हाथ में जोर से काट खाया और तब विवश होकर अपना सिर दरवाजे की चौखट में दे मारा जिससे उसका सिर फट गया और वहाँ से बुरी तरह खून बहने लगा। उस औरत ने घबरा कर उसे छोड़ दिया तो चोट की परवाह किए बिना वह सुशीला से, "मोर जान भले चली जाय मुदा तूका हम जाये न देबे जिया," कहते हुए फिर लिपट गई।

"अरे इसको भी बिठा दो थोड़ी देर के लिए पीनस में। आगे जाके उतार लेना" किसी ने कहा तो उसे भी सुशीला के साथ पीनस में बिठा दिया गया और बड़े अपने

समधी को साथ लेकर 'माड़व हिलाई' की रस्म के लिए घर के अंदर चले गए। बड़े के समधी वहाँ से लौटकर आए तो बिना इस बात पर ध्यान दिए कि घर की महिलाएँ अभी भी पीनस के अंदर मुँह घुसेड़े रोने-धोने में लगी हैं, बड़े का हाथ पकड़े-पकड़े ही पीनस वालों से बोले, "चलो भाई चलो, जल्दी करो।" और इसी के साथ बड़े का हाथ छोड़ कर थैली से एक मुट्ठी मखाने, बताशे आदि निकाल कर पीनस के ऊपर से फेंक दिए। नाउन जो काफी देर से लोटे में पानी लिए दरवाजे पर खड़ी थी, पीनस के चलते ही उसके साथ आगे बढ़ गई।

रस्म के अनुसार पीनस वालों ने थोड़ी दूर चलकर पीनस रोक दी तो नाउन ने आगे बढ़कर सुशीला को पानी पिलाया। पानी पिला कर उसने लड़के के पिता की ओर देखा तो उन्होंने एक चवन्नी जेब से निकाल कर उसकी ओर बढ़ा दी।

"हमका न चही लाला। बिटिया के ऊपर ते घुमाए के वइसी बईंग देव।" उसने कहा। तब बड़े की ओर जो, अब तक वहाँ पहुँच गए थे, देखते हुए बोली, "बताओ अइसौ कहूँ होत है। दुइ रुपया ते कम न लेबे हम।"

"अब जऊन दइ रहे हैं तऊन लेव। बाकी हम ते बात किहो।" बड़े ने उसे डाँटा।

तभी उनके समधी ने हाथ में ली हुई चवन्नी में एक और चवन्नी मिलाकर नाउन की ओर बढ़ाया तो उसने चुपचाप ले लिया।

इतने में महरी भी आगे बढ़ आई। "अब तुम काहे हियां आये गइऊ?" बड़े ने उसे भी डाँटा, "नाउन का तो नेग बनत है पानी पियावैक। तुमार कऊन जरूरत है हियां?"

"तो हम कुछू कहित हैं," महरी ने कहा।

तब तक बड़े के समधी ने उसकी ओर भी एक चवन्नी बढ़ा दी और उसने चुपचाप ले ली। "चलो भाई जल्दी करो" उन्होंने पीनस वालों को कहा तो वे पीनस कंधे पर रखकर बैसाखियों को हाथ में लिए उससे संतुलन बनाते ताँगे की ओर बढ़ गए।

ताँगेवाला ताँगे की बगल में खड़ा बीड़ी पी रहा था। पीनस अपनी तरफ आते देख वह बीड़ी सड़क पर फेंक कर सतर्क हो गया। कहारों ने पीनस ताँगे के पास रख दी तो नाउन और महरी ने सुशीला को उससे उतार कर ताँगे में बिठा दिया। उसका पति भी उसके साथ उतर कर ताँगे पर बैठ गया। कमला भी नीचे उतर आई लेकिन उसकी समझ में नहीं आया कि वह कहाँ जाए। तभी बड़े ने आगे बढ़ कर उसे पकड़ लिया। "हियां तक जिया का पहुँचाए दिहो तुम। अब ऊ का जाय देव। अपन कपड़ा तो लाइउ नाईं तुम नाईं तो तुमहू चली जातिउ। चार दिन बाद हम चौथी लइके जाबै तब तुम चलेव हमरे साथे।" उन्होंने कहा।

कमला ने अपने पिता की ओर देखा। तब तक और लोग भी दूसरे ताँगे पर बैठ चुके थे। बड़े के समधी ने ताँगे पर बैठे-बैठे ही बड़े से दुआ-बंदगी की और ताँगे सड़क पर आगे बढ़ गए।

सुशीला ने ताँगे के गिर्द लिटपी चादर को थोड़ा-सा हटा कर अपने पिता की ओर देखा जो कमला को अपने शरीर से चिपटाए खामोश खड़े थे। कमला ने भी सुशीला की ओर देखा और एक बार फिर सिसकी भर कर रोने लगी। तभी ताँगे आँख से ओझल हो गए तो बड़े कमला का हाथ पकड़े अपने घर की ओर मुड़ गये।

चौदह

दिल्ली में फिरोजशाह कोटला के खंडहरों में शाम उतर रही थी। डूबते सूर्य का बड़ा लाल गोला पश्चिमी क्षितिज को छूने लगा था। कोटला के महल, मस्जिद तथा अशोक की लाट पर धूप की रेखा तेजी से ऊपर सरक रही थी। आस-पास के झाड़-झंखाड़ भरे क्षेत्र में बिज्जू, सियार, साही जैसे निशाचर प्रकृति के जानवरों ने विचरना शुरू कर दिया था। मस्जिद की मुंडेर में जंगली कबूतरों के समूह दिन की अंतिम गुटरगूँ कर रहे थे।

तभी लगभग साठ व्यक्ति अलग-अलग दिशाओं से आकर मस्जिद के प्रांगण में एकत्रित हुए। यह लोग, जिनकी औसत आयु तेईस-चौबीस वर्ष से अधिक नहीं थी, देश के विभिन्न भागों विशेषकर पंजाब, संयुक्त प्रांत और बिहार से आए हुए क्रांतिकारी थे जो भगत सिंह के आमंत्रण पर यहाँ जमा हुए थे।

काकोरी कांड के अभियुक्तों को जेल से छुड़ाने के अपने प्रयत्नों में असफल होने के बाद भगत सिंह पंजाब जाकर 'भारत नौजवान सभा' में सक्रिय हो गया था। यह पूरी तरह धर्मनिर्पेक्ष संस्था थी, जिसकी स्थापना में स्वयं भगत सिंह का हाथ था तथा जिसका मुख्य कार्य देश के युवा वर्ग को भारतीय संस्कृति से परिचित कराना, उन्हें शारीरिक स्वास्थ्य की शिक्षा देना, उनके बीच स्वदेशी का प्रचार-प्रसार करना तथा परोक्ष रूप में उन्हें अंग्रेजों के खिलाफ क्रांति के लिए तैयार करना था। इसी के कुछ दिनों बाद उसने 'लाहौर विद्यार्थी यूनियन' की भी स्थापना की जो एक प्रकार से 'भारत नौजवान सभा' का ही अंग थी। इन संस्थाओं में कार्य करते हुए उसे तीव्रता से इस बात का एहसास होने लगा कि राष्ट्रीय स्वतंत्रता के महती लक्ष्य को प्राप्त करने के लिए यह आवश्यक है कि देश के विभिन्न भागों में कार्य कर रहे अनेक क्रांतिकारी संगठनों को मिलाकर एक देशव्यापी संगठन बनाया जाए। रूस की हाल की क्रांति से वह अत्यधिक प्रभावित था और यद्यपि उसने मार्क्सवाद का गंभीर अध्ययन नहीं किया था तथापि समाजवाद का एक स्थूल खाका उसके मस्तिष्क में था, शोषण रहित समाज की स्थापना जिसकी एक अनिवार्य शर्त थी। 'नौजवान भारत सभा' के घोषणा पत्र में, जिसे भगतसिंह और उसके साथी भगवती चरण वोहरा ने मिलकर तैयार किया था और जो भगवती चरण वोहरा, बी. ए., प्रचार मंत्री, 'नौजवान भारत सभा' के नाम से प्रकाशित हुआ था, इस बात पर काफी

बल दिया गया था। उसमें कहा गया था, 'क्रांति का मतलब केवल मालिकों की तब्दीली नहीं है। उसका अर्थ होगा नई व्यवस्था का जन्म—एक नई राजसत्ता।' इस अर्थ में क्रांतिकारियों से उनका तात्पर्य समाज में बदलाव की इस भूमिका को वहन करने वाले हर व्यक्ति से था। इसके लिए बम अथवा पिस्तौल हाथ में लेना आवश्यक नहीं था।

इस बीच 'नौजवान भारत सभा' में काम करते हुए भगत सिंह पुलिस की निगाह में चढ़ चुका था और एक बार दशहरे के एक जुलूस में हुए बम विस्फोट में कुछ लोगों की जानें जाने पर बिना किसी प्रमाण के, महज संदेह की बिना पर ही पुलिस उसे गिरफ्तार भी कर चुकी थी और काफी दिनों तक न्यायिक हिरासत में रखने के बाद, पहले भारी जमानत पर और तब कोई प्रमाण न जुटा पाने पर, अंतिम रूप से उसे रिहा कर चुकी थी।

बहरहाल, भगतसिंह और उसके साथियों की पहल पर दिल्ली में फिरोजशाह कोटला के खंडहरों में हुई क्रांतिकारियों की इस बैठक में, जिसमें बंगाल के क्रांतिकारियों ने भाग लेने से इनकार कर दिया था (उनकी शर्त थी कि जो भी नया संगठन बने वह बंगाल के 'अनुशीलन समाज' के अनुशासन में रहे) कई महत्वपूर्ण निर्णय लिए गए जो इस प्रकार थेः दल का नाम 'हिंदुस्तान प्रजातंत्र संघ,' जो मुख्यतः संयुक्त प्रांत तथा बिहार में सक्रिय था, से बदल कर 'हिंदुस्तान समाजवादी प्रजातंत्र संघ' रख दिया गया। दल में किसी एक व्यक्ति के वर्चस्व के बजाय, उसके जनवादी ढाँचे पर बल देते हुए, एक केंद्रीय कमेटी का गठन किया गया तथा दल के सभी मामलों में अंतिम निर्णय लेने का अधिकार इसी कमेटी को दिया गया। पंजाब, राजस्थान, संयुक्त प्रांत और बिहार के लिए एक-एक संगठनकर्ता नियुक्त किया गया। भगत सिंह और विजय कुमार सिन्हा को अंतर-प्रांतीय संगठन, संपर्क और देशव्यापी प्रचार कार्यभार सौंपा गया। चंद्रशेखर आजाद को, जो किन्हीं कारणों से सम्मेलन में उपस्थित नहीं हो सके थे लेकिन जिन्होंने सम्मेलन से पूरी सहमति व्यक्त की थी तथा उसमें लिए गए सभी निर्णयों को मानने का आश्वासन दिया था, दल का सेनापति निर्वाचित किया गया। दल के उद्देश्यों में आजादी प्राप्त करने के साथ-साथ देश में समाजवादी व्यवस्था स्थापित करने पर भी बल दिया गया। यह भी तय किया गया कि दल की शक्ति को छोटे-मोटे कार्यों जैसे किसी मुखबिर अथवा पुलिस गुप्तचर की हत्या आदि में न व्यय कर के, केवल उन्हीं कामों में लगाया जाए जिनका देश की राजनीति से सीधा संबंध हो तथा जो एक बड़े फलक पर देश की जनता का ध्यान आकर्षित कर सकें। दल के लिए धन एकत्रित करने के लिए, जहाँ तक संभव हो, केवल सरकारी खजाना लूटने पर ही बल दिया गया। इन निर्णयों के पीछे भगत सिंह की ही सबसे महत्वपूर्ण भूमिका थी। सारे निर्णय ले लिए जाने के बाद लोग विसर्जित हो गएँ। भगत सिंह भी पंजाब के अपने साथियों के साथ लाहौर लौट गया।

लाहौर लौटने के पश्चात् भगत सिंह और उसके साथियों ने जो पहली योजना बनाई, वह थी पंजाब नेशनल बैंक की मुख्य शाखा में डाका डालने की। यह ऐक्शन केवल धन प्राप्त करने के लिए किया जाना था जिससे बम बनाने का कारखाना स्थापित

करने की योजना थी। आजाद को भी इस ऐक्शन में भाग लेने के लिए लाहौर बुला लिया गया। आजाद और भगत सिंह के अलावा कुंदन लाल, राजगुरु, महावीर सिंह तथा कुछ अन्य साथियों को इसमें भाग लेना था। सारी तैयारी हो गई लेकिन ऐन मौके पर टैक्सी का प्रबंध न हो पाने के कारण ऐक्शन स्थगित कर देना पड़ा।

इस बीच साइमन कमीशन के खिलाफ प्रदर्शन करते हुए पुलिस की लाठियों से घायल लाला लाजपत राय की मृत्यु हो चुकी थी। इस घटना से पूरे देश में ही शोक और क्रोध की लहर फैली हुई थी। हर एक की जबान पर एक ही प्रश्न था, "क्या हम इतने गए-गुजरे हैं कि लालाजी जैसे राष्ट्रीय नेता के, जिसने अपना पूरा जीवन देश की सेवा में होम कर दिया, सम्मान की रक्षा भी नहीं कर सकते? क्या पूरे देश में कोई भी ऐसा व्यक्ति नहीं है जो अंग्रेजों से उनकी मृत्यु का बदला ले सके?"

क्रांतिकारियों की गतिविधियों से लालाजी प्रसन्न नहीं थे। बल्कि समाजवाद के प्रति उनके लगाव से वह कुछ चिढ़ने से लगे थे। इसके बावजूद, यही प्रश्न भगत सिंह और उसके साथियों की जबान पर भी थे। आखिर लाला देश के सम्मानीय नेता थे। उनका संपूर्ण जीवन समाज-सेवा और देश के प्रति बलिदान की एक लंबी गाथा था। जीवन के कितने ही वर्ष उन्होंने अंग्रेजी सरकार की जेलों में बिताए थे, जिनमें बर्मा की कुख्यात मांडले जेल में बिताए अनेक वर्ष भी शामिल थे। लालाजी पर पुलिस द्वारा बर्बर लाठी प्रहार केवल लालाजी का अपमान न होकर पूरे राष्ट्र का अपमान था। अतः हिसप्रस (हिंदूस्तान समाजवादी प्रजातंत्र संघ) ने अंग्रेजों से राष्ट्र के इस अपमान का बदला लेने का फैसला कर लिया।

पंद्रह

लालाजी की मृत्यु के ठीक एक महीने बाद सुपरिंटेंडेंट पुलिस के कार्यालय के सामने से निकलते हुए जय गोपाल की साइकिल अचानक कार्यालय के मुख्य फाटक के सामने खराब हो गई। साइकिल से उतर कर उसने उसे स्टैंड पर लगाया और सड़क पर उकड़ूँ बैठकर देखने लगा कि आखिर उसमें गड़बड़ी क्या है। कभी वह उसकी चेन उतारता, कभी उसे चढ़ाकर पेडल की मदद से साइकिल का फ्री व्हील घुमाने लगता। प्रत्यक्ष रूप से तो वह अपनी साइकिल ठीक कर रहा था परंतु उसकी दृष्टि अंदर कार्यालय के हाते में रखी एक लाल मोटर-साइकिल पर लगी थी। यह मोटर-साइकिल पुलिस के डिप्टी सुपरिंटेंडेंट जे. पी. सांडर्स की थी। वह रोज नियमानुसार इस समय अपने दफ्तर से निकलकर अपने बंगले पर खाना खाने जाया करता था। तभी जय गोपाल ने सांडर्स को वरांडे से निकलते हुए देखा। वह पुलिस वर्दी में था—सिर पर सोला हैट, कमर में चमड़े के केस में पिस्तौल तथा हाथ में बैटन। मोटर-साइकिल के निकट आकर उसने अपना

बैटन गाड़ी की बगल में लगे लोहे के हुक में फँसा दिया और जेब से दस्ताने निकाल कर पहनने लगा। जय गोपाल तुरंत सतर्क हो गया। उसने अपनी साइकिल की चेन चढ़ाई, उठकर खड़ा हुआ और गले में कमीज के कॉलर के नीचे लगा रुमाल निकाल कर हाथ पोंछने लगा। उसे ऐसा करते देख दफ्तर के फाटक की बगल, थोड़ा आड़ में खड़े भगत सिंह और राजगुरु फाटक की ओर बढ़ आए। दोनों के हाथों में भरी हुई पिस्तौलें थी जिन्हें वे अपनी कमीज के नीचे छिपाए थे। जय गोपाल साइकिल पर बैठ कर आगे बढ़ गया।

दस्ताने पहन कर सांडर्स ने मोटर साइकिल में 'किक' लगाई और उसके स्टार्ट होते ही गद्दी पर बैठ कर दोनों पाँव जमीन पर अड़ा कर हाथ की मदद से मोटर-साइकिल को ढकेल कर उसे स्टैंड से नीचे उतार दिया। मोटर-साइकिल की बगल में खड़े कांस्टेबुल चन्नन सिंह ने एड़ी से एड़ी मिलाते हुए दाहिना हाथ झटके से ऊपर ले जाकर उसे सेल्यूट किया। बिना उस ओर ध्यान दिए सांडर्स अपनी मोटर-साइकिल को, जिसका मुँह फाटक की विपरीत दिशा में था, अर्धवृत्ताकार घुमाकर फट्-फट्-फट्-फट् की आवाज करता हुआ फाटक की ओर बढ़ गया। वह गेट से निकला ही था कि 'धाँय' की आवाज के साथ सड़क पर गिर पड़ा। मोटर-साइकिल, जिसका इंजन अभी भी चालू था और बराबर फट्-फट् की आवाज किए जा रहा था एक ओर लुढ़क गई। राजगुरु की गोली ठीक उसके माथे में लगी थी। तभी भगत सिंह ने आगे बढ़कर दो-तीन फायर और किए और सांडर्स वहीं ठंडा हो गया। गोली चलने की आवाज सुनकर चन्नन सिंह अंदर से बाहर की ओर भागा। एक निगाह उसने सड़क पर पड़े हुए सांडर्स के मृत शरीर पर डाली जो निर्जीव होने के बावजूद अभी भी फड़क रहा था और जिसके सिर के गिर्द खून का एक बड़ा-सा चकत्ता जमा होने लगा था, तब दो युवकों को डी. ए. वी. कालेज के हॉस्टल की तरफ भागते देख 'पकड़ो' 'पकड़ो' कहता हुए खुद उनके पीछे भागा।

हॉस्टल वहाँ से अधिक दूर नहीं था। उसकी बाउंड्री में लगे विकेट गेट के पीछे दीवाल की आड़ में आजाद अपना भरा हुआ माउजर पिस्तौल लिए खड़े थे तथा गोली की आवाज सुनते ही गेट के निकट आ गए थे। उन्होंने भगत सिंह और राजगुरु के पीछे कांस्टेबुल चन्नन सिंह को दौड़ते हुए देखा तो वह गेट के बाहर निकल आए।

"रुक जा बे! जान देगा क्या?" उन्होंने अपनी भारी आवाज में चन्नन सिंह को डपटा। मगर उनकी इस डाँट का उस पर कोई असर नहीं हुआ। 'पकड़ो' 'पकड़ो' चिल्लाता हुआ वह अभी भी भगत सिंह और राजगुरु के पीछे दौड़ लगाए जा रहा था। मजबूर होकर आजद को गोली चलानी पड़ी जो उसकी जाँघ को छीलती हुई निकल गई। इसके बावजूद वह दौड़ता रहा। तभी आजाद ने दूसरी गोली चलाई और वह लड़खड़ा कर मुँह के बल जमीन पर गिर पड़ा। भगत सिंह और राजगुरु के साथ आजाद भी हॉस्टल की बाउंड्री के अंदर आ गए।

दूसरे दिन शहर में जगह-जगह लाल रंग का एक पोस्टर दिखाई दिया जिसमें

अंग्रेजी में लिखा था—

हिंदुस्तानी समाजवादी प्रजातंत्र सेना

नौकरशाही सावधान

जे. पी. सांडर्स की मृत्यु से लालाजी की हत्या का बदला ले लिया गया।"

यह सोचकर कितना दुख होता है कि जे. पी. सांडर्स जैसे एक मामूली पुलिस अफसर के नीच हाथों, देश की तीस करोड़ जनता द्वारा सम्मानित लाला लाजपत राय जैसे नेता के प्राण ले लिए गए। राष्ट्र का अपमान देश के नव-युवकों के समक्ष एक चुनौती था।....हमें एक आदमी की हत्या करने का खेद है। परंतु क्रांति की वेदी पर कभी-कभी रक्त बहाना अनिवार्य हो जाता है। हमारा उद्देश्य एक ऐसी क्रांति है जो मनुष्य द्वारा मनुष्य के शोषण से मुक्त हो।

इंकलाब जिंदाबाद।

हस्ताक्षरः बलराज

सेनापति, पंजाब हिसप्रस।

सांडर्स की हत्या से सरकारी हल्कों में तहलका मच गया। उस पर दूसरे दिन शहर की दीवालों पर चिपके हुए यह पोस्टर तो जैसे पूरी व्यवस्था की ही खिल्ली उड़ाने लगे। पुलिस और सी. आई. डी. का जाल पूरे शहर में फैल गया। ऐसी स्थिति में क्रांतिकारियों का शहर में रहना किसी भी मायने में खतरे से खाली नहीं था। खास-तौर से जब पुलिस भगत सिंह को अच्छी तरह से पहचानती थी और उसकी क्रांतिकारी गतिविधियों से पूरी तरह परिचित ही नहीं, एक बार, संदेह की बिना पर ही सही, उसे गिरफ्तार भी कर चुकी थी। इस बीच उसने दाढ़ी जरूर मुड़वा ली थी और और केश भी कटवा लिए थे लेकिन इससे कोई विशेष अंतर पड़ने वाला नहीं था। क्योंकि उसकी दाढ़ी कभी भी बहुत घनी नहीं थी और गौर से देखने पर उसे आसानी से पहचाना जा सकता था।

तभी सांडर्स के कत्ल के दूसरे दिन लौहार स्टेशन के सामने प्रातः पाँच बजे के लगभग एक ताँगा आकर रुका। ताँगे की पिछली सीट पर लंबे कद का एक नौजवान ऊनी पैंट, बूट और लंबा ओवरकोट पहने सिर पर फेल्ट हैट लगाए बैठा था। गरदन को सर्दी से बचाने के लिए उसने ओवरकोट के कालर को उलट कर ऊपर उठा रखा था तथा हैट माथे पर थोड़ा नीचे सरकी हुई थी। उसकी बगल में तीखे नाक नक्श वाली, उल्टे पल्ले की साड़ी बाँधे, खूबसूरत कार्डिगन पहने एक सुंदर महिला बैठी थी। उसके पाँव में ऊँची एड़ी की सैंडिल तथा हाथ में चमड़े का छोटा-सा पर्स था। युवक की गोद में ढाई तीन वर्ष का घुंघराले बालों वाला एक खूबसूरत-सा बच्चा था। सामने की सीट पर ताँगे वाले की बगल में उनका नौकर धोती, कुर्ता और मिरजई पहने, कंधे पर अंगोछा डाले तथा सिर पर मैली-सी टोपी लगाए बैठा था। सीट के नीचे चमड़े की बड़ी-सी अटैची और होल्डाल रखा था तथा बेंत की एक डोलची में सफर का अन्य जरूरी सामान था।

ताँगा स्टेशन के सामने आकर रुका तो युवक बच्चे को गोद में लिए हुए नीचे उतर

पड़ा। "तुम लोग सामान लेकर चलो, में टिकट लेकर आता हूँ," उसने कहा और टिकट की खिड़की की ओर बढ़ गया जहाँ से उसने कलकत्ता के लिए फर्स्ट क्लास के दो तथा थर्ड क्लास का एक टिकट लिया। तब तक महिला भी नौकर के सिर पर सामान रखवाए हुए वहीं पहुँच गई। युवक उन लोगों को साथ लिए प्लेटफार्म पर आ गया। गाड़ी प्लेटफार्म पर लग चुकी थी। युवक बच्चे को गोद में लिए हुए सबसे आगे चल रहा था, उसके पीछे हाथ में पर्स झुलाते हुए महिला और सबसे पीछे सिर पर सामान रखे हुए नौकर। बच्चे के गोद में होने के कारण युवक का पूरा चेहरा ठीक से दिखाई नहीं दे रहा था लेकिन उसकी चालढाल से रईसी टपक रही थी। प्लेटफार्म पर खड़े पुलिस कांस्टेबुल ने हाथ उठाकर उसे सलाम किया जिसके जवाब में हल्का-सा सिर हिलाकर वह शान से आगे बढ़ गया। फर्स्ट-क्लास का कंपार्टमेंट आ जाने पर नौकर ने सामान अंदर चढ़ाया तथा होल्डाल खोल कर उससे बिस्तर निकाल कर बर्थ पर बिछाने लगा। बच्चे को गोद में लिए हुए वह युवक और महिला भी अंदर आ गए।

तभी कंडक्टर ने डिब्बे में प्रवेश किया। "टिकट सर?" उसने कहा तो युवक ने बहुत ही लापरवाही से जेब से टिकट निकाल कर उसे पकड़ा दिए।

"थैंक यू सर।" टिकट देखकर कंडक्टर ने उन्हें वापस करते हुए कहा। तब बोला, "एनी सर्विस सर?"

"अगले स्टेशन पर चाय भिजवा सकेंगे?" युवक ने कहा।

"श्योर सर।" कंडक्टर ने कहा और डिब्बे से नीचे उतर गया।

गाड़ी ने सीटी दी तो नौकर कंपार्टमेंट से उतर कर बगल में लगे अटेंडेंट वाले डिब्बे में चढ़ गया।

गार्ड के झंडी दिखाने और सीटी बजाने के साथ ही गाड़ी ने धीरे-धीरे रेंगना शुरू किया। थोड़ी ही देर में उसने खासी रफ्तार पकड़ ली।

ओवर-कोट पहने हुए युवक भगत सिंह और नौकर का रूप धारण किए व्यक्ति राजगुरु था। दोनों के पास भरी हुई पिस्तौलें थी जिन्हें उन्होंने अपने वस्त्रों में छिपा रखा था। साथ में जो महिला थी वह भगवती चरण वोहरा की पत्नी थी जिसे सारे क्रांतिकारी 'दुर्गा भाभी' कह कर बुलाते थे। युवक की गोद में जो बच्चा था वह दुर्गा भाभी का था। नाम था 'शची'।

गाड़ी के लखनऊ पहुँचने पर राजगुरु उन लोगों से अलग हो गया। भगत सिंह दुर्गा भाभी और शची के साथ कलकत्ता चला गया।

सोलह

कलकत्ता में उन दिनों कांग्रेस अधिवेशन की तैयारियाँ चल रही थीं। हावड़ा स्टेशन से

लगभग चार मील की दूरी पर स्थित पार्क सर्कस के करीब सौ बीघे के मैदान को रोलरों की सहायता से समतल बनाकर चितरंजन दास, जिनकी तीन वर्ष पूर्व दार्जिलिंग में मृत्यु हो गई थी, की स्मृति में 'देशबंधुनगर' बनाया जा रहा था। बिजली के खंभे गाड़े जा रहे थे। टेलीफोन के तार खींचे जा रहे थे। पच्चीस हजार की क्षमता वाले मुख्य पंडाल के अलावा अन्य संस्थाओं के सम्मेलनों के लिए भी पंडाल बना जा रहे थे। नगर के बीचो-बीच कांग्रेस का झंडा फहराने के लिए साठ फुठ ऊँचा पोल लगाया गया था। हजारों मजदूर सुबह-शाम युद्ध स्तर पर कार्य कर रहे थे।

सारा काम सुभाष चंद्र बोस की निजी देख-रेख में हो रहा था। नगर की अंदरूनी व्यवस्था को बनाए रखने के लिए उन्होंने लगभग ढाई हजार स्वयंसेवकों का बल तैयार किया था जो पूरी तरह सैनिक वेशभूषा से लैस था। आये दिन इन स्वयं-सेवकों की कलकत्ता की सड़कों पर परेड होती जिसमें सुभाष चंद्र बोस स्वयं सैनिक पोशाक में घोड़े पर सवार होकर भाग लेते। नगर के अंग्रेज अधिकारी यह तैयारी देखकर मन ही मन सशंकित थे, विशेष कर, इसलिए भी कि जिन दिनों कांग्रेस का अधिवेशन होना था उन्हीं दिनों साइमन कमीशन को भी कलकत्ता आना था। कतिपय अंग्रेजी समाचार-पत्रों ने सुभाष बोस और उनके स्वयंसेवकों द्वारा शहर की सड़कों पर सैनिक वेशभूषा में परेड करने पर प्रतिकूल टिप्पणियाँ भी की थीं लेकिन बोस ने उनकी परवाह नहीं की।

अमृतसर के बाद मोतीलाल नेहरू एक बार फिर कांग्रेस के अध्यक्ष चुने गए थे। उनके कलकत्ता पहुँचने पर हावड़ा स्टेशन से देशबंधु नगर तक उनका बहुत ही भव्य जुलूस निकाला गया। कांग्रेस अध्यक्ष का ऐसा जुलूस आज तक देखने में नहीं आया था। सबसे आगे मिलिटरी पोशाक में चित्तीदार सफेद और सरमई घोड़े पर सवार सुभाष चंद्र बोस, उनके पीछे सैनिक वेशभूषा में ही दो-दो पंक्तियों में पचास स्वयंसेवक घुड़सवारों की टोली, तब लगभग दो सौ साइकिल सवार, उनके बाद फौजी पोशाक में मार्च करते हुए ढाई हजार पैदल स्वयंसेवक और तब छत्तीस दूध जैसे सफेद घोड़ों वाले रथ पर खद्दर का सफेद कुर्ता धोती पहने, सिर पर गाँधी टोपी लगाए, कंधे से कमर तक आड़े ढंग से शाल लपेटे, विजय अभियान से लौटते किसी रोमन योद्धा की तरह एक हाथ से रथ का डंडा पकड़े खड़े मोतीलाल नेहरू और उनके पीछे अपार जन समूह। कांग्रेस अध्यक्ष की यह शोभा-यात्रा देखने पूरा कलकत्ता शहर की सड़कों पर उमड़ आया। हाथों में फूल लिए लोग रास्ते भर उन पर पुष्प वर्षा करते रहे।

कांग्रेस के इस अधिवेशन के सामने सबसे अहम मुद्दा देश के लिए भावी संविधान का ढाँचा तैयार करना था जिसे लेकर कई स्तरों पर मतभेद बने हुए थे। साइमन कमीशन की घोषणा के साथ बर्केनहेड ने देश के राजनीतिक दलों के सामने यह चुनौती भी रखी कि यदि वे चाहें तो स्वयं भारत के भावी संविधान की रूपरेखा तैयार कर लें। इस चुनौती के जवाब में कांग्रेस द्वारा बुलाए गए सर्वदल सम्मेलन की एक बैठक में मोतीलाल नेहरू की अध्यक्षता में एक कमेटी गठित करके यह यह काम सौंप दिया गया। कमेटी ने

रिकार्ड समय में अपना काम पूरा करके अपनी रिपोर्ट प्रस्तुत कर दी। रिपोर्ट में देश में धर्म-निर्पेक्ष राज्य की स्थापना, स्त्री तथा पुरुषों के लिए समान मताधिकार, सुप्रीमकोर्ट की स्थापना आदि की संस्तुति की गयी थी। मुसलमानों के लिए पृथक मतदान प्रणाली को समाप्त कर केंद्र में पच्चीस प्रतिशत तथा उन प्रांतों में जहाँ वे अल्पमत में थे, उनकी आबादी के अनुपात में सीटों के आरक्षण की व्यवस्था की गई थी। जिन्ना मुसलमानों के लिए किए गए इन प्रावधानों में संतुष्ट नहीं थे। वे उनके लिए केंद्र में तैंतीस प्रतिशत तथा पंजाब और बंगाल में, जहाँ मुसलमान बहुमत में थे, कम से कम इक्यावन प्रतिशत सीटों की माँग कर रहे थे। हिंदू महासभा इसके विरोध में थी। उसका कहना था कि बहुमत के लिए किसी प्रकार के आरक्षण की व्यवस्था अवैज्ञानिक है।

विवाद का एक और मुद्दा था पूर्ण स्वराज के बजाय डोमिनियन स्टेट्स की माँग जिसे लेकर कांग्रेस के अंदर ही काफी विरोध था और उसके युवा वर्ग ने जवाहर लाल नेहरू तथा सुभाष चंद्र बोस के नेतृत्व में एक अलग पार्टी, 'इंडिपेंडेंस आफ इंडिया लीग' की स्थापना की घोषणा कर दी थी। स्वराज पार्टी की तरह इसे भी कांग्रेस के एक घटक के रूप में स्वीकृति दे दी गई थी।

नेहरू कमेटी की यह रिपोर्ट सर्वदल सम्मेलन में पारित होना अभी शेष थी। इसी लिए सर्वदल सम्मेलन की बैठक भी इस अवसर पर कलकत्ते में आहूत थी। सबसे पहले उसी की बैठक आरंभ हुई। डा. अंसारी उसके अध्यक्ष थे। अपने अध्यक्षीय भाषण में उन्होंने उसकी स्वीकृति के लिए बहुत ही पुरजोर अपील की। 'इंडिपेंडेंस आफ इंडिया लीग' के सदस्यों की पूर्ण स्वतंत्रता की माँग को ध्यान में रखते हुए उन्होंने कहा कि डोमिनियन स्टेटस हमारा न्यूनतम लक्ष्य है जो किसी को भी इससे अधिक की माँग करने या उसके लिए प्रयत्न करने से नहीं रोकता। जिन्ना अथवा मुस्लिम लीग की माँगों के संदर्भ में उन्होंने उन्हें सलाह दी की वे रिपोर्ट के वास्तविक अभिप्राय को समझें तथा अल्पसंख्यकों के अधिकारों एंव जन प्रतिनिधित्व के सिद्धांतों में घालमेल न करें। उन्होंने कहा, "हमें समझना चाहिए कि संवैधानिक सुरक्षा अक्षमता के प्रति उदारता का पर्याय है। विशेष संरक्षण के आदी अल्पसंख्यक प्रतिद्वन्दता की होड़ में कभी भी आगे नहीं निकल सकते। जैसा कि 'लीग आफ नेशन्स' के सिद्धांतों में कहा गया है, अल्पसंख्यकों के प्रति बहुसंख्यकों की सदभावना से बढ़कर कोई अन्य सुरक्षा नहीं हो सकती।"

अपना संक्षिप्त भाषण समाप्त करते हुए उन्होंने आह्वान किया, "अवसर हमसे असीम साहस और उदारता की माँग कर रहा है। जहाँ हम इस सम्मेलन में अपनी संस्था अथवा समुदाय की माँगों पर जोर देने के लिए कृतसंकल्प है वहीं हमें दूसरों की माँगों को स्वीकार करने के लिए भी उसी ईमानदारी से प्रतिबद्ध होना होगा क्योंकि अपनी संस्था के प्रति आस्थावान होते हुए हमें उससे कहीं बड़ी ईकाई यानी अपने देश के प्रति अपनी निष्ठा को एक क्षण के लिए भी अपनी आँखों से ओझल नहीं होने देना है। मैं ईश्वर से प्रार्थना करता हूँ कि वह हमें अपनी मातृभूमि की सेवा करने तथा दूसरों से अपने लिए

कुछ भी प्राप्त करने के प्रलोभन से बचने की शक्ति प्रदान करे। हमें इस बात को नहीं भूलना चाहिए कि एक सम्प्रदाय के प्रतिनिधि के रूप में हम जो भी दूसरे सम्प्रदाय को देंगे वह हमारे भारतीय होने के नाते उसी रूप में हमारे पास वापस आ जाएगा।"

डा. अंसारी की इस अपील का कोई परिणाम नहीं निकला। 'इंडिपेंडेंस आफ इंडिया लीग' के सदस्यों ने अवश्य अपनी बात पर जोर नहीं दिया—उनका कहना था कि चूँकि वे कांग्रेस का एक अंग है अतः वे इस मुद्दे को कांग्रेस अधिवेशन में ही उठाएँगे—लेकिन जिन्ना अपनी बात पर अड़े रहे। उन्होंने रिपोर्ट में आवश्यक संशोधन पेश किया जो मुस्लिम लीग के सदस्यों द्वारा प्रतिवादस्वरूप मतदान में भाग ने लेने के कारण सर्व-सम्मति से खारिज हो गया और लीग के अन्य प्रतिनिधियों के साथ जिन्ना सम्मेलन का बहिष्कार करके चले गए। मौलाना मुहम्मद अली पहले ही, जब डोमिनियन स्टेटस वाले मुद्दे पर बहस हो रही थी तभी वाक-आउट कर गए थे। डोमिनियन स्टेटस के बजाय वह मुकम्मल आजादी के हक में थे। उनका कहना था कि इतने बड़े संविधान की कोई जरूरत ही नहीं है। केवल एक लाइन का संविधान होना चाहिए कि हिंदुस्तान एक अज़ाद और खुद-मुख्तार मुल्क है।

सत्रह

इसी के बाद रिपोर्ट कांग्रेस अधिवेशन में पेश होनी थी। अधिवेशन की अध्यक्षता स्वीकार करते समय मोतीलाल नेहरू ने गाँधीजी को आगाह कर दिया था कि यदि रिपोर्ट अधिवेशन में पारित नहीं हुई तो वे अध्यक्ष पद से अपना इस्तीफा दे देंगे। स्थिति की नजाकत को देखते हुए विषय समिति की बैठक में नेहरू कमेटी रिपोर्ट संबंधी प्रस्ताव गाँधीजी ने स्वयं पेश किया। 'इंडिपेंडेंस आफ इंडिया लीग' द्वारा डोमिनियन स्टेटस की माँग के विरोध को ध्यान में रखते हुए उन्होंने अपने प्रस्ताव में यह शर्त रख दी कि यदि ब्रिटिश सरकार दो वर्ष के भीतर उसे स्वीकार नहीं करती तो कांग्रेस पूर्ण आजादी की माँग करने के लिए स्वतंत्र होगी। बहस के दौरान 'इंडिपेंडेंस आफ इंडिया लीग' के सदस्यों द्वारा इस प्रस्ताव का विरोध किए जाने पर गाँधीजी ने यह समय सीमा घटाकर एक वर्ष कर दी। किंतु 'इंडिपेंडेंस आफ इंडिया लीग' के सदस्य इससे संतुष्ट नहीं हुए। परिणामस्वरूप गाँधीजी का प्रस्ताव बहुमत से ही पारित हो सका।

विषय समिति में पास होने के पश्चात प्रस्ताव प्रतिनिधि सेशन में पेश होना था जो खुले अधिवेशन के दूसरे दिन दो बजे से आहूत था। लेकिन इससे पहले कि प्रतिनिधि सत्र आरंभ हो, लगभग तीस-चालीस हजार मजदूर कांग्रेस का तिरंगा झंडा हाथ में लिए, 'वंदेमातरम्', 'भारत माता की जय', 'देशबंधु चितरंजन दास की जय' के नारे लगाते देशबंधु नगर में घुस आए और पंडाल में दाखिल होकर मंच पर कब्जा करने के पश्चात्

जवाहर लाल नेहरू से सभा की अध्यक्षता करने की अपील करने लगे।

जवाहर लाल कांग्रेस स्वयंसेवकों में से एक की घोड़े पर सवार थोड़ी दूर से यह दृश्य देख रहे थे। उन्होंने लाख मना करना चाहा लेकिन मजदूर उन्हें घोड़े से उतार कर जबर्दस्ती मंच पर ले आए। विवश होकर उन्होंने उनकी सभा की अध्यक्षता करना स्वीकार कर लिया।

इसके बाद भाषण शुरू हुए। लगभग हर वक्ता ने अपने भाषण में नेहरू रिपोर्ट में प्रस्तावित डोमिनियन स्टेटस की माँग की कड़ी आलोचना करते हुए कहा कि देश का मजदूर वर्ग आज पूरी तरह जागृत हो चुका है। उसके सामने रूस की क्रांति की जीती-जागती मिसाल मौजूद है। उसकी माँग है पूर्ण स्वतंत्रता। डोमिनियन स्टेटस जैसे लुभावने नारों से उसे बहकाया नहीं जा सकता। यदि कांग्रेस के वरिष्ठ नेता पूर्ण स्वराज की माँग करने से घबड़ाते है तो उन्हें चाहिए कि वे कांग्रेस के नेतृत्व की बागडोर युवा पीढ़ी के हाथों में सौंप दें जो इस दायित्व का निर्वाह करने के लिए पूरी तरह सक्षम है। हमें ऐसा नेतृत्व नहीं चाहिए जो क्रांति की ज्वाला को हवा देने के बजाय उस पर पानी उंडेलने का काम करे। हमें समय के साथ चलना होगा और भारतवर्ष के लिए समय की माँग है पूर्ण स्वराज, न कि डोमिनियन स्टेटस।

भाषणों का यह सिलसिला लगभग एव घंटे तक चलता रहा। तब मंच से इस आशय का एक प्रस्ताव कि मजदूरों की यह विशाल सभा कांग्रेस से माँग करती है कि वह नेहरू कमेटी रिपोर्ट में संस्तुत डोमिनियन स्टेटस के बजाय देश के लिए प्रस्तावित संविधान में राष्ट्र का ध्येय पूर्ण स्वराज स्वीकार करे, सदन में प्रस्तुत किया गया जिसे पंडाल में उपस्थित सभी मजदूरों ने करतल ध्वनि के साथ सर्व-सम्मति से पारित किया। इसके पश्चात् पंडित जवाहर लाल नेहरू ने अपना संक्षिप्त भाषण दिया जिसमें उन्होंने वहाँ एकत्रित मजदूरों की प्रशंसा करते हुए उन्हें आश्वस्त किया कि कांग्रेस की युवा पीढ़ी उनकी माँगों के प्रति पूरी तरह सजग है तथा उनके अधिकारों की रक्षा के लिए हर संभव प्रयत्न करने को तैयार है। इसी के पश्चात् सारे मजदूर नारे लगाते हुए पंडाल के बाहर चले गये। केवल कुछ मजदूर नेता सभा में पारित प्रस्ताव की प्रति गाँधीजी को देने के लिए रुक गये। लेकिन गाँधीजी ने प्रस्ताव लेने से इंकार कर दिया। उन्होंने कहा कि वह कांग्रेस के महासमिति के एक सदस्य मात्र है, अतः वे अपना प्रस्ताव या तो पंडित मोतीलाल नेहरू को दें जो कांग्रेस के अध्यक्ष हैं अथवा पंडित जवाहर लाल नेहरू को, जो कार्य समिति के सचिव हैं। मजदूर नेताओं के बार-बार आग्रह करने पर भी जब गाँधीजी ने प्रस्ताव लेना स्वीकर नहीं किया तो वे उसे जवाहर लाल नेहरू को देकर चले गए।

मजदूरों के इस अप्रत्याशित प्रदर्शन के कारण नेहरू कमेटी रिपोर्ट संबंधी प्रस्ताव उस दिन प्रस्तुत नहीं किया जा सका। दूसरे दिन गाँधीजी उसे पेश करने के लिए मंच पर आए तो पूरा पंडाल 'वंदे मातरम्' तथा 'भारत माता की जय' के नारों से गूँज उठा। प्रस्ताव पेश करते हुए गाँधीजी ने अपने संक्षिप्त भाषण में कहा कि वह इस बात से पूरी

तरह अवगत हैं कि देश का युवा वर्ग डोमिनियन स्टेटस के बजाय, पूर्ण स्वतंत्रता के पक्ष में है। फिर भी, सारी स्थितियों को देखते हुए वह ब्रिटिश पार्लमेंट को एक वर्ष, यानी 31 दिसंबर, 1929 तक का समय नेहरू रिपोर्ट में प्रस्तावित संविधान को स्वीकार करने के लिए दे रहे हैं। यदि इस बीच ब्रिटिश सरकार इस संविधान को स्वीकार कर लेती है तो ठीक, अन्यथा इस तिथि के निकल जाने के पश्चात् कांग्रेस अहिंसात्मक असहयोग आंदोलन चलाने के लिए विवश होगी। इस बीच किसी को भी कांग्रेस के नाम पर पूर्ण स्वराज का प्रचार करने की छूट भी रहेगी। अपनी बात समाप्त करते हुए गाँधीजी ने कहा, "मेरा आपसे अनुरोध है कि आप केवल इसलिए मेरे प्रस्ताव का समर्थन न करें कि मैं उसे प्रस्तुत कर रहा हूँ बल्कि यदि आप हृदय से प्रस्ताव में कही गई बातों से सहमत हैं तभी उसके पक्ष में अपना मत दें।"

विषय समिति में गाँधीजी के प्रस्ताव का विरोध करने वालों में अग्रणी सुभाष चंद्र बोस थे। यहाँ भी उन्होंने इसके विरोध की प्रमुख भूमिका निभाई। आज वह कांग्रेस के स्वयंसेवकों के कमांडर वाली सैनिक वर्दी के बजाय धोती कुर्ता पहने थे तथा कंधे पर शाल डाले थे। उनके मंच पर पहुँचते ही पंडाल में उपस्थित कांग्रेस के युवा प्रतिनिधियों, विशेषकर 'इंडिपेंडेंस आफ इंडिया लीग' तथा बंगाल कांग्रेस के सदस्यों ने तालियों की जोरदार गड़गड़ाहट से उनका स्वागत किया। बोस दो-चार क्षण खामोश खड़े रहे, तब गांधीजी के प्रस्ताव में देश के लिए डोमिनियन स्टेटस की जगह पूर्ण स्वराज तथा ब्रिटिश सरकार से पूरी तरह संबंध विच्छेद करने का संशोधन पेश करते हुए उन्होंने कहा, "मुझे अत्यंत खेद है कि मैं आपके सामने एक ऐसे प्रस्ताव में संशोधन की माँग को लेकर खड़ा हूँ जिसे गाँधीजी ने पेश किया है तथा जिसे कांग्रेस के अधिकांश वरिष्ठ नेताओं का समर्थन प्राप्त है। लेकिन यह इस बात का संकेत भी है कि आज कांग्रेस के वरिष्ठ नेतृत्व की सोच और उसके युवा वर्ग के विचारों में जमीन आसमान का अंतर—आप चाहें तो उसे 'दरार' की संज्ञा भी दे सकते हैं—आ चुका है।

"लाला लाजपतराय की हत्या तथा साइमन कमीशन के देश के भ्रमण के दौरान लखनऊ, लाहौर तथा अन्य स्थानों पर घटित घटनाओं के परिप्रेक्ष्य में वाइसराय की इस घोषणा को देखते हुए कि समूचे देश के बहिष्कार के बावजूद कमीशन अपना कार्य बदस्तूर करता रहेगा, हम यह आशा करते थे कि कलकत्ता कांग्रेस पूर्ण स्वराज के अपने संकल्प को और दृढ़ता से दोहराएगी। लेकिन मुझे दुख के साथ कहना पड़ रहा है हम आज से एक वर्ष पूर्व मद्रास कांग्रेस में पारित पूर्ण स्वतंत्रता के अपने प्रस्ताव से भी पीछे हट रहे हैं। देश का युवा वर्ग आजादी के झंडे को एक दिन के लिए भी नीचा करने को तैयार नहीं है। इस सदन में हमारी जीत होती है अथवा हार, हमें इसकी चिंता नहीं है। युवा पीढ़ी के लिए इस तरह की हार-जीत का कोई अर्थ भी नहीं है क्योंकि उसने देश को पूरी तरह आजाद कराने का बीड़ा उठा लिया है।"

अपनी बात को आगे बढ़ाते हुए उन्होंने कहा, "अंतर्राष्ट्रीय क्षितिज पर एक और

विश्वयुद्ध के बादल घिर रहे हैं। वर्साय की संधि से सभी संबंधित राष्ट्रों की आकांक्षाओं की तुष्टि नहीं हुई है। बाल्कन राष्ट्रों, इटली, रूस, आस्ट्रिया, हंगरी की जनता संतुष्ट नहीं है। एशिया की अपनी समस्याएँ हैं। रूस के खिलाफ सभी पूँजीवादी राष्ट्र लाम-बंद हो रहे हैं। यह सारी स्थितियाँ विश्वयुद्ध का संकेत दे रही हैं। इस परिदृश्य में भारत को पूरी तरह सचेत रह कर एक नई मानसिकता का निर्माण करना होगा, ऐसी मानसिकता, जो डोमिनियन स्टेटस जैसी ढुलमुल स्थिति के मोह जाल में न फँसकर पूर्ण स्वतंत्रता के लिए प्रतिबद्ध हो।"

अपना भाषण समाप्त करते हुए उन्होंने कहा, "नेतृत्व के प्रति सम्मान और श्रद्धा एक बात है, सिद्धांतों के प्रति प्रतिबद्धता बिल्कुल दूसरी। मैं आपसे अनुरोध करूँगा कि मेरा संशोधन स्वीकार करके देश की युवा पीढ़ी में नई चेतना जागृत करने में अपना सहयोग दें।"

बोस अपना भाषण दे रहे थे तो मंच पर बैठे पंडित मोतीलाल नेहरू उन्हें बराबर घूर रहे थे जबकि गाँधीजी निर्विकार भाव से बैठे अपने सामने रखे कागजों को देख रहे थे जैसे सदन में कौन क्या बोल रहा है, इससे उनका कोई मतलब ही न हो। पंडाल बार-बार तालियों से गूँज रहा था। तालियाँ बजाने वालों में बंगाल के प्रतिनिधि, 'इंडिपेंडेस आफ इंडिया लीग' के सदस्य तथा अधिकांश युवा प्रतिनिधि थे। तेजशंकर भी, जो संयुक्त प्रांत से प्रतिनिधि होकर आया था और पिछले तीन दिनों से कलकत्ता में था, तालियाँ बजानेवालों में शामिल था। अपने स्थान पर बैठा वह बराबर बोस तथा मंच पर उपस्थित अन्य नेताओं, विशेषकर जवाहर लाल की ओर देख रहा था, जो मंच पर एक ओर खामोश बैठे एक क्षण के लिए कभी बोस, तो कभी गाँधीजी पर अपनी दृष्टि डालकर फिर पंडाल में उपस्थित लोगों की ओर देखने लगते।

बोस द्वारा अपना भाषण समाप्त करने के पश्चात् उनके संशोधन के पक्ष में बोलने वालों का ताँता लग गया। इनमें अधिकांश वक्ता बंगाल के थे। मद्रास और बंबई के कतिपय कम्युनिस्ट सदस्यों ने, जो कांग्रेस के भी सदस्य थे, बोस का समर्थन किया। कुछ अन्य सदस्य संशोधन के विरोध में भी बोले। तभी सात बजे के लगभग पंडित मोती लाल नेहरू ने सदन को दो घंटे के लिए स्थगित कर दिया ताकि लोग भोजन आदि कर लें।

रोज की भाँति आज भी इस समय तक बिजली जल चुकी थी और पूरा देशबंधु नगर उसके प्रकाश में जगमग-जगमग कर रहा था। लोग छोटे-छोटे समूहों में बँटकर, सदन में आज की कार्यावाही की चर्चा करते हुए भोजन कक्ष की ओर जाने लगे। दक्षिण भारतीय, उत्तर भारतीय तथा स्थानीय लोगों के लिए अलग-अलग खाने की व्यवस्था थी यद्यपि किसी प्रकार का कोई प्रतिबंध नहीं था और जो जहाँ भी चाहे वहाँ जाकर, भोजन के लिए खरीदे गए कूपन देकर, भोजन ले सकता था। चारों ओर एक अजीब उत्साह और उत्तेजना भरा वातावरण था। खाते समय भी लोग बोस द्वारा प्रस्तुत संशोधन पर बातें

करते हुए अपने विचार व्यक्त कर रहे थे।

तेजशंकर खाना खाकर टेंट से बाहर निकला तो उसे दो-तीन स्थानीय लोगों ने घेर लिया।

"आप संजुक्त प्रांत से आया है न?" उनमें से एक ने पूछा।

"जी हाँ।" तेजशंकर ने उत्तर दिया।

"पहली बार कलकत्ता आया है?"

"जी।"

"इधर में कुछ घूमने-फिरने सका कि नहीं?"

"अभी तो नहीं। अभी तो सेशन ही चल रहा है। बाद में देखेंगे।"

"रात्रि में गंगा में नौका विहार करने में बेशी आनंद आता। बांगलार कांग्रेस सौब बेबोस्था कोरे छे। आपनी जाबेन कि?"

"अभी तो नहीं जा पाऊँगा। अभी तो नौ बजे से सेशन होना है।"

"ऐसा है," उसके दूसरे साथी ने अंग्रेजी में कहा, "मैं तो बंगाल प्रांत से डेलीगेट हूँ। यह हमारे मित्र हैं। यह भी सेशन देखना चाहते हैं। आप उधर घूमने जाएँगे तो आपके डेलीगेट कार्ड से यह भी सेशन देख लेंगे।

तेजशंकर की समझ में नहीं आया कि वह क्या उत्तर दे।

"आप हमसे अपने कार्ड का पैसा ले लीजिए। इन्हें दस रुपए दो।" उसने अपने साथी से कहा।

तेजशंकर ने अचरज से उसकी ओर देखा। "नहीं, मैं कार्ड नहीं दे सकता।" उसने कहा।

"आछा, एइ पोनरो टाका नीन।"

"नहीं मुझे क्षमा करें।" तेजशंकर ने कहा।

"ठीक आचे। जागिगए।" उन लोगों ने कहा और आगे बढ़कर किसी और प्रतिनिधि से बात करने लगे।

अट्ठारह

रात नौ बजे सत्र दोबारा आरंभ हुआ तो बोस के संशोधन के पक्ष में बोलने वालों में जवाहर लाल भी थे। वह बोलने के लिए खड़े हुए तो गाँधीजी ने एक बार अपनी आँख उठाकर उनकी ओर देखा, तब पुनः अपने कागजों में देखने लगे। पंडित मोती लाल नेहरू ने भी क्षणांश के लिए जवाहर लाल पर दृष्टि डाली तब वह भी दूसरी ओर देखने लगे। जवाहर लाल ने बहुत ही संक्षेप में अपनी बात हिंदी में कही। "डोमिनियन स्टेटस की

माँग करना," उन्होंने कहा, "एक तरह से ब्रिटिश सरकार के दरवाजे भिखारियों की तरह खड़ा होना है। हमारे सामने जो मसला है वह बहुत ही संजीदा है। सिर्फ इस मुल्क की ही नहीं, पूरी दुनिया की निगाहें हमारे ऊपर हैं। हमें बहुत ही समझबूझ कर फैसला लेना होगा। मैं सुभाष चंद्र बोस के अमेंडमेंट की पूरी ताईद करता हूँ।" जवाहर लाल बोल रहे थे तो ऐसा लग रहा था जैसे वह पूरी प्रतिबद्धता से न बोलकर महज एक औपचारिकता निभा रहे हों। फिर भी उन्होंने बोलना समाप्त किया तो एक बार फिर पूरा पंडाल तालियों की गड़गड़ाहट से गूँज उठा।

लगभग साढ़े दस बजे, जब सारे वक्ता बोल चुके, गाँधीजी बहस का जवाब देने के लिए खड़े हुए। अपनी उटंगी धोती और खद्दर की चादर में वह पूरे मंच पर बिल्कुल अलग दिखाई दे रहे थे। माइक को एक हाथ से पकड़कर उन्होंने बहुत ही धीमे स्वर में बोलना शुरू किया। मुश्किल से दो एक मिनट ही वह बोले होंगे कि पंडाल के एक हिस्से में कुछ शोरगुल होने लगा। इस पर वह खामोश हो गए। तब एक क्षण खामोश रहने के बाद उन्होंने कहा, "यदि आप मेरी बात शांतिपूर्वक नहीं सुनना चाहते तो मैं बैठ जाता हूँ क्योंकि मैं तभी बोलूँगा, जब आप मुझे सुनना चाहेंगे। अतः यदि आप मुझे सुनना चाहते हैं तो मेरा अनुरोध है कि मेरे बोलने के बीच किसी प्रकार का व्यवधान न उत्पन्न करें।" गाँधीजी के इतना कहने पर पूरे पंडाल में सन्नाटा छा गया। अपनी बात आगे बढ़ाते हुए उन्होंने कहा, "मेरी आपसे प्रार्थना है कि थोड़ी देर के लिए अपने दिमाग से डोमिनियन स्टेट्स और पूर्ण स्वराज का हौवा निकाल दें। यह दोनों शब्द भ्रम उत्पन्न करते हैं। मैं केवल आजादी की बात करना चाहता हूँ—ऐसी आजादी, जिसमें हमें विकास के पूरे अवसर मिलें क्योंकि अंततः हम स्वयं अपने भाग्य के निर्माता है। यह नेहरू कमेटी भी हवा में नहीं उपजी है। हमने ही इसे नियुक्त किया है। जो भी स्याह-सफेद यह करती है उसके दायित्व से हम अपने को अलग नहीं कर सकते। जो प्रस्ताव मैंने सदन में पेश किया है वह प्रस्ताव भी मेरे द्वारा बनाया हुआ नहीं है। वह कांग्रेस की विषय समिति में हुई बहस के पश्चात् एक समझौते पर पहुँचने का परिणाम है। मैं यह नहीं कहता कि आप इस प्रस्ताव को ज्यों का त्यों स्वीकार कर लें। लेकिन जिन लोगों का इस प्रस्ताव के बनाने में हाथ रहा है और जो इसे पहले स्वीकार कर चुके हैं," गाँधीजी का इशारा विशेषकर सुभाषचंद्र बोस की ओर था, "उनसे तो मैं यह आशा कर ही सकता हूँ कि वह इसके प्रति वचनबद्ध रहेंगे। और यदि वह ऐसा समझते हैं कि उन्होंने इस प्रस्ताव को स्वीकार करने में भूल की है और अब उन्हें इसका पश्चाताप हो रहा है तो मैं कहूँगा कि उस पश्चाताप या प्रायश्चित का रास्ता इस प्रस्ताव में संशोधन पेश करना नहीं है। प्रायश्चित उससे कहीं बड़े आत्मसंयम की चीज है। वह तपस्या है, संशोधन नहीं।"

"आप स्वतंत्रता का नाम उसी तरह लेते हैं। जैसे हिंदू राम या कृष्ण के नाम का या मुसलमान अल्लाह के नाम का जाप करते हैं, बिना उन नामों की पवित्रता का एहसास किए हुए। जब आप स्वयं अपने वचन के पक्के नहीं हैं तो आप किस स्वतंत्रता की बात

करते हैं ?

"मुझे पता चला है, और यह जानकर मेरा सिर शर्म से झुक गया कि, यहाँ देशबंधु नगर में डेलीगेट टिकटों की खरीद-फरोख्त चल रही है। एक रुपए का टिकट दस-दस पंद्रह-पंद्रह रुपयों में खरीदा-बेचा जा रहा है। यह हमारे लिए, आपके लिए, कांग्रेस के लिए, सभी के लिए शर्म की बात है। इस तरह हम स्वतंत्रता प्राप्त नहीं कर सकते बल्कि अपनी गुलामी की जंजीरों को और मजबूत करेंगे।

"मैं आपसे अपने प्रस्ताव के समर्थन के लिए नहीं कहूँगा। और इसलिए तो आप कतई उसका समर्थन न करें कि मैंने उसे पेश किया है या पंडित मोतीलाल उसके पोषक या समर्थक है। आप स्वयं अपना निर्णय लें। मैं केवल इतना कहूँगा और ईश्वर से यही प्रार्थना करूँगा कि आपका निर्णय सम्मानजनक हो।"

गाँधीजी ने बोलना बंद किया तो लगभग तीन-चार मिनट तक पूरा पंडाल तालियों की गड़गड़ाहट से गूँजता रहा। अंततः तालियाँ बजनी बंद हुईं तो अध्यक्ष ने सुभाषचंद्र बोस के संशोधन पर मतदान का आदेश किया। इसके लिए अध्यक्ष पद से यह घोषणा की गयी कि सारे प्रतिनिधि अपने-अपने प्रांतीय कक्षों में चले जाएँ तथा वहाँ जाकर संशोधन के समर्थन में वोट देने वाले लोग एक और तथा विपक्ष में वोट देने वाले दूसरी ओर हो जाएँ।

तेजशंकर एक क्षण के लिए परेशानी में पड़ गया। वह जल्दी निर्णय नहीं ले सका कि किस ओर जाए। संयुक्त प्रांत का डेलीगेशन इस प्रश्न पर पूरी तरह विभाजित था। जवाहर लाल नेहरू तथा शिवप्रसाद गुप्त जैसे लोगों ने संशोधन के समर्थन में भाषण दिए थे जबकि गोविंद बल्लभ पंत उसके विरोध में बोले थे। अधिक दिन नहीं हुए जब तेजशंकर ने पंत और जवाहर लाल को, साइमन कमीशन के विरोध में हुए प्रदर्शन के दौरान, पुलिस की लाठियों का एक साथ सामना करते देखा था। बल्कि नेहरू को बचाने के प्रयत्न में पंत ने कुछ अधिक ही प्रहार झेले थे। और अब दोनों एक-दूसरे के विरोध में खड़े थे। तभी किसी ने उसका हाथ पकड़कर संशोधन के पक्ष वाले लोगों के बीच खींच लिया।

मंच पर भी लोग अलग-अलग समूहों में बँट गए थे। जवाहर लाल एक ओर और गाँधीजी दूसरी ओर। मोतीलाल अध्यक्ष होने के नाते बीच में बिल्कुल अकेले खड़े थे। बोस पहले ही मंच से उतरकर बंगाल के प्रतिनिधि-कक्ष में आ गए थे जो लगभग पूरा-का-पूरा संशोधन के पक्ष में था।

वोटों की गिनती होने के बाद रात लगभग तीन बजे परिणाम घोषित किया गया। 973 मत संशोधन के पक्ष में और 1350 उसके विरोध में पड़े थे।

अगले दिन अधिवेशन के अंतिम सत्र में बोलते हुए मोतीलाल नेहरू सहसा बहुत ही भावुक हो उठे। "सुभाष को," उन्होंने कहा, "मैं अपने बेटे के समान मानता हूँ। उन्होंने

भी मुझे सदा पिता तुल्य समझा है। मेरे लिए सुभाष और जवाहर दोनों बराबर हैं। उन्होंने अपने भाषणों में कहा कि हम बूढ़े लोग समय से पिछड़ गए हैं। यह कोई नई बात नहीं है। युवाओं की दृष्टि में बूढ़े हमेशा समय से पिछड़े ही होते हैं। मेरी आपको केवल एक सलाह है। 'डोमिनियन स्टेटस' और 'इंडिपेंडेंस' जैसे अंग्रेजी भाषा से उधार लिए गए शब्दों को अपने दिमाग से निकाल दें। उनकी जगह 'स्वराज' या 'आजादी' शब्दों का प्रयोग करें और महात्माजी द्वारा जो भी कार्यक्रम बनाया जाए उसमें दिलो-जान से जुट जाएँ। एक वर्ष का समय किसी राष्ट्र के जीवन में बहुत बड़ा काल खंड नहीं है। मुझे इस बात में कोई संदेह नहीं कि अगली कांग्रेस के अवसर पर हम अपना अगल कदम पूरी एकता और दृढ़ता से उठाएँगे।"

उन्नीस

ब्रिटिश सरकार के लिए जो काम साइमन कमीशन नहीं कर पाया वह काम नेहरू कमेटी रिपोर्ट ने कर दिखाया। कलकत्ता सर्वदल सम्मेलन से उपजी स्थितियाँ पूरी तरह अंग्रेजों के अनुकूल थीं। अभी तक जिन्ना ही कांग्रेस की नीतियों के विरुद्ध थे। अब मुहम्मद अली भी कांग्रेस के खिलाफ हो गए। उन्होंने सार्वजनिक रूप से घोषणा की कि अब से वह किसी भी ऐसे आयोजन में, जिसमें कांग्रेस की भागीदारी होगी, शामिल नहीं होंगे। कांग्रेस के वरिष्ठ नेताओं और उसके युवा वर्ग के बीच, डोमिनियन स्टेटस की माँग को लेकर, मतभेद पहले से ही थे। कलकत्ता में यह मतभेद समाप्त होने के बजाय और भी गहरे हो गए। मुसलिम लीग की स्थिति कांग्रेस से भी बदतर थी। जिन्ना की पहल पर लिए गए निर्णय के अनुसार, कांग्रेस और हिंदू महासभा के प्रतिनिधियों के सामने अपनी एकता प्रदर्शित करने के उद्देश्य से, जिन्ना को छोड़कर उसके किसी भी प्रतिनिधि ने सर्वदल सम्मेलन में अपना मुँह नहीं खोला था और जिन्ना के साथ ही सब वहाँ से वाक-आउट कर गए थे। किंतु उसकी अंदरूनी स्थिति कुछ और ही थी। राजा महमूदाबाद, एम. सी. छागला. टी. के. शेरवानी, डॉ. किचलू सहित लीग के कितने ही ऐसे नेता थे जो जिन्ना की कांग्रेस विरोधी नीति से सहमत नहीं थे और नेहरू कमेटी रिपोर्ट को थोड़े-बहुत संशोधन के साथ स्वीकार करने के पक्ष में थे। राजा महमूदाबाद, जो लीग के कलकत्ता अधिवेशन के अध्यक्ष थे, अधिवेशन को अधूरा छोड़कर ही चले आए थे। बाद में जिन्ना को कोरम के प्रश्न पर अधिवेशन को बीच में ही स्थगित करना पड़ा था। तीन चार महीने बाद दिल्ली में बुलाए गए अधिवेशन में तो जिन्ना समर्थकों और विरोधियों के बीच मारपीट तक हुई। सिख लीग और दलित वर्ग के प्रतिनिधि भी नेहरू कमेटी रिपोर्ट से संतुष्ट नहीं थे। अंग्रेजों को और क्या चाहिए था? उनका तो कहना ही यह था कि यह देश अभी स्वशासन के लिए तैयार नहीं है। उनके हटते ही यहाँ अराजकता फैल

जाएगी।

इसके बावजूद राष्ट्रीय तथा अंतर्राष्ट्रीय स्तर पर जो घटनाएँ घट रही थीं, वे अंग्रेजों की नींद हराम करने के लिए काफी थीं। इनमें सबसे महत्वपूर्ण घटना रूसी क्रांति की थी जिसका प्रभाव समूचे विश्व पर, विशेषकर गुलाम देशों की राजनीति पर व्यापक पैमाने पर पड़ रहा था। भारत वर्ष में भी कम्युनिस्ट पार्टी की स्थापना हो चुकी थी। रेल और रेल के आने के पश्चात् देश के विभिन्न भागों में विकसित हो रहे उद्योगों से संबंधित मजदूर संगठनों में राजनीतिक चेतना का उदय होने लगा था। संगठित मजदूरों ने अपनी शक्ति को पहचानना शुरू कर दिया था। उद्योग के विभिन्न क्षेत्रों में, विशेषकर रेल और कपड़ा मिलों में लंबी-लंबी हड़तालें हो चुकी थीं। किसान सभाओं का प्रादुभार्भाव हो चुका था। युवा संगठनों की तो जैसे पूरे देश में ही बाढ़-सी आ गई थी। क्रांतिकारियों की गतिविधियों में भी तेजी आ रही थी। सांडर्स वध इसका प्रमाण था। इन सब घटनाओं के पीछे अंग्रेजों को बोल्शेविक क्रांति की बू आने लगी थी। मजदूर आंदोलन, किसान आंदोलन, युवा आंदोलन, सभी उन्हें साम्यवाद से प्रेरित दिखाई दे रहे थे, जो पूरी तरह नहीं तो काफी हद तक सही भी था। खुद ब्रिटेन की कम्युनिस्ट पार्टी के दो सदस्य, फिलिप स्प्रैट तथा बेन ब्रैडले बंगाल तथा बंबई में मजदूरों को संगठित करने का कार्य कर रहे थे।

इन स्थितियों का सामना करने के उद्देश्य से अंग्रेज सरकार ने 'ट्रेड डिस्प्यूट्स बिल' तथा 'पब्लिक सेफ्टी बिल' शीर्षक कानून बनाने की घोषणा की, जिनके तहत मजदूर संगठनों पर अंकुश लगाने, उनकी हड़तालों को नियंत्रित करने तथा जिस व्यक्ति को भी सरकार चाहे, उसे बिना कारण बताए गिरफ्तार करने या देश निकाला देने की व्यवस्था थी। इसी के साथ सरकार ने देश के अनेक युवा कम्युनिस्ट नेताओं के साथ-साथ ब्रिटेन की कम्युनिस्ट पार्टी के सदस्यों, ब्रैडले तथा स्प्रैट एवं एक अमरीकी पत्रकार हचिंसन को, प्रत्यक्ष रूप से अंग्रेज सम्राट के खिलाफ युद्ध छेड़ने किंतु वास्तव में मजदूरों को संगठित करने तथा उनका नेतृत्व करने के जुर्म में, पकड़कर मेरठ जेल में बंद कर दिया। अंग्रेजों द्वारा गिरफ्तार किए गए इन व्यक्तियों में कांग्रेस महासमिति के कुछ सदस्य भी शामिल थे। उनके अतिरिक्त मुख्य लोगों में डांगे, मिराजकर, घाटे, अधिकारी, पी. सी. जोशी, सोहन सिंह जोश जैसे युवा साम्यवादी नेता शामिल थे, जिन्होंने आनेवाले समय में (स्वतंत्रता प्राप्ति के बाद तक) साम्यवादी संगठनों में महत्वपूर्ण भूमिकाएँ निभाई।

भारतीय जनमानस, विशेषकर युवा वर्ग, सरकार द्वारा प्रस्तावित इन बिलों के विरोध में था। कांग्रेस की भी आधिकारिक नीति यही थी। इस संदर्भ में सबसे महत्वपूर्ण बात यह थी कि केंद्रीय असेंबली के स्पीकर, विट्ठल भाई पटेल का यह मत था कि चूँकि सरकार ने 'पब्लिक सेफ्टी बिल' में जो प्रावधान किए हैं वे सभी मुद्दे मेरठ षड्यंत्र केस, जिसमें अमरीकी पत्रकार तथा ब्रिटेन की कम्यूनिस्ट पार्टी के दो सदस्य एवं भारतीय

कम्यूनिस्ट पार्टी के लगभग सभी सक्रिय नेता बंद थे, के सिलसिले में न्यायालय में विचाराधीन हैं, अतः इस बिल पर तब तक कोई निर्णय नहीं लिया जा सकता जब तक मेरठ केस का फैसला न हो जाए। स्पीकर विट्ठल भाई पटेल के इस मत के बावजूद सरकार दोनों ही बिलों को कानून में बदलने के लिए उत्सुक ही नहीं, तत्पर थी। अंततः इस मामले में विशेषाधिकार वाइसराय के पास था और सरकार ने इस बात को छिपाने का कोई प्रयत्न नहीं किया था कि वह इस विशेषाधिकार का प्रयोग करने में जरा भी हिचकेगी नहीं दूसरी ओर स्पीकर, विट्ठल भाई पटेल, ने भी सार्वजनिक घोषणा कर दी थी कि वह पब्लिक सेफ्टी बिल पर असेंबली में बहस होने की अनुमति नहीं देंगे। इस तरह दोनों पक्षों के बीच तनाव जैसी स्थिति बनी हुई थी।

8 अप्रैल 1929। केंद्रीय असेंबली में आज 'ट्रेड डिसप्यूट्स' तथा 'पब्लिक सेफ्टी' बिलों पर बहस होनी थी। दर्शक दीर्घाएँ तथा प्रेस गैलरियाँ खचाखच भरी हुई थीं। सदन की कुर्सियों पर जनता के प्रतिनिधियों के बीच पं. मोतीलाल नेहरू, पं. मदन मोहन मालवीय, मुहम्मद अली जिन्ना आदि बैठे थे। अध्यक्ष दीर्घा में सरकारी अतिथि के रूप में सर जान साइमन भी विराजमान था।

स्पीकर विट्ठल भाई पटेल की अनुमति से पहले 'ट्रेड डिसप्यूट्स' बिल पर बहस हुई। तब मतदान होने के पश्चात् उसे पास घोषित कर दिया गया। इसी के तुरंत बाद 'पब्लिक सेफ्टी बिल' पेश होनेवाला था जिसके लिए पुनः स्पीकर की अनुमति दरकार थी। लेकिन इससे पहले कि स्पीकर विट्ठल भाई पटेल अपने स्थान पर खड़े होकर इस बारे में अपनी व्यवस्था दें (अपने पूर्व-घोषित निर्णय के मुताबिक वे इसे सदन में पेश किए जाने से मना करनेवाले थे) एक के बाद एक, दो बम दर्शक दीर्घा से सदन की सरकारी बेंचों के निकट आ गिरे। जोर के धमाकों के साथ असेंबली का पूरा हाल बम विस्फोट से उत्पन्न गहरे नीले धुएँ से भर गया जिसके बीच ढेरों लाल रंग के पर्चे हवा में इधर-उधर उड़ते हुए दिखाई दिए। इसी के साथ दर्शक दीर्घा से ऊँचे स्वर में लगाए गए नारों, 'इंकलाब जिंदाबाद,' 'ब्रिटिश साम्राज्य का नाश हो,' 'दुनिया के मजदूरों एक हो' की आवाजें गूँज उठीं।

असेंबली हाल तथा दर्शक दीर्घा में भगदड़ मच गई। धीरे-धीरे धुआँ कुछ कम हुआ तो हाल में जो चंद लोग अपने स्थान पर खड़े दिखाई दिए उनमें प्रमुख थे, पं. मोतीलाल नेहरू, मुहम्मद अली जिन्ना, स्पीकर विट्ठल भाई पटेल तथा सरकार में फाइनेंस मेंबर सर जान शुस्टर। दर्शक दीर्घा भी पूरी तरह खाली हो चुकी थी। केवल दो युवक अभी भी अपने स्थान पर खड़े नारा लगाते हुए सदन में पर्चे फेंक रहे थे। इनमें से एक, जो अपेक्षाकृत लंबा था, खाकी पतलून तथा नीले रंग का कोट पहने था। सिर पर फेल्ट हैट थी। दूसरा बंगाली काट का कुर्ता पाजामा पहने था।

कुछ देर तक नारे लगाने के बाद दोनों अपने स्थान पर खामोश खड़े हो गए।

तभी असेंबली भवन की सुरक्षा के लिए तैनात सार्जेंट टेरी ने, अन्य पुलिस कर्मचारियों के साथ दर्शक दीर्घा में प्रवेश किया। दोनों युवक यथावत अपने स्थान पर खड़े रहे। टेरी ने आगे बढ़कर दोनों को अपनी हिरासत में ले लिया।

बीस

असेंबली में बम फेंकने वाला लंबे कद का युवक भगत सिंह था। उसका दूसरा साथी भी हिसप्रस का सक्रिय सदस्य था। नाम था बटुकेश्वर दत्त। बम फेंकने का निर्णय उनका निजी निर्णय न होकर हिसप्रस का सांगठनिक निर्णय था।

लाहौर में सांडर्स वध के बाद, भगतसिंह भेस बदलकर दुर्गा भाभी के साथ कलकत्ता चला गया था। कलकत्ता-प्रवास के दौरान उसका मुख्य उद्देश्य बंगाल के क्रांतिकारियों से संपर्क करके किसी ऐसे व्यक्ति को तलाश करना था, जो बम बनाने की कला का माहिर हो और उसके साथ संयुक्त प्रांत अथवा पंजाब आकर दल के अन्य सदस्यों को इस कला की शिक्षा देने को तैयार हो। सौभाग्य से बंगाल का एक पुराना क्रांतिकारी यतींद्र नाथ दास, जो बम बनाने की कला में निपुण था इस काम के लिए राजी हो गया। भगतसिंह यतींद्र के साथ कलकत्ता से लौट आया और दल के फैसले के अनुसार आगरा के हींग मंडी मुहल्ले में एक मकान किराए पर लेकर बम बनाने का कार्य प्रारंभ हो गया।

आगरा के इसी मकान में हिसप्रस की केंद्रीय समिति की एक मीटिंग में केंद्रीय असेंबली में 'ट्रेड डिसप्यूट्स बिल' तथा 'पब्लिक सेफ्टी बिलट पेश किए जाने के समय सदन में बम विस्फोट करने का फैसला लिया गया। मीटिंग में इस बात पर भी जोर दिया गया कि असेंबली में बम इस होशियारी से फेंका जाए कि कांग्रेस तथा अन्य विरोधी दलों के किसी भी सदस्य को चोट न आने पाए तथा जो साथी बम फेंकने जायें, वे बम फेंकने के पश्चात् पुलिस के सामने वहीं समर्पण कर दें। आत्मसमर्पण का सुझाव मुख्य रूप से भगतसिहं का ही था। उसका कहना था कि इस प्रकार आत्मसमर्पण करने से, दल के जो भी सदस्य बम फेंकने जाएँगे, उन्हें कोर्ट में मुकदमा चलने के दौरान अपनी बात कहने का पूरा अवसर मिलेगा। इस तरह वे अपने विचार देश के वृहद जनसमुदाय तक पहुँचाने में सफल होंगे। भगतसिंह के नाम का फैसला भी अंततः इसी कारण हुआ था क्योंकि वह अन्य क्रांतिकारियों की तुलना मे अंग्रेजी लिखने और बोलने में कहीं ज्यादा निपुण था।

दल के इस निर्णय के अनुसार ही भगतसिंह ने बम को सरकार के फाइनेंस मेंबर सर जान शुस्टर की डेस्क के पीछे ऐसे स्थान पर फेंका था जहाँ विस्फोट होने से लोगों की जान का कम-से-कम खतरा था। सदन में फेंके गए पर्चों से भी यह बात स्पष्ट थी कि बम फेंकने का उद्देश्य किसी की जान लेना नहीं बल्कि सरकार को चेतावनी देना था कि वह

'पब्लिक सेफ्टी बिलट जैसे जन-विरोधी कानूनों को बनाने से बाज आए। पर्चा शुरू ही आयरलैंड के स्वतंत्रता संग्राम के शहीद वैलियाँ के इन शब्दों से होता था कि 'बहरों को सुनाने के लिए ऊँची आवाज की आवश्यकता होती है।' पर्चे में 'ट्रेड डिसप्यूट्स बिल' तथा 'पब्लिक सेफ्टी बिल' की भर्त्सना करने के साथ-साथ निकट भविष्य में असेंबली में पेश होनेवाले 'प्रेस सेडिशन बिल' का भी उल्लेख किया गया था तथा कहा गया था कि 'असेंबली में बम फेंकने का हिसप्रस का एक मात्र प्रयोजन यह है कि कानून का यह अपमानजनक प्रहसन समाप्त कर दिया जाए। विदेशी नौकरशाही जो चाहे करे लेकिन यदि वह अपनी शोषण और दमन की नीति को वैधता की नकाब से ढकने का प्रयत्न करेगी तो हम उसकी इस नकाब को फाड़कर अलग कर देंगे।' इसी के साथ जनता के प्रतिनिधियों से अपील की गई थी कि वे असेंबली के इस पाखंड से मुक्त होकर अपने-अपने क्षेत्रों में जाकर जनता को क्रांति के लिए तैयार करें। अंत में उसमें कहा गया था, "हम मानव जीवन की पवित्रता को स्वीकार करते हैं। इसीलिए हम पूरी मानव जाति के लिए ऐसे उजज्वल भविष्य में आस्था रखते हैं जिसमें प्रत्येक व्यक्ति को शांति और स्वतंत्रता के वातावरण में पूर्ण विकास के अवसर मिल सकें। हम इंसान का खून बहाना नहीं चाहते। यह हमारी विवशता है जिसका हमें दुख है। मनुष्य द्वारा मनुष्य के शोषण को समाप्त करने के लिए की गई क्रांति में किसी सीमा तक रक्तपात अनिवार्य हो ही जाता है।"

सदन में बम फेंकने के पश्चात् जो भगदड़ वहाँ मच गई थी उसका लाभ उठाकर भगतसिंह तथा बटुकेश्वर दत्त के लिए वहाँ से सुरक्षित निकल जाना असंभव नहीं था। परंतु दल का यह निर्णय नहीं था। इसीलिए दोनों ने पुलिस के सामने आत्मसमर्पण कर दिया था।

इक्कीस

असेंबली बम कांड की इस घटना से पूरे देश में तहलका मच गया। सरकारी हल्कों में तो दहशत-सी व्याप गई। घटना की जाँच के लिए बंगाल से विशेष पुलिस दल बुलाया गया। केंद्र से सभी प्रांतीय सरकारों को पूरी चौकसी बरतने तथा क्रांतिकारियों पर निगाह रखने के विशेष आदेश जारी किए गए। पुलिस तथा सी. आई. डी. के कार्यालयों में रखी पुरानी फाइलें उल्टी जाने लगीं। खुफिया पुलिस के लोग क्रांतिकारियों के संदिग्ध अड्डों की सर्तकता से चौकसी करने लगे।

इस बीच एक पखवाड़े तक पुलिस हिरासत में रखने के बाद दत्त और भगतसिंह को दिल्ली जेल भेज दिया गया। उनके ऊपर भारतीय दंड संहिता की धारा 307 के अंतर्गत असेंबली में बम फेंककर लोगों की जान लेने का प्रयत्न करने तथा विस्फोटक

पदार्थ कानून की धारा तीन का उल्लंघन करने संबंधित आरोप लगाए गए थे। सुनवाई अतिरिक्त जिला मजिस्ट्रेट के सामने, सुरक्षा की दृष्टि से जेल में ही उसकी कोर्ट लगाकर, प्रारंभ हुई। सुनवाई के दौरान जेल के भीतर ही नहीं, जेल के बाहर भी पुलिस का सख्त बंदोबस्त रहता। दिल्ली के जाने माने बैरिस्टर आसिफ अली, दत्त तथा भगत सिंह की ओर से, बचाव पक्ष के वकील थे। प्रायः उनकी पत्नी श्रीमती अरुणा आसिफ अली भी भगतसिंह के माता-पिता तथा परिवार के अन्य सदस्यों के साथ जेल में बनी कोर्ट में उपस्थित रहतीं। भगतसिंह और बटुकेश्वर दत्त जेल की अपनी-अपनी कोठरियों से अदालत में लाए जाने पर ऊँची आवाज में 'इंकलाब जिंदाबाद' तथा 'नौकरशाही मुर्दाबाद' 'साम्राज्यवाद का नाश हो' के नारे लगाते, तब कमरे में बने लोहे के जंगले के पीछे पड़ी बेंचों पर खामोश बैठ जाते। लोहे के उस जंगले के पीछे भी भगत सिंह पर निगरानी रखने के लिए जेल के अधिकारियों के अलावा सादी वर्दी में पुलिस के सिपाही भी रहते।

अतिरिक्त न्यायधीश की कोर्ट में भगतसिंह तथा दत्त ने कोई भी बयान देने से इंकार कर दिया। अतः उनका मुकदमा सत्र न्यायलय के सुपुर्द कर दिया गया। सेशन जज मिडिल्टन की कोर्ट भी जेल में ही लगी। मिडिल्टन की अदालत में भगतसिंह ने अपना जो ब्यान दिया वह ऐतिहासिक था। अपने ऊपर लगे आरोपों को स्वीकार करते हुए उसने कहा, "हमने यह कार्य किसी व्यक्तिगत स्वार्थ अथवा द्वेष की भावना से नहीं किया है। हमारा उद्देश्य शासन-व्यवस्था के उस पाखंड के विरुद्ध प्रतिवाद करना था जिसे 'असेंबली' कहा जाता है, जो वास्तव में संसार के समक्ष भारत की लज्जाजनक और असहाय स्थिति का ढिंढोरा पीटने के लिए ही बनी है और गैर जिम्मेदार तथा निरंकुश शासन का प्रतीक मात्र है। जनता के प्रतिनिधियों की राष्ट्रीय माँगों की इस व्यवस्था के अंतर्गत सदा अवहेलना ही की गई है। सदन में प्रस्तुत जनता के गंभीर प्रस्तावों को भारत की इस तथाकथित पार्लमेंट के समक्ष सरकार ने बार-बार तिरस्कारपूर्वक अपने बूटों तले रौंदा है तथा जनता द्वारा निर्वाचित सदस्यों ने जिन कानूनों और प्रस्तावों को अवांछित अथवा अवैधानिक करार देकर रद्द कर दिया, उन्हें बहुत ही बेशर्मी से वाइसराय के विशेषाधिकार द्वारा पारित घोषित किया है। मेहनतकश जनता की गाढ़ी कमाई के आधार पर खड़ी शानोशौकत से भरी यह संस्था महज एक थोथी, दिखावटी तथा कतिपय लोगों के लिए शरारतपूर्ण दिलबहलाव का साधन मात्र है।"

'ट्रेड डिस्प्यूट्स बिल' के संदर्भ में उसने अपने बयान में कहा, "सरकार के इस बर्बर अमानवीय कानून ने देश के लाखों संघर्षरत भूखे मजदूरों को उनके प्राथमिक अधिकारों से भी वंचित कर दिया है तथा उनके हाथों से आर्थिक मुक्ति का एक मात्र हथियार—हड़ताल करने का अधिकार—भी उनसे छीन लिया है।

"इन मूक असहाय मजदूरों की ओर से, जिनके पास अपने मर्मान्तक क्लेशों को व्यक्त करने का भी कोई साधन नहीं है, प्रतिरोध प्रदर्शित करने के उद्देश्य से ही हमने

असेंबली में बम फेंके थे। हमारा उद्देश्य बहरों को सुनाना और जनता की आकांक्षाओं से बेखबर सरकार को समय रहते चेतावनी देना था। ऊपर से प्रशांत महासागर की तरह शांत दिखनेवाला वह भारतीय समाज अपने अंदर भीषण तूफान छिपाए हुए है। हमारा यह कार्य आनेवाले उस तूफान के खतरे की घंटी के समान है। हम यह स्पष्ट कर देना चाहते हैं कि आदर्शवादी अहिंसा का युग अब समाप्त हो चुका है। आज की युवा पीढ़ी को उसकी निरर्थकता में किंचित भी संदेह नहीं है। आक्रामक उद्देश्य से प्रयोग में लाई जाने वाली हिंसा को निश्चय ही उचित नहीं ठहराया जा सकता लेकिन किसी वैधआदर्श की प्राप्ति के लिए उसका उपयोग नैतिक रूप से सर्वथा उचित है। जो नया आंदोलन इस देश में जन्म ले रहा है वह गुरु गोविंदसिंह, शिवाजी, कमाल पाशा, जार्ज वाशिंगटन, गैरीबाल्डी, लाफायत और लेनिन से प्रेरित है। चूँकि हमारे राष्ट्रीय नेता और सरकार दोनों ही इस ओर से उदासीन हैं, अतः हमने इसे अपना कर्तव्य समझा कि हम उन्हें ऐसी चेतावनी दें, जिसकी अवहेलना न की जा सके।

"हम साम्राज्यशाही के भाड़े के उन सैनिकों की तरह नहीं हैं जिनका धंधा ही मनुष्य की हत्या करना है। मानव जीवन हमारे लिए अकथनीय रूप से पवित्र है। किसी व्यक्ति को अकारण चोट पहुँचाने के बजाय, मानव जाति की सेवा में हँसते-हँसते प्राण दे देना हमारे लिए कहीं अधिक गर्व की बात है। इसी लिए हमने बमों को ऐसे स्थान पर फेंका जहाँ उनसे किसी को भी चोट न पहुँचे। हम चाहते तो बमों को अधिक शक्तिशाली बना सकते थे, उन्हें सरकारी कक्ष में फेंक सकते थे अथवा अध्यक्ष की दीर्घा में बैठे सर जान साइमन को अपना निशाना बना सकते थे। लेकिन हमारा ऐसा इरादा नहीं था।

"हम साम्राज्यवादी शोषकों को यह बता देना चाहते हैं कि मनुष्य-मात्र की हत्या से किसी आदर्श की हत्या नहीं की जा सकती, न ही हम जैसे दो नगण्य व्यक्तियों की जान लेकर इस राष्ट्र को दबाया जा सकता है। बास्तीय्य की जेलों में राजनीतिक कैदियों पर किए गए अत्याचारों से फ्राँस की क्रांति को नहीं रोका जा सका, न ही साइबेरिया में राजनीतिक बंदियों को दी गई यातनाओं द्वारा रूस की क्रांति को दबाया जा सका। तब क्या सरकारी अध्यादेशों अथवा 'पब्लिक सेफ्टी बिल' जैसे कानूनों से इस देश की आजादी की ज्वाला को बुझाया जा सकेगा?

"क्रांति के लिए खूनी लड़ाइयाँ अनिवार्य नहीं हैं। न ही उनमें व्यक्तिगत प्रतिहिंसा का कोई स्थान है। क्रांति अनिवार्यतः बम और पिस्तौल की संस्कृति भी नहीं है! क्रांति का अभिप्राय वर्तमान सामाजिक व्यवस्था में आमूल परिवर्तन है।

"समाज का प्रमुख अंग होते हुए भी मजदूरों को उनके प्राथमिक अधिकारों से वंचित रखा जा रहा है। दूसरों के लिए अन्नदाता होते हुए किसान भूखों मर रहा है। दुनिया भर की बाजारों में कपड़ा मुहैया करानेवाले बुनकरों के बच्चे नंगे हैं। महलों को बनानेवाले स्वयं खुले आकाश के नीचे रहने के लिए अभिशप्त है। यह भयानक

असमानता और मानव द्वारा निर्मित भेदभाव दुनिया को एक बहुत बड़ी उथल-पुथल की ओर ले जा रहे हैं। यह स्थिति अधिक दिनों बनी नहीं रह सकती। आज का प्रभुता संपन्न धनी वर्ग यह नहीं जानता कि वह एक भयानक ज्वालामुखी के मुँह पर बैठा रंगरेलियाँ मना रहा है।

"जब तक एक मनुष्य द्वारा दूसरे मनुष्य और एक राष्ट्र द्वारा दूसरे राष्ट्र का शोषण समाप्त नहीं होता तब तक मानवता को उसके कष्टों से छुटकारा मिल पाना असंभव है और तब तक विश्व शांति की सारी बातें महज एक पाखंड हैं।

"अपने इन आदर्शों और विश्वास के लिए हमें जो भी दंड दिया जाएगा, हम उसका सहर्ष स्वागत करेंगे। क्रांति की पूजा की इस वेदी पर हम अपना यौवन नैवेद्य स्वरूप लेकर आए हैं। क्योंकि हमारा विश्वास है कि ऐसे महान आदर्श के लिए बड़े-से-बड़ा त्याग भी कम है। हम अपने कार्य से पूरी तरह संतुष्ट और क्रांति के आगमन के लिए प्रतीक्षारत है।

"इंकलाब जिंदाबाद।"

इस बयान देने के एक सप्ताह के अंदर ही दोनों को आजन्म कारावास की सजा सुनाकर बटुकेश्वर दत्त को लाहौर सेंट्रल जेल तथा भगतसिंह को पंजाब की ही मियाँवाली जेल भेज दिया गया।

इस बीच पूरे देश में, खासतौर से पंजाब, संयुक्त प्रांत, बिहार और बंगाल में क्रांतिकारियों की बड़े पैमाने पर धर-पकड़ शुरू हो चुकी थी तथा उन्हें गिरफ्तार कर, उन पर सामूहिक रूप से मुकदमा चलाने के उद्देश्य से लाहौर लाया जा रहा था।

बाईस

इस तरह पकड़े जानेवालों में बच्चन भी था।

डी. ए. वी. कॉलेज के हॉस्टल में रहते हुए क्रांतिकारियों के निकट वह तभी आ चुका था जब भगतसिंह काकोरी कांड के अभियुक्तों को जेल से छुड़ाने के उद्देश्य से दूसरी बार कानपुर आया था और शिव वर्मा के साथ, हॉस्टल में, उसके कमरे में रहा था। बच्चन ही उस समय विजय को रामप्रसाद से जेल में भेंट कराने के लिए, वाहिद के पास, लखनऊ ले गया था। भगतसिंह भी उसी के साथ लखनऊ की सड़कों का जायजा लेने के लिए गया था। तब से अब तक वह न केवल संगठन के और निकट आ चुका था बल्कि उसका बाजाब्ता सदस्य भी बन चुका था। दिल्ली की फिरोज शाह कोटला वाली मीटिंग में भी वह उपस्थित था तथा आगरा के हींग मंडी वाले मकान में कुछ दिन रहकर यतींद्रनाथ दास से बम बनाने का प्रशिक्षण भी प्राप्त कर चुका था। इन दिनों वह दल के निर्णयानुसार, उसके एक और सदस्य के साथ, गंगा तट से थोड़ी दूर कानपुर के पुराने

मुहल्ले, नवाबगंज में फर्जी नाम से एक मकान किराए पर लेकर बम बनाने की फैक्ट्री आरंभ करने के उद्देश्य से आवश्यक सामग्री, पोटेशियम क्लोराइड, पिकरिक एसिड आदि लाकर वहाँ जमा करने में लगा हुआ था। दूसरों को दिखाने के लिए हॉस्टल का कमरा भी वह अपने पास रखे था और वहाँ भी आता-जाता रहता था।

तभी असेंबली बम कांड के बाद क्रांतिकारियों के खिलाफ छेड़े गए अपने अभियान के दौरान पुलिस ने शुरू से ही क्रांतिकारी गतिविधियों के लिए संदिग्ध डी. ए. वी. कॉलेज के हॉस्टल पर भी छापा मारा। बच्चन उस समय वहाँ नहीं था। पुलिस ने उसके कमरे का ताला तोड़कर तलाशी ली तो उसे वहाँ खासी मात्रा में क्रांतिकारी साहित्य हाथ लगा। इससे पुलिस के संदेह की पुष्टि हो गई। वह उसकी गिरफ्तारी का जाल बिछाकर बैठ गई और उसके लौटते ही उसे पकड़ लिया। बच्चन के पास उस समय नवाबगंज की साइकिल की एक दुकान की किराए की साइकिल थी जिस पर सफेद पेंट से दुकान के मालिक का नाम और पता लिखा हुआ था। पुलिस ने दुकान पर जाकर पूछ-ताछ की और अंततः उस मकान पर भी पहुँच गई जहाँ बच्चन बम बनाने की सामग्री रखे हुए था। अन्य सामान के साथ पुलिस ने एक पिस्तौल भी वहाँ से बरामद की। बच्चन को जेल भेजने के लिए इतना काफी था। उसके दूसरे साथी को पकड़ने की भी पुलिस ने बहुत कोशिश की लेकिन इसमें वह कामयाब नहीं हो सकी।

तफतीश के दौरान पुलिस ने डी. ए. वी. कॉलेज से उसके दाखिले संबंधी रिकार्ड निकलवाकर भी देखा और उसमें स्थानीय संरक्षक में केशव प्रसाद का नाम देखकर (प्रारंभ में लक्ष्मी ने बाँके का नाम लिखवाया था लेकिन बाद में एफ. ए. में एडमीशन के समय उसे बदलकर केशव का नाम कर दिया था) उनके यहाँ भी पहुँची। लेकिन उनके यहाँ उसे कुछ भी संदिग्ध नहीं मिला और मामला मामूली पूछताछ तक ही सीमित रहा।

पुलिस के उनके यहाँ जाने से केशव की कुछ बदनामी जरूर हुई लेकिन पिछले दिनों लक्ष्मी से उनके संबंध काफी प्रगाढ़ हो गए थे और फिर वह खुले दिमाग के आदमी थे अतः उन्होंने बच्चन के घरवालों को इस बारे में जानकारी देना जरूरी समझा। लक्ष्मी को चिट्ठी लिखने या फिर तार देने से भी उन्हें हफ्ता दस दिन से पहले सूचना मिलना असंभव था। यह सोचकर उन्होंने रतन को तार देना ज्यादा मुनासिब समझा मगर इस खयाल से कि कहीं उनका तार पकड़ न जाए और उसकी बिना पर पुलिस उनसे दोबारा पूछ-ताछ करने न पहुँच जाए उन्होंने तार में कोई तफसील न देकर केवल 'कम इमीडिएटली' ही लिखा।

तार रतन को उसी दिन रात लगभग ग्यारह बजे मिल गया। तार मिलते ही उसके यहाँ रोना-धोना मच गया। तारवाले की आवाज सुनकर गली के और लोग भी निकल आए और उसे ढाढ़स बँधाने लगे। लगभग सभी को तार के मजमून पर आपत्ति थी।

"माफ करना भाई, तुम्हारे जो भी रिश्तेदार हों यह मेरी तो समझ में नहीं आए," बिशुन बाबू ने कहा, "कम इमीडिएटली लिखने का क्या मतलब हुआ? साफ बात

लिखनी चाहिए कि क्यों कम इमीडिएटली।"

बच्चन की बात भी आई कि वह भी कानपुर में, अपने कॉलेज के हॉस्टल में रहकर पढ़ रहा है। इस पर लोगों का कहना था कि हॉस्टल में रह रहा है तब तो कोई बात होती तो स्कूल के हेडमास्टर कि प्रिंसिपल को तार देना चाहिए था। दूसरे आदमी के तार देने का क्या मतलब हुआ?

देर तक उसके दरवाजे भीड़ लगी रही। आखिर यह सोचकर कि सुबह उसे कानपुर जाना होगा, लोग अपने अपने घर चले गए।

रतन को शेष रात नींद नहीं आई। जसोदा भी बराबर रोती रही यहाँ तक कि रतन को दो एक बार उसे डाँटना पड़ा तभी वह चुप हुई।

सुबह वह कानपुर जाने के लिए निकला तो मँझले को खबर करने चला गया। वह भी तब तक उठ चुके थे और घर के बाहर चबूतरे पर खड़े दातौन कर रहे थे "यह केशव भी पूरे गावदी हैं क्या?" उन्होंने तार देखा तो कहा, "करेंसी में काम करते हैं इतनी अक्ल नहीं इनको कि तार में क्या लिखा जाता है। और फिर कौन सी आफत आ गई जो तार देकर बुलाया है।"

"कुछ न कुछ बात तो होगी ही तभी तार दिया होगा।" रतन ने कहा।

"कुछ न कुछ बात का खुलासा करने पर सरकार ने पाबंदी लगा रखी है क्या?"

"जाना तो पड़ेगा ही। बच्चन भी तो है वहाँ।"

मँझले खामोश हो गए। एक क्षण खामोश रहे तब बोले, "ठीक है, हो आओ। लौटकर बताना क्या बात है।"

"न हो तो तुम भी चले चलते। एक से दो भले।"

"एक-दो का क्या मतलब? कोई बारात ले जानी है वहाँ! ऐसी कोई बात होती तो तार में यह भी लिखा होता कि दो-चार आदमी साथ लेकर आओ।"

"अब क्या बात है यह तो वहीं जाकर पता चलेगा।"

"बात क्या होगी? फिर कुछ आफत खड़ी की होगी साहब बहादुर ने।"

रतन ने आगे बहस नहीं की। गली से बाहर निकल कर उसने स्टेशन के लिए इक्का कर लिया।

कानपुर पहुँचते-पहुँचते उसे ग्यारह बज गए। अतः वह केशव के घर न जाकर सीधे उनके दफ्तर चला गया। केशव अंदर खजाने में काम करते थे जहाँ से जल्दी निकल पाना मुश्किल था। इसके बावजूद वह फौरन बाहर आ गए।

रतन को उनसे पूरी बात पता चली तो उसे काफी धक्का लगा। बच्चन बी. ए. में पढ़ जरूर रहा था लेकिन उसकी निगाह में वह अभी भी आठ-दस साल का वही बच्चन था जिसे वह अपने साथ गाँव से लेकर आया था। बच्चन भी उसके सामने शायद ही कभी जबान खोलता हो। वह ऐसा कुछ कर गुजरेगा इसकी वह कल्पना भी नहीं कर

सकता था। कहीं ऐसा तो नहीं कि पुलिस ने उसे झूठ ही फँसा दिया हो ? उसने केशव से अपनी शंका व्यक्त की तो उन्होंने कहा, "अईस होएक तो न चही। आखिर पुलिस का उइ ते कऊन दुसमनी ह्वै सकत है ? अउरौ लड़िका तो हॉस्टल मां रहत है। उनके साथे तो पुलिस अईस कुछ किहिस नाई।"

रतन खामोश हो गया। वह समझ नहीं पा रहा था कि इस स्थिति में वह करे क्या। आखिर उसने केशव से ही पूछा, "तो फूफा, अब कीन का जाए ?"

"अब भाई हम का बताई। मामला अईस है कि वकील ते बिना राय लिहे का कहा जाए ? वहै बताई कि कइसे जमानत होई। औ फिर मुकदमा तो चलिबे करी। तऊन वकील वहू मां करैक परी।"

रतन असंजस में पड़ गया। वह ज्यादा रुपए लेकर नहीं चला था। "वकील करै ते पहिले बच्चन ते मिलब ठीक न रही ?" उसने कहा, "उइ ते सच्ची बात तो पता चली। नाई तो वकील का का बतावा जाई ?"

"यहौ ठीक है। मुदा आज तो जानौ आए मंगर औ एतवार ते पहिले जेहेल मां मिलाई होई न।"

रतन खामोश रहा तो केशव ने ही आगे कहा, "पहिले तुम घर चलिके खाना-वाना खाओ। सबेरे के चले होइहों तऊन थकि गे होइहौ। तब तक हमहू खजाने मां काम खतम कइके आइत है।"

"गाँवौ मां तो खबर करैक परी।" रतन ने कहा।

"हाँ। वहौ जरूरी है।"

"तो हम अईस करित है कि सूधे गाँवै निकरे जाइत है। दद्दा का लइके काल्ह लउटब तबहीं वकील ते बात कीन जाई।"

केशव ने बहुत कहा कि वह पहले घर जाकर खाना खा ले या फिर आज रुक ही जाए, कल सुबह की गाड़ी से गाँव निकल जाए, लेकिन रतन राजी नहीं हुआ। उसने झुककर उनके पैर छुए और बड़े चौराहे तक पैदल आकर ट्राम से स्टेशन आ गया।

गाड़ी उसे प्लेटफार्म पर लगी मिली।

तेईस

गाँव पहुँचते-पहुंचते उसे अँधेरा हो गया। लक्ष्मी वाला घर पहले पड़ता था। उसने बैलगाड़ी वहीं रुकवा दी। 'दद्दा' कहता हुआ वह घर में घुसा तो लक्ष्मी आँगन में बैठे भोजन करने जा रहे थे। रज्जो ने थाली पर रोसकर उनके सामने रखी ही थी। रतन को देखकर वह रोटी का कौर तोड़ते-तोड़ते रुक गए।

"आओ भाई आओ। कहाँ ते आए रहे हौ ?" उन्होंने कहा और जमीन पर हाथ

टिकाकर उठने को हुए।

"अरे रे, खाना खाओ तुम।" रतन ने उत्तर दिया। "हम उइ लंग ते ह्वे के आईतं हैं। बप्पा ते मिल लेई जायेक।" बच्चन की गिरफ्तारी वाली बात इस समय उन्हें बताकर उनका खाना छुड़वाना उसने उचित नहीं समझा।

"सब खैरियत तो है ?" लक्ष्मी उठते-उठते रुक गये।

रज्जो रसोई से झाँकने लगी थी। "बंदगी भउजी," रतन ने उसे प्रणाम किया। तब लक्ष्मी के प्रश्न का सीधा उत्तर न देकर, "अबहीं आईत है," कहते हुए दोनों घरों के बीच के दरवाजे की ओर बढ़ गया।

मुंशीजी चौपाल में पड़े तखत पर लेटे थे। उन्हें सेवा-निवृत्त हुए चार-पाँच वर्ष हो चुके थे। लक्ष्मी की ओर वाले दरवाजे की आहट सुनकर उन्होंने उधर मुड़कर देखा लेकिन रतन को पहचान नहीं पाए। रात में उन्हें कम दिखाई देने लगा था। तभी रतन ने निकट आकर उनके पैर छुए तो वह उठकर बैठ गए।

"अरे तुम ! अइसी ते कहाँ ते आए रहे हौ ? औ आयो कब ?" उन्होंने अपना हाथ उसके सिर पर रख दिया।

"चलेन आए रहे हन। दद्दा की लंग गे रहन तऊन उइ खाना खा रहे हैं। तबहीं हम अइसी निकर आयेन।"

"बइठौ न। ठाढ़ काहे हौ ?" मुंशीजी ने कहा और अपनी सबसे छोटी पोती बिट्टो को आवाज देने लगे। तीन बहनों में अब वही अकेली बच्ची थी। शेष, दो चंदो और सुरजा का विवाह हो चुका था। बिट्टो भी तेरह-चौदह की होने को आ रही थी। मुंशीजी उसका विवाह भी जल्दी ही निपटा देना चाहते थे। पोतियों के शादी-ब्याह सब उन्हीं के जिम्मे थे। लक्ष्मी इस ओर से पूरी तरह निस्संग थे। बस कन्यादान के समय मंडप के नीचे बैठ जाते थे या फिर जो काम मुंशीजी ने उनके सुपुर्द करते, वह निपटा देते।

बिट्टो अपने बाबा की आवाज सुनकर आई तो मुंशीजी ने उससे कहा, "आजी कहाँ है तोरी ? उनका बता जा के, चच्चू आए हैं तोहार।"

जमना देवी तब तक स्वयं वहाँ आ गई थीं। रतन ने उनके पैर छुए तो वह उसकी पीठ सहलाने लगीं।

"बताएओ नाई एत्ती बेरिया काहँ ते आए रहे हौ।" मुंशीजी ने अपनी बात जारी रखते हुए कहा, "हमरी जान मां तो एत्ती बेरिया कउनिव गड़ी आवत नाई।"

"कम्पू ते आये रहे हन।"

"कम्पू का करै गे रहौ ?"

"बच्चन का पुलिस पकर लिहिस है।"

"का कहेव ?" मुंशीजी सहसा चौंक पड़े। उन्हों अपने कानों पर विश्वास नहीं हुआ।जमना देवी भी आँखें फाड़कर उसे घूरने लगीं।

"बच्चन का पुलिस पकर लिहिस है।" रतन ने अपनी बात दोहराई।

"है कहाँ ऊ?"

"जेहेल मां।"

जमना देवी ने जेल का नाम सुना तो बुक्का फाड़कर रोने लगीं। उनकी देखा-देखी बिट्टो भी रोने लगी।

लक्ष्मी ने इस घर से रोने की आवाज सुनी तो खाना बीच में ही छोड़ कर, जल्दी-जल्दी हाथ धोकर इधर आ गए। "का भा?" उनहोंने आश्चर्य से पूछा।

"बच्चन का पुलिस पकर लइगे।" जमना देवी दुहत्थड़ चलाने लगीं, "जेहेल चलागा मोर बच्चा। ई पुलिस वालेन का हैजा ह्वै जाये। मइया लील जायें इनका।"

"यू का आये?" मुंशीजी बिगड़े, "गाँव भरे मां जगहर करावैक है का?" उन्होंने कहा तब रतन की ओर मुड़कर बोले, "बात का भै जो पुलिस पकर लै गा ऊ का?"

रतन ने तफ्सील से पूरी बात बताई तो मुंशीजी को लगा कि इसके पीछे जरूर कोई न कोई साजिश है। बच्चन इतने रुपए कहाँ से लाया कि रिवाल्वर खरीद सके? और फिर गैर-लाइसेंसी असलहा मिलना आसान बात है क्या? निश्चित रूप से पुलिस ने उसे फँसाने के लिए पिस्तौल की बरामदगी दिखा दी है। इस तरह के काम पुलिस करती ही रहती है। नहीं तो उसकी रोजी-रोटी न बंद हो जाए। जहाँ तक बम बनाने का मसाला इकट्ठा करने की बात थी वह मुंशीजी ठीक से समझे नहीं। अतः उन्होंने इस बारे में रतन से कुछ और तफ्सील जाननी चाही।

"पिस्तौल वाली बात तो हम समझेन मुदा ई बम बनावै वाली का बात बता रहे हौ तुम? कऊन मसाला जमा किहे रहै ऊ?"

"कऊन मसाला होत है यू तो हमहू नाई जानित। फूफा जऊन हम का बताइन वहै हम तुमका बतावा।"

"अरे ई सब पुलिस वालेन के चोंचला आयें। कोऊ दुसमनी मां ऊका फँसा दिहिस है।" मुंशीजी ने कहा।

"फूफा बतावत रहैं कि पुलिस का सक है कि बच्चन क्रांतिकारी ह्वइगा है।"

"यू का आए भाई?"

"भगतसिंह का नाव सुने होइहौ जऊन कुछ दिन भे अबै हुआँ दिल्ली मां असेंबली मां बम फेंक दिहिस रहै। वही की पाल्टी के मनई क्रांतिकारी बाजत है।"

असेंबली बम कांड के बारे में मुंशीजी ने सुन रखा था। भगतसिंह के नाम से भी वह वाकिफ थे। वह रतन की बात पर गौर करने लगे।

लक्ष्मी अब तक खामोश खड़े बारी-बारी से रतन और अपने पिता, जो बोलता उसकी ओर सिर घुमाकर उसे देख हे थे। अब दोनों चुप हो गए तो वह जल्दी समझ नहीं पाए कि क्या करें? एक क्षण वह शून्य में ही देखते रहे। तब उन्होंने दोबारा वही क्रम चालू कर दिया और बावजूद इसके कि फिलहाल रतन और मुंशीजी दोनों खामोश थे, वह बारी-बारी से उनके चेहरे निहारने लगे।

तभी मुंशीजी ने रतन से कहा, "तुम जाओ पहिले नहा धो के खाना वाना खा लेव तब बात कीन जाई। औ लढ़ियौ वाले का देख लेव खाना बाँधे होई अपन तो खाई लेई नाई तो बहू का खवाए देव।"

इसी के साथ महफिल बर्खास्त हो गई। रतन नहाने-धोने चला गया। जमना देवी बिट्टो को साथ लेकर रसोई में फुलके सेंकने चली गईं। मुंशीजी ने अपनी फर्शी मँगवा ली और तखत पर अधलेटे होकर उसे पीते हुए सोचने लगे कि इस परिस्थिति में किया क्या जाए। लक्ष्मी की कुछ समझ में नहीं आया कि क्या करें। वह अपनी जगह बुत बने बैठे रहे।

रतन ने खाना खा लिया तो महफिल दोबारा जुटी। सब लोग यथास्थान बैठ गए। इस बीच रज्जो को भी जानकारी हो गई थी। वह भी घूँघट निकाले हुए आई और उन लोगों से थोड़ा हटकर जमीन पर ही बैठ गई।

बातों का सिलसिला फिर शुरू हुआ। मुद्दा यह था कि बच्चन को छुड़ाया कैसे जाए। साथ ही, यह भी कि जेल में इतवार यानी मिलाई के दिन से पहले उससे मुलाकात कैसे की जाये और यदि जमानत में देर लगती है तो जेल में उसे अधिक कष्ट न हो इसकी आशवस्ति कैसे की जाए।

देर तक मंत्रणा होती रही। अंततः यह तय हुआ कि सुबह किराए की इसी गाड़ी से जिसे रतन लेकर आया था, लक्ष्मी सीधे कानपुर चले जाएँ। रतन तब तक लखनऊ जाकर वाहिद से मिलकर पता करे कि इस मामले में वह कितना मददगार हो सकता है यदि संभव हो तो वह वाहिद को अपने साथ लेकर कानपुर आ जाए ताकि वाहिद जेल की अपनी पुरानी नौकरी के आधार पर उन लोगों की मुलाकात बच्चन से करवा दे और, जहाँ तक उससे संभव हो, यह भी निश्चित कर ले कि बच्चन को जेल में अधिक कष्ट न हो और यदि किन्हीं कारणों से वह स्वयं न आ सके तो कानपुर जेल के किसी अधिकारी के नाम इस आशय का पत्र लिख दे।

वाहिद से मिलने के अलावा मुंशीजी ने रतन को यह ताकीद भी की कि वह मँझले से भी मिल ले और उनसे कहे कि वह कचहरी से एक-दो दिन की छुट्टी लेकर उसके साथ कानपुर चले चलें। मुंशीजी का विचार था कि कचहरी के अपने अनुभव के कारण वह केस में काफी मददगार होंगे।

"हमका तो नाई लागत ऊ जाई। ऊ का खून सफेद परिगा है।" जमना देवी ने कहा। "हाय पइसा, हाय पइसा के आगे ऊ का कुछू सुझाई नाई देत।"

"जाई कइसे न?" मुंशीजी ने कहा। एक क्षण के लिए उनके मन में आया कि वह मँझले को इस बारे में पत्र लिख दें लेकिन फिर यह सोचकर कि घर के काम के लिए उसे पत्र लिखना मुनासिब नहीं होगा, वह टाल गए। "औ सुनौ," उन्होंने लक्ष्मी को समझाया। "पचास खांड़ रुपिया ते कम टेंटे मां बांधि के न जायो। काहे ते कि हुआँ कचेहरी मां कदम-कदम पर रुपिया लागी। औ जो कम परै तो केसव ते लइ लिहो। उनका बाद मां

लउटार दीन जाई।" वह एक क्षण रुके तब बोले, "औ तुमते न बनै तो कहो हम चली तुमरे साथे।"

"बनी काहे न।" लक्ष्मी ने उत्तर दिया।

मुंशीजी ने रतन की ओर देखा।

"तुम का करिहौ जायेक। हम पंचै हन तो।" उसने भी कहा।

"अच्छा तो अब जाओ थोड़ी देर पहुड़ लेव।" मुंशीजी ने कहा, "ज्यादा रात नाई बची है।"

रतन ने कुछ प्रतिवाद करना चाहा लेकिन मुंशीजी ने उसे जबर्दस्ती सोने भेज दिया। "सबेरे ते दऊर रहे हौ," उन्होंने कहा, "कहूँ तबियत खराब ह्वैगै तो अऊर मुसकिल परी।"

रतन उठकर चला गया। और लोग भी उठ गए।

सुबह होते ही लक्ष्मी और रतन कानपुर जाने की तैयारी करने लगे। गाड़ी वाले को रात में ही कह दिया गया था कि लौटानी में भी उसकी गाड़ी से दो लोग जाएँगे। वह भी उठकर तैयार था और मुंशीजी के घर के सामने वाले चबूतरे पर नीम के नीचे बैठे पीतल की थाली में सत्तू घोल रहा था।

मुंशीजी ने पचास रुपए की बात की थी। लक्ष्मी ने पचास से कुछ ज्यादा ही रुपए ले लिए। बक्से में रखी अपनी सोने की अँगूठी निकालकर भी उन्होंने पहन ली कि जरूरत पड़ने पर उसे बेच देंगे। गाड़ी घर के सामने से रवाना हुई तो मुंशीजी गाड़ी के साथ-साथ थोड़ी दूर तक चले तब कमर पर हाथ रखकर खड़े हो गए और अपने स्थान पर खड़े-खड़े गाड़ी को जाते देखते रहे।

चौबीस

स्टेशन पहुँचते-पहुँचते लक्ष्मी का दिमाग पलट गया। "न होय तो कहौ हमहू तुरे साथै चले चली। हमहू मिल लेबे वाहिद ते। हमरे जाए ते कहौ ऊ पर ज्यादा असर पड़ै।" उन्होंने रतन से कहा।

"चलैक तुम, चले चलो····मुदा फिर वकील ते हुआँ को बात करी?"

"वकील ते तो सामै का मुलाकात होई। जब तक पहुँचब तब तक तो केसव करेंसी निकर जइहैं।"

"अब जईस तुम कहौ।"

"तुमरेहे साथे चलित है।" लक्ष्मी ने कहा। वास्तव में उन्हें स्वयं अपने ऊपर भरोसा नहीं था कि वह वकील से बात कर पाएँगे और फिर वह अकेले रहना नहीं चाहते थे। कल से ही उन्हें पता नहीं क्या हो गया था कि अकेले होते ही उनका दिल घबड़ाने

लगता था।

रतन टिकट लेने जाने लगा तो उन्होंने मना कर दिया। "बइठो। हम कटाए लाइत हैं।" लक्ष्मी ने कहा और टिकट की खिड़की की ओर बढ़ गए।

लखनऊ पहुँचकर दोनों लोग स्टेशन से इक्का लेकर सीधे वाहिद के स्कूल पहुँचे। वाहिद उस समय क्लास में पढ़ा रहा था लेकिन इन लोगों को देखकर उसने तुरंत क्लास छोड़ दिया और उन्हें साथ लेकर स्टाफ-रूम आ गया। मुनव्वर आलम का इस बीच कानपुर तबादला हो गया था। उसने तुरंत उनके नाम चिट्ठी लिख दी।

"तुम मिले तो ह्वइहौ उनते?" उसने रतन से पूछा।

"ध्यान तो परत है।" रतन पूरी तरह निश्चित नहीं था।

"चलो कउनवि बात नाई। या चिट्ठी दइ दिहो। इंसाल्ला काम ह्वे जाई। औ एव काम अऊर किहो। घरै पर मिल लिहो पहिले। जेहलै के लगे क्वाटर देई।

लक्ष्मी उठकर खड़े हो गए। अब वह जल्दी-से-जल्दी कानपुर पहुँचना चाहते थे। जरा-सी बात में प्रसन्न और जरा-सी बात में दुखी होनेवाले व्यक्ति थे वह। मुनव्वर साहब के नाम की चिट्ठी पाकर उन्हें लगा कि आधा काम तो हो गया। भगवान ने चाहा तो जमानत में भी कोई दिक्कत नहीं पड़ेगी। मँझले से मिलने के लिए भी उन्होंने मना कर दिया। "चलो छांड़ो सबका," उन्होंने रतन से कहा, "सूधे कम्पू निकर चला जाए।"

"हम सोचित रहै कि घरै ह्वे लेइत। काहे ते कि घर मां परेसान ह्वइहैं।" रतन ने कहा।

"हाँ चलौ। घरै चलौ पहिले। टेम तो है न अबै?"

"ज्यादा टेम तो नाई है। मुदा एक्का किहे लेइत हैं।"

"करौ।"

रतन ने वाहिद के स्कूल के सामने से ही इक्का कर लिया।

घर आने के पीछे उसकी मंशा जसोदा को सूचित करने भर की थी। मुश्किल से दस पंद्रह मिनट वह घर पर रुका, लक्ष्मी को शरबत-पानी कराया तब उसी इक्के से, जिसे वह गली के मुहाने पर रोक आया था, स्टेशन आ गया।

गाड़ी एक घड़ी उजाला रहते ही कानपुर पहुँच गई।

"पहिले कहाँ चलौ जाए?" लक्ष्मी ने स्टेशन से बाहर निकलते ही कहा, "न होय तो पहिले जेलर ते, का नाव बताइस रहै वाहिद ऊ का, वही ते मिल लीन जातै। वाहिद कहिबौ किहिस रहै कि ऊ ते घरै पर मिलि लिहो।"

"हाँ। कहिस तो रहै।"

"चलौ फिर यही टराम मां बइठ लीन जाए। हुऐं सरसइया घाट के लगे तो है जेहेल। एक दाँय गंगा हनाय गे रहन तो कोऊ बताइस रहै।"

"आओ।"

दोनों लोग ट्राम में बैठ गए।

मुनव्वर साहब अपने क्वार्टर पर ही थे। सुलेमान फिटन के पास बंधे घोड़े की मालिश कर रहा था। रतन ने वाहिद का नाम बताया तो मुनव्वर साहब ने उन लोगों को बैठक में बुलवा लिया। वाहिद का खत पढ़कर वह सहसा गंभीर हो गए। "कौन करेगा मुलाकात ?" उन्होंने पूछा।

"हम ही लोग मिलेंगे।"

"कौन है आप मुलजिम के ?"

"यह उसके वालिद हैं और मैं इनका छोटा भाई हूँ।"

मुनव्वर साहब ने दोनों को नये सिरे से घूरकर देखा, "आपकी शक्ल तो मुझे पहचानी लगती है। क्या करते हैं आप ?"

"रेलवे में मुलाजिम हूँ, लखनऊ में। वाहिद से मिलने आया करता था उसके क्वार्टर। हमारे साथ पढ़ा है वह।"

"देखिए ऐसा है," मुनव्वर साहब ने कुछ सोचते हुए कहा, "मुलाकात की इजाजत है नहीं। फिर भी मैं देखूँगा। इतवार को आ जाइएगा सुबह।"

"इतवार···सर इतवार से पहले मिलाई नहीं हो सकती ?···हम लोग गाँव से आ रहे हैं।···कल जमानत की दरख्वास्त लगानी है। उससे पहले मुलाकात हो जाती तो बड़ी मेहरबानी होती।"

मुनव्वर साहब कुछ देर खामोश रहे तब बोले, "ठीक है। कल सुबह आ जाइए। ग्यारह बजे। लेकिन दो आदमी नहीं। आप लोगों में से कोई भी एक। जिसे आप तय करें।"

रतन कुछ कहना चाहता था लेकिन लक्ष्मी ने उसका हाथ दबा दिया तो वह चुप रह गया।

"और सुनिए," मुनव्वर साहब ने आगे कहा, "सिर्फ मुलाकात। खाने-पीने की कोई चीज मत लाइएगा।"

लक्ष्मी उठकर खड़े हो गए। "सरकार की बड़ी मेहरबानी है।" उन्होंने हाथ जोड़ते हुए कहा।

जेल से दोनों लोग केशव के घर आ गए। केशव अपने दरवाजे पर कुर्सी डाले बैठे थे। "आये गेव ?" उन्होंने कहा।

"हाँ।" रतने ने उनके पाँव छुए।

"कइसे, का भा यू ?" लक्ष्मी ने पूछा।

केशव उन लोगों को साथ लिए हुए मकान के अंदर आ गए।

"हमरी जान मां बच्चन अईस तो न करी। औ यू तमंचा कि पिस्तौल यू पाइस कहाँ ?" लक्ष्मी ने अपनी बात जारी रखी।

"अब हम तो बताए नाई सकित," केशव ने कहा। "जो सुनै मां आवा वहै हम

रतन का बतावा। कोऊ कहत रहै कि अखबारौ मां छपा रहै।"

केशव की पत्नी शरबत ले आई थीं। रतन ने उनके पाँव भी छुए। लक्ष्मी ने केवल बंदगी की।

"लेव केशव ने गिलास पत्नी के हाथ से लेकर लक्ष्मी और रतन की ओर बढ़ा दिए।

"तो अब कीन का जाए?" लक्ष्मी ने गिलास ले लिया। "मिलाई का इंतजाम तो ह्वइगा। हमरे गाँव के लगे के ताल्लुकेदारन का लड़का पहिले जेहेल मां नौकरी करत रहै। वही की चिट्ठी लाए रहन हियाँ के जेलर के नाव। मानिगा कउनिउ तना ऊ।"

"चलो यू ठीक भा।····तो बच्चन का बताइस तुमका?"

"अबै मुलाकात भै कहाँ? काल्हि बोलाइस है जेलर।"

"हम समझेन मिलिके आय रहे हौ। तो ठीक है। काल्ह मिल लेव। देखो का बतावत है ऊ। औ हमरे ख्याल ते काल्है जमानत कराय लेव। औ सूधे अपने साथे गाँवैं लिहे जाओ ऊका।"

"वकील तो करैक परी।"

"लेव, वकील बिना किहे कइसे काम चली।"

"तो····कउनेव वकील ते बात भै?"

"अबै तो····कहाँ भै। रतन कहै लाग कि तुम आ जाओ तबै बात कीन जाए। चकबस्त वकील हैं एक हियाँ, पासै मां। बहुत बड़े वकील तो नाई हैं। मुदा सुना है काफी हुसियार हैं। कहौ तो उनही के लगे चले चली। औ नाई तो पहिले बच्चन ते मिलि लेव तब वकील ते बात कीन जाए।"

लक्ष्मी सोच में पड़ गए। उन्होंने रतन की ओर देखा।

"हमरे ख्याल ते वकील ते मिलि लीन जाए। फिर जईस ऊ बतावै। अगर ऊ कहत है कि बच्चन ते मिलै के बाद दरखास्त दीन जाए तो वईस कीन जाई। औ नाई तो सबेरेहे दरखास्त लगाय दीन जाई।" रतन ने कहा।

"यहै ठीक है," केशव ने कहा।

"तो फिर चलो देर न करौ।" लक्ष्मी उठकर खड़े हो गए।

वकील के यहाँ ज्यादा भीड़ नहीं थी। कल की पेशी वाले दो-एक मुअक्किल थे। उसने पूरी बात सुनी, तब बोला, "दरख्वास्त बनाकर रख लेते हैं। बजाय सुबह के, दोपहर में दाखिल करेंगे। इस बीच आप लोग मिल आइएगा।"

"जमानत हो तो जाएगी?" रतन ने पूछा।

"न होने की क्या बात है? कौन इतना संगीन जुर्म है।"

"पुलिस शायद क्रांतिकारियों वाला केस बना रही है।" केशव ने कहा।

"पुलिस तो यह सब करती ही रहती है।" वकील ने इस बात पर विशेष गौर नहीं किया।

दो चार क्षण खामोशी के बीते। "तो फिर हम लोग चलें?" केशव ने पूछा।

"बैठना चाहिए तो बैठिए। दरख्वास्त बनानी है सो मैं बना लूँगा। आप मुलजिम का नाम, वलदियत वगैरह सब नोट करा दें। और कल जितनी जल्दी मुमकिन हो बस्ते पर आ जाएँ। हाँ, जामिन चाहिए होंगे दो। आप लोग जमानत लेना चाहें तो आप लोग, नहीं तो दूसरे दो आदमी ले आइएगा।"

"हम ही लोग ले लेंगे।" रतन ने कहा।

"क्या करते हैं आप?"

"मैं मुलाजिम हूँ रेलवे में और यह तो गाँव में रहते हैं। करते तो कुछ नहीं।"

"कुछ जमीन जायदाद है इनके नाम।"

"खेत, बाग वगैरह होंगे।"

"ठीक है।" वकील ने कागज निकालकर सारी जानकारी नोट कर ली।

"वकील साहब की फीस?" लक्ष्मी ने धीरे से केशव के कान में कहा।

केशव ने सिर हिलाकर इशारा किया कि उनके दिमाग में यह बात है। "तो फिर हम लोग कल हाजिर होंगे," उन्होंने उठते हुए कहा, तब बोले, "अपनी फीस आप बता दें।"

"सोलह रुपए। मुबलिग। पन्द्रह मेरे और एक मेरे मुंशी का। और बाकी जो डेढ़ दो रुपए कचहरी में खर्च हों वह अलग।"

लक्ष्मी ने टेंट से रुपए निकालकर वकील को पकड़ा दिए। वकील ने एक रुपया अपने मुंशी की ओर बढ़ाते हुए कहा, "इनकी मिसिल तैयार कर दो।"

पिछले दिनों लक्ष्मी का पीना पिलाना कभी-कभार का ही रह गया था। वह भी गाँव में। बाहर जाते तो पीने की नौबत कम ही आती थी। लेकिन आज उनका सब्र जवाब देने लगा। एक तो पिछली रात वह ठीक से सोए नहीं थे। उस पर बैलगाड़ी, ट्रेन आदि का सफर। काफी थक गए थे वह। रास्ता ठेके के सामने से ही था। उधर से निकले तो उन्होंने केशव और रतन से कहा, "तुम पंचै चलौ। हम अबहीं आइत है।"

रतन उनका इरादा समझ गया। केशव नहीं समझ सके। "काहे कहाँ जइहौ तुम?" उन्होंने पूछा।

"अइसेहे तनिक....कउनौ खास काम नाई है।"

"तबहूँ?"

"बहुत थके हन। दुइ घूँट लगाए के आइत हैं अबहीं।"

"अरे नाई," केशव ने कहा, "हियाँ न पियौ। चाहो तो लिहे चलौ। घर पर पी लिहो। गर्मी का मौसम आए। नहाए धोयेक आराम ते पियो।"

लक्ष्मी शराब लेने जाने लगे तो रतन ने उन्हें रोक दिया। "तुम चलौ, हम लइके आइत है।" उसने कहा और ठेके की तरफ बढ़ गया।

"सुनौ, केत्ती लेहो ?" लक्ष्मी ने उसे रोककर पूछा।

"जेत्ती तुम बताओ।"

लक्ष्मी ने कुछ सोचा। तब बोले, "पूर बोतलै लइ लिहो। औ संतरा वंतरा नाई। महुआ वाली लिहो। पइसा देई ?"

"हैं न।" रतन ने उत्तर दिया।

पच्चीस

लक्ष्मी और रतन दोनों ही काफी थके हुए थे। घर पहुँचकर दोनों ने स्नान किया। इस बीच केशव ने इन लोगों के सोने के लिए छत पर चारपाइयाँ डाल दीं। लक्ष्मी के पीने का प्रबंध भी उन्होंने वहीं कर दिया। जमीन पर ही दरी बिछाकर एक लोटे में पानी और शीशे के दो गिलास लाकर रख दिए। लक्ष्मी के साथ लौटते हुए घर के पास हलवाई की दुकान से खरीदी गई दालमोठ भी एक कटोरी में लाकर रख दी। केशव स्वयं पीने के खास शौकीन नहीं थे लेकिन पीने की महफिलें उन्होंने देखी थीं। कभी-कभार, शादी-ब्याह जैसे अवसरों पर या फिर किसी के ज्यादा जोर देने पर थोड़ी-बहुत चख भी लेते थे।

लक्ष्मी नहा-धोकर आए तो केशव सारा सामान सजाए बैठे थे। रतन भी तब तक आ गया था। केवल दो गिलास देखकर लक्ष्मी ने कहा, "दुइऐ गिलास हैं। कीके बरे गिलास नाई लाएव ?"

"अपने बरे, अऊर की के बरे।"

"काह ? तुम पियत नाई हौ का ?" लक्ष्मी ने कहा। तब उनके उत्तर की प्रतीक्षा किए बिना बोले, "हमरे कहे ते आज थोड़ी लइ लेव। बस साथ देक।"

"अगर बक्सि देव हमका तो ठीक है।" केशव ने कहा। वह सोच रहे थे कि लक्ष्मी उनके घर पर अपने पैसे से लाई शराब पी रहे थे यही गलती उनसे हो गई थी, अब वह भी उसमें हिस्सा बँटाएं, यह और गैरमुनासिब बात होगी।

"तो फिर यऊ गिलास धरि आयो जायेक। खाना लगवाओ।"

"अरे नाई माई," केशव ने कहा, "तुम पंचै लेव।"

"नाहीं।"

"चलो अच्छा हम एक गिलास अऊर लिहे आइत हैं।" केशव एक गिलास और ले आए।

"लेव खोलो।" लक्ष्मी ने बोतल केशव की ओर बढ़ा दी।

"तुमही खोलो।"

"लाओ हमको देव।" रतन ने कहा और बोतल लक्ष्मी के हाथ से लेकर तीनों

गिलासों में बराबर-बराबर शराब भर दी।

लक्ष्मी ने गिलास में उँगली डिबो कर दो-तीन बूँदें फर्श पर छिड़कीं और गिलास होंठ से लगाकर एक साँस में खाली कर दिया।

रतन और केशव धीरे-धीरे पीते रहे। लक्ष्मी की आँखें, जो पिछली रात न सोने के कारण पहले से ही लाल थीं, धीरे-धीरे और सुर्ख होने लगीं। थोड़ी देर वह केशव और रतन के गिलास खाली होने की प्रतीक्षा करते रहे। तब रतन से बोले, "खतम करौ न।"

"हम अब अऊर न लेबे।" उसने कहा।

"तुम तो फूफा खतम करौ।"

"नाई भाई तुमरे कहे ते एत्ती लइ लीन। बस। तुम लेव।" उन्होंने भी मना कर दिया।

"लाओ अच्छा बोतल देव ऐसी।" लक्ष्मी ने बोतल ले ली और अपना गिलास लगभग पूरा भर लिया। लेकिन इस बार उन्होंने जल्दी नहीं की। धीरे-धीरे घूँट भरते रहे।

रतन और केशव के बीच बच्चन को लेकर बातें शुरू हो गयी थीं।

"पढ़ै मां तो हम जानित है तेज है?" केशव ने पूछा।

"हाँ तेज नाई का, इंट्रेस मां फर्स्ट डिवीजन लावा रहै। वजीफा मिला है दुइ साल तक। औ एफेव मां अच्छे नंबर लावा है।" रतन ने कहा।

"तब फिर यू कइसे ई चक्कर मां परिगा?"

"अब हम का बताई। बचपन की बात और आए। मुदा जबते यू हियाँ कम्पू मां पढ़ै लाग है तब ते तो हम ई का जब देखन हाथे मां किताबै लिहे देखन है। लखलव्वौ आवत रहै तो, तुम यू जान लेव कि सबेरे ते संझा तक, हर बखत, किताब कि तो अखबार। खाना खाय बइठै तबहूँ एक हाथ ते खाना खाय रहा है और दूसरे हाथ मां किताब लिहे है कउनिउ।"

"बाज मनई की आदत होत है। गनेस संकर विद्यार्थी है, जऊन अखबार निकारत है 'परताप,' कांग्रेस के बड़े भारी नेता है। पिछली दायँ सुराज पार्टी ते कौंसिल के मेंबर चुने गे हैं जो। आज काल्ह यू. पी. कांग्रेस के प्रेसिडेंट हैं। हमरे साथै तो करेंसी मां काम करत रहैं। शुरू के दिन की बात बताइत हैं तुम का। हमका भर्ती भे दुइऐ तीन बरस भे होइहैं औ इनका आए तो सालौ भर न भा होई। तऊन उनका दीख हम, नौकरी करै आवै तो कउनिव न कउनिव किताब हाथे मां लिहे रहैं। औ जइसेन काम खतम किहिन वइसेन किताब खोल के बइठ गे। खजानेहे मां रहे हमरे साथे। वहै एक दिन अंग्रेज अफसर देख लिहिस। भा यू कि जइसेन ऊ खजाना मां आवा हम सब जने उठि के ठाढ़ ह्वइ गेन मुदा ई किताब हाथे मां लिहे बईठ रहे अपनी जगह। वहै ऊ आग बबूला ह्वेगा। बोला, 'हे रहा है यू?' ई तबहूँ उठके ठाढ़ नाई भे। कहै लाग, 'देख नाई रहे हौ किताब पढ़ि रहे हन।'

" 'किताब पढ़ैक जगह आए या?' ऊ अऊर जोर ते बिगड़ा।" हियाँ काम करै आवत हौ कि किताब पढ़ै?'

" 'काम खतम ह्वइगा हमार।' उइ कहिन।

" 'काम खतम ह्वइगा तो किताब पढ़ोगे? घर है तुम्हारा क्या यह? आज तो हम छांड़ दीन। आज ते हम किताब हाथ मां न देखी। किताब पढ़ैक होय तो अपने घर बइठो।'

"मगर भइया इनहू का मानि गेन हम। तुरतै कागज लइके इस्तीफा लिख दिहिन। कहै लाग 'हमको नहीं करनी नौकरी। नौकरी करने आते हैं, गुलामी करने नहीं आते।' हम पंचै सब सन्न। दुइ एक जने समझइबो भे इनका। हमहू कहा। मुदा ई कहाँ मानै वाले। तो भाई, कोऊ कोऊ मां ई तना की बात होत है। अखबार निकार रहे हैं आज। दूबर पातर हैं। बिल्कुल सींक की तना। मुदा यू दबदबा है कि क्लट्टर तक उठकि ठाढ़ ह्वै जात है उनके समुहे। हियाँ ते थोड़ी दूर नरवल मां कउनौ आसरम खोले हैं औ हम तो सुना है," केशव ने आवाज काफी धीमी कर ली, "ई जेत्ते क्रांतिकारी हैं सब आवत हैं उनके लगे। भगत सिंह तो हम जानित है इनके अखबार मां कामौ किहिस है कुछ दिन।"

लक्ष्मी ने इस बीच अपना गिलास खत्म करके दोबारा भर लिया था। उसे भी वह लगभग आधा खाली कर चुके थे। तभी केशव ने देखा वह चुपचाप बुत बने, हाथ में गिलास लिए बैठे थे और आँसू उनकी आँखों से निकल कर गालों पर होते हुए उनकी गंजी पर इस तरह टपक रहे थे जैसे इस बात का एहसास ही न हो उन्हें। रतन ने भी देखा। लेकिन रतन और केशव दोनों का ही उनसे कुछ कहने का साहस नहीं हुआ। तभी लक्ष्मी ने इन लोगों को अपनी ओर देखते पाया तो उन्हें अपनी स्थिति का आभास हुआ। उन्होंने धोती का आँचल अपनी आँखों से लगा लिया। मगर अपने ऊपर उनका नियंत्रण अब तक समाप्त हो चला था और वह फफक-फफक कर रोने लगे। केशव ने कुछ कहना चाहा लेकिन रतन ने उन्हें रोक दिया।

"खाना का इंतजाम करौ फूफा," उसने कहा और लक्ष्मी के सामने रखा हुआ आधा भरा गिलास उनकी आँख बचाकर हटाते हुए उनसे बोला, "जाओ मुँह धोए आओ तुम।"

लक्ष्मी ने प्रतिवाद नहीं किया। चुपचाप उठकर छत के एक कोने में मुँह धोने चले गए। मुँह धोकर उन्होंने धोती में ही पोंछ लिया। तब लौटकर अपनी जगह बैठते हुए बोले, "गिलास हता हमार हियाँ।"

"फूफा उठाए लइगे।"

"ऊ मां अबै रही जानौ।"

"खतम ह्वइगै रहै।" रतन झूठ बोल गया।

लक्ष्मी ने इसरार नहीं किया।

केशव खाने की थालियाँ ले आए थे। "लेव, शुरू करो।" उन्होंने थालियाँ जमीन पर रखते हुए कहा और स्वयं भी बैठकर लक्ष्मी के कौर तोड़ने का इंतजार करने लगे।

लक्ष्मी एक क्षण खामोश बैठे रहे। तब रोटी का निवाला बनाकर उसे बारी-बारी से सब्जी और दाल में डुबोकर बेमन से मुँह में रख लिया।

मुश्किल से एक डेढ़ रोटी उन्होंने खाई होगी कि सहसा फिर रोने लगे।

"का ह्वइगा ?" केशव के मुँह से निकला।

"पता नाई बच्चन का जेहेल मां खाना मिला होय न मिला होय।" उन्होंने धोती से आँसू पोंछते हुए कहा।

"मिला काहे न होई।" केशव ने कहा, "फिर काल्ह तो जमानत होई जाई। एकै दिन की तो बात आये।"

लक्ष्मी ने कुछ कहा नहीं। अपने नेत्र पोंछकर उन्होंने थाली आगे सरका दी।

"अरे…अबै थोड़ा तो अऊर खाओ।"

"नाई बस। पहुड़ब हम अब।" लक्ष्मी ने कहा और उठकर हाथ धोने लगे।

केशव और रतन ने भी हाथ रोक लिया। बिस्तर पहले से ही लगा था। "आओ," केशव ने लक्ष्मी से कहा और उन्हें बाँह से पकड़कर चारपाई पर लिटा दिया। आसमान में रुई के फाहों जैसे हल्के सफेद बादल तिर रहे थे। उनके बीच तारे इस प्रकार बिखरे हुए थे जैसे किसी ने उन्हें मुट्ठी में भरकर छितरा दिया हो। हवा जो कुछ देर पहले लगभग बंद थी, अब खासी तेज हो गई थी। बादलों के चलने से चांद विपरीत दिशा में भागता लग रहा था।

लक्ष्मी थोड़ी देर आँखें खोले लेटे रहे। तब खर्राटे लेने लगे।

मुश्किल से दो ढाई घंटे वह सोये होंगे कि अचकचाकर उठ बैठे। वास्तव में वह सोये थे ही नहीं। शराब के प्रभाव में बेहोश पड़े थे। नशा समाप्त होते ही उनकी आँख खुल गयी और वह उठकर बैठ गए। उन्हें जल्दी समझ में नहीं आया कि वह हैं कहाँ। तभी बगल की चारपाई पर रतन को लेटा देखकर उन्हें स्थिति का भान हुआ। दो एक क्षण वह ऐसे ही बैठे रहे तब चारपाई के नीचे रखे लोटे से पानी पिया और दोबारा लेट गए। लेकिन उन्हें नींद नहीं आई और वह बिस्तर पर लेटे करवटें बदलते रहे।

ऊपर से काफी कठोर और लापरवाह दिखने वाले लक्ष्मी अंदर से उतने ही सरल थे। बच्चन को वह बेहद चाहते थे। लेकिन अपने प्यार को जताने में उनका न तो कभी विश्वास रहा और न ही उन्होंने कभी इसकी जरूरत समझी। प्यार जताना उनके स्वभाव में था ही नहीं। बच्चन के दो-तीन साल होने तक उन्होंने उसे कभी छुआ तक नहीं, गोद लेने की बात तो दूर रही। और बड़ा होने पर उनके प्यार की अभिव्यक्ति डाँट-फटकार के रूप मे ही होती रही! 'पाँव मां यू चहलामाटी काहे लाग है? कहाँ गे रहौ? देई एक रहपटा।'

'उतर बिरवा ते कि टाँग पकर के खींची हम।' 'पच्चीस दायं हम मना कीन की हुआँ घोड़ा के लगे न घुसा कर औ तुइ हुएँ बार-बार घुसत है। अबहीं लात मारी तो बत्तीसी बाहर आ जाई। हट हुआँ ते कि उठाई डंडा हम?' इस तरह के वाक्य जो उनके

मुँह से जब कब झरते ही रहते थे, उनके प्यार की ही अभिव्यक्ति थे जिसके पीछे उनका मंतव्य केवल यह होता था कि बच्चन साफ-सुथरा रहे, किसी तरह के खतरे में न पड़े। हर तरह की चोट-चपेट से बचे। उसके कपड़े-लत्तों की भी उन्होंने कोई विशेष परवाह कभी नहीं की। इसके पीछे भी उनका आशय केवल इतना था कि बच्चन पढ़ने पर अधिक ध्यान दे। यह नहीं कि सिर में तेल चुपड़े छैला बना घूम रहा है। इसी लिए वह बच्चन को रतन के साथ लखनऊ भेजने के लिए राजी हो गए थे और उसके लखनऊ रहने के दौरान तो नहीं—रतन वहाँ था ही उसकी देखभाल के लिए—लेकिन जब से वह कानपुर में रहकर पढ़ रहा था तबसे हर पन्द्रह-बीस दिन बाद कानपुर जाकर उसके हाल-चाल लेते रहते थे। उसे किसी प्रकार का कष्ट न हो इसी लिए जब तक वह बाँके के यहाँ रहा तब तक, खर्च के रुपयों कावा फसल की हर चीज, अनाज तक वह बांके के यहाँ पहुँचाते रहे और बच्चन को उनके यहाँ रहने में कष्ट होते ही तुरंत उसका प्रबंध अलग कर दिया। बाद में बच्चन अकेले रहने लगा तो भी उसके ऊपर एक सरपरस्त का हाथ रहे इसी उद्देश्य से जब भी वह उससे मिलने कानपुर आते केशव के यहाँ भी जरूर जाते और उनके लिए भी गाँव से फसल की चीजें बराबर लाते रहते। उन्हें बच्चन से उम्मीदें भी बहुत थीं। बच्चन उनके खानदान में पहला लड़का था जो बी. ए. तक पहुँचा था। उन्होंने तय कर रखा था कि बच्चन जहाँ तक चाहेगा वहाँ तक उसे पढ़ाएँगे। उसे वकील या बैरिस्टर बनाएँगे। और अगर बच्चन तहसीलदारी करना चाहे या कोई और इम्तहान देना चाहे तो उसके लिए भी वह राजी थे। और वही बच्चन आज जेल में था!

सुबह पौ फटने से पहले ही लक्ष्मी उठकर बैठ गए। रतन और केशव अभी सो रहे थे। केशव की पत्नी उठ गई थीं और नीचे झाड़ू-बुहारू कर रही थीं। लक्ष्मी उनसे यह कहकर कि अभी लौटकर आते हैं, घर से बाहर चले गए।

रतन और केशव सोकर उठे तो लक्ष्मी को घर में न पाकर काफी चिंतित हुए। केशव ने अपनी पत्नी से पूछा तो उन्होंने, जैसा कि लक्ष्मी उनसे कह गए थे, बताया कि वह केवल इतना कह गए हैं कि अभी लौटकर आते हैं। रतन मन-ही-मन घबराया कि लक्ष्मी कहीं कुछ उलटा-सीधा न कर बैठें। कल रात शराब पीते समय और बाद में खाना खाते समय वह उनके व्यवहार से काफी चिंतित था। पहली बार उसने उनकी आँखों में आँसू देखे थे। अपनी पत्नी शारदा की मृत्यु पर भी वह पत्थर की तरह सख्त बने रहे थे। एक आँसू भी उनकी आँखों में नहीं आया था। केशव भी समझ नहीं पा रहे थे कि लक्ष्मी गए कहाँ। इससे पहले भी, खासतौर से जब से बच्चन ने हॉस्टल में रहना शुरू किया था, वह उनके यहाँ रात में ठहर चुके थे। लेकिन यह पहली बार था कि वह बिना कुछ बताए इस तरह चले गए थे।

कोई दो घंटे बाद लक्ष्मी लौटे तो रतन ने उनसे पूछा, "कहाँ चले गे रहौ ?"

"गे रहन गंगा हनाय" लक्ष्मी ने उत्तर दिया, "आज एकादसी आए न।"

"तो एत्ती देर कहाँ लगाए दिहो ? दुइऐ कदम पर तो गंगा जी हैं।"

"अइसेहेन।" लक्ष्मी ने साफ उत्तर नहीं दिया। वास्तव में कुछ देर तो वह सरसैया घाट पर बैठे जेल की दीवार को निहारते रहे थे। उसके बाद तपेश्वरी देवी के दर्शन करने चले गए। तब वहाँ से लौटते समय दो मिनट के लिए खेरापती बाबा के मंदिर भी गए। इसी में इतनी देर हो गई।

"हमका जगा लेतिव तो हमहू चले चलित।" रतन ने कहा।

"हम कहा तुम थकि गे होइहौ। यही मारे तुमार नींद नाई खराब किहेन।"

छब्बीस

मुनव्वर आलम ने लक्ष्मी को ग्यारह बजे बुलाया था। लक्ष्मी कुछ पहले ही चले गए। रतन भी साथ था। केशव इन लोगों के घर से निकलने से थोड़ा पहले ही अपने ऑफिस के लिए निकल गए थे। चलते समय उन्होंने लक्ष्मी से पूछा कि अगर वह कहें तो वह एक दिन का अवकाश ले लें। वैसे उनकी कोई जरूरत तो थी नहीं। वकील से जो बात होनी थी वह हो ही गई थी। उसका बस्ता खोजने में कोई परेशानी नहीं थी। "फाटक ते घुसतै दहिने हाथ पकरिया के बिरवा तरे तखत परा है। अंग्रेजी औ उर्दू, दोनों मां ऊ के नाव का बोड बिरवा पर लाग है। कउनौ दिक्कत न परी।" केशव ने कहा तब एक क्षण रुककर बोले, "औ नाई तो, कहौ तो छुट्टी लइ लेई हम।"

"का करिहो।" लक्ष्मी ने मना कर दिया, "रतन तो हई हैं।"

मिलाई का दिन न होने के कारण जेल के फाटक पर भीड़ बिल्कुल नहीं थी। लक्ष्मी ने संदेश भिजवाया तो मुनव्वर आलम ने उन्हें अंदर बुलाकर अपने कमरे में बिठा लिया। रतन बाहर ही खड़ा रहा। लक्ष्मी का ख्याल था कि वह बच्चन को भी अपने कमरे में बुला लेंगे। लखनऊ जेल में वह दो-एक बार तेजशंकर से मिलने गए थे तो वाहिद ने ऐसा ही किया था। लेकिन मुनव्वर आलम बजाय बच्चन को वहाँ बुलाने के लक्ष्मी को अपने साथ लेकर जेल के अंदर चले गए।

वास्तव में वह काफी असमंजस में थे। उन्हें भली प्रकार मालूम था कि क्रांतिकारी कैदियों को किसी प्रकार की रिआयत नहीं देनी है। लेकिन वाहिद की बात वह टाल भी नहीं सकते थे। उन्हीं के एक खत पर उसने अशफाक उल्ला के संबंधियों की उससे मुलाकात कराई थी और इसी कारण उसे नौकरी से हाथ धोना पड़ा था। इसी लिए वह लक्ष्मी की बच्चन से मुलाकात कराने के लिए राजी हो गए थे। लेकिन बच्चन को बाहर बुलाने के बजाय लक्ष्मी को उसके पास ले जाना उन्हें अधिक सुरक्षित लगा। जेलर होने के नाते वह वहाँ के सर्वे-सर्वा थे। सुपरिंटेंडेंट जेल कम्पाउंड में न रहकर सिविल लाइंस में अलग बँगले में रहता था और प्रायः राउंड वाले दिन ही आता था। कोई बात पड़ने पर वह लक्ष्मी को अपना परिचित या संबंधी बताकर कह सकते थे कि वह उन्हें वैसे ही जेल

दिखाने ले गए थे।

"खाने-पीने का कोई सामान तो नहीं लिए हैं न आप?" चलते-चलते उन्होंने लक्ष्मी से पूछा।

"नहीं।" लक्ष्मी ने उत्तर दिया।

मुनव्वर आलम उन्हें अपने साथ लिए हुए गोल चक्कर में आ गए। तब वहाँ से तनहाई बैरक के फाटक की ओर बढ़ गए। फाटक पर खड़े जमादार ने उन्हें देखते ही सलाम करके फाटक का ताला खोल दिया। मुनव्वर साहब लक्ष्मी को साथ लिए हुए आगे बढ़ गए और अंदर बनी इमारत के मुश्किल से छः फुट चौड़े गलियारे में प्रवेश कर गए। गलियारे के दोनों और छोटी-छोटी कोठरियाँ बनी थीं जिनमें लोहे के सींखचो वाले मजबूत फाटक लगे थे। अंदर दीवाल से मिला ढाई तीन फुट चौड़ा एक चबूतरा बना था। पीछे की तरफ एक कोने में संडास थी तथा दीवाल के बीचोबीच काफई ऊँचाई पर, मुश्किल से एक फुट चौड़ा दो फुट लंबा, लोहे के मजबूत सीखचों से जड़ा, रोशनदान था। अधिकांश कोठरियाँ खाली थीं। केवल दो-एक में ही कैदी थे जिनके पाँव में बेड़ियाँ पड़ी थीं। लक्ष्मी यह माहौल देखकर अंदर-ही-अंदर दहल गए। तभी आखिरी कोठरी के निकट पहुँचकर मुनव्वर साहब रुक गए और कोठरी की ओर इशारा करते हुए लक्ष्मी से बोले, "जाइए मिल लीजिए।"

लक्ष्मी ने उस नीम-अँधेरे में ही कोठरी के अंदर झाँककर देखा। बच्चन कुर्ता पाजामा पहने चबूतरे पर बैठा था। अपने पिता को कोठरी के फाटक पर देखकर वह अचकचा कर उठ पड़ा। फाटक के करीब आकर सीखचों के अंदर से हाथ बाहर निकालकर उसने उनके पैर छुए और सीखचे पकड़कर खामोश खड़ा हो गया। लक्ष्मी ने एक निगाह बच्चन के चेहरे पर डाली तब कोठरी के अंदर देखने लगे। अंदर मुश्किल से इतना उजाला था कि वहाँ खड़े आदमी को पहचाना जा सके या फिर वहाँ पड़ी चीजों को देखा जा सके। इसके बावजूद उन्होंने बच्चन के चबूतरे पर चटाई और उसपर रखा हुआ पीतल का तसला देखा। और कोई सामान वहाँ नहीं था। हाँ, बच्चन की चप्पल चबूतरे के नीचे रखी थी। कोने में मिट्टी का एक घड़ा भी था।

बच्चन को इस हालत में देखकर लक्ष्मी का मन रोने को हो आया। लेकिन उनके मुँह से निकला, "तुमका हियाँ पढ़ैक भेजेन रहै कि ई मारे पठैन रहै कि यू सब करौ आयेक तुम?"

बच्चन ने कोई उत्तर नहीं दिया।

दो-चार क्षण खामोशी के बीते। लक्ष्मी ने एक बार फिर बच्चन के चेहरे पर निगाह डाली। उन्हें लगा जैसे वह काफी दुबला हो गया हो। तभी सहसा उन्हें इस बात का एहसास हुआ कि कहीं पुलिस या जेल अधिकारियों ने उसे मारा-पीटा तो नहीं है। उनकी इच्छा हुई कि वह उसके शरीर को छूकर देखें। उसके मुँह पर हाथ फिराएं, लेकिन इस बार उनके मुँह से निकला "जवाब काहे नाई देत?"

बच्चन फिर भी चुप रहा।

"बतावत काहे नाई," उन्होंने आगे कहा, "यू पिस्तौल तमंचा तुम कहाँ ते लायो ?" न चाहते हुए भी उनके स्वर से गुस्सा झलकने लगा।

बच्चन ने निगाह ऊपर नहीं उठाई।

लक्ष्मी की समझ में नहीं आया कि आगे क्या कहें। तभी मुनव्वर आलम, जो उनसे दो कदम दूर खड़े थे, बोले, "मिल लिए ?"

लक्ष्मी ने उनकी ओर देखा। तब बच्चन की ओर। वह कुछ कहें इससे पहले ही मुनव्वर आलम ने आगे कहा, "आइए। हो गया, बस।"

लक्ष्मी चुपचाप उनके पीछे चल दिए। बच्चन ने फिर उनके पैर छूना चाहे लेकिन इसका उसे मौका नहीं मिला।

मुनव्वर आलम लक्ष्मी को साथ लिए हुए अपने कमरे तक आए। तब वहाँ खड़े अपने अर्दली से बोले, "इन्हें बाहर छोड़ आओ।"

रतन जेल के फाटक से थोड़ी दूर पर खड़ा था। उसने लक्ष्मी को बाहर निकलते देखा तो उनकी ओर बढ़ आया। "भै मुलाकात ?" उसने पूछा।

"हाँ।" लक्ष्मी ने कहा।

"का बात भै ?"

"बोलतै नाई है ऊ कुछ।"

"पुछेव नाई तुम कि तमंचा ऊ के लगे निकरा रहै कि पुलिस अइसेहेन इलजाम लगाए दिहिस ?"

"पूछेन काहे नाई ? मुदा ऊ कुछ बतावै तब तो।"

"खाए पिऐक तो कउनौ परेसानी नाई है ?"

"एत्ती बात करैक फुर्सत हुआँ कहाँ रहै। दुइऐ मिनट मां उइ कहै लाग वापस चलौ।"

रतन खामोश हो गया।

सत्ताईस

कचहरी में वकील का बस्ता खोजने में उन्हें कोई कठिनाई नहीं हुई। लेकिन वकील वहाँ था नहीं। उसका मुंशी था। जमानत की दरख्वास्त भी अभी नहीं बनी थी। मुंशी उसे तैयार कर रहा था।

"वकील साहब कहाँ हैं ?" रतन ने उससे पूछा।

"दूसरे मुकदमे में गए हैं," मुंशी ने उत्तर दिया, "आप लोग बैठो। आप ही का काम हो रहा है।"

रतन और लक्ष्मी उसी तखत पर बैठ गए।

थोड़ी देर बाद वकील आया तो रतन और लक्ष्मी उठकर खड़े हो गए।

"आ गए आप लोग?" उसने कहा, तब अपने मुंशी से पूछा, "कागज बन गए इन लोगों के?"

"बस तैयार ही हैं।" मुंशी ने कहा।

"ठीक है, आप लोग, जहाँ यह मुंशी बताएं वहाँ दस्तखत कर दीजिए। लंच के बाद आपकी दरखास्त पहले नंबर पर लगवा दूँगा।"

रतन लपककर वकील के लिए पान और सिगरेट ले आया।

"अरे, इसकी क्या जरूरत थी?" वकील ने कहा और पान मुँह में दबाकर सिगरेट सुलगा ली।

लंच के बाद इजलास लगा तो वकील रतन और लक्ष्मी को साथ लिए हुए वहाँ पहुँचा और पेशकार से फुसफुस करने लगा। काफी देर तक दोनों में बातें होती रहीं तब वकील उन लोगों को साथ लिए हुए बाहर आ गया।

"क्या हुआ?" रतन ने पूछा।

"केस लाहौर ट्रांसफर कर दिया गया है। वहाँ से वारंट आया है।" वकील ने कहा। तब बोला, "एक दिन की देर हो गई। आज सुबह ही आर्डर हुए हैं।"

"क्या मतलब?····हम समझे नहीं।"

"केस यहाँ नहीं चलेगा। लाहौर में चलेगा।"

"मुलजिम यहाँ और केस वहाँ!"

"मुलजिम को भी लाहौर भेजा जा रहा है। हो सकता है अब तक चला भी गया हो।"

"और···जमानत?"

"अब जो भी होगा वहीं से होगा। यहाँ से कुछ नहीं होगा।" वकील ने कहा और किसी अन्य कोर्ट की ओर बढ़ गया।

लक्ष्मी रतन के पीछे पीछे चल रहे थे। वकील चला गया तो उनहोंने उससे पूछा, "का बता रहे हैं?"

"बतावत हैं लाहौर मां मुकदमा चली। बच्चनौ का हुऐं लिहे जा रहे हैं।"

"औ जमानत?"

"वहौ हुऐं ते होई।"

लक्ष्मी जैसे आकाश से धरती पर गिरे। "का कीन जाए?" उन्होंने रतन से कहा।

"चलो फूफै ते राय लीन जाए।" रतन ने उत्तर दिया। उसका दिमाग भी काम नहीं कर रहा था।

कोई पाँच बजे केशव करेंसी से लौटे। उनहोंने पूरी बात सुनी तो वह भी आश्चर्य करने लगे। "या तो नई बात सुन रहेन है हम। कहाँ कम्पू औ कहाँ लाहौर!"

"वकील यहै बता रहा है। कहत है हुआँ ते वारंट बनिके आवा है ; अब राय देव कि कीन का जाए।"

"अब भाई····हम तो····अऊर कोऊ का तो हम जानित नाई। कहौ तो विद्यार्थी के लगे चली। उनते राय मसविरा कीन जाए। विद्वान मनई हैं उइ।"

"जईस ठीक समझो। कुछ लेय-देय ते काम चलै तो वईस कीन जाए।" लक्ष्मी ने कहा।

"लेय-देय की बात तो तब की आए जब यू जान परै कि का लीन-दीन जाए। औ तुम बता रहे हौ कि मुकदमा हुआं लाहौर मां चली औ जमानतौ हुएँ ते होई तो हियां की का का दई दीन जाए। अच्छा····बच्चन ते का बात भै यू तो तुम बतइबे नाई भेव।"

"कहाँ बात भै।"

"काहे, जेहलै नाई गे रहौ ?"

"गे रहन मुदा बात करैक मौके नाई लाग। जेलर हमका बच्चन की कोठरिया के समुहे लइ जायेक ठाढ़ कइ दिहिस। औ बस, दुई मिनट मां बोला वापस चलो।"

"तो बात नाई भै कउनिउ तुमार ?"

"बात करैक मौका होय तब तो। हम बच्चन ते पूछा कि का भा रहै। कहाँ ते पिस्तौल तमंचा मिला तुमका। मुदा जब तक ऊ कुछ बतावै तब तक बातै खतम ह्वैगे।"

"हूँ।" केशव ने कहा।

"न होय तो तुमहू वकील ते एक दाएँ मिलि लेतिउ।" लक्ष्मी ने कहा।

"चलौ। तुम कहत हौ तो मिले लेइत हैं। वइसिही ते विद्यार्थी के लंग निकर चला जाई।" केशव ने कहा और कपड़े पहनकर तैयार हो गए।

वकील ने वही बात दोहरा दी कि केस लाहौर में चलेगा। वहाँ से वारंट आया है। अतः यहाँ से केस खत्म करके बच्चन को वहीं भेजा जा रहा है। इसके आगे और कुछ बता सकने में उसने अपनी असमर्थता व्यक्त कर दी।

केशव, लक्ष्मी और रतन को साथ लिए हुए, उधर ही से फीलखाना स्थित 'प्रताप' के कार्यालय पहुँचे तो गणेश शंकर विद्यार्थी अपने कमरे में बैठे अगले दिन के लिए अपना संपादकीय लिख रहे थे। केशव को वह पहचानते थे। करेंसी में कुछ दिनों उनके साथ काम किया ही था, केशव वैसे भी होली-दीवाली उनसे मिलने जाते रहते थे। विद्यार्थी ने नेत्र उठाकर चश्मे के अंदर से ही उनका अभिवादन स्वीकार किया। तब उन्हें पाँच मिनट रुकने को कहकर अपना संपादकीय पूरा करने में लग गए। कमरे में केवल एक ही अतिरिक्त कुर्सी थी। अतः यह लोग दीवाल से लगी बेंच पर बैठ गए। संपादकीय पूरा करने के बाद विद्यार्थी ने चपरासी को बुलाया और कागज उसे देते हुए बोले, "लो, इसे प्रेस में दे दो। कहो कम्पोज कर के प्रूफ मेरे पास भेज दें।" इतना कहकर उन्होंने केशव की ओर देखा। "हाँ, बताइए केशव बाबू कैसे आना हुआ ?" उन्होंने कहा।

केशव ने उन्हें लक्ष्मी और रतन का परिचय दिया तब लक्ष्मी की ओर इशारा करते

हुए बोले, "इनका लड़का यहाँ पढ़ता है डी. ए. वी. कॉलेज में। इस साल बी. ए. फर्स्ट इयर का इम्तहान दिया है। कॉलेज के हॉस्टल में ही रहता है। सो अभी कुछ दिन हुए पुलिस ने उसे पकड़ लिया। कोई असलहा वगैरह बरामद किया शायद। वही यह लोग आए थे उसकी जमानत के सिलसिले में। लेकिन आज कोर्ट से पता चला कि उसका केस लाहौर में चलेगा। वहाँ से उसके नाम का वारंट आया है। जमानत भी वहीं से होगी और जैसा कि सुनने में आया है उसे भी पुलिसवाले वहीं ले जा रहे हैं।" केशव एक क्षण रुके तब बोले, "वही आपसे राय लेने आए थे कि क्या किया जाए।"

विद्यार्थी बच्चन के केस से पूरी तरह परिचित थे। बच्चन को भी वह व्यक्तिगत रूप से जानते थे। कानपुर कांग्रेस के दौरान वह कांग्रेस के स्वयंसेवक दल का सदस्य था। उसके अलावा भी वह उनसे दो-चार बार मिल चुका था। उसकी गिरफ्तारी की खबर भी वह अपने अखबार में छाप चुके थे।

"क्या चाहते हैं आप ?" उन्होंने पूछा।

"जमानत हो जाती उसकी तो बड़ी मेहरबानी होती।" लक्ष्मी ने हाथ जोड़ते हुए कहा।

विद्यार्थी को यह समझते देर नहीं लगी कि लक्ष्मी को केस की गंभीरता का एहसास नहीं है। साथ ही यह भी कि वह बुद्धि से कम भावनाओं से अधिक प्रेरित हैं। "मेरे हाथ में क्या है," उन्होंने कहा, "जमानत तो कोर्ट से होगी। वैसे मुझे लगता नहीं कि यह इतना आसान होगा। उसका अकेले का केस नहीं है। देश के और भागों से भी तमाम लोग पकड़े गए हैं। भगतसिंह का नाम आपने सुना होगा। असेंबली बम केस में जिसको अभी सजा हुई है। इन सबके ऊपर सामूहिक रूप से मुकदमा चलाने का इरादा है सरकार का। 'लाहौर कांस्प्रेसी केस' के बारे में अखबारों में पढ़ा हो शायद आपने। इन लोगों पर डाका और कत्ल से लेकर सरकार के खिलाफ साजिश करने तक के अभियोग हैं। वैसे यह सब तो कहने की बातें हैं। इनका असली जुर्म यह है कि इन्होंने उस बर्तानिया सरकार की शक्ति को चुनौती दी है जिसका सूरज कभी अस्त नहीं होता।" विद्यार्थी एक क्षण रुके तब लक्ष्मी की ओर देखते हुए बोले, "आपको अपने बेटे पर गर्व होना चाहिए। वह मातृभूमि की आजादी के लिए लड़ रहा है। एक दिन इन लोगों का नाम इस देश के इतिहास में स्वर्ण अक्षरों से लिखा जाएगा। आप जब आए हैं तब मैं इन्हीं लोगों के बारे में एडीटोरियल लिख रहा था। इन लोगों को हिंसावादी कहकर खारिज नहीं किया जा सकता। गाँधीजी की बात और है। वह अहिंसावादी है। यह बात भी सही है कि अंग्रेजों से लड़ने के लिए अहिंसा ही सबसे उपयुक्त और कारगर अस्त्र है। लेकिन देश के युवा को कौन रोक पाया है ? आप कह सकते हैं कि वे दिग्भ्रमित हैं। जो भी वह कर रहे हैं उससे आजादी की मुख्य लड़ाई में थोड़ी अड़चन भी पड़ सकती है लेकिन उनके इरादों और देश के लिए बलिदान देने की उनकी अपार क्षमता का हमें सम्मान करना चाहिए। इनका यह बलिदान बेकार नहीं जाएगा।"

लक्ष्मी मुँह बाए विद्यार्थी की बात पूरी गंभीरता से सुन रहे थे लेकिन समझ वह शायद ही कुछ रहे थे। उनके दिमाग में रह-रहकर जेल की वह कोठरी घूम रही थी जिसमें उन्होंने आज सुबह बच्चन को देखा था और उनकी एकमात्र चिंता यह थी कि बच्चन जल्दी-से-जल्दी जेल से छूट जाए। मुकदमा फिर कानपुर में चले या कहीं और। "का कहत हैं ? जमानत न होई का ?" उन्होंने केशव से पूछा।

उत्तर विद्यार्थी ने ही दिया। "कोशिश करके देख लीजिए। लेकिन यहाँ से कुछ नहीं होगा। लाहौर जाना पड़ेगा आपको। वैसे पंजाब कांग्रेस की ओर से इन लोगों का केस लड़ने के लिए डिफेंस कमेटी बनाई गई हैं। देशभर से चंदा हो रहा है। उन्हें छुड़ाने के लिए कोई कसर उठा नहीं रखी जाएगी।" विद्यार्थी एक क्षण रुके तब बोले, "आप लोग अगर लाहौर जाना चाहें तो मैं वहाँ की कांग्रेस कमेटी के नाम पत्र लिख देता हूँ। आप उन लोगों से मिल लीजिएगा। वह आपको हर तरह की मदद करेंगे।"

केशव ने रतन और लक्ष्मी की ओर देखा।

"लिख दीजिए।" रतन ने कहा।

विद्यार्थी ने मेज की दराज से पैड निकाला और लाहौर कांग्रेस कमेटी के अध्यक्ष के नाम चिट्ठी लिखकर, लिफाफे में बंद करके रतन को दे दी।

अट्ठाईस

रतन के मना करने के बावजूद लक्ष्मी ने आज फिर शराब पी। लेकिन आज वह रोए नहीं। बस एक ही बात वह बार-बार पूछते कि लाहौर के लिए गाड़ी कहाँ से और कितने बजे मिलेगी। केशव ने समझाया कि गाड़ी के बारे में जानकारी मिलने की कोई समस्या नहीं है। स्टेशन से सब पता चल जाएगा। फिलहाल वह खाना खाकर आराम करें। कल सुबह इत्मीनान से सारी बातें होंगीं।

केशव आज काफी सतर्क थे। लक्ष्मी ज्यादा पिएँ इससे पहले ही उन्होंने खाना मँगवा लिया लेकिन लक्ष्मी से आज भी खाया नहीं गया। ऐसा लग रहा था जैसे उनके हाथों में जान ही न हो। किसी तरह निवाला तोड़ते तो मुँह तक ले जाने में काफी समय लगाते। दो-एक बार तो बीच से ही हाथ वापस ले आए और निवाला थाली में रखकर शून्य में निहारने लगे।

किसी तरह आधा तिहाई खाकर वह उठ गए।

हाथ धोकर लेटने लगे तो रतन ने उनसे कहा, "काल्ह सबेरे गंगा हनाए जायो तो हमका जगा लिहो। हमहू चले चलब।"

"अच्छा।" लक्ष्मी ने कहा और नेत्र बंद कर लिए।

रतन को काफी देर तक नींद नहीं आई। लक्ष्मी का जो हाल वह पिछले दो दिनों

से देख रहा था उससे तो वह चिंतित था ही दूसरी चिंता लाहौर जाने की लग गई थी। वह भली-भाँति जानता था कि उसे ही लक्ष्मी के साथ जाना पड़ेगा। मँझले जाने से रहे। मुंशीजी बूढ़े हो रहे थे। उनकी दृष्टि भी कमज़ोर पड़ने लगी थी। इतना लंबा सफर उनके बस की बात नहीं थी। अनजान शहर में लक्ष्मी को इस हाल में लिए-लिए वह कहाँ मारा-मारा फिरेगा। कहाँ रहेगा, क्या करेगा, वह कुछ समझ नहीं पा रहा था। और सबसे बड़ी बात, यदि बच्चन की जमानत नहीं हुई, जिसके आसार ही ज्यादा लग रहे थे तब तो उन्हें संभाल पाना और भी मुश्किल होगा। देर तक बिस्तर पर लेटा वह यह सब सोचता रहा। तभी कुछ हवा चली तो उसे झपकी आने लगी।

लगभग तीन बजे उसकी आँखे खुली तो उसने देखा लक्ष्मी अपनी चारपाई पर नहीं हैं। बिस्तर भी नहीं था उनका। रतन अचकचा कर उठ बैठा। वह समझ नहीं पाया लक्ष्मी गए कहाँ। तभी उसकी निगाह छत पर एक ओर बने कमरे के दरवाजे पर पड़ी जो खुला हुआ था। उसने वहाँ जाकर देखा। लक्ष्मी बिस्तर सिरहाने रखे जमीन पर चित्त लेटे थे। खर्राटों की आवाज न होने से रतन को समझते देर नहीं लगी कि वह सो नहीं रहे हैं।

"हियाँ काहे आए गेव ?" उसने पूछा।

"अइसेहे।" लक्ष्मी ने उत्तर दिया।

"बाहर पहड़ौ चलिके न। हियाँ काहे परे हौ एत्ती गर्मी मां ?" रतन ने कहा। चारों ओर से बंद होने के कारण कमरा भट्टी की तरह दहक रहा था। रतन इतनी देर में ही पसीने से भीग गया था।

"तुम पहुड़ौ जायेक। हमका हियैं परे रहै देव।" लक्ष्मी ने कहा।

रतन दो-एक क्षण दरवाजा पकड़े रहा तब अपने बिस्तर पर आ गया। यह क्या होता जा रहा है इन्हें ? उसने मन-ही-मन कहा और डरा कि कहीं वह छत से फाँद-फूँद न पड़ें। केशव को जगाए क्या वह ? उसने सोचा, लेकिन किसी फैसले पर नहीं पहुँच सका। एक बार उसके मन में आया कि कमरे का दरवाजा बाहर से बंद कर ले। लेकिन उस सूरत में कहीं उनका दम ही न घुट जाए। पागल तो नहीं हो गए यह ? लाहौर तो दूर, उसे लगा उन्हें लेकर गाँव तक जाना भी उसके लिए समस्या होगी।

लेकिन लक्ष्मी किसी पागलपन के तहत कमरे में नहीं लेटे थे। वह अनुभव करना चाह रहे थे कि बच्चन को जेल की उस कोठरी में लेटने से कैसा लगता होगा। मुश्किल से आध घंटा वह लेटे होंगे कि गर्मी के मारे उनकी जो दुर्गति हुई उससे उनकी आँखों में आँसू आ गए। तभी रतन आ गया। उसके जाने के बाद भी वह वहाँ लेटे रहे जिसका प्रत्यक्ष कोई कारण नहीं था सिवा इसके कि किसी जटिल मनोवैज्ञानिक प्रक्रिया के अंतर्गत वह, अनजाने ही, बच्चन को इस स्थिति से उबारने में अपनी अक्षमता के लिए स्वयं को दंड दे रहे थे। शुरू में उन्हें, जब गाँव में रतन से सारी घटना के बारे में पता चला था, बच्चन पर काफी गुस्सा आया था। लेकिन धीरे-धीरे इस गुस्से का स्थान क्षोभ तब यंत्रणा और अंततः आत्मग्लानि ने ले लिया था। खासतौर से जब से उन्होंने उसे तन्हाई बैरक की

उस काल कोठरी में देखा था तब से अंदर-ही-अंदर वह काफी विचलित थे। गणेश शंकर विद्यार्थी से मिलने के बाद उनकी यह बेचैनी और बढ़ गई थी। उस समय उन्होंने उनकी बातों पर ध्यान नहीं दिया था। लेकिन अब इस गर्मी और उमस भरे वातावरण में कमरे के नंगे फर्श पर लेटे उनकी बातों का अर्थ उनके सामने खुलने लगा था। उन्हें इस बात का एहसास होने लगा था कि बच्चन का केस साधारण केस नहीं हैं। बच्चन साधारण मुजरिम भी नहीं है। बल्कि मुजरिम ही कहाँ है वह? सरकार की निगाह में भले उसने जुर्म किया हो, वास्तविकता यह है कि वह कहीं बड़े उद्देश्यों से प्रेरित है। मातृभूमि की आजादी के लिए लड़ रहा है।

सहसा वह एक गहरे आत्मबोध से भर उठे। उन्हें लगा कि वह तो इस सारे प्रकरण में एक निमित्त मात्र हैं। उनका धर्म तो केवल अपना कर्तव्य निभाना है। शेष सब तो नियति के हाथ है। बच्चन पर उनका अकेला अधिकार भी कहाँ है? वह उनका बेटा जरूर है लेकिन इस देश का भी तो कुछ है। उनका शरीर पसीने से बुरी तरह तर था लेकिन वह अपने विचारों में इतना खोए थे कि थोड़ी देर के लिए उस कमरे के गर्मी और उमस भरे माहौल से जैसे पूरी तरह बेखबर हो गए हों। मनुष्य जब संसार के झूठे माया-मोह और मान-मर्यादा की भावना से ऊपर उठ जाता है तो शारीरिक कष्ट उसे छू भी नहीं पाते। शायद यही कारण है कि बड़े-बड़े ऋषि-मुनि जंगलों में ध्यान लगाए बैठे रहते हैं और मौसम की मार की कौन कहे, भूख-प्यास जैसी शारीरिक अनुभूतियाँ भी उन्हें विचलित नहीं करतीं। लक्ष्मी को लगा कि जब इन बातों के बारे में सोचने मात्र से ही, थोड़ी देर के लिए ही सही, उन्हें अपनी भौतिक स्थिति का एहसास जाता रहा तो जिस व्यक्ति का सारा क्रिया-कलाप महान उद्देश्यों से प्रेरित हो उसके लिए शारीरिक कष्टों का प्रश्न ही कहाँ उठता है! यह एहसास होते ही लक्ष्मी का मन काफी हलका हो गया। वह उठकर बैठ गए।

भोर की उजास कमरे में भरने लगी थी।

लक्ष्मी कमरे से बाहर निकले तो रतन उन्हें देखकर चकित रह गया। उनका शरीर पसीने से तर था लेकिन उनका चेहरा किसी स्थितप्रज्ञ ऋषि के चेहरे की तरह चमक रहा था। बेचैनी, विह्वलता और कष्ट की जिन रेखाओं को उनके चेहरे पर देखने का वह पिछले दो-तीन दिनों से आदी होता जा रहा था उसका स्थान एक विचित्र प्रकार के सौम्य ने ले लिया था। जैसे वह कोई दूसरे ही लक्ष्मी हों जिनका आज तक के लक्ष्मी से कोई संबंध ही न हो।

"गंगा हनाय चलैक होय तो उठौ फिर, नाई तो हम जाई।" उन्होंने रतन से कहा।

रतन, जो कमरे के दरवाजे पर नेत्र जमाए लेटा, बराबर जाग रहा था तुरंत उठ पड़ा। "चलो," उसने कहा और बिस्तर लपेटने लगा।

केशव की पत्नी आज भी उठ गई थीं। नीचे रसोई में उनके काम करने की आवाज आ रही थी।

पूरा रास्ता लक्ष्मी खामोश बने रहे। कोई भी बात उन्होंने नहीं की। न बच्चन से संबंधित न उससे इतर। गंगाजी पहुँचकर वहीं रेती में दिशा-मैदान से निवृत्त होकर दोनों ने नदी में स्नान किया, घाट पर बने मंदिर में भगवान के दर्शन किए, तब घर के लिए लौट पड़े। घाट की सीढ़ियाँ चढ़ते ही दाहिने हाथ जेल की दीवाल थी। "को जाने बच्चन हियां होए कि चला गा होय।" रतन ने जैसे अपने आप से ही कहा।

"वकील तो तुम कहत रहौ यहै बताइस है कि काल्ह चला गा होई।" लक्ष्मी ने कहा।

"न होय तो चलौ मुनव्वर आलम ते पता कइ लीन जाए।"

"बतइहैं उइ?" लक्ष्मी ने शंका व्यक्त की।

"बतइहैं काहे नाई। मुलाकात भले न करावैं।"

"चलौ फिर तुमही बात किहो। औ नाई तो छांड़ो। जइसे हियाँ वइसे हुआँ।" लक्ष्मी ने कहा।

"पूछे लेइत हैं चलिके। पूछैम कऊन हर्ज है।"

लक्ष्मी खामोश रहे तो रतन दाहिने हाथ जेल के फाटक की ओर मुड़ गया। सुलेमान वरांडे में बैठा बीड़ी पी रहा था। उसने इन लोगों को पहचान लिया।

मुनव्वर साहब उठ गए थे। वह तहमद पहने ही बाहर निकल आए।

"कल हम लोग आपसे मिले थे। वाहिद मियाँ की चिट्ठी····" रतन ने कहा।

"हाँ, मुझे याद है। कल मुलाकात तो करा दी थी आपकी।" उन्होंने लक्ष्मी की और देखा।

"कल कोर्ट में पता चला कि उसे लाहौर भेज दिया है। वही हम लोग मालूम करने आए थे कि अभी है यहाँ कि लाहौर चला गया।" रतन ने कहा।

"चला गया या नहीं यह तो मैं नहीं बता सकता लेकिन यहाँ से पुलिस ले गई और मेरा ख्याल है कि ले ही गए होंगे। लाहौर की पुलिस थी, यहाँ की तो थी नहीं।"

"आपकी बड़ी मेहरबानी।" लक्ष्मी ने हाथ जोड़ दिए।

यह लोग केशव के घर पहुँचे तो वह 'प्रताप' की प्रति लिए बैठे थे। विद्यार्थी जी का संपादकीय तो उसमें छपा ही था, बच्चन के बारे में 'कानपुर में पकड़ा गया क्रांतिकारी पुलिस हिरासत में लाहौर रवाना' शीर्षक से समाचार भी छपा था। रतन थोड़ी बहुत हिंदी पढ़ लेता था कि लक्ष्मी उतनी हिंदी भी नहीं जानते थे। केशव ने ही उन्हें समाचार तथा संपादकीय दोनों पढ़कर सुनाए। संपादकीय में विद्यार्थी ने क्रांतिकारियों का पक्ष लेते हुए लिखा था हिंसा के प्रति उनके झुकाव के लिए सरकार स्वयं जिम्मेदार है। पिछले वर्ष, जबसे साइमन कमीशन भारत आया है तब से सरकारी हिंसा का एक अनवरत सिलसिला चल रहा है जिसमें कितने ही लोगों की जानें गईं। लाला लाजपतराय जैसे महान नेता की मृत्यु भी उसी का परिणाम थी। ऐसी स्थिति में देश के युवा का, मातृभूमि की स्वतंत्रता के

लिए, हिंसा की ओर झुकाव होना एक सहज और स्वाभाविक प्रक्रिया है। युवा अपार शक्ति का स्वामी है। उसे दबाया नहीं जा सकता। फाँसी, जेल अथवा अन्य यातनाओं से यह आग बुझने के बजाय और भड़केगी ही। आयरलैंड का क्रांतिकारी आंदोलन इसका प्रमाण है। इस सारी समस्या का एक ही हल है—देश की आजादी। कलकत्ता कांग्रेस में डोमिनियन स्टेटस की माँग के लिए निर्धारित एक वर्ष बीतने में अब बहुत देर नहीं है। यदि इस बीच ब्रिटिश सरकार इस माँग को स्वीकार नहीं करती तो क्रांतिकारी गतिविधियों को रोक पाना उसके लिए मुश्किल होगा।

लक्ष्मी ने समाचार और संपादकीय दोनों ही बड़े ध्यान से सुने लेकिन कोई प्रतिक्रिया व्यक्त नहीं की। केशव भी खामोश रहे। वह भी लक्ष्मी के व्यवहार में आए इस बदलाव से चकित थे।

कल शाम को शराब पीते समय लक्ष्मी बार-बार पूछ रहे थे कि लाहौर के लिए गाड़ी कब मिलेगी लेकिन आज उन्होंने इस तरह की कोई बात नहीं की। रतन ने उनसे इस बारे में पूछा तो उन्होंने कहा, "गाँव मां औ तुमरे हियाँ, सबै जगह सब जने परेसान ह्वै रहे होइहैं। तऊन हमरे बिचार ते पहिले गाँवै चला जाए औ तब हुआँ ते लखलऊ निकर चला जाए। औ नाई तो तुम का करिहौ गाँवैं चलिके, हम जाइत है। तुम लखलव्वै निकर जाओ। हम आइत हैं दुइ एक दिन मां। तब दीख जाई।"

रतन ने लक्ष्मी की ओर देखा। दुख आदमी को ताकत भी देता है क्या? उसने सोचा।

लक्ष्मी उसी दिन गाँव निकल गए। रतन भी उनके साथ यात्रा कर रहा था। ट्रेन गाँव के स्टेशन पर रुकी तो रतन ने एक बार फिर कहा कि न हो तो वह भी उनके साथ गाँव चला चले, उन्हीं के साथ लौट आएगा। लेकिन लक्ष्मी ने मना कर दिया। " तुम जाओ," उन्होंने कहा "हम खुदै दुइ-एव दिन मां आ जाबे।"

लक्ष्मी उसी दिन गाँव निकल गए। रतन भी उनके साथ य्त्रा कर रहा था। ट्रेन गाँव के स्टेशन पर रुकी तो रतन ने एक बार फिर कहा कि न हो तो वह भी उनके साथ गाँव चला चले, उन्हीं के साथ लौट आएगा। लेकिन लक्ष्मी ने मना कर दिया। "तुम जाओ," उन्होंने कहा, "हम खुदै दुइ-एक दिन मां आ जाबे।"

रतन उसी गाड़ी से लखनऊ आ गया। दो-एक दिन बाद लक्ष्मी भी आ गए। रतन ने इस बीच तेजशंकर से भी बात कर ली थी। वह भी उन लोगों के साथ लाहौर जाने को तैयार था। विद्यार्थी जी का पत्र तो था ही, तेजशंकर ने कांग्रेस के स्थानीय नेता मोहन लाल सक्सेना से भी पंजाब के नेताओं के नाम पत्र ले लिया अनों लोग लाहौर के लिए रवाना हो गए। पहले मँझले भी जाने को तैयार थे लेकिन जब उन्हें पता चला कि तेजशंकर भी जा रहा है तो उन्होंने मना कर दिया।

जिस दिन यह लोग लाहौर पहुँचे उस दिन वहाँक्रान्तियों के समरथन में जन-सभा आयोजित थई। डॉ० किचलू, डॉ० गोपी चन्द भार्गव आदि, पंजाब के जाने-माने नेता भी उस दिन वहाँ मौजूद थे। विद्यार्थी तथा सक्सेना के पत्रों की वजह से इन लोगों को कोई परेशानी नहीं हुई। लक्ष्मी को तो उन लोगों ने विशेष सम्मान दिया। शाम की सभा में उन्हें मंच पर भगत सिंह के पिता सरदार किशन सिंह की बगल में बिठाया तथा श्रोताओं सफ़ा, बच्चन के पिता के रूप में, परिचय कराया। सभा की समाप्ति पर क्रान्तिकारियों की जय के नारे तो लगे ही, सरदार किशन सिंह और उनके साथ लक्ष्मी की जय के नारे भी लगे।

शनिवार को यहाहौर पहुँचे थे। अगला दिन, इतवार, जेल में मिलाई का दिन था। इसमें भी लक्ष्मी को किसी प्रकार की कोई परेशानी नहीं हुई। रतन और तेजशंकर के अलावा स्थानीय लोग भी साथ थे। बच्चन ने जेल में उनके पैर छुए तो उन्होंने उसके सिर पर हाथ रख दिया। रतन और तेजशंकर ने भी उसे आशीर्वाद दिया।

दो-एक दिन यह लोग वहाँ और रुके तब वापस लौट आए। लक्ष्मी दो-ढाई सौ रुपए साथ ले गए थे लेकिन जब उन्होंने वहाँ के बड़े-बड़े लोगों को क्रान्तिकारियों के समर्थन में सभाएं करते, उनके लिए चंदा इवट्ठा करते, उनके बचाव के लिए अन्य प्रबंध करखा तो बच्चन के लिए अलग से वकील करने या उसे जमानत पर रिहा कराने की बात उनके दिमाग से निकल गई। सफर खर्च के लिए आवश्यक धन छोड़कर शेष उन्होंने क्रान्तिकारियों के बचाव फंड में दे दिया। उन लोगों ने उन्हें सुरक्षा कमेटी का सदस्य भी ब्याहा लेकिन उन्होंने मना कर दिया।

अब वह प्रायः ही लखनऊ बने रहते। तखत या चारपाई पर लेटना उन्होंने उसी दिन से छोड़ दिया था जिस दिन कानपुर में बच्चन से तन्हाई बैरक में मिले थे। शराब भी उस दिन से नहीं छुई थी। माँस-मछली खाना भी त्याग दिया था। रतन ने बाहर वाले बैठक में उनके रहने का प्रबंध किया था। वहीं एक कोने में जमीन पर दरी बिछाकर उन्होंने अपना आसन जमा लिया था। सिरहाने अलमारी में उनका सामान, कपड़े-लत्ते, लोटा-डोल, खड़ाऊं आदि रखा रहता। पाताने की ओर एक कोने में जूते रखे रहते। यही उदुनिया थी।

एक निश्चित दिनचर्या उनकी बन गई थी। सुबह उजाला होने से पहले ही लोटा लेकर दिशा-मैदान के लिए बड़े के खेतों के लिए निकल जाते। वहीं खेतों के बीच बने कुएँ पर कुल्ला-दातौन करते। मन होता तो वहीं नहा भी लेते। नहीं तो लौटकर घर पर स्नान करते। तब सिद्धनाथ मंदिर में शंकर जी पर जल चढ़ाने चले जाते। भोजन दिन में शायद ही कभी करते। बस, राब या गुड़ का शरबत पी लेते। कभी इच्छा हुई तो एव-आध आलू या शकरकंद आग में भुनवा कर खा लेते। या फिर सत्तू घोल कर पी लेते। खाना केवल शाम को खाते। वह भी दीया-बत्ती से पहले। खाना खाकर टहलने चल्ते या फिर तेजशंकर की तरफ निकल जाते। एव-आध घंटा उसके पास बैठकर

इधर-उबातें करते। तब दुलीचंद के ठाकुर द्वारे की घंटी सुनकर उठ जाते। वहाँ जाकर हाथ जोड़कर खड़े हो जाते, आरती लेते और भगवान को शीश नवा कर घर लौट आते। रतन केदरवाजे शतरंज हो रही होती तो कुछ देर बैठ कर खेल देखते। खेलना वह बिल्कुल भी नहीं जानते थे लेकिन मन-ही-मन वह सपेद मोहरों के हारने की कामना करते रहते। सफेद मोहरों को उन्होंने अपने दिमाग में अंग्रेजों का पर्याय मान रखा था। एव अंधविश्वास-सा उनके मन में घर कर गया था कि जितनी बार सफेद मोहरे हारेंगे इस देश में अंग्रेज सरकार की आयु उतनी ही कम होगी।

बीच-बीच में वह कभी गाँव और कभी लाहौर चले जाते। लाहौर में दो-एक दिन रह कर जेल में बच्चन में भेंट करते, मुकदमे के बारे में जानकारी प्राप्त करते तब लौट आते।

उनतीस

कुल चौबीस लोगों को सरकार ने लाहौर षड्यंत्र केस में नामजद किया था। इनके खिलाफ विभिन्न नगरों में बम बनाने की फैक्ट्रियाँ लगाने, पुलिस कप्तान जे. पी. सांडर्स तथा हेड कांस्टेबल चन्नन सिंह की हत्या करने, केंद्रीय असेंबली में बम फेंकने का षड्यंत्र रचने तथा अनेक अन्य क्रांतिकारी कार्य करने के अभियोग थे। इनमें से छः जिनमें यशपाल, भगवतीचरण वोहरा तथा चंद्रशेखर आजाद प्रमुख थे, पुलिस की पकड़ में नहीं आए थे। राजगुरू भी बहुत दिनों तक पकड़ा नहीं जा सका। शेष में से सुखदेव तथा कुछ अन्य लाहौर में ही पकड़े गए थे जबकि बाकी लोगों को देश के विभिन्न भागों से गिरफ्तार करके लाया गया था। शिव वर्मा सहारनपुर में पकड़ा गया था जहाँ उसने बम बनाने की फैक्ट्री लगा रखी थी। इसी तरह यतींद्रनाथ दास को बंगाल से पकड़कर लाया गया था। इन सभी को लाहौर की बोर्स्टल जेल में रखा गया था। बच्चन भी उन्हीं के साथ था। भगत सिंह और बटुकेश्वर दत्त को पहले ही, असेम्बली बम कांड के फैसले के तुरंत बाद, यहाँ ले आया गया था लेकिन उन्हें अलग-अलग जेलों में, बटुकेश्वर दत्त को सेंट्रल जेल तथा भगत सिंह को मियाँवाली जेल में, रखा गया था।

मियाँवाली जेल पंजाब की सबसे कुख्यात जेल थी। गदर पार्टी तथा बब्बर अकाली आंदोलन से संबंधित कितने ही कैदी यहाँ पहले से ही उम्र कैद की सजा काट रहे थे। इन सभी कैदियों को राजनीतिक बंदियों का दर्जा न देकर साधारण कैदियों की श्रेणी में रखा गया था। भगतसिंह को भी उनके साथ कैद कर दिया गया।

वहाँ बंद कैदियों को दी जाने वाली यातनाओं के लिए तो यह जेल मशहूर थी ही साथ ही, यह स्थान काफी अलग-थलग और लाहौर से काफी दूर था। यहाँ रहकर भगत सिंह के लिए लाहौर में चलनेवाले अपने मुकदमे की पैरवी कर पाना कठिन ही नहीं, लगभग असंभव था। अतः भगतसिंह ने इस बिना पर मियाँवाली जेल से लाहौर के किसी जेल में अपने तबादले की माँग की, जिसे सरकार को स्वीकार करना पड़ा और उसे भी लाहौर लाकर सेंट्रल जेल में बटुकेश्वर दत्त के साथ रख दिया गया।

मियाँवाली जेल में रहते हुए ही भगत सिंह ने पहले से वहाँ बंद बब्बर अकाली तथा गदर पार्टी के कैदियों तथा स्वयं अपने लिए राजनीतिक बंदियों वाली सुविधाएँ दिए जाने की माँग को लेकर भूख हड़ताल शुरू कर दी थी। चूँकि लाहौर सेंट्रल जेल में भी उसके साथ साधारण कैदियों वाला व्यवहार होने लगा अतः उसने अपनी भूख हड़ताल यहाँ भी जारी रखी। बल्कि यहाँ बटुकेश्वर दत्त भी उसके साथ भूख हड़ताल में शामिल हो गया।

सरकार ने इन लोगों की भूख हड़ताल की परवाह किए बिना मुकदमे की सुनवाई शुरू कर दी। इसके लिए भी जेल में ही अदालत लगी। इस बीच भगत सिंह और दत्त भूख हड़ताल के कारण शारीरिक रूप से इतना कमजोर हो गए थे कि उन्हें जेल की उनकी कोठरियों से अदालत तक स्ट्रेचर पर लाना पड़ा। उनकी यह हालत देखकर बोर्स्टल जेल में बंद उनके अन्य साथियों ने भी भूख हड़ताल की घोषणा कर दी।

क्रांतिकारियों द्वारा भूख हड़ताल तथा भूख हड़ताल के परिणामस्वरूप उनके स्वास्थ्य में गिरावट की खबरें समाचार पत्रों में प्रकाशित हुईं तो जगह-जगह उनके समर्थन में सभाएँ होने लगीं। अमृतसर के जलियाँवाला बाग में डॉ. किचलू की अध्यक्षता में कांग्रेस तथा नौजवान भारत सभा के संयुक्त तत्वाधान में एक विशाल सभा हुई जिसमें अनशनकारी क्रांतिकारियों की माँगों के समर्थन में प्रस्ताव पारित किया गया। इसी के कुछ दिनों बाद लाहौर में 'भगत सिंह दिवस' मनाया गया जिस अवसर पर बहुत बड़ी संख्या में लोगों ने अनशनकारियों के समर्थन में एक दिन का उपवास रखा। लेकिन सरकार पर इस बात का कोई असर नहीं पड़ा। अनशनकारियों की माँगों पर गंभीरतापूर्वक विचार करने के बजाय उसने छल से काम लेना चाहा। इसके लिए जेल अधिकारी अनशनकारियों की कोठरियों में पानी के घड़ों में दूध भरकर रखने लगे ताकि प्यास लगने पर उन्हें विवश होकर दूध पीना पड़े। लेकिन अनशनकारी जेल अधिकारियों के वहाँ से जाते ही घड़ों को फोड़कर सारा दूध बहा देते। यही नहीं, जेल अधिकारी बढ़िया सुगंधित पकवान बनवाकर भी अनशनकारियों की कोठरियों में रखवाने लगे। हफ्तों, बल्कि महीनों से भूखे व्यक्ति के लिए इस तरह के प्रलोभनों पर काबू पाना कितना कठिन हो होगा इसकी कल्पना सहज ही की जा सकती है। अतः इन प्रलोभनों से बचने के लिए क्रांतिकारी भोजन का पात्र उठाकर उसे सीखचों के बाहर फेंक देते या फिर उसे गंदा कर देते। केवल यतींद्रनाथ दास उनमें ऐसा था जो न तो भोजन को फेंकता, न ही उसे गंदा करता और न ही उसे हाथ से छूता। दूसेर दिन जेल अधिकारी उसकी कोठरी में भोजन की थाली जैसी की तैसी रखी देखकर दंग रह जाते। यह सोचकर कि बंगाली होने के नाते मछली की गंध पाते ही दास का ईमान अवश्य डोल जाएगा उन्होंने दो-एक बार बढ़िया पकी रोहू मछली तथा भात की थाली भी उसकी कोठरी में रखी। परंतु इसका भी कोई असर नहीं हुआ। जेल अधिकारियों ने दूसरे दिन थाली को ज्यों का त्यों अपने स्थान पर रखा हुआ पाया।

इस प्रकार छल से क्रांतिकारियों का मनोबल तोड़ पाने में विफल होकर जेल अधिकारियों ने दूसरा रास्ता अपनाया। उन्होंने अनशनकारियों को पकड़कर, उनकी नाक से उनके पेट में रबड़ की नली उतारकर उन्हें जबर्दस्ती दूध पिलाना आरंभ कर दिया। क्रांतिकारी अपना बस चलते इसका भी विरोध करते किंतु अंततः उन्हें हारना पड़ता। जेल के चार छः हट्टे-कट्टे कर्मचारियों की मदद से जेल अधिकारी क्रांतिकारियों को पकड़कर उन्हें जमीन पर गिरा देते और उनके हाथ पाँव, सिर आदि पकड़कर रबड़ की नली, उनकी नाक के रास्ते, पेट में उतार कर कीप की सहायता से सेर आध सेर दूध उनके आमाशय में पहुँचाने में सफल हो जाते। क्रांतिकारी इस पर भी हार स्वीकार नहीं करते और जेल अधिकारियों के वहाँ से हटते ही हलक में उँगली डाल कर उलटी कर देते।

यतींद्रनाथ दास, जहाँ तक अनशन का प्रश्न था, जेल में बंद सारे क्रांतिकारियों में सबसे ज्यादा अनुभवी था। इससे पहले भी बंगाल में अपने जेल जीवन के दौरान वह भूख हड़ताल कर चुका था। रबड़ की नली द्वारा दूध पिलाने के जेल अधिकारियों के तरीके की काट भी उसने निकाल ली थी। नाक से पेट में नली डालते समय वह खखार कर उसे मुँह में खींच लेता तथा कसकर दाँतों के बीच दबा लेता। उसने अपने साथियों को भी यह तरीका बता रखा था लेकिन अनुभव न होने के कारण वे प्रायः अपने इस प्रयत्न में विफल हो जाते, जबकि यतींद्र अपनी इस तरकीब से रोज ही जेल कर्मचारियों को छका देता। बावजूद इसके कि वह शरीर से बहुत ही दुबला था, उस पर अनशन के कारण और भी कमजोर हो गया था, जेल का डॉक्टर, जिसके ऊपर अनशनकारियों को दूध पिलाने की जिम्मेदारी थी, आसानी से उस पर काबू नहीं पा पाता और लगभग रोज ही अपनी इस असफलता पर बुरी तरह खीझ उठता। तभी एक दिन जब दास ने नली को अपने मुँह में खींचकर अपने दाँतों के बीच दबा लिया तो डॉक्टर ने उस नली को वैसे ही पड़ा रहने दिया और एक और नली उसके दूसरे नथुने में डालकर पेट में उतारने लगा। दास ने उस नली को भी मुँह में खींचकर दाँतों से दबाना चाहा लेकिन वह सफल नहीं हो पाया और इस कशमकश में नली बजाय उसके पेट में जाने के, उसके फेफड़े में चली गई। उसकी आँखें उलटने लगीं लेकिन डॉक्टर किसी बात की परवाह किए बिना पूरा एक सेर दूध उसके फेफड़े में उतारकर चला गया।

डॉक्टर के वहाँ से जाते ही दास की हालत खराब होने लगी। वह बेहोश हो गया। डॉक्टर को दोबारा आना पड़ा। उसने आला लगाकर दास का परीक्षण किया तो उसे अपनी भूल का एहसास हुआ। मगर अब हो ही क्या सकता था! डॉक्टर उसे निमोनिया बताकर चला गया।

यतींद्र को अब जबरदस्ती दूध पिलाने का प्रश्न ही नहीं रह गया था। प्रश्न था उसके प्राण बचाने का। मगर उसने दवा लेने से भी इंकार कर दिया। परिणाम स्वरूप उसकी हालत दिन-ब-दिन बिगड़ने लगी। जेल अधिकारियों को अब चिंता हुई। उनके बहुत मनाने से भी जब दास ने दवा नहीं ली तो उन्होंने उसके अन्य साथियों से अनुरोध

किया कि वे उस पर दवा लेने के लिए दबाव डालें। अधिकारियों के बहुत कहने से वे राजी हो गए लेकिन दास ने उनकी बात मानने से भी इंकार कर दिया। अंततः जेल अधिकारियों ने इस सिलसिले में भगत सिंह से अनुरोध किया। भगत सिंह ने दास के प्राण बचाने के उद्देश्य से उनकी बात मान ली। डॉक्टर भगत सिंह को साथ लेकर जेल के अस्पताल में भरती यतींद्र के पास पहुँचा तो वह अपने बेड पर खामोश पड़ा था। उसका शरीर सूखकर काँटा हो रहा था। नेत्र बंद थे। भगतसिंह ने उसके माथे पर हाथ रखा तो उसने अपने नेत्र खोल दिए। उठना चाहा लेकिन उठ नहीं सका। भगतसिंह कुछ पल उसकी चारपाई पर बैठा रहा। तब उससे दवा लेने का आग्रह किया।

दास ने भगत सिंह की ओर देखा। "सरदार, तुम्हारी बात मैं टाल नहीं सकता लेकिन भविष्य में अब मुझसे इस तरह का कोई अनुरोध न करना।" उसने कहा।

दास ने दवा ले ली तो डॉक्टर ने उससे पूछा कि सबकी बात न मानकर उसने अंत में भगत सिंह की बात क्यों स्वीकार कर ली। इस पर अपने होठों पर हल्की-सी मुस्कान लाते हुए उसने कहा, "आप इस आदमी को नहीं जानते। ऐसे लोग दुनिया में विरले होते हैं। एक दिन पूरे देश को इस पर गर्व होगा।"

डॉक्टर खामोश रहा। तब बोला, "अब तो आप दवा लेते रहेंगे?"

दास फिर मुस्कराया। "इसकी बात रखने के लिए मैंने दवा ले ली। भविष्य में दवा लेने का प्रश्न ही नहीं उठता।" उसने कहा।

"यह कहे तब भी?"

"यह अब नहीं कहेगा। मैं जानता हूँ।"

और वास्तव में भगत सिंह ने उससे दोबारा दवा लेने के लिए नहीं कहा।

क्रांतिकारियों की भूख हड़ताल तुड़वाने के अपने हर प्रयत्न में विफल होने के बाद पंजाब सरकार ने विवश होकर उनको दिए जानेवाले भोजन में सुधार करने की घोषणा की। लेकिन चूँकि उनकी प्रमुख माँग यानी उन्हें राजनीतिक कैदी का दर्जा दिए जाने की माँग सरकार ने अभी तक स्वीकार नहीं की थी, अतः उन्होंने अनशन तोड़ने से इंकार कर दिया।

इधर यतींद्रनाथ दास की हालत दिन-ब-दिन बिगड़ती जा रही थी। सरकार ने अब दूसरी चाल चली और दास को जमानत पर रिहा करने की घोषणा कर दी। इसके लिए एक फर्जी जामिन भी उसने अदालत में खड़ा कर दिया। लेकिन यतींद्रनाथ ने रिहा होने से मना कर दिया। उसने कहा कि जब तक हमारी सारी माँगे मान नहीं ली जातीं, मैं जेल से बाहर नहीं जाऊँगा। हाँ, बिना शर्त सरकार छोड़ना चाहे तो बात और है। सरकार इसके लिए तैयार नहीं थी।

पुरुषोत्तम दास टंडन, गणेश शंकर विद्यार्थी, जवाहरलाल नेहरू, डॉ. गोपीचंद भार्गव डा० किचलू आदि कितने ही राष्ट्रीय तथा स्थानीय नेताओं ने जेल जाकर दास से भेंट की। परंतु उसने सभी की बात मानने से इंकार कर दिया। उसका शरीर कमजोर

तो पहले से ही था। अब वह धीरे-धीरे सुन्न पड़ने लगा। केंद्रीय असेंबली में उसके अनशन को लेकर मोतीलाल नेहरू ने प्रश्न उठाया किंतु सरकार ने अनशनकारियों की माँगों को नजरअंदाज करते हुए पंजाब में जेलों की सामान्य स्थिति का अध्ययन करने के लिए एक कमेटी की घोषणा करने के अलावा कोई अन्य कदम उठाने से इंकार कर दिया।

बासठ दिनों तक अनशन करने के पश्चात् 13 सितंबर की जेल के अस्पताल में यतींद्रनाथ दास की मृत्यु हो गई। उस दिन सुबह से ही उसकी हालत खराब थी। डॉक्टर दो-तीन बार उसे देख चुका था। मृत्यु से कुछ देर पहले डॉक्टर ने उसे दवा का इंजेक्शन देना चाहा किंतु अर्धमूर्च्छा की अवस्था में भी बाँह पर स्प्रिट मले जाते ही, अपना हाथ खींचते हुए वह बहुत भयावह आवाज में 'नो' कहकर चिल्ला उठा। डॉक्टर ने अपना हाथ हटा लिया। इसी के थोड़ी देर बाद उसकी मृत्यु हो गई।जेल का अंग्रेज सुपरिंटेंडेंट उस समय वहाँ मौजूद था। उसने अपनी हैट उतारकर अपने हाथ में ले ली और एक क्षण मौन रहकर मृतक के प्रति अपना सम्मान व्यक्त किया। जेल के अन्य अधिकारियों ने भी, जो उस समय वहाँ उपस्थित थे, अपने सिर झुका लिए।

यतींद्र का छोटा भाई, किरन, पहले से ही लाहौर पहुँच गया था तथा अधिकारियों की अनुमति से जेल के अस्पताल में अपने भाई की सेवा-सुश्रुषा कर रहा था। शाम कोई चार बजे जेल अधिकारियों ने यतींद्र का शव उसे सौंप दिया। तब तक यतींद्र की मृत्यु का समाचार पूरे शहर में फैल चुका था और हजारों की संख्या में लोग जेल के फाटक पर खड़े शव के बाहर निकलने की प्रतीक्षा कर रहे थे। शव के बाहर आते ही उसे अर्थी में सजाकर लोगों ने शहर की मुख्य सड़कों पर जुलूस निकाला। पंजाब के जाने-माने नेता, डॉ. किचलू, डॉ. गोपीचंद भार्गव, भगतसिंह के पिता सरदार किशन सिंह आदि जुलूस के आगे-आगे चल रहे थे। जुलूस के दिल्ली गेट पहुँचने पर वहाँ शोकसभा की गयी जिसमें लोगों ने दो मिनट का मौन रखकर मृतात्मा को अपनी श्रद्धांजलि अर्पित की।

दूसरे दिन प्रातः लाहौर एक्सप्रेस से शव को कलकत्ता ले जाया गया। लाहौर स्टेशन पर हजारों लोगों की भीड़ ने 'वंदे मातरम्', 'इंकलाब जिंदाबाद', 'साम्राज्यवाद का नाश हो,' 'यतींद्रनाथ दास जिंदाबाद' आदि नारों के साथ शव को विदा किया। संयोग से लक्ष्मी भी उस दिन लाहौर में उपस्थित थे। जुलूस और शोक सभा में तो वह शामिल हुए ही, अन्य लोगों के साथ, जिस डिब्बे में शव रखा गया उसी डिब्बे में बैठ कर, लखनऊ तक आए। पूरी बोगी ही शव ले जाने के लिए आरक्षित करा ली गई थी। उसी की फर्श पर बर्फ की सिल्लियां जमाकर उस पर शव को रखा गया था। चेहरे को छोड़कर पूरा शव फूलों से ढका था। डिब्बे में इधर-उधर अगरबत्तियाँ सुलगा दी गई थीं। मार्ग में जिस-जिस स्टेशन पर गाड़ी रुकती, प्लेटफार्म पर पहले से जमा हजारों की भीड़ शव के दर्शन कर उस पर फूलमालाएँ चढ़ाती तथा नारे लगाकर उसे आगे के सफर पर विदा करती।

गाड़ी लखनऊ स्टेशन पहुँची तो यहाँ भी भारी भीड़ जमा थी। मोहनलाल सक्सेना, हरकरन नाथ मिश्रा, सी. बी. गुप्ता आदि सभी स्थानीय नेता मौजूद थे। कानपुर से गणेश शंकर विद्यार्थी भी आ गए थे। तेजशंकर भी मुहल्ले के अन्य लोगों, बड़े, रतन, बिशुन बाबू, स्वामी दयाल आदि के साथ उपस्थित था। लक्ष्मी को डिब्बे में बैठे देख इन लोगों को काफी आश्चर्य हुआ। लक्ष्मी का इरादा कलकत्ता तक जाने का था लेकिन फिर रतन, बड़े आदि के समझाने से वह मान गए और लखनऊ स्टेशन पर उतर गए।

दूसरे दिन शाम को शव कलकत्ता पहुँचा तो सुभाष चंद्र बोस ने, जिनके आग्रह पर ही शव कलकत्ता लाया गया था तथा जिन्होंने उसे लाहौर से कलकत्ता तक लाने के सारे खर्च की व्यवस्था की थी, हावड़ा स्टेशन पर अपने हाथों से शव को ट्रेन से उतारा। ऐसा लग रहा था जैसे पूरा कलकत्ता ही हावड़ा स्टेशन पर उमड़ आया हो। स्टेशन से नीमतल्ला घाट तक लाखों लोग शव यात्रा में शामिल हुए। 'इंकलाब जिंदाबाद' 'यतींद्रनाथ दास जिंदाबाद', 'साम्राज्यवाद का नाश हो' के नारों से कलकत्ता का आकाश गूँज उठा। चिता में आग लगी तो लोगों ने उसकी लपटों के प्रकाश में देखा सुभाष चंद्र बोस, चिता से लगभग आठ दस गज की दूरी पर खामोश खड़े, चिता को निहार रहे थे। ऐसा लग रहा था जैसे उनकी आँखों में भी एक चिता दहक रही हो।

चिता जल चुकी तो किरन ने मिट्टी के घड़े में गंगा से पानी लेकर चिता के अवशेषों पर छिड़ककर उसे शांत किया। उसका वहाँ से हटना था कि लोग चिता की राख पर टूट पड़े और जिसके हाथ में जितनी राख आई, धरोहर स्वरूप वह उसे उठा ले गया।

तीस

गाँधीजी के अनुसार पंडित मोतीलाल नेहरू के चरित्र की सबसे बड़ी विशेषता थी उनका पुत्र प्रेम। "राष्ट्र प्रेम नहीं?" लोगों ने गाँधीजी से पूछा तो उन्होंने उत्तर दिया, "नहीं, उनका राष्ट्र प्रेम भी उनके पुत्र प्रेम की ही उत्पत्ति थी।"

जो भी हो, पंडित मोतीलाल नेहरू की हार्दिक इच्छा थी, जिसे वह अपने जीवन काल में ही पूर्ण होते देख लेना चाहते थे, कि कांग्रेस अध्यक्ष का ताज कम-से-कम एक बार उनके बेटे जवाहर के सिर की शोभा भी बने। 1927 में मद्रास कांग्रेस के समय ही उन्होंने गाँधीजी को इस बारे में पत्र लिखा था। गाँधीजी ने अपने उत्तर में उन्हें लिखा कि जवाहर लाल को कांग्रेस अध्यक्ष के रूप में देखना उनके लिए भी हर्ष की बात होगी परंतु इतनी बड़ी जिम्मेदारी उसके कंधों पर डालने का समय शायद अभी नहीं आया है। फिर भी गाँधीजी ने जवाहर लाल को, जो उस समय विदेश में थे, पत्र लिखकर इस बारे में उनकी अपनी इच्छा भी जाननी चाही। जवाहर लाल ने इसमें कोई रुचि नहीं दिखाई और

अंततः डॉ. अंसारी को उस वर्ष के लिए अध्यक्ष चुन लिया गया। 1928 में मोतीलाल ने पुनः गाँधीजी को लिखा कि बारदोली सत्याग्रह की सफलता को देखते हुए हमें व्ल्लभ भाई पटेल को इस वर्ष का अध्यक्ष होने का सम्मान देना चाहिए। लेकिन यदि किन्हीं कारणों से ऐसा नहीं होता तो जवाहरलाल का नाम इसके लिए हर दृष्टि से उपयुक्त होगा। गाँधीजी जानते थे कि जवाहर लाल के लिए मोतीलाल का यह सुझाव केवल उनके पुत्र प्रेम की भावना से ही प्रेरित है अन्यथा वह ऐसा सुझाव कतई न रखते। इसका मुख्य कारण यह था कि कलकत्ता कांग्रेस में मोतीलाल की अध्यक्षता में तैयार की गई नेहरू कमेटी रिपोर्ट पेश होनी थी जिसके एक महत्वपूर्ण प्रावधान, डोमिनियन स्टेटस, के विरोध में जवाहर लाल ने सुभाष बोस के साथ मिलकर 'इंडिपेंडेंस ऑफ इंडिया लीग' की स्थापना की थी और इस बात की पूरी संभावना थी, जो बाद में सही भी साबित हुई, कि जवाहर लाल कांग्रेस के खुले अधिवेशन में नेहरू कमेटी रिपोर्ट का विरोध करें। अतः जवाहर लाल का उस वर्ष कांग्रेस का अध्यक्ष होना अपने आप में बहुत बड़ा विरोधाभास होता। इस स्थिति में गाँधीजी ने बहुत ही चतुराई से स्वयं मोतीलाल का नाम उस वर्ष अध्यक्ष पद के लिए प्रस्तावित करके समस्या का हल निकाल लिया।

इस वर्ष यानी 1929 में मोतीलाल नेहरू ने एक बार फिर जवाहर लाल के अध्यक्ष चुने जाने पर बल दिया। इस बार गाँधीजी मान गए। अतः इस सिलसिले में जब समाचारपत्रों में स्वयं गाँधीजी का नाम लिया जाने लगा तो उन्होंने अपने एक वक्तव्य में जवाहर लाल के नाम की अनुशंसा करते हुए कहा, "हम बूढ़े लोग अपनी पारी खेल चुके। समय आ गया है कि युवा वर्ग भविष्य की जिम्मेदारी अपने कंधों पर ले। जवाहर लाल इसके लिए हर दृष्टि से उपयुक्त होंगे। पिछले वर्षों उन्होंने कांग्रेस के सचिव पद के दायित्व का बहुत ही निष्ठा, लगन और योग्यता से निर्वाह किया है। यूरोपीय राजनीति में भी उनका खासा दखल है। प्रत्यक्ष रूप से मेरे और उनके बीच मतभेद हो सकते हैं परंतु हृदय से हम दोनों एक हैं।"

गाँधीजी द्वारा जवाहर लाल के नाम की इस वकालत के बावजूद लोगों ने इस सुझाव को गंभीरता से नहीं लिया। इधर, जैसे-जैसे वर्ष अपनी समाप्ति की ओर बढ़ रहा था और कलकत्ता कांग्रेस में सरकार को डोमिनियन स्टेटस की माँग को स्वीकार करने के लिए दी गई एक वर्ष की समय सीमा निकट आ रही थी, वातावरण में उत्तेजना-सी फैलने लगी थी। इस समय सीमा के बाद पूर्ण स्वतंत्रता का संघर्ष छिड़ेगा, इसके आसार दिखाई देने लगे थे। साइमन कमीशन के बहिष्कार संबंधी घटनाओं की स्मृति लोगों के दिमागों से अभी मिटी नहीं थी कि मेरठ केस में मजदूर नेताओं की गिरफ्तारी, असेंबली बम कांड, तत्पश्चात् यतींद्र नाथ दास की शहादत से पूरे देश में बेचैनी की लहर-सी व्याप्त थी। सरकार की दमनकारी नीतियों के बावजूद देश में मजदूर तथा युवा संगठनों की शक्ति का विस्तार हो रहा था। ऐसा लग रहा था जैसे देश आने वाले संघर्ष के लिए तैयार हो रहा हो। सभी जानते थे कि गाँधीजी के अलावा इस संघर्ष को दिशा देने की सामर्थ्य

किसी और में नहीं है। संभवतः इसीलिए कांग्रेस की अधिकांश, अठारह में से दस, प्रांतीय समितियों ने इस वर्ष कांग्रेस अधिवेशन की अध्यक्षता के लिए गाँधीजी का नाम प्रस्तावित किया। पाँच ने सरदार पटेल के नाम का अनुमोदन किया जबकि तीन ने जवाहर लाल के नाम की संस्तुति की।

सितंबर मास के अंत में लखनऊ में इस मसले पर अंतिम निर्णय लेने के लिए कांग्रेस की महासमिति की बैठक बुलाई गई। प्रांतीय समितियों के सुझाव को देखते हुए सभी को विश्वास था कि फैसला गाँधीजी के पक्ष में ही होगा लेकिन गाँधीजी ने अंतिम समय पर जवाहर लाल के नाम की सिफारिश करते हुए अपना नाम वापस ले लिया। जवाहर लाल के पक्ष में गाँधीजी के इस निर्णय का सम्मान करते हुए सरदार पटेल ने भी अपना नाम वापस ले लिया और जवाहर लाल का नाम सर्वसम्मति से चुन लिया गया।

महासमिति के इस निर्णय से सबसे अधिक प्रसन्नता मोतीलाल नेहरू को हुई जबकि सबसे अधिक दुखी जवाहर लाल नेहरू स्वयं थे। उन्हें लग रहा था जैसे उन्हें यह सम्मान सीधे रास्ते न मिलकर, चोर दरवाजे से मिला हो। लोग उन्हें मुबारकबाद दे रहे थे और वह सबसे मुँह चुराते फिर रहे थे। अन्य लोग भी गाँधीजी के इस फैसले से चकित थे। उस समय जवाहर लाल की आयु चालीस वर्ष थी। इतनी कम आयु के व्यक्ति को कांग्रेस के अध्यक्ष के रूप में देखने के लोग आदी नहीं थे। वे उन्हें एक जोशीले नौजवान के रूप में ही देखते थे, एक तपे हुए अनुभवी नेता के रूप में नहीं। अतः जवाहर लाल के अध्यक्ष चुने जाने की कतिपय क्षेत्रों में दबी जबान से आलोचना होने लगी और भीतर ही भीतर लोगों के मन में गाँधीजी के इस निर्णय के औचित्य पर संदेह होने लगा। गाँधीजी ने लोगों की इस शंका को भाँपते हुए जवाहरलाल के पक्ष में अपने निर्णय को उचित ठहराते हुए अपने पत्र 'यंग इंडिया' में लिखा, "वृद्ध हाथों से युवा हाथों में सत्ता के इस हस्तांतरण में कुछ लोगों को विनाश के चिन्ह दिखाई दे रहे हैं। मुझे ऐसा नहीं लगता। जवाहर लाल का नाम सुझाये जाने से पहले मैंने उनकी अनुमति ले ली थी। मैंने उनसे पूछा था कि क्या वह यह भार उठाने को तैयार हैं? उनका उत्तर था कि यदि यह उत्तरदायित्व उनके ऊपर थोप ही दिया जाता है तो वह इंकार नहीं करेंगे। साहस और देशप्रेम में वह किसी से कम नहीं हैं। दूरंदेश, संयमी और सच्चे इंसान हैं। उनका चरित्र पवित्रता की सीमा तक निष्कलंक है। राष्ट्र उनके हाथों में सुरक्षित है।"

"यह वर्ष युवा चेतना का वर्ष रहा है। साइमन कमीशन के बॉयकॉट में देश के युवा वर्ग ने सराहनीय भूमिका निभाई है। जवाहर लाल का कांग्रेस अध्यक्ष पद के लिए चुनाव एक प्रकार से युवा वर्ग की इस राष्ट्र सेवा की स्वीकृति है। लेकिन युवकों को अभी और भी मंजिलें तय करनी हैं। युवा शक्ति उस भाप की तरह है जो तभी तक शक्तिशाली है जब तक नियंत्रण में रहती है। निश्चय ही यह युवा वर्ग की परीक्षा की घड़ी है जिसमें, मुझे पूरा विश्वास है, वह खरा उतरेगा। जवाहर लाल का इस युवा शक्ति का नेता चुना जाना युवकों की शक्ति में देश के विश्वास की अभिव्यक्ति है। लेकिन

जवाहर लाल अकेले कुछ नहीं कर सकते। देश के युवकों को उनकी इस जिम्मेदारी में बराबर का हाथ बँटाना होगा। मुझे पूरा विश्वास है कि वे अपने उत्तरदायित्व का पूरी तरह निर्वाह करेंगे।"

वाइसराय लार्ड इरविन, जो भारतीय राजनीति के बदलते तेवर से बखूबी परिचित थे इन दिनों इंगलैंड में थे। उन्होंने वहाँ की मजदूर दल की सरकार को, जिसने हाल में ही उदार दल (लिबरल पार्टी) के समर्थन से सत्ता संभाली थी, भारत की समस्या पर एक गोल मेज सम्मेलन बुलाने पर राजी कर लिया। अक्तूबर के अंत में भारत लौटने पर उन्होंने ब्रिटिश सरकार के इस निर्णय की घोषणा करते हुए कहा कि अंग्रेज सरकार भारत में औपनिवेशिक स्वराज्य स्थापित करने के लिए वचनबद्ध है।

वाइसराय की इस घोषणा से मालवीय और सप्रू जैसे उदारवादी नेताओं को काफी बल मिला। उनके सुझाव पर केंद्रीय असेंबली के अध्यक्ष विट्ठल भाई पटेल ने, जो स्वयं उदारवादी सोच के व्यक्ति थे, वाइसराय की घोषणा से उत्पन्न स्थिति पर विचार करने के लिए, दिल्ली में अपने निवास पर कांग्रेस के केंद्रीय नेतृत्व की बैठक बुलाई। काफी सोच-विचार के बाद इस बैठक से जो परिपत्र जारी किया गया उसमें गोल मेज के सुझाव को इन शर्तों पर स्वीकार किया गया कि: (1) सम्मेलन में होनेवाले विचार-विमर्श का आधार औपनिवेशिक स्वराज्य हो, (2) सम्मेलन में भारतीय राष्ट्रीय कांग्रेस को सर्वाधिक प्रतिनिधित्व दिया जाए, (3) सभी राजनीतिक बंदियों को रिहा कर दिया जाए, और (4) अब से सभी प्रशासनिक कार्य देश में स्थापित वर्तमान सरकार को औपनिवेशिक सरकार के रूप में स्वीकार करते हुए किए जाएँ।

गाँधी, मालवीय, सप्रू, मोतीलाल, डॉ. अंसारी और श्रीमती एनी बेसेंट ने इस वक्तव्य पर अपने हस्ताक्षर कर दिए। जवाहर लाल की स्थिति बहुत नाजुक थी। मद्रास कांग्रेस में उन्हीं के सुझाव पर पूर्ण स्वराज संबंधी प्रस्ताव पारित हुआ था। कलकत्ता कांग्रेस में उन्होंने सुभाष बोस के साथ मिलकर इसके लिए संघर्ष किया था। अब इस मसविदे पर उनके हस्ताक्षर करने का अर्थ था—औपनिवेशिक राज्य अथवा डोमिनियन स्टेटस को देश के अंतिम लक्ष्य के रूप में स्वीकार करना। लाहौर कांग्रेस का अध्यक्ष चुने जाने से उनकी स्थिति और भी पेचीदा हो गई थी।

जवाहर लाल की इस दुविधाजन्य स्थिति का अनुमान लगाते हुए गाँधीजी ने उन्हें समझाया कि कलकत्ता कांग्रेस में पारित प्रस्ताव सभी कांग्रेसियों पर लागू होता है, भले ही किसी ने उसके पक्ष में वोट दिया हो अथवा विपक्ष में। एक अनुशासित कांग्रेसी के नाते जवाहर लाल को भी कलकत्ता के प्रस्ताव का सम्मान करना चाहिए और उसके अनुसार यदि सरकार 31 दिसंबर, 1929 तक डोमिनियन स्टेटस की माँग को मान लेती है तो हम उसे स्वीकार करने के लिए बाध्य हैं।" इतना कहकर गाँधीजी एक क्षण के लिए रुके तब हँसते हुए बोले, "वैसे तुम जानते हो कि ऐसा होनेवाला नहीं है।"

जवाहर लाल फिर भी संतुष्ट नहीं थे लेकिन वहाँ एकत्रित कांग्रेस के दिग्गज

नेताओं के सामने वह खामोश हो गए और अपने हस्ताक्षर उस वक्तव्य पर कर दिए जबकि सुभाष बोस ने—अन्य लोगों के साथ वह भी मीटिंग में उपस्थित थे—उस पर हस्ताक्षर करने से साफ मना कर दिया। "मैं अपने कौल से फिर नहीं सकता।" उन्होंने कहा, "मैं जो कलकत्ता में सोचता था, वही आज भी सोचता हूँ। इस बात को स्वीकार करते हुए भी कि हम सब कलकत्ता में पारित प्रस्ताव से बाध्य हैं, मैं कहना चाहूँगा कि उस प्रस्ताव में कहीं ऐसा नहीं लिखा है कि हम बार-बार डोमिनियन स्टेटस वाली अपनी प्रस्तावना को दोहराते हुए बयान जारी करें, भले वाइसराय कोई बयान दें, या इंगलैंड के प्रधानमंत्री या फिर स्वयं ब्रिटेन के सम्राट।"

गाँधीजी ने बोस पर कोई जोर नहीं दिया। वह जानते थे कि बोस उनकी बात मानेंगे भी नहीं। जवाहर लाल ने भी हस्ताक्षर तो कर दिए लेकिन अंदर-ही-अंदर उन्हें बहुत ग्लानि हुई। वह स्वयं अपनी निगाह में गिर गए। घोषणापत्र अब तक सार्वजनिक हो चुका था, अतः हस्ताक्षर अब वापस नहीं लिए जा सकते थे। अंततः आत्मग्लानि की इस भावना से भरकर जवाहर लाल ने गाँधीजी को एक पत्र लिखा जिसमें उन्होंने लाहौर कांग्रेस के अध्यक्ष पद से अपना त्यागपत्र देने की इच्छा व्यक्त की। गाँधीजी जवाहर लाल के चरित्र के इस लचीलेपन से भली-भाँति परिचित थे। उन्होंने उनके पत्र के जवाब में एक बहुत ही प्यार भरा पत्र उन्हें समझाते हुए लिखा कि ऐसा करना उनके लिए उचित नहीं होगा। जवाहर लाल मान गये।

इधर भारत में वाइसराय की घोषणा पर यह प्रतिक्रिया हुई, उधर इंग्लैंड के राजनीतिक हलकों में तो उस पर तूफान ही खड़ा हो गया और मजदूर दल की सरकार की इस बात पर कि अंग्रेज सरकार भारत में औपनिवेशिक स्वराज्य कायम करने के लिए प्रतिबद्ध है, कटु आलोचना होने लगी। यहाँ तक कि प्रधानमंत्री मैक्डोनाल्ड को यह स्पष्टीकरण देना पड़ा कि वाइसराय की घोषणा का यह अर्थ नहीं है कि सरकार निकट भविष्य में भारत को डोमिनियन स्टेटस का दर्जा देने जा रही है। वाइसराय ने तो केवल 1919 के भारत अधिनियम में वर्णित अंग्रेज सरकार के अंतिम लक्ष्य को दोहराया मात्र है। साथ ही, ब्रिटिश सरकार ने राजनीतिक बंदियों के प्रति किसी भी प्रकार की नर्मी दिखाने से भी इंकार कर दिया। इस प्रकार यह नाटक पर्दा उठने से पहले ही समाप्त हो गया।

इसके बावजूद, इंग्लैंड और भारत दोनों ही जगह, कुछ लोग कांग्रेस और सरकार के बीच समझौते के अपने प्रयत्नों में लगे रहे। अंततः तेज बहादुर, सप्रू और विट्ठल भाई पटेल जैसे नेताओं के प्रयत्नों के फलस्वरूप वाइसराय कुछ वरिष्ठ नेताओं से मिलने के लिए सहमत हो गए। पहले यह मीटिंग पंद्रह दिसंबर के लिए निश्चित थी परंतु फिर किन्हीं कारणों से उसे तेईस दिसंबर के लिए स्थगित कर दिया गया। इस मीटिंग में गाँधीजी और मोतीलाल नेहरू के साथ सर तेजबहादुर सप्रू, जिन्ना और विट्ठल भाई पटेल ने वाइसराय से भेंट की। सप्रू और पटेल की तरह जिन्ना भी गोलमेज सम्मेलन के पक्ष में

थे बल्कि एक तरह से गोलमेज सम्मेलन का सुझाव जिन्ना ने ही इरविन को दिया था।

वाइसराय उसी दिन कोल्हापुर से लौटे थे। प्रातः जब उनकी गाड़ी दिल्ली के निकट पहुँच रही थी तो पुराने किले के पास गाड़ी के नीचे रेल की पटरी पर बम विस्फोट हुआ। इस विस्फोट में, जो लाहौर षड्यंत्र केस में फरार क्रांतिकारी यशपाल द्वारा किया गया था, वाइसराय को कोई चोट नहीं आई। हाँ, गाड़ी में लगी पैंट्रीकार को अवश्य नुक्सान पहुँचा तथा वाइसराय के रसोइए को कुछ चोटें आई।

नेताओं की वाइसराय से भेंट होने पर गाँधीजी सहित सभी ने इरविन को बम विस्फोट में साफ बच जाने पर बधाई दी तथा काफी देर तक इसी घटना पर बात होती रही। अंततः इरविन ने स्वयं ही बात छेड़ी। "कहाँ से शुरू करें?" उसने कुछ दिनों पूर्व कांग्रेस के केंद्रीय नेतृत्व द्वारा जारी घोषणापत्र को, चन्द्र जिसमें कतिपय शर्तों के साथ वाइसराय के गोलमेज सम्मेलन संबंधी वक्तव्य का स्वागत किया गया था तथा जिस पर सुभाष बोस ने हस्ताक्षर करने से इंकार कर दिया था, अपनी दराज से निकालकर मेज पर रखते हुए कहा, "राजनीतिक बंदियों की समस्या ली जाए?"

"कृपया पहले यह बताने का कष्ट करें कि क्या गोलमेज का आधार डोमिनियन स्टेटस होगा?" गाँधीजी ने प्रश्न किया।

इरविन गाँधीजी के इस प्रश्न का उत्तर देने की स्थिति में नहीं था, अतः मीटिंग चाय-नाश्ते तक ही सीमित रहकर समाप्त हो गई।

मीटिंग के इस प्रकार बिना किसी विषय पर विचार किए समाप्त हो जाने पर वाइसराय को लगा जैसे मीटिंग के लिए प्रयत्नशील लोगों ने उनके साथ धोखा किया हो। बिचौलियों को भी कम धक्का नहीं लगा।

वाइसराय भवन से निकलते ही पत्रकारों ने नेताओं को घेर लिया। "क्या वार्ता हुई?" किसी पत्रकार ने विट्ठल भाई पटेल से पूछा।

"आप घोड़े को तालाब तक ले जा सकते हैं लेकिन उसे जल पीने पर बाध्य नहीं कर सकते।" पटेल ने कहा।

इसी के ठीक छः दिनों बाद लाहौर में कांग्रेस का महाधिवेशन शुरू हो रहा था।

इकतीस

पूरे लाहौर शहर को दुलहन की तरह सजाया गया था। सड़कों पर जगह-जगह स्वागत द्वार बने थे। रंगबिरंगी झंडियाँ, बैनर और कांग्रेस के तिरंगे झंडे लगे थे। दुकानों और भवनों को बिजली के रंगबिरंगे बल्बों की झालरों से सजाया गया था। जहाँ बिजली नहीं थी, वहाँ दीपमालाएँ जलाई गई थीं। चारों ओर त्योहार जैसा वातावरण था।

इससे पहले इतना उत्साह कांग्रेस के किसी भी अधिवेशन में नहीं देखा गया था। रात के सन्नाटे में भी, समय-असमय, शहर के विभिन्न भागों में 'वंदे मातरम्', 'भारत माता की जय', 'महात्मा गाँधी की जय', 'जवाहर लाल नेहरू की जय' आदि नारे सुनाई देने लगते।

सरकार ने अधिवेशन के लिए शहर के बीच स्थान देने से मना कर दिया था, अतः शहर से काफी दूर, रावी नदी के तट पर, कांग्रेस नगर बसाया गया था, जिसे लाला लाजपतराय की स्मृति में 'लाजपतराय नगर' की संज्ञा दी गई थी। एक वर्ष पूर्व इसी स्थान पर लालाजी की अंत्येष्टि हुई थी। कांग्रेस नगर के बीचों-बीच लगभग उसी स्थान पर लालाजी की, सिर से सीने के कुछ नीचे तक की, आवक्ष-मूर्ति लगाई गई थी। सुबह से लेकर शाम तक, लगभग हर समय ही देश के विभिन्न भागों से आए कांग्रेस के प्रतिनिधि तथा पर्यवेक्षक लालाजी की इस मूर्ति के दर्शन कर उस पर फूल चढ़ाते रहते। कांग्रेस नगर में इसके लिए बाकायदा फूलों की एक दुकान खोलनी पड़ी।

जाड़ा इस वर्ष अपनी चरम सीमा पर था। रावी के तट पर खुले आकाश के नीचे तंबुओं के इस नगर में कांग्रेस के प्रतिनिधियों और पर्यवेक्षकों, यहाँ तक कि कार्यर्व्आओं और स्वयंसेवकों तक के लिए सर्दी लगभग असह्य थी। शाम होते ही कोहरा छाने लगता जो सुबह देर तक बना रहता। लाहौर नगर-कांग्रेस कमेटी द्वारा रात में पूरे लाजपतराय नगर में जगह-जगह अलाव जला दिए जाते। इससे लोगों को कुछ राहत अवश्य मिलती लेकिन जैसे ही लोग वहाँ से हटकर अपने-अपने तंबुओं में अपने बिस्तरों पर जाते, थोड़ी ही देर में फिर ठिठुरने लगते। दक्षिण से आए लोगों की तो बुरी दशा थी। उत्तर भारत की सर्दी के न तो वे आदी थे और न ही उनके पास उससे बचाव के साधन थे। अधिकांश लोगों के पास लिहाफ-कंबल तक नहीं थे। इसके बावजूद लोगों के दिलों में अपार जोश था। रात देर तक तंबुओं के बीच जलते अलाओं के इर्द-गिर्द जमा होकर लोग एक-दूसरे से परिचय प्राप्त करते, हँसी-मजाक करते या फिर सेशन में उठने वाले प्रश्नों पर विचार-विमर्श करते और नहीं तो वैसे ही गीत, ग़ज़ल, आदि गाते रहते। कहीं राजस्थानी गाना हो रहा है तो कहीं बंगाली, कहीं पंजाबी टप्पे चल रहे हैं तो कहीं आल्हा गाया जा रहा है। भाषा कहीं आड़े नहीं आती। लोग अपने कैंप छोड़कर दूसरे प्रांतों के कैंपों में जाकर वहाँ के हालचाल लेते। लगभग रातभर ही यह सिलसिला चलता रहता।

"आइए, आइए महाशय। कहाँ से आए हैं आप?"

"यू. पी. से।"

"अच्छा, अच्छा। डेलीगेट हैं कि हाभजर्वर?"

"डेलीगेट।"

"अच्छा, अच्छा। नाम क्या बोला आपने?"

"तेजशंकर।"

"तो उधर में क्या हैं?"

"डिस्ट्रिक्ट कमेटी मेंबर हूँ। आप लोग?"

"हम हैं शम्भू नाथ चटर्जी। बंगाल से। और यह ब्रिज भूखनजी हैं। बिहार से।"

"आप लोग भी डेलीगेट हैं?"

"नहीं। आमी तो हाभजर्वर आचे। और यह····।"

"हम भी आबजर्वर हैं।"

"भीषोण ठंढा पड़ेचे।"

"और पास आ जाइए। ठीक से हाथ-पैर सेंक लीजिए। तंबू में घुसिएगा तो दस मिनट में फिर जमने लगिएगा।"

"आप तो डेलीगेट हैं। क्या विचार है आपका, संघर्ष तो छिड़ेगा न बोल के?"

"संकेत तो यही हैं।"

"क्या वैसे ही इक्कीस वाला, नॉन क्वॉपरेशन?"

"कह नहीं सकते। कुछ अधिक भी हो सकता है।"

"अधिक तो आशा नेई। हाँ, जवाहर लाल की जगह सुभाष बाबू होता तो अवश्य होता। आप उधर कलकत्ता सेशन में गया था?"

"हाँ।"

"सुभाष बाबू का स्पीच सुना था?"

"हाँ।"

"क्या बोलता है! वही तो असली नेता। क्या विचार है आपका?"

तेजशंकर कोई उत्तर नहीं देना चाहता था। लेकिन बंगाली मोशाय कुछ अधिक देर ही उसकी ओर देखते रहे। अतः उसने कहा, "नेहरू हों या बोस, जमाना तो अब युवा का आ गया है।"

"हाँ," बंगाली मोशाय ने सिर हिलाया, "जमाना तो जरूर करके जुआ का आ गया।"

"यह राउंड टेबल जो होने जा रही है, नेता लोगों का स्टेटमेंट देखे थे आप, जो दिल्ली में जारी किए थे।"

"हाँ, वही तो खतरा है। वाइसराय फिर कोई घोषणा कर देगा और यह लोग फिर स्टेटमेंट बनाने में लग जाएँगे।"

"अंग्रेजों की सालों की तकदीर भी अच्छी होती है।"

"तकदीर न अच्छी होती तो यहाँ राज कर रहे होते, सात समंदर पार!"

"अरे वह बात मै नहीं कर रहा।"

"फिर क्या बात कर रहें हैं।"

"गाड़ी के नीचे बम फटा, फिर भी साला बच गया।"

"हाँऽऽ। वह तो है। लेकिन बम अधिक शक्तिशाली नहीं था।"

"अरे नहीं भाई। पूरी डाइनिंग कार तो उड़ गई। और कितना शक्तिशाली होगा।"

"डाइनिंग कार कहाँ उड़ी? थोड़ा नुक्सान हुआ, बस।"

"क्या कह रहे हैं आप! पूरी डाइनिंग कार उड़ी है। आधी गाड़ी लेकर आया है इंजन। कम-से-कम पचास आदमी मरा होगा।"

"अखबार में तो ऐसा कुछ नहीं था।"

"अखबार की क्या बात करते हैं आप? अखबार में कभी सच बात छपी है? और फिर अखबार वालों को पता चले तब तो। फौरन तो वहाँ पुलिस का पहरा लग गया। किसी को वहाँ तक जाने ही नहीं दिया गया। मिलिटरी के ट्रक बुलवाकर लाशें हटवा दीं। कोई कह रहा था कि जमुना में फेंकवा दीं या फिर पेट्रोल छिड़ककर जला दिया।"

"मैं तो कुछ कह नहीं सकता।"

"आपको कुछ कहने की क्या जरूरत है? मैं बता रहा हूँ न आपको।"

"यह बताइए भाई साहब कि डोमिनियन स्टेटस न मिला तो क्या संघर्ष छिड़ेगा फिर?"

"डोमिनियन स्टेटस क्या मिलेगा अब! जो मिलना था मिल चुका। चार दिन तो बाकी बचे हैं कुल।"

"वही तो मैं कह रहा हूँ कि इस बार संघर्ष जरूर छिड़ेगा।"

"हमारा तो मन कहता है गाँधीजी गोलमेज सम्मेलन का इंतजार करेंगे।"

"पता नहीं, हमने तो सुना है कांग्रेस गोलमेज सम्मेलन का बायकॉट करेगी।"

"हमारे यहाँ के सीनियर नेता शास्त्रीजी भी कह रहे थे कि सब्जेक्ट्स कमेटी में ऐसा रेजल्यूशन आनेवाला है।"

"जो भी हो भाई, इस बार चौरी चौरा की तरह नहीं होना चाहिए कि जब मामला किनारे लगने को हुआ तो सब टाँय-टाँय फिस्स।"

"अच्छा यह बताइए कि असेंबली बायकॉट तो होगा न?"

"लीजिए, उसके बिना कैसे चलेगा? कहीं यह भी हो सकता है कि इधर संघर्ष चल रहा है और उधर नेता लोग असेंबली में बैठे बहस कर रहे हैं?"

"और जो सुराज पार्टी ने कह दिया कि बायकॉट नहीं होगा।"

"कहाँ हैं आप? अब कहाँ सुराज पार्टी? सुराज पार्टी कब की कांग्रेस में मिल गई।"

"स्कूल-कॉलेज, कचहरी वगैरह छोड़ने की बात भी होगी तब तो।"

"हो भी सकती है और नहीं भी। कौन जाने गाँधी जी क्या सोच रहे हैं?"

"अध्यक्ष तो जवाहर लाल हैं। गाँधीजी से क्या मतलब?"

"लीजिए, इनकी सुनिए। अध्यक्ष कोई हो भाई, संघर्ष तो गाँधीजी ही चलाएँगे।"

"तो क्या रात भर यहीं बैठे रहना है ?"

"तम्बू में नींद आएगी ?"

"आप कहाँ से हैं भाई साहब ? आप तो ओवर कोट वगैरह सब लेकर चले हैं।"

"बिदेसी माल तो नहीं है भाई नहीं तो डालो इसी आग में।"

"यह बात ठीक कही। हमारे ख्याल से स्वागत समिति वालों को अपने सर्कुलर में लिख देना चाहिए था कि जो भी डेलीगेट या आबजर्वर आएँ अपने साथ विदेशी वस्त्र लेकर आएँ, यहाँ होली जलाई जाएगी।"

"हाँ, इस तरह कम-से-कम दक्षिण वाले डेलीगेट विदेशी कपड़ों के ढेर में घुसकर सर्दी से तो बच जाते।"

"वाह भाई वाह ! यहाँ होली जलाने की बात हो रही है और आप कह रहें हैं कि सब उसी में घुस जाते।"

"अरे भाई जब तक यहाँ रहते उसमें घुसे रहते। जब चलने लगते तो होली जला देत।"

"देखो भाई कहीं इधर-उधर से एक कुंदा मिले तो लाओ। अभी तो कुल बारह बजे हैं। आधी रात बाकी है अभी तो।"

"तंबू ही न उखाड़ के रख दिया जाए इसमें। आँस-बाँस भी हैं उसमें। एक डेढ़ घंटा तो जलेगा ही।"

"उसके बाद ? चल के रावी में डुबकी लगाएँगे ?"

"अरे भाई साहब यह आपने अच्छा काम किया। थोड़ी और बना लीजिएगा।"

"क्या है ? खैनी ? वाह, वाह, वाह। हमारे लिए भी थोड़ी-सी।"

"मैं कहता हूँ इस मौसम में सेशन होता ही क्यों है ?"

"होता इसलिए है कि कांग्रेस की स्थापना ह्यूम साहब किए थे। वह थे अंग्रेज। उनको सर्दी लगती ही कहाँ थी। अंग्रेजों को तो गर्मी से परेशानी होती है। तभी तो गर्मियों में पहाड़ पर भागते हैं।"

"एक आइडिया आया इस बात से।"

"क्या ?"

"अगर हिंदुस्तान में खूब गर्मी पड़ने लगे तो अंग्रेज अपने आप ही यहाँ से भाग जाएँ सब छोड़-छाड़ के।"

"गाँधीजी विदेशी वस्त्रों की होली जलाने की बात और करते किसलिए हैं !"

"कलकत्ता में जवाहर लाल कि बोस की बात मान लिए होते तो यह सर्दी न झेलनी पड़ती।"

"सो क्यों ?"

"अरे भाई उनकी बात मान लिए होते तो पूर्ण स्वराज का संघर्ष चलते एक साल हो रहा होता।"

"तो।"

"तो यह कि या तो पूर्ण स्वराज मिल चुका होता या फिर हम सब जेल में होते। यहाँ रावी के किनारे आग जलाए न बैठे होते।"

"क्षमा कीजिएगा, एक बात जानना चाहता हूँ मैं !"

"क्या ?"

"पूर्ण स्वराज और, उसे क्या कहते हैं, डोमिनियन स्टेटस में क्या फर्क है ?"

"सारी रामायण हो गई और आपको यही नहीं मालूम कि राम कौन था और रावण कौन ?"

"अरे भाई साहब मैं अपना अज्ञान स्वीकार करता हूँ तभी तो आपसे पूछ रहा हूँ।"

"आपको कैसे ख्याल हुआ कि इनको यह मालूम ही है ?"

"वाह भइ वाह ! हाऽऽ हाऽऽ हाऽऽ ! क्या बात कही है !"

"अरे यह क्या भाई साहब, क्या चढ़ा दिया आग पर ? चाय बना रहे हैं क्या ?"

"जी हाँ। चुपचाप खड़े हो जाइए और आहिस्ता बोलिए नहीं तो और लोग भी आ जाएँगे। पाँच पहले से ही हैं।"

"अरे, यह क्या कर रहे हैं। छानेंगे नहीं ?"

"सुनिए, जरा इनकी सुन लीजिए। अभी कहेंगे दूध डालो इसमें। अजी भाईसाहब होटल नहीं है यह। क्या समझे ? अब शरमाइए नहीं, चुपचाप ले लीजिए।"

"इधर भी जनाब।"

"सबको मिलेगी, घबराइए नहीं। लीजिए चलिए अच्छा आप ही पहले ले लीजिए।"

"वाह, मजा आ गया। आप तो भगोना, कुल्हड़, चाय, शक्कर, सब लेकर चले हैं।"

"लेकर नहीं चले हैं। खरीदा है सब। अब एक बाल्टी की तलाश है।"

"बाल्टी क्यों ?"

"सर्दी के मारे नींद तो आती नहीं। चाय बनाकर यहीं फेरी मार लिया करूँगा।"

"एक बात तो है। बिक्री खूब होगी। भगौने-बाल्टी के पैसे निकल आएँगे।"

"भगौना बाल्टी के ! अजी साहब उन्हीं पैसों से लिहाफ-गद्दा खरीदने का इरादा है।"

हँसी-मजाक, गुल-गपाड़ा, बहस-मुबाहसे में लोग इसी तरह रात निकाल देते। इतना जोश,

आशा, उमंग और उत्साह आज तक किसी भी कांग्रेस अधिवेशन में नहीं देखा गया था।

बत्तीस

खुले अधिवेशन से पूर्व कांग्रेस के मनोनीत अध्यक्ष का शहर में जुलूस निकाला गया। इस अवसर के लिए जवाहर लाल ने पिछली सारी परंपराओं को तोड़ते हुए अपने लिए घोड़े की सवारी चुनी। सबसे आगे दो-दो की पंक्ति में बैंडबाजे वालों की लंबी कतारें, तब खद्दर का चूड़ीदार पाजामा, शेरवानी और खद्दर की सफेद गाँधी टोपी पहने, दूध जैसे सफेद शानदार अरबी घोड़े पर सवार जवाहर लाल, उनके पीछे कांग्रेस के स्वयंसेवक घुड़सवारों की लंबी टोली, और तब उनके पीछे पैदल चलनेवालों की बेशुमार भीड़। देश के कोने-कोने से आए कांग्रेस के प्रतिनिधि और पर्यवेक्षक भी इस भीड़ में शामिल थे। इनमें सबसे बड़ी संख्या थी उत्तर-पश्चिमी सीमा प्रांत से आए खान अब्दुल गफ्फार खाँ के अनुयायी, खुदाई खिदमतगारों की, जो अपने लंबे तगड़े डील-डौल तथा कमीज-शलवार वाली विशिष्ट वेशभूषा में सबसे अलग दिखाई दे रहे थे।

जुलूस जैसे जैसे आगे बढ़ता, उसके पीछे चलने वाली भीड़ भी बढ़ती जाती। जवाहर लाल को देखने के लिए लोग मकानों की छतों और आसपास लगे वृक्षों पर चढ़े हुए थे। भीड़ बराबर जवाहर लाल पर पुष्प वर्षा कर रही थी। जुलूस आगे निकल जाता तो पूरी सड़क पैरों तले कुचले गए फूलों के कीचड़ से भर जाती। अनारकली बाजार में एक दुकान की बालकनी से पंडित मोतीलाल नेहरू और उनकी पत्नी स्वरूप रानी ने भी यह दृश्य अपनी आँखों से देखा और अपने बेटे पर फूलों की वर्षा की। उनके हर्ष की कोई सीमा नहीं थी। कांग्रेस के इतिहास में यह पहली बार था जब कांग्रेस अध्यक्ष के रूप में एक पिता अपना कार्यभार अपने बेटे के हाथों में सौंपने जा रहा था।

जवाहर लाल एक निपुण घुड़सवार थे। इसके बावजूद कुछ झेंपे-झेंपे से घोड़े पर बैठे वह कभी दाहिने तो कभी बाएँ हाथ से लगाम पकड़े, दूसरे हाथ से वस्त्रों पर पड़ी फूलों की पंखुड़ियों को झाड़ देते। या फिर सिर झुकाए-झुकाए ही हाथ उठा कर लोगों का अभिवादन स्वीकार करते और तब फिर दूर सामने की दिशा में देखने लगते।

कुछ बुजुर्ग लोग कांग्रेस के अध्यक्ष को इस प्रकार घुड़सवारी करते देखकर आश्चर्य भी व्यक्त कर रहे थे। उनके अनुसार कांग्रेस अध्यक्ष को मोटर अथवा बग्घी पर बैठकर निकलना चाहिए था। इस प्रकार घोड़े पर बैठकर निकलना उनकी दृष्टि में सम्मानजनक नहीं था।

एक सिख नौजवान ने एक बूढ़े व्यक्ति को ऐसी ही कोई टिप्पणी करते सुना तो हँसते हुए बोला, "हमारा अध्यक्ष ऐसी सवारी नहीं करता जिसकी लगाम किसी और के हाथ में हो कि जहाँ चाहे हाँक ले जाए। जमाना बदल गया लालाजी। बूढ़ों का जमाना

नहीं रहा अब। नवयुवकों का जमाना आ गया है।"

वास्तव में लाहौर कांग्रेस से एक नए युग की शुरुआत हो रही थी और जवाहर लाल इस नए युग की चेतना के प्रतीक थे। उनके चेहरे, चाल-ढाल, बोलने के लहजे, सभी में एक अजीब तरह की बेचैनी, कुछ कर गुजरने की लालसा साफ दिखाई दे रही थी। यही बेचैनी उनकी सोच का भी एक हिस्सा थी जो उनके अध्यक्षीय भाषण से साफ जाहिर था। जुलूस वाले दिन की ही तरह चूड़ीदार पाजामा, शेरवानी, सिर पर गाँधी टोपी तथा पैरों में पेशावरी चप्पल पहने, खुले अधिवेशन वाले दिन, वह अपने स्थान से उठकर माइक के सामने आए तो पूरा पंडाल तालियों की गड़गड़हाट से गूँज उठा। स्वागत समिति के अध्यक्ष, डॉ. किचलू द्वारा पहनाई गई लाल गुलाबों की माला को उतारकर उन्होंने माइक के हैंडिल पर टाँग दिया, तब पंडाल में उपस्थित अपार जनसमूह पर एक दृष्टि डालकर अपना अध्यक्षीय भाषण पढ़ना शुरू किया।

"गुज़िश्ता चवालीस सालों से," उन्होंने कहा, "कांग्रेस इस मुल्क की आजादी की लड़ाई में लगी है। अपने इस संघर्ष के जरिए उसने मुल्क के लोगों के जमीर को जगाकर एक कौमी तहरीक को जन्म दिया है। इसी लड़ाई को आगे बढ़ाने के लिए आज हम तकदीर और तारीख के इस अहम मोड़ पर खड़े हैं। हमें अपनी ताकत और साथ ही अपनी कमजोरी का पूरा एहसास है। इसी एहसास के साथ जब हम मुस्तकबिल की तरफ, उम्मीद और कभी-कभी खौफ से देखते हैं तो गुजिश्ता चवालीस सालों में और उससे पहले भी, उन तमाम लोगों की, जिन्होंने मुल्क के लिए अपनी जानें दीं, याद आना लाजिमी है। यह वह लोग हैं जिन्होंने किसी भी तरह की मकबूलियत की परवाह किए बिना हिंदुस्तान की आजादी के पौधे को अपने जिगर के खून से सींचा और जब हम में से कितने ही लोग छोटी-छोटी रिआयतों, सहूलियतों या आराम के लिए समझौते कर रहे थे। तो वे शान से अपना सिर ऊँचा किए दुनिया के सामने हमारी आजादी के हक का एलान कर रहे थे और दुनिया को यह दिखा रहे थे कि लंबी गुलामी के बावजूद हिंदुस्तान में इंसानी जज्बात और जिंदगी की वह चिंगारी अभी बाकी है जिससे आजादी की मशाल जलती है।"

जवाहर लाल के इन शब्दों का पंडाल में जमा दर्शकों ने जोरदार तालियों से स्वागत किया। कोई आध-पौन मिनट तक तालियाँ बजती रहीं। जवाहरलाल इस बीच माइक पकड़े खामोश खड़े रहे। तब उन्होंने आगे बोलना शुरू किया, "आज दुनिया बहुत तेजी से बदल रही है। हर जगह बेचैनी का आलम है। समाज की बुनियादें हिल रही हैं। आजादी, इंसाफ यहाँ तक कि संपत्ति और परिवार की भी परिभाषाएँ बदल रही हैं। दुनिया एक तरह से प्रसव-पीड़ा के दौर से गुजर रही है जिससे जल्द ही एक नया निजाम जन्म लेगा।

"यूरोप की अमलदारी के दिन खत्म हो रहे हैं। हर जगह एक नई तहरीक उभर रही है। हिंदुस्तान, चीन, तुर्की, मिस्र, फारस, और रूस इस तहरीक के शामिल-साझेदार

हैं। हमें हिंदुस्तान की आज़ादी की लड़ाई को आलमी तहरीक के इस पशमंजर या बैकग्राउंड में ही देखना और समझना होगा।"

"हियर! हियर!" की आवाजों के साथ पंडाल में फिर तालियाँ गूँज उठीं। जवाहर लाल फिर खामोश हो गए। कुछ क्षणों बाद पंडाल में पुनः शांति स्थापित होने पर उन्होंने आगे कहना आरंभ किया, "आज जब हम तारीख के इस दौर से गुजर रहे हैं तो लाजिमी हो जाता है कि अपने माज़ी या अतीत पर भी एक नजर डाल लें। हमारा इतिहास बहुत पुराना है। इस मुल्क ने बहुत से बदलाव देखे हैं। कितने ही हमलावरों के हमलों को बर्दाश्त किया, नई-नई सिविलाइजेशंस या सभ्यताओं से दो-चार हुआ। लेकिन इस मुल्क के साथ एक खास बात यह रही कि इसने हमेशा बाहर से आने वाले असरात को खुद में जज्ब कर लिया। इस तरह इसकी संस्कृति या सभ्यता बराबर बदलती रही। सबसे शुरू में आर्यों और अनार्यों के झगड़े हुए। यह सिलसिला काफी दिनों तक चला। लेकिन आखिर में दोनों ने ही इस मुल्क को अपना वतन समझकर एक-दूसरे की सभ्यताओं, मों, रीति-रिवाजों वगैरह की इज्जत करना सीख लिया। हर गैर-मुल्की हमले के साथ यह सिलसिला चलता रहा। पारसी भी यहाँ बाहर से ही आए और उन्हें भी यहाँ के सामाजिक ढाँचे में इज्जत का दर्जा मिला। मुसलमानों के यहाँ आने से एक बार फिर इस मुल्क का संतुलन बिगड़ा लेकिन धीरे-धीरे वह भी ठीक हो रहा था कि बदकिस्मती से अंग्रेज यहाँ आ गए और इससे पहले कि यहाँ हिंदू और मुसलमान अपने समाज के बिगड़े हुए संतुलन को फिर कायम कर पाते, अंग्रेजों ने इस मुल्क के समाजी ढाँचे को अपनी जरूरतों के हिसाब से तोड़ना-बदलना शुरू कर दिया।

"जरूरत यह है कि हम अंग्रेजों की इस चाल को समझें और अपने दिलों से हर तरह के शक और शुबहा को निकालकर एक-दूसरे पर यकीन करना सीखें। लॉजिक या ठंडी दलीलों से डर या शक को खत्म नहीं किया जा सकता। उन्हें तो सिर्फ दिल के बड़प्पन से ही जीता जा सकता है। कोई भी अकसरियत किसी भी मजबूत ख्याल या मुस्तकिल इरादा अकलियत को दबा या कुचल नहीं सकती। न ही कोई अकलियत असेंबली या काउंसिलों में कुछ ज्यादा सीटें पाकर खुद को महफूज कर सकती हैं।

"मजहबी कठमुल्लेपन के लिए कोई इज्जत मेरे दिल में नहीं है और न ही सांप्रदायिकता के लिए कोई जगह। मैं यह समझ भी नहीं पाता कि महज किसी धर्म या मजहब में यकीन रखने की वजह से किसी को कोई सियासी या राजनीतिक या फिर आर्थिक हकूक या अधिकार क्यों मिलें। मैं कोई पेशीनगोई नहीं करता। लेकिन मैं इतना जानता हूँ कि जल्द ही वह वक्त आनेवाला है जब मजहब या धर्म के लेबल और बिल्लों की कोई अहमियत नहीं रह जाएगी और हमारी सारी लड़ाइयों या संघर्ष का आधार आर्थिक होगा।

"मैं इस बात को कतई छिपाना नहीं चाहता कि मैं समाजवाद और जमहूरियत में यकीन रखनेवाला आदमी हूँ। राजाओं और राजकुमारों में मेरा विश्वास नहीं है और न ही

उस निजाम में, जो इंडस्ट्री के राजाओं को जन्म देता है, इंसानी जिंदगी पर जिनकी पकड़ का शिकंजा पुराने जमाने के राजाओं की पकड़ से भी ज्यादा मजबूत होता है। ट्रस्टीशिप वाली थ्योरी में भी मेरा यकीन नहीं है। ट्रस्टीशिप अगर हो सकती है तो सिर्फ राष्ट्र या मुल्क की हो सकती है, किसी एक आदमी या ग्रुप की नहीं। अंग्रेज भी खुद को इस मुल्क का ट्रस्टी कहते हैं और क्या हालत बना दी है उन्होंने इसकी!" ऐसा लग रहा था जैसे जवाहर लाल की आवाज उनके मुँह से न निकलकर, उनकी आत्मा या दिल की गहराई से निकल रही हो। उनके अंतिम चंद वाक्यों पर इतनी तालियाँ बजीं जितनी आज तक किसी भी नेता के भाषण पर शायद ही बजी हों।

लोग अंततः खामोश हुए तो जवाहर लाल ने सरकार के गोलमेज सम्मेलन के प्रस्ताव के संदर्भ में अपनी बात को आगे बढ़ाते हुए कहा, "अभी हाल में वाइसराय साहब ने एक एलान किया है। आप लोगों ने उसे देखा होगा। उनका इरादा बड़ा नेक है। जबान भी मेल मिलाप वाली है। लेकिन हमारे सामने जो हकीकत है उसमें मीठी-मीठी बातों से कोई फर्क पड़नेवाला नहीं है। अपनी तरफ से लड़ाई छेड़ने की हमें कोई जल्दी नहीं है। समझौता हमें भी पसंद है लेकिन वेजवुड बेन साहब (इंग्लैंड में भारतीय मामले के नए सचिव) के डोमिनियन स्टेटस को मैं महज एव जाल या फरेब समझता हूँ। वैसे भी कलकत्ता के हमारे फैसले के मुताबिक डोमिनियन स्टेटस वाली जो बात है वह इकतीस दिसंबर तक ही है, जिसमें अब गिनती के दो दिन या महज अड़तालीस घंटे ही बचे हैं। हमारा अब एक ही मकसद है—पूर्ण स्वराज यानी मुकम्मल आजादी।"

तालियों की गड़गड़ाहट ने एक बार फिर उनके भाषण के प्रवाह को रोकना चाहा लेकिन इस बार जवाहर लाल ने लोगों को हाथ के इशारे से रोकते हुए अपनी बात जारी रखी। "अब चंद अलफाज," उन्होंने कहा, "अपने तौर-तरीकों पर भी। मेरा मतलब अहिंसा से हैं। कुछ लोग हैं जो सिर्फ नतीजों के बारे में सोचते हैं, तरीकों के बारे में नहीं। आजादी हमें मिले, चाहे हिंसा के रास्ते हो या अहिंसा के रास्ते। मैं भी इसका कायल हूँ। अहिंसा से मुझे कोई खास लगाव नहीं है। इसमें भी कोई शक नहीं कि आज हिंसा का, मेरा मतलब संगठित हिंसा यानी 'आर्गेनाइज्ड वायलेंस' से है, जगह-जगह बोलबाला है। कहीं-कहीं इसके फायदे भी सामने आए हैं। लेकिन हमको अपने हथियार चुनने से पहले उनकी मार करने की ताकत और खुद की उन्हें इस्तेमाल करने की सलाहियत पर भी गौर करना होगा। जहाँ तक मैं जानता हूँ, बल्कि आप सभी जानते हैं, हमारे पास संगठित हिंसा के न तो साधन हैं और न ही हम उसके इस्तेमाल के तौर-तरीकों से वाकिफ हैं। और एक अकेले आदमी की हिंसा यानी 'पर्सनल वायलेंस' या फिर छिटपुट हिंसा न सिर्फ फ्रस्ट्रेशन पैदा करती है बल्कि नाकामयाबी को भी जन्म देती है। हमें यह नहीं भूलना चाहिए कि हमारा आंदोलन जनता का आंदोलन है। इसी लिए उसका अहिंसात्मक होना लाजिमी है। मेरी अपनी यही राय है। हाँ, अगर कांग्रेस का यह सेशन या आगे आनेवाला कोई और सेशन हिंसा का रास्ता अपनाता है तो मैं भी उसे

खुशी-खुशी मंजूर करूँगा।

"यह कोई नहीं कह सकता कि कामयाबी कब और कितनी मिलेगी। क्योंकि कामयाबी पर किसी का बस या काबू नहीं है। लेकिन इतना मैं जानता हूँ कि कामयाबी या जीत का सेहरा उन्हीं के सिर बँधता है जो हिम्मत से कदम आगे बढ़ाते हैं। अंजाम से डरकर जो अपनी जगह बैठे रहते हैं ऐसे कायरों की किस्मत में कामयाबी का मुँह देखना नहीं होता। बड़े खेल में बड़े दाँव लगाने पड़ते हैं और महान उद्देश्यों को पाने के लिए महान तकलीफों से होकर गुजरना पड़ता है। कामयाबी की गारंटी कोई नहीं दे सकता लेकिन कामयाबी के लिए कोशिश करने से और इस तरह इस मुल्क की अजीम तारीख में एक और शानदार सफा जोड़ने से हमें, हमारे अलावा कोई और रोक नहीं सकता।"

जवाहर लाल ने बोलना बंद किया तो तालियों की गड़गड़ाहट के बीच देर तक 'वंदे मातरम्', 'भारत माता की जय', 'महात्मा गाँधी की जय', 'हिंदू-मुसलमान की जय', 'जवाहर लाल नेहरू की जय' के नारे लगते रहे। लोग जोश और उत्साह से भर उठे तथा कांग्रेस नगर में जलते अलावों के गिर्द जमा होकर, रात देर तक, प्रसन्न मुद्रा में उनके भाषण पर या फिर आनेवाले आजादी के संघर्ष की संभावित रूपरेखा पर बातें करते रहे।

तेंतीस

एक दिन के अंतराल के बाद इकत्तीस दिसंबर को कांग्रेस का प्रतिनिधि सत्र अपराह्न एक बजे से आरंभ हुआ। हर बार की तरह इस बार भी अनेक प्रस्ताव पारित किए गए। दिवंगत नेताओं एवं महापुरुषों की मृत्यु पर शोक प्रस्ताव पहले दिन, खुले अधिवेशन में अध्यक्ष जवाहर लाल नेहरू के भाषण के तुरंत बाद ही पारित हो चुका था। इस संबंध में खास बात यह थी कि इस बार यतींद्र नाथ दास को श्रद्धांजलि देते हुए एक प्रस्ताव अलग से पारित किया गया जिसमें उसकी मृत्यु के लिए सरकार को जिम्मेदार ठहराया गया। आज पारित होने वाले प्रस्तावों में सबसे विवादास्पद प्रस्ताव वाइसराय की गाड़ी के नीचे हुए बम विस्फोट से संबंधित था। प्रस्ताव में कहा गया था कि यह कांग्रेस वाइसराय की ट्रेन के नीचे किए गए बम विस्फोट पर खेद प्रकट करते हुए अपने इस विश्वास को दोहराती है कि ऐसे कार्य न केवल कांग्रेस की नीतियों के विरुद्ध हैं, बल्कि राष्ट्रीय हितों की दृष्टि से भी हानिकारक है। यह कांग्रेस, प्रस्ताव में आगे कहा गया था, लार्ड इरविन, लेडी इरविन, उनके नौकरों तथा अन्य लोगों के इस विस्फोट में बाल-बाल बचने पर उन्हें बधाई देती है तथा उनकी दीर्घ आयु की कामना करती है। इस प्रस्ताव का, जो गाँधीजी की पहल पर प्रस्तुत किया गया था, काफी विरोध हुआ। लेकिन गाँधीजी अपनी बात पर अड़े रहे। अंततः प्रस्ताव बहुत ही कम मतों से पारित हो सका।

अन्य प्रस्तावों में देशी रियासतों में उत्तरदायी शासन, अभिव्यक्ति एवं आवागमन

की स्वतंत्रता तथा नागरिक अधिकारों की सुरक्षा से संबंधित प्रस्ताव थे जिनके पास होने में किसी प्रकार की कोई अड़चन नहीं आई। साम्प्रदायिक माँगों से संबंधित भी एक प्रस्ताव पारित किया गया। एक वर्ष का समय बीत जाने के कारण कलकत्ता में स्वीकृत नेहरू कमेटी रिपोर्ट एक प्रकार से स्वतः खारिज हो गई थी। अतः साम्प्रदायिक माँगों पर कांग्रेस को अपना दृष्टिकोण पुनः स्पष्ट करना जरूरी था। एक तरह से अपनी पिछली भूल को सुधारते हुए कांग्रेस ने अपने इस प्रस्ताव में अल्पसंख्यकों को यह आश्वासन दिया कि भविष्य में वह सरकार के किसी भी ऐसे साम्प्रदायिक निर्णय को स्वीकार नहीं करेगी जिस पर सभी धार्मिक समुदायों की पूर्ण सहमति न हो।

इस बार लाहौर की भयानक सर्दी को देखते हुए, एक अन्य प्रस्ताव द्वारा, कांग्रेस के वार्षिक अधिवेशनों का समय परिवर्तित कर दिसंबर के बजाय फरवरी-मार्च कर दिया गया। इन सभी प्रस्तावों के पारित होते-होते शाम हो गई। अतः सत्र रात्रि के भोजनावकाश के लिए स्थगित कर दिया गया।

रात लगभग नौ बजे प्रतिनिधियों के पुनः एकत्रित होने पर सत्र का सबसे महत्वपूर्ण प्रस्ताव, जो पूर्ण स्वराज की माँग से संबंधित था तथा जिसके लिए पूरा देश ही एक प्रकार से पूरे एक वर्ष से प्रतीक्षारत था, गाँधीजी ने स्वयं पेश किया। प्रस्ताव में वाइसराय की दो मास पूर्व की घोषणा का हवाला देते हुए कहा गया था कि यह कांग्रेस राष्ट्र की स्वतंत्रता के प्रश्न को सुलझाने के उनके प्रयत्नों की कद्र करती है लेकिन उसके बाद घटी घटनाओं के परिप्रेक्ष्य में अपना यह मत व्यक्त करती है कि वर्तमान स्थितियों में प्रस्तावित गोलमेज सम्मेलन में भाग लेने से कोई लाभ नहीं होगा। कलकत्ता कांग्रेस में स्वीकृत नेहरू कमेटी रिपोर्ट को, एक वर्ष बीत जाने पर, स्वतः रद्द घोषित करते हुए प्रस्ताव में आगे कहा गया था कि अब से कांग्रेस के संविधान में प्रयुक्त 'स्वराज' शब्द का अर्थ होगा 'पूर्ण स्वतंत्रता' जिसकी प्रप्ति के उद्देश्य से निकट भविष्य में छेड़े जाने वाले आंदोलन के संदर्भ में सभी कांग्रेस सदस्यों को काउंसिलों तथा सभी सरकारी समितियों की सदस्यता से त्यागपत्र देने तथा भावी निर्वाचन में प्रत्यक्ष अथवा अप्रत्यक्ष किसी भी रूप में भाग न लेने का निर्देश देते हुए कांग्रेस महासमिति को यह अधिकार दिया गया था कि वह जब जाहे, जहाँ चाहे,नागरिक अवज्ञा आंदोलन तथा और कर-बंदी के कार्यक्रम शुरू कर सकती है। कांग्रेस की कार्यसमिति की ओर से गाँधी जी द्वारा प्रस्तुत इस प्रस्ताव का पंडित मोतीलाल नेहरू ने अनुमोदन किया जिसके पश्चात् सम्मेलन के अध्यक्ष जवाहर लाल नेहरू ने प्रतिनिधियों को इस पर अपने विचार व्यक्त करने के लिए आमंत्रित किया।

सबसे पहले बोलने के लिए खड़े हुए पंडित मदन मोहन मालवीय। सभी जानते थे कि वह डोमिनियन स्टेटस तथा गोलमेज सम्मेलन के पक्ष में हैं। अतः इससे पहले कि वह प्रस्ताव का विरोध करें कुछ सदस्यों ने यह आपत्ति उठा दी कि मालवीयजी स्वयं कांग्रेस कार्य समिति के सदस्य हैं, अतः कार्य समिति की ओर से प्रस्तुत इस प्रस्ताव का

विरोध वह नहीं कर सकते। इस प्रश्न पर उन लोगों ने अध्यक्ष जवाहर लाल से अपनी व्यवस्था देने की माँग की। प्रतिनिधियों के इस हस्तक्षेप पर मालवीयजी माइक की ओर बढ़ते-बढ़ते रुक गए तथा किंचित संशय भरी दृष्टि से उन्होंने जवाहर लाल की ओर देखा।

पंडित मदन मोहन मालवीय के हिंदू महासभा के प्रति लगाव तथा सरकार के प्रति नरम दृष्टिकोण से सभी लोग परिचित थे। 1921-22 के कांग्रेस के असहयोग आंदोलन में भी उन्होंने सक्रिय भाग नहीं लिया था बल्कि उन्हीं दिनों प्रिंस आफ वेल्स के भारत आने पर बनारस में उसके सम्मान में स्वागत-समारोह का आयोजन किया था। मोतीलाल नेहरू से उनकी राजनीतिक होड़ प्रारंभ से ही थी, यहाँ तक कि 1926 के केंद्रीय असेम्बली चुनाव में उन्होंने खुलकर मोतीलाल नेहरू की खिलाफत की थी। इसके बावजूद उनकी गिनती कांग्रेस के वरिष्ठ नेताओं में होती थी। दो बार, 1909 और 1918 में, वह कांग्रेस के अध्यक्ष रह चुके थे तथा पिछले कई वर्षों से कांग्रेस की केंद्रीय कार्य समिति के सदस्य थे। उनकी तुलना में जवाहर लाल एक प्रकार से अभी लड़के ही थे। लोग उत्सुकता से देखने लगे कि जवाहर लाल इस मुद्दे पर क्या निर्णय लेते हैं। मंच पर बैठे मोतीलाल के चेहरे पर भी एक क्षण के लिए तनाव के चिन्ह उभर आए।

जवाहर लाल ने निर्णय लेने में जरा भी देर नहीं की। बिना किसी संकोच के उन्होंने मालवीयजी के विरुद्ध उठाई गई आपत्ति को अनदेखा करते हुए अपनी व्यवस्था उनके पक्ष में दे दी। उनके ऐसा करते ही पंडाल में व्याप्त तनाव सहसा समाप्त हो गया और मालवीयजी अपने उत्तरीय पर हाथ फेरते हुए माइक की ओर बढ़ गए। गाँधीजी के प्रस्ताव को पूरी तरह अस्वीकार करते हुए उन्होंने अपना यह संशोधन पेश किया कि कांग्रेस अध्यक्ष द्वारा आगमी मार्च अथवा अप्रैल के महीने में एक सर्वदल सम्मेलन बुलाकर सरकार के गोलमेज सम्मेलन के प्रस्ताव पर विचार किया जाए तथा उस समय तक के लिए कांग्रेस के संविधान में पूर्ण स्वराज संबंधी परिवर्तन का प्रस्ताव स्थगित रखा जाए। उनके इस सुझाव पर पंडाल के कुछ भागों से उपहास भरे स्वर उठते सुनाई दिए लेकिन उस ओर कोई भी ध्यान दिए बिना मालवीयजी अपने स्थान पर जाकर बैठ गए।

मालवीयजी के बाद बोलने वालों में एक महत्वपूर्ण नाम एन. सी. केलकर का था। मालवीयजी की ही तरह केलकर भी हिंदू महासभा से सक्रिय रूप से जुड़े थे और उन्हीं की तरह सरकार के प्रति नरम रुख वाले व्यक्ति थे। उनकी सबसे बड़ी आपत्ति प्रस्ताव में काउंसिलों के बहिष्कार वाली धारा से थी। अपने अभिभाषण में उन्होंने कहा, "यह बहुत ही दुर्भाग्यपूर्ण है कि इस प्रस्ताव द्वारा काउंसिलों के बहिष्कार संबंधी विवाद के द्वार फिर खोल दिए गए हैं। भावुकता या आवेग में इस प्रश्न को हल नहीं किया जा सकता। मेरा दृढ़ मत है कि काउंसिलों का बहिष्कार राजनीतिक अपरिपक्वता का परिचायक है। यदि कुछ लोग ऐसे हैं जो काउंसिलों में रहकर ही अपना कार्य करना चाहते हैं तो वे वहाँ

अपनी भूमिका का निर्वाह क्यों न करें? इसी तरह जो काउंसिलों के बाहर रह कर कार्य करना पसंद करते हैं वह बाहर रह कर काम करें। यह तो अपनी अपनी रुचि और क्षमता पर निर्भर करता है। आप जो करना चाहें करें, मैं मना नहीं करता। इसी प्रकार मैं जो करना चाहता हूँ, वह मुझे करने दें। यह देश के हित में होगा कि इस प्रश्न पर दोनों तरह के विचार वाले लोग आपस में समझौता कर लें। मेरी आपसे यही अपील है और मुझे आशा है कि यह सदन गाँधीजी के प्रस्ताव में काउंसिलों के बहिष्कार संबंधी सुझाव पर अपनी स्वीकृति नहीं देगा।" इसी के साथ उन्होंने अपना लिखित संशोधन अध्यक्ष को दिया और मंच से उतर कर अपने स्थान की ओर चल दिए।

केलकर की तरह कितने ही अन्य वक्ताओं ने भी काउंसिल बायकॉट का विरोध किया। उनका कहना था कि अभी तो आंदोलन का आह्वान भी नहीं हुआ है, फिर अभी से त्याग-पत्र वाली बात कहाँ से आ गई? आंदोलन प्रारंभ होने की बात तो दूर, उसकी कोई रूपरेखा तक नहीं है और इस्तीफा देकर बैठ जाइए। वही कहावत हुई कि 'सूत न कपास जुलाहे से लट्ठम-लट्ठा।' हमारे विरोधी तो इस इंतजार में बैठे ही हैं कि हम इस्तीफा दें और वह इसका लाभ उठाएँ। इसके विपरीत कुछ लोग इस्तीफा देने की बात से तो सहमत थे लेकिन आगामी चुनाव में भी भाग न लिया जाए, यह बात उनके गले के नीचे नहीं उतर रही थी। इनमें अधिकांश ऐसे लोग थे जो वर्तमान में काउंसिलों के सदस्य न होकर आनेवाले चुनावों में अपना भाग्य आजमाने की बात सोच रहे थे। भावी चुनावों में भाग लेने पर प्रतिबंध वाली बात से उन्हें अपनी आकांक्षाओं पर पानी फिरता नजर आ रहा था। यह बिल्कुल उसी तरह की स्थिति थी जो आज से लगभग नौ वर्ष पूर्व कलकत्ता के विशेष अधिवेशन में गाँधीजी द्वारा असहयोग आंदोलन का प्रस्ताव रखने पर उस समय उपजी थी।

इन लोगों के अतिरिक्त कितने ही और लोगों ने भी प्रस्ताव के अनेक मुद्दों का विरोध किया। लेकिन उनके विरोध का स्वर दूसरा था। उनका प्रयत्न प्रस्ताव की सरकार विरोधी धार को और तेज करना था। जिन मुद्दों पर उन्हें आपत्ति थी, उनमें एक था वाइसराय लॉर्ड इरविन की सराहना। प्रस्ताव में कहा गया था : 'यह कांग्रेस लार्ड इरविन के प्रयत्नों की कद्र करती है।' उनका कहना था, कैसी कद्र? क्या स्वराज अब इरविन के प्रयत्नों से प्राप्त होगा? तो फिर यह प्रस्ताव लाने की आवश्यकता ही क्या है? प्रस्ताव में 'वर्तमान स्थितियों में गोलमेज सम्मेलन से कोई लाभ नहीं होगा' वाक्य पर भी इन लोगों ने आपत्ति की। 'वर्तमान स्थितियाँ' शब्द यहाँ जोड़ने का क्या औचित्य है? जब 23 दिसंबर को वाइसराय ने साफ कह दिया कि वह इस बात का आश्वासन नहीं दे सकते कि गोलमेज सम्मेलन का आधार डोमिनियन स्टेटस होगा—डोमिनियन स्टेटस, पूर्ण स्वतंत्रता भी नहीं—तो क्या दो-चार महीनों में स्थितियाँ बदल जाएँगी? ऐसी बात प्रस्ताव में कही ही क्यों जाए जिससे भ्रम हो या जिसका लोग, और लोग ही क्यों, ब्रिटिश सरकार तक, गलत अर्थ लगाए। यह तो अपनी कमजोरी दर्शाना हुआ। कुछ लोगों ने बायकॉट को

केवल काउंसिलों तथा सरकारी समितियों तक ही सीमित रखने पर भी आपत्ति की। उनका विचार था कि कचहरियों, स्कूलों आदि का भी बहिष्कार होना चाहिए।

इस संबंध में सबसे क्रांतिकारी विचार सुभाषचंद्र बोस के थे। अपने संशोधन में, जो वास्तव में संशोधन न होकर एक प्रकार से नया प्रस्ताव जैसा था, उन्होंने कांग्रेस के पूर्ण स्वराज्य के लक्ष्य को और स्पष्ट करते हुए उसमें ब्रिटिश सरकार से हर प्रकार से संबंध विच्छेद करने की बात भी जोड़ दी। इसी के साथ उन्होंने ब्रिटिश साम्राज्यवाद की जड़ों को भारत से उखाड़ फेंकने के उद्देश्य से देश में समानांतर सरकार स्थापित करने तथा जहाँ भी संभव हो वहाँ हड़ताल, कर-बंदी तथा नागरिक अवज्ञा जैसे कार्यक्रमों को लागू करने पर बल दिया। इसके लिए उन्होंने देश के युवाओं, मजदूरों, दलितों और किसानों को संगठित करने की बात कही तथा काउंसिलों, स्थानीय निकायों, न्यायालयों आदि का तुरंत प्रभाव से बहिष्कार करने की माँग की।

अपने प्रस्ताव पर बोलते हुए उन्होंने कहा, "मैं महात्मा गाँधी को कांग्रेस के संविधान में वर्णित 'स्वराज' शब्द को 'पूर्ण आजादी' के रूप में स्वीकार करने पर बधाई देता हूँ तथा उनके प्रति हार्दिक आभार व्यक्त करता हूँ। इसके बावजूद मैं अपना संशोधन इसलिए पेश कर रहा हूँ क्योंकि मेरे विचार से गाँधीजी का प्रस्ताव हमें बहुत दूर नहीं ले जाता। मैं हर प्रकार की सरकारी संस्था के बायकॉट के पक्ष में हूँ, चाहे वे काउंसिलें हों या सरकारी समितियाँ, स्थानीय निकाय हों अथवा न्यायालय, विद्यालय हो या सरकारी कार्यालय। मुझे यह कहने में संकोच नहीं है कि मैं अतिवादी हूँ। मेरे विचार से बायकॉट हो तो सभी का हो या फिर बिल्कुल न हो, उसी प्रकार से, जिस प्रकार कब्जा करने की बात हो तो सभी संस्थाओं पर कब्जा किया जाए या फिर किसी पर भी नहीं।

"यह गोलमेज भी मेरी समझ में नहीं आती। गोलमेज सम्मेलन दो बराबर के विरोधी पक्षों में होता है जिनके फैसले अंतिम और निर्णायक होते हैं। क्या हम इस बारे में आश्वस्त हैं कि गोलमेज, या चौकोर मेज, जो भी कहिए, सम्मेलन के फैसले ब्रिटिश पार्लमेंट के विचारार्थ नहीं भेजे जाएँगे और वह उन्हें जिस तरह चाहे बदल नहीं देगी ?

"प्रस्ताव में नागरिक अवज्ञा की बात भी कही गई है। लेकिन नागरिक अवज्ञा का कार्यक्रम तभी सफल हो सकता है जब हम युवाओं, मजदूरों, दलितों आदि को संगठित करने का बीड़ा उठाएँ तथा उद्योग-धंधों में हड़तालें आयोजित करें। तभी हम अपना सिर ऊँचा करके अपने मार्ग पर आगे बढ़ सकेंगे। अतः मैं यहाँ उपस्थित सभी प्रतिनिधियों से अनुरोध करूँगा कि वे बदली हुई परिस्थितियों को ध्यान में रखें तथा देश के युवा वर्ग की भावनाओं की कद्र करते हुए मेरे संशोधन को स्वीकार करें।"

दो-चार अन्य वक्ताओं के बाद लगभग ग्यारह बजे गाँधीजी अपने प्रस्ताव पर हुई बहस का उत्तर देने के लिए खड़े हुए। इतनी सर्दी के बावजूद, जब लोग घुटनों तक के मोजे, जूते, बंद गले के कोट, मफलर, शेरवानी, टोपी आदि पहने थे, गाँधीजी मुश्किल से

घुटनों तक पहुँचती धोती बाँधे, शरीर पर मात्र एक चादर लपेटे थे। सधे हुए धीमे कदमों से चलकर वह माइक पर आए और मूल प्रस्ताव में सुझाए गए सभी संशोधनों को पूरी तरह अस्वीकार करते हुए अपनी बात कहनी प्रारंभ की। "मेरा यह प्रस्ताव", उन्होंने कहा, "उस इमारत या तस्वीर की तरह है जिसका कोई छोटे से छोटा हिस्सा भी बदलने, हटाने या बिगाड़ने से पूरी इमारत या तस्वीर ही बिगड़ जाएगी। हाँ, जो आपत्तियाँ लोगों ने की हैं या जो शंकाएँ उठाई हैं उनका समाधान करने का प्रयत्न मैं करूँगा।

"सबसे पहले वाइसराय की प्रशंसा वाली बात। लोगों ने कहा है हमें प्रस्ताव में ऐसा नहीं कहना चाहिए। इस बारे में मेरा कहना है कि जब हम, मैं, पंडित मोतीलाल नेहरू और दूसरे लोग वाइसराय से मिलने गए तो हमें लगा वाइसराय के इरादे वास्तव में नेक हैं। उन्होंने हमारी बात गंभीरता से सुनी और अपनी बात हमें बताई। हमारे बीच इस तरह बात हुई जैसे दो मित्रों के बीच होती है। अगर आपको हमारी, अपने नेताओं की बात पर भरोसा है कि हम झूठ नहीं बोल रहे हैं तो हमें शोभा नहीं देता कि, शिष्टाचार के नाते ही सही, हम वाइसराय के इन प्रयत्नों को स्वीकार न करें।"

"इसके बाद गोलमेज के मुद्दे पर आते हैं। सदस्यों ने यह संशोधन रखा है कि 'वर्तमान स्थितियों' वाला वाक्य प्रस्ताव से निकाल दिया जाए। मैं आपको बताना चाहता हूँ कि इस वाक्य का एक निश्चित अर्थ है। हमें यह समझ लेना चाहिए कि एक-न-एक दिन हमें अपने शत्रु यानी ब्रिटिश सरकार के साथ बैठकर देश की आजादी के बारे में बात करनी होगी। इसीलिए यह वाक्य आवश्यक है क्योंकि वर्तमान में बात न करने का अर्थ है कि हम भविष्य में बात करेंगे। अब वर्तमान समय में बात क्यों नहीं करेंगे? क्योंकि कांग्रेस किसी भी ऐसे सम्मेलन में भाग लेने के लिए तैयार नहीं है जिसकी विषय सूची से आजादी का मसला ही गायब हो।

"अब आइए नागरिक अवज्ञा के प्रश्न पर। नागरिक अवज्ञा के लिए मैं गंगाजली उठा सकता हूँ क्योंकि अपराधिक अवज्ञा या 'क्रिमिनल डिसोबिडिएंस' की मैं कल्पना भी नहीं कर सकता। उसका अर्थ होगा तलवार या बम। देश की करोड़ों भूखी-नंगी जनता के लिए स्वराज केवल वैध और शांतिपूर्ण ढंग से ही प्राप्त किया जा सकता है। इसलिए अवज्ञा, यदि उसे प्रभावी होना है, नागरिक ही हो सकती है।

"मैं आपसे अपनी पूरी शक्ति से अनुरोध करता हूँ कि इस प्रस्ताव को प्रसन्नतापूर्वक पास करें क्योंकि यह अधिवेशन का केंद्रीय प्रस्ताव है। शायद इस कांग्रेस की उपलब्धि भी। इसलिए इस बात का ध्यान रखिए कि दुनिया यह न कहे कि पूर्ण स्वराज का फैसला हमने आधे मन से लिया है। अगर हम आपस में बँटे हुए हैं तो हमारी हार निश्चित है।"

गाँधीजी एक क्षण के लिए रुके जिससे लोगों को लगा कि वह अपनी बात समाप्त कर चुके हैं, अतः लोग तालियाँ बजाने लगे। लेकिन गाँधीजी ने अपनी बात समाप्त नहीं की थी। वह अपने स्थान पर खड़े रहे। उन्हें इस प्रकार खड़ा देखकर पंडाल में फिर

खामोशी छा गई। गाँधीजी ने आगे कहना शुरू किया, "अब मैं सुभाष बाबू के संशोधन पर आता हूँ। मैं जानता हूँ कि सुभाष बाबू बंगाल के बहुत बड़े कार्यकर्ता हैं। उन्होंने बहुत से क्षेत्रों में सफलता पाई है। बंगाल में हमारी फौज के वह कमांडर-इन-चीफ हैं।"

गाँधीजी की इस बात पर बोस ने उनकी ओर मुड़कर देखा कि कहीं वह उन पर कटाक्ष तो नहीं कर रहे, लेकिन वह किसी निर्णय पर नहीं पहुँच सके।

गाँधीजी बिना उनकी ओर ध्यान दिए अपनी बात कहते रहे, "उन्होंने जो संशोधन पेश किया है वह वास्तव में संशोधन न होकर एक नया प्रस्ताव है और बहुत अच्छा प्रस्ताव है। लेकिन वह हमारे प्रस्ताव से बिल्कुल अलग है, उससे कई कदम आगे है। उसमें समानांतर सरकार की स्थापना का सुझाव है।

"अब अगर आप इस देश में समानांतर सरकार स्थापित करना चाहते हैं तो मैं आपको इतना बता दूँ कि इस देश के सात लाख गाँवों में से एक हजार गाँवों में भी कांग्रेस का झंडा नहीं है। मैं उन लोगों का हृदय से सम्मान करता हूँ जो बोस बाबू के प्रस्ताव के पक्ष में हैं लेकिन यह समझदारी या विवेक की बात नहीं है। आप प्रस्ताव करके स्वराज स्थापित नहीं कर सकते। स्वराज शब्दों से नहीं, कर्म से आएगा। इसलिए यह सोचना जरूरी है कि क्या आप समानांतर सरकार की स्थापना वास्तव में कर सकते हैं। क्या वे सारे बायकॉट जो प्रस्ताव में गिनाए गए हैं आप लागू कर सकते हैं? यह समझ लीजिए कि हम स्वतंत्रता को अपना लक्ष्य घोषित कर रहे हैं, स्वयं को स्वतंत्र नहीं घोषित कर रहे।

"मद्रास में ही हमने स्वतंत्रता को अपना लक्ष्य घोषित कर दिया था। आज हम एक कदम आगे जाकर यह घोषणा कर रहे हैं कि स्वतंत्रता का लक्ष्य किसी सुदूर भविष्य की बात नहीं है बल्कि यह हमारा तात्कालिक उद्देश्य है। सुभाष बाबू हमसे और लंबा डग भरने की बात कर रहे हैं। मैं उनके पीछे चलने को तैयार हो जाता बशर्ते समानांतर सरकार वाली बात मेरी समझ में आती। समानांतर सरकार का अर्थ होगा समानांतर कचहरियाँ, समानांतर कार्यालय, समानांतर स्कूल आदि आदि। अगर आपको लगता है हमारे अंदर तुरंत यह सब करने की क्षमता है तो आप निःसंकोच सुभाष बाबू का प्रस्ताव पारित करें। मेरा प्रस्ताव खारिज कर दें। लेकिन मेरा कहना है कि हमारे अंदर यह क्षमता नहीं है और जो कदम हम उठाने जा रहे हैं वह हमारा सबसे लंबा कदम होगा। एक कदम हमने और लिया और हम खड्ड में गए। यह मेरा दृढ़ विश्वास है। इसीलिए मैं आपसे अपनी पूरी ताकत से अनुरोध करूँगा कि मेरा प्रस्ताव बिना एक भी कामा, फुलस्टाप बदले, पास करें।"

गाँधीजी ने अपनी बात समाप्त की तो पूरा पंडाल तालियों की गड़गड़ाहट तथा 'वंदे मातरम्', 'भारत माता की जय', 'महात्मा गाँधी की जय' आदि नारों से गूँज उठा। गाँधीजी अपने स्थान पर बैठ गए उसके बाद भी पंडाल में काफी देर तक शोरगुल होता रहा। अंततः शोरगुल समाप्त हुआ तो अध्यक्ष जवाहर लाल ने मतदान की प्रक्रिया प्रारंभ

की। सबसे पहले संशोधनों पर मतदान हुआ जो एक-एक कर गिरते गए। तब गाँधीजी के मूल प्रस्ताव पर मतदान कराया गया। जवाहर लाल ने पहले प्रस्ताव के पक्ष में वोट देनेवालों को अपने हाथ उठाने को कहा। ऐसा लगा जैसे सभी ने, बिना एक भी अपवाद के, हाथ उठा दिए हों। पंडाल फिर नारों से गूँज उठा। बड़ी मुश्किल से जवाहर लाल ने लोगों को शांत कराया, तब प्रस्ताव के विपक्ष में वोट देनेवालों से हाथ उठाने का अनुरोध किया। इक्का-दुक्का हाथ इधर-इधर उठे दिखाई दिए।

जवाहर लाल ने पंडाल में उठे हाथों पर अपनी दृष्टि दौड़ाते हुए वैसे ही अनुमान से कहा, "मेरा खयाल है बारह-पंद्रह हाथ होंगे।"

"छः।" किसी ने उन्हें दुरुस्त किया।

"ठीक है, छः," जवाहर लाल ने कहा, "मैं अपनी भूल स्वीकार करता हूँ।" तब अपनी घड़ी देखते हुए बोले, "इस समय बारह बजकर एक मिनट है। यानी नया साल शुरू हो गया। आप सबको नया साल और", वह हल्का-सा मुस्कराए "नया और आजाद हिंदुस्तान मुबारक हो।"

इसी के साथ उन्होंने सत्र के स्थगन की घोषणा कर दी और सभी लोग जोश और उल्लास से भरे हुए पंडाल से उठकर रावी के तट पर बने झंडा-स्थल की ओर चल दिए। आगे-आगे जवाहर लाल और उनके पीछे 'वंदे मातरम्', 'भारत माता की जय', 'महात्मा गाँधी की जय', 'हिंदू-मुसलमान की जय' आदि नारे लगाते हुए अपार जनसमूह। कुछ लोग कहीं से जलती हुई मशालें ले आए थे जो रात के सन्नाटे में रोमांच का वातावरण उत्पन्न कर रही थीं।

झंडा स्थल पर पहुँच कर जुलूस रुक गया। जवाहर लाल झंडे के पोल के गिर्द बने बड़े से ऊँचे वृत्ताकार चबूतरे पर चढ़ गए और पोल से लटक रही रस्सी दोनों हाथों से पकड़कर खींच दी। गुलाब की पंखुड़ियों की वर्षा के साथ तिरंगा आकाश में लहराने लगा।

तभी किसी ने नारा दिया, "इंकलाब।"

पूरे जनसमूह ने जोश से भरकर उत्तर दिया, "जिंदाबाद।"

भगतसिंह द्वारा देश को दिया गया यह नारा पहली बार कांग्रेस के किसी आयोजन में लगाया जा रहा था। हर्षोल्लास के वातावरण में लोग एक-दूसरे से गले मिलकर नाचने-गाने लगे।

चौड़े पाट वाली, शांत किन्तु तेज बहती रावी के तट पर, नए वर्ष की पहली सुबह के पहले क्षणों में, नारे लगाता, एक दूसरे से गले मिलता, हाथों में जलती मशालें लिए नाचता-गाता यह जन-समूह अनायास ही इतिहास में पदार्पण कर रहा था। तेजशंकर भी इसमें शामिल था। उसे प्रसन्नता थी कि वह इतिहास के इन क्षणों का चश्मदीद गवाह था।

तभी कुछ सिख नौजवान ढोल ले आए और उसे बजाकर भाँगड़ा करने लगे।

भीड़ के बीच खड़े जवाहर लाल उन्हें देखकर मुस्कराए तो दो-तीन नवयुवकों ने 'बल्ले-बल्ले', 'सदके जावां' कहते हुए आगे बढ़कर उन्हें भी अपने बीच खींच लिया। कुछ क्षण जवाहर लाल को स्थिति का जायजा लेने में लगे, तब वह भी, खुले मन से, हाथ ऊपर उठाकर उनके साथ नाचने लगे।

मोतीलाल नेहरू तथा अन्य वरिष्ठ नेताओं के साथ खड़े गाँधीजी, जवाहर लाल को इस तरह नाचते देखकर मुस्करा दिए।

□□□